TAHT OYUNLARI

Taht Oyunları
Orijinal Adı: *A Game of Thrones*
Yazar Adı: George R. R. Martin
Çeviri: Sibel Alaş

Yayın Yönetmeni: Aslı Tunç
Editör: Yasin Özdemir
Düzelti: Fahrettin Levent
Kapak Uygulama: Berna Özbek Keleş
SayfaUygulama: Ceyda Çakıcı Baş

34. Baskı: Mart 2019
ISBN: 978-9944-82-435-4

Baskı ve Cilt:
Dörtel Matbaacılık San. ve Tic. Ltd. Şti.
Zafer Mah., 147. Sok., No: 9-13/A
Esenyurt/İstanbul
Tel: (212) 565 11 66
Sertifika No: 40970

Yayımlayan:
Epsilon Yayınevi Ticaret ve Sanayi A.Ş.
Osmanlı Sok., No: 18/4-5 Taksim/İstanbul
Tel: (212) 252 38 21 Faks: (212) 252 63 98
Internet adresi: www.epsilonyayinevi.com
e-mail: epsilon@epsilonyayinevi.com
Sertifika No: 34590

TAHT OYUNLARI

GEORGE R. R. MARTIN

Çeviri
Sibel Alaş

epsilon®

GİRİŞ

Ormana karanlık çökmeye başlarken, "Artık geri dönmeliyiz," diye ısrar etti Gared. "Yabanıllar öldü."

"Ölüler seni korkutuyor mu?" diye sordu Sör Waymar Royce. Yüzünde belli belirsiz bir gülümseme vardı.

Gared atılan yemi yutmadı. Yaşlı bir adamdı, ellisini geçmişti ve nice küçük lordun gelip geçtiğine şahitlik etmişti. "Ölü ölüdür," dedi. "Bizim ölülerle işimiz olmaz."

"Gerçekten öldüler mi?" diye fısıltıyla sordu Royce. "Öldüklerine dair kanıtımız var mı?"

"Will görmüş," diye cevap verdi Gared. "Will'in sözü benim için yeter kanıttır."

Will er ya da geç bu laf dalaşının içine çekileceğini biliyordu. Konu bir an önce konuşulsun da bitsin istiyordu. "Ölü adamlar şarkı söylemez, derdi annem," diyerek karıştı lafa.

"Sütannem de aynı şeyi söylerdi Will," diyerek karşılık verdi Royce. "Seni emziren bir kadından duyduğun hiçbir şeye inanma. Ölülerden bile öğrenebileceğin şeyler var." Yüksek sesi alacakaranlık çökmüş ormanda yankılandı.

"Önümüzde epey uzun bir yol var," diye hatırlattı Gared. "Sekiz günlük yol, belki dokuz. Koyu karanlık çökmek üzere."

Sör Waymar Royce karanlık onu hiç ilgilendirmiyormuş gibi gökyüzüne baktı. "Günün bu saatlerinde hep olan şey. Yoksa karanlıkta erkekliğin mi gidiyor Gared?"

Will, Gared'ın dişlerini sıktığını, kalın siyah pelerininin başlığı altında gizlenmiş gözlerindeki zar zor bastırılmış öfkeyi görebiliyordu. Gared, Gece Nöbetçileri'nde tam kırk yılını geçirmişti, hem bir çocuk hem de bir erkek olarak. Alay konusu olmaya alışık değildi. Ama Gared'dan yükselen tek duygu öfke değildi. Will bu yaşlı adamın yaralanmış gururunun altında başka bir şey olduğunu hissediyordu. Derin bir korkuya dönüşmesi an meselesi olan gerginliğin tadı adeta ağzına geliyordu.

Will, Gared'ın huzursuzluğunu paylaşıyordu. Dört yıldır Sur'daydı. Sur'a ilk yollandığında daha önce duyduğu bütün hikâyeler bir anda aklına gelmiş ve bağırsakları çözülmüştü. Bütün bunlara gülmüştü daha sonra. Çıktığı yüz kadar orman keşfinin sonrasında artık kıdemliydi ve güneylilerin Tekinsiz Orman dedikleri sonsuz karanlık, bu el değmemiş ıssızlık onu korkutmuyordu.

Bu geceye kadar. Bu gece bir şeyler başkaydı. Bu geceki karanlığın tüyleri diken diken eden bir keskinliği vardı. Dokuz gündür at üstünde, yoldaydılar. Önce kuzeye ve kuzeybatıya, ardından yine kuzeye, bir grup yabanıl akıncının peşinde Sur'dan gittikçe uzaklaşıyorlardı. Her gün bir öncekinden kötüydü ama bugün en beteriydi. Kuzeyden dondurucu bir rüzgâr esiyor, ağaçları kanlı canlı yaratıklarmış gibi hareket ettiriyordu. Will soğuk, merhametsiz ve onu hiç sevmeyen bir şeyin gözlerini üzerinde hissediyordu. Gared da hissetmişti aynı şeyi. Will'in tek istediği atını cehennemden kaçıyormuşçasına sürüp Sur'un güvenli havasını solumaktı. Ama bu kumandanınızla paylaşabileceğiniz bir arzu değildi.

Özellikle de böyle bir kumandanla.

Sör Waymar Royce çok sayıda varisi olan köklü bir ailenin en genç oğluydu. On sekiz yaşın bütün yakışıklılığına sahip, vakur, gri gözlü, bıçak gibi ince ve keskin bir genç adamdı. Simsiyah ve dev gibi savaş atının üstünde, küçük atlarının sırtında oturan Will ve Gared'a yukarıdan bakıyordu. Siyah deri çizmeler, siyah yün pantolon, siyah köstebek derisinden eldivenler, kat kat yün ve kaynatılmış deri üzerine geçirilmiş parlak örgü metalden siyah zırhını giyiyordu. Gece Nöbetçileri'nin Yeminli Kardeşler'inden biri olalı daha altı ay olmamıştı fakat kimse onun için bu yolculuğa yeterince hazır değil diyemezdi. En azından gardırobu göz önüne alındığında.

Pelerini şıklığının tacıydı. Samur kürkünden yapılmış, siyah, kalın ve günah kadar yumuşak. "Bahse girerim hepsini elleriyle öldürmüştür." Kışlada, şarap eşliğinde anlatmıştı Gared. "Kudretli savaşçımız onların küçük kafalarını kendi elleriyle büküp koparmıştır." Dinleyen herkes kahkahalara boğulmuştu.

Küçük atının üzerinde soğuktan titreyen Will, *içerken hakkında kahkahalar attığın gencecik bir adamdan emir almak zor,* diye düşündü. Gared da aynı şeyi hissediyor olmalıydı.

"Mormont izlerini sürmemiz gerektiğini söyledi, biz de sürdük," dedi Gared. "Öldüler. Artık bizim için sorun değiller. Önümüzde zorlu bir yol var. Bu havadan hiç hoşlanmadım. Eğer kar başlarsa dönüşümüz iki haftayı bulur. Kar başımıza gelebilecek en iyi şey aslında. Hiç buz fırtınasına yakalandınız mı lordum?"

Lord, Gared'ın söylediklerini duymamış gibi görünüyordu. Biraz sıkılmış, biraz dikkati dağılmış halde gittikçe koyulaşan alacakaranlığa bakıyordu. Will, bu ruh halindeyken rahatsız edilmemesi gerektiğini öğrenecek kadar vakit geçirmişti şövalyeyle birlikte. "Bana neler gördüğünü tekrar anlat Will. Bütün ayrıntılarıyla, hiçbir şeyi atlamadan."

Will, Gece Nöbetçileri'ne katılmadan önce bir avcıydı. Daha doğrusu kaçak bir avcıydı. Mallister hürsüvarileri onu Mallister ormanlarında, elleri kana bulanmış halde Mallister geyiklerinden birini yüzerken yakalamıştı. Will ya siyahları giyecek ya da bir eli kesilecekti. Ormanda kimse Will kadar sessiz hareket edemezdi ve kara kardeşlerin bu yeteneği keşfetmesi uzun sürmemişti.

"Kampları buradan yaklaşık iki mil uzakta, şu görünen bayırın arkasında, bir dere kenarında," diye anlatmaya başladı Will. "Cesaret edebildiğim kadar yaklaştım. Kadınlı erkekli sekiz kişilerdi. Görebildiğim kadarıyla hiç çocuk yoktu. Büyük bir kayaya yaslanan bir baraka yapmışlardı. Gerçi kar üzerini iyice örtmüştü ama yine de seçiliyordu. Ateş yoktu ama ateş çukurları gün gibi ortadaydı. Uzun zaman kıpırdamadan onları izledim. O zamana kadar hiçbir insan evladı o kadar hareketsiz durmamıştır."

"Kan gördün mü?"

"Doğrusunu isterseniz, hayır," dedi Will.

"Hiç silah var mıydı?"

"Birkaç kılıç, bir iki yay, bir adamın da baltası vardı. Epey ağır görünüyordu. Çift bıçaklı zalim bir demir parçası. Tam yanında yerde, elinin altında duruyordu."

"Cesetlerin duruşlarını hatırlayabiliyor musun?"

Will omuz silkti. "Birkaçı kayaya yaslanmış duruyordu. Çoğu yerde yatıyordu. Düşmüşler gibi. Ölü gibi."

"Ya da uyuyor gibi," diyerek araya girdi Royce.

"Düşmüş gibi, ölü gibi," diye ısrar etti Will. "Demir ağacının orada, dalların arkasında tam göremediğim bir kadın vardı. Uzakgörenlerden." Belli belirsiz gülümseyerek devam etti. "Beni görmediğinden emin oldum. Yaklaştığımda onun da diğerleri gibi kımıldamadığını fark ettim." Hiç ummadığı bir şekilde titredi.

"Üşüdün mü?" diye sordu Royce.

"Biraz," diye mırıldandı Will. "Rüzgârdan lordum."

Genç şövalye kır saçlı silahlı adamına döndü. Buz tutup yere düşmüş yapraklar fısıltıyla konuşuyor gibiydi. Royce'un savaş atı huzursuzca kıpırdadı. "Sence bu adamları ne öldürmüş olabilir Gared?" diye sordu en rahat tavrıyla. Uzun samur pelerinin kıvrımlarını düzeltti.

"Soğuk," dedi Gared demir sertliğinde, kendinden emin bir tavırla. "Soğuk öldürmüştür. Geçen kış soğuğun can aldığını gördüm. Çocukluğumun sonuna denk gelen bir önceki kışta da. İnsanlar on beş metreye kadar yükselen kardan ve buz fırtınalarının kuzeyden ulurcasına gelişinden bahseder. Asıl düşman soğuktur. Soğuk, Will'den bile sessiz çöker insanın üzerine. Önce titrersin ve dişlerin birbirine çarpmaya başlar. Ayaklarını yere vurur, şahane şaraplar ve ısıtan güzel ateşler hayal edersin. Yakar. Evet yakar. Hiçbir şey soğuk yakmasına benzemez. Fakat sadece kısa bir zaman için. Sonra içine girmeye başlar, bedenini doldurur. Savaşmaya gücün kalmaz. Olduğun yerde öylece durmak, usulca uykuya dalmak daha kolay gelir. Sona doğru yaklaşırken hiç acı çekmediğini söylerler. Önce zayıf düşer, uyku bastırmış gibi olurmuşsun. Ardından yavaş yavaş kaybolmaya başlarmış etraftaki her şey. Ilık sıcak sütten bir denize gömülür gibi. Huzurlu bir bakıma. Huzurlu bir ölüm yani."

"Bu nasıl bir belagat Gared," diye iltifat etti Sör Waymar. "Böyle bir hitabet yeteneğin olduğundan şüphem yoktu zaten."

"Bir zamanlar soğuk benim de içime girdi lordum," dedi Gared. Pelerininin başlığını indirdi, bir zamanlar kulaklarının olduğu yeri gösterdi. "İki kulak, üç ayak parmağı ve sol elimin küçük parmağı. Ama ben yine de ucuz kurtuldum. Kardeşimi nöbette buz tutmuş bulduk. Yüzünde bir gülümseme ile donmuştu."

Sör Waymar omuz silkti. "Seni daha sıcak tutacak şeyler giymelisin Gared."

Gared genç lorda ters ters baktı. Üstat Aemon'ın donmuş kulaklarını kestiği yerdeki iki boşluk öfkeyle kıpkırmızı kesildi. "Kış iyice bastırdığında giysilerinizin sizi ne kadar sıcak tutabileceğini göreceğiz lordum," dedi. Başlığını kafasına çekti. Sessizce ve kasvet içinde atının üstünde kamburlaştı.

"Eğer Gared onları soğuk öldürdü diyorsa..." diyerek konuşmaya başladı Will.

"Sen geçen hafta nöbet tutmuş muydun Will?"

"Evet lordum." On küsur lanet nöbet olmuştu ki görevlendirilmediği tek bir hafta bile yoktu. Ne demeye çalışıyordu bu genç adam?

"Sur'un durumunu nasıl buldun peki?"

"Sur ağlıyordu lordum," dedi asık suratıyla. Artık küçük lordun lafı nereye getirmeye çalıştığını da anlamıştı. Sur ağlıyordu, yani ıslaktı. "Donmuş olamazlar. Sur ağlıyorsa o kadar soğuk yok demektir."

Royce başıyla onayladı. "Zeki çocuk. Evet, geçen hafta birkaç hafif don yaşadık. Kısa, şiddetsiz kar yağışları da vardı ama sekiz yetişkin insanı donduracak zalimlikte bir soğuk olmadı. Üstelik bu insanlar kat kat deri ve kürk giyinmiş. Ayrıca barakaları ve ateşleri olduğunu da size hatırlatmak isterim." Şövalye kendinden emin ve kibirle gülümsüyordu. "Will, şimdi bize yolu göster. Bu ölüleri bizzat görmek istiyorum."

Yapılacak bir şey yoktu. Emir verilmişti. Görev onuru gereği emre uymakla yükümlülerdi.

Will en önden gidiyordu. Tüyleri kabarık küçük atına, yerdeki çalılıklar ve çer çöp içinde dikkatli adımlar attırmaya çalışıyordu. Bir gece önce hafif bir kar yağmıştı. Karın altı dikkatsiz ve tedbirsizler için tehlikelerle doluydu. Kar tabakasının altında taşlar, tökezletecek kökler ve gizli çukurlar vardı. Ağır ağır ilerleyen Will'in arkasından sabırsızca homurdanan dev siyah atıyla Sör Waymar Royce geliyordu. Bu savaş atı orman keşfi için hiç uygun değildi ama bunu küçük lorda anlatmak imkânsızdı. Gared en arkadaydı. Silahlı yaşlı adam kendi kendine mırıldanarak at sürüyordu.

Alacakaranlık koyulaştı. Bulutsuz gökyüzü derin bir mora döndü, eski bir çürüğün rengi gibi. Derken morluk siyaha devrildi. Yıldızlar üçer beşer görünmeye başladı. Yarım ay gökyüzündeki yerini aldı. Will ışık için şükrediyordu.

"Daha süratli gidebiliriz," dedi Royce, ay tam anlamıyla parlamaya başladığında.

"Bu atla olmaz," dedi Will. Korkusu onu küstahlaştırmıştı. "Belki lordum öne geçip bize öncülük etmek ister?"

Sör Waymar Royce cevap vermeye tenezzül etmedi.

Ormanın derinliklerinde bir kurt uludu.

Will yaşlı ve eğri büğrü bir demir ağacının altına sürdüğü atından indi.

"Neden duruyorsun?" diye sordu Sör Waymar.

"Bundan sonrasını yürümek çok daha akıllıca lordum. Zaten hemen şu bayırın ardındalar."

Royce bir an durakladı. Yüzünde düşünceli bir ifadeyle uzaklara doğru baktı. Soğuk rüzgâr ağaçların arasından fısıldıyor gibiydi. Muhteşem samur pelerini sanki canlıymış gibi rüzgârla havalandı.

"Burada bir terslik var," diye mırıldandı Gared.

Genç şövalye küçümser gibi gülümsedi. "Öyle mi?"

"Hissedemiyor musunuz? Karanlığa kulak verin."

Will hissedebiliyordu. Dört yıldır Gece Nöbetçileri'ndeydi ama hiç bu kadar korktuğunu hatırlamıyordu. Neydi bu?

"Rüzgâr. Yaprakların hışırtısı. Bir kurt. Erkekliğini alıp götüren hangi ses Gared?" Gared'ın cevap vermediğini gören Royce zarif bir hareketle atından indi. Hayvanı diğerlerinden epey uzaktaki alçak bir dala bağladı. Uzun kılıcını kınından çıkardı. Kabzasındaki muhteşem mücevherler ay ışığında parlıyor, ışık kusursuz çeliğin üzerinden akıyordu. Silah bir şaheserdi. Kalede dövülmüş ve görüntüsünden anlaşıldığı kadarıyla daha yeni yapılmıştı. Will bu kılıcın gerçek bir öfkeyle hiç savrulmadığını düşündü.

"Ağaçlar burada epey sıklaşıyor lordum. Korkarım kılıcınız size engel olur. Bir bıçak kullanmanız çok daha iyi," diye uyardı Will.

"Emir almak istersem söylerim Will," diye yanıtladı genç lord. "Gared, burada kal ve atlara göz kulak ol."

Gared atından indi. "Ateş lazım olacak, ben hallederim," dedi.

"Bu kadar aptal olamazsın ihtiyar. Eğer bu ormanda düşmanlarımız varsa ateş ihtiyacımız olan son şey bile değil."

"Ateşle korunduğumuz düşmanlarımız da var lordum. Ayılar, ulu kurtlar ve... ve başka şeyler..."

Sör Waymar Royce'un dudakları öfkeyle bir çizgi halini aldı. "Ateş yok dedim."

Gared'ın başlığı yüzünü kapatıyordu ancak Will yaşlı adamın şövalyeye bakışındaki keskin öfkenin parlaklığını görebiliyordu. Bir an için yaşlı adam kılıcını çekecek diye endişelendi. Gared'ın kılıcı kısa, çirkin bir silahtı. Kabzasının rengi terden atmıştı. Kenarı yıllardır kullanılmaktan aşınmıştı ama Gared kılıcına davranırsa Will şövalye üstüne beş kuruş iddiaya girmezdi.

Gared sonunda öfkesini kontrol altına alarak yere baktı. "Ateş yok," diye mırıldandı.

Royce bu sözü itaat kabul ederek Will'e döndü. "Yolu göster."

Will çalılıklar arasında ilerlemeye başladı. Daha önce altında durup etrafı seyrettiği muhafız ağacının olduğu bayıra doğru yürüdü. İnce bir kar tabakası altında kalan yol nemliydi ve çukurlarla doluydu. Kaygan ve taşlı zemin insanı kolaylıkla tökezletip düşürecek gizli köklerle sarılıydı. Will hiç ses çıkarmadan tırmanıyordu. Arkasından gelen küçük lordun zırhından gelen yumuşak metal şıngırtısını, yapraklara sürtündüğünde çıkan hışırtıları duyuyordu. Soylu, uzun kılıcı ve muhteşem samur pelerini dallara takıldıkça alçak sesle küfürler savuruyordu.

Ulu muhafız ağacı tam Will'in hatırladığı gibi bayırın tepesinde göründü. En alçak dalları yerden otuz santim yükseklikteydi. Will ağacın dibine yüzüstü yattı. Gövdesi kar ve çamura gömülmüş halde aşağıdaki düzlüğü izlemeye başladı.

Bir an kalbinin durduğunu sandı. Nefes almaya cesaret edemiyordu. Düzlük ay ışığında gayet net görünüyordu. Ateş çukurundaki küller, üzeri karla kaplanmış baraka, dev kaya, yarı donmuş küçük dere, işte her şey aynen birkaç saat önce bıraktığı gibiydi.

Ama gitmişti, bütün cesetler gitmişti.

"Tanrılar!" diye bir ses geldi arkasından. Sör Waymar Royce bayırın tepesine ulaştığında kılıcıyla bir dalı kesti. Elinde uzun kılıcı, sırtında rüzgârla kabaran samur pelerini, sanki ay ışığında onu herkes görebilsin istiyormuş gibi muhafız ağacının tam yanında bütün ihtişamıyla ayakta duruyordu.

"*Yatın yere*!" diye telaşla fısıldadı Will. "Bir terslik var."

Royce kımıldamadı. Aşağıdaki boş düzlüğe bakıp gülümsedi. "Anlaşılan senin ölüler başka bir kamp kurmaya karar vermiş Will," dedi.

Will'in dili tutulmuştu. Bildiği kelimelerin hepsi onu terk etmiş gibiydi. Bu imkânsızdı. Gözleri, boşalmış kamp alanını baştan aşağı tarıyordu; sonunda baltada durdu. Çift taraflı büyük savaş baltası tam olarak son gördüğü yerde duruyordu. Dokunulmamıştı. Kıymetli bir silah...

"Ayağa kalk Will," diye emretti Sör Waymar. "Burada kimseler yok. Bir çalının altında saklamana izin veremem."

Will istemeyerek de olsa emre itaat etti.

Sör Waymar memnuniyetsizliğini gizlemeye çalışmadan Will'e bakıyordu. "İlk keşif gezimden Kara Kale'ye ellerim bomboş dönmeyeceğim. Bu adamları *bulacağız!*" dedi. Hızlıca etrafına bakındı. "Ağaca çık. Çabuk. Bir ateş görecek misin, bak."

Will tek kelime etmeden döndü. Tartışmak hiçbir şeye yaramayacaktı. Rüzgâr şiddetini arttırmıştı ve soğuk içine bıçak gibi işliyordu. Heybetli yeşil gri muhafız ağacına yöneldi. Tırmanmaya başladı. Ellerinin reçineye bulanması uzun sürmedi. Ağacın dikenleri arasında kayboldu. Hazmetmesi imkânsız bir yemek gibi bağırsaklarında birikmişti korku. Ormanın isimsiz tanrılarına bir dua fısıldadı. Ellerini daha rahat kullanabilmek için kınından çıkardığı kamasını dişlerinin arasına aldı. Ağzındaki metal tadı garip bir huzur duygusu veriyordu.

Aşağıda kalan küçük lordun, "Kim var orada?" diye bağırdığını duydu aniden. Will meydan okumadaki tereddütü hissetmişti. Tırmanmayı bıraktı. Dinlemeye, izleme başladı.

Orman cevapladı: Yaprakların hışırtısı, derenin buzlu akışı, uzaktaki bir kar baykuşunun ötüşü.

Ötekiler, ses vermedi.

Will gözünün ucuyla, hareket eden bir şeyler gördü. Ormanın içinde adeta kayarak hareket eden solgun şekiller. Kafasını çevirdi. Karanlığın içinde salınan beyaz bir gölge fark etti. Ardından yok oldu gölge. Ağacın dalları rüzgârla birlikte zarifçe hareket ediyor, ahşap parmakları birbirine vurup sesler çıkarıyordu. Will aşağıda kalan soyluyu uyarmak için ağzını açtı fakat konuşamadı. Sözcükler boğazında donmuş gibiydi. Belki yanılıyordu. Belki de gördüğü şey sadece bir kuştu. Kara düşen bir yansıma. Ay ışığının aldatmacası. Hem, gerçekten, ne görmüştü ki?

"Will, neredesin?" diye seslendi Sör Waymar. "Bir şey görebiliyor musun?" Elinde kılıcı, tedirgin bir halde dönüp duruyordu. Gölgeleri o da hissetmiş olmalıydı ama tıpkı Will gibi o da bir şey görüp görmediğinden emin değildi. "Bana cevap ver Will! Hava neden bu kadar soğudu?"

Hava *gerçekten* soğumuştu. Will titreyerek tutunduğu dala sıkı sıkı sarıldı. Yüzü muhafız ağacının dev gövdesine yaslanmış haldeydi. Ağacın tatlı ve yapışkan reçinesini suratının her yerinde hissediyordu.

Ormanın karanlığından bir gölge çıkıp geldi. Royce'un tam önünde durdu. Uzundu. Eski kemikler gibi sert ve inceydi. Teni süt kadar beyazdı. Gölge hareket ettikçe zırhı renk değiştiriyor gibiydi. Önce yeni yağmış kar kadar beyaz, ardından gölgeler kadar kara, bazen ağaçların derin yeşil grisi üzerine damlamış gibi benekli. Gölge hareket ettikçe ay ışığı yakamoz gibi zırhın üstünde parlıyordu.

Will, Sör Waymar Royce'un tıslayarak konuştuğunu duydu. "Daha fazla yaklaşma!" diyerek uyardı soylu, karşısına çıkan şeyi. Sesi ergen çocuklarınki gibi çatallı çıkmıştı. Uzun samur kürkünü daha rahat savaşabilmek için omuzlarının arkasına attı ve kılıcını iki eliyle sıkı sıkı tuttu. Rüzgâr durmuştu. Çok soğuktu.

Öteki, sessiz adımlarla öne doğru geldi. Elinde Will'in bu zamana kadar benzerini görmediği bir uzun kılıç vardı. İnsan evladının bildiği hiçbir metal karışmamıştı bu kılıcın alaşımına. Ay ışığı altında canlı gibiydi, yarı şeffaftı. Kristalden bir dilimdi adeta. O kadar inceydi ki kenarından bakıldığında görünmüyordu. Kenarlarında belli belirsiz gerçek dışı mavi bir ışık peydahlanıyordu sonra. Will bir şekilde bu kılıcın her türlü usturadan daha keskin olduğunu hissetti.

Sör Waymar cesurca meydan okudu. "Haydi dans et benimle öyleyse." Kılıcını küstahça başının üzerine kaldırdı. Elleri kılıcın ağırlığıyla titredi. Belki de soğuktu onu titreten. Ama tam o anda, Will bu genç soylunun artık bir çocuk olmadığını biliyordu. O, Gece Nöbetçileri'ndeki erkeklerden biriydi şimdi.

Öteki duraksadı. Will onun gözlerini görebiliyordu. Mavi. Hiçbir insan evladının sahip olmadığı kadar derin, başka bir mavi. Buz gibi yakan bir mavi. O mavi gözler yüksekte titreyen uzun kılıca sabitlenmişti; metalin üzerinden akan ay ışığına bakıyordu. Will sadece bir kalp atışı süresince umutlanmaya cesaret etti.

Gölgelerin arasından sessizce çıktılar. İlkinin ikiziydi sanki hepsi de. Üç tane... dört... beş... Sör Waymar onlarla gelen keskin soğuğu hissetmiş olmalıydı ama onları ne gördü ne de duydu. Will'in bağırarak onu uyarması gerekirdi. Onun göreviydi bu. Bağırırsa ölecekti. Titredi, sıkıca ağaca sarıldı ve sessizliğini bozmadı.

Solgun kılıç titreyerek havayı böldü.

Sör Waymar solgun kılıcı çeliğiyle karşıladı. İki kılıç birbirine değdiği anda metalin metale çarpışında çıkan o tanıdık ses duyulmadı. İnsan kulağının zar zor duyabileceği, yüksek perdeden tiz bir ses yankılandı. Acı içinde kıvranan bir hayvanın çığlığına benziyordu. Royce ikinci darbeyi karşıladı, ardından üçüncüsünü ve bir adım geri çekildi. Yeni bir hamleyi savuşturdu ve sonra yine geri çekildi.

Sağında, solunda, arkasında, Ötekiler'den oluşan bir izleyici grubu sessizce, sabırla, ifadesiz duruyordu. Eşsiz zırhlarının değişen renkleri onları ormanın içinde neredeyse görünmez kılıyordu ama dövüşe müdahale etmek için kıpırdamıyorlardı bile.

Kılıçlar tekrar ve tekrar buluştu. Will kulaklarını kapatmak, kılıçlar çarpıştıkça çıkan tuhaf, inleyen sesi duymamak istiyordu. Sör Waymar artık soluk soluğa kalmıştı. Burnundan çıkan nefes buhara dönüşüyordu. Kılıcı bembeyaz buz tutmuştu. Öteki'nin kılıcı aynı mavi ışıkla dans ediyordu.

Royce savunma yapmak için bir an geç kaldı. Öteki'nin solgun kılıcı soylunun metal örgü zırhını tam kolunun altından deldi. Soylu acı içinde bir çığlık attı. Zırhın örgüleri arasından sızmaya başlayan kanın, soğuk havada buharı tütüyordu. Kan damlaları kara düşer düşmez kızıl köz parçaları gibi görünüyordu. Sör Waymar elini darbe aldığı yere götürdü. Köstebek derisi eldivenleri akan kanı emdi.

Öteki, Will'in bilmediği bir dilde konuşmaya başladı. Sesi kış soğuğunda donmuş bir göl yüzeyinin çatlaması gibiydi ve ağzından çıkan kelimelerin alay yüklü olduğu anlaşılıyordu.

Royce ihtiyacı olan öfkeyi tekrar bulmuş gibi, "Robert için!" diye haykırdı ve hırıldanmaya başladı. Buz tutmuş uzun kılıcını iki eliyle havaya kaldırdı. Bütün gücüyle salladığı kılıç hasmının yanına indi. Öteki'nin savunması neredeyse tembelceydi.

Kılıçlar buluştuğunda çelik toza dönmüştü.

Ormanın karanlığında bir çığlık yankılandı ve uzun kılıç yüzlerce ince parçaya bölündü. Kılıç kıymıkları bir iğne yağmuru gibi etrafa saçıldı. Royce dizlerinin üstüne çöktü. Feryat ediyordu. Elleriyle gözlerini kapadı. Kan parmaklarının arasından akıyordu.

İzleyiciler gizli bir işaret almışçasına aynı anda yavaşça ileri doğru hareketlendi. Ellerindeki kılıçlar ölüm gibi, sessiz inip kalkıyordu. Merhametsiz ve soğuk bir kıyımdı. Solgun kılıçlar soylunun zırhını ipekmişçesine kesiyordu. Will gözlerini kapadı ama saçaklardan aşağı sarkan buzlar kadar delici kahkahaları duyabiliyordu.

Gözlerini tekrar açmaya cesaret ettiğinde aradan uzun zaman geçmişti ve artık bayırda kimseler yoktu.

Nefes almaktan bile korkarak ağaçta kaldı. Ay simsiyah gökyüzünü bir uçtan diğerine sürünerek geçiyordu. Sonunda kramp girmiş kasları ve soğuktan iyice uyuşmuş elleriyle ağaçtan inmeye başladı.

Royce'un bedeni sırtüstü karın üzerinde yatıyordu. Bir kolu fırlamıştı. Kalın samur kürkü birçok yerinden kesikti. Böyle cansız bedeniyle yerde yatarken Royce'un ne kadar genç olduğu görülebiliyordu. Daha çocuktu.

Will birkaç adım ötede soylunun kılıcından geriye kalanları

gördü. Kılıcın ucu yıldırım çarpmış bir ağacın dalı gibi çatallaşmış, bükülmüştü. Dikkatlice etrafına baktı ve kılıcı aldı. Bu kırık kılıç bir ipucu olacaktı. Gared kılıcı gördüğünde neler olup bittiğini, neyle karşılaştıklarını anlayabilirdi. O anlamazsa Yaşlı Ayı Mormont ya da Üstat Aemon mutlaka bilirdi. Gared hâlâ atların yanında onları bekliyor muydu acaba? Acele etmeliydi.

Will doğruldu. Sör Waymar Royce hemen başında, ayaktaydı.

O kıymetli kıyafetleri paçavraya dönmüştü. Suratı darmadağındı, harabeydi. Kılıcından fırlayan bir kıymık sol göz kapağına saplanmıştı.

Sağ gözü açıktı. Gözbebeği mavi bir alevle yanıyordu sanki. Bu göz görüyordu. Canlıydı!

Kırık kılıç hissiz ellerinden kayıp yere düşerken Will dua etmek için gözlerini kapadı. Uzun zarif eller yanaklarını okşadı ve ardından boğazına sıkı sıkı yapıştı. En iyi köstebek derisinden yapılmış eldivenler kanla yapış yapış olmuştu ama dokunuşları buz gibiydi.

BRAN

Yaz mevsiminin bitmek üzere olduğunu hatırlatan bir serinlikle doğdu gün. Bir adamın boynunun vurulmasını izlemek için şafak vakti at üstünde yola çıktılar. Heyecandan iyice sinirleri gerilmiş Bran'la birlikte toplam yirmi kişiydiler. Bran ilk defa, lord babası ve erkek kardeşleriyle birlikte kral adaletinin yerine getirilmesini izleyecek kadar yetişkin farz edilmişti. Yaz mevsiminin dokuzuncu, Bran'ın hayatının yedinci senesiydi.

Adam, tepelerdeki küçük bir karakola götürüldü. Robb, adamın Sur'un Ötesindeki Kral Mance Rayder'e kılıç yeminiyle bağlanmış bir yabanıl olduğunu düşünüyordu. Bu düşünce Bran'ın tüylerini diken diken etmeye yetti. Yaşlı Dadı'nın şömine başında anlattığı korkunç hikâyeler geldi aklına. Yabanıllar zalim adamlardır, demişti dadı. Hepsi köle taciri, hırsız ve katildi. Devler ve mezarlardaki ölüleri yiyen yaratıklarla dostluk eder, gecenin karanlığında kız çocuklarını çalar, cilalanmış kadehlerden kan içerlerdi. Uzun Gece geldiğinde yabanılların kadınları Ötekiler'le düşüp kalkar ve onlardan yarı insan yarı canavar çocuklar doğururlardı.

Ama elleri ve ayakları bağlı halde karakolda kral adaletinin yerine getirilmesini bekleyen bu adam yaşlı ve cılızdı. Neredeyse Robb'la aynı boydaydı. Her iki kulağını ve bir parmağını soğuk ısırması yüzünden kaybetmişti. Tıpkı Gece Nöbetçileri'ndeki kardeşler gibi siyahlar giymişti ama kürkü yağlı ve eski püsküydü.

Soğuk sabah havasında insanların ve atların nefesleri buharlaşarak birbirine karışıyordu. Lord babasının emriyle adam bağlı olduğu duvardan çözülüp sürüklenerek önlerine getirildi. Robb ve Jon atlarının üzerinde sessiz ve dimdik oturuyorlardı. İkisinin arasında küçük midillisinin üzerinde oturan Bran yedi yaşından çok daha büyükmüş ve bütün bunlara daha önce de şahitlik etmiş gibi davranmaya çalışıyordu. Hafif bir rüzgâr karakolun kapısını salladı. Başlarının üstünde Kışyarı'ndan Starklar'ın sancağı dalgalanıyordu: Buz beyazı zemin üstünde gri bir ulu kurt.

Bran'ın babası atının üstünde ciddi bir ifadeyle oturuyordu.

Rüzgâr uzun kahverengi saçlarını dalgalandırıyordu. Özenle taranmış sık sakallarına düşen beyazlar onu yaşadığı otuz beş yıldan daha yaşlı gösteriyordu. Gri gözlerine acımasız bir bakış yerleşmişti bugün. Şömine başında oturup, yumuşak ve şefkatli sesiyle Kahramanlar Çağı'ndan ya da ormanın çocuklarından bahseden adam o değildi sanki. *Babam kendi yüzünden soyunup, Kışyarı Lordu Stark'ın yüzünü giymiş*, diye düşündü.

Sabahın soğuğunda sorulan sorular ve verilen cevaplar vardı. Bran neler konuşulduğunu tam olarak hatırlamıyordu. Sonunda, babası hırpani adamın açıklığın tam ortasındaki demir ağacı kütüğüne getirilmesini emretti. Muhafızlardan ikisi sürükledikleri adamın kafasını sert siyah kütüğe bastırdı. Lord Eddard Stark atından indi ve muhafızı Theon Greyjoy tarafından kendisine uzatılan kılıcı aldı. "Buz"du kılıcın adı. Genişliği bir erkek eli kadardı. Kılıç neredeyse Robb'dan uzundu. Kılıç Valyria çeliğinden tılsımlarla dövülmüştü ve is kadar siyahtı. Hiçbir çeliğin kenarı Valyria çeliği kadar keskin olamazdı.

Babası eldivenlerini çıkardı ve muhafızlarının başı Jory Cassel'e uzattı. Buz'u iki eliyle kavradı. "Andallar'ın, Rhoynarlar'ın, İlk İnsanlar'ın Kralı, Yedi Krallık Lordu, Diyar'ın Koruyucusu, Baratheon Hanedanı'ndan Bu İsimle Anılan İlk Kral Robert adına; Kışyarı Lordu, Kuzey Muhafızı, Stark Hanedanı'ndan ben Eddard, seni ölüme mahkûm ediyorum," dedi ve devasa kılıcı başının üzerine kaldırdı.

Bran'ın yanına piç kardeşi Jon Kar yaklaştı. "Midilline sahip ol ve sakın gözlerini kaçırma. Babam mutlaka fark eder," diye fısıldadı.

Bran midillisinin dizginlerini sıkıca tuttu ve başka yere bakmadı.

Babası adamın kafasını tek ve kendinden emin bir vuruşla gövdesinden ayırdı. Yaz şarabı gibi kırmızı kan karın üzerine aktı. Atlardan biri şahlandı ve kaçmaması için sıkı sıkı dizginlenmesi gerekti. Bran gözlerini kandan alamıyordu. Kütüğün çevresindeki kar, kanı büyük bir istekle içiyor gibiydi. Bran kızıllaşan karı izledi.

Adamın kesik kafası kalın bir ağaç kökünün üstünde zıplayıp yuvarlanmaya başladı. Tam Greyjoy'un ayaklarının dibinde durdu. Theon ince, esmer, on dokuz yaşında genç bir adamdı ve hemen her şeyde eğlenilecek bir taraf bulurdu. Kahkaha atarak kesik başın üzerine bastı. Sonra güçlü bir tekme attığı baş fırlayıp gitti.

Greyjoy'un duyamayacağı kadar alçak sesle, "Pislik," diye mırıldandı Jon. Bir elini Bran'ın omzuna koydu. "İyi iş çıkardın," dedi ciddiyetle. Jon on dört yaşındaydı. Adalet işleri konusunda görüp geçirmişliği vardı.

Rüzgârın hız kesmesine ve ardından hafif güneş çıkmasına rağmen, uzun sürecek Kışyarı'na dönüşte hava daha soğuktu. Bran ve kardeşleri ana kafilenin epey önünde at sürüyordu ve Bran'ın midillisi onların büyük atlarına uyum sağlamakta zorlanıyordu.

"Kaçak cesurca öldü," dedi Robb. Uzun ve genişti gövdesi, her geçen gün biraz daha büyüyor gibiydi. Annesinin renklerini almıştı. Nehirova'lı Tullyler'e özgü açık tene, kızıl kahve saçlara ve mavi gözlere sahipti. "En azından cesareti vardı," dedi.

"Hayır," dedi Jon Kar sakince. "Ondaki cesaret değildi. Gözlerinde ölüm korkusu vardı. Gözlerindeki korku görülebiliyordu Stark." Jon'un neredeyse siyaha çalan çok koyu gri gözleri vardı. O gözlerden hiçbir şey kaçmazdı. Robb'la aynı yaştalardı ama bu tek benzer taraflarıydı. Jon, Robb'un kaslı yapısına oranla inceydi. Robb beyaz tenliydi, Jon ise esmer. Jon seri ve zarifti, Robb'sa güçlü ve hızlı.

Rob etkilenmiş gibi görünmüyordu. "Onun o gözlerini Ötekiler alsın," diyerek küfretti. "Bence iyi bir şekilde öldü. Ne dersin, köprüye kadar yarışalım mı?"

"Tamam," dedi Jon ve atını mahmuzlayarak öne fırladı. Robb bir küfür savurarak arkasından gitti. Patikadan aşağı doğru atlarını koşturuyorlardı. Rob gülüyor, naralar atıyordu. Jon sessiz ve kararlı alıyordu yolu. Dörtnala giden atlar yerdeki karı havaya savuruyordu.

Bran onlara yetişmek için hamle yapmadı. Midillisinin onların atlarıyla yarışamayacağını biliyordu. Kafası kesilen adamın gözlerini o da görmüştü ve o gözleri düşünüyordu. Bir süre sonra Robb'un kahkahası duyulmaz oldu ve orman yine sessizliğe gömüldü.

O kadar derin düşüncelere dalmıştı ki, ana kafilenin ona yetiştiğini babası seslenene kadar fark etmedi bile. "İyi misin Bran?" diye sordu babası, ses tonu şefkatliceydi.

"Evet baba," diye cevap verdi. Kürk ve derilere kuşanmış halde iri savaş atının üzerinde lord babası, Bran'a dev gibi görünüyordu. "Robb adamın cesurca öldüğünü söylüyor; Jon'sa korku içinde öldü diyor," dedi.

"Peki sen ne düşünüyorsun bu konuda?" diye sordu babası.

Bran düşündü. "Bir adam korkusuna rağmen cesur olamaz mı?" diyerek yanıtladı.

"Bir adamın gerçekten cesur olabileceği tek andır korktuğu an," dedi babası. "Peki bunu neden yaptığımı anlayabiliyor musun?"

"Çünkü o bir yabanıldı. Yabanıllar kadınları kaçırıp, Ötekiler'e satar."

Lord babası gülümsedi. "Yaşlı Dadı yine hikâyeler anlatmış sana. O adam yeminini bozmuş biriydi, Gece Nöbetçileri'nden firar etmiş bir kaçaktı. Hiçbir adam kaçaklardan daha tehlikeli değildir. Kaçaklar yakalandıklarında öleceklerini bilirler ve bu yüzden en aşağılık ve en zalim suçları işlemekten çekinmezler. Ama benim sana sorduğum şey bu değildi. Ben sana adamın neden ölmesi gerektiğini sormadım. Neden *ben* infaz etmek zorundaydım, onu sordum."

Bran'ın bu soruya verecek bir cevabı yoktu. "Kral Robert'ın bir celladı var," dedi tereddütle.

"Evet, var," diye onayladı babası. "Ondan önceki Targaryen krallarının da olduğu gibi. Fakat bizim usulümüz kadimden geldiği üzeredir. Biz Starklar'ın damarında hâlâ İlk İnsanlar'ın kanı dolaşır. Biz cezanın, hükmü veren tarafından infaz edilmesi gerektiğine inanırız. Kılıcı, hükmü veren indirir. Bir adamın canını alacaksan, onun gözlerine bakıp son sözlerini dinleyecek cesaretin de olmalı. Bunu yapamıyorsan belki de ölmeyi hak etmiyordur hakkında hüküm verdiğin.

Bir gün Bran, Robb'un sancak beyi sen olacaksın. Kendin, kardeşin ve kralın adına yönetmen gereken bir kalen olduğunda adalet senin ellerinden dağıtılacak. O zaman geldiğinde, ölüm emri vermekten zevk duymamalısın ama cezayı infaz etme görevinden de kaçmamalısın. Beslediği cellâtların ardına sığınan hükümdar, er geç unutur ölümün nasıl bir şey olduğunu."

Tam o sırada önlerindeki tepenin zirvesinde Jon belirdi. Elini sallayarak bağırdı. "*Baba, Bran, çabuk gelin. Robb'un ne bulduğuna bakın!*" dedi ve yine kayboldu.

Jory atını yanlarına sürdü. "Bir sorun mu var lordum?"

"Hiç şüphesiz," diye yanıtladı soylu baba. "Gidip oğullarımın nasıl bir haylazlık peşinde olduğunu görelim." Atını hızlıca tepeye doğru sürmeye başladı. Jory, Bran ve diğerleri onun arkasından ilerliyordu.

Robb'u köprünün kuzeyinde, nehir kenarında buldular. Jon hâlâ atının üstünde Robb'un yanında duruyordu. Ay dönümündeki bu yaz sonu karı ağır olmuştu. Robb dizlerine kadar kara gömülüydü. Başlığını kafasından çıkarmıştı, güneş saçlarında parlıyordu. Robb'un kollarının arasında bir şey vardı. İki çocuk fısıltıyla fakat heyecanlı bir şekilde konuşuyordu.

Süvariler, yamuk yumuk ve kar altında gömülü tuzaklarla dolu zeminde dikkatlice sürüyorlardı atlarını. Jory Cassel ve Theon Greyjoy iki kardeşin yanına ilk varanlar oldu. Greyjoy atını sürerken kahkahalar atıp şakalar yapıyordu ama aniden kesildi soluğu. Bran onun "*Tanrılar!*" dediğini duydu. Greyjoy iyice huysuzlaşan atını dizginlemeye çalışırken kılıcına davrandı.

Jory çoktan kınından çıkarmıştı kılıcını. Şahlanan atını sakinleştirmeye çalışıyordu. "Robb, hemen uzaklaş ondan!" diye bağırdı.

Robb sırıttı ve gözlerini kucağında taşıdığı şeyden ayırarak, "Sana bir şey yapamaz Jory," dedi. "Ölmüş."

Bran meraktan alev almış gibiydi. Tam midillisini zorlayıp dörtnala koşturacakken, babası herkesin köprünün yanında attan inmesini ve çocukların yanına yürüyerek gitmesini söyledi. Bran hızlıca atından aşağı inip koşmaya başladı.

O sırada Jon, Jory ve Theon da atlarından indi. "Yedi tepe aşkına, bu ne?" diyordu Theon Greyjoy kendi kendine.

"Bir kurt," dedi Robb.

"Bir ucube," dedi Greyjoy. "Şunun *büyüklüğüne* bir baksana!"

Bran ağabeylerinin yanına ulaşmak için neredeyse beline

kadar gelen bir kar yığınıyla boğuşurken, kalbi göğsünden dışarı çıkacakmışçasına çarpıyordu.

Kanla kaplı büyük ve karanlık bir şekil, yarısına kadar karın içine gömülmüş halde duruyordu. Karmakarışık uzun tüyleri buz tutmuş, keskin çürüme kokusu bir kadın parfümü gibi üzerine yapışmıştı. Bran, içi kıvranan kurtçuklarla dolu iki göz çukuruna ve sapsarı dişlerin göründüğü geniş ağza baktı. Şeklin büyüklüğüydü asıl soluğunu kesen. Bu şey midillisinden bile büyüktü. Babasının hayvan barınağındaki en büyük köpekten katbekat büyüktü.

Jon, "Ucube değil. Bu bir ulu kurt. Diğer kurtlara nazaran çok daha büyük olurlar," dedi sakince.

"Sur'un bu tarafında bir ulu kurt görülmeyeli iki yüz yıl oluyor," diye karşılık verdi Theon Greyjoy.

"Ama şu an biri karşımızda duruyor, işte," dedi Jon.

Bran kara gömülmüş yaratıktan gözlerini alır almaz ağabeyinin kucağındaki tüy bohçasını gördü. Neşeli bir çığlık attı ve yanına yaklaştı. Robb'un kucağında gri siyah tüylü, gözleri henüz açılmamış bir yavru kurt vardı. Robb'un göğsü yavru için beşik olmuştu. Kafasını, deri kıyafetler arasında süt emecek meme arıyormuş gibi Robb'un göğsüne yaslamıştı. Hafif, acıklı sesler çıkarıyordu. "Korkmana gerek yok," dedi Robb. "Ona dokunabilirsin."

Bran tereddütle bir an için dokundu yavruya ve hemen geri çekti elini. "Al bakalım," dedi ağabeyi Jon ve kucağına başka bir yavru verdi. "Tam beş taneler." Bran kara oturdu ve kucağındaki yavru kurda sarıldı. Yanağına değen tüyler yumuşacık ve sıcaktı.

"Bunca yıl sonra diyarda gezinmeye başlayan ulu kurtlar. Hiç hoşlanmadım bundan," diye mırıldandı Seyis Başı Hullen.

"Bu bir alamet," dedi Jory.

Babalarının kaşları çatıktı. "Bu sadece bir hayvan leşi Jory," dedi. Leşin etrafında dönerken, çizmeleri altında ezilen buz tabakası çıtırdıyordu. "Anne kurdu neyin öldürdüğünü biliyor muyuz?"

"Boğazına bir şey takılmış," diye yanıtladı Robb. Daha babası soruyu sormadan cevabı bulduğu için gururlanmış gibiydi. "İşte orada, çenesinin tam altında."

Babası dizlerinin üstünde çöktü ve elini hayvanın başının altına koydu. Ulu kurdun boğazından hızla bir cisim çıkardı ve herkesin görebilmesi için havaya kaldırdı. Elinde kanla kaplı, çatal uçları kopmuş, kırık bir geyik boynuzu vardı.

Bütün kafile derin bir sessizliğe gömüldü. Herkes huzursuzca boynuza bakıyor ve kimse konuşmaya cesaret edemiyordu. Bran bile, neler olduğunu anlamamasına rağmen, korkuya esir düşmüştü.

Babaları elindeki boynuzu bir kenara fırlattı ve kanla kaplı ellerini karda temizledi. "Yavruları doğuracak kadar yaşayabilmesine şaşırdım," dedi. Sesi kafilenin üzerindeki korku büyüsünü bozmuş gibiydi.

"Belki de sağ değildi," dedi Jory. "Pek çok hikâye duydum. Belki de bu dişi, enikler dışarı çıkarken ölüydü."

"Ölüden doğan," dedi bir başka adam. "Uğursuzluk."

"Sorun yok," dedi Hullen. "Kısa zaman içinde enikler de ölmüş olacak."

Bran dehşetle bir çığlık attı.

"Ne kadar çabuk olursa, o kadar iyi," dedi Theon Greyjoy. Kılıcını çıkardı. "Şu yaratıkları bana verin."

Küçük yavru başına gelecekleri anlamış gibi kafasını Bran'ın elleri arasında hareket ettiriyordu. "*Hayır!*" diye bağırdı Bran öfkeyle. "O benim!"

"Kılıcını yerine koy Greyjoy," diye emreden bir sesle konuştu Robb. Sesi tıpkı babası gibi, bir gün olacağı kumandan gibi çıkmıştı. "Bu yavrular bizde kalacak."

"Bunu yapamayız evlat," dedi Hullen'ın oğlu Harwin.

"Yapılacak asıl merhametli şey onları şimdi öldürmek," diyerek lafa karıştı Hullen.

Bran destek almak istermişçesine babasına baktı fakat adam kaşlarını çatmış, somurtuyordu. "Hullen haklı oğlum. Soğuk ve açlıkla gelecek zor ve acılı bir ölümden iyidir."

"*Hayır!*" diye bağırdı tekrar Bran. Gözleri yaşla dolmuştu ama babasının onu ağlarken görmesini istemiyordu. Kafasını çevirdi.

Robb inatla ısrar etti. "Sör Rodrik'in kızıl dişi köpeği geçen hafta yine doğurdu ama yavruların hiçbiri yaşamadı. Hâlâ fazlasıyla sütü vardır, emzirebilir."

"Emmeye çalıştıkları anda yavruları paramparça eder köpek."

"Lord Stark," dedi Jon. Babasına böyle resmi hitap etmesi garipti. Bran umutsuzca Jon'a bakıyordu. "Beş yavru var. Üç erkek, iki dişi," dedi Jon babasına.

"Ne demek istiyorsun?" diye sordu lord.

"Sizin de beş meşru evladınız var. Üç oğul, iki kız. Ulu kurt Stark Hanedanı'nın arması. Bu yavrular sizin çocuklarınız tarafından sahiplenilmek için doğmuş."

Bran babasının yüz ifadesinin değiştiğini gördü. Kafiledeki adamlar bakışıyordu. Bran yedi yaşında olmasına rağmen ağabeyi Jon'un ne yaptığını anlamıştı. Yavruların sayısı lordun çocuklarına denkti çünkü Jon kendisini hesaba katmamıştı. Kızları ve hatta bebek Rickon'u saymıştı ama kuzeyde gayrimeşru doğan şanssız çocuklara verilen "Kar" soyadını taşıyan kendisini toplamın dışında tutmuştu.

Babaları da Jon'un ne yaptığının farkındaydı. "Kendin için bir yavru istemez misin Jon?" dedi yumuşacık bir sesle.

"Bu ulu kurt Stark Hanedanı'nın sancağını onurlandırıyor," dedi Jon. "Ben bir Stark değilim baba."

Lord babaları düşünceli fakat takdir dolu bir ifadeyle baktı Jon'a. Robb çöken sessizliği bozdu. "Ben yavruyu ellerimle besleyeceğim baba. Bir havluyu süte bastıracağım ve yavru oradan emecek."

"Ben de!" diye bağırdı Bran.

Lord, kararlılıklarını tartıyormuş gibi oğullarına bakıyordu. "Söylemesi kolay, yapması zor," dedi. "Hizmetkârlarımızın vaktini bu işle harcamanızı istemem. Eğer bu yavrulara bakmak istiyorsanız, bütün işi kendiniz yapacaksınız. Anlaşıldı mı?"

Bran başıyla onayladı. Yavru kurt kollarının arasında hareket ediyor, sıcak diliyle yanağını yalıyordu.

"Ayrıca onları eğitmek zorundasınız. Sizi temin ederim ki barınak başı bu canavarlara dokunmaz bile. Ve eğer bu yavruları ihmal eder, kötü yetiştirir, vahşileştirirseniz tanrılar yardımcınız olsun. Bunlar küçük bir ödül için maskaralık yapan ya da bir tekmeyle uzaklaştırabileceğiniz köpeklere benzemez. Bir ulu kurt adamın kolunu, bir köpeğin fareyi öldürdüğü gibi kolayca koparır yerinden. Bu yavruları büyütmek istediğinizden emin misiniz?"

"Evet baba," dedi Bran.

"Evet," diye onayladı Robb.

"Bu yavrular siz ne yaparsanız yapın ölecek."

"Ölmeyecekler. Onları yaşatacağız," dedi Robb.

"Öyleyse alıyorsunuz. Jory, Desmond, diğer yavruları da alın. Artık Kışyarı'na dönmemizin zamanı geldi."

Atlarına binip yola çıktıklarında, Bran zaferin şekerli tadını ağzında hissediyordu. Yavru kurdunu kıyafetindeki deri katlarının arasında sarmalamış, sıcak bedenine yaslamış, yolculuk için güvene almıştı. Şimdi yavrusuna ne isim vereceğini düşünüyordu.

Köprünün yarısına geldiklerinde Jon aniden durdu.

"Ne oldu Jon?" diye sordu babası.

"Duymuyor musunuz?"

Bran ağaçları sallayan rüzgârı, demir ağacından yapılmış köprüye vuran nal seslerini, aç yavrudan gelen gurultuları duyuyordu ama Jon bambaşka bir şeyi dinliyor gibiydi.

"İşte!" dedi Jon. Hemen atını çevirdi ve tam ters istikamete, köprünün başına doğru koşturdu. Ölü ulu kurdun olduğu yerde atından inip yere çöktü. Bir an sonra, yüzünde bir gülümsemeyle, kafileye doğru geliyordu.

"Diğer yavrulardan uzakta kalmış olmalı," dedi Jon.

"Ya da uzağa bırakılmış," dedi babaları altıncı yavruya bakarken. Bu yavrunun tüyleri bembeyazdı. Gözleri kan kadar kırmızıydı. Bran, diğer yavruların gözleri henüz açılmamışken, bu beyaz yavrunun gözlerinin neden açık olduğunu merak etti.

"Bu bir albino," dedi Theon Greyjoy. Eğleniyor gibiydi. "Bu enik diğerlerinden de önce can verir."

Jon Kar babasının himayesindeki çocuğa uzun ve soğuk bir bakışla cevap verdi. "Ben senin gibi düşünmüyorum Greyjoy," dedi. "Bu yavru benim."

CATELYN

Catelyn bu tanrı korusunu hiç sevememişti.

Üç Dişli Mızrak'ın Kızıl Çatal'ında, Nehirova'nın en güneyinde bir Tully olarak dünyaya gelmişti. Oradaki tanrı korusunda, uzun kızıl ağaçların ışıldayan dereler üzerine alaca benekler bıraktığı, kuşların gizli yuvalarında şarkılar söylediği, çiçek ve baharat kokan, parlak, havadar bahçeler vardı.

Kışyarı'nın tanrı korusu daha farklıydı. Çevresinde yükselen kasvetli duvarların ortasında, yüzyıllardır el sürülmemiş, üç dönümlük karanlık ve ilkel bir ormandı. Nemli toprak ve çürümüşlük kokuyordu. Burada kızıl ağaç yetişmiyordu. Burası, dalları gri yeşil dikenlerden oluşan zırhlar giymiş muhafız ağaçlarının, kudretli meşelerin ve en az kök saldıkları diyarın toprağı kadar yaşlı demir ağaçlarının ormanıydı. Birbirine yakın, kalın, koyu renkli ağaç gövdelerinin yüksekteki dalları iç içe geçerek, gökyüzünde sık örülmüş bir kubbe oluşturuyordu ve şekilsiz ağaç kökleri toprak altında güreşiyordu. Burası kuluçkaya yatmış gölgelerin ve derin sessizliklerin ormanıydı. Bu ormanda yaşayan tanrıların isimleri de yoktu.

Ama bu gece kocasını burada bulacağını biliyordu. Kocası ne zaman bir adamın canını alsa, gelip bu tanrı korusunda dua eder, sükunet ve huzur arardı.

Catelyn yedi kutsal yağ ile vaftiz edilmiş ve Nehirova septinin gökkuşağı havuzunda isimlendirilmişti. Babası, büyükbabası ve onlardan öncekiler gibi İnanç'a mensuptu. Onların tanrılarının isimleri vardı ve yüzleri anne babasının yüzleri kadar tanıdıktı. Buhurdanlıklı bir asa, ışıkla adeta canlanan yedi kenarlı bir kristal, şarkı söylerken giderek yükselen sesler eşliğinde ibadet ederlerdi. Tullyler'in de, her hanedanın olduğu gibi bir tanrı korusu vardı ama koru huzur içinde gezinmek, kitap okumak ya da güneşin altında uzanıp dinlenmek içindi. İbadet sept denen ibadethanelerde yapılırdı.

Ned, Catelyn'in hatırına, yedi yüzlü tanrıları adına şarkı söyleyebilmesi için küçük bir sept inşa ettirmişti ama Starklar'ın damarlarında İlk İnsanlar'ın kanı dolaşıyordu. Onlar yeşil ormanın yaşlı, isimsiz, yüzü olmayan tanrılarına inanıyordu, ormanın çocukları gibi.

Korunun ortasında, siyah ve soğuk gölcüğün üzerine eğilmiş kadim bir büvet ağacı vardı. Ned bu ağacı "yürek ağacı" olacak seçmişti. Büvet ağacının kabuğu kemik kadar beyaz, yaprakları koyu kırmızıydı. Yapraklar kana bulanmış binlerce el gibi görünürdü. Ulu büvet ağacının gövdesine, uzun, melankolik ifadeli bir surat oyulmuştu. İyice derin oyulmuş göz çukurları kurumuş reçine yüzünden kıpkızıldı ve tuhaf bir şekilde etraftaki her şeyi izliyor gibi dururdu. Yaşlıydı bu gözler, Kışyarı'ndan bile yaşlı. Eğer efsaneler doğruysa Mimar Brandon'ın ilk taşı yere koyuşunu, ardından kalenin granit duvarlarının yükselişini izlemişlerdi. Rivayete göre yüz yıllar önce, İlk İnsanlar, Dar Deniz'den gelmeden evvel ormanın çocukları oymuştu ağaçlara bu yüzleri.

Yeşil adamların ısrarla ağaçların nöbetini tuttuğu Yüzler Adası haricinde, güneydeki son büvet ağaçları da en az bin yıl önce kesilmiş ya da yakılmıştı. Burada durum başkaydı. Burada her kalenin bir tanrı korusu, her tanrı korusunun bir yürek ağacı ve her yürek ağacının bir suratı vardı.

Catelyn kocasını büvet ağacının altında, yosun tutmuş bir kayanın üstünde otururken buldu. Kılıcı Buz'u kucağına yatırmış, gece kadar karanlık sularla üzerindeki kanı temizliyordu. Tanrı korusunun zeminini binlerce yıldır kaplayan kalın humuslu toprak Catelyn'in ayak seslerini yutuyordu ama büvet ağacının gözleri her adımını izliyordu sanki. "Ned," diye seslendi usulca.

Ned karısına bakmak için kafasını kaldırdı. "Catelyn," dedi. Sesi mesafeli ve ciddiydi. "Çocuklar nerede?" diye sordu.

Catelyn'e her zaman sorduğu soruydu bu. "Mutfaktalar. Kurt yavrularına verecekleri isimleri tartışıyorlar." Pelerinini yere serdi. Sırtını büvet ağacına dayayarak gölcüğün kenarına oturdu. Sırtı ağaca dönük olmasına rağmen gözlerin onu izlediğini hissediyordu. Bu histen kurtulmaya çalıştı. "Arya çoktan yavruya âşık oldu. Sansa adeta büyülendi fakat Rickon alışamadı henüz."

"Korkuyor mu?" diye sordu Ned.

"Biraz," dedi Catelyn. "Daha üç yaşında."

Ned suratını buruşturdu. "Korkularıyla yüzleşmeyi öğrenmeli. Sonsuza kadar üç yaşında kalmayacak. Kış geliyor," dedi.

"Evet," diyerek onayladı Catelyn. Kocasının kelimeleri her zaman olduğu gibi onu ürpertmişti. Starklar'ın sözü. Her büyük hanedanın böyle sözleri vardı. Hanedan özdeyişleri, duaya benzeyen cümleler, zafer, onur, dürüstlük ve sadakatle ilgili iftihar dolu ifadeler. İnanç ve cesaret yeminleri. Starklar dışındaki bütün hanedanların sözleri bunları anlatırdı. *Kış geliyor*, derdi Starklar. Catelyn kim bilir kaçıncı kez, kuzeylilerin ne kadar tuhaf insanlar olduğunu düşündü.

"Hakkını vermem gerek, adam iyi bir şekilde öldü," dedi Ned. Elindeki yağlanmış deri parçasını özenle kılıcına sürüyordu. Metal koyu bir parlaklık kazanmaya başlamıştı. "Bran için de sevindim," diye devam etti. "Onu görmeliydin. Gurur duyardın."

"Ben Bran'la her zaman gurur duyuyorum," diye yanıtladı Catelyn. Adamın kılıcını okşamasını seyrediyordu bir yandan. Kılıç dövülürken birbiri üzerine bindirilmiş yüzlerce katmanı seçebiliyordu. Catelyn kılıçlara hiç ilgi duymuyordu ama Buz'un kendine has güzelliğini inkâr edemezdi. Kılıç, Kıyamet'in kadim Özgür Kale'yi yıkmasından önce, Valyria'da demir ustalarının kılıç yaparken çekiçlerinin yanı sıra, büyü de kullandığı zamanlarda yapılmıştı. Buz tam dört yüz yaşındaydı ama dövüldüğü ilk günkü kadar keskindi hâlâ. Taşıdığı isim kendisinden de eskiydi. Kahramanlar Çağı'ndan kalan bir mirastı adı. O zamanlar Starklar, Kuzey Kralları'ydı.

"Bu seneki dördüncü adamdı bu," dedi Ned üzüntüyle. "Zavallı adam delirmiş gibiydi. Bir şey içine öyle derin bir korku salmıştı ki kelimelerimi duymuyordu bile." İçini çekti. "Benjen, Gece Nöbetçileri'ndeki kardeşlerin sayısının binin altına düştüğünü yazmış bana. Kaybettiğimiz adamlar sadece kaçaklar değil. Keşiflerde de adam kaybediyoruz."

"Yabanılların işi mi?" diye sordu Catelyn.

"Başka kimin işi olacak?" diye yanıtladı Ned. Buz'u kaldırdı ve soğuk çeliğe baştan aşağı baktı. "Daha da kötü olacak. Korkarım sancakları kaldırıp kuzeye gitmem, Sur'un Ötesindeki Kral'la meseleyi kökünden çözmek için hesaplaşmamı gereken gün yaklaşıyor."

"Sur'un ötesine mi?" Bu düşünce Catelyn'i titretmeye yetmişti.

Ned karısının yüzündeki dehşeti gördü. "Mance Rayder bizi korkutabilecek bir adam değil," dedi.

"Sur'un ötesinde çok daha karanlık şeyler de var," diye yanıtladı Catelyn. Döndü ve arkasındaki büvet ağacına baktı. Ağaç soluk gövdesi, kıpkırmızı gözleri ve ağır düşünceleriyle onu izliyor, dinliyordu.

Ned şefkatle gülümsedi. "Yaşlı Dadı'dan çok hikâye dinliyorsun. Ötekiler, ormanın çocukları kadar ölü. Onlar ölüp gideli neredeyse sekiz bin yıl oldu. Üstat Luwin'e sorarsan hiç yaşamadılar, der. Onları gerçekten görmüş olan kimse yok."

"Bu sabaha kadar bir ulu kurt gören de yoktu," diye hatırlattı Catelyn.

"Bir Tully kadınıyla tartışmamam gerektiğini şimdiye kadar öğrenmiş olmalıydım," dedi Ned gülümseyerek. Buz'u kınına yerleştirdi. "Buraya bana korku masalları anlatmak için gelmiş olamazsın. Bu koruyu ne kadar az sevdiğini biliyorum, söyle bana leydim, neyin var?"

Catelyn kocasının elini avuçlarına aldı. "Bu sabah keder verici bir haber aldık lordum. Düşüncelerini temizlemeden söylemek istemedim." Haberin yaratacağı darbeyi yumuşatmanın bir yolu yoktu, bu yüzden bir çırpıda söyledi Catelyn. "Çok üzgünüm sevgilim. Jon Arryn ölmüş."

Gözleri buluştu. Catelyn bu haberin kocasını nasıl sarsacağını biliyordu; lordun gözlerindeki hüzün dayanılmazdı. Ned gençliğinde Kartal Yuvası'nda eğitilmişti ve çocuğu olmayan Lord Arryn hem Ned'in, hem de himayesi altına aldığı diğer çocuk olan Robert Baratheon'ın ikinci babası olmuştu. Deli Kral İkinci Aerys Targaryen ikisinin de kellesini istediğinde, Kartal Yuvası Lordu Arryn, ay ve şahinle süslenmiş sancaklarını kaldırarak isyan etmiş, koruma sözü verdiği iki çocuğu teslim etmek yerine savaşmayı tercih etmişti.

Ve on beş yıl önce bir gün, Ned ve Lord Arryn, Nehirova'nın

septinde, Lord Hoster Tully'nin iki kızıyla evlendiklerinde, bu ikinci baba aynı zamanda kardeşi olmuştu.

"Jon..." diye mırıldandı Ned. "Bu haber kesin doğru mu?" diye sordu.

"Zarfın üzerinde kralın mührü vardı ve mektup Robert'ın el yazısıyla yazılmıştı. Sana vermek üzere sakladım," dedi Catelyn. "Robert, Lord Arryn'ın çabuk öldüğünü de yazmış. Üstat Pycelle bile öyle çaresiz kalmış ki, daha fazla acı çekmemesi için lorda haşhaş sütü içirmiş."

"Ölüm karşısında küçük bir merhamet sanırım," dedi Ned. Catelyn onun yüzündeki derin acıyı görebiliyordu ama bu durumda bile kendisinden önce karısını düşünüyordu. "Ya kız kardeşin? Jon'un oğlu? Onlardan bir haber var mı?"

"Mektupta sadece iyi oldukları ve Kartal Yuvası'na döndükleri yazıyordu," dedi Catelyn. "Keşke Nehirova'ya gitselerdi. Kartal Yuvası çok yüksek ve ıssız bir yer. Üstelik orası her zaman kocasının yeri oldu, onun değil. Lord Jon'un hatıraları onu orada rahat bırakmayacak. Her taşın üzerinde bir anı kazılı. Kız kardeşimi tanıyorum. Şu anda ihtiyacı olan şey aile ve dost şefkati aslında."

"Amcan Vadi'yi bekliyor değil mi? Jon onu Geçit Şövalyesi ilan etmişti."

Catelyn başıyla onayladı. "Brynden'ın kardeşim ve oğlu için elinden geleni yapacağına eminim. Bu biraz teselli bulmamı sağlıyor ama yine de..."

"Yanına gitmelisin," dedi Ned. "Çocukları da götür. İçindeki boşluğu çocuk sesleri ve kahkahalarla doldur. O zavallı çocuğun da yalnız kalmaması gerek. Etrafında başka çocuklara ihtiyacı var şu anda. Lysa da kederiyle baş başa kalmamalı."

"Gidebilmeyi isterdim ama başka havadislerim de var," dedi Catelyn. "Mektupta, kralın seni ziyaret etmek üzere Kışyarı'na doğru yola çıktığı yazıyor."

Ned'in duyduğunu anlaması için zaman geçmesi gerekti ama sonunda anladığında gözlerindeki karanlık kayboldu. "Robert buraya mı geliyormuş?" Kadın başıyla onayladığında, Ned'in yüzüne bir gülümseme yayıldı.

Catelyn kocasının neşesini paylaşabilmek isterdi ama avlularda konuşulanları duymuştu. Boğazında kırık bir geyik boynuzuyla kara gömülmüş ölü bir ulu kurt. Dehşet sinsi bir yılan gibi koynuna girmişti. Alametlere hiç anlam yüklemeyen sevgili kocasına gülümsemek için zorladı kendini. "Bu habere sevineceğini biliyordum," dedi. "Sur'daki kardeşine de haber göndermeliyiz."

"Evet, elbette," diyerek onayladı Ned. "Benjen burada olmak isteyecektir. Üstat Luwin'e en hızlı haberci kuşunu salmasını söylemeliyim." Ayağa kalktı ve ellerinden tutup Catelyn'i de kaldırdı. "Lanetler olsun. Görüşmeyeli kim bilir kaç yıl oldu. Böyle son anda mı haber verilir? Mektupta kaç kişilik bir kafileyle geleceği yazıyor mu?"

"En az yüz şövalye, hizmetkârları, onların yarısı kadar da hürsüvari geleceğini tahmin ediyorum. Cersei ve çocukları da onlarla birlikteymiş."

"Robert onların güvenliği için aheste hareket edecektir. Bu çok iyi. Böylece hazırlanmak için biraz zaman kazanmış oluruz," dedi Ned.

"Kraliçe'nin erkek kardeşleri de kafiledeymiş" dedi Catelyn.

Ned bu haber karşısında yüzünü buruşturdu. Catelyn kocasının, kraliçenin ailesine karşı pek sevgi beslemediğini biliyordu. Casterly Kayası'nın Lannisterlar'ı her şey kazanıldıktan ve zafer kesinleştikten sonra koşmuşlardı Ned'in yardımına. Ned bunu asla affedememişti. "Ne yapalım, Robert'ın ziyaretinden alacağım keyfin bedeli birkaç Lannister'a katlanmaksa, seve seve. Robert sarayının yarısını beraberinde getiriyormuş gibi geldi bana."

"Diyar kralı takip eder," dedi Catelyn.

"Çocukları görmek de iyi olacak. Son gördüğümde, en küçükleri hâlâ Lannister kadınının memesini emiyordu. Şimdi beş yaşlarında olmalı değil mi?"

"Prens Tommen yedi yaşına geldi. Bran'la yaşıtlar. Lütfen Ned, diline biraz hâkim olmalısın. Lannister kadını dediğin kadın artık bizim kraliçemiz ve duyduğuma göre her geçen yıl biraz daha artıyormuş azameti."

Ned karısının elini sıktı hafifçe. "Bir ziyafet düzenlemeliyiz. Şarkıcılar olmalı. Robert mutlaka ava da çıkmak isteyecektir.

Jory'yi şeref muhafızları birliğiyle birlikte güneye yollamalıyım ki kafileyi Kral Yolu'nda karşılayıp buraya kadar eşlik etsin. Ah, Tanrılar! Biz bu kadar insanı nasıl besleyeceğiz? Yola çoktan çıkmış dedin değil mi? Sen de, asil postun da kahrolun be adam!"

DAENERYS

Ağabeyi, elbiseyi iyice görebilmesi için yukarı kaldırdı. "Şu güzelliğe bak. Haydi durma, dokun. Kumaşı hisset," dedi.

Dany elbiseye dokundu. Elbise o kadar yumuşaktı ki, parmaklarının arasından su gibi akıyordu adeta. Daha önce bu kadar yumuşak bir şey giyip giymediğini hatırlamıyordu. Olağanüstü yumuşaklığı neredeyse korkutucuydu. Ellerini elbiseden çekti. "Bu benim mi?"

"Yargıç İllyrio'nun armağanı," dedi Viserys gülümseyerek. Erkek kardeşinin neşesi epey yerindeydi bu akşam. "Elbisenin rengi gözlerindeki menekşeyi ortaya çıkaracak. Altın da takacaksın, ayrıca çok çeşitli mücevherler. İllyrio söz verdi. Bu gece bir prenses gibi görüneceksin."

Bir prenses... diye düşündü Dany. Prensesliğin nasıl bir şey olduğunu unutmuştu. Belki de gerçekten bilmediği içindi. "Bize neden bu kadar çok şey veriyor?" diye sordu. "Bizden istediği ne?" Neredeyse altı aydır yargıcın evinde kalıyorlardı. Onun yemeğini yiyor, hizmetçileri tarafından şımartılıyorlardı. Dany on üç yaşındaydı. Böylesi büyük hediyelerin bir karşılık beklemeden verilmeyeceğini bilecek kadar olgundu. Özellikle Özgür Şehir Pentos'ta.

"İllyrio aptal değil," dedi Viserys. Sıska, sinirli elleri ve soluk lila renkli gözleriyle hummalı bakan genç bir adamdı. "Yargıç, tahtıma kavuştuğumda dostlarımı unutmayacağımı biliyor."

Dany bir şey söylemedi. İllyrio aslında bir tüccardı. Değerli taşlar, baharatlar, ejderha kemikleri gibi iştah kabartan her şeyi alıp satardı. Dokuz Özgür Şehir'in hepsinde dostları vardı. Hatta Vaes Dothrak'ta ve çok daha uzak topraklarda, Yeşim Denizi'nin ardındaki efsanevi yerlerde bile tanıdıkları olduğu söyleniyordu. Doğru fiyat teklif edildiğinde neşe içinde satmayacağı bir dostu olmadığı da söylenenler arasındaydı. Dany yargıçla ilgili sokaklarda söylenenleri biliyordu, hepsini duymuştu ama erkek kardeşinin hayal ağlarını koparmak, onu hayal kurarken sorgulamak istemiyordu. Erkek kardeşi öfkelendiğinde korkunçlaşıyordu. Viserys böyle durumlara "Ejderhayı uyandırmak" diyordu.

Viserys elbiseyi kapının kenarına astı. "İllyrio sana banyo yaptırmaları için köleleri gönderecek. Şu ahır kokusunun, üstünden çıktığından emin ol. Khal Drogo'nun binlerce atı var, bu gece binecek başka türlü bir at arıyor." Eleştiri dolu bakışlarla kız kardeşini süzdü. "Hâlâ kambur duruyorsun. Duruşunu düzelt," dedi. Kızın omuzlarını elleriyle geriye itti. "Artık bir kadının vücuduna sahip olduğunu göstermelisin onlara." Parmakları kızın yeni tomurcuklanan göğsünü yukarıdan aşağı doğru okşadı ve göğüs ucunu sıktı. "Bu gece beni hayal kırıklığına uğratmayacaksın. Eğer uğratırsan sonuçlarına katlanırsın. Uyuyan ejderhayı uyandırmak istemezsin değil mi?" Parmakları göğüs ucunu zalimce büktü. Elbisesinin kalın kumaşı üzerinden hoyratça buruyordu göğüs ucunu. "İstemezsin *değil mi*?" diye tekrarladı.

"Hayır," diye yanıtladı Dany çaresizce.

Erkek kardeşi gülümsedi. "Harika." Kızın saçlarını adeta şefkatle okşadı. "Saltanatımın tarihini yazdıklarında benim tatlı kız kardeşim, bu gece başladığını söyleyecekler."

Ağabeyi odadan çıktığında Dany pencerenin önüne gitti ve körfezin sularını efkârla izlemeye başladı. Batan güneşin altında, Pentos'un kare tuğlalardan yapılmış binalarının siluetleri yan yana dizilmişti. Kırmızı rahiplerin gece ateşlerini yakarken söyledikleri şarkıları ve malikânenin duvarlarının ardında gürültüyle oyun oynayan pejmürde kıyafetli çocukların seslerini duyuyordu. Bir an için dışarıda onlarla olabilmeyi diledi. Yalın ayak, nefesi kesilmiş halde, paçavralar içinde, hiç geçmişi ve geleceği olmadan, Khal Drogo'nun malikânesindeki ziyafete davet edilmiş olmadan, dışarıda onlarla birlikte koşturabilmeyi hayal etti.

Batan güneşin ardında, Dar Deniz'in öbür kıyısında, yeşil tepeli, çiçeklerle kaplı ovaları olan, gürleyerek akan büyük nehirlerin bulunduğu, mavi gri dağların sırtına kondurulan koyu taşlardan örülü kalelere ev sahipliği yapan ve lordlarının sancağı altında savaşa giden zırhlı şövalyelerin olduğu bir yer vardı. Dothraklar o topraklara *Rhaesh Andahli* diyordu. Yani Andallar'ın yurdu. Özgür Şehirler'deyse, Batıdiyar ya da Gün Batımı Krallıkları denirdi. Erkek kardeşi çok daha basit bir isim bulmuştu: "Bizim topraklar." Bu iki kelime dudaklarından hiç eksik olmayan bir duaya dönüşmüştü. Sanki, yeterince tekrar ederse tanrılar duyacaktı onu. "Kan hakkıyla bizim, bizden hıyanetle çalınmış ama özde hâlâ bizim, sonsuza kadar bizim. Ejderhadan bir şey çalınamaz. Hayır çalınamaz. Ejderha unutmaz."

Belki ejderha hatırlıyordu ama Dany hatırlamıyordu. Ağabeyinin bizim topraklarımız dediği, Dar Deniz'in karşı kıyısındaki bu yerleri hiç görmemişti. Sürekli bahsettiği Casterly Kayası, Kartal Yuvası, Yüksek Bahçe, Arryn Vadisi, Dorne ve Yüzler Adası onun için anlamsız kelimelerdi sadece. İşgalci'nin ordularından korunmak için Kral Toprakları'ndan kaçtıklarında Viserys sekiz yaşındaydı. Daenerys ise annesinin rahminde bir tohumdu o zamanlar.

Ağabeyi o topraklardan sürülüşleriyle ilgili o kadar çok hikâye anlatmıştı ki, Dany gözünde canlandırabiliyordu bazen. Siyah yelkenlerine ay ışığı vuran gemiyle Ejderha Kayası'na kaçışları, ağabeyleri Rhaegar'ın Üç Dişli Mızrak'ın kanlı sularında İşgalci'ye karşı verdiği mücadele ve sevdiği kadını korurken ölmesi, Kral Toprakları'nın, Viserys'in İşgalci'nin köpekleri dediği Lannister ve Starklar tarafından yağmalanması, Rhaegar'ın veliahtı bebeğin, annesi Dorne Prensesi Elia'nın göğsünden alınması ve bütün yalvarışlarına rağmen gözünün önünde katledilmesi, taht odasının duvarlarındaki cilalı ejderha kafataslarının şahitliğinde, Kral Katili'nin tek hamlede babalarının boğazını altın bir kılıçla kesmesi.

Dany kaçışlarından dokuz ay sonra, öfkeli bir fırtınanın adayı darmadağın etmesine ramak kala, Ejderha Kayası'nda doğmuştu. Yaşayanlar o fırtınanın korkunç olduğunu söylüyordu. Targaryen donanması, limanda demir atmış olmasına rağmen sular tarafından yutulmuştu. Siper duvarlarından sökülen büyük bloklar Dar Deniz'in vahşi sularına yapraklar gibi savrulmuştu. Annesi Dany'yi doğururken can vermişti ve bu sebeple ağabeyi Viserys onu hiç affetmemişti.

Dany, Ejderha Kayası'nı da hatırlamıyordu. Oradan da kaçmak zorunda kalmışlardı. Çünkü İşgalci'nin kardeşi yeni inşa ettiği donanmasıyla tekrar yelken açmıştı. Hanedanlarının sahip olduğu Yedi Krallık'tan ellerinde kalan sadece Ejderha Kayası idi ama orayı da uzun zaman ellerinde tutamayacaklardı. Ejderha Kayası'ndaki garnizon, onları İşgalci'ye satmaya hazırdı. Bir gece vakti Sör Willem Darry ve dört sadık adamı, ağabeyi ve kendisinin kaldığı çocuk odasına girmiş, onları ve sütannelerini tehlikeden uzaklaştırmak için alıp götürmüştü. Aynı gece Braavos'un güvenli kıyılarına doğru yelken açmışlardı.

Sör Willem'i hayal meyal hatırlıyordu. İri gri sakallı, yarı kör, hasta yatağından bile kükreyerek emirler yağdıran bir adamdı. Hizmetçilerin ödü kopardı ondan ama Dany'ye her zaman şefkat ve nezaket gösterirdi. "Küçük Prensesim" diye seslenirdi ona. Bazen de "Leydim" derdi. Sör Willem'in elleri eski deriler kadar yumuşaktı. Hasta yatağından hiç çıkmadı. Hastalığın nemli, sıcak, şekerli, tuhaf kokusu her geçen gün biraz daha çöküyordu üstüne. O zamanlar Braavos'taki kırmızı kapılı büyük evde yaşıyorlardı. Dany'nin kendisine ait bir odası vardı o evde. Penceresinin hemen dibinde bir limon ağacı vardı. Sör Willem öldükten sonra, hizmetçiler kalan parasının hepsini çaldı ve iki kardeşi kapının önüne koydu. Büyük kırmızı kapı yüzlerine kapandığında çok ağlamıştı Dany.

O günden beri adeta birer göçebe gibi yaşıyorlardı. Braavos'tan Myr'e, Myr'den Tyrosh'a, oradan Qohor'a, ardından Volantis'e, Lys'e. Hiçbir yerde uzun süre kalmalarına izin vermiyordu ağabeyi. İşgalci'nin kiralık katillerinin hâlâ peşlerinde olduğunu söylüyordu ama Dany hiç görmemişti bahsettiği bu adamları.

İlk zamanlarda bütün yargıçlar, hükümdarlar ve tacir prensler, kalan son iki soylu Targaryen kardeşleri ağırlamaktan, sofralarında yedirip içirmekten memnuniyet duyuyordu. Fakat yıllar geçtikçe ve İşgalci, Demir Taht'ta oturmaya devam ettikçe, kapılar yüzlerine kapanmaya başladı. Hayatları her gün biraz daha merhametsizleşiyordu. Ellerinde kalan son hazine parçalarını sırayla satmak zorunda kalmışlardı. Annelerinin tacını sattıklarında ellerine geçen parayı bile son kuruşuna kadar harcamışlardı. Pentos'un sokaklarında ve meyhanelerinde, Viserys için "Yalvaran Kral" diyorlardı. Dany kendisine nasıl bir isim taktıklarını bilmek istemiyordu.

"Bir gün her şeyi geri alacağız tatlı kız kardeşim," diye sözler veriyordu Viserys. Elleri titriyordu bu konudan bahsederken. "Mücevherleri, ipekleri, Ejderha Kayası'nı, Kral Toprakları'nı, Demir Taht'ı ve Yedi Krallık'ı, bizden çalınan ne var ne yoksa hepsini geri alacağız." Viserys o gün için yaşıyordu. Daenerys'in geri istediği şeyse, kırmızı kapılı büyük ev, penceresinden ona gülümseyen limon ağacı ve asla yaşayamadığı çocukluğuydu.

Kapıya hafifçe vuruldu. "Gir," dedi Dany pencereden uzaklaşırken. İllyrio'nun hizmetçileri eğilerek selam verdiler ve işlerini yapmaya başladılar. Onlar köleydi. Yargıcın çok sayıdaki Dothraklı arkadaşlarından birinin hediyesi. Aslında Özgür Şehir Pentos'ta kölelik yoktu ama onlar köleydi işte. Yaşlı olanı bir fare kadar gri ve ufaktı, asla konuşmazdı ama genç bir kız olan diğer köle yaşlı kadın yerine de bol bol konuşurdu. İllyrio'nun favorisi, sarı saçlı bu on altı yaşındaki kız, işini yaparken sürekli gevezelik ederdi.

Küveti mutfaktan getirdikleri sıcak suyla doldurdular ve suya kokulu yağlar kattılar. Genç köle, Dany'nin kalın ve kaba pamuk kumaştan dikilmiş elbisesini çıkartıp küvete girmesine yardım etti. Su kaynar derecede sıcaktı ama Daenerys hiç ses çıkarmadı. Sıcak suyu seviyordu. Kendisini temiz hissediyordu sıcak suyun içinde. Ayrıca, ağabeyi ona bir Targaryen'ın asla sıcaktan korkmayacağını söylüyordu sık sık. "Bizimki Ejderha Hanedanı," diyordu. "Ateş bizim kanımızda var."

Yaşlı kadın, Dany'nin uzun gümüş rengi saçlarını özenle yıkadı ve dolaşmış yerlerini tarayarak açtı. İşini sessizce yapıyordu. Genç köle, Dany'nin sırtını ve ayaklarını keselerken, ona ne kadar şanslı olduğunu söylüyordu. "Drogo öyle zengin ki hizmetçileri bile altın boyunluklar takıyor. *Khalasar*'ında yüz binden fazla süvari görevli ve Vaes Dothrak'taki sarayında, her biri gümüş kapılı tam iki yüz oda var." Daha pek çok şey anlatıyordu genç köle. *Khal*'ın ne kadar yakışıklı olduğunu, uzun boyunu, cesaretini, savaşlardaki korkusuzluğunu, canavarca ok atabildiğini, kusursuz bir binici olduğunu. Daenerys hiçbir şey söylemedi. Gereken yaşa geldiğinde ağabeyi Viserys ile evleneceğini düşünmüştü hep. Fatih Aegon'ın kız kardeşiyle evlendiği günden beri, Targaryenlar'ın kardeşleriyle evlendirilmesi gelenek halini almıştı. Viserys ona binlerce kez, kan saf kalmalı, demişti. Onların damarlarında kralların kanı dolaşıyordu. Valyria'nın kadim altın kanını, ejderhaların kanını taşıyorlardı ve bu soylu kana daha aşağıda bir kan karıştırılamazdı. Ama işte şimdi, ağabeyi Viserys, onu bir yabancıya, bir barbara satmaya kararlıydı.

Tamamen temizlendiğinde köleler küvetten çıkmasına ve kurulanmasına yardım etti. Genç köle saçlarını dökme gümüş gibi parlayıncaya kadar fırçaladı. Yaşlı kadın, Dothrak düzlüklerinden toplanmış baharatlı çiçeklerden yapılmış parfümü, küçük dokunuşlarla Dany'nin bileklerine, kulaklarının arkasına, göğüs uçlarına, dudaklarına ve bacaklarının arasına vaftiz edermişçesine sürdü. Yargıç İllyrio'nun gönderdiği mor erik rengi, gözlerinin menekşe rengini ortaya çıkaracak avuç içi kadar ipek elbiseyi üstüne giydirdiler. Genç köle ayaklarına işlemeli sandaletleri giydirirken, yaşlı kadın ametistlerle süslenmiş tacı başına yerleştirdi. Son olarak da, antik Valyria kabartmalarıyla süslenmiş ağır altın bir boyunluk boynuna geçirildi.

İşleri bittiğinde genç köle nefesi kesilmiş bir halde, "İşte şimdi bir prenses gibi görünüyorsunuz," dedi. İllyrio'nun nezaket göstererek yolladığı aynada kendine baktı Dany. *Bir prenses* diye düşündü. Genç kölenin onu yıkarken söylediklerini hatırladı. Drogo o kadar zengindi ki, hizmetçileri bile altın boyunluklar takıyordu. Ürperdiğini hissetti. Çıplak kollarındaki tüyler diken diken olmuştu.

Erkek kardeşi serin giriş holünde, havuzun kenarında oturmuş, parmaklarıyla suya şekiller çizerek bekliyordu. Dany'yi görür görmez kalktı ve eleştiren gözlerle kızı süzmeye başladı. "Orada dur," dedi kıza. "Şimdi dön. Evet, güzel, nasıl desem, şey gibi görünüyorsun..."

"Kraliyete yakışır," diyerek tamamladı kemerli yolda aniden beliren Yargıç İllyrio. O kadar iri bir adamdan beklenmeyecek bir zarafetle hareket ediyordu. Alev renkli ipek elbisesinin altındaki katman katman yağları o yürüdükçe sallanıyordu. Her parmağında farklı değerli taşlardan yapılmış bir yüzük parıldıyordu. Uşağı, çatal şekilli sarı sakallarını gerçek altın gibi görünene kadar yağlayıp fırçalamıştı. Uzanıp kızın elini tutarken, "Bu muhteşem günde, Işık Tanrısı sizi binlerce ışık yağmuruyla kutsasın," dedi. Başını saygıyla öne eğerken gülümsedi. Altın sakallarının arasından çürük ve sararmış birkaç diş göründü. "Harika bir manzara gibi Majesteleri," dedi Viserys'e. "Drogo'nun aklı başından gidecek."

"Bence çok sıska," dedi Viserys. Dany'ninkilerle aynı renk altın gümüş saçları gergince arkaya doğru taranmış ve ejderha kemiğinden bir tokayla sımsıkı toplanmıştı. Yüzünün sert ve gergin ifadesini tamamlayan bir görünüştü bu. Elini İllyrio'nun kendisine verdiği kılıcın kabzasına koydu ve "Khal Drogo'nun bu kadar genç bir kızı kadını olarak seçeceğine emin misin?" diye sordu.

"Onun kanı yeter," diyerek cevapladı İllyrio. "Kanı sayesinde *khal* için yeterince büyük. Ona bir bakın. Bu altın gümüş rengi saçlar, mora çalan gözler... bu kızda şüphesiz Valyria kanı var, kesinlikle, kesinlikle... Eski kralın kızı, mutlaka tahta çıkacak yeni kralın kız kardeşi, doğuştan soylu bir kadın. Drogo'nun bu kızı gördüğü anda etkilenmemesi mümkün değil." İllyrio elini bıraktığında Dany titrediğini fark etti.

"Belki de haklısın," dedi Viserys ama şüphe doluydu. "Barbarlar son derece düşük zevklere sahip. Oğlanlar, atlar, koyunlar..."

"Bunlardan Khal Drogo'ya bahsetmeseniz iyi olur," diye sözünü kesti İllyrio.

Viserys'in leylak rengi gözleri öfkeyle parıldadı. "Sen benim aptal olduğumu mu düşünüyorsun?"

Yargıç saygıyla eğildi. "Kral olduğunuzu düşünüyorum," dedi. "Krallar sıradan insanlar gibi dikkatli olmak zorunda hissetmezler. Eğer saygısızlık ettiysem özür dilerim." Döndü ve taşıyıcılarını çağırmak için ellerini birbirine vurdu.

İllyrio'nun özenle yapılmış tahtırevanına bindiklerinde Pentos sokakları zifiri karanlığa bürünmüştü. Bir düzine iri, güçlü adam taşıyordu tahtırevanı. Ellerinde soluk mavi camdan yapılmış yağlı fenerler taşıyan iki uşak önde yürüyüp yolu aydınlatıyordu. Kalın perdeli tahtırevanın içi ılık ve dardı. İllyrio'nun ağır parfümlerle bastırmaya çalıştığı kötü ten kokusu hissediliyordu.

Ağabeyi, başını yastığa dayamış halde yanında oturuyordu ama bunların hiçbirinin farkında değildi. Onun aklı Dar Deniz'in ötesindeydi. "*Khalasar*'ının tamamına ihtiyacım yok," dedi. Parmakları emanet kılıcın kabzasıyla oynuyordu. Dany ağabeyinin bir kez bile gerçekten kılıç kullanmadığını biliyordu. "Bana on bin yeter," dedi Viserys. "On bin Dothrak çığlıkçısıyla Yedi Krallık'ı yerle bir edebileceğimden eminim. Diyar gerçek kralı için ayaklanacaktır zaten. Tyrell, Redwyne, Darry ve Greyjoy'un da İşgalci'yi benden fazla sevmediklerinden eminim. Dorne halkı Prenses Elia ve bebeğinin intikamını almak için yanıp tutuşuyordur. Halk da bizim yanımızda yer alacaktır. Onlar da gerçek krallarının özlemini çekiyorlar." Tereddütle İllyrio'ya baktı. "Çekiyorlar, değil mi?"

"O insanlar sizin halkınız ve sizi seviyorlar," dedi Yargıç İllyrio şefkatli bir tavırla. "Diyarın dört bir yanında erkekler karakollarda kadehlerini gizli gizli sizin sağlığınıza kaldırıyor ve kadınlar ejderhalı sancaklar dikip, denizden geleceğiniz gün için saklıyor." Omuz silkti. "En azından benim casuslarım böyle olduğunu söylüyor," diye ekledi.

Dany'nin casusları yoktu. Denizin öbür kıyısında neler olduğunu bilmiyordu ama İllyrio'yla ilgili hiçbir şeye güvenmediği gibi, bu tatlı sözlerine de inanmıyordu. Ağabeyiyse memnuniyetle kafasını sallıyordu. "İşgalci'yi kendi ellerimle öldürmeliyim," dedi. Daha önce kimseyi öldürmemişti hâlbuki. "O benim ağabeyim Rhaegar'ı öldürdü. Babama yaptıklarının intikamını almak için Kral Katili Lannister'ı da ben öldürmeliyim."

"En uygunu bu olur," diye karşılık verdi Yargıç İllyrio. Dudaklarına yerleşmiş belli belirsiz alaycı gülüşü görebiliyordu Dany ancak erkek kardeşi buna dikkat bile etmedi. O perdeyi hafifçe aralamış zifiri karanlık sokağı seyrediyor, kim bilir kaçıncı kez Üç Dişli Mızrak Savaşı'nı kafasının içinde yaşıyordu.

Khal Drogo'nun dokuz kuleli malikânesi körfez sularının hemen yanında inşa edilmişti ve tuğladan örülmüş yüksek duvarlarını soluk renkli sarmaşıklar kaplamıştı. Burasının *khal*'a, Pentos'un yargıçları tarafından verildiğini söylemişti İllyrio. Özgür Şehirler, at efendilerine her zaman son derece cömert davranırdı. "Bu barbarlardan korktuğumuz için değil," diye açıklamıştı yargıç. "Işık Tanrısı şehir surlarımızı bir milyon Dothraklı'dan korumaya yeter de artar, Kırmızı rahipler böyle söylüyor... ama risk almaya ne gerek var? Onların dostluğunu kazanmak bize çok daha ucuza mal oluyor üstelik."

Tahtırevan tapınağın girişinde durduruldu ve perdeler bir muhafız tarafından sert bir hareketle çekildi. Muhafızın, Dothraklar'a özgü bakır teni ve koyu, badem şekilli gözleri vardı. Yüzünde hiç kıl yoktu. Kafasına, Lekesizler'in dikenli bronz başlığını giymişti. Soğuk bakışlarla tahtırevanın içindekileri süzdü. Yargıç İllyrio kaba Dothrak dilinde homurdanarak bir şeyler söyledi. Muhafız aynı şekilde karşılık verdi ve eliyle kapıya doğru gitmelerini işaret etti.

Dany, erkek kardeşinin emanet kılıcının kabzasını sımsıkı kavradığını fark etti. Belli ki en az Dany kadar gerilmişti. Tahtırevan malikâneye doğru hareket etmeye başlarken, "Saygısız hadım," diye mırıldandı Viserys.

Yargıç İllyrio'nun ağzından bal damlıyordu. "Bu geceki ziyafette pek çok önemli adam olacak. Böyle adamların fazlasıyla düşmanı da olur bilirsiniz. Siz dâhil olmak üzere, *khal* konuklarının güvenliğini sağlamak zorunda. Biliyorsunuz Majesteleri, şüphesiz ki İşgalci sizin başınız için bir servet ödemeye hazır."

"Ah! Evet," dedi Viserys karamsar bir sesle. "Seni temin ederim ki denedi İllyrio. Bizi takip etmek için tuttuğu pek çok bıçakçısı var. Ben son ejderhayım ve İşgalci ben sağ olduğum sürece rahat bir uyku uyuyamaz."

Tahtırevan yavaşladı ve durdu. Perdeler açıldı. Bir köle Daenerys'in aşağı inmesine yardım etmek için elini uzattı. Daenerys kölenin boyunluğuna bakmaktan kendini alamadı, alelade bronzdu. Onun ardından Viserys indi. Eli hâlâ sımsıkı, kılıcının kabzasını tutuyordu. Yargıç İllyrio'yu tahtırevandan indirmek için iki güçlü adamın yardımı gerekti.

Tapınağın içindeki hava baharat, çimdikalevi, tatlı limon ve tarçın kokularıyla ağırlaşmıştı. Onları Valyria Kıyameti'ni tasvir eden mozaik camlarının süslediği giriş holüne götürdüler. Duvarlarda siyah demirden yapılmış yağ ile yanan fenerler asılıydı. Taştan oyulmuş, birbirinin aynı iki yaprak figürünün süslediği kemerin altındaki hadım, gelişlerini tatlı yüksek sesiyle bir ezgi eşliğinde duyurdu. "Targaryen Hanedanı'ndan Bu İsimle Anılan Üçüncü Kral, Andallar'ın, Rhoynarlar'ın ve İlk İnsanlar'ın Kralı, Yedi Krallık Lordu ve Diyar'ın Koruyucusu Viserys. Kız kardeşi, Ejderha Kayası Prensesi Daenerys Fırtınadadoğan. Saygıdeğer ev sahipleri Özgür Şehir Pentos Yargıcı İllyrio Mopatis."

Hadımın yanından geçerek soluk renkli sarmaşıklarla kaplanmış sütunların bulunduğu bir avluya çıktılar. Ay ışığı sarmaşıkların yapraklarını gümüş ve kemik renklerine boyuyordu. Etrafta gezinen diğer konukları gördüler. Konukların çoğu kızıl kahve tenli; iri, uzun sakallarına metal halkalar takmış Dothraklı at efendileriydi. Siyah saçları yağlanmış, örülmüş ve uçlarına ziller takılmıştı. Onların aralarında Pentos'tan, Myr'den ve Tyrosh'tan gelen kiralık katiller ve paralı askerler dolaşıyordu. Yargıç İllyrio'dan bile şişman bir Kırmızı rahip, İbben Limanı'ndan gelen kıllı adamlar, Yaz Adaları'nın abanoz kadar koyu tenli lordları da avludaydı. Daenerys hayretle seyrediyordu insanları ve oradaki tek kadın olduğunu büyük bir korkuyla aniden fark etti.

"Şurada duran üç kişi Drogo'nun kansüvarileri," diye fısıldadı yargıç. "Sütunun yanında duran Khal Moro, onun yanındaki oğlu Rhogoro. Yeşil sakallı adam Tyrosh Hükümdarı'nın erkek kardeşi. Onun arkasında duran da Sör Jorah Mormont."

Son isim Daenerys'in dikkatini çekmişti. "Bir şövalye mi?"

"Evet öyle," diyerek bıyıklarının altından gülümsedi İllyrio. "Yüce Rahip kendi elleriyle, yedi kutsal yağ ile vaftiz etmiş onu."

"Burada ne işi var?" diye sordu Daenerys.

"İşgalci onun kafasını istiyor," dedi yargıç. "Önemsiz bir hakarette bulunmuş. Birkaç kaçak avcıyı Gece Nöbetçileri'ne teslim etmek yerine Tyroshlu bir köle tacirine satmış. Çok saçma bir yasa. İnsan kendi rehinesiyle ne istiyorsa yapabilmeli."

"Gece sona ermeden Sör Jorah'la konuşmak isterim," dedi Viserys. Dany merakla şövalyeyi izliyordu. Adam kendisinden epeyce büyüktü, kırkını geçmiş olmalıydı. Saçları dökülmeye başlamıştı ama çok güçlü ve zinde görünüyordu. İpekli ve pamuklu kıyafetler yerine, yün ve deriden yapılmış bir kıyafet giymişti. Koyu yeşil tuniğinin göğsüne iki ayağı üstünde duran siyah bir ayı figürü işlenmişti.

Hiç görmediği memleketinden gelen bu yabancı adama bakarken, yargıcın nemli elini omzuna koyduğunu fark etmemişti Dany. "İşte orada tatlı prensesim, *khal*'ın ta kendisi."

Dany kaçıp saklanmak istiyordu ama ağabeyi ona bakıyordu. Dany ağabeyini kızdırırsa ejderhanın uyanacağını biliyordu. Dönüp Viserys'in gece bitmeden kendisini evlendirmek istediği adama kaygıyla baktı.

Genç köle kız çok da yanılmamıştı. Khal Drogo avludaki en uzun adamdan bile bir baş daha uzundu. Yapılı gövdesine rağmen havada kayarcasına ilerliyor, yargıcın bahçesindeki panterden daha zarif ve çevik hareket ediyordu. Dany'nin hayal ettiğinden çok daha gençti. Otuz yaşından daha büyük olamazdı. Teni iyice parlatılmış bakır rengindeydi. Sık bıyıklarına altın ve bronz halkalar geçirilmişti.

"Gidip saygılarımı sunmalıyım," dedi Yargıç İllyrio. "Burada bekleyin. Onu yanınıza getiririm."

Yargıç, *khal*'a doğru paytak paytak ilerlerken erkek kardeşi Dany'nin kolunu elleriyle kavramıştı. Parmakları o kadar çok sıkıyordu ki Dany'nin canı yanıyordu. "Adamın saç örgüsünü görüyor musun tatlı kız kardeşim?"

Drogo'nun saç örgüsü gece kadar koyuydu ve kokulu yağlarla ağırlaşmıştı. Ucundaki ziller *khal* hareket ettikçe hafif sesler çıkarıyordu. Örgü neredeyse kalçalarından bile aşağı sarkıyor, ucu baldırlarına değiyordu.

"Örgüsünün ne kadar uzun olduğunu görüyor musun?" diye sordu Viserys. "Bir Dothraklı savaş kaybettiğinde, örgüsünü utanç içinde kesmek zorundadır. Böylece güçsüzlüğünü herkes görür. Khal Drogo hiç savaş kaybetmedi. O Ejderha Aegon'ın yeryüzüne yeniden gelişi gibi ve sen onun kraliçesi olacaksın."

Dany, Khal Drogo'ya baktı. Yüzü sert ve zalimdi. Gözleri bir akik parçası kadar soğuk ve karanlıktı. Kardeşi Viserys'in içindeki ejderha uyandığında Dany'nin canını yakardı bazen ama Dany kardeşinden şu anda Drogo'dan korktuğu gibi korkmazdı. "Onun kraliçesi olmak istemiyorum," diye fısıldadı hafif, güçsüz bir sesle. "Lütfen, *lütfen* Viserys, istemiyorum, eve gitmek istiyorum."

"*Ev* mi?" diye çok hafif bir sesle sordu Viserys ama Dany o sesteki korkunç öfkeyi duyabiliyordu. "Eve nasıl gideceğiz tatlı kız kardeşim? Evimizi bizden aldılar." Dany'yi karanlığa, kimsenin onları göremeyeceği bir kuytuya çekti. "*Eve nasıl gideceğiz?*" diye tekrarladı. Kastettiği ev, Kral Toprakları, Ejderha Kayası ve kaybettikleri bütün diyardı.

Dany, İllyrio'nun evindeki odasından bahsediyordu. Evet, orası da gerçek bir yuva değildi ama şu anda ev diyebilecekleri tek yerdi. Ağabeyi bunu duymak istemiyordu. Orası onun için ev değildi. Kırmızı kapılı büyük ev de yuva olamamıştı onun için. Parmakları delercesine Dany'nin koluna gömülmüştü, bir cevap bekliyordu. Sonunda, "Bilmiyorum..." dedi Dany. Sesi kırılmıştı, gözleri yaşla doluydu.

"Ben biliyorum," dedi Viserys. "Eve bir orduyla gideceğiz benim tatlı kız kardeşim. Khal Drogo'nun ordusuyla. Bu uğurda bu gece onunla evlenmen ve yatağına girmen gerekiyorsa yapacaksın." Gülümsedi. "İhtiyacım olan orduya kavuşmak için tüm *khalasar*'la, kırk bin adamın hepsiyle ve hatta atlarıyla yatman gerekirse yatacaksın. Bütün ordunun seni becermesi gerekirse becerileceksin. Sadece Drogo olduğu için şükret bence. Belki zamanla ondan hoşlanabilirsin de. Şimdi hemen gözlerini kurula. İllyrio, Drogo'yu yanımıza getirecek ve o seni ağlarken *görmeyecek!*"

Dany arkasını döner dönmez iki adamın yaklaştığını gördü. Yargıç İllyrio gülümsemeler ve reveranslarla Khal Drogo'yu onların yanına getiriyordu. Dany henüz gözlerinden aşağı akmaya fırsat bulamamış yaşları elinin tersiyle kuruladı.

"Gülümse," dedi Viserys sinirli bir sesle. Eli hâlâ kılıcının kabzasındaydı. "Dik dur. Dur ki memelerin olduğunu görebilsin. Tanrılar biliyor ya, dik dursan bile ufacıklar zaten."

Dany gülümsedi ve dikleşerek göğüslerini öne çıkardı.

EDDARD

Ziyaretçiler altın, gümüş ve parlatılmış çelikten bir nehir gibi kale kapılarından içeri aktı. Sancaktarlar, şövalyeler, yeminli kılıççılar ve hürsüvarilerden oluşan üç yüz kişilik nehrin üzerinde, taç giymiş geyiğiyle Baratheon sancağı, kuzey rüzgârıyla dalgalanıyordu.

Ned atlıların çoğunu tanıyordu. İşte dövülmüş altın kadar sarı saçlarıyla Sör Jaime Lannister ve korkunç şekilde yanmış yüzüyle Sandor Clegane geliyordu. Yanlarındaki uzun çocuk veliaht prensti ve arkalarındaki cüce adam da İblis Tyrion Lannister'dı.

Fakat kafilenin önünde at süren, kraliyet muhafızlarına mensup kar beyazı pelerinler giymiş iki şövalyenin eşlik ettiği şişman adam Ned'e yabancı göründü. Ta ki, savaş atının sırtından aşağı atlayıp tanıdık bir narayla kemiklerini kırmak istermişçesine Ned'e sarılana dek. "*Ned*! O ifadesiz yüzünü tekrar görmek ne güzel." Kral, Ned'i baştan aşağı süzüp bir kahkaha attı. "Hiç değişmemişsin."

Keşke Ned de aynı şeyleri söyleyebilseydi. Atlarını tahtı ele geçirmek için yan yana sürdükleri vakitten bu yana on beş yıl geçmişti. Fırtına Burnu Lordu, o zamanlar tertemiz tıraşlı, keskin bakışlı, genç bir kızın hayalindeki kadar kaslı bir adamdı. Zırhını kuşanıp hanedanına ait boynuzlu miğferini kafasına geçirdiği zaman iki metrelik bir deve dönüşür, diğer erkeklere tepeden bakardı. Bir devin gücüne sahipti zaten. Ned'in asla kaldıramayacağı ağırlıktaki demirden yapılmış dikenli savaş baltasını kendisine silah olarak seçmişti. O günlerde deri ve kan kokusu bir parfüm gibi üzerine sinmişti.

Şimdi üzerine sinen parfüm, parfümdü işte ve eni neredeyse boyu kadar olmuştu. Ned kralı en son dokuz yıl önce, Balon Greyjoy isyanı sırasında, kendisini Demir Adaları'nın kralı ilan eden serserinin haddini bildirmek için geyik ve ulu kurt güçlerini birleştirdiklerinde görmüştü. Greyjoy'un düşen kalesinde yan yana durdukları, Greyjoy'un teslim olduğu, Ned'in asi lordun oğlunu esir ve muhafız olarak himayesine aldığı günden bu yana, kral en az elli kilo almıştı. Demir kadar kara ve sert sakalı çenesinin altındaki iki kat gıdıyı ve aşağı sarkan iki yanağını saklıyordu ama devasa göbeğini ve gözlerinin altındaki siyah halkaları örtebilecek hiçbir şey yoktu.

Robert şu anda sadece Ned'in arkadaşı değil, aynı zamanda kralıydı. "Majesteleri, Kışyarı sizindir," dedi saygıyla.

O sırada kafiledeki diğer adamlar da atlarından inmeye başladı. Seyisler hayvanları almak için yanlarına gidiyordu. Robert'ın kraliçesi Cersei çocuklarıyla birlikte yayan giriş yapmıştı. Kırk güçlü yük atı tarafından çekilen, iki güverteli, yağlı meşeden ve varaklı metalden yapılmış tekerlekli kapalı araba kale kapısından geçemeyecek kadar genişti. Ned, kraliçesinin yüzüğünü öpmek için karda diz çökerken, Robert uzun zamandır görmediği kız kardeşine sarılıyormuş gibi sarılmıştı Catelyn'e. Ardından iki ailenin de çocukları öne çıktı ve tanıtıldı.

Resmi selamlaşmalar biter bitmez kral, ev sahibine, "Beni mahzen mezara götür Eddard," dedi. "Saygılarımı sunayım."

Ned, aradan onca yıl geçmesine rağmen bunu hatırladığı için krala büyük bir sevgi duydu. Hemen bir fener getirtti. Konuşmalarına gerek bile yoktu. Kraliçe itiraz etti. Şafak vaktinden beri yoldalardı. Herkes yorgundu ve üşümüştü. İlk önce temizlenip dinlenmeleri gerekirdi. Ölüler bekleyebilirdi. Daha fazla sızlanamadan Robert kraliçeye bir bakış attı. İkiz kardeşi Jaime sessizce kraliçenin koluna girdi ve kadın daha fazla konuşmadı.

Ned ve neredeyse tanıyamadığı kralı, birlikte mahzen mezarın merdivenlerinden aşağı inmeye başladılar. Sarmal taş merdivenler oldukça dardı. Ned elinde fenerle önden gidiyordu. "Kışyarı'na asla varamayacağımızı düşünmeye başlamıştım," diye şikâyet etti kral merdivenlerden inerken. "Güneyde Yedi Krallık'tan bahsederken, sana düşen bölgenin diğer altısının toplamından daha büyük olduğu unutuluyor."

"Umarım yolculuğunuz keyifli geçmiştir Majesteleri."

Robert homurdandı. "Bataklıklar, ormanlar ve mezralar. Boğaz'ın kuzeyinde neredeyse bir tane bile doğru düzgün han yok. Böylesine uçsuz bucaksız bir boşluk görmemiştim daha önce. Senin *ahalin* nerede?"

"Dışarı çıkamayacak kadar utangaçlar sanırım," diyerek takıldı Ned. Merdivenlerden yükselen soğuğu hissediyordu. Dünyanın derinliklerinden çıkıp gelen buz gibi bir nefes. "Kuzeyde yaşayanlar ortalıkta kral görmeye alışık değil."

Robert kıkırdadı. "Belki de hepsi karın altına saklanmıştır. Ne *kar,* Ned!" Kral dengesini sağlamak için bir eliyle duvara tutunarak merdivenlerden inmeye devam etti.

"Yaz sonlarında bu kar yağışı olağan," diye cevapladı Ned. "Umarım kafileyi fazla zorlamamıştır. Bu mevsimde genelde hafiftir yağış."

"Karınız Ötekiler'in başına yağsın!" diye bela okudu Robert. "Buralar kış mevsiminde nasıl olur? Düşünürken bile titriyorum."

"Kışlar gerçekten zorlu olur," diye onayladı Ned. "Ama Starklar kolaylıkla atlatır. Her zaman atlattığımız gibi."

"Güneye gelmelisin Ned," dedi Robert. "Uçup gitmeden bir de yazın tadına bakmalısın. Yüksek Bahçe'de göz alabildiğince uzanan altın gül tarlaları var. Meyveler öyle taze olur ki, daha ağzına alır almaz dağılır. Karpuzlar, kavunlar, şeftaliler, ateş erikleri, daha önce böyle tatlı şeyler yememişsindir. Göreceksin, getirdim biraz. Rüzgârın en sert estiği Fırtına Burnu'nda bile hava öyle sıcaktır ki, hareket etmekte zorlanırsın. Ah Ned, kasabaları görmen gerek. Her yerde çiçekler, çeşitli yiyeceklerle dolup taşan pazar yerleri. Yaz şarapları öyle bol ve ucuz ki, sadece havayı koklayarak sarhoş olabilirsin. Herkes şişman ve zengin bizim oralarda." Kahkaha attı ve geniş göbeğine vurdu. "Ve *kızlar!*" dedi. Gözleri parlıyordu. "Sana yemin ederim ki, sıcak kızları iyice edepsizleştiriyor. Kalenin tam yanındaki nehirde çırılçıplak yüzüyorlar. Hava kürk ya da yün giyemeyecek kadar sıcak, sokaklarda bile kısacık ipek elbiseler içinde dolaşıyorlar. İpeği olmayan gümüş pamuklular içinde. Ama ne giyerlerse giysinler, sonunda terden sırılsıklam oluyorlar ve ince kumaşlar tenlerine yapışıyor. Çıplak görünüyorlar." Kral mutlulukla gülüyordu.

Robert Baratheon her zaman büyük iştahların adamı olmuştu. Zevk almasını bilen bir adamdı. Bu özellikler, Ned Stark'ı anlatmak için kullanılabilecek nitelemeler olmaktan çok uzaktı. Kral bu zevklerinin bedelini ödüyormuş gibi görünüyordu. Merdivenlerin sonuna kadar indiklerinde, Robert nefes nefese kalmıştı. Mahzen mezara adım attıklarında, kralın fener ışığıyla aydınlanan yüzü kıpkırmızı olmuştu.

"Majesteleri," diye seslendi Ned saygıyla. Elindeki feneri yarım bir çember çizecek şekilde mahzen mezarda gezdirdi. Gölgeler sallanıyor, hareket ediyordu. Titreyen fener ışığı bastıkları taşları ve mahzenin arkasına doğru ikişer ikişer sıralanmış granit sütunları aydınlatıyordu. Sütunların arasında, ölümlü bedenlerinden kalanları saklayan lahitlerin yanında, duvara yaslanmış tahtlarda ölüler oturuyordu. "O en sonda. Brandon ve babamla birlikte," dedi Ned.

Ned yolu göstermek için önde yürümeye başladı ve kral tek bir söz etmeden, yer altı soğuğundan titreyerek onu izledi. Stark Hanedanı'nın ölüleri arasında yürürken yere vuran ayaklarının sesleri taş zeminde çınlıyor, kubbede yankılanıyordu. Kışyarı Lordları geçişlerini izledi. Lahitlerin kapaklarını mühürleyen taş levhalara suratları oyulmuştu. Ayaklarının dibine kıvrılıp yatmış ulu kurtlarla birlikte uzun sıralar halinde oturmuş, kör gözleriyle sonsuz karanlığı seyrediyorlardı. Canlılar adım attıkça hareket eden gölgeler, tahtlarda oturan heykellere can veriyor gibiydi.

Eski bir gelenek gereği, bir zamanlar Kışyarı Lordu olan ölülerin kızgın ruhları intikam almak için mezarlarından kalkıp gitmesin diye, her bir taş heykelin kucağına demir uzun kılıçlar konmuştu. En eski heykelin kucağına konan kılıç çoktan paslanıp neredeyse yok olmuş, bir zamanlar konduğu yerde birkaç kırmızı leke bırakmıştı. Ned ruhun serbest kalarak kalede dolaşıp dolaşmadığını merak etti. Dolaşmıyor olmasını umdu. Kışyarı'nın ilk lordları hüküm sürdükleri topraklar kadar sert ve acımasız adamlardı. Ejderha soylular denizin ötesinden gelene kadar, yüzyıllar boyunca hüküm sürmüşler ve kimsenin buyruğu altına girmemeye yemin etmişlerdi. Kendilerine Kuzey Kralları demişlerdi.

Ned sonunda durdu ve yağ ateşiyle etrafı aydınlatan feneri yukarı kaldırdı. Mahzen mezar karanlığa doğru uzadıkça uzuyordu ama bundan sonraki lahitler boş ve mühürsüzdü. Ölülerini, kendisini ve çocuklarını bekleyen kara delikler. Bu düşünce Ned'i ürpertti. "İşte burası," dedi.

Robert başıyla onayladı, diz çöktü ve kafasını öne eğdi.

Yan yana üç lahit vardı. Lord Rickard Stark, Ned'in babası, uzun sert hatlı bir yüze sahipti. Taş oyma ustası onu gayet iyi tanıyor olmalıydı. Tam bir izzet ifadesiyle, taştan parmakları kucağındaki kılıcı sıkıca kavramış halde oturuyordu tahtında ama gerçek hayatta bütün kılıçlar onu yarı yolda bırakmıştı. Hemen yanındaki daha küçük iki lahitte çocukları yatıyordu.

Brandon öldüğünde daha yirmisindeydi. Deli Kral Aerys Targaryen'ın emriyle, Nehirova'dan Catelyn Tully ile evlenmesine birkaç gün kala boğularak öldürülmüştü. Babası ölümünü izlemeye mecbur bırakılmıştı. Asıl veliaht oydu. Hükmetmek için doğan Ned'in ağabeyiydi.

Lyanna ise daha on altısındaydı. Etrafına bulaşan bir güzelliğe sahip küçücük bir kadın çocuk. Ned onu bütün kalbiyle seviyordu; Robert ondan da çok. Lyanna, Robert'ın kadını olacaktı.

"Çok daha güzeldi," dedi Robert acıyla heykele bakarken. "Bundan çok daha güzeldi." Gözleri heykelin gözlerine, ona tekrar can vermek istercesine bakıyordu. Sonunda ayağa kalktı. Ağırlığı dengede durmasını zorlaştırıyordu. "Ah! Kahretsin Ned. Onu *böyle bir yere* mi gömmek zorundaydın?" Sesi unutulmamış bir acının etkisiyle kükrer gibi çıkıyordu. "O karanlıktan fazlasını hak ediyor..."

"O Kışyarı'nın Stark'ı. Yeri burası."

"O tepelerde bir yerde olmalıydı. Bir meyve ağacının ve güneşin altında. Başının üstünde gökyüzü ve bulutlar olmalıydı. Yağan yağmurlarla temizlenmeliydi."

"Ölürken yanındaydım," diye hatırlattı Ned. "Eve gelmek, Brandon ve babamın yanında huzurlu uykusuna yatmak istedi." Ned hâlâ kız kardeşinin sesini duyuyordu zaman zaman. *Bana söz ver Ned.* Odası kan ve gül kokuyordu. *Bana söz ver Ned.* Ateş bütün gücünü almıştı ve sesi bir fısıltıdan bile zayıf çıkıyordu ama Ned'in verdiği sözü duyduğu anda bütün korkusu kaybolup gitmişti. O anda kız kardeşinin nasıl gülümsediğini hatırlıyordu Ned. Sonra Lyanna hayata tutunmaktan vazgeçmişti.

Avuçlarından gül yaprakları döküldü yere. Siyah ve ölü. Ned bundan sonrasını hatırlamıyordu. Onu sessiz bir acıyla kız kardeşinin bedenine sıkıca sarılmış halde bulmuşlardı. Kısa boylu ada adamlarından biri olan Howland Reed ayırmıştı iki kardeşin birbirine kenetlenmiş ellerini. Ned bunların hiçbirini hatırlamıyordu. "Ben Lyanna'ya yine çiçek getireceğim, o çiçekleri çok sever," demişti.

Kral hafifçe, dokunduğu canlı bir tenmişçesine taş levhadaki yüzün yanağını okşadı parmaklarıyla. "Lyanna'ya yaptıkları için Rhaegar'ı öldürmeye yemin ettim," dedi.

"Öldürdün," diye karşılık verdi Ned.

"Ama sadece bir kez," dedi Robert acıyla.

Üç Dişli Mızrak'ta nehrin sığ sularında karşı karşıya gelmişlerdi. Robert'ın elinde savaş baltası, başında boynuzlu miğferi vardı. Targaryen prensi simsiyah savaş zırhını giymişti. Göğüs plakasına yakutlarla işlenmiş üç başlı ejderha güneşin altında alev gibi yanıyordu. Dev savaş atlarının ayakları altında dövülen nehir suyu akan kanlar yüzünden kızıla boyanmıştı. Robert, ejderhalı zırha ve altındaki göğse savaş baltasıyla ölümcül bir darbe indirene kadar devam etti mücadeleleri. Ned savaş alanına geldiğinde Rhaegar suda cansız yatıyordu. Her iki tarafın askerleri de üç başlı ejderhadan suya dökülen yakutları toplamaya çalışıyordu.

"Her gece rüyalarımda tekrar tekrar öldürüyorum onu," diye itiraf etti Robert. "Bin kez ölse, yine de hak ettiği cezayı alamaz."

Ned'in söyleyecek bir şeyi yoktu. Bir süre sessiz kaldıktan sonra, "Artık gitmeliyiz Majesteleri. Kraliçeniz sizi bekliyordur," dedi.

"Kraliçemi Ötekiler götürsün," dedi Robert hoşnutsuz bir sesle. Ağır ağır geldikleri yolu geri yürümeye başlamıştı. "Ve bir kez daha bana 'Majesteleri' dediğini duyacak olursam, kafanı mızrağa geçirtirim. Bizim aramızdaki bundan çok daha fazlası."

"Biliyorum," dedi Ned. Kraldan cevap gelmeyince, "Bana Jon'u anlat," diyerek devam etti.

Robert başını salladı. "Ben daha önce bu kadar ani hastalanan birini görmedim. Oğlumun isim günü için bir turnuva düzenledik. Onu o gün görseydin sonsuza kadar yaşayacağına yemin ederdin ama iki hafta sonra öldü. Hastalık bağırsaklarına düşmüş ateş gibiydi. Sanki içeriden yanarak tükendi." Bir sütunun yanında, uzun zamandır ölü olan bir Stark'ın mezarına tutunarak bir an durdu. "O yaşlı adamı seviyordum," dedi.

"İkimiz de seviyorduk," dedi Ned. Bir an sustu. "Catelyn kız kardeşi için endişeleniyor. Lysa yasıyla baş edebiliyor mu?" diye sordu.

Robert'ın ağzı acıyla çarpıldı. "Doğrusunu istersen baş edemiyor. Jon'u kaybetmek kadını deliye çevirdi. Bütün ısrarlarıma rağmen oğlunu Kartal Yuvası'na geri götürdü. Çocuğu Casterly Kayası'ndaki Tywin Lannister'ın himayesine gönderecektim. Jon'un erkek kardeşi yoktu. Başka oğulları da yok. Jon'un oğlunun bir kadın tarafından yetiştirilmesine razı mı olmalıydım?"

Ned bir çocuğu Lord Tywin'in himayesine vermektense bir yılan çukuruna atmayı tercih ederdi ama endişelerini söylemek yerine susmayı tercih etti. Bazı eski yaralar asla tamamen kapanmazdı ve en küçük bir sözle yeniden kanamaya başlardı. "Kadın biricik eşini kaybetti," dedi kelimelerini özenle seçerek. "Belki kocasının ardından oğlunu da yitirmekten korkmuştur. Çocuk daha çok küçük."

"Altı yaşında, hastalıklı ve Kartal Yuvası Lordu. Tanrılar ona merhamet etsin," dedi kral. "Lord Tywin daha önce hiçbir çocuğu himayesine almadı. Lysa onur duymalıydı aslında. Lannisterlar büyük ve soylu bir hanedan ama Lysa bu konuda konuşmayı bile reddetti. Gecenin bir yarısı, kimseye haber vermeden çekip gitti. Cersei fena halde kızdı." Derin bir nefes aldı. "Çocuğa benim adım verilmişti biliyorsun değil mi? Robert Arryn. Yani adaşım. Onu korumak üzere yemin ettim. Annesi onu benden uzaklara götürürse yeminimi nasıl tutabilirim?"

"Eğer kabul edersen çocuğu ben himayeme alabilirim," dedi Ned. "Lysa buna itiraz etmez. Lysa, Catelyn'in kardeşi, burada bizimle yaşayabilir."

"Hoş teklif dostum ama çok geç," diye karşılık verdi Robert. "Lord Tywin çoktan onay verdi. Çocuğu ondan başkasının himayesine vermek büyük bir hakaret olur."

"Yeğenimin sağlığını ve mutluluğunu, bir Lannister'ın gururundan daha fazla önemserim," diyerek itiraz etti Ned.

"Bir Lannister'la geceleri uyumadığın için böyle konuşabiliyorsun," dedi ve güldü Robert. Kahkahası mahzenin duvarlarında ve kubbeli tavanda yankılandı. Simsiyah sakalının arasından beyaz dişleri görünüyordu. Kolunu Ned'in omzuna koydu. "Ah Ned," dedi. "Hâlâ çok ciddisin. Seninle konuşmak için birkaç gün beklemeyi planlamıştım ama görüyorum ki buna gerek yok. Gel, biraz yürüyelim."

Sütunların arasında mahzenin merdivenlerine doğru yürümeye başladılar. Taştan kör gözler onları izliyor gibiydi. Kralın kolu hâlâ Ned'in omzundaydı. "Bunca zamandan sonra, neden sonunda Kışyarı'na geldiğimi merak ediyor olmalısın."

Ned'in bazı şüpheleri vardı ama bunları dillendirmemeyi tercih etti. "Benim dostluğumu özlediğin için mutlaka," dedi hafifçe. "Ve Sur da var elbet Majesteleri. Sur'u görmeli, siperleri boyunca yürümeli ve Sur'u bekleyen adamlarımızla sohbet etmelisin. Gece Nöbetçileri eski ihtişamının soluk bir gölgesinden ibaret artık. Benjen diyor ki..."

"Kardeşinin neler söylediğini elbette en yakın zamanda dinleyeceğim ancak şimdi çok başka endişelerim var," diyerek sözünü kesti kral. "Sur sekiz bin yıldır ayakta. Birkaç gün daha bekleyebilir. Zor zamanlardan geçiyoruz Ned. İyi adamlara ihtiyacım var. Jon Arryn gibi adamlara. Kartal Yuvası Lordu, Doğu Muhafızı ve Kral Eli olarak uzun yıllar hizmet verdi. Onun boşluğunu doldurmak hiç kolay değil."

"Oğlu..." diye söze girdi Ned.

"Oğlu Kartal Yuvası'nın ve gelirinin varisi, başka bir şey değil," diyerek kesti Robert sertçe.

Bu tepkisi Ned'i şaşırtmıştı. Durdu ve krala döndü, kelimeler kendiliğinden ağzında döküldü. "Arrynlar daima Doğu Muhafızı oldu. Görev babadan oğula geçer."

"Yeterince büyüdüğü zaman görev yine ona teslim edilebilir belki," dedi Robert. "Ama ben bu yılı düşünmek zorundayım ve de gelecek yılı. Altı yaşında bir çocuğun orduya komuta edemeyeceği ortada."

"Barış zamanı unvan sembolik nasıl olsa. Çocuk unvanını korusun. Hizmetlerine karşılık Jon'a bu kadarını borçluyuz."

Kral memnuniyetsizliğini gizlemedi. Kolunu Ned'in omzundan çekti. "Yaptığı hizmet, bağlı olduğu kralına karşı yerine getirmesi gereken bir görevdi. Ona müteşekkir olmadığımı düşünme Ned ama oğlu babası gibi değil. Öyle saf bir çocuk doğunun sorumluluğunu asla alamaz." Sesinin tonu yumuşadı. "Bu kadar yeter. Tartışmamız gereken çok önemli bir makam var ve ben daha fazla vakit kaybetmek istemiyorum. Benim sana ihtiyacım var Ned."

"Ben her zaman emrinizdeyim Majesteleri." Bunlar söylemesi gereken cümlelerdi ve söylemişti. Ardından duyacaklarından endişeliydi.

Robert onu duymamış gibiydi. "Kartal Yuvası'nda geçirdiğimiz o yıllar... *Tanrılar,* çok güzel yıllardı. Ben seni yine öyle yanımda istiyorum Ned. Seni güneyde, Kral Toprakları'nda istiyorum. Burada, dünyanın son noktasında, kimsenin işine yaramadığın bu yerde değil." Robert durdu. Karanlığa baktı. Bir an için bir Stark kadar melankolik göründü. "Sana yemin ederim ki, bir tahtta oturmak, bir tahtı kazanmaktan katbekat zor. Yasalarla uğraşmak sıkıcı bir iş ve sikkeleri saymak çok daha beter. Ve halk... bitip tükenmek bilmiyorlar. O kahrolası demir koltukta oturuyorum ve beynim uyuşana, popom düzleşene kadar şikâyetlerini dinliyorum. Hepsi bir şey istiyor. Kimi para, kimi arazi, kimi adalet. Ya söyledikleri yalanlar... Lordlarım ve leydilerim de onlardan matah değil. Yağcılar ve aptallarla çevrilmiş haldeyim. Ned, insan çıldıracak gibi oluyor. Yarısı bana doğruyu söylemiyor diğer yarısıysa doğrunun ne olduğunu bile bilmiyor. Bazı geceler, keşke Üç Dişli Mızrak'ta kaybetseydim diyorum. Tamam, tabi ki içten gelerek değil ama, yine de..."

"Anlıyorum," dedi Ned yumuşak bir sesle.

Robert ona baktı. "Sanırım anlıyorsun," dedi. "Eğer anlıyorsan, aradığım adamın sen olduğun biliyorsun eski dostum." Gülümsedi. "Lord Eddard Stark, seni Kral Eli ilan ediyorum."

Ned dizlerinin üzerine çöktü. Teklif onu şaşırtmamıştı. Kral onca yolu başka hangi sebeple gelmiş olabilirdi ki? Kral Eli, bütün Yedi Krallık'taki en güçlü ikinci adamdı. Kral adına konuşur, kralın ordularına kumandanlık eder, kralın adaletini uygulardı. Kralın yokluğunda ve hastalığında, Demir Taht'ta otururdu. Robert, Ned'e diyar kadar büyük unvan teklif ediyordu.

Ama bu, Ned'in dünyada istediği son şey bile değildi.

"Majesteleri, ben bu onura layık değilim," dedi.

Robert dayanamayarak espri kokan bir nara attı. "Eğer seni onurlandırmak isteseydim, emekliye ayırırdım. Ben yiyip içip göbeğimi büyütüp, erkenden mezara girmek için gereken her şeyi yaparken, sen krallığı yöneteceksin." Koca göbeğine vurdu. "Kral Eli'yle ilgili atasözünü bilir misin?" diye sordu.

Ned o atasözünü biliyordu. "Kral düşler, El yapar," dedi.

"Bir keresinde bir balıkçı kızla yatmıştım," dedi Robert. "Halk arasında bu atasözünün amiyane bir söylenişi daha varmış. Kral yer, El pisliğini toplar." Kafasını geriye atıp gürültülü bir kahkaha kopardı. Mahzenin karanlığından yankılanan kahkahasını soğuk gözlü ölü Starklar onaylamıyordu sanki.

Sonunda kahkahası hafifledi ve durdu. Ned hâlâ bir dizinin üzerinde yerdeydi, gözleri yukarıda krala bakıyordu. "Kahretsin Ned," diye şikâyet etti kral. "Hiç olmazsa bir gülümsemeyle beni eğlendirebilirsin."

"Burada kışlar öyle soğuk olur ki, insanın kahkahası boğazında donar ve boğarak öldürür adamı, der eskiler. Belki bu yüzden biz Starklar çok eğlenceli bir soy değiliz," dedi Ned hemen.

"Benimle güneye gel ve sana yeniden gülmeyi öğreteyim," diye söz verdi kral. "Bu kahrolası tahtı kazanmama yardım ettin. Şimdi onu elimde tutmama yardım et. Biz ikimiz birlikte hükmedecektik. Lyanna yaşıyor olsaydı seninle kardeş olacaktık. Sadece dostlukla değil, kanla bağlanmış olacaktık. Hâlâ çok geç değil. Benim bir oğlum var ve senin bir kızın. Benim Joff'um ve senin Sansa'n sayesinde hanedanlarımız birleşebilir. Tıpkı Lyanna ve benim bir zamanlar soylarımızı birleştireceğimiz gibi."

İşte bu teklif Ned'i şaşırtmıştı. "Sansa daha on bir yaşında."

Robert sabırsızca elini salladı. "Söz kesecek kadar büyük. Evlilik için üç beş yıl bekleyebilirler." Gülümsedi. "Haydi, artık ayağa kalk ve evet de kahrolası adam."

"Hiçbir şey bana daha büyük bir onur bahşedemez Majesteleri," diye cevapladı Ned. "Bütün bu onurlu teklifler son derece ani oldu. Düşünmek için biraz zaman bahşedebilir misiniz? Karımla da konuşmam gerek..."

"Evet, elbette. Catelyn'e de söyle. Düşünmen gerekiyorsa düşün." Kral elini uzattı ve Ned'i ayağa kaldırdı. "Sadece çok uzun bekletme beni. Bilirsin, o kadar sabırlı bir adam değilim."

Bir an, Ned'in içini korkunç bir his kapladı. Burası, kuzey, onun eviydi. Etraflarındaki taş heykellere baktı. Mezarlığın dondurucu sessizliğinde uzun bir nefes aldı. Ölülerin gözlerini üzerinde hissediyordu. Hepsi konuşulanları dinliyordu. Biliyordu. Ve kış geliyordu.

JON

Çok sık olmasa da, Jon Kar'ın bir piç olarak doğmuş olmasına sevindiği anlar vardı. Sırayla elden ele dolaşan kulplu sürahiden şarap kadehini tekrar doldururken, bugünün de o günlerden biri olduğunu düşündü.

Genç şövalye yaverleriyle birlikte oturduğu sedirin arkasına sırtını yaslayarak yerine iyice yerleşti. Yaz şarabının meyveli, tatlı tadı ağzını kapladı ve dudaklarına bir gülümseme yerleşti.

Kışyarı'nın Büyük Salon'u duman yüzünden pusluydu. Hava kızartılmış et ve fırından yeni çıkan ekmek kokularıyla ağırlaşmıştı. Gri taş duvarları sancaklarla doluydu. Beyaz, altın rengi ve kızıl. Starklar'ın ulu kurdu, Baratheonlar'ın taçlı geyiği, Lannisterlar'ın aslanı. Salonun diğer ucundaki şarkıcı arp çalarak balad söylüyordu ama gürül gürül yanan ateşin homurtusu, kalaydan kadehlerin, tabakların şıngırtısı ve yüzlerce sarhoş adamın aynı anda konuşması şarkıcının sesini zar zor duyulur kılıyordu.

Kral için düzenlenen karşılama ziyafetinin dördüncü saatiydi. Jon'un kız ve erkek kardeşleri, Lord ve Leydi Stark'ın kral ve kraliçeyi ağırladığı yüksek platformun yanındaki alanda kraliyet ailesinin çocuklarıyla birlikte oturuyordu. Ziyafetin özelliği sebebiyle, soylu babası çocuklarının yalnızca birer kadeh şarap içmesine izin vermişti. Jon'un oturduğu bölümdeki hiç kimse onun susuzluğunu giderecek kadar içmesine engel olamazdı.

Etrafında oturan gençler, kadehi her boşaldığında biraz daha içmesi için teşvik ediyorlardı onu. Jon şaraba olan iştahının yetişkin bir adamınkine eş olduğunu düşünüyordu. Bu gençlerle birlikte oturmak eğlenceliydi. Muharebelerle ilgili öyküler anlatıyor, av ve yatak hikâyelerini paylaşıyorlardı. Kendi ziyafet arkadaşlarının kralın maiyetinden çok daha neşeli olduğundan emindi. Ziyaretçiler salona girdiğinde Jon'un onlarla ilgili merakı da son bulmuştu. Geçiş töreni oturduğu sıranın hemen yanında yapıldığı için, Jon bütün ziyaretçileri uzun uzun ve teker teker inceleyebilmişti.

Önce, kraliçeye eşlik eden lord babası salona girmişti. Kraliçe bütün o adamların anlattığı kadar güzeldi. Mücevherlerle süslü tacı altın sarısı saçlarının üzerinde parlıyordu. Tacın üzerindeki parlak zümrütler kadar yeşildi gözleri. Babası kraliçenin platforma çıkmasına yardım etmiş ve koltuğuna oturtmuştu ama kraliçe babasının yüzüne neredeyse hiç bakmamıştı. Jon henüz on dört yaşında olmasına rağmen, kraliçenin gülüşündeki sahteliği sezebiliyordu.

Onların peşinden, kolunda Leydi Stark'la birlikte Kral Robert giriş yapmıştı. Kral, Jon için büyük bir hayal kırıklığıydı. Babası sık sık kraldan bahsederdi. Onun nasıl korkusuz bir savaşçı olduğunu, Üç Dişli Mızrak'ın canavarı diye anıldığını, bütün diyarın en acımasız savaşçısı olarak tanındığını anlatırdı. Bir dev gibi tasvir edilen Robert Baratheon, kıpkırmızı suratlı, ipek elbiseleri terden ıslanmış, göbeği bedeninden önde giden bu şişman adam mıydı?

En son çocuklar girdi salona. Küçük Rickon en öndeydi. Üç yaşına rağmen büyük bir gururla uzun yürüyüşü tamamlayabilmişti. Rickon bir an için tam Jon'un önünde durakladığında, Jon kardeşini yürümeye devam etmesi için hafifçe itmek zorunda kalmıştı. Rickon'un hemen arkasından Robb geliyordu. Starklar'ın renkleri olan gri beyaz yün kıyafetler giymişti. Kolunda Prenses Myrcella vardı. Sekiz yaşlarında, küçücük bir kız çocuğuydu. Mücevherlerle süslenmiş fileli bir bonenin altından altın sarısı lüleleri dökülüyordu. Masaların arasından platforma doğru yürürlerken, kızın Robb'a utangaç bakışlar attığını ve gülümsediğini fark etmişti Jon. Sıkıcı bir kızdı. Robb kızın ne kadar aptal olduğunun farkında değildi. Kız tam bir aptal gibi sırıtıyordu.

Üvey kız kardeşlerine kraliyet ailesinin prensleri eşlik ediyordu. Arya, beyaz sarı saçları kendisininkilerden daha uzun olan tombul Tommen'la eşleşmişti. İki yaş daha büyük olan Sansa'nın şansına Veliaht Prens Joffrey Baratheon düşmüştü. Joffrey on iki yaşındaydı ama Jon'dan da Robb'dan da uzundu. Prens, kız kardeşinin saçlarını ve annesinin derin, yeşil gözlerini almıştı. Gür sarı bukleleri altın boyunluğuna ve yüksek kadife yakasının üzerine dökülüyordu. Sansa prensin yanında yürürken göz kamaştırıcı görünüyordu ama Jon prensin memnuniyetsizlikle kıvrılmış dudaklarını ve Kışyarı'nın Büyük Salonu'nu kibirle süzen gözlerini hiç sevmemişti.

Jon, prensin arkasından gelenlerle daha çok ilgileniyordu. Kraliçenin erkek kardeşleri, Casterly Kayası'nın Lannisterlar'ı. Aslan ve İblis. Onları birbirleriyle karıştırmak olası değildi. Sör Jaime Lannister, Kraliçe Cersei'nin ikiz kardeşiydi. Uzun ve sarışındı, tıpkı kraliçe gibi yemyeşil gözleri vardı ve bıçak keskinliğinde bir gülümsemeye sahipti. Kızıl ipek bir takım, uzun siyah çizmeler ve siyah saten bir pelerin giyiyordu. Hanedanının arması olan kükreyen aslan tuniğinin göğsüne altın iplikle işlenmişti. Onun yüzüne karşı Lannister Aslanı derler, arkasından "Kral Katili" diye konuşurlardı.

Jon gözlerini bu adamdan alamıyordu. *Bir kral tam da böyle görünmeli*, diye düşünüyordu adam önünden geçerken.

Sonra diğerini gördü. Kardeşinin ihtişamı yanında yarı yarıya görünmez hale gelen, paytak paytak yürüyen Tyrion Lannister. Tyrion, Lord Tywin'in en küçük ve şüphesiz en çirkin oğluydu. Tanrılar Cersei ve Jaime'ye verdikleri kusursuz güzelliği bu adamdan esirgemişti. Cüceydi. Bodur bacaklarıyla kardeşinin ritmini yakalamakta zorlanıyordu. Kafası bedenine oranla anormal biçimde büyüktü. Dışarı çıkık alnı ve kaşlarının altında ezilmiş gibi görünen çirkin bir yüzü vardı. Bir gözü yeşil, diğeri siyahtı ve saçları beyaz denecek kadar sarıydı. Jon ilgiyle bu cüceyi seyrediyordu.

Salona en son girenler, Gece Nöbetçileri'nden amcası Benjen Stark ve babasının himayesindeki Theon Greyjoy oldu. Benjen, Jon'un yanından geçerken ona sıcak bir gülümsemeyle baktı. Theon'sa hiç ilgi göstermemişti ama bu Jon'u şaşırtacak bir tavır değildi. Herkes oturduktan, karşılıklı kadehler kalktıktan ve teşekkürler edildikten sonra ziyafet başladı.

Jon o andan beri içiyordu ve hiç durmamıştı. Masanın altından bir şey bacağına sürtündü.

Jon baktığında, kendisine geri bakan bir çift kırmızı göz gördü. "Yine mi acıktın?" diye sordu. Masanın ortasında yarısı hâlâ yenmemiş ballı tavuk duruyordu. Jon tavuğun bir budunu koparmak için uzandığında aklına daha iyi bir fikir geldi. Tavuğun tamamını bıçağına geçirip bacaklarının arasından masanın altına kaydırdı. Masanın altındaki Hayalet, sessiz bir vahşilikle kendisine verilen yiyeceği yemeye başladı. Kardeşlerinin yanlarında kurtlarını getirmelerine izin verilmemişti ama salonda o kadar fazla sokak köpeği vardı ki, kimse Jon'un yavru kurduna dikkat etmemişti. Jon bu yönden de şanslı olduğunu düşündü.

Gözleri batıyordu. Sert hareketlerle gözlerini ovuşturarak salondaki dumana küfretti. Büyük bir yudum şarap alırken, ulu kurt yavrusunun tavuğu iştahla mideye indirişini izledi.

Sokak köpekleri servis yapan kızların peşi sıra masaların arasında dolaşıyordu. Sarı gözlü siyah bir kırma, masanın altındaki tavuğun kokusunu aldı. Durdu ve tavuktan payına düşeni kapmak için masanın altına girdi. Jon iki hayvanın yüzleşmesini izlemeye başladı. Kırma, boynunu yere iyice yaklaştırıp sürünerek tavuğa doğru hareket etmeye başladı. Hayalet başını kaldırıp kırmızı ateş gibi gözlerini yaklaşan köpeğe dikti. Köpek meydan okurmuşçasına bir ses çıkardı. Ulu kurt yavrusunun üç katı büyüklüğündeydi ama Hayalet kıpırdamadı bile. Ödülünün başında dimdik durmaya devam etti ve kabarıp dişlerini gösterdi. Kırma sokak köpeği geriledi, havladı ve hareket etmekten vazgeçti. Ulu kurtla kapışamayacağını anlamış gibiydi. Arkasını döndü, gururunu kurtarmak için son bir kez havladıktan sonra uzaklaştı. Hayalet yemeğini yemeye devam etti.

Jon sırıtarak elini masanın altına götürüp kurdun beyaz kabarık tüylerini okşadı. Yavru, Jon'un elini yavaşça yaladıktan sonra yemeğine geri döndü.

"Bu o kadar methini duyduğum ulu kurt yavrularından biri mi yoksa?" diye sordu tanıdık, dost bir ses.

Jon kafasını kaldırıp, başını az önce kendisinin kurdun başını okşadığı gibi okşayan amcasına mutlulukla baktı. "Evet," dedi. "Ona Hayalet adını koydum."

O sırada açık saçık bir hikâye anlatmakta olan bir şövalye yaveri hikâyesini kesti ve lordlarının kardeşine yer vermek için hareketlendi. Benjen Stark uzun bacaklarıyla sırada kendisine açılan yere atladı ve şarap kadehini Jon'un elinden aldı. "Yaz şarabı," dedi bir yudum aldıktan sonra. "Bundan daha lezzetlisini bulmak mümkün değil. Ne kadar içtin Jon?"

Jon gülümsedi.

Ben Stark bir kahkaha attı. "Tam da korktuğum gibi. Neyse, sanırım ilk kez tam anlamıyla zil zurna sarhoş olduğumda senden çok daha küçüktüm," dedi. Yakındaki bir tabaktan, üzerinden kahverengi sos damlayan kavrulmuş soğanı alıp ağzına attı. Soğan ağzında çıtırdadı.

Amcasının yüzünün keskin hatları vardı. Kayalık bir dağ zirvesi kadar sert bir adamdı ama mavi gri gözlerinde her zaman bir gülümseme bulunurdu. Gece Nöbetçileri'ne uygun şekilde sürekli simsiyah giyinirdi. Bu geceki kıyafeti en güzel siyah kadifeden yapılmıştı. Uzun siyah deri çizmeler giymişti. Gümüş tokalı, siyah, geniş bir kemeri vardı ve boynuna defalarca sarılmış ağır gümüş zincirler takmıştı. Benjen soğan yerken Hayalet'i neşeyle izliyordu. "Çok sessiz bir kurt bu," dedi.

"Diğerlerine hiç benzemiyor," diyerek karşılık verdi Jon. "Hiç ses çıkarmıyor. Ona bu yüzden Hayalet adını verdim ve bembeyaz tüyleri yüzünden. Diğer yavrular siyah ya da gri, hepsi koyu renk."

"Sur'un ötesinde hâlâ ulu kurtlar var. Keşif gezilerine çıktığımızda onların seslerini duyuyoruz." Benjen uzun uzun Jon'a baktı. "Sen yemeklerini kardeşlerinle birlikte yemiyor musun?" diye sordu.

"Genelde birlikte yiyoruz ama bu gece Leydi Stark bir piçin kraliyet ailesinin masasına oturmasının hakaret olacağını düşündü," diye cevap verdi Jon tatsız bir sesle.

"Anlıyorum," dedi Ben. Omzunun üstünden salonun diğer tarafındaki platforma yerleştirilmiş masaya baktı. "Sevgili kardeşim hiç de ziyafet havasında görünmüyor bu gece."

Babasının hali Jon'un da dikkatini çekmişti. Bir piç her şeye dikkat etmeyi, insanların bakışlarında gizlenmiş gerçekleri görmeyi öğrenmek zorundaydı. Babası herkese nezaket gösteriyor, görgü kurallarına uygun davranıyordu ama üzerinde Jon'un daha önce hiç şahit olmadığı bir gerginlik vardı. İki koltuk ilerisinde oturan kral bütün gece içmişti. Büyük kara sakalının ardındaki yüzü kızarmıştı. Her şeyin şerefine kadeh kaldırmış, her jeste yüksek sesli kahkahalarla gülmüş, önüne getirilen her yiyeceğe açlıktan ölen bir adamın iştahıyla saldırmıştı. Yanında oturan kraliçeyse buzdan oyulmuş bir heykel kadar soğuk görünüyordu. "Kraliçe çok kızgın," dedi Jon, amcasına sessizce. "Kral gelir gelmez mahzen mezara indi ve kraliçe bundan hiç hoşlanmadı."

"Hiçbir ayrıntıyı kaçırmıyorsun değil mi Jon?" diye sordu amcası, uzun dikkatli ve hesaplayan bakışların ardından. "Sur'da çok işimize yararsın sen."

Jon gururla kabardı. "Robb fiziksel olarak benden daha güçlü ama ben çok daha iyi bir savaşçıyım ve Hullen atın üstünde kimseden aşağı kalır yanım olmadığını söylüyor."

"Bunlar dikkate değer özellikler."

"Sur'a dönerken beni de yanında götür amca," dedi Jon heyecanla. "Eğer sen istersen babam izin verir. Bunu biliyorum."

Amcası Benjen, Jon'a dikkatle bakmaya devam etti. "Sur bir çocuk için çok zorlu bir yer Jon," dedi.

"Ben neredeyse yetişkin bir erkek sayılırım," diyerek itiraz etti Jon. "Bir dahaki isim günümde on beş yaşıma basacağım ve Üstat Luwin piçlerin diğer çocuklardan daha çabuk olgunlaştığını söyler hep."

Benjen aşağı doğru sarkıttığı dudaklarının arasından, "Bu doğru," dedi. Masadan Jon'un şarap kadehini aldı, yanındaki sürahiden ağzına kadar doldurdu ve bir dikişte bütün kadehi içti.

"Daeron Targaryen, Dorne'u fethettiğinde daha on dördündeydi," dedi Jon. Bahsettiği Genç Ejderha, Jon'un kahramanlarından biriydi.

"Bütün bir yaz mevsimi boyunca süren bir savaştı o," dedi amcası. "Senin çocuk kral o toprakları alırken tam on bin adam kaybetti ve elinde tutmaya çalışırken bir elli bin adam daha. Birileri ona savaşın bir oyun olmadığını söylemeliydi." Bir yudum şarap daha içti. "Ayrıca..." ağzını elinin tersiyle sildi, "Daeron Targaryen öldüğünde on sekiz yaşındaydı. Hikâyenin bu bölümünü unuttun mu yoksa?"

"Hiçbir şeyi unutmadım!" diye parladı Jon. Şarap onu cesaretlendirmişti. Boyunu olduğundan daha uzun gösterebilmek için dimdik oturuyordu. "Ben Gece Nöbetçileri'nde hizmet etmek istiyorum amca," dedi.

Geceler boyu, kardeşleriyle yan yana yatarken uyumuyor ve bunu düşünüyordu. Robb bir gün Kışyarı Lordu olacaktı ve emrindeki büyük ordulara Kuzey Muhafızı olarak kumandanlık yapacaktı. Bran ve Rickon onun sancak beyleri olacaklar ve ağabeyleri adına karakolları yöneteceklerdi. Kız kardeşleri Arya ve Sansa diğer büyük hanedanlardan prenslerle evlendirilecek ve kendi kalelerinin hanımları olmak üzere güneye gideceklerdi. Peki, Jon gibi bir piç ne kazanmayı umabilirdi?

"Benden ne istediğinin farkında değilsin Jon," dedi amcası. "Gece Nöbetçileri yeminli kardeşlerdir. Bizim ailemiz yoktur. Hiçbirimiz evlat sahibi olamayız. Bizim karımız görevimiz, sevgilimiz onurumuzdur."

"Bir piçin de onuru olabilir," dedi Jon. "Yemininizi etmeye hazırım ben."

"Sen daha on dört yaşında bir çocuksun," diye karşılık verdi Ben. "Bir erkek değilsin. Henüz değilsin. Bir kadınla tanışıp âşık olana kadar neden vazgeçtiğini anlaman mümkün değil."

"Bunları hiç önemsemiyorum ben," dedi Jon ateşle.

"Bilseydin önemserdin belki," dedi Benjen. "Eğer yeminin sana nelere mal olacağını bilseydin, bedeli ödemek için bu kadar hevesli olmayabilirdin oğlum."

Jon içinde bir öfke dalgasının kabardığını hissetti. "Ben senin oğlun değilim!" dedi.

Benjen Stark ayağa kalktı. "Ne yazık ki değilsin," diye karşılık verdi. Elini Jon'un omzuna koydu. "Kendi piçlerin olduğu zaman seninle tekrar konuşuruz, bakalım o zaman neler söyleyeceksin."

Jon titredi. "Benim asla piçim olmayacak. *Asla*!" Kelimeler ağzından yılan zehri gibi akmıştı.

Aniden masaya bir sessizlik çöktüğünü fark etti. Herkes susmuş ona bakıyordu. Gözlerinin yaşla dolduğunu hissetti. Kendisini ayağa kalkmak için zorladı.

Kalan son gurur kırıntısıyla, "Müsaadenizi rica ediyorum," dedi. Arkasını dönüp kimsenin onu ağlarken görmesine izin vermeden hızlıca uzaklaşmak istiyordu. Ne kadar fazla şarap içtiğinin farkında değildi. Yürümeye çalışırken yer ayağının altından kaydı, adımları birbirine dolaştı ve servis yapan bir kızın üzerine doğru yalpaladı. Kızın elindeki şarap sürahisi yere düşüp paramparça oldu. Etrafındakiler kahkaha atmaya başladığında, Jon'un yanaklarından sıcak gözyaşları süzülüyordu. Birkaç adam kollarından tutup dengesini bulmasına yardım etmek istedi ama Jon onları itip ellerinden kurtuldu ve yarı kör halde kapıya doğru koşmaya başladı. Hayalet arkasından geliyordu. İkisi birden karanlığa karıştı.

Avlu boş ve sessizdi. İç surların burçlarından birinde yalnız bir muhafız, soğuktan korunmak için sıkıca pelerinine sarılmış halde bekliyordu. Orada öyle tek başına dururken sefil ve sıkılmış görünüyordu ama Jon o anda onunla yer değiştirmek için çok şeyden vazgeçerdi. Kale karanlık ve boştu. Jon daha önce terk edilmiş bir karakol görmüştü. Hareket eden hiçbir şeyin olmadığı, rüzgârlı, taş duvarların bir zamanlar orada yaşayanlarla ilgili sırlar sakladığı kederli bir yerdi. Bu gece Kışyarı, Jon'a o karakolu hatırlatıyordu.

Arkasındaki salonun pencerelerinden dışarı müzik sesleri sızıyordu ve bu Jon'un duymak istediği son şey bile değildi. Gözyaşlarının daha fazla akmasına izin vermemek için eliyle gözlerini sildi ve uzaklaşmak için yürümeye başladı.

"Hey evlat," diye seslendi biri. Jon dönüp baktı.

Tyrion Lannister, Büyük Salon'un kapısının üstündeki çıkıntıda oturuyor ve bütün dünyayı, çirkin yaratık heykelleri gargoyleler gibi seyrediyordu. Cüce Jon'a sırıtarak sordu. "Bu hayvan bir kurt mu?"

"Bir ulu kurt," dedi Jon. "Adı Hayalet." Gözlerini kapının üstünde oturan küçük adama dikti, bütün hayal kırıklığını unutmuş gibiydi. "Neden orada oturuyorsun? Neden ziyafette değilsin?" diye sordu.

"Çok sıcak, fazla gürültülü ve ben epey şarap içtim," diye yanıtladı cüce. "Uzun zaman önce insanın, ağabeyinin üzerine kusmasının pek nazik bir hareket olmadığını öğrenmiştim. Kurduna yakından bakabilir miyim?"

Jon önce tereddüt etti fakat ardından başıyla onayladı. "Aşağı inebilir misin yoksa bir merdiven bulup getireyim mi?"

"Dalga mı geçiyorsun?" dedi küçük adam. Kendisini oturduğu çıkıntıdan aşağı bıraktı. Jon bir an soluğunu tuttu ve cücenin havada bir takla atarak ellerinin üzerinde yere inmesini, ardından zıplayarak ayaklarının üzerinde dikilmesini hayretler içinde izledi.

Hayalet, cüceden tedirginlikle uzaklaştı.

Cüce üzerindeki tozları eliyle silkeledi ve güldü. "Sanırım kurdunu ürküttüm, özür dilerim," dedi.

"O hiçbir şeyden korkmaz," dedi Jon. Dizinin üzerine çöktü ve seslendi. "Hayalet, gel buraya. Gel bakalım. Aferin işte böyle."

Yavru kurt, Jon'un yanına gelmiş burnunu sahibinin yüzüne sürmüştü ama cüceye tedirgin gözlerle bakıyordu. Tyrion Lannister yaklaşıp hayvanı okşamak istediğinde Hayalet bir adım geri çekilmiş, ağzını açarak dişlerini göstermiş ve hafif, kızgın sesler çıkarmaya başlamıştı.

"Hayalet! Otur," diye emretti Jon. "Aferin. Kıpırdamadan dur." Cüceye döndü. "Ona şimdi dokunabilirsin. Ben emir vermeden hareket etmeyecektir. Onu eğittim," dedi.

"Anladım," dedi Lannister. Yavrunun kar beyazı tüylerini okşamaya başladı. "Uslu kurt."

"Eğer ben yanında olmasaydım, boğazını birkaç saniye içinde paramparça edebilirdi," dedi Jon. Bu şimdilik doğru değildi ama çok kısa zaman sonra olacaktı.

"Bu durumda en iyisi senin yakınlarda durman," diye karşılık verdi cüce. Bedeninden büyük başını yana eğdi ve farklı renklerdeki gözleriyle Jon'a baktı. "Ben Tyrion Lannister."

"Biliyorum," dedi Jon. Ayağa kalktı. Ayaktayken cüceden çok daha uzundu ve bu kendisini garip hissettirmişti.

"Sen Ned Stark'ın piçisin değil mi?"

Jon buz kestiğini hissetti. Dudakları çizgi halini aldı ve hiçbir şey söylemedi.

"Seni gücendirdim mi?" diye sordu Lannister. "Özür dilerim. Cüceler düşünceli davranmak zorunda değildir. Nesiller boyu rengârenk giysiler içinde zıplayıp soytarılık etmek, cücelere istedikleri kadar kötü giyinme ve akıllarına gelen her kahrolası şeyi söyleme özgürlüğünü vermiş." Sırıttı. "Ama sen piçsin değil mi?"

Jon gergindi. "Eddard Stark benim babamdır," dedi.

Lannister dikkatlice Jon'un yüzünü inceliyordu. "Evet," dedi. "Aslında görebiliyorum. Sen kardeşlerinin hepsinden daha fazla kuzeylisin."

"Üvey kardeşlerim," diye düzeltti Jon. Cücenin söyledikleri onu gururlandırmıştı ama belli etmemeye çalışıyordu.

"Sana bir tavsiyede bulunmama izin ver," dedi Lannister. "Nereden geldiğini, kim olduğunu asla unutma, çünkü etrafındaki kimse unutmaz bunu. Kendi gerçeğini güce çevir. Böylece hakkındaki gerçek asla zayıf noktan olmaz. Gerçeğin senin zırhın olsun ki, kimse seni o gerçeği kullanarak incitemesin."

Jon kimseden tavsiye alacak durumda değildi. "Sen bir piç olmakla ilgili ne bilebilirsin ki?"

"Babalarının gözünde bütün cüceler piçtir."

"Sen annenin karnından çıkmış safkan bir Lannister'sın."

"Gerçekten öyle miyim?" diye sordu cüce alaycı bir tavırla. "Bunu babama da söylemelisin. Annem beni doğururken öldü ve babam asla emin olamadı."

"Ben annemin kim olduğunu bilmiyorum," dedi Jon.

"Bir kadın olduğu şüphesiz. Genelde öyle olur." Cüce acıklı bir gülüşle baktı Jon'a. "Şunu unutma evlat. Bütün cüceler birer piç olabilir ama bütün piçler birer cüce olmaya mecbur değil." Sonra arkasını döndü ve ziyafete katılmak için salona doğru yürümeye başladı ıslık çalarak. Salonun kapısı açıldığında üzerine vuran ışık avluda kocaman bir gölge yarattı ve bir an için Tyrion Lannister bir kral endamında göründü.

CATELYN

Kışyarı'nın Büyük Kulesi'ndeki en sıcak oda Catelyn'in yatak odasıydı. Isınmak için çok ender ateş yakmaya ihtiyaç duyulurdu. Kale doğal sıcak su kaynakları üzerine inşa edilmişti ve kaynar sular bir insanın damarlarında dolaşan kan misali duvarlarda dolaşır, soğuğu taşlardan alır götürürdü. Cam korumalı bahçeler bu sayede sıcak nemle dolar ve toprak donmaktan korunurdu. Küçük avlulardaki onlarca açık havuz gece ve gündüz tüterdi. Bu durum yaz mevsimi için küçük bir ayrıntıydı ama kış geldiğinde ölümle yaşam arasındaki çizgi demekti.

Catelyn'in banyosu her daim sıcak ve buharlıydı. Duvarları dokunulamayacak kadar sıcak olurdu. Sıcaklık ona Nehirova'yı hatırlatırdı. Lysa ve Edmure ile birlikte geçirdikleri sıcak yaz günlerini. Ned sıcağa asla tahammül edemezdi. Starklar kış insanlarıydı. Ned, ona kış için yaratıldığını söylediğinde gülerler ve Catelyn kocasıyla, kaleyi yanlış yere inşa ettirmişsin, diye dalga geçerdi.

Yataktaki işleri bittiğinde, Ned her zaman yaptığı gibi yataktan aşağı atladı ve karşı duvardaki ağır perdeleri kenara çekerek yüksek dar pencereyi açtı, soğuk gece havasının odaya dolmasını sağladı.

Ned öylece çırılçıplak ve elleri boş halde pencerenin önünde dururken soğuk rüzgâr bedeninde dolaşıyordu. Catelyn yatağın kürk örtülerini çenesine kadar çekti ve kocasını izlemeye başladı. Böyle çıplakken daha ufak tefek ve kırılgan görünüyordu sanki. Tıpkı on beş yıl önce Nehirova septinde evlendiği genç adam gibi. Kocasının hızlı ve sert sevişmesinden ötürü kasıkları ağrıyordu ama kötü bir ağrı değildi bu. Kocasının tohumunu içinde hissedebiliyordu. Orada kalıp kök salması için dua etti. Rickon'un doğumu üstünden üç yıl geçmişti. O kadar yaşlanmamıştı. Kocasına bir oğul daha verebilirdi.

"Teklifini kabul etmeyeceğim," dedi Ned Catelyn'e dönerken. Gözleri düşünceli, sesi ağır ve tereddütlüydü.

Catelyn yatakta doğruldu. "Bunu yapamazsın. *Yapmamalısın.*"

"Benim görevim burada, kuzeyde. Robert'ın Eli olmak gibi bir arzum yok."

"O bunu anlamayacaktır. O artık kral ve krallar sıradan adamlar gibi düşünmez. Eğer ona hizmet etmeyi reddedersen sebebini merak edecek ve eninde sonunda krallığına karşı geldiğini düşünmeye başlayacaktır. Bu durumun bizi içine düşüreceği tehlikeyi göremiyor musun?"

Ned kafasını salladı. Karısının söylediklerine inanmak istemiyordu. "Robert asla beni ya da ailemden birini incitmek istemez. Biz onunla kardeşten daha yakınız. Beni canı kadar sever. Teklifini reddettiğimde bağırır, çağırır, kükrer, küfreder ama bir hafta içinde tekrar birlikte kahkahalar atarız. Ben Robert'ı iyi tanırım."

"Evet, sen Robert'ı iyi tanırdın ama kral bir yabancı artık senin için." Catelyn kara gömülü halde bulunan ulu kurdu ve boğazına saplanmış geyik boynuzunu hatırladı. Kocasının anlamasını sağlamak zorundaydı. "Bir kral için gurur her şey demektir lordum. Robert onca yolu sana bu onurlu görevi sunmak için tepti. Sana bahşettiği onuru yüzüne geri fırlatamazsın."

"Onur mu?" diyerek acı acı güldü Ned.

"Evet, onun gözünde öyle."

"Ya senin gözünde?"

"*Ve* benim gözümde," diye bağırdı Catelyn. Artık kızgındı. Ned neden anlayamıyordu? "Öz oğlunu kızımızla evlendirmek istiyor. Buna onur değil de ne dersin? Sansa bir gün kraliçe olabilir. Onun oğulları, Sur'dan Dorne dağlarına kadar her yeri yönetebilir. Bütün bunlarda bu kadar yanlış olan nedir?"

"Tanrılar! Sansa daha *on bir* yaşında Catelyn. Ve Joffrey... Joffrey..."

Sözünü Catelyn tamamladı. "Joffrey veliaht prens, Demir Taht'ın varisi. Babam beni kardeşin Brandon'la evlendirmeye söz verdiğinde daha on iki yaşındaydım."

Catelyn'in söyledikleri Ned'in dudaklarının acıyla bükülmesine sebep oldu. "Evet. Brandon. Brandon ne yapılması gerektiğini bilirdi. O hep en iyisini bilirdi. Her şey Brandon içindi aslında. Kışyarı, sen, her şey. O Kral Eli ve kraliçenin babası olmak için doğmuştu. Ben bu kadehin bana uzatılmasını istememiştim."

"Belki istememiştin," dedi Catelyn. "Ama Brandon öldü ve kadeh sana uzatıldı. Şimdi o kadehin içindekini içmek zorundasın. Tadını sevsen de sevmesen de."

Ned arkasını döndü, yüzünü karanlığa çevirdi. Ayı, yıldızları ve belki de surlardaki muhafızları izlemeye koyuldu.

Catelyn yumuşamıştı ve kocasının çektiği acıyı görebiliyordu. Eddard Stark onunla, ölen kardeşi Brandon yerine evlenmişti. Ölen kardeşin soluk gölgesi hâlâ aralarındaydı. Tıpkı adını bilmediği, Ned'in piç oğlunun annesi olan kadının gölgesi gibi.

Odanın kapısı beklenmedik şekilde gürültüyle çalındığında yataktan kalkıp kocasının yanına gitmek üzereydi. Ned öfkeyle bağırdı. "Kim o?"

Kapının dışından Desmond'ın sesi duyuldu. "Lordum, Üstat Luwin geldi ve acilen huzurunuza çıkmak için yalvarıyor."

"Ona rahatsız edilmek istemediğim emrini verdiğimi söyleyin."

"Evet lordum, söyledim ama ısrar ediyor."

"Pekâlâ. İçeri gelsin."

Ned gardıroba yönelip kalın bir sabahlığı sırtına geçirdi. Catelyn odanın ne kadar soğuduğunu fark etti. Kürk örtüleri tekrar kafasına kadar çekti. "Artık pencereleri kapatsak iyi olacak," dedi.

Ned dalgın bir şekilde başıyla onayladı. O sırada Üstat Luwin içeri girdi.

Üstat ufak yapılı, gri bir adamdı. Gri gözleri her şeyi görürdü. Yılların kafasında bıraktığı tek tük saçları da griydi. Elbisesi gri yünden yapılmıştı ve beyaz kürklerle kalınlaştırılmıştı. Stark renkleri. Elbisesinin kollarının içlerinde gizli cepler vardı. Luwin bu ceplere sürekli bir şeyler saklar ve bunlardan yepyeni başka şeyler yapardı. Kitaplar, mesajlar, çocuklar için oyuncaklar, garip aletler. Hepsi kollarının içindeki gizli ceplere doldurulmuş olurdu. Catelyn üstadın kollarını hareket ettirebilmesine bile şaşırırdı.

Üstat konuşmak için kapının kapanmasını bekledi. "Lordum," dedi. "Lütfen istirahatınız sırasında sizi rahatsız ettiğim için bağışlayın. Bana bir mesaj bırakıldı."

Ned tedirgin görünüyordu. "*Bırakıldı* mı? Kim tarafından? Bir süvari mi geldi. Bana haber verilmedi."

"Süvari gelmedi lordum. Sadece oymalı ahşap bir kutu. Şekerleme yaptığım sırada gözlem evindeki masamın üzerine bırakılmış. Hizmetkârlarım kimseyi görmediklerini söylüyor ama kralın kafilesinden biri bırakmış olmalı. Onlar dışında güneyden gelen kimse yok çünkü."

"Ahşap bir kutu mu dediniz?" diye sordu Catelyn.

"Kutunun içinde gözlem evlerinde kullanılan kusursuz bir mercek vardı. Kalitesinden anladığım kadarıyla Myr'de yapılmış. Myr'deki mercek ustaları eşsizdir."

Ned'in kaşları çatılmıştı. Böyle saçmalıklara hiç tahammül edemediğini Catelyn bilirdi. "Bir mercek," dedi Ned. "Bunun benimle ne ilgisi var peki?"

"Ben de aynı soruyu sordum kendime," dedi Üstat Luwin. "Bana kalırsa ortada görünenden daha fazla bir anlamı var bu merceğin."

Catelyn kalın kürklerin altında titriyordu. "Mercek daha iyi görmemizi sağlayan bir araçtır."

"Gerçekten de öyledir," dedi Üstat. Mensubu bulunduğu üstat topluluğunun alameti olan zincirini çekiştirdi. Her halkası farklı bir metalden yapılmış, elbisesinin altında, boyun bölgesinde sıkıca duran ağır bir zincirdi.

Catelyn içindeki korkunun büyüdüğünü hissediyordu. "Daha iyi görmemizi istedikleri şey ne olabilir ki?" diye sordu.

"Ben de kendime bu soruyu sordum," dedi Üstat Luwin. Kolunun içindeki cepten rulo haline getirilmiş bir kağıt çıkardı. "Merceği aldıktan sonra kutuyu incelemeye başladım. Gizli bir bölmenin içinde bu kağıttaki mesajı buldum ama bana yazılmamış."

Ned elini uzattı. "Bana ver de okuyayım öyleyse."

Luwin hareket etmedi. "Özür dilerim lordum. Mesaj size de değil. Leydi Catelyn'e özel olarak gönderilmiş. Yaklaşabilir miyim leydim?"

Catelyn başıyla onayladı ama konuşamıyordu. Üstat mesajın yazılı olduğu kağıdı yatağın yanındaki komidinin üzerine bıraktı. Mesaj mavi mumla mühürlenmişti. Üstat eğilerek selam verdi ve geri çekilmeye başladı.

"Orada kal," diye emretti Ned. Sesi çok ciddi çıkıyordu. Catelyn'e baktı. "Ne oldu leydim? Titriyorsun."

"Korkuyorum," dedi Catelyn. Titreyen elleriyle uzanıp rulo halindeki kağıdı aldı. Çıplak olduğunu unutup elleriyle çenesine kadar çektiği kürk örtüyü bırakmıştı. Mavi mührün üzerinde Arryn Hanedanı'nın arması olan ay ve şahin vardı. "Bu mesaj Lysa'dan," dedi Catelyn. "Bizi mutlu etmeyecek. Bu mesajda korkunç bir acı var Ned. Bunu hissediyorum."

Ned'in yüzü iyice karanlıklaşmış, ciddileşmişti. "Haydi aç."

Catelyn mührü açtı.

Gözleri kelimeleri taramaya başladı. Önce hiçbirine anlam veremedi ama sonra birden hatırladı. "Lysa işini şansa bırakmamış. İkimiz de küçük birer kızken gizli bir dil geliştirmiştik, mesaj o dilde yazılmış."

"Okuyabiliyor musun?"

"Evet."

"Bize de söyle o halde."

"Belki ben artık çekilmeliyim," dedi Üstat Luwin.

"Hayır," dedi Catelyn. "Sizin fikrinizi alacağız." Kürk örtüyü üzerinden tamamen atıp yataktan aşağı indi. Odanın diğer tarafına yürürken, gece rüzgârı mezar soğuğu gibi çıplak tenine çarpıyordu.

Üstat Luwin gözlerini kaçırdı. Ned son derece şaşkındı. "Ne yapıyorsun?"

"Ateş yakıyorum," diye cevapladı Catelyn. Gardıroptan bir sabahlık alıp üzerine geçirdi ve şömineye eğildi.

"Üstat Luwin..." diye konuşmaya başladı Ned.

"Benim bütün çocuklarımı Üstat Luwin doğurttu, şimdi ahlakçılık taslamanın sırası değil." Şöminenin zeminine kağıt parçaları, onların üzerine de kütükler yerleştirdi.

Ned karısının yanına gitti. Kadını kolundan tuttu ve ayağa kaldırdı. Yüzleri birbirinden sadece bir iki santim uzaklıktaydı. "Leydim. Lütfen söyle! Mesaj ne diyor?"

Catelyn kaskatı kesildi. Yumuşak bir sesle, "Bir uyarı," dedi. "Eğer dikkate alacak kadar akıllı olursak."

Ned'in gözleri kadının yüzündeydi. "Devam et."

"Lysa, Jon Arryn'ın öldürüldüğünü söylüyor."

Ned'in parmakları karısının kolunu iyice sıkıyordu. "Kim tarafından?"

"Lannisterlar," dedi Catelyn. "Kraliçe tarafından."

Ned karısının kolunu bıraktı. Kadının teni kıpkırmızı olmuştu. "Tanrılar," diye fısıldadı. Sesi boğuktu. "Tuttuğu yas kardeşini hasta etmiş. Ne dediğini bilmiyor."

"Evet biliyor," dedi Catelyn. "Lysa bazen düşünmeden hareket eder, doğru. Ama bu mesaj dikkatlice planlanmış, zekice gizlenmiş. Eğer yanlış birinin eline geçerse sonunun ölüm olacağını biliyormuş. Canını tehlikeye atması için sıradan bir şüpheden çok daha fazlası olması gerek." Catelyn kocasının yüzüne baktı. "İşte şimdi başka şansın kalmadı. Kral Eli olmak *zorundasın*. Onunla güneye gitmeli ve gerçeği öğrenmelisin."

Catelyn kocasının bambaşka bir sonuca vardığını anlamıştı. "Benim bildiğim bütün gerçekler burada," dedi Ned. "Güney kesinlikle uzak durmamız gereken bir yılan yuvası."

Üstat Luwin yumuşak boynunu zedeleyen zincirini çekiştiriyordu. "Kral Eli olmak büyük bir gücü beraberinde getirir lordum. Lord Arryn'ın ölümüyle ilgili gerçeği bulacak, katilini kralın adaletinin önüne çıkaracak ve Leydi Lysa'yla oğlunu koruyacak gücü getirir."

Ned çaresizce odanın içinde gezdirip duruyordu gözlerini. Catelyn gidip ona sarılmak istiyordu ama şimdilik yapamazdı. Önce çocuklarının iyiliği için zafer kazanmalıydı. "Robert'ı kardeş gibi sevdiğini söylüyorsun Ned. Onu Lannisterlar'ın arasında, tehlike içinde bırakmaya kalbin razı olacak mı?"

"İkinizi de Ötekiler alsın!" diye küfretti Ned. Onlara arkasını dönüp pencerenin kenarına gitti. Ne Catelyn ne de Üstat konuşuyordu. Eddard Stark evine sessizce veda ederken usulca beklediler. Sonunda onlara döndüğünde Ned'in sesi yorgun ve melankoli doluydu. Göz pınarları nemlenmişti. "Babam kralının isteği üzerine bir kez güneye gitti ve bir daha evine dönemedi."

"Başka bir devirdi ve başka bir kral vardı," dedi Üstat Luwin.

"Evet," dedi Ned uyuşmuş gibi. Şöminenin yanında duran koltuğa oturdu. "Catelyn, sen Kışyarı'nda kalmalısın."

"Hayır!" diye itiraz etti Catelyn. Korkmuştu. Bu onun cezası mıydı? Bir daha kocasının yüzünü görememek ve kollarını bedeninde hissedememek miydi cezası?

"Evet," dedi Ned. Sesinden hiçbir itirazı kabul etmeyeceği belliydi. "Ben Robert'ın işlerini yaparken, kuzeyi benim yerime sen yönetmelisin. Kışyarı'nda mutlaka bir Stark bulunmalı. Robb on dört yaşında. Kısa zamanda erkek olacak. Hükmetmeyi öğrenmeli ama ben bunun için yakınında olamayacağım. Onu konseylere götür. Zaman geldiğinde hazır olmalı."

"Tanrılardan o vaktin daha uzun yıllar gelmemesini dilerim," dedi Üstat Luwin.

"Üstat Luwin, sana kendi kanımdanmışsın gibi güvenirim. Büyük ve küçük her meselede eşime akıl ver. Oğluma bilmesi gereken her şeyi öğret. Kış geliyor."

Üstat Luwin başıyla onayladı. Hüzünlüydü. Sonra sessizlik çöktü, ta ki Catelyn, cevabından çok korktuğu soruyu sormaya cesaret edene kadar. "Diğer çocuklarımız ne olacak?"

Ned ayağa kalktı, karısına sarıldı. "Rickon çok küçük. O, Robb ve seninle birlikte burada kalacak. Diğer çocuklar benimle beraber güneye gelecek."

"Ben buna dayanamam," dedi Catelyn titreyerek.

"Dayanmak zorundasın," dedi Ned. "Sansa artık mecburen Joffrey ile evlenecek. Kimse gerçek niyetimizden şüphelenmemeli. Arya'nın da güney sarayına uyum sağlamayı öğrenmesi gerek. Birkaç yıl içinde o da evlenecek çağa gelecek."

Sansa'nın güneyde ışıldayacağını düşündü Catelyn. Arya'nın da biraz incelik öğrenmesi iyi olacaktı. İsteksizce de olsa, kalbinde onlardan ayrılmaya yetecek gücü buldu. Ama Bran'dan değil. Bran'dan asla ayrılamazdı. "Tamam," dedi. "Ama lütfen Ned. Bana olan aşkının hatırına Bran'ı götürme. Bran'ın burada Kışyarı'nda kalmasına izin ver. O daha yedi yaşında."

"Babam beni Kartal Yuvası'na yolladığında sekiz yaşındaydım," dedi Ned. "Sör Rodrik, Robb ve Prens Joffrey arasında bir huzursuzluk olduğunu söylüyor. Bu hiç iyi değil. Bran bu uzaklık arasındaki köprü olabilir. O tatlı bir çocuk; çabucak güldüren, sevmesi çok kolay bir çocuk. Prenslerin arasında büyümeli ve Robert'la benim dost olduğumuz gibi dost olmalı onlarla. Bu ailemizin güvende olması için gerekli."

Catelyn, Ned'in haklı olduğunu biliyordu ama bilmek acısını hiç hafifletmiyordu. Demek hepsini birden kaybedecekti. Ned, iki kızı ve bir tanesi sevgili Bran. Sadece Robb ve bebek Rickon kalıyordu ona. Şimdiden yapayalnız hissediyordu kendisini. Kışyarı uçsuz bucaksız bir yerdi. "Onu duvarlardan uzak tut," dedi cesurca. "Bran'ın tırmanmayı ne kadar sevdiğini bilirsin."

Ned karısının gözündeki yaşları daha yanaklarına süzülmeden öptü. "Teşekkür ederim leydim," diye fısıldadı. "Bütün bunlar çok zor. Biliyorum."

"Ya Jon Kar ne olacak lordum?" diye sordu Üstat Luwin.

Catelyn çocuğun adı geçince gerilmişti. Ned karısının öfkeyle dolduğunu hissetti.

Birçok erkeğin başka kadınlardan piçler peydahladığını bilerek büyümüştü Catelyn. Evliliklerinin ilk yılında, Ned uzak topraklarda savaştayken, bir kadınla yattığını ve kadının Ned'in piç oğlunu dünyaya getirdiğini öğrenmek onu şaşırtmamıştı. Her erkek gibi Ned'in de ihtiyaçları vardı. Evinden uzakta neredeyse bir yıl geçirmişti. Ned güneyde savaşırken, Catelyn babasının güvenli kalesinde Nehirova'da kalmıştı. Catelyn'in aklı çok az tanıdığı kocasında değil, meme emen oğlu Robb'daydı zaten. Savaş sırasında kocasıyla yatıp kalkan sokak kadınları umurunda değildi. Eğer Ned'in tohumları o kadınlardan birinin rahminde tutunursa, Ned gerekeni yapar, çocuğun ihtiyaçlarını giderirdi.

Fakat Ned bundan fazlasını yapmıştı. Stark erkekleri diğer erkeklere benzemiyordu. Ned savaş dönüşü piç oğlunu da yanında Kışyarı'na getirmiş ve bütün kuzeye "oğlum" diyerek tanıtmıştı. Catelyn, Nehirova'dan evi Kışyarı'na döndüğünde, Jon ve sütannesi kaleye çoktan yerleşmişlerdi.

Catelyn'in yüreği dağlanmıştı onları gördüğünde. Ned çocuğun annesi hakkında tek söz bile etmiyordu ama kalede sır saklamak kolay değildi. Hizmetkârlar, asker kocalarının anlattıkları hikâyeleri söyleyip duruyordu. Bu dedikodulara göre Genç Lord Eddard Stark, Aerys'ın Kral muhafızları'nın yedi şövalyesinden en kıyıcı olanı, Sabah Kılıcı diye anılan Sör Arthur Dayne'i teke tek bir mücadele sırasında öldürmüştü. Daha sonra Eddard Stark, öldürdüğü şövalyenin kılıcını, şövalyenin Yaz Denizi sahillerindeki Kayanyıldız isimle kalede yaşayan güzeller güzeli kız kardeşine teslim etmek üzere yola çıkmıştı. Leydi Ashara Dayne ince uzun, büyüleyici menekşe rengi gözleri olan genç bir kadındı. Catelyn'in cesaretini toplayıp kocasının yüzüne karşı soru sorabilmesi iki hafta almıştı. Bir gece yataklarında yatarken hikâyenin aslı olup olmadığını soruvermişti.

Uzun evlilikleri boyunca Catelyn'in kocasından korktuğu tek gece o geceydi. Buz gibi bir sesle, "Bana asla Jon hakkında soru sormayacaksın," diye bağırmıştı Ned. "Jon benim kanımı taşıyor ve senin bütün bilmen gereken de bu. Ve şimdi sen bana, bu hikâyeleri ve o adı nereden duyduğunu söyleyeceksin." Catelyn korkuyla itaat etmişti kocasına. Ertesi günden itibaren bütün sesler kesilmiş ve Leydi Ashara Dayne'in adı bir daha Kışyarı'nda hiç anılmamıştı.

Jon'un annesi her kimse Ned onu gerçekten sevmiş olmalıydı. Catelyn'in söylediği hiçbir söz çocuğun onlarla yaşamasına engel olamamıştı. Bu konuda affedemiyordu kocasını. Evet bütün kalbiyle âşıktı Ned'e ama yüreğinde Jon'a karşı en ufak bir sevgi kırıntısı bile bulamıyordu. Ned'in hatırına, gözü önünde olmayan düzinelerce piç çocuğun varlığına katlanabilirdi ama Jon her zaman gözünün önündeydi ve büyüdükçe diğer bütün çocuklarından fazla Ned'e benziyordu. Bu her şeyden beterdi. "Jon buradan gitmeli," dedi.

"Jon ve Robb çok yakınlar. Düşünmüştüm ki..."

"Burada kalamaz," dedi Catelyn kocasının sözünü bitirmesini beklemeden. "O senin oğlun, benim oğlum değil. Benimle kalmasını istemiyorum." Acımasızca konuştuğunun farkındaydı ama gerçek buydu. Ned, Jon'u onun yanında, Kışyarı'nda bırakarak çocuğa iyilik etmiş olmayacaktı.

Ned'in gözlerindeki bakış ızdırap doluydu. "Onu güneye götüremeyeceğimi biliyorsun. Sarayda ona bir yer olmayacak. Piçlerin soyadını almış bir çocuk... hakkında neler söyleneceğini, Jon'un nasıl incineceğini biliyorsun."

Catelyn, kocasının gözlerindeki sessiz yalvarıştan kalbini korumak istiyormuş gibi kollarını göğsünün üzerinde birleştirdi. "Dostun Robert'ın da düzinelerce piçi olduğu söyleniyor."

"Ve onlardan biri bile sarayda hiç görünmedi!" diyerek parladı Ned. "Lannister kadını icaplarına baktı. Kahretsin Catelyn. Nasıl bu kadar acımasız olabiliyorsun? Jon sadece bir çocuk. O..."

Ned'in öfkesi başına vurmuştu. Daha fazla ve daha kötü şeyler söylemek üzereyken Üstat Luwin araya girdi. "Bir çözüm var aslında," dedi sessizce. "Kardeşiniz Benjen birkaç gün önce Jon'la ilgili konuşmak için bana geldi. Dediğine göre çocuk siyahları giymeye gönüllüymüş."

Ned şaşkın görünüyordu. "Gece Nöbetçileri'ne mi katılmak istiyormuş?"

Catelyn hiçbir şey söylemedi. Ned'in bu sorunu kendi aklında çözmesi gerekiyordu ve onun konuşması hayırlı olmayacaktı. Mutluluk içinde öpebilirdi o anda Üstat Luwin'i. Mükemmel çözümü getirip önlerine koymuştu. Benjen Stark yeminli bir kardeşti. Jon Kar, onun asla sahip olamayacağı evlat yerine geçebilirdi. Jon yemin ettiğinde, o da asla baba olmamaya söz vermiş olacaktı. Böylece, bir gün Catelyn'in torunları ve Jon'un çocukları arasında miras kavgası çıkması olasılığı da ortadan kalkıyordu.

"Sur'da nöbetçilik yapmak çok onurlu bir görevdir lordum," dedi Üstat.

"Üstelik bir piç bile Gece Nöbetçileri'nde yükselebilir," dedi Ned ama sesinden kafasının hâlâ karışık olduğu anlaşılıyordu. "Jon daha çok küçük. Bunu yetişkin bir adam olduğunda isteseydi başkaydı ama şimdi, tanrılar aşkına, çocuk daha ön dört..."

"Büyük bir fedakârlık," dedi Luwin. "Ama bunlar zor zamanlar lordum. Jon'un yolu, sizinkinden ya da hanımınızınkinden daha merhametsiz değil."

Catelyn kaybedeceği üç çocuğunu düşündü. Sessizce durmak kolay değildi.

Ned tekrar pencereye döndü. Uzun yüzü düşünce ve endişe doluydu. Sonunda içini çekti ve, "Pekâlâ. Sanırım en iyisi bu. Ben'le konuşacağım," dedi.

"Jon'a söylemeli miyiz lordum?"

"Zamanı gelince ben söyleyeceğim. Hazırlık yapmalıyız. Toparlanıp yola çıkmamız en az on beş gün alır. Bu son günlerin tadını çıkarmasına izin vermeliyim. Yaz kısa zaman sonra bitecek ve Jon'un çocukluğu da öyle. Zamanı geldiğinde ona ben söyleyeceğim."

ARYA

Arya'nın dikişleri yine yamuk yumuk olmuştu.

Önündeki kumaşa somurtarak baktıktan sonra, diğer kızlarla yan yana oturan kardeşi Sansa'nın dikişlerine göz attı. Sansa'nın iğne işi kusursuzdu. Herkes böyle söylüyordu. Bir keresinde Rahibe Mordane, "Sansa'nın elleri kadar yetenekli, ince eller görmedim," demişti leydi annelerine. Leydi Catelyn, Arya'nın ellerini sorduğunda, "Onun elleri bir demircininkiler gibi," cevabını vermişti.

Arya, Rahibe Mordane'in düşüncelerini okumuş olmasından korkarak endişeyle odanın diğer tarafına baktı ama rahibe bugün hiç dikkat etmiyordu ona. Gülümseyerek ve hayranlıkla Prenses Myrcella'nın yanında oturuyordu. Kraliyet ailesinden bir kıza kadın sanatlarını öğretmek ayrıcalığı sıkça yaşadığı bir durum değildi. Memnuniyetini, kraliçe kızını derse getirdiğinde de söylemişti. Arya, Prenses Myrcella'nın dikişlerinin de kendi dikişleri gibi yamuk olduğunu görebiliyordu ama Rahibe Mordane'in mutluluk dolu yüzüne bakan, kızın kusursuz iş çıkardığını sanırdı.

Önündeki kumaşa bakıp dikişleri kurtarmanın bir yolunu aradı ama içini çekerek bıraktı elindeki iğneyi. Hüzünle kız kardeşine baktı. Odanın diğer tarafında bir yandan iğne oyasını yapıyor bir yandan mutlulukla sohbet ediyordu. Sör Rodrik'in küçük kızı Beth Cassel ayaklarının dibinde oturuyor, Sansa'nın söylediği her kelimeyi dikkatle dinliyordu. Yanlarındaki diğer kız Jeyne Poole, Sansa'nın kulağına eğilmiş bir şeyler fısıldıyordu.

"Ne konuşuyorsunuz?" diye sordu Arya birdenbire.

Jeyne tedirgince baktı. Beth'in yanakları kızarmıştı. Sansa mahçup olmuş görünüyordu. Hiçbiri cevap vermedi.

"Söylesenize," diye ısrar etti Arya.

Jeyne, Rahibe Mordane'in dinlemediğinden emin olmak için diğer tarafa baktı. Prenses Myrcella bir şeyler anlatıyor, rahibe de diğer kızlarla birlikte kıkırdıyordu.

"Prens hakkında konuşuyorduk," dedi Sansa. Sesi hafif bir öpücük kadar yumuşak çıkmıştı.

Arya hangi prensten bahsettiklerini hemen anlamıştı. Tabi ki Joffrey hakkında konuşuyorlardı. Uzun ve yakışıklı olan. Ziyafette de Sansa'yla birlikte oturmuştu zaten. Arya da şişman olanına kalmıştı elbette.

"Joffrey, Sansa'dan hoşlanıyor," diye fısıldadı Jeyne. Bu işte bir payı varmış gibi gururla konuşmuştu. Kışyarı'nın kâhyasının kızıydı ve Sansa'nın en yakın arkadaşıydı. "Hatta ziyafet akşamı Sansa'ya ne kadar güzel olduğunu söylemiş."

Küçük Beth kendi kendine rüyadaymış gibi sarılarak, "Prens, Sansa'yla evlenecek," dedi. "Sansa bütün diyarın kraliçesi olacak."

Sansa yanakları kızaracak kadar alçak gönüllüydü. Yanaklarının kızarması ona yakışıyordu. Zaten yaptığı her şeyi zarafetle ve yakışık alacak şekilde yapıyordu. Arya içlenerek baktı ablasına. "Beth böyle hikâyeler uydurmamalısın," dedi Sansa. Sözleri küçük kızı incitmesin diye hafifçe saçlarını okşamıştı konuşurken. Daha sonra Arya'ya baktı. "Sen prens hakkında ne düşünüyorsun sevgili kardeşim? Yakışıklı değil mi?"

"Jon, onun kıza benzediğini söylüyor."

Sansa iğne oyasına devam ederken iç geçirdi. "Zavallı Jon. Kendisi bir piç olduğu için kıskanıyor," dedi.

"O bizim ağabeyimiz," diye bağırdı Arya. Yüksek sesi akşamüstü sessizliğini bıçak gibi kesmişti.

Rahibe Mordane gözlerini kaldırdı. Kemikli yüzü, keskin bakışları ve sanki somurtmak için yaratılmış incecik dudakları vardı. Şimdi de somurtuyordu. "Neden bahsediyorsunuz çocuklar?" diye sordu.

"Üvey ağabeyimiz," diyerek düzeltti Sansa. Sesi edepli ve yumuşaktı. Rahibeye gülümsedi. "Kardeşim Arya ve ben, bugün prensesin bize katılmasından ne kadar memnun olduğumuzu konuşuyorduk," dedi.

Rahibe Mordane başıyla onayladı. "Gerçekten hepimiz için büyük bir onur," dedi. Prenses Myrcella neler olduğundan emin olamadan, yapılan iltifat karşısında gülümsedi. Rahibe ayağa kalkarak elbisesinin kırışan yerlerini düzeltti ve odanın diğer ucuna yürümeye başladı. "Arya sen neden oyanı işlemiyorsun? Şu dikişlerine bir bakayım."

Arya çığlık atmak istiyordu. Rahibenin dikkatini çekip onu bu tarafa getirmek tam da Sansa'nın işiydi zaten. "İşte burada," diye uzattı kumaşını. Teslim olmuş gibi görünüyordu.

Rahibe kumaşı inceledi. "Ah Arya, Arya, Arya. Bu işe yaramaz. Bu hiçbir işe yaramaz."

Herkes Arya'ya bakıyordu. Bu çok fazlaydı. Sansa kız kardeşinin utancına gülmeyecek kadar iyi yetiştirilmişti ama Jeyne herkes yerine sırıtıyor gibiydi. Prenses Myrcella bile durumuna üzülmüş görünüyordu. Arya gözlerinin yaşla dolduğunu hissetti ve sandalyesinden hızlıca kalkarak kapıya doğru koştu.

Rahibe Mordane arkasından seslendi. "Arya! Hemen buraya gel. Sakın bir adım daha atayım deme. Bu terbiyesizliğini leydi annene anlatacağım. Soylu prensesin önünde hepimizi utandırıyorsun."

Arya kapıda durdu ve döndü. Gözlerinden yaşlar akıyor, dudaklarını ısırıyordu. Katılaşmış vücuduyla hafif bir reverans yapacak kadar eğildi ve prensese, "İzninizle leydim," dedi.

Myrcella ona göz kırptı ve yardım almak ister gibi yanındaki kızlara baktı. Ne yapacağını bilmiyormuş gibi görünüyordu ama Rahibe Mordane tereddütsüzdü. "Sen nereye gittiğini sanıyorsun Arya?" diyerek üsteledi.

Arya rahibeye baktı. "Gidip bir ata nal çakmalıyım," dedi mümkün olan en sevimli tavırla. Rahibenin yüzünde beliren şaşkınlıktan zevk almıştı. Hızlıca arkasını döndü ve ayaklarının izin verdiği kadar hızlı merdivenlerden aşağı indi.

Haksızlıktı bu. Sansa her şeye sahipti. Ablası ondan iki yaş büyüktü. Belki Arya doğduğunda bu yüzden hiçbir şey kalmamıştı. Sık sık böyle olduğunu düşünüyordu. Sansa dikiş dikebiliyor, dans edebiliyordu. Şiir yazabiliyordu. Arp ve zil çalabiliyordu. Hepsinden daha kötüsü, Sansa çok güzeldi. Annelerinin, Tullyler'e özgü çıkık elmacık kemiklerini ve gür kızıl kestane saçlarını almıştı. Arya'nın saçlarıysa donuk koyu kahverengiydi. Yüzü uzun ve sertti. Jeyne ona eskiden Arya Atsurat der ve ne zaman yanına gelse kişnerdi. Arya'nın ablasından daha iyi yapabildiği tek şeyin ata binmek olması da üzücüydü. Ata binmenin yanı sıra ev idaresi işlerinde de Sansa'dan daha iyiydi gerçi. Sansa'nın sayılarla arası hiç yoktu. Eğer Sansa gerçekten Prens Joffrey ile evlenecekse, çok iyi bir kâhyaları olması şarttı.

Merdivenlerin hemen başındaki muhafız odasında bekliyordu Nymeria. Arya'yı görür görmez hemen ayaklarının dibine geldi. Arya güldü. Hiç kimse sevmiyor olsa dahi, bu küçük kurt yavrusu çok seviyordu onu. Her yere birlikte gidiyorlardı. Geceleri Arya'nın odasında, yatağın dibinde uyuyordu yavru. Annesi yasaklamamış olsa Nymeria'yı da dikiş dersine götürürdü. Acaba *o zaman* Rahibe Mordane dikişlerinin ne kadar kötü olduğundan şikâyet edebilir miydi?

Arya yavrunun bağını çözerken ufaklık da hafif hafif elini dişliyordu kızın. Yavrunun sapsarı gözleri güneş ışığı vurduğunda iki altın sikke gibi parlıyordu. Arya ona, halkını Dar Deniz'in öbür kıyısına geçiren savaşçı Rhoyne kraliçesinin adını vermişti. Bu bile büyük skandala yol açmıştı. Sansa kendi yavrusuna "Leydi" adını vermişti elbette. Arya komik bir surat yaparak kurt yavrusuna sıkıca sarıldı. Nymeria kulağını yalamaya başlayınca kıkırdadı.

Rahibe Mordane annesine çoktan haber vermiş olmalıydı. Onu bulmak için odasına bakacaklardı ama Arya karşılaşmak istemiyordu. Daha önemli bir işi vardı. Çocuklar avluda eğitimdeydi. Robb'un, Prens Joffrey'yi sırtüstü yere devirmesini izlemek istiyordu. "Gel," diye seslendi Nymeria'ya. Koşmaya başladı, yavru kurt zar zor ona yetişmeye çalışıyordu.

Cephanelik ve Büyük Kule'yi birbirine bağlayan kapalı köprünün bütün avluyu gören bir penceresi vardı. O pencereden talimi izleyebilirdi.

Nymeria'yla birlikte nefes nefese pencereye vardılar. Jon da oradaydı. Çenesini dizine dayamış halde pervaza tünemiş, avludakileri izliyordu. Kendisini öyle kaptırmıştı ki, bembeyaz kurt yavrusu Arya ve Nymeria'nın yanına gitmek için hareketlenene kadar geldiklerini fark etmedi bile. Nymeria dikkatli adımlarla diğer kurda yaklaştı. Bütün yavrulardan hızlı büyüyen Hayalet onu kokladı, dikkatli ve hafif birkaç ısırıktan sonra iki kurt da yere yattı.

Jon merakla kız kardeşine baktı. "Senin dikiş dersinde olman gerekmiyor mu kardeşim?" diye sordu.

Arya yüzünü buruşturdu. "Bu dövüşü kaçırmak istemedim."

Jon gülümsedi. "Öyleyse gel bakalım yanıma."

Arya pervaza tırmanıp Jon'un yanına oturdu. Aşağıdan homurtular ve çarpma sesleri geliyordu.

Arya talimdekilerin küçük çocuklar olduğunu gördüğünde hayal kırıklığına uğradı. Bran'ın giysileri o kadar fazla koruyucu yünle kaplanmıştı ki, kuş tüyü bir yatak üzerine bağlanmış zannedilebilirdi. Zaten yeterince tombul olan Prens Tommen giydiği yün koruyucularla tam bir yuvarlak şeklini almıştı. Yaşlı Sör Rodrik Cassel'in gözetiminde, ellerindeki tahta kılıçlarla birbirlerine dokunurken sözde şövalye hareketleri yapıyor, inliyor, homurdanıyorlardı. Silah Ustası Sör Rodrik, dillere destan beyaz sakallarıyla kaya sağlamlığında bir adamdı. Çocuk ve yetişkin adamlardan oluşan bir düzine kadar muhafız, avludaki çocukları izliyor, tezahürat yapıyordu. Aralarında en çok sesi duyulan Robb'du. Arya, Robb'un hemen yanında, siyah yeleğine hanedanının arması deniz canavarı işlenmiş olan Theon Greyjoy'u fark etti. Greyjoy yüzündeki alaycı ifadeyle oturuyor, avluda yalpalayan çocukları seyrediyordu. Çocukların ikisi de bitap düşmüştü, talim uzun zamandır devam ediyor olmalıydı.

"Dikiş işinden biraz daha zor sanırım," dedi Jon.

"Dikiş işinden biraz daha eğlenceli," diyerek karşılık verdi Arya. Jon gülümseyip kardeşinin saçlarını muzipçe karıştırdı. Arya yanaklarının kızardığını hissetti. Jon'la her zaman çok yakın olmuşlardı. Tıpkı kendisi gibi, Jon'un yüzü de babasının kopyasıydı. Sadece ikisi benziyordu babalarına. Sansa, Bran ve hatta bebek Rickon, dış görünüşlerini Tullyler'den almışlardı. Büyüleyen bir surat ve ateş gibi yanan saçlar. Arya daha küçük bir çocukken kendisinin de bir piç olduğunu düşünürdü. Bu korkusunu Jon'a söylemiş ve teselliyi yine Jon'da bulmuş, meşru bir Stark olduğuna Jon tarafından ikna edilmişti.

"Sen neden aşağıda onlarla birlikte değilsin?" diye sordu Arya, Jon'a.

Jon yarım yamalak bir gülümsemeyle cevap verdi. "Piçlerin, prenslere zarar vermesine izin yok," dedi. "Prenslerin vücutlarındaki morluklar soylu darbelerden kaynaklanmak zorunda."

"Of!" dedi Arya. Mahcup olmuştu. Bilmeliydi. Bu gün ikinci kez, hayatın hiç de adaletli olmadığını düşündü.

Bran, Prens Tommen'a bir darbe indirdi. "Ben Bran'dan daha iyi dövüşebilirim," dedi Arya. "O yedi yaşında, bense dokuz oldum."

Jon on dört yaşının bilgeliğiyle kız kardeşine baktı. "Çok sıskasın," dedi. Arya'nın kolunu sıkarak kaslarını kontrol etti. İçini çekip kafasını iki yana salladı. "Bu kaslarla bırak bir kılıcı sallamayı, kaldıramazsın bile," dedi.

Arya kolunu hızlıca geri çekti ve kızgın gözlerle Jon'a baktı. Jon yine Arya'nın saçlarını karıştırdı gülerek. Bran ve Tommy'nin birbirleri etrafında dönmelerini seyrettiler.

"Prens Joffrey'yi gördün mü?" diye sordu Jon.

Arya ilk bakışta görmemişti ama gözleriyle etrafı tarayınca yüksek taş duvarın gölgesinde duran prensi gördü. Prens, Arya'nın tanımadığı genç adamlarla çevriliydi. Lannisterlar'ın ve Baratheonlar'ın yaverleri olmalılardı. Yanlarında onlardan daha büyük adamlar da vardı. Şövalyeler olduklarını tahmin etti Arya.

"Cübbesinin kollarına bak," dedi Jon.

Arya baktı. Prensin cübbesinin göğsüne, süslü püslü bir kalkan işlenmişti. İğne işi kusursuzdu. Cübbenin kolları uçlarına doğru ikiye ayrılıyordu. Bir kanadında kraliyet ailesinin taçlı geyiği, diğerinde Lannisterlar'ın aslanı vardı.

"Lannisterlar çok kibirlidir," dedi Jon. "Kraliyet armasının altında olmak yeterlidir sanırsın ama hayır. Annesinin soyunu kralın soyuyla bir tutmaya çalışıyor."

"Kadınlar da önemlidir," diye itiraz etti Arya.

Jon kıkırdadı. "Belki sen de aynı şeyi yapmalısın kardeşim. Tully ve Stark armalarını birleştirebilirsin mesela," dedi.

"Ağzında balık tutan bir kurt mu?" diyerek güldü Arya. "Bu çok aptalca görünür. Ayrıca, eğer bir kız savaşamayacaksa bir arması olması da saçma."

Jon omuz silkti. "Kızlar aile armasına sahip olabiliyor ama kılıç kuşanamıyorlar. Piçler kılıç kuşanabiliyorlar ama aile arması taşıyamıyorlar. Kuralları ben koymuyorum sevgili kardeşim."

Avludan bir bağırış duyuldu. Prens Tommen tozlar içinde

yuvarlanıyor, ayağa kalkmak için uğraşıyor ama beceremiyordu. Üzerindeki koruyucu yünler yüzünden sırtüstü devrilmiş bir kaplumbağaya benziyordu. Bran prensin tam başucunda, kılıcı havada, prens ayağa kalkar kalkmaz bir darbe daha indirmek üzere bekliyordu. İzleyenler kahkaha atmaya başladı.

"Tamam!" diye bağırdı Sör Rodrik. Elini uzattığı prensin ayağa kalkmasına yardım etti. "İyi bir dövüş oldu. Lew, Donnis, zırhlarını çıkarmalarına yardım edin." Etrafa bakındı. "Prens Joffrey, Robb. Bir kez daha karşılaşmaya ne dersiniz?"

Bir önceki mücadele yüzünden kan ter içinde olan Robb heyecanla öne çıktı. "Memnuniyetle."

Joffrey, Sör Rodrik'in çağrısıyla güneşin altına doğru yürüdü. Saçları altın gibi parlıyordu. Sıkılmış görünüyordu. "Bu oyun çocuklar için Sör Rodrik," dedi.

Theon Greyjoy'un kahkahası duyuldu. "Sizler zaten çocuksunuz," dedi alay ederek.

"Robb çocuk olabilir ama ben bir prensim. Stark çocuklarına oyuncak bir kılıç savurmaktan yoruldum."

"İndirdiğinden çok daha fazla darbe aldığını unutuyorsun," dedi Robb. "Yoksa korkuyor musun?"

Prens Joffrey, Robb'a baktı. "Dehşete kapıldım hatta," dedi. "Benden o kadar büyüksün ki." Lannister adamlarından bazıları gülmeye başladı.

Jon aşağıda olup bitenleri kızgınlıkla izliyordu. "Joffrey gerçek bir pislik," dedi Arya'ya.

Sör Rodrik düşünceli bir halde beyaz sakallarını okşuyordu. "Ne teklif ediyorsunuz?" diye sordu prense.

"Gerçek çelik."

"Tamamdır," diye atıldı Robb. "Pişman olacaksın."

Silah ustası, Robb'u susturmak için elini çocuğun omzuna koydu. "Gerçek çelik çok tehlikeli. Kenarları köreltilmiş turnuva kılıçları kullanmanıza izin verebilirim."

Joffrey bir şey söylemedi ama Arya'nın daha önce görmediği yanık suratlı, siyah saçlı yabancı bir adam kalabalığın arasından çıkıp prensin önüne atıldı ve, "Karşınızdaki prensiniz. Siz kim oluyorsunuz da kılıcının kenarının ne kadar keskin olacağına karar veriyorsunuz *sör*?" diye sordu.

"Kışyarı'nın silah ustasıyım. Benim kim olduğumu unutmasan iyi edersin Clegane," diye cevap verdi Sör Rodrik.

"Siz burada kadınları mı eğitiyorsunuz?" diye ısrar etti yüzü yanık adam. Bir boğa kadar kaslıydı.

"Ben *şövalye* yetiştiriyorum." karşılığını verdi Sör Rodrik. "Hazır olduklarında, yeterli yaşa geldiklerinde çelik kullanacaklar."

Yüzü yanık adam, Robb'a döndü. "Kaç yaşındasın evlat?"

"On dört."

"Ben on iki yaşımdayken adam öldürdüm. Emin ol, kılıcımın kenarları köreltilmiş değildi."

Arya, Robb'un öfkelendiğini görebiliyordu. Bu konuşmalar çocuğun gururunu incitmişti. Sör Rodrik'e döndü. "Gerçek kılıç kullanmamıza izin verin. Onu yenebilirim."

"Öyleyse onu turnuva kılıcıyla yen," dedi Sör Rodrik.

Joffrey sıkılmış gibi omuz silkti. "Büyüdüğünde gelip beni tekrar gör Stark. Tabi o zaman *çok* yaşlanmış olmazsan." Lannister adamlarından bir kahkaha daha yükseldi.

Robb'un ettiği küfürler avluda yankılanıyordu. Arya şaşkınlık içinde elini ağzını götürdü. Theon Greyjoy, Robb'u kolundan çekerek prensten uzaklaştırdı. Sör Rodrik kaygıyla sakalını çekiştiriyordu.

Prens Joffrey esnermiş gibi yaparak kardeşi Tommen'a döndü. "Haydi Tommen. Oyun saati bitti. Çocukları dadılarıyla baş başa bırakalım."

Bu sözler Lannister adamlarının daha fazla gülmesine ve Robb'un daha çok küfür etmesine sebep oldu. Sör Rodrik'in beyaz sakallarının altındaki yüzü de öfkeden kıpkırmızı kesilmişti. Prens ve Lannister adamları güven içinde uzaklaşana kadar Greyjoy, Robb'u sımsıkı tuttu.

Jon onların avludan ayrılmalarını seyrederken, Arya da Jon'u izliyordu. Yüzü tanrı korusunun kalbindeki gölcük kadar durgundu. Sonunda pervazdan aşağı atladı. "Gösteri sona erdi," dedi. Eğilip Hayalet'in kulaklarının arkasını okşadı. Beyaz kurt kafasını sahibinin bacaklarına sürtüyordu. "Şimdi koşa koşa odana git küçük kardeşim," dedi Jon, Arya'ya. "Rahibe Mordane küplere binmiştir. Ne kadar uzun saklanırsan cezan o kadar ağır olacak. Bütün kış boyunca dikiş dikmeye mahkûm edilebilirsin. Bahar geldiğinde, donmuş parmaklarının arasına yapışmış bir iğneyle, öylece hareketsiz halde bulabiliriz seni."

Arya, Jon'un söylediklerini komik bulmamıştı. "İğne işlerinden nefret ediyorum. Bu hiç adil değil!" diye bağırdı.

"Hiçbir şey adil değil," diyerek karşılık verdi Jon. Kardeşinin saçlarını son kez karıştırdı ve yürümeye başladı. Hayalet sessizce onu takip ediyordu. Nymeria da arkalarından gitmek için hareketlendi ama Arya'nın onlarla gitmediğini görünce kızın yanına geldi.

Sonunda isteksizce diğer yöne yürümeye başladı Arya.

İşler Jon'un düşündüğünden daha kötüydü. Arya'nın odasında bekleyen Rahibe Mordane değildi. Rahibe Mordane *ve* Arya'nın leydi annesiydi.

BRAN

Av kafilesi şafak vakti yola çıkmıştı. Kral akşamki ziyafet için yaban domuzu avlamak istiyordu. Prens Joffrey babasıyla birlikte ava gittiği için Robb'un da kafileye katılmasına izin verilmişti. Benjen amca, Jory, Theon Greyjoy, Sör Rodrik ve hatta kraliçenin tuhaf cüce kardeşi bile kafileye katılmıştı. Bu son avdı. Ertesi sabah güneye doğru yola çıkıyorlardı.

Bran, Jon, Rickon ve kızlar kalede bırakılmıştı. Rickon bebekti işte. Kızlar da, kızdı. Jon ve beyaz kurdu ortalıkta görünmüyorlardı. Bran, Jon'u fazla aramamıştı. Jon'un ona çok kızgın olduğunu hissediyordu. Jon bu aralar herkese çok kızgın gibiydi ama Bran sebebini anlayamıyordu. Gece Nöbetçileri'ne katılmak için Ben amcayla birlikte Sur'a gidecekti. Bu en az kralla güneye gitmek kadar iyi bir şeydi. Arkada bıraktıkları Robb'du aslında, Jon değil.

Bran günlerdir bir an önce yola çıkmak için sabırsızlanıyordu. Kral Yolu'nda sadece kendisine ait bir atı sürecekti. Midilli değil, gerçek bir at. Babası Kral Eli olacak ve Kral Toprakları'ndaki, Ejderha Lordları'nın inşa ettirdiği Kızıl Kale'de yaşayacaklardı. Yaşlı Dadı, o kalede hayaletlerin gezindiğini ve zindanlarında korkunç şeyler olduğunu anlatmıştı. Bütün bunları düşünmek Bran'ı titretiyordu ama o korkmuyordu. Babası yanında olacaktı; ayrıca bütün şövalyeleri ve yeminli kılıççılarıyla kral.

Bran da bir gün Kral Muhafızları şövalyelerinden biri olacaktı. Yaşlı Dadı, onların bütün diyarın en iyi kılıç kullanan adamları olduğunu söylerdi. Sadece yedi kişilerdi. Beyaz zırh giyer, evlenmez ve çocuk sahibi olmaz, bütün hayatlarını yalnızca kralı korumaya adarlardı. Bran onlarla ilgili bütün hikâyeleri biliyordu. Hepsinin adı müzik gibi gelirdi kulağına. Ayna Kalkanlı Serwyn. Sör Ryam Redwyne. Ejderha Şövalyesi Prens Aemon. Yüzyıllar önce, birbirlerinin kılıcında ölen ikizler, Sör Erryk ve Sör Arryk. Kardeşin kardeşle savaştığı o mücadeleye Ejderhaların Dansı derdi ozanlar. Beyaz Boğa. Gerold Hightower. Sabah Kılıcı Sör Arthur Dayne. Cesur Barristan.

Kral Muhafızları'nın ikisi Kral Robert'la birlikte Kışyarı'na gelmişti. Bran onlarla konuşmaya hiç cesaret edememiş, büyülenmiş gibi izlemişti iki adamı da. Sör Boros geniş çeneli, kel bir adamdı ve Sör Meryn'in sarkık göz kapakları ve pas rengi bir sakalı vardı. Sör Jaime Lannister tıpkı hikâyelerde anlatılan şövalyelere benziyordu. Kral Muhafızları'ndan biriydi ama Robb onun eski deli kralı öldürdüğünü, bu yüzden artık muhafız sayılamayacağını söylüyordu. Hayattaki en büyük şövalye, Kral Muhafızları Lord Kumandanı Sör Barristan Selmy, nam-ı diğer Cesur Barristan idi. Babası, Kral Toprakları'na vardıklarında Bran'ı Sör Barristan ile tanıştırma sözü vermişti. Bran bu zamana kadar hayalini kurduğu dünyayı görmek ve ancak düşleyebileceği yeni bir hayata başlamak için yola çıkacakları vakte kadar günleri duvarına işaretliyordu.

İşte son gün gelmişti ve Bran kendini kaybolmuş hissediyordu. Kışyarı bildiği tek yuvaydı. Babası bugün herkese veda etmesi gerektiğini söylemişti ve Bran da denemişti. Av kafilesi yola çıktıktan sonra, geride bırakacağı insanları ziyaret etmeyi düşünmüştü. Yaşlı Dadı, Aşçı Gage, Demirci Mikken, sürekli gülümseyerek Bran'ın midillisiyle ilgilenen "Hodor"dan başka kelime bilmeyen Seyis Hodor ve cam korumalı bahçeye her gittiğinde Bran'a böğürtlenler veren o adam... Hepsine veda etmek istemişti.

Ama işe yaramamıştı. Önce ahırlara gitmiş ve midillisini kendi bölmesine bağlı halde bulmuştu. Küçük atı orada duruyordu ama artık onun midillisi değildi. Şimdi Bran'a büyük, gerçek bir at vereceklerdi. Birdenbire oturup ağlamak istedi Bran. Hodor ve diğer seyisler gözyaşlarını görmesin diye koşarak ahırdan uzaklaştı. Veda töreni başlamadan bitmişti. Bütün sabahı tanrı korusunda yavru kurdunu eğitmekle geçirmişti. Attığı dalı geri getirsin diye uğraşıyordu ama kurt yavrusu hiç oralı değildi. Yavru barınaktaki bütün köpeklerden çok daha akıllı ve zekiydi ama bir dalın peşinde koşmak hiç ilgisini çekmiyordu sanki.

Yavruya hâlâ bir isim verememişti. Robb kendi yavrusuna Boz Rüzgâr diyordu çünkü yavru çok hızlı koşuyordu. Sansa kurduna Leydi adını takmıştı. Arya, adı şarkılarda geçen savaşçı bir kraliçenin ismini uygun görmüştü ve bebek Rickon'un kurdu Tüylüköpek adını almıştı. Bran, bir ulu kurt yavrusuna verilebilecek en saçma ismin bu olduğunu düşünüyordu. Jon'un beyaz kurdu Hayalet adını almıştı. Keşke önce Bran düşünseydi bu ismi. Kendi kurdu beyaz değildi ama olurdu yine de. En az yüz değişik isim geçmişti aklından ama hiçbiri kulağına iyi gelmiyordu.

Tanrı korusunu boylu boyunca koşarken, kıyısında büvet ağacının büyüdüğü gölden geçmemek için uzun yolu tercih etti. Büvet ağacı onu korkutuyordu. Ağaçların gözleri ve kana bulanmış gibi görünen elleri olmamalıydı. Yavru kurt da koşarak onu takip ediyordu. Muhafız ağacının hemen yanındaki cephanelik duvarının dibinde, "Sen burada kal," dedi yavruya. "Otur. Aferin. *Kıpırdama*."

Kurt söyleneni yaptı. Bran yavrunun başını okşadı, döndü ve muhafız ağacının yere en yakın dallarından birini yakalayıp kendini yukarı çekti. Kurt yavrusu aniden ulumaya başladığında, daldan dala kolaylıkla atlayarak ağacın yarı boyuna tırmanmıştı bile.

Bran aşağı baktı. Yavru kurt sessizleşti. Kısık sarı gözleriyle Bran'ı izliyordu. Garip bir ürperti dolaştı Bran'ın bedeninde ama tırmanmaya devam etti. Kurt tekrar uludu. "Sessiz ol," diye bağırdı Bran. "Otur, orada kal. Sen annemden bile betersin." Bran ağacın tepesine tırmanıp oradan cephaneliğin çatısına atlayana ve gözden kaybolana dek sürdü kurdun uluması.

Kışyarı'nın çatıları Bran'ın ikinci evi gibiydi. Annesi sık sık Bran'ın yürümeye başlamadan önce tırmanmayı öğrendiğini söylerdi. Bran ilk adımını ne zaman attığını hatırlamıyordu. İlk kez nereye tırmandığını da hatırlamıyordu. Yani annesinin söylediği doğru olabilirdi.

Kışyarı, her yöne dağılmış taş duvarlardan, kulelerden, avlulardan ve tünellerden oluşan gri bir labirentti bir çocuk için. Kalenin daha eski bölümlerindeki koridorlar öyle garip eğimlere sahipti ki hangi katta olduğunu şaşırabilirdi insan. Üstat Luwin, kalenin taştan canavar bir ağaç gibi dallanıp budaklanarak büyüdüğünü söylerdi. Dalları kalınlaşıp birbirine dolanmış, kökleri yeryüzünün derinliklerine kadar inmişti.

Bran çatıdan baktığında bütün Kışyarı görüş alanındaydı. Başının üstüne uçan kuşlar, ayaklarının altında sürüp giden hayat.

Gözlerinin önüne serilen bu manzarayı seviyordu. İlk Kule'deki, yağmurun aşındırıp şekilsizleştirdiği gargoylelerin üzerine tüneyip saatlerce izleyebilirdi her şeyi. Avluda ahşap ve demir işleriyle uğraşan adamları, cam korumalı bahçede sebzeleriyle ilgilenen bahçıvanları, kuyunun başında çamaşır yıkayıp dedikodu yapan kızları, barınaklarda bir o yana bir bu yana amaçsızca koşan köpekleri, sessiz tanrı korusunu. Çatıda öylece durup kalede akan hayatı izlemek kendisini bir lord gibi hissettiriyordu. Robb'un bile anlayamayacağı bir hâkimiyet hissiydi bu.

Kışyarı'nın sırlarını da öğrenmişti Bran. Kaleyi yapan ustalar bütün toprakları aynı seviyeye getirmemişti. Kışyarı'nın duvarları ardında tepeler ve vadiler vardı. Çan kulesinin dördüncü katıyla kuşluğun ikinci katını birbirine bağlayan üstü kapalı bir köprü olduğunu öğrenmişti. İç sura güney kapısından girip üç kat tırmanır, bütün Kışyarı'nı boylu boyunca dolaşan dar tünele girip, tünelin sonuna kadar yürürse, otuz metre yükseklikteki duvarlarla çevrili kuzey kapısının *zeminine* varacağını da biliyordu. Bran, bütün *bunları* Üstat Luwin'in bile bilmediğinden emindi.

Annesi, Bran'ın tırmandığı duvarlardan birinden düşüp öleceğinden endişe ediyordu. Bran ısrarla asla düşmeyeceğini söylüyordu ama annesini buna inandırmak imkânsızdı. Ayaklarını toprakta tutacağına dair yemin ettirmişti bir kere. Bran yeminini on beş gün boyunca zar zor tutmuştu ama bir gece kardeşleri derin uykudayken, odasının penceresinden çatılara atlamıştı yine.

Ertesi gün suçluluk hissiyle dolu bir halde suçunu itiraf etmişti. Lord Eddard, bir geceyi tanrı korusunda geçirip günahından temizlenmesini emretmişti. Cezasının şartlarını yerine getirip getirmediğini kontrol etmek amacıyla iki de muhafız görevlendirmişti. Ertesi sabah Bran ortalarda görünmüyordu. Uzun aramalardan sonra onu, korudaki en büyük muhafız ağacının en yüksek dallarından birinde uyurken bulmuşlardı.

Bran'ı aşağı indirdiklerinde babası bütün kızgınlığına rağmen kahkahalarına engel olamamıştı. "Sen benim oğlum değilsin," demişti. "Çünkü sen bir sincapsın. İlle de bir yerlere tırmanmak zorundaysan, tırman o zaman. Ama annen görmesin."

Bran annesine yakalanmamak için elinden gelen dikkati göstermişti ama aslında kadını kandıramadığını da biliyordu. Babası tırmanmasına yasak getirmediği için annesi farklı yöntemlerle engel olmaya çalışıyordu Bran'a. Yaşlı Dadı, kimsenin sözünü dinlemeyip sürekli yüksek yerlere tırmanan ve o yükseklikte yıldırım çarpmasına maruz kalan, düştüğü yerde gözleri kargalar tarafından oyulan yaramaz bir çocuğun hikâyesini anlatmıştı mesela. Bran hiç etkilenmemişti. Kendisinden başka kimsenin gitmediği yıkık kulenin tepesi karga yuvalarıyla doluydu. Bazen oraya gitmeden önce ceplerini mısır taneleriyle doldurur, mısırları kendi elleriyle kargalara yedirirdi. Kargalar Bran'ın gözlerini oymakla hiç de ilgilenmiyordu.

Daha sonra Üstat Luwin Bran'ın boyutlarında çömlek çamurundan bir çocuk yapmış, ona Bran'ın kıyafetlerini giydirmişti. Çömlek çocuğu çatılardan birinden aşağı bırakmıştı. Yüksekten düşerse başına neler geleceğini göstermekti amacı. İzlemesi epey eğlenceliydi ama Bran yine etkilenmemişti. Üstat'a bakıp, "Ama ben çömlekten yapılmadım. Hem merak etmeyin, ben asla düşmem," demişti.

Sonra da muhafızlar uğraşmıştı bir süre. Bran'ı ne zaman çatılarda görseler çıkıp onu kovalıyor, aşağı indirmeye çalışıyorlardı. İçlerinde en eğlenceli olan yöntem buydu. Kardeşleriyle oynadığı bir oyun gibiydi ve her zaman Bran kazanıyordu. Muhafızlardan hiçbiri Bran kadar yükseğe tırmanamıyordu zaten. Jory dâhil. Çoğu zaman çatılarda olduğunu fark etmiyorlardı bile. Kimse yukarılara bakmıyordu. Tırmanmanın en güzel tarafı da buydu işte. Yükseklerde olmak, görünmez olmak gibiydi sanki.

Tırmanmanın içinde yarattığı duyguyu seviyordu asıl. Her taşa birer birer tutunarak kendini yukarı çekmek, el ve ayak parmaklarıyla her taşın arasına sıkı sıkı tutunmak. Tırmanırken çizmelerini ve çoraplarını çıkarıyor, çıplak ayakla tırmanıyordu. İki değil dört eli varmış gibi hissediyordu bu sayede. Tırmanışı bittikten sonra kaslarının ince ince, tatlı tatlı yanmasını seviyordu. Yüksekteki hava bir kış şeftalisi kadar tatlı ve serin oluyordu. Kuşları da seviyordu. Yıkık kuleye yerleşmiş kargaları, taşların arasındaki boşluklara yuvalanmış serçeleri, eski cephaneliğin tozlu tavan arasında yaşayan baykuşu. Bran hepsini tanıyordu.

Ama her şeyden önemlisi, kendisinden başka kimsenin gidemeyeceği yerlere gitmeyi ve Kışyarı'nın ayakları altına serilmiş gri manzarasına kendisinden başka kimsenin göremeyeceği şekilde bakmayı seviyordu.

Tırmanmayı en sevdiği yer yıkık kuleydi. Bir zamanlar gözetleme kulesi olarak kullanılan yapı Kışyarı'nın en yüksek kulesiydi. Çok uzun zaman önce, babasının doğumundan da yüz yıl önce kuleye bir yıldırım düşmüş ve büyük bir yangın çıkmıştı. Kulenin üçte biri içeri doğru yıkılmış ve tamir edilmemişti. Babası bazen kulenin zeminindeki yıkıntılar içinde yuvalanan hayvanları temizletmek için adamlarını yollardı ama kulenin tepesine Bran ve kargalardan başka gelen giden olmazdı.

En yukarı tırmanmanın iki yolunu biliyordu. Birincisi dışarıdan, doğrudan kulenin taşlarına tutuna tutuna tırmanmaktı ama aralarındaki harç çoktan dökülmüş olan taşların çoğu gevşemişti. Bran bütün ağırlığını o taşlara tutunarak yukarı çekmekten çekiniyordu.

En iyi yol, işe tanrı korusundan başlamaktı. Muhafız ağacına tırmanıp oradan eski cephaneliğin çatısına atlamak, muhafız koğuşunun çatısına geçmek, kimse duymasın diye çıplak ayakla çatıdan çatıya yol almak. Bu rota kalenin en eski yapısı ve göründüğünden çok daha yüksek olan İlk Kule'nin kör noktasına çıkıyordu. Kalenin bu tarafında örümcekler ve farelerden başka yaşayan kimse yoktu ve eski taşları tırmanmaya hâlâ çok uygundu. İlk Kule'nin tepesine tırmandıktan sonra ortası boş çatı boyunca dışarı doğru sıralanmış gargoylelere varılıyordu. Heykelden heykele atlayarak çatının kuzey tarafına erişiliyordu. Tam orada, yıkık kule, İlk Kule'ye doğru eğilimliydi. İyice gerilip, çok iyi bir sıçrayışla yıkık kulenin taşlarına tutunmak mümkündü. Ondan sonra, yıkık kulenin kuş yuvasına çıkan siyahlaşmış taşlarına sıkıca tutunup üç metre kadar tırmanmak kalıyordu geriye. Zirvede, mısır yemek için bekleyen kargalar Bran'ı karşılıyordu.

Bran gelen sesleri duyduğunda, zaman içinde tekrarlaya tekrarlaya kusursuzlaştırdığı hareketlerle bir gargoyleden diğerine atlıyordu. Ses duyduğuna o kadar çok şaşırmıştı ki neredeyse dengesini kaybediyordu. İlk Kule'de daha önce hiç kimseyi görmemişti.

"Bundan hiç hoşlanmadım," diyordu kadın. Hemen altındaki sıra sıra pencerelerin sonuncusundan geliyordu kadının sesi. "Kral Eli *sen* olmalıydın."

"Tanrılar korusun," diyerek cevap verdi bir erkek sesi. "Bu istediğim bir görev değil. Bir sürü iş demek."

Bran heykele tutunmuş, havada asılı kalmıştı. Dinliyordu. Hareket etmekten çekiniyordu. Bir sonraki heykele sıçramak için hamle yaptığında ayağını görebilirlerdi.

"Bu durumun bizi nasıl tehlikeye soktuğunu göremiyor musun?" dedi kadın. "Robert bu adamı öz kardeşi gibi seviyor."

"Robert'ın midesi kendi öz kardeşlerini bile kaldırmıyor," diye karşılık verdi adam. "Aslında onu suçlamıyorum. Stannis herkesin midesinde hazımsızlık yaratır."

"Aptalmış gibi davranma. Stannis ve Renly başka konu. Eddard Stark başka. Robert bu adamın her lafını *dinleyecektir*. İkisi de kahrolsun. Seni Kral Eli ilan etmesi için *ısrarcı* olmalıydım ama Stark'ın görevi reddedeceğinden emindim."

"Kendimizi şanslı saymalıyız," dedi adam. "Kral rahatlıkla kardeşlerinden birini, hatta Serçeparmak'ı Kral Eli ilan edebilirdi, tanrılar korusun. Onurlu düşmanı, ihtiraslı düşmana yeğlerim. Böylece gece uyku uyurum."

Bran babası hakkında konuştuklarını duymuştu. Daha fazlasını duymak istiyordu. Birkaç adım daha... Eğer pencerenin önünde sallanırsa onu mutlaka göreceklerdi.

"Adamı çok dikkatle izlemeliyiz," dedi kadın.

"Ben seni izlemeyi tercih ederim," diye karşılık verdi adam. Sıkılmış gibiydi. "Haydi yanıma gel."

"Lord Eddard bugüne kadar Boğaz'ın güneyinde olanlarla hiç ilgilenmedi. Hiç. Sana söylüyorum, niyeti bize karşı ayaklanmak. Yoksa hangi sebeple esas makamını terk etsin?"

"Yüzlerce sebeple. Görev. Onur. Adam adını tarihe büyük harflerle yazdırmaya kararlı, karısından uzaklaşmak istiyor ya da her ikisini birden. Belki de sadece hayatında ilk kez olsun sıcak bir yerde bulunmak istiyor."

"Karısı, Lysa Arryn'ın kız kardeşi. Lysa'nın suçlamalarıyla bizi karşılamak için buraya gelmemiş olması da garip."

Bran aşağı baktı. Pencerenin beş on santim genişliğinde dar

bir çıkıntısı vardı. Kendisini oraya bırakmayı denedi ama çok uzaktı. Yetişemiyordu.

"Kendine boşuna dert ediniyorsun. Lysa Arryn korkak bir inek."

"O korkak inek Jon Arryn'ın yatağını paylaşıyordu."

"Eğer bir şey bilseydi, Kral Toprakları'ndan kaçmadan önce Robert'a giderdi."

"Robert kadının o aptal oğlunu Casterly Kayası'na göndermeyi kabul etmişken mi? Hayır. Hiç sanmıyorum. Oğlunun hayatının, sessiz kalmasına bağlı olduğunun farkında. Şu anda Kartal Yuvası'nda güvende olduğu için iyice cesaretlenebilir."

"Anneler!" dedi adam. Kelime ağzından bir küfürmüş gibi çıkmıştı. "Sanırım doğurmak sizlerin beynine bir şey yapıyor. Hepiniz çıldırmış gibi davranıyorsunuz." Güldü. "Bırak istediği kadar cesaretlensin Leydi Arryn. Ne biliyor olursa olsun, ne bildiğini sanıyorsa sansın, elinde kanıtı yok." Bir an durakladı. "Var mı yoksa?"

"Sence kral bir kanıta ihtiyaç duyar mı? Sana söylüyorum. Beni sevmiyor."

"Ve bu kimin suçu sevgili kız kardeşim?"

Bran pencerenin çıkıntısını tekrar inceledi. Kendini aşağı bırakabilirdi. Çıkıntı ayaklarının üstünde duramayacağı kadar dardı ama atlayıp elleriyle tutunabilir, sonra kendini yukarı çekebilirdi. Yalnız... Mutlaka ses çıkacaktı. Pencereye gelebilirlerdi. Konuşulanların ne anlama geldiğini tam olarak kavrayamıyordu ama bu konuşulanları duymaması gerektiği ortadaydı.

"Sen de Robert kadar körsün," diyordu kadın.

"Aynı şeyi gördüğümü söylüyorsan, evet," dedi adam. "Kralına ihanet etmek yerine ölmeyi tercih edecek bir adam görüyorum."

"Bir krala ihanet etmişti, unuttun mu yoksa?" dedi kadın. "Robert'a sadık olduğunu biliyorum, buna hiç şüphe yok. Peki Robert öldüğünde ve Joff tahta geçtiğinde ne olacak? Ne kadar erken olursa o kadar güvende oluruz. Kocam her geçen gün biraz daha şüpheci oluyor. Stark'ın yanında olması onu daha da beter edecek. Hâlâ onun kardeşine âşık. On altı yaşında, soluk, ölü bir kıza. Beni yeni bir Lyanna için bir kenara atması ne kadar sürecek sence?"

Bran birdenbire çok korkmuştu. Bütün istediği, geldiği yoldan geri dönüp kardeşlerini bulmaktı. Fakat onlara ne anlatacaktı? Daha yakına gitmesi gerektiğini fark etti. Konuşanların kim olduğunu görmek zorundaydı.

Adam içini çekti. "Geleceği daha az düşünmeli ve şu anda sahip olduklarının tadını çıkarmalısın," dedi.

"Kes şunu!" diye bağırdı kadın. Bran bir tokat sesi, ardından adamın kahkaha attığını duydu.

Bran kendini yukarı çekerek gargoylenin üzerine tırmandı. Oradan çatıya, ardından pencerenin tam üstündeki diğer heykele çıktı. Şimdi seslerin geldiği pencerenin üstündeydi.

"Bütün bu konuşmalar çok yorucu olmaya başladı kardeşim. Yanıma gel ve sessiz ol," dedi adam.

Bran heykelin üzerine oturdu. Kendini tepe taklak aşağı bırakarak heykele bacaklarıyla sıkıca tutundu. Bacaklarından heykele asılı halde başını iyice uzattı. Dünya böyle tepetaklak çok garip görünüyordu. Kar yüzünden hâlâ ıslak olan aşağıdaki avlu dönerek hareket ediyor gibiydi.

Bran pencereden baktı.

Odanın içinde bir adam ve kadın güreşiyordu. İkisi de çıplaktı. Bran kim olduklarını anlayamıyordu çünkü adamın sırtı dönüktü ve bedeni duvara doğru iyice yapışmış kadının yüzünü gizliyordu.

Islak ve yumuşak sesler çıkarıyorlardı. Bran öpüştüklerini anlamıştı. Gözleri fal taşı gibi açık, korkuyla izliyordu. Nefesi boğazında sıkışmış gibiydi. Adamın bir eli kadının bacaklarının arasındaydı. Kadının canını yakıyor olmalıydı çünkü kadın inlemeye başlamıştı. "Dur. Dur. Lütfen dur," diyordu kadın. "Ah, *lütfen...*" Ama sesi hafif ve güçsüz çıkıyordu ve adamı kendisinden uzaklaştırmak için hiçbir şey yapmıyordu. Elleri adamın sarı lüleli saçlarını okşuyordu. Sonra adamın kafasını göğüslerine doğru çekti.

Bran kadının yüzünü gördü. Gözleri kapalı, ağzı açıktı. İnliyordu. Başı öne arkaya gidip geldikçe altın renkli saçları savruluyordu. Kadını tanımıştı Bran. Kraliçeydi.

Bran fark etmeden bir ses çıkarmış olmalıydı. Kadının gözleri aniden açıldı. Kraliçe, Bran'ı gördü ve çığlık attı.

Her şey bir anda oldu. Kraliçe, adamı üzerinden hızlıca itti. Bağırıyor, eliyle Bran'ı gösteriyordu. Bran kendisini yukarı çekmeye çalıştı; çok hızlı hareket ediyordu ve dikkati dağılmıştı. Elleri heykelin pürüzsüz yüzeyinde kaydı, panikledi, bacakları çözüldü ve düştü. Pencere gözünün önünde kayıyordu, başı dönüyor ve midesi bulanıyordu. Pencerenin kenarına tutunmak için elini uzattı ama ıskaladı. Diğer elini uzattı, bu sefer tutunmayı başarmıştı. Hızla duvara çarptı. Darbe soluğunu kesmişti. Sadece tek eliyle tutunduğu pencerede asılı kaldı.

Kenarına tutunduğu pencerede yüzler belirdi.

Kraliçe. Bran şimdi yanındaki adamı da tanımıştı. Aynadaki akisler misali benziyordu adam ve kadın.

"Bizi *gördü*," dedi kadın tiz bir sesle.

"Evet, gördü," dedi adam.

Bran'ın eli tutunduğu yerden kaymaya başladı. Hemen diğer elini pervaza uzattı. Tırnakları taşa geçmiş gibiydi. Adam aşağı uzandı. "Düşmeden elimi tut istersen," dedi.

Bran adamın kolunu yakaladı ve bütün gücüyle tutundu. Adam onu yukarı çekti. "Ne yapıyorsun?" diye sordu kadın şaşkınlıkla.

Adam, kadını duymazdan geldi. Çok güçlüydü. Bran'ı pervazda ayağa kaldırdı. "Kaç yaşındasın evlat?"

"Yedi," dedi Bran. Düşmediği için rahatlamıştı ama korkuyla titriyordu. Tırnakları adamın koluna geçmişti. Farkına vararak kolu bıraktı.

Adam kadına baktı. "Aşk uğruna yaptığım şeyler," dedi iğreniyormuş gibi ve Bran'ı tek eliyle aşağı itti.

Çığlıklar atarak pencereden boşluğa düştü Bran. Tutunabileceği tek bir yer yoktu. Hızla avluya doğru yaklaşıyordu.

Uzakta bir yerlerde bir kurt uluyordu. Yıkık kulenin üstünde mısır bekleyen kargalar dolanıyordu.

TYRİON

Kışyarı'nın büyük taş labirentinde bir yerde bir kurt uludu. Bir yas bayrağı gibi dalgalanıyordu ses kalede.

Tyrion Lannister başını okuduğu kitaptan kaldırdı. Kütüphanenin sıcak ve rahat havasına rağmen, duyduğu sesle ürpermişti. Bir kurdun ulumasında insanı olduğu yerden alıp götüren, karanlık bir ormanın ortasında çırılçıplak bırakan bir şeyler olduğunu düşündü.

Ulu kurt tekrar uluduğunda ağır kitabın deri kapağını kapadı. Kitap uzun zaman önce ölmüş bir üstat tarafından, mevsimlerin değişimi üzerine yazılmış yüz yaşında bir eserdi. Esneyen ağzını elinin tersiyle örttü. Okuma lambasının alevi titriyordu. Yağı hemen hemen bitmişti. Şafak vakti olduğunu odaya sızan hafif ışıktan anlamıştı. Bütün gece okumuştu kitabı ama bu yeni bir şey değildi. Tyrion Lannister'ın uykuyla arası yoktu.

Oturduğu sıradan kalkarken bacaklarının iyice uyuşmuş olduğunu fark etti. Biraz ovuşturarak bacaklarına can vermeye çalışırken, topallaya topallaya okuma masasında uyuya kalan rahibin yanına gitti. Başı önünde hâlâ açık duran kitabın üstüne düşmüştü. Kitabın adına bir göz attı. Yüce Üstat Aethelmure'nin Hayatı idi. "Tabi ki uyursun. Chalye," dedi hafif bir sesle. Genç adam gözlerini kırpıştırarak, şaşkın halde irkildi. Mensubu olduğu topluluğun kristal kolye başlığı boynundaki gümüş zincirin ucunda sallanıyordu. "Ben kahvaltı etmeye gidiyorum," dedi Tyrion Lannister. "Sen kitapları raflara geri koy. Valyria yazmalarına özellikle dikkat et. Parşömenler çok kuru. Ayrmidon tarafından kaleme alınmış *Savaş Makineleri* kitabı çok ender bulunur bir eserdir ve sendeki tek eksiksiz nüsha." Chayle hâlâ tam uyanamamış halde, ağzı açık, Tyrion'a bakıyordu. Tyrion sabırla talimatlarını tekrar etti, rahibin omzuna hafifçe vurdu ve onu işiyle baş başa bıraktı.

Dışarı çıktığında, soğuk sabah havasını ciğerlerine doldurdu ve kütüphane kulesinin dik taş merdivenlerinden aşağı inmeye başladı. Ağır ağır iniyordu çünkü sarmal merdivenin basamakları dar ve yüksek, onun bacakları kısa ve eğriydi. Yavaş yavaş doğan güneş Kışyarı'nın duvarlarını henüz tam olarak aydınlatmamıştı ama aşağıdaki avluda adamlar koşturmaya başlamıştı bile. Sandor Clegane'in sert sesi ona kadar ulaşıyordu. "Çocuğun ölmesi ne kadar uzun sürdü. Biraz acele etse ne iyi olur."

Tyrion aşağı baktığında, yanında Tazı'yla birlikte duran Joffrey'yi gördü. Etraflarını uşaklar sarmıştı. "Hiç değilse sessiz ölüyor," dedi Joffrey. "Bütün gürültüyü kurt yapıyor. Dün gece hiç uyutmadı uluması."

Yaverinin başına yerleştirdiği siyah miğfer yüzünden sert toprağa dev gibi gölgesi düşüyordu Clegane'in. "Eğer sizi memnun edecekse ben o yaratığı susturabilirim," dedi Joffrey'ye, siperi açık miğferinden. Yaveri uzun kılıcını eline verdi. Sabah havasından bir dilim kesiyormuş gibi savurduğu kılıcın ağırlığını kontrol etti. Arkasındaki avludan çeliğin çeliğe çarpma sesleri geliyordu.

Bu fikir prensi mutlu etmiş gibiydi. "Bir köpeği öldürmek için öbür köpeği gönder," dedi. "Kışyarı'nda o kadar çok kurt var ki, Starklar birinin eksildiğini fark etmez bile."

Tyrion son basamaktan aşağı atlayıp avluya çıktı. "Ben seninle aynı fikirde değilim sevgili yeğenim," dedi. "Adını verebileceğim bazı prenslerin aksine, Starklar altıya kadar saymasını biliyor."

Joffrey'nin yüzü kızaracak kadar terbiyesi vardı en azından.

"Boşluklardan gelen bir ses," dedi Sandor. Miğferinin altından birini arıyormuş gibi sağa sola bakınıyordu. "Ruhlar konuşuyor olmalı!"

Joffrey güldü. Muhafızı tiyatro sanatçılarına özgü bu farsı oynarken hep gülerdi zaten. Tyrion bu oyuna alışıktı. "Ses buradan, aşağıdan geliyor," dedi.

Uzun adam yere doğru iyice eğildi ve Tyrion'ı o an görmüş gibi yaptı. "İşte ufak Lord Tyrion," dedi. "Lütfen bağışlayın, orada olduğunuzu göremedim."

"Bugün senin terbiyesizliklerinle uğraşacak havada değilim," dedi Tyrion ve yeğenine döndü. "Joffrey, Lord ve Leydi Stark'a gidip taziyelerini sunmakta çok geç kaldın."

Joffrey'de küçük prens çocuklarına has bir huysuzluk görünüyordu. "Benim tesellimin onlara ne faydası olabilir ki?"

"Hiç," dedi Tyrion. "Ama senden beklenen doğru tavır budur. Yokluğun fark ediliyor."

"Stark çocuğu benim için hiçbir şey ifade etmiyor. Ağlayıp sızlayan bir kadına hiç tahammül edemem."

Tyrion çocuğa yaklaştı ve yüzüne çok sert bir tokat attı. Prensin yanağı kıpkırmızı olmuştu.

"Tek bir kelime edersen, bir tokat daha yersin," dedi.

"Seni anneme söyleyeceğim," diye bağırdı Joffrey.

Tyrion çocuğa ilkinden çok daha sert bir tokat daha savurdu. Şimdi iki yanağı da kıpkırmızıydı.

"Gidip annene söyle. Ama önce Lord ve Leydi Stark'a gideceksin. Önlerinde diz çöküp onlara ne kadar üzgün olduğunu, eğer onların bir parça iyi hissedebilmesi için yapabileceğin en küçük bir şey varsa emirlerinde olduğunu, bu acılı vakitlerinde onlar için dua edeceğini söyleyeceksin. Anladın mı? *Anladın mı?*"

Çocuk ağlayacak gibi görünüyordu ama kendisini tutup başıyla hafifçe onayladı ve eli yanağında geniş avlu boyunca koşmaya başladı. Tyrion arkasından onu izliyordu.

Üzerine bir gölge düştü. Döndüğünde Clegane'in ona bir tepe gibi, dik dik yukarıdan baktığını fark etti. Simsiyah zırhı güneşi emen bir mürekkep kağıdı gibi görünüyordu. Miğferinin siperini indirdi. Miğferin bu ön kısmı dişlerini gösteren bir köpek şeklinde yapılmıştı. İlk görenler bu görüntüden ürkerdi ama Tyrion, Clegane'in iğrenç şekilde yanmış yüzünü kapatan bu miğferin onun görünüşünü iyileştirdiğini düşünürdü.

"Prens bunu asla unutmayacaktır ufak lord," dedi Tazı. Kahkahası miğferinin içinde garip bir sese dönüşmüştü.

"Umarım unutmaz," dedi Tyrion. "Eğer unutacak olursa, sen iyi bir köpek ol da bunu ona hatırlat." Avluya göz gezdirdi. "Ağabeyimin nerede olduğunu biliyor musun?"

"Kraliçeyle birlikte kahvaltı ediyorlar."

"Ah!" dedi Tyrion. Clegane'e üstünkörü bir selam verdi. Islık çalarak, kısa bacaklarının izin verdiği ölçüde seri adımlarla uzaklaştı. Bugün Tazı'nın karşısına çıkacak ilk şövalyeye acıyordu. Adam gerçekten asabi yapılıydı.

Misafir evinin kahvaltı odasında, soğuk ve neşesiz bir sofra kurulmuştu. Jaime, Cersei ve çocuklarla birlikte masada oturuyordu. Alçak, fısıltılı seslerle konuşuyorlardı.

"Robert hâlâ yatıyor mu?" diye sordu Tyrion, davet edilmediği masaya otururken.

Kız kardeşi, Tyrion doğduğu andan beri değişmeyen, tiksinti dolu delici bakışlarıyla baktı. "Kral hiç yatmadı. Lord Eddard Stark'la birlikte. Onların acısını çok derinden paylaşıyor," diye yanıtladı.

"Robert'ımızın çok büyük bir kalbi var," dedi Jaime tembel bir gülümsemeyle. Jaime'nin gerçekten ciddiye aldığı hemen hemen hiçbir şey yoktu ama Tyrion onun bu özelliğini kabullenmişti. Zorlu ve acı dolu çocukluğu sırasında, ona az da olsa saygı ve şefkat gösteren tek kişi Jaime olmuştu. Sırf bu yüzden onun yaptığı her hatayı affetmeye gönüllü oluyordu Tyrion.

Bir hizmetkâr masaya yaklaştı. "Ekmek," dedi Tyrion. "Ve şu küçük balıklardan iki tane, onları mideye indirebilmek için bir kupa siyah bira. Ah, ayrıca jambon. Kapkara olana kadar kızartın." Hizmetkâr reverans yaptı ve ayrıldı. Tyrion kardeşlerine döndü. Biri erkek, diğeri kız ikizler. Bu sabahki kostümleri de birbirine benziyordu. İkisi de gözlerinin renklerine uygun koyu yeşil kıyafetler seçmişlerdi. Altın rengi bukleleri özenle taranmıştı ve bilek, parmak ve boyunlarında çeşitli aksesuarlar parıldıyordu.

Tyrion bir ikizi olmasının nasıl bir şey olacağı fikrini düşündüğü anda kafasından çıkardı. Kendisine her gün aynada bakmak bile yeterince kötüyken, bir ikizinin olması katlanılamayacak bir eziyet olurdu herhalde.

Prens Tommen sordu. "Bran'dan haber var mı amca?"

"Dün akşam hasta odasına uğradım. Pek bir değişiklik yoktu ama üstat bunun iyiye işaret olduğunu söylüyor."

"Brandon'ın ölmesini istemiyorum," dedi Tommen hüzünle. Sevgi dolu bir çocuktu. Ağabeyine hiç benzemiyordu. Jaime ve Tyrion'ın da bir bezelye kabuğunun içindeki tanelere benzediği söylenemezdi.

"Lord Eddard'ın Brandon adında bir erkek kardeşi vardı," dedi Jaime eğleniyormuş gibi. "Targaryenlar tarafından esir alınıp öldürülmüştü. Pek uğurlu bir isim olduğu söylenemez."

"O kadar da şanssız olmayabilir," dedi Tyrion. Hizmetkâr tabağını getirmişti. Kara ekmekten koca bir ısırık kopardı.

Cersei endişeyle Tyrion'ı inceliyordu. "Ne demek istiyorsun?"

Tyrion çarpık bir gülüşle karşılık verdi. "Tommen'ın duası gerçek olabilir. Üstat, çocuğun yaşama şansı olduğunu söylüyor." Birasından bir yudum içti.

Myrcella neşe dolu bir nefes aldı. Tommen endişeli de olsa gülümsüyordu ama Tyrion'ın izlediği çocuklar değildi. Jaime ve Cersei arasındaki gergin bakış çok kısa sürmüştü ama Tyrion'ın gözlerinden kaçmamıştı. Cersei sonunda konuşmaya başladı. "Küçücük bir çocuğun acı içinde kıvranmasına izin veren kuzey tanrıları çok merhametsiz olmalı."

"Üstat tam olarak ne söyledi?" diye sordu Jaime.

Kızarmış jambon Tyrion'ın ağzında çıtırdadı. Lokmasını uzun uzun çiğnedikten sonra, "Eğer çocuk ölecek olsaydı en başta ölürdü, diye düşünüyor. Ama hiçbir değişiklik olmadan dört gündür dayanıyor."

"Bran iyileşebilir mi sence amca?" diye sordu Prenses Myrcella. Küçük kız annesinin bütün güzelliğini almıştı ama huylarını ve ruhunu alamamıştı.

"Bel kemiği kırılmış küçüğüm ve bacak kemikleri de paramparça olmuş. Onu bal ve suyla canlı tutuyorlar yoksa açlıktan ölür. Eğer uyanırsa doğru düzgün yemek yiyebilir ve iyileşir belki ama artık yürüyemez."

"Eğer uyanırsa..." diye tekrarladı Cersei. "Bu mümkün mü?"

"Bunu sadece tanrılar bilir," dedi Tyrion. "Üstadınki umut yalnızca. Şu yavru kurdun çocuğu hayatta tuttuğuna yemin edebilirim. O yaratık gece gündüz çocuğun penceresinin altında uluyor. Ne zaman kovalasalar geri geliyor. Üstat bir keresinde ses girmesin diye pencereyi kapattıklarını ve kapatır kapatmaz Bran'ın ağırlaştığını söyledi. Tekrar açtıklarında çocuğun kalp atışları kuvvetlenmiş."

Kraliçe ürperdi. "Bu hayvanlarda doğal olmayan bir şeyler var. Tehlikeliler. Hiçbirinin bizimle güneye gelmesine müsaade *etmeyeceğim*."

"Bu konuda biraz zorlanacaksın kardeşim," dedi Jaime. "Kızlar nereye gitse hayvanlar da peşlerinde."

Tyrion balığını yemeye başladı. "Yakın zamanda yola çıkıyorsunuz öyleyse?"

"Bir an önce çıkmak isterdim," dedi Cersei. "Çıkıyorsunuz da ne demek? Tanrılar, sakın bana *burada* kalacağını söyleme."

Tyrion omuz silkti. "Benjen Stark ağabeyinin piç oğluyla birlikte Gece Nöbetçileri'ne dönüyor. Onlarla birlikte gidip, hakkında o kadar hikâye duyduğumuz Sur'u görmek istiyorum."

Jaime güldü. "Umarım üzerine siyahları geçirmeyi düşünmüyorsundur kardeşim."

Tyrion kahkaha attı. "Kim, ben mi bekâr yemini edeceğim? Dorne'dan Casterly Kayası'na kadar bütün fahişeler arkamdan ağlar. Hayır, sadece Sur'un en yüksek yerinde durup dünyanın ucunda işemek istiyorum."

Cersei rahatsız olmuş görünüyordu. "Çocukların bu edepsiz dili duymalarına gerek yok. Tommen, Myrcella, gelin." Önde Cersei, ardında eğitimli yavruları, hızlı adımlarla kahvaltı odasını terk ettiler.

Jaime Lannister düşünceli gözlerle kardeşine baktı. "Oğlu ölümün gölgesinden kurtulmadan Stark buradan ayrılmaya asla razı olmaz," dedi.

"Eğer Robert emrederse olur. Ve Robert mutlaka *emredecek*. Lord Eddard'ın burada oğlu için yapabileceği hiçbir şey yok."

"Bu eziyete bir son verebilir," dedi Jaime. "Benim oğlum olsaydı yapardım."

"Bu önerini Lord Eddard'a söylememeni tavsiye edeceğim kardeşim. Nezaketle karşılık vermeyecektir."

"Çocuk yaşasa bile bir sakat olacak. Sakattan da beter, grotesk bir yaratık. Tanrılar bana temiz bir ölüm bahşetsin."

Tyrion omuzlarını tuhaf bir hareketle silkerek cevap verdi. "Grotesklerden laf açılmışken, sana katılmadığımı belirtmeliyim. Ölüm acımasız bir son ama hayat olasılıklarla dolu."

Jaime gülümsedi. "Sen küçük ve sapık bir iblissin değil mi?"

"Ah, evet öyleyim," dedi Tyrion. "Çocuğun uyanmasını istiyorum, bize neler anlatacağını çok merak ediyorum."

Jaime'nin gülüşü bozuk süt gibi kesildi. "Tyrion, benim kıymetli kardeşim," dedi karamsar bir tonla. "Bazı zamanlar, senin kimin tarafında olduğunu merak ediyorum."

Tyrion'ın ağzı balık ve ekmek doluydu. Siyah birasından büyük bir yudum alarak ağzındakileri midesine indirdi ve bir kurt gibi baktı Jaime'ye. "Neden böyle konuşup beni yaralıyorsun sevgili Jaime," dedi. "Ailemizi ne kadar sevdiğimi bilirsin."

JON

Jon basamakları ağır ağır tırmandı. Bunun son tırmanışı olabileceğini düşünmekten kaçınıyordu. Hayalet sessizce arkasından geliyordu. Dışarıda yağan kar savrularak kale kapılarından içeri giriyordu. Avlu gürültülü ve kalabalıktı ama kalın duvarların içi hâlâ ılık ve sessizdi. Hatta Jon'un istediğinden çok daha sessiz.

Sahanlığa ulaştığında uzun süre korkuyla bekledi. Hayalet eline burnunu sürüyordu. Bu onu biraz cesaretlendirdi. Gücünü topladı ve odaya girdi.

Leydi Stark yatağın başucundaydı. Neredeyse on beş gündür, gece gündüz hep oradaydı. Bir an bile Bran'ın başından ayrılmamıştı. Yemeğini odaya götürmüşlerdi. Sert küçük bir yatağı Bran'ın yatağının yanına koydurtmuştu ama söylenene göre hemen hemen hiç uyumuyordu. Oğlunu kendisi besliyordu. Bal, su ve bitkisel bir karışımla hayatta tutuyordu Bran'ı. Bir kez bile çıkmamıştı odadan ve Jon bu yüzden kardeşini görmeye gelememişti.

Ama artık vakit kalmamıştı.

Bir an kapıda durdu. Konuşmaya, içeri girmeye korkuyordu. Pencere açıktı. Aşağıdaki kurdun uluması duyuluyordu. Hayalet sesi duydu ve kafasını kaldırdı.

Leydi Stark ona baktı. Bir an kim olduğunu çıkaramamış gibi göründü. Sonunda göz kapakları hareket etti. "*Sen* burada ne yapıyorsun?" diye sordu, düz, duygusuz, garip bir ses tonuyla.

"Bran'ı görmeye geldim," dedi Jon. "Ona veda etmeye."

Kadının yüzü değişmedi. Uzun kızıl kahve saçları soluklaşmış ve karmakarışık olmuştu. On beş gün içinde yirmi yıl birden yaşlanmış gibiydi. "Ettin işte, şimdi buradan git."

Bir yanı hızlıca kaçmak istiyordu ama bu Bran'ı son görüşü olabilirdi. Korkarak bir adım attı. "Lütfen," dedi.

Kadının gözlerinden buz gibi bir bakış geçti. "Sana git dedim. Seni burada istemiyoruz."

Bir zamanlar bu laflar onun koşarak uzaklaşmasına hatta ağlamasına sebep olabilirdi. Şimdi onu sadece kızdırıyordu. Çok yakında Gece Nöbetçileri'nde Yeminli Kardeşler'den olacaktı ve Catelyn Tully Stark'tan çok daha tehlikeli şeylerle baş edecekti. "O benim kardeşim," dedi.

"Muhafızları mı çağırayım?"

"Çağırın," diye yanıtladı Jon. "Kardeşimi görmekten alıkoyamazsınız beni." Odanın diğer ucuna, yatağın karşı tarafına yürüdü. Yatak Leydi Stark ve Jon arasında kalmıştı. Öylece uzanan Bran'a baktı.

Leydi Stark, Bran'ın bir elini tutuyordu. Eli pençe gibi görünüyordu. Bu yatan çocuk hatırladığı Bran'a benzemiyordu hiç. Erimiş, yok olmuş gibiydi. Derisi kemiklerinin üzerinde gerilmişti. Örtünün altında kalan bacakları Jon'u rahatsız edecek şekilde tuhaf bir biçimde kıvrılmıştı. Gözleri derin göz çukurlarına iyice gömülmüştü. Gözleri açıktı ama hiçbir şey görmüyordu. Sanki sonbahar kardeşini de kurutmuştu. İlk şiddetli rüzgârın savurup mezara bırakacağı bir yaprağa dönmüştü Bran.

"Bran," dedi. "Daha önce gelemedim affet beni. Korkuyordum." Yaşlar gözlerinden sel gibi akıyordu ama umrunda değildi. "Lütfen ölme Bran. Hepimiz seni bekliyoruz. Ben, Robb, kızlar, herkes..."

Leydi Stark izliyordu. Seslenip kimseyi çağırmamıştı. Jon bunun bir kabulleniş olduğunu düşündü. Pencerenin dibinde tekrar uludu kurt. Bran'ın isim koymaya vakit bulamadığı kurt.

"Şimdi gitmek zorundayım," dedi Jon. "Benjen amca bekliyor. İyice kuzeye, Sur'a gidiyorum. Bugün, kar başlamadan yola çıkmak zorundayız." Bran'ın yolculuk için ne kadar heyecanlı olduğunu hatırladı. Bütün bunlar Jon'un dayanabileceğinden fazlaydı. Kardeşini arkasında böyle bırakmak istemiyordu. Jon gözyaşlarını sildi, eğildi ve hafifçe öptü Bran'ı.

"Burada benimle kalmasını istemiştim," dedi Leydi Stark hafif bir sesle.

Jon endişeyle kadını izliyordu. Kadın ona bakmıyordu bile. Evet Jon'la konuşuyordu ama bir yarısı onun odada olduğunun farkında bile değildi.

"Kalması için dua etmiştim. O benim en kıymetli çocuğumdu. Septe gittim ve yedi yüzlü tanrıya yedi kez dua ettim, Ned fikrini değiştirsin ve Bran burada benimle kalsın diye. Bazen dualar karşılık buluyor işte."

Jon ne söyleyeceğini bilemiyordu. "Bu sizin hatanız değil," diyebildi tuhaf bir sessizlikten sonra.

Kadının gözleri Jon'a kilitlendi. Gözler zehir doluydu. "Senin affına ihtiyacım yok piç!" dedi.

Jon gözlerini kaçırdı. Bran'ın tek eline sarılmış ağlıyordu kadın. Jon diğer eli tuttu. "Elveda," dedi.

Kadının sesini duyduğunda kapıya varmıştı. "Jon." Yürümeye devam edebilirdi ama Leydi Stark ona ilk kez adıyla hitap etmişti. Arkasını dönüp baktı. Kadın sanki onu ilk kez görüyormuş gibi bakıyordu yüzüne.

"Evet?" dedi.

"Onun yerinde sen olmalıydın," dedi kadın ve Bran'ın yanına döndü. Bütün vücudu sarsılarak ağlıyordu. Jon onu ağlarken görmemişti daha önce.

Jon avluya kadar yürüdü. Hayatının en uzun yürüyüşüydü.

Avlu gürültülüydü ve karmakarışıktı. Arabalar yükleniyor; adamlar bağırıyor; nal çakılan, eyer giydirilen atlar sırayla ahırlardan çıkarılıyordu. Kar hafiften yağmaya başlamıştı ve herkes bir an önce yola çıkma telaşındaydı.

Robb, o karmaşanın tam ortasında etrafa emirler yağdırıyordu. Bran'ın düşmesi ve annesinin böyle çökmesi sanki onu büyütmüş ve güçlendirmişti. Boz Rüzgâr yanındaydı.

"Benjen amca seni arıyor," dedi Jon'a, "Bir saat önce yola çıkmak istiyordu."

"Biliyorum," dedi Jon. "Birazdan." Etrafındaki hengameyi seyretti. "Ayrılmak düşündüğümden zor olacak."

"Benim için de öyle," dedi Robb. Saçlarına düşen kar taneleri vücut ısısıyla eriyordu.

Jon başını salladı. Kendisinde konuşacak cesareti bulamıyordu.

"Ölmeyecek," dedi Robb. "Bunu biliyorum."

"Siz Starklar'ı öldürmek kolay değil," dedi Jon, düz ve yorgun bir sesle. Bran'a yaptığı ziyaret bütün gücünü tüketmişti.

Robb, Jon'u rahatsız eden bir şeyler olduğunun farkındaydı. "Annem..."

"Annen... gerçekten nazik davrandı," dedi Jon.

Robb rahatlamış görünüyordu. "Güzel," dedi. Gülümsedi. "Seni bir dahaki görüşümde siyahları giyinmiş olacaksın."

Jon gülümsemek için zorladı kendini. "Siyah hep benim rengimdi," dedi. "Sence ne zaman görüşürüz?" diye sordu.

"Çok uzak bir vakitte değil," diye söz verdi Robb. Jon'u kendisine çekti ve sıkıca sarıldı kardeşine. "Yolun açık olsun Kar."

Jon da sarılmıştı ona. "Senin de Stark," dedi. "Bran'a iyi bak."

"Söz, bakacağım." Ayrıldılar ve hüzün dolu bakışlarla süzdüler birbirlerini. "Benjen amca seni görürsem ahırlara yollamamı söylemişti," dedi Robb sonunda.

"Veda etmem gereken biri daha var," dedi Jon.

"Ben seni hiç görmedim öyleyse," dedi Robb. Jon, kardeşini karın ortasında, etrafı arabalar, atlar ve kurtlarla çevrili halde bıraktı. Cephaneliğe kadar kısacık bir yol vardı. Eşyalarını aldı ve cephaneliğe giden kapalı köprüye doğru gitti.

Arya odasında, demir ağacından yapılmış cilalı bir sandığa eşyalarını yerleştiriyordu. Sandık, Arya'dan büyüktü. Nymeria, Arya'nın toplanmasına yardım ediyordu. Arya sadece parmağıyla işaret ediyor, yavru kurt zıplayarak gidiyor, sonra dişlerinin arasında bir ipek parçasıyla geri geliyordu. Hayalet'in kokusunu aldığında yaptığı işi bıraktı ve oturup hafif sesler çıkarmaya başladı.

Arya döndü ve Jon'u gördü. Sevinç içinde oturduğu yerden kalktı ve incecik kollarını ağabeyinin boynuna doladı. "Gittin diye korkmuştum," dedi nefes nefese. "Dışarı çıkıp insanlarla vedalaşmama izin vermiyorlar."

"Yine ne yaptın?" diye sordu Jon gülerek.

Arya kollarını Jon'un boynundan çekerek somurttu. Oda darmadağın kıyafetlerle doluydu. "Hiçbir şey yapmadım." Üçte biri ancak dolmuş dev sandığı işaret ederek, "Her şeyimi toplayıp sandığa yerleştirmiştim," dedi. "Sonra Rahibe Mordane geldi ve bütün sandığı boşaltıp, en baştan başlamam gerektiğini söyledi. Eşyalarım yeterince düzgün katlanmamış sözde. Eğitimli bir güney hanımefendisi eşyalarını rastgele sandığa tıkıştırmazmış."

"Sen öyle mi yapmıştın peki?"

"Öyle yapmasaydım da sonuçta karmakarışık olmayacak mıydı sanki? Nasıl katlandığı ne fark eder ki?"

"Rahibe Mordane için fark ediyor demek ki," dedi Jon. "Nymeria'nın sana yardım etmesini de onaylamaz o." Dişi kurt altın sarısı gözleriyle, sessiz ve dikkatlice Jon'u izliyordu. "Toplanmayı bitirmediğin iyi olmuş aslında. Çünkü sana vereceğim şeyin de özenle yerleştirilmesi gerekiyor."

Arya'nın yüzü sevinçle parladı. "Bir hediye mi?"

"Öyle de diyebilirsin. Kapıyı kapat."

Arya heyecanla fakat dikkatlice koridoru kontrol etti. "Nymeria buraya gel. Kapıda bekle." İçeri gireceklere karşı onları uyarması için kurdu dışarıda bıraktı ve kapıyı kapattı. Jon hediyesini sardığı kalın kumaş tomarını açmaya başlamıştı. İçinden çıkan şeyi Arya'ya uzattı.

Arya'nın, tıpkı Jon'unkilere benzeyen koyu gözleri kocaman açıldı. "Bir kılıç!" dedi, soluğu heyecandan kesilmiş halde.

Kılıcın kını yumuşak gri deriden yapılmıştı. Bir günah kadar esnekti. Jon kılıcı yavaşça kınından çıkarırken, soğuk çeliğin derin mavi pırıltısını görebiliyordu Arya. "Bu oyuncak değil," dedi Jon. "Tutarken bile çok dikkatli olmasın yoksa kendini kesebilirsin. Kenarları ustura kadar keskin, tıraş olacak kadar."

"Kızlar tıraş olmaz ki," dedi Arya.

Jon güldü. "Belki de olmalılar. Rahibe Mordane'in bacaklarını gördün mü hiç?"

Arya da sırıttı. "Üstelik çok cılız," dedi.

"Sen de öylesin," dedi Jon. "Bu kılıcı Mikken'a senin için özel olarak yaptırttım. Bu çeşit kılıçları Pentos'ta, Myr'de ve diğer Özgür Şehirler'de kiralık katiller kullanıyor. Bir vuruşta bir adamın kellesini koparmaz ama hızlı olursan, büyük delikler açabilir."

"Ben hızlı olabilirim."

"Her gün talim yapmak zorundasın." Kılıcı Arya'nın eline verdi. Nasıl tutacağını gösterdi ve geri çekildi. "Tutuşu nasıl, dengede hissediyor musun?" diye sordu.

"Sanırım," dedi Arya.

"İlk ders," dedi Jon. "Saplamak için sivri ucu kullanmalısın."

Arya kılıcın kör tarafıyla sertçe vurdu Jon'a. Darbe Jon'un

canını epey yakmıştı ama kendisini aptal gibi sırıtırken buldu.
"Hangi ucu kullanacağımı biliyorum," dedi Arya. Yüzünden şüphe dolu bir ifade geçti. "Rahibe Mordane bunu elimden alır."

"Eğer sende olduğunu bilmezse alamaz."

"Kiminle talim yapacağım ben?"

"Mutlaka birini bulursun," dedi Jon. "Kral Toprakları gerçek bir şehir, Kışyarı'ndan binlerce kez büyük. Kendine talim yapacak birisini bulana kadar avlularda eğitim yapanları izle dikkatle. Sürekli koş, at sür ve iyice güçlen. Ve ne yaparsan yap, asla..."

Arya cümlenin devamını biliyordu. İkisi aynı anda söylediler.

"*Sansa'ya... asla... söyleme!*"

Jon kızın saçlarını okşadı. "Seni özleyeceğim küçük kardeşim."

Arya ağlayacak gibi duruyordu. "Keşke sen de bizimle birlikte gelseydin," dedi.

"Bazen farklı yollar aynı kaleye çıkar. Kim bilir?" dedi Jon. Kendisini tutacak, üzülmeyecekti. "Artık gitsem iyi olur. Benjen amcayı biraz daha bekletirsem, Sur'daki ilk yılımı tuvalet kabı temizleyerek geçireceğim."

Arya son bir kez sarılmak için Jon'a doğru atıldı. "Önce kılıcını bırak," diye uyardı Jon gülerek. Arya kılıcını kenara koydu ve ağabeyinin yüzünü öpücüklere boğdu.

Jon kapıya gitti, arkasını dönüp bir kez daha baktığında, Arya'nın kılıcı tekrar eline aldığını gördü. "Unutmadan, her iyi kılıcın bir adı vardır," dedi.

"Buz gibi," dedi Arya. Elindeki kılıca baktı. "Bunun da bir adı var mı? Ah! Varsa hemen söyle."

"Tahmin edemiyor musun?" diye gülerek sordu Jon. "Senin en sevdiğin şeyin adı."

Arya'nın kafası karıştı önce. Sonra hemen anladı. Çok akıllıydı. Yine aynı anda söylediler.

"*İğne!*"

Kuzeye giden uzun yol boyunca, Arya'nın kahkahası ısıttı Jon'un içini.

DAENERYS

Daenerys Targaryen, Pentos'un surlarının ardındaki geniş arazide, korkutucu ve barbarca bir ihtişamla Khal Drogo ile evlendi. Düğün açık arazide yapılmıştı çünkü Dothraklar önemli her şeyin gökyüzü altında yapılması gerektiğine inanırdı.

Drogo bütün *khalasar*'ını düğüne davet etmiş ve hepsi gelmişti. Kırk bin Dothraklı savaşçı, sayısız kadın, çocuk ve köle, şehrin duvarlarının arkasında kalabalık bir sürü halinde, ottan örülmüş çadırlar kurmuşlar, önlerine çıkan her şeyi yemişler ve her geçen gün Pentos şehrinin iyi sakinlerini daha çok tedirgin etmişlerdi.

"Yargıç dostlarım Şehir Muhafızları'nın sayısını iki katına çıkardı," dedi İllyrio. Drogo'nun malikânesinde ballı ördek ve portakallı biber çıtırı yerken. *Khal*, *khalasar*'ına katılmıştı. Malikânesi düğün gününe kadar Daenerys ve ağabeyine tahsis edilmişti.

"Onlar şehir hazinesinin yarısını paralı askerlere ve kiralık katillere vermeden önce Prenses Daenerys'i çabucak evlendirelim," diye şaka yaptı Sör Jorah Mormont. Sürgün şövalye, Dany'nin Khal Drogo'ya satıldığı gece Viserys'e kılıcını sunmuş, Viserys de bu hediyeyi iştahla kabul etmişti. O andan beri Mormont sürekli yanlarındaydı.

Yargıç İllyrio, çatal şekilli sakallarının altından gülmüştü yapılan şakaya ama Viserys eğleniyor gibi görünmüyordu. "İsterse yarın alabilir kızı," dedi. Dany'ye baktı. Dany gözlerini ağabeyinden kaçırdı. "Bedelini ödediği takdirde," diye ekledi Viserys.

İllyrio, parlak taşlarla süslü yüzükler takılmış parmaklarını havada isteksizce salladı. "Size söyledim. Her şey ayarlandı. Bana güvenin. *Khal* size bir taç vadetti ve ona sahip olacaksınız."

"Evet. Ama ne zaman?" diye sordu Viserys.

"*Khal* ne zaman uygun görürse," diye cevap verdi İllyrio. "Önce kızı alacak, düğünün ardından düzlükler boyu sürecek olan geçit törenini tamamlayacak ve gelinini Vaes Dothrak'taki *dosh khaleen*'e tanıtacak. Bütün bunlardan sonra belki. Ve kehanet savaştan yana çıkarsa elbette."

Viserys sabırsızlıktan köpürüyordu. "Dothrak kehanetlerinin içine edeyim," dedi. "İşgalci hâlâ babamın tahtında oturuyor. Daha ne kadar beklemek zorundayım?"

İllyrio omuz silkti. "Neredeyse bütün hayatınız boyunca beklediniz yüce kralım. Birkaç ay ya da birkaç yıl daha beklemenin ne zararı var?"

Doğuya, Vaes Dothrak'a kadar gitmiş olan Sör Jorah başıyla yargıcı onayladı. "Size sabır göstermenizi tavsiye ederim Majesteleri," dedi. "Dothraklar sözlerine sadık insanlardır ama işleri kendilerinin uygun gördüğü şekilde ve zamanda hallederler. Düşük seviyeli insanlar *khal*'dan yardım dilenebilir ama ona asla çıkışmamalıdır."

Viserys öfkeyle parladı. "Diline dikkat et Mormont," dedi. "Yoksa ben dilini kesip almasını bilirim. Ben düşük seviyeden bir adam değilim. Ben gerçek Yedi Krallık Lordu'yum. Ejderha asla dilenmez."

Sör Jorah saygıyla başını eğdi. Yargıç İllyrio gizemli bir şekilde bıyıklarının altından güldü. Kızarmış ördeğin kanadını kopardı. Kanattan koca bir ısırık alırken çenesinden akan yağlı ballı sos sakalına damlıyordu. *Artık ejdehalar yok*, diye düşündü Dany ama bunu yüksek sesle söylemeye cesaret edemezdi.

Ama o gece rüyasında bir ejderha gördü. Viserys ona vuruyor, canını yakıyordu. Dany çıplaktı. Korkuyla sakarlaşmıştı. Ağabeyinden kaçmaya çalışıyordu ama vücudu hantallaşmış gibiydi. Viserys tekrar saldırdı. Dany kaçmaya çalışırken tökezleyip yere yuvarlandı. "Ejderhayı uyandırdın. Ejderhayı uyandırdın. Ejderhayı uyandırdın." Ağabeyi vücuduna tekmeler atarken bağırıyordu. "Ejderhayı uyandırdın." Baldırları kanla kayganlaşmıştı. Gözlerini kapatıp inlemeye başladı. İnlemesine cevap verir gibi bir ses duydu sonra. Korkunç bir yırtılma ve büyük bir ateşin harlı sesi. Gözlerini açtığında Viserys gitmişti. Etraf ateşten sütunlarla çevriliydi ve tam ortalarında bir ejderha duruyordu. Devasa kafasını ağır ağır Dany'ye çevirdi. Sıvı kor gözleri Dany'nin gözlerini bulduğu anda uyandı Dany. Titriyordu ve ter içinde kalmıştı. Daha önce hiç bu kadar korkmamıştı...

...ta ki sonunda düğün günü gelene kadar.

Şafak vakti başlayıp, akşam karanlığı çökene dek içki, yemek ve kavga dolu bitmez bir gün boyunca sürdü tören. Ottan örülmüş çadırların arasına hazırlanmış devasa toprak yüksekliğin üzerinde, Khal Drogo'nun yanına, bir Dothraklı denizinin üzerine oturtulmuştu Dany. Daha önce aynı yerde toplanmış bu kadar büyük bir kalabalık görmemişti. Bu kadar korkunç ve tuhaf insanlar da görmemişti. At efendileri, Özgür Şehirler'i ziyaret ettikleri sırada parfümler sürünüp, iyi kumaşlardan yapılmış elbiseler giyiyor olabilirlerdi ama bu açık arazide özlerine dönmüşlerdi. Hem kadınlar, hem erkekler çıplak göğüslerinin üstüne boyalı deri yelekler giymiş, bacaklarına at kılından yapılmış, bronz madalyonlarla süslenmiş tozluklar geçirmişlerdi. Savaşçılar uzun saç örgülerini tandır çukurlarından aldıkları hayvan yağıyla yağlıyorlardı. Tıka basa bal ve biberle kızartılmış at eti yiyor, mayalı at sütü ve İllyrio'nun lezzetli şaraplarıyla sarhoş oluyorlardı. Yanan ateşlerin üzerinden birbirlerinin ellerine vuruyor, gürültüyle kahkahalar atıyorlardı. Sesleri kaba ve yabancı geliyordu Dany'nin kulağına.

Viserys hemen Dany'nin altında oturuyordu. Göğsüne kızıl bir ejderha işlenmiş yeni siyah tuniğinin içinde çok ihtişamlı görünüyordu. İllyrio ve Sör Jorah onun yanına oturtulmuştu. *Khal*'ın kansüvarilerinin hemen altında, itibarlı bir yerde oturuyorlardı ama Dany erkek kardeşinin lila rengi gözlerindeki korkunç öfkeyi görebiliyordu. Kız kardeşinden daha aşağı bir seviyede oturtulmaktan hiç hoşlanmamıştı. Hizmetkârların önce *khal* ve geline sunduğu yiyeceklerle dolu tabaklar önüne geldiği zaman öfkesinden ateş soluyordu. Kızgınlığını bastırmaktan başka çaresi yoktu ve öyle yaptı. Saatler geçtikçe ve Viserys kendisine hakaret edildiğini düşündükçe daha karanlık oldu yüzü.

Dany bu uçsuz bucaksız kalabalığın ortasında, daha önce hiç olmadığı kadar yalnızdı. Erkek kardeşi ona sürekli gülümsemek zorunda olduğunu söylemişti. Yüz kasları ağrıyana ve gözyaşları davetsizce gözlerine yerleşene kadar gülümsemişti Dany. Elinden geldiğince gizledi gözyaşlarını. Viserys ağladığını görürse neler olacağını biliyordu. Khal Drogo'nun vereceği tepkiden korkuyordu. Önüne envai çeşit yiyecek getiriliyordu. Dumanı üzerinde et parçaları, siyah kalın sosisler, Dothraklar'a özgü kan tartları, çeşit çeşit sebze haşlamaları, Pentos'un mutfaklarından getirilmiş lezzetli hamur işleri. Dany hepsini geri çeviriyordu. Midesi alt üst olmuştu ve bir lokmayı bile midesinde tutamayacağını biliyordu.

Konuşabileceği kimse de yoktu. Khal Drogo bağırarak emirler yağdırıyor, eğilip alt sırasında oturan kansüvarilerine şakalar yapıyor, aldığı cevaplara yüksek sesle gülüyordu ama Dany'ye hiç bakmıyordu. Konuştukları ortak bir dil de yoktu. Dothrak dili Dany'nin kulağı için anlaşılmaz seslerden ibaretti. *Khal*, Pentos'ta konuşulan melez Valyria dilinden birkaç kelime biliyordu; Yedi Krallık'ın Ortak Dil'ini ise hiç bilmiyordu. İllyrio ya da Viserys'le konuşmaya bile razıydı ama oturdukları yerden onu duymaları mümkün değildi.

İpek düğün giysisinin içinde sessizce oturdu. Elindeki ballı şarap kadehinden küçük yudumlar alıyor, kendi kendine konuşuyordu. *Ben ejderha kanındanım. Ben Daenerys Fırtınadadoğan'ım. Ben Ejderha Kayası Prensesi'yim. Ben Fatih Aegon'ın kanı ve tohumuyum.*

Öldürülen ilk adamı gördüğünde daha yeni öğlen oluyordu. Davullar *Khal* için dans eden kadınlara eşlik ediyordu. Drogo gösteriyi ifadesiz bir yüzle seyrediyordu ama kadınların hareketlerini takip ediyor, kadınların kapmak için dövüşeceği bronz madalyaları araziye fırlatıyordu.

Savaşçılar da izliyordu dans eden kadınları. Sonunda bir savaşçı dans eden kadınların arasına daldı, kadınlardan birini kolundan yakaladı ve yere yatırdı. Oracıkta, bir aygırın bir kısrağa arkasından yaklaşıp yüklenmesi gibi kadının üzerine bindi. İllyrio bunun olabileceğini söylemişti. "Dothraklar, *khalasar*'larında tıpkı hayvanlar gibi çiftleşir. Bir *khalasar*'da gizlilik diye bir şey yoktur ve bizler gibi utanç da duymazlar," demişti.

Dany gözlerini çiftleşen çiftten kaçırdı ancak neler olup bittiğini fark ettiğinde kanı dondu. Kadınların arasına ikinci bir savaşçı karıştı, sonra bir üçüncüsü. Ardından iki adam aynı kadına yaklaştı. Artık gözlerini kaçırması, görmemesi imkânsızdı. Bir çığlık duydu. İtiş kakış başlamıştı. O anda, ustura keskinliğinde, yarı kılıç yarı tırpan gibi bir silah olan *arakh*'ların çekildiğini gördü. İki savaşçı birbiri etrafında dönüyor, karşısındakinin üzerine atlıyor, *arakh*'larını başlarının üzerinde sallıyor, bıçaklar buluştuğu anda çığlık atıyor, küfür ediyordu. Bir ölüm dansı başlamıştı. Kimse karışmıyordu.

Ölüm dansı başladığı gibi aniden bitti. *Arakh*'lar, Dany'nin takip edemediği bir hızla çarpışıp titredi. Savaşçılardan biri adımını şaşırdı. Diğer adam elindeki silahla havada düzgün bir yay çizerek Dothraklı'nın tam belinin üzerine indirdi bıçağını. Adam göbek deliğinden omurgasına kadar ikiye ayrıldı ve bütün iç organları yere döküldü. Ölen kaybetmişti. Sağ kalan savaşçı en yakın kadını kendine çekti. Az önce uğruna kavga ettikleri kadın bile değildi oracıkta üstüne çıktığı. Köleler ölü savaşçının leşini alıp götürdü ve kadınların dansı kaldığı yerden devam etti.

Yargıç İllyrio, Dany'yi bu konuda da uyarmıştı. "En az üç ölünün olmadığı bir Dothrak düğünü sıkıcı sayılır," demişti. *Khal*'ın düğünü daha da eğlenceli olmak zorundaydı. Gün bitmeden, bir düzine adam ölmüştü.

Saatler geçtikçe Dany'nin korkusu büyüyordu. Artık bütün yapabildiği çığlık atmamak için kendisini zorlamaktı. Dothraklar'dan korkuyordu. Canavarlar, korkunç yaratıklar gibilerdi. Belki de gerçek insan değillerdi. İnsan görünümlü canavarlardı belki. Ağabeyinden de korkuyordu. Onu hayal kırıklığına uğratırsa kendisine yapabileceklerinden. Ama en çok, gece olduğunda, ağabeyi, onu bir bronz maske kadar ifadesiz ve zalim yüzüyle yanında oturan sarhoş dev adama verdiğinde, yıldızların altında olacaklardan korkuyordu.

Ben ejderhanın kanıyım, dedi kendine tekrar.

Sonunda güneş batmaya başladığında, Khal Drogo ellerini birbirine vurdu ve davullar, sesler, ziyafet, her şey o anda durdu. Drogo ayağa kalktı, Dany'yi çekip ayağa kaldırdı. Sıra Dany'ye gelinlik hediyelerini vermeye gelmişti.

Hediyeler verildikten ve güneş battıktan sonra ilk kez ata binecekler ve ardından gerdeğe gireceklerdi. Dany bu düşünceyi kafasından uzaklaştırmaya çalışıyordu ama bu imkânsızdı. Titremesine engel olmak için kendi kendine sarıldı.

Ağabeyi Viserys üç köle kız hediye etmişti. Dany bu hediyeler için Viserys'in tek sikke bile harcamadığını biliyordu. Hiç şüphesiz kızların parasını İllyrio ödemişti. İrri ve Jhiqui, bakır tenli, siyah saçlı, badem gözlü Dothraklı kızlardı. Doreah ise sarı saçlı mavli gözlü bir Lys kızıydı. "Bunlar sıradan hizmetçiler değil sevgili kız kardeşim," dedi Viserys. "İllyrio ve ben üçünü de titizlikle senin için seçtik. İrri sana ata binmeyi öğretecek. Jhiqui'den Dothrak dilini öğreneceksin ve Doreah sana aşk oyunlarını ve bir kadın olmayı öğretecek." Güldü, "Doreah'ın işindeki ustalığına hem ben, hem İllyrio kefil olabiliriz," dedi.

Sör Jorah Mormont hediyesi için özür diledi. "Çok küçük bir şey prensesim ama sürgündeki fakir bir şövalyenin gücü ancak bunlara yetiyor," dedi. Önüne bazı eski kitaplar bıraktı. Yedi Krallık'ın tarihi ve şarkıları üzerine, Ortak Dil'de yazılmış kıymetli kitaplardı. Şövalyeye bütün kalbiyle teşekkür etti.

Yargıç İllyrio'nun emriyle, sedir ağacından yapılmış bir sandığı taşıyan iki köle aceleyle geldi. Dany sandığı açtığında Özgür Şehirler'de üretilen en iyi kadifelerin, en iyi ipeklerin olduğu kumaş yığınını gördü. Kumaşların üstünde üç dev yumurta vardı. Dany nefesini tuttu. Bunlar gördüğü en güzel şeylerdi. Her biri farklıydı. Öyle zengin ve parlak renklerle süslenmişlerdi ki, Dany önce mücevherlerle kaplı olduklarını düşündü. Çok büyüklerdi, Dany iki eliyle ancak bir tanesini kavrayabiliyordu. Birini dikkatlice kaldırdı. Bir çeşit seramikten, porselenden hatta üfleme camdan yapılmış olabileceğini düşünmüştü ama yumurta bunlardan yapılmış olamayacak kadar ağırdı. İçi dolu taş gibiydi. Üzerinde küçük, çok ince parlak pullar vardı. Yumurtayı elinde çevirdikçe, ince pulların batan güneş ışığında parlayan cilalanmış metal parçalarına benzediğini fark etti. Bir yumurta koyu yeşildi ve Dany döndürdükçe farklı renklerde parlayan bronz beneklerle kaplıydı. Diğeri çok açık bej rengiydi ve üzerinde altın damarlar görülüyordu. Sonuncusu siyahtı. Gece yarısı denizlerinin olabileceği kadar siyah ama üzerindeki kızıl dalgalar ve girdaplarla capcanlıydı. "Bunlar nedir?" diye sordu. Sesi kısık ve merak doluydu.

"Asshai'nin ardındaki Gölge Topraklar'dan gelen ejderha yumurtaları," dedi Yargıç İllyrio. "Geçen çağlar onları taşa çevirmiş ama güzellikleriyle göz alıyorlar."

"Onları sonsuza dek hazine gibi saklayacağım," dedi Dany. Daha önce pek çok hikâyesini duyduğu bu yumurtalardan hiç görmemişti. Görebileceği aklının ucundan bile geçmemişti. Gerçekten olağanüstü hediyelerdi; Dany yargıcın böyle bonkör davranabileceğini de biliyordu. Kendisinin Khal Drogo'yo satılmasında üstlendiği rol sayesinde atlar ve kölelerden oluşan bir servet kazanmıştı.

Khal'ın kansüvarileri Dany'ye geleneksel üç silahı hediye olarak sunmuşlardı ve silahlar son derece ihtişamlıydı. Haggo, gümüş tutacaklı deri bir kamçı verdi. Cohollo'nun hediyesi görkemli bir *arakh*'tı ve Qotho ejderha kemiğinden çift kıvrımlı bir yay hediye etti. Yay Dany'nin boyundan büyüktü. Yargıç İllyrio ve Sör Jorah, bu hediyeleri nasıl reddedeceğini ona öğretmişti. "Bu hediyeler büyük bir savaşçıya layık. Kanımın kanı, ben bir kadınım. Bu hediyeleri benim yerime soylu kocamın kabul etmesine izin verin." Böylece Khal Drogo da "gelinlik hediyelerini" almıştı.

Diğer Dothraklılar da hediye yağdırmıştı. Terlikler, mücevherler, saçları için gümüş halkalar, madalyonlu kemerler, boyalı deri yelekler, yumuşak kürkler, kum ipekleri, esanslar, iğneler, tüyler, mor camdan küçük şişeler ve hatta bin fare derisinden yapılmış bir elbise. "Çok güzel bir armağan bu *Khaleesi*," dedi İllyrio hediye hakkında açıklama yaptıktan sonra. "Çok uğurludur." Hediyeler büyük tepecikler halinde etrafında yığılmıştı. Hayal edebileceğinden fazla hediye. İsteyebileceğinden ve kullanabileceğinden çok daha fazla.

Son olarak Khal Drogo kendi düğün hediyesini verdi Dany'ye. Hediyeyi getirmek için yanından ayrıldığında sesler azalmış ve sonunda bütün *khalasar* sus pus olmuştu. Drogo döndüğünde, daha önce hediye verenler iki yana çekilerek Drogo'nun getirdiği ata yol açmışlardı.

Olağanüstü güzel, kusursuz genç bir dişiydi. Dany karşısındakinin sıradan bir at olmadığını bilecek kadar anlıyordu atlardan. Bu hayvanda nefes kesen bir şeyler vardı. Kış denizi kadar griydi rengi ve yelesi gümüş bir duman gibiydi.

Çekinerek elini uzattı, hayvanın boynunu ve gümüş yelesini okşadı. Khal Drogo, Dothrak dilinde bir şeyler söyledi. İllyrio tercüme etti. "*Khal*, saçlarının gümüşü için gümüş, diyor," dedi.

"Çok güzel," diye mırıldandı Dany.

"Bu at *khalasar*'ın gururudur," dedi İllyrio. "Adetlere göre *khaleesi*, *khal*'ın yanındaki konumuna uygun bir bineğe sahip olmalıdır."

Drogo yanına geldi ve elini Dany'nin beline koydu. Dany'yi bir çocuğu kaldırırmış gibi kolayca kaldırdı ve ince Dothrak eyerinin üzerine oturttu. Dany'nin alışık olduğu eyerlerden çok daha küçüktü. Ne yapacağını bilmez halde atın üstünde kaldı, ona kimse bununla ilgili bilgi vermemişti. "Ne yapmalıyım?" diye sordu İllyrio'ya.

Sör Jorah cevap verdi. "Dizginleri elinize alın ve sürün. Çok uzağa gitmenize gerek yok."

Dany dizginleri tedirgince eline aldı, ayaklarını alçak üzengilere geçirdi. Çok iyi bir binici sayılmazdı. Daha çok gemilerde, at arabalarında ve tahtırevanlarda yolculuk etmişti. Düşüp kendisini rezil etmemek için dua ederek atın gövdesine diziyle hafifçe vurdu.

Ve saatlerdir ilk defa korkmayı unuttu. Belki de, hayatında ilk defa korkmuyordu.

Gümüşi at telaşsız, ipek gibi adımlarla yürümeye başlarken, kalabalık önlerinden çekilip onlara yol açtı. Dany atın düşündüğünden daha hızlı hareket etmeye başladığını fark etti ama bu korkutucu değil heyecan vericiydi. At tırıs koşmaya başladı ve Dany gülümsedi. Dothraklar dört bir yana saçılıp yolu açıyordu. Hayvan, Dany'nin bacaklarındaki en küçük gerilimi, dizginlerdeki en hafif dokunuşu hissediyor ve hemen cevaplıyordu. Atı dörtnala koşturmaya başladı. Dothraklar tezahürat yapıyor, gülüyor, bağırıyor ve yoldan kaçışıyordu. Geri dönmek için atı çevirdiğinde, yolunun üstünde içinden alevler çıkan bir ateş çukuru olduğunu gördü. Yolun iki yanı da insanlarla doluydu ve duracak yer yoktu. Daha önce hiç hissetmediği bir cesaret doldurdu içini ve atını ateşe doğru dörtnala sürdü.

Gümüş at, kanatları varmış gibi alevlerin üstünden uçarak atladı.

Yargıç İllyrio'nun önüne gelip durduğunda, "Khal Drogo'ya söyle, bana rüzgârı verdi," dedi. Şişman Pentoslu sarı sakallarını sıvazladı ve Dany'nin söylediklerini Dothrak dilinde tekrarladı. Dany yeni kocasının ilk kez gülümsediğini gördü.

Tam o sırada güneşin son ışıkları Pentos'un yüksek batı surlarının ardında kayboluyordu. Dany zaman mefhumunu yitirmişti. Khal Drogo, kansüvarilerine kendi atını getirmelerini emretti. Kaslı, kızıl bir aygırdı atı. *Khal* hayvanı eyerlerken, Viserys gümüş atı üzerinde duran Dany'ye sinsice yaklaştı. Parmaklarını kızın bacaklarına geçirdi ve, "Onu memnun et kardeşim, yoksa sana yemin ederim ki ejderha daha önce hiç uyanmadığı gibi uyanır," dedi.

Ağabeyinin sözleriyle Dany'nin korkusu geri geldi. Yine on üç yaşında, olacaklara hazırlıksız, yapayalnız bir kız çocuğuna dönüşmüştü.

Gökyüzünde yıldızlar görünmeye başladığında bütün *khalasar*'ı ve ottan çadırları geride bırakarak Drogo'yla birlikte yola çıktılar. Khal Drogo ona tek bir söz bile söylemedi. Kızıl aygırını dörtnala sürüyor, geçtiği yerlerde toz bulutları bırakıyordu. Uzun saç örgüsündeki küçük çanlar hafif sesler çıkarıyordu. "Ben ejderhanın kanıyım," dedi fısıltıyla. "Ben ejderhanın kanıyım." Cesaretini kaybetmemeye çalışıyordu. "Ben ejderhanın kanıyım." Ejderha asla korkmazdı.

Ne kadar yol gittiklerini ya da ne kadar zaman geçtiğini bilmiyordu Dany ama sonunda durduklarında hava tamamen kararmıştı. Küçük bir dere kenarındaki bir çimenliğe gelmişlerdi. Drogo atından aşağı atladı ve Dany'yi indirdi. Drogo'nun elleri arasında cam kadar kırılgan hissediyordu bedenini. Kolları ve bacakları suya dönüyordu sanki. İpek gelinlik kıyafeti içinde, çaresizce ve titreyerek, Drogo'nun atları bağlamasını izledi. Sonunda Drogo dönüp ona baktığında ağlamaya başladı.

Khal Drogo tuhaf bir ifadesizlikle ağlamasını seyrediyordu. "Hayır," dedi sonra. Elini uzattı, keçe gibi sert başparmağıyla Dany'nin gözyaşlarını sildi.

"Ortak Dil'i biliyorsun," dedi Dany.

"Hayır," dedi adam tekrar.

Belki sadece bu kelimeyi biliyordu ama Dany'nin düşündüğünden bir kelime fazla biliyordu yine de. Nedense kendisini biraz iyi hisseder gibi oldu. Drogo parmaklarını Dany'nin altın gümüş saçları arasında hafifçe gezdirdi ve Dothrak dilinde bir şeyler mırıldanmaya başladı. Dany adamın ne söylediğini anlayamıyordu ama sesinin tonunda bu adamdan hiç beklemediği bir sıcaklık vardı.

Parmağını Dany'nin çenesinin altına koyup başını kaldırdı. Herkese baktığı gibi yukarıdan bakıyordu Dany'ye de. Onu kollarının altından tutup kaldırdı ve derenin kenarındaki yuvarlak bir kayaya oturttu. Kendisi de Dany'nin tam karşısına, yere oturdu. Sonunda başları aynı seviyedeydi. "Hayır," dedi.

"Bildiğin tek kelime bu mu?" diye sordu Dany.

Drogo cevap vermedi. Uzun saç örgüsü toprağa yayılmıştı. Örgüsünü sağ omzunun üzerinden önüne aldı ve çanları teker teker çıkarmaya başladı. Dany bir süre adamı seyrettikten sonra çanları çıkarmasına yardım etmeye başladı. Bitirdiklerinde Drogo bir hareket yaptı. Dany anladı. Yavaşça ve dikkatle *khal*'ın örgüsünü açmaya koyuldu.

Uzun sürmüştü. Bütün o vakit boyunca hiç sesini çıkarmadan onu izledi adam. Bitirdiğinde kafasını salladı ve saçları sırtına yayıldı. Yağlı ve parlak saçları koyu bir nehir gibi akıyordu. Dany daha önce bu kadar uzun, bu kadar sık, bu kadar siyah saçlar görmemişti.

Sıra Drogo'ya gelmişti. Dany'yi soymaya başladı.

Elleri becerikli ve şaşılacak kadar nazikti. Teker teker, dikkatlice üzerindeki ipekleri çıkarırken Dany hareket etmeden oturuyor, adamın gözlerine bakıyordu. Küçük göğüsleri çıplak kaldığında, kendisine engel olamadı ve elleriyle göğüslerini kapadı. "Hayır," dedi Drogo. Nazikçe fakat kesin bir hareketle ellerini göğüslerinden çekti ve tekrar Dany'nin kafasını kaldırıp gözlerine baktı. "Hayır," dedi.

"Hayır," diye cevapladı Dany.

Kızı ayağa kaldırıp kendine çekti ve üzerindeki son ipek parçayı da çıkardı. Gece havası serindi, Dany'nin çıplak tenini ürpertiyordu. Titredi, tüyleri diken diken olmuştu. Bundan sonra olacaklardan korkuyordu ama bir süre hiçbir şey olmadı. Khal Drogo, karşısına bağdaş kurup oturdu ve onu izledi. Kızın vücudunu gözleriyle içiyor gibiydi.

Bir süre sonra Dany'nin vücuduna dokunmaya başladı. Başta çok hafif, ardından biraz sertleşerek. Dany adamın sınırsız kuvvetini hissediyordu ama dokunuşları canını yakmıyordu. Ellerini avuçlarına aldı. Her parmağını ayrı ayrı okşadı. Tek elini bacaklarına götürdü. Sonra yüzüne dokundu, parmaklarını dudaklarında gezdirdi, saçlarının arasında dolaştırdı. Çevirdiği kızın sırtını ovdu, işaret parmağı omurgası boyunca gezindi.

Sonunda göğüslerine dokunduğunda aradan saatler geçmiş gibiydi. Hassas teni karıncalanmaya başlayana kadar elleri göğüslerinde gezindi. Başparmağını göğüs uçlarında dolaştırdı. Sonra parmaklarının arasına aldığı göğüs uçlarını çekti. Önce çok hafif, ardından şehvetle. Göğüs uçları iyice kabarmış ve sızlamaya başlamıştı.

Durdu, Dany'yi kucağına aldı. Dany heyecanlanmış, nefes nefese kalmıştı ve kalbi göğsünden çıkacakmış gibi atıyordu. Kızın yüzünü kocaman ellerinin arasına aldı ve gözlerine baktı. "Hayır?" dedi. Bir soruydu bu.

Dany kocasının elini tutup ıslak bacak arasına götürdü. Parmağını içine sokarken, "Evet," dedi.

EDDARD

Çağrı geldiğinde henüz şafak vaktine saatler vardı, dünya durgun ve griydi.

Alyn, Ned'i sertçe sarsarak uykusundan uyandırmıştı. Ned şafak vakit öncesi serinliğine sendeleyerek ve sersemlemiş halde çıktığında kendi atının eyerlenmiş, kralınsa çoktan atına binmiş olduğunu gördü. Robert kalın kahverengi eldivenler, başlıklı ağır kürk bir pelerin giyiyordu. Bu halde ata binmiş bir ayı gibi görünüyordu. "Uyan Stark!" diye gürledi. "Uyan, uyan! Konuşmamız gereken çok önemli meseleler var."

"Elbette," dedi Ned. "İçeri girin Majesteleri." Alyn kış çadırının giriş kanadını kaldırdı.

"Hayır, hayır, *hayır!*" dedi Robert. Ağzından her kelimeyle birlikte buhar çıkıyordu. "Kamp kulaklarla dolu. Ayrıca biraz dolaşmak ve şu senin memleketinin tadına bakmak istiyorum." Sör Boros ve Sör Meryn'in, bir düzine muhafızla birlikte Robert'ın arkasında beklediğini gördü Ned. Uykuyu gözlerinden silmek, giyinmek ve atına atlamaktan başka yapacak bir şey yoktu.

Devasa bir savaş atına binen Robert kafilenin hızını belirliyordu. Ned, Robert'ın tam yanında dörtnala gidiyor, onun hızına ayak uyduruyordu. Atını sürerken bir soru sormuştu ama rüzgâr ağzından çıkan kelimeleri alıp götürdüğü için kral onu duyamamıştı. Kısa zamanda Kral Yolu'ndan ayrıldılar ve sisten göz gözü görmez hale gelmiş düzlüklerde yol almaya başladılar. Muhafızlar onları duyamayacak kadar geride kalmıştı ama Robert yavaşlamıyordu.

Alçak bir bayır yoluna girdiklerinde şafak sökmeye başlamıştı. Robert nihayet atını durdurdu. Ana kafilenin millerce güneyindeydiler artık. Robert çok heyecanlı ve coşkuluydu. "Tanrılar!" dedi gülerek. "Dışarı çıkıp bir erkek gibi *at sürmek* çok iyi geldi. Sana yemin ederim Ned, sürünerek ilerleyen kafile beni deli edebilir." Robert Baratheon asla sabırlı bir adam olmamıştı. "Şu kahrolası tekerlekli araba sürekli gıcırdıyor, inliyor, her tümseği bir dağmış gibi geçiyor. Yemin ederim, o sefil şey bir aks daha kırarsa, kendi ellerimle ateşe veririm. Cersei yürüsün!"

Ned güldü. "Meşaleyi yakıp ben veririm sana."

"İyi dost!" Kral, Ned'in omzuna vurdu. "İçimden bir ses hepsini orada bırak ve atına atlayıp git diyor," dedi.

Ned yine gülümsedi. "Bunu içinden gelerek söylediğine inanıyorum."

"İnan ki öyle, inan ki öyle," dedi kral. "Ne dersin Ned? Sadece sen ve ben, Kral Yolu'nda iki serseri şövalye. Kılıçlarımız belimizde ve yolumuza ne çıkacağı bir tek tanrılara malum. Belki bir çiftçinin kızı ya da bir taverna fahişesi ısıtır bu gece yatağımızı."

"Yapabilseydik keşke," dedi Ned. "Ama sorumluluklarımız var Majesteleri. Diyara karşı, çocuklarımıza karşı, benim sevgili leydime, sizin kraliçenize karşı sorumluluklarımız var. O iki çocuk mazide kaldı."

"Sen eskiden de çocuk değildin," diye homurdandı Robert. "Ama bir keresinde... adı neydi kızın, şu senin halk kızının? Becca? Hayır, o benimkilerden biriydi. Tanrılar onu korusun, simsiyah saçlar, kocaman gözler, o gözlerde boğulabilirdin. Seninkinin adı... Aleena? Hayır. Söylemiştin ama... Merryl miydi yoksa? Hangisinden bahsettiğimi biliyorsun, şu senin piçinin anasını soruyorum."

"Adı Wylla'ydı," dedi Ned soğuk bir nezaketle. "Ondan bahsetmemeyi tercih ederim."

"Wylla, evet," dedi kral. Sırıtıyordu. "Lord Eddard Stark'a sadece bir saat için bile olsa sorumluluklarını unutturabildiğine göre tam bir kadın olmalı. Onun nasıl biri olduğunu hiç anlatmadın bana..."

Ned'in dudakları öfkeyle gerilmişti. "Anlatmayacağım da. Unut gitsin Robert. Bana duyduğun dostluk hatırına unut gitsin. Hem kendimi, hem Catelyn'i küçük düşürdüm. Hem tanrıların hem de insanların gözünde günah işledim."

"Tanrılar aşkına kendine biraz merhamet et, Catelyn'i doğru düzgün *tanımıyordun* bile."

"Onu karım olarak almıştım ve çocuğumu taşıyordu ama."

"Kendine çok yükleniyorsun Ned. Her zaman böyleydin. Kahretsin! Hangi kadın yatağında Kutsanmış Bakir'i ister ki?"

Dizine vurdu. "Tamam, istemiyorsan seni sıkıştırmayacağım ama her zaman öyle diken üstündeymiş gibi görünüyorsun ki arma olarak kirpiyi seçmen gerektiğini düşünüyorum."

Doğan güneşin ilk ışıkları şafağın solgun sisleri arasında parlamaya başladı. Sislerin arasında, çorak ve kahverengi, uçsuz bucaksız bir düzlük görünür oldu. Dümdüz araziye serpilmiş geniş ve alçak tümsekler ortaya çıktı. Ned tümsekleri göstererek, "İlk İnsanlar'ın hendek mezarları," dedi.

Robert yüzünü buruşturdu. "Atlarımızı bir mezarlığın üzerinde mi sürdük?"

"Kuzey toprakları hendek mezarlarla doludur Majesteleri," dedi Ned. "Buralar çok eski topraklar."

"Ve çok soğuk topraklar," diye homurdandı Robert. Kürk pelerinine iyice sarındı. Muhafızları bayırın dibinde, onların epey arkasında bekliyordu. "Neyse, seni buraya mezarlıklardan ya da piçinin annesinden bahsetmek için getirmedim. Lord Varys'in gece süvarilerinden biri Kral Toprakları'ndan geldi. Bak şuna." Kral kemerinden bir kağıt parçası çıkarıp Ned'e uzattı.

Hadım Varys, kralın muhbir başıydı. Bir zamanlar Aerys Targaryen'a hizmet etmişti, şimdi Robert'ın emrindeydi. Ned elleri titreyerek kağıdı aldı. Leydi Arryn'ı ve korkunç iddialarını düşünüyordu ama mesajda Leydi Arryn'la ilgili bir şey yoktu. "Bu bilginin kaynağı kim?" diye sordu.

"Sör Jorah Mormont'u hatırlıyor musun?"

"Onu nasıl unutabilirim?" dedi Ned

Ayı Adası'nın Mormontlar'ı eski bir hanedandı. Soylu ve gururluydular ama toprakları uzak, soğuk ve fakirdi. Sör Jorah, kaçak avcıları Tyroshlu köle tacirlerine satarak aile hazinesini büyütmeye çalışmıştı. Mormontlar Starklar'ın sancak beyleri olduğu için, bu şerefsiz hareket kuzeyin adını lekelemişti. Ned batıya, Ayı Adası'na kadar uzun bir yolculuk yapmıştı ama adaya vardığında, Sör Jorah Mormont'un Buz'dan ve kralın adaletinden çok uzaklara doğru yelken açtığını öğrenmişti. O günden bu yana beş yıl geçmişti.

"Sör Jorah şu anda Pentos'ta. Sürgününü sona erdirecek bir kraliyet affının peşinde," diyerek izah etti Robert. "Lord Varys onu en iyi şekilde kullanıyor."

"Köle taciri muhbir olmuş yani," dedi Ned tiksintiyle. Mektubu geri verdi. "Onun bir leşe dönüşmesini tercih ederim."

"Varys muhbirlerin, leşlerden daha fazla işe yaradığını söylüyor," dedi Robert. "Jorah'ı bir kenara bırakırsak, sen bu mesajdan ne anlıyorsun?"

"Daenerys Targaryen bir at efendisiyle evlenmiş. Bundan bize ne? Düğün hediyesi mi göndereceğiz?"

Kral kaşlarını çattı. "Bir bıçak yollayabiliriz mesela. Sağlam keskin bir bıçak ve bıçağı kullanacak bir adam."

Ned kralın öfkesine şaşırmamıştı. Robert'ın Targaryenlar'a duyduğu nefret bir deliliğe dönüşmüştü. Tywin Lannister, bağlılığını göstermek amacıyla Rhaegar'ın karısının ve bebeğinin cesetlerini Robert'a getirdiğinde, Ned ve kral arasında çok şiddetli bir tartışma geçmişti. Ned, Tywin'in yaptığına cinayet, Robert'sa savaş demişti. Ned, öldürülen prenses ve bebeğinin daha küçücük çocuklar olduğunu söylediğinde, "Ben ortada çocuk değil, ejderha yumurtaları görüyorum," diye cevap vermişti Robert. Aynı gün, Ned korkunç bir kızgınlıkla, savaşın son çarpışmalarında tek başına mücadele etmek üzere, güneye doğru yola çıkmıştı. İkisinin tekrar bir araya gelip barışması için bir ölüm daha gerekmişti. Lyanna'nın ölümü ve ortak acıları onları tekrar yakınlaştırmıştı.

Ned bu defa öfkesine hâkim olmaya kararlıydı. "Majesteleri, kız küçük bir çocuk. Siz masumları öldüren Tywin Lannister gibi değilsiniz." Anlatılanlara göre, Rhaegar'ın küçük kızı saklandığı yatağın altından çekilip çıkarıldığında korkuyla ağlıyordu. Oğlu henüz kucakta taşınacak kadar küçük bir bebekti ama Tywin Lannister'ın askerleri onu annesinin koynundan almış ve kafasını duvara çarparak öldürmüşlerdi.

"Peki sence ne kadar masum kalacak?" dedi Robert sert bir şekilde. "Bu *çocuk* er ya da geç bacaklarının arasını açacak ve benimle uğraşacak yeni ejderha enikleri doğuracak."

"Buna rağmen," dedi Ned, "çocukları öldürmek... aşağılık bir... sözü bile edilemez..."

"*Sözü bile edilemez* mi?" diye sordu Robert. "Asıl sözü bile edilemeyecek olan, aşağılıkça olan, Aerys'ın kardeşin Brandon'a yaptıklarıydı. Ve Rhaegar... Lyanna'ya kaç kere tecavüz etti sence? Kaç *yüz* kere?" Öyle yüksek sesle bağırıyordu ki atı huysuzlanıp kişnemeye başladı. Kral iyice çekti dizginlerini. Atı sakinleştirmeye çalışırken kızgın bir şekilde parmağını Ned'in yüzüne doğrulttu. "Elimin uzandığı her Targaryen'ı tek tek geberteceğim. Meşhur ejderhaları kadar ölü olacaklar ve mezarlarına işeyeceğim."

Ned, bu kadar öfkeliyken Robert'a meydan okumaması gerektiğini biliyordu. Eğer geçen bunca yıl Robert'ın intikam ateşini bir parça bile söndüremediyse Ned'in o an söyleyeceği hiçbir şey işe yaramazdı. "Ellerin bu kıza uzanamıyor, öyle değil mi?" dedi.

Kralın dudakları acıyla büküldü. "Tanrılar kahretsin ki hayır. Pentoslu sefil bir peynir tüccarı kızı ve ağabeyini mülkünün duvarları arasına almış ve etrafları da şapkalı hadımlarla çevrili. Kızı bir Dothraklı'ya satmış. İkisini de yıllar önce, onlara ulaşmak gayet kolayken gebertmeliydim ama Jon senden beterdi. Ben de onu dinleyecek kadar büyük bir aptaldım."

"Jon Arryn bilge bir adamdı ve en iyi Kral Eli'ydi," dedi Ned.

Robert homurdandı. Öfkesi geldiği hızla gidiyor gibiydi. "Bu Khal Drogo'nun göçebe aşiretinde en az yüz bin adam olduğu söyleniyor. Jon buna ne derdi?"

"Dar Deniz'in karşı kıyısında oldukları sürece bir milyon Dothrak bile krallık için tehdit değildir, derdi. Barbarların *gemisi* yok. Açık denizlerden hem korkuyor, hem nefret ediyorlar," diye cevap verdi Ned sakince.

Kral eyerinin üzerinde huzursuzca hareket etti. "Belki Özgür Şehirler'de satılık gemiler vardır. Sana söylüyorum Ned, bu evlilikten hiç hoşlanmadım. Yedi Krallık'ta bana hâlâ İşgalci diyenler var. Savaşta Targaryenlar'ın yanında yer alan halkı unuttun mu? Şimdi sessizce oturuyorlar ama ellerine bir şans geçmeye görsün, hem beni hem oğullarımı uykumuzda öldürürler. Eğer Yalvaran Kral arkasında Dothrak aşiretiyle gelirse hainleri ona destek olur."

"Denizi geçemez," dedi Ned. "Eğer bir şekilde geçmeyi becerirse, denize döker, geri yollarız onu. Sen önce yeni Doğu Muhafızı'nı ilan..."

Kral kükredi. "Son kere söylüyorum, Arryn'ın oğlunu Doğu Muhafızı ilan etmeyeceğim. Çocuğun senin yeğenin olduğu biliyorum ama Dothraklar'la yatağa giren Targaryenlar etrafımızdayken, krallığın dörtte birinin bile sorumluluğunu hasta bir çocuğa vermek delilik olur."

Ned bu cevaba hazırlıklıydı. "Yine de, doğuya bir muhafız atamak zorundasın. Eğer bu görevi Arryn'a vermeyeceksen kendi erkek kardeşlerinden birine verebilirsin. Stannis, Fırtına Burnu'ndaki kuşatma sırasında kendisini kanıtladı mesela."

Kralın bir süre düşünmesine izin verdi. Kral kaşlarını çatmış huzursuzca oturuyordu. Rahatsız olmuş gibiydi.

"Tabi görevi bir başkasına söz vermediysen," diyerek devam etti Ned.

Robert bir an mahçup göründü sonra toparlandı ve, "Eğer söz vermişsem ne olacak?" diye sordu.

"Jaime Lannister, değil mi?"

Robert atının gövdesine vurdu ve bayırdan aşağı, hendek mezarlara doğru inmeye başladı. Ned hemen arkasından geliyordu. Kral gözleri yola sabitlenmiş halde atını sürerken, "Evet," dedi. Sert ve kesin tek bir kelimeyle kapandı konu.

"Kral Katili," dedi Ned. Demek ki kulağına gelen dedikodular doğruydu. Şimdi tehlikeli sularda yüzdüğünün farkındaydı. "Kifayetli ve cesur bir adam, buna şüphe yok," dedi kelimelerini dikkatle seçerek. "Ama babası hali hazırda Batı Muhafızı ve bu onur ona geçecek. Hiçbir adam hem doğuyu hem batıyı aynı anda elinde tutmamalı." Onu asıl rahatsız eden konuyu, yani diyar ordularının yarısının bir Lannister'ın emrine verilmesinden duyduğu hayal kırıklığını dile getirmedi.

"Bu mücadeleyi düşman araziye çıktığında veririm," dedi Robert inatla. "Şu anda Lord Tywin, Casterly Kayası'nda sonsuza dek oturacakmış gibi görünüyor ve Jaime Lannister'ın yakın zamanda onun yerine geçebileceğinden şüpheliyim. Şimdi bunlarla canımı sıkma Ned. Taş yerine koyuldu çoktan."

"Majesteleri, açık konuşabilir miyim?"

"Seni durdurmak mümkün değil nasılsa," diye homurdandı Robert. Uzun kahverengi otların arasında yol alıyorlardı.

"Jaime Lannister'a güveniyor musunuz?"

"O benim karımın ikizi. Kral Muhafızları'nın Yeminli Kardeşler'inden. Hayatı, serveti ve onuru bana ait."

"Bütün bunlar bir zamanlar da Aerys Targaryen'a aitti," diye hatırlattı Ned.

"Ona neden güvenmeyeyim? Ona emrettiğim her şeyi eksiksiz yerine getirdi. Kılıcı üzerinde oturduğum tahtı kazanmama yardım etti."

Kılıcı üzerinde oturduğun tahtı lekeledi, diye geçirdi içinden Ned ama kelimelerin dudaklarından çıkmasına izin vermedi. "Bir başka kralın canını kendi canıyla korumak üzere yemin etmişti ama o kralın boğazını kendi kılıcıyla kesti," dedi.

Atını bir çukurun kenarında aniden durdurarak, "Yedi Cehennem! *Biri* Aerys'ı öldürmek zorundaydı!" diye bağırdı Robert, atını eski bir hendek mezarın önünde aniden dizginleyerek. "Eğer Jaime öldürmeseydi sen ya da ben yapmak zorunda kalacaktık."

"Biz kralın yeminli muhafızları değildik ama," dedi Ned. Robert'ın bütün gerçeği duymasının vakti gelmişti artık. Tam orada ve o anda. "Üç Dişli Mızrak'ı hatırlıyor musun?"

"Tacımı orada kazandım, elbette hatırlıyorum."

"Rhaegar seni yaralamıştı," diye hatırlattı Ned. "Targaryen kurtulup kaçınca, bana onu takip etme emri verdin. Rhaegar'ın ordusundan geri kalanlar Kral Toprakları'na kaçtı. Peşlerinden gittik. Aerys birkaç bin sadık adamıyla Kızıl Kale'deydi. Kapıların bize kapalı olacağını düşünmüştüm."

Robert sabırsızlıkla kafasını salladı. "Ama bunun yerine, adamlarımızın çoktan şehri ele geçirdiğini gördünüz. Yani?"

"Bizim adamlarımızın değil. Lannisterlar'ın," dedi Ned sabırla. "Kale burçlarında Lannisterlar'ın aslanlı sancağı dalgalanıyordu, taçlı geyik değil. Ve şehri hile ile ele geçirmişlerdi."

Savaş bir yıla yakın sürmüştü. Küçük ve büyük her rütbeden lordlar, Robert'ın sancağı altına girmiş, bir kısmı da Targaryenlar'ın yanında savaşmayı tercih etmişti. Batı Muhafızı olan Casterly Kayası'nın Lannisterlar'ı mücadeleden uzak durmuş, hem kraliyetin, hem isyancıların çağrılarını duymazdan gelmişlerdi. Aerys Targaryen, Lord Tywin Lannister ve on iki bin güçlü adamdan oluşan ordusunu kale kapısında gördüğünde, dualarının yanıt bulduğunu düşünmüş olmalıydı. Deli Kral son deliliğini kapılarını Lannisterlar'a açarak yapmıştı.

"Hile Targaryenlar'ın yabancı olduğu bir şey değil," dedi Robert. Öfke yeniden dolduruyordu içini. "Lannisterlar yine de iyi davranmış onlara. Çok daha fazlasını hak ediyorlardı. Bununla uykularımın kaçacağını düşünüyorsan, yanılıyorsun."

"Sen orada değildin," dedi Ned acı dolu bir sesle.

Uykularının kaçmasına alışmıştı o. Tam on dört yıldır birlikte yaşadığı bu yalanlar hâlâ uykularını bölüyordu. "O fetihte onurlu hiçbir şey yoktu."

"Onurunu Ötekiler alsın!" diye küfretti Robert. "Herhangi bir Targaryen'ın onurlu bir şey yaptığını gördün mü sen hiç? Lyanna'nın mezarına git ve ejderhanın onurunu ona sor!"

"Üç Dişli Mızrak'ta Lyanna'nın öcünü aldın sen." *Bana söz ver Ned*, diye fısıldadı kız kardeşi.

"Ama öç almak onu geri getirmedi. Tanrılara lanet olsun. Tanrılar bana anlamsız bir zafer bahşetti. Bir taç... Onlara *Lyanna* için dua etmiştim. Kız kardeşin... Yanımda olmalıydı. Sana sorarım Ned, bir taç giymenin ne manası var şimdi? Tanrılar kralların ve çiftçilerin dualarıyla aynı şekilde dalga geçiyor."

"Tanrılar adına konuşamam Majesteleri... ama o gün taht odasına girdiğimde gördüklerimi anlatabilirim," dedi Ned. "Aerys, kendi kanında boğulmuş halde, yerde ölü yatıyordu. Duvarlardaki ejderha kafatasları olup biteni seyrediyor gibiydi. Her yer Lannister adamlarıyla doluydu. Jaime altın zırhının üzerine Kral Muhafızları'nın beyaz pelerinini giymişti. O hali hâlâ gözümün önünde. Kılıcı bile simlere bulanmıştı sanki. Başında aslan kafası şeklinde bir miğfer, şövalyelerinden iyice yukarıda oturuyordu. Nasıl parlıyordu görmeliydin."

"Bunlar zaten bildiğim şeyler," dedi kral memnuniyetsizlik ifade eden bir sesle.

"Ben hâlâ atımın üzerindeydim. Beni izliyormuş gibi görünen sıra sıra ejderha kafataslarının arasından geçip tam tahtın önünde durdum. Tahtta oturan Jaime'nin altın kılıcı bacaklarının arasındaydı ve ucundan Aerys'ın kanı damlıyordu. Hiçbir şey söylemeden ona baktım ve bekledim. Sonunda Jaime bir kahkaha atıp miğferini çıkardı. "Korkma Stark," dedi. "Arkadaşımız Robert için tahtı ısıtıyorum sadece. Bu koltuğun çok rahatsız olduğunu ona söylemelisin."

Robert başını arkaya atıp kükreyerek gülmeye başladı. Sesinden korkan kargalar çalılıklardan havalanmıştı. "Sence, tahtımda birkaç dakika oturmaya cesaret etti diye Lannister'a güvenmemem mi gerekiyor yani?" diye sordu. Bir kahkaha daha attı. "Jaime on yedi yaşındaydı Ned. Daha bir çocuktu."

"Bir çocuk ya da erkek olması fark etmez. Tahta oturmaması gerektiğini biliyordu."

"Belki çok yorulmuştu," dedi Robert. "O kahrolası odada kıçını koyup dinlenebileceğin başka bir yer yok ve çocuk doğru söylemiş, o taht gerçekten çok rahatsız." Kral kafasını salladı. "Artık Jaime'nin korkunç sırrını bildiğime göre konuyu kapatabiliriz. Şu devlet işlerinden, sırlardan, kavgalardan gerçekten bıktım Ned. Bütün bunlar en az sikkeleri saymak kadar sıkıcı. Hadi gel, tıpkı eskiden olduğu gibi at koşturalım. Rüzgârı yeniden saçlarımda hissetmek istiyorum." Atını mahmuzladı, mezarın üzerinden atlayarak bayırdan aşağı doğru dörtnala koşturmaya başladı. Arkasına toprak yağdırıyordu.

Ned atını hemen hareket ettirmedi. Söyleyecek sözü kalmamıştı ve kendisini çaresiz hissediyordu. Neden orada olduğunu, neden yola çıktığını sorguladı kim bilir kaçıncı kez. Burada ne işi vardı? Jon Arryn değildi Ned. Kralın azgınlıklarını törpüleyip ona akıl öğretemezdi. O ne yaparsa yapsın, ne söylerse söylesin, Robert yine bildiğini okuyacaktı. Ned, Kışyarı'na aitti. Acı içindeki karısı Catelyn ve oğlu Bran'ın yanında olmalıydı.

Ama bir erkek, her zaman ait olduğu yerde kalamıyordu işte. Kadere boyun eğmiş bir halde atını mahmuzladı ve kralı takip etmeye başladı.

TYRİON

Kuzey sonsuza kadar uzuyordu.

Tyrion Lannister haritaları gayet iyi okuyabiliyordu ama Kral Yolu denen vahşi patikada at sürerek geçirdiği on beş gün arazinin, haritalardan çok farklı olduğunu öğretmişti ona.

Kraliyete özgü yolculuk debdebesi içinde, insan bağırışları, at kişnemeleri, araba gıcırtıları, kraliçenin dev arabasının takırtıları, yağmaya başlayan hafif karın telaşı etraflarını sarmış halde kralın kafilesiyle aynı gün yola çıkmışlardı. Kral Yolu kalenin ve şehrin hemen arkasında uzanıyordu. Yolun başında sancaktarlar, arabalar, sıra sıra şövalyeler ve hürsüvarilerle kraliyet kafilesi güneye yönelirken Tyrion Lannister, Benjen Stark ve yeğeniyle birlikte kuzeye doğru yol almaya başlamıştı.

Oradan sonra hava iyice soğudu ve sessizlik çöktü.

Yolun batısında, yüksek gözetleme kuleleriyle dolu, gri ve engebeli kayalık tepeler vardı. Yolun doğusunda daha alçak, göz alabildiğince geniş, hafif dalgalı araziler görülüyordu. Dar ve debisi yüksek nehirlerin üzerlerine taş köprüler inşa edilmiş, ahşap ve taş duvarlı karakolların etrafındaki küçük çiftlikler araziye yayılmıştı. Yolda hareketlilik vardı. Geceleri konaklayabilecekleri salaş hanlar yol boyunca sıralanmıştı.

Ama Kışyarı'ndan ayrılmalarının üçüncü gününde, çiftlik arazileri yerini sık ormanlara bıraktı ve Kral Yolu ıssız bir hal aldı. Kat ettikleri her milde tepeler biraz daha dikleşiyor ve vahşileşiyordu. Yolculuklarının beşinci gününde, omuzlarına kardan pelerinler giymiş gibi görünen canavarvari, soğuk, gri mavi ve devasa dik dağlara dönüşmüştü tepeler. Kuzeyden esen rüzgârla büyük tüy şeklindeki buz kristalleri, yüksek tepelerden sancak misali süzülerek iniyordu.

Batısında dağlardan bir duvar olan, kuzey-kuzeydoğu yönünde kıvrılan yol, meşe, yaprak dökmeyen ağaçlar ve dikenli siyah çalılardan oluşan, Tyrion'ın daha önce hiç görmediği kadar karanlık ve yaşlı bir ormana getirmişti kafileyi. "Kurt Ormanı," demişti Benjen Stark ve gerçekten de, geceleri uzaklardan ve bazen o kadar da uzak olmayan yerlerden korkunç kurt ulumaları duyuluyordu. Jon Kar'ın beyaz ulu kurt yavrusu gelen seslere kulak kabartıyor ama asla kendi ulumasıyla cevap vermiyordu. Tyrion bu hayvanda çok rahatsız edici bir şeyler olduğunu düşünüyordu.

Kurdu saymazsa, kafile sekiz mevcuttan oluşuyordu. Tyrion bir Lannister olmasının gereği olarak iki adamıyla katılmıştı kafileye. Benjen Stark'ın yanında sadece piç yeğeni ve Gece Nöbetçileri için aldığı birkaç yeni at vardı. Kurt Ormanı'na girmeden önce bir gece geçirdikleri ahşap duvarlı orman karakolunda Yoren isimli bir yeminli kardeş kafileye katıldı. Yoren'in yüzü, kıyafeti kadar siyah sakallarının ardına gizlenmişti. Kambur ve sinsi görünüşlü bir adamdı ama eski bir kök kadar sağlam ve taş gibi sert duruyordu. Yanında Parmaklar'dan gelen pejmürde kıyafetli iki köylü genç vardı. "Tecavüzcüler," demişti Yoren iki gence soğuk gözlerle bakarak. Tyrion anlamıştı. Sur'daki hayat çok zordu ama hadımlaştırma cezasına tercih edilirdi.

Beş adam, üç çocuk, bir ulu kurt, yirmi at ve Üstat Luwin tarafından Benjen Stark'a verilmiş olan bir kafes dolusu kuzgun. Kral Yolu için epey tuhaf bir kafileydi şüphesiz. Hatta herhangi bir yol için çok tuhaf bir kafileydi.

Jon Kar'ın, Yoren ve yanındaki suratsızları yüzünde rahatsız bir ifadeyle, kaygıyla izlediğini fark etmişti Tyrion. Yoren'in omzu çarpıktı. Ekşi ekşi kokuyordu. Saçları ve sakalları yağlı, kirli ve bit doluydu. Kıyafetleri eski ve yamalıydı, uzun zamandır yıkanmadığı belliydi. İki genç acemi ondan da beter kokuyordu. Gençler aptal oldukları kadar zalim de görünüyorlardı.

Jon'un, Gece Nöbetçileri'nin tümünün amcasına benzediğini düşünerek büyük bir yanlışlık yaptığını anlamıştı Tyrion. Yoren ve yanındakiler, Jon için çok sert bir uyanış olmalıydı. Jon için üzüldü. Zor bir hayat seçmişti... Daha doğrusu, onun adına zor bir hayat seçilmişti.

Tyrion, Jon'un amcası Ben'e en ufak bir sempati duymuyordu. Benjen Stark, ağabeyinin Lannisterlar'a karşı olan tiksintisini paylaşıyordu. Benjen'a, Sur'u ziyaret etmek istediğini söylediğinde, "Seni uyarmalıyım Lannister, Sur'da senin alışık olduğun hanlardan yok," demişti tepeden bakarak.

"Beni yatıracak bir yer bulacağından şüphe etmiyorum, gördüğün üzere gayet küçüğüm," diyerek yanıtlamıştı Tyrion.

Kraliçenin kardeşine kimse hayır diyemezdi; bu sorunu kökünden hallediyordu ama Stark hiç memnun değildi. "Yolculuktan hiç hoşlanmayacağını garanti edebilirim," dedi ve yola çıktıkları andan itibaren bu sözünü doğrulayacak her şeyi yaptı.

Yolculuklarının ilk haftasının sonunda, Tyrion'ın baldırları at sürmekten çürümüş, bacakları kramplar yüzünden tutmaz hale gelmiş ve kemiklerine kadar donmuştu ama şikâyet etmedi. Benjen Stark'a bu keyfi yaşatacağına lanetlenmeyi tercih ederdi.

Bir ayı postu sayesinde ufak da olsa bir intikam alabilmişti Tyrion. Benjen, Gece Nöbetçileri'ne özgü centilmenliği biraz abartarak, yırtık pırtık, eski ve küf kokan bir ayı kürkü vermeyi önermişti. Tyrion'ın nazikçe reddedeceğini düşünmüştü büyük ihtimalle. Tyrion postu zarif bir gülümsemeyle kabul etti. Kışyarı'ndan yola çıktıklarında yanına en sıcak tutan kıyafetlerini almıştı ama yol ilerledikçe anlamıştı ki hiçbir kıyafet yeterince kalın değildi bu soğukta. Buralar *soğuktu* ve daha da soğuyordu. Geceleri donma noktasının altına düşüyordu sıcaklık. Rüzgâr, her türlü yünü kolaylıkla kesecek kadar bileylenmiş esiyordu. Stark kabul görmeyeceğini düşündüğü centilmenliği için çoktan pişman olmuştu herhalde. Belki Lannisterlar'la ilgili iyi bir ders de almıştı. Lannisterlar, centilmence yapılmış olsun ya da olmasın, işe yarar hiçbir teklifi geri çevirmezdi. Lannisterlar kendilerine sunulanı alırdı.

Kafile kuzeye doğru yol alırken, çiftlikler ve karakollar giderek küçüldü ve seyrekleşti. Sonunda başlarını sokacak tek bir çatı kalmayana dek Kurt Ormanı'nın içinde yol aldılar. Artık ellerinde olanlarla hayatta kalacaklardı.

Tyrion'ın bir kamp kurarken işe yarayabilecek bir adam olduğu söylenemezdi. Çok kısa, çok sakar, çok ayak altındaydı. Bu yüzden, Stark, Yoren ve diğerleri derme çatma barakalar kurarken, atları bağlarken ve ateş yakarken, ona kürkünü ve deri şarap matarasını alıp kitap okumak kalmıştı.

Yolculuklarının on sekizinci günüydü. Casterly Kayası'ndan kuzeye kadar yanında getirdiği, nadir bulunur amber kokulu Yaz Adaları şarabı ve ejderhaların özelliklerini ve tarihlerini anlatan bir kitabı vardı. Lord Eddard'ın izniyle, Kışyarı kütüphanesinden az bulunur birkaç kitap ödünç almış ve kuzey yolculuğunda yanında getirmişti.

Buz gibi akan berrak bir derenin yanında, kamp gürültülerinin uzağında kendine rahat bir yer buldu. Grotesk görünümlü, çok yaşlı bir meşe ağacı kendisini rüzgârdan koruyacak doğal bir barınak görevi görüyordu. Kürküne iyice sarılarak ağacın gövdesine yaslandı, şarabından bir yudum aldı ve ejderhaların özelliklerini okumaya başladı. *Yüksek demir ihtivalarından ötürü ejderha kemikleri siyahtır*, diyordu kitap. *Çelik kadar sağlam ama buna rağmen çok hafif ve son derece esnektir. Elbette ateşe karşı dayanıklıdır. Dothraklar'ın ejderha kemiğinden yapılmış yayları kullanmaları şaşırtıcı değildir. Ahşap yay kullanan hiçbir bir okçu, ejderha yayı kullanan bir okçunun menziline yetişemez.*

Tyrion ejderhalara karşı hastalık derecesinde bir ilgi duyuyordu. Kız kardeşinin düğünü için Kral Toprakları'na ilk geldiğinde, ejderha kafataslarıyla dolu taht odasını görmekte ısrar etmişti ama Kral Robert kafataslarının yerine sancaklar astırmıştı. Tyrion inadından vazgeçmemiş ve sonunda kafataslarının atıldığı soğuk ve nemli mahzeni bulmuştu.

Kafataslarını etkileyici ve hatta korkutucu bulacağını düşünmüştü ama onları güzel bulacağı aklına gelmemişti. Çok güzellerdi. Oniks kadar siyah ve pürüzsüzlerdi. Elindeki meşalenin ışığında parıldıyorlardı. Kemiklerin ateşi sevdiğini hissediyordu Tyrion. Meşaleyi en iri kafataslarından birinin ağzına soktu, duvarda dans eden, zıplayan gölgeleri izledi. Dişleri, uzun ve kıvrımlı elmas bıçaklar gibiydi. Meşalenin alevi kafatasları için hiçbir şey demekti. Onlar kim bilir hangi büyük ateşlerle yıkanmışlardı. Tyrion kafataslarının önünde yürürken boş göz çukurlarının kendisini izlediğine yemin edebilirdi.

On dokuz kafatası vardı. En yaşlı olanı üç bin yaşından daha büyüktü. En genciyse, en fazla yüz elli yaşında olmalıydı. En genç olan kafatası aynı zamanda en küçük olandı. İri bir bekçi köpeğinin kafatası kadardı ve çok şekilsizdi. Ejderha Kayası'nda yumurtadan çıkmış son iki ejderhadan geri kalan buydu. Onlar Targaryen ejderhalarının sonuncularıydı. Belki de dünyadaki son ejderhalardı ve çok kısa yaşayabilmişlerdi.

Hikâyelere ve şarkılara konu olmuş üç ulu canavara kadarki kafatasları, küçükten büyüğe doğru dizilmişti. Üç ulu canavara tanrıların isimlerini vermişti ozanlar. Balerion, Meraxes ve Vhaghar. Aegon Targaryen ve kız kardeşi Kral Toprakları'na salmıştı bu üç canavarı. Tyrion, kafataslarının açık ağızları arasında soluksuz ve huşu içinde öylece durmuştu. Vhaghar'ın boğazından içeri bir atla girebilirdi insan ama asla geri çıkamazdı. Meraxes daha da büyüktü. Ve en irileri, Kara Dehşet Balerion, bir dev boğayı, hatta İben Limanı'nın arkasındaki soğuk arazilerde dolandıkları söylenen, dev boğalardan daha iri, kıllı mamutlardan birini tek lokmada yutabilirdi.

Tyrion o soğuk ve nemli mahzende, meşalesinin alevi tükenene dek, Balerion'un göz çukurları boşalmış kafatasını seyrederek uzun zaman kaldı. Karşısındaki kafatasının gerçek halini kafasında canlandırmaya çalıştı. Bu büyüklükteki bir ejderhanın dev kanatlarını açarak, ağzından alevler çıkararak gökyüzünde dolandığını hayal etti.

Tyrion'ın ceddinden Kaya'nın Kralı Loren, Menzil Kralı Mern'le güçlerini birleştirip Targaryen istilasına karşı koyduğunda, ejderha ateşinin karşısında durmayı denemişti. Bu en az üç yüz yıl önceydi. O zamanlar Yedi Krallık, büyük diyarın bölünmüş eyaletleri değil, gerçek ve bütün bir krallıktı. İki kralın dalgalanan altı yüz sancağı, beş bin atlı şövalyesi, elli binden fazla hürsüvarisi ve silahlı adamı vardı. Ejderha Aegon, bu sayının beşte biri kadar adama sahipti ve vakanüvislerin söylediklerine göre, çoğu Aegon'ın devirdiği eski kralın askerleriydi ve sadakatleri şüpheliydi.

Ordular, Menzil'in hasat vakti gelmiş altın buğday tarlalarıyla dolu geniş düzlüklerinde karşı karşıya gelmişti. Güç birliği yapmış iki kral ordularına hareket emri verdiklerinde Targaryen ordusu titremiş ve kaçmaya başlamıştı. Vakanüvisler bir an için istilanın zaferle bastırıldığını yazmaya niyetlenmişlerdi... ama sadece bir an için. Aegon Targaryen ve kız kardeşi gelene kadar.

Vhaghar, Meraxes ve Balerion'un aynı anda serbest bırakıldığı tek gündü o. Ozanlar ejderhaların serbest bırakıldığı o yere Ateş Tarlası adını verdi.

O gün Menzil Kralı Mern de dâhil yaklaşık dört bin adam kül oldu. Kral Loren kaçmayı başarmış, Targaryenlar'a teslim olup onlara bağlılık yemini edebilecek kadar uzun süre yaşamış ve şimdi Tyrion'ın minnettarlık duyduğu bir oğul sahibi de olmuştu.

"Neden bu kadar çok okuyorsun?"

Tyrion sesin geldiği yere baktı. Jon Kar birkaç adım uzağında duruyor merakla kendisini seyrediyordu. Tyrion okuduğu sayfanın arasına parmağını koyup kitabı kapattı. "Bana bak ve ne gördüğünü söyle," dedi.

Çocuk şüpheyle bakıyordu. "Bu bir çeşit hileli soru mu? Seni görüyorum işte. Tyrion Lannister."

Tyrion içini çekti. "Bir piçsin ama olağanüstü nezaket sahibisin Kar," dedi. "Gördüğün şey bir cüce. Kaç yaşındasın, on iki mi?"

"On dört," dedi Jon.

"On dört yaşındasın ve benim asla olamayacağım kadar uzunsun. Benim bacaklarım kısa, çarpık ve zar zor yürüyorum. Atımın üstünde düşmeden durabilmem için özel yapılmış bir eyere ihtiyacım var. Bilmek ilgini çekebilir belki, eyeri kendim tasarladım. Çünkü ya böyle özel bir şey yapacaktım ya da çocuklar gibi bir midilli sürecektim. Bir köyde doğsaydım, beni ya ölüme terk ederlerdi ya da ucube gösterileri düzenleyen bir köle tacirine satarlardı ama gel gör ki, Casterly Kayası'nda bir Lannister olarak doğdum ve orada bir ucube olmak her şeyden beter. Benden bazı beklentiler var. Babam yirmi yıl boyunca Kral Eli olarak görev yaptı ama aynı kralı kendi elleriyle öldürdü. Görüyorsun, hayat ironilerle dolu. Kız kardeşim yeni kralla evlendi ve benim iğrenç yeğenim babasından sonraki kral olacak. Benim de hanedanıma katkıda bulunmam gerek, öyle değil mi? Ama nasıl? Tamam, bacaklarım çok kısa olabilir ve kafam bedenime oranla çok büyük, aslında kafamın benim zekâma uygun şekilde büyük olduğunu düşünüyorum. Güçlü ve zayıf noktalarımla ilgili gerçekçi algılara sahibim. Benim silahım zekâm. Erkek kardeşimin kılıcı var, Kral Robert'ın savaş baltası var ve benim de zekâm... ve zekanın keskin kalabilmesi için kitaplar gerekli. Tıpkı bir kılıcın keskin kalabilmesi için biley taşına gerek olduğu gibi." Tyrion kitabın deri kapağına vurdu. "İşte bu yüzden bu kadar çok okuyorum Kar."

Çocuk söylenenleri sessizce sindiriyordu. Lord Stark'ın adını alamamış olsa da yüzünü kesinlikle almıştı. Uzun, vakur bir surat, hiçbir sırrı açık etmeyen mesafeli bir ifade. Çocuğun annesi her kimse, kendisinden bir iz bırakmamıştı çocuğa. "Şimdi neyle ilgili okuyorsun?" diye sordu Kar.

"Ejderhalar," dedi Tyrion.

"Neye yarar ki? Artık ejderha yok," dedi çocuk kendinden emin bir tavırla.

"Öyle söylüyorlar," diye yanıtladı Tyrion. "Çok üzücü değil mi? Ben senin yaşındayken, bir gün kendi ejderhama sahip olmayı hayal ederdim."

"Gerçekten mi?" diye sordu çocuk şüpheyle. Belki de Tyrion'ın kendisiyle dalga geçtiğini düşünüyordu.

"Ah, evet. Topal, cüce ve çirkin bir çocuk bile bir ejderhanın sırtına oturduğunda dünyaya tepeden bakabilir." Tyrion ayı derisini bir kenara koydu ve ayağa kalktı. "Eskiden Casterly Kayası'nın kuytularında ateşler yakar ve saatlerce alevleri izlerdim. Bunların ejderha alevi olduğunu hayal ederdim. Bazen alevlerin içinde babamın, bazen de kız kardeşimin yandığını düşlerdim." Jon korkuyla ama büyülenmiş gibi Tyrion'a bakıyordu. Tyrion garip bir kahkaha attı. "Bana öyle bakma piç. Sırrını biliyorum. Sen de aynı şeyleri düşlüyorsun."

"Hayır," diye itiraz etti Jon dehşetle. "Ben asla..."

"Hayır? Asla?" Tyrion bir kaşını kaldırdı. "Pekâlâ, Starklar'ın sana olağanüstü iyi davrandıklarına şüphe yok. Leydi Stark'ın seni kendi çocuklarından hiç ayırmadığına eminim. Ve erkek kardeşin Robb sana hep nezaketle davranmıştır. Neden davranmasın ki? Ona Kışyarı, sana da Sur miras kalıyor. Ve baban... babanın seni Sur'a sepetlemesi için yeterince geçerli sebebi vardır sanırım."

"Yeter," dedi Jon Kar. Yüzü öfkeyle kararmıştı. "Gece Nöbetçileri'nde hizmet etmek onurlu bir iştir."

Tyrion güldü. "Sen buna inanmayacak kadar akıllı bir çocuksun. Gece Nöbetçileri, toplumda yeri olmayan atıkların üstüste yığıldığı bir çöplük sadece. Senin Yoren'e ve yanındakilere nasıl baktığını gördüm. O adamlar senin yeni kardeşlerin Jon Kar. Onları sevdin mi? Karanlık köylüler, hırsızlar, kaçak avcılar, tecavüzcüler ve senin gibi piçler Sur'un duvarlarına yığılıp, sütannenin anlattığı hikâyelerdeki canavarları ve yaratıkları bekler. İyi haber, o canavarlar ve yaratıklar gerçekte yok ve görevinizin tehlikeyle uzaktan yakından ilgisi yok. Kötü haberse, orada öylece olmayan yaratıkları beklerken hayalarınız donacak ama çocuk sahibi olmamaya yemin edeceğinize göre bu da dert değil."

"*Yeter, sus*!" diye bağırdı çocuk. Bir adım ileri yürüdü. Yumruklarını sıkmıştı ve ağlamak üzereydi.

Birdenbire, gereksizce kendini suçlu hissetti Tyrion. Çocuğun omzuna dokunup teselli etmek ya da özür dilemek düşüncesiyle o da bir adım ileri çıktı.

Kurdun daha önce nerede olduğunu, nasıl yaklaştığını göremedi. Jon'a doğru yürürken bir anda sırtüstü kayalık zemine düştü. Elindeki kitap yuvarlandı. Ani ve şiddetli darbe soluğunun kesilmesine sebep olmuştu. Ağzı kan, çürük yaprak ve toprak doldu. Doğrulmaya çalıştığında sırtında korkunç bir kasılma hissetti. Düşerken kemikleri burkulmuş olmalıydı. Dişlerini öfkeyle gıcırdattı, bir ağaç köküne tutunup kendini çekti ve oturur hale geldi. Elini uzattı ve, "Yardım et," dedi çocuğa.

Kurt birdenbire aralarına girdi. Ses çıkarmıyordu. Lanet olası hayvan hiçbir zaman ses çıkarmıyordu zaten. Parlak kırmızı gözleriyle dimdik bakıyor ve keskin dişlerini gösteriyordu. Tyrion elini geri çekti. "Öyleyse yardım etme. Siz ikiniz uzaklaşana kadar burada böyle oturacağım."

Jon, Hayalet'in kalın beyaz tüylerini okşadı. Artık gülümsüyordu. "Bana nazikçe sor," dedi.

Tyrion Lannister'ın içi öfkeyle kabardı ama bastırmasını bildi. Hayatında ilk kez aşağılanmıyordu ve bu son da olmayacaktı. Bu seferkini biraz hak etmişti hatta. "İnce yardımlarınızı benden esirgemezseniz size daima müteşşekkir olurum Jon," dedi abartılı bir nezaketle.

"Otur Hayalet," dedi çocuk. Ulu kurt oturdu ama gözlerini Tyrion'dan ayırmıyordu. Jon, Tyrion'ın arkasına geldi, ellerini kollarının altına koydu ve adamı ayaklarının üzerine kaldırdı. Sonra kitabı yuvarlandığı yerden alıp uzattı.

"Bana neden saldırdı?" diye sordu Tyrion kurda bir bakış atarak. Elinin tersiyle ağzındaki kan ve çamuru sildi.

"Belki senin bir yaratık olduğunu zannetmiştir."

Tyrion keskin bir bakış attı Jon'a. Ardından bir kahkaha attı. Engel olamadığı bir neşe içine dolmuş ve burun deliklerinden izinsizce dışarı taşmıştı sanki. "Ah, Tanrılar!" dedi, kafasını sallayarak. Kendi kahkahasında boğulacaktı az daha. "Sanırım bir yaratık gibi görünmeyi tercih edeceğim. Canavarlara neler yapıyordur kim bilir."

"Bilmek istemezsin," dedi Jon, deri şarap matarasını Tyrion'a uzattı.

Tyrion mataranın kapağını açtı, kirlenmiş ağızlığı eliyle temizledi ve şaraptan büyük bir yudum aldı. Şarap soğuk bir alev gibi ağzından aşağı inerken boğazını ve midesini ısıttı. Matarayı Jon'a uzattı. "Biraz ister misin?"

Çocuk matarayı aldı ve bir yudumu boğazından aşağı dikkatlice indirdi. "Hepsi doğru değil mi?" dedi işi bittiğinde. "Gece Nöbetçileri hakkında söylediklerin."

Tyrion başıyla onayladı.

Jon'un dudakları ince bir çizgi halini almıştı. "Neyse ne. Yapacak bir şey yok."

Tyrion gülümsedi. "Bu iyi piç," dedi. "Pek çok adam korkunç gerçekle yüzleşmek yerine, gerçeği görmezden gelmeyi tercih eder."

"Pek çok adam," dedi Jon. "Ama sen değil."

"Hayır," dedi Tyrion, "Ben değil. Artık ejderhalar hakkında hayal kurmuyorum. Ejderhalar artık yok." Deri mataranın kapağını kapadı. "Hadi, artık kampa dönsek iyi olacak, yoksa amcan sancakları kaldırır."

Kampa dönen yol kısaydı ama çok engebeliydi ve bacaklarına kramplar girmişti. Birbirine dolaşmış sık ağaç köklerinin üzerinden geçerken Jon yardım teklif etti ama Tyrion kabul etmedi. Bütün hayatı boyunca yoluna çıkan engelleri tek başına aşmak zorunda kalmıştı, şimdi de öyle yapacaktı. Kampa vardıklarında eve gelmiş gibi hissetti yine de. Çadırlar, rüzgârdan korunmak amacıyla uzun zaman önce terk edilmiş karakolun yıkık duvarlarına dayandırılmıştı. Atlar beslenmiş ve bağlanmış;

bir ateş yakılmıştı. Yoren bir taşın üzerine oturmuş elindeki sincabın derisini yüzüyordu. Haşlamanın iştah açıcı kokusu Tyrion'ın burnunu doldurdu. Haşlama kazanının başında duran adamı Morrec'in yanına gitti. Morrec, daha Tyrion bir şey söylemeden kepçeyi uzattı. Tyrion aldı ve yemeğin tadına baktı. Kepçeyi geri verdi. "Biraz daha biber," dedi.

Benjen Stark yeğeniyle birlikte kalacağı çadırdan çıktı. "İşte buradasın. Kahretsin Jon, böyle tek başına kaybolma bir daha. Seni Ötekiler aldı sandım!"

"Yaratıklar aldı," dedi Tyrion gülerek. Jon Kar gülümsedi. Stark, Yoren'e şaşkın bir bakış attı. Yaşlı adam omuzlarını silkip yaptığı kanlı işe geri döndü.

Yüzülen sincap haşlamaya eklendi. Siyah ekmek, sert peynir ve haşlamadan oluşan yemeklerini ateşin etrafında yediler. Tyrion deri matarasındaki şaraptan herkese ikram etti. Sonunda Yoren bile mahmurlaşmıştı. Birer birer çadırlarına çekilip uyudular. Jon haricinde herkes uykuya daldı. O gecenin ilk nöbetini tutacaktı.

Tyrion her zaman olduğu gibi geceyi en son bitiren kişiydi. Adamlarının kendisi için hazırladığı çadıra girerken arkasını döndü ve Jon Kar'a baktı. Çocuk hâlâ vakur olan yüzüyle ateşin kenarında oturuyor ve derin derin alevleri izliyordu.

Tyrion Lannister'ın yüzünden hüzünlü bir gülümseme geçti. Yatağına gitti.

CATELYN

Üstat Luwin elinde bir okuma lambası ve muhasebe defterleriyle Bran'ın hasta odasına geldiğinde, Ned ve kızların gidişinin üstünden sekiz gün geçmişti. "Hesaplara bakmakta çok geciktik leydim," dedi Üstat. "Kralın ziyaretinin bize ne kadara mal olduğunu bilmek istersiniz."

Catelyn hasta yatağındaki Bran'a baktı, alnına düşen saçlarını eliyle geriye doğru taradı. Çok uzamış saçlarını artık kesmesi gerekiyordu. "Hesaplara bakmaya ihtiyacım yok Üstat Luwin," dedi gözlerini Bran'dan ayırmadan. "O ziyaretin bize neye mal olduğunu biliyorum. Lütfen defterleri geri götürün."

"Leydim, kralın maiyeti oldukça yüksek iştahlara sahipti. Her şeyi gözden geçirip stoklarımızı..."

"Defterleri geri götürün dedim. Kâhya ihtiyaçlarımızla ilgilenir," diyerek kesti kadın, Üstat Luwin'in sözünü.

"Bir kâhyamız yok," diye hatırlattı Üstat Luwin. Tıpkı küçük iğrenç bir fare gibi, bir türlü rahat bırakmaz, diye düşündü Catelyn. "Poole, Lord Eddard'ın rahat edebileceği bir mekân hazırlamak üzere güneye, Kral Toprakları'na gitti."

Catelyn umursamazca başını salladı. "Ah, evet, unutmuşum." Bran çok solgun görünüyordu. Çocuğun yatağını pencerenin yanına çektirmeyi düşünüyordu. Sabah güneşi Bran'a iyi gelebilirdi.

Üstat Luwin elindeki lambayı duvardaki göze koydu ve fitili ayarladı. "Acil olarak ilgilenmeniz gereken pek çok iş var leydim," dedi. "Kâhyanın yanı sıra, Jory'nin yerini almak üzere bir baş muhafız atamamız gerek ve ayrıca bir seyis başı..."

Catelyn'in etrafı tarayarak Üstat Luwin'in gözlerini buldu. "Bir *seyis* başı mı?" Sesi bir kamçının sesi gibi çıkmıştı.

Üstat sarsılmıştı. "Evet leydim, Hullen, Lord Eddard'la güneye gittiği..."

"Küçük oğlum burada kemikleri paramparça ve ölmek üzere yatıyor Luwin. Ve sen benimle yeni *seyis* başını konuşmak istiyorsun öyle mi? Ahırlarda ne olduğu beni zerre kadar ilgilendiriyor mu sanıyorsun? Bran'ın gözlerinin bir an için açılacağını bilsem, ahırlardaki bütün atları, kendi ellerimle memnuniyetle yüzerim. Bunu anlayabiliyor musun Luwin? *Anlayabiliyor musun?*"

Üstat başını eğdi. "Elbette anlıyorum leydim," dedi. "Fakat atamalar..."

"Ben atamalarla ilgileneceğim," dedi Robb.

Catelyn onun odaya girdiğini fark etmemişti ama işte orada tam kapının yanında duruyordu. Catelyn avazı çıktığı kadar bağırarak konuşmuştu. Birdenbire halinden utandı. Ona neler oluyordu? Çok yorgundu ve başı sürekli ağrıyordu.

Üstat Luwin bakışlarını Catelyn'den Robb'a çevirdi. "Boşalan mevkileri doldurmak üzere, uygun adamların isimlerinden oluşan bir liste hazırlamıştım," dedi kolunun içinden çıkardığı kağıdı Robb'a uzatırken.

Robb listeye bir göz attı. Catelyn onun dışarıdan geldiğini anlamıştı. Saçları rüzgârdan dağılmış, yüzü soğuktan kızarmıştı. "Uygun adamlar," dedi Robb. "Yarın atamalarla ilgili konuşuruz." Kağıdı Üstat'a geri uzattı.

Kağıt Luwin'in cübbesinin kolunun içinde kayboldu.

"Şimdi bizi yalnız bırakın," dedi Robb. Üstat Luwin eğilerek selam verdi ve odadan çıktı. Robb arkasından kapıyı kapattı ve annesine döndü. "Anne, sen ne yapıyorsun?"

Catelyn oğlunun tıpkı kendisi gibi göründüğünü düşünürdü hep. Bran, Rickon ve Sansa gibi, kızıl kahve saçları ve mavi gözleriyle Tully renklerine boyanmıştı ama bugün ilk kez Eddard Stark'ı görüyordu oğlunun yüzünde. Kuzey kadar sert ve keskin. "Ne mi yapıyorum?" diye sordu, şaşkın halde. "Bunu nasıl sorabilirsin? Ne yaptığımı düşünüyorsun? Kardeşine bakıyorum. Kardeşin Bran'la ilgileniyorum."

"Sen bu yaptıklarına Bran'la ilgilenmek mi diyorsun? Bran düştüğünden beri bu odadan hiç çıkmadın. Babam ve kızlar yola çıktığında kapıya bile inmedin."

"Onlarla burada vedalaştım. Gidişlerini şu pencereden izledim." Gitmesin diye yalvarmıştı Ned'e. Şimdi değil. Bütün bu olanlardan sonra değil. Artık her şey değişmişti. Ned bunu göremiyor muydu? Konuşması işe yaramadı. Ned'in başka seçeneği yoktu, öyle söylemişti. Ve gitti. Gitmeyi seçti. "Kardeşini bırakamam. Bir an için bile. Her ânın onun son ânı olabileceğini bilerek bırakamam. Eğer... Eğer... Burada kalmak zorundayım." Bran'ın parmaklarını ellerinin arasına aldı. İncecik ve kırılgandı parmakları. Ellerinde hiç güç yoktu ama derisinin altındaki damarlardan hâlâ hayat akıyordu. Sıcacıktı.

Robb'un sesi yumuşadı. "O ölmeyecek anne. Üstat Luwin en tehlikeli zamanları geride bıraktığını söylüyor."

"Peki ya Üstat Luwin yanılıyorsa? Ya Bran'ın muhtaç olduğunu an ben burada olmazsam?"

"*Rickon* da sana muhtaç," dedi Robb sertçe. "Daha üç yaşında. Neler olup bittiğini anlayamıyor. Herkesin onu terk ettiğini düşünüyor. Bütün gün peşimde. Bacaklarıma tutunup ağlıyor. Onunla ne yapacağımı bilemiyorum." Bir an sustu. Küçük bir çocukken yaptığı gibi alt dudağını ısırdı. "Anne, *ben* de sana muhtacım. Çok çabalıyorum ama... her şeyin altından tek başıma kalkamam." Robb'un sesi kırgınlıkla doldu bir an ve Catelyn tam o anda oğlunun daha on dört yaşında olduğunu hatırladı. Kalkıp yanına gitmek istedi ama eli hâlâ Bran'ın elindeydi, hareket edemedi.

Kulenin dışında bir kurt ulumaya başladı. Catelyn titredi.

"Bran'ın kurdu," dedi Robb. Pencereyi açtı, havası iyice ağırlaşmış kule odasına gece havası dolmaya başladı. Ulumanın şiddeti arttı. Soğuk, yalnız bir ses. Melankoli ve çaresizlik dolu.

"Kapat," dedi Catelyn. "Bran'ı sıcak tutmamız gerek."

"Bran'ın bu şarkıları duyması gerek," diye karşılık verdi Robb. Kışyarı'nda bir yerde, ikinci bir kurt, ilkinin şarkısına eşlik etmeye başladı. Sonra üçüncüsü katıldı koroya. "Tüylüköpek, Boz Rüzgâr," dedi Robb. "Eğer dikkatlice dinlersen seslerini birbirinden ayırt edebilirsin."

Catelyn titriyordu. Acısı yüzünden, soğuk yüzünden, kurtların uluması yüzünden. Her gece uluyan kurtlar, soğuk rüzgâr, hiç değişmeyen, hep aynı boş gri kale, yatağında ölü gibi uzanan her tarafı kırık oğlu, çocuklarının en tatlısı, en zarifi, gülmeyi ve tırmanmayı seven, şövalyelik hayalleri kuran güzel Bran. Her şey bitmişti artık. Bran'ı gülerken duyamayacaktı bir daha. Hıçkırıklara boğulmuş halde bıraktı Bran'ın parmaklarını. Elleriyle kulaklarını kapadı. "Onları sustur!" diye bağırdı. "Dayanamıyorum, onları sustur. Sustur. Gerekirse hepsini öldür ama onları *sustur.*"

Yere ne zaman, nasıl düştüğünü hatırlamıyordu Catelyn. Ama yerdeydi işte ve Robb güçlü kollarıyla ona sarılmış yerden kaldırıyordu. "Korkma anne," dedi. "Onlar Bran'ı asla incitmez." Catelyn'i odanın köşesindeki dar yatağa götürüp yatırdı. "Gözlerini kapat," dedi şefkatle. "Dinlen biraz. Üstat Luwin, Bran'ın düştüğü günden beri hiç uyumadığını söyledi."

"*Yapamam,*" dedi Catelyn. "Tanrılar beni affetsin Robb, yapamam. Ya ben uyurken ölürse. Ya ölürse. Ya ölürse..." Kurtlar hâlâ uluyordu. Catelyn bir çığlık atıp tekrar kulaklarını kapattı. "Ah, Tanrılar! Robb, kapat pencereyi."

"Eğer bana uyuyacağına söz verirsen," dedi Robb ve pencereye gitti. Kapatmak için uzandığı anda kurtların ulumalarına yeni sesler karıştı. "Köpekler," diye fısıldadı. "Daha önce hiç yapmamışlardı..." Catelyn, Robb'un soluksuz kaldığını fark etti. Oğluna baktı. Yağlı lambanın ışığında bembeyaz görünüyordu Robb'un yüzü. "*Yangın,*" diye fısıldadı Robb.

Yangın, diye düşündü Catelyn ve hemen ardında *Bran.* "Bana yardım et," dedi telaşla. "Bran'ı taşımam için yardım et."

Robb onu duymamış gibi görünüyordu. "Kütüphane kulesi yanıyor," dedi.

Catelyn açık pencereden titreyen kızıl alevleri görebiliyordu. Birden rahatladı. Kütüphane kulesi geniş avlunun diğer tarafındaydı. Yangının kendi bulundukları bölüme sıçraması mümkün değildi. "Tanrılara şükür," diye fısıldadı.

Robb delirmiş gibi görünen annesine baktı. "Anne burada kal. Yangını söndürür söndürmez yanına geleceğim," dedi. Koşarak odadan çıktı. Catelyn oğlunun muhafızlara bağırdığını ve hepsinin aceleyle, basamakları üçer beşer atlayarak merdivenlerden indiklerini duydu.

Dışarıdan, "Yangın!" diyen bağrışlar, çığlıklar, koşturan ayak sesleri, ürkmüş atların kişnemeleri, köpeklerin çılgın havlamaları geliyordu. Kurtların uluması durmuştu. Ses kalabalığını dinlerken fark etmişti kurtların sustuğunu. Bütün kale gürültüden inlerken kurtlar sessizliğe gömülmüştü.

Catelyn pencereye yaklaşırken yedi yüzlü tanrısına sessiz bir şükür duası etti. Kütüphane kulesinin pencerelerinden yukarı büyük alevler uzanıyor, simsiyah bir duman gökyüzünü kaplıyordu. Catelyn, Starklar'ın asırlar boyu biriktirip özenle korudukları kitapları düşünüp üzüldü. Pencereyi kapattı.

Pencereden uzaklaşıp arkasını döndüğünde, adam orada, odada, onunla birlikteydi.

"Burada olmaman gerekiyordu," diye mırıldandı adam. "Burada kimsenin olmaması gerekiyordu."

Küçük, kısa, kirli kahverengi elbiseler giymiş bir adamdı ve at gibi kokuyordu. Catelyn ahırlarda çalışan bütün adamları tanırdı, bu onlardan biri değildi. Sıska, sarı saçları iyice seyrekleşmiş, gözleri kemikli yüzünün göz çukurlarına iyice batmış soluk renkli bir adamdı ve elinde bir hançer vardı.

Catelyn önce adamın elindeki hançere, sonra Bran'a baktı. "Hayır," diye fısıldadı. Kelime boğazına takılmış, zar zor ağzından çıkmıştı.

Adam onu duymuş olmalıydı. "Bu merhamettir," dedi. "O zaten ölü."

"Hayır," diye bağırdı Catelyn, bu sefer yüksek sesle, "Hayır, *yapamazsın*." Yardım çağırmak için hızla pencereye koştu ama adam Catelyn'den çok daha hızlıydı. İnanılmaz bir serilikle kadını yakaladı, tek elini ağzına bastırırken diğer elindeki hançeri soluk borusuna dayadı. Adamın leş kokusu dayanılmazdı.

Catelyn uzandı, iki eliyle birden var kuvvetiyle kavradığı hançeri boğazından uzaklaştırdı. Adam kulağının dibinde küfürler savuruyordu. Kesilen ellerinden akan kanlar yüzünden parmakları kayıyordu ama hançeri bırakmadı. Adam, soluğunu kesmek istiyormuş gibi, elini daha fazla bastırdı Catelyn'in ağzına. Catelyn kafasını biraz çevirip, adamın elinden bir parçayı dişlerinin arasına kıstırmayı başardı. Bütün gücüyle ısırdı. Adam acıyla bağırdı. Catelyn dişlerini adamın etine iyice geçirdi. Adam aniden elini ağzından çekti. Catelyn'in ağzında kan tadı vardı. Ciğerlerine hava doldurdu ve çığlık atmaya başladı. Adam, Catelyn'i saçlarından tutup, Bran'ın yatağından uzağa savurdu. Catelyn tökezleyip yere düştü. Adam tam tepesinde, derin soluklar alarak ve titreyerek duruyordu. Hançer hâlâ kanlar içindeki sağ elinde sıkıca kavranmıştı. "Senin burada olmaman gerekiyordu," diye tekrarlıyordu aptal gibi.

Catelyn adamın arkasında, açık kapıdan içeri bir gölgenin girdiğini gördü. Çok hafif, hırlamadan çok daha hafif, fısıltı bile denemeyecek kadar hafif bir ses duydu. Adam da bir şekilde duymuş olmalıydı çünkü ulu kurt tam üzerine atladığı sırada arkasını dönmüştü. Adam ve ulu kurt, hâlâ yerde olan Catelyn'in üzerine doğru düştüler. Ulu kurt adamı tam boğazından yakalamış, altına almıştı. Adamın feryadı saniye sürmedi. Kurt başını çevirdiğinde, adamın boğazının yarısını parçalamıştı.

Catelyn'in yüzüne saçılan kan ılık bir yağmur gibiydi.

Kurt, Catelyn'e bakıyordu. Ağzı kıpkırmızı ve ıslaktı. Altın rengi gözleri karanlık odada parlıyordu. Bran'ın kurdu olduğunu fark etti Catelyn. Elbette Bran'ın kurduydu. "Teşekkür ederim," diye fısıldadı, soluk sesiyle. Titreyen elini kurda uzattı. Kurt ağır adımlarla yaklaştı ve sert ve ıslak diliyle kadının elindeki kanı yalamaya başladı. Bütün kanı temizlediğinde sessizce döndü ve Bran'ın yatağına zıpladı. Uzanıp Bran'ın yanına yattı. Catelyn isterik kahkahalar atmaya başladı.

Robb, Üstat Luwin ve Sör Rodrik, Kışyarı muhafızlarının yarısıyla birlikte odaya girdiklerinde Catelyn'i o halde buldular. Sonunda kahkahası durduğunda onu sıcak örtülere sardılar ve Büyük Kule'ye, kendi odasına götürdüler. Yaşlı Dadı elbiselerini çıkardı, kaynar suyla doldurduğu küvete sokarak üzerindeki kanları yumuşak bir bezle temizledi.

Daha sonra yaralarını sarmak için Üstat Luwin geldi. Ellerindeki kesikler çok derindi. Neredeyse kemiklerine kadar iniyordu. Adamın saçlarını çektiği yerdeki kafa derisi çıplaktı ve kanıyordu. Üstat çekeceği büyük ağrıların henüz başlamadığını söyledi ve uyuması için haşhaş sütü içirdi.

Sonunda Catelyn gözlerini kapattı.

Gözlerini yeniden açtığında ona dört gün boyunca uyuduğunu söylediler. Catelyn başını sallayıp yatağın içinde doğrularak oturdu. Bran'ın düşmesinden bu yana olan her şey korkunç bir kâbus gibi görünüyordu şimdi ona. Acı ve kanla dolu bir kâbus. Ama ellerindeki sızı her şeyin gerçek olduğunu hatırlatıyordu. Kendisini çok zayıf hissediyordu, başı dönüyordu ama garip bir şekilde metanetliydi. Sanki omuzlarından büyük bir yük kalkmıştı.

"Bana biraz bal ve ekmek getirin," dedi hizmetçilere. "Üstat Luwin'e sargılarımın değiştirilmesi gerektiğini haber verin." Hizmetçiler şaşırmış halde ona baktılar ve emirlerini yerine getirmek için koştular.

Catelyn geçen günlerde nasıl davrandığını hatırlayıp utandı. Herkesi hayal kırıklığına uğratmıştı. Çocuklarını, kocasını, hanedanını. Bunu bir daha asla yapmayacaktı. Nehirovalı bir Tully'nin nasıl güçlü olabileceğini bütün kuzeye kanıtlayacaktı.

Robb, yemeğinden önce geldi. Rodrik Cassel, kocasının muhafızı Theon Greyjoy ve Hallis Mollen da yanındaydı. Hallis Mollen kare sakallı, kaslı bir muhafızdı. Robb onun muhafızların yeni kumandanı olduğunu söyledi. Oğlu kaynatılmış deriden yapılmış kıyafetler ve zırh giyiyordu, kılıcı vardı.

"Kimmiş?" diye sordu Catelyn.

"Adını kimse bilmiyor," diye yanıtladı Hallis Mollen. "Kışyarı'ndan değil leydim ama onu geçtiğimiz haftalar içinde kalenin çevresinde dolanırken görenler var."

"Kralın kafilesinden biriydi o halde. Ya da Lannisterlar'ın bir adamı. Diğerleri yola çıktığında o burada kalmış olmalı."

"Olabilir," dedi Hal. "Son zamanlarda Kışyarı'nı dolduran onca yabancıyı düşününce adamın kimlerden olduğunu tahmin etmek oldukça güç."

"Üzerine sinen kokuya bakılırsa ahırlarda saklanmış," dedi Greyjoy.

"Bunca adamın dikkatini çekmemeyi nasıl başarmış?" diye sordu Catelyn sert bir sesle.

Hallis Mollin mahçup görünüyordu. "Lord Eddard'ın güneye götürmek için aldığı ve Gece Nöbetçileri'ne yolladığımız hayvanlardan sonra ahırlar iyice boşaldı leydim. Seyislerden saklanırken zorluk çekmemiş bu yüzden. Hodor adamı görmüş olabilir. Son zamanlarda çok garip davrandığını söylüyorlar ama ne kadar aptal olduğunu düşününce..." Hal başını salladı.

"Adamın nerede uyuduğunu bulduk," diye lafa karıştı Robb. "Samanların arasına deri bir kese içinde doksan gümüş geyik saklamış."

"Oğlumun hayatının bu kadar ucuza satılmadığını öğrendiğime sevindim," diye karşılık verdi Catelyn acı bir sesle.

Hallis Mollen kafası karışmış halde Catelyn'e bakıyordu. "Lütfen beni affedin leydim, adamın *oğlunuz* için geldiğini mi düşünüyorsunuz?"

Greyjoy şüpheliydi. "Bu delilik," dedi.

"Bran için gelmişti," dedi Catelyn. "Orada olmamam gerektiğini tekrar edip duruyordu. Yangını görüp bütün muhafızlarla birlikte kuleye koşacağımı düşünerek kütüphaneyi ateşe vermiş olmalı. Eğer yarı deli halde olmasaydım her şey tam da planladığı gibi gidecekti."

"Biri neden Bran'ı öldürmek istesin. Tanrılar, O uyuyan küçük ve çaresiz bir çocuk," dedi Robb.

Catelyn ilk oğluna meydan okuma dolu bir bakış yöneltti. "Eğer bir gün kuzeyin hâkimi olacaksan, böyle meseleleri inceden inceye sen düşünmelisin Robb. Kendi soruna kendin yanıt bul. Uyuyan bir çocuğu kim, neden öldürmek ister?"

Robb cevap veremeden ellerinde mutfakta yeni hazırlanmış taze yiyecekler dolu tabaklarla hizmetçiler geldi. Catelyn'in istediğinden çok daha fazla yiyecek getirmişlerdi. Sıcak ekmek, tereyağı, bal, böğürtlen konservesi, bir dilim jambon, az haşlanmış yumurta, bir kalıp peynir ve bir demlik nane çayı. Yiyeceklerle birlikte Üstat Luwin de gelmişti.

"Oğlum nasıl Üstat?" diye sordu. Yiyecekleri görünce hiç iştahı olmadığını anlamıştı.

Üstat Luwin bakışlarını kaçırarak, "Bir değişiklik yok leydim," dedi.

Bu Catelyn'in beklediği cevaptı. Ne daha az, ne daha fazla. Hançer hâlâ saplıymış ve kemiklerine kadar giriyormuş gibi zonkluyordu elleri. Hizmetçileri yolladı ve tekrar Robb'a döndü. "Sorunun cevabını bulabildin mi?"

"Birileri Bran'ın uyanmasından korkuyor," dedi Robb. "Bran'ın söyleyeceği ya da yapacağı şeylerden korkuyor. Bran'ın bildiği bir şeyden korkuyor."

Catelyn oğluyla gurur duymuştu. "Çok iyi." Yeni muhafız kumandanına döndü. "Bran'ın güvenliğini sağlamalıyız. Ortada bir katil vardı, başkaları da olabilir."

"Kaç muhafız emredersiniz leydim?" diye sordu Hal.

"Kocam Lord Eddard burada olmadığına göre Kışyarı Lordu Oğlum Robb Stark'tır," dedi Catelyn.

Robb olduğundan daha uzun görünüyordu adeta. "Hasta odasına gece ve gündüz orada bekleyecek bir adam yerleştirin. Bir tane de odanın kapısına. Odaya çıkan merdivenlerin başına iki adam koyun. Benim ya da annemin izni olmadan Bran'ın odasına kimse girmeyecek."

"Nasıl emrederseniz lordum."

"Hemen şimdi yerine getirin," dedi Catelyn.

"Ulu kurt odasında kalsın," diye ekledi Robb.

"Evet," diyerek onayladı Catelyn. Sonra bir kez daha, "Evet," dedi.

Hallis Mollen eğilerek selam verdi ve odadan ayrıldı.

"Leydi Stark, katilin kullandığı hançere dikkat etme fırsatınız oldu mu?" diye sordu Sör Rodrik.

"Şartlar dikkatle incelememe izin vermedi ama çok keskin olduğuna yemin edebilirim," dedi Catelyn acı bir gülümsemeyle. "Neden sordunuz?"

"Adamın ölüsünü bulduğumuzda hançer hâlâ elindeydi. Öyle bir adamın elinde o kadar mükemmel bir silah olması sıra dışı bir durum. Hançeri iyice inceledim. Kesici kısmı Valyria çeliğinden yapılmış. Kabzası ejderha kemiğinden. Böyle bir hançerin o sefilin elinde olması doğal değil. Biri hançeri özellikle vermiş ona."

Catelyn düşünceli bir halde kafasıyla onayladı. "Robb, kapıyı kapat," dedi.

Robb annesine şaşırmış gibi baktı ama kadının söylediğini yaptı.

"Size birazdan söyleyeceğim şeyler bu odadan dışarı asla çıkmamalı. Bunun için şeref yemini etmenizi istiyorum. Şüphelendiğim şeylerin sadece yarısı bile doğruysa, Ned ve kızlarım ölümcül bir tehlikenin ortasına doğru yol alıyorlar demektir. Söyleyeceğim şeylerin bir kelimesi bile yabancı kulaklara ulaşırsa, bu onların hayatlarına mal olur."

"Lord Eddard benim ikinci babamdır," dedi Theon Greyjoy. "Yeminim sizindir."

"Benim yeminim de sizindir," dedi Üstat Luwin.

"Ve benimki de," dedi Sör Rodrik.

Catelyn oğluna baktı. "Ya sen Robb?"

Robb başıyla onayladı.

"Kız kardeşim Lysa, kocası ve Kral Eli Lord Arryn'ın Lannisterlar tarafından öldürüldüğünü düşünüyor," diye anlatmaya başladı Catelyn. "Bran'ın düştüğü gün, Jaime Lannister'ın av kafilesine katılmadığını hatırladım. Burada, kalede kalmıştı." Odada ölüm sessizliği vardı. "Bran'ın tırmanırken düşmediğini düşünüyorum." Catelyn bir an sessiz ve hareketsiz kaldı. "Bran kuleden aşağı atıldı."

Şaşkınlıkları yüzlerinden okunuyordu. "Bu çok büyük bir şüphe leydim," dedi Sör Rodrik. "Kral Katili bile küçücük masum bir çocuğu öldürmekten çekinir."

"Çekinir mi?" diye sordu Theon Greyjoy. "Hiç sanmıyorum."

"Lannisterlar'ın hırslarının ve kibirlerinin sınırı yoktur," dedi Catelyn.

"Bran tanıdığım en iyi tırmanıcıydı ve Kışyarı'nın duvarlarındaki her taşı avcunun içi gibi bilirdi," dedi Üstat Luwin düşünceli bir halde.

"*Tanrılar!*" diye bağırdı Robb. Gencecik yüzü öfkeyle kararmıştı. "Eğer bu doğruysa bedelini mutlaka ödeyecek." Kılıcını çıkarıp havada salladı. "Onu kendi ellerimle öldüreceğim."

Sör Rodrik kızdı. "Onu hemen kınına sok," dedi. "Lannisterlar şu anda yüzlerce fersah uzakta. Kılıcını kullanmayacaksan *asla* kınından çıkarma. Bunu sana daha kaç kere söylemek zorundayım sersem çocuk?"

Robb mahçup bir halde kılıcı kınına yerleştirdi. Şimdi yine bir çocuk gibi görünüyordu. "Görüyorum ki oğlum gerçek kılıç kuşanmış," dedi Catelyn Sör Rodrik'e.

Yaşlı silah ustası, "Artık zamanının geldiğini düşündüm," diye cevapladı.

Robb tedirgin halde annesine bakıyordu. "Gelmişti ve geçiyordu bile," dedi Catelyn. "Pek yakında Kışyarı'nın tüm kılıçları lazım olabilir, en iyisi tahtadan yapılmamış olanlar."

Theon Greyjoy elini kılıcını kabzasına götürdü. "Leydim, eğer işler o noktaya gelirse, hanedanımın size borcu büyüktür," dedi.

Üstat Luwin zincirini, boynunu zedeleyen yerinden çekiştirdi. "Elimizdekiler sadece varsayım. Suçlamak üzere olduğumuz adam kraliçenin sevgili kardeşi. Kraliçe bu suçlamayı hoş karşılamayacak. Kanıt bulmalıyız ya da sonsuza kadar sessiz kalmalıyız," dedi.

"Kanıtımız hançer," dedi Sör Rodrik. "O mükemmellikteki bir bıçak dikkatlerden kaçmayacaktır."

Catelyn gerçeği öğrenmenin tek bir yolu olduğunu fark etti. "Biri Kral Toprakları'na gitmeli," dedi.

"Ben giderim," diye atıldı Robb.

"Hayır," dedi Catelyn. "Senin yerin burası. Ne olursa olsun Kışyarı'nda daima bir Stark bulunmalı." Görkemli beyaz sakalıyla oynayan Sör Rodrik'e baktı. Gri kıyafetleri içindeki Üstat Luwin'e. Sırım gibi, genç ve çılgın Greyjoy'a. Kimi göndermeliydi? Kime yeterince güvenebilirdi? Ve aniden cevabı buldu. Sargılar yüzünden taş misali hareketsiz parmaklarıyla üzerindeki örtüleri zorlanarak kenara itti. Yataktan çıktı. "Benim gitmem gerek," dedi.

"Leydim," dedi Üstat Luwin. "Bu gerçekten akıllıca olur mu? Lannisterlar'ın sizin gidişinizi şüpheyle karşılayacakları muhakkak."

"Bran'a ne olacak?" diye sordu Robb. Zavallı çocuğun iyice kafası karışmış gibiydi. "Onu öylece bırakamazsın."

"Bran için yapabileceğim her şeyi yaptım," dedi yaralı elini oğlunun koluna koyarak. "Onun hayatı şimdi tanrıların ve Üstat Luwin'in ellerinde. Bana sen hatırlatmıştın Robb, düşünmem gereken başka çocuklarım da var."

"Fazlaca muhafıza ihtiyacınız olacak leydim," dedi, Theon Greyjoy.

"Hal komutasında bir manga yollarım," dedi Robb.

"Hayır," diye karşılık verdi Catelyn. "O derece büyük bir kafile fazlaca dikkat çeker. Lannisterlar'ın oraya gittiğimi bilmelerini istemiyorum."

Sör Rodrik itiraz etti. "En azından benim gelmeme izin verin leydim. Kral Yolu tek başına bir kadın için çok tehlikeli olabilir."

"Kral Yolu'nu kullanmayacağım," dedi Catelyn. Bir an

düşündü ve başıyla onayladı. "İki atlı, bir atlı hızında yol alır; arabalı kalabalık bir kafiledense çok daha süratlidir. Sizin gelmenizi seve seve kabul ediyorum Sör Rodrik. Beyaz Bıçak üzerinden Beyaz Liman'a giderek bir gemi kiralayacağız. Hızlı atlar ve kuvvetli rüzgâr sayesinde, Ned ve Lannisterlar'dan çok daha önce varırız Kral Toprakları'na." *Ve sonra*, diye düşündü, *ne göreceksek, göreceğiz.*

SANSA

Kahvaltı sırasında, Lord Eddard Stark'ın şafak sökmeden ayrıldığını haber verdi Rahibe Mordane, Sansa'ya. "Kral çağırttı. Yine ava çıktıklarını tahmin ediyorum. Bu topraklarda hâlâ yaban öküzleri yaşadığı söyleniyor."

"Hiç yaban öküzü görmedim," dedi Sansa ve masanın altındaki Leydi'ye bir dilim jambon verdi. Ulu kurt bir kraliçe zarafetiyle jambonu Sansa'nın elinden aldı.

Rahibe Mordane, Sansa'nın hareketini onaylamadığını belirtir şekilde burun çekti. "Bir leydi köpeğini masada beslemez," dedi. Bir parça petek kopardı ve balı, ekmeğinin üzerine akıttı.

"O bir köpek değil, bir ulu kurt," diyerek düzeltti Sansa. O sırada Leydi sert diliyle Sansa'nın parmaklarını yalıyordu. "Üstelik babam kurtlarımızın yanımızda durabileceğini söyledi."

Rahibe Mordane'in kızgınlığı geçmemişti. "Sen iyi bir kızsın Sansa ama bu hayvan söz konusu olduğunda vahşi yapılı kardeşin Arya'dan bir farkın kalmıyor," dedi. "Adı geçmişken, bu sabah Arya nerelerde?"

"Aç değilmiş," diye yanıtladı Sansa. Kız kardeşinin saatler önce mutfağa gittiğinden ve tatlı diliyle yamak çocuktan yiyecek bir şeyler aldığından emindi.

"Bugün şık giyinmesi gerektiğini Arya'ya hatırlatmalıyız. Gri kadifelerini giyebilir mesela. Kraliçe ve Prenses Myrcella ile saray arabasında bir geziye davet edildik. Hepimiz en zarif halimizde olmalıyız."

Sansa en zarif halindeydi zaten. Erkenden kalkıp hazırlanmıştı. Uzun kızıl kahve saçlarını parlayıncaya kadar fırçalamış ve en iyi mavi ipeklilerini giymişti. Bir haftadan fazla zamandır bu günü bekliyordu. Kraliçeyle geziye çıkmak büyük bir onurdu ve daha önemlisi Joffrey de orada olabilirdi. Sevgili nişanlısı. Evlenmelerine daha uzun yıllar olmasına rağmen, prensin nişanlısı olduğunu düşünmek midesinde kelebeklerin uçuşmasına sebep oluyordu. Sansa, Joffrey'yi gerçekten *tanımıyordu* ama ona çoktan âşık olmuştu. Joffrey hayalini kurduğu prensti:

Uzun, yakışıklı, güçlü ve saçları altın sarısı. Onunla geçirebildiği kısa zamanlar Sansa için çok kıymetliydi. Sansa'yı bugünle ilgili endişelendiren tek şey Arya'ydı. Arya'nın her şeyi bir anda mahvedebilmek gibi bir özelliği vardı. "Ben ona hatırlatırım," dedi Sansa. "Ama o yine kafasına göre giyinecektir." Çok utanç verici bir şeyler giymemesini umdu. "İzninizle kalkabilir miyim?"

"Kalkabilirsin," dedi Rahibe Mordane bir parça daha bal ve ekmek alırken. Sansa oturduğu sıradan kalktı ve hanın ortak salonundan dışarı çıktı. Leydi de arkasından gitti.

Dışarıda, bağıran ve küfreden adamların ortasında durdu bir an. Adamlar yeniden yola çıkmak için çadırları ve barakaları toplayıp, tahta tekerlekleri gıcırdayan arabalara yüklüyordu. Han üç katlı, kocaman taş bir binaydı. Sansa'nın gördüğü hanların en büyüğüydü ama bu büyüklükte bir han bile kraliyet kafilesinin üçte birini zar zor konuk edebiliyordu. Babasının maiyeti ve yolda kendilerine katılan hürsüvarilerle birlikte dört yüz kişiyi bulmuştu toplam insan sayısı.

Üç Dişli Mızrak'ın kıyısında oturan Arya'yı gördü. Nymeria'nın tüylerine yapışıp kuruyan çamurları temizlemeye çalışıyordu. Kurdun bu işten keyif almadığı belliydi. Arya yavruyu hareketsiz tutmakta zorlanıyordu. Üzerinde dün ve daha önceki gün giydiği aynı deri binici kıyafetleri vardı.

"Daha şık bir şeyler giysen iyi olur. Rahibe Mordane öyle istiyor. Bugün kraliçe ve Prenses Myrcella ile birlikte yolculuk edeceğiz."

"Ben gelmiyorum," dedi Arya. Nymeria'nın matlaşmış tüylerinin arasından bir topak çamuru çıkarmak için uğraşıyordu. "Mycah'yla birlikte nehir boyunca dolaşıp yakut arayacağız."

"Yakut mu? Ne yakutu?" diye sordu Sansa.

Arya, bir aptala bakar gibi baktı ablasına. "*Rhaegar'ın* yakutları," dedi. "Burası Kral Robert'ın Rhaegar'ı öldürüp tacını kazandığı yer."

Sansa kız kardeşini hayretle dinliyordu. "Yakut arayamazsın. Prenses bizi bekliyor. Kraliçe ikimizi de davet etti."

"Hiç umrumda değil," diye yanıtladı Arya. "Arabasının *penceresi* bile yok. Dışarıyı seyredemiyorsun."

"Ne seyredeceksin ki zaten?" dedi Sansa. Çok rahatsız olmuştu. Kraliçenin daveti onu çok heyecanlandırmıştı ama aptal kız kardeşi yine her şeyi mahvedecekti. Tam da korktuğu gibi. "Yol boyunca tarlalar, çiftlikler ve karakollardan başka bir şey yok."

"Evet *var*," dedi Arya inatla. "Ara sıra bizimle birlikte yolculuk etsen görürdün."

"At sürmekten *nefret ediyorum*," dedi Sansa hararetli bir şekilde. "Her tarafını toz ve çamurla doldurup ağrıtmaktan başka bir şeye yaramıyor."

Arya omuz silkti. "*Rahat* dur, canını yakmaya çalışmıyorum ki," dedi Nymeria'ya. Sansa'ya döndü. "Geçen gün Boğaz'ı geçerken daha önce hiç görmediğim tam otuz altı çeşit çiçek saydım. Mycah da bana bir aslan kertenkelesi gösterdi."

Sansa titredi. Boğaz'ı tam on iki günde geçmişlerdi. Uçsuz bucaksız bir bataklığın tam ortasından geçen daracık bir patikada yol almak zorunda kalmışlardı. Sansa bu yolculuğun her dakikasından nefret etmişti. Hava nemli ve yapış yapıştı. Yol o kadar dardı ki, geceleri doğru düzgün kamp bile kuramamışlardı. Bataklığa yarı gömülmüş ağaçların sık dalları etraflarını sarmıştı. Dalların üzerleri soluk renkli iğrenç mantarlarla doluydu. Bataklığın üzerinde yüzen kocaman renkli çiçekler vardı ama yanılıp birini koparmaya kalkarsan bataklığa gömülüp kaybolman an meselesiydi. Ağaçlarda sinsice bekleyen yılanlar vardı. Aslan kertenkeleleri, dişleri ve gözleri olan siyah kütükler misali yarıya kadar bataklığa gömülü yüzüyordu.

Bunların hiçbiri Arya'yı durduramazdı elbette. Bir gün at kişnemesini anımsatan sırıtmasıyla geldi. Saçları karmakarışık, üstü başı çamur içindeydi. Babasına bir demet yeşil ve mor çiçek uzattı. Sansa, babasının Arya'ya kızacağını ve soylu bir hanımefendi gibi davranması gerektiğini hatırlatacağını ummuştu ama babası teşekkür edip Arya'ya sarıldı. Babasının bu tavırları Arya'yı daha da cesaretlendiriyordu.

Topladığı mor çiçeklere *zehir öpücüğü* dendiği anlaşıldı daha sonra. Arya'nın kolları çiçeğin zehiriyle kabardı. Sansa bunun iyi bir ders olacağını düşünmüştü ama ne fayda. Ertesi gün, cahil bir köylü kadını gibi, kahkahalar atarak kollarını *çamurla* kapladı Arya. Arkadaşı Mycah, çamurun kaşıntıyı keseceğini söylemişti çünkü. Kolları ve omuzları morluklarla doluydu üstelik. Arya yatmak için geceliğini giyerken görmüştü Sansa. Kollarını o kadar morartmayı nasıl becermişti, bir tek yedi tanrılar bilirdi.

Arya hâlâ Nymeria'nın tüylerini temizliyordu. Güneye giden yolda gördüklerini anlatmaya devam etti. "Geçen hafta perili bir gözetleme kulesi gördük. Ondan önceki gün vahşi bir at sürüsünü kovaladık. Nymeria'nın kokusunu aldıklarında nasıl koşuşturmaya başladıklarını görmeliydin." Nymeria yine kıpırdanmaya başladı. "Kımıldama işte. Daha diğer yanını temizleyeceğim. Çamur içinde kalmışsın," diye kızdı Arya.

"Kafileden ayrılman yasak, babam öyle söylemişti," diye hatırlattı Sansa.

Arya omuz silkti. "Çok uzağa gitmedim zaten. Hem Nymeria da yanımdaydı. Her zaman uzaklaşmıyorum hem. Bazen arabaların yanında yol alıyorum ve insanlarla sohbet ediyorum. Bu da çok eğlenceli."

Arya'nın sohbet etmekten hoşlandığı insanları tanıyordu Sansa: Şövalye yaverleri, seyisler, hizmetçi kızlar, ihtiyar adamlar, çıplak çocuklar ile soyları belirsiz ve dedikleri anlaşılmaz hürsüvariler. Arya *herkesle* arkadaşlık edebiliyordu. Mycah en beterleriydi. Bir kasabın oğluydu, on üç yaşındaydı, yabaniydi. Et arabasında uyuyor, leş gibi mezbaha kokuyordu. Çocuğun görünüşü bile Sansa'nın midesinin kalkmasına yetiyordu ama Arya onun arkadaşlığını ablasının arkadaşlığına tercih ediyordu.

Sansa'nın sabrı tükenmek üzereydi. "Benimle gelmek zorundasın," dedi sertçe. "Rahibe Mordane seni bekliyor."

Arya duymazdan geldi. Nymeria'nın tüylerini temizlerken sert bir hareket yapınca hayvan homurdanarak geri kaçtı. "Buraya *geri* gel!" dedi Arya.

"Limonlu kek ve çay ikram edilecek," dedi Sansa. Tam bir yetişkin gibi ve akıllıca konuşuyordu. Sansa eğildi, bacağına sürtünen Leydi'nin kulaklarını hayvanın hoşlandığı şekilde okşadı. Leydi oturarak Arya'nın, Nymeria'nın peşinde koşmasını izlemeye başladı. "Leş gibi kokan yaşlı bir atın üstünde terleyip sağını solunu morartmayı, kuş tüyü yastıklara uzanıp kraliçeyle kek yemeye tercih ediyorsun. Neden böyle yapıyorsun Arya?" diye sordu.

"Kraliçeyi sevmiyorum," dedi Arya umursamazca. Sansa'nın nefesi tutuldu. *Arya'nın* böyle bir şey söylemeye cesaret ettiğine inanamıyordu. Arya zırvalamaya devam etti. "Nymeria'yı yanıma almama da izin vermiyor," dedi ve kurt yavrusunu kovalamaya devam etti. Nymeria tetikte izliyordu Arya'yı.

"Saray arabasına *kurt* alınmaz," dedi Sansa. "Prenses Myrcella'nın kurtlardan korktuğunu da biliyorsun."

"Myrcella tam bir süt çocuğu." Arya, Nymeria'yı boynundan yakaladı ama kemerindeki fırçayı çıkarıp tüylerine değdirdiği anda bir hamle yaparak tekrar kurtuldu hayvan. Arya sinirlendi, elindeki fırçayı yere attı ve, "*Kötü kurt*," diye bağırdı Nymeria'nın arkasından.

Sansa gülümsemesine engel olamadı. Barınak başı, hayvanların, sahiplerine çektiklerini söylemişti ona bir zamanlar. Leydi'ye hafifçe sarıldı. Kurt nazikçe yanağını yaladı. Sansa güldü. Sesini duyan Arya arkasını dönerek ikisine baktı. "Ne dediğin umrumda değil, ben at sırtında yolculuk ediyorum." Ata benzeyen uzun suratındaki inadı gördü Sansa. Bu ifade, Arya'nın söylenen her şeyin tersini yapacağı anlamına geliyordu.

"Tanrılar şahit ki bazen tam bir *çocuk* gibi davranıyorsun Arya," dedi. "Ben de yalnız giderim, böylesi çok daha iyi olur. Bütün limonlu keki Leydi'yle birlikte yeriz. Sensiz çok daha iyi vakit geçireceğimizden eminim."

Dönüp gitmek üzereyken Arya'nın bağırdığını duydu. "Senin de Leydi'yi götürmene izin vermeyecekler," dedi ve Nymeria'nın arkasından koşarak uzaklaştı. Sansa cevap verecek vakit bulamamıştı.

Kendisini yalnız ve aşağılanmış hissederek, Rahibe Mordane'in beklediği hana doğru yürümeye başladı. Leydi onu takip ediyordu. Gözleri yaşlarla dolmuştu, uzun yolu tercih etti. O her şeyin iyi ve güzel olmasını istiyordu sadece. Tıpkı şarkılarda olduğu gibi. Arya neden Prenses Myrcella gibi tatlı, nazik ve zarif olamıyordu? Öyle bir kız kardeşi olmasını çok isterdi.

Sansa, iki yıl arayla doğmuş iki kız kardeşin nasıl bu kadar farklı insanlar olduğunu anlayamıyordu. Arya, ağabeyleri Jon gibi bir piç olsaydı her şey daha kolay olurdu. Jon'a *benziyordu* zaten. Leydi annesinin soylu özelliklerinden hiçbiri Arya'da yoktu. Jon'un annesinin *halktan* bir kadın olduğunu duymuştu. Sansa küçük bir kızken, yaratıkların *gerçek* kız kardeşini çalarak Arya'yla değiştirmiş olabileceğini düşünmüş ve annesine söylemişti bunu. Annesi gülerek hayır demişti. Arya onun kızıydı ve Sansa'nın öz kardeşiydi. Kanının kanıydı. Annesinin yalan söylemesi için bir sebep olmadığına göre anlattıkları doğru demekti.

Kampın ortasına vardığında bütün gerginliğini unuttu. Kraliçenin arabasının etrafı bir kalabalıkla çevriliydi. İnsanların heyecanlı konuşmaları arı vızıltıları gibi duyuluyordu. Arabanın kapıları açıktı. Kraliçe ahşap basamakların üstünde durmuş, aşağıdaki birine gülümsüyordu. "Konsey bize büyük bir onur bahşetti değerli lordlarım," dediğini duydu Sansa.

"Neler oluyor?" diye sordu tanıdığı bir yavere.

"Konsey, yolun geri kalanında kafileye eşlik etmeleri için Kral Toprakları'ndan süvarileri yollamış, krala tazim muhafızları," diye cevapladı adam.

Sansa gelenleri görmek için can atıyordu. Kalabalığın arasında kendisine yol açmak için Leydi'yi önünde yürütmeye başladı. Ulu kurdu gören insanlar hemen kenara çekiliyordu. Arabaya yaklaştığında, kraliçenin önünde diz çökmüş olan iki şövalyeyi gördü. Şövalyelerin muhteşem zırhları gözlerini kamaştırdı.

Şövalyelerden biri, gümüş tokaları güneşte parıldayan, yeni yağmış kar kadar beyaz, mineli pullarla işlenmiş örgü bir zırh giymişti. Miğferini çıkardığında adamın saçlarının zırhı kadar beyaz olduğunu gördü Sansa. Yaşlıydı ama son derece güçlü ve zarif görünüyordu. Kral Muhafızları'na has saf beyaz pelerin omuzlarından aşağı sarkıyordu.

Diğer şövalye yirmili yaşlarındaydı. Zırhı koyu orman yeşiliydi. Sansa'nın hayatı boyunca gördüğü en yakışıklı adamdı. Uzun ve sağlam yapılıydı. Simsiyah saçları omuzlarına düşüyordu. Yüzü kusursuzca tıraş edilmişti. Zırhıyla aynı renk yemyeşil gözlerinin içi gülüyordu. Kolunun altında, geyik boynuzlu altın miğferi parlıyordu.

Sansa ilk bakışta üçüncü yabancıyı görmemişti. O diğerleri gibi dizlerinin üzerinde değildi. Kenarda, atların yanında duruyor, kraliçeyi ve şövalyeleri izliyordu. Yüzü çiçek bozuğuydu.

Gözleri iyice göz çukurlarına kaçmıştı ve elmacık kemikleri içeri doğru göçmüştü. Yaşlı değildi ama kulaklarının arkasından çıkan saçlarından başka saç yoktu kafasında. Onlar da bir kadın saçı kadar uzundu. Zırhı, kaynatılmış deri üzerine geçirilmiş örgü zincirden yapılmıştı. Rengi çelik grisiydi. Gösterişsiz, sade zırhın uzun zamandır kullanıldığı belliydi. Sırtına astığı kılıcının kabzası omzunun üzerinden görünüyordu. Kılıç belinde taşıyamayacağı kadar uzundu.

"Kral ava çıktı ama döndüğünde sizleri burada görmekten büyük memnuniyet duyacaktır," diyordu kraliçe önünde diz çökmüş iki şövalyeye. Sansa gözlerini üçüncü adamdan ayıramıyordu. Adam bakışlarının ağırlığını hissetmiş olmalıydı. Kafasını ağır ağır çevirip Sansa'ya baktı. Leydi hırladı. Sansa Stark'ın içini, o ana kadar hiç hissetmediği bir dehşet duygusu doldurdu. Bir adım geri gitti ve birine çarptı.

Güçlü kollar Sansa'yı omuzlarından yakaladı. Sansa önce onu tutanın babası olduğunu sandı ama kafasını kaldırıp baktığında Sandor Clegane'in yanık yüzünü ve alaycı bir gülümsemeyle çarpılmış dudaklarını gördü. "Titriyorsun kızım," dedi. "Seni bu kadar çok mu korkutuyorum?"

Korkutuyordu. Adamın ateşle mahvolmuş yüzünü gördüğü ilk andan beri korkuyordu bu adamdan ama şu anda, diğerinden korktuğunun yarısı kadar bile korkmuyordu Sandor Clegane'den. Geriye doğru bir adım atıp adamın kollarından kurtuldu. Tazı gülüyordu. Leydi, adamla arasına girdi, uyarı yapar gibi hırlamaya başladı. Sansa kurda sarılmak için dizlerinin üzerine yere çöktü. İnsanlar etrafında toplanmaya başlamıştı. Ağızları açık Sansa'ya bakıyorlardı. Sansa kıkırdamalarını duyabiliyordu.

"Bir kurt," dedi adamın biri. "Yedi Cehennem! Bu bir ulu kurt," dedi bir diğeri. "Kampta ne işi var bunun?" diye sordu başka bir adam. Tazı, çatallı sesiyle cevap verdi. "Starklar bunları sütanne olarak kullanıyor." Sansa, iki yeni şövalyenin de kendisine ve Leydi'ye baktıklarını fark etti. Kılıçları ellerindeydi. Sansa korkmuş ve utanmıştı. Gözleri yaşlarla doluydu.

Kraliçenin sesini duydu. "Joffrey, onun yanına git."

Ve prens gelmişti.

"Onu rahat bırakın," dedi Joffrey. Siyah deri ve mavi yünlü elbisesi, güneşin altında taç gibi parlayan sarı saçlarıyla çok yakışıklı görünüyordu. Sansa'ya elini uzattı ve ayağa kalkmasına yardım etti. "Ne oldu tatlı leydim? Neden korktunuz? Sizi kimse incitemez. Kılıçlarınızı hemen kaldırın, hepiniz. Bu ulu kurt leydimin evcil hayvanıdır, hepsi bu. Ve sen Tazı, hemen uzaklaş. Nişanlımı korkutuyorsun."

Sadık Tazı saygıyla eğildi ve kalabalığın arasında sessizce kayboldu. Sansa dengede durmakta zorluk çekiyordu. Kendisini aptal gibi hissediyordu. O Kışyarı'ndan bir Stark'tı. Soylu bir hanımefendiydi ve bir gün kraliçe olacaktı. "Beni korkutan Tazı değildi tatlı prensim," diye açıklamaya çalıştı. "Diğeriydi."

İki yabancı şövalye birbirine baktı. "Payne mi?" diyerek güldü yeşil zırhlı şövalye.

Beyaz zırhlı yaşlı şövalye nazik bir ses tonuyla konuştu. "Sör İlyn zaman zaman beni bile korkutur leydim. Dehşet verici bir siması vardır," dedi.

"Tam da olması gerektiği gibi," dedi arabadan inmiş olan kraliçe. Kalabalık kenarlara çekilip kraliçe için yol açıyordu. "Eğer hainler Kral Adaleti'nden korkmuyorsa, göreve yanlış adam atamışsınız demektir."

Sansa sonunda konuşabilecek gücü buldu. "Kesinlikle doğru adamı atamışlar Majesteleri," dedi ve etrafındaki kalabalıktan bir kahkaha tufanı yükseldi.

"Çok iyi söyledin çocuğum," dedi beyazlar içindeki yaşlı şövalye. "Tam Eddard Stark'ın kızına uygun konuştun. Adetlere uygun tanışma fırsatı bulamamış olsak da sizi tanımaktan şeref duydum. Ben Kral Muhafızları'ndan Sör Barristan Selmy." Eğildi.

Sansa bu adı biliyordu. Rahibe Mordane'in yıllar boyunca ona öğrettiği bütün nezaket kuralları teker teker aklına geliyordu şimdi. "Kral Muhafızları Lord Kumandanı, Kral Robert'ın ve bir önceki kral Aerys Targaryen'ın danışmanı, şeref bana aittir yüce şövalye. Uzak kuzeyde bile, ozanlar Cesur Barristan adına övgüler dizer."

Yeşil zırhlı şövalye tekrar güldü. "Yaşlı Barristan demeliydin. Ona böyle güzel iltifatlar etme çocuğum, kendisini yeterince beğeniyor zaten." Sansa'ya gülümsedi. "Şimdi kurt kız, eğer benim adımı da böyle kolaylıkla söyleyebilirsen, Kral Eli'mizin kızı olduğuna kesinlikle ikna olacağım."

Sansa'nın yanında duran Joffrey gerilmişti. "Nişanlımla nasıl konuştuğunuza dikkat edin," dedi.

Sansa, prensin öfkesini yatıştırmak için, "Cevap verebilirim," dedi aceleyle. Yeşil zırhlı şövalyeye gülümsedi. "Miğferinizde altın geyik boynuzu var lordum. Erkek geyik kraliyet hanedanının armasıdır. Kral Robert'ın iki erkek kardeşi var. Fevkalede genç olmanızı hesaba katarsak, siz Renly Baratheon olmalısınız. Fırtına Burnu Lordu ve kralın danışmanı Renly Baratheon. İşte adınızı söyledim."

Sör Barristan güldü. "Fevkalede genç olmasını hesaba katarsak, o ancak havalı züppe olabilir, *ben* böyle diyorum."

Kalabalıktan bir kahkaha yükseldi, kahkaha fırtınasını Lord Renly'nin kendisi başlatmıştı. Birkaç dakika önceki gerginlik kaybolmuştu ve Sansa kendisini rahat hissediyordu... ta ki Sör İlyn Payne önündeki iki adamı omuzlarından itip, gülmeyen suratıyla karşısına dikilene dek. Tek kelime etmeden duruyordu. Leydi dişlerini gösterip homurdanmaya başladı. Sansa eliyle hafifçe hayvanın başına dokundu. "Eğer sizi gücendirdiysem özür dilerim Sör İlyn," dedi.

Bir cevap bekliyordu ama adam konuşmadı. Cellât, önce elbiselerini, ardından elbiselerinin altındaki tenini soyup, ruhunu çırılçıplak bırakıyormuşcasına Sansa'ya bakıyordu. Hiç ses çıkarmadan arkasını dönüp uzaklaştı.

Sansa bir şey anlamamıştı. Prense döndü. "Yanlış bir şey mi söyledim Majesteleri? Benimle neden konuşmadı?"

"Sör İlyn son on dört senedir pek konuşkan bir adam değil," dedi Lord Renly hafif bir gülümsemeyle.

Joffrey amcasına tiksinti dolu gözlerle baktı ve Sansa'nın elini avuçlarına aldı. "Aerys Targaryen dilini sıcak bir kerpetenle kestirmiş," dedi.

"Fakat kılıcıyla herkesten daha iyi konuşur," diye lafa karıştı kraliçe. Zarafetle gülümsedi. "Sansa, kral ve baban dönmeden önce saygıdeğer danışmanlarla konuşmamız gereken önemli konular var. Myrcella ile olan gezimizi üzülerek ertelemek zorundayım. Lütfen sevgili kız kardeşine özürlerimi ilet. Joffrey, belki sen benim yerime konuğumla ilgilenebilirsin bugün."

"Benim için zevktir anne," dedi Joffrey resmi bir tonla. Sansa'nın koluna girerek onu arabadan uzaklaştırdı. Sansa'nın ruhu uçuyor gibiydi. Prensiyle bütün bir gün geçirecekti. Taparcasına Joffrey'ye baktı. Nasıl da cesur, diye düşündü. Sansa'yı Sör İlyn'den ve Tazı'dan kurtarışı tıpkı şarkılardaki hikâyelere benziyordu. Ayna Kalkanlı Serwyn'in, Prenses Daeryssa'yı devlerden kurtarışı ya da Ejderha Şövalyesi Prens Aemon'ın, Kraliçe Naerys'ı Sör Morgil şeytanının iftiralarına karşı savunması gibiydi.

Prensin elinin, koluna dokunuşu kalp atışlarını hızlandırdı. "Ne yapmak istersiniz leydim?" diye sordu Joffrey.

Sadece seninle olmak, diye geçirdi içinden Sansa ama, "Siz ne yapmak isterseniz," diye cevap verdi.

Joffrey bir an düşündü. "At binelim mi?"

"At sürmeye *bayılırım*!" dedi Sansa.

Joffrey yanlarında yürüyen Leydi'ye baktı. "Kurdunuz atları korkutuyor ve siz de benim köpeğimden korkuyorsunuz. İkisini de burada bırakalım ve baş başa gidelim, ne dersiniz?"

Sansa tereddüt etti. "Nasıl isterseniz," dedi kafası karışmış halde. "Leydi'yi bir yere bağlayabilirim ama ben sizin bir köpeğiniz olduğunu bilmiyordum."

Joffrey güldü. "Aslında annemin köpeği. Beni korumakla görevli, koruyor da," dedi.

"Ah, Tazı'dan bahsediyorsunuz." Daha önce anlayamadığı için kendine kızdı. Eğer böyle aptal görünürse Prens asla âşık olmazdı ona. "O olmadan uzaklaşmak güvenli olur mu?"

Joffrey bu sorudan rahatsız olmuş gibiydi. "Korkmanıza gerek yok leydim," dedi. "Ben yetişkin bir erkek sayılırım ve kardeşleriniz gibi tahta kılıç kullanmıyorum. Kavgada ihtiyacım olan tek şey budur." Kılıcını kınından çıkarıp Sansa'ya gösterdi. On iki yaşında bir çocuğun ellerine göre yapılmış, parlak mavi çelikten, kalede dövülmüş çift kenarlı bir kılıçtı. Kabzasının tutma yeri deri ve baş kısmı altından bir aslan kafasıydı. Sansa kılıca hayranlıkla baktı. Joffrey şimdi memnun şekilde gülümsüyordu. "Aslan Dişi," dedi.

Ulu kurdu ve Tazı'yı arkalarında bırakıp, yanlarına sadece Aslan Dişi'ni alarak, Üç Dişli Mızrak'ın kuzey kıyısı boyunca, doğuya doğru yol aldılar.

Şahane bir gündü. Büyülü bir gündü. Hava ılıktı ve muhteşem çiçek kokularıyla ağırlaşmıştı. Buradaki ormanlar Sansa'nın kuzeyde hiç görmediği zarif ağaçlarla doluydu. Prens Joffrey, rüzgâr gibi bir süvari atına biniyordu. Atı o kadar hızlı koşturuyordu ki Sansa kendi bindiği kısrakla ona yetişmekte zorlanıyordu. Nehir kenarındaki mağaraları keşfettiler, bir gölge kedisini yuvasına kadar takip ettiler. Acıktıklarında, bacasından duman tüten bir orman karakoluna girdiler. Joffrey karakoldakilere prensleri ve prenslerinin nişanlısı için yemek ve şarap getirmelerini emretti. Nehirden taze tutulmuş alabalık yediler. Sansa daha önce hiç içmediği kadar şarap içmişti. "Babam sadece ziyafetlerde tek bir kadeh şarap içmeme izin verir," diye itiraf etti.

"Benim nişanlım dilediği kadar şarap içebilir," dedi Joffrey, Sansa'nın kadehini tekrar doldururken.

Yemekten sonra daha ağır yol almaya başladılar. Joffrey, Sansa için şarkılar söyledi. Sesi gür, yüksek ve tatlıydı. İçtiği şarap yüzünden hafifçe dönüyordu Sansa'nın başı. "Artık geri dönmemiz gerekmiyor mu?" diye sordu.

"Birazdan," dedi Joffrey. "Savaş meydanı biraz ileride, nehrin kıvrıldığı yerde. Babam, Rhaegar Targaryen'ı tam orada öldürmüş. Göğsünü *ezmiş*, hem de zırhının üstünden." Joffrey hayali bir savaş baltasını havada sallıyor, Sansa'ya nasıl olduğunu anlatmaya çalışıyordu. "Sonra dayım Jaime yaşlı Aerys'ı öldürmüş ve babam kral olmuş. Bu ses de ne böyle?"

Sesi Sansa da duymuştu. Ormanın içinde bir yerden, ahşap takırtısına benzeyen bir ses geliyordu. *Tak, tak, tak...* "Bilmiyorum," dedi. Ses onu tedirgin etmişti. "Joffrey, lütfen geri dönelim."

"Ne olduğunu görmek istiyorum," dedi Joffrey ve atını sesin geldiği tarafa doğru sürdü. Sansa'nın onu takip etmekten başka seçeneği yoktu. Yaklaştıkça sesler arttı ve seçilebilir oldu. Ahşabın ahşaba vurduğu anda çıkan sese, ağır soluma sesleri ve homurtular karıştı.

"Burada birileri var," dedi Sansa korkuyla. Ulu kurdunun yanında olmasını istedi.

"Yanımda güvendesin," dedi Joffrey. Aslan Dişi'ni kınından çıkardı. Çelik kılıç deri kınından çekilirken çıkan ses Sansa'yı titretti. "Buradan," dedi, atını ağaçların arasına sürerken.

Biraz ileride, nehre bakan bir düzlükte, şövalyecilik oynayan bir erkek ve kız çocuğu çıktı karşılarına. Tahta kılıçlarla dövüşüyorlardı. Düzlükte koşturuyorlar, birbirlerine kılıç savuruyorlardı. Erkek, kızdan epeyce büyüktü, bir baş daha uzundu ve çok daha güçlüydü. Zafer ondan yana görünüyordu. Kız, kirli deriler giyinmiş sıska bir çocuktu. Erkek, kılıç darbelerini başarıyla karşılıyordu ama hepsini değil. Kız, bir hamle yaptı. Öteki, kılıç darbesini kendi kılıcıyla karşıladı. Ani bir hareketle kılıcını kızın parmaklarının üstüne indirdi. Kız acı içinde bağırıp kılıcını düşürdü.

Prens Joffrey kahkaha attı. Erkek çocuk şaşkın bir şekilde etrafına bakınıyordu. Prens ve Sansa'yı gördüğünde kılıcını çimenlere bıraktı. Kız, acısını gidermek için eklemlerini emerken onlara bakıyordu. Sansa dehşet içinde, "*Arya!*" diye bağırdı.

"Gidin buradan," diye geri bağırdı Arya. Kızgındı ve gözleri yaş doluydu. "Burada ne arıyorsunuz? Bizi rahat bırakın."

Joffrey, Arya'ya, sonra Sansa'ya, sonra tekrar Arya'ya baktı. "Kız kardeşin mi?" Sansa utanç içinde başıyla onayladı. Joffrey, kızıl saçlı, çilli suratlı hantal çocuğu inceledi. "Peki sen kimsin çocuk?" diye sordu. Karşısındaki çocuk Joffrey'den büyük olmasına rağmen, prens tam bir yetişkin tonuyla konuşmuştu.

"Mycah," diye mırıldandı çocuk. Prensi tanımıştı, gözlerini kaçırdı, "Lordum," diye ekledi.

"Kasabın oğlu," dedi Sansa.

"O benim arkadaşım," dedi Arya sert bir şekilde.

"Şövalye olmak isteyen bir kasap oğlu, öyle mi?" Joffrey elinde kılıcıyla atından indi.

"Kılıcını yerden al kasabın oğlu," dedi. Gözleri parlıyordu. Çok eğlendiği belliydi. "Bakalım bir şövalye olacak kadar iyi misin?"

Mycah korkudan donmuş halde duruyordu.

Joffrey çocuğa doğru yürüdü. "Kılıcını al dedim. Yoksa sadece küçük kızlarla mı dövüşüyorsun?"

"O istemişti lordum. O *istemişti*." Sansa, Arya'ya bakınca çocuğun doğru söylediğini anlamıştı ama Joffrey anlayacak halde değildi. Şarap yüzünden iyice vahşileşmişti. "Kılıcını yerden alacak mısın?"

Mycah kafasını salladı. "Bu sadece bir sopa lordum. Sadece bir sopa."

"Ve sen de sadece kasabın oğlusun, bir şövalye değil." Joffrey, Aslan Dişi'ni kaldırdı ve kılıcı çocuğun elmacık kemiğine, tam gözünün altına dayadı. Kasabın oğlu yaprak gibi titriyordu. "Vurduğun kız benim soylu nişanlımın kız kardeşidir. Bunu biliyor muydun?" Kılıcın dayalı olduğu yerdeki etten kan sızmaya ve çocuğun yüzünden aşağı süzülmeye başladı.

"*Dur*!" diye çığlık attı Arya.

Sansa korkmuştu. "Sen karışma Arya," dedi.

"Korkma ona zarar vermeyeceğim... fazla zarar vermeyeceğim," dedi Joffrey gözlerini Mycah'tan hiç ayırmadan.

Arya sonunda hamle yaptı.

Sansa kısrağından hemen indi ama yetişememişti. Arya tahta kılıcı iki eliyle birden bütün gücüyle savurdu. Tahta kılıç prensin kafasının arkasında ikiye ayrılırken sert bir ses çıkardı. Her şey bir anda, Sansa'nın dehşet dolu gözlerinin önünde oldu. Joffrey küfürler saydırarak arkasını döndü. Mycah ağaçlara doğru koşabildiğince hızlı kaçtı. Arya prense bir darbe daha savurdu ama bu kez darbeyi Aslan Dişi'yle karşıladı Joffrey. Kırık tahta kılıç Arya'nın elinden uçtu. Joffrey'nin kafası kanlar içindeydi. Gözlerinden alevler çıkıyordu. Sansa titriyordu. "Hayır! Hayır durun. Durun diyorum. İkiniz de durun. Her şeyi mahvediyorsunuz," diye bağırıyordu ama onu duyan yoktu. Arya yerden iri bir taş aldı ve Joffrey'nin kafasına fırlattı ama taş Joffrey'nin atına denk geldi. Süvari atı acıyla kişnedi ve Mycah'ın arkasından, dörtnala ormanın içine doğru koşmaya başladı. "*Durun, durun artık*," diye çığlıklar atıyordu Sansa. Joffrey, kılıcıyla Arya'ya doğru bir hamle yaptı. Bağırıyor, korkunç küfürler ediyordu. Arya geri kaçtı. Artık korkmuş görünüyordu. Joffrey kızın peşini bırakmadı. Sonunda kızı yakalayıp bir ağacın gövdesine bastırdı. Sansa ne yapacağını bilmiyordu. Gözleri ağlamaktan kör olmuş bir halde, çaresizce onlara bakıyordu.

Aniden gri bir gölge geçti Sansa'nın yanından. Nymeria gelmişti. Joffrey'nin üzerine atladı. Kılıç tutan koluna dişlerini geçirdi. Kılıç Joffrey'nin elinden düştü. Ulu kurt, prensi yere yıktı ve çimenlerin üzerinde yuvarlanmaya başladılar. Kurt hırıltılar çıkarıyor, prens acı içinde bağırıyordu. "*Alın* şunu üzerimden, *alın*!"

Arya'nın sesi havada kamçı gibi yankılandı. "*Nymeria!*"

Ulu kurt, Joffrey'yi bıraktı ve Arya'nın yanına gitti. Prens inleyerek, yaralı kolunu tutmuş halde çimenlerin arasında yatıyordu. Elbiseleri kan içinde kalmıştı. "Sana zarar vermedi... fazla vermedi," dedi Arya. Aslan Dişi'ni düştüğü yerden aldı. Elinde kılıçla Joffrey'nin başına dikildi.

Joffrey korku dolu bir çığlık attı. "Hayır," dedi. "Bana zarar verme, anneme söylerim."

"*Onu rahat bırak!*" diye bağırdı Sansa kız kardeşine.

Arya dönerek kılıcı bütün gücüyle havaya savurdu. Mavi çelik güneş ışığıyla parıldıyarak nehrin sularına gömüldü. Joffrey inledi. Arya, peşinde Nymeria'yla birlikte atına doğru koştu.

Onlar gittikten sonra Sansa, Joffrey'nin yanına geldi. Prensin gözleri acıdan kapanmıştı. Yanına oturdu. "Joffrey," diyerek ağladı. "Ah! Sana ne yaptılar böyle, sana neler yaptılar. Zavallı prensim. Sakın korkma. Şimdi karakola gideceğim ve senin için yardım getireceğim." Elini prensin saçlarına götürdü ve hafifçe okşadı.

Prensin gözleri açıldı. Gözlerinde tiksinti ve aşağılamadan başka hiçbir şey yoktu. "Git *öyleyse*," dedi ve yüzüne tükürdü. "*Sakın dokunma bana*!"

EDDARD

"Onu buldular lordum!"

Ned heyecanla ayağa kalktı. "Bizim adamlar mı, yoksa Lannisterlar mı?"

"Jory bulmuş," diye yanıtladı Kâhya Vayon Poole. "Zarar görmemiş."

"Tanrılara şükür," dedi Ned. Bütün adamları tam dört gündür Arya'yı arıyordu. Kraliçenin adamları da avdaydı. "Nerede peki? Jory'ye onu hemen buraya getirmesini söyleyin."

"Üzgünüm lordum," dedi Poole. "Kapıda bekleyenler Lannister adamlarıydı ve Jory kızı getirir getirmez kraliçeye haber verdiler. Kralın huzuruna götürüldü."

"*Kahrolası* kadın!" dedi Ned kapıya doğru yürürken. "Sansa'yı bulun ve kabul salonuna getirin. Onun söyleceklerini de dinlememiz gerek." Kulenin merdivenlerini öfkeyle inmeye başladı. İlk üç gün aramaları o yönetmişti ve bir saat bile uyumamıştı. Bu sabah kalbi öyle büyük bir acıyla dolmuştu ki adım atmaya mecali kalmamıştı. Ama şimdi duyduğu öfke bütün gücünü geri getirmiş gibiydi.

Kalenin avlusunu geçerken adamlar ona sesleniyordu ama Ned hepsini duymazdan geldi. Aceleyle yürüyordu. İçinden koşmak geliyordu ama o Kral Eli'ydi ve sakinliğini korumak zorundaydı. Onu izleyen gözlerin farkındaydı. Ne yapacağını merak eden insanların fısıltıları kulağına geliyordu.

Kale, Üç Dişli Mızrak'ın atla yarım gün güneyinde, kendi halinde bir yapıydı. Nehrin her iki kıyısında Arya ve kasabın oğlunu arama çalışmaları sürerken, kraliyet kafilesi kale lordu Sör Raymun Darry'nin davetsiz misafiri olmuştu. Hoş karşılanan konuklar değillerdi. Sör Raymun kralın barışı altında yaşıyordu ama ailesi Üç Dişli Mızrak'taki mücadelede Rhaegar'ın ejderhalı sancağı altında savaşmıştı. Sör Raymun'ın savaş sırasında ölen üç kardeşini ne kendisi ne de kral unutmuştu. Kralın, Darry, Lannister ve Starklar'ın adamları, o kadar kişi için çok küçük olan kaleye tıkışmıştı. Gerilim her geçen gün artıyordu.

Kral, Sör Raymun'ın kabul salonunu kendisine tahsis etmişti. Ned herkesi orada buldu. Salon çok kalabalıktı. Fazlasıyla kalabalık olduğunu düşündü. Robert ve ikisi baş başa kalsalar, sorunu dostça çözebilirlerdi.

Robert odanın en dibinde, Darry'nin yüksek koltuğuna yayılmış oturuyordu. Yüzü sıkkındı. Cersei Lannister ve oğlu yanındaydı. Kraliçe elini oğlunun omzuna koymuştu. Çocuğun kolu hâlâ kalın ipek sargılar içindeydi.

Arya tam odanın ortasında ayakta duruyordu. Yanında Jory Cassel vardı. Odadaki bütün gözler küçük kızın üzerindeydi. "Arya!" diye bağırdı Ned. Kızına koştu. Çizmeleri taş zeminde sesler çıkarıyordu. Arya babasını gördüğünde bir çığlık attı ve ağlamaya başladı.

Ned bir dizinin üzerine çöktü ve kızını kollarının arasına aldı. Arya sarsılarak titriyordu. "Özür dilerim," diye hıçkırdı. "Özür dilerim. Özür dilerim."

"Biliyorum," dedi Ned. Kollarının arasında kaybolmuş küçük kız çok zayıf ve kırılgandı. Bunca soruna yol açtığına inanmak mümkün değildi. "Bir yerine bir şey oldu mu?"

"Hayır," dedi. Yüzü kir içindeydi. Gözyaşları yanağında izler bırakıyordu. "Biraz açım. Sadece böğürtlen yedim, yiyecek başka bir şey yoktu."

"Seni en kısa zamanda doyururuz," dedi Ned. Kralın tam karşısında ayağa kalktı. "Bütün bunlar ne anlama geliyor?" diye sordu. Gözlerini salonda gezdirdi. Dost bakışlar arıyordu. Kendi adamları dışında arkadaşça bakan ancak birkaç insan vardı salonda. Sör Raymun Darry hislerini ustalıkla saklıyordu. Lord Renly'nin yüzünde her anlama gelebilecek yarım bir gülümseme vardı. Sör Barristan sıkıntılıydı. Geri kalanlar Lannister adamlarıydı ve düşmanca bakıyorlardı. Jaime Lannister ve Sandor Clegane'in hâlâ Üç Dişli Mızrak'ın kuzeyinde arama yapıyor olmaları iyiydi. "Neden kızımın bulunduğu bana haber verilmedi? Neden önce bana getirilmedi?" diyerek kükredi Ned. Sesi taş duvarlarda yankılanıyordu.

Ned, Robert'a hitaben konuşmuştu ama cevap veren Cersei Lannister oldu. "Kralınla bu tonda konuşmaya nasıl *cesaret* edersin?"

Kral bağırdı. "Sessiz ol kadın!" Koltuğunda doğruldu. "Üzgünüm Ned. Amacım küçük kızını korkutmak değildi. Onu hemen buraya getirip şu işi çabucak çözmek akıllıca göründü."

"Hangi işmiş bu?" diye buz gibi bir sesle sordu Ned.

Kraliçe bir adım öne çıktı. "Sorduğun sorunun cevabını gayet iyi biliyorsun Stark," dedi. "Bu senin kızın ve kasap arkadaşı oğluma saldırdı. Kızının hayvanı, oğlumun kolunu koparmaya çalıştı."

"Bu doğru değil," diye bağırdı Arya. "Sadece biraz ısırdı çünkü Joffrey Mycah'a zarar veriyordu."

"Joff bize olanları anlattı," dedi Kraliçe. "Sen ve kasap arkadaşın, Joff'a sopalarla vururken, kurdunu oğlumun üzerine salmışsın."

"Hayır böyle olmadı," dedi Arya. Tekrar ağlamak üzereydi. Ned elini kızının omzuna koydu.

"Evet böyle oldu. Üçü birden bana saldırdı. Bu kız Aslan Dişi'ni nehre attı," dedi prens. Ned, çocuğun konuşurken Arya'ya bakamadığını fark etmişti.

"Yalancı!" diye bağırdı Arya.

"Kes sesini!" dedi Joffrey.

"*Yeter!*" diye gürledi kral. Koltuğundan kalkmıştı, sesi öfkeliydi. Salona sessizlik çöktü. Arya'ya baktı. "Şimdi çocuğum, bana neler olduğunu anlatacaksın. Hepsini. Hiç yalan söylemeden. Krala yalan söylemek çok büyük bir suçtur." Dönüp oğluna baktı. "Daha sonra da senin sıran gelecek. O zaman kadar çeneni kapalı tutacaksın."

Arya hikâyesini anlatırken Ned kapının açıldığını duydu. Vayon Poole, Sansa'yı getirmişti. Arya konuşurken sessizce salonun kenarında beklediler. Arya, Joffrey'nin kılıcını nehre attığı bölümü anlatırken, Renly Baratheon gülmeye başladı. Kral kızmıştı. "Sör Barristan, lütfen sevgili kardeşim kendi kahkasında boğulmadan önce onu dışarı çıkarın," dedi.

Lord Renly gülmekten soluksuz kalmış halde, "Ağabeyim nezaket gösteriyor, kapıyı kendim bulabilirim," dedi. Joffrey'nin önünde bir reverans yaptı. "Belki daha sonra, sıçan büyüklüğündeki dokuz yaşında bir kızın, elindeki bir sopayla sizi nasıl alt ettiğini ve kusursuz kılıcınızı nehre nasıl attığını bana anlatırsınız prensim." Salondan çıktı. Kapı arkasından kapanırken, "Aslan Dişi," dediğini ve bir kahkaha daha attığını duydu Ned.

Prens Joffrey olanları kendi ağzından anlatmaya başladığında yüzü bembeyazdı. Anlattığı hikâye Arya'nın anlattığından çok farklıydı. Konuşması bittiğinde kral koltuğundan ağır ağır kalktı. Orada olmayı hiç istemediği belliydi. "Yedi Cehennem," dedi. "Ben bütün bunlardan ne sonuç çıkaracağım. Biri başka bir hikâye anlatıyor, diğeri başka."

"O gün orada olan biri daha vardı," dedi Ned. "Sansa, buraya gel." Ned Arya'nın kaybolduğu gün, Sansa'dan bütün hikâyeyi dinlemişti. Gerçeği biliyordu. "Bize neler olduğunu anlat."

Büyük kızı tereddüttlü adımlarla salonun ortasına geldi. Beyaz dikişli, mavi kadifeden bir elbise giymişti. Kızıl kahve saçları parlıyordu. Boynuna gümüş bir kolye takmıştı. Önce kız kardeşine, sonra prense baktı. "Bilmiyorum," dedi gözünde yaşlarla. "Hatırlamıyorum. Her şey o kadar hızlı oldu ki, göremedim..."

"*Seni rezil*!" diye bağırdı Arya. Ablasının üzerine doğru bir ok gibi fırladı. Sansa'yı yere yatırıp yumruklamaya başladı. "Yalancı. Yalancı. Yalancı!"

"Arya, *dur!*" diye bağırdı Ned. Jory, Arya'yı Sansa'nın üzerinden aldı. Arya hâlâ tekme atıyordu. Sansa korkmuştu ve titriyordu. "Canın yandı mı?" diye sordu Ned. Sansa gözlerini Arya'dan alamıyordu. Ned'i duymamıştı.

"Bu kız, o sefil kurt kadar yabani," dedi Cersei Lannister. "Robert, bu vahşinin cezalandırılmasını istiyorum."

"Yedi cehennem!" diye küfretti Robert. "Cersei şu kıza bir bakar mısın? Küçücük bir çocuk. Ne yapmamı istiyorsun? Sokaklarda kırbaçlatarak dolaştırayım mı? Kahretsin! Çocuk bunlar, çocuklar kavga eder. Bu mesele kapanmıştır. Kimsede kalıcı bir hasar yok."

Kraliçe öfkeden kudurmak üzereydi. "Joff ömrü boyunca bu yara izleriyle gezecek," dedi.

Robert Baratheon oğluna baktı. "Gezse ne olacak?" diye karşılık verdi. "Belki o izlerden kendine bir ders çıkarır. Ned, kızını disiplin altına al. Ben de oğluma aynı şeyi yapacağım."

"Seve seve Majesteleri," dedi. Sonunda rahatlamıştı.

Robert salondan ayrılmak için yürümeye başlamıştı ama kraliçenin işi henüz bitmemişti. "Peki oğlumu paramparça etmeye kalkan o ulu kurda ne olacak?" diye sordu.

Kral durdu, arkasını döndü. "Lanet kurdu unutmuştum," dedi.

Ned, Jory'nin kollarındaki Arya'nın yüzündeki endişeyi görebiliyordu. Jory hemen cevap verdi, "Ulu kurdun izine rastlayamadık Majesteleri."

Robert bundan memnun olmuş görünüyordu. "Rastlayamadınız mı? İyi o zaman."

Kraliçe sesini yükseltti. "Bana o hayvanın postunu getirene yüz altın ejderha vereceğim."

"Epey pahalı bir postmuş," diye homurdandı Robert. "Benim bu işle hiç ilgim yok. Kürkünü Lannister altınlarıyla al kadın."

Kraliçe küstah gözlerle krala baktı. "Böylesine cimri olduğunu bilmiyordum," dedi. "Benim evlendiğim kral, daha güneş batmadan yatağımın önüne sererdi o kurdun postunu."

Robert'ın yüzü öfkeyle karardı. "Olmayan bir kurdun postunu ayaklarına sermek iyi numara olurdu gerçekten," dedi.

"Ama bir kurt var," dedi Cersei. Sesi hafif çıkmıştı ama yeşil gözleri zaferle parlıyordu. Salondakilerin kraliçenin söylediklerini anlaması için kısa bir zaman geçmesi gerekti ama anladıklarında kral aksi bir şekilde omuz silkti. "Öyle olsun. Sör İlyn'i gönder, halletsin."

"Robert ciddi olamazsın," diyerek itiraz etti Ned.

Kral daha fazla tartışma istemiyordu. "Bu kadar yeter Ned. Başka laf duymak istemiyorum. Ulu kurtlar son derece vahşi yaratıklar. Diğerinin oğluma saldırdığı gibi, bu da bir gün senin kızına saldıracak. Kıza bir köpek al. Çok daha mutlu olur," dedi.

Sansa neden bahsettiklerini anlamıştı sonunda. Korku dolu gözlerle babasına baktı. "Leydi'den bahsetmiyorlar değil mi?" Babasının yüzünde gerçeği görüyordu. "Hayır!" dedi. "Hayır, Leydi değil. Leydi kimseyi ısırmadı. O iyi bir..."

"Leydi orada değildi," diye bağırdı Arya. "Onu rahat bırakın!"

"Onları durdur," diye yalvardı babasına Sansa. "Bunu yapmalarına izin verme. Lütfen, lütfen! Leydi yapmadı. Nymeria yaptı. Her şeyi Arya yaptı. Leydi değildi diyorum. Leydi'yi öldürmelerine izin verme. Leydi uslu bir hayvan." Ağlamaya başladı.

Ned'in elinden ağlayan kızına sarılmaktan başka bir şey gelmiyordu. Salonun diğer ucundaki Robert'a baktı. Eski dostu, kardeşinden daha yakını olan adama. "Lütfen Robert," dedi. "Bana duyduğun sevgi adına, kardeşime duyduğun aşk adına, lütfen."

Kral önce Ned'e, ardından karısına baktı. Tiksinti dolu bir sesle, "Tanrılar seni kahretsin kadın!" dedi.

Ned yavaşça kızından ayrıldı. Son dört günde yaşadığı bütün yorgunluk bir anda üzerine çökmüştü. Krala baktı. "Öyleyse kendin yap Robert." Sesi çelik kadar sert ve keskin çıkmıştı. "En azından kendin yapacak kadar cesur ol."

Robert, Ned'e baktı. Bakışları ölü bakışları kadar ifadesizdi. Tek söz söylemeden ağır adımlarla salondan çıktı. Salona sessizlik çökmüş gibiydi.

"Ulu kurt nerede?" diye sordu Cersei Lannister kocası salondan çıktığında. Yanındaki Prens Joffrey sırıtıyordu.

"Hayvan kapıdaki kulübeye bağlı Majesteleri," diye yanıtladı Sör Barristan Selmy.

"İlyn Payne'e haber gönderin," dedi kraliçe.

"Hayır," dedi Ned. "Jory, kızları odalarına götür ve bana Buz'u getir." Kelimeler boğazına safra gibi takılmıştı ama konuşmayı başarmıştı yine de. "Eğer yapılması şartsa, ben yapacağım."

Cersei Lannister şüphe dolu gözlerle bakıyordu Ned'e. "Sen mi Stark? Neden böyle bir şey yapmak isteyesin ki? Bir hile mi yoksa?"

Herkes Ned'e bakıyordu ama bıçak gibi kesen Sansa'nın gözleriydi. "O kurt kuzeyden. Bir kasaptan daha fazlasını hak ediyor," dedi Ned.

Gözlerinde acı, kulağında kızının inlemeleri olduğu halde dışarı çıktı. Ulu kurt bağlandığı yerde duruyordu. Ned bir süre durdu hayvanın yanında. "Leydi," dedi. Çocukların yavrulara taktıkları isimlere dikkat etmemişti hiç. Nedense şimdi yavruya bakarken, hepsinin isimlerini hak ettiğini fark ediyordu. Leydi en küçük, en sevimli, en iyi huylu olanlarıydı. Altın sarısı gözleriyle Ned'e baktı. Ned hayvanın sıkı, gri tüylerini okşadı.

Kısa bir zaman sonra Jory, Buz'u getirdi.

Her şey bittiğinde Jory'ye döndü. "Dört adam seç. Hayvanın bedenini alsınlar ve kuzeye götürsünler. Kışyarı'na gömsünler," dedi.

"Onca yol?" dedi Jory hayretle.

"Evet, onca yol," diye onayladı Ned. "Lannister kadınının eli *bu* hayvanın postuna değmeyecek."

Sonunda biraz uyumak için kaleye doğru yürürken, aramadan dönen Sandor Clegane ve adamlarının kale kapısından girdiklerini gördü.

Sandor'un savaş atının arkasında, ağır görünen, kanlı bir pelerine sarılmış bir şey olduğunu fark etti. "Kızınızdan bir ize rastlamadık El," dedi Sandor atından inerken. "Fakat aramanın tamamıyla boşa gittiğini söyleyemem. Kızınızın evcil hayvanını bulduk." Atının arkasındaki şeyi dürtüp yere attı. Bohça Ned'in ayaklarının dibine düştü.

Ned yere eğilip pelerini açmaya başladı. Arya'ya söyleyeceği kelimeleri bulmaya çalışıyordu bir yandan. Pelerini tamamen açtı. Kanlar içinde yatan Nymeria değildi. Kasabın oğlu Mycah'tı. Çocuğun bütün vücudu kurumuş kanla kaplıydı. Vücüdu acımasız bir kılıç darbesiyle neredeyse ikiye bölünmüştü.

"Onu kovaladın mı?" diye sordu Ned.

Tazı'nın gözleri, iğrenç köpek çenesi görünümlü miğferinin altında parıldıyordu. "Kaçmaya çalıştı," dedi. Ned'e baktı ve bir kahkaha attı. "Ama yeterince hızlı değildi."

BRAN

Yıllardır düşüyormuş gibi hissediyordu.

Uç, diye fısıldadı bir ses karanlığın içinden ama Bran uçmayı bilmiyordu, bütün yapabildiği düşmekti. Üstat Luwin çömlek çamurundan bir çocuk yaptı. İyice sertleşip kırılganlaşıncaya kadar fırında pişirdi. Bran'ın kıyafetlerini giydirdi ve çatıdan aşağı attı. Bran çocuğun nasıl kırıldığını hatırladı. "Ama ben asla düşmem," dedi düşerken.

Zemin kendisinden o kadar uzaktaydı ki, etrafında dönüp duran gri sis bulutunun içinden zar zor görünüyordu. Ama ne kadar hızlı düştüğünün farkındaydı ve aşağıda onu neyin beklediğini biliyordu. Rüyalarında bile sonsuza dek düşemezdi insan. Tam yere çarpacağı sırada uyanacaktı. Tam yere çarpacağı sırada herkes uyanırdı uykusundan.

Ya uyanmazsan? diye sordu ses.

Zemin şimdi daha yakındı. Hâlâ çok, çok uzakta, binlerce mil uzakta ama az önce olduğundan daha yakında. Karanlık çok soğuktu. Güneş yoktu, yıldızlar yoktu. Sadece ona çarpmak için bekleyen zemin, gri sis bulutları ve fısıldayan ses. Ağlamak istiyordu.

Ağlama. Uç.

"Yapamıyorum," dedi Bran. "Yapamıyorum. Yapam..."

Nasıl bilebilirsin ki? *Hiç denedin mi*?

Ses yüksek ve tizdi. Bran nereden geldiğini anlayabilmek için etrafına bakındı. Elinin uzanamayacağı bir mesafede, bir karga dönerek onunla birlikte yere yaklaşıyordu. "Bana yardım et," dedi Bran.

Yardım etmeye çalışıyorum, diye cevapladı karga. *Hiç mısırın var mı*?

Bran elini cebine götürdü. Karanlığın, etrafında döndüğünü fark ediyordu. Başı dönüyordu. Elini cebinden çıkardığında birkaç altın renkli mısır tanesi havada uçuşmaya başladı. Mısırlar da onunla birlikte düşüyordu.

Karga avcuna kondu ve taneleri yemeye başladı.

"Sen gerçekten bir karga mısın?" diye sordu Bran.

Ya sen gerçekten düşüyor musun? diye sordu karga.

"Bu yalnızca bir rüya," dedi Bran.

Rüya mı? diye sordu karga.

"Yere çarptğımda uyanacağım," dedi Bran, kuşa.

Yere çarptığında öleceksin, dedi karga. Mısır tanelerini yemeye döndü.

Bran aşağı baktı. Artık dağların kar dolu zirvelerini görebiliyordu. Ve derin ormanlar içinde gümüş ipliklere benzeyen nehirleri. Gözlerini kapadı ve ağlamaya başladı.

Bunun sana bir faydası yok, dedi karga. *Sana söyledim. Tek çözüm uçmak, ağlamak değil. Hem ne kadar zor olabilir ki*? *Ben yapabiliyorum*. Karga, Bran'ın elinin etrafında uçmaya başladı.

"Senin kanatların var," dedi Bran.

Belki senin de vardır.

Bran tüyler bulmak umuduyla omuzlarını yokladı.

Bazı kanatların farklı biçimleri vardır, dedi karga.

Bran kollarına ve bacaklarına bakıyordu. Çok zayıftı. Bir deri bir kemik denecek kadar zayıf. Her zaman bu kadar zayıf mıydı? Hatırlamaya çalıştı. Sislerin arasında altın gibi parlayan bir yüz belirdi. "Aşk uğruna yaptığım şeyler," dedi.

Bran çığlık attı.

Karga gaklayarak uçmaya başladı. *Hayır bunu hatırlama*, dedi çığlık kadar tiz sesiyle. *Bunu unut. İhtiyacın olan şey bu değil. Geride bırak. Arkanda bırak.* Bran'ın omuzlarına kondu ve gagalamaya başladı. Altın yüz kayboldu.

Bran çok daha hızlı düşüyordu artık. O yeryüzüne yaklaştıkça, gri sis bulutu uluyordu. Gözleri yaşlarla dolu, "Bana ne yapıyorsun?" diye sordu kargaya.

Uçmayı öğretiyorum.

"Ben uçamam!"

Şu anda uçuyorsun.

"Düşüyorum."

Her uçuş, düşüşle başlar, dedi karga. Aşağı bak.

"Korkuyorum..."

AŞAĞI BAK!

Bran aşağı baktı. Bütün iç organları sıvılaşıyormuş gibi hissetti. Zemin ona doğru koşuyordu sanki. Bütün dünya beyaz, kahverengi ve yeşillerden oluşmuş bir halı gibi önüne serilmişti. Her şey o kadar net görünüyordu ki, Bran bir an için unuttu korkmayı. Bütün diyarı ve içindeki herkesi görebiliyordu.

Bir kartalın gözlerine göründüğü gibi görünüyordu Kışyarı. Uzun kuleler bodur ve bastırılmıştı. Duvarlar toprağa çizilmiş gri çizgiler gibiydi. Üstat Luwin'i gördü. Bronz bir tüpün ucundan gökyüzünü seyrediyor, kaşlarını çatıp defterine notlar alıyordu balkonunda. Kardeşi Robb, elinde gerçek bir kılıçla avluda talim yapıyordu. Bran'ın hatırladığından daha uzun ve güçlü görünüyordu. İyi huylu dev Hodor'u gördü. Omzuna aldığı örsü Mikken'ın dökümhanesine götürüyordu. Ağır demir parçasını saman balyası kadar hafifmiş gibi taşıyordu. Tanrı korusunun ortasında, kara göle düşen gölgesinin üzerine eğilmiş büyük beyaz büvet ağacını gördü. Yaprakları rüzgârla titriyordu. Bran'ın baktığını hissedince kanlı gözlerini gölden ayırıp, bilgece Bran'ı izlemeye başladı.

Bran doğuya çevirdi gözlerini. Bir kadırga, Isırık'ın sularında süratle yol alıyordu. Küçük bir kamarada, önündeki masanın üzerindeki kanlı hançere bakarak tek başına oturuyordu annesi. Kürekçiler bütün güçleriyle kürek çekiyordu. Sör Rodrik küpeşteye dayanmış, küreklerin yarattığı sarsıntıyla titriyordu. Büyük bir fırtına yaklaşıyordu. Kara bulutların arasında şimşek parıltıları vardı ama nedense kadırgadakiler yaklaşan fırtınayı göremiyordu.

Güneye baktı. Üç Dişli Mızrak'ın ihtişamla akan mavi yeşil suları oradaydı. Yüzü kederle dolu babasının krala yalvarışını, geceleri ağlayarak uykuya dalan Sansa'yı ve içi sırlarla dolu Arya'nın sessizce onu seyredişini gördü. Etrafları gölgelerle çevriliydi. Gölgelerden biri, kül kadar siyah bir tazı gölgesiydi. Diğeri güneş gibi sarı ve sıcak bir zırh kuşanmıştı. Taş zırhlı dev bir gölge diğer ikisinin üzerine eğilmiş halde duruyordu. Miğferinin siperini açtığında görünen bir surat değildi. Miğferin içinde karanlıktan ve yoğun siyah bir kan gölünden başka bir şey yoktu.

Gözlerini kaldırdı. Dar Deniz'in ötesi kristal kadar net görünüyordu. Özgür Şehirler, Dothrak denizi ve ötesi, bir dağın eteğindeki Vaes Dothrak, büyülü toprakların kıyısındaki Yeşim Denizi, ejderhaların güneş ışığı altında uyandığı, Gölge'nin yanındaki Asshai.

Sonunda kuzeye baktı. Mavi bir kristal gibi parlayan Sur'u ve soğuk bir yatakta tek başına yatan piç kardeşi Jon'u gördü. Jon'un yüzü bembeyazdı. Bedeninin ısınabildiği günlerin anısı onu terk etmiş gibiydi. Sonra Sur'un ötesine baktı. Karla kaplı uçsuz bucaksız ormanların, Donuk Kıyı'nın, buz tutmuş beyaz mavi nehirlerin, üzerinde canlı hiçbir şeyin olmadığı ölümcül toprakların ötesine. Kuzeye, kuzeye ve daha kuzeye. Dünyanın sonundaki ışık perdesine baktı ve ardından perdenin de ötesine. Gözlerini kışın kalbine dikti. Bir çığlık attı. Ölesiye korkuyordu. Gözyaşlarının ısısı yanaklarını yakıyordu.

Artık biliyorsun, dedi omzunda oturan karga. *Neden yaşamak zorunda olduğunu artık biliyorsun.*

Bran, "Neden?" dedi anlamayarak. Düşüyor, düşüyordu.

Çünkü kış geliyor.

Omzunda duran kargayla bakıştılar. Üç gözü vardı karganın ve üçüncü gözü korkunç bir şeyler biliyordu. Bran aşağı baktı. Artık aşağıda kardan, soğuktan, ölümden ve delici uçlarıyla ona sarılmayı bekleyen buz kulelerinden başka bir şey yoktu. Ucu sivri mızraklar gibi bekliyorlardı onu. Kulelerin tepesi binlerce rüyacının kemikleriyle doluydu. Bran çaresizdi, korkuyordu.

"Bir adam korkusuna rağmen cesur olamaz mı?" dediğini duydu kendi sesinin.

Ve babası cevap verdi. "Bir adamın gerçekten cesur olabileceği tek andır korktuğu an."

Şimdi Bran, dedi karga aceleyle. *Seçimini yap. Uç ya da öl.*

Ölüm çığlıklar atarak ona doğru geliyordu.

Bran kollarını açti ve uçtu.

Görünmez kanatlar rüzgârı içti, havayla doldu ve Bran'ı yukarı çekti. Aşağıdaki buzdan iğneler geri çekilmeye başladı. Başının üzerindeki gökyüzü açıldı. Bran süzülüyordu. Bu tırmanmaktan güzeldi. Bu her şeyden güzeldi. Dünya tekrar küçülmeye başladı.

"Uçuyorum!" diye bağırdı mutluluktan sarhoş bir halde.

Fark ettim, dedi üç gözlü karga. Rüzgârı kanatlarının altına aldı, kanatlarını tam yüzünün önünde çırpmaya başladı. Bran'ı yavaşlatıyor, görmesini engelliyordu. Kanatları yüzüne çarpıyordu. Acımasızca gagalamaya başladı. Bran alnında, tam gözlerinin arasında kör edici bir ağrı hissetti.

"Ne yapıyorsun?" diye bağırdı acıyla.

Karga gagasını açtı ve Bran'ın yüzüne gakladı. Tiz bir korku çığlığı. Gri sis bulutu bir duvak gibi dönerek açılmaya başladı. Karganın aslında bir kadın olduğunu gördü. Siyah saçlı bir hizmetçi kadın. Bran kadını bir yerlerden tanıyordu. Evet, Kışyarı'ndan tanıyordu kadını. Hatırlamıştı. Kışyarı'nda olduğunu fark etti sonra. Serin kulelerden birindeki yüksek bir yatakta yatıyordu. Kadın elindeki su dolu çanağı yere düşürdü, koşmaya başladı. "Uyandı! Uyandı!" diye bağırıyordu.

Bran alnına, iki gözünün arasına dokundu. Karganın onu gagaladığı yer hâlâ acıyordu ama kan ya da yara yoktu gözlerinin arasında. Çok güçsüz hissediyordu, başı dönüyordu. Yataktan kalkmaya çalıştı ama hiçbir şey olmadı.

Yatağın kenarında bir hareket hissetti sonra ve bir şey bacaklarının üzerine oturdu. Hissedemiyordu. Güneş gibi parlayan bir çift sarı göz ona bakıyordu. Odanın penceresi açıktı ve içerisi çok soğuktu ama kurdun tüyleri sıcacık bir banyo gibi ısıtıyordu Bran'ı. Yavru kurdu olduğunu fark etti Bran, gerçekten öyle miydi? Çok büyümüştü. Yavruyu okşamak için elini uzattı. Eli yaprak gibi titriyordu.

Robb kule merdivenlerini koşarak çıktığından nefes nefese odaya girdiğinde ulu kurt, Bran'ın yüzünü yalıyordu. Bran sakince baktı. "Onun adı Yaz," dedi.

CATELYN

"Bir saat içinde Kral Toprakları'na varmış olacağız."

Catelyn küpeşteden döndü ve gülümsemek için zorladı kendini. "Kürekçileriniz var güçleriyle çalıştılar kaptan. Minnettarlığımın göstergesi olarak hepsine birer gümüş geyik vereceğim."

Kaptan Moreo Tumitis yarım bir reverans yaptı. "Çok cömertsiniz Leydi Stark. Sizin gibi soylu bir leydiyi taşımak onlar için yeterli bir ödüldür," dedi.

"Yine de gümüşleri alacaklar."

Moreo gülümsedi. "Siz nasıl isterseniz," dedi. Adam Ortak Dil'i çok hafif bir Tyrosh aksanıyla, gayet akıcı bir şekilde konuşuyordu. Otuz yıldır Dar Deniz'in üzerinde yelken açtığını söylemişti Catelyn'e. Önce kürekçi, ardından serdümen ve sonunda kendi ticari kadırgalarının kaptanı olarak. *Fırtına Dansçısı* adamın dördüncü gemisiydi ve en hızlı olanıydı. Çift direkli, altmış kürekçili bir gemiydi.

Catelyn ve Sör Rodrik'in nehir kıyısı boyunca süren dörtnala yolculuklarının sonunda vardıkları Beyaz Liman'da buldukları en hızlı geminin bu olduğuna şüphe yoktu. Tyroshlar açgözlülükleriyle nam salmıştı. Sör Rodrik, Üç Kız Kardeş'ten bir balıkçı teknesi kiralamaları konusunda ısrar etmişti ama Catelyn kadırga kiralamakta kararlıydı. Kararına sadık kalması iyi olmuştu. Yolculukları boyunca rüzgâr onların lehine esmemişti. Kadırganın kürekçileri olmasaydı hâlâ Parmaklar'da oyalanıyor olacaklardı. Şimdiyse Kral Toprakları'na ve yolculuklarının sonuna yaklaşmışlardı.

Çok yakın, diye düşündü Catelyn. Hançerin kemiklerine kadar kestiği elleri sargıların altında hâlâ sızlıyordu. Acı unutmaması için kırbaçlıyordu onu. Sol elinin son iki parmağını bükemiyordu ve diğer parmakları da asla eskisi kadar hareketli olamayacaktı ama bu Bran'ın hayatı için ödenmiş çok küçük bir bedeldi.

Sör Rodrik güvertede göründü. Moreo çatal şekilli yeşil sakallarının ardından, "Sevgili dostum, daha iyi olmana sevindim," dedi. Tyroshlar parlak renkleri seviyordu. Sakallarında bile.

"Evet," dedi Sör Rodrik. "İki gündür ölmemek derdindeyim." Catelyn'e reverans yaptı. "Leydim."

Gerçekten de daha iyi *görünüyordu*. Beyaz Liman'da gemiye bindikleri günkü halinden biraz daha zayıftı ama en azından kendisi gibi görünmeye başlamıştı. Isırık'taki güçlü rüzgârlarla başı hoş olmamıştı ve Ejderha Kayası'nın açıklarında beklenmedik bir fırtınaya yakalandıklarında az kalsın denizin sularına gömülüyordu. Her nasılsa, düştüğü sırada bir ipe tutunmayı başarmıştı ve Moreo'nun üç adamı onu güçlükle güverteye çekmişti.

"Kaptan bana yolculuğumuzun bitmek üzere olduğunu anlatıyordu," dedi Catelyn.

Sör Rodrik'in yüzünde alaycı bir gülümseme belirdi. "Bu kadar çabuk mu?" Meşhur beyaz sakalları olmadan bir tuhaf görünüyordu suratı. Daha ufak tefek gibi ve en az on yıl daha yaşlı. Isırık'ın sularında, küpeştenin üzerinden eğilip şiddetli rüzgâra karşı kusarken üçüncü kez kurtarılamaz şekilde mahvolmuştu sakalları ve yapılacak en iyi şey mürettabattakilerden birinin usturasına teslim olmaktı.

"Ben sizi yalnız bırakayım," dedi Moreo. Eğilerek selam verdi ve gitti.

Kadırga suların üzerinde yağ gibi akıyordu. Kürekler mükemmel bir zamanlamayla aynı anda suları dövüyordu. Sör Rodrik küpeşteye tutundu, önlerinden geçen kıyıya baktı. "Muhafızların en cesuru olamadım," dedi.

Catelyn adamın omzuna dokundu. "İşte buradayız Sör Rodrik. Sağ salim geldik ve önemli olan da bu," dedi. Katı ve becerisiz parmaklarıyla pelerinin içindeki hançeri yokladı. Hançer hep yanındaydı ve kaybolmadığından emin olabilmek için sürekli ona dokunması gerektiğini hissediyordu. "Şimdi kralın silah ustasına ulaşmalıyız. Dua edelim de güvenilir bir adam olsun."

"Sör Aron Santagar kibirli fakat dürüst bir adamdır." Sör Rodrik'in elleri sakallarıyla oynamak için yüzüne gitti ama kim bilir kaçıncı kez oluyordu, sakalları yoktu. Şaşkın görünüyordu. "Hançeri tanıyabilir, evet... ama leydim, kıyıya çıktığımız an itibarıyla tehlikedeyiz. Saray sizi bir bakışta tanıyacak adamlarla dolu."

Catelyn'in dudakları gerildi. "Serçeparmak," diye mırıldandı. Yüzü gözlerinin önüne geldi; bir çocuk yüzü ama çocuk değildi artık. Babası yıllar önce ölmüştü ve o Lord Baelish'ti şimdi. Buna rağmen hâlâ Serçeparmak diyordu insanlar ona. Bu adı, uzun zaman önce Nehirova'da Catelyn'in kardeşi Edmure takmıştı ona. Baelish'in ailesi Parmaklar'ın en mütevazı arazilerine sahipti ve kendisi yaşına göre çok kısa ve zayıftı.

Sör Rodrik boğazını temizledi. "Lord Baelish bir zamanlar..." Kullanacağı nazik bir kelime arıyordu.

Catelyn nezaket düşünecek halde değildi. "Babamın himayesi altındaydı. Nehirova'da birlikte büyüdük. Onu kardeşim gibi görürdüm ama onun bana karşı olan hisleri... kardeşlikten öteydi. Brandon Stark'la evleneceğim duyurulduğunda Petyr, Brandon'ı düelloya davet etti. Brandon yirmi yaşındaydı, Petyr on beşine yeni basmıştı. Çılgınlıktı. Petyr'ın canına kıymaması için Brandon'a yalvarmak zorunda kalmıştım. Brandon bir yara iziyle kurtulmasına izin verdi. Sonra babam uzaklara gönderdi onu. Bir daha hiç karşılaşmadık. Brandon öldüğünde bana bir mektup yollamıştı ama mektubu açmadan yaktım. Brandon yerine ağabeyiyle evlendirileceğimi biliyordum."

Sör Rodrik'in eli yine olmayan sakalına gitti. "Serçeparmak şimdi küçük konseyde," dedi.

"Yükseleceğini biliyordum," dedi Catelyn. "Her zaman çok zekiydi, küçük bir çocukken bile. Ama zeki olmakla erdemli olmak arasında fark var. Yılların ona neler yaptığını merak ediyorum."

Asmadaki halat donanımlarının üzerinden bağıran gözcünün sesi duyuldu. Kaptan Moreo güvertenin karşı ucundan koşarak geldi. Sağa sola emirler yağdırıyordu. Karşıda Kral Toprakları'nın ihtişamlı üç tepesi görünürken, *Fırtına Dansçısı*'nın güvertesinde hummalı bir hareket başladı.

Bu tepelerin üç yüz yıl önce ormanlarla kaplı olduğunu biliyordu Catelyn. Şiddetli akan nehrin denize döküldüğü Karasu'nun kuzey kıyılarında sadece bir avuç balıkçı yaşıyordu o zamanlar. Sonra Fatih Aegon, Ejderha Kayası'ndan yelken açtı. Ordusunun kıyıya çıktığı yer burasıydı. Toprak ve tahtadan ilk derme çatma tabyasını en yüksek tepenin üstüne kurmuştu.

Şimdiyse şehir bütün kıyıya yayılmıştı. Catelyn'in görebildiği her yer binalarla doluydu. Malikâneler, köşkler, tahıl ambarları, tuğladan depolar, ahşap hanlar, esnaf tezgâhları, tavernalar, mezarlıklar, genelevler hepsi birbirinin üzerine yığılmıştı. Bu kadar uzaktan bile balık pazarının gürültüsünü duyabiliyordu. Binaların arasında ağaçlı geniş yollar, eğri büğrü caddeler, iki adamın yan yana yürüyemeyeceği kadar dar ara sokaklar vardı. Visenya Tepesi, yedi kristal kuleli Baelor'un Yüce Septi ile taçlanmıştı. Şehrin diğer yanında, Rhaenys Tepesi'nde, Ejderha Çukuru'nun kararmış duvarları vardı. Büyük kubbesi çökmüş ve harabeye dönmüştü. Bronz kapıları neredeyse bir asırdır kapalıydı. Rahibeler Caddesi iki tepe arasından bir ok kadar düz geçiyordu. İyice uzakta yüksek ve sağlam şehir surları görünüyordu.

Deniz kenarında yüz kadar iskele yan yana sıralanmıştı ve liman gemilerle doluydu. Açık deniz balıkçılarının tekneleri ve nehir kaçakçılarının sandalları gidip geliyor; yolcu taşıyan denizciler Karasu'da seferler yapıyor; Braavos, Pentos ve Lys'ten yük dolu ticaret gemileri limana yaklaşıyordu. Catelyn, kraliçenin şatafatlı saltanat kayığını gördü: İbben Limanı'ndan gelmiş, geniş gövdesi katran kaplı balina avı gemisinin yanında bağlıydı. Nehrin yukarı kısmında bir düzine kadar altın savaş gemisi yelkenleri toplanmış, demir kürekleri suya batar çıkar halde duruyordu.

Hepsinden yukarıda, Aegon'ın yüksek tepesindeki Kızıl Kale öfkeyle aşağıdakilere bakıyordu. Demir burçlarla taçlanmış yedi büyük davul kulesi, heybetli ve korkunç gözetleme kulesi, kubbeli geçitler ve kapalı köprüler, kışlalar, zindanlar, tahıl ambarları, okçu yuvalarıyla dolu yekpare sur. Bütün kale soluk kırmızı taştan inşa edilmişti. İnşa emrini Fatih Aegon vermişti. Kale, oğlu Zalim Maegor tarafından tamamlanmıştı. Kalenin inşası bittiğinde, inşaatta çalışan her taş ustasının, her ahşap işçisinin ve her mimarın başı kesilmişti. Ejderha lordlarının yaptırdığı kalenin sırlarını sadece ejderha kanından olanların bileceğine dair yemin etmişti Zalim Maegor.

Ama şimdi, kalenin mazgallı siperlerinde uçuşan sancaklar

siyah değil altın rengiydi ve bir zamanlar üç başlı ejderhanın ateş soluduğu yerde Baratheon Hanedanı'nın taçlı erkek geyiği vardı.

Yaz Adaları'ndan gelen uzun direkli bir kuğu gemisi limandan ayrılmış, beyaz yelkenleri rüzgârla şişmiş halde yola çıkmıştı. Kıyıya doğru kürek çeken *Fırtına Dansçısı*'nın yanından geçti.

"Leydim," dedi Sör Rodrik. "Yatağımda uzanırken, yapabileceğimiz en iyi hareketin ne olabileceği üzerine düşündüm. Siz kaleye girmemelisiniz. Ben sizin yerinize gider ve dışarıda güvenli bir yerde buluşmak üzere Sör Aron'u getiririm."

Kadırga limandaki iskelelerden birine doğru yanaşırken Catelyn, yaşlı adamın yüzünü inceledi. Moreo, Özgür Şehirler'de konuşulan kaba Valyria dilinde bağırıyordu. "Siz de en az benim kadar tehlikede olursunuz," dedi Catelyn. Sör Rodrik gülümsedi. "Hiç sanmam. Bu sabah sudaki aksime baktım ve ben bile kendimi tanıyamadım. Beni sakallarım olmadan gören son kişi annemdi, o da öleli kırk yıl oldu. Güvende olacağıma inanıyorum leydim," dedi.

Moreo kükreyerek bir emir verdi. Altmış kürek tekmiş gibi aynı anda sudan çıktı, geriye çevrildi ve tekrar suya indi. Kadırga yavaşladı. Bir emir daha geldi. Kürekler gövdeye çekildi. Geminin burnu rıhtıma vurduğunda Tyroshlu denizciler gemiyi bağlamak için aşağı atladı. Moreo heyecanla ve gülümseyerek geldi. "İşte leydim, emrettiğiniz gibi Kral Toprakları'ndayız. Bu limana daha önce hiçbir geminin bizim kadar hızlı ve güvenli girmediğine emin olabilirsiniz. Eşyalarınızı kaleye taşıtmak için yardıma ihtiyacınız olacak mı?"

"Kale'ye gitmeyeceğiz. Bize rahat, temiz ve nehirden uzak olmayan bir han önerebilirsiniz belki."

Tyroshlu adam yeşil sakallarını sıvazladı. "Elbette. Tavsiye edebileceğim, size uygun birkaç müessese biliyorum ama önce, cesaretimin bağışlanmasını dileyerek, ödemenin diğer yarısı meselesini konuşmak isterim. Yolculuk sonunda ödenecek diye anlaşmıştık. Ve bir de, cömertlik göstererek söz verdiğiniz gümüşler var. Altmış geyik demiştiniz yanılmıyorsam."

"Kürekçiler için," diye hatırlattı Catelyn.

"Ah, tabi ki öyle," dedi Moreo. "Ama bununla beraber, Tyrosh'a dönene kadar gümüşleri benim saklamam daha iyi olur. Gümüşleri kürekçilere burada verirseniz hepsini eğlencede harcarlar ve karılarıyla çocuklarına götürecek hiçbir şey kalmaz ceplerinde."

"Para harcamanın çok daha kötü yolları da bulunabilir," diyerek araya girdi Sör Rodrik. "Kış geliyor."

"Bir erkek kendi seçimini kendi yapmalıdır," dedi Catelyn. "Gümüşleri onlar kazandı ve nasıl harcayacakları benim meselem değil."

"Nasıl isterseniz leydim," dedi Moreo reverans yaparak ve gülümseyerek.

Moreo'dan emin olamayan Catelyn kürekçilere gümüşleri kendi elleriyle verdi. Her adama bir gümüş ve eşyalarını Moreo'nun tavsiye ettiği, Visenya Tepesi'ndeki hana taşıyan iki adama bir bakır. Han, Yılanbalığı Sokağı'nda derme çatma eski bir binaydı. Sahibi şaşı, suratsız yaşlı bir kadındı. Catelyn ve Sör Rodrik'e şüpheyle bakmış, Catelyn'in verdiği sikkenin gerçek olup olmadığını kontrol etmek için dişiyle ısırmıştı. Binanın derme çatma haline rağmen odalar geniş ve havadardı. Moreo, Kral Toprakları'ndaki en iyi balık buğulamanın bu handa yapıldığını söylemişti ama her şeyden önemlisi, hanın sahibi kadın onların isimlerini hiç merak etmiyordu.

"Ortak salona inmemeniz iyi olur," dedi Sör Rodrik. Eşyalarını odalarına yerleştirmişlerdi. "Böyle bir yerde bile casus gözler olabilir." Başlıklı koyu renk pelerinin altında bir örgü zırh, hançer ve kılıç vardı. "Gece olmadan Sör Aron'la birlikte geleceğim," diye söz verdi. "Şimdi dinlenin siz leydim," dedi.

Catelyn gerçekten *yorgundu*. Yolculuk uzun ve tüketiciydi. Catelyn de eskisi kadar genç sayılmazdı artık. Odasının penceresi sokağı, diğer binaların çatılarını ve Karasu manzarasını görüyordu. Yolda hızlı adımlarla yürüyen Sör Rodrik'i izledi bir süre. Rodrik kalabalığın arasında kaybolunca onun tavsiyesini dinlemeye karar verdi. Yatak kuş tüyü yerine samanla doldurulmuştu ama Catelyn uykuya dalmakta hiç zorluk çekmedi.

Kapısındaki yumruk sesiyle uyandı.

Yatağından fırladı. Penceresinden görünen Kral Toprakları'nın çatıları batmaya başlayan güneşle kızıla boyanmıştı. Düşündüğünden daha fazla uyumuştu. Kapı tekrar yumruklandı ve bir ses, "Kral adına kapıyı açın," diye bağırdı.

"Bir dakika," diye seslendi Catelyn. Üzerine pelerinini aldı. Hançer masanın üstündeydi. Ağır ahşap kapıyı açmadan önce hançeri kaptı.

Odaya giren adamlarının üzerinde Şehir Muhafızları'nın giydiği siyah örgü zırh ve altın renkli pelerin vardı. Başlarındaki, Catelyn'in elindeki hançeri görüp gülümsedi. "Ona ihtiyacınız yok leydim, biz size kaleye kadar eşlik edeceğiz sadece," dedi.

"Kimin emriyle?" diye sordu Catelyn.

Adam, Catelyn'e bir kurdela gösterdi. Catelyn'in nefesi boğazında sıkıştı. Kurdelanın üstündeki gri mühürde bir alaykuşu vardı. "Petyr," dedi. Bu kadar çabuk. Sör Rodrik'in başına bir şey gelmiş olmalıydı. Muhafıza baktı. "Kim olduğumu biliyor musunuz?" diye sordu.

"Hayır leydim," diye yanıtladı adam. "Lord Serçeparmak sizi ona götürmemizi ve kesinlikle kötü muamele görmemenizi emretti."

Catelyn başıyla onayladı. "Lütfen dışarıya, giyinmemi bekleyin," dedi.

Ellerini odadaki çanakta temizledi ve yeni sargılar sardı. Korsesini giymeye, kahverengi pelerininin düğmesini kapatmaya çalışırken parmaklarının ne kadar kalın ve garip olduğunu gördü. Serçeparmak burada olduğunu nasıl öğrenmişti? Sör Rodrik asla söylemezdi. Sör yaşlı olabilirdi ama son derece inatçı ve sadıktı. Geç mi kalmışlardı yoksa? Lannisterlar Kral Toprakları'na onlardan önce mi varmışlardı? Hayır. Böyle olsaydı Ned de burada olurdu ve yanına gelirdi. Peki nasıl...?

Sonra *Moreo* geldi aklına. Kahrolası adam kim ve nerede olduklarını biliyordu. Verdiği bilgi karşılığında iyi para almış olmasını umdu.

Adamlar Catelyn için bir at getirmişti. Yola çıktıklarında sokak lambaları yakılmaya başlamıştı. Bütün gözler altın pelerinli muhafızlar arasında at süren Catelyn'i izliyor gibiydi. Kızıl Kale'ye vardıklarında kalenin yivli kapıları indirilmişti ve büyük kapılar hava karardığı için kapatılmıştı ama kalenin pencereleri titreşen ışıklarla capcanlıydı. Muhafızlar duvarların dışında atlarından indiler ve Catelyn'i dar bir arka kapıya götürdüler. Oradan da sonu gelmez kule merdivenlerine.

Petyr odada yalnızdı. Ağır ahşap bir masada oturuyor, bir yağ lambasının ışığında bir şeyler yazıyordu. Muhafızlar Catelyn'i odaya soktuklarında kalemini bıraktı ve baktı. "Cat," dedi hafif bir sesle.

"Buraya neden bu şekilde getirildim?"

Serçeparmak masadan kalktı ve muhafızlara kaba bir el işareti yaptı. "Bizi yalnız bırakın." Adamlar odadan çıktı. "Sana nezaketsizlik etmediklerine eminim," dedi adamlar çıktıktan sonra. "Onlara sana nasıl davranmaları gerektiği konusunda çok net emirler verdim." Catelyn'in ellerini gördü. "Ellerin..."

Catelyn ima edilen soruyu duymazdan geldi. "Bir hizmetçi kadın gibi kolumdan çekilip bir yerlere götürülmeye alışık değilim," dedi buz gibi sesiyle. "Sen küçük bir çocukken bile nezaket kurallarını bilirdin."

"Seni kızdırmışım leydim," dedi. "Amacım asla bu değildi." Pişman görünüyordu. Gözlerindeki bakış Catelyn'e eski günleri anımsattı. Muzip bir çocuktu ama yaramazlıkları ortaya çıktıktan sonra hep bu ifade olurdu yüzünde. Ona verilmiş bir hediye gibiydi bu hali. Yıllar onu çok değiştirmemişti. Petyr ufak tefek bir çocuktu. Büyüyünce de ufak tefek bir adam olmuştu. Catelyn'den birkaç parmak kısaydı. İnce ve çevik. Yüzünün keskin hatları ve gülen gri yeşil gözleri aynı Catelyn'in hatırladığı gibiydi. Çenesinde bir keçisakalı vardı şimdi ve daha otuz yaşına gelmemiş olmasına rağmen saçlarında gümüş teller saçılmıştı. Pelerinine işlenmiş gümüş alaykuşuyla uyumluydu saçları. Çocukken de severdi gümüşü.

"Burada olduğumu nasıl öğrendin?" diye sordu Catelyn.

"Lord Varys her şeyi bilir," diye cevapladı muzipçe. "Birazdan bize katılacak ama önce ben seninle yalnız görüşmek istedim. Uzun zaman oldu Cat. Kaç yıl?"

Catelyn hukuklarından dem vuran bu soruyu duymazdan geldi. Daha önemli sorular vardı. "Yani beni, Kral Örümceği buldu," dedi.

Serçeparmak ürkmüş gibi, "Ona böyle hitap etme. Çok hassastır. Hadım olduğu için belki," dedi. "Bu şehirde olup biten her şeyi bilir Varys. Bazen olmadan *önce* bilir. Her yerde muhbirleri var. Küçük kuşlarım diyor onlara. Kuşlarından biri senin geldiğini haber almış. Tanrılara şükür ki önce bana söyledi."

"Neden sen?"

"Neden ben olmayayım? Ben hazine başıyım. Kralın danışmanlarından biriyim. Selmy ve Lord Renly, Robert'ı karşılamak üzere kuzeye gitti ve Lord Stannis de Ejderha Kayası'nda. Burada sadece ben ve Üstat Pycelle kaldık. Bana gelmekle en doğru şeyi yaptı. Ben her zaman kardeşin Lysa'nın dostu oldum, bunu da gayet iyi biliyor."

"Varys olanları da bili..."

"Lord Varys her şeyi bilir... senin neden burada olduğun dışında her şeyi." Bir kaşını kaldırdı. "Neden bura*dasın*?"

"Bir eşin kocasının yanında olmayı istemeye, kızlarını özlemeye hakkı var, değil mi? Buna kim hayır diyebilir?"

Serçeparmak güldü. "Ah, bu güzeldi leydim ama lütfen bunlara inanmamı bekleme. Seni çok iyi tanıyorum. Tullyler ne der hep?"

Catelyn'in boğazı kurumuştu. "*Aile, Görev, Onur,*" diye ezbere söyledi sertçe. Serçeparmak onu gerçekten iyi tanıyordu.

"Aile, Görev, Onur," diye tekrar etti Petyr. "Bunlar senin Kışyarı'nda, El'in seni bıraktığı yerde kalman için yeterli sebepler. Hayır leydim, bir şey olmuş. Bu ani yolculuk çok acil bir durum olduğunu anlatıyor zaten. Yalvarırım yardım etmeme izin ver. Eski dostlar birbirlerine güvenmek konusunda tereddüt etmemeli." Kapıya yumuşak bir şekilde vuruldu. "Girin," diye seslendi Serçeparmak.

Kapıdan, parfüme bulanmış, pudralanmış, bir yumurta kadar kel ve toparlak bir adam girdi. Mor ipek bir cübbenin üstüne, altın ipliklerden örülmüş bir yelek giymişti. Ayaklarında sivri burunlu kadife terlikler vardı. "Leydi Stark," dedi kadının ellerini elleri arasına alırken, "Bunca yıldan sonra sizi tekrar görmek ne büyük bir mutluluk." Elleri bakımlı ve yumuşacıktı. Nefesi leylak gibi kokuyordu. "Ah, zavallı elleriniz. Yoksa elleriniz yandı mı tatlı leydim? Parmaklar çok hassas olur... Sevgili Üstat Pycelle olağanüstü merhemler hazırlar, size bir kavanoz gönderteyim mi?"

Catelyn ellerini çekti. "Teşekkürler lordum ama kendi üstadımız Luwin yaramla ilgilendi."

Varys başını kederle salladı. "Oğlunuzun durumuyla ilgili haberleri aldığımda ölümüne üzüldüm leydim. O kadar küçük yaşında... Tanrılar çok zalim," dedi.

"İşte bu konuda sizinle hemfikiriz Lord Varys," diye karşılık verdi Catelyn. Lord unvanını konsey üyesi olduğu için almıştı. Varys sadece örümcek ağlarının lordu ve küçük kuşlarının efendisiydi aslında.

Hadım yumuşak ellerini iki yana açtı. "Eşinize, yani yeni El'imize de fevkalade saygı duyarım leydim. Her ikimizin de Kral Robert'ı sonsuz sevdiğini biliyorum."

"Evet," dedi Catelyn kendini zorlayarak. "Buna hiç şüphe yok."

"Hiçbir kral, Kral Robert kadar sevilmedi," dedi Serçeparmak. "En azından Lord Varys'in kulaklarının olduğu yerlerde." Muzipçe sırıttı.

"Muhterem leydi," dedi Varys büyük saygıyla, "Özgür Şehirler'de olağanüstü şifacılar var. Sevgili oğlunuz için birini göndermemi isterseniz tek sözünüz yeter."

"Üstat Luwin, Bran için yapılabilecek her şeyi yapıyor," diye karşılık verdi Catelyn. Burada, bu adamlarla Bran'ı konuşmayacaktı. Serçeparmak'a çok az güveniyordu, Lord Varys'e zerre kadar güven duymuyordu. Onlara kederini göstermeyecekti. "Lord Baelish buraya getirildiğim için size teşekkür etmem gerektiğini söyledi."

Varys küçük bir kız gibi kıkırdadı. "Ah evet. Sanırım suçluyum. Umarım beni bağışlarsınız leydim." Bir koltuğa oturdu ve ellerini kucağında birleştirdi. "Hançeri bize göstermenizin bir mahsuru var mı diye meraklanıyorum," dedi.

Catelyn Stark inanamaz gözlerle baktı hadıma. *Bu adam gerçekten bir örümcek*, diye düşündü bir an için düşündüğünün gerçek olduğuna inanarak. Kimsenin bilmesinin mümkün olmadığı şeyleri biliyordu. Hançerden haberdar olması mümkün değildi. Eğer... "Sör Rodrik'e ne yaptınız?" diye sordu sert bir ses tonuyla.

Serçeparmak'ın kafası karışmıştı. "Kendimi savaş alanına

mızraksız çıkmış şövalye gibi hissediyorum. Hangi hançerden bahsediyorsunuz? Sör Rodrik kim?"

"Sör Rodrik Cassel, Kışyarı'nın silah ustasıdır," diye bilgi verdi Varys. "Telaşlanmayın leydim. Kıymetli şövalyeye hiçbir şey olmadığına dair güvence verebilirim size. Bugün öğle saatlerinde kaleye haber gönderdi. Cephanelikte Sör Aron Santagar ile buluştu ve özel bir hançer hakkında konuştular. Kaleden birlikte ayrıldılar ve kaldığınız şu sefil hana gittiler. Hâlâ oradalar. İçiyorlar ve sizin dönüşünüzü bekliyorlar. Sör Rodrik sizi handa bulamayınca oldukça telaşlandı."

"Bütün bunları nasıl biliyorsun?"

"Küçük kuşlarım fısıldıyor leydim," dedi gülümseyerek. "Konular bilgim dâhilindedir güzel leydim. Benim hizmetimin doğası bu." Omuz silkti. "Hançer şu an *yanınızda*, öyle değil mi?"

Catelyn hançeri pelerininin içinden çıkardı ve adamın önündeki sehpaya attı. "İşte burada. Belki küçük kuşlarınız bu hançerin kime ait olduğunu da fısıldar bize."

Varys abartılı bir özenle hançeri aldı ve paşparmağını bıçağının üzerinde gezdirdi. Parmağından sızan kanı görünce bir çığlık attı ve hançeri masaya düşürdü.

"Dikkatli olun. Son derece keskin," dedi Catelyn.

"Hiçbir şey Valyria çeliği kadar keskin olamaz," dedi Serçeparmak. Varys kan akan parmağını emiyor, küskün ama ikaz dolu gözlerle Catelyn'e bakıyordu. Serçeparmak hançeri eline alıp sapını inceledi. Hançeri havaya attı ve düşerken diğer eliyle yakaladı. "Kusursuz bir denge," dedi. "Bu hançerin sahibini mi bulmak istiyorsun? Bu yüzden mi buralara kadar geldin? Sör Aron'a gitmene gerek yoktu ki leydim. Bana gelmeliydin."

"Ve gelseydim, bana ne söyleyecektin?"

"Sana Kral Toprakları'nda bu hançere sahip olabilecek yalnızca bir kişi var diyecektim." Hançerin ucunu başparmağı ve işaret parmağının arasına aldı. Hançeri omzunun üstüne doğru kaldırdı ve ustaca bir bilek hareketiyle odanın karşı duvarına fırlattı. Hançer bir ok gibi yol aldı ve meşe kapıya gömüldü. Saplandığı yerde titriyordu. "Bu benim."

"*Senin mi?*" Hiç anlam veremiyordu Catelyn. Petyr, Kışyarı'na gelmemişti.

"Prens Joffrey'nin isim gününde düzenlenen turnuvaya kadar benimdi." Hançeri saplandığı yerden çıkarmak için meşe kapıya doğru yürüdü. "Mızrak müsabakasında, sarayın yarısı gibi ben de Sör Jaime üzerine bahse girdim." Petyr'ın yüzündeki mahçup gülümseme, onu yine bir çocukmuş gibi gösteriyordu. "Loras Tyrell, Sör Jaime'yi atından düşürünce hepimiz biraz fakirleştik haliyle. Sör Jaime yüz altın ejderha kaybetti. Kraliçe zümrüt bir kolye ucu ve ben de bu hançeri. Majesteleri zümrüdünü geri aldı ama diğer her şey kazananda kaldı."

"*Kim?*" diye sordu Catelyn talepkar şekilde. Ağzı korkudan kurumuştu. Parmakları yine sızlıyordu.

Lord Varys Catelyn'i izlerken, "İblis," dedi Serçeparmak. "Tyrion Lannister."

JON

Avlu kılıçların şarkısıyla çınlıyordu.

Yün, kaynatılmış deri ve örgü metalden yapılmış zırhının altında buz gibi terler döken Jon baskısını arttırdı. Grenn acemice bir savunma yaparken geriye doğru tökezledi. Kılıcını tekrar havaya kaldırdığında Jon eğilerek kılıcın altına girdi ve çocuğun bacağının arkasına bir darbe indirdi. Hareketi çocuğun yalpalamasına sebep oldu. Grenn'in yukarıdan savrulan kılıcı, miğferini ezen bir başka darbeyle yanıtlandı. Grenn bir yan darbe denemeye kalkıştığında Jon çevik bir hareketle kılıcın menzilinden kaçtı ve çocuğun koluna bir karşı darbe indirdi. Grenn dengesini tamamen kaybederek yere düştü. Jon çocuğun bileğine vurarak kılıcını elinden düşürdü. Grenn acı dolu bir çığlık attı.

"*Yeter!*" diye bağırdı Sör Alliser Thorne, Valyria çeliği kadar keskin bir sesle.

Grenn kolunu tutuyordu. "Bu piç kolumu kırdı," dedi.

"Bu piç seni sakatladı, o boş kafatasını ikiye ayırdı ve elini kesip attı. Daha doğrusu kılıçların keskin kenarları olsaydı bunlar olacaktı. Şanslısın ki Gece Nöbetçileri'nde süvari kadar seyis yardımcısına da ihtiyacımız var," dedi Sör Alliser. Jeren ve Kurbağa'ya döndü. "Şu yaban öküzünü yerden kaldırın, cenaze hazırlıkları yapması gerekiyor."

Diğer çocuklar Grenn'i yerden kaldırırken Jon miğferini çıkardı. Yüzüne çarpan dondurucu sabah havası iyi gelmişti. Kılıcına doğru eğildi, derin bir nefes aldı ve kısa bir an zaferinin tadını çıkardı.

"Bu bir uzun kılıç, yaşlı bir adamın bastonu değil. Bacakların ağrımaya başladı mı Lord Kar?" diye sordu Sör Alliser sert sesiyle.

Jon bu isimden nefret ediyordu. Talimlerin başladığı ilk gün, Sör Alliser alay etmek için bu şekilde hitap etmişti Jon'a ve diğer çocuklar da ona böyle seslenmeye başlamıştı. Uzunkılıcı kınına yerleştirdi. "Hayır," dedi.

Thorne ona doğru geldi. Adım attıkça, giydiği siyah deri kıyafetten gıcırdama sesleri geliyordu. Elli yaşlarında, kısa, çevik ve güçlü bir adamdı. Siyah saçlarına aklar düşmüştü ve gözleri oniks gibiydi. "Şimdi de gerçeği söyle," diye emretti.

"Yoruldum," diye itiraf etti Jon. Mücadeleden geri kalan morlukların sızısını hissetmeye başlamıştı ve kılıcın ağırlığından dolayı kol kasları yanıyordu.

"Güçsüzsün."

"Kazandım."

"Hayır, o yaban öküzü kaybetti."

Diğer çocuklardan biri kıs kıs güldü. Jon cevap vermemesi gerektiğini biliyordu. Sör Alliser'in karşısına çıkardığı herkesi yenmişti ama hiçbir şey kazanamamıştı. Silah ustasından aldığı tek ödül hor görülmekti. Thorne'un kendisinden nefret ettiğine inanmıştı ama diğer çocuklardan daha fazla nefret ediyordu.

"Bu kadar yeter," dedi. "Midem bugün daha fazla beceriksizliği kaldırmaz. Eğer Ötekiler karşımıza çıkarsa dua edelim de okçuları olsun çünkü okçu yeminden başka bir halt olmaz sizden."

Jon cephaneliğe giden diğer çocukları takip etti, yalnız yürüyordu. Burada hep yalnız yürüyordu. Eğitim aldığı grupta yirmi kadarlardı ama birine bile arkadaşım diyemiyordu. Çoğu ondan iki üç yaş büyüktü ama biri bile on dört yaşındaki Robb'un yarısı etmezdi dövüşte. Dareon hızlıydı ama kendisine vurulmasından korkuyordu. Pyp kılıcını hançermiş gibi kullanıyordu. Jeren bir kız kadar güçsüzdü. Grenn ağır ve hantaldı. Halder'in darbeleri zalim ve güçlüydü ama karşısındakinin ataklarına bodoslama dalıyordu. Onlarla geçirdiği her dakika biraz daha tiksiniyordu Jon hepsinden.

İçeride, diğerlerini görmezden gelerek kılıcını ve kınını duvardaki kancaya astı. Sırasıyla zırhını, derilerini ve terden sırılsıklam olmuş yünlülerini çıkardı. Geniş odanın her iki ucunda yanan demir kömür sobalarına rağmen titredi. Soğuk her vakit yanındaydı burada. Birkaç yıl içinde sıcak hissetmenin nasıl bir şey olduğunu unutacaktı.

Kabaca dokunmuş günlük siyah elbiselerini giyerken aniden yorgunluk çöktü üstüne. Pelerininin bağlarını beceriksiz parmaklarıyla bağlamaya çalışırken bir sıraya oturdu. *Çok soğuk*, diye düşündü. Kışyarı'nın sıcak koridorlarını hatırladı. Bir adamın damarlarında dolaşan kan gibi sıcak sular dolaşırdı Kışyarı'nın duvarlarında. Kara Kale'de neredeyse hiç sıcaklık yoktu. Buranın duvarları soğuktu, insanları daha da soğuk.

Gece Nöbetçileri'nin böyle olacağını Tyrion Lannister dışında kimse söylememişti ona. O cüce kuzeye yaptıkları yolculuk sırasında bütün gerçeği anlatmıştı ama çok geçti artık. Babası Sur'un böyle bir yer olduğunu biliyor muydu acaba? Biliyor olmalıydı. Bunu düşünmek canının daha fazla yanmasına sebep oluyordu.

Dünyanın sonundaki bu buz gibi yerde amcası bile terk etmişti onu. Cana yakın Benjen Stark bambaşka bir adama dönüşmüştü burada. O Baş Korucu'ydu. Günlerini gecelerini Lord Kumandan Mormont, Üstat Aemon ve diğer üst düzey korucularla birlikte geçiriyordu. Jon, zalim Sör Alliser Thorne'un himayesine verilmişti.

Geldiklerinin üçüncü gününde, Benjen Stark'ın önderliğindeki altı kişilik bir ekibin Tekinsiz Orman'a keşfe çıkacaklarını duymuştu. Amcasını büyük ortak salonda bulmuş ve onunla gitmek için yalvarmıştı. Benjen kaba ve net bir şekilde terslemişti Jon'u. "Burası Kışyarı değil," dedi yediği eti çatal ve hançerle keserken. "Sur'da sadece hak ettiği şeye sahip olur insan. Sen korucu değilsin Jon. Üzeri hâlâ yaz kokan yeşil bir çocuksun."

Jon bir aptal gibi devam etmişti tartışmaya. "Bir dahaki isim günümde on beş yaşında olacağım. Yetişkin bir erkek sayılacağım."

Benjen Stark kükremişti. "Sen bir çocuksun ve Sör Alliser, Gece Nöbetçileri'ne uygun bir erkek olduğunu söyleyene kadar da bir çocuk olarak kalacaksın. Eğer buraya gelirken, taşıdığın Stark kanının sana kolaylıklar sağlayacağını düşündüysen yanılmışsın. Bütün aile bağlarımızı koparırız biz burada. Babanın kalbimde her zaman yeri olacak ama benim asıl kardeşlerim *bu adamlardır.*" Elindeki hançerle salondaki soğuk, sert, karalara bürünmüş adamları işaret etmişti.

Ertesi sabah, amcasının gidişini görmek için erkenden uyanmıştı Jon. Koruculardan biri neşeyle şarkı söyleyerek aygırını eyerliyordu. Ben Stark adama gülümsedi ama yeğenine bir tebessümü yoktu. "Sana daha kaç kere hayır demek zorundayım Jon? Döndüğümde konuşacağız."

Amcası atını bir tünele doğru sürerken, Tyrion Lannister'ın Kral Yolu'nda söylediklerini hatırladı ve zihninde Benjen Stark'ın kanlar içinde karda yattığını canlandırdı. Bu düşünce midesini bulandırdı. Ona neler oluyordu böyle? Sonra hücresinin yalnızlığında Hayalet'i buldu. Yüzünü hayvanın kalın beyaz tüylerine gömdü.

Eğer yalnız olmak zorundaysa, yalnızlığını kalkanı haline getirecekti. Kara Kale'de bir tanrı korusu yoktu. Yalnızca küçük bir sept ve septin sarhoş rahibi. Jon, eski ya da yeni hiçbir tanrıya dua etme isteği duymuyordu içinde. Eğer tanrılar gerçekten varsa, kış kadar acımasız ve zalimdiler.

Gerçek kardeşlerini özlüyordu. Işıldayan parlak gözleriyle bir parça şeker için yalvaran bebek Rickon'u; en yakın arkadaşı ve bir dakikalarının ayrı geçmediği Robb'u; inatçı, meraklı ve Jon'la Robb'un peşinden hiç ayrılmak istemeyen sevgili Bran'ı. Kızları da özlüyordu. *Piç* kelimesinin ne anlama geldiğini öğrendiği andan itibaren, Jon'a sadece "üvey kardeşim" diyen Sansa'yı bile özlüyordu. Ve Arya... Kabuk tutmuş dizleri, karmakarışık saçları, sürekli yırttığı kıyafetleriyle, korkusuz, cana yakın, sıska, tatlı küçük Arya'yı, Robb'dan bile çok özlüyordu. Arya da kendisi gibi uyum sağlayamayanlardandı. Ama... o, Jon'u gülümsetecek bir şeyler bulurdu hep. Şu an Arya'nın yanında olmak, saçlarını bir kez daha karıştırmak ve aynı cümleyi onunla aynı anda söyleyebilmek için her şeyini feda edebilirdi.

"Bileğimi kırdın piç."

Jon gözlerini kaldırdı. Grenn kalın boynu ve kırmızı yüzüyle üzerine eğilmişti. Arkasında üç arkadaşı vardı. Todder'ı tanıyordu. Eğitimdeki çocuklar ona Toad yani Kurbağa diyorlardı. Garip sesli, kısa, çirkin bir çocuktu. Diğer ikisi, Yoren'in Parmaklar'dan getirdiği tecavüzcü çocuklardı. Jon isimlerini hatırlamıyordu. Hemen hemen hiç konuşmamıştı onlarla. Her ikisi de içlerinde onurdan zerre bile taşımayan zorba hayvanlardı.

Jon ayağa kalktı. "Nazikçe sorarsan diğerini de memnuniyetle kırarım," dedi. Grenn on altı yaşındaydı ve Jon'dan bir baş daha uzundu. Diğerleri de Jon'dan daha iriydi ama onu korkutmuyorlardı. Avluda hepsini teker teker yenmişti daha önce.

"Belki de biz senin kemiklerini kırarız," dedi tecavüzcülerden biri.

"Deneyin," dedi Jon duvarda asılı kılıcına uzanırken. Çocuklardan biri Jon'un kolunu yakaladı ve geriye doğru büktü.

"Bizim kötü görünmemize sebep oluyorsun," dedi Kurbağa.

"Siz benimle tanışmadan önce de kötü görünüyordunuz," diye cevap verdi Jon.

Kolunu biraz daha büktü çocuk. Canı yanıyordu ama hiç ses çıkarmadı.

Kurbağa biraz daha yaklaştı. "Küçük lordun bir ağzı da varmış meğer," dedi. Küçük ve parlak gözleri domuz gözlerine benziyordu. "Bu ağzı annenden mi aldın piç? Annen kim, bir fahişe mi yoksa? Bana adını söyle. Belki benim altıma da yatmıştır birkaç kez." Güldü.

Jon bir yılan gibi kıvrılarak, kolunu tutan çocuğun ayağına topuğuyla vurdu. Çocuktan bir çığlık yükseldi ve Jon'un kolunu bıraktı. Kurbağa'nın üzerine atlayıp bir sıranın üstüne devirdi. İki eliyle boğazını sıkıp göğsüne oturdu. Kafasını yere vurmaya başladı.

Parmaklar'dan gelen iki çocuk, Jon'u Kurbağa'nın üzerinden çekip yere fırlattı. Grenn yerdeki Jon'u tekmelemeye başladı. Gümbürdeyen bir ses cephaneliğin kasvetli havasını kestiğinde, Jon tekmelerden kurtulmak için yerde yuvarlanmaya başlamıştı. "HEMEN KESİN ŞUNU. *HEMEN*!"

Jon ayağa kalktı. Donal Noye öfkeyle çocuklara bakıyordu. "Dövüşler avluda yapılıyor," dedi zırh ustası. "Cephaneliğimde kavga istemem. Burada benim kavgam olur ve bu hiç hoşunuza gitmez."

Kurbağa yere oturdu. Eliyle kafasına dokundu, parmakları kana bulandı. "Beni öldürmeye çalıştı," dedi.

"Doğru söylüyor, ben şahidim," dedi tecavüzcülerden biri.

"Bileğimi kırdı," diyerek tekrar konuştu Grenn. Noye görebilsin diye kolunu yukarı kaldırdı.

Zırh ustası çocuğun bileğine göz ucuyla baktı. "Sadece bir morluk, basit bir burkulma. Üstat Aemon'a git sana bir merhem versin. Todder, sen de gidip şu kafanı göster. Geri kalanlar hücrelerinize dönün," dedi. "Sen değil Kar. Sen burada kal."

Diğerleri cephanelikten ayrılırken Jon uzun tahta sıraya yığılır gibi oturdu. Çocuklar tehdit eden gözler ve gelecekte başına açacakları dertleri söz veren bakışlarla dışarı çıktılar. Jon'un kolu zonkluyordu.

"Gece Nöbetçileri'nin bulabildiği her adama ihtiyacı var," dedi Noye yalnız kaldıklarında. "Todder gibi adamlara bile. Onu öldürmek sana onur kazandırmaz."

Jon'un gözleri öfkeyle parladı aniden. "Annemin bir..."

"...fahişe olduğunu söyledi, duydum. Söylese ne olur?" diye sordu Noye. "Lord Eddard Stark bir fahişeyle yatmaz. Onun onuru..."

"...bir piç peydahlamaktan alıkoymadı onu," dedi Jon soğuk bir şekilde. "Öyle değil mi?"

Jon öfkeden buz kesmişti. "Gidebilir miyim?"

"Ben git dediğim zaman gidebilirsin."

Jon üzerinden dumanlar tüten sobaya dikti gözlerini. Noye kalın parmağını Jon'un çenesine koyup kafasını çevirdi. "Seninle konuştuğumda bana bak çocuk."

Jon baktı. Zırh ustasının göğsü bir bira fıçısı gibi genişti ve göğsüne uygun bir göbeği vardı. Burnu düz ve kocamandı. Yüzü her zaman tıraş istiyormuş gibi görünüyordu. Siyah yün tuniğinin kolu, uzun kılıç şekilli gümüş bir iğneyle omzuna tutturulmuştu. "Kelimeler anneni bir fahişe yapmaz. O neyse odur. Kurbağa'nın söylediği hiçbir şey gerçeği değiştirmez. Biliyor musun, anneleri gerçekten fahişe *olan* pek çok adam var Sur'da."

Benim annem değil, diye düşündü Jon inatla. Annesi hakkında hiçbir şey bilmiyordu. Eddard Stark ona hiçbir şey anlatmamıştı ama bazen rüyasında görürdü annesini. Yüzünü görecekmiş gibi bile olurdu bazen. Rüyalarındaki annesi çok güzeldi, asil bir kandandı ve nazikti.

"Soylu bir lordun piçi olmanın zor olduğunu mu düşünüyorsun? Şu çocuk, Jeren, bir rahibin tohumu ve Cotter Pyke bir taverna fahişesinin mahzende doğurduğu oğlu. Şimdi Kıyıdaki Doğugözcüsü'nün kumandanı."

"Umrumda değil," diye karşılık verdi Jon. "Onlar umrumda değil, sen, Thorne ve Benjen Stark da umrumda değilsiniz. Hiç kimse umrumda değil. Buradan nefret ediyorum. Burası... çok soğuk."

"Evet. Soğuk, zor ve acımasız. Burası Sur. Bunlar da Sur'da yürüyen adamlar. Sütannenin anlattığı hikâyelere benzemez. O hikâyelerin üstüne işe. Sütannenin üstüne işe. Gerçek burada ve sen hayatın boyunca buradasın. Bizim gibi."

"Hayat," diye tekrarladı Jon acı dolu bir sesle. Zırh ustası hayattan bahsedebilirdi. Onun bir hayatı olmuştu. Fırtına Burnu kuşatmasında bir kolunu kaybettikten sonra siyahları kuşanmıştı o. Ondan önce, kralın kardeşi Stannis Baratheon'ın zırh ustasıydı. Yedi Krallık'ı bir ucundan diğerine gezip görmüştü. Ziyafetlere katılmış, kadınlarla yatmış, yüz kadar çatışmada savaşmıştı. Kral Robert'ın, Üç Dişli Mızrak'ta Rhaegar Targaryen'ın göğsüne inen savaş baltasını Donal Noye'un dövdüğü söyleniyordu. Jon'un asla yapamayacağı her şeyi yapmıştı ve otuzunu geçip yaşlandıktan sonra, omzuna aldığı balta darbesinin yarası kapanmayıp, sonunda kolu omzundan ayrıldıktan sonra, bir sakata dönüştükten sonra Sur'a gelmişti. Tam bir hayat yaşayıp, o hayatı bitirdikten sonra.

"Evet, hayat," dedi Noye. "Uzun ya da kısa bir hayat olmasına sen karar vereceksin. Bu şekilde davranmaya devam edersen, bir gece kardeşlerinden biri keser boğazını."

"Onlar benim kardeşim filan değil. Benden nefret ediyorlar çünkü onlardan iyiyim."

"Hayır. Senden nefret ediyorlar çünkü sen onlardan iyiymişsin gibi davranıyorsun. Sana bakıyorlar ve kalede büyümüş, kendisini lord zanneden bir piç görüyorlar. Sen bir lord değilsin. Bunu asla unutma. Senin soyadın Kar, Stark değil. Sen bir piç ve bir zorbasın."

"*Zorba* mı?" Jon kelimeyi söylerken boğulacak gibi oldu. Bu öyle haksız bir suçlamaydı ki nefesi kesilmişti. "Bana saldıran onlardı. Dört kişi birden üzerime geldiler."

"Avluda küçük düşürdüğün dört kişi üzerine geldi. Muhtemelen senden korkan dört kişi. Seni dövüşürken izledim. Senin yaptığın şeye talim denemez. Elinde keskin kenarlı bir kılıç olsa hepsi ölü etlerdi şimdi. Bunu biliyorum, sen de biliyorsun, onlar da biliyor. Onlara hiçbir şey bırakmıyorsun. Onları utandırıyorsun. Kendinle gurur duymana neden oluyor mu bu?"

Jon tereddüt etti. Kazandığında gurur duyuyordu elbette. Neden duymasındı ki? Ama zırh ustası sanki Jon yanlış bir şey yapıyormuş gibi konuşuyordu. "Hepsi benden büyük," dedi kendini savunur bir sesle.

"Daha büyükler, daha iriler ve daha kuvvetliler, bu doğru. Ama Kışyarı'ndaki silah ustasının sana kendinden büyüklerle savaşmayı öğrettiğine bahse girerim. Kimdi o? Yaşlı bir şövalye mi?"

"Sör Rodrik Cassel," dedi Jon tedirgin bir şekilde. Bu soruda bir tuzak vardı, hissediyordu.

Donal Noye, Jon'un suratına doğru eğildi. "Şimdi şunu düşün çocuk. Bu çocukların hiçbiri Sör Alliser'den başka silah ustası görmedi. Onların babaları çiftçi, arabacı, kaçak avcı, demirci, madenci ya da bir ticaret gemisinde kürekçi. Güvertelerde, Kral Yolu'ndaki genelev ve tavernalarda, Lannis Limanı'nın ve Eski Şehir'in sokaklarında dövüş üzerine ne öğrenebilirlerdi sence? Buraya gelmeden önce birkaç kez sopa sallamışlardır belki ama sana yemin ederim ki bu yirmi çocuktan birinin bile cebine gerçek bir kılıç alacak kadar sikke girmemiştir." Bakışı zalimceydi. "Pekâlâ, zaferlerinin tadı şimdi nasıl geliyor ağzına Lord Kar?"

"Bana böyle seslenme," diye bağırdı Jon. Sesi sert çıkmıştı ama kızgınlığı güç kaybetmişti. Birdenbire suçlu ve utanmış hissetmişti kendini. "Hiç böyle düşünmemiştim. Ben asla..."

"Düşünmeye başlasan iyi edersin," diye uyardı Noye. "Düşün ya da yastığının altında bir hançerle uyu. Şimdi gidebilirsin."

Cephanelikten çıktığında gün neredeyse yarılanmıştı. Bulutların arasından güneş görünüyordu. Sırtını güneşe verdi ve gözlerini güneş ışığıyla kristal gibi parıldayan alev mavisi Sur'a dikti. Bunca haftadan sonra bile Sur'un görüntüsü ürpetiyordu Jon'u. Yüzyıllardır esen rüzgârlarların taşıdığı toprak Sur'u aşındırmış, kabarcıklar oluşturmuş ve üzerini zar gibi kaplamıştı. Çoğu zaman bulutlu havaların rengi gibi soluk griydi rengi... ama güneş çıktığında *parlıyordu*. Işıkla can buluyordu sanki.

Gökyüzünü yarısına kadar kaplayan mavi beyaz dev bir uçuruma dönüşüyordu.

Sur, Kral Yolu'ndan ilk kez göründüğünde, "İnsan eliyle yapılmış en büyük yapı," demişti Benjen Stark, Jon'a. "Ve hiç şüphesiz en işe yaramayanı," diye eklemişti Tyrion Lannister sırıtarak. Sur'a yaklaştıkça İblis'in sesi bile kesilmişti. Kuzey ufuk çizgisinde, doğuya ve batıya doğru uzanan, uçsuz bucaksız ve kırılmaz, soluk mavi Sur hattı millerce öteden bile görülebiliyordu. *Burası, dünyanın sonu*, diyordu sanki.

Sonunda Kara Kale'yi gördüklerinde, kalenin ahşap iç kaleleri ve taş kuleleri, buzdan bir duvarın altındaki kar örtüsüne dağılmış siyah oyuncak bloklar gibi göründü gözlerine. Kara kardeşlerin tarihi kalesi Kışyarı'na benzemiyordu, gerçek bir kale bile değildi. Kalenin surları yoktu. Doğusu, batısı ya da güneyi savunulamaz durumdaydı. Gece Nöbetçileri'nin ilgilendiği tek yön kuzeydi. Kuzey ve Sur'un arkasında uzanan daha kuzey. Yüksekliği iki yüz otuz metreydi. Barındırdığı iç kalelerin en yükseğinden üç kat daha uzun. Amcası, tepesinin bir düzine zırhlı atlının yan yana gidebileceği kadar geniş olduğunu söylemişti. Dev mancınıkların belli belirsiz hatları ve devasa ahşap vinçler, kocaman kuşların iskeletleri gibi tepede duruyordu. Aralarında yürüyen siyahlara bürünmüş adamlar birer karınca gibi görünüyordu.

Cephaneliğin dışında durup öylece seyrederken, Sur'u ilk gördüğü günkü kadar kendinden geçmiş haldeydi. Sur böyleydi. Bazen, gökyüzünün ve üzerine bastığı toprağın orada olduğunu unuttuğu gibi, Sur'un da orada olduğunu unutuyordu ama bazı zamanlarda dünyada Sur'dan başka hiçbir şey yokmuş gibi geliyordu. Sur, Yedi Krallık'tan daha yaşlıydı. Altında durup Sur'u izlemek Jon'un başını döndürüyordu. Üzerine yığılmış karın ezici ağırlığını hissedebiliyordu. Kar bir çığ halinde üzerinden inecek olsa, bütün dünya altında kalırdı, Jon biliyordu.

"Arkasında ne olduğunu merak ediyor insan," dedi tanıdık bir ses.

Jon arkasını döndü. "Lannister seni görmedim... yani, yalnız olduğumu sanıyordum," dedi.

Tyrion Lannister kat kat kürklere öyle bir sarınmıştı ki küçük bir ayı gibi görünüyordu. "Bir adamın bilinçsizliği çok şey anlatabilir. Neler öğrenebileceğini tahmin bile edemezsin."

"Benden öğrenebileceğin bir şey yok," dedi Jon. Sur'a vardıklarından beri çok az görmüştü cüceyi. Kraliçenin kardeşi olduğu için Sur'un onur konuğuydu. Kumandan, Kral Kulesi'nde bir oda tahsis etmişti kendisine; gerçi neredeyse yüzyıldır bir kralın Sur'u ziyaret ettiği görülmemişti. Lannister yemeklerini Mormont'un masasında yiyor, günlerini Sur'un kenarlarında at sürerek, gecelerini de Sör Alliser, Bowen Marsh ve diğer üst düzey askerlerle zar atıp içerek geçiriyordu.

"Ah, ben gittiğim her yerde bir şeyler öğrenebilirim," dedi Tyrion. Elindeki yamuk yumuk yürüme sopasını Sur'a doğru kaldırdı. "Ne diyordum... sence neden bir adam böyle bir duvar inşa eder ve diğeri arkasında ne olduğunu bilme ihtiyacı duyar hemen?"

Başını yana eğdi ve farklı renklerdeki meraklı gözleriyle Jon'a baktı. "Sen de arkasında ne olduğunu bilmek istiyorsun, değil mi?"

"Önemli bir şey yok," dedi Jon. O, Benjen Stark'ın korucularıyla birlikte at sürmek, Tekinsiz Orman'ın sırlarına şahit olmak, Mance Rayder'in yabanıllarıyla dövüşmek ve diyarı Ötekiler'den korumak istiyordu ama neler istediğinden bahsetmemek daha iyiydi bazen. "Korucular buz ve karla kaplı ormanlar, donmuş göller ve dağlardan başka bir şey olmadığını söylüyor."

"Ve canavarlarla yaratıklar," dedi Tyrion. "Onları unutmayalım, yoksa bu kocaman şeyi neden buraya dikmiş olsunlar. Öyle değil mi Lord Kar?"

"Bana Lord Kar deme."

Cüce bir kaşını kaldırdı. "Sana iblis denmesini mi tercih edersin? Sözleriyle seni incitebildiklerini onlara hissettirirsen alaylarından asla kurtulamazsın. Eğer sana bir isim vermeye kalkıyorlarsa, ismi al ve kendine mal et. Böylece, seni bir daha onunla yaralayamazlar." Elindeki sopayla yolu gösterdi. "Gel biraz yürü benimle. Ortak salonda iğrenç bir haşlama servis edecekler. Elimde bir tas kaynayan bir şey olması iyi gelebilir."

Jon da acıkmıştı, cüceyle yürümeye başladı. Adımlarını cücenin kısa ve garip adımlarına uydurmak için yavaşladı. Rüzgâr şiddetini arttırıyordu ve eski ahşap yapıların çıtırdama seslerini duyabiliyorlardı. Uzaktan, ağır bir kepengin çarpma sesi geliyordu. Tekrar ve tekrar, unutulmuş. Boğuk bir gümlemenin ardından çatılardan birinden bir kar *yığını* koptu ve ayaklarının dibine düştü.

"Kurdunu göremedim," dedi Lannister yürürken.

"Talime çıktığımda eski ahıra bağlıyorum. Bütün atları doğudaki ahırlara götürdüler, orada kimse rahatsız etmiyor onu. Diğer vakitlerde benim yanımda. Hücrem Hardin Kulesi'nde."

"Siperleri yıkılmış olan kule o, değil mi? Avlusu parçalanmış taşlarla dolu ve içkinin su gibi aktığı gecelerin sonunda Kral Robert'ın yamulduğu kadar eğilimli. Bütün bu binaların terk edilmiş olduğunu sanıyordum."

John omuz silkti. "Nerede uyuduğun kimsenin umrunda değil. Eski iç kalelerin çoğu boş ve girip istediğin hücrede uyuyabilirsin." Bir zamanlar tam beş bin savaşçı, onların hizmetkârları, atları ve silahları vardı Kara Kale'de. Şimdiyse o sayının beşte biri kadar adam ancak vardı ve kalenin bazı bölümleri harabeye dönmüştü.

Tyrion Lannister güldü, nefesi soğuk havada buharlaştı. "Sevgili babana söyleyeyim de biraz taş ustası tutuklatsın, yoksa kalen tamamen çökecek."

Jon, Tyrion'ın alay ettiğini biliyordu ama gerçek ortadaydı. Sur boyunca sıralanmış on dokuz kale vardı ama sadece üç tanesi kullanılıyordu. Rüzgârlı gri kıyıdaki Doğugözcüsü, Sur'un bittiği yerde dağların dibinde Gölge Kule ve ikisinin arasında kalan, Kral Yolu'nun sonundaki Kara Kale. Diğer kaleler uzun zamandır boştu. Sessiz, tekinsiz, siyah pencerelerinden içeri ıslık çalan soğuk rüzgârlar giren, balkonları ölülerin ruhlarıyla dolu metruk binalardı.

"Tek başıma olmam daha iyi," dedi Jon inatla. "Diğerleri Hayalet'ten korkuyor."

"Akıllı çocuklarmış," dedi Tyrion ve konuyu değiştirdi. "Amcanın çok uzaklarda olduğunu söylüyorlar."

Jon, kızgınlık anında dilediği dileği hatırladı. Kanlar içinde karda yatan Benjen Stark'ın görüntüsü geldi aklına. Cüce, insanların aklından geçenleri okuyabiliyordu bazen, bu yüzden hemen kafasını diğer tarafa çevirdi Jon. Cücenin, gözlerindeki suçluluğu görmesini istemiyordu. "İsim günümden önce döneceğini söylemişti," dedi. İsim günü gelip geçmişti oysa. On beş gün önceydi. Kimsenin umrunda olmamıştı. "Sör Waymar Royce'u arıyorlar, babası Lord Arryn'ın sancak beyi. Benjen amca, Gölge Kule'ye kadar gidebileceklerini söylemişti. Dağlara kadar gitmek demek bu, epey uzun bir yol."

"Son zamanlarda pek çok iyi korucunun kaybolduğunu duydum," dedi Tyrion ortak salonun merdivenlerine vardıklarında. "Canavarlar ve yaratıklar bu yıl çok acıkmış belli ki."

Harıl harıl yanan dev şömineye rağmen geniş salon serindi. Yüksek ahşap tavanın girintilerinde karga yuvaları vardı. Jon kuşların sesini duyabiliyordu. Aşçı bir tas haşlama ve bir somun kara ekmek getirdi. Grenn, Kurbağa ve diğer çocuklar şömineye yakın bir sıraya oturmuş, yüksek sesle konuşuyor, küfürler ediyor ve gülüyorlardı. Jon salona girdiğinde bir an düşünceli gözlerle onlara bakmış ve sonra salonun diğer ucunda, çocuklardan epey uzakta bir köşe bulmuştu.

Tyrion Lannister karşısına oturdu. Önündeki haşlamayı şüpheyle kokluyordu. "Arpa, soğan, havuç," diye mırıldandı. "Biri bu aşçılara, turp et değil demeli," dedi.

"Bu kuzu eti haşlaması," dedi Jon. Eldivenleri çıkarıp tastan yükselen buhara tuttu ellerini. Yemeğin kokusu ağzını sulandırmıştı.

"Kar."

Jon, Sör Alliser'in sesini tanıyordu ama bu sefer sesinde gizemli bir tını vardı.

"Lord Kumandan seni görmek istiyor. Hemen."

Jon bir an hareket etmekten bile korktu. Lord Kumandan onu neden görmek isteyebilirdi ki? Benjen'dan haber aldılar, diye düşündü endişeyle. Benjen ölmüştü işte, dileği gerçek olmuştu. "Amcam mı?" diye soruverdi telaşla. "Sağ salim döndü mü?"

"Lord Kumandan bekletilmeye alışık değildir," diye yanıtladı Alliser. "Ben de, emirlerimin bir piç tarafından sorgulanmasına alışık değilim," diye ekledi öfkeyle.

Tyrion Lannister sırayı itti ve ayağa kalktı. "Ağır ol Thorne, çocuğu korkutuyorsun," dedi.

"Seni ilgilendirmeyen konulara karışma Lannister. Senin burada yerin yok."

"Ama sarayda bir yerim var," dedi cüce gülümseyerek. "Doğru kulağa edilecek tek bir kelime, bir daha tek bir çocuğa bile eğitim veremeden, yaşlı ve huysuz bir adam olarak ölmene yeter. Şimdi söyle, Yaşlı Ayı neden çocuğu görmek istiyor. Amcasından bir haber mi var?"

"Hayır," dedi Sör Alliser. "Bambaşka bir konu. Bu sabah Kışyarı'ndan haberci kuş geldi. Kar'ın kardeşiyle... üvey kardeşiyle," diyerek düzeltti, "ilgili bir mesaj getirdi."

"Bran," diye bağırdı Jon. Ayağa fırladı. "Bran'a bir şey oldu."

Tyrion Lannister elini Jon'un omzuna koydu. "Gerçekten çok üzgünüm Jon," dedi.

Jon adamı duymadı bile. Tyrion'ın elini omzundan itti ve salonun çıkışına doğru hızlıca yürümeye başladı. Kapıya vardığında koşuyordu artık. Kar birikintilerini yara yara Kumandan Kulesi'ne doğru koştu. Kapıdaki muhafızları geçip merdivenleri ikişer ikişer tırmanmaya başladı. Lord Kumandan'ın huzuruna çıktığında, çizmeleri sırılsıklamdı, deli gibi bakıyordu ve kalbi göğsünü yaracakmışçasına atıyordu. "Bran!" dedi. "Bran'la ilgili ne diyor mesaj?"

Jeor Mormont, Gece Nöbetçileri'nin Lord Kumandan'ı, yaşlı ve huysuz bir adamdı. Kocaman kel bir kafası ve kabarık gri bir sakalı vardı. Omzunda duran kuzgunu elindeki mısır taneleriyle besliyordu. "Okuma bildiğini söylemişlerdi," dedi. Omzunu silkeledi. Kuzgun kanatlanıp pencereye uçtu ve konduğu yerden Kumandan'ı izlemeye başladı. Mormont kemerinden bir kağıt çıkarıp Jon'a uzatırken, kuzgun nahoş sesiyle, "*Mısır, mısır, mısır,*" diyordu.

Jon, üzerinde ulu kurt olan beyaz mum mührün kenarlarında dolaştırdı parmağını. Mührü kopardı. Robb'un el yazısını tanımıştı ama okudukça bulanıklaşıyordu harfler. Ağladığını fark etti. Gözyaşlarının arasından mana kazandı sonunda kelimeler. Başını kaldırdı, "Uyanmış," dedi. "Tanrılar onu geri vermiş."

"Sakat," dedi Mormont. "Üzgünüm çocuğum, mesajın devamını oku."

Jon geri kalan kelimelere baktı ama önemi yoktu. Hiçbir şeyin önemi yoktu. Bran yaşayacaktı. "Kardeşim yaşayacak," dedi Mormont'a. Lord Kumandan başını iki yana salladı, bir avuç mısır alıp kuzguna ıslık çaldı. Kuzgun omzuna uçtu. *"Yaşayacak, yaşayacak,"* diye bağırıyordu.

Jon, yüzünde bir gülümseme, elinde Robb'un mektubu merdivenlerden aşağı koştu. "Kardeşim yaşayacak," diye bağırdı muhafızlara. Muhafızlar bakıştı. Ortak salona gitti. Tyrion Lannister yemeğini bitirmek üzereydi. Küçük adamı kollarının altından tutup havaya kaldırdı, döndürdü, *"Bran yaşayacak,"* diye bağırıyordu. Lannister şaşkındı. Jon adamı yere indirdi ve mektubu uzattı. "Oku," dedi.

Salondakiler etrafına toplanmış meraklı gözlerle onu izliyordu. Jon, Grenn'in birkaç adım geride durduğunu fark etti. Eli kalın yün bir sargıyla sarılıydı. Rahatsız ve huzursuz görünüyordu. Jon yanına gitti. Grenn bir adım geri kaçıp elini kaldırdı. "Benden uzak dur piç," dedi.

Jon çocuğa gülümsedi. "Bileğin için gerçekten üzgünüm. Robb bir seferinde aynı hamleyi bana yapmıştı. Tahta bir kılıçla vurmasına rağmen cehennem gibi acımıştı. Seninki çok daha kötü olmalı. Eğer istersen sana o hamleyi karşılamayı öğretirim," dedi.

Alliser Thorne, Jon'u duymuştu. "Lord Kar şimdi de benim yerime geçmek istiyor," dedi. Küçümseme dolu bir kahkaha attı. "Bir kurda jönglörlük öğretmek, bu yaban öküzlerine o hamleyi karşılamayı öğretmekten daha kolaydır," dedi.

"Sizinle bu bahse girerim," diye yanıtladı Jon. "Hayalet'i jonglör olarak görmek hoşuma gider."

Jon, Grenn'in nefesinin kesildiğini fark etti. Salona sessizlik çöktü.

Sonra Tyrion Lannister kıkırdamaya başladı. Yan masada oturan üç kara kardeş kahkaha attı. Kahkaha bütün salona, en uçtaki sıralara ve hatta aşçılara kadar sıçrayıp yayıldı. Sonunda Grenn bile gülüyordu.

Sör Alliser gözlerini Jon'dan ayırmamıştı. Salon kahkahalarla inlerken yüzü karardı ve kılıç tuttuğu eli bir yumruğa dönüştü. "Bu, hayatının hatasıydı Lord Kar," dedi. Ses tonu yakıcıydı ve düşmanlık kokuyordu.

EDDARD

Eddard Stark, Kızıl Kale'nin kule uzunluğundaki bronz kapılarından içeri girerken yorgun, ağrılı, aç ve huzursuzdu. Kralın kâhyası, Yüce Üstat Pycelle'in küçük konseyi acil olarak toplanmaya çağırdığını söylediğinde hâlâ atının üzerindeydi ve uzun sıcak bir banyonun, kızarmış ördek etinin ve kuş tüyü yatakların hayalini kuruyordu. Uygun olduğunda, El'in de toplantıda olması rica edilmişti. "Yarın sabah uygun olacak," diye terslendi Ned atından inerken.

Kâhya yerlere kadar eğildi. "Konsey üyelerine üzüntünüzü iletirim," dedi.

"Hayır. Kahretsin," dedi Ned. Daha göreve başlamadan konsey üyelerini gücendirmek istemiyordu. "Onları göreceğim. Daha insan içine çıkılır bir şeyler giymem için birkaç dakika bekleyin."

"Elbette lordum," dedi kâhya. "Size Lord Arryn'ın El Kulesi'ndeki odalarını tahsis ettik. Eşyalarınızın oraya götürülmesini sağlayacağım."

"Teşekkürler," dedi Ned. Binici eldivenlerini çıkarıp kemerine sıkıştırdı. Maiyeti arkasındaki kapıdan giriş yapıyordu. Kendi kâhyası Vayon Poole'u görüp seslendi. "Konseyin acil olarak bana ihtiyacı varmış. Kızlarımın odalarını bul ve yerleştir. Odalarında kalsınlar. Arya'nın keşif için odasından çıkması kesinlikle yasak." Poole reverans yaptı. Ned kraliyet kâhyasına döndü. "Arabalarım hâlâ şehrin içinden geçip gelmeye çalışıyor. Uygun elbiselere ihtiyacım var," dedi.

"Benim için zevktir," dedi kâhya.

Böylece, Ned kemiklerine kadar yorgun halde, ödünç alınmış kıyafetler içinde konsey odasına girdi. Küçük konseyin dört üyesi kendisini bekliyordu.

Mekan zengin bir şekilde döşenmişti. Yerlere hasır yerine Myr halıları serilmişti. Odanın bir köşesinde, Yaz Adaları'ndan gelen, geniş ahşap bir panel üzerine oyulmuş, parlak renklerle boyanmış, yüz farklı harikulade canavar tasviri vardı. Duvarlar, Norvos'tan, Qohor'dan ve Lys'ten getirilmiş goblenlerle süslüydü. Kapının her iki yanında, gözleri cilalı siyah mermerden yapılmış birer Valyria sfenski duruyordu.

Konsey üyelerinden Ned'in en sevmediği olan hadım Varys, Ned odaya girer girmez abartılı jestleriyle konuşmaya başladı. "Lord Stark, Kral Yolu'nda yaşadığınız sıkıntıları duyunca ölümüne üzüldüm. Hepimiz her gün septe gittik ve Prens Joffrey için mumlar yaktık. Bir an evvel sağlığına kavuşması için dualar ettim ben." Adamın ellerindeki pudra Ned'in kollarında izler bıraktı. Adamın kendisi de mezarlıklara bırakılan çiçekler gibi kokuyordu.

"Tanrılarınız sizi duymuş olmalı," dedi. "Prens her geçen gün biraz daha güçleniyor." Soğuk, mesafeli fakat nazikçe konuşmuştu. Kendini adamın ellerinden kurtardı ve ahşap panelin altında duran Lord Renly'ye yöneldi. Renly'nin yanındaki adam, boyundan anlaşıldığı üzere Serçeparmak olmalıydı. Robert tahtı kazandığında Renly sekiz yaşında bir çocuktu ama büyüdükçe ağabeyinin bir eşi olmuştu. Ned bu durumu rahatsız edici buluyordu. Renly'ye ne zaman baksa sanki yıllar geriye doğru akıyor, Üç Dişli Mızrak'taki zaferin tadını çıkaran Robert tam yanında duruyormuş gibi hissediyordu.

"Görüyorum ki sağ salim gelmişsiniz Lord Stark," dedi Renly.

"Siz de öyle," diye yanıtladı Ned. "Beni bağışlamalısınız, ne zaman size baksam ağabeyiniz Robert'ı görmüş gibi oluyorum."

"Kötü bir kopyayım," dedi Renly omuzlarını silkerek.

"Buna rağmen çok daha iyi giyineni," diyerek lafa karıştı Serçeparmak. "Lord Renly saraydaki hanımların hepsinden daha fazla para harcıyor üst baş için."

Doğruydu. Lord Renly'nin elbisesi koyu yeşil kadifeden yapılmıştı. Yeleğine on iki altın geyik dikilmişti. Altın dikişli kısa bir pelerin rahatça omuzlarından sarkıyordu, yakası zümrüt bir broşla kapatılmıştı. "Bundan daha beter suçlar var," diyerek güldü Renly. "Mesela senin giyim tarzın."

Serçeparmak imayı duymazdan geldi. Dudağında hürmetsiz bir gülümsemeyle Ned'e bakıyordu. "Uzun yıllardır sizinle tanışma fırsatı bulmak istiyordum Lord Stark. Leydi Catelyn'in benden bahsettiğine eminim."

"Etti," diye cevapladı Ned soğuk bir tonla. Yorumdaki belli belirsiz kibir onu kızdırmıştı. "Anladığım kadarıyla kardeşim Brandon'ı da tanıyormuşsunuz."

Renly Baratheon güldü. Varys daha iyi duyabilmek için yanlarına geldi.

"Gayet iyi tanırdım," dedi Serçeparmak. "Hâlâ bana bıraktığı bir izi taşıyorum. Brandon benden bahseder miydi?"

"Sık sık ve epey hararetle," dedi Ned konuşmanın son bulmasını umarak. Oynadıkları bu oyunu sevmiyordu. Sözlerle yapılan düellolara sabrı yoktu.

"Hararetin siz Starklar'ı hasta ettiğini sanırdım," dedi Serçeparmak. "Burada, güneyde, sizlerin buzdan yapıldığınız ve Boğaz'ın biraz altına indiğinizde eridiğiniz söylenir."

"Bu yakınlarda erimeyi düşünmüyorum Lord Baelish. Bundan emin olabilirsiniz," dedi Ned. Konsey masasına döndü ve, "Üstat Pycelle, iyi olduğunuzu umuyorum," dedi.

Masanın başındaki yüksek sandalyede oturan Yüce Üstat nazikçe gülümsedi ve, "Benim yaşımdaki bir adam için gayet iyi sayılırım lordum ama eskisinden çok daha çabuk yoruluyorum," dedi. Zarif yüzündeki geniş alnına, iyice kelleşen kafasının tam tepesinden bir tutam beyaz saç dökülüyordu. Üstat zinciri, Luwin'in taktığı boğucu basit metale benzemiyordu. İki düzine ağır zincirin birbirine sarılarak oluşturduğu, boynundan göğsüne kadar her yerini kaplayan devasa bir gerdanlık takıyordu. Gerdanlığın her bir halkası insan evladının bildiği farklı bir metalden dökülmüştü. Siyah demir, kırmızı altın, parlak bakır, mat kurşun, çelik, kalay, soluk gümüş, pirinç, bronz ve platin. Lal taşları, ametistler ve siyah inciler metal zincirleri süslüyordu. Gerdanlığın üzerine gelişi güzel yakutlar ve zümrütler serpiştirilmişti. "Belki hemen başlarız," dedi Yüce Üstat. İki elini karnının üzerinde birleştirmişti. "Biraz daha oyalanırsak uyuyakalacağımdan endişe ediyorum."

"Başlayalım," dedi Ned. Masanın başındaki kral koltuğu boştu. Koltuğun yastıklarına Baratheon Hanedanı'nın taçlı erkek geyiği işlenmişti. Ned, kralın sağ kolu olarak hemen yanındaki koltuğa oturdu. "Lordlarım, sizi beklettiğim için özür dilerim," dedi resmi bir tonla.

"Siz Kral Eli'siniz," dedi Varys. "Bizler, ne isterseniz hizmetinizdeyiz Lord Stark."

Diğer üyeler de koltuklarına otururken Eddard Stark oraya ait olmadığını bir kez daha anladı. Bu oda, bu adamlar ona göre değildi. Robert'ın Kışyarı'nda, mahzen mezarda söylediklerini hatırladı. *Etrafım yağcılarla ve aptallarla sarılı.* Konsey masasına baktı, bu adamlardan hangisi yağcı, hangisi aptal merak ediyordu ama şimdiden kimin kim olduğunu da biliyordu aslında. "Beş kişiyiz," dedi.

"Lord Stannis, kral kuzeye gittikten kısa bir süre sonra Ejderha Kayası'na gitti. Cesur Barristan'ımız da Kral Muhafızları Kumandanı olarak kralımıza eşlik ediyor," dedi Varys.

"Belki Sör Barristan ve kralın bizlere katılmasını beklemeliyiz," diye teklif etti Ned.

Renly Baratheon yüksek sesle güldü. "Sevgili ağabeyimin bizleri soylu varlığıyla onurlandırmasını beklersek, çok bekleriz."

"İyi kralımız Robert'ın yapacak çok önemli işleri var. Bazı basit meseleleri onun yükünü hafifletmek amacıyla bizler karara bağlıyoruz," dedi Varys.

"Lord Varys'in asıl söylemek istediği, bütün bu para, adalet ve ekin işleri ağabeyimi gözyaşlarına boğacak kadar fazla sıkıyor," dedi Renly. "Bu yüzden krallığı yönetme işi de bize kalıyor. Ara sıra bize bazı emirler yollamıyor değil." Cebinden sıkıca katlanmış bir kağıt çıkardı ve masanın üzerine bıraktı. "Bu sabah bana süratle önden gitmemi ve Yüce Üstat Pycelle'e acil bir konsey toplantısı düzenlemesini söylememi emretti. Bizim için çok acil bir görevi varmış."

Serçeparmak gülümsedi ve masadaki kağıdı Ned'e uzattı. Ned kraliyet mühürüyle kapatılmış kağıdı açtı ve düzeltti. Kralın acil emirlerinin ne olduğunu merak ediyordu. Giderek artan bir inanmazlıkla yazılanları okudu. Robert'ın ahmaklıklarının bir sonu gelmeyecek miydi? Bu yazılan şeyi onun adına Ned mi yapacaktı? Bu yaraya bastırılmış tuz gibiydi. "Tanrılar yardım etsin!" dedi.

"Lord Stark'ın bize söylemeye çalıştığı şey," diyerek duyurusuna başladı Renly. "Majesteleri, Kral Eli'nin görevine başlaması şerefine bir turnuva düzenlememizi emretti."

"Ne kadar?" diye sordu Serçeparmak kibarca.

Ned cevabı mektuptan okudu. "Şampiyona kırk bin altın ejder, ikinciye yirmi bin, meydan dövüşünün galibine yirmi bin ve ok müsabakasının kazananına on bin."

"Doksan bin altın," diyerek içini çekti Serçeparmak. "Diğer giderleri de göz ardı etmemeliyiz. Robert olağanüstü bir ziyafet isteyecektir. Bu aşçılar, marangozlar, hizmetçi kızlar, şarkıcılar, dansçılar ve soytarılar demek..."

"Yeterinden fazla soytarımız var," dedi Lord Renly.

Yüce Üstat Pycelle, Serçeparmak'a döndü ve sordu. "Hazine bu masrafları karşılayabilecek durumda mı?"

"Hangi hazineden bahsediyorsunuz?" diyerek yanıtladı Serçeparmak dudaklarını bükerek. "Aptal rolü yapmanın gereği yok Üstat. Siz de benim kadar iyi biliyorsunuz ki hazine yıllardır boş. Parayı borç almak zorunda kalacağım. Lannisterlar'ın eli açık davranacağından şüphem yok. Lord Tywin'e hali hazırda üç milyon ejder borçluyuz. Bir yüz bin daha bir şey fark ettirmeyecektir."

Ned donmuş gibiydi. "Kraliyetin *üç milyon* altın borcu mu var?"

"Kraliyetin *altı* milyon altın borcu var Lord Stark. Büyük alacaklılar Lannisterlar. Lord Tyrell'den, Braavos'un Demir Bankası'ndan ve bazı Tyroshlu ticaret birliklerinden de borç almak zorunda kaldık. Son zamanlarda da İnanç'ın kapısını çalmak zorunda kaldım. Yüce Rahip, Dorne'lu bir balıkçıdan bile beter pazarlık ediyor."

Ned dehşete düşmüştü. "Aerys Targaryen altınlarla dolup taşan bir hazine bırakmıştı. Hazinenin bu hale gelmesine nasıl izin verdiniz?"

Serçeparmak omuz silkti. "Hazine başı parayı bulur, Kral ve El'i harcar," dedi.

Ned, "Lord Arryn'ın, Robert'ın diyara dilenmesine izin verdiğine inanmamı beklemeyin," dedi hararetle.

Yüce Üstat Pycelle kafasını iki yana salladı. Boynundaki zincirler şıngırdadı. "Lord Arrys tedbirli bir adamdı ama Majesteleri'nin verilen akıllıca tavsiyeleri her zaman dinlediği söylenemez."

"Benim soylu ağabeyim turnuvaları, ziyafetleri pek sever ama kendi deyimiyle 'sikke saymak'tan nefret eder," dedi Lord Renly.

"Majesteleriyle konuşacağım. Bu turnuva kraliyetin karşılayamayacağı bir aşırılık," dedi Ned.

"Elbette konuşun ama biz yine de hazırlıklara başlasak iyi olur," diye karşılık verdi Renly.

"Başka bir gün," dedi Ned. Masadakilerin ona bakışından, sesinin çok sert çıktığı anlaşılıyordu. Artık Kışyarı'nda, kendisinden büyük tek adamın kral olduğu yerde olmadığını unutmamalıydı. Burada, kendi konumuna denk insanların önde geleniydi sadece. "Lütfen bağışlayın lordlarım," dedi daha yumuşak bir sesle. "Yorgunum. Toplantıya bir ara verelim ve dinlenip kendimize geldiğimizde kaldığımız yerden devam edelim." Diğerlerinin onayını beklemeden masadan kalktı. Hepsini başıyla selamladı ve kapıya yöneldi.

Dışarı çıktığında, arabaların ve süvarilerin hâlâ kale kapısından içeri aktığını gördü. Avlu bağrışan adamlar, çamur ve atlardan ibaret bir karışıklık içindeydi. Kralın henüz gelmediği söylendi kendisine. Üç Dişli Mızrak'taki tatsızlıktan sonra, Starklar ve maiyetleri, kralın kafilesinden epeyce önde, Lannisterlar'dan ve gerilimden uzakta yol almışlardı. Robert'ı hemen hemen hiç görmemişti. Büyük saray arabasında yolculuk ettiği ve sürekli sarhoş olduğu söyleniyordu. Eğer durum buysa varmasına daha saatler var demekti ama yine de Ned'in arzu ettiği kadar geç gelmeyecekti. İçini ezen öfkeyi hatırlaması için Sansa'nın yüzüne bakması yeterliydi. Yolculuklarının son on beş günü tam anlamıyla bir trajediydi. Sansa sürekli Arya'yı suçluyor, ölmesi gerekenin Nymeria olduğunu söylüyordu. Ve Arya, arkadaşı kasabın oğlunun öldürüldüğünü duyduğu günden beri kendi düşünceleri içinde kaybolmuş gibiydi. Sansa her gece ağlayarak uykuya dalıyordu. Arya ise kendi sessizliğine gömülmüş halde gün boyunca dalıp duruyordu. Eddard Stark, Kışyarı'nın Starkları için ayrılmış buzdan bir cehennemi düşünüyordu.

Dış avluyu geçip yivli kapıdan iç avluya girdi. El Kulesi olduğunu tahmin ettiği kuleye doğru yürürken aniden Serçeparmak çıktı önüne. "Yanlış yoldan gidiyorsun Stark, benimle gel," dedi.

Ned tereddütle adamı takip etti. Serçeparmak onu bir kuleye, merdivenlerden aşağıya, gömme bir iç bahçeye ve duvarlarında içi boş zırhların nöbet tuttuğu bir koridora götürdü. Bunlar Targaryenlar'ın kutsal kalıntılarıydı. Göğüslerine ejderhalar oyulmuş siyah çelikten savaş zırhları şimdi tozlanmış ve unutulmuştu. "Odama giden yol bu değil," dedi Ned.

"Öyle olduğunu söylemedim zaten," diye cevap verdi Serçeparmak. "Seni, boğazını kesip cesedini duvarların arkasına saklayacağım bir zindana götürüyorum." Sesinden alay akıyordu. "Bunun için vaktimiz yok Stark," dedi. "Karın seni bekliyor."

"Sen nasıl bir oyun oynuyorsun Serçeparmak? Catelyn, Kışyarı'nda, buradan yüzlerce fersah uzakta."

Serçeparmak'ın gri yeşil gözleri neşeyle parıldıyordu. "Eğer öyleyse, birilerinin kusursuz bir taklit yeteneği var demektir. Son kez söylüyorum, benimle gel ya da onu kendime saklayayım." Hızla merdivenlerden aşağı inmeye başladı.

Ned endişeyle adamı takip etti. Bugünün sonu gelecek mi diye merak ediyordu artık. Böyle entrikalar Ned'e göre değildi ama Serçeparmak gibi adamlar için entrika, et ve şaraptı.

Merdivenlerin sonunda meşe ve demirden yapılmış ağır bir kapı vardı. Petyr kalın sürgüyü çekti ve Ned'e kapıdan girmesini söyleyen bir baş hareketi yaptı. Kızıl pembe gün batımına, nehirden epeyce yüksekteki dik bir kayalığa çıkmışlardı. "Kalenin dışına çıktık," dedi Ned.

"Sen kandırılması güç bir adamsın Ned," dedi Serçeparmak alaycı gülüşüyle. "Dışarıda olduğumuzu gökyüzünden mi anladın, yoksa güneş mi ele verdi beni? Arkamdan yürü. Kayalıklarda keskin oyuklar var. Düşüp ölmemeye çalış. Catelyn'e ölümünü açıklamam zor olabilir." Bütün bunları söylerken kayalığın kenarına gelmiş, aşağı inmeye başlamıştı bile. Bir maymun kadar seri hareket ediyordu.

Ned bir an dik kayalığı inceledi ve ağır ağır adamı takip etmeye başladı. Serçeparmak'ın bahsettiği oyukları görebiliyordu. Bazı oyuklar, nereye bakacağını bilmeden bakan gözlerin göremeyeceği kertiklerdi. Aşağıdaki nehir baş döndürecek kadar uzakta görünüyordu. Ned kafasını kayalığa dayadı ve mecbur kalmadıkça aşağı bakmamaya karar verdi.

Sonunda, suyun kıyısındaki çamurlu patikaya indiğinde, Serçeparmak'ı bir kayaya dayanmış elma yerken buldu. Elinde elmanın çöpü kalmak üzereydi. "Yaşlanıyorsun ve yavaşlıyorsun Stark," dedi elindeki elma çöpünü nehrin sularına fırlatırken. "Neyse, yolun kalanını atla gideceğiz." İki atın beklediğini gördü Ned. Ata bindi ve adamın arkasından, şehre doğru giden patikada yol almaya başladı.

Bir zaman sonra üç katlı, ahşap, köhne bir binanın önünde dizginlerini çekti Serçeparmak. Binanın pencereleri yavaşça çöken akşam karanlığında lamba ışıklarıyla parlıyordu. Müzik sesi ve yüksek kahkahalar pencerelerden taşıp nehir sularına kadar ulaşıyordu. Kapısının yanındaki ağır bir zincire, kurşun kaplı kırmızı camdan yapılmış süslü bir yağ lambası asılmıştı.

Ned aceleyle atından indi. "Bir genelev," dedi. Serçeparmağı omuzlarından tuttu ve kendine çevirdi. "Bu kadar yolu bir geneleve gelmek için mi teptik?"

"Karın içeride," dedi Serçeparmak.

Bu son hakaretti. "Brandon sana fazlasıyla nazik davranmış," dedi ve adamın göğsüne vurdu, sırtını duvara yasladı. Kemerinden çıkardığı hançerini boynuna dayadı.

"Lordum, *hayır*!" diye bağırdığını duydu telaşlı bir sesin. "Doğruları söylüyor." Arkasından ayak sesleri geliyordu.

Ned elinde hançeri döndü ve beyaz saçlı yaşlı bir adamın kendisine doğru geldiğini gördü. Adam kabaca örülmüş kahverengi bir elbise giymişti ve koştukça çenesinin altındaki deri sallanıyordu. "Sen bu işe karışma," diye bağırdı adama ve o anda gördüğü simayı hatırladı. Şaşkınlık içinde hançerini indirdi. "*Sör Rodrik?*"

Rodrik Cassel başıyla onayladı. "Leydiniz yukarıda sizi bekliyor."

Ned'in kafası iyice karışmıştı. "Catelyn gerçekten burada mı? Bu Serçeparmak'ın tuhaf şakalarından biri değil mi?"

"Değilmiş gibi görünüyor Stark," dedi Serçeparmak. "Beni takip et ve biraz daha fazla zampara, biraz daha az Kral Eli gibi görünmeye çalış. Tanınman hiç işimize gelmez. Yürürken birkaç meme avuçlayabilirsin hatta."

Bir salona girdiler. Şişman bir kadın edepsiz şarkılar söylüyor, keten iç çamaşırları ve renkli ipeklerden avuç içi kadar elbiseler giymiş genç ve güzel kızlar bedenlerini müşterilerine dayıyor, kucaklara oturuyorlardı. Kimsenin Ned'e dikkat ettiği yoktu. Serçeparmak onu üçüncü kata çıkardı, uzun bir kordorun sonundaki kapıya götürdü. Sör Rodrik aşağıda bekliyordu.

Catelyn odadaydı. Ned'i görünce ağlayarak koştu ve sıkıca boynuna sarıldı.

"Leydim," dedi Ned. Sesi merak ve endişe yüklüydü.

"Ah, işte bu harika. En azından onu tanıdın," dedi Serçeparmak kapıyı kapatırken.

"Hiç gelmeyeceksin diye korktum," diye fısıldadı Catelyn kafasını Ned'in göğsüne yaslayarak. "Petyr bana haberler getiriyordu. Arya ve genç prens arasında geçenleri de duydum. Kızlarım nasıl?"

"İkisi de yas tutuyor, ikisi de öfkeli," diye yanıtladı Ned. "Cat, anlayamıyorum. Kral Toprakları'nda ne işin var? Neler oldu? Yoksa Bran..." Aklına gelen soru *öldü mü?* idi ama soruyu ağzından çıkaramadı.

"Evet Bran ama düşündüğün gibi değil," dedi Catelyn.

Artık kaybolmuştu Ned. "Peki ne? Neden buradasın sevgilim? Burası nasıl bir yer?"

"Tam da göründüğü gibi bir yer," dedi Serçeparmak pencerenin pervazına rahatça otururken. "Bir genelev. Soylu bir leydiyi aramak için bakılacak son yer bile değil. Bu müessesenin sahibi benim, bu yüzden ayarlamaları yapmak zor olmadı. Cat'in burada olduğunu Lannisterlar'ın öğrenmemesi gerekiyordu."

"Neden?" diye sordu Ned. Catelyn'in ellerini gördü sonra. Daha yeni, kırmızı kesik izlerini, sol elinin son iki parmağındaki bükülmeyi ve ellerinin tuhaf duruşunu. "Yaralanmışsın." Karısının ellerini ellerine aldı ve avuçlarına baktı. "Tanrılar! Bunlar çok derin kesikler... bir kılıç darbesi ya da... Bu kesikler nasıl oldu leydim?"

Catelyn pelerininin altından bir hançer çıkarıp Ned'in ellerine bıraktı. "Bu hançer, Bran'ın boğazını kesip bütün kanını vücüdundan boşaltmak üzere yollandı," dedi.

Ned sarsılmıştı. "Ama... Kim... Neden?"

Catelyn parmağını Ned'in dudaklarına koydu. "İzin ver anlatayım sevgilim. Böyle daha çabuk hallederiz. Dinle."

Ned dinledi. Catelyn, kütüphanedeki yangından Varys'e, muhafızlardan Serçeparmak'a kadar olan her şeyi anlattı. Eddard Stark elinde hançer, neredeyse şuurunu kaybetmiş şekilde yatağın kenarında oturarak dinledi. Bran'ın ulu kurdu çocuğun canını kurtarmıştı. Yavruları ilk bulduklarında Jon ne demişti? *Bu yavrular, sizin çocuklarınız tarafından sahiplenilmek için doğmuş.* Ve Ned, Sansa'nın yavrusunu bir hiç uğruna kendi elleriyle öldürmüştü. Hissettiği şey suçluluk muydu? Yoksa korku mu? Eğer bu kurtlar çocuklarına tanrılar tarafından gönderildiyse, nasıl bir aptallık etmişti Ned?

Kendisini zorlayarak ve acı içinde hançer hakkında düşünmeye başladı. "İblis'in hançeri," diye tekrar etti. Hiç manası yoktu. Hançerin ejderha kemiği kabzasını sıkıca tuttu ve ahşap masaya sapladı. Hançer, Ned'le alay ediyormuş gibi, ahşabın içinde dimdik duruyordu. "Tyrion Lannister neden Bran'ın ölmesini istesin? Zavallı çocuk ona hiçbir şey yapmadı ki."

"Siz Starklar'ın kulağında kardan başka bir şey yok mu?" diye sordu Serçeparmak. "İblis asla tek başına hareket etmez."

Ned ayağa kalktı ve odanın içinde volta atmaya başladı. "Eğer bu işte kraliçenin ya da tanrılar korusun, Robert'ın eli varsa... hayır, buna inanamam." Ama kelimeler ağzından çıktığı anda, hendek mezarlardaki o soğuk sabahı, Robert'ın kiralık katillerini Targaryen Prensesi'ne göndereceğini söylediği konuşmayı, Rhaegar'ın daha bebek olan oğlunu, bebekten geri kalan kana bulanmış kafatasını, Darry'nin kabul salonunda ona sırtını dönüp uzaklaşmasını hatırladı. Ned, Sansa'nın yalvarışını kulaklarında duyuyordu hâlâ. Lyanna da öyle yalvarmıştı bir zamanlar.

"Kralın bu durumu *bilmiyor* olması daha yüksek ihtimal," dedi Serçeparmak. "Bu ilk de olmaz. Robert görmek istemediği şeylere gözlerini kapatmak konusunda epey tecrübe sahibi oldu."

Ned'in buna verecek cevabı yoktu. Vücudu neredeyse ortasından ikiye ayrılmış kasap çocuğu geldi gözlerinin önüne. Olay sonrasında tek kelime etmemişti kral. Ned'in başı zonkluyordu.

Serçeparmak masaya eğildi ve hançeri saplandığı yerden çıkardı. "Suçlama her halükarda hainlik sayılacaktır. Kralı suçlayın ve daha kelimeler ağzınızdan çıkamadan İlyn Payne'le dans edin. Kraliçe... *Eğer* kanıt bulursanız ve *eğer* Robert'ı dinlemeye ikna edebilirseniz, belki..."

"Kanıtımız var," dedi Ned. "Hançer elimizde."

Serçeparmak hançeri havaya attı, tekrar tuttu ve, "Bu mu?" dedi. "Güzel bir çelik parçası ama bu hançerin iki tarafı da keskin lordum. İblis hançerin Kışyarı'nda çalındığına ya da kaybolduğuna yemin edecektir ve kiralık katil de ölü olduğuna göre onu kim yalancılıkla suçlayabilir?" Hançeri Ned'e uzattı. "Benim naçizane tavsiyem, hançeri nehre atıp, dövüldüğünü bile unutmak olacak lordum," dedi.

Ned soğuk gözlerle baktı. "Lord Baelish, ben Kışyarı'nın Stark'ıyım. Oğlum sakat halde ve belki de ölmek üzere yatağında yatıyor. Karda bulunmuş bir kurt yavrusu yardımına koşmasaydı hem o, hem Catelyn şu anda ölü olacaktı. Eğer bütün bunları unutabileceğime inanıyorsanız, kardeşimin karşısına kılıçla çıktığınız günkü kadar aptalsınız demektir."

"Bir aptal olabilirim Stark... ama kardeşin on dört yıldan fazladır donmuş mezarında çürürken ben hâlâ buradayım. Onun yanında çürümeye niyetliysen seni kararından döndüren ben olmayayım ama bu kafileye dâhil olmamayı tercih ederim, çok teşekkürler."

"Sen herhangi bir kafileye isteyerek dâhil edeceğim son adam bile değilsin, Lord Baelish."

Elini kalbinin üstüne koyup, "Beni derinden yaraladın Stark," dedi Serçeparmak. "Bana sorsalar, ben siz Starklar'ın yorucu insanlar olduğunu söylerim ama Cat benim anlayamadığım nedenlerden ötürü size bağlanmış. Onun hatırı için, aptallık olduğunu bile bile, seni hayatta tutmaya çalışacağım. Evet aptallık ama Cat'in ricasına hayır dememem mümkün değil."

"Petyr'a, Lord Arryn'ın ölümüyle ilgili şüphelerimizden bahsettim. Gerçeği öğrenmemiz için bize yardım edecek."

Eddard Stark aldığı bu haberden hoşlanmamıştı ama yardıma ihtiyaçları olduğu da gerçekti. Serçeparmak bir zamanlar bir kardeş kadar yakındı Catelyn'e. Tahammül edemediği bir adamla uzlaşmak zorunda kalacağı ilk durum değildi bu. "Pekâlâ," dedi hançeri kemerine sıkıştırırken. "Varys'ten bahsettin, hadım her şeyi biliyor mu?"

"Benim ağzımdan bir şey çıkmadı," dedi Catelyn. "Bir aptalla evlenmedin Lord Stark. Ama Varys'in her şeyden haberdar olmak için kullandığı kendi yöntemleri var. Kimsenin bilemeyeceği şeyleri biliyor. Büyülü güçleri olduğuna inanıyorum Ned, yemin ederim."

"Sadece çok sayıda muhbiri var," dedi Ned.

"Sadece bu değil," diye ısrar etti Catelyn. "Sör Rodrik ve Sör Aron Santagar büyük gizlilik içinde buluştular ama Örümcek, sohbetlerini bütün detaylarıyla biliyordu. Ben Varys'ten korkuyorum."

Serçeparmak gülümsedi. "Siz Lord Varys'i bana bırakın tatlı leydim. Kullanacağım kelimelerin müstehcenliğini bağışlayın ama o adamın hayaları benim avcumda." Elini yuvarlak bir şey tutuyormuş gibi kıvırdı. "Yani bir erkek olsaydı ve hayaları olsaydı. Biliyorsunuz, perde açılırsa kuşlar ötmeye başlar ve Varys buna hiç memnun olmaz. Sizin yerinizde olsaydım, Varys'ten çok Lannisterlar'la ilgili endişe duyardım."

Ned endişelenmek için Serçeparmak'ın uyarısına ihtiyaç duymuyordu. Arya'nın bulunduğu günü düşünüyordu. Kraliçenin bakışlarını görmüş, *ama bir kurt var* derken çıkan yumuşak ve hafif sesini duymuştu. Mycah isimli çocuğu, Lord Aryyn'ın ani ölümünü, Bran'ın düşüşünü, damarlarındaki bütün kanın bir kılıç üzerinde akıtıldığı, kendi taht odasında ölü yatan Aerys Targaryen'i düşünüyordu. "Leydim," dedi Catelyn'e dönerek, "Burada yapabileceğin bir şey kalmadı. Bir an önce Kışyarı'na dönmeni istiyorum. Eğer bir kiralık katil geldiyse, başkaları da gelebilir. Bran'ın ölümünü emreden kimse, çocuğun hâlâ yaşadığını haber alacaktır."

"Kızlarımı görmeyi umuyordum..." dedi Catelyn.

"Bu yapılacak en büyük hata olur," diye uyardı Serçeparmak. "Kızıl Kale meraklı gözlerle doludur ve çocuklar konuşur."

"Doğru söylüyor sevgilim," dedi Ned. Karısına sarıldı. "Sör

Rodrik'le birlikte Kışyarı'na dönün. Ben kızlara göz kulak olacağım. Evimize, oğullarımıza dön ve onların güvende olmalarını sağla."

"Öyle olsun lordum." Catelyn yüzünü kaldırdı ve Ned onu öptü. Bükülmüş parmaklarını umutsuzca, sonsuza kadar Ned'in kollarının arasında, güvende kalmak istiyormuşçasına sırtına saplamıştı.

"Lord ve leydi kendileri için bir oda isterler mi?" diye sordu Serçeparmak. "Seni uyarmalıyım Stark, genelde böyle şeyler için para alırız burada."

"Yalnız kalacağımız birkaç dakika yeterli," dedi Catelyn.

"Pekâlâ," dedi Serçeparmak kapıya doğru yürürken. "Uzun sürmesin. Yokluğumuz fark edilmeden ben ve El, kaleye dönmeliyiz."

Catelyn, Serçeparmak'ın yanına gitti, ellerini tuttu. "Bana olan yardımlarını asla unutmayacağım Petyr," dedi. "Adamların beni almaya geldiğinde bir dosta mı yoksa bir düşmana mı götürüldüğü mü bilmiyordum ama şimdi biliyorum ki bir dosta değil, kaybettiğimi sandığım kardeşime götürülmüşüm."

Petyr Baelish gülümsedi. "Ben uslanmaz bir duygusalım tatlı leydi ama bunu kimsenin bilmemesi en iyisi olur. Konseyi, zalim ve günahkârın teki olduğuma inandırmam yıllarımı aldı. Bütün o emeklerin boşa gitmesini istemem."

Ned adamın söylediklerinin tek kelimesine inanmamıştı ama nezaketini bozmadan, "Ben de şükran duyuyorum Lord Baelish," dedi.

"İşte şimdi bir hazinem *var*," dedi Serçeparmak odadan çıkarken.

Kapı kapandığında Ned karısına döndü. "Eve ulaştığında Helman Tallhart ve Galbart Glover'a benim mührümle kapatılmış buyruklarımı gönder. Her ikisi de yüzer okçu çıkarsın ve Moat Cailin'i güçlendirsinler. İki yüz azimli okçu, Boğaz'ı bir orduya karşı savunabilir. Lord Manderly'ye Beyaz Liman'daki savunmayı düzeltmesini, güçlendirmesini ve yeterli adamla donatmasını emret. Bu gün itibarıyla Theon Greyjoy'un son derece iyi gözlenmesini istiyorum. Eğer bir savaş çıkarsa babasının donanmasına şiddetle ihtiyacımız olacak."

"*Savaş?*" Catelyn'in yüzü korkuyla bembeyaz olmuştu.

"İş o noktaya gelmeyecek, sana söz veriririm," dedi Ned söylediğinin doğru olması için dua ederek. Karısını tekrar kollarına aldı. "Lannisterlar zayıf olanlara karşı merhametsiz. Aerys Targaryen bunu en acı şekilde öğrendi ama arkalarında bütün diyar olmadan kuzeye gelmeye cesaret edemezler. Arkalarında bütün diyar yok. Ben her şey yolundaymış gibi aptalı oynacağım bu maskeli baloda. Buraya neden geldiğimi unutma sevgilim. Eğer Lannisterlar'ın Jon Arryn'ı öldürdüğüne dair kanıt bulursam..."

Catelyn'in, kollarında titrediğini hissetti Ned. "Eğer bulursan, ne olacak aşkım," dedi yaralı elleriyle kocasına tutunan Catelyn.

Ned, işin tehlikeli kısmının bu olduğunu biliyordu. "Bütün adalet kraldan akar," dedi Catelyn'e. "Gerçeği bulduğumda Robert'a gitmeliyim." *Ve onun düşündüğüm adam olması için dua etmeliyim. Ve yılların değiştirdiğinden korktuğum adam olmaması için dua etmeliyim.*

TYRİON

"Gerçekten bu kadar erken ayrılmak zorunda mısınız?" diye sordu Lord Kumandan.

"Geç bile kaldım Lord Mormont," diye cevapladı Tyrion. "Kardeşim Jaime bana neler olduğunu merak etmeye başlamıştır. Beni siyahları giymeye ikna ettiğinizi zannedecek."

"Keşke edebilseydim." Mormont bir yengeç ayağı aldı ve yumruğuyla kırdı. Yaşlıydı ama bir ayı kadar güçlüydü. "Çok zeki bir adamsınız Tyrion. Sur'da sizin gibi adamlara çok ihtiyacımız var."

Tyrion sırıttı. "Öyleyse Yedi Krallık'taki bütün cüceleri toplayıp size yollamalıyım Lord Mormont," dedi. Gülüşürlerken elindeki yengeç bacağının etini dudaklarıyla çekti ve bir yenisine uzandı. Yengeçler bu sabah bir fıçı karın içine koyulmuş halde Doğugözcüsü'nden gelmişti ve taptazeydi.

Sör Alliser masadaki tek gülmeyen adamdı. "Lannister bizimle dalga geçiyor."

"Sadece sizinle Sör Alliser," dedi Tyrion. Bu sefer masadan yükselen kahkahalar daha temkinli ve tedirgindi.

Thorne'un aşağılama dolu kara gözleri Tyrion'dan hiç ayrılmıyordu. "Yarım adamdan bile küçük biri için çok cesur bir dilin var. Belki sen ve ben birlikte bir avlu gezisi yapmalıyız."

"Neden?" diye sordu Tyrion. "Yengeçler burada."

Bu sözler daha da fazla gülüşmeye sebep olmuştu. Alliser, dudakları incecik bir çizgi halinde ayağa kalktı. "Gel de şakalarını elinde çelik varken yap."

Tyrion dikkatlice kendi sağ eline baktı. "Dışarı neden çıkayım, işte elimde çelik *var* zaten. Gerçi yengeç çatalı şeklinde ama olsun. Düello yapalım mı?" Sandalyesinin üstüne çıktı ve elindeki küçük çatalı Alliser'in göğsüne batırmaya başladı. Kuledeki oda kahkahalarla inliyordu. Kahkahadan boğulmak üzere olan Lord Kumandan'ın ağzından yengeç etleri saçılıyordu. Kuzgunu bile eğlenceye katılmıştı. Pencerenin kenarından "*Düello! Düello! Düello!*" diye bağırıyordu.

Sör Alliser Thorne odadan çıktı. O kadar dik ve kasılarak yürüyordu ki, gören poposunda bir hançer var sanırdı.

Mormont hâlâ nefes almaya çalışıyordu. Tyrion sırtına vurdu. "Ödül kazananındır," diye duyurdu. "Thorne'un payına düşen yengeçler benimdir," dedi.

Sonunda Lord Kumandan normale dönmüştü. "Siz edepsiz bir adamsınız, bizim Sör Alliser'i kışkırttınız," dedi azarlarmış gibi.

Tyrion oturdu ve şarabından bir yudum aldı. "Eğer bir adam göğsüne bir hedef tahtası boyamış geziyorsa er ya da geç biri o tahtaya ok fırlatacaktır. Sizin Sör Alliser'inizden daha esprili ölü adamlar gördüm ben."

Bir nar kadar yuvarlak ve kırmızı olan Lord Kâhya Bowen Marsh, "O kadar da değil," diye itiraz etti. "Eğittiği delikanlılara taktığı komik isimleri bir duymalısınız."

Tyrion o komik isimlerden birkaçını duymuştu. "Bahse girerim ki delikanlıların da ona uygun gördüğü birkaç komik isim vardır," dedi. "Gözlerinizdeki buz çapaklarını temizleyin lordlarım, Sör Alliser'in genç çocukları delmek yerine ahırlarınızı temizlemesi lazım."

"Nöbet'te seyis yamağı açığımız yok," diye homurdandı Mormont. "Son zamanlarda bize sadece onlardan gönderiyorlar hatta. Seyis yamakları, hırsızlar ve tecavüzcüler. Sör Alliser kutsanmış bir şövalyedir. Benim kumandan oluşumdan beri siyahları giyen az sayıdaki şövalyeden biridir. Kral Toprakları'nda cesurca savaşmıştır."

"Yanlış safta," dedi Lord Jaremy Rykker kuru bir sesle. "Biliyorum, çünkü mücadele sırasında orada, yanındaydım. Tywin Lannister bize muhteşem iki seçenek sundu: Ya siyahları giyin ya da akşam çökmeden önce kafanızı mızraklara geçirteyim. Alınmayın lütfen Tyrion."

"Alınmadım Sör Jaremy. Babam mızraklara geçirilmiş kafalara aşırı bir ilgi duyar. Özellikle onu bir şekilde rahatsız eden insanların mızrağa geçirilmiş kafalarına. Sizinki kadar asil bir yüzü görünce, Kral Kapısı'nın üzerindeki şehir duvarına nasıl da yakışacağını düşünmüştür. Bence de orada çok çarpıcı görünürdünüz."

"Teşekkür ederim," dedi Sör Jaremy aşağılayan bir tonda.

Lord Kumandan Mormont boğazını temizledi. "Bazen Sör Alliser'in sizinle ilgili yanılmadığını düşünüyorum Tyrion. Bizimle ve buradaki yüce amacımızla dalga *geçiyorsunuz*."

Tyrion omuz silkti. "Kendimizi çok fazla ciddiye almamız için ara sıra hepimizle dalga geçilmeli Lord Mormont. Biraz daha şarap lütfen," dedi kadehini havaya kaldırarak.

Rykker kadehi doldururken, "Küçük bir adam için içki iştahınız epeyce," dedi Bowen Marsh.

Masanın diğer ucunda oturan Üstat Aemon, "Bence Tyrion Lannister oldukça büyük bir adam," diye karşılık verdi. Sesi çok hafif çıkmıştı ama Gece Nöbetçileri'nin bütün üst düzey kumandanları konuşmayı kesti. Yaşlı Üstat'ın söyleyeceklerini duymak önemliydi. "Bence Tyrion, burada, tam dünyanın sonunda aramıza katılmış bir dev."

Tyrion nazikçe yanıtladı, "Bana pek çok isim takıldığını duydum lordum ama *dev* onlardan biri değil."

"Öyle de olsa ben bu dediğimin doğruluğuna inanıyorum." Süt beyazı bulutlu gözlerini Tyrion'a çevirmişti.

Belki de hayatında ilk kez, Tyrion uygun kelimeleri bulamıyordu. Başını hafifçe eğip, "Çok naziksiniz Üstat Aemon," dedi.

Kör adam gülümsedi. Buruşuk, saçsız, yaşadığı yüz yılın ağırlığı altında çekmiş ve bu yüzden üstat zinciri boynuna bol gelmeye başlamış, küçücük bir adamdı. "Bana pek çok isim takıldığını duydum ama *nazik* onlardan biri değil," diye yanıtladı. Bu sefer gülmeye başlayan Tyrion oldu.

Epey sonra, yemek denen ciddi iş bittiğinde, Mormont ateşin yanındaki koltuklardan birine davet etti Tyrion'ı ve gözlerini yaşartacak kadar sert bir içki ikram etti. İçerlerken, "Kral Yolu bu kadar kuzeyde son derece tehlikelidir," dedi.

"Jyck ve Morrec yanımda ve Yoren güneye dönüyor," diye karşılık verdi Tyrion.

"Yoren tek başına yetmez. Gece Nöbetçileri en az Kışyarı'na kadar size eşlik etmeli." Mormont'un ses tonundan kararına itiraz edilemeyeceği anlaşılıyordu. "Üç adam yeterli olacaktır," diye ekledi.

"Eğer ısrar ediyorsanız, tamam lordum," dedi Tyrion. "Genç Kar'ı yollayabilirsiniz. Kardeşlerini görme fırsatı onu memnun edecektir."

Mormont kalın gri sakalının altından homurdandı. "Kar mı? Ah, Stark'ın piçi. Hiç zannetmiyorum. Genç olanlar geride bıraktıkları hayatı tamamen unutmalı. Annelerini, babalarını, kardeşlerini, herkesi. Bir ev ziyareti duyguları karıştırmaktan başka bir işe yaramaz. O duygular hiç dokunulmadan unutulmalı. Mesela benim kendi kanımdan... kız kardeşim Maege, oğlumun sadakatsizliği yüzünden Ayı Adası'nı yönetiyor artık. Hiç tanışmadığım yeğenlerim var." İçkisinden bir yudum daha aldı. "Ayrıca, Jon Kar daha çocuk. Sizin gerçekten güçlü üç yetişkin kılıca ihtiyacınız olacak."

"Beni bu kadar düşünmenizden dolayı duygulandım Lord Mormont," dedi. Sert içki hafifçe başını döndürüyordu ama lordun ondan bir şey istediğini fark etmeyecek kadar sarhoş değildi. "Bu nezaketinizin karşılığını verebilmek isterdim," dedi.

"Verebilirsiniz," dedi Mormont sözü dolaştırmadan. "Kız kardeşiniz kralın yanındaki tahtta oturuyor. Erkek kardeşiniz iktidar sahibi bir şövalye ve babanız Yedi Krallık'ın en güçlü lordu. Onlara Gece Nöbetçileri'nin içinde bulunduğu durumdan bahsedin. Kendi gözlerinizle gördünüz. Gücümüz neredeyse bin adama düştü. Burada altı yüz kişi, Gölge Kule'de iki yüz, Doğugözcüsü'nde ondan da az ve onların üçte biri kadar savaşçı. Sur yüz fersah uzunluğunda. Bir düşünün, eğer bir saldırıyla karşılaşırsak, Sur'un bir milini korumak için sadece üç adam düşüyor."

"Üç nokta bir adam," dedi Tyrion esneyerek.

Mormont onu duymamış gibi görünüyordu. Yaşlı adam ellerini ateşte ısıttı. "Benjen Stark'ı, Yohn Royce'un oğlunu aramak için gönderdim. Royce denen çocuk hâlâ yaz çimenleri kadar yeşildi ama bir şövalye olduğundan, kendi ekibine komuta etmekle onurlandırılması gerektiğini düşünüp ısrar etti. Lord babasını gücendirmemek için kabul ettim. Yanına en iyi adamlarımdan ikisini verdim ama yine de büyük aptallık ettim."

"*Aptallık*," diye onayladı kuzgun. Tyrion kuşa baktı. Kuzgun, boncuk gibi siyah gözleriyle adamın tepesine tünemiş kanatlarını çırpıyordu. "*Aptallık*," diye tekrarladı. Kuşun boğazını sıksa Mormont onu yanlış anlardı şüphesiz. Yazık.

Lord Kumandan sinir bozucu kuşun farkında bile değildi. "Gared benim kadar yaşlıydı ve benden daha uzun zamandır Sur'daydı ama yeminini bozmuş ve kaçmış. Buna asla inanmazdım ama Lord Eddard bana Kışyarı'ndan onun kesik kafasını yolladı. Royce'tan haber yok. Bir kaçak ve iki kayıp. Şimdi de Benjen Stark'tan iz yok." Derin derin iç çekti. "*Onu* aramaya kimi göndereceğim? İki yıla, yetmişime giriyorum. Taşıdığım yük için çok yaşlı ve çok yorgunum ama şimdi her şeyi bıraksam ardımdan kim alacak görevi? Alliser Thorne mu? Bowen Marsh mı? *O adamların* ne olduğunu görmemek için Üstat Aemon kadar kör olmalıyım. Gece Nöbetçileri zorba çocukların ve yorgun yaşlı adamların yeri oldu. Bu gece masamda oturanlar dışında en fazla yirmi adam okuyabiliyor. Hatta daha azı düşünebiliyor, plan yapabiliyor ve *önderlik* edebiliyor. Bir zamanlar yaz ayları inşaatla geçirilirdi, her yeni Lord Kumandan, Sur'u bir öncekinden daha yükseğe çıkarmak için çalışırdı. Şimdiyse tek yaptığımız hayatta kalmaya çalışmak."

Adamın ölümüne açık yürekli olduğunu hissediyordu Tyrion. Yaşlı adam adına üzüldü. Lord Mormont hayatının büyük bir bölümünü Sur'da geçirmişti ve şimdi bütün o yılların bir anlamı olduğuna inanmaya ihtiyacı vardı. "Size söz veriyorum kral ihtiyaçlarınızdan haberdar olacak," dedi Tyrion kederle. "Babamla ve kardeşim Jaime'yle de konuşacağım." Gerçekten konuşacaktı. Tyrion Lannister verdiği sözü tutardı. Cümlesinin devamını getirmedi. Kral Robert'ın onu duymazdan geleceğini, Lord Tywin'in aklını yitirip yitirmediğini soracağını ve Jaime'nin sadece kahkaha atacağını söyleyemedi.

"Siz genç bir adamsınız Tyrion," dedi Mormont. "Kaç kış gördünüz?"

Tyrion omuz silkti. "Sekiz, dokuz. Yanlış hatırlamıyorsam," dedi.

"Ve hepsi de kısaydı," dedi Mormont.

"Tıpkı söylediğiniz gibi lordum." Öldürücü bir kış mevsiminde doğmuştu. O kışı yaşayan üstatlar, üç yıl süren korkunç ve zalim bir kış olduğunu söylüyordu ama Tyrion'ın hatırlayabildiği ilk anılar bahar zamanındandı.

"Ben küçük bir çocukken, uzun bir yaz mevsiminin daha uzun bir kış mevsimi getirdiği söylenirdi. Bu yaz tam *dokuz yıl* sürdü ve onuncusu kapıda. Bunu bir düşün Tyrion."

"*Ben* küçük bir çocukken, eğer insanlar yeterince iyi olurlarsa tanrıların hiç bitmeyen bir yaz mevsimi vereceğini söylerdi sütannem," diye karşılık verdi Tyrion. "Belki de gerçekten iyi davranmıştır insanlar ve sonunda Muazzam Yaz gelmiştir." Sırıttı.

Lord Kumandan eğleniyormuş gibi görünmüyordu. "Bu söylediğinize inanacak kadar aptal değilsiniz lordum. Günler kısalmaya başladı bile. Yanılmak imkânsız. Aemon, kendi bulgularıyla örtüşen mektuplar aldı Hisar'dan. Yaz sonu tam burnumuzun dibinde." Mormont uzandı ve Tyrion'ın elini pençe gibi kavradı. "Anlamalarını *sağlamak* zorundasınız. Sizi temin ederim lordum, karanlık yaklaşıyor. Ormanda vahşi şeyler var. Ulu kurtlar, mamutlar, yabani öküz büyüklüğünde kar ayıları ve rüyalarımda çok daha karanlık şekiller gördüm."

"Rüyalarınızda," diye tekrar etti Tyrion. Çok sert bir içkiye daha ihtiyacı olduğunu düşünüyordu.

Mormont sağır gibiydi. "Doğugözcüsü'ndeki balıkçılar, sahilde ak yürüyenlere rastlamışlar."

Tyrion bu sefer dilini tutamadı. "Lannis Limanı'ndaki balıkçılar da sık sık mezgite rastlıyor."

"Denys Mallister, insanların Gölge Kule'den geçerek, akın akın güneye gittiğini yazmış. Kaçıyorlar lordum... ama *neyden* kaçıyorlar?" Mormont pencereye yürüdü ve geceyi izlemeye başladı. "Bu kemikler çok yaşlı ama daha önce böyle bir soğuk hissetmedi Lannister," dedi. "Söylediklerimi krala anlat, sana yalvarırım. Kış gel*iyor* ve Uzun Gece çöktüğünde, kuzeyden gelen karanlıkla diyar arasında sadece Gece Nöbetçileri olacak. Hazır olamazsak tanrılar yardımcımız olsun."

"Eğer bu gece biraz uyuyamazsam tanrılar *bana* yardımcı olsun. Yoren sabahın ilk ışıklarıyla yola çıkmaya kararlı." Tyrion içkiden ağırlaşmış ve sohbetin kasvetinden bunalmış halde ayağa kalktı. "Bana gösterdiğiniz nezaket ve konukseverlik için teşekkür ederim Lord Mormont," dedi.

"Onlara anlat Tyrion. Onlara anlat ve inanmalarını sağla. Bana bu şekilde teşekkür et." Islık çaldı, kuzgun gelip omzuna kondu. Mormont gülümsedi ve cebinden bir avuç mısır çıkardı. Tyrion lordun yanından ayrıldı.

Dışarıda acı bir soğuk vardı. Kürküne iyice sarınıp eldivenlerini yukarı doğru çekerken, Kumandan Kulesi'nin önünde buz tutmuş halde nöbet bekleyen zavallılara başıyla selam verdi. Avluyu boylu boyunca geçerek kendi odasının bulunduğu Kral Kulesi'ne varabilmek için cüce bacaklarının becerebildiği kadar hızla yürümeye çalışıyordu. Adımları kar yığınlarını eziyor, yerdeki buz tabakası çizmelerinin altında çıtırdıyor ve soluğu buharlaşıp bir sancak gibi önünden gidiyordu. Ellerini koltukaltlarına sokup hızlandı. Morrec'in, kızgın tuğlalarla yatağını ısıtmayı unutmamış olmasını diliyordu.

Sur, Kral Kulesi'nin arkasında, ay ışığında parıldıyordu. Devasa ve gizemli. Tyrion bir an için durdu ve Sur'a baktı. Bacakları soğuktan ve hızlı hareket etmekten ağrıyordu.

Aniden tuhaf bir delilik kapladı içini. Dünyanın sonuna bir kez bakmak istiyordu. Bu onun son şansıydı. Yarın güneşle birlikte güneye dönmek için yola çıkacaktı ve bu buzdan cehenneme tekrar gelmek için bir sebep bulamıyordu. Kral Kulesi hemen önündeydi ama odasındaki sıcaklığı ve yumuşak yatağını arkasında bırakarak Sur'un soluk ve geniş siperliklerine doğru yürümeye devam etti.

Donmuş ve buzun içine gömülmüş tahta merdivenler, büyük ve kaba kirişlere sıkıca bağlanmış halde güney cephesine doğru uzanıyordu. Bir ileri bir geri sallanıyor, bir yıldırımın kolları gibi çatallanmış halde yukarı tırmanıyordu. Kara kardeşler merdivenin göründüğünden çok daha sağlam olduğunu söylemişlerdi ama Tyrion'ın bacakları tırmanmayı düşünemeyecek kadar fazla ağrıyordu. Tırmanmak yerine kuyunun arkasındaki demir kafese gitti, güçlükle içine tırmandı ve çan ipini bütün gücüyle çekti. Üç kez.

Ona sonsuzmuş gibi gelen bir süre, kafesin içinde, Sur'a arkasını verip bekledi. Tyrion orada ne işi olduğunu düşünmeye başlamış, ani deliliğini bir kenara bırakıp yatağına dönmeye karar vermişti ki kafes sarsıldı ve yukarı çıkmaya başladı.

Yavaşça tırmanıyordu. Önce sallantılarla ve duraklamalarla, ardından daha sarsıntısız şekilde. Zemin her dakika biraz daha geride kalıyordu. Kafes sallandı, Tyrion sıkı sıkı demir çubuklara tutundu. Kalın eldivenlerinin üstünden bile demir çubukların soğukluğu hissediliyordu. Morrec odasındaki şömineyi yakmıştı. Başını takdirle salladı. Lord Kumandan'ın kaldığı kale karanlıktı. Yaşlı Ayı'nın ondan daha duyarlı olduğu ortadaydı.

Sonunda kulelerden daha yükseğe çıktı ve hâlâ santim santim yukarı tırmanıyordu. Kara Kale ay ışığının altında çürümüş gibi görünüyordu. Bu yükseklikten bakınca, penceresiz kuleleleri, ufalanan duvarları, parçalanmış taşlarla boğulmuş avlularıyla perişan ve yalnızdı Kara Kale. Daha ileride Köstebek Kasabası'nın ışıkları görünüyordu. Bu küçük kasaba Kral Yolu'nun yarım fersah kadar güneyindeydi. Çevredeki dağlardan inen, ay ışığının altında parıldayan donmuş su dereleri, düzlükleri kesiyordu. Dünyanın geri kalanı rüzgârlarla yıkanan tepeler ve karla kaplanmış kayalıklardan oluşan kasvetli bir boşluktu.

"Yedi cehennem! Cüceymiş," diye bir ses duydu sonunda. Kafes aniden durdu ve ileri geri yavaşça sallanmaya başladı.

"Kahretsin! Onu içeri getirin." Bir homurtu yükseldi. Kafes yana doğru kayarken halatlardan sesler gelmeye başladı. Sonunda Sur ayaklarının altındaydı. Tyrion kafesin sallanması tamamen durana kadar bekleyip kapısını açtı ve buz tutmuş zemine atladı. Siyahlar giymiş bir gölge vince doğru eğilmiş, bir diğeri de eldivenli eliyle kafesi tutmuştu. Yüzleri yün atkılarla sarılmıştı ve sadece gözleri görünüyordu. Üzerlerine kat kat simsiyah deriler ve yünler giymişlerdi. "Gecenin bu saatinde ne istiyorsun?" diye sordu vincin yanında duran adam.

"Son bir bakış."

Adamlar iyice tatları kaçmış gibi bakıştı. "İstediğin kadar bak," dedi diğeri. "Yalnız, sakın düşme küçük adam. Yaşlı Ayı derimizi yüzmesin." Büyük vincin hemen yanında ahşap küçük bir baraka vardı. Adamlar barakanın kapısını açıp içeri girdikleri sırada, sobadaki ateşin sıcaklığını içinde hissetti Tyrion. Kapı kapandı ve yalnız kaldı.

Buradaki soğuk insanı ısırıyordu ve rüzgâr ısrarlı bir âşık gibi giysilerini Tyrion'ın üzerinden söküp çıkartmaya çalışıyordu. Sur'un tepesi Kral Yolu'nun pek çok kısmından daha genişti, yani düşme tehlikesi söz konusu değildi ama zemin Tyrion'ın dilediğinden çok daha fazla kaygandı. Kardeşler, yürüme yollarının üzerlerine mıcır döküyorlardı ama binlerce adımın ağırlığı altında ezilen Sur tekrar buzla kaplanıyor, mıcırlar buzların arasında kayboluyor ve yol yine düzleşip kayganlaşıyordu. O zaman, yine taş kırma vakti gelmiş oluyordu.

Yine de Sur'un üzerinde yürümek Tyrion'ın beceremeyeceği bir iş değildi. Önce doğuya, sonra batıya çevirdi kafasını. Sur iki yanında akıp gidiyordu. Ne başı ne sonu belli, önü ve arkası karanlık uçurumlar olan uzun beyaz bir yoldu Sur. Batı. Batıya doğru yürümeye karar verdi belli bir sebep olmaksızın. Mıcırları en yeni görünen yürüme yolunu tutturdu.

Çıplak yanakları kıpkırmızı olmuştu ve bacakları her zamankinden fazla çığlık atıyordu ama Tyrion umursamadı. Rüzgâr etrafında küçük hortumlar yaratıyor, çizmelerinin altındaki mıcır taşları çıtırdıyordu. Uzakta beyaz bir kurdele halinde tepeler görünüyor, batı ufkuna doğru iyice yükselip kayboluyorlardı. Dev bir mancınığın yanından geçti. Bir şehir suru kadar yüksekti. Kaldırma kolu tamir edilmek için çıkarılmış ve sonra unutulmuştu. Tabanı Sur'a gömülmüş kırık, dev bir oyuncağa benziyordu.

Mancığın arkasından, "Orada kim var? Kıpırdama!" diyen bir ses yükseldi.

Tyrion durdu. "Eğer uzun süre kıpırdamadan durursam buz tutarım Jon," dedi Tyrion. Tüylü solgun bir şekil yavaşça yanına sokuldu ve kürkünü koklamaya başladı. "Selamlar Hayalet."

Jon Kar yanına yaklaştı. Kat kat yün ve deri kıyafetlerinin içinde olduğundan daha iri ve ağır görünüyordu. Pelerinin başlığı yüzünü kapatmıştı. Ağzını örten kaşkolu aşağı çekerek, "Lannister, seni burada göreceğimi hiç düşünmezdim," dedi. Kendi boyundan uzun demir bir mızrak taşıyordu ve belinden deri kabzalı bir kılıç sarkıyordu. Boynunda gümüş kaplı, siyah bir savaş borusu asılıydı.

"Ben de burada görüleceğimi düşünmezdim," diyerek güldü

Tyrion. "Bir delilik anı sonucunda geldim. Hayalet'e dokunsam elimi koparır mı sence?"

"Ben yanındayken bir şey yapmaz," dedi Jon.

Tyrion kurdun kulaklarının arkasını kaşıdı. Kırmızı gözler sakince izliyordu Tyrion'ı. Yaratık artık göğsüne kadar geliyordu. Bir yıl sonra kurdun kendisine *yukarıdan* bakacağını düşünüp üzüldü. "Erkeklik organlarını dondurmak dışında, burada ne yapıyorsun bu gece *sen*?" diye sordu Jon'a.

"Gece nöbetine verildim. Yine," dedi Jon. "Sör Alliser nöbet kumandanının benimle yakından ilgilenmesini sağlayacak kadar nazik davrandı. Geceleri uykusuz kalırsam sabah talimlerinde çuvallayacağımı düşünüyor ama şu ana kadar hayal kırıklığına uğradığını söyleyebilirim."

Tyrion sırıttı. "Hayalete jonglörlük yapmayı öğretti mi bari?"

"Hayır," dedi Jon gülümseyerek, "Ama Grenn kendisini Halder'e karşı savunabildi ve Pyp kılıcını eskisi kadar sık düşürmüyor."

"Pyp?"

"Gerçek adı Pypar. Kocaman kulaklı küçücük bir çocuk. Thorne daha doğru dürüst kılıç tutmayı bile öğretmemiş ona. Grenn'i çalıştırırken beni gördü ve yardımımı istedi." Kuzeye baktı. "Bir mil boyunca yürüyüp Sur'u gözetlemeliyim. Benimle yürür müsün?" diye sordu.

"Eğer ağır ağır yürürsen," diye cevapladı Tyrion.

"Nöbet kumandanı, kanımın donmaması için sürekli yürümem gerektiğini söyledi ama ne kadar hızlı yürüyeceğimi söylemedi."

Jon'u beyaz bir gölge gibi takip eden Hayalet'le birlikte yürümeye başladılar. "Yarın sabah gidiyorum," dedi Tyrion.

"Biliyorum," dedi Jon tuhaf bir hüzünle.

"Güneye gitmeden önce Kışyarı'nda bir mola vermeyi düşünüyorum. İletmemi istediğin bir mesaj var mı?"

"Robb'a, Gece Nöbetçileri'nin kumandanı olacağımı ve onun güvenliğini sağlayacağımı söyle. Kızlarla birlikte iğne oyası dersi alsın ve Mikken'a, at nalı yaptırmak için kılıcını erittirsin."

"Robb benden çok daha büyük. Ölümüme sebep olacak herhangi bir mesajı iletmeyi reddediyorum," dedi Tyrion kahkahalar atarak.

"Rickon eve ne zaman döneceğimi soracaktır. Nereye gittiğimi, neden gittiğimi açıklamaya çalış eğer yapabilirsen. Ona bütün eşyalarımı alabileceğini söyle, buna bayılır."

Bugün insanların kendisinden çok fazla şey beklediğini düşündü Tyrion. "Bütün bunları bir mektuba yazabileceğini biliyorsun değil mi?"

"Rickon okuma yazma bilmiyor ve Bran..." Aniden durdu. "Bran'a ne mesaj yollayacağımı bilmiyorum. Ona yardım et Tyrion."

"Ben ona nasıl yardım edebilirim? Acılarını azaltabilecek bir üstat değilim. Ona bacaklarını geri verebilecek büyülerim de yok."

"İhtiyacım varken bana yardım ettin."

"Sana bir yardımım olmadı. Sadece sözler."

"O halde, Bran'a da sözlerinle yardım et."

"Topal bir adamdan, sakat bir adama dans etmeyi öğretmesini istiyorsun," dedi Tyrion. "Ders ne kadar samimi olursa olsun sonuç grotesk olacaktır. Ama bir kardeşi sevmenin ne demek olduğunu biliyorum Lord Kar. Bran'a yardımı olacak, gücümün yettiği her şeyi yapmaya hazırım."

"Teşekkür ederim lordum." Eldivenlerini çıkardı ve çıplak elini Tyrion'a uzattı. "Arkadaş."

Tyrion garip bir şekilde duygusal hissetti kendini. "Akrabalarımın çoğu piç ama ilk kez bir piç arkadaşım oluyor." O da eldivenlerini çıkardı ve Jon'un elini sıktı. Et ete. Çocuğun el sıkışı güçlü ve kararlıydı.

Eldivenlerini tekrar ellerine geçirdiklerinde Jon aniden döndü ve alçak, buzlu kuzey trabzanına yürüdü. Tam önünde, Sur dik ve keskin aşağı iniyordu. Tam önünde karanlıktan ve vahşilikten başka bir şey yoktu. Tyrion onu takip etti. Yan yana dünyanın bittiği yerde durdular.

Gece Nöbetçileri ormanın Sur'a yarım milden fazla yaklaşmasına izin vermiyordu. Demir ağaçlarından, muhafız ağaçlarından ve meşelerden oluşan sık koru asırlar önce Sur'un dibinden sökülmüş, Sur'la orman arasında geniş çorak bir arazi bırakılmıştı. Bu sayede hiçbir canlı görünmeden Sur'a yaklaşamıyordu. Tyrion, son yirmi yıl içinde bu vahşi ormanın üç kale arasında tekrar kök salmaya başladığını duymuştu. Sur'un gölgesinde devasa gri yeşil muhafız ağaçları ve soluk beyaz büvet ağaçları yetişiyordu. Kara Kale sürekli yakacak odun açlığı duyduğu için buradaki orman hâlâ kardeşlerin baltalarıyla Sur'dan uzak tutuluyordu.

Yeterince uzak değildi yine de. Tyrion, aradaki boşluğun dibinde, Sur'un karşısına dikilmiş ikinci bir sur gibi görünen karanlık ağaçlara bakıyordu. *Bu* ağaçlara bir kez bile insan baltası değmemişti. Birbirine karışmış dalların, binlerce yıllık kök düğümlerinin arasına ay ışığı bile giremiyordu. Bu ormanın sürekli kara kara düşündüğünü ve insan denen yaratıktan haberi olmadığını söylüyordu korucular. Gece Nöbetçileri'nin buraya Tekinsiz Orman demeleri boşuna değildi.

Etrafta ateş olmadan, keskin rüzgâr bir mızrak gibi bağırsaklarına kadar işliyorken orada öylece duran Tyrion, Ötekiler hakkında konuşulanlara, geceden gelen düşmanlara inanabileceğini hissetti bir an. Yaratıklar ve canavarlar hakkında yaptığı şakalar artık o kadar güldürücü gelmiyordu nedense.

"Amcam oralarda bir yerde," dedi Jon mızrağına yaslanıp hüzünle ormanın karanlığını seyrederken. "Beni buraya nöbete yolladıkları ilk gece, Benjen amcanın o gece döneceğini ve benim onu ilk gören olup boynuzu üfleyeceğimi düşünmüştüm. Ne o gece, ne de ondan sonraki bir gecede geldi."

"Biraz zaman ver," dedi Tyrion.

Uzak kuzeyden bir kurt uluması duyuldu. Ona bir diğeri katıldı ardından. Hayalet kulaklarını kabartıp dinlemeye başladı. "Eğer dönmezse, yanıma Hayalet'i alıp gideceğim ve onu bulacağım," dedi Jon Kar.

"Sana inanıyorum," dedi Tyrion ama aklında geçen, Peki *seni kim bulacak*? sorusuydu. Titredi.

ARYA

Babası yine konsey üyeleriyle tartışmıştı. Yemek masasına geç gelen babasının yüzünden okunuyordu her şey. Son zamanlarda hep geç geliyordu zaten. Ned Stark, Küçük Salon'a girdiğinde, ilk yemek olan koyu kabak çorbası masadan çoktan kaldırılmıştı. Kralın bin kişiye ziyafet verebileceği kadar geniş olan Büyük Salon'la karıştırmamak için, buraya Küçük Salon adını takmışlardı. Bu salon iki yüz kişiyi ağırlayabilirdi ve yüksek kubbeli bir tavanı vardı.

Jory, "Lordum," dedi Lord Stark salona girdiğinde ve ayağa kalktı. Diğer muhafızlar da onunla birlikte kalktı. Bütün adamlar beyaz saten şeritli, ağır gri yünden yeni pelerinler giyiyordu. Her pelerinin yaka kıvrımına, muhafızların El'in maiyetinden olduğunu belli eden, dövülmüş gümüşten yapılmış el şekilli broşlar takılmıştı. Sadece elli muhafız vardı ve bu yüzden sıralar boştu.

"Oturun," dedi Ned Stark. "Görüyorum ki bensiz başlamışsınız. Bu şehirde hâlâ aklı başında olan birkaç adama rastlamak memnuniyet verici." Yemeğin devam etmesi için bir el işareti yaptı ve servis kaldığı yerden devam etti. Hizmetçiler, sebze ve sarımsakla kızartılmış kaburga dolu tabakları masaya getirmeye başladı.

"Bir turnuva düzenleneceğinden bahsediliyor avluda lordum," dedi Jory otururken. "Kral Eli olarak göreve başlamanızın şerefine, mızrak müsabakası yapmak ve ziyafete katılmak üzere diyarın dört bir yanından şövalyeler geleceğini söylüyorlar."

Arya babasının bunları duymaktan mutlu olmadığını görebiliyordu. "Bunun arzu ettiğim son şey bile olmadığını da söylüyorlar mı?" diye sordu babası.

Sansa'nın gözleri önündeki tabak kadar büyümüştü. "Bir *turnuva*!" dedi heyecanla. Rahibe Mordane ve Jeyne Poole'un arasında, Arya'dan, babasından azar işitemeyeceği kadar uzakta oturuyordu. "Bizim izlememize izin verilecek mi baba?" diye sordu.

"Bu konudaki tavrımı biliyorsun Sansa. Görünüşe bakılırsa Robert'ın oyunlarını organize etmeli ve adıma düzenlediği turnuvadan onur duyuyormuş gibi yapmak zorundayım ama kızlarımı da bu aptallığın bir parçası yapmak zorunda değilim."

"Ah, *lütfen* baba. Ben de görmek istiyorum."

Rahibe Mordane konuştu. "Prenses Myrcella da orada olacak lordum ve o Sansa'dan küçük. Sarayın bütün hanımları turnuvayı izleyecek. Sizin adınıza düzenlenen bu büyük olayda ailenizden üyeler bulunmaması oldukça tuhaf görünecektir."

Babası acı çekiyor gibi görünüyordu. "Galiba haklısınız. Sansa için bir yer ayarlayacağım." Arya'ya baktı. "İkiniz için de," dedi.

"Onların aptal turnuvası umrumda değil," diye yanıtladı Arya. Prens Joffrey'nin de orada olacağını biliyordu ve prensten nefret ediyordu.

Sansa başını kaldırdı. "*Olağanüstü* bir olay olacak, sen zaten orada istenmezsin."

Babasının yüzünden bir öfke dalgası geçti. "*Yeter* Sansa!" dedi. "Biraz daha konuşursan fikrimi değiştireceğim. Aranızdaki bu bitmek tükenmek bilmeyen savaştan ölümüne yoruldum. Siz kardeşsiniz ve sizden buna uygun davranmanızı istiyorum. Anlaşıldı mı?"

Sansa dudağını ısırdı ve başıyla onayladı. Arya kederli gözlerini tabağına indirdi. Gözleri yaşla dolmuştu ama ağlamamaya kararlıydı. Elinin tersiyle gözlerini sildi.

Masadan çıkan tek ses çatal bıçakların metalik şıngırdamasıydı o andan sonra. Lord Stark, "İzinlerinizi rica ediyorum. Bu akşam pek iştahım yok," dedi ve salondan ayrıldı.

O gittikten sonra Sansa ve Jeyne Poole heyecanla dedikodu yapmaya başladı. Masanın diğer ucundaki Jory yapılan bir şakaya güldü, Hullen atlardan bahsetmeye başladı. "Senin savaş atın mızrak dövüşü için çok uygun olmayabilir. Aynı şeyler değil. Hayır, hayır. Kesinlikle aynı şeyler değil." Adamlar bunların hepsini daha önce de duymuştu. Desmond, Jacks ve Hullen'ın oğlu Harwin hep birlikte Hullen'ın sesini bastırdı. Porther biraz daha şarap istedi.

Kimse Arya'yla konuşmuyordu ama onun umrunda değildi.

Böylesini seviyordu zaten. Eğer izin verselerdi bütün yemeklerini odasında tek başına yerdi. Bazen veriyorlardı. Babası kralla, lordlarla ya da oradan buradan gelmiş elçilerle yemek zorunda kaldığı zaman. Diğer vakitlerde babasının salonunda, sadece Sansa ve babasıyla birlikte yiyordu yemeklerini. İşte o yemeklerde erkek kardeşlerini çok özlüyordu. Bebek Rickon'la oynamak, Robb'un gülümsemesini görmek istiyordu. Keşke Jon yine saçlarını karıştırsaydı. Jon'un, küçük kardeşim deyip, cümleleri onunla birlikte bitirmesini özlemişti. Hepsi gitmişti artık. Sansa'dan başka kimsesi kalmamıştı ve Sansa, babaları mecbur bırakmadıkça Arya'yla tek kelime konuşmuyordu.

Kışyarı'nda, yemeklerinin çoğunu Büyük Salon'da yerlerdi. Babası, adamlarını yanında tutmak isteyen bir lordun, adamlarıyla birlikte yemek yemesi gerektiğini söylerdi. "Seni takip eden adamları tanımalısın ve onların da seni tanımasına izin vermelisin," demişti bir seferinde Robb'a. "Adamlarından bir yabancı uğruna ölmelerini isteyemezsin." Kışyarı'ndaki sofralarında fazladan bir yer hazırlanırdı ve her akşam farklı bir adam kendilerine katılırdı. Bazen Vayon Poole gelirdi ve para işleri, ekmek stokları ve hizmetkârlar konuşulurdu; bazen Mikken aralarına katılırdı ve saatlerce zırhlardan, kılıçlardan, çeliği dövme ısısından ve su vermenin en ideal yöntemlerinden bahsedilirdi. Bir akşam bitip tükenmez at sohbetleriyle Hullen gelirdi, bir diğerinde kütüphaneden Rahip Chayle, sonra Jory, Sör Rodrik ve hatta hikâyeleriyle birlikte masaya oturan Yaşlı Dadı.

Arya, babasının masasında oturup adamlarıyla sohbetini dinlemeye bayılırdı. Dışarıdaki insanları dinlemeyi de severdi. Kayış kadar sert hürsüvarileri, soylu şövalyeleri ve gözüpek şövalye yaverlerini ve yaşlı savaşçıları. Onlarla kartopu oynar, mutfaktan tart çalmalarına yardım ederdi. Karıları ona çörekler verir, Arya onların bebeklerine isimler uydururdu. Çocuklarıyla "canavarlar ve genç kızlar," "hazineyi sakla ve kaleme gel" oynardı. Şişko Tom, "Arya Ayakaltı" derdi ona çünkü Arya her zaman ayakaltındaydı. Bu adı "Arya Atsurat"tan daha fazla severdi.

Orası Kışyarı'ydı, bir dünya uzaklıktaydı. Şimdi her şey değişmişti. Buraya geldiklerinden beri ilk kez adamlarla birlikte yemek yiyorlardı ve Arya her anından nefret ediyordu. Konuşmalarından, gülmelerinden, anlattıkları hikâyelerden, hepsinden nefret ediyordu. Onlar Arya'nın dostlarıydı. Bir zamanlar kendini güvende hissederdi onların yanında ama artık biliyordu ki onların dostluğu yalandı. Kraliçenin Leydi'yi öldürmesine izin vermişlerdi. Bu yeterince kötü değilmiş gibi Tazı, Mycah'ı bulmuştu. Jeyne Poole'un söylediğine göre Mycah'ın bedenini öyle küçük parçalara ayırmışlardı ki, babasına bir torbaya koyarak vermişlerdi. Zavallı kasap, torbadakinin parçalanmış bir domuz olduğunu düşünmüştü. Kimse sesini yükseltmemişti. Kimse kılıcına davranmamıştı. Kimse *hiçbir şey* yapmamıştı. Her zaman cesurca konuşan Harwin, bir şövalye olacak olan Alyn, muhafızların başı Jory, kimse sesini çıkarmamıştı. Hatta babası bile.

O benim arkadaşımdı, diye fısıldadı yemek tabağına. Kimsenin duyamayacağı kadar hafif bir sesle. Çatalını bile değdirmediği kaburgalar tabağında soğumuş, üzerleri donmuş yağ ile kaplanmıştı. Onları görünce midesi bulandı. Masadan kalktı.

"Nereye gittiğini sanıyorsun genç leydi?" diye sordu Rahibe Mordane.

"Aç değilim." Arya'nın nezaket kurallarını hatırlaması biraz güçleşmişti. "İzninizle çekilebilir miyim?"

"Hayır, çekilemezsin," dedi rahibe. "Yemeğine neredeyse hiç dokunmadın. Şimdi otur ve tabağındakileri bitir."

"Sen bitir!" diye bağırdı Arya ve kimsenin onu durdurmasına fırsat vermeden kapıya doğru koştu. Adamlar gülerken, Rahibe Mordane arkasından sesleniyordu. Sesi giderek yükseliyordu.

El Kulesi'nin kapısında bu sefer muhafız olarak Şişko Tom vardı. Kendisine doğru koşarak gelen Arya'yı görüp göz kırptı ve ardından rahibenin bağırdığını duydu. "Dur bakalım ufaklık," deyip Arya'yı yakalamaya çalıştı ama Arya adamın bacaklarının arasından geçip kulenin sarmal merdivenlerini tırmanmaya başladı. Adımları taş merdivenleri döverken, Şişko Tom oflayıp poflayarak arkasından yetişmeye çalışıyordu.

Yatak odası, bütün Kral Toprakları'nda Arya'nın sevdiği tek yerdi. Kapısı yüzünden seviyordu bu odayı. Demir sürgülü dev meşe kapının sürgüsünü çektiğinde odasına kimse giremiyordu. Rahibe Mordane, Şişman Tom, Sansa, Jory, Tazı, *kimse*. Sürgüyü çekti.

Kapı kapandığında, ağlayabilecek kadar güvendeydi artık.

Pencereye gidip kenarına oturdu. Ağlayarak ve herkesten nefret ederek. En çok da kendinden nefret ediyordu. Her şey onun suçuydu. Kötü olan her şeyin sebebi oydu. Sansa öyle söylemişti ve Jeyne de.

Şişko Tom kapıyı yumrukluyordu. "Arya, kızım, her şey yolunda mı? Orada mısın?" diye bağırıyordu.

"*Hayır*!" dedi Arya. Yumruk sesi durdu. Şişko Tom'un uzaklaştığını duydu. Bu adamı kandırmak ne kadar da kolaydı.

Arya yatağının ayakucunda duran sandığa gidip kapağını kaldırdı ve iki eliyle birden giysilerini çıkarıp yere atmaya başladı. İpekler, satenler, kadifeler, yünler havada uçuşuyordu. Aradığı şey sandığın dibindeydi. Arya yavaşça sakladığı yerden aldı ve keskin kılıcını kınından çıkardı.

İğne.

Mycah'ı düşündü yine ve gözleri yaşlarla doldu. Onun suçuydu, onun suçuydu, onun suçuydu. Eğer ona birlikte şövalyecilik oynayalım demeseydi...

Kapı yine yumruklanıyordu, az öncekinden daha şiddetli. *"Arya Stark, bu kapı hemen açılacak, beni duyuyor musun?"*

Arya elinde İğne'yle döndü. Kılıcı havada salladı ve, "Buraya girmezsen çok daha iyi olur," diye uyardı.

"*El bunu mutlaka duyacak*!" diye tehdit etti rahibe.

"Umrumda değil!" diye yanıtladı Arya öfkeyle. "Git buradan!"

"Bu uygunsuz tavırlarının hesabını vereceksin genç leydi, buna yemin ederim." Arya, rahibenin uzaklaşan ayak seslerini duyana kadar kapıyı dinledi.

Elinde İğne, tekrar pencereye döndü. Aşağıdaki avluya baktı. Keşke Bran gibi tırmanabilseydi. Pencereden çıkar, kuleden aşağı iner ve bu korkunç yerden uzaklaşırdı. Sansa'dan, Rahibe Mordane'den ve Prens Joffrey'den. Hepsinden uzaklara kaçardı. Mutfaktan biraz yiyecek çalar, en iyi çizmelerini giyer, İğne'yi ve sıcak tutacak bir pelerinini alırdı yanına. Üç Dişli Mızrak'ın kenarındaki ormanda Nymeria'yı bulurdu ve birlikte Kışyarı'na dönerlerdi. Ya da Sur'daki Jon'un yanına giderlerdi. Keşke Jon orada olsaydı. Belki bu kadar yalnız hissetmezdi.

Kapı bu sefer yumuşakça çalındı. Arya pencereden kapıya döndü ve bütün hayalleri uçup gitti. "Arya kapıyı aç. Konuşmamız gerek," dedi babasının hafif sesi.

Arya kapıya gitti ve sürgüyü çekti. Babasının yanında kimse yoktu. Kızgın değil üzgün görünüyordu ve bu Arya'nın kendisini kötü hissetmesine sebep oldu. "İçeri girebilir miyim?" Arya başıyla onayladı ve gözlerini utanç içinde yere indirdi. Babası kapıyı kapadı. "Bu kimin kılıcı?"

"Benim." Arya elindeki İğne'yi unutmuştu.

"Onu bana ver."

Arya kılıcını teslim etti. Bir daha İğne'yi eline alıp alamayacağını düşünüyordu. Babası kılıcı ışığa doğru kaldırdı, kılıcın iki kenarını da inceledi. Ucuna başparmağıyla dokundu. "Bir Braavos kılıcı ama yapanın imzasını tanımamak mümkün değil. Bu Mikken'ın işi."

Babasına yalan söylemezdi, gözlerini yere indirdi.

Lord Eddard Stark içini çekti. "Dokuz yaşındaki kızım, kendi demir ustamın elinden çıkmış bir kılıçla silahlanıyor ve benim hiçbir şeyden haberim yok," dedi. "Kral Eli'nden Yedi Krallık'ı yönetmesi bekleniyor ama ben daha kendi ailemin içinde neler olup bittiğini bilemiyorum. Arya, sen bu kılıca nasıl sahip oldun? Bunu nereden aldın?"

Arya dudaklarını ısırdı ve sessiz kaldı. Jon'a ihanet edemezdi. Karşısındaki babası olsa bile.

Bir süre sonra, "Aslında nereden aldığın o kadar önemli değil," dedi babası. Elindeki kılıca hüzünle baktı. "Bu çocuk oyuncağı değil. Hele bir kız için hiç uygun değil. Kılıçlarla oynadığını bilse Rahibe Mordane ne der acaba?"

"Ben *oyun oynamıyordum*," diye diretti Arya. "Rahibe Mordane'den nefret ediyorum."

"Yeter!" dedi babası. Sesi sert çıkmıştı bu sefer. "Rahibe sadece görevini yapıyor ve tanrılar biliyor ki sen bunu bir mücadeleye dönüştürüyorsun. Annen ve ben, seni bir leydiye dönüştürmesi görevini vererek imkânsız bir iş yapmasını bekliyoruz zavallı kadından."

"Ben bir leydi olmak *istemiyorum*," diye parladı Arya.

"Bu oyuncağı dizimin üzerinde ikiye ayırıp bu saçmalığa bir son vermeliyim."

"İğne kırılmaz!" dedi Arya savunmaya geçerek ama sesi sözlerine ihanet etmişti.

"Bir adı da var, öyle mi?" Babası içini çekti. "Ah Arya. Senin içinde vahşilik var çocuğum. Buna kurt kanı derdi babam eskiden. Lyanna'nın içinde de vardı bir parça ve Brandon'ın içinde de, bir parçadan çok daha fazla. İkisini de erkenden mezara soktu o kan." Arya babasının sesindeki hüznü duyabiliyordu. Kardeşlerinden ya da babasından sık bahsetmezdi. İkisi de Arya doğmadan uzun yıllar önce ölmüştü. "Eğer lord babam izin verseydi, Lyanna da bir kılıç taşırdı. Bana onu hatırlatıyorsun bazen ve hatta ona benziyorsun."

"Lyanna çok güzelmiş," dedi Arya şaşkın halde. Herkes Lyanna'nın güzelliğinden bahsederdi ama bu asla Arya için söylenen cümlelerden biri değildi.

"Evet güzeldi," diye onayladı Ned Stark. "Çok güzeldi, söz dinlemezdi ve çok genç yaşında toprağa girdi." Kılıcı havaya kaldırdı. "Arya, bu kılıçla... İğne? Kimi delik deşik etmeyi düşünüyorsun? Sansa'yı mı? Yoksa Rahibe Mordane'i mi? Kılıç dövüşüyle ilgli ilk kural nedir biliyor musun?"

Aklına, Jon'un verdiği dersten başka bir şey gelmiyordu. "Düşmanına sivri ucu sapla," dedi bir çırpıda.

Babası bir kahkaha attı. "İşin özü bu sanırım," dedi.

Arya umutsuzca anlatmak ve babasının anlamasını sağlamak istiyordu. "Ben öğrenmeye çalışıyordum ama..." Gözleri tekrar yaşlarla doldu. "Mycah'a birlikte talim yapmayı ben önerdim." Bütün acı ilk günkü gibi gelip yüreğine oturmuştu. Titreyerek arkasını döndü. "Ondan ben *istemiştim*. Benim hatam. Benim..."

Babası arkasından sarıldı Arya'ya. Kendisini yavaşça döndüren babasının göğsünde ağlamaya başladı. "Hayır tatlı kızım. Arkadaşın için yas tut ama kendini suçlama. Kasabın oğlunu sen öldürmedin. Onun kanı Tazı'nın ellerine bulaştı. Onun ve hizmet ettiği zalim kadının ellerine."

"Onlardan nefret ediyorum," dedi Arya ağlamaktan kıpkırmızı olmuş gözleriyle babasına bakıp hıçkırarak. "Tazı'dan, kraliçeden, kraldan ve Prens Joffrey'den. Joffrey *yalan söyledi.* Onun söylediği gibi olmamıştı olaylar. Sansa'dan da nefret ediyorum çünkü her şeyi *hatırlıyordu* ama Joffrey onu sevsin diye o da yalan söyledi."

"Hepimiz yalan söylüyoruz," dedi babası. "Yoksa Nymeria'nın kaçtığına inandığımı mı sanıyordun?"

Arya suçlulukla kızardı. "Jory söylemeyeceğine söz vermişti."

"Sözünü tuttu zaten," dedi babası gülümseyerek. "Bazı şeyleri bilmek için birinden duymaya gerek yok. Kör bir adam bile o kurdun seni isteyerek bırakmayacağını bilir."

"Ona taş atmak zorunda kaldık," dedi Arya korkunç bir kederle. "Ona koşmasını *söyledim*, kaç ve özgür ol dedim, artık seni istemiyorum dedim. Ormanda başka kurtlar da vardı. Jory onlarla oynayabileceğini, onlarla geyik avlayabileceğini söyledi ama Nymeria peşimden ayrılmıyordu. Sonunda taş atmak zorunda kaldım. İki kere isabet etti taşlar. İnleyip bana baktı. Çok utandım ama doğru olanı yaptım. Doğru olanı yaptım değil mi baba? Kraliçe onu öldürtürdü."

"Doğru olanı yaptın," dedi babası. "Ve söylediğin yalan... onursuz bir yalan değildi." Arya'ya sarıldığında İğne'yi kenara bırakmıştı. Kılıcı tekrar eline aldı. Pencereye yürüyüp bir an orada durdu ve dışarıyı, avluyu izledi. Dönüp Arya'ya baktığında gözleri düşünceliydi. Pencerenin kenarına oturdu ve İğne'yi kucağına koydu. "Arya otur, sana bir şeyleri anlatmaya çalışmam gerek."

Endişeli bir halde yatağının ucuna oturdu. "Benim kaygılarımı omuzlarına alamayacak kadar küçüksün ama aynı zamanda Kışyarı'nın Stark'ısın. Bizim sözümüzü biliyorsun değil mi?"

"*Kış geliyor,*" diye fısıldadı Arya.

"Zor ve zalim zamanlar," dedi babası. "Üç Dişli Mızrak'ta ve Bran düştüğünde sen de tadına baktın o zamanların. Sen uzun yazda doğdun tatlı kızım ve yazdan başka mevsim bilmiyorsun ama kış gerçekten geliyor. Ailemizin armasını hatırla Arya."

"Ulu kurt," dedi Arya, Nymeria'yı düşünerek. Dizlerini çenesine çekip oturdu. Birdenbire korkmuştu.

"Sana kurtlarla ilgili bir şey anlatayım Arya. Kış geldiğinde ve kar düştüğünde yalnız kurt ölür ama sürü yaşamaya devam eder. Yazın tartışmalar ve çekişmeler olabilir ama kış geldiğinde birbirmizi korumak, sıcak tutmak ve güçlerimizi birleştirmek zorundayız. Birinden nefret etmen gerekiyorsa bize gerçekten zarar verecek insanlardan nefret et. Rahibe Mordane iyi bir kadın ve Sansa senin kardeşin. Ay ve güneş kadar farklı olabilirsiniz ama kalbinizden çıkıp damarlarınızdan akan kan aynı. Senin ona ihtiyacın var, onun da sana ihtiyacı var... ve tanrılar biliyor ki, benim ikinize de ihtiyacım var."

Babasının sesi öyle yorgun çıkıyordu ki Arya üzüldü. "Sansa'dan gerçekten nefret etmiyorum." Sözü yarı gerçek, yarı yalandı.

"Seni korkutmak istemiyorum çocuğum ama yalan da söyleyemem. Karanlık ve tehlikeli bir yere geldik. Burası Kışyarı değil. Kötülüğümüzü isteyen düşmanlarımız var. Bu senin söz dinlemez, itaat etmez halin, kaçışların, kızgın lafların... Kışyarı'nda bir çocuk oyunuydu bunlar ama burada, kış kapımızdayken bambaşka bir sorun. Artık büyümenin zamanı geldi."

"Büyüyeceğim," diye söz verdi Arya. Babasını o anda sevdiğinden daha fazla sevmemişti hiç. "Ben de güçlü olabilirim. Ben de en az Robb kadar güçlü olabilirim," dedi.

Kabzası dışarı bakar şekilde, İğne'yi Arya'ya uzattı. "Al."

Arya meraklı gözlerle kılıca bakıyordu. Bir an, kılıcın kaybolacağından korkup dokunamadı. "Haydi al, o senin," dedi babası.

"Ben de kalabilir mi? Gerçekten mi?"

"Gerçekten," diye cevapladı babası gülümseyerek. "Bunu şimdi senden alırsam, daha on beş gün geçmeden yastığının altında bir gürz bulacağımdan eminim. Ne kadar üstüne gelirse gelsin ablanı kesmeyeceğine söz ver."

"Söz veriyorum, yapmayacağım." Arya kılıcını sıkıca göğsüne bastırırken babası odadan ayrıldı.

Ertesi sabah kahvaltıda Rahibe Mordane'den özür diledi ve affını rica etti. Rahibe, Arya'ya şüpheli gözlerle baktı. Babası başıyla onayladı.

Üç gün sonra öğlen vakti, babasının kâhyası Vayne Poole, Arya'yı Küçük Salon'a yolladı. Masalar ve sıralar duvarın dibine çekilmişti. Salonda kimse yokmuş gibiydi ama bir süre sonra yabancı bir ses, "Geç kaldın oğlum," diye bağırdı. Gölgelerin arasından zayıf, kel ve kocaman burunlu bir adam çıktı. Elinde ahşap eğitim kılıçlarından iki tane vardı. "Yarın tam öğlen vakti burada olacaksın." Aksanlı konuşuyordu. Özgür Şehirler'in aksanı vardı dilinde. Braavos, belki de Myr.

"Sen kimsin?" diye sordu Arya.

"Senin dans eğitmeninim." Tahta kılıçlardan birini Arya'ya attı. Arya uzandı ama yakalayamadı, tahta kılıç yere düştü. "Yarın yakalayacaksın, şimdi kılıcı yerden al."

Ahşaptı ama tutacağı, kabzası ve el korumasıyla tam bir kılıçtı. Arya kılıcı yerden aldı ve iki eliyle kavrayıp önünde tuttu. Düşündüğünden ağırdı. İğne'den çok daha ağırdı.

Kel adam dişlerini birbirine vurdu. "Bu böyle tutulmaz oğlum," dedi. "İki elinle birden kadırman gereken büyük kılıçlardan değil bu. Tek elinle tutacaksın."

"Çok ağır," dedi Arya.

"Seni güçlendirecek kadar ağır. Ahşabın içi kurşun dolu, böylece dengeyi de öğrenebilirsin. Şimdi ihtiyacımız olan şey, o kılıcı tek elinle tutman."

Arya sağ elini kılıcın kabzasından çekti ve terlemiş avcunu üzerine sildi. Kılıcı sol eliyle tuttu. Eğitmen bundan memnun olmuşa benziyordu. "Sol el iyidir. Her şey tersine döner ve düşmanların şaşırır. Duruşun yanlış. Vücudunu yana çevir, evet, böyle. Bir mızrak kadar sıskasın, biliyorsun değil mi? Bu iyi bir şey. Hedef küçük. Şimdi tutuşa bakalım." Arya'ya yaklaştı ve ellerini inceledi. Parmaklarını ayırdı, kabzaya doğru şekilde yerleştirdi. "Evet, evet işte böyle. Çok fazla sıkma. Kılıcı nazikçe tutmalısın."

"Ya düşürürsem?" diye sordu Arya.

"Çelik kolunun bir parçası gibi olmalı," dedi kel adam. "Kolunun bir parçasını düşürebilir misin? Hayır. Syrio Forel, dokuz yıl boyunca, Braavos'un Denizaslanı Lordu'nun baş kılıcıydı. O böyle şeyleri bilir. Sen onu dikkatle dinle oğlum."

Arya'ya üçüncü kez oğlum diyordu. Sonunda, "Ben bir kızım," diye itiraz etti Arya.

"Kız ya da erkek, sen bir kılıçsın, hepsi bu," dedi Syrio Forel. Dişlerini birbirine vurdu. "Aynen öyle, tutuş doğru. Bir savaş baltası tutmadığını unutma, elindeki..."

"...*İğne*," diye tamamladı Arya.

"Aynen öyle. Şimdi dansa başlayacağız. Unutma çocuk, Bu Batıdiyarlıların demir dansı değil, şövalyelerin çekme ya da dövme dansı da değil. Bu suikastçilerin dansı, su dansı. Hızlı ve kıvrak. Bütün insanlar sudan yapılmıştır bunu biliyor muydun? Onları deldiğinde sıvı vücutlarından akar ve ölürler." Bir adım geri gitti ve kendi tahta kılıcını havaya kaldırdı. "Şimdi bana bir hamle yapmayı deneyeceksin."

Arya adama hamle yapmaya çalıştı. Vücudundaki her kas ayrı ayrı yanana kadar tam dört saat boyunca denedi. Syrio Forel dişlerini birbirine vurup ona ne yapması gerektiğini söyledi durdu.

Ertesi gün gerçek eğitim başladı.

DAENERYS

Bayırın tepesinde, atını Dany'nin yanında durdurmak için dizginleri çekerken, "Dothrak denizi," dedi Sör Jorah Mormont.

Tam önlerinde, uçsuz bucaksız, bomboş, ufuk çizgisine ve hatta daha ötesine kadar uzanan dümdüz arazi seriliydi. İşte bu, deniz, diye düşündü Dany. Burada dağlar, ağaçlar, şehirler, yollar yoktu. Rüzgâr estikçe dalgalar gibi hareketlenen upuzun yemyeşil otlar vardı sadece. "Nasıl bir yeşil," dedi Dany.

"Şu anda öyle," diyerek onayladı Sör Jorah. "Bir de çiçeklendiğinde görmelisin burayı. Bir ufuktan diğerine kadar, koyu kırmızı çiçeklerden oluşan bir kan denizine benzer. Kurak mevsimde bir bronz denize dönüşür. Ve bu sadece *hranna* çocuğum. Burada daha yüzlerce çeşit ot büyür. Limon gibi sarı otlar, çivit rengi otlar, mavi otlar, turuncu otlar ve gökkuşağı gibi rengârenk olanlar. Asshai'nin ardındaki Gölge Topraklar'da, at üstündeki bir adamdan daha uzun, sütcamı rengindeki hayalet otlarından okyanuslar olduğu söylenir. Diğer otları yaşatmaz, geceleri lanetlilerin ruhlarıyla ışıl ışıl parlarlarmış. Dothraklar hayalet otlarının bir gün bütün dünyayı kaplayacağına ve hayatın o gün biteceğine inanırlar."

Bu düşünce Dany'yi ürpertmişti. "Şimdi bunlardan bahsetmek istemiyorum," dedi. "Burası o kadar güzel ki ölen şeyler hakkında düşünmek istemiyorum."

"Nasıl emrederseniz *Khaleesi*," dedi Sör Jorah saygıyla.

Dany arkasından gelen sesleri duydu ve döndü. O ve Jorah, birlikte gezintiye çıktıkları kafilenin epey önünden gitmişlerdi ve şimdi geri kalanlar bayırı tırmanarak yanlarına geliyordu. Hizmetçisi İrri ve *khas*'ının okçuları su gibi akarak hareket ediyorlardı ama Viserys kısa üzengiler ve küçük eyerle mücadele halindeydi. Ağabeyi sefil durumdaydı buralarda. Aslında gelmemeliydi. İllyrio onu uyarmış ve Pentos'ta kalmasını, evinde konuk olmasını önermişti ama Viserys kabul etmemişti. Borcunu ödeyene kadar Drogo'nun yanında kalacaktı. Kendisine söz verilen tacı alana kadar Drogo'nun yanından ayrılmaya niyeti yoktu. "Eğer beni kandırmaya çalışırsa ejderhayı uyandırır ve acının ne demek olduğunu öğrenir," demişti. Elini emanet kılıcının üzerine koymuş ve yeminler etmişti. İllyrio bu yemini gizli kapaklı bir alayla dinlemiş ve Viserys'e iyi şanslar dilemişti.

Dany ağabeyinin sızlanmalarını dinlemek istemiyordu bugün. Gün kusursuzdu. Gökyüzü masmaviydi. Döne döne uçarak avlanan bir şahin vardı başlarının üstünde. Her rüzgâr esişinde önlerindeki yeşil deniz dalgalanıyordu. Viserys'in bu muhteşem günü mahvetmesine izin vermeyecekti.

"Burada bekle," dedi Dany, Sör Jorah'a. "Hepsine oldukları yerde kalmalarını söyle. Benim emrim olduğunu söyle."

Şövalye gülümsedi. Sör Jorah yakışıklı bir adam değildi. Omuzları ve boynu bir boğanınkine benziyordu. Siyah ve kalın tüyler, kollarını ve göğsünü öyle bir kaplamıştı ki kafasına yeterli tüy kalmamıştı. Ama gülümsemesi Dany'de bir güven duygusu uyandırıyordu. "Bir kraliçe gibi konuşmasını öğreniyorsun Daenerys," dedi.

"Bir kraliçe gibi değil, bir *khaleesi* gibi," dedi Dany. Atını çevirdi ve bayırdan aşağı tek başına koşturmaya başladı.

İniş dik ve engebeliydi ama Dany korkmuyordu. Yolun bütün tehlikesi ve eğlencesi birbirine karışıp kalbindeki bir şarkıya dönüşüyordu. Bütün hayatı boyunca bir prenses olduğunu söylemişti Viserys ama Daenerys Targaryen gümüşün üzerine bindiği ana kadar bir prenses gibi hissetmemişti hiç.

En başlarda kolay olmamıştı. Düğünlerinin ertesi sabahı *khalasar* kamp alanını dağıtmış ve Vaes Dothrak'a doğru doğuya yolculuk etmeye başlamışlardı. Üçüncü günün sonunda Dany öleceğini düşünmüştü. Kalçalarında iğrenç ve kanlı eyer yaraları oluşmuştu. Baldırları morarmış, elleri dizgin tutmaktan su toplamış, sırt ve bacak kasları artık oturur halde bile duramayacağı kadar gerilmişti. Akşam olduğunda atından inebilmesi için hizmetkârlarının yardımına ihtiyaç duyuyordu.

Gecelerde de teselli bulamıyordu. Khal Drogo at sırtındayken onu görmezden geliyordu. Tıpkı düğünlerinde olduğu gibi. Gecelerini savaşçıları ve kansüvarileriyle içerek, at yarıştırarak, kadınların danslarını, erkeklerin ölümlerini izleyerek geçiriyordu. Onun hayatının bu kısmında Dany'ye yer yoktu. Tek başına ya da Sör Jorah ve ağabeyiyle yemek yiyor, ağlayarak uykuya dalıyordu. Ama her gece, şafak vaktinden biraz önce, Drogo onun çadırına geliyor, aygırına bindiği sertlikle Dany'nin üzerine biniyordu. Dany'ye, Dothraklılar'ın usulünce arkasından yaklaşıyordu hep ve bunun için minnettardı Dany. Böylece gözyaşlarını saklıyor, hıçkırık seslerini yastığına gömüyordu. Drogo işi bittiğinde gözlerini kapatıp horlayarak uykuya dalıyordu ve Dany vücudu morluklar ve ağrılar içinde, her yanı uyuyamayacak kadar sızlar halde, Drogo'nun yanında uzanıyordu.

Günler ve geceler geçti. Sonunda Dany bir an daha dayanamayacağını düşünür hale gelmişti. Böyle yaşayacağına kendini öldürmeye karar vermişti ki...

O gece uyuduğunda rüyasında ejderhayı gördü yine. Viserys yoktu bu sefer. Ejderhayla yalnızdı. Ejderhanın pulları simsiyahtı ve kanla ıslanmış, yapış yapış olmuştu. *Kendi* kanı olduğunu anladı Dany. Ejderhanın gözleri erimiş magmadandı ve ağzından ateş bulutları çıkıyordu. Şarkı söyler gibiydi. Kollarını açtı ve alevlerin onu almasına, sakinleştirmesine, temizlemesine izin verdi. Etinin dağlandığını, karardığını ve üzerinden aktığını, kanının kaynayıp buharlaştığını hissediyordu ama acı duymuyordu. Güçlü, yenilenmiş ve cesur hissediyordu.

Ve ertesi gün, garip bir şeklide, hiçbir yeri eskisi kadar ağrımıyordu artık. Sanki tanrılar onu duymuş ve haline acımışlardı. Hizmetkârları bile ondaki değişikliği fark etmişlerdi. "*Khaleesi*, sorun nedir, hasta mısınız?" diye sordu Jhiqui.

"Hastaydım," diye yanıtladı Dany. İllyrio'nun düğün hediyesi olarak verdiği ejderha yumurtalarının yanında duruyordu. Kabuğunda hafifçe parmaklarını dolaştırarak en büyük yumurtayı okşadı. *Siyah ve kırmızı*, diye düşündü, *rüyamdaki ejderha gibi*. Elinin altındaki taşın ısınmaya başladığını hissediyordu... yoksa hâlâ rüya mı görüyordu? Elini gergin bir halde geri çekti.

O saat itibarıyla her an biraz daha kolaylaştı her şey. Bacakları güçlendi, su toplamış elleri iyileşti ve nasır bağladı. Yumuşak baldırları toplandı, deri misali kıvraklaştı.

Khal, Dany'ye Dothrak tarzı biniciliği öğretmesi için İrri'ye emir vermişti ama Dany'nin asıl öğretmeni kısrağıydı. Hayvan,

Dany'nin her duygusunu biliyormuş, onunla aynı zihni paylaşıyormuş gibi hareket ediyordu. Dothraklar sert ve duygusuz insanlardı. Atlarına bir isim vermek onlara göre değildi. Bu yüzden Dany, sadece gümüş olduğunu düşünüyordu atının. Daha önce hiçbir şeyi bu kadar çok sevmemişti.

Ata binmek eziyet olmaktan çıktığında, Dany geçtikleri toprakların olağanüstü güzelliklerine dikkat etmeye başlamıştı. *Khalasar*'ın en önünde at süren Drogo'nun ve kansüvarilerinin yanında yol aldığı için, gittikleri her yer yemyeşil ve mahvolmamış haldeyken çıkıyordu karşılarına. Arkalarındaki sürü bastığı toprağı eziyor, geçtiği nehirleri çamura buluyor ve gerisinde boğucu toz bulutları bırakıyordu ama Dany'nin önüne çıkan araziler hep yemyeşil ve dokunulmamış oluyordu.

İnişli çıkışlı Norvos tepelerinden, kasaba sakinlerinin, beyaz alçı duvarların üzerinden meraklı gözlerle onları izlediği çiftliklerden geçtiler. Üç geniş ve durgun nehir aştılar. Dördüncüsü dar, hızlı akan ve tehlikeli bir nehirdi. Hayaletlerin siyah mermer sütunlar arasında inlediği söylenen, harap olmuş büyük bir şehrin kalıntılarının kenarındaki masmavi ve yüksek bir şelalenin dibinde kamp kurdular. Bir Dothrak oku kadar düz ve bin yaşındaki Valyria yollarında yarıştılar. Ağaçların gövdelerinin bir şehir kapısı kadar geniş olduğu ve yaprakların altın bir tente gibi başlarının üzerinde durduğu Qohor Ormanı'nda iki hafta ilerlediler. Ormanda boynuzlu ulu geyikler, leoparlar, benekli kaplanlar, iri mor gözlü ve gümüş tüylü lemur maymunları yaşıyordu ama daha *khalasar* yaklaşmadan bir anda ortadan kayboluyorlardı ve Dany onları görmeye fırsat bulamıyordu.

Acısı silik bir anıya dönüşüyordu. At üzerinde geçen gün bittiğinde hâlâ ağrılar hissediyordu ama bu sefer tuhaf bir tatlılık vardı ağrılarında. Her sabah eyerine istekle biniyor ve önlerindeki topraklarda onu hangi olağanüstü güzelliklerin beklediğini merak ediyordu. Gecelerden bile haz almaya başlamıştı. Drogo arkasından üzerine çıktığında hâlâ ağlıyordu zaman zaman ama sürekli acı çekmiyordu artık.

Bayırın dibinde onu çevreleyen otlar uzun ve yumuşaktı. Atını yavaşlatıp kendini yeşil denizin içinde kaybetti, şükürler olsun ki yalnızdı. *Khalasar'da* bir an bile yalnız kalamıyordu.

Khal Drogo'yu sadece sabaha karşı görüyordu ama hizmetçiler yemeğini yediriyor, banyosunu yaptırıyor, geceleri çadırının hemen dışında uyuyor, bir an yanından ayrılmıyorlardı. Drogo'nun kansüvarileri ve *khas* adamları sürekli çevresindeydi. Ağabeyi Viserys istenmeyen bir gölge gibi gece ve gündüz hep yanındaydı. Dany şimdi de, Viserys'in bayırın tepesinden gelen, sinirden iyice tizleşmiş sesini duyabiliyordu. Sör Jorah'a öfkeyle bağırıyordu. Dany atını sürmeye, Dothrak denizine karışmaya devam etti.

Yeşil, Dany'yi yuttu. Hava atının, terinin ve saçlarının yağ kokusuna karışmış toprak ve çimen kokuyordu. Dothrak kokusuydu bunlar. Onlar bu kokulara aitti. Dany havayı içine çekti, gülmeye başladı. Birdenbire dünyayı ayaklarının altında hissetmek, ayak parmaklarını siyah ve yoğun toprağa gömmek için büyük bir arzu duydu içinde. Eyerinden inip uzun çizmelerini ayağından çıkarırken, kısrağı denizde otlaması için bıraktı.

Viserys beklenmedik bir yaz fırtınası gibi geldi ve atının dizginini sertçe çekerek hışımla Dany'nin hemen yanında durdu. "*Nasıl cesaret edersin?*" diye bağırdı Dany'ye. "*Bana* emirler mi veriyorsun? *Bana?*" Atından indi, tökezledi. Tekrar dengesini bulmaya çalışırken yüzü öfkeden kıpkırmızı kesildi. Omuzlarından tutup Dany'yi sarsmaya başladı. "Kim olduğunu unuttun mu? Kendine bir bak! *Kendine bir bak!*"

Dany'nin bakmaya ihtiyacı yoktu. Ayakları çıplaktı, saçları yağ içindeydi, Dothraklara özgü binici derileri ve düğün hediyesi olarak verilen boyalı yeleklerden birini giyiyordu. Tam da buralara aitmiş gibi görünüyordu. Viserys'in şehir ipeklileri ve örgü zırhı çamurlanmış, lekelenmişti.

Viserys hâlâ bağırıyordu. "Sen ejderhaya emir *veremezsin*. Anlıyor musun? Yedi Krallık Lordu'yum ben. Bir at efendisinin fahişesi bana emir veremez." Elleri Dany'nin yeleğinin altına gitti. Parmakları göğüslerini deliyordu. "*Dediğimi duyuyor musun?*"

Dany sertçe itti ağabeyini.

Viserys, lila rengi gözleri hayretle büyümüş halde Dany'ye baktı. Dany kendini ona karşı hiç savunmamıştı daha önce. Asla karşılık vermemişti. Viserys'in yüzü öfkeyle çarpıldı. Dany biliyordu, şimdi canı çok yanacaktı.

Bir çatırtı.

Kamçı bir şimşek gibi ses çıkarmıştı. Halat Viserys'i boynundan yakaladı ve geri çekti. Viserys şaşkın ve nefes alamaz halde çimenlere yuvarlandı. Yerde nefes almak için çabalarken, Dothrak süvarileri bağrışıyordu. Elinde kamçı tutan genç Jhogo, soru olduğu belli olan bir şeyler söyledi Dany'ye ama Dany bir kelimesini bile anlamıyordu. İrri yanlarına geldi, ardından Sör Jorah ve *khas*'tan diğerleri. "Jhogo, onun öldürülmesini ister misiniz, diye soruyor *Khaleesi*," dedi İrri.

"Hayır," diye yanıtladı Dany. "Hayır."

Jhogo bunu anlamıştı. Diğer bir adam yüksek sesle bir şey söyledi ve Dothraklı adamlar gülmeye başladı. İrri tercüme etti. "Quaro, onu öldürmeseniz bile, saygılı davranmasını öğretmek için bir kulağını kesmeniz gerektiğini düşünüyor," dedi.

Ağabeyi yerde, dizlerinin üzerinde, elleri yerdeki toprağa batmış halde ağlıyordu. Hâlâ nefes alabilmek için mücadele veriyordu. Kamçı tam soluk borusunun üstünde sımsıkı sarılıydı.

"Ona zarar verilmesini istemediğimi söyle," dedi.

İrri, söylediklerini Dothrak dilinde tekrarladı. Jhogo kamçıyı tekrar çekti. Viserys ipin ucundaki bir kukla gibi düştü. Deri halattan kurtulunca tekrar yere serildi. Boğazında, kamçının derin bir kesik bıraktığı yerde kandan bir kolye vardı.

"Böyle bir şeyin olabileceği konusunda onu uyarmıştım leydim," dedi Sör Jorah. "Ona, emrettiğiniz gibi bayırda kalmasını söylemiştim."

"Söylediğinizden şüphem yok," dedi Dany. Viserys'e bakıyordu. Yerde yatmış, ciğerlerine hava doldurmaya çalışıyordu. Yüzü kıpkırmızıydı ve hıçkırıyordu. Çok acınası bir haldeydi. Aslında geçmişte de her zaman acınası bir halde olmuştu. Dany daha önce nasıl görememişti bunu? İçinde, eskiden o büyük korkunun durduğu yerde, şimdi bir boşluk vardı.

"Atını alın," diye emretti Dany, Sör Jorah'a. Viserys ağzı açık Dany'ye bakıyordu. Kız kardeşinin bunları söyleyebildiğine inanamıyordu. Aslında Dany de inanamıyordu bunları söyleyebildiğine. "Erkek kardeşim bizim arkamızda yürüyecek ve *khalasar*'a yayan olarak dönecek." Dothraklar arasında, ata binmeyen adam, adam sayılmazdı. Aşağı seviyenin en aşağısındaydı. Gururu ve onuru olmazdı. "Herkes onun gerçek halini görsün."

"*Hayır!*" diye bağırdı Viserys. Diğer adamların anlayamayacağı Ortak Dil'de Sör Jorah'a yalvarıyordu. "Vur ona Mormont. Canını yak onun. Bunu sana kralın emrediyor. Bu Dothraklı köpekleri öldür ve ona bir ders ver."

Sürgündeki şövalye önce Dany'ye ardından ağabeyine baktı. Çıplak ayakları, çamura bulanmış parmaklarıyla Dany'ye, ipeklileri ve kılıcıyla yerde kıvranan Viserys'e. Dany şövalyenin yüzünden, verdiği kararı okuyabiliyordu. "Yürüyecek *Khaleesi*," dedi. Dany gümüşüne binerken Viserys'in atını aldı.

Viserys şövalyeye baktı ve toprakta oturmaya devam etti. Hiç ses çıkarmıyordu ve kımıldamıyordu. Dany ve diğerleri atlarına binmiş uzaklaşırken Viserys'in gözleri zehir doluydu. Kısa zaman içinde uzun otların arasında görünmez oldu. Dany biraz endişelenmişti. "Sizce yolu bulabilir mi?" diye sordu Sör Jorah'a.

"Ağabeyiniz kadar kör bir adam bile izlerimizi takip edebilir," diye cevapladı Sör Jorah.

"Çok gururludur. Geri dönmeyecek kadar utandı."

Jorah güldü. "Başka nereye gidebilir ki? Eğer o *khalasar'ın* yerini bulamazsa, *khalasar* onu mutlaka bulur. Dothrak denizinde boğulmak mümkün değil çocuğum."

Dany adamın söylediklerinin doğru olduğunu biliyordu. *Khalasar* sürekli yürüyen büyük bir şehir gibiydi ama kör gibi yürümüyordu. Bir tuzağa, düşmana ya da oyuna karşı uyarmak için, ana kafilenin çok önünde giden keşifçiler vardı her zaman. Kafilenin yan açıklarındaki eşlikçi süvariler de dikkatle koruyordu *khalasar*'ı. Gözlerinden bir şey kaçması mümkün değildi. Burada, bu topraklarda, ait oldukları yerlerde mümkün değildi bu. Bu araziler onların bir parçasıydı. Artık Dany'nin de bir parçasıydı.

"Ona vurdum," dedi. Sesi düşünceliydi. O anda, az önce olan her şey bir rüya gibi gelmeye başlamıştı. "Sör Jorah, sizce... döndüğünde çok öfkeli olacak..." Titriyordu. "Ejderhayı uyandırdım. Öyle değil mi?"

Sör Jorah homurdandı. "Bir ölüyü uyandırabilir misin kızım? Büyük ağabeyin Rhaegar son ejderhaydı ve Üç Dişli Mızrak'ta öldü. Viserys bir yılan gölgesi bile değil."

Şövalyenin bu delici sözleri Dany'yi sarsmıştı. O güne kadar inandığı her şeyi sorguluyordu şimdi. "Siz... siz ona kılıç yemi-niyle bağlanmıştınız."

"Evet bunu yaptım kızım," dedi Sör Jorah. "Eğer ağabeyin bir yılanın gölgesinden ibaretse, ona yeminle bağlanmış hizmetkârları nedir?" Sesi acı doluydu.

"O hâlâ gerçek kral. O..."

Sör Jorah atını durdurup Dany'ye baktı. "Şimdi gerçeklerden konuşalım. Sen Viserys'i tahtta otururken görmek ister misin gerçekten?"

Dany düşündü. "İyi bir kral olamaz. Olabilir mi?"

"Ondan kötüleri olmuştu ama sadece birkaç tane." Şövalye atını tekrar hareketlendirdi.

Dany hemen yanında sürüyordu kısrağını. "Yine de, halk onu bekliyor. Yargıç İllyrio halkın onun için ejderha sancakları diktiğini ve Dar Deniz'in ötesinden çıkıp geleceği gün için dua ettiğini söylüyor," dedi.

"Halk yağmur, sağlıklı çocuklar ve uzun bir yaz mevsimi için dua eder sadece," dedi Sör Jorah. "Soylu lordların kendi aralarında oynadığı taht oyunları onların hiç umrunda değildir. Onlar sadece huzur içinde yaşamak ister." Omuz silkti. "Taht oyunları onların hiç umrunda değildir."

Dany uzunca bir süre sesini çıkarmadan sürdü atını. Bir bilmece oyununu çözer gibi Sör Jorah'ın sözlerini anlamaya çalışıyordu. Halkın, tahtta oturanın İşgalci ya da gerçek kral olmasını umursamaması, Viserys'in bütün hayatı boyunca Dany'ye anlattığı şeylere tamamen ters düşüyordu ama düşündükçe Sör Jorah'ın söyledikleri gerçekle daha çok örtüşüyordu.

"*Siz* ne için dua ediyorsunuz Sör Jorah?" diye sordu.

"Ev," dedi şövalye özlem dolu sesiyle.

"Ben de ev için dua ediyorum," dedi Dany.

Sör Jorah güldü. "Öyleyse bir etrafına bak *Khaleesi*," dedi.

Dany baktı ama düzlükler değildi gördüğü. Kral Toprakları'ndaki, Fatih Aegon'ın yaptırdığı Kızıl Kale'ydi. Dany'nin doğduğu Ejderha Kayası'ydı. Dany'nin zihin gözü her pencerede bin meşalenin yandığını görüyordu. Dany'nin zihin gözünde her kapı kırmızıya boyanmıştı.

"Ağabeyim Yedi Krallık'ı asla geri alamayacak," dedi. Bunu aslında uzun zamandır bildiğini fark etti. Bunu bütün hayatı boyunca biliyordu aslında ama yüksek sesle söylemeye, hatta fısıldamaya bile cesaret edememişti. İşte şimdi Sör Jorah'a, bütün dünyaya söylüyordu.

Sör Jorah tartan gözlerle baktı Dany'ye. "Alamayacağını mı düşünüyorsun?"

"Kocam ona bir ordu verse bile orduyu Kral Toprakları'na çıkaramaz," dedi. "Bir sikkesi bile yok ve onun adına yemin etmiş tek şövalye, onun bir yılan gölgesi bile olmadığını düşünüyor. Dothraklar onun zayıflığıyla alay ediyor. Bizi asla eve götüremeyecek."

"Akıllı çocuk," diyerek gülümsedi Sör Jorah.

"Ben çocuk değilim," dedi Dany kızarak. Topuklarıyla ata vurdu ve gümüş şaha kalkarak dörtnala koşmaya başladı. Daha hızlı, daha hızlı, Jorah, İrri ve diğerleri çok geride kalana kadar, saçlarında ılık rüzgâr ve yüzünde batan güneşin kızıllığı daha hızlı koşturdu kısrağı. *Khalasar*'a vardığında akşam olmuştu.

Köleler çadırını bir yaz gölcüğünün kenarına kurmuşlardı. Ottan devşirilmiş çadırlardan gelen insan seslerini duyabiliyordu. Kısa zaman sonra, bayırda yanında olan adamlar otların arasında neler olduğunun hikâyesini anlatmaya başladıklarında kahkahalar yükselecekti kamp yerinden. Viserys sürünerek kampa vardığında, her adam, her kadın onun bir yürüyen olduğunu bilecekti. *Khalasar*'da hiçbir şey sır olarak kalmazdı.

Dany gümüşü tımar edilmesi için kölelere teslim etti ve çadırına girdi. Duvarları ipeklerle kaplanmış çadırın için serin ve loştu. Kapı kanadını kapattığı anda, çadırın köşesinde duran ejderha yumurtalarına ateşten parmakların dokunduğunu görür gibi oldu. Bir anda binlerce kızıl alev gözlerinin önünde yüzmeye başladı. Gözlerini kırptı ve alevler kayboldu.

Taş, dedi kendi kendine. *Bunlar sadece taş, İllyrio bile taş olduklarını söyledi ve ejderhalar öldü*. Avcunu siyah yumurtanın üzerine koydu ve parmaklarını kıvrımları üzerinde açtı. Taş ılıktı. Sıcaktı hatta. "Güneş," diye fısıldadı. "Yolda güneş ısıtmış olmalı yumurtaları."

Hizmetçilerine banyosunu hazırlamalarını emretti. Doreah çadırın dışında bir ateş yaktı. İrri ve Jhiqui büyük bakır küveti -bir düğün hediyesi daha- getirip gölden su taşımaya başladılar. Su buharlar çıkaracak kadar ısındığında İrri, Dany'nin küvete girmesine yardım etti ve ardında o da küvete girdi.

"Bir ejderha gördün mü hiç?" diye sordu İrri sırtını keselerken ve Jhiqui saçlarının arasına girmiş kum tanelerini temizlerken. İlk ejderhaların, Asshai'nin ardındaki Gölge Topraklar'dan ve Yeşim Denizi'nin kıyılarından geldiğini duymuştu. Belki oralarda hâlâ yaşayanlar vardı.

"Ejderhalar öldü, *Khaleesi*" dedi İrri.

"Öldü," diyerek onayladı Jhiqui, "çok, çok zaman önce."

Viserys, son Targaryen ejderhasının bir buçuk asır önce, Ejderha Felaketi Üçüncü Aegon'ın hükümdarlığı sırasında öldüğünü söylemişti. O kadar önce değilmiş gibi geliyordu Dany'ye. "Her yerde mi?" diye sordu hayal kırıklığı içinde. "Doğudakiler bile mi?" Kıyamet, Valyria ve Uzun Yaz Toprakları'nın üzerine çöktüğünde batıdaki büyücülük ölmüştü; ne fırtına ozanları, ne büyüyle dövülmüş çelikler, ne de ejderhalar kurtulabilmişti ama Dany doğuda her şeyin farklı olduğunu duyardı hep. İnsan başlı, aslan gövdeli akrep kuyruklu mantikorların hâlâ Yeşim Denizi'nin adalarında gezindiği, şahmaranların Yi Ti'nin vahşi ormanlarını istila ettiği, Asshai'de, fırtına ozanlarının, cincilerin, kâhinlerin işlerini açık açık yapabildiği ve gölge bağcılarının, kan büyücülerinin gece karanlığında korkunç büyülerle uğraştığı söylenirdi. Neden ejderhalar da olmasındı ki?

"Ejderha yok," dedi İrri. "Cesur adamlar onları öldürdü. Ejderhaların çok korkunç ve şeytani yaratıklar olduğu bilinir."

"Bilinir," diyerek onayladı Jhiqui.

"Qarth'tan gelen bir tüccar, ejderhaların aydan geldiğini söylemişti bana bir keresinde," dedi sarışın Doreah. Elindeki havluyu Dany için ateşin üzerinde ısıtıyordu. Jhiqui ve İrri, Dany'yle yaşıttı. Drogo, babalarının *khalasar*'ını yerle bir edince bu kızları köle olarak almıştı. Doreah daha büyüktü. Yirmi yaşlarındaydı. İllyrio, Lys'teki bir zevk evinden getirmişti onu.

Dany merakla ve hızla kafasını çevirince, ıslak gümüş saçları gözlerinden geçerek savruldu. "Aydan mı?"

"Bana ayın bir yumurta olduğunu söylemişti, *Khaleesi*. Bir zamanlar gökyüzünde iki tane ay varmış ama bir tanesi güneşe fazla yaklaşmış ve sıcaktan çatlamış. Binlerce ama binlerce ejderha güneşe doğru savrulmuş ve alevleri yutmuş. İşte bu yüzden alev soluyorlarmış. Bir gün, gökteki bu ay da güneşe yaklaşıp çatlayacak ve ejderhalar geri dönecek."

İki Dothraklı kız kıkırdayıp gülüştüler. "Sen saman kafalı bir kölesin," dedi İrri. "Ay bir yumurta değil. Ay bir tanrı. Güneşin karısı. Bu bilinir."

"Bilinir," diye onayladı Jhiqui.

Küvetten çıktığında Dany'nin teni kızarmıştı. Jhiqui, vücudunu yağlamak için Dany'yi yatırdı. İrri üzerine baharatlı çiçekler ve tarçından yapılmış parfüm döktü. Doreah gümüş gibi parlayana kadar saçlarını fırçaladı. Dany ayı, yumurtaları ve ejderhaları düşünüyordu.

Meyve, peynir ve kızarmış ekmekten oluşan basit bir akşam yemeği getirildi. Yanında ballı şarap vardı. "Doreah, gel ve bu akşam benimle birlikte ye," dedi Dany diğer hizmetçilerini yollarken. Lysli kızın bal rengi saçları ve gökyüzü gibi gözleri vardı.

Yalnız kaldıklarında kız gözlerini yere indirdi. "Beni onurlandırdınız *Khaleesi*," dedi ama bu onur değil hizmetti. Ay gökyüzünde iyice tırmanana kadar oturup konuştular.

O gece Drogo çadırına geldiğinde Dany onu bekliyordu. Drogo çadırın kapısında durdu ve şaşırmış halde Dany'ye baktı. Dany ayağa kalktı, üzerindeki ipeklileri sıyırıp yere attı ve, "Bu gece dışarı çıkmalıyız lordum," dedi. Dothraklar insan için önemli olan her şeyin gökyüzünün altında yapılması gerektiğine inanırlardı.

Khal Drogo, saçlarındaki çanlar hafif sesler çıkarırken, ay ışığının altında yürüyen Dany'yi takip etti. Çadırının birkaç adım uzağındaki, çimenlerden yapılmış yatağa geldiklerinde Dany kocasını kendine çekti. Drogo arkasını döndürmeye çalıştığında elini adamın göğsüne koyup, "Hayır," dedi. "Bu gece gözlerine bakacağım."

Khalasar'da gizlilik denen şey yoktu. Drogo'yu soyarken insanların izlediğini biliyor ve konuşma seslerini duyuyordu. Doreah'ın öğrettiği her şeyi kocasına yaparken bütün *khalasar'ın* gözlerinin üzerinde olduğunu hissediyordu ama önemli değildi. O, *khaleesi* idi ve önemli olan, Drogo'nun gözleriydi. Kocasının üzerine çıktı ve gümüşü sürdüğü gibi çılgınca ve korkusuzca hareket etmeye başladı. Khal Drogo zevk anına ulaştığında Dany'nin adını bağırdı.

Jhiqui, Dany'nin karnındaki belli belirsiz yumuşak çıkıntıyı okşayıp, "*Khaleesi,* karnınızda çocuk var," dediğinde, Dothrak denizinin içlerindeydiler.

"Biliyorum," demişti Dany.

On dördüncü isim günüydü.

BRAN

Rickon aşağıdaki avluda kurtlarla birlikte koşturuyordu.

Bran, pencerenin hemen kenarındaki koltuğunda oturmuş onu izliyordu. Rickon nereye koşarsa koşsun Boz Rüzgâr ondan önce hareket ediyor ve çocuğun önünü kesiyordu. Rickon onu görüyor, neşeli bir çığlık atıyor ve başka yöne doğru koşmaya başlıyordu. Tüylüköpek patilerinin ucunda zıplıyor, diğer kurtlar ona yaklaştığında dört dolanıyor ve onları ısırmaya çalışıyordu. Büyüdükçe tüyleri koyulaşmış ve sonunda simsiyah olmuştu. Gözleri yeşil alevler gibiydi. Bran'ın Yaz'ı en arkadan geliyordu. Sarı altın renginde her şeyi gören gözleri ve gümüş bir dumana benzeyen tüyleri vardı. Boz Rüzgâr'dan daha küçük ve daha kurnazdı. Bran, onun yavrular arasındaki en zeki kurt olduğunu düşünüyordu. Rickon küçük bebek ayaklarıyla avlunun sert zeminini döverken Bran kardeşinin attığı kahkahaları dinliyordu.

Gözleri battı. Aşağıda olmak, kahkahalarla gülerek koşmak istiyordu. Kendisine kızdı ve akmalarına izin vermeden gözyaşlarını eliyle sildi. Sekizinci isim günü gelip geçmişti. Artık yetişkin bir erkek sayılırdı ve ağlamak yetişkin erkeklere göre bir şey değildi.

"Sadece yalandı," dedi üzüntü dolu sesiyle. Rüyasında gördüğü kargayı hatırlamıştı. "Ben uçamıyorum. Ben yürüyemiyorum bile."

"Kargalar yalancıdır," dedi Yaşlı Dadı. Bir koltukta oturuyor ve iğne oyası yapıyordu. "Bir karga hikâyesi biliyorum."

"Daha fazla hikâye duymak istemiyorum," diyerek terslendi Bran. Bir zamanlar Yaşlı Dadı'yı ve hikâyelerini severdi. Önceden. Şimdi her şey farklıydı. Yaşlı Dadı'yı bütün gün Bran'ın yanında tutuyorlardı. Ona yemek yedirmesi için, onu temizlemesi için, ona arkadaşlık etmesi için, onun yalnız kalmaması için ama her şey daha kötü oluyordu. "Aptal hikâyelerinden nefret ediyorum."

Yaşlı Dadı dişsiz ağzıyla Bran'a gülümsedi. "Benim

hikâyelerim mi? Hayır küçük lordum. Benim hikâyelerim değil hiçbiri. Hikâyeler benden önce de *vardı* ve benden sonra da olacak. Sizden önce ve sonra da."

Bran acıyarak, Yaşlı Dadı'nın çok çirkin bir kadın olduğunu düşündü. Çekip küçülmüş gibiydi. Buruş buruştu. Merdivenleri bile çıkamayacak kadar güçsüzdü. Pembe derili kafasının üzerinde bir tutam beyaz saç kalmıştı. Kimse gerçekten kaç yaşında olduğunu bilmiyordu. Daha Bran'ın babasının küçük bir çocuk olduğu zamanlarda bile ona Yaşlı Dadı diyorlardı. Kışyarı'ndaki en yaşlı insan olduğuna dair şüphe yoktu. Belki de Yedi Krallık'taki en yaşlı insandı. Yaşlı Dadı, annesi doğum sırasında ölen Brandon Stark'a sütannelik yapmak için gelmişti kaleye. Brandon, Lord Rickard'ın, yani Bran'ın büyükbabasının büyük erkek kardeşiydi, belki de küçük erkek kardeşiydi ya da *Lord Rickard*'ın babasının kardeşiydi. Yaşlı Dadı her seferinde farklı anlatıyordu bu kardeşlik bağını ama her anlatışında, küçük çocuk, bir yaz soğuğu sırasında üç yaşında ölüyordu. Yaşlı Dadı, çocuğun ölümünün ardından kendi çocuklarıyla birlikte Kışyarı'nda kalmıştı. Kral Robert'ın tahtı kazandığı mücadeleler sırasında her iki oğlu da ölmüştü ve torunlarını Balon Greyjoy isyanında Pyke surlarında kaybetmişti. Kızları uzun zaman önce evlenmiş, uzaklara gitmiş ve ölmüştü. Kendi kanından kalan tek akrabası ahırlarda çalışan eksik akıllı dev Hodor'du. Yaşlı Dadı, sanki asırlar boyunca, iğne oyası işleyerek ve hikâyelerini anlatarak yaşayıp durmuştu.

"Kimin hikâyeleri olduğu umrumda değil," dedi Bran. "Hikâyelerden nefret ediyorum." Bran hikâye dinlemek istemiyordu. Yaşlı Dadı'yı da istemiyordu. O, annesinin ve babasının yanında olmasını istiyordu. Yaz'la birlikte dışarı çıkmak ve onun yanında zıplamak istiyordu. Yıkık kuleye tırmanmak ve kargalara mısır yedirmek istiyordu. Tekrar midillisine binmek ve ağabeylerinin yanında at sürmek istiyordu. Bran, her şey eskiden olduğu gibi olsun istiyordu.

"Hikâyelerden nefret eden bir çocukla ilgili bir hikâye de biliyorum," dedi Yaşlı Dadı. Yüzünde aptal bir gülümseme vardı ve iğnesi kumaşın üzerinde *pıt pıt pıt* diye sesler çıkarıyordu. Bran çığlık atmak üzereydi.

Hiçbir şeyin eskisi gibi olmayacağını biliyordu. Karga onu uçması için kandırmıştı ama uyandığında her yeri kırıktı ve dünya değişmişti. Herkes onu terk etmişti. Babası, annesi, kız kardeşleri ve hatta piç ağabeyi Jon bile gitmişti. Babası, ona gerçek bir at vereceğine ve birlikte Kral Toprakları'na yolculuk edeceklerine söz vermişti ama yola Bran olmadan çıkmıştı. Üstat Luwin hem Lord Eddard'a, hem annesine, hem Jon'a haberci kuşlarla mesajlar yollamıştı ama hiçbiri cevap bile vermemişti. "Kuşlar çoğu zaman yolda kaybolur çocuğum," demişti Üstat Luwin. "Burasıyla Kral Toprakları arasında millerce yol ve bir sürü şahin var, mesajlar yerlerine gitmemiş olabilir." Bran, o uyurken herkes ölmüş gibi hissediyordu. Belki de Bran ölmüştü ve herkes onu unutmuştu. Jory, Sör Rodrik ve Vayon Poole da gitmişti. Ve Hullen ve Harwin ve Şişman Tom ve muhafızların dörtte biri.

Sadece bebek Rickon ve Robb buradaydı ama Robb artık bambaşka biriydi. O, Lord Robb'du artık ya da olmaya çalışıyordu. Gerçek bir kılıç kuşanmıştı ve hiç gülümsemiyordu. Bütün günlerini muhafızlarla tatbikat ve kılıç talimi yaparak geçiriyordu. Avludan kılıç sesleri eksik olmuyordu. Bran umutsuzluk içinde ağabeyini izliyordu penceresinden. Robb geceleri Üstat Luwin'le birlikte oturuyordu. İkisi ya sohbet ediyorlar ya da hesap defterlerini inceliyorlardı. Bazen Hallis Mollen ile birlikte atlarına biniyor ve uzaklardaki karakolları teftişe çıkıyorlardı. Günlerce dönmedikleri oluyordu. Robb ne zaman uzun süre için ortadan kaybolsa bebek Rickon, Bran'a geliyor ve ağabeylerinin bir daha dönüp dönmeyeceğini soruyordu ağlayarak. Lord Robb, Kışyarı'nda olduğu zamanlarda bile, Hallis Mollen ve Theon Greyjoy'a ayırdığı vaktin azıcık bir kısmını bile kardeşleri için ayıramıyordu.

"Sana Mimar Brandon'ın hikâyesini anlatabilirim istersen, sen en çok onu severdin," dedi Yaşlı Dadı.

Binlerce ve binlerce yıl önce Mimar Brandon, Kışyarı'nı inşa etmişti ve hatta Sur'u da onun yaptığı söylenirdi. Bran hikâyeyi biliyordu ama en sevdiği hikâye bu değildi. Yaşlı Dadı onu diğer Brandonlar'dan biriyle karıştırıyor olmalıydı. Yaşlı Dadı bazen Bran'ı yıllarca önce emzirdiği bebek zannediyor, bazen de daha Bran doğmadan önce Deli Kral tarafından öldürülen amcası

Brandon olduğunu sanıyordu. Dadı o kadar uzun zamandır yaşıyordu ki, baktığı bütün Brandonlar'ın kafasında tek kişi haline geldiğini söylemişti annesi bir keresinde.

"O benim en sevdiğim hikâye değil," dedi Bran. "Ben korkunç olanları severdim." Avludan bir kargaşa sesi yükseldi ve Bran pencereye döndü. Rickon avlunun diğer ucundaki muhafız kulübesine doğru koşuyordu ama Bran neler olduğunu oturduğu yerden göremiyordu. Bacaklarına bir yumruk indirdi, hiçbir şey hissetmiyordu.

"Ah benim tatlı yaz çocuğum, *sen* korkuyu ne bilirsin ki? Korku kışta gelir benim küçük lordum. Kar otuz metre yükselir. Kuzeyden ulumalı buz fırtınaları esmeye başlar. Korku uzun gecede gelir. Gece çöker ve güneş yıllarca yüzünü göstermez. Çocuklar karanlıkta doğar, karanlıkta büyür ve karanlıkta ölür. Ulu kurtlar iyice acıkır, ak yürüyenler ormanlarda dolaşır."

"Ötekiler yani," diye sordu Bran, mızmızlanarak.

"Ötekiler," diye onayladı Yaşlı Dadı. "Binlerce ve binlerce yıl önce, daha önce hiç görülmemiş uzunlukta sert ve soğuk bir kış çökmüştü dünyanın üzerine. Gece bir neslin hayatı boyunca sürmüştü. Krallar, tıpkı ahırlarında ölen domuz çiftçileri gibi titreyerek ölmüştü kalelerinde. Kadınlar, çocuklarının buz tutarak öldüğünü görmektense elleriyle boğarak öldürmüşlerdi evlatlarını. Ağlamışlardı ama sıcak gözyaşları yanaklarında donmuştu." Yaşlı Dadı ve elindeki iğneleri aynı anda sustu. Üzeri zarla kaplanmış gözleri ve bembeyaz kesilmiş yüzüyle Bran'a baktı. "Böyle hikâyeleri mi seviyordun?"

"Evet," dedi Bran gönülsüzce. "Ama, sadece..."

Yaşlı Dadı başıyla onayladı. İğnesi yine ses çıkarmaya başladı. *Pıt, pıt, pıt.* "İlk kez o karanlıkta geldi Ötekiler. Onlar soğuk yaratıklardı, ölü yaratıklardı. Güneşten, ateşten, demirden ve damarında sıcak kan akan her canlıdan nefret ederlerdi. Karakolların, şehirlerin ve bütün diyarın üzerine korku saldılar. Kahramanları, hatta orduları, soluk ve ölü atlarının üzerinden uzanıp keserek onar onar öldürdüler. İnsanların kılıçları onları durduramadı. Bakireler ve bebekler için bile merhamet yoktu içlerinde. Buz tutmuş ormanlarda bakireleri avladılar ve hizmetkârlarını ölü bebek etleriyle beslediler."

Yaşlı Dadı'nın sesi fısıltıya dönüşmüştü. Bran duyabilmek için merakla öne doğru eğildi.

"Andallar'ın gelişinden, kadınların Dar Deniz'in ötesindeki Rhoyne şehirlerinden kaçışından önceydi bunlar. O zamanlardaki yüz krallık, İlk İnsanlar'ın krallıklarıydı ve onlar da diyarı ormanın çocuklarından almışlardı. Ama ormanın çocukları sık ormanların içinde, ağaçların arasındaki gizli şehirlerinde ve boş tepelerde yaşamaya devam ettiler, ağaçların üzerindeki yüzleriyle nöbet tuttular. Soğuk ve ölüm dünyayı kaplarken, çocukları bulmaya kararlı son kahraman, insan ordularının kaybettiği şeyleri kadim büyülerle geri alabileceğini umarak ölü topraklara girdi. Yanında kılıcı, atı, köpeği ve bir düzine dostu vardı. Ormanın çocuklarının gizli şehirlerini asla bulamayacağını düşünüp umudunu kaybettiği ana kadar yıllarca aradı. Dostları birer birer ölmüştü. Ve atı ve köpeği. Kılıcı öylesine buz tutmuştu ki kullanmaya kalktığında ellerinde parçalandı. Ötekiler kesilen ellerinden akan kanın kokusunu aldılar ve yanlarında tazı büyüklüğündeki ölü örümceklerle sessizce izini sürdüler..."

Odanın kapısı *gürültüyle* açıldı, Bran'ın kalbi korkudan duracak gibi oldu. Gelen Üstat Luwin'di ve hemen arkasında yüzündeki kocaman gülümsemesiyle Hodor vardı. "Hodor!" dedi Hodor, her zamanki gibi.

Üstat Luwin gülümsemiyordu. "Bir ziyaretçiniz var, sizi görmek istiyor," dedi.

"Hikâye dinliyorum," diye itiraz etti Bran.

"Hikâyeler bekleyebilir küçük lordum. Döndüğünüzde bıraktığınız yerde bulursunuz hikâyeleri," dedi Yaşlı Dadı. "Ziyaretçiler o kadar sabırlı değildir ve çoğu zaman yanlarında kendi hikâyelerini de getirirler."

"Kim?" diye sordu Bran, Üstat Luwin'e.

"Tyrion Lannister ve Gece Nöbetçileri'nden birkaç adam. Kardeşiniz Jon'dan da mesaj getirmişler. Şu anda Lord Robb kendileriyle görüşüyor. Hodor, Bran'ın salona inmesine yardım et."

"Hodor!" dedi Hodor gülümseyerek. Kafasını kapıya çarpmamak için eğilerek odaya girdi. Boyu neredeyse iki buçuk metre idi. Bu devin Yaşlı Dadı'yla aynı kanı taşıdığına inanmak mümkün değildi. Bran, yaşlandığında onun da büyük büyük ninesi gibi çekerek ufalıp ufalmayacağını düşündü. Hodor bin yaşına kadar yaşasa da olmayacak bir şeydi bu.

Hodor, Bran'ı saman kaldırıyormuş gibi kolaylıkla kaldırıp göğsünde taşımaya başladı. Her zaman ahır gibi kokardı ama Bran hiç rahatsız olmazdı bundan. Hodor'un kolları ağaç gövdeleri gibi kalındı, çok kaslıydı ve kahverengi kalın tüylerle doluydu. "Hodor!" dedi tekrar. Theon Greyjoy, Hodor'un çok şey bilmediğini ama kendi adını bildiğinden hiç şüphe edilemeyeceğini söylemişti. Bunu Yaşlı Dadı'ya söylediklerinde kıkırdamıştı kadın. Hodor'un gerçek adının Walder olduğunu ve Hodor isminin nereden çıktığını kimsenin bilmediğini itiraf etmişti. Hodor, bildiği tek kelime olan "Hodor"u sık sık tekrar edince, Yaşlı Dadı da ona böyle seslenmeye başlamıştı ve adı Hodor kalmıştı.

Yaşlı Dadı'yı iğne oyası ve hatıralarıyla birlikte kuledeki odada bıraktılar. Hodor, dudağında melodisiz bir mırıldanmayla Bran'ı merdivenlerden aşağı indirdi ve koridordan geçirdi. Üstat Luwin arkalarından geliyor, dev adamın adımlarına yetişebilmek için neredeyse koşuyordu.

Robb babasının yüksek koltuğunda oturuyordu. Kaynatılmış deriden yapılmış bir örgü zırh ve yeni Lord Robb yüzünü giymişti. Theon Greyjoy ve Hallis Mollen arkasında ayakta duruyorlardı. Gri taş duvarın dibinde, yüksek ve dar pencerelerin altında bir düzine muhafız sıralanmıştı. Salonun ortasında cüce ve hizmetkârları, arkasında Gece Nöbetçileri'nin siyahlarını kuşanmış dört yabancı adam duruyordu. Bran, salondaki gergin havayı Hodor onu kapıdan içeri sokar sokmaz hissetmişti.

"Gece Nöbetçileri'nin her adamı Kışyarı'nda arzu ettiği kadar kalabilir, hoş gelmişlerdir," dedi Robb, Lord Robb sesiyle. Kılıcını kınından çıkarmış, sanki bütün dünya görebilsin diye dizlerinin üzerine yatırmıştı. Kınından çıkarılmış bir kılıçla konuk karşılamanın ne anlama geldiğini Bran bile biliyordu.

"Gece Nöbetçileri'nin her adamı ama ben değil. Sözlerinden bu anlamı mı çıkarmalıyım evlat?" diye sordu cüce.

"Babamın ve annemin yokluğunda Kışyarı Lordu benim ve

ben senin evladın değilim," dedi Robb kılıcının ucunu Tyrion Lannister'a doğrultarak.

"Eğer gerçek bir lordsan, lord nezaketini de öğrenmelisin," diye yanıtladı cüce kendisine doğrultulmuş kılıcı görmezden gelerek. "Görüyorum ki babanın bütün nezaketini piç kardeşin almış."

"*Jon*," diye fısıldadı Bran, Hodor'un kollarında.

Cüce arkasını döndü ve Bran'ı gördü. "Demek doğruymuş, çocuk yaşıyor. Siz Starklar'ı öldürmek hiç kolay değil," dedi,

"Ve siz Lannisterlar bunu unutmasa iyi olur," diye karşılık verdi Robb. "Hodor, Bran'ı buraya getir."

"Hodor!" dedi Hodor. Kışyarı Lordları'nın, kendilerine Kuzey Kralları dedikleri zamanlardan beri oturdukları yüksek koltuklardan birine oturttu Bran'ı. Koltuk buz gibi taştan yapılmıştı ve üzerine oturan sayısız adamın sağrısıyla cilalanıp pürüzsüzleşmişti. Dev kollarının uçlarına ulu kurtlar oyulmuştu. Bran oturur oturmaz kollara sımsıkı yapıştı. Hissiz bacakları aşağıda sallanıyordu. Bu dev koltukta otururken kendisini küçücük bir bebek gibi hissediyordu.

Robb bir elini Bran'ın omzuna koydu. "Bran'a anlatacağın şeyler olduğunu söylemiştin, işte kendisi burada, Lannister," dedi.

Bran cücenin gözlerinin farkındaydı ve kendini gergin hissediyordu. Gözlerinden biri siyah, biri yeşildi ve o gözler Bran'ı inceliyor, tartıyordu. "Bana senin oldukça mükemmel bir tırmanıcı olduğun söylendi Bran. O gün neler olduğunu, nasıl düştüğünü anlat bana."

"Ben *asla*," diye diretti Bran. O asla düşmezdi. Asla, asla, *asla*.

"Çocuk nasıl düştüğünü, o günkü tırmanışını ve ondan önceki günü hatırlamıyor," dedi Üstat Luwin yumuşak bir sesle.

"İlginç," dedi Tyrion Lannister.

"Kardeşim sorulara cevap vermek üzere burada bulunmuyor Lannister," dedi Robb sertçe. "Anlatacaklarınızı anlatın ve yola koyulun."

"Sana bir hediye getirdim Bran," dedi cüce. "Ata binmeyi sever misin evlat?"

"Çocuk bacaklarını kullanamıyor," diyerek öne çıktı Üstat Luwin. "Bir atın üzerinde oturamaz."

"Saçmalık," dedi Tyrion Lannister. "Doğru bir at ve eyer sayesinde bir sakat bile at sürebilir."

Kullandığı kelime Bran'ın kalbini bir hançer gibi kesmişti. Gözleri birdenbire yaşlarla doldu ve, "Ben bir sakat *değilim*," diye bağırdı.

"Ben de bir cüce değilim o zaman. Babam bunu duyunca çok mutlu olacak," dedi cüce. Theon Greyjoy güldü.

"Nasıl bir at ve eyer öneriyorsunuz?" diye sordu Üstat Luwin.

"Akıllı bir at," diye cevapladı Tyrion. "Çocuk atı yönlendirmek için bacaklarını kullanamaz bu yüzden atın özel olarak eğitilmesi gerek. Dizginlere ve sesli komutlara yanıt vermeyi öğrenmeli. Daha önce hiç eğitim almamış bir at olmasını tavsiye ederim, böylece bildiği şeyleri unutturmak için vakit harcamak zorunda kalmazsınız." Kemerinden bir kağıt çıkardı. "Bunu eyer ustanıza verin. O ne yapması gerektiğini anlayacaktır."

Üstat Luwin kağıdı cücenin elinden aldı. Merakla ve şüpheyle kağıdı açtı. "Anladım," dedi. "Mükemmel şekilde çizmişsiniz lordum. Bu gerçekten işe yarar. Bunu benim düşünebilmem gerekirdi."

"Benim daha kolay düşünmem doğal," dedi Tyrion. "Kendi kullandığım eyerden çok farklı değil çünkü."

"Gerçekten ata binebilecek miyim?" diye sordu Bran. Onlara inanmak istiyordu ama bunun da başka bir yalan olduğundan korkuyordu. Karga uçabileceğini söylemişti ama o yürüyemiyordu.

"Evet bineceksin," dedi cüce. "Ve sana söz veriyorum, atın üstünde herkes kadar uzun olacaksın."

Robb Stark'ın kafası karışmıştı. "Bu bir çeşit tuzak mı Lannister? Bran'a neden yardım etmek istiyorsun ki?"

"Çünkü kardeşin Jon benden bunu yapmamı istedi. Ayrıca kırıklara, sakatlara ve piçlere karşı bir şefkat var kalbimde." Elini kalbinin üzerine koyup sırıttı.

Avlunun kapısı açıldı. Rickon soluksuz kalmış halde salona girerken güneş içeriyi doldurdu. Kurtlar da onunla birlikte gelmişti. Çocuk, gözleri faltaşı gibi açılmış halde kapıda durdu ama kurtlar yürümeye devam edip gözlerini Tyrion Lannister'a diktiler. Havayı kokladılar. Önce Boz Rüzgâr homurdanmaya başladı, ardından Yaz homurtuya eşlik etti. Biri sağdan biri soldan, cüceye doğru ağır ağır yürümeye başladı.

"Kurtlar kokundan hoşlanmadı Lannister," dedi Greyjoy.

"Belki artık yola çıkmalıyım," dedi Tyrion. Bir adım geri gitti... ve Tüylüköpek bir anda gölgelerin arasından çıkarak adamın arkasında hırlamaya başladı. Tyrion geriledi. Yaz diğer tarafından adamın üzerine atladı. Tyrion sendeleyerek kurttan uzaklaşmaya çalıştı ama Boz Rüzgâr öne fırlayıp adamın kolunu yakaladı ve elbisesinden bir parça kopardı.

"*Hayır!*" diye bağırdı Bran, Lannister'ın adamları kılıçlarına davranırken. "Yaz, hemen *buraya* gel. Bana gel!"

Ulu kurt sahibinin sesini duydu ve Bran'a baktı. Bir kez daha Tyrion'a döndü ve ağır adımlarla Bran'ın yanına gidip, koltuktan aşağı sarkan bacaklarının dibine oturdu.

Robb soluğunu tutmuştu. Nefesini dışarı bırakarak "Boz Rüzgâr!" diye bağırdı. Ulu kurt sessiz ve yavaş bir şekilde ona doğru yürümeye başladı. Şimdi sadece Tüylüköpek kalmıştı. Yeşil alevden yapılmış gözleri yanarak hâlâ küçük adama hırlıyordu.

"Rickon, onu yanına çağır," diye bağırdı Robb. Bebek Rickon kendine geldi ve, "Tüylüköpek, bana gel, bana," diye seslendi. Siyah ulu kurt cüceye son bir kez hırladı ve zıplayarak Rickon'un yanına gitti. Minik çocuk kurdun boynuna sarıldı.

Tyrion Lannister atkısını çözdü ve alnında biriken teri atkısıyla sildi. İfadesiz bir sesle, "Ne kadar ilginç," dedi.

"İyi misiniz lordum?" diye sordu Tyrion'ın kılıcı hâlâ elinde olan adamı, bir yandan da ulu kurtlara kötü kötü baktı.

"Elbisemin kolu yırtıldı, pantolonumun arkası açıklanamaz bir şekilde ıslandı ama gururum dışında yaralanan bir yerim yok."

Robb bile sarsılmış görünüyordu. "Kurtlar... Neden böyle yaptıklarını bilmiyorum..."

"Beni akşam yemekleriyle karıştırdıklarına şüphe yok," diyerek Robb'a reverans yaptı Tyrion. "Onları üzerimden aldığınız için teşekkür ediyorum genç lord. Beni son derece hazmedilemez bulacaklardı. Ve şimdi, gerçekten yola *koyuluyorum*."

"Bir dakika lordum," dedi Üstat Luwin. Robb'un yanına gitti ve fısıltıyla bir şeyler konuştular. Bran neler söylediklerini duymaya çalışıyordu ama sesleri ona ulaşmıyordu.

Robb sonunda kılıcını kınına koyup ayağa kalktı. "Ben... ben size karşı kabalık etmiş olabilirim lordum. Kardeşim Bran için son derece düşünceli bir şey yaptınız ve..." Robb duruşunu düzeltmek için çabalıyordu, "Kışyarı konuk severliği isterseniz sizin de emrinizdedir."

"Samimiyetsiz nezaketini boşa harcama çocuk. Benden hiç hoşlanmıyorsun ve beni burada istemiyorsun. Surların dışında, kış kasabasında bir han gördüm. Bu geceyi orada geçirirsem her ikimiz de daha rahat uyuruz. Bakarsın, birkaç bakır sikke karşılığında, bu gece yatağımı benim için ısıtacak bir fahişe bile bulurum." Omuzları çarpık, siyah sakallı Gece Nöbetçisi'ne dönüp konuştu. "Yoren, gün ışımaya başladığında güneye doğru yol almaya devam edeceğiz. Beni yolda bulacağından hiç şüphem yok." Döndü ve kısa bacaklarıyla kapıya doğru yürüdü, Rickon'un yanından geçti ve salondan çıktı. Adamları arkasından onu takip etti.

Gece Nöbetçileri'nin dört adamı kaldı. Robb kendinden emin olmayan bir duruşla onlara döndü ve, "Sizlere birer oda hazırlattım. Odalarda yolun yorgunluğunu ve tozunu üzerinizden atmanız için yeterli sıcak su da var. Bu akşam yemekte bizi onurlandırmanızı bekliyorum," dedi. Kelimeler ağzında o kadar yakışıksız duruyordu ki Bran bile bunların kalpten gelen cümleler değil, ezberlenmiş bir konuşma olduğunu fark edebiliyordu. Kara kardeşler de Robb'a aynı şekilde teşekkür etti.

Hodor, Bran'ı kuledeki odasına geri götürürken Yaz da onları takip etti. Yaşlı Dadı koltuğunda uyuya kalmıştı. Hodor, "Hodor!" diyerek hafifçe horlayan Yaşlı Dadı'yı kucaklayıp götürdü. Bran yatağında uzanırken düşüncelere daldı. Robb, bu akşam Gece Nöbetçileri'yle birlikte yemek yiyeceklerini söylemişti. "Yaz," diye seslendi. Yatağa tırmanan kurda sıkıca sarıldı, hayvanın sıcak nefesini yanağında hissetti. "Tekrar ata binebileceğim," diye fısıldadı küçük arkadaşına. "Çok yakında seninle birlikte ormanda ava çıkacağız. Bekle ve gör." Bir süre sonra uykuya daldı.

Rüyasında yine tırmanıyordu. Eski ve penceresiz bir kulenin kararmış taşları arasına parmaklarını geçirmeye ve ayaklarından destek almaya çalışarak yukarı çıkıyordu. Tırmandı, tırmandı. Bulutların arasından karanlık gökyüzüne kadar çıktı ama kule hâlâ uzanıyordu. Aşağı bakmak için durduğunda başı döndü. Parmaklarının kaydığını hissetti. Haykırarak hayatta kalmak için tutundu. Yeryüzü binlerce mil uzakta kalmıştı ve Bran uçamıyordu. *Uçamıyordu işte.* Kalp çarpıntısı dinene ve nefesi geri gelene kadar bekledi ve tırmanmaya devam etti. Sadece yukarı gidiyordu yol. Gidilecek başka yer yoktu. Epeyce yukarısında, üzerlerine vuran ay ışığıyla görünür hale gelen gargoyleleri fark etti. Kolları acıyla zonkluyordu ama durup dinlenmeye cesaret edemedi. Kendini daha hızlı tırmanmak için zorladı. Gargoyleler, sobadaki közler gibi kızıl gözleriyle onun tırmanışını izliyorlardı. Bir zamanlar aslan heykelleriydiler belki ama şimdi çarpık ve grotesk görünüyorlardı. Kulağa korkunç gelen taştan sesleriyle, fısıltıyla konuştuklarını duyabiliyordu Bran. Onları dinlememeliydi. Dinlememeliydi. Onları duymadığı sürece güvendeydi. Gargoyleler kendilerini yapıştıkları taştan çekip serbest kaldıklarında ve Bran'ın tırmandığı yere doğru düşmeye başladıklarında Bran güvende olmadığını biliyordu. "Hiçbir şey duymadım," dedi ağlayarak. "Duymadım. Duymadım."

Karanlıkta nefessiz kalmış halde uyandı ve üzerine eğilmiş dev bir gölge gördü. "Ben bir şey duymadım," diye fısıldadı. "Hodor!" diye yanıtladı gölge ve masadaki mumu yaktı. Bran rahatlayarak bir nefes aldı.

Hodor, Bran'ın yüzünde biriken teri yumuşak bir bezle sildi ve usta elleriyle nazikçe üstüne temiz kıyafetler giydirdi. Yemek vakti geldiğinde kucağına alıp, şöminenin önüne kurulmuş uzun masanın hazır olduğu Büyük Salon'a indirdi. Masanın başındaki büyük lord koltuğu boştu. Robb o koltuğun hemen sağ yanındaki koltuğa oturmuştu ve Bran tam onun karşısına oturtuldu. O akşam yemekte süt domuzu, güvercin tartı ve tereyağlı turp vardı. Aşçı, yemekten sonra bal tatlısı servis edeceğine söz vermişti. Boz Rüzgâr ve Tüylüköpek salonun bir köşesinde bir kemik için kavga ederken, Yaz, Bran'ın elinden masadaki artıkları yiyordu. Kışyarı'nın köpekleri Büyük Salon'un kapısına bile gelmiyorlardı artık. Bran başlarda garipsemişti bunu ama şimdi doğal geliyordu.

Yoren, Gece Nöbetçileri'nin en büyüğü olduğu için kâhya onu Robb'la Üstat Luwin'in arasına oturtmuştu. Çok uzun zamandır yıkanmıyormuş gibi ekşi ekşi kokuyordu adam. Domuz etinden bir parçayı dişleriyle kopardı, kaburgalardan birini kırdı ve kemiğin içindeki iliği emdi. Jon'un adı geçtiğinde omuz silkti ve, "Sör Alliser'in belası," dedi. Diğer adamlar güldüler ama Bran bir şey anlamadı. Robb, amcaları Benjen'la ilgili soru sorduğunda kara kardeşler kasvetli bir sessizliğe gömüldü.

"Ne oldu?" diye sordu Robb.

Yoren ellerini yeleğine sildi. "Kötü haberler var lordum ve bize sunduğunuz et ve ekmeğe karşı edilecek en kötü teşekkür ama soruyu soran adam cevabına katlanacak kadar cesur olmalı. Stark gitti."

Adamlardan diğeri, "Yaşlı Ayı onu Waymar Royce'u aramaya yolladı ama o geri dönmedi, uzun zaman oldu lordum," dedi.

"Çok uzun zaman," diye ekledi Yoren. "Artık ölmüş olduğu kesin gibi."

"Amcam ölmedi," diye karşılık verdi Robb. Sesi öfkeli ve yüksekti. Ayağa kalktı ve elini kılıcının kabzasına götürdü. "Beni duyuyor musunuz? *Amcam ölmedi!*" Sesi taş duvarlarda yankılanıyordu ve Bran birden çok korktu.

Ekşi kokulu yaşlı Yoren, Robb'a baktı. Hiç etkilenmemişti. Dişlerinin arasına sıkışmış eti çıkarmaya çalışırken, "Siz ne derseniz lordum," dedi.

Kara kardeşlerin en genç olanı, "Tekinsiz Orman'ı Benjen Stark'tan daha iyi bilen kimse yok Sur'da. Geri döneceğinden eminim," dedi.

"Pekâlâ," dedi Yoren. "Belki döner, belki de dönemez. O ormanlara pek çok iyi adam daha önce de gitti ve bazıları hiç geri gelmedi."

Bran'ın tek düşünebildiği Yaşlı Dadı'nın anlattığı hikâyeydi. Ötekileri, ölü adamları ve tazı büyüklüğündeki örümcekler tarafından beyaz ağaçların arasında avlanan son kahramanı düşünüyordu. Bir an için çok korktu ama sonra hikâyenin nasıl bittiğini hatırladı. "Çocuklar ona yardım edecektir," diye bağırdı. "Ormanın çocukları."

Theon Greyjoy kişner gibi güldü. "Bran, ormanın çocukları binlerce yıldır ölü ve onlardan geriye kalan tek şey ağaçlara oyulmuş yüzler," dedi Üstat Luwin.

"Bu dediğiniz burası için doğru olabilir," diye lafa karıştı Yoren. "Ama Sur'un ötesi için kim konuşabilir? Orada neyin ölü neyin canlı olduğunu bilmek kolay değil."

O gece yemekten sonra Bran'ı odasına Robb taşıdı. Boz Rüzgâr önden gidiyor, Yaz onları takip ediyordu. Robb yaşına göre çok kuvvetliydi ve Bran bir bez bebek kadar hafifti ama kulenin merdivenleri dikti. Odaya geldiklerinde Robb nefes nefese kalmıştı.

Bran'ı yatağına yatırıp üstünü örttü ve mumu söndürdü. Bir süre karanlığın içinde, yatağın yanındaki koltukta oturdu. Bran onunla konuşmak istiyordu ama ne söyleyeceğini bilemiyordu. "Senin için bir at bulacağız," dedi sonunda Robb fısıltıyla.

"Geri gelecekler mi Robb?" diye sordu Bran.

"Evet," dedi Robb. Sesinde acı bir umut vardı. Bran bu konuşanın Lord Robb değil, ağabeyi Robb olduğunu duyabiliyordu. "Annemiz kısa zaman içinde evde olacak. Belki biz de atlarla gidip onu yolda karşılarız. Seni ata binerken görmek onun için ne büyük bir sürpriz olur değil mi?" Bran karanlıkta bile ağabeyinin gülümsediğini hissedebiliyordu. "Sonrada kuzeye doğru yola devam ederiz. Sur'a doğru. Jon'a geleceğimizi haber bile vermeyiz. Bir gün, sadece sen ve ben öylece karşısına dikiliriz. Tam bir macera olur."

"Bir macera," diye tekrarladı Bran. Ağabeyinin hıçkırıklarını duyabiliyordu. Odanın karanlığında gözyaşlarını göremiyordu ama elini uzatıp ağabeyinin elini buldu. Parmakları kenetlendi.

EDDARD

"Lord Arryn'ın ölümü hepimiz için çok büyük bir üzüntüydü lordum," dedi Yüce Üstat Pycelle. "Ölümüne dair bulguları sizinle paylaşmaktan mutluluk duyarım. Lütfen oturun. Hafif bir şeyler atıştırmak ister miydiniz? Biraz hurma? Ayrıca cennet elması var, enfes. Artık şarap içemiyorum ama size balla tatlandırılmış buzlu süt ikram edebilirim. Bu sıcaklarda gerçekten serinletici oluyor."

Sıcak inkâr edilemezdi. Ned, ipek tuniğinin terle göğsüne yapıştığını hissedebiliyordu. Ağır ve nemli hava ıslak bir battaniye gibi şehrin üstüne serilmişti. Fakir halk, havasız ve kalabalık mahallelerinden kaçıp biraz nefes almak, rahat uyuyabilmek umuduyla rüzgârlı tek bölge olan su kenarına akın ettiği için nehir kıyısı zaptedilemez şekilde kalabalıklaşıyordu. "Çok büyük nezaket göstermiş olursunuz," dedi Ned otururken.

Pycelle gümüşten küçük bir zili baş ve işaret parmağının arasında tutup zarifçe salladı. Dal gibi ince ve genç bir hizmetçi kız içeri girdi. "Kral Eli ve benim için buzlu süt getir çocuğum ve lütfen iyice tatlandırılmış olmasına özen göster," dedi Üstat.

Kız içecekleri getirmek için çıkarken Yüce Üstat ellerini karnının üstünde birleştirdi. "Halk, yazın son yılının en sıcak yıl olduğunu söyler. Bu doğru değildir aslında ama öyle hissediliyor değil mi? Böyle günlerde siz kuzeylilerin yaz karlarını kıskanıyorum doğrusu." Yaşlı adam oturduğu yerde hareket edince boynundaki mücevher kaplı zincir hafif sesler çıkardı. "Kral Maeker'ın zamanındaki yaz bundan daha sıcaktı şüphesiz ve çok daha uzun sürmüştü. Hisar'da bile aptallar vardı o zaman. Hiç bitmeyecek olan Muazzam Yaz'ın sonunda geldiğine inanmışlardı ama yazın yedinci yılında hava aniden bozdu. Kısacık bir sonbaharın ardından uzun ve korkunç bir kış mevsimi başladı. O yaz gerçekten çok sıcak geçmişti. Gündüzleri Eski Şehir'den buharlar yükseliyordu ve hayat ancak gece olduğunda başlıyordu. Nehir kenarındaki bahçelerde yürüyüşler yapıp tanrılar hakkında konuşurduk. O gecelerin *kokularını* hâlâ hatırlarım lordum: Parfüm, tatlı meyve kokuları, neredeyse patlayacak halde kavunlar, şeftaliler, narlar, gecegölgeleri ve ay tomurcukları. O zamanlar genç bir adamdım, hâlâ zincirimi dövüyordum. O zamanlar sıcak, şimdi olduğu kadar rahatsız etmiyordu beni." Pycelle'in göz kapakları öyle sarkmıştı ki sürekli yarı uyur haldeymiş gibi görünüyordu. "Özürlerimi kabul edin Lord Eddard. Buraya daha babanız doğmadan önce yaşanmış yazların anılarını dinlemeye gelmediniz. Yaşlı bir adamın sayıklamalarını bağışlayın. Korkarım zihin de kılıç gibi. Eski olanlar paslanıyor sonunda. Ah, işte sütlerimiz de geldi." Hizmetçi kız tepsiyi masaya bıraktı, Pycelle kıza gülümsedi. Sütü aldı, tadına baktı ve başıyla onayladı. "Tatlı çocuğum, gidebilirsin," dedi.

Kız çıktığında, Pycelle solgun ve sulu gözleriyle Ned'e baktı. "Evet, nerede kalmıştık? Lord Arryn'la ilgili soru sormuştunuz..."

"Sormuştum," dedi Ned. Sütten küçük bir yudum aldı. Gayet iyi soğutulmuştu ama onun damağı için fazla tatlıydı.

"Doğrusunu söylemek gerekirse El, bazı zamanlar kendinde değilmiş gibi görünüyordu," dedi Pycelle. "Uzun yıllardır konseyde yan yana oturuyorduk ve bazı işaretler kolayca okunabiliyordu ama ben o işaretleri uzun zamandır omuzlarında olan ve tüm gücüyle, tüm sadakatiyle yerine getirdiği görevin ağırlığına yordum. O geniş omuzları diyarın büyük dertleri altında çökmüş gibiydi. Bunun yanı sıra oğlu her zaman hastaydı ve leydi eşi çocuğu gözünün önünden bir an olsun ayıramayacak kadar endişe doluydu. Bütün bunlar güçlü bir adamın bile yorulmasına sebep olur. Lord Arryn genç bir adam değildi. Yorgun ve dertli görünmesini doğal buluyordum ama şimdi o kadar emin değilim." Kafasını ağır ağır iki yana salladı.

"Onu öldüren son rahatsızlığıyla ilgili neler söyleyebilirsiniz?"

Yüce Üstat çaresizlik dolu bir hüzün içinde ellerini iki yana açtı. "Bir gün bana gelip bir kitap istedi. Her zamanki gibi zinde ve sağlıklıydı ama bir şeyler onu çok rahatsız ediyormuş gibi görünüyordu. Ertesi sabah öyle büyük ağrıları vardı ki yataktan bile kalkamadı. Üstat Colemon midesini üşütmüş olabileceğini düşündü. Hava çok sıcaktı ve El, serinlemek için sürekli soğutulmuş şarap içiyordu. Lord halsizleşmeye devam edince ben bizzat gidip onu muayene ettim ama tanrılar bana onu iyileştirecek gücü bahşetmedi."

"Üstadı buradan gönderdiğinizi duydum."

Pycelle'in baş hareketi buzullar kadar ağır ve düşünceliydi. "Evet gönderdim ve korkarım Leydi Lysa beni asla affetmeyecek. Belki haksızdım ama o gün için en doğru olanı yaptım. Üstat Colemon benim oğlum gibidir, yeteneklerinden asla şüphe etmedim ama o daha çok genç. Genç bir zihin, genelde yaşlı bir bedenin zayıflıklarından habersizdir. Lord Arryn'a sürekli bağırsak söktürücü karışımlar ve biber suyu veriyordu. Bu ilaçların onu öldürmesinden endişe ettim."

"Lord Arryn son saatlerinde size herhangi bir şey söyledi mi?"

Pycelle'in alnı buruştu. "Ateşi çok yüksekti. Sürekli *Robert* diye sayıklıyordu ama oğlunu mu yoksa kralı mı çağırdığını anlamıyorduk. Leydi Lysa oğullarının hasta odasına girmesine izin vermiyordu. O da hastalık kapabilir diye endişeliydi. Kral Robert geldi. Saatlerce hasta yatağının başında oturup, Lord Arryn'ın morali düzelir, iyileşmesine yardım eder umuduyla eski günlerden bahsetti. Lorda duyduğu sevgi son derece şiddetliydi."

"Başka bir şey yok mu? Ölmeden önce son birkaç cümle?"

"Onu kurtarmak için hiç umut kalmadığından emin olduğumda, daha fazla acı çekmemesi için lorda haşhaş sütü içirdim. Gözlerini kapamadan hemen önce, krala ve Leydi Lysa'ya bir şeyler fısıldadı, oğlu için bir hayır duası. *Tohum güçlü*, dedi. Sonunda konuşması anlaşılamayacak kadar bozuldu. Ölüm ertesi sabaha kadar gelmedi ama o andan sonra lord acı çekmedi ve bir daha hiç konuşmadı."

Aşırı tatlılığından rahatsız olmamaya çalışarak bir yudum daha süt içti Ned. "Sizce Lord Arryn'ın ölümünde doğal olmayan bir şey var mıydı?"

"Doğal olmayan mı?" Üstat'ın sesi fısıltı kadar alçaktı. "Hayır, böyle olduğunu söyleyemem. Üzücüydü şüphesiz ama ölüm başlı başına en doğal şeydir Lord Eddard. Jon Arryn şu anda dinleniyor. Sonunda bütün yüklerinden kurtuldu."

"Onun ölümüne sebep olan şu hastalık, daha önce başka adamların da bu şekilde öldüğünü gördünüz mü?" diye sordu Ned.

"Yaklaşık kırk yıldır Yedi Krallık'ın Yüce Üstadı'yım," diye yanıtladı Pycelle. "Kıymetli Kral Robert'ımızın, ondan önce Aerys Targaryen'ın ve onun babası İkinci Jaehaerys'in ve hatta birkaç ay için bile olsa Jaehaerys'in Benzersiz olarak anılan babası Beşinci Aegon hükümdarlığında görev yaptım. Hatırlayamayacağım kadar çok sayıda hastalığa şahit oldum lordum. Size şunu söyleyebilirim, her vaka kendine özgüdür ve her vaka bazı açılardan diğerine benzer. Lord Jon'un ölümü diğer gördüklerimden daha garip değildi."

"Karısı böyle düşünmüyor."

Yüce Üstat başıyla onayladı. "Şimdi hatırlıyorum, Leydi Lysa sizin soylu eşinizin kız kardeşiydi. Yaşlı bir adamın açık konuşmasını bağışlarsanız, acı en sağlam ve en disiplinli zihinlerin bile karışmasına sebep olabilir ve Leydi Lysa asla o kadar sağlam bir kadın olamadı. Yaptığı son ölü doğumdan sonra her gölgede düşmanlar görmeye başladı. Lord eşinin ölümü onu paramparça etti ve iyice kaybolmasına sebep oldu."

"O halde, Lord Arryn'ın ölüm sebebinin ani ve beklenmedik bir hastalık olduğuna eminsiniz."

"Eminim," dedi Pycelle üzüntü içinde. "Eğer hastalık değilse lordum, başka ne olabilir ki?"

"Zehir," dedi Ned fısıltıyla.

Pycelle'in uyur gibi görünen gözleri faltaşı gibi açıldı. Yaşlı üstat huzursuzca koltuğunda kıpırdandı. "Çok rahatsız edici bir düşünce. Burası, böyle şeylerin yaygın olduğu Özgür Şehirler'den biri değil. Yüce Üstat Aethelmure, her insanın kalbinde cinayet fikri taşıdığını ama buna rağmen zehircilerin aşağılıktan da aşağıda olduğunu söyler." Bir an sessiz kaldı, gözleri düşünceli bir hal aldı. "Söylediğiniz şey mümkün lordum ama ben böyle olduğunu düşünmüyorum. Her tedbirli üstat bilinen bütün zehirleri tanır ve ben Lord Arryn'da o zehirlerden herhangi birinin işaretlerine rastlamadım. Ayrıca El, son derece sevilen bir adamdı. Hangi insan kılığına bürünmüş canavar öyle soylu bir lordu öldürmek ister?"

"Zehir, kadın silahıdır, diye duymuştum."

Pycelle düşünceli bir halde elini kafasına götürdü. "Kadınların, namertlerin ve... hadımların." Boğazını temizledi ve yoğun bir balgam topunu hasırların üstüne tükürdü. Üstlerindeki kuşlukta bir kuzgun gakladı. "Lord Varys'in Lys'te bir köle olarak dünyaya geldiğini biliyor muydunuz? Örümceklere güvenmemek gerek lordum."

Bu Ned'in öğrenmeye ihtiyaç duyduğu bir şey değildi. Varys'te, Ned'in tüylerini diken diken eden tuhaf bir şeyler vardı. "Bunu aklımda tutacağım Üstat ve yardımlarınız için teşekkür ederim. Yeterince vaktinizi aldım." Ayağa kalktı.

Yüce Üstat Pycelle koltuğundan ağırca ve zar zor kalkarak kapıya kadar Ned'e eşlik etti. "Umarım kafanızı biraz rahatlatacak kadar yardımım dokunmuştur. Size hizmet edebileceğim başka bir konu varsa sormanız yeterlidir."

"Son bir şey," dedi Ned. "Jon'un hastalanmadan önce sizden aldığı kitabı incelemek isterim."

"Korkarım son derece sıkıcı bulursunuz. Yüce Üstat Malleon tarafından kaleme alınmış büyük hanedanların tarihiyle ilgili kalın ve ağır bir cilt."

"Yine de bir bakmak istiyorum."

Yaşlı adam kapıyı açtı. "Nasıl isterseniz. Buralarda bir yerde olmalı. Bulur bulmaz odanıza gönderirim."

"Bana çok nazik davrandınız," dedi Ned. Sonra, sanki aklına son anda gelmiş gibi, "Son bir soru daha, Kralın, Jon'un hasta yatağının başında saatlerce oturduğunu söylemiştiniz. Kraliçe de yanında mıydı?" diye sordu.

"Neden? Hayır," dedi Pycelle. "O ve çocuklar kraliçenin babasıyla birlikte Casterly Kayası'na gitmişti. Lord Tywin, Prens Joffrey'nin isim günü için ve oğlu Jaime'nin turnuva şampiyonu olduğunu görmek umuduyla konuğumuz olmuştu. Turnuvada büyük hayal kırıklığı yaşadığını söyleyebilirim. Lord Arryn'ın ölüm haberini kraliçeye iletmek bana düştü. Daha önce kalbi bu kadar ağır bir haberci kuş salmamıştım hiç."

"Kara kanatlara yüklü kara haberler," diye mırıldandı Ned. Küçük bir çocukken, Yaşlı Dadı'dan öğrendiği bir deyişti.

"Balıkçı hanımları böyle söyler," diye onayladı Pycelle. "Ama her zaman doğru değildir. Üstat Luwin'in kuşu kanatlarında oğlunuz Bran'ın haberlerini taşıyarak geldiğinde, kaledeki her kalp mutlulukla çarptı, öyle değil mi?"

"Dediğiniz gibi Üstat."

"Tanrılar merhametlidir." Pycelle başıyla selam verdi. "Ne zaman isterseniz gelin lordum, ben hizmet etmek için buradayım."

Evet, diye düşündü Ned. *Ama kime*?

Odasına geri dönerken El Kulesi'nin sarmal merdivenlerinde kızı Arya'yla karşılaştı. Kollarını açmış tek ayağı üstünde dengede durmaya çalışıyordu. Sert ve pürüzlü taşlar çıplak ayağını sıyırıyordu. "Arya, ne yapıyorsun?"

"Syrio bir su dansçısının tek ayak üstünde ve sadece parmaklarıyla yere basarak saatlerce durabileceğini söylüyor." Dengede kalabilmek için kollarını çırpıyordu.

Ned gülümsedi. "Hangi parmakla?" diye dalga geçerek sordu.

"*Herhangi* bir parmakla," diyerek yanıtladı Arya. Bir ayağından diğerine geçmek için zıpladı ve tam düşecekken dengesini yeniden sağladı.

"Tek ayak üstünde duruşunu burada çalışmak zorunda mısın? Bu merdivenlerden düşersen düşüşün fena olur."

"Syrio bir su dansçısının *asla* düşmeyeceğini söylüyor." İki ayağının üstüne basmak için bacağını indirdi. "Baba, artık Bran gelip bizimle yaşayabilir mi?"

"Daha çok uzun zaman bu mümkün değil tatlı kızım," dedi Ned. "Gücünü tamamen geri kazanması gerek."

Arya dudağını ısırdı. "Bran büyüdüğünde ne yapacak peki?"

Ned kızının yanında diz çöktü. "Bu sorunun cevabını bulmak için Bran'ın önünde yıllar var Arya," dedi. "Şimdilik yaşayacağını bilmek bize yeter." Kışyarı'ndan haber getiren kuş geldiğinde, kızlarını kalenin tanrı korusuna götürmüştü Ned. Kalenin tanrı korusundaki siyah kavaklar, karaağaç ve akçaağaçlar nehre yukarıdan bakıyordu. Bu korudaki yürek ağacı, yaşlı dallarına is böğürtleni sarmaşıkları dolanmış ulu bir meşeydi. Meşenin dibinde diz çökmüşler, bir büvet ağacıymış gibi dua edip şükranlarını sunmuşlardı. Ay tepeye çıktığında Sansa uyuyakalmıştı ve birkaç saat sonra da Arya, Ned'in pelerininin altında uykuya teslim olmuştu. Uzun ve karanlık saatler boyunca Ned tek başına nöbete durmuştu. Şafak şehrin üzerinde sökmeye başladığında, ejderhanın sıcak nefesi kızlarının üzerine vurmuştu. "Rüyamda Bran'ı gördüm," diye fısıldamıştı Sansa. "Gülümsüyordu."

"O bir şövalye olacaktı," diyordu şimdi Arya. "Kral Muhafızları şövalyesi. Hâlâ şövalye olabilir mi?"

"Hayır," dedi Ned. Kızına yalan söylemesi için bir sebep yoktu. "Ama bir gün, büyük bir hanedanın lordu olup kralın konseyinde yer alabilir. Mimar Brandon gibi kaleler inşa edebilir. Gün Batımı Denizi'nde büyük gemiler yüzdürebilir. Ya da annenin İnanç'ına geçip bir Yüce Rahip olabilir." Ama *bir daha asla ulu kurduyla birlikte koşamaz*, diye düşündü kelimelere dökülmesi imkânsız bir hüzün içinde. *Asla bir kadınla yatamaz ve asla kendi oğlunu kollarının arasında tutamaz.*

Arya başını yana eğip, "Ben de kralın konseyinde yer sahibi olabilir miyim? Ben de Mimar Brandon gibi kaleler inşa edebilir miyim? Yüce Rahip olabilir miyim?"

Ned hafifçe kızının alnını öptü. "Sen bir gün bir kralla evleneceksin ve onun kalesini yöneteceksin. Oğulların soylu şövalyeler, prensler, lordlar ve evet belki Yüce Rahipler olacak."

Arya yüzünü buruşturdu ve, "Hayır, o *Sansa*," dedi. Tek bacağını yukarı kaldırıp dengede durma dersine kaldığını yerden devam etti. Ned içini çekti ve kızının yanından ayrıldı.

Odasına girdiğinde terden lekelenmiş ipeklilerini üzerinden çıkardı ve yatağın yanındaki büyük çanaktan aldığı soğuk suyu başından aşağı döktü. Yüzünü kuruladığı sırada Alyn odasına girdi. "Lordum, Lord Baelish dışarıda ve huzurunuza çıkmak istiyor," dedi.

"Onu salona götür," dedi Ned. Bulabildiği en hafif temiz tuniği üstüne geçirdi. "Birazdan yanında olacağım."

Ned girdiğinde Serçeparmak pencerenin pervazına oturmuş, avluda kılıç talimi yapan Kral Muhafızları'nı izliyordu. "Keşke yaşlı Selmy'nin zihni de kılıcı kadar keskin olsaydı," dedi. "Konsey toplantılarımız çok daha canlı geçerdi."

"Sör Barristan, Kral Toprakları'ndaki en kahraman ve en

onurlu adamlardan biridir," dedi Ned. Kral Muhafızları'nın beyaz saçlı, yaşlı kumandanına çok derin bir saygı duyuyordu.

"Ve en yorucu olanlarından biri," diye ekledi Serçeparmak. "Yine de turnuvada çok iyi iş çıkaracağını söylemek zorundayım. Geçen yılki turnuvada Tazı'yı atsız bırakmıştı ve dört yıl önceki turnuvanın da şampiyonuydu."

Turnuvada kimin şampiyon olacağı Eddard Stark'ı zerre kadar ilgilendirmiyordu. "Burada bulunmanızın bir sebebi var mı Lord Baelish, yoksa sedece penceremden görünen manzaranın tadını çıkarmaya mı geldiniz?"

Serçeparmak gülümsedi. "Soruşturmanız da size yardım edeceğime dair Cat'e söz vermiştim ve ediyorum," dedi.

Duydukları Ned'i şaşırtmıştı. Söz versin ya da vermesin, aklı sürekli kurnazlığa çalışan bu adama bir an için bile güvenemiyordu. "Bana getirdiğiniz bir bilgi mi var?"

"*Biri*," diye düzeltti Serçeparmak. "Daha doğrusu dördü. El'in hizmetkârlarını sorgulamayı düşündünüz mü?"

Ned kaşlarını çattı. "Şansım olsa sorgulardım. Leydi Arryn, Kartal Yuvası'na dönerken bütün maiyetini de beraberinde götürdü." Bu açıdan Ned'e köstek olduğu söylenebilirdi. Lord Arryn'a yakın olan herkes, Jon'un kendi üstadı, kâhyası, muhafız kumandanı, şövalyeleri ve hizmetçileri, herkes Lysa'yla birlikte gitmişti.

"Maiyetinin *çoğunluğunu*," dedi Serçeparmak. "Hepsini değil. Birkaçı burada kaldı. Hamile bir mutfak hizmetçisi aciliyetle Lord Renly'nin seyislerinden biriyle evlendirilmiş. Şehir Muhafızları'na katılmış bir seyis yamağı, hırsızlık suçuyla uzaklaştırılmış bir bulaşıkçı çocuk ve Lord Arryn'ın yaveri hâlâ burada."

"Yaveri mi?" Ned bunu duyduğuna sevinmişti. Bir yaver hizmet ettiği adamla ilgili hemen her şeyden haberdar olurdu.

"Vadi'den Sör Hugh," dedi Serçeparmak. "Lord Arryn'ın ölümünden sonra kral tarafından şövalye ilan edilmiş."

"Ona hemen haber göndermeliyim," dedi Ned. "Ve diğerlerine de."

"Lordum lütfen pencereye gelme nezaketi gösterin."

"Neden?"

"Gelin de göstereyim lordum."

Ned kaşları çatık halde pencereye doğru yürüdü. Petyr elini avlunun diğer ucuna doğrultarak, "Avlunun öte tarafında, cephaneliğin kapısının önündeki merdivenlerde oturmuş, biley taşıyla kılıç bileyen genç adamı görüyor musunuz?"

"Evet, ne olmuş?"

"O Varys'in muhbirlerinden biri. Örümcek bu aralar size ve yaptığınız her şeye karşı büyük merak duyuyor." Oturduğu yerden diğer tarafa döndü. "Şimdi surlara bakın. Batıya, ahırların yukarısına. Siperlere dayanmış muhafızı görüyor musunuz?"

Ned adamı görebiliyordu. "Hadımın kuşlarından biri mi?"

"Hayır. Bu kraliçenin kuşlarından biri. Bu kuleyi gören muhteşem bir manzarası olduğuna dikkat ettiniz mi? Tam sizi gözleyip not tutabilecek bir noktada duruyor. Benim bile bilmediğim başkaları da var. Kızıl Kale muhbir gözlerle dolu. Catelyn'i neden bir genelevde sakladım sanıyorsunuz?"

Eddard Stark böyle entrikaları sevmiyordu. "Yedi cehennem!" diye küfretti. Duvarda duran adam gerçekten de onu izliyor gibiydi. Rahatsız oldu ve hemen pencerenin önünden geri çekildi. "Bu lanet şehirde herkes birinin muhbiri mi?"

"O kadar da değil." Elindeki parmakları saydı. "Neden? Kral var, siz varsınız, ben varım... gerçi bir düşününce, kral, kraliçeye çok fazla şey anlatıyor ve ben sizden de emin değilim." Ayağa kalktı. "Her şeyinizi anlattığınız, çok güvendiğiniz bir adamınız var mı?"

"Evet," dedi Ned.

"O halde, Valyria'da size seve seve satabileceğim bir sarayım var," dedi alaycı bir gülümsemeyle. "Soruma en akıllıca cevap *hayır*'dı lordum. Ama madem evet dediniz, o erdemli adamınızı Sör Hugh ve diğerlerine gönderin. Bütün hareketleriniz izleniyor ama Örümcek Varys bile sizin kendi adamlarınızı gece gündüz, her saat izlettiremez." Kapıya doğru yürümeye başladı.

"Lord Petyr," diye seslendi Ned. "Ben... Ben yardımlarınız için minnettarım. Belki sizi güvenmemekle hata ettim."

Serçeparmak keçisakalına dokundu. "Çok ağır öğreniyorsunuz Lord Stark," dedi. "Bana güvenmemek, atınızdan indiğiniz andan itibaren yaptığınız en akıllıca şeydi."

JON

Yeni acemi, talim avlusuna geldiğinde Dareon'a bir yan darbeyi nasıl karşılayacağını öğretmeye çalışıyordu Jon. "Bacakların daha açık olmalı, dengeni kaybetmek istemezsin. Evet, böyle daha iyi. Şimdi, darbeyi karşılarken kendi ekseninde dönmelisin. Bütün ağırlığını kılıcına ver."

Dareon durdu ve miğferinin siperini açtı. "Yedi tanrılar!" dedi. "Şuna bir baksana Jon."

Jon döndü. Miğferinin göz aralığından baktığında o güne kadar rastladığı en şişman çocuğu gördü. Çocuk cephaneliğin kapısında duruyordu. En az yüz elli kilo olmalıydı. Kalın paltosunun kürklü yakası çenesinin altında kaybolmuştu. Soluk renkli gözleri ay gibi yuvarlak yüzünde huzursuzca hareket ediyordu. Şişman, terli ellerinin avuçlarını üzerine sildi. "Bana... dediler ki... bana eğitim için... buraya gelmemi söylediler," dedi. Kiminle konuşacağını bilemiyor gibiydi.

"Bir soylu," dedi Pyp çocuğa bakarken. "Güneyden, muhtemelen Yüksek Bahçe civarlarından." Pyp, bütün Yedi Krallık'ı mim oyuncularından kurulu bir kumpanyayla birlikte gezmişti ve bir insanın nereden geldiğini, nerede doğduğunu sadece konuşmasına bakarak anlayabilmekle övünürdü.

Çocuğun iyi bir terzi elinden çıktığı belli olan paltosunun yakasına, kızıl dikişlerle, yürüyen bir avcı figürü işlenmişti. Jon bu armayı tanımıyordu. Sör Alliser yeni acemiye baktı ve, "Güneyde hırsızlar ve kaçak avcılar tükenmiş olmalı," dedi. "Şimdi Sur'u korusun diye domuz göndermeye başladılar. Sizin zırhınız kürklerden ve kadifelerden mi yapıldı Domuz Lordu?"

Çok zaman geçmeden yeni aceminin kendi zırhını da yanında getirdiği anlaşıldı. Yünle takviye edilmiş yelek, kaynatılmış deri, metal örgü ve miğfer. Hatta üzerine yürüyen avcı arması oyulmuş deri ve ahşaptan yapılmış dev bir kalkan. Getirdiklerinin hiçbiri siyah olmadığı için Sör Alliser çocuğu cephaneliğe gönderip siyahları kuşanmasını emretti ama bu iş bütün bir sabah sürdü. Donal Noye, çocuğun devasa göbeği yüzünden, bir zırhlı yeleği ikiye ayırıp, yanlarına deri parçalar ekleyip tekrar dikmek zorunda kaldı. En büyük miğferin kafasına geçebilmesi için siperinin çıkartılması gerekti. Derilerin bağcıkları bacaklarının ve kollarının etrafına o kadar sıkı bağlanmak zorunda kalmıştı ki çocuk güçlükle hareket edebiliyordu. Üzerine savaş kıyafetleri geçirilmiş çocuk, çok fazla pişirilip şiştiğinden zarını patlatmak üzere olan bir sosise benzedi sonunda. "Umarım göründüğün kadar beceriksiz değilsindir," dedi Alliser. "Halder, bakalım Sör Domuzcuk neler yapabiliyormuş."

Jon Kar yüzünü buruşturdu. Halder bir taş ocağında dünyaya gelmişti ve bir taş ustasının çıraklığını yapmıştı. On altı yaşındaydı. Uzun ve kaslıydı. Jon'un burada hissettiği en güçlü darbeler ondan geliyordu. "Bu iş bir fahişenin poposundan daha çirkin olacak," dedi Pyp. Oldu da.

Dövüş bir dakika bile sürmedi. Şişman çocuğun yamyassı olmuş miğferinden ve parmaklarının arasından kan sızıyordu. "Teslim oluyorum," diye bağırdı tiz bir çığlıkla. "Teslim oluyorum, bana vurma." Rast ve diğer çocuklar kahkahalar atıyordu.

Sör Alliser o anda bile dövüşü bitirmedi. "Ayağa kalk Sör Domuzcuk," dedi. "Kalk ve kılıcı yerden al." Şişman çocuk yapıştığı yerden kımıldamayınca, Thorne, Halder'e döndü. "Bu domuz yerden kalkana kadar, kılıcının düz tarafıyla vur ona." Halder düşmanının yanaklarına hafifçe vurdu. "Bundan daha sert vurabilirsin," diye bağırdı Alliser. Holder uzun kılıcını iki eliyle birden kavradı ve bütün gücüyle aşağı indirdi. Darbe öyle sertti ki kılıcın düz kenarıyla vurmuş olmasına rağmen şişman çocuğun üzerindeki deri açıldı. Yeni çocuk acı içinde, kulak tırmalayan bir çığlık attı.

Jon Kar bir adım ileri çıktı. Pyp elini uzatıp Jon'u kolundan tuttu. "Jon, *hayır*," diye fısıldadı endişeli gözlerle Sör Alliser Thorne'a bakarken.

"Ayağa kalk," dedi tekrar Thorne. Şişman çocuk ayağa kalkmak için çabaladı ama kayıp tekrar yere düştü. "Sör domuzcuk kavramaya başladı," dedi Alliser. "Yeniden."

Halder başka bir darbe için kılıcını tekrar kaldırdı. "Bize bir dilim domuz jambonu kes," diye bağırdı Rast gülerek.

Jon, Pyp'in elinden kurtuldu ve "Halder, *yeter*!" dedi.

Halder, Sör Alliser'e baktı.

"Piç konuşur, köylüler titrer," dedi Alliser soğuk ve keskin sesiyle. "Buradaki silah ustasının ben olduğumu hatırlatırım Lord Kar."

"Şuna bir bak Halder," dedi Jon, elinden geldiğince Sör Alliser'i görmezden gelerek. "Düşmüş bir düşmana vurmak sana onur kazandırmaz. Zaten teslim oldu." Jon şişman çocuğun yanında dizlerinin üstüne çöktü.

Kılıcını indirdi ve, "Teslim oldu," diye tekrarladı Halder.

Sör Alliser, oniks gözlerini Jon'un üzerine sabitlemişti. "Görünüşe bakılırsa bizim piç âşık oldu," dedi. Jon yerdeki çocuğun ayağa kalkmasına yardım ediyordu. "Bana kılıcını göster Lord Kar."

Jon uzun kılıcını çıkardı. Bir noktaya kadar Sör Alliser'e karşı gelmeyi göze alabiliyordu ama o noktayı çoktan geçmişti.

Thorne gülümsedi. "Piç, leydi sevgilisini korumak istiyor. O halde hemen bir talim yapalım. Fare, Sivilce, Taş Kafa'ya yardım edin." Rast ve Albett, Halder'in yanına gitti. "Üçünüz, Leydi Domuzcuk'u inletmeye yetersiniz ama önce Piç'i geçmeniz gerek."

Jon, "Arkamda kal," dedi şişman çocuğa. Sör Alliser, Jon'un üzerine sık sık iki düşman salardı ama ilk kez üç kişi çıkarıyordu karşısına. Bu gece yatağa morluklar ve kanlı yaralar içinde gireceğini biliyordu. Saldırıya karşı kendini hazırladı.

Pyp aniden Jon'un yanında bitti. "Üçe karşı iki daha iyi bir savunma olur," dedi neşe içinde. Miğferinin siperini kapadı ve kılıcını çekti. Henüz Jon itiraz edemeden Grenn üçüncü olarak aralarına katıldı.

Avluya bir ölüm sessizliği çöktü. Jon, Sör Alliser'in gözlerinin üzerinde olduğunu hissedebiliyordu. "Neden bekliyorsunuz?" diye sordu Alliser, Fare ve diğerlerine. Sesi bu sefer aldatıcı şekilde yumuşaktı ama ilk hareket Jon'dan geldi. Halder kılıcını kaldırmakta çok geç kalmıştı.

Jon, çocuğu geri çekilmeye zorladı. Her darbeye saldırı hamlesiyle karşılık vererek çocuğu nefessiz bıraktı. *Düşmanını tanı,* demişti Sör Rodrik bir keresinde. Jon Halder'i tanıyordu. Halder zalimce güçlü olmasına rağmen sabırsızdı ve savunması başarısızdı. Eğer sinirleri yeterince bozulursa bütün savunmasının çökeceği gün batımı kadar ortadaydı.

Diğerleri de dövüşe dâhil olduğunda, avlu çeliğin çeliğe çarpmasından çıkan seslerle inliyordu. Jon başına inecek vahşi bir darbenin önünü kesti. Kılıçlar birbirine çarptığında ortaya çıkan geri tepme Jon'un bütün koluna yürüdü. Halder'in kaburgalarına indirdiği bir yan darbenin ödülü, çocuğun acı dolu bağırışı oldu. Karşı saldırı Jon'u omzundan yakaladı. Metal örgü zırh ezildi ve acı Jon'un boynuna yükseldi. Halder ise ataktan sonra dengesini kaybetmişti. Jon çocuğun bacağına bir darbe indirip ayaklarını yerden kesti ve Halder küfrederek yere düştü.

Grenn, tam da Jon'un öğrettiği gibi Albett'e kaldırabileceğinden fazlasıyla yükleniyordu ama Pyp zor saldırı hamleleriyle karşı karşıyaydı. Rast ondan iki yaş büyük ve yirmi kilo daha ağırdı. Jon onun arkasına geçti ve tecavüzcünün miğferini zil gibi çaldı. Rast sersemlemiş haldeyken, Pyp onun savunmasının altına kaydı, çocuğu yere devirdi ve kılıcının ucunu boğazına dayadı. Jon diğer tarafa doğru hareketlendi. İki kılıçla birden karşı karşıya kalan Albett geri çekildi ve bağırdı. "Teslim oluyorum."

Sör Alliser gösteriyi tiksintiyle izliyordu. "Mim oyuncularının kötü farsı bugün için yeterince uzadı," diyerek avludan ayrıldı. Dövüş sonunda bitmişti.

Dareon, Halder'in ayağa kalmasına yardım etti. Taş ustasının oğlu miğferini çıkarıp avlunun diğer ucuna fırlattı. "Bir an için sonunda seni yendiğimi düşünmüştüm Kar," dedi.

"Bir an için yendin zaten," diye cevapladı Jon. Zırhının altındaki omzu zonkluyordu. Kılıcını kınına yerleştirdi ve miğferini çıkarmaya çalıştı ama kolunu kaldırdığı anda acıdan dişlerini sıktı.

"Ben yapayım," dedi bir ses. Kalın parmaklar miğferin bağlarını çözdü ve miğferi nazikçe Jon'un başından çıkardı. "Sana zarar verdi mi?"

"Daha önce de her tarafımın morardığı oldu," dedi Jon. Omzuna dokunup ovuşturdu. Avlu boşalmaya başlamıştı.

Halder miğferini ezdiğinde çocuğun başından akan kan saçlarında donmuştu. "Benim adım Samwell Tarly. Boynuz..."

Durdu dudaklarını ısırdı. "Yani Boynuz Tepe'dendim ta ki... buraya siyahları kuşanmaya gelene... Babam Yüksek Bahçe'nin Tyrellleri'nin sancak beyi Lord Randyll. Ben eskiden onun varisiydim ama..." Sesi duyulmaz oldu.

"Benim adım Jon Kar. Kışyarı Lordu Eddard Stark'ın piçiyim."

Samwell Tarly başıyla onayladı. "Eğer... yani istersen, bana Sam diyebilirsin. Annem beni Sam diye çağırır."

"Sen de *ona* Lord Kar diyebilirsin," dedi onlara katılan Pyp. "Annesinin ona nasıl seslendiğini bilmek istemezsin."

"Bunlar Grenn ve Pypar," dedi Jon.

"Grenn çirkin olanımız," dedi Pyp.

Grenn suratını astı. "Sen benden daha çirkinsin, benim yarasaya benzeyen kulaklarım yok en azından," dedi.

"Hepinize teşekkür ederim," dedi şişman çocuk hüzün içinde.

"Neden ayağa kalkıp dövüşe devam etmedin?" diye sordu Grenn.

"Aslında kalkmak istedim. Gerçekten. Ben sadece... Yapamadım. Bana daha fazla vurmasını istemedim." Yere baktı. "Ben korkağın tekiyim. Lord babam da her zaman bunu söyler."

Grenn yıldırım çarpmış gibi duruyordu. Her zaman söyleyecek sözü olan Pyp bile tek kelime edemiyordu. Ne tür bir adam kendisini korkak ilan ederdi ki?

Samwell Tarly düşüncelerini yüzlerinden okumuş olmalıydı. Jon'un gözlerine baktı ama ürkek hayvanlar gibi hemen başını başka tarafa çevirdi. "Ben... ben özür dilerim," dedi. "Ben aslında... böyle olmak istemiyorum." Cephaneliğe doğru ağır adımlarla yürümeye başladı.

Jon arkasından seslendi. "Yara aldın. Yarın daha iyi olursun," dedi.

Sam üzüntü dolu gözlerle omzunun üstünden baktı. "Ben asla daha iyi olmam."

Şişman çocuk gittiğinde Grenn homurdandı. "Kimse korkakları sevmez," dedi huzursuz bir sesle. "Keşke ona yardım etmeseydik. Ya bizim de korkak olduğumuzu düşünürlerse?"

"Sen bir korkak olamayacak kadar aptalsın," dedi Pyp.

"Değilim," dedi Grenn.

"Evet öylesin. Sana ormanda bir ayı saldıracak olsa kaçamayacak kadar aptalsın."

"Kaçarım. Senden çok daha hızlı koşarım hem de." Birden sustu, kaşlarını çatarak Pyp'in sırıtışını izledi ve az önce ne söylediğini fark etti. Boynu öfkeden kıpkırmızı kesildi. Jon, onları laf dalaşı yapar halde bırakıp cephaneliğe gitti. Kılıcını astı ve hasar görmüş zırhını çıkardı.

Kara Kale'de hayatın akışı belliydi. Sabahları kılıç talimi, öğleden sonraları iş. Kara kardeşler, gelen acemilerin hangi alanda kabiliyetleri olduğunu anlamak için onları çeşitli görevlere atıyordu. Lord Kumandan'ın masasına yiyecek koymak için, yanında Hayalet'le birlikte çıktığı av görevlerine gönderildiği öğleden sonraları seviyordu Jon. Ama avda geçirdiği her gün karşılığında bir düzine gününü tek kollu demirci Donal Noye körelmiş bıçakları bileylerken biley taşını çevirerek ya da Noye yeni bir kılıç döverken körükleri pompalayarak geçiriyordu. Diğer zamanlarda mesaj getirip götürüyor, nöbetçilik yapıyor, ahırların yerlerini temizliyor, oklara tüy yapıyor, Üstat Aemon kuşlarıyla uğraşırken ona yardım ediyor, Bowen Marsh'ın hesap ve kayıt defterleriyle ilgileniyordu.

Bu öğleden sonra nöbet kumandanı, onu yeni kırılmış taşla dolu dört varille beraber vinç kafesine, Sur'un tepesindeki buzlanmış yürüme yollarına mıcır döksün diye yollamıştı. Yanında Hayalet olmasına rağmen yalnız ve sıkıcı bir işti ama Jon önemsemiyordu. Havanın açık olduğu günlerde, Sur'un tepesinden dünyanın yarısı görünüyordu ve hava her zaman soğuk ve esintiliydi. Jon burada düşünebiliyordu. Bu sefer kendini Samwell Tarly hakında düşünürken yakaladı. Ve... garip bir şekilde, Tyrion Lannister'ı düşünürken. Tyrion'ın bu şişman çocuktan neler çıkaracağını merak ediyordu. *Pek çok adam, gerçeklerle yüzleşmektense, gerçeği görmemeyi tercih eder*, demişti cüce ona. Dünya, kahraman taklidi yapan korkaklarla doluydu ve Samwell Tarly'nin yaptığı gibi korkak olduğunu itiraf etmek tuhaf bir cesaret gerektiriyordu.

Ağrıyan omzu yüzünden iş uzun sürmüştü. Sonunda mıcır dökme işi bittiğinde akşamüstü olmuştu. Batı semasını kan kızılına boyayan gün batımını izledi. Sonunda kuzeye karanlık çökerken boş varilleri yuvarlayarak kafese soktu ve vinççi adama kendisini aşağı indirmesi için bir işaret verdi.

Hayaletle birlikte ortak salona girdiklerinde akşam yemeği bitmek üzereydi. Bir grup kara kardeş şöminenin yanında sıcak şarap içiyordu. Arkadaşları batı duvarının dibindeki bir sırada oturmuş gülüşüyorlardı. Pyp bir hikâyenin ortasındaydı. Kumpanyacının kocaman kulaklı oğlu yüz farklı ses çıkarabiliyordu. Doğuştan yalancıydı. Hikâyelerini yaşayarak, karakterleri canlandırarak anlatıyordu. Bir an bir kral, hemen ardından soytarı oluyordu. Bir fahişe ya da bakire bir prenses olduğu zaman çıkardığı tiz kadın sesi dinleyenleri öyle çok güldürüyordu ki, gözlerinden yaşlar geliyordu. Hadım karakterlerini canlandırdığında, ortaya Sör Alliser'in karikatürize edilmiş ama yine de son derece gerçek bir kopyası çıkıyordu. Jon da herkes kadar hoşlanıyordu Pyp'in hikâyelerinden... ama bu sefer yanlarına gitmedi ve bir sıranın ucunda, diğerlerinden olabildiğince uzakta tek başına oturan Samwell Tarly'ye doğru yürüdü.

Jon tam karşısına oturduğunda, şişman çocuk aşçının bu gece akşam yemeği olarak pişirdiği domuz tartının son parçasını yiyordu. Hayalet'i gördüğünde gözleri fal taşı gibi hayretle açıldı. "Bu bir kurt mu?"

"Bir ulu kurt," dedi Jon. "Adı Hayalet. Ulu kurt babamın hanedanının armasıdır."

"Bizim armamız yürüyen bir avcı," dedi Samwell

"Avı sever misin?"

Şişman çocuk, "Nefret ederim," dedi ürpererek. Yine ağlayacakmış gibi görünüyordu.

"Şimdi ne oldu?" diye sordu Jon. "Neden hep bu kadar korkmuş haldesin?"

Sam tabağındaki yemeğe baktı ve başını endişeyle iki yana salladı. Konuşmaya bile korkuyor gibiydi. Jon, Pyp'in kadın seslerinden birini çıkardığını duydu. Salon kahkahayla inledi. Jon ayağa kalktı. "Haydi, dışarı çıkalım," dedi.

Çocuğun yuvarlak şişman yüzü kuşku doluydu. "Neden? Dışarıda ne yapacağız?" diye sordu.

"Konuşacağız," diye cevap verdi Jon. "Sur'u gördün mü?"

"Şişmanım, kör değil. Tabi ki gördüm," dedi Samwell Tarly. "Neredeyse iki yüz otuz metre yüksekliğinde." Jon'un söylediği gibi kalktı yine de. Üzerinde kürkle kaplanmış paltosu vardı. Hâlâ temkinli bir şekilde, sanki bir tuzağın ortasına götürülüyormuş gibi endişeyle, ortak salondan çıkan Jon'u takip etti. Hayalet yanlarında yürüyordu. "Böyle bir yer olduğunu düşünmemiştim," dedi Sam yürürken. Sözcükler ağzından çıkarken soluğu buharlaşıyordu. Yürümek çocuğu daha şimdiden nefes nefese bırakmıştı. "Bütün binalar yıkılmak üzere ve burası çok... çok..."

"Soğuk?" Kalenin üzerine sert bir ayaz çöküyordu ve Jon çizmelerinin altında çıtırdayan donmuş ayrık otlarının seslerini duyabiliyordu.

Sam perişan halde başıyla onayladı. "Soğuktan nefret ederim," dedi. "Geçen gece birdenbire uyandım, ateş de sönmüştü. Sabah olmadan donarak öleceğimden emindim."

"Senin geldiğin yerler daha sıcak olmalı."

"Geçen aya kadar hiç kar görmemiştim. Babamın beni kuzeye getiren adamlarıyla hendek mezarlardan geçiyorduk ki gökyüzünden şu beyaz şey düşmeye başladı. Yumuşak bir yağmur gibi. Önce çok güzel olduğunu düşündüm, gökyüzünden tüyler yağıyordu sanki ama durmadan yağmaya devam etti ve sonunda ben kemiklerime kadar dondum. Adamların sakalları buz tuttu ama kar hiç bitmedi. Sonsuza kadar yağacağından korktum."

Jon gülümsedi.

Yarımay ışığında hafifçe parlayan Sur önlerinde belirdi. Yıldızlar keskin ve parlak yanıyordu gökyüzünde. "Benden oraya çıkmamı isteyecekler mi?" diye sordu Sam. Kıvrılarak yukarı tırmanan eski ahşap merdivenleri gördüğünde yüzü bayat süt gibi ekşimişti. "Eğer bu merdivenlerden çıkmak zorunda kalırsam ölürüm."

"Bir vinç var," dedi Jon kafesi işaret ederek. "Seni onunla yukarı çekebilirler."

Samwell Tarly burnunu çekti. "Yüksek yerlerden nefret ederim."

Bu çok fazlaydı. Jon inanmazlık dolu gözleriyle çocuğa baktı. "*Her şeyden* korkar mısın sen?" diye sordu. "Anlamıyorum.

Eğer gerçekten korkaksan burada ne işin var? Bir korkak neden Gece Nöbetçileri'ne katılmak ister?"

Samwell Tarly uzunca bir süre Jon'a baktı ve yuvarlak yüzü çöktü. Buz tutmuş toprağa oturup hıçkırıklarla ağlamaya başladı. Hıçkırıklarının şiddetiyle bütün bedeni sarsılıyordu. Jon Kar hiçbir şey söyleyemeden, elinden bir şey gelmeden durup çocuğu izledi. Hendek mezarların üzerine yağan kar gibi, çocuğun ağlaması da sonsuza dek sürecek sandı.

Hayalet ne yapması gerektiğini biliyordu. Ağır ağır yerde oturan çocuğa yaklaştı ve yanaklarından dökülen sıcak gözyaşlarını yalamaya başladı. Çocuk önce şaşkın bir çığlık attı ve nasıl olduysa, bir anda hıçkırıklarının yerini kahkahalar aldı.

Jon Kar da çocukla birlikte gülmeye başladı. Buz tutmuş toprağın üzerine, çocuğun yanına çöktü. Hayalet aralarına oturdu. Robb'la birlikte, yaz karının içine gömülmüş kurt yavrularını nasıl bulduklarını anlattı. Üzerinden bin yıl geçmiş gibi geliyordu şimdi. Kışyarı'ndan bahsederken buldu kendini sonra.

"Oraları rüyamda görüyorum bazen," dedi. "Uzun boş koridorlardan geçiyorum. Sesim duvarlarda yankılanıyor ama cevap veren olmuyor. Sonra daha hızlı yürümeye başlıyorum. Kapıları açıyorum, bağırarak isimler söylüyorum ama aslında kimi aradığımı bile bilmiyorum. Rüyaların çoğunda babama sesleniyorum, bazılarında Robb'a, küçük kardeşim Arya'ya ya da amcama." Benjen Stark'ı düşünmek onu acıya boğuyordu. Amcası hâlâ kayıptı. Yaşlı Ayı onu aramaları için bir keşif grubu çıkarmıştı. Sör Jaremy Rykker iki aramaya öncülük etmiş ve Quorin Halfhand, Gölge Kule'nin uzaklarına kadar gitmişti ama amcasının yolu işaretlemek için ağaçların üzerine bıraktığı birkaç çentikten başka bir şey bulamamışlardı. Kuzeybatının kayalık tepelerinde işaretler birdenbire kesilmiş ve Benjen Stark'ın izi tamamen kaybolmuştu.

"Rüyanda kimseyi bulabiliyor musun?" diye sordu Sam.

Jon kafasını iki yana salladı. "Hayır, kimseyi bulamıyorum. Kale her zaman bomboş oluyor." Bu rüyalardan kimseye bahsetmemişti ve şimdi neden Sam'e anlattığını da bilmiyordu ama konuşmak kendisini iyi hissetmesini sağlamıştı. "Kuşluktaki kuzgunlar bile gitmiş oluyor ve ahırlarda sadece kemikler var.

Onları gördüğümde çok korkuyorum ve koşmaya başlıyorum. Kapıları vurarak açıyorum, merdivenleri üçer üçer tırmanıyorum, biri, herhangi biri sesimi duysun diye çığlıklar atıyorum. Sonra kendimi mahzen mezarın kapısının önünde buluyorum. İçerisi çok karanlık ve merdivenler döne döne aşağı iniyor. İçimden bir ses aşağı inmem gerektiğini söylüyor, inmek zorunda olduğumu biliyorum ama inmek istemiyorum. Aşağıda beni bekleyen şeyden korkuyorum. Aşağıda, Kışyarı'nın eski lordları, ayaklarının dibinde taştan kurtlar, kucaklarında kılıçlarıyla tahtlarında oturuyorlar ama beni korkutan onlar değil. Ben bir Stark değilim, benim bu mezarda işim yok diye çığlık atıyorum ama işe yaramıyor. Aşağı inmek zorundayım, biliyorum. Duvarlara tutunarak merdivenlerden inmeye başlıyorum. Elimde bir meşale yok, gittikçe daha da karanlık oluyor. Karanlık arttıkça çığlıklar atmak istiyorum." Anlatmayı kesti. Kaşları çatılmıştı. Utanmıştı. "Hep burada uyanıyorum işte." Hücresinin karanlığında, buz gibi terler dökmüş halde, titreyerek uyanıyordu. Hayalet hemen yanına geliyor ve ısısıyla Jon'a huzur veriyordu. Jon, yüzünü ulu kurdun beyaz tüyleri arasına gömüp tekrar dalıyordu uykuya. "Sen rüyanda Boynuz Tepe'yi görüyor musun hiç?" diye sordu Sam'e.

"Hayır," dedi Samwell Tarly. Dişlerini sıkmış, dudakları gerginlikten bir çizgi halini almıştı. "Oradan nefret ediyorum." Çocuk, Hayalet'in kulaklarının arkasını okşadı ve Jon sessizliğe müdahale etmedi. Uzun bir zaman sonra Samwell Tarly konuşmaya başladı. Jon sessizce dinledi ve korkaklığını itiraf eden bu şişman çocuğun kendini nasıl Sur'da bulduğunu öğrendi.

Tarlyler, Güney Muhafızı ve Yüksek Bahçe Lordu Mace Tyrell'in sancak beyi olan, eski ve soylu bir aileydi. Lord Randyll Tarly'nin büyük oğlu olan Samwell, zengin toprakların, sağlam bir kalenin ve hikâyelere konu olmuş, Valyria çeliğinden dövülmüş, beş yüz yıldır babadan oğula geçen ve iki elle kullanılan Yürekfelaketi isimli büyük kılıcın varisiydi.

Samwell doğduğunda lord babasının hissettiği tarif edilmez gurur, çocuk büyüyüp şişmanladıkça, yumuşadıkça ve tuhaflaştıkça kaybolmuştu. Sam müzik dinlemeyi, şarkı yazmayı, yumuşak kadifeler giymeyi, kalenin mutfağında aşçılarla oynamayı, limonlu keklerin kokusunu ve böğürtlen tartlarını seviyordu. Onun tutkuyla bağlı olduğu şeyler kitaplar, kediler ve bütün sakarlığına rağmen danstı. Kan görmeye dayanamıyordu. Bir tavuğun kesilmesini bile izleyemiyordu. Boynuz Tepe'ye en az bir düzine silah ustası getirilmiş ve Sam'e, tam babasının istediği gibi bir şövalye olmayı öğretmeye çalışmışlardı. Çocuğa küfürler etmişler, falakaya yatırmışlar, tokatlamışlardı. Aç bırakmışlardı. Bir adam, bir asker gibi hissetsin diye zırhıyla uyumaya zorlamıştı. Bir diğeri annesinin kıyafetlerini giydirmiş, utanç duymasını sağlamak için o kıyafetler içinde dış surlar boyunca yürütmüştü. Bütün bunlar Sam'in daha fazla şişmanlamasına ve daha korkak olmasına yaramıştı sadece. Sonunda lord babasının hayal kırıklığı öfkeye ve tiksintiye dönüşmüştü. "Bir keresinde, Qarth'tan bembeyaz tenli ve mavi dudaklı büyücüler geldi kaleye," dedi. Sesi iyice fısıltıya dönmüştü. "Bir öküz kestiler ve beni onun sıcak kanında yıkanmaya zorladılar ama söyledikleri gibi daha cesur olmadım. Midem bulandı ve kustum."

Sonunda, üst üste üç kız çocuk doğurduktan sonra, Leydi Tarly ikinci bir erkek bebek getirmişti dünyaya. O günden başlayarak Lord Randyll, Sam'i görmezden gelmişti. Bütün vaktini, tam istediği gibi korkusuz ve dayanıklı olan yeni oğluna adamıştı. Samwell yıllarca müziğiyle ve kitaplarıyla birlikte huzur içinde yaşamıştı.

On beşinci isim gününe kadar. Şafak vakti uykusundan sarsılarak uyandırılmış ve eyerlenmiş atına götürülmüştü. Üç silahlı adam, Boynuz Tepe yakınlarındaki ormana kadar ona eşlik etmişlerdi. Babası ormandaydı ve avladığı bir geyiğin derisini yüzüyordu. "Artık yetişkin bir erkeksin ve benim varisimsin," demişti Lord Randyll Tarly, büyük oğluna. "Seni evlatlıktan reddetmem için yeterli bir şey yapmadın ama Dickon'un olması gereken arazileri ve unvanı senin almana izin veremem. Yürekfelaketi, onu kaldıracak kadar kuvetli bir adama gitmeli; sen o kılıcın kabzasına bile dokunacak değerde değilsin. Bu sebeplerle, senin bugünden itibaren siyahları giymene karar verdim. Bütün mirasını kardeşine devredecek ve akşam çökmeden kuzeye doğru yola çıkacaksın.

Eğer gitmezsen, yarın seninle birlikte ava çıkacağız. Bu ormanda bir yerde atın tökezleyecek, sen eyerden düşeceksin ve öleceksin... yani ben annene böyle olduğunu anlatacağım. O bir kadın kalbi taşıyor ve seni bile sevmeyi başarabiliyor. Sakın bana karşı gelmenin kolay olacağını düşünme. Seni bir domuz gibi avlamak bana büyük haz verir. Çünkü gerçekte, sen domuzdan başka bir şey değilsin." Geyiği yüzdüğü hançeri yere bırakırken kolları dirseklerine kadar kırmızıya boyanmıştı. "İşte, seçim senin. Ya Gece Nöbetçileri," kolunu yüzdüğü geyiğin içine sokup kalbi elleriyle söktü ve üzerinden kan damlayan yüreği havaya kaldırdı, "ya da bu."

Sam, sanki bütün bunlar bir başkasının başına gelmiş gibi anlatmıştı hikâyesini ve ilginçtir ki anlatırken bir kez bile ağlamamıştı. Hikâyesi bittiğinde yan yana oturmaya devam ettiler ve rüzgârı dinlediler. Bütün dünyada duyulan tek ses rüzgârın sesiydi sanki.

Sonunda Jon, "Artık ortak salona dönmemiz gerek," dedi.

"Niye?" diye sordu Sam.

Jon omuz silkti. "Sıcak elma şarabı vardır ya da istersen baharatlı sıcak şarap. Bazı geceler, eğer havasında olursa Dareon şarkı söyler bize. Eskiden bir şarkıcıymış... gerçek bir şarkıcı değil de, çırak şarkıcı."

"O buraya nasıl gelmiş?" diye sordu Sam.

"Goldengrove'lu Lord Rowan, onu kızının yatağında yakalamış. Kız Dareon'dan iki yaş büyük ve Dareon'un pencereye tırmanmasına yardım bile etmiş ama kızın babasının gözünde bu bir tecavüz. O da kendini burada bulmuş işte. Üstat Aemon onu şarkı söylerken dinlediğinde, üzerine bal dökülmüş şimşek demişti sesi için." Jon gülümsedi. "Ara sıra Kurbağa da şarkı söyler. Tabi ona şarkı söylemek dersen. Babasının şarap mahzeninde öğrendiği sarhoş şarkıları. Pyp onun sesi için, üzerine çiş dökülmüş osuruk diyor." İkisi birden kahkaha attı.

"İkisini de dinlemek isterim ama onlar beni yanlarında istemezler," dedi Sam. Yüzü düşünceli ve endişeliydi. "Yarın yine dövüşmemi isteyecek, değil mi?"

"İsteyecek," demek zorundaydı Jon.

Sam güçlükle ayağa kalktı. "En iyisi uyumaya çalışayım," dedi. Paltosuna sıkıca sarıldı ve paytak adımlarıyla uzaklaştı.

Jon ortak salona döndüğünde diğer çocuklar hâlâ oradaydı. "Nerelerdeydin *sen*?" diye sordu Pyp.

"Sam'le konuşuyordum," diye yanıtladı Jon.

"O gerçek bir korkak," dedi Grenn. "Akşam yemeğinde, tartını aldığı sırada burada hâlâ boş yer vardı ama yanımıza gelip oturamayacak kadar korkmuştu."

"Domuz Lordu bizimle gelip oturmaya tenezzül etmeyecek kadar kıymetli olduğunu sanıyor," dedi Jeren.

"Bu akşam domuz tartı yediğini gördüm. Sakın tabağındaki kardeşlerinden biri olmasın?" diye lafa karıştı Kurbağa. *Domuz sesleri* çıkarmaya başladı.

"*Kesin şunu*!" diye bağırdı Jon.

Jon'un ani çıkışıyla şaşıran çocuklar sustu. "Beni dinleyin," dedi Jon ve işlerin nasıl olacağını sakince anlattı. Pyp, tam da Jon'un umduğu gibi destek verdi ama Halder karşı çıktı ki bu oldukça şaşırtıcıydı. Grenn önce kararsızdı ama Jon onu hizaya getirecek doğru kelimeleri biliyordu. Birer birer bütün çocukları sıraya dizdi. Kimini ikna etti, kimini tatlı tatlı kandırdı, kimini utandırdı ve hak eden bazılarını da tehdit etti. Sonunda hepsiyle anlaştı... Rast hariç.

"Siz kızlar canınız nasıl istiyorsa öyle yapın ama Thorne beni Bayan Domuzcuk'un üstüne salarsa, kendime kalın bir dilim domuz jambonu keserim," dedi ve kahkahalar atarak salondan ayrıldı.

O gece, bütün kale uykudayken üç kişi Rast'ın hücresini ziyaret etti. Grenn çocuğun kollarını tutarken Pyp bacaklarının üstüne oturdu. Hayalet göğsüne atladı ve kırmızı gözleri alev gibi yanarken çocuğun boğazını hafifçe kanatacak kadar ısırdı. "Nerede uyuduğunu biliyoruz, bunu sakın unutma," dedi Jon fısıltıyla.

Ertesi sabah Jon, Rast'ı, Albett ve Kurbağa'ya tıraş olurken usturanın nasıl elinden kaydığını anlatırken duydu.

O günden sonra, ne Rast ne diğerleri Samwell Tarly'ye zarar verecek bir hareket yaptı. Sör Alliser Thorne onları çocuğun karşısına çıkardığında, Sam'in beceriksiz ve güçsüz ataklarına karşı tembel savunmalar yapmakla yetindiler. Sör Alliser öfkelendikçe, hepsine korkak, kadın, kız diye bağırdı ve tehditler savurdu ama Sam hiç yara almadı. Birkaç gece sonra, Jon'un zorlamasıyla, akşam yemeğinde çocukların masasına, Halder'in yanına oturdu. Sohbetlerine katılabilmesi için bir on beş gün daha geçmesi gerekti. Sonunda o da, Pyp'in çıkardığı seslere gülmeye, Grenn'le şakalaşmaya başladı.

Samwell Tarly şişman, tuhaf ve korkak olabilirdi ama aptal değildi. Bir gece Jon'un hücresine gitti. "Nasıl yaptığını bilmiyorum ama senin yaptığını biliyorum," dedi. Utanarak gözlerini kaçırdı. "Daha önce bir arkadaşım olmamıştı hiç."

"Biz arkadaş değiliz," dedi Jon. Elini Sam'in omzuna koydu. "Biz kardeşiz."

Sam gittikten sonra gerçekten kardeş olduklarını düşündü Jon. Robb, Bran ve Rickon babasının oğullarıydı, onları bütün kalbiyle seviyordu ama asla onlardan biri olmadığını biliyordu. Catelyn Stark bunu çok daha önceden görebilmişti. Kışyarı'nın gri taş duvarları hâlâ rüyalarına giriyordu ama asıl hayatı Kara Kale'deydi artık. Sam, Grenn, Halder, Pyp ve Gece Nöbetçileri'nin siyahlar giymiş diğer tutunamamışları onun asıl kardeşleriydi.

"Amcam doğru söylemiş," diye fısıldadı Hayalet'e. Amcasını bir kez daha görüp bunu ona da söyleyebilecek miydi, merak etti.

EDDARD

"Bütün bu sorunların sebebi Kral Eli Turnuvası," diyerek kral konseyine şikâyetlerini bildirdi Şehir Muhafızları Kumandanı.

"Kralın turnuvası," diyerek düzeltti Ned. "Sizi temin ederim ki Kral Eli'nin bu turnuvada zerre dahli yok."

"Adını ne isterseniz koyun lordum. Diyarın dört bir yanından şövalyeler akın ediyor ve her bir şövalye iki hürsüvari, üç zanaatkâr, silahlı altı adam, bir düzine tacir, iki düzine fahişe ve saymaya cesaret edemeyeceğim kadar fazla hırsızı da beraberinde getiriyor. Bu lanetli sıcak yüzünden şehir zaten cinnetin sınırındaydı ve şimdi bütün bu ziyaretçilerle... geçen gece bir boğulma olayı, bir taverna kavgası, üç bıçaklı dövüş, bir tecavüz, iki yangın, çok sayıda hırsızlık ve Rahibeler Caddesi'nde sarhoşlar arası bir at yarışı oldu. Ondan önceki gece, Büyük Sept'te kesik bir kadın başı bulundu. Gökkuşağı havuzunda yüzer halde. Kimse başın kime ait olduğunu ya da nereden geldiğini bilmiyor."

"Dehşet verici," dedi Varys tiz bir sesle.

Lord Renly Baratheon o kadar anlayışlı değildi. "Şehirde kralın barışını temin edemiyorsanız, belki de bunu yapabilecek biriyle değiştirilmelisiniz Janos," dedi.

İri yarı, geniş çeneli Janos Slynt öfkeden bir kurbağa gibi şişip kızardı. "Ejderha Aegon bile bu şehirde huzuru sağlayamazdı lordum, daha çok adama ihtiyacım var."

"Kaç adam?" diye sordu Ned masaya eğilerek. Her zaman olduğu gibi Robert konsey toplantısına gelme zahmetini göstermemişti ve bu yüzden Ned, Kral Eli olarak konuşmak zorundaydı.

"Ne kadar çok olursa o kadar iyi lordum."

"Elli yeni adam tutun," dedi Ned. "Lord Baelish size gerekli olan parayı temin edecek."

"Edecek miyim?" dedi Serçeparmak.

"Edeceksiniz. Bir şampiyonun kesesine girecek kırk bin altın ejder bulabildiğinize göre, şehirde kralın barışını sağlamak için birkaç sikke daha bulmakta zorlanmazsınız." Ned, Janos Slynt'e döndü. "Size, kendi maiyetimden silahlı yirmi sağlam adam vereceğim. Kalabalık, şehirden ayrılana kadar Şehir Muhafızları'na hizmet edecekler."

"Minnettarım Lord El," dedi Slynt reverans yaparak. "Onlardan son derece iyi şekilde istifade edeceğimden şüpheniz olmasın."

Kumandan konsey toplantısından ayrıldığında Eddard Stark konsey üyelerine döndü. "Şu aptallık sona erdiğinde rahat bir nefes alacağım," dedi. Bütün bu masraf ve kaos yeterince mide bulandırıcı değilmiş gibi, açık yaraya tuz basarmışçasına "Kral Eli Turnuvası" diyorlardı bu aptallığa. Ve Robert, Ned'in kendisini onurlandırılmış hissetmesi gerektiğine samimiyetle inanıyordu!

"Krallık böyle olaylardan kârlı çıkıyor lordum," dedi Yüce Üstat Pycelle. "İyi olana zafer duygusu yaşatıyor ve halk günlük sorunlarından bir nebze de olsa uzaklaşıyor."

"Ve pek çok cep sikkelerle doluyor," diye ekledi Serçeparmak. "Şehirdeki her han tıka basa dolu ve fahişeler bacakları açık yürüyor. Her adımlarında üstlerinden şıkır şıkır sesler geliyor."

Lord Renly güldü. "Ağabeyim Stannis aramızda olmadığı için şanslıyız. Genelevlerin yasaklanması gerektiğini söylediği konsey toplantısını hatırlıyor musunuz? Kral yemek yemeyi, tuvalete gitmeyi ve nefes almayı da yasaklayalım mı, diye sormuştu. Sık sık, Stannis'in o çirkin kızının nasıl olduğunu merak ederim. Adam karısıyla yatmaya, savaş alanına yürüyen bir asker edasıyla, gözlerinde görev kararlılığı varmış gibi bir tuhaflıkla gidiyor."

Ned kahkahaya eşlik etmedi. "Ben de ağabeyiniz Stannis'i merak ediyorum. Ejderha Kayası'ndaki ziyareti ne zaman bitecek ve konsey masasındaki yerini ne zaman alacak, meraktayım."

"Bütün fahişeleri denize döktüğümüz zaman geri döneceğinden hiç şüphem yok," dedi Serçeparmak ve bir kahkaha fırtınası daha koptu.

"Bugün fahişelerle ilgili yeterince söz duydum, yarın devam ederiz," dedi Ned ve kalktı.

Ned, El Kulesi'ne döndüğünde kapıda Harwin bekliyordu. "Jory'yi odama gönder ve babana atımı hazırlamasını söyle," dedi kaba bir şekilde.

"Emredersiniz lordum."

Kızıl Kale ve "Kral Eli Turnuvası" onu çiğ çiğ yutuyormuş gibi hissediyordu Ned merdivenleri tırmanırken. Catelyn'in kollarındaki huzuru, Robb ve Jon'un avludan yükselen kılıç seslerini, Kışyarı'nın serin günlerini ve soğuk gecelerini özlüyordu.

Odasına geldiğinde, konsey toplantısında giydiği ipeklileri üstünden çıkardı. Jory'nin gelmesini beklerken Üstat'ın kendisine gönderdiği kitabı alıp biraz oturdu. *Yedi Krallık'ın Büyük Hanedanlarının Kökleri ve Tarihçeleri; Necip Lordların ve Soylu Leydilerin ve Çocuklarının Ayrıntılı Vasıfları. Yazan Yüce Üstat Malleon.* Pycelle doğru söylemişti. Bu kitabı okumak eziyet verecek ölçüde sıkıcıydı ama Lord Arryn'ın bu kitabı özellikle aramasının bir sebebi olmalıydı ve bu yüzden Ned kitabı okumak zorundaydı. Bu sarı sayfaların arasında bir sır gömülüydü ve Ned o sırrı bulmalıydı. Ama *neydi* o sır? Kitap yüz yıldan daha uzun zaman önce yazılmıştı. Üstat Malleon düğünlerin, doğumların ve ölümlerin tozlu listelerini bir araya getirdiği zamanda, şu an hayatta olan hiç kimse doğmamıştı bile.

Lannister Hanedanı'yla ilgili olan bölümü tekrar açtı. Aradığı sırrın önüne düşmesi umuduyla sayfaları ağır ağır çevirmeye başladı. Lannisterlar çok eski bir aileydi. Kökleri, Kahramanlar Çağı'nda yaşamış bir düzenbaz olan Akıllı Lann'e kadar gidiyordu. Akıllı Lann en az Mimar Brandon kadar efsaneviydi ve hikâyecilerle ozanların nezdinde çok daha fazlasıydı. Şarkılardaki Lann, Casterlyleri, Casterly Kayası'ndan silahlarla değil, zekâsıyla çıkarmış bir adamdı ve lüleli saçlarının rengini parlatmak için güneşten ışık çalmıştı. Ned bu adamın şimdi yaşıyor olmasını ve şu lanet olası kitaptaki sırrı ortaya çıkarmasını diledi.

Kapının sertçe çalınması Jory'nin geldiğini haber veriyordu. Ned, önündeki kitabı kapadı, adamına içeri girmesini söyledi. "Şehir Muhafızları'na yirmi adam tahsis edeceğime söz verdim," dedi. "Adamları seçme işini sana bırakıyorum. Alyn'a emrimi ilet ve adamların kavga çıkarmak için değil, kavgalara engel olmak için gönderildikleri anladıklarından emin ol." Ned kalktı, sedir ağacından yapılmış sandığı açtı ve içinden ince bir iç tuniği aldı. "Seyis yamağını buldun mu?"

"Artık muhafız lordum," dedi Jory. "Bir daha asla bir ata dokunmayacağına dair yemin ediyor."

"Neler söyledi?"

"Lord Arryn'ı iyi tanıdığını iddia ediyor, sözde sıkı dostlarmış," diye homurdandı Jory. "Kral Eli'nin, seyis yamaklarının isim günlerini hiç unutmadığını ve onlara birer sikke verdiğini söylüyor. Atlarla özel bir ilişkisi varmış. Onları asla fazla zorlamazmış ve sürekli elmayla havuç getirdiği için atlar onu çok severmiş."

"Elmalar ve havuçlar," diye tekrarladı Ned.

Görünüşe bakılırsa, bu çocuk da hiç işe yaramayacaktı ve Serçeparmak'ın bulduğu dört kişinin sonuncusuydu. Jory hepsiyle teker teker görüşmüştü. Sör Hugh nezaketsiz, temkinli ve ancak yeni şövalye ilan edilmiş bir adamın olabileceği kadar küstahtı. Eğer El onunla konuşmak istiyorsa onu kabul etmekten memnunluk duyacağını ama önemsiz bir baş muhafız tarafından sorguya çekilmeyi kabul edemeyeceğini söylüyor... ama önemsiz bulduğu muhafız kendisinden on yaş büyüktü ve onun hiçbir zaman olamayacağı kadar iyi bir kılıç dövüşçüsüydü. Mutfak hizmetiçisi kız en azından nazik davranmıştı. Lord Jon'un okuması gerekenden çok daha fazla okuduğunu, küçük oğlunun rahatsızlığıyla ilgili sürekli üzgün ve sıkıntılı olduğunu ve karısına sık sık aksilik ettiğini söylemişti. Şimdi ayakkabıcılık yapan bulaşıkçı çocuk Lord Arryn'la hiç yüzyüze gelmemişti ama küçük mutfak, onun dedikodularıyla doluydu: Lord, kralla tartışmıştı; lord, yemek seçiyordu; lord, oğlunu Ejderha Kayası'na gönderiyordu; lord, av tazıları yetiştirmeye merak salmıştı; lord, yeni bir zırh yaptırmak için zırh ustasını ziyaret etmiş, zırh soluk gümüşten yapılacakmış, göğsüne mavi yeşim taşından ve sedeften bir şahin kakılacakmış, modelin seçimine yardım etmek için bizzat kralın kardeşi de lordla birlikte gitmiş, hayır, hayır, Lord Renly değil, Lord Stannis.

"Muhafız çocuk dikkate değer bir şey hatırlıyor mu?"

"Seyis yamağı, Lord Jon'un kendi yaşının yarısındaki gençlerden daha sağlıklı ve güçlü olduğuna yemin ediyor. Söylediğine göre sık sık Lord Stannis'le birlikte at gezilerine çıkıyorlarmış."

Yine Stannis, diye düşündü Ned. Bu durumu biraz garip buluyordu. Arryn ve Stannis samimi sayılırlardı ama dost değillerdi. Robert, Kışyarı'na gelmek için kuzeye doğru yolculuk ederken Stannis, Ejderha Kayası'na, ağabeyi adına fethettiği Targaryen ada kalesine gitmişti. Ne zaman geri döneceğiyle ilgili de tek laf etmemişti. "Bu geziler sırasında nerelere gittiklerini biliyor muyuz?" diye sordu Ned.

"Çocuk bir geneleve gittiklerini söylüyor."

"Bir geneleve mi?" diye sordu Ned. "Kartal Yuvası Lordu ve Kral Eli bir geneleve mi gidiyormuş? Hem de Stannis Baratheon'la birlikte?" Duyduğuna inanmadığını belli eden bir edayla başını salladı. Lord Renly bu dedikoduyu duysa ne yapardı diye merak etti. Robert'ın şehvetleri krallıktaki müstehcen sarhoş şarkılarına konu olmuştu ama Stannis başkaydı. Robert'tan sadece bir yaş küçüktü ama amansız, nükteden anlamaz, bağışlamaz ve göreviyle ilgili acımasız bir adamdı.

"Çocuk bunların doğru olduğu konusunda ısrarlı. El yanına üç muhafız almış; sonradan atlarını aldığında adamlar bu konuyla ilgili şakalar yapıyorlarmış."

"Hangi genelev peki?"

"Çocuk bilmiyor lordum ama muhafızlar biliyor olabilir."

"Lysa'nın onları Vadi'ye götürmüş olması büyük talihsizlik," dedi Ned. "Tanrılar bize engel olmak için ellerinden geleni yapıyor. Leydi Lysa, Üstat Colemon, Lord Stannis... Jon Arryn'a gerçekte ne olduğunu bilmesi muhtemel herkes binlerce fersah uzakta."

"Lord Stannis'i Ejderha Kayası'ndan geri çağırmayı düşünüyor musunuz?"

"Henüz değil," dedi Ned. "Bütün bunların ne olduğuyla ilgili bir fikrim olmadan ve Stannis'in nerede durduğunu bilmeden olmaz." Bu konu Ned'in başını ağrıtıyordu. Stannis neden gitmişti? Lord Arryn'ın ölümünde bir rol oynamış mıydı? Ya da korkuyor muydu? Stannis bir yılını kuşatma altındaki Fırtına Burnu'nda, Lord Tyrell ve Redwyne surların dışında ziyafet sofraları kurarken surların içinde fare ve ve çizme derisi yiyip hayatta kalarak geçirmiş ve Fırtına Burnu'nu vermemişti. Böyle bir adamın herhangi bir şeyden korkacağını düşünmek mümkün değildi.

"Lütfen bana yeleğimi getir. Üzerinde ulu kurt arması olan gri yeleği. Bu zırh ustasının kim olduğumu anlamasını istiyorum. Belki konuşmaya daha hevesli olur."

Jory gardıroba gitti. "Lord Renly, kralın kardeşi olduğu kadar Lord Stannis'in de kardeşi," dedi.

"Buna rağmen, anlıyoruz ki o gezilere davet edilmemiş." Ned, Lord Renly hakkında ne düşüneceğini bilmiyordu. Arkadaşça tavırlarına ve samimiyet dolu gülümsemelerine bir anlam yükleyemiyordu. Birkaç gün önce Ned'i bir kenara çekmiş ve pembe altından nefes kesici bir kapaklı madalyon göstermişti. Madalyonun içinde, canlı renklerle Myr usulü resmedilmiş, karaca gözlü, açık kahverengi saçlı bir kız minyatürü vardı. Renly kızın Ned'e birini hatırlatıp hatırlatmadığını öğrenmek konusunda çok heyecanlı görünüyordu. Ned cevap vermeyip sadece omuz silktiğinde hayal kırıklığına uğramış gibiydi. Kızın, Loras Tyrell'in kız kardeşi Margaery olduğunu söylemiş ve pek çok kişinin bu kızı Lyanna'ya benzettiğini eklemişti. "Hayır," demişti Ned şaşkınlıkla. Robert'ın genç haline bu kadar benzeyen Renly, Lyanna'ya benzettiği genç bir kıza tutku duyuyor olabilir miydi? Bu durum Ned'e basit bir tuhaflıktan çok daha fazlası gibi görünmüştü.

Jory yeleği Ned'in arkasında tuttu ve Ned kollarını geçirdi. Jory yeleği bağlarken, "Lord Stannis turnuva için buraya gelir belki," dedi Ned.

"Bu gerçekten büyük talih olur lordum," diye karşılık verdi Jory.

Ned uzun kılıcına uzanırken, "Diğer bir değişle hiç ihtimal yok," diyerek tatsızca gülümsedi.

Jory, Ned'in pelerinini omuzlarına koydu ve yakasını El rozetiyle kopçaladı. "Zırh ustası Çelik Caddesi'nin sonundaki dükkânının üst katında, büyük bir evde yaşıyor," dedi. "Alyn yolu biliyor lordum."

Ned başıyla onayladı. "Beni gölgeleri kovalamak için yollara düşürüyorsa, tanrı o bulaşıkçı çocuğu korusun." Ned'in bulaşıkçı çocuktan öğrendiği şeyler zar zor işe yarar bilgilerdi ama Ned'in tanıdığı Jon Arryn mücevherli gümüş zırhlar kuşanacak bir adam değildi. Çelik çelikti, insanı korumaya yarardı, süslenmek için kullanılmazdı. Lord Arryn da dünya görüşünü değiştirmiş olabilirdi elbette. Konsey masasına oturduktan sonra dünyaya farklı gözlerle bakan ilk adam da olmazdı. Ama bu değişim Ned'in merakını cezbedecek kadar büyüktü.

"Benden istediğiniz başka bir şey var mı?"

"Sanırım genelevleri dolaşmaya başlamalısın."

"Bu çok zor bir görev lordum," diyerek sırıttı Jory. "Diğer adamlar da memnuniyetle yardım eder. Porther iyi bir başlangıç yapmıştı zaten."

Ned'in en sevdiği at eyerlenmiş halde avluda bekliyordu. Atına binip avludan çıkarken Varly ve Jacks hemen yanında atlarını sürmeye başladı. Çelik başlıklar ve metal zırhlar içinde eriyor olmalıydılar ama hiç şikâyet etmiyorlardı. Lord Eddard Stark, sırtında uçuşan gri beyaz peleriniyle kalenin büyük kapısından çıkıp şehrin pisliğine girdiği anda bütün gözler üzerine çevrildi. Ned atını tekmeledi ve hayvan koşmaya başladı. Muhafızları Ned'i takip etti.

Şehrin kalabalık caddelerinde ilerlerken sık sık dönüp arkasına bakıyordu Ned. Tomard ve Desmond ondan çok daha önce yola çıkmış ve gideceği istikamette onları izleyecek birilerine karşı yol üstünde yer tutmuşlardı ama buna rağmen Ned izlenmediğinden emin olamıyordu. Kralın örümceği ve örümceğin kuşları, gerdek gecesine girecek genç bir bakire gibi sıkıntılı hissetmesine sebep oluyordu.

Çelik Caddesi, haritalardaki adıyla Nehir Kapısı'nın, halk arasındaki ismiyle Çamur Kapısı'nın yanındaki pazar yerinde başlıyordu. Uzun tahta ayaklar üzerindeki bir mim sanatçısı, peşindeki çıplak ayaklı bir çocuk sürüsüyle birlikte kalabalığın içinde dev bir böcek taklidi yaparak yürüyordu. Bir başka yerde, yırtık pırtık kıyafetler giymiş, en fazla Bran yaşında olan iki küçük çocuk, kendilerini izleyen kalabalığın tezahüratları ve küfürleri eşliğinde ellerindeki sopalarla düello yapıyordu. Penceresinden dışarı eğilip elindeki bir kova pis suyu çocukların başına döken yaşlı kadın mücadeleye son verdi. Duvarların gölgesinde, tekerlekli at arabalarının yanında duran çiftçiler müşteri bulabilmek için bağırıyorlardı. "Elmalar. Harika elmalar. Yarı fiyatına, ucuz elmalar. Kan karpuzları burada, bal kadar tatlı karpuzlar. Turplar, soğanlar, kökler var."

Çamur Kapısı açıktı ve altın renkli pelerinleri içindeki Şehir Muhafızları'ndan bir manga, mızraklarına dayanmış halde kapı kanatlarının altında bekliyordu. Batıdan sıra halinde gelen süvariler göründüğünde muhafızlar hareketlendi. Etrafa emirler yağdırarak caddedeki atlı arabaları ve yayaları ayak altından çekip, gelen şövalyenin geçmesi için yolu açtılar. Kapıdan giren ilk süvari uzun, siyah bir sancak taşıyordu. Esen rüzgârla canlıymış gibi hareket eden ipek sancağın üstünde, gece karanlığını kesen mor bir şimşek arması vardı. *Lord Beric için yol açın! Lord Beric için yol açın!* diye bağırdı süvari. Hemen arkasından lordun kendisi göründü. Siyah savaş atının üzerinde, yaldızlı siyah pelerini içinde son derece çarpıcı görünen kızıl altın rengi saçlı genç bir şövalye. "Kral Eli Turnuvası'na katılmak için mi buradasınız lordum?" diye sordu Şehir Muhafızları'ndan bir adam. "Kral Eli Turnuvası'nı *kazanmak* için buradayım," diye bağırdı genç lord. Yolun kenarlarında birikmiş kalabalıktan tezahürat sesleri yükseldi.

Ned, Çelik Caddesi'nin başladığı yerde meydandan döndü. Açık ocaklarının başında çalışan demircileri, zırhları içinde sokaklarda dolanan süvarileri, eski bıçaklar ve usturalar satan kır saçlı hırdavatçıları geçerek yüksek bir tepeye doğru uzanan dolambaçlı yolda ilerlemeye başladı. Yolun yukarılarına çıktıkça daha büyük binalar çıkıyordu karşılarına. Aradıkları adam yolun en tepesinde, üst katları dar sokağa taşan, büyük, alçı sıvalı ahşap bir evde yaşıyordu. İki kanatlı kapının üzerinde abanoz ve büvet ağacına oyulmuş bir savaş sahnesi vardı. Bir çift taş şövalye girişte nöbet tutuyordu. Üzerlerine giydirilmiş kırmızı cilalı çelikten zırhlarla, birer boynuzlu ata ve kızıl akbabaya dönüştürülmüşlerdi. Ned atını Jacks'e teslim etti ve kapıyı omzuyla açarak içeri girdi.

Genç ve zayıf hizmetçi kız, Ned'in pelerininin boynuna

iliştirilmiş rozeti ve yeleğinin göğsündeki armayı görünce heyecanlandı. Zırh ustası aceleyle, gülümseyerek ve reveranslar yaparak Ned'in yanına geldi. "Kral Eli için şarap," dedi hizmetçi kıza ve Ned'e eliyle koltuğu işaret etti. "Ben Tobho Mott, lordum, lütfen, lütfen keyfinize bakın." Adamın boynundaki gümüş kolyenin ucunda güvercin yumurtası büyüklüğünde bir safir sallanıyordu. Kollarına gümüş ipliklerle çekiçler işlenmiş siyah kadife bir elbise giyiyordu. "Kral Eli Turnuvası için yeni silahlar lazımsa doğru yere geldiniz lordum." Ned adamın söylediklerini düzeltmeye lüzum görmedi. "Benden çıkan işler oldukça pahalıdır ama bu yüzden özür dileyemem lordum," dedi, birbirinin aynı gümüş kadehlere şarap doldururken. "Bendeki işçiliği Yedi Krallık'ın hiçbir yerinde bulamazsınız, inanın. Dilerseniz tüm ocakları gezin ve kendiniz kıyaslayın. Her köy demircisi metal zırh yapabilir ama benim yaptığım iş başlı başına bir sanattır."

Ned şarabından bir yudum aldı ve adamın devam etmesine izin verdi. Çiçek Şövalyesi de zırhını buradan almıştı. İyi çelikten anlayan bütün soylu lordlar, hatta kralın öz kardeşi Lord Renly bile Tobho'nun dükkânına gelirdi. Ned, Renly'nin yeni zırhını görmüş müydü? Üzerine altın geyik kakılmış koyu yeşil olan zırhı. Şehirdeki hiçbir zırh ustası öylesine derin bir yeşil yakalayamazdı çünkü Tobho çeliğin içine renk katmanın sırrını biliyordu. Çeliği boyamak ve emaylamak kalfaların emekleme işiydi. Belki de Kral Eli buraya yeni bir kılıç almaya gelmişti. Tobho, Valyria çeliğini dövmeyi küçük bir çocukken Qohor'un ocaklarında öğrenmişti. Sadece büyü yapmayı bilen bir adam eski silahları alıp onları yeniden dövebilirdi. "Ulu kurt Stark Hanedanı'nın arması değil mi? Ulu kurt şeklinde öyle bir miğfer yaparım ki, sokakta sizi gören çocuklar korkuyla kaçışır," dedi.

Ned gülümsedi. "Lord Arryn için kartal biçiminde bir miğfer yaptınız mı?"

Tobho Mott uzunca bir süre durakladı ve elindeki şarap kadehini kenara bıraktı. "Lord Arryn ve kralın kardeşi Lord Stannis beni aradılar ama üzülerek söylüyorum ki müşterim olma onurunu bahşetmediler."

Ned, hiçbir şey söylemeden adama bakarak bekledi. Yıllar içinde, sessizliğin sorulardan daha çok cevap bulduğunu öğrenmişti. Bu da o anlardan biriydi.

"Onlar sadece çocuğu görmek istediler," dedi zırh ustası. "Ben de onları ocağa götürdüm."

"Çocuk," diye tekrarladı Ned. Bahsettiği çocuğun kim olduğuyla ilgili hiç fikri yoktu. "Çocuğu ben de görmek isterim," dedi.

Tobho Mott, dikkatli ve soğuk bakışlarla Ned'i süzdü. "Nasıl isterseniz lordum," dedi. Sesinde, az önceki arkadaşça tondan eser kalmamıştı. Ned'i, dar bir avluya açılan arka kapıdan çıkardı ve bütün işin yapıldığı mağaraya benzer bir taş ambara götürdü. Zırh ustası ambarın kapısını açtığında Ned'in yüzüne korkunç bir sıcak hava dalgası çarptı. Bir ejderhanın ağzında yürüyormuş gibi hissetti. İçeride, her köşede bir demir ocağı yanıyordu, hava duman ve sülfür kokuyordu. Çıplak göğüslü çırak çocuklar körükleri pompalarken, kalfalar sadece alınlarındaki teri silmeye yetecek kadar kısa bir süre kafalarını işten kaldırdı.

Usta, Robb'un yaşlarında, uzun ve kaslı bir delikanlıya seslendi. "Lord Stark, yeni Kral Eli," dedi. Genç adam, sulu mavi gözleriyle Ned'e bakarken terden sırılsıklam olmuş saçlarını eliyle alnından çekti. Saçları uzun, gür, dağınık ve mürekkep kadar siyahtı. Çenesinde daha yeni bitmeye başlayan sakallarının gölgesi vardı. "Bu delikanlı Gendry. Yaşına göre çok güçlüdür ve çok çalışkandır. Kral Eli'ne yaptığın miğferi göster delikanlı." Çocuk neredeyse utanarak onları çalıştığı sıraya götürdü ve üzerinde kusursuzca kıvrılmış iki boynuz olan boğa kafası şeklindeki miğferi gösterdi.

Ned miğferi elinde döndürerek inceledi. Miğfer parlatılmamış çiğ çelik halindeydi ama mükemmelce şekillendirilmişti. "Bu gayet ince bir iş. Miğferi memnuniyetle satın almak isterim."

Delikanlı miğferi kapar gibi aldı Ned'in elinden. "Satılık değil," dedi.

Tobho Mott yıldırım çarpmış gibi görünüyordu. "Evlat, karşındaki Kral Eli. Eğer bu miğferi istiyorsa hediye etmen gerekir. Sormakla bile sana büyük onur bahşetti."

"Ben bunu kendime yaptım," dedi çocuk inatla.

"Sizden yüzlerce kez özür dilerim lordum," dedi usta. "Çocuk yeni çelik kadar ham; yeni çelik kadar iyi dövülmesi gerekiyor. Bu miğfer eninde sonunda bir kalfanın işi, size daha önce hiç görülmemiş bir miğferi kendi ellerimle yapacağıma söz veriyorum."

"Af gerektirecek bir şey yapmadı. Gendry, Lord Arryn seni görmeye geldiği zaman neyle ilgili konuştunuz?"

"Bana sorular sordu lordum."

"Nasıl sorular?"

Çocuk omuz silkti. "Nasıl olduğumu, burada bana iyi davranıp davranılmadığını, işi sevip sevmediğimi ve annemle ilgili sorular. Kim olduğuyla ilgili, nasıl biri olduğuyla ilgili."

"Sen bunlara ne cevap verdin peki?"

Çocuk yine alnına düşen bir tutam siyah saçı elleriyle geri itti. "Annem ben küçükken öldü. Sarı saçları vardı. Bana şarkılar söylediğini hatırlıyorum, bir birahanede çalışıyordu."

"Lord Stannis de sorular sordu mu sana?"

"Kel olan mı? O tek kelime etmedi. Sadece dik dik bakıp durdu. Sanki kızına tecavüz etmişim gibi."

"O pis diline dikkat et, Kral Eli'yle konuşuyorsun," diye parladı usta. Çocuk gözlerini yere indirdi. "Çok zeki bir delikanlıdır ama fazla inatçı. Şu miğfer... diğerleri buna boğa kafalı dediler diye yaptı onu."

Ned elini çocuğun başına koyup gür siyah saçlarını okşadı. "Bana bak Gendry." Delikanlı kafasını kaldırdı. Ned çocuğun yüzünü inceledi. Çenesinin şeklini, buz mavisi gözlerini. *Evet*, diye düşündü, *şimdi anlıyorum*. "Haydi işine dön delikanlı, seni rahatsız ettiğim için üzgünüm." Ned, ustayla birlikte eve doğru yürümeye başladı. "Çocuğun çıraklık ücretini kim ödedi?" diye sordu usulca.

Mott rahatsız olmuş gibi görünüyordu. "Çocuğu gördünüz. Çok güçlü bir delikanlı. Onun elleri çekiç tutmak için yaratılmış. Gelecek vadediyor. Onu ücret ödemeden aldım."

"Şimdi de gerçekler," dedi Ned ısrarla. "Sokaklar güçlü çocuk dolu. Senin bir çırağı ücret ödemeden aldığın gün Sur'un yıkılacağı gündür. Kim ödedi?"

"Bir lord," dedi isteksizce. "İsim vermedi ve giysisinde bir arma da yoktu. İki kat ücret ödedi, hem çocuğun eğitimi hem de benim konuşmamam için."

"Tarif et."

"Tıknaz, geniş omuzlu bir adamdı. Sizin kadar uzun değildi. Kahverengi sakalları vardı ama aralarından kızıllar göründüğüne yemin edebilirim. Zengin görünüşlü, gümüş dikişli, mor kadifeden bir pelerin giyiyordu ama pelerinin başlığı yüzünü gizliyordu, tam olarak göremedim." Bir an tereddüt etti. "Lordum, ben bela istemiyorum," dedi.

"Hiçbirimiz bela istemiyoruz ama bunlar belalı zamanlar Mott Usta," diye karşılık verdi Ned. "Çocuğun kim olduğunu biliyorsun."

"Ben altı üstü bir zırh ustasıyım lordum, sadece bana söyleneni bilirim."

"Çocuğun kim olduğunu biliyorsun," diye tekrarladı Ned sabırla. "Bu bir soru değil."

"Çocuk benim çırağım," dedi usta. "Bana gelmeden önce kim olduğu beni hiç ilgilendirmez."

Ned başıyla onayladı. Zırh Ustası Tobho Mott'tan hoşlandığına karar verdi. "Eğer bir gün Gendry, bir kılıç dövmek yerine kullanmak isterse onu bana gönder. Çocukta bir savaşçı görünüşü var. O zaman kadar size şükran duyacağım. Ayrıca size söz veriyorum, eğer çocukları korkutmak için bir miğfer istersem geleceğim ilk yer sizin dükkânınız olacak."

Muhafızı kapıda atıyla birlikte bekliyordu. "Bir şeyler öğrenebildiniz mi lordum?" diye sordu Jory, Ned atına binerken.

"Öğrendim," dedi Ned. Jon Arryn kralın piçinden ne öğrenmek istemiş olabilirdi ve bu merakını neden hayatıyla ödemişti?

CATELYN

"Leydim, başınızı örtmelisiniz, üşüteceksiniz," dedi Sör Rodrik kuzeye doğru at sürerlerken.

"Bu sadece su Sör Rodrik," diye karşılık verdi Catelyn. Saçları sırılsıklam olmuş, ağırlaşmıştı. Bir tutam kızıl saç alnına yapışmıştı. Ne kadar vahşi ve pejmürde göründüğünü tahmin edebiliyordu ama bu sefer hiç umursamıyordu bunu. Güney yağmuru ılık, yumuşak ve bir annenin öpücüğü kadar zarifti. Yağmur onu çocukluğuna, Nehirova'nın uzun gri günlerine geri götürmüştü. Tanrı korusunu, nemden iyice ağırlaşıp yere yaklaşan ağaç dallarını ve dökülmüş yapraklar arasında kahkahalar atarak dolaşan erkek kardeşini hatırladı. Kız kardeşi Lysa'yla birlikte çamurdan kurabiyeler yaparlardı. Elleri ve parmaklarının araları, kahverengi yapış yapış çamurla dolardı. Yaptıkları çamur kurabiyelerini Serçeparmak'a ikram ederlerdi. Bir keresinde o kadar fazla çamur yemek zorunda kalmıştı ki bir hafta hasta yatmıştı. Hepsi ne kadar da gençti o zamanlar.

Catelyn bütün bunları neredeyse unutmuştu. Kuzeyde sert ve soğuk inerdi yağmur. Gece yağmurları buza dönüşürdü. Ekinleri besleyen yağmur aynı zamanda onların katili olurdu ve en güçlü adamlar bile kendilerine sığınacak bir yer arardı. Kuzeyin yağmurları küçük kızların oyunlarına eşlik edemezdi.

"Yağmur içime işledi," diye şikayet etti Sör Rodrik. "Korkarım kemiklerim bile ıslandı." Etraflarındaki ağaçlar iyice sıklaşmıştı. Yapraklarda biriken yağmur sularının damlama seslerine, çamurlu zemini döven at nallarının çıkardığı ıslak sesler karışıyordu. "Bu gece bir ateşe ihtiyacımız var leydim ve şöyle sıcak bir yemek her ikimize de iyi gelecektir."

"İleride, yolların kesiştiği yerde bir han var," dedi Catelyn. Genç bir kızken babasıyla çıktığı yolculuklar sırasında defalarca kalmıştı o handa. Lord Hoster Tully, orta yaş zamanlarında bir türlü yerinde duramazdı. Sürekli yolculuk halindeydi. Catelyn şişman hancı kadını hâlâ hatırlıyordu. Masha Heddle isimli kadın gece gündüz tütün yaprağı çiğnerdi. Çocuklar için her zaman bitmek tükenmek bilmez gülümsemeleri ve tatlı kekleri olurdu. İçleri bal dolu tatlı kekleri çok severdi Catelyn ama o gülümsemelerden ödü kopardı. Tütün yapraklarının dişlerinde bıraktığı koyu kızıl lekeler yüzünden kadının gülümseyişi kanlı bir korkuya dönüşürdü.

"Bir han," dedi Sör Rodrik özlemle. "Keşke... ama tehlikeyi göze alamayız. Eğer tanınmak istemiyorsak daha küçük bir sığınak aramamız en iyisi olacaktır..." Yoldan gelen sesleri duyduğunda sustu. Topraktaki su birikintilerini döven nal sesleri, zırhların şıngırtısı ve at kişnemesi. "Süvariler," diye uyardı ve eli kılıcının kabzasına gitti. Kral Yolu'nda bile tedbirli davranmaktan zarar gelmezdi.

Yolun hafifçe kıvrıldığı yere doğru sesleri takip ettiler ve onları gördüler. Bir sıra zırhlı adam kabarmış nehri gürültüyle geçiyordu. Catelyn dizginlerini çekerek geçmelerini bekledi. Sıranın en önünde giden adam, sırılsıklam olmuş ve hamura dönmüş bir sancak taşıyordu. Muhafızların giydiği çivit rengi pelerinlerin omuzlarında Denizgözcüsü'nün gümüş kartalı vardı. "Mallisterlar," diye fısıldadı Sör Rodrik, Catelyn'in kulağına, sanki Catelyn bunu bilmiyormuş gibi. "Leydim, başlığınızı kafanıza geçireseniz iyi olacak."

Catelyn kıpırdamadı. Lord Jason Mallister da adamların arasındaydı. Hemen yanında oğlu vardı ve etrafları muhafızlarla çevriliydi. Yaverleri arkalarından gidiyordu. Kral Eli Turnuvası için Kral Toprakları'na gittiklerini anlamıştı Catelyn. Kral Yolu geçen hafta boyunca sivrisinek sürüsü gibi yolcularla doluydu. Şövalyeler ve süvariler, yanlarında arpları ve davullarıyla birlikte yolculuk eden şarkıcılar, şerbet otu, mısır ya da bal dolu fıçılarla yüklenmiş ağır at arabaları, tüccarlar, zanaatkârlar ve fahişeler. Hepsi güneye gidiyordu.

Cesurca Lord Jason'ı inceledi. Catelyn onu en son kendi düğününde görmüştü. Lord Jason düğün ziyafeti boyunca Catelyn'in amcasıyla şakalaşıp durmuştu. Mallisterlar, Tullyler'in sancak beyiydi ve düğün hediyeleri son derece bonkörceydi. Adamın eskiden koyu kahverengi olan saçları şimdi beyazlamıştı ve yüzü zaman içinde çöküp keskinleşmişti ama yıllar ihtişamından hiçbir şey götürmemişti. Atını hiçbir şeyden korkmayan bir erkek gibi sürüyordu. Catelyn bir an kıskançlık hissetti, kendisi pek çok şeyden korkar olmuştu. Süvariler önlerinden geçerken, Lord Jason zarifçe bir selam verdi ama bu hareket soylu bir lordun yoldaki yabancılara gösterdiği nezaketten ibaretti. Adamın korkusuz gözlerinde Catelyn'i tanıdığına dair bir ışık yoktu ve oğlu başını kaldırmaya zahmet bile etmemişti.

"Sizi tanımadı," dedi Sör Rodrik hayretle.

"Yolun kenarında, ıslak ve yorgun, çamur içinde iki yabancı gördü. O iki yabancıdan birinin bağlı bulunduğu lordun kızı olduğu aklına bile gelmez. Bence han gayet güvenli Sör Rodrik."

Üç Dişli Mızrak'ın büyük yol ağzının kuzeyindeki hana vardıklarında neredeyse gece olmuştu. Masha Heddle, Catelyn'in hatırladığından çok daha şişman ve yaşlıydı şimdi. Hâlâ tütün yaprağı çiğniyordu ama korkutucu gülümsemesiyle değil, gelişi güzel bir bakışla karşıladı onları. "Merdivenlerin sonunda iki odam var, başka oda yok," dedi tütün yaprağını çiğnemeye ara vermeden. "Çan kulesinin altında, bu yüzden yemekleri kaçırmazsınız ama bazıları da odaları çok gürültülü bulur. Yapabileceğim bir şey yok. Tıka basa doluyuz. Ya bu odaları ya da yolu seçeceksiniz."

Odaları seçtiler. Daracık merdivenin sonundaki tavan arasına sıkışmış, alçak tavanlı tozlu iki oda. "Çizmelerinizi aşağıda bırakın," dedi Masha sikkeleri aldıktan sonra. "Çocuk onları temizleyip getirir. Merdivenlerimin ve odalarımın çamur içinde kalmasını istemem. Çana dikkat edin. Geç kalanlar yemek yiyemez." Ne gülümseme vardı, ne de tatlı keklerin kokusu.

Akşam yemeğini haber veren çan çaldığında çıkan ses sağır ediciydi. Catelyn kuru kıyafetler giydi, pencerenin kenarına oturup pervaza vuran yağmuru seyretti. Penceredeki bulanık camın üzeri küçük baloncuklarla doluydu; dışarıda kalan yüzü toz içindeydi ve yağmur suyu çamurlaşıp üzerinden akıyordu. Catelyn, büyük yolların birleştiği ağzı zorlukla görebiliyordu.

Yolların birleştiği yer onu duraksattı. Buradan batıya dönseler kolaylıkla Nehirova'ya varabilirlerdi. Her ihtiyaç duyduğunda, babası ona bilgece tavsiyeler vermişti ve Catelyn şimdi babasıyla konuşmak, onu gelen fırtınaya karşı uyarmak istiyordu. Eğer Kışyarı bir savaşa hazırlanmak zorunda kalırsa, Kral

Toprakları'na çok daha yakın olan Nehirova'nın, batının üzerine gölge gibi çökmüş Casterly Kayası'nın gücü karşısında daha sıkı hazırlıklara ihtiyacı olacaktı. Keşke babası biraz daha güçlü olsaydı. Hoster Tully iki yıldır yatalaktı ve Catelyn babasına yeni dertler yüklemek istemiyordu.

Doğu yolu daha yabani ve tehlikeliydi. Kayalık tepelerden ve sık ormanlardan geçip Ay Dağları'na varmak, yüksek geçitleri ve derin uçurumları aşıp Arryn Vadisi'ne gitmek ve vadinin arkasındaki Parmaklar'a ulaşmak zorundaydılar. Vadinin yukarısında kalan Kartal Yuvası, gökyüzüne kadar uzanan kuleleriyle yüksek ve zaptedilemezdi. Orada kız kardeşini ve... Ned'in aradığı cevaplardan bazılarını bulabilirdi. Lysa'nın mektubuna yazmayı göze alamadığı başka şeyler bildiğinden emindi. Belki Ned'in, Lannisterlar'ı mahvetmek için aradığı kanıt Lysa'daydı ve eğer bir savaş çıkacak olursa Arrynlar'a ve onlara yeminle bağlı doğudaki lordlara ihtiyaç duyacaklardı.

Bütün bunlara rağmen, dağ yolu korkunç tehlikelerle doluydu. Gölgekedileri geçitlerin arasında sinsice dolaşıyordu. Sık sık toprak kaymaları oluyordu ve dağlarda kanun tanımaz haydutlar yaşıyordu. Dağlardan hırsızlık ve cinayet için iniyorlar, onları aramak için Vadi'den şövalyeler çıktığında kar gibi eriyip yok oluyorlardı. Kartal Yuvası'nın gördüğü en cesur adam olan Lord Arryn bile, dağ yolunu kullanmak zorunda kaldığında kafilesini en iyi muhafızlarıyla güçlendiriyordu. Catelyn'in tek muhafızı, zırh olarak sadakat kuşanmış yaşlı bir şövalyeydi.

Hayır, diye düşündü. Nehirova ve Kartal Yuvası beklemek zorundaydı. Oğullarının ve görevinin beklediği Kışyarı'na dönmeliydi. Boğaz'ı güven içinde geçtiklerinde kendini Ned'in sancak beylerinden birine ifşa edebilir ve Kral Yolu'nu gözlemeleri amacıyla yola süvariler gönderilmesini emredebilirdi.

Yağmur yol ağzının ilerisindeki arazileri görmesine engel oluyordu ama Catelyn bütün çevreyi yeterince net olarak görebiliyordu hafızasında. Pazar yeri yolların kesiştiği noktanın biraz yukarısındaydı ve ordan yaklaşık bir mil uzaklıkta bir köy vardı. Köyün ortasındaki septin etrafında elli kadar beyaz kır evi bulunuyordu. Şimdi sayıları artmış olmalıydı çünkü yaz uzun ve huzurlu geçmişti. Oranın kuzeyinde, Üç Dişli Mızrak'ın Yeşil Çatal'ı boyunca, bereketli vadiler ve yeşil ormanların arasında, büyük kasabalardan ve sağlam karakollardan geçen Kral Yolu uzanıyordu.

Catelyn oralardaki herkesi tanıyordu: Birbirlerinin ezeli düşmanı olan ve babasının sürekli aralarını yapmak zorunda kaldığı Blackwoodlar ve Brackenlar; Harrenhal'un mağaravari mahzenlerinde hayaletleriyle birlikte yaşayan, soyunun sonuncusu Leydi Whent; çabucak parlamasıyla ünlü, tam yedi karısından uzun yaşamış ve ikiz kalelerini çocuklarla, torunlarla, torunlarının çocuklarıyla, piçleriyle ve piçlerinin çocuklarıyla dolduran Lord Frey. Bu insanların hepsi Tullyler'in sancak beyleriydi ve Nehirova'ya hizmet edeceklerine dair kılıç yemini etmişlerdi. Bir savaş çıkması durumunda bu yeminlerin yeterli olup olmayacağını düşündü Catelyn. Babası yeryüzüne gelmiş en güvenilir adamdı ve savaş halinde bütün sancak beylerini çağıracağına hiç şüphe yoktu ama onlar gelecek miydi? Darryler, Rygerlar ve Mootonlar da Nehirova'ya hizmet etmek için yemin etmişlerdi ama Üç Dişli Mızrak'ta Rhaegar Targaryen'ın yanında savaşmışlardı. Lord Frey ancak çatışma bittikten sonra yardıma koşmuştu. Hangi ordunun safhına katılmak için geldiği her zaman bir muamma olarak kalmıştı (Zafer kazanılır kazanılmaz Nehirova için geldiğine dair teminat vermişti ve babası ona öldü de gelemedi anlamında Merhum Lord Frey adını takmıştı.) *İş savaşa varmamalı*, diye düşündü Catelyn endişeyle. Buna izin vermemeliydiler.

Çan sesinin kesildiği anda Sör Rodrik geldi. "Bu akşam karnımız doysun istiyorsak acele etmeliyiz leydim," dedi.

"Boğaz'ı geçene kadar şövalye ve leydi olmamamız daha iyi," diye karşılık verdi Catelyn. "Sıradan iki yolcu, mesela bir aile meselesi için yola çıkmış bir baba kız olmamız daha iyi."

"Siz nasıl isterseniz leydim," dedi Rodrik ve Catelyn gülmeye başladığı anda ne söylediğinin farkına vardı. "Eski alışkanlıklardan kurtulmak kolay değil ley... kızım." Ellerini olmayan sakallarına götürdü ve öfkeyle içini çekti.

Catelyn adamın koluna girdi. "Gidelim sevgili babacığım," dedi. "Masha Heddle'ın iyi bir masa kuracağından emin olabilirsiniz ama ona iltifat etmemeye çalışın. Gülümsemesini görmeyi gerçekten istemezsiniz."

Bir yanında sıralanmış fıçılar, diğer tarafında bir şömine olan ortak salon uzun ve esintiliydi. Masalara servis yapan genç çocuk, elinde et şişleriyle bir oraya bir buraya koştururken, Masha ağzında tütün yaprağıyla fıçılardan bardaklara bira dolduruyordu.

Sıralar kalabalıktı. Kasaba halkı ve çiftçiler her türden yolcuyla rahatça kaynaşıyordu. Yol ağzından gelen yolcuların günlük dostlukları tuhaf ilişkiler çıkarıyordu ortaya. Elleri siyah ve mor boyacılar, pis kokulu nehir balıkçılarıyla aynı sırayı paylaşıyordu. Kaslı bir demir işçisi yaşlı ve bilge bir rahibin yanında sıkışmış halde oturuyordu. Dişli paralı askerlerle yumuşak huylu tüccarlar iyi dostlarmış gibi sohbet ediyordu.

Catelyn'i rahatsız edecek kadar fazla kılıç vardı salonda. Şöminenin yanında Brackenlar'ın kızıl aygırlı armasını taşıyan üç adam duruyordu. Hemen yanlarında, mavi çelik zırhlar ve gümüş grisi pelerinler giymiş büyükçe bir grup vardı. Omuzlarında tanıdık bir arma taşıyorlardı, Frey Hanedanı'nın kuleleri. Catelyn adamların yüzünü inceledi ama hepsi Catelyn'i tanıyamayacak kadar gençti. İçlerinden en büyüğü, Catelyn kuzeye gittiğinde en fazla Bran yaşında olmalıydı.

Sör Rodrik mutfağa yakın bir sırada iki boş yer buldu. Masadaki yakışıklı bir genç güzel parmaklarıyla ahşap bir arp çalıyordu. "Yedi tanrılar sizi kutsasın iyi insanlar," dedi. Önünde boş bir şarap kadehi duruyordu.

"Sizi de, güzel şarkıcı," diye cevap verdi Catelyn. Sör Rodrik, *hemen şimdi*, dediği belli olan bir ses tonuyla, ekmek, et ve bira istedi. On sekiz yaşlarındaki genç şarkıcı cesaretle onları izliyordu. Art arda fırlatılan okların hızıyla, bir cevap için dahi duraklamadan nereden geldiklerini, nereye gittiklerini, ne haberler getirdiklerini sordu. Çocuğun sorduğu en güvenli soruyu cevaplayarak, "İki hafta önce Kral Toprakları'ndan yola çıktık," dedi Catelyn.

"Benim gitmek üzere olduğum yerden geliyorsunuz," dedi çocuk. Tam da Catelyn'in düşündüğü gibi, onların anlatacaklarını duymak değil, kendi anlatacaklarının duyulmasını istiyordu. Bir şarkıcının duymaktan en çok hoşlandığı ses, kendi ağzından çıkan sesti. "Kral Eli Turnuvası, dolgun keseli zengin lordlar demek. Geçen turnuvadan taşıyabileceğimden çok daha fazla gümüşle dönmüştüm... ya da dönmüş olacaktım. Eğer bütün gümüşlerimi Kral Katili'nin üzerine yatırmasaydım."

"Tanrılar kumarbazları sevmez," dedi Sör Rodrik sertçe, kuzeydendi ve turnuvalar konusunda Starklar gibi düşünüyordu.

"Beni sevmediklerine şüphe yok," dedi şarkıcı. "Zalim tanrılarınız ve Çiçek Şövalyesi bir olup işimi bitirdi."

"Bu sana iyi bir ders olmuştur," dedi Rodrik.

"Oldu gerçekten. Bu sefer sikkelerimi Sör Loras'ın üstüne koyacağım."

Sör Rodrik'in eli yerinde yeller esen sakallarına gitti ama daha şarkıcıyı azarlayacak kelimeler bulamadan servis yapan çocuk seke seke masaya geldi. İçi açık ekmekleri önlerine serdikten sonra, ekmeklerin içini şişlerden çıkardığı, üzerinden sular damlayan kahverengi et parçalarıyla doldurdu. Diğer şişte küçük soğanlar, acı biberler ve tombul mantarlar diziliydi. Hizmetçi çocuk biralarını getirmek için koştuğunda Sör Rodrik şehvetle yemeğini yemeye başladı.

"Benim adım Marillion," dedi şarkıcı çocuk. Ahşap arpının bir telini çekti. "Beni daha önce bir yerlerde çalarken görmüşsünüzdür mutlaka."

Çocuğun söyledikleri Catelyn'i gülümsetti. Göçebe şarkıcıların çok azının yolu Kışyarı'na düşerdi ama çocukluğundan hatırlıyordu böyle şarkıcıları. "Korkarım ki görmedim," dedi.

Şarkıcı çocuk ahşap arpıyla dokunaklı bir akor çaldı. "Çok yazık," dedi. "Bugüne kadar duyduğunuz en iyi şarkıcı kim peki?"

"Braavoslu Alia," diye cevapladı Rodrik bir anda.

"Ah, ben o yaşlı sopadan *çok daha* iyiyim," diye karşılık verdi Marillion. "Şarkıma verecek bir gümüşünüz varsa size seve seve kanıtlayabilirim."

"Birkaç bakır sikkem var ama senin ulumanı dinlemektense onları bir kuyuya atmayı yeğlerim," dedi Sör Rodrik homurdanarak. Rodrik'in müzikle ilgili fikirlerini herkes bilirdi. Müzik çok güzel bir şeydi fakat sadece kızlar için. Sağlıklı genç bir adamın elinde kılıç olmalıydı, bir arp değil.

"Büyükbabanızın çok aksi bir tabiatı var," dedi Marillion, Catelyn'e dönerek. "Ben sesimle sizi ve güzelliğinizi onurlandırmak istemiştim. Doğrusu, ben krallara ve soylu lordlara şarkı söylemek için yaratılmışım."

"Ah, bunu görebiliyorum," dedi Catelyn. "Lord Tully'nin şarkılara ve şarkıcılara hayranlık beslediğini duymuştum, Nehirova'da şarkı söylediğinizden eminim."

"Belki de yüz kere söylemişimdir," dedi şarkıcı çocuk. "Hatta kalelerinde benim için ayrılmış bir oda vardır. Genç lordla kardeş kadar yakınız."

Catelyn, Edmure bu konuda ne derdi, diye merak ederek gülümsedi. Bir zamanlar şarkıcı bir çocuk, hoşlandığı kızla yatmıştı ve Edmure o günden beri şarkıcılardan nefret ederdi. "Ya Kışyarı?" diye sordu Catelyn. "Hiç kuzeye yolculuk ettiniz mi?"

"Neden edeyim?" dedi Marillion. "Orada sadece buz ve ayı postları var, üstelik Starklar'ın anladığı tek müzik türü, kurtların uluması." Catelyn, salonun diğer ucundaki kapının açıldığını duydu.

"Hancı," diye seslendi bir hizmetkâr. "Ahıra götürülmesi gereken atlarımız var ve efendim Lord Lannister bir oda ve sıcak banyo emrediyor."

"Tanrılar!" dedi Rodrik, Catelyn onu susturmaya fırsat bulamadan. Parmaklarını adamın koluna geçirmişti.

Masha Heddle reveranslar yapıyor ve iğrenç dişlerini açığa çıkaracak şekilde gülümsüyordu. "Çok özür dilerim lordum, lütfen affedin, tamamen doluyuz, her oda dolu."

Catelyn dört kişi olduklarını gördü. Gece Nöbetçileri'nin siyahlarına kuşanmış yaşlı bir adam, iki hizmetkâr ve... o. Küçücük ama atılgan haliyle salonun ortasında duruyordu. "Adamlarım ahırınızda uyuyabilir ve benim de, açıkça gördüğünüz üzere, *büyük* bir odaya ihtiyacım yok." Alayla sırıttı. "Yani ateş yanıyorsa ve samanların üzerinde pireler uçuşmuyorsa bana yeter."

Masha Hendell kendinden geçmiş gibiydi. "Sayın lordum, hiçbir şey yok, biliyorsunuz turnuva... ah."

Tyrion Lannister kesesinden bir sikke çıkardı, havaya fırlattı ve düşerken yakaladı, tekrar fırlattı. Salonun diğer ucunda oturan Catelyn bile altının parıltısını görebilmişti.

Soluk mavi pelerinli bir hürsüvari ayağa fırladı, "Benim odam sizindir lordum," dedi.

Tyrion Lannister altın sikkeyi adama doğru fırlatırken, "İşte ben böylesine zeki adam derim," dedi. Cüce, Masha Heddle'a döndü. "Hiç değilse yemek işini halledebilirsin, değil mi?"

"Ne isterseniz lordum, ne arzu ederseniz," dedi hancı. *Boğazına takılıp ölsün*, diye düşündü Catelyn. Gözlerinin önüne, nefessiz kalan ve kendi kanında boğulmak üzere olan Bran geldi.

Lannister masalara baktı. "Adamlarıma bu insanlara ne verdiysen onlardan getir. İkişer porsiyon olsun, uzun yoldan geliyoruz. Kendim için de kızarmış ördek, tavuk, hindi, hangisi varsa... ve en iyisinden bir sürahi şarap. Yoren, benimle yemek yer misin?"

"Yerim lordum," diye yanıtladı kara kardeş.

Marillion zıplayarak ayağa kalkana kadar cüce salonun o bölümüne bir kez bile bakmamıştı. Catelyn, kendi oturduğu yerle cücenin olduğu bölüm arasındaki kalabalık sıralara şükretmekle meşguldü. "Ah, efendim Lord Lannister," diye bağırdı Marillion. "Yemek yerken sizi eğlendirmekten onur duyarım. Lütfen, babanızın Kral Toprakları'ndaki zaferini anlatan şarkıyı söylememe izin verin."

"Yemeğimi mahvedecek daha kötü bir şey düşünemiyorum," dedi cüce kuru bir sesle. Farklı renklerdeki gözleriyle şarkıcıya şöyle bir baktıktan sonra kafasını başka yöne çeviriyordu ki... Catelyn'i gördü. Şaşkın bakışlarla bir an durdu. Catelyn başını diğer tarafa çevirdi ama geç kalmıştı. Cüce gülümsüyordu. "Leydi Stark, bu ne kadar beklenmedik bir sürpriz," dedi. "Sizi Kışyarı'nda göremeyince üzülmüştüm."

Marillion, Catelyn'e bakakaldı. Şaşkınlığı hayal kırıklığına dönüşürken Catelyn ağır ağır ayağa kalktı. Sör Rodrik'in sessizce küfür ettiğini duydu. *Keşke şu adam Sur'da kalsaydı*, diye düşündü. *Keşke...*

"Leydi... Stark?" dedi Masha Heddle kalın sesiyle.

"Burada son konakladığımda hâlâ Catelyn Tully idim," dedi hancıya. Salonda yükselen fısıltıları duyuyordu ve bütün gözlerin üzerinde olduğunu biliyordu. Bir an salona baktı. Şövalyelerin ve yeminli kılıççılarının yüzlerini inceledi. Deli gibi çarpan kalbini yavaşlatmaya çalışıyordu. Riski göze alacak mıydı? Düşünmek için vakit yoktu. Sadece o an ve kulaklarında çınlayan kendi sesi vardı artık. "Sen, köşedeki," diye seslendi o ana kadar dikkatini çekmeyen yaşlı adama. "Paltona işlenmiş siyah yarasa Harrenhal arması mı?"

Adam ayağa kalktı. "Evet leydim," dedi

"Ve Leydi Whent, benim sevgili babam Nehirova'lı Lord Hoster Tully'nin sadık bir dostu mu?"

"Öyle leydim."

Sör Rodrik yavaşça ayağa kalktı ve kılıç kınının bağını gevşetti. Cüce şaşkın gözlerle ve donuk bir ifadeyle onları izliyordu.

"Kızıl aygır arması Nehirova'da her zaman hoş karşılanmıştır. Babam Jonos Bracken'ı en eski dostlarından ve en güvenilir sancak beylerinden biri kabul eder."

Silahlı üç adam şüpheyle birbirlerine baktı.

Aralarında biri, "Lordumuz bu güveni onur sayar," dedi tereddütle.

"Babanızın bunca iyi dostu olmasına gıpta ettim ama bütün bunların amacının ne olduğunu anlayamıyorum Leydi Stark," dedi Tyrion Lannister.

Catelyn adamın söylediklerini duymazdan geldi ve mavi gri pelerinler giymiş olan gruba döndü. Meseleyi çözecek olan asıl grup buydu. Yirmi kişiden fazlalardı. "Sizin armanızı da tanıyorum," dedi. "Freyler'in ikiz kaleleri. Soylu lordunuz afiyette mi sörlerim?"

Biri ayağa kalktı. "Lord Walder gayet iyi leydim. Doksanıncı isim gününde yeni bir eş almayı planlıyor. Babanızdan, varlığıyla düğününü onurlandırmasını rica etti."

Tyrion Lannister kişner gibi güldü ve o anda Catelyn adamı ele geçirdiğini biliyordu. "Bu adam evime konuk olarak geldi ve yedi yaşındaki oğlumu öldürmek için bir komplo hazırladı." Bütün salonun duyabileceği kadar yüksek sesle ve eliyle Tyrion'ı işaret ederek konuşmuştu. Sör Rodrik elinde kılıcıyla Catelyn'in yanında durdu. "Kral Robert ve hizmet ettiğiniz lordlar adına, bu adamı yakalamanızı ve onu kral adaletini beklemek üzere Kışyarı'na götürmeme yardım etmenizi istiyorum."

Catelyn hangisinin daha tatmin edici olduğuna karar veremiyordu: Aynı anda çekilen bir düzine kılıcın sesi ve Tyrion Lannister'ın gözlerindeki bakış.

SANSA

Sansa, Kral Eli Turnuvası'na Rahibe Mordane ve Jeyne Poole ile birlikte, incecik sarı ipekten perdeleri olan küçük bir tahtırevanla gitti. Perdelerin ipeği o kadar inceydi ki Sansa rahatlıkla dışarıyı seyredebiliyordu. Bütün dünya altın rengine boyanmış gibiydi. Şehir surlarının dışında, nehrin hemen yanında yüz tane büyük çadır kurulmuştu ve halktan binlerce kişi oyunları seyretmek için akın akın geliyordu. Turnuvanın ihtişamı Sansa'yı soluksuz bırakmıştı; ışıl ışıl zırhlar, gümüşler ve altınlarla süslenmiş savaş atları, kalabalıktan yükselen tezahürat sesleri, rüzgârda dalgalanan sancaklar ve şövalyeler... en çok da şövalyeler.

Babasının kendileri için ayırttığı, soylu lordların ve leydilerin oturduğu bölümün hemen yukarısındaki yerlerine oturduklarında, "Şarkılardan daha güzel," diye fısıldadı Sansa. O gün çok özenerek giyinmişti. Saçlarının kestane rengini ortaya çıkaran yeşil bir elbise vardı üstünde. İnsanların ona baktığını biliyor, gülümsüyordu.

Adlarına yüzlerce şarkı yazılmış şövalyelerin çıkışlarını izlediler. Her gelen bir öncekinden daha ihtişamlıydı. Kral Muhafızları'nın yedi şövalyesi meydana çıktı. Jaime Lannister haricinde hepsi süt rengi pullu zırhlar giymişti ve pelerinleri yeni yağmış kar kadar beyazdı. Sör Jaime'nin pelerini de beyazdı ama pelerininin altındaki her şey altındı. Kafasındaki aslan şekilli miğfer ve altın rengi kılıcıyla tepeden tırnağa sarı parlıyordu. Sör Gregor Clegane, nam-ı diğer Yürüyen Dağ, bir çığ gibi gürleyerek yanlarında geçti. Sansa, iki yıl önce Kışyarı'nda konuk olan Lord Yohn Royce'u hatırlıyordu. "Zırhı bronzdan yapılmış ve binlerce yıllık. Onu kötülüklerden koruması için üzerine sihirli harflerle tılsımlar yazılmış," diye fısıldadı Jeyne'e. Rahibe Mordane, gümüşlerle işlenmiş çivitlerin içindeki kartal miğferli Lord Jason Mallister'ı gösterdi. Üç Dişli Mızrak'ta Rhaegar'ın üç sancaktarını öldürmüştü. Kızlar, uçuşan kırmızı pelerinli, başı tıraş edilmiş savaşçı rahip Myrli Thoros'u gördüklerinde kıkırdamaya başladılar, ta ki Rahibe, o adamın elindeki alevli kılıçla Pyke duvarlarını delik deşik ettiğini söyleyene kadar.

Parmaklar'dan, Yüksek Bahçe'den, Dorne dağlarından gelen, henüz adlarına şarkılar yazılmamış genç şövalyeleri, ünsüz hürsüvarileri, yeni yaverleri, soylu lordların küçük oğullarını ve adı az duyulmuş sülalelere mensup delikanlıları Sansa tanımıyordu. Henüz isimlerini duyuracak başarılar elde etmemişlerdi ama Sansa ve Jeyne, bir gün Yedi Krallık'ta bu şövalyeler adına da şarkılar söyleneceğinden emindi. Sör Balon Swann. Dorne Hudutları'ndan Bryce Caron. Babalarınınki gibi bronz tılsımlarla işlenmiş gümüş kalkanlarını taşıyan, Bronz Yohn'un varisi Sör Andar Royce ve küçük kardeşi Sör Robar. Mavi zırhlarına Redwynelar'ın kırmızı üzüm salkımı işlenmiş ikiz kardeşler Sör Horas ve Sör Hobber. Lord Jason'ın oğlu Patrek Mallister. Yaşlı Lord Walder Frey'in oğulları ve torunları olan, Geçit'in altı Frey'i: Sör Jared, Sör Hosteen, Sör Danwell, Sör Emmon, Sör Theo, Sör Perwyn ve yaşlı lordun piç oğlu Martyn Nehir.

Jeyne Poole, gece kadar kara derisinin üstüne kızıl tüylerle süslenmiş yeşil bir pelerin giyen, Yaz Adaları'nda sürgün edildiği söylenen Prens Jalabhar Xho'yu gördüğünde çok korktuğunu itiraf etmişti ama mor bir yıldırımla kesilmiş siyah kalkanını taşıyan, kırmızı altın rengi saçlı genç Lord Beric Dondarrion'u gördüğünde, bir an bile düşünmeden onunla evleneceğini söylemişti.

Kralın genç ve yakışıklı kardeşi Fırtına Burnu'ndan Lord Renly ve Tazı da mızrak yarışlarının yapılacağı meydana girdi. Jory, Alyn ve Harwin, Kışyarı ve kuzey adına yarışıyorlardı. Jory alanda göründüğünde, "Diğerlerinin yanında dilenci gibi kaldı," dedi Rahibe Mordane. Sansa bu görüşe katılmak zorundaydı. Jory'nin zırhı basit ve düz, süssüz, mavi gri çelikten yapılmıştı ve ince gri pelerini kirli bir paçavra gibi omuzlarından sarkıyordu. Buna rağmen ilk mızrak turunda Horas Redwyne'ı atından düşürmeyi başarmıştı. İkinci turda Freyler'den birini atsız bıraktı. Üçüncü karşılaşmada, kendisi de zırhı kadar soluk olan Lothor Brune isimli bir hürsüvariyle dövüştü. İki adam da atlarından düşmediler ama kral, Lothor Brunc'un duruşunun daha dengeli ve mızrak darbelerinin daha güçlü olduğuna karar vererek onu kazanan ilan etti. Alyn ve Harwin daha da az başarı gösterebildi. Harwin ilk turda, Kral Muhafızları'ndan Sör Meryn karşısında kaybetti ve Alyn, Sör Balon Swann tarafından kolaylıkla elendi.

Mızrak müsabakası sabahtan akşam karanlığına kadar devam etti. Mızrak meydanı, darmadağın bir toprak yığınına dönüşene kadar büyük savaş atlarının toynaklarıyla ezildi. Süvarilerin her çarpışmasında Sansa ve Jeyne aynı anda tezahürat çığlıkları attı. İnsanlar taraf oldukları şövalyeler için seslerini yükseltirken mızraklar parçalara ayrılıyordu. Ne zaman bir adam atından düşse Jeyne Poole korkak küçük bir kız gibi elleriyle gözlerini kapatıyordu ama Sansa ondan çok daha dayanıklıydı. Bir leydi turnuvalarda nasıl davranacağını bilmeliydi. Rahibe Mordane bile Sansa'nın duruşuna dikkat etmiş ve başıyla onaylamıştı.

Kral Katili ata kusursuzca biniyordu. Sör Andar Royce ve Dorne Hudutları Lordu Bryce Caron'ı at gezisindeymiş gibi rahatlıkla devirdi. Ardından, daha önceki karşılaşmalarda kendisinden otuz kırk yaş daha genç şövalyeleri tek darbede indiren Sör Barristan Selmy'yi zorlu bir mücadele sonunda yendi.

Sandor Clegane ve iri yarı kardeşi Yürüyen Dağ lakaplı Sör Gregor da durdurulamaz savaşçılar arasındaydı. Önlerine çıkan herkesi birer birer devirdiler. Günün en dehşet verici anı Sör Gregor'un ikinci mızrak mücadelesinde yaşandı. Gregor'un mızrağı, Vadi'den gelen genç bir şövalyenin boğaz zırhının altına öyle şiddetli bir darbeyle girdi ki, genç şövalye o anda canını kaybetti. Genç şövalyenin cansız bedeni Sansa'nın oturduğu yerin birkaç metre ilerisine düştü. Her biri diğerinden daha zayıf kalp vuruşlarıyla şövalyenin kanı yere boşaldı. Zırhı yepyeniydi. Çeliğin üstüne güneş vurdukça, zırhın kollarından ateş akıyormuş gibi görünüyordu. Pelerini güzel bir yaz günündeki gökyüzü gibi maviydi. Kenarlarına sıra sıra hilaller işlenmişti. Kan pelerine doğru yürüdükçe rengi koyulaştı ve hilaller teker teker kızıla boyandı.

Jeyne Poole öyle şiddetli hıçkırıyordu ki Rahibe Mordane toparlansın diye onu götürmek zorunda kaldı. Sansa ellerini kucağında birleştirmiş halde büyülenmiş gibi şövalyeye bakıyordu. Daha önce ölen bir adam görmemişti. Kendisinin de ağlıyor olması gerekirdi ama gözyaşları akmıyordu bir türlü. Belki bütün gözyaşları Leydi ve Bran için ağlarken bitmişti. Jory, Sör Rodrik ya da babasına bir şey olsaydı başkaydı tabi. Ölen genç şövalye ona bir şey ifade etmiyordu. Adını duyar duymaz unuttuğu, Arryn Vadisi'nden gelen bir yabancıydı. Şimdi adını bütün dünya unutacaktı. Onun adına hiç şarkı yazılamayacağını düşündü Sansa. İşte bu üzücüydü.

Cansız bedeni alanın dışına taşıdılar. Bir çocuk elinde kürekle geldi ve yere akan kanın üzerini toprakla örttü. Mızrak müsabakası kaldığı yerden devam etti.

Sör Balon Swann da Gregor karşısında kaybetti ve Lord Renly, Tazı'ya yenildi. Renly atından öyle vahşice düşürülmüştü ki, ayakları havada, savaş atının sırtından geriye doğru uçtu. Başı yere çarptığında herkesin duyabileceği kadar yüksek bir *kırılma* sesi çıktı. Kalabalık nefesini tuttu ama hemen ardından miğferindeki altın geyik boynuzlarından birinin kırıldığı anlaşıldı. Lord Renly ayağa kalktığında, insanlar kralın genç ve yakışıklı kardeşini çılgınca alkışlıyordu. Renly kırılan altın boynuzu aldı ve büyük bir zarafetle kendisini yenen adama uzattı. Tazı homurdanarak boynuzu aldı ve seyircilere doğru fırlattı. Kalabalık bir parça altın için kavga etmeye ve yumruklaşmaya başladı ta ki Lord Renly yanlarına gidip onları sakinleştirene dek. Rahibe Mordane geri döndüğünde yalnızdı. Jeyne Poole'un kendisini iyi hissetmediğini ve onu kaleye götürmek zorunda kaldığını anlattı ama Sansa, Jeyne'i çoktan unutmuştu.

Daha sonra, damalı bir pelerin giyen düşük seviyeli bir şövalye, Beric Dondarrion'ın atını öldürerek kendini rezil etti ve hükmen mağlup sayıldı. Lord Beric eyerini başka bir ata taşıdı ama çok kısa bir zaman sonra Myrli Thoros tarafında atından düşürülerek elendi. Sör Aron Santagar ve Lothor Brune, üç kez sonuç alamadan dövüştü. Ardından Sör Aron, Lord Jason Mallister'a yenildi ve Brune, Yohn Royce'un genç oğlu Robar tarafından elendi.

Sonunda sadece dört kişi kaldı; Tazı ve canavar kardeşi Gregor, Kral Katili Jaime Lannister ve Çiçek Şövalyesi olarak anılan genç adam.

Sör Loras, Güney Muhafızı ve Yüksek Bahçe Lordu Mace Tyrell'in en küçük oğluydu. On altı yaşında, sahadaki en genç süvariydi ama sabahki ilk mızrak turlarında Kral Muhafızları'ndan üç şövalyeyi düşürmeyi başarmıştı. Sansa daha önce bu kadar güzel birini görmemişti. Kalkanına binlerce farklı çiçek emaylanmıştı ve kar beyazı aygırının üzerine atılmış battaniyeye kırmızı beyaz güller saplanmıştı. Kazandığı her zaferin ardından, battaniyeden beyaz bir gül çıkarıyor, seyircilerin arasında oturan genç kızlardan birine uzatıyordu.

Loras son dövüşünde genç Royce'un karşısına çıktı. Sör Loras, Royce'un kalkanını ikiye ayırıp onu eyerinden düşürdüğünde bakır harflerle yazılmış koruma tılsımının çok da koruyucu olmadığı anlaşıldı. Loras alanda zafer turunu atarken Royce inleyerek yerde oturuyordu. Sonunda alana bir tahtırevan getirdiler ve genç lordu çadırına taşıdılar. Sansa bunu göremedi çünkü gözlerini Loras'tan alamıyordu. Kar beyazı at gelip tam önünde durduğunda kalbi yerinden çıkacakmış gibi hissetti.

Loras diğer genç kızlara beyaz güller vermişti ama bu sefer eline aldığı gül kırmızıydı. "Tatlı leydim," dedi, "hiçbir zafer güzelliğinizin yarısı etmez." Sansa ürkekçe gülü aldı. Delikanlının güzelliğiyle çarpılmıştı. Loras'ın kahverengi lüleli saçları dağılmıştı ve gözleri sıvı altın gibiydi. Gülün tatlı kokusunu içine çekti, Loras meydandan ayrıldıktan sonra bile sıkı sıkı tutuyordu elindeki gülü.

Sansa sonunda kafasını kaldırdığında, tepesine dikilmiş ona bakan bir adamla karşılaştı. Babası yaşlarında, kısa boylu, keçisakallı, saçları hafiften beyazlamış bir adamdı. "Onun kızlarından biri olmalısın," dedi. Adamın gri yeşil gözleri dudaklarındaki gülümsemeye rağmen gülmüyordu. "Sen de Tully görünüşü var."

"Ben Sansa Stark," dedi Sansa rahat görünmeye çalışarak. Adam kürk yakalı ağır bir pelerin giymişti. Pelerinin boynu gümüş bir alaykuşu iğnesiyle kapatılmıştı. Soylu lordların çaba gerektirmez rahat tavırlarıyla konuşuyordu. "Adınızı bağışlamadınız lordum," dedi Sansa.

Rahibe Mordane hemen lafa girdi. "Tatlı çocuğum, kendisi Lord Petyr Baelish, kralın küçük konseyinden."

"Annen bir zamanlar *benim* güzellik kraliçemdi," dedi adam sessizce. Nefesi nane kokuyordu. "Onun saçlarını almışsın." Sansa'nın alnına düşen bir tutam saçı geri iterken yavaşça yanağını okşadı. Aniden arkasını dönüp uzaklaştı.

Sonunda ay gökyüzünde göründü, seyirciler yoruldu ve kral kalan üç mızrak müsabakasının ertesi sabah, meydan dövüşünden önce yapılmasına karar verdi. Seyirciler günün mızrak karşılaşmalarından ve yarın sabahki müsabakalardan bahsederek evlerinin yolunu tutarken, kraliyet mensupları ziyafete katılmak üzere nehir kıyısına doğru hareketlendi. Devasa büyüklükteki altı bizon, yanan ateşlerin üzerinde saatlerdir çevriliyordu. Aşçı yamakları ağır ağır dönen kızarmış bizonları sürekli yağlıyor ve baharatlarla tatlandırıyorlardı. Görkemli çadırların dışına masalar ve sıralar kurulmuştu. Sofralar yeni pişirilmiş ekmeklerle, sebze ve çileklerle donatılmıştı.

Sansa ve Rahibe Mordane için, kral ve kraliçenin oturduğu yüksek platformda son derece itibarlı yerler ayrılmıştı. Prens Joffrey gelip Sansa'nın sağına oturduğunda Sansa biri boğazını sıkıyormuş gibi hissetti. O korkunç olayın olduğu günden beri Jofrrey onunla hiç konuşmamıştı ve Sansa da tek kelime söylemeye cesaret edememişti. Önce Leydi'ye olanlar için Joffrey'den nefret ettiğini düşünmüştü ama sonra, asıl nefret edilecek kişilerin kraliçe ve Arya olduğuna karar vermişti. Joffrey suçsuz sayılırdı. Eğer Arya olmasaydı, bunların hiçbiri olmayacaktı.

Joffrey'den bu gece nefret edemezdi. Nefret edilemeyecek kadar yakışıklı görünüyordu. Her iki yakasına sıra sıra dikilmiş altın aslan başlarıyla süslü koyu mavi bir takım giymişti. Safirlerle ve altınlarla süslenmiş bir prens tacı takıyordu. Saçları metal kadar parlaktı. Sansa prensin onunla konuşmayacağından, daha da beteri yine nefret dolu sözler söyleyip onu ağlatarak masadan kaçıracağından korkarak Joffrey'ye baktı.

Beklediğinin tam aksine, Joffrey gülümsedi ve Sansa'nın elini dudaklarına götürdü. Şarkılardaki prensler gibi yakışıklı ve zarifti. "Güzelliğiniz Sör Lonas'ın gözlerini kamaştırdı leydim," dedi.

Sansa sakin ve ağırbaşlı görünmeye çalışarak, "Çok ince bir davranışta bulundu," dedi. Kalbi yerinden çıkacak gibi çarpıyordu. "Sör Loras gerçek bir şövalye. Ne dersiniz lordum, sizce yarın kazanabilecek mi?"

"Hayır," dedi Joffrey. "Köpeğim onun işini bitirir. O olmazsa dayım Jaime halleder. Ve birkaç yıl içinde mızrak meydanına girecek yaşa geldiğimde ben hepsini hallederim." Elini kaldırarak bir sürahi buzlu şarap getirtti ve Sansa'nın kadehini doldurdu. Sansa tedirginlikle rahibeye baktı. Joffrey rahibenin kadehini de doldurduğunda kadın başıyla onayladı, nazikçe teşekkür etti ve başka bir şey söylemedi.

Hizmetkârlar boşalan kadehleri bütün gece boyunca doldurup durdular ama Sansa şarabın tadına baktığını bile hatırlamıyordu. Şaraba ihtiyacı yoktu. Gecenin büyüsüyle sarhoş olmuştu. Bu ihtişam başını döndürüyordu. Ve bütün hayatı boyunca hayal ettiği, şimdi gerçekleşmesini umut edebileceği güzellikler ayaklarını yerden kesiyordu. Kral çadırının önüne yerleşmiş şarkıcılar geceyi müzikle dolduruyordu. Bir jonglör yanan labutlarla gösteri yapıyordu. Kralın soytarısı, yuvarlak yüzlü, aptal Ay Oğlan uzun tahta bacakların üstünde dans ediyordu. Herkesle öyle acımasız bir ustalıkla alay ediyordu ki Sansa çocuğun gerçekten aptal olmadığını düşündü. Rahibe Mordane bile Ay Oğlan karşısında kendisini tutamamıştı. Soytarı, Yüce Rahip hakkındaki kısa şarkıyı söylediğinde öyle çok güldü ki şarabı elbisesine döküldü.

Ve Joffrey bu gece çok nazikti. Bütün gece konuşup Sansa'yı güldürdü, ona iltifatlar edip konseyle ilgili dedikoduları anlattı, Ay Oğlan'ın şakalarını açıkladı. Sansa kendisini gecenin büyüsüne kaptırdı. Bütün kuralları ve sol yanında oturan rahibeyi unuttu.

Bütün gece boyunca masaya yemekler gelip gitti; arpalı geyik eti çorbası, üzerine kırılmış fındık serpilmiş kuru üzümlü ıspanak salatası, sarımsak ve balla pişirilmiş salyangoz. Sansa daha önce salyangoz yememişti. Joffrey salyangozu kabuğundan nasıl çıkaracağını öğretti ve ilk lokmayı kendi elleriyle yedirdi. Daha sonra nehirden taze taze tutulup kilde pişirilmiş alabalıklar servis edildi. Prens sert kabuğu kırıp içindeki beyaz balık etini yemesine yardım etti. Sonunda kızarmış bizon etleri masaya getirildi. Joffrey etten kraliçelere layık bir dilim kesip Sansa'ya servis yaptı. Joffrey'nin hareketlerinden sağ kolunun hâlâ sorunlu olduğu anlaşılıyordu ama hiç şikâyet etmiyordu.

En son tatlı ekmekler, güvercin tartları, tarçınla lezzetlendirilmiş elma tatlıları ve şekerle kaplanmış limonlu kekler sunuldu. Sansa o kadar fazla doymuştu ki, çok sevmesine rağmen küçük bir dilim limonlu keki zar zor yiyebildi. İkinci dilimi yiyebilir miyim diye düşündüğü sırada kral bağırmaya başladı.

Kral Robert gelen her yemeğin ardından daha fazla gürültü yapar olmuştu. Zaman zaman, çatal bıçak seslerinin, insan gürültülerinin ve şarkıların arasından kralın kahkahalarını ya da yüksek sesle sağa sola emirler verdiğini duyabiliyordu Sansa ama uzakta oturduğu için kralın söylediklerini tam olarak anlayamıyordu.

Şimdiyse herkes kralı duyabiliyordu. "*Hayır*," diye gürledi diğer bütün sesleri bastırarak. Kralı ayakta, kıpkırmızı ve öfke içinde görmek Sansa'yı şaşırtmıştı. Kralın elinde bir şarap kadehi vardı ve kör kütük sarhoştu. "Sen bana ne yapıp yapamayacağımı söyleyemezsin kadın!" diye bağırdı Kraliçe Cersei'ye. "Burada kral benim, anlıyor musun? Buralara ben hükmediyorum. Yarın dövüşeceğim diyorsam, *dövüşürüm!*"

Herkes olanları izliyordu. Sansa, Sör Barristan'ı, kralın kardeşi Renly'yi ve gündüz yanağını okşayıp tuhaf tuhaf konuşan kısa boylu adamı gördü ama hiçbiri krala müdahale etmiyordu. Kraliçenin yüzü maske gibiydi. Bütün kanı öyle bir çekilmişti ki görenler onu kardan yapılmış bir heykel sanabilirdi. Ayağa kalktı, elbisesinin eteklerini topladı ve fırtına gibi masadan ayrıldı. Hizmetkârları peşinden koşturdu.

Jaime Lannister bir elini kralın omzuna koydu, kral adamı sertçe itti. Lannister dengesini kaybedip yere düştü. Kral bir kahkaha patlattı. "Soylu şövalye, seni hâlâ yere serebilirim. Bunu sakın unutma Kral Katili." Şarap kadehini tutan eliyle göğsüne vurdu. Şarap saten tuniğinin üzerine döküldü. "Bana savaş baltamı verin ve görün, kimse benim karşımda duramaz!"

Jaime Lannister ayağa kalktı ve, "Söylediğiniz gibi Majesteleri," dedi. Sesi sertti.

Lord Renly gülümseyerek öne çıktı ve, "Şarabını üstüne döktün Robert, sana yeni bir kadeh getireyim," dedi.

Joffrey elini Sansa'nın koluna koyduğunda Sansa prense döndü. "İyice geç oldu," dedi prens. Yüzünde tuhaf bir ifade vardı, Sansa'yı görmüyor gibiydi. "Kaleye dönüşte birinin eşlik etmesini ister misiniz?"

"Hayır," diye başladı Sansa. Rahibe Mordane'e baktı ve kadının kafası önüne düşmüş halde sızdığını gördü. Hafif hafif horluyordu hatta. "Yani... evet, teşekkür ederim, büyük nezaket göstermiş olursunuz. Çok yoruldum ve kaleye giden yol çok karanlık. Çok mutlu olurum."

Joffrey seslendi, "*Köpek!*"

Sandor Clegane karanlığın içinden çıkıp bir anda yanlarında belirdi. Zırhını çıkarmış, göğsüne deriden bir köpek kafası dikilmiş kırmızı yün bir tunik giymişti. Meşalelerin alevi yanmış yüzünü kızıla boyuyordu. "Buyrun Majesteleri," dedi.

"Nişanlımı kaleye götür, güvenliğini sağla," diye emretti prens kaba bir şekilde. İyi geceler bile demeden Sansa'yı Tazı'yla bırakıp gitti.

Sansa, Tazı'nın onu izlediğini *hisssediyordu*. "Yoksa seni kaleye Joff'un götüreceğini mi düşünmüştün?" diyerek güldü. Kahkahası bağlanmış azgın köpeklerin havlamalarına benziyordu. "Boşuna heveslenmişsin." Sansa'yı çekti. "Acele et, uykusu gelen bir sen değilsin. Çok fazla içtim ve yarın öz kardeşimi öldürmek zorunda kalabilirim." Bir kahkaha daha attı.

Birdenbire paniğe kapılan Sansa, Rahibe Mordane'in omzuna vurdu ama kadın uyanacağına daha yüksek sesle horlamaya başladı. Kral Robert masadan ayrılmıştı ve sıralar boşalmaya başlamıştı. Sansa'nın güzel rüyası ziyafetle birlikte sona ermişti.

Tazı eline bir meşale alarak yolu aydınlattı. Sansa hemen yanında yürüyordu. Yol engebeli ve taşlıydı. Meşalenin titrek alevinde şekil değiştirip hareket ediyormuş gibi görünüyordu. Sansa gözlerini yere indirmişti, sadece adımlarına bakıyordu. Önlerine sancaklar dikilmiş ve zırhlar asılmış çadırların yanından geçtiler. Sessizlik, attıkları her adımda daha da ağırlaşıyordu. Sansa, Tazı'nın yüzüne bakamıyordu, adam onu çok korkutuyordu ama o nezaket kurallarını öğrenerek büyümüştü. Gerçek bir leydinin adamın yüzündeki yanıktan rahatsız olmaması gerekirdi. "Bugün cesurca mücadele ettiniz Sör Sandor," dedi kendini zorlayarak.

Tazı homurdandı. "O *sör*lerini ve içi boş komplimanları kendine sakla küçük kız. Ben şövalye değilim. Şövalye olan ağabeyim. Bugün onu da izledin mi?"

"Evet," dedi Sansa titreyerek. "Ağabeyiniz..."

"Cesur muydu?"

Sansa'yla alay ettiği anlaşılıyordu. "Kimse ona karşı koyamadı," demeyi başardı Sansa. Söylediği yalan değildi.

Sandor Clegane karanlık boş yolun ortasında aniden durdu. Sansa'nın da durmaktan başka çaresi yoktu. "Rahibeler iyi eğitmiş. Şu Yaz Adaları'ndaki küçük kuşlardan birisin, öyle değil mi? Kendisine ezberletilen küçük güzel cümleleri tekrar ederek konuşan kuşlardan biri."

"Bu tavrınız hiç hoş değil," Sansa kalbinin yerinden çıkacakmış gibi attığını hissediyordu. "Beni korkutuyorsunuz. Şimdi gitmek istiyorum."

"*Kimse ona karşı koyamaz,*" dedi testere gibi bir sesle. "Bu doğru. Kimse Gregor'un karşısında duramaz. Bugünkü çocuk, ikinci mızrak turundaki, bak o çok iyi işti. Olanları gördün, değil mi? Aptal oğlan. Bu turnuvada yeri yoktu. Parasız, yaversiz. O zırhı giymesine yardım edecek kimsesi yoktu. Boyun zırhı doğru dürüst bağlanmamıştı. Gregor bunu fark etmedi mi zannediyorsun? *Sör* Gregor Clegane'in mızrağının çocuğun boynuna tamamen şans eseri girdiğini mi düşünüyorsun? Küçük, sevimli, konuşkan kız, sen buna inanıyor musun? Bir kuş kadar aptalsın gerçekten. Gregor'un mızrağı Gregor nereye istiyorsa oraya gider. Bana bak. *Bana bak!*" Sandor Clegane eliyle Sansa'nın çenesini tuttu ve onu yüzüne bakmaya zorladı. Meşaleyi iyice suratına yaklaştırdı. "İşte sana güzellik. İyice bak. Bakmak istediğini sen de biliyorsun. Kral Yolu'ndan gelirken bana nasıl baktığını ve ben sana bakınca kafanı nasıl başka yere çevirdiğini görmedim mi sanıyorsun? Şimdi iyice bak."

Eli demir bir kapan gibi Sansa'nın çenesini sıkıştırıyordu. Öfke dolu sarhoş gözleri kızın gözlerinden ayrılmıyordu. Sansa bakmak zorundaydı.

Yüzünün sağ tarafı zayıftı, yanak hatları keskin, kalın kaşın altındaki göz griydi. Burnu geniş ve kancalıydı. Seyrelmiş saçları simsiyahtı. Kafasının sağ tarafındaki saçları iyice uzatmış ve diğer tarafa doğru taramıştı çünkü bu suratın diğer tarafında saç yoktu.

Yüzünün sol yanı tam bir harabeydi. Kulağı yanmış ve yerinde bir boşluk kalmıştı. Gözü hâlâ duruyordu ama etrafı buruş buruş derilerden oluşmuş bir yara yığınıydı. Kayış kadar sert siyah et parçaları derin yarıklarla, hareket ettikçe açılıp kapanan kırmızı ve ıslak çatlaklarla doluydu. Çenesinden bir parça deri tamamen kopup gitmişti ve açıkta kalan kemik seçilebiliyordu.

Sansa ağlamaya başlayınca adam onu serbest bıraktı. Meşaleyi toprakta söndürdü. "Bunun için söyleyecek güzel bir şeyler ezberlemedin mi küçük kız? Rahiben bunun için bir iki kompliman öğretmedi mi sana?" Sorularına bir cevap alamayınca devam etti, "Çoğu bir savaş sırasında oldu zannediyor. Bir mücadelede, bir yangında ya da bir düşmanın meşalesiyle. Bir aptal, ejderha nefesiyle olup olmadığını bile sordu." Bu sefer daha yumuşak ama acı dolu bir kahkaha attı. "Sana nasıl olduğunu anlatacağım küçük kız," dedi. Sansa'ya doğru eğildi. Nefesindeki şarap kokusu hissediliyordu. "Senden daha küçüktüm, altı ya da yedi yaşlarında. Bir ahşap ustası babamın himayesindeki bir köyde dükkân açtı ve minnettarlığını göstermek için bize tahta oyuncaklar gönderdi. Bana ne getirildiğini hatırlamıyorum ama benim istediğim oyuncak Gregor'a gönderilendi. Ahşap bir şövalye. Parlak renklere boyanmış, her eklemi hareketli. Eklemlerine ipler bağlanmıştı böylece savaştırabiliyordun onu. Gregor benden beş yaş büyük. Oyuncağın onun için hiçbir anlamı yoktu. O çoktan gerçek silahlarla oynamaya başlamıştı. Uzundu ve bir ayı kadar güçlüydü. Ben de ahşap şövalyeyi aldım ama oynamaya korkuyordum, korkmakta haklıydım çünkü Gregor beni yakaladı. Odada bir soba vardı. Gregor hiçbir şey söylemeden beni bir kolunun altına sıkıştırıp yüzümü sobadaki közlerin içine daldırdı. Çığlıklarımı hiç umursamadan öylece közlerin arasına gömdü yüzümü. Şimdi ne kadar güçlü olduğunu görüyorsun, o zaman bile üç iri adam beni onun elinden zorla çekip alabildi. Rahipler yedi cehennem hakkında vaaz verip duruyor. Onlar ne biliyor olabilir ki? Cehennemi ancak oraya gitmiş biri bilebilir. Babam herkese yatağımın alev aldığını söyledi ve üstadımız yüzüm için merhem verdi. *Merhem!* Gregor da merhemlerini aldı. Dört yıl sonra onu yedi kutsal yağ ile yağladılar, o şövalye yemini etti ve Rhaegar Targaryen omzuna dokunup, 'Ayağa kalkın Sör Gregor,' dedi."

Pürüzlü sesi hafifleyip duyulmaz oldu. Sansa'nın gözlerinden saklanmış, gece karanlığını üstüne çekmiş dev bir şekil, yere çökmüş halde öylece duruyordu. Sansa adamın düzensiz nefes alışını duyabiliyordu, üzgündü ve korkusu kaybolmuştu.

Sessizlik uzadıkça uzadı ve Sansa tekrar korkmaya başladı ama kendisi için değil, adam için korkuyordu. "O gerçek bir şövalye değilmiş," diye fısıldadı.

Tazı kafasını geri atıp güldü. Sansa ondan uzaklaşmaya çalıştı ama adam kolunu tuttu. "Hayır," dedi kükrer gibi. "Hayır küçük kuş, o gerçek bir şövalye değil."

Şehir içine giden yol boyunca Sandor Clegane tek kelime konuşmadı. Atlı arabaların olduğu yere geldiklerinde, sürücüye Kızıl Kale'ye gideceklerini söyledi ve Sansa'nın ardından içeri girdi. Sessizlik içinde meşalelerle aydınlatılmış yolları geçerek Kral Kapısı'ndan girdiler. Sandor kalenin yan kapılarından birini açıp onu kaleye soktu. Yanık yüzü seyiriyordu ve gözleri düşünceliydi. Kule merdivenlerini çıkarken Sansa'nın bir basamak ardından geliyordu. Sansa'yı odasının bulunduğu koridora kadar götürdü.

"Teşekkürler lordum," dedi Sansa ürkekçe.

Tazı onu kolundan yakaladı ve iyice üstüne eğildi. "Sana bu gece anlattıklarım," diye başladı cümlesine. Sesi her zamankinden daha korkutucuydu. "Eğer sana söylediklerimin bir kelimesini bile Joffrey'ye anlatırsan... ya da babana, kız kardeşine... herhangi birine..."

"Anlatmam, yemin ediyorum," diye fısıldadı Sansa.

Ama yeterli değildi. "Eğer *herhangi* birine anlatacak olursan," cümlesini tamamladı, "seni öldürürüm."

EDDARD

"Son duasını ben yaptım," dedi Sör Barristan Selmy arabanın arkasındaki cansız bedene bakarak. "Burada kimsesi yokmuş. Vadi'de annesi olduğunu söylediler."

Soluk şafak aydınlığında uyuyor gibi görünüyordu genç şövalye. Yakışıklı bir delikanlı değildi ama ölüm sert yüz hatlarını yumuşatmıştı. Sessiz rahibeler ona en güzel kıyafetlerini giydirmişti. Boğazındaki mızrak deliğini kapatması için uzun boyunlu kadife bir tunik. Eddard Stark delikanlıya baktı ve kendisi yüzünden ölüp ölmediğini merak etti. Henüz Ned onunla konuşmaya fırsat bulamadan, bir Lannister sancak beyi boğazını delmişti. Bu bir tesadüf olabilir miydi? Bunu asla öğrenemeyeceğini düşündü.

"Hugh dört yıl boyunca Lord Arryn'ın yaverliğini yapmıştı," diye devam etti Selmy. "Kral kuzeye yola çıkmadan önce, Jon'un anısına çocuğu şövalye ilan etmişti. Delikanlı çok hevesliydi ama korkarım ki hazır değildi."

"Şövalyelik için mi?"

"Ölüm için." Delikanlının kana bulanmış hilalli mavi peleriniyle üzerini örttü Ned. Annesi oğlunun neden öldüğünü sorduğunda, Kral Eli Turnuvası'nda Lord Eddard Stark için dövüşürken öldüğünü söyleyeceklerdi. Bu düşünce Ned'e acı veriyordu. "Bu çok anlamsız. Savaş bir oyuna dönüştürülmemeli." Ned arabanın yanında duran, gözleri hariç her tarafını kapatan grilere bürünmüş kadına döndü. Sessiz rahibeler delikanlıyı defin için hazırlamıştı. Ölünün yüzüne bakmak şanssızlık getirirdi. "Zırhını Vadi'ye yollayın. Anneciği onu saklamak isteyecektir."

"Zırh epey gümüş eder," dedi Sör Barristan. "Çocuk bu turnuva için özel olarak yaptırmış. Sade ama iyi bir işçilik. Demir ustasına olan borcunu ödeyebildi mi bilmiyorum."

"Dün ödedi lordum, ederinden çok daha fazlasını ödedi," dedi Ned. Sessiz rahibeye döndü. "Zırhı annesine gönderin, demir ustasıyla ben ilgilenirim." Rahibe başını indirdi.

Daha sonra Sör Barristan'la birlikte kralın çadırına doğru yürüdüler. Kamp alanı canlanmaya başlamıştı. Ateş çukurlarında kızartılan sosislerin baharatlı ve sarımsaklı kokusu havaya yayılıyordu. Genç yaverler aldıkları emirleri yerine getirmek için koşuşturururken, efendileri esneyip gerinerek güne başlamaya çalışıyordu. Koltuk altına ördek sıkıştırmış olan bir hizmetkâr onları gördüğünde dizlerinin üzerine çöktü, "Lordlarım," dedi. Kolunun altındaki ördek kanatlarını çırparak kaçmaya çalışıyordu. Çadırların dışına asılmış kalkanlar sahiplerinin kim olduklarını bağırıyor gibiydi: Denizgözcüsü'nün gümüş kartalı, Bryce Caron'ın bülbülü, Redwynelar'ın salkım üzümü, benekli domuz, kızıl öküz, yanan ağaç, beyaz koç, üç sarmal, tek boynuzlu mor at, dans eden kız, kara engerek, ikiz kuleler, boynuzlu baykuş ve tabi ki Kral Muhafızları'nın gösterişli beyaz arması.

Sör Meryn'in kalkanının önünden geçerken, "Kral bugünkü meydan dövüşüne katılmak istiyor," dedi Sör Barristan. Ned kalkana baktı. Loras Tyrell, Meryn'i attan düşürdüğü sırada mızrağıyla derin bir yarık bırakmıştı ahşabın üstünde.

"Evet," dedi Ned huzursuzca. Jory gece onu uyandırmış ve haberleri vermişti. Sonrasında iyi uyuyamamasına şaşmamak gerekirdi.

Sör Barristan rahatsız görünüyordu. "Gecelerin güzelliği şafakla biter ve şaraptan doğan çocuklar gün ışığında terk edilir, derler."

"Öyle derler," diye onayladı Ned. "Ama Robert bunu yapmaz." Diğer adamlar sarhoş cesaretiyle ağızlarından çıkan şeyleri tekrar düşünebilirdi ama Robert Baratheon söylediği her şeyi kelimesi kelimesine hatırlar ve geri adım atmazdı.

Kralın çadırı nehrin hemen kıyısındaydı, sabah sisinin içinde boğulmuştu. Altın rengi ipekten yapılmış çadır bütün kamptaki en büyük ve en görkemli yapıydı. Girişin hemen dışında Robert'ın savaş baltası duruyordu. Baratheon Hanedanı'nın taçlı erkek geyiğiyle süslenmiş devasa çelik kalkan hemen yanındaydı.

Ned, Robert'ı şarap sarhoşluğundan uyanamamış halde hâlâ yatarken bulmayı ummuştu ama şans ondan yana değildi. Robert elindeki parlak bira kupasıyla, zırhını bağlamaya çalışan iki genç yavere küfür edip duruyordu. Yaver çocuklardan biri, "Majesteleri, bu zırh küçük yapılmış size olmuyor," dedi neredeyse ağlayarak. Robert'ın kalın boğazına bağlamaya çalıştığı boyun zırhı elinden düştü ve yerde yuvarlandı.

"*Yedi cehennem*!" diye küfretti Robert. "Bu işi de kendim yapmak zorunda mıyım? İkinizin de üstüne edeyim ben. Orada öylece durup zırlama Lancel. *Al şunu* yerden!" Delikanlı fırlayıp boyun zırhını alırken, Robert gelen konuklarını gördü. "Şu sersemlere bak Ned. Bu iki yaveri bana karım buldu. İkisi de işe yaramazdan da beter. Bir zırhı doğru dürüst giydirmeyi bile beceremiyorlar. Bir de yaver olacaklar. Bunlar olsa olsa ipek giyinmiş domuz."

Ned'in çocukların neden iş yapamaz olduklarını anlaması için sadece bakması yeterliydi. "Çocukların bir suçu yok," dedi krala. "Zırhına sığamayacak kadar şişmansın Robert."

Robert Baratheon birasından uzun ve büyük bir yudum aldı, boş kupayı gecelik kürkünün üzerine fırlattı, ağzını elini tersiyle sildi ve, "Şişman? *Şişman* öyle mi? Sen kralınla böyle mi konuşuyorsun?" diye sordu. Ardından bir kahkaha koyverdi. "Ah, lanet olası Ned. Her zaman haklı olmak zorunda mısın?"

Kral kendilerine dönene kadar gergin bir şekilde gülümsüyordu yaverler. "Siz, evet siz ikiniz. El'i duydunuz. Kral bu zırha giremeyecek kadar şişman. Gidip Sör Aron Santagar'ı bulun. Zırh için göğüs genişletici bir parçaya ihtiyacım olduğunu söyleyin. *Hadi! Ne bekliyorsunuz?*"

Çocuklar aceleyle çadırdan çıkmaya çalışırken çarpıştı. Robert onlar gidene kadar ciddiyetini korumayı başardı ama yalnız kaldıklarında kahkahalarla sarsılıyordu.

Sör Barristan Selmy de kralla birlikte gülüyordu. Hatta Eddard Stark bile hafifçe gülümsemişti. Buna rağmen, kasvetli düşünceler içini oymaya devam ediyordu. Genç yaverleri incelemekten kendini alamamıştı. Yakışıklı, zarif ve iyi yetiştirilmiş delikanlılardı. Altın renkli bukleleri olan çocuk ancak Sansa'nın yaşındaydı. Diğeri on beş civarında olmalıydı. Kum rengi saçları vardı ve kraliçenin koyu yeşil gözlerine sahipti.

"Ah, keşke Santagar'ın yüzünü görebilseydim. Umarım çocukları başka bir yere göndermek zorunda kalır da o iki aptal bütün gün koştur."

"Şu delikanlılar," dedi Ned, "Lannisterlar mı?"

Robert gözlerinde biriken yaşları silerken başıyla onayladı. "Kuzenler. Lord Tywin'in erkek kardeşinin çocukları. Ölü kardeşlerinden birinin. Belki de sağ olanlarından birinindir, bilemiyorum. Hatırlamıyorum. Karımın oldukça kalabalık bir sülalesi var."

Ve oldukça hırslı bir sülale, diye düşündü Ned. İki yaver çocukla bir alıp veremediği yoktu ama kralın gece ve gündüz kraliçenin akrabalarıyla kuşatılmış olması onu rahatsız ediyordu. Lannisterlar'ın mevki ve itibara düşkünlükleri sınır tanımıyordu. "Dün gece kraliçeyle aranda tatsız konuşmalar geçtiğini duydum."

Robert'ın bütün neşesi bir anda kaçtı. "Kadın beni meydan dövüşüne katılmaktan men etmeye kalktı. Şu anda kalede somurtmakla meşgul. Kız kardeşin beni asla bu şekilde utandırmazdı."

"Sen Lyanna'yı benim tanıdığım gibi tanımıyordun. Sen onun güzelliğini gördün sadece ama güzelliğinin altındaki sert çelikle hiç karşılaşmadın. Sana o dövüşte hiç işin olmadığını söylerdi."

"Sen de mi?" diye kükredi kral. "Sen huysuz bir adamsın Stark. Kuzeyde fazla kaldın, kanın donmuş senin. *Benimki* hâlâ akıyor." Söylediklerini kanıtlamak istermiş gibi göğsüne vurdu.

"Sen kralsın," diye hatırlattı Ned.

"O Demir Taht'ta oturmam gerektiğinde oturuyorum işte. Sırf orada oturuyorum diye diğer adamların arzuladığı şeyleri isteyemez miyim? Ara sıra biraz şarap, yatakta kıvranan bir kadın, bacaklarımın arasında atımı hissetmek? Yedi cehennem Ned! Birilerine *vurmak* istiyorum."

Sör Barristan lafa karıştı, "Majesteleri, bir kralın meydan dövüşünde yarışması görülmüş şey değil. Diğer yarışmacılara büyük haksızlık olur. Size saldırmayı kim göze alabilir ki?"

Robert bu sefer geri adım atacakmış gibi görünüyordu. "Neden? Hepsi göze alabilir. Tabi güçleri yeterse. Ve son dövüşe kadar gelen..."

"...sen olursun," diye kralın cümlesini tamamladı Ned. Selmy'nin lafı doğru yere getirdiğini anlamıştı. Meydan dövüşünün tehlikeleri Robert için tatlı bir heyecandı ama az önce duydukları gururuna dokunmuştu. "Sör Barristan haklı. Yedi Krallık'ta sana zarar vermeyi göze alabilecek tek bir adam bile yoktur."

Kral ayağa kalktı, yüzü kıpkırmızı olmuştu. "Siz bana bu beş para etmez korkakların *kazanmama izin vereceğini* mi söylüyorsunuz?"

"Böyle olacağı muhakkak," dedi Ned ve Sör Barristan sessizce başını sallayarak onayladı.

Robert bir an için öyle öfkelenmişti ki konuşamadı. Çadırın diğer ucuna yürüdü, döndü, tekrar yürüdü, yanlarına geldi. Gözleri öfke doluydu. Zırhın göğüs plakasını yerden aldı ve Sör Barristan'a attı. "Dışarı çık," dedi soğuk bir sesle. "Seni öldürmeden hemen dışarı çık."

Sör Barristan çadırdan hemen çıktı. Kralın sesini duyduğunda Ned de onun arkasından gitmek üzereydi. "Sen kal, Ned."

Ned geri döndü. Robert tekrar bira kupasını aldı, köşedeki bira fıçısından doldurup Ned'e uzattı. "İç," dedi kabaca.

"İstemiyorum..."

"*İç*. Kralın emrediyor."

Ned kupayı alarak içti. Siyah, koyu ve göz yaşartacak kadar sert bir biraydı.

Robert oturdu. "Lanet olsun Ned Stark. Sen ve Jon Arryn, ikinizi de çok sevdim. Bana neler ettiniz böyle? Kral sen olmalıydın. Ya da Jon."

"Sizin daha iyi gerekçeleriniz vardı Majesteleri."

"Sana içmeni söyledim, tartışmanı değil. Beni sen kral yaptın, en azından kralı dinleyecek kadar nezaket göster. Bana bir bak Ned. Kral olmanın bana yaptıklarına bir bak. Tanrılar! Zırhına giremeyecek kadar şişmanlamış bir kral. Ben bu hale nasıl geldim?"

"Robert..."

"İç ve sessiz kal, kral konuşuyor. Bu lanet olası tahtı kazanırken hiç olmadığım kadar canlıydım ben ve şimdi o tahtta otururken hiç olmadığım kadar ölüyüm. Ve Cersei... Onun için Jon Arryn'a teşekkür etmeliyim. Lyanna benden alındıktan sonra evlenmeye hiç niyetim yoktu benim ama Jon kraliyetin bir veliahta ihtiyacı olduğunu söyledi. Cersei Lannister iyi bir seçim olur dedi. Viserys Targaryen bir gün babasının tahtını almaya kalkışırsa, bu evlilik Lord Tywin'i bana bağlayacaktı." Kral kafasını salladı. "O yaşlı adamı seviyordum, yemin ederim ki seviyordum ama şimdi düşününce, o Ay Oğlan'dan bile büyük bir aptaldı. Cersei'ye baktığında güzel bir kadın görürsün ama gerçekte *buz* gibidir. Bacaklarının arasını açmak o kadar zordur ki, Casterly Kayası'nın bütün altınlarını orasında saklıyor sanırsın. Eğer içmeyeceksen birayı bana ver de ziyan olmasın." Kupayı Ned'in elinden aldı, bütün birayı bir dikişte içti ve geğirdi. "Kızın için üzgünüm Ned. Kurt için yani. Benim oğlum yalan söylüyordu biliyorum. Ruhum üzerine bahse girerim ki yalan söylüyordu. Benim oğlum... Çocuklarını seviyorsun değil mi?"

"Bütün kalbimle," dedi Ned.

"Sana bir sır vereyim. Tahttan vazgeçmeyi düşündüm defalarca. Yanıma savaş baltamı ve atımı alıp Özgür Şehirler'e giden gemilerden birine binmeyi hayal ettim. Bir şövalye gibi savaşmayı, kadınlarla düşüp kalkmayı. Ben bunlar için yaratılmışım. Beni durduran nedir biliyor musun? Tahtta oturan Joffrey ve hemen yanında durup kulağına ne yapacağını fısıldayan Cersei'nin gözlerimin önüne gelişi. Benim oğlum. Bu çocuk nasıl benim oğlum olabilir Ned?"

"O daha küçük bir çocuk," dedi Ned kendini zorlayarak. Prens Joffrey'den hoşlandığı söylenemezdi ama Robert'ın sesindeki acıyı duyuyordu. "Sen onun yaşındayken nasıl asiydin hatırlasana."

"Benim oğlum asi olsa bu kadar düşünmezdim. Sen onu hiç tanımıyorsun. Ah, belki de haklısın. Jon benden umudunu kesiyordu zaman zaman ama ben yine de iyi bir kral oldum." Robert sessizce dinleyen Ned'e baktı, "Şimdi konuşabilir ve benimle aynı fikirde olduğunu söyleyebilirsin."

"Majesteleri," diye dikkatlice konuşmaya başladı Ned.

Robert, Ned'in sırtına vurdu. "Benim Aerys'tan daha iyi bir kral olduğumu söyle de kurtul. Sen onur ve aşk söz konusu olduğunda asla yalan söylemezsin Ned Stark. Hâlâ gencim ve sen burada benim yanımdasın. Artık her şey farklı olacak. Bu krallıkla ilgili şarkılar söylenecek. Lannisterlar'ın canı cehenneme. Burnuma jambon kokusu geliyor. Sence bugün kim şampiyon olur? Mace Tyrell'in oğlunu gördün mü? Çiçek Şövalyesi diyorlar delikanlıya. İşte o çocuğun babası olmak her adama gurur verir. Geçen turnuvada Kral Katili'ni altın poposunun üzerine oturttu. Cersei'nin yüzündeki ifadeyi görmeliydin. Karnım ağrıyana kadar gülmüştüm. Çocuğun şafak vakti kadar güzel on dört yaşında bir kız kardeşi varmış, Renly söyledi..."

Nehir kenarına kurulan sofrada siyah ekmek, kaynatılmış ördek yumurtası, soğanla kızarmış balık ve jambon yiyerek kahvaltı ettiler. Kralın hüznü sabah sisiyle birlikte dağıldı. Robert portakal yerken, çocukluklarında Kartal Yuvası'nda geçirdikleri bir sabahı hatırlayıp anlatmaya başladığında neşesi geri gelmişti. "...Jon'a bir fıçı portakal vermişti hatırlıyor musun? Ama portakallar çürüktü. Ben de elimdekini salonun duvarına fırlatayım derken, portakal gidip Dacks'in burnuna çarptı. Onu hatırlıyor musun? Redfort'un yüzü çiçek bozuğu yaveri. O da bana bir portakal fırlattı. Daha Jon müdahale edip yüzümüze etmeye fırsat bulamadan Büyük Salon'da portakallar uçuşmaya başladı." Robert gürültülü kahkahalar atıyordu. Ned bile gülümsüyordu. O günü hatırlamıştı.

Bu konuşan Ned'in birlikte büyüdüğü çocuktu. Bu tanıdığı ve sevdiği Robert Baratheon'dı. Eğer Bran'a yapılan saldırının arkasında Lannisterlar'ın olduğunu kanıtlayabilirse, Jon Arryn'ı öldürenlerin onlar olduğunu ispatlayabilirse dinlerdi bu adam. Cersei ve Kral Katili tarih olurdu. Eğer Lord Tywin batıyı ayaklandırmaya cesaret ederse, Üç Dişli Mızrak'ta Rhaegar'ı ezdiği gibi onu da ezerdi Robert. Açıkça görebiliyordu artık.

Bu kahvaltı, Eddard Stark'ın uzun zamandır yediği her şeyden daha lezzetliydi. Kahvaltı boyunca daha kolay, daha sık gülümsedi. Turnuvanın tekrar başladığı zamana kadar. Son mızrak müsabakalarını Sansa'yla birlikte izlemeye söz vermişti; Rahibe Mordane bugün rahatsızdı ve Sansa mızrak finalini izlemeye kararlıydı. Ned, Robert'ı gördü, kralın yanındaki koltuk boştu. Cersei turnuvaya gelmemeyi tercih etmişti. Bu durum bile Ned'e umut veriyordu.

Kalabalığı yararak kızının oturduğu bölüme doğru yürüdü

ve ilk karşılaşma için borular çalarken Sansa'yı buldu. Sansa kendisini öyle bir kaptırmıştı ki Ned'in geldiğini fark etmedi bile.

Meydana ilk çıkan Sandor Clegane oldu. Gri siyah zırhının üzerine zeytin yeşili bir pelerin giymişti. Pelerin ve tazı başı miğferi süssüzlüğünün istisnalarıydı.

Jaime Lannister, kızıl doru savaş atının üzerinde mızrak meydanına çıktığında, "Kral Katili'nin üstüne yüz altın ejder," diye bağırdı Serçeparmak. Jaime'nin atına yaldızlı bir örme zırh giydirilmişti ve adamın kendisi de tepeden tırnağa ışıldıyordu. Mızrağı bile Yaz Adaları'nın altın ağacından yapılmıştı.

"Anlaştık," diye geri bağırdı Lord Renly. "Tazı bu sabah onu yemek istiyor gibi görünüyordu."

"Aç köpekler bile kendilerini besleyen eli ısırmamaları gerektiğini bilir," diye cevap verdi Serçeparmak kuru bir sesle.

Miğferinin siperini ses çıkacak kadar sert kapatan Sandor Clegane pozisyon aldı. Sör Jaime Lannister seyircilerin arasındaki bir kadına öpücük gönderdi, miğferinin siperini zarifçe kapadı ve mızrak meydanının bir ucunda o da yerini aldı. İki yarışmacı da mızraklarını aldı.

İki adamın da kaybettiğini görmek Ned Stark'ı çok mutlu ederdi ama Sansa neredeyse nemli gözlerle ve sabırsızca izliyordu. Atların dörtnala koşmasıyla seyirciler coştu ve derme çatma bir şekilde yapılmış olan izleyici yerleri sallanmaya başladı. Tazı atının üzerine eğildi, mızrağını kaya gibi sağlam tutuyordu ama Jaime Lannister tam darbe alacağı sırada eyerinin üzerinde yana kaymayı başardı. Clegane'in vuruşu aslan armalı altın kalkanda kaybolurken kendi kalkanı da sert bir darbe aldı; ahşap parçalara ayrılmıştı. Sandor Clegane sendeledi ve eyerinden düşmemek için çabaladı. Sansa soluğunu tutmuştu. Kalabalıktan heyecan dolu sesler yükseldi.

"Paranı nasıl harcayacağımı düşünüyorum," dedi Serçeparmak, Lord Renly'ye.

Tazı zar zor da olsa eyerinin üstünde kalmayı başarmıştı. Atını sertçe durdurup döndürdü ve ikinci geçiş için meydanın başına gitti. Jaime Lannister kırılan mızrağını attı, zarif bir hareketle yaverinden yeni bir mızrak aldı. Tazı atını tekrar dörtnala koşturmaya başladı. Jaime de onu karşılamak için aynı hızda sürüyordu atını. Jaime tam darbeden önce eyerinin üstünde kaydığında, bu defa Sandor da aynı yöne doğru kaydı. Buluşan mızraklar havada paramparça oldu. Mızrak kıymıkları yere düşerken binicisiz bir kızıl doru savaş atı alanda tek başına yürüyor ve yiyecek ot arıyordu. Jaime Lannister toprak zeminde yuvarlanıyordu. Altınlar içinde ve çökmüş halde.

"Tazı'nın kazanacağını biliyordum," dedi Sansa.

Serçeparmak onu duymuştu. "İkinci karşılaşmayı kimin kazanacağını da biliyorsan, Lord Renly ceplerimi tamamen boşaltmadan söyle," diye seslendi. Ned gülümsedi.

"İblis'in burada olmaması büyük talihsizlik, iki kat fazla altın kazanabilirdim," diye karşılık verdi Renly.

Jaime Lannister sonunda ayağa kalkmıştı ama miğferi başında ters dönmüştü ve yere çarpan kısmı ezilmişti. Şimdi kafasından çıkmıyordu. Seyirciler parmaklarıyla göstererek Jaime'yi yuhalıyordu. Lordlar ve leydiler gülüşmelerini saklamaya çalışıyor olsalar da bunu başaramıyorlardı. Kral Robert'ın herkesten daha yüksek sesle kahkahalar attığını duyabiliyordu Ned. Sonunda, Jaime Lannister'ı kolundan tutup bir demir ustasına götürmek zorunda kaldılar. Kör ve adımları karışmış halde.

Bütün bunlar olurken, Sör Gregor Clegane meydandaki yerini almıştı. Dev gibiydi. Ned Stark'ın gördüğü en iri adamdı. Robert Baratheon ve kardeşleri de iri erkeklerdi, Tazı da öyleydi. Kışyarı'ndaki eksik akıllı seyis Hodor'un yanında bütün kale cüce gibi kalırdı ama Gregor Clegane, nam-ı diğer Yürüyen Dağ bütün bu iri adamlara tepeden bakacak büyüklükteydi. Boyu iki buçuk metreye yakındı, aşırı geniş omuzları ve küçük bir ağacın gövdesine benzeyen kolları vardı. Bindiği savaş atı zırhlı bacaklarının arasında bir midilli gibi görünüyordu ve uzun mızrağı elinde bir süpürge sapı gibi kalmıştı.

Kardeşinin aksine Gregor sarayda yaşamıyordu. Savaşlar ve turnuvalar için tek başına yolculuk eden, yalnızlığı tercih etmiş bir adamdı. Kral Toprakları düştüğünde Lord Tywin'in yanında yer almıştı. On yedi yaşında yeni şövalye ilan edilmiş genç bir delikanlıydı o zamanlar. O yaşında bile gövdesi ve acımasızlığıyla isim yapmıştı. Bebek Prens Aegon Targaryen'ı duvara fırlatıp kafatasını ezen kişinin Gregor olduğu söylenirdi. Bebeği öldürdükten sonra Dorne Prensesi Elia'ya tecavüz ettiği, ardından kılıçtan geçirdiği de söylenenler arasındaydı. Bütün bunlar Gregor'un duyabileceği yerlerde söylenemezdi.

Ned Stark, Gregor'la konuştuğunu hatırlamıyordu. Gregor, Balon Greyjoy isyanı sırasında onlarla birlikteydi ama bin atlıdan biriydi sadece. Ned adamı izledi. Dedikodulara kulak asan biri değildi ama Gregor Clegane hakkında söylenenler dehşet vericiden de öteydi. Çok yakında üçüncü kez evlenecekti ve ilk iki karısının ölümüyle ilgili korkunç söylentiler vardı. Gregor'un kalesindeki hizmetkârların şüpheli şekilde ortadan kaybolduğu, köpeklerin bile büyük salona girmekten korktukları konuşulurdu. Kız kardeşini öldüren tuhaf olay, erkek kardeşinin yüzünü harabeye çeviren yangın ve babasının hayatına mal olan açıklanamaz bir av kazası. Aile kalesi, bütün hazine ve mallar Gregor'a kalmıştı. Küçük kardeşi Sandor aynı gün kaleyi terk edip yeminli kılıççı olarak Lannisterlar'ın hizmetine girmiş ve bir ziyaret için dahi geri dönmemişti.

Çiçek Şövalyesi alana girdiğinde kalabalıktan meraklı mırıltılar yükseldi. Ned kızının, "Ah! Çok *yakışıklı*," diye fısıldadığını duydu. Sör Loras Tyrell bir fidan gibi inceydi. Göz kamaştıracak kadar parlatılmış gümüş zırhına siyah sarmaşıklar ve ufak beni unutma çiçekleri işlenmişti. Çiçeklerdeki mavilerin safirlerle elde edildiğini seyircilerle aynı anda fark etti Ned. Binlerce insan aynı anda soluksuz kalmış gibiydi. Delikanlının omuzlarından ağır bir pelerin sarkıyordu. Yün pelerinine yeni açmış yüzlerce beni unutma çiçeği dikilmişti. Gerçek çiçekler.

Şövalyenin atı da kendisi gibi inceydi. Süratle koşmak için yaratılmış gri ve güzel bir kısrak. Gregor Clegane'in aygırı, kısrağın kokusunu aldığında kişnedi. Yüksek Bahçe'den gelen çocuk atına dizleriyle bir komut verdi ve at bir dansçı zarafetiyle kenara kaydı. Sansa, Ned'in koluna yapıştı. "Baba, Sör Gregor'un ona bir şey yapmasına izin verme," dedi. Sansa'nın, Sör Loras'ın dün verdiği kırmızı gülü yakasına taktığını fark etti Ned. Jory bundan da bahsetmişti.

"Bunlar turnuva mızrakları. Uçları köreltilmiş, sadece darbe için kullanılıyor. Yani kimseye bir şey olmayacak," dedi Ned.

Ama dün boğazı delinerek can veren çocuğu unutmamıştı ve kelimeler boğazında takılıyordu.

Sör Gregor atını zaptetmekte zorlanıyordu. Aygır çığlık atar gibi kişniyor, kafasını sallıyor ve yeri dövüyordu. Yürüyen Dağ ayağındaki zırhlı çizmelerle hayvanı sertçe tekmeledi. At şaha kalktığında Gregor az kalsın yere düşüyordu.

Çiçek Şövalyesi, kralı selamladı, meydanın ucundaki yerini aldı ve mızrağını hazır etti. Sör Gregor atının dizginleriyle savaşarak pozisyon aldı ve dövüş aniden başladı. Dağ'ın aygırı dörtnala koşup rüzgâr gibi öne fırladı. Şövalyenin kısrağı ipek gibi akarak koşmaya başladı. Sör Gregor, söz dinlemeyen atının dizginleriyle boğuşup hayvanı düz bir çizgide koşturmaya çalışırken kalkanını kaldırdı, mızrağını doğrulttu ve bir an sonra Loras Tyrell tepesindeydi. Mızrağının ucu tam *oraya* dayanmıştı. Göz açıp kapayıncaya kadar Dağ yere yuvarlandı. O kadar iriydi ki, bir metal ve et düğümü halinde atını da kendisiyle birlikte düşürdü.

Ned alkışları, tezahüratları, ıslıkları, hayret dolu mırıltıları ve heyecanlı konuşmaları duydu. Dağ'ın tuhaf kahkahası da seslere karışmıştı. Çiçek Şövalyesi meydanın başına döndü. Mızrağı bile kırılmamıştı. Halk delikanlı için deliye dönmüştü.

Meydanın tam ortasındaki Gregor düğümden kurtularak ayağa kalktı. Miğferini çıkarıp yere fırlattı. Öfkeden gözleri kararmıştı, saçları yüzüne düşüyordu. "Kılıcım!" diye bağırdı yaverine. Çocuk koşarak kılıcı efendisine getirdi. Aygır, Gregor'un yanında duruyordu.

Gregor Clegane kılıcını öyle bir öfkeyle savurdu ki, hayvanın başı gövdesinden tek hamlede neredeyse tamamen ayrıldı. Kalabalığın tezahürat sesleri bir kalp atışı kadar kısa zamanda feryatlara dönüştü. Aygır dizlerinin üzerine düştüğü sırada, Gregor elinde kanlı kılıcıyla Çiçek Şövalyesi'ne doğru yürümeye başlamıştı bile. "*Durdurun onu!*" diye bağırdı Ned ama sesi gürültüde kayboldu. Herkes bağırıyordu. Sansa ağlıyordu.

Her şey bir anda oldu. Çiçek Şövalyesi kendi kılıcını almak için bağırdığında, Gregor yaver çocuğu iterek yere savurdu ve genç şövalyenin atının dizginlerini yakaladı. Kısrak kan kokusunu almıştı, şaha kalktı. Loras güçlükle eyerinin üstünde kalmayı başardı. Sör Gregor kılıcını iki eliyle savurarak delikanlının göğsüne indirdi ve genç şövalye atından düştü. Kısrak panikle koşmaya başladı. Gregor kılıcını ölüm vuruşu için ikinci kez havaya kadırdığında, "*Çocuğu rahat bırak,*" dedi sert bir ses. Pençe gibi eller Gregor'u çekip çocuktan uzaklaştırdı.

Dağ sessiz bir öfkeyle kendi etrafında döndü, kılıcını öldürücü bir açıyla ve bütün gücüyle indirdi ama Tazı hamleyi kendi kılıcıyla karşıladı. Sonsuzluk kadar uzun gelen bir süre boyunca, iki kardeş kılıçlarını birbirine sallayıp durdu. Loras Tyrell güvenli bir mesafeye götürülmüştü. Ned, Gregor'un kılıcının vahşi darbelerle Tazı'nın miğferine indiğini üç kez görmüştü ama Tazı ağabeyinin miğfersiz başına tek bir hamle bile yapmadı.

Sonunda her şeyi bitiren kralın sesi oldu... kralın sesi ve yirmi kılıç. Jon Arryn onlara, bir kumandanın etkileyici bir savaş sesine ihtiyacı olduğunu söylemişti ve Robert, Üç Dişli Mızrak'ta bunun doğruluğunu kanıtlamıştı. Şimdi yine o sesiyle bağırıyordu. "*BU ÇILGINLIĞI HEMEN DURDURUN,*" diye kükredi. "*KRALINIZ ADINA!*"

Tazı hemen bir dizinin üstüne çöktü. Sör Gregor'un kılıcı havayı kesti ve sonunda o da durdu. Kılıcını yere atıp Kral Muhafızları tarafından çevrelenmiş Robert'a baktı. Kral Muhafızları'ndan başka yirmi şövalye ve muhafız daha vardı. Gregor döndü ve Sör Barristan Selmy'yi iterek yürümeye başladı. "Bırakın gitsin," dedi Robert. Ve her şey bitti.

"Tazı şimdi şampiyon mu oldu?" diye sordu Sansa.

"Hayır," dedi Ned. "Tazı ve Çiçek Şövalyesi arasında son bir karşılaşma olacak."

Ama sonuçta Sansa haklı çıktı. Birkaç dakika sonra Sör Loras Tyrell üzerinde basit yün bir takımla sahaya geri geldi ve, "Size hayatımı borçluyum. Gün sizindir sör," dedi.

"Ben *sör* değilim," diye yanıtladı Sandor ama zaferi, ödülü ve hayatında ilk kez insanların sevgisini kazandı. Sandor alandan ayrılıp çadırına giderken seyirciler onu çılgınca alkışlıyordu.

Sansa ve Ned ok meydanına doğru yürürken Lord Renly ve Serçeparmak onlara katıldı. "Tyrell kısrağının kızgınlık zamanında olduğunu biliyordu bence," dedi Serçeparmak. "Yemin ederim ki çocuk her şeyi baştan planlamış. Gregor iri, vahşi aygırları tercih eder. Çocuk bunu biliyor olmalı." Bu fikir Serçeparmak'ı çok eğlendirmiş gibiydi.

Sör Barristan Selmy o kadar eğleniyormuş gibi görünmüyordu. "Hileli işlerde çok az onur vardır," dedi sertçe.

"Çok az onur ve yirmi bin altın," diye karşılık verdi Serçeparmak.

Öğleden sonra, Dorne Hudutları'ndan Anguy isimli bir genç, kısa mesafelerde elenen diğer okçuların ardından, yüz adım mesafesinde Sör Balon Swanı ve Jalabhar Xho'yu eleyerek okçuluk müsabakasını kazandı. Ned, Alyn'ı delikanlıya göndererek El Muhafızları'nda bir görev önerdi ama zafer, şarap ve daha önce hiç görmediği kadar fazla altının pırıltısıyla kör kütük sarhoş olan çocuk görevi reddetti.

Meydan dövüşü üç saat sürdü. Hürsüvariler, düşük rütbeli şövalyeler ve isim yapmaya çalışan yeni yaverlerden oluşan kırk kişi dövüşlere katılmıştı. Ellerindeki kör silahlarla, kan ve çamura bulanmış halde, önce güç birliği yapan küçük gruplar halinde mücadele verdiler. Gruplardaki adamlar teker teker devrildikten sonra, sahada tek adam kalana kadar birebir dövüşe devam ettiler. Kafası kazınmış, alev kılıçlı deli adam Myrli Thoros meydan dövüşünün galibi oldu. Daha önce de pek çok müsabaka kazanmıştı. Elindeki alevli kılıç atları korkutuyordu ve kendisi hiçbir şeyden korkmuyordu. Meydan dövüşünün final çetelesi; üç kırık bacak, bir kırık kürek kemiği, bir düzine kırık parmak, öldürülmek zorunda kalınan iki at, sayılamayacak kadar fazla kesik, çürük ve burkulmaydı. Ned, Robert dövüşe katılmadığı için şükrediyordu.

Ned akşamki ziyafette uzun zamandır olmadığı kadar umut doluydu. Robert'ın neşesi yerindeydi, Lannisterlar ortada yoktu, hatta kızları bile ağırbaşlı davranıyordu. Jory, Arya'yı ziyafete katılması için yanlarına getirmişti ve Sansa kız kardeşiyle nezaketle konuşuyordu. "Turnuva *olağanüstüydü*," dedi içini çekerek. "Sen de gelmeliydin. Dans dersin nasıl geçti?"

"Her tarafım ağrıyor," dedi Arya bacağındaki kocaman bir morluğu gururla göstererek.

"Çok kötü bir dansçı olmalısın," dedi Sansa şüphe dolu bir ifadeyle.

Daha sonra, Sansa bir grup şarkıcının söylediği "Ejderhaların Dansı" denen iç içe geçmiş karışık baladları dinlerken Ned, Arya'nın bacağındaki morluğu inceledi. "Umarım Syrio Forel sana fazla yüklenmiyordur," dedi.

Arya tek ayağının üstünde durdu. Gün geçtikçe daha başarılı oluyordu bu işte. "Syrio her acının bir ders olduğunu ve her dersin insanı daha güçlü kıldığını söylüyor," dedi.

Ned kaşlarını çattı. Syrio Forel denen adamın çok methini duymuştu ve kusursuz Braavos stili Arya'nın ince kılıcı için çok uygundu ama... birkaç gün önce Arya gözlerine siyah bir kumaş parçası bağlamış halde ortalıkta dolaşıyordu. Syrio'nun ona kulaklarıyla ve teniyle görmeyi öğrettiğini söyledi. Bu olaydan önce de dönüşler ve ters taklalar çalışıyordu kız. "Arya, bunu yapmaya devam etmek istediğinden emin misin?" diye sordu Ned.

Arya başıyla onayladı. "Yarın kedi yakalayacağız."

"Kedi," diyerek iç geçirdi Ned. "Belki bir Braavoslu'yu tutmakla hata ettim. İstersen derslere Jory ile devam edebilirsin. Ya da Sör Barristan'a gizlice sorabilirim. Yedi Krallık'taki en iyi kılıç dövüşçüsüydü gençliğinde."

"Onları istemem. Ben Syrio'yu istiyorum," dedi Arya.

Ned elini saçlarına götürdü. İşinde iyi olan her silah ustası, göz bağlamak, tek ayak üstünde durmak, kedi kovalamak, atlı arabaların tepesinden atlamak gibi saçmalıklara hiç bulaşmadan kılıç kullanmanın inceliklerini öğretebilirdi Arya'ya ama Ned kızını iyi tanıyordu ve onun inatçı çenesiyle tartışmanın hiçbir faydası olmayacaktı. "Nasıl istersen," dedi. Eninde sonunda Arya derslerden sıkılacaktı nasılsa. "Ama lütfen dikkatli ol."

"Olurum," diye söz verdi Arya zıplayarak ayak değiştirirken.

İlerleyen saatlerde, kızlarıyla şehirden geçip kaleye döndükten ve Sansa'yı rüyalarıyla, Arya'yı yaralarıyla yataklarına güven içinde yatırdıktan sonra, El Kulesi'nin tepesindeki odasına gitti. Gün çok sıcak geçmişti. Odası kapalı kaldığı için havasızdı. Ağır pencereyi açtı ve serin gece rüzgârı odayı doldurdu. Büyük Avlu'nun diğer tarafındaki Serçeparmak'ın odasında titrek bir mum ışığı olduğunu fark etti. Vakit gece yarısını epey geçmişti. Nehir kıyısındaki eğlenceler artık bitiyor olmalıydı.

Hançeri eline aldı ve incelemeye başladı. Tyrion'ın turnuvada ödül olarak kazandığı, Bran'ı öldürsün diye Kışyarı'na yolladığı hançer. *Neden*? Cüce neden Bran'ın ölmesini istiyordu? *Kim,* ne sebeple Bran'ın ölmesini isteyebilirdi?

Hançer, Bran'ın düşmesi, bunlar bir şekilde Jon Arryn'ın ölümüyle bağlantılıydı ama Jon'un ölümündeki sır perdesi hâlâ ilk günkü gibi kapalı duruyordu. Lord Stannis turnuva için Kral Toprakları'na dönmemişti. Lysa Arryn, Kartal Yuvası'nın yüksek duvarları arasında sessizliğini koruyordu. Yaver ölmüştü ve Jory hâlâ genelevleri araştırıyordu. Robert'ın piç oğlundan başka hiç kimseye ulaşamamıştı.

Zırh ustasının aksi çırağı Robert'ın oğluydu. Ned'in bundan hiç şüphesi yoktu. Baratheon özellikleri çocuğun yüzüne, gözlerine, çenesine ve siyah saçlarına mühürlenmişti. Renly o yaşta bir çocuğun babası olamayacak kadar gençti, Stannis bir piç peydahlayamayacak kadar soğuk ve onurluydu. Gendry, Robert'ın oğluydu.

Ama bunu bilmek Ned'e ne kazandırıyordu? Yedi Krallık'ın dört bir yanında başka piç çocukları da vardı kralın. Annesi soylu bir kadın olan, Bran yaşlarındaki piçini açıkça kabul etmişti. Çocuk, Lord Renly'nin Fırtına Burnu'ndaki kale kumandanı himayesine verilmişti.

Ned, Robert'ın ilk çocuğunu da hatırlıyordu. Daha kendisi bile bir çocukken, Vadi'de bir kızın babası olmuştu. Tatlı küçük bir kızdı. Fırtına Burnu'nun genç lordu bebeğin üstüne titriyordu. Robert bebeğin annesine olan ilgisini kaybettikten sonra bile, ufaklıkla oynamak için günlük ziyaretlerine devam etmişti. Ned istese de istemese de bu ziyaretler sırasında Robert'a eşlik etmek zorunda kalmıştı çoğu zaman. Kız şimdi on sekiz, on dokuz yaşlarında olmalıydı. Robert onun babası olduğu gün çok daha küçüktü. Garip bir durum.

Cersei lord kocasının piçlerinden memnun değildi elbette ama yıllar geçtikçe kralın bir ya da yüz piçi olması arasında bir fark kalmamıştı onun için. Yasaların ve geleneklerin gayrimeşru çocuklara tanıdığı haklar yok denecek gibiydi. Gendry, Fırtına Burnu'ndaki çocuk, Vadi'deki kız, Robert'ın meşru çocukları için tehlike değildi.

Düşünceleri kapının hafifçe vurulmasıyla kesildi. "Bir adam sizi görmek istiyor lordum," dedi Harwin. "Adını vermek istemiyor."

"İçeri yolla," dedi Ned merakla.

Ziyaretçisi, çizmeleri kurumuş çamurla kaplı, en kaba ipliklerden dokunmuş kahverengi ağır bir cübbe giymiş, yüzü başlığının altında gizlenmiş ve elleri kat kat yenin içinde kaybolmuş tıknaz bir adamdı.

"Kimsin?" diye sordu Ned.

"Bir dost," diye cevapladı cübbeli adam garip alçak bir ses tonuyla. "Yalnız konuşmalıyız Lord Stark."

Merak tedbirden ağır basmıştı. "Harwin, bizi yalnız bırak," diye emretti. Kapı kapanıp yalnız kaldıklarından emin olana kadar adam başlığını çıkarmadı.

"*Lord Varys*?" dedi Ned hayretle.

"Lord Stark," dedi Varys nazik bir tonla, bir koltuğa otururken. "Sizinle bir şeyler içebilir miyiz?"

Ned iki kadehe yaz şarabı doldurdu ve birini Varys'e uzattı. "Bir adım yanınızda yürüsem de sizi tanıyamazdım," dedi şaşkınlıkla. Hadımı ipekler, satenler, kadifeler içinde görmeye alışmıştı ve karşısında oturan adam leylak değil ter kokuyordu.

"Ben de tam böyle olmasını umuyordum," dedi Varys. "Bazı kişilerin ikimizin özel olarak konuştuğunu bilmesi iyi olmaz. Kraliçe sizi yakından izliyor. Bu arada, şarap seçimizin kusursuz. Teşekkür ederim."

"Diğer muhafızlarımı geçmeyi nasıl başardınız?" diye sordu Ned. Porther ve Cayn kulenin kapısında nöbet tutuyorlardı ve Alyn da merdivenlerin başındaydı.

"Kızıl Kale'de sadece hayaletlerin ve örümceklerin bildiği yollar vardır." Özür dilermiş gibi gülümsedi. "Çok vaktinizi almayacağım lordum. Bilmeniz gereken bazı şeyler var. Siz Kral Eli'siniz ve kral bir aptal." Hadımın az önceki hafif ve tuhaf ses tonu kaybolmuştu. Şimdi kamçı gibi sert ve tiz bir sesle konuşuyordu. "Evet biliyorum, sizin arkadaşınız ama buna rağmen bir aptal... ve başına gelecekler var. Eğer siz onu kurtarmazsanız. Bu gün kıyısından döndü. Meydan dövüşü sırasında kralı öldüreceklerdi."

Ned bir an şaşkınlık içinde sözsüz kaldı. "*Kim*?"

Varys bir yudum şarap içti. "Bunu bana samimiyetle soruyorsanız Robert'tan daha büyük bir aptalsınız demektir ve ben yanlış safta duruyor olurum."

"Lannisterlar," dedi Ned. "Kraliçe... hayır, buna inanamam. Cersei bile bu kadar hain olamaz. Krala dövüşmemesini o söylemişti."

"Dövüşmesini *yasaklamıştı*. Hem de kardeşinin, şövalyelerinin ve konsey üyelerinin yarısının gözlerinin önünde. Bir düşünün, kralın meydan dövüşüne gireceğinden emin olmak için daha iyi bir yöntem geliyor mu aklınıza?"

Ned'in içinde korkunç bir huzursuzluk vardı. Hadım çok doğru bir tespit yapmıştı. Robert Baratheon'a, yapamazsın, edemezsin gibi şeyler söyle ve yapacağından emin ol. "Dövüşseydi bile, kim krala saldırmaya cesaret edebilirdi ki?"

Varys omuz silkti. "Meydan dövüşünde kırk atlı adam vardı. Lannisterlar'ın dostu çoktur. Bütün o hengâmeyi bir düşünün. Çığlık atan atlar, kırılan kemikler, elinde alevli kılıcıyla Myrli Thoros. Majestelerine kazayla denk gelen bir darbeye, o kargaşanın içinde kim cinayet diyebilirdi?" Sürahiye uzanıp kadehini tekrar doldurdu. "Kralın işini bitirdikten sonra katili başında diz çöküp acı içinde ağlayabilirdi. Hıçkırıklarını duyabiliyorum. Soylu ve zarif dul üzüntü dolu adama acır, nazikçe ayağa kaldırır ve affedildiğini söylerdi. İyi Kral Joffrey'nin, adamı bağışlamaktan başka seçeneği kalmazdı." Hadım elini yanağına götürdü. "Belki de Cersei, Sör İlyn'e adamın başını vurmasını emrederdi. Lannisterlar için daha az risk, küçük dostları için de kötü bir sürpriz olurdu bu."

Ned öfkesinin kabardığını hissediyordu. "Siz bu komployu biliyordunuz ve hiç ses çıkarmadınız mı?"

"Benim emrimde kuşlar var, savaşçılar değil."

"Bana çok daha önce haber verebilirdiniz."

"Ah evet. Gelip anlatırdım. Siz ne yapardınız? Doğruca Robert'a giderdiniz. Ve Robert bütün bunları duyduğunda ne yapardı? Merak ediyorum."

Ned düşündü. "Hepsine lanet okur ve onlardan korkmadığını göstermek için yine de o meydana çıkardı."

Varys ellerini iki yana açtı. "Bir itirafım daha olacak Lord Eddard. Sizin ne tepki vereceğinizden de emin değildim. *Neden bana gelmedin*? diye soruyorsunuz. Neden olduğunu söylemeliyim. *Çünkü size güvenemedim lordum.*"

"*Siz bana* güvenemediniz?" Ned gerçek bir şaşkınlıkla sormuştu bunu.

"Kızıl Kale'de iki çeşit insan yaşar Lord Eddard," dedi Varys. "Diyara sadık olanlar ve sadece kendilerine sadık olanlar. Bu sabaha kadar sizin hangi gruba ait oldunuzdan emin değildim... anlamak için bekledim... ve şimdi kesin olarak biliyorum." Bir an için samimiyetle gülümsedi ve bir an için gerçek yüzüyle kalabalıkta taktığı maske bir oldu. "Kraliçenin sizden niye bu kadar çok korktuğunu anlamaya başladım. Evet lordum, anlıyorum."

"Onun korkması gereken kişi sizsiniz," dedi Ned.

"Hayır. Ben neysem oyum. Kral beni kullanıyor ama bundan utanç duyuyor. Robert'ımız en kudretli savaşçı ama onun gibi bir adamın bile yılanlara, casuslara ve hadımlara zaafı var. Gün gelir de kraliçe kralın kulağına *öldür şu adamı* diye fısıldarsa, İlyn Payne göz açıp kapayıncaya kadar koparır benim kafamı. Zavallı Varys için kim yas tutar? Kuzeyde ya da güneyde, örümceklerin arkasından ağıtlar yakılmaz." Uzanıp hafifçe Ned'in koluna dokundu. "Ama siz Lord Stark, sanıyorum... hayır *biliyorum* ki... sizi öldürtemez, kraliçe istese bile. Ve bizim kurtuluşumuz bu olabilir."

Bütün bunlar çok fazlaydı. Eddard Stark Kışyarı'na dönmeyi istedi bir an. Sade, temiz, Sur'un ardındaki yabanıllardan ve soğuktan başka düşman olmayan kuzeye gitmek istedi. "Robert'ın pek çok sadık dostu olduğundan eminim," dedi. "Kardeşleri ve..."

"...karısı mı?" diye lafını kesti Varys. "Robert'ın kardeşleri Lannisterlardan nefret ediyor buna şüphe yok. Ama kraliçeden nefret etmekle Robert'ı sevmek aynı şeyler değil. Sör Barristan onurunu seviyor. Yüce Üstat Pycelle itibarını ve Serçeparmak Serçeparmak'ı seviyor."

"Kral Muhafızları..."

"Sadece kağıttan bir kalkan," dedi hadım. "Bu kadar şaşırmış görünmeyin Lord Stark. Jaime Lannister da Beyaz Kılıçlar'ın Yeminli Kardeşler'inden biri ve onun yemininin ne kadar ettiğini hepimiz biliyoruz. Ryam Redwyne ve Ejderha Şövalyesi Prens Aemon'ın beyaz pelerinler giydiği günler artık toza döndü, şarkılarda kaldı. O yedi şövalyenin arasında sadece Sör Barristan Selmy gerçek çeliktendir ve o da artık *yaşlı*. Sör Boros ve Sör Meryn kemiklerine kadar kraliçeye ait ve diğerleriyle de ilgili ciddi şüphelerim var. Hayır lordum, kılıçlar kınlarından gerçekten çıkarıldığında, Robert'ın yanındaki tek gerçek dost siz olacaksınız."

"Robert'ın bunlardan haberi olmalı," dedi Ned. "Bu anlattıkların doğruysa, bu anlattıklarının ufacık bir bölümü bile doğruysa, kral bunları duymalı."

"Peki önüne hangi kanıtlarla gideceğiz? Onların lafına karşılık benim lafım. Küçük kuşlarımın laflarına karşı kraliçenin, Kral Katili'nin, erkek kardeşlerinin, konseyin, doğu ve batı muhafızlarının, Casterly Kayası'nın tüm kudreti. Doğrudan Sör İlyn'i çağırın daha iyi, zaman kazanmış oluruz. Ben yolun nerede bittiğini biliyorum."

"Buna rağmen, söyledikleriniz doğruysa, zaman kollayıp tekrar deneyeceklerdir."

"Deneyecekler doğrusu," dedi Varys. "Ve korkarım ki fazla beklemeden deneyecekler. Siz onları telaşlandırıyorsunuz Lord Eddard. Küçük kuşlarım sürekli dinleyecek. Belki biz, siz ve ben yani, onları birlikte oyalayabiliriz." Kalktı ve cübbesinin başlığını kafasına geçirdi. Yüzü tekrar kayboldu. "Şarap için teşekkür ederim. Tekrar konuşacağız. Bir dahaki konsey toplantısında bana her zamanki gibi aşağılama dolu tavrınızla davrandığınızdan emin olun. Bunu yapmakta zorlanmayacağınızdan eminim."

Ned seslendiğinde hadım kapıya varmıştı. "*Varys*." Hadım döndü. "Jon Arryn nasıl öldü?"

"Bunu ne zaman soracağınızı merak ediyordum."

"Anlat."

"Adına Lys'in gözyaşları diyorlar. Çok zor bulunur ve çok pahalı bir şey. Su tadında, su gibi berrak. Ardında bir iz de bırakmıyor. Tam bu odada, Lord Arryn'a çeşnici kullanması için yalvarmıştım ama beni dinlemedi. Böyle bir şeyi, ancak insandan aşağılık bir yaratığın yapabileceğini söyledi bana."

Ned hikâyenin gerisini biliyordu. "Zehri kim içirdi ona?"

"Aynı masada şarabını ve etini paylaşan yakın bir dostu ama hangisi? Çok fazla dostu vardı. Lord Arryn zarif ve insanlara güvenen bir adamdı." Hadım içini çekti. "Bir çocuk *vardı*. Her şeyini Jon Arryn'a borçluydu. Dul leydi bütün maiyetiyle birlikte Kartal Yuvası'na gittiğinde o Kral Toprakları'nda kaldı. Son zamanlarda işlerinin iyi gittiğini duydum. Beni, genç bir adamın hayatta başarılı olduğunu görmekten fazla mutlu eden bir şey yok." Sesi yine kamçı gibiydi ve her kelimesiyle bir kez daha vuruyordu. "Hilalli pelerini ve yepyeni zırhıyla turnuvadan iyi bir miktar kazanabilirdi, zamansız ölmesi kötü oldu. Siz daha onunla konuşamadan hayatını kaybetti."

Ned zehirlenmiş gibi hissediyordu. "Yaver," dedi. "Sör Hugh." Çarklar içinde dönen çarklar; onların içinde dönen başka çarklar. Ned'in kafası zonkluyordu. "*Neden?* Neden şimdi? Jon Arryn on dört yıldır Kral Eli'ydi. Ne yapıyordu ki onu öldürmek zorunda kaldılar?"

"Soru soruyordu," dedi Varys kapıdan çıkarken.

TYRİON

Şafak öncesi serinliğinde Chiggen'ın atını kesmesini izleyen Tyrion Lannister, Starklar'ın borç hanesine bir çizik daha attı. Paralı asker, at leşinin gövdesini deri yüzme bıçağıyla deştiğinde hayvanın içinden buharlar çıktı. Ustalıkla hareket eden elleri boşa tek kesik bile atmıyordu. İşini çabucak bitirmeliydi çünkü gölgekedileri kanın kokusunu alıp yükseklerden yanlarına inecekti.

"Bu gece hiçbirimiz aç kalmayacağız," dedi Bronn. Bir deri bir kemik hali, siyah gözleri ve siyah fırça gibi sakalıyla kendisi de bir gölgeydi.

"Bazılarımız kalacak," dedi Tyrion. "At eti yemekten hiç hoşlanmam. Özellikle *kendi* atımın etini."

"Et ettir," dedi Bronn omuzlarını silkerek. "Dothraklar at etini domuz ya da dana etinden daha çok seviyor."

"Beni bir Dothrakla mı karıştırıyorsun?" dedi Tyrion yüzünü ekşiterek. Dothrakların at eti sevdikleri doğruydu. Sakat doğan çocuklarını da *khalasar*'ı takip eden vahşi köpeklere yiyecek olarak bırakıyorlardı. Dothrak adetlerinin kendisine cazip gelen bir yanı yoktu.

Chiggen hayvanın gövdesinden ince bir dilim et kesti ve incelemek için havaya kaldırdı. "Tadına bakmak ister misin cüce?"

"Kardeşim Jaime, o atı yirmi üçüncü isim günümde hediye etmişti bana," dedi boğuk bir sesle.

"Ona bizim adımıza teşekkür et öyleyse. Bir daha görürsen tabi." Chiggen sarı dişlerini göstererek sırıttı ve çiğ eti iki lokmada midesine indirdi. "Tadına bakılırsa safkan," dedi.

"Soğanla birlikte kızartırsan daha lezzetli olacak," dedi Bronn.

Tyrion hiçbir şey söylemeden topallayarak uzaklaştı. Soğuk kemiklerine kadar işlemişti ve bacakları yürümesine engel olacak kadar çok ağrıyordu. Belki de ölü kısrağı şanslıydı. Tyrion'ın önünde saatler sürecek uzun bir yol vardı. Sonra bir lokma ekmek yiyecek, sert ve soğuk bir zeminde kısacık rahatsız bir uyku uyuyacak, tekrar yola düşecekti. Ertesi gün de aynı şeyler olacaktı. Ve sonraki gün de ve ondan sonrakinde de. Bu eziyetin ne zaman biteceğini sadece tanrılar biliyordu. "Lanet olası kadın!" diye mırıldandı. Kendisini tutsak alanların yanına doğru yürümek için debelenirken hatırladı, "Lanet olası Starklar!"

Anı kafasında hâlâ canlı ve acıydı. Bir an kendisine yemek ısmarlıyordu, bir sonraki an salon dolusu silahlı adamla karşı karşıyaydı. Jyck kılıcına davranırken şişman hancı kişniyordu, "Kılıç olmaz, *burada* olmaz, lütfen lordlarım."

Kılıçlarını çekmiş adamlar onları paramparça etmeden önce Jyck'in kolunu tutup indirmişti Tyrion. "Sen nezaket kurallarından habersiz misin Jyck? Sevgili hancı kılıç olmaz dedi. Onu dinle." Kendini gülümsemeye zorlamıştı ama gülümsemesi mide bulandırıcı olmalıydı, çünkü tam o anda midesi bulanıyordu. "Çok kötü bir hata yapıyorsunuz Leydi Stark. Oğlunuza yapılan saldırıyla benim hiçbir ilgim yok. Size şerefim üzerine..."

"Lannister şerefi," dedi kadın sadece. Bütün salonun görebileceği şekilde ellerini havaya kaldırdı sonra. "Bu kesikler onun hançeriyle oldu. Oğlumun boğazını kesmek üzere gönderilmiş hançerle."

Tyrion salondaki öfkenin Catelyn'in ellerindeki kesiklerle beslenip büyüdüğünü, yoğunlaştığını hissedebiliyordu. Salonun arka tarafında oturan sarhoş bir hırpani, "Öldürün onu," diye tısladı ve bütün salon, Tyrion'ın inanamayacağı kadar kısa bir an içinde bu lafı tekrar etmeye başladı. Birkaç dakika önce dostça davranan yabancılar, ava çıkmış tazılar gibi Tyrion'ın kanını istiyordu şimdi.

Tyrion yüksek sesle konuşmaya başladı. Sesindeki endişeyi gizlemeye çalışıyordu. "Eğer Leydi Stark bir suça karıştığıma inanıyorsa, ben kendi rızamla gidip sorgulanmaya razıyım," dedi.

Yapılacak en doğru şey buydu. Direnmek erkenden mezara girmek anlamına geliyordu. Stark kadınının yardım çağrısına on iki güçlü kılıç yanıt vermişti: Harenhallar'ın adamı, Brackenlar'ın üç adamı, tükürmeye cesaret edecek olsa bile canını almaya hazır görünen iki paralı asker ve ne yaptıklarıyla ilgili en ufak fikirleri olmayan bir grup tarla işçisi. Bütün o adamlara karşı Tyrion'ın neyi vardı? Kemerindeki hançeri ve iki adamı. Jyck iyi bir kılıç dövüşçüsüydü ama Morrec kılıç söz konusu olduğunda adamdan bile sayılmazdı. O biraz seyis, biraz aşçı, biraz da hizmetkârdı ama bir savaşçı olmadığı kesindi. Yoren ne hissederse hissetsin kılıcına dokunamazdı çünkü kara kardeşler diyarın kavgalarına karışmayacaklarına dair yemin etmişlerdi. Yoren hiçbir şey yapamazdı.

Nitekim Leydi Stark'ın yanındaki yaşlı şövalye, "Silahlarını alın," diye emir verdiğinde Yoren sessizce kenara çekildi ve paralı asker Bronn öne çıkarak Jyck'in elindeki kılıca ve üzerlerindeki hançerlere el koydu. Salondaki gerilim gözle görünür şekilde azalmaya başladığında, "Güzel," dedi yaşlı adam, "Harika." Tyrion adamın huysuz ve boğuk sesini tanımıştı. Kışyarı'nın silah ustası sakalsızdı.

Şişman hancı, Catelyn Stark'a yalvarırken ağzından kızıl tükürükler saçılıyordu, "Onu burada öldürmeyin leydim!"

"Onu hiçbir yerde öldürmeyin," dedi Tyrion.

"Başka bir yere götürün, burada kan akmasın leydim. Beni büyük lordların meselelerine karıştırmayın."

"Onu Kışyarı'na götürüyoruz," dedi Catelyn ve Tyrion düşündü. *Güzel, belki...* ama durumu daha iyi idrak edebilmesi için salona bir an göz gezdirmesi yeterli oldu. Gördüğü her şeyin onu mutsuz ettiği söylenemezdi. Ah, Stark kadını gerçekten çok akıllıca davranmıştı, buna şüphe yoktu. Adamları, babası adına ettikleri yeminleri halk içinde kabul etmeye zorlamış ve ardından yardımlarını istemişti. Bunu yapanın bir kadın olması da epey işe yaramıştı. Buna rağmen, kazandığı zafer tam anlamıyla tatmin edici sayılmazdı. Kabaca sayabildiği kadarıyla salonda elli kadar kılıçlı adam vardı ama Catelyn Stark'ın açık yardım çağrısına ancak bir düzinesi cevap vermişti. Diğerleri korkmuş, afallamış ya da huzursuz olmuştu. Freyler'den sadece ikisi ayağa kalkmıştı ama kumandanları hareketsiz kalınca onlar da hemen oturmuşlardı. Cesaret edebilse gülerdi Tyrion.

"O halde Kışyarı," dedi gülmek yerine. Çok uzun bir yoldu. Bunu ilk elden biliyordu. Geldiği onca mesafeyi şimdi geri dönecekti. Yolda pek çok şey olabilirdi. "Babam bana ne olduğunu merak edecektir," diyerek konuşmaya devam etti, odasını ona veren kılıçlı adama bakarak. "Bugün burada neler olduğunun haberini getiren kişiye önemli bir miktar ödül verecektir." Lord Tywin bunu asla yapmazdı elbette ama Tyrion serbest kaldığında borcunu seve seve öderdi.

Sör Rodrik leydisine baktı. Tam da olması gerektiği gibi endişeliydi. "Adamları da onunla birlikte gelecek," diye duyurdu yaşlı adam. "Ve bizimle gelmeyenlere, bu gece burada olanlarla ilgili sessiz kalacakları için teşekkür ediyorum."

Tyrion kahkaha atmamak için kendisiyle savaşıyordu. *Sessiz mi*? Yaşlı aptal. Bütün hanı beraberinde götürse bile, onlar oradan ayrılır ayrılmaz yayılacaktı haberler. Cebinde altın sikke olan hürsüvarinin şimşek hızıyla Casterly Kayası'na gideceğini tahmin ediyordu. O olmazsa başka biri. Yoren hikâyeyi kuzeye götürecekti. Şu aptal şarkıcı olayla ilgili şarkılar söyleyecekti. Freyler kalelerine döndükleri anda olanları lordlarına bildirecekti ve lordun ne yapacağını sadece tanrılar bilebilirdi. Lord Walder Frey, Nehirova için yemin etmişti ama her zaman kazanan tarafın yanında yer alacak kadar hesapçı bir adam olduğu için bu yaşına kadar sağ kalmıştı. Kral Toprakları'na mutlaka bir haberci kuş salacaktı; bundan çok daha fazlasını da yapabilirdi.

Catelyn Stark hiç vakit kaybetmedi. "Hemen yola çıkmalıyız. Dinlenmiş atlara ve erzağa ihtiyacımız olacak. Sizler, Stark Hanedanı'nın sonsuz minnettarlığı sizindir. Tutsaklarımızı Kışyarı'na götürürken onlara gözcülük etmeye gönüllü olanlar varsa en iyi şekilde ödüllendirileceklerine söz veriyorum." Bu son sözleri işitmek bir salon dolusu aptal için yeterliydi. Sürü halinde öne çıktılar. Tyrion yüzlerini inceledi, hepsi ödüllendirilmeliydi gerçekten. Tyrion, onları hayal ettikleri şekilde olmasa da ödüllendireceğine yemin etti.

Adamlar onu bir bohça gibi dışarıya çıkarıp kalın bir iple ellerini bağlarken Tyrion'ın içinde korku yoktu. Onu Kışyarı'na götürmeyi başaramayacaklardı. Buna bahse girebilirdi. Haberci kuşların salındığı gün içinde süvariler peşlerine düşecekti. Nehir lordlarından biri babasına yaranmak için mutlaka bu duruma el koymayı düşünecekti. Tyrion kendisini kurnazlığından dolayı kutlarken biri kafasına bir başlık geçirip onu bir eyerin üstüne oturttu.

Yağmur altında dörtnala koşan atlarla yola çıktılar. Aradan uzun zaman geçmeden Tyrion'ın baldırlarına kramp girmiş ve sağrısı zonklamaya başlamıştı. Epey yol alıp handan iyice uzaklaştıklarında bile, Catelyn Stark atların temposunu dörtnaldan tırısa düşürüp yola devam etti. Engebeli yollarda sefilce bir yolculuk yapıyorlardı ve Tyrion'ın kafasına geçirilmiş başlıkla körleşen gözleri her şeyi daha beter ediyordu. Her dönemeçte ve engebede atından düşme tehlikesi yaşıyordu. Başlık sesleri boğduğu için diğerlerinin ne konuştuğunu tam olarak duyamıyordu. Yağmurun sırılsıklam ettiği başlık yüzüne yapışmıştı ve nefes alması bile bir mücadeleye dönüşmüştü. Ellerini bağladıkları ip bileklerini kesiyordu ve zaman geçtikçe daha fazla sıkıyordu çünkü bilekleri iyice şişmişti. *Bir şöminenin önünde kızarmış ördek yemek üzereydim ve lanet olası aptal şarkıcı ağzını açtı*, diye düşündü keder içinde. Sefil şarkıcı da onlarla birlikte gelmişti. "Bu hikâyeden muhteşem bir şarkı çıkacak ve o şarkıyı yazan ben olacağım," demişti Catelyn'e. Bu *muhteşem maceranın* bir parçası olmak ve nasıl sonlandığını görmek istiyordu. Lannister süvarileri geldiğinde şarkıcının bu macerayı muhteşem bulup bulmayacağını merak ediyordu Tyrion.

Yağmur sonunda dindi. Şafak güneşi kafasındaki başlıktan içeri sızdığı sırada, Catelyn Stark'ın durma emri verdiğini duydu. Kaba eller onu atından sertçe aşağı çekti, bileklerini çözdü ve başlığı kafasından çıkardı. Dar ve kayalık yolu, yüksek tepeleri, çevredeki vahşi doğayı ve ufuk çzigisindeki yüksek karlı dağları gördüğünde bütün umudunu kaybetti. "Bu yüksek yol," dedi nefesini tutarak. Suçlar gibi Leydi Stark'a dikti gözlerini. "Bu *doğu* yolu. Kışyarı'na gittiğimizi söylemiştiniz!"

Catelyn Stark acımasız bir gülümseme bahşetti. "Birkaç kere ve epey yüksek sesle söyledim hem de," dedi. "Sizi aramaya çıkan arkadaşlarınızın o yöne doğru gideceğinden şüphem yok. Onlara iyi yolculuklar dilerim."

Şimdi bile, aradan günler geçmesine rağmen o anı düşünmek Tyrion'ı öfkeyle dolduruyordu. O bütün hayatı boyunca, tanrıların ona verdiği tek hediye olan zekâsıyla gurur duymuştu ve şimdi yedi kere lanet olasıca, dişi kurt Catelyn Stark her dönemeçte ondan bir adım öndeydi. Bu durum, gururunu kaçırılmış olmaktan daha fazla incitiyordu.

Sadece atların beslenmesi ve su içmesi için mola verip aynı hızla yola devam ediyorlardı. Artık kafasında başlık yoktu. İkinci geceden sonra ellerini de çözmüşlerdi. Tepelere çıktıkça Tyrion'ı gözetleme gereği bile duymamaya başlamışlardı. Artık kaçacağından korkmuyor gibiydiler ve haklıydılar. Çok yüksek ve yaban bir yerdeydiler. Yol taşlı bir patikadan daha geniş değildi. Kaçmaya kalksa, tek başına ve erzaksız nereye kadar gidebilirdi? Gölge kedileri onu paramparça ederdi ve dağlarda, ancak güçlü kılıçlara boyun eğecek kanun tanımaz katil haydutlar yaşıyordu.

Stark kadını bütün tehlikelere rağmen korkusuzca yol almaya devam ediyordu. Tyrion nereye gittiklerini biliyordu. Başlığı kafasından ilk çıkardıkları anda istikametlerinin neresi olduğunu anlamıştı. Bu dağlar Arryn Hanedanı'na aitti. Yani ölü Kral Eli Jon Arryn'ın Tullyli dul karısına, yani Catelyn Stark'ın kız kardeşine... ve burada kimse Lannisterlar'ın dostu değildi. Tyrion, Leydi Arryn'ı Kral Toprakları'nda geçirdiği yıllardan tanıyordu ve tanışıklıklarını yenilemeye hiç hevesi yoktu.

Kendisini tutsak alanlar yüksek yolun biraz altındaki dere kenarında toplanmıştı. Atlar derenin buz gibi suyuyla midelerini doldurmuştu. Şimdi de kayaların aralarında biten kahverengi otları yiyorlardı. Jyck ve Morrec, asık suratları ve perişan halleriyle yan yana duruyordu. Mohor mızrağına yaslanmış halde tepelerine dikilmişti. Kafasındaki yuvarlak demir başlık bir kâseye benziyordu. Hemen yanlarındaki şarkıcı Marillion yere oturmuş ahşap arpını yağlıyor ve rutubetin telleri ne hale getirdiğiyle ilgili şikâyet edip duruyordu.

Tyrion yanlarına yaklaştığında, düşük rütbeli şövalye Sör Willis Wode, "Biraz dinlenmeliyiz leydim," diyordu Catelyn Stark'a. Leydi Whent'in adamıydı ve Catelyn Stark yardım istediğinde ilk ayağa kalkan o olmuştu.

"Sör Willis doğru söylüyor leydim," dedi Sör Rodrik. "Bu kaybettiğimiz üçüncü at ve..."

"Lannisterlar bizi bulursa çok daha fazla at kaybederiz," diye hatırlattı Catelyn. Yüzü rüzgâr yanığıyla sertleşmişti ama kararlılığından hiçbir şey kaybetmemişti.

"Burada öyle bir ihtimal yok," diyerek lafa karıştı Tyrion.

"Leydi sana fikrini sormadı cüce," dedi, kısa diken diken saçları ve domuza benzeyen yüzüyle tam bir ahmak olan Kurleket. Brackenlar'ın adamlarındandı. Lord Jonos'un hizmetindeki süvarilerden biriydi. Tyrion hepsinin adını ezberlemek için çaba harcamıştı, böylece daha ileriki bir zamanda, kendisine gösterdikleri zarif muamele için teşekkürlerini sunabilecekti. Bir Lannister borcunu mutlaka öderdi. Kurleket bunu öğrenecekti. Arkadaşları Lharys ve Mohor da öğrenecekti. Sevgili Sör Willis, paralı askerler Bronn ve Chiggen'a da öğretecekti. *Topal*, *iblis* ve *ipek* sözcüklerine kafiyeler bulmak için erkekçe mücadele veren tenor sesli ahşap arplı Marillion'a daha da özenle anlatacaktı dersi.

"Bırakın konuşsun," diye emretti Catelyn Stark.

Tyrion Lannister bir kayanın üstüne oturdu. "Peşimizdekiler şu anda büyük ihtimalle Boğaz'ı geçiyor. Sizi Kral Yolu'nda yakalayacaklarını düşünüyor olmalılar... tabi birilerinin peşimizde olduğunu sadece varsayıyoruz, olmayabilirler. Ah, babam mutlaka haberleri almıştır ama... beni bütün kalbiyle sevdiğini söyleyemem." Söylediği yarım yalan sayılırdı. Lord Tywin şekilsiz oğluyla zerre kadar ilgilenmezdi ama soyuna yapılan bir hakareti kabullenmesi mümkün değildi. "Bunlar zalim topraklar Leydi Stark. Vadi'ye varana kadar herhangi bir destek alamayacaksınız ve ölen her at diğerlerinin daha fazla zorlanması demek. Daha beteri, beni kaybetmek riskine giriyorsunuz. Ufak bir adamım ve güçlü değilim. Ben ölecek olursam bütün bu yaptıklarınız hangi amaca hizmet edecek?" Bu söyledikleri yalan değildi. Tyrion atların bu temposuna daha ne kadar dayanabileceğini bilmiyordu.

"Bütün bu yaptıklarımın amacı senin ölmen diyebiliriz Lannister," diye karşılık verdi Catelyn.

"Bence değil," dedi Tyrion. "Eğer ölmemi istiyor olsaydınız tek sözünüz yeterdi. Şu sadık dostlarınızdan biri memnuniyetle kırmızı bir gülücük kondururdu ağzıma." Kurleket'e baktı ama adam sözlerindeki ince alayı anlayamayacak kadar sığdı.

"Starklar yatakta adam öldürmez."

"Ve bunu ben de yapmam," dedi Tyrion. "Size tekrar söylüyorum, oğlunuza yapılan saldırıyla hiç ilgim yok benim. Size daha kaç kere yemin etmeliyim? Leydi Stark, bana inansanız da, inanmasanız da, o hançer benim değil. Ben aptal bir adam değilim. Sadece aptal bir adam kendi hançerini kullanarak arkasında böyle bir iz bırakır."

Kısa bir an için Catelyn'in bakışlarında bir tereddüt görür gibi oldu ama kadın, "Petyr neden yalan söylesin bana?" dedi.

"Bir ayı neden ormanda pisler?" diye karşılık verdi Tyrion. "Çünkü onun tabiatı bu. Yalan söylemek, nefes almak kadar doğaldır Serçeparmak gibi bir adam için. Bunu anlamak zorundasınız. Gerçekleri anlamak zorundasınız, hepiniz."

Catelyn, Tyrion'a doğru bir adım attı. İfadesi sertti. "Ve bu ne demek oluyor Lannister?"

Tyrion kafasını yana yatırdı. "Neden konseydeki her adama, sizin bekâretinizi nasıl aldığını anlatıyor Leydi Stark?"

"*Yalan söylüyorsun*," dedi Catelyn Stark.

"Ah! Seni aşağılık iblis," dedi Marillion şaşkınlıkla.

Kurleket deri yüzme bıçağını çıkardı. Zalim ve keskin bir siyah demir parçası. "Sadece söyleyin leydim. Bu iblisin yalancı dilini ayaklarınızı dibine atayım." Bu fikir domuza benzeyen gözlerini heyecanla doldurmuştu.

Catelyn Stark buz gibi yüzüyle Tyrion'a baktı. Daha önce hiç olmadığı kadar soğuktu üstelik. "Petyr Baelish bir zamanlar bana âşıktı. Bu karşılıksız aşkı hepimiz için trajediydi ama saf, temiz ve gerçekti. Alay edilecek bir yanı da yoktu. Benimle evlenmek istedi. İşin gerçeği budur. Siz gerçek bir şeytansınız Tyrion Lannister."

"Ve siz gerçek bir aptalsınız Leydi Stark. Serçeparmak'ın gerçekten sevdiği tek kişi Serçeparmak'tır ve size yemin ederim ki sizden istediği şey *evlenmek* değildi. Dolgun göğüslerinizi, tatlı dudaklarınızı ve sıcak bacak aranızı istemişti."

Kurleket, Tyrion'ı saçlarından yakaladı ve sertçe geri çekti kafasını. Bıçağını boğazına dayadı, "Kanını akıtayım mı leydim?" diye sordu.

"Beni öldür ve gerçek de benimle birlikte ölsün," dedi Tyrion nefes almaya çalışarak.

"Bırakın konuşsun," dedi Catelyn Stark.

Kurleket, Tyrion'ın saçını isteksizce bıraktı.

Tyrion derin bir nefes aldı. "Serçeparmak kendi hançerinin benim elime nasıl geçtiğini anlattı size? Buna cevap verin."

"Prens Joffrey'nin isim gününde düzenlenen turnuvada bahis oynayarak kazanmışsınız."

"Kardeşim Jaime'nin, Çiçek Şövalyesi tarafından yenildiği gün. Hikâyesi bu muydu?"

"Buydu," diyerek onayladı Catelyn. Alnında bir çizgi belirdi.

"*Süvariler!*"

Tiz uyarı üstlerindeki kayalık tepeden gelmişti. Onlar dinlenirken yolu gözlemesi için Lharys'i tepeye tırmandırmıştı Sör Rodrik.

Uzunca gelen bir an boyunca kimse yerinden kıpırdamadı. İlk hareketlenen Catelyn Stark oldu. "Sör Rodrik, Sör Willis, hemen atlara!" diye bağırdı. "Diğer hayvanları da alın. Mohor, tutsakları gözle..."

"Bizi silahlandırın," dedi Tyrion ayağa kalkıp kadının koluna asılmıştı. "Bütün kılıçlara ihtiyacınız olacak."

Kadının ona hak verdiğini yüz ifadesinden anlayabiliyordu Tyrion. Dağ haydutları soylu aileler arasındaki düşmanlıkları umursamazdı. Lannisterlar'ı da, Starklar'ı da aynı iştahla kılıçtan geçirirlerdi. Tıpkı iki ailenin birbirini kılıçtan geçirmek istediği gibi. Belki sadece Catelyn'e dokunmazlardı. O hâlâ çocuk doğurabilecek kadar gençti. Ama kadın hâlâ tereddütlüydü.

"*Onları duyabiliyorum!*" diye seslendi Sör Rodrik. Tyrion durdu ve kulak kabarttı: Nal sesleri, bir düzine, belki daha fazla. Ve gittikçe yaklaşıyorlardı. Birden herkes silahını kapıp atlara koşmaya başladı.

Lharys aceleyle tepeden inerken çakıl taşları yağmur gibi üstlerine yağdı. Adam nefes nefese Catelyn Stark'ın önüne düştü. "Yirmi adam, belki daha fazla. Süt Yılanları ya da Ay Kardeşleri olduklarını tahmin ediyorum. Galiba gizli gözcüleri vardı leydim. Burada olduğumuzu biliyorlar."

Sör Rodrik Cassel uzun kılıcını eline alarak atına binmişti bile. Mohor demir uçlu mızrağını iki eline almış ve hançerini dişlerinin arasına sıkıştırmış halde dev bir kayanın arkasında pusuya yatmıştı. "Sen! Şarkıcı çocuk," diye seslendi Sör Willis Wode. "Şu göğüs zırhını takmama yardım et." Marillion'ın yüzü süt rengini almıştı. Arpına sıkı sıkı sarılmış halde donup kalmıştı ama Tyrion'ın adamı Morrec hemen ayağa kalkıp şövalyeye yardım etmeye koştu.

Tyrion hâlâ Catelyn Stark'ın kolunu tutuyordu. "Başka şansınız yok. Üç kişiyiz, bizi gözetlesin diye bıraktığınız adamla dört kişi... Dört adam ölümle yaşam arasındaki fark demek burada."

"Kavga bittiğinde silahını teslim edeceğine dair bana söz ver."

"Söz mü?" At sesleri iyice yakından geliyordu artık. Tyrion'ın yüzünde çarpık bir sırıtma vardı. "Sözüm sizindir leydim... size Lannister şerefim üzerine yemin ederim."

Bir an, kadın yüzüne tükürecek sandı Tyrion. "Onlara silah verin," diye bağırdı Catelyn Stark ve hemen uzaklaştı. Sör Rodrik, Jyck'e kılıcını ve kınını atıp düşmanla karşılamak için atını çevirdi. Morrec kendine bir yay ve ok çantası buldu, yolun kenarında diz çökerek düşmanları beklemeye koyuldu. İyi kılıç kullanamıyordu ama fena bir okçu sayılmazdı. Bronn, Tyrion'a çift kenarlı bir balta verdi.

"Daha önce hiç baltayla dövüşmedim." Elindeki silah yabancı ve tuhaf geliyordu. Kısa bir sapı, ağır bir başı ve ucunda tehlikeli görünen bir dikeni vardı.

"Kütük kesiyormuşsun gibi düşün," dedi Bronn. Sırtında asılı duran uzun kılıcını çekti. Tükürdü, atını döndürüp Chiggen ve Sör Rodrik'e katılmak için koşturdu. Sör Willis de atına bindi. Siyah uzun kuş tüyleriyle süslenmiş, incecik bir göz aralığı olan miğferini tek eliyle başına geçirmeye çalışıyordu.

"Kütükten kan gelmez," dedi Tyrion, belli birine hitap etmeden. Çevrede iri bir kaya aradı ve Marillion'ın arkasında saklandığı kayayı görüp koştu. "Kenara kay."

"Başka yere git!" diye çığlık attı çocuk. "Ben bir şarkıcıyım, bu kavgaya karışmak istemiyorum."

"Ne? Yoksa macera hevesin geçti mi?" dedi Tyrion. Şarkıcı çocuğu kenara kayması için tekmeledi ve sadece tek kalp atışı sonra haydutlar oradaydı.

Ne hanedan arması, ne sancak, ne savaş borusu, ne davullar

vardı. Sadece Morrec ve Lharys'in attığı okların sesi duyuldu. Kaynatılmış deriler kuşanmış, birbirinden farklı zırhların içindeki kara ve zayıf adamlar, alacakaranlığın içinden bir anda çıkıp geldi. Eldivenli ellerinde her türden silah vardı: Uzun kılıçlar, mızraklar, bileylenmiş oraklar, çivili sopalar, hançerler ve ağır demir tokmaklar. İki elle kullanılan büyük kılıcı olan, gölge postundan yapılmış bir cübbe giyen atlı iri bir adam grubun başını çekiyordu.

Sör Rodrik bağırdı, *"Kışyarı!"* Savaş naraları atan Bronn ve Chiggen'la birlikte adamı karşılamaya gitti. Başının üzerinde dikenli bir gürz sallayan Sör Willis onları takip etti. *"Harrenhal! Harrenhal!"* diye çığırıyordu. Tyrion bir an öne fırlayıp baltasını sallamak ve *Casterly Kayası!* diye bağırmak için dayanılmaz bir istek duydu ama çılgınlığı hemen geçti ve tekrar kayanın dibine oturdu.

Ürkmüş atların kişnemelerini ve birbirine çarpan metallerin sesini duyuyordu. Chiggen'ın kılıcı miğfer takmamış zırhlı bir haydutun yüzüne indi. Bronn adamların içine kasırga gibi daldı ve sağdan soldan kesici darbeler savurmaya başladı. Sör Rodrik gölge postu giymiş iri adamla dövüşüyordu. Birbirlerine darbe üstüne darbe indirirlerken, atları da karşılıklı dans ediyordu. Jyck eyersiz bir ata atladı ve üzerinde zırh olmadığı halde kavganın tam ortasına doğru ilerledi. Tyrion, gölge postlu adamın boğazına saplanmış bir ok gördü. Adam çığlık atmak için ağzını açtığında ağzından ses yerine kan çıktı. O düşerken, Sör Rodrik başka biriyle dövüşmeye başlamıştı.

Marillion tiz bir sesle bağırdı. Arkasında saklandıkları kayanın üzerinden bir at atlarken başını ahşap arpıyla korumaya çalışıyordu. Atlı onlara dönüp üzerlerine geldiği sırada Tyrion kalktı ve dikenli baltasını iki eliyle savurdu. Balta tok bir sesle atın boğazına gömüldü. Hayvan acı bir çığlıkla yere devrilirken Tyrion az kalsın dengesini kaybediyordu. Baltayı hayvanın boğazından çıkarmayı başardı ve devrilen atın altında kalmaktan son anda kurtuldu. Marillion o kadar talihli değildi. At ve binicisi şarkıcının üzerine devrilip düğüm haline geldi. Haydut atın altında kalan ayağını kurtaramadan Tyrion adamın boğazına baltasını indirdi.

Baltayı adamın boğazından çıkarmaya çalışırken Marillion'ın inleyen sesini duydu. "Biri bana yardım etsin. Tanrılar bana merhamet gösterin. *Kanım akıyor.*"

"Sanırım o atın kanı," dedi Tyrion. Marillion'ın eli ölü hayvanın altından sürünerek çıktı. Toprakta yürüyen beş ayaklı bir örümcek gibi görünüyordu. Tyrion ayağını elin üzerine bastırdı ve tatmin edici bir çatırtı sesi duydu. Baltasını omzuna alıp giderken, "Orada kal ve ölü taklidi yap," diye tavsiyede bulundu şarkıcıya.

Her şey aynı anda oldu sonra. Ortalık bağrışlar, çığlıklar ve dökülen kanın ağır kokusuyla doldu. Dünya oradaki keşmekeşten ibaret gibiydi. Kulağının yanından oklar geçti ve kayalara çarpıp dağıldı. Bronn'un atsız kaldığını ve iki kılıçla birden dövüştüğünü gördü. Tyrion mücadelenin kıyısında kaldı. Kayadan kayaya atlıyor ve geçen atların bacaklarına baltasıyla darbeler indiriyordu. Yerde yatan yaralı bir haydut gördü, adamı öldürdü ve yarım miğferini aldı. Miğfer başına tam oturmamıştı ama hepten korumasız kalmayacağı için memnundu. Jyck karşısındaki hayduta bir kılıç kesiği verirken sırtından öldürücü bir darbe aldı. Tyrion, Kurleket'in cesedine takılıp tökezledi. Domuzun yüzü bir gürz darbesiyle ezilmişti. Tyrion cesedin elindeki kamayı almaya çalışırken, silahın kabzasından anlamıştı adamın Kurleket olduğunu. Tam kamayı kemerine sıkıştırıken kadının çığlığını duydu.

Catelyn Stark kayalık dağın dibinde üç adam tarafından kıstırılmıştı. Adamlardan biri hâlâ atının üstündeydi, diğer ikisi kadının tam karşısındaydı. Leydi Stark şekilsiz parmaklarıyla bir hançer tutuyordu ama sırtı kayalara dayalıydı ve üç yanı da adamlarla çevrilmişti. *Bırak sürtüğün işini bitirsinler*, diye düşünüyordu Tyrion. *Ne güzel olur*. Buna rağmen hâlâ onlara doğru ilerliyordu. Adamlar onun geldiğini fark edemeden, baltasını birinin dizlerinin arkasına indirdi. Ağır balta adamın bacağını kemiğine kadar kopardı. Çürümüş ağaç gövdesi gibi ikiye ayrıldı bacak. *Kanayan kütükler*, diye düşündü anlamsızca. İkinci adam üstüne yürüdü ve kılıcını kaldırdı. Tyrion savrulan kılıcın altında çömeldi ve baltasını savurdu. Adam geriye doğru düşerken Catelyn Stark adamın arkasından boynunu tutup hançeriyle boğazını kesti. Atlı adam önemli bir işi olduğunu hatırlamış gibi, bir anda dörtnala koşup uzaklaştı.

Tyrion etrafa bakındı. Bütün düşmanları ya ölmüş ya da kaybolmuştu. Nasıl olduysa, o farkına varamadan sona ermişti mücadele. Ölen atlar ve can çekişen adamlar inleyerek yerde yatıyordu ve kendisinin onlardan biri olmaması şaşkınlık vericiydi. Parmaklarını açtı, balta elinden düştü. Elleri kanla yapış yapış olmuştu. Bütün bir gün dövüştüklerine yemin edebilirdi ama güneş bir parça bile kıpırdamamıştı yerinden.

"İlk dövüşün müydü?" diye sordu Bronn. Jyck'in ölü bedenine eğilmiş adamın çizmelerini çıkarıyordu. İyi çizmelerdi doğrusu. Lord Tywin'in adamlarına uygun, ağır deriden, yağlanmış ve esnek. Bronn'un giydiği çizmelerden çok daha iyi.

Tyrion başıyla onayladı. "Babam benimle gurur duyacak," dedi. Bacaklarına korkunç kramplar giriyordu. Ayakta durmakta zorlanıyordu ama garip bir şekilde, dövüş sırasında en küçük bir ağrı bile hissetmemişti.

"Şimdi sana bir kadın lazım," dedi Bronn siyah gözlerinde tuhaf bir pırıltıyla. Çizmeleri torbasına attı. "Kan döktükten sonra bir kadınla yatmaktan iyisi yoktur, sözüme inan."

Chiggen, homurdanıp dudaklarını yalayacak kadar bir süre için haydutların cesetlerini yağmalamayı bıraktı.

Tyrion, Sör Rodrik'in yaralarını saran Leydi Catelyn'e baktı. "Onun da gönlü varsa, ben dünden razıyım," dedi. Süvariler kahkahaya boğuldu. Tyrion gülümsedi ve düşündü, *İşte buna başlangıç denir.*

Daha sonra dere kıyısına gitti ve buz gibi suyla yüzündeki kanları temizledi. Diğerlerinin yanına dönerken etraftaki cesetlere baktı. Ölü haydutlar zayıf ve perişan adamlardı. Atları sefil, az gelişmiş, kaburgaları sayılacak kadar zayıf hayvanlardı. Bronn ve Chiggen'ın bile almaya tenezzül etmediği, hiç de etkileyici olmayan silahları vardı. Tokmak, dikenli sopa, *orak*... Elindeki uzun kılıçla Sör Rodrik'in karşısına çıkan gölge postundan cübbe giymiş adamı hatırladı. Adamın bedenini bulduğunda, aslında hiç de iri olmadığını fark etti. Cübbesi gitmişti ve kılıcı fena halde hasar görmüş, paslanmış, ucuz çelikten başka bir şey değildi. Haydutların arkasında dokuz ölü beden kalmasına şaşırmamak gerekirdi.

Kendilerinin üç ölüsü vardı. Lord Bracken'ın iki adamı Kurleket, Mohor ve kendi adamı Jyck. Eyersiz atıyla tam bir gösteri yapmıştı Jyck. *Ölümüne aptal*, diye düşündü Tyrion.

"Leydi Stark, bir an bile kaybetmeden bütün hızımızla yola koyulmalıyız," dedi Lord Willis. "Haydutları şimdilik savdık ama fazla uzakta değillerdir."

"Ölülerimizi gömmeliyiz Sör Willis," diye karşılık verdi leydi. "Bunlar cesur adamlardı ve ben onların gölge kedileriyle kargalara yem olmasını istemiyorum."

"Zemin mezar kazılamayacak kadar kayalık," dedi Sör Willis.

"Öyleyse mezar yapmak için taş toplarız," diye ısrar etti kadın.

"Siz dilediğiniz kadar taş toplayın," diyerek lafa karıştı Bronn. "Ama bu işi ben ve Chiggen olmadan yapın. Ölü adamların üzerine taş yığmaktan daha acil işlerim var... nefes almak mesela." Mücadeleden sağ kurtulanların yüzüne baktı. "Akşama sağ çıkmak isteyenler peşimizden gelsin."

"Leydim, adam doğru söylüyor," dedi Sör Rodrik yorgunluk dolu sesiyle. Yaşlı şövalye kavga sırasında sol omzuna derin bir yara almıştı ve boynunda ciddi bir mızrak sıyrığı vardı. Sesi kendisi kadar yaşlı çıkıyordu o an. "Burada oyalanırsak tekrar saldırmaları an meselesi. İkinci bir saldırıdan sağ çıkamayız."

Catelyn'in yüzünden öfkesi okunuyordu ama başka seçeneği yoktu. "Tanrılar bizi affetsin. Hemen yola çıkıyoruz."

Artık binek açıkları kalmamıştı. Tyrion eyerini Jyck'in atına taşıdı. Atın halinden üç dört gün daha dayanabileceği anlaşılıyordu. Lharys gelip, "Kamayı bana ver cüce," dediğinde, Tyrion ata tırmanmaya çalışıyordu.

Çoktan atına binmiş olan Catelyn Stark yukarıdan bakarak, "Bırak onda kalsın," dedi. "Baltası da sırtında asılı olsun. Yeni bir saldırıyla karşılaşırsak işe yarayabilir."

Atına tırmanırken, "Teşekkür ederim leydim," dedi Tyrion.

"Gereksiz," diye cevapladı Catelyn sert bir şekilde. "Size eskisinden fazla güvenmiyorum." Tyrion verecek bir cevap düşünemeden kadın uzaklaştı.

Tyrion çaldığı miğferi kafasına geçirdi ve Bronn'dan baltasını aldı. Bu yolculuğa nasıl başladığını hatırladı. Elleri bağlı, kafasına bir başlık geçirilmiş olarak çıktığı yola bu halde devam ediyor olması önemli bir gelişmeydi. Catelyn Stark'ın ona güvenmemesi sorun değildi. Baltası sırtında olduğu sürece yarışta bir adım öndeydi.

Sör Willis Wode grubun başında ilerliyordu. Bronn en geriden geliyordu. Leydi Stark ikisinin arasında güvene alınmıştı ve yanında gölge gibi Sör Rodrik vardı. Marillion küskün gözlerle Tyrion'a bakıyordu. Şarkıcının birkaç kaburgası, ahşap arpı ve arp için lazım olan dört parmağı kırılmıştı. Buna rağmen günü tamamen kayıpla geçirdiği söylenemezdi. Gölge postundan yapılmış, siyah üzerine beyaz çizgili muhteşem kürk cübbe, nasıl olduysa onun sırtında bulmuştu kendisini. Marillion cübbenin kıvrımları arasında kaybolmuş halde bakıyordu ve ilk defa söyleyecek bir şey bulamıyordu.

Daha yarım mil yol almadan, gölge kedilerinin kükremelerini duydular. Kısa bir an sonra da, arkalarında bıraktıkları cesetler için yapılan kavganın sesleri ulaştı kulaklarına. Marillion'ın suratı bembeyaz oldu. Tyrion atını Marillion'ın yanına sürdü. "*Korkak* ve *tokat* gayet iyi kafiye oluyor," dedi. Atını tekmeleyerek hızlandı, Sör Rodrik ve Leydi Catelyn'in yanına doğru gitti.

"Daha evvel size anlatıyordum ki konuşmamız çok kaba bir şekilde bölündü," dedi. "Serçeparmak'ın size anlattığı hikâyede önemli hatalar var. Buna inanır mısınız bilmem Leydi Stark ama ben *asla* aileme karşı bahse girmem."

ARYA

Tek kulaklı kara kedi sırtını kamburlaştırdı ve Arya'ya tısladı.

Arya binaların arasındaki dar geçide atladı. Çıplak ayaklarının üzerine ustaca ve hafifçe düşerek hemen dengesini buldu. Kalp atışlarını dinledi, derin derin nefes alıp verdi. *Gölge kadar sessiz*, dedi kendi kendine, *tüy kadar hafif*. Siyah erkek kedi tedbirli gözlerle Arya'nın gelişini izliyordu.

Kedileri yakalamak zor işti. Kolları henüz iyileşmemiş izlerle doluydu ve her iki dizi de taklalar atıp yerlerde yuvarlanırken kanayıp yara olmuştu. En başta aşçının tembel ve şişman kedisi bile Arya'yı alt etmeyi başarmıştı ama Syrio onu gece gündüz çalışmaya zorlamıştı. Elleri kolları kanar halde Syrio'ya koştuğunda, "O kadar yavaş mısın? Daha hızlı ol kızım. Düşmanların sana tırmık atmakla kalmayacak," demişti. Tırmık izlerinin üstüne Myr ateşi denen bir merhem sürmüştü. İlaç öyle kötü yakıyordu ki Arya çığlık atmamak için dudaklarını ısırmak zorunda kalmıştı. Sonra, onu yine kedilerin peşine düşmeye yollamıştı Syrio.

Kızıl Kale kedilerle *doluydu*. Güneşin altında yayılıp yatan tembel yaşlı kediler, kuyruklarını sallayan soğuk gözlü fare avcısı kediler, iğne gibi tırnakları olan küçük kedi yavruları, bakımlı ve tüyleri taranmış leydi kedileri, çöp yığınlarını karıştıran kötü huylu sokak kedileri. Arya hepsini teker teker kovalayıp yakalamış ve gururla Syrio'ya götürmüştü ama... bu hariç. Bu tek kulaklı siyah şeytanı bir türlü yakalayamıyordu. "Kalenin gerçek kralı bu işte," dedi altın pelerinli adamlardan biri. "Günahtan daha yaşlı ve iki kat kötü. Bir keresinde kral, kalede kraliçenin babası için ziyafet düzenliyordu. Bu siyah piç masanın üstüne atladı ve Lord Tywin'in parmakları arasından bütün bir bıldırcını kapıp götürdü. Kral öyle bir kahkaha attı ki patlayacak sandık. Sen bu kediden uzak dur çocuğum."

Arya bu kedinin peşinden kalenin etrafında, iki kez El Kulesi'nin çevresinde, iç kale avlusu etrafında, ahırlarda, dolambaçlı merdivenlerde, domuz ağılında, altın pelerinli muhafızların kışlasında, nehir suru dibi boyunca, bir yukarı bir aşağı Hain Yolu'nda, bir kuyunun etrafında, tuhaf tuhaf binaların arasında öyle çok koşmuştu ki, artık nerede olduğunu bile bilmiyordu.

İşte şimdi sıkıştırmıştı onu. İki yandaki yüksek duvarların arası dardı ve kedinin arkasında penceresiz, uzun, yekpare bir duvar vardı. *Gölge Kadar sessiz*, diye tekrarladı, ileri kaydı, *tüy kadar hafif.*

Kediden üç adım uzaktayken kara şeytan fırladı. Sola, sonra sağa, tekrar sola, sağa. Arya önünü kesiyordu. Erkek kedi bir kez daha tısladı ve Arya'nın bacaklarının arasından kaçmak için öne atıldı. *Yılan kadar kaygan*, diye düşündü Arya ve kedi ellerinin arasında sıkıştı. Kedinin pençeleri deri yeleğini yolarken, Arya hayvanı iyice göğsüne bastırmış halde kendi etrafında dönüyor ve kahkahalar atıyordu. Hayvanı iki gözünün arasından hızlıca öptü ve kedi, yüzüne tırmık atamadan kafasını geriye çekti. Kedi miyavlayıp tükürdü.

"Bu oğlan, kediye ne yapıyor?"

Arya bir anda ürktü ve kediyi elinden düşürdü. Sesin geldiği tarafa döndü. Kara şeytan göz açıp kapayıncaya kadar ortadan kayboldu. Dar aralığın başında altın lüleli, mavi saten elbiseli, porselen bebekler kadar güzel görünen bir kız duruyordu. Yeleğine inciler ve zıplayan bir geyik işlenmiş, belinde minyatür bir kılıç asılı küçük tombul bir çocuk kızın yanındaydı. *Prenses Myrcella ve Prens Tommen*. Bir yük atı kadar iri bir rahibe, arkasında kırmızı pelerinli iki Lannister muhafızıyla birlikte çocukların yanına geldi.

"O kediye ne yapıyordun çocuk," diye sordu Prenses Myrcella. Kardeşine döndü ve kıkırdayarak, "İşte sana sefil bir oğlan, şuna bir bak," dedi erkek kardeşine.

"Sefil ve pis kokulu bir oğlan," diye karşılık verdi Tommen.

Beni tanımadılar, diye düşündü Arya. *Hatta benim bir erkek çocuğu olduğumu sanıyorlar*. Bunda şaşılacak bir şey yoktu aslında. Ayakları çıplaktı ve yüzü gözü pislik içindeydi. Deri yeleği kedi tırmıklarıyla paralanmıştı. Paçaları yaralı dizlerinin üstüne kadar sıyrılmış kaba kumaşlı kahverengi bir pantolon giyiyordu. Kedi yakalamaya çalışırken ipek elbiseler giyilemezdi elbette. Çabucak başını indirdi ve bir dizinin üstüne çöktü. Belki kim olduğunun farkına *varmazlardı*. Eğer varırlarsa hikâyenin sonu gelmezdi. Rahibe Mordane'in kanı donardı ve Sansa utancından bir daha asla konuşmazdı Arya'yla.

Şişman ve yaşlı rahibe bir adım öne yürüdü. "Oğlum buraya nasıl geldin? Kalenin bu kısmında olman yasak," dedi.

"Bu tipleri dışarıda tutmak imkânsız, fareleri dışarıda tutmaya benziyor," dedi muhafızlardan biri.

"Kimin oğlusun? Cevap ver," diye ısrar etti rahibe. "Senin sorunun nedir? Sağır mısın?"

Arya'nın sesi boğazında takılıp kalmıştı. Eğer konuşursa Myrcella ve Tommen onu mutlaka tanıyacaktı.

"Godwyn, onu buraya getir," dedi rahibe. Uzun boylu muhafız Arya'ya doğru yürümeye başladı.

Korku, güçlü bir el gibi boğazını sıkmaya başlamıştı. Hayatı konuşmasına bağlı olsa bile ağzından tek kelime çıkaracak durumda değildi. *Durgun su kadar sakin*, dedi kendi kendine.

Godwyn yanına geldiğinde Arya hareket etti. *Yaz ipeği kadar yumuşak*. Sol tarafa doğru eğildi. Muhafızın parmak uçları ancak omzuna değebilmişti. Sonra adamın etrafında yarım bir tur atıp önüne geçti. Muhafız arkasına döndüğünde Arya dar aralığın başına doğru hızla koşmaya başlamıştı bile. *Geyik kadar seri*. Rahibe onu yakalamak için hamle yaptığında, kadının mermer sütunlar kadar kalın ve beyaz bacaklarının arasından kaydı. Prens Tommen'a çarpıp yere düşürdü ve çocuk bir "*Off!*" sesi çıkarırken üstünden atladı. İkinci muhafızın yanından kayarak geçti ve bütün gücüyle koşmaya başladı.

Arkasından bağrışmalar ve giderek yaklaşan ayak sesleri geliyordu. Kendini yere atıp yuvarlandı. Kırmızı pelerinli muhafız tökezledi. Arya tekrar ayağa kalktı. Hemen başının üstünde yüksek ve dar bir pencere gördü. Zıpladı, pervaza tutundu ve kendisini yukarı çekti. Pencereden içeri kayarken soluğunu tuttu. *Yılan balığı kadar kaygan*. Odanın içine, şaşkın haldeki bir kadının önüne düştü. Kadın kalktı, elbisesinin eteklerini tuttu ve Arya tekrar koşmaya başladı. Kapıdan uzun koridora, oradan bir bahçe avlusuna çıktı. Avlunun köşesinden dönüp bir duvarın üstünden atladı ve dar bir pencereden zifiri karanlık bir odaya girdi. Sesler iyice arkasında kalmıştı sonunda.

Arya nefes nefeseydi ve nerede olduğunu bimiyordu. Kaybolmuştu. Onu tanıyıp tanımadıklarını merak ediyordu ama tanımadıklarından hemen hemen emindi. Çok hızlı hareket etmişti. *Geyik kadar seri.*

Sırtını duvara verip karanlıkta oturdu ve kovalamaca seslerini dinledi ama sadece kalbinin atışını duyabiliyordu. *Gölge kadar sessiz*, dedi kendine. Nerede olduğunu merak etti. Kızıl Kale'ye ilk geldiklerinde kale içinde kaybolduğunu görüyordu kâbuslarında. Kızıl Kale, Kışyarı'ndan daha küçüktü ama rüyalarında uçsuz bucaksız bir yer haline geliyordu. Hiç sonu yokmuş gibi görünen taş labirentler Arya yürüdükçe şekil değiştiriyordu. Duvarlarına solmuş goblenler asılı kasvetli koridorlarda, bir türlü sonu gelmeyen sarmal merdivenlerde, avlularda, köprülerin üzerinde koşuyordu ve sesi boş kalede yankılanıp duruyordu. Bazı odaların kızıl duvarlarından kan damlıyordu ve odaların hiçbirinde pencere olmuyordu. Bazen babasının sesini duyuyordu ama sese doğru ne kadar hızlı koşarsa koşsun ses ondan uzaklaşıyor, sonunda tamamen yok oluyor ve Arya karanlıkta tek başına kalıyordu.

Şu anda da çok karanlıktı. Dizlerini göğsüne çekti ve titredi. On bine kadar sessizce sayıp bekleyebilirdi. O zamana kadar peşindekiler vazgeçmiş olurdu ve Arya da sessizce olduğu yerden çıkar, eve dönmenin bir yolunu bulurdu.

Gözleri karanlığa iyice alışmış halde seksen yediye kadar saydığında odanın hafifçe aydınlanmaya başladığını fark etti. Yavaş yavaş çevresindeki nesneler şekillenmeye başladı. Kocaman aç gözler karanlığın içinden Arya'ya bakıyordu ve loş ışıkta uzun keskin dişli bir çene belli belirsiz seçilebiliyordu. Kaça kadar saydığını unuttu. Gözlerini kapadı, dudaklarını ısırdı ve korkuyu başından savdı. Gözlerini tekrar açtığında canavarlar gitmiş olacaktı. Syrio'nun orada, yanında olduğunu ve kulağına fısıldadığını hayal etti. *Durgun su kadar sakin. Ayı kadar güçlü. Dişi kurt kadar gözü kara.* Gözlerini açtı.

Canavarlar hâlâ oradaydı ama artık korkusu kalmamıştı.

Arya ağırca ayağa kalktı ve temkinli adımlarla yürümeye başladı. Canavar kafaları her taraftaydı. Merakla birine dokundu, gerçek olup olmadıklarını anlamak istiyordu. Parmakları devasa bir çeneye değdi. Gayet gerçekti. Eline değen kemik pürüzsüz, soğuk ve sertti. Parmağını çenedeki bir dişin üzerinde gezdirdi. Siyah ve keskin. Karanlıktan yapılmış bir hançer. Titredi.

"Bunlar ölü," dedi yüksek sesle. "Bunlar kafatası; bana zarar veremezler." Ama canavar Arya'nın orada olduğunu biliyordu sanki. Boş göz çukurlarının loş odada kendisini izlediğini hissediyordu ve bu loş, mağaraya benzer yerde Arya'dan hiç hoşlanmayan bir şeyler var gibiydi. Yavaşça uzaklaştı kafatasından ve daha büyük bir başkasına çarptı. Bir an, kafatasının keskin dişinin bir parça et koparmak için omzunu ısırdığını düşündü. Arya döndü, keskin diş deri yeleğine takıldı ve kocaman bir parçayı koparıp aldı. Koşmaya başladı. Önünde diğerlerinden de büyük bir kafatası daha belirdi ama Arya yavaşlamadı bile. Bir kılıç uzunluğundaki dişlerin üstünden atladı, çenelerin arasından geçti ve kendini kapıya attı.

Ağır ahşap kapının üstünde bulduğu büyük demir halkayı çekti. Kapı sıkışmıştı, halkaya bir daha asıldı. Kapı içeri doğru ağırca açılırken, korkunç bir gıcırdama sesi çıkıyordu. Ses o kadar yüksekti ki, Arya bütün şehrin duyabileceğini düşündü. Kapı, arasından kayıp geçilecek kadar açıldığında kendini dışarı attı.

Eğer az önceki oda için karanlık deniyorsa, çıktığı yer yedi cehennemin en koyu kara çukuru olmalıydı. *Durgun su kadar sakin*, dedi kendine. Gözlerinin karanlığa alışması için uzunca bir süre bekledi ama o zaman bile görebildiği tek şey az önce çıktığı kapının belli belirsiz gri hatlarıydı. Ellerini yüzünün önünde salladı, havayı hissetti, hiçbir şey göremiyordu. Kördü. *Bir su dansçısı bütün duyularıyla görür*, diye hatırlattı kendine. Gözlerini kapadı, bir, iki, üç, nefesini düzenledi ve ellerini kollarını karanlığa uzattı.

Parmakları sol tarafta pürüzlü bir duvara değdi. Duvarı takip etti. Karanlıkta küçük ve tedbirli adımlarla ilerledi. *Bütün koridorlar bir yere çıkar. İçeri giren bir yol varsa, dışarı da çıkıyordur. Korku, kılıçtan derin keser*. Arya korkmayacaktı. Duvar birdenbire bitti ve yüzüne serin bir esinti vurdu. Çok uzun bir yoldan gelmiş gibi hissediyordu. Saçları alnına yapışmıştı.

Epey aşağıdan geldiği belli olan sesler duydu. Çizmelerin

toprağa sürtünmesi, uzaktan gelen insan konuşmaları. Bir an için, bir meşalenin uzak ve titrek ışığı duvara vurdu ve Arya nerede olduğunu anladı. Yerin derinliklerine inen, yedi metre çapındaki aksıyla muazzam büyüklükteki kara kuyunun en tepesindeydi. Büyük taşlar merdiven görevi görsünler diye büyük sarmal duvara sabitlenmişti. Sonsuzmuşçasına döne döne aşağı iniyorlardı. Yaşlı Dadı'nın anlattığı cehennem merdivenleri gibiydi. Ve *bir şey*, dünyanın bağırsaklarından çıkıp yukarı tırmanıyordu...

Arya kafasını aşağı uzattı ve yüzüne çarpan soğuk ve karanlık nefesi hissetti. Aşağıda yanan meşaleyi gördü, o kadar yüksekten bir mum alevi gibi görünüyordu. İki adam vardı, devasa gölgeleri duvardaydı. Kuyuda yankılanan seslerini duyabiliyordu. Ağır ağır yukarı çıkıyorlardı.

"...piçlerden birini buldu," dedi bir adam. "Diğerleri de yakında ortaya çıkar. Bir gün, iki gün, on beş gün..."

"Peki gerçeği öğrendiğinde ne olacak? Ne yapacak?" diye sordu diğer ses Özgür Şehirler'in akıcı aksanıyla.

"Bunu sadece tanrılar bilir," diye cevap verdi ilk ses. Meşaleden yükselen, yükseldikçe bir yılan gibi kıvrılan gri isi görebiliyordu Arya. "Aptallar, oğlunu öldürmeye çalıştılar, daha kötüsü bu işi yüzlerine gözlerine bulaştırdılar. O bütün bunların altında kalacak bir adam değil. Söylemedi deme, aslanlar ve kurtların birbirlerinin boğazına saldırmasına az kaldı, biz istesek de istemesek de."

"Çok erken, çok erken," dedi aksanlı ses. "Savaş hiç iyi olmaz. Hazır değiliz. Ertele."

"İstersen zamanı da durdurayım. Sen beni büyücümü sandın?"

Diğer ses kıkırdadı. "Büyücüden farkın yok." Meşale serin havayı yaladı. Gölgeler neredeyse Arya'nın tepesine gelmek üzereydi. Az bir zaman sonra meşaleyi taşıyan adam Arya'nın görüş sahasına girmişti. Arkadaşı hemen arkasındaydı. Arya hızla merdivenlerden çekildi, duvarın iyice dibine sokuldu ve yüzüstü yatıp zeminde kayboldu.

"Benden ne yapmamı istiyorsun," diye sordu meşaleyi taşıyan deri cübbeli iri adam. Ayağındaki ağır çizmelere rağmen sessizce ve kayarak yürüyormuş gibi görünüyordu. Çelik başlığının altındaki yaralı yüzü yuvarlaktı ve yeni uzamış koyu sakalları vardı. Kaynatılmış deri üstüne örgü bir zırh giymişti. Kemerinden bir kama ve bir kısa kılıç sarkıyordu. Adamdaki bir şey Arya'ya garip bir şekilde tanıdık gelmişti.

"Eğer bir El öldüyse, ikincisi neden ölmesin?" dedi, aksanlı ve sarı çatal sakallı adam. "Sen bu dansı daha önce de yaptın dostum." Arya aksanlı sesin sahibini daha önce hiç görmediğine emindi. İğrenç şekilde şişmandı ama buna rağmen tüy gibi yürüyordu. Vücudundaki yağları ancak bir su dansçısının yapabileceği şekilde parmak uçlarında taşıyordu sanki. Meşalenin ışığında parıldayan, parmaklarındaki kırmızı altın ve mat gümüşten yüzükler yakut, safir ve kesik sarı kaplan gözleriyle süslenmişti. Her parmağında bir yüzük vardı, hatta bazı parmaklarında iki.

"Mazi, şimdi değil. Bu El, önceki değil," dedi yaralı adam salona girerken. *Taş kadar katı, gölge kadar sessiz*, dedi Arya kendine. Meşalenin parlak alevi tam gözlerinin önünde olduğu için, duvarın dibine sinmiş halde duran Arya'yı göremiyorlardı.

"Evet, belki öyle," dedi çatal sakallı adam. Uzun tırmanıştan sonra soluklanmak için duraklamıştı. "Her halükarda zamana ihtiyacımız var. Prenses hamile. *Khal* oğlunun doğumunu beklemeden harekete geçmeyecektir. Şu vahşilerin nasıl adamlar olduğunu bilirsin."

Meşaleyi taşıyan adam durdu. Arya şiddetli bir gürültü duydu. Meşale alevinde kıpkırmızı görünen kocaman bir kaya plakası, kendisine yakışır bir gümbürtüyle tavandan yere indi. Arya az kalsın çığlık atacaktı. Kuyuya açılan giriş yekpare ve geçilmez bir duvarla kapatılmıştı şimdi.

"Eğer çok yakında harekete geçmezse geç kalmış olur," dedi çelik başlıklı adam. "Bu artık iki oyunculu bir oyun değil. Stannis Baratheon ve Leydi Arryn artık uzanamayacağım kadar uzakta ve duyduğuma göre adam topluyorlarmış. Çiçek Şövalyesi, Yüksek Bahçe'ye bir mektup yolladı. Babasından, kız kardeşini saraya göndermesini istiyor. Kız on dört yaşında, bir içim su ve yumuşak başlı. Sör Renly ve Sör Loras, Robert'ın kızı yatağına almasını istiyor. Onunla evlenmesini, onu yeni kraliçe ilan etmesini istiyor. Serçeparmak... onun ne çeşit bir oyun oynadığını bir tek tanrılar bilir. Ama asıl uykumu kaçıran Lord Stark. Piçten haberi var ve kitap onda. Gerçeği öğrenmesi artık an meselesi. Şimdi de karısı, Tyrion Lannister'ı kaçırdı, Serçeparmak sağ olsun. Lord Tywin bu hakaret karşısında deliye dönecek ve Jaime'nin o cüce iblise karşı tuhaf bir şefkati var. Eğer Lannisterlar kuzeye girmeye kalkışırlarsa, Tullyler de hareketsiz kalmaz. Sen *ertele* diyorsun, bense *acele et*. En iyi jonglörler bile aynı anda yüz labutu düşürmeden havada tutamaz."

"Sen kaç jonglöre bedelsin eski dostum. Sen gerçek bir sihirbazsın. Senden sadece bir süre daha sihir yapmanı istiyorum." Salonda ilerleyerek canavarlı odaya doğru ilerlemeye başladılar.

"Elimden gelen her şeyi yapacağım," dedi usulca, meşaleyi taşıyan adam. "Altın lazım ve elli kuş daha."

Arya adamların iyice uzaklaşmasını bekledi ve sürünerek arkalarından gitti. *Gölge kadar sessiz.*

"O kadar çok mu?" Meşalenin ışığı Arya'dan uzaklaştıkça sesler belirsizleşiyordu. "Senin istediklerini bulmak zor... yazılanları anlamak için çok genç... belki daha büyükleri... o kadar kolay ölmez..."

"Hayır... Genç olanlar daha güvenli... onlara nazik davran..."

"...çenelerini tutarlarsa..."

"...tehlikeli..."

Arya, sesler tamamen duyulmaz olduktan sonra bile, kendisini çağıran dumanlı bir yıldıza benzeyen meşaleyi hâlâ görebiliyordu. İki kez gözden kaybolacak gibi oldu ama Arya dümdüz ilerlemeye devam etti. Her iki seferde de kendini dik ve dar merdivenlerin başında buldu. Meşale onun olduğu yerden aşağıda parlıyordu. Aceleyle merdivenlerden inerek ışığın olduğu yere gitmeye çalıştı. Bir taşa takılıp tökezledi ve düştü. Elinin altında ahşapla desteklenmiş toprak bir zemin vardı. Geldiği yolun daha önceki bölümleri cilalı taştan yapılmıştı.

Peşlerinden millerce gitmiş olmalıydı. Sonunda kaybolmuşlardı. İleride başka gidecek yer yoktu. Tekrar duvarı buldu ve takip etti. Kör ve kaybolmuş. Karanlıkta Nymeria'nın da onunla birlikte yürüdüğünü hayal ediyordu. Sonunda, dizlerine kadar gelen, leş gibi kokan bir suyun içinde buldu kendini. Keşke Syrio'nun söylediği gibi su üstünde dans edebilseydi. Bir daha ışık göremeyeceğini düşünmeye başlamıştı. Yüzünde rüzgârı hissettiğinde hava tamamen kararmıştı.

Nehre akan bir kanalizasyonun ağzında buldu kendini. Öyle kötü kokuyordu ki hemen oracıkta üstündekileri çıkarıp nehrin karanlık sularına atladı. Kendisini temiz hissedene kadar yüzdü ve titreyerek kıyıya çıktı. Nehrin kenarında kirli kıyafetlerini ovuşturarak yıkamaya çalışırken yanından geçen atlı adamlar, ay ışığı altında iki büklüm çamaşır yıkayan çırılçıplak küçücük kızı ya görmediler ya da umursamadılar.

Kaleden millerce uzaktaydı ama Aegon Tepesi'ndeki Kızıl Kale'yi görebilmek için, Kral Toprakları'nın neresinde olursan ol kafanı kaldırıp yukarı bakman yeterliydi. Kalenin giriş kapısına vardığında kıyafetleri hemen hemen kurumuştu. Yivli kapı indirilmiş, kapı parmaklıkları takılmıştı. Yan kapılardan birine gitti. İçeri alınmasını söylediği muhafız alaycı gözlerle ona baktı. "Haydi uzaklaş buradan," dedi adam. "Mutfak artıkları bitti. Karanlık çöktükten sonra dilenmek yasak."

"Ben dilenci değilim," dedi Arya. "Burada yaşıyorum."

"Sana *uzaklaş* dedim. Duyman için kulağına bir boru dayamak mı lazım?"

"Babamı görmek istiyorum."

Muhafızlar bakıştı. "Ben de kraliçeyi becermek istiyorum ama bir şey olduğu yok," dedi genç olan muhafız.

Yaşlı olan iyice sinirlenmişti. "Baban kim senin sefil oğlan? Şehrin fare avcısı mı?"

"Kral Eli," dedi Arya.

İki muhafız birden gülmeye başladı. Yaşlı muhafız bir köpeğe vuracakmış gibi Arya'ya doğru hareketlendi ama Arya gelen hareketi daha başlamadan görmüştü. Hemen geri çekildi ve adam ona dokunmadı bile. "Oğlan değilim. Kışyarı'ndan Arya Stark'ım. Bana parmağını değdirecek olursan babam kafanı kazığa geçirir. Bana inanmıyorsan El Kulesi'nden Jory Cassel'i ya da Vayon Poole'u çağırabilirsin." Ellerini beline koydu. "Şimdi, kapıyı açacak mısın, yoksa duyman için kulağına bir boru mu dayamak lazım?"

Harwin ve Şişman Tom'un nezaretinde girdiği salonda, dirseğinin yanında hafifçe yanan yağlı bir lamba duran babası tek başınaydı. Lord Stark'ın önünde o güne kadar gördüğü en kalın kitap duruyordu. Okunaksız yazılarla dolu sarı sayfaları kurumuş dev cilt, rengi solmuş deriyle kaplıydı. Harwin'in açıklamasını dinledikten sonra kitabı kapattı babası. Adamları teşekkür ederek gönderdi. Yüzü kaya gibi sertti.

"Seni bulmaları için adamlarımın yarısını seferber ettiğimin farkında mısın?" diye sordu Eddard Stark yalnız kaldıklarında. "Rahibe Mordane korkudan kendini kaybetti. Saatlerdir septte sağ salim geri dönmen için dualar ediyor. Arya, benim iznim olmadan kale kapısının dışına kesinlikle çıkamayacağını *biliyorsun.*"

"Kale kapısından çıkmadım," diye atıldı. "Yani, amacım dışarı çıkmak değildi. Aşağıdaki mahzenlerdeydim ve yolum bir tünele çıktı. Gidilecek başka yol yoktu. Çok karanlıktı. Etrafı görebileceğim bir meşale ya da mum bulamadığım için tünelin duvarını takip etmek zorunda kaldım. Canavarlar yüzünden mahzene geldiğim yoldan geri dönemedim. Baba, seni *öldürmekten* bahsediyorlardı! Canavarlar değil, o iki adam. Beni görmediler çünkü gölge kadar sessiz ve taş kadar sert duruyordum. Senin bir kitabın ve bir piçin olduğunu söylediler. Bir El öldüyse, diğeri de ölebilir dediler. Bahsettikleri kitap bu mu? Piç derken Jon'dan bahsediyorlardı herhalde."

"Jon mu? Arya sen neden bahsediyorsun? Bunları kim söyledi?"

"*Onlar* söyledi. Parmakları yüzüklü, çatal sakalı sarı, şişman bir adam ve çelik başlıklı, örgü zırhlı öteki adam. Şişman olan, ertelemek zorundayız, dedi ama diğeri daha fazla jonglörlük yapamam çünkü kurtlarla aslanlar birbirlerinin boğazına sarılacak dedi." Gerisini hatırlamaya çalışıyordu ama duyduğu her şeyi tam olarak anlayamamıştı. Ve şimdi bütün duydukları karmakarışık olmuştu kafasının içinde. "Şişman olan prenses hamile dedi. Çelik başlığı olan meşaleyi taşıyordu. İşin maskaralığa döndüğünü de söyledi. Acele etmeleri gerektiğini söyledi. Sanırım sihirbazdı."

"Bir sihirbaz," dedi Ned gülümsemeden. "Uzun bir sakalı ve sivri uçlu yaldızlı bir şapkası da var mıydı?"

"Hayır! Yaşlı Dadı'nın hikâyelerindeki gibi değil. Sihirbaz gibi *görünmüyordu*. Arkadaşı ona bir sihirbaz olduğunu söylüyordu."

"Seni uyarıyorum Arya. Bütün bunları uyduruyorsan..."

"Hayır, *söylediğim* gibi! Mahzendeki gizli kapılı yerdeydi. Ben kedi yakalıyordum ve..." Prens Tommen'ı devirdiğini anlatırsa babası *gerçekten* sinirlenecekti. "...sonra o pencereyi buldum. O odada canavarlar vardı."

"Sihirbazlar *ve* canavarlar," dedi babası. "Çok ilginç bir macera yaşadığın anlaşılıyor. Şu konuşmalarını duyduğun adamlar maskaralıktan ve jönglörlükten bahsediyorlardı değil mi?"

"Evet," dedi Arya. "Ama..."

"Arya, onlar oyunculardı büyük ihtimalle," dedi babası. "Turnuvadan üç beş sikke kazanmak umuduyla Kral Toprakları'na gelen en az bir düzine kumpanya var. O iki ahmağın kale içinde ne işleri vardı emin değilim ama belki kral özel bir gösteri için çağırtmıştır onları."

"Hayır," diyerek inatla kafasını salladı Arya. "Onlar oyuncu değil..."

"Hiçbir durumda insanları gizlice takip etmemeli ve casusluk yapmamalısın. Ayrıca, kızımın başıboş kedilerin arkasından koşup duvarlardan atlamasını, garip pencerelerden içeri girmesini de hoş karşılamıyorum. Şu haline bir bak tatlı kızım. Kolların tırmıklarla dolu. Bu iş fazla uzadı. Syrio Forel'e onunla konuşmak istediğimi..."

Sözü kapının çalınmasıyla kesildi. "Lord Eddard, rahatsız ettiğim için bağışlayın," dedi Desmond kapıyı açarken. "Kara kardeşlerden bir adam burada ve huzurunuza çıkmak için yalvarıyor."

"Benim kapım Gece Nöbetçileri'ne her zaman açıktır," dedi Lord Stark.

Desmond adamı odaya getirdi. Adam çirkin ve kamburdu. Uzun zamandır kesilmemiş bir sakalı ve daha uzun zamandır yıkanmamış leş gibi giysileri vardı. Buna rağmen babası adamı nezaketle karşıladı ve adını sordu.

"Adım Yoren lordum," dedi adam. "Bu saatte geldiğim için özür dilerim." Arya'nın önünde eğildi. "Bu ufaklık oğlunuz olmalı. Sizin görünüşünüzü almış."

"Ben *kızım*," dedi Arya bezginlikle. Adam Sur'dan geliyorsa Kışyarı'ndan da geçmiş olmalıydı. "Ağabeylerimi tanıyor musunuz?" diye sordu heyecanla. "Robb ve Bran, Kışyarı'ndalar. Jon, Sur'da. Jon Kar. O da Gece Nöbetçileri'ne katıldı. Onu tanıyor olmalısınız. Kırmızı gözlü, beyaz bir ulu kurdu var... Jon keşiflere çıkmaya başladı mı? Bu arada, ben Arya Stark." Kokan kıyafetler içindeki adam şaşırmış halde Arya'ya bakıyordu ama Arya bir türlü konuşmasına engel olamıyordu. "Sur'a geri dönerken bir mektup götürebilir misiniz? Bir mektup yazarsam Jon'a verebilir misiniz?" Arya ağabeyinin yanında olmasını istiyordu o anda. Jon ona inanırdı. Karanlık odaya, canavarlara, çatal sakallı şişman adama, çelik başlıklı sihirbaza, Arya'nın anlattıklarına Jon inanırdı.

"Kızım sık sık nezaket kurallarını unutuyor," dedi Eddard Stark bellli belirsiz bir gülümsemeyle. "Lütfen bağışlayın Yoren. Sizi kardeşim Benjen mi yolladı?"

"Beni yaşlı Mormont'tan başka *kimse* yollamadı lordum. Sur'a adam toplamak için buradayım ve Robert'ın bir dahaki konsey toplantısında dizimin üstüne çöküp ihtiyaçlarımızı haykıracağım. Belki kral ve El'in zindanlarında kurtulmak istedikleri birkaç pislik vardır. Şimdi burada konuşma sebebimiz Benjen Stark elbette. Onun kanı kara akardı. O kan onu sizin kardeşiniz olduğu kadar benim de kardeşim yapar. Onun uğruna geldim. Zor yoldan geldim. Az kalsın atım ölüyordu ama diğerlerini arkamda bırakmayı başardım."

"Diğerleri mi?"

Yoren tükürdü. "Paralı askerler, hürsüvariler ve öbür çöplükler. Han onlarla doluydu. Hepsi kokuyu aldı. Kan kokusunu, altın kokusunu. Sonuçta ikisi de aynı kokuyor. Hepsi Kral Toprakları'na doğru yola çıkmadı. Bazıları Casterly Kayası'na gidiyor ve kaya buradan daha yakın. Lord Tywin şimdiye kadar haberleri almış olmalı. Buna emin olabilirsiniz."

"Hangi haberleri?"

Yoren, Arya'ya baktı. "Bunları yalnızken anlatsam daha iyi lordum," dedi.

"Dediğiniz gibi olsun. Desmond, kızımı odasına götür." Arya'yı alnından öptü. "Sohbetimize yarın sabah devam edeceğiz," dedi.

Arya kök salmış gibi olduğu yerde duruyordu. "Jon'a kötü bir şey olmadı değil mi?" diye sordu Yoren'e. "Ya Benjen amcama?"

"Benjen Stark için bir şey diyemem. Kar'a gelince, son gördüğümde gayet iyiydi. Beni düşündüren başka şeyler var."

Desmond, Arya'nın elini tuttu. "Gidelim küçük leydim. Babanızı duydunuz."

Arya'nın itaat etmekten başka seçeneği yoktu. Keşke yanında Desmond yerine Şişman Tom olsaydı. O zaman kapının önünde oyalanmak için bir bahane bulur, Yoren'in anlatacaklarını duyabilirdi ama Desmond kandırılamayacak kadar sabit fikirliydi. "Babamın kaç muhafızı var?" diye sordu odasına doğru yürürlerken.

"Burada, Kral Toprakları'nda mı? Elli."

"Onu kimsenin öldürmesine izin vermezsiniz değil mi?"

Desmond güldü. "Bu konuda hiç endişe etmeyin küçük leydim. Lord Eddard'ı gece gündüz kolluyoruz. Ona kimse zarar veremez."

"Lannisterlar'ın elliden fazla adamı var," dedi Arya.

"Evet bu doğru ama bir kuzeyli kılıç, on güneyli kılıç eder. Siz rahat rahat uyuyabilirsiniz."

"Ya bir sihirbaz onu öldürsün diye gönderildiyse?"

"O durumda," dedi Desmond uzun kılıcını çekerek, "sihirbazlar da diğer insanlar gibi başını kestiğinde ölüyor."

EDDARD

"Robert, sana yalvarıyorum. Ağzından çıkanları kulağın duyuyor mu? Bir çocuğu öldürtmekten bahsediyorsun."

"O fahişe hamile!" Kralın yumruğu konsey masasının üstüne indi ve odayı gök gürültüsü gibi inletti. "Seni bunun olacağına dair uyarmıştım Ned. Hendek mezarlarda sana bunun olacağını söylemiştim ama beni dinlemedin. Şimdi dinleyeceksin. Onları ölü istiyorum. Hem anneyi hem karnındaki bebeği, ikisini de. Ayrıca Viserys de ölecek. Yeterince açık mı? *Hepsinin ölüsünü istiyorum!"*

Diğer konsey üyeleri orada değilmiş gibi yapmak için olağanüstü çaba harcıyordu. Ned'den daha akıllı olduklarına şüphe yoktu. Eddard Stark'ın hayatındaki en yalnız anlardan biriydi. "Eğer bunu yaparsan şerefin sonsuza kadar lekelenecek."

"Onlar ölsün de, gerekirse şerefim lekeli olsun. Kendi boğazımın üstünde sallanan baltanın gölgesini göremeyecek kadar kör değilim ben."

"Balta yok," dedi Ned, kralına. "Sadece yirmi yıl önceki bir gölgenin gölgesi o gördüğün. Tabi öyle bir gölge varsa..."

"*Varsa* mı?" dedi Varys hafif bir sesle. "Lordum beni tanımıyorsunuz. Ben krala ve konseye yalan istihbarat getirmem."

Ned soğuk bakışlarla hadımı süzdü. "Siz bu masaya, dünyanın öbür ucundaki bir hainin fısıltılarını getiriyorsunuz lordum," diye karşılık verdi. "Belki Mormont yanılıyor, belki Mormont yalan söylüyor."

"Sör Jorah bana yalan söylemeyi göze alamaz," dedi Varys gülümseyerek. "Buna inanın lordum. Prenses hamile."

"Öyle olsun. Eğer yanılıyorsanız korkmaya gerek yok. Eğer kız düşük yaparsa korkmaya gerek yok. Eğer oğlan yerine kız doğurursa korkmaya gerek yok, eğer bebek doğum sırasında ölürse korkmaya gerek yok."

"Ya erkek doğurursa?" diye bağırdı Robert. "Ya o bebek yaşarsa?"

"Aramızda hâlâ Dar Deniz olacak. Dothraklar'ın atları yüzme öğrendiği gün korkarım."

Kral şarabından bir yudum aldı ve masanın karşı ucunda duran Ned'e doğru eğildi. "Yani sen bana, ejderha dölü, kıyılarıma ordusuyla çıkana kadar hiçbir şey yapmamamı öneriyorsun. Bu doğru mu?"

"Bu 'ejderha dölü' hâlâ annesinin karnında," dedi Ned. "Aegon bile sütten kesilmeden önce fethe çıkamamıştı."

"*Tanrılar!* Bir boğa kadar inatçısın Stark." Kral, konsey masasına göz gezdirdi. "Sizler dilinizi mi yuttunuz? Bu donmuş yüzlü ahmağın aklını başına getirecek bir sözünüz yok mu?"

Varys kaypakça gülümsedi ve elini hafifçe Ned'in koluna koydu. "Vicdan muhasebenizi anlayabiliyorum Lord Stark, emin olun ki anlayabiliyorum. Bu kötü haberleri konsey masasına taşımaktan da büyük üzüntü duyuyorum. Hakkında konuştuğumuz şey korkunç ve *utanç verici*, evet. Ama biz hükmedenler, diyarın iyiliği için, bizi derinden üzse de bazen utanç verici şeyleri yapmak zorunda kalabiliyoruz."

Lord Renly omuz silkti. "Mesele bana gayet basit görünüyor. Viserys ve kız kardeşini yıllar önce öldürmeliydik ama kardeşim Majesteleri Robert, Jon Arryn'ı dinleyerek büyük bir hata yaptı."

"Merhamet asla hata değildir Lord Renly," dedi Ned. "Üç Dişli Mızrak'ta, Sör Barristan bir düzine iyi adamımızı kılıçtan geçirdi. Robert'la benim arkadaşlarımızı. Sör Barristan yaralı ve ölmek üzereyken bize getirildiğinde Roose Bolton onun boğazını kesmek için kollarını sıvadı hemen. Fakat ağabeyiniz Robert, 'Bir şövalyeyi sadık ve iyi bir dövüşçü olduğu için öldürmeyeceğim,' dedi. Barristan'ın yaralarını iyileştirmek için kendi üstadını görevlendirdi." Soğuk gözlerle krala baktı, "Keşke o merhametli adam bugün de burada olsaydı," dedi.

Robert utanmış ve yüzü kızarmıştı. "İkisi aynı şey değil," diyerek itiraz etti. "Sör Barristan Kral Muhafızları'nın şövalyesiydi."

"Oysa Daenerys daha on dört yaşında bir kız çocuğu," dedi Ned. Konuyu mantık sınırlarının ötesinde zorladığının farkındaydı ama sessiz kalamazdı. "Sana sorarım Robert, biz neden Targaryenlar'a karşı ayaklandık? Çocukların ölmesine engel olmak için değildiyse niye?"

"*Targaryenlar*'ın sonunu getirmek için," diye kükredi kral.

"Majesteleri, sizin Rhaegar'dan korktuğunuzu hiç düşünmedim." Sesindeki küçümsemeyi gizlemeye çalıştı ama başarılı olamadı. "Yıllar, doğmamış bir çocuğun gölgesinden korkup titreyecek kadar zayıflattı mı sizi?"

Robert'ın rengi mora döndü. "Daha fazla ileri gitme Ned," diye uyardı parmağını El'e doğrultarak. "Burada kralın kim olduğunu unuttun mu yoksa?"

"Hayır Majesteleri," dedi Ned. "Ya siz?"

"*Yeter!*" diye haykırdı kral. "Konuşmaktan sıkıldım. Ya bu işi bitiririm ya da lanetlenirim. Sizler ne diyorsunuz?"

"Kız öldürülmeli," dedi Lord Renly.

"Başka seçeneğimiz yok," diye mırıldandı Varys. "Üzücü, çok üzücü."

Sör Barristan Selmy soluk mavi gözleriyle krala baktı ve, "Majesteleri, düşmanı savaş alanında yenmek onurlu iştir ama doğmamış bir çocuğu anne karnında öldürmenin onurlu hiçbir yanı yoktur. Lütfen beni affedin ama bu konuda Lord Stark'ın yanında yer alacağım."

Yüce Üstat Pycelle boğazını temizledi. Bu işi dakikalarca uzatacak gibi göründü bir an. "Benim makamım hükmedene değil, diyara hizmet gerektirir. Bir zamanlar, şimdi Kral Robert'a tavsiyelerde bulunduğum gibi, Kral Aerys'a da sadakatle tavsiyeler verdim, yani bu kızın doğacak çocuğuna karşı kötü bir duygum yok. Buna rağmen size sormalıyım, eğer tekrar bir savaş çıkarsa kaç asker ölür? Kaç köy küle döner? Kaç bebek anne koynundan alınıp mızrağa geçirilir?" Elini gösterişli beyaz sakalına götürdü, sonsuz üzgün, sonsuz yorgun şekilde. "On binlerce insanın sağ kalması için Daenerys Targaryen'ın bugün ölmesi daha mantıklı, hatta daha iyi niyetli bir şey olmaz mı?"

"İyi niyetli," dedi Varys. "Ah, çok doğru ve çok güzel söylediniz Yüce Üstat. Tanrılar Daenerys Targaryen'a bir erkek evlat bahşederse diyar kana bulanır."

Serçeparmak sona kalmıştı. Ned baktığında adam esniyordu. "Çok çirkin bir kadınla yatağa girmek zorunda kalınca yapılacak en iyi şey gözlerini kapatıp işini görmektir," dedi. "Beklemek kadını güzelleştirmez. Öp ve bitir."

"*Öp*?" diye tekrarladı Sör Barristan tiksintiyle.

"Çeliğin öpücüğü," diye karşılık verdi Serçeparmak.

Robert, Ned'e döndü. "Sonuç ortada Ned. Sen ve Selmy bu konuda çoğunluk sağlayamadınız. Şimdi asıl önemli soru, kızı kim öldürecek?"

"Mormont bir kraliyet affı bekliyor," diye hatırlattı Lord Renly.

"Hem de umutsuzca," diye ekledi Varys. "Ama aynı zamanda hayatta kalmak da ister. Prenses, Vaes Dothrak'a yaklaştı. Oralarda onun yanında bıçak çekmek bile ölüm demektir. Bir *khaleesi*'ye bıçak göstermeye kalkan zavallı bir Dothraklı adamın başına gelenleri size anlatırsam bu gece uyuyamazsınız." Elini pudralı yanağına götürdü. "Şimdi, zehir... diyelim ki Lys'in gözyaşları. Khal Drogo karısının ölümünün doğal yollarla olmadığını asla anlayamaz."

Yüce Üstat Pycelle'in gözleri büyüdü. Şüphe dolu bakışlarını hadımın üstüne dikti.

"Zehir korkakların silahıdır," dedi kral.

Ned yeterince duymuştu. "On dört yaşında bir kızı öldürmek için kiralık katil gönderebiliyorsun ve hâlâ onurdan mı bahsediyorsun?" Sandalyesini geri itip kalktı. "Kendin yap Robert. Kılıcı, hükmü veren indirir. Onu öldürmeden önce gözyaşlarını gör, son sözlerini dinle. Ona en azından bu kadarını borçlusun."

"*Tanrılar!*" dedi kral. Laf ağzından öyle bir çıkmıştı ki, içindeki patlamaya hazır öfkeyi güçlükle zaptettiği belliydi. "Lanet olası, ciddisin." Dirseğinin yanındaki şarap sürahisine uzandı ve boş olduğunu gördü. Sürahiyi alıp bütün gücüyle duvara fırlattı. Sürahi küçük parçalara ayrıldı. "Şarabım da sabrım da tükendi. Bu kadar konuşma yeter. İşi bitirin."

"Ben cinayetin bir parçası olmayacağım Robert. Eğer bunu yapacaksan üstüne mührümü basmamı bekleme."

Bir an için Robert, Ned'in söylediklerini anlamamış gibi göründü. Kendisine karşı gelinmesi sık tattığı bir yemek değildi. Duydukları kafasında anlam kazanmaya başladıkça yüzü değişti. Gözleri kısıldı ve boğazından alnına doğru kızardı. Parmağını öfkeyle Ned'e doğrulttu. "Sen Kral Eli'sin Ned Stark. Ben ne emrediyorsam onu yapacaksın ya da ben kendime yeni bir El bulacağım."

"Yeni El'e başarılar diliyorum." Ned pelerininin boğazına iğnelenmiş görev nişanı olan süslü gümüş El rozetini yavaşça çıkardı. Masanın üstüne, tam kralın önüne bıraktı. O rozeti boynuna takan ve bütün kalbiyle sevdiği dostu olan adamı acıyla hatırladı. "Senin bundan çok daha iyi bir adam olduğunu sanıyordum Robert. Ben çok daha soylu bir adamı kral yaptık sanıyordum," dedi.

Robert'ın yüzü morarmıştı. "*Dışarı çık*!" diye bağırdı. Kendi öfkesinde boğulacak gibiydi. "Dışarı çık lanet olası. Seninle işim bitti. Ne bekliyorsun? Defol. Kışyarı'na koş. Bir daha yüzüne bakmayacağım, emin ol. Bir daha yüzüne baktığımda kafan mızrakta olur!"

Ned reverans yaptı ve tek kelime bile etmeden topuğunun üstünde döndü. Sırtında Robert'ın gözlerini hissedebiliyordu. Ned konsey odasından çıkarken toplantı kaldığı yerden devam etti. "Braavos'ta Yüzsüz Adamlar denen bir topluluk var," dedi Üstat Pycelle.

"Onların ne kadar *pahalı* olduğuyla ilgili bir fikriniz var mı?" diye şikâyet etti Serçeparmak. "Onlara ödeyeceğimizin yarısıyla paralı askerlerden kurulu küçük bir ordu alınır. Üstelik sıradan bir tüccar için geçerli bu. Bir prenses için kimbilir ne kadar isterler."

Kapı Ned'in arkasından kapandı ve sesler kesildi. Kral Muhafızları'ndan Sör Boros Blount, beyaz peleriniyle kapıda bekliyordu. Göz ucuyla merak dolu bir bakış yöneltti Ned'e ama soru sormadı.

El Kulesi'ne giden avluyu geçerken hava ağır ve iç bunaltıcıydı. Yakın zamanda yağmur düşeceğini hissedebiliyordu. Ned bundan mutluluk duyardı. Belki de yağmurla kendisini daha az kirlenmiş hissedebilirdi. Odasına geldiğinde Vayon Poole'u çağırttı. Kâhya hemen geldi, "Beni görmek istemişsiniz El, dedi."

"Artık El değilim," diye karşılık verdi Ned. "Kral ve ben bir anlaşmazlık yaşadık. Kışyarı'na dönüyoruz."

"Bir an önce hazırlıklara başlarım lordum. On beş gün içinde yola çıkmaya hazır oluruz."

"On beş günümüz olmayabilir. Bir günümüz bile olmayabilir. Kral, kafanı mızrağa geçirilmiş görmek istiyorum gibi şeyler söyledi." Ned kaşlarını çattı. Kralın ona zarar verebileceğine gerçekten inanmıyordu, Robert bunu yapmazdı. Şimdi öfke doluydu ama Ned güven içinde gözünün önünden kaybolduğunda, öfkesi her zaman olduğu gibi soğuyup gidecekti.

Her zaman olduğu gibi? Birdenbire, huzursuzca Rhaegar Targaryen'ı düşünürken buldu kendini. *On beş yıldır ölü ve Robert ondan ilk günkü kadar nefret ediyor*. Rahatsız edici bir gerçekti. Catelyn ve cüceyle ilgili mesele vardı bir de. Yoren geçen gece onu uyarmıştı. O konu gün ışığı gibi ortaya çıkacaktı ve kral öfkesinden deliye dönecekti... Tyrion Lannister'ın Robert için zerre kadar değeri yoktu ama olay gururuna dokunacaktı ve kraliçenin ne yapacağını kestirmek zordu.

"Benim önceden yola çıkmam en iyisi olacak. Yanıma kızlarımı ve birkaç muhafızı alacağım. Geri kalanınız hazırlıklarınız bitince yola çıkarsınız. Jory'yi bilgilendir ama başka kimseye tek kelime söyleme. Ben ve kızlar kaleden ayrılana dek hiçbir şey yapma. Kale gözlerle, kulaklarla dolu. Ne planladığımın bilinmesini istemiyorum."

"Emredersiniz lordum."

Kâhya ayrıldığında Eddard Stark pencereye gitti ve pervaza oturdu. Robert ona başka bir seçenek bırakmamıştı. Ona teşekkür borçluydu. Kışyarı'na dönmek iyi olacaktı. Oradan hiç ayrılmamalıydı. Oğulları onu bekliyordu. Belki evine döndükten sonra, Catelyn'le bir oğulları daha olurdu. Gençlerdi hâlâ. Son zamanlarda sık sık karla ilgili rüyalar görüyordu. Ve Kurt Ormanı'nın derin sessizliğiyle ilgili rüyalar.

Bunlara rağmen kaleden ayrılma fikri onu sinirlendiriyordu. Çok şey yarım kalacaktı. Robert ve konseyindeki korkak yağcıların diyarı meteliksiz bırakması çok yakındı... daha kötüsü, borçlarına karşılık krallığı Lannisterlar'a satabilirlerdi. Jon Arryn'ın ölümü de hâlâ kafasındaydı. Jon'un öldürüldüğüne ikna olacak kadar ipucu elde etmişti ama bunlar bir hayvanın ormandaki ayak izleriydi sadece. Henüz canavarın kendisini görememişti. Yakınlarda bir yerde pusuya yatıp gizlenmiş bir hain olduğunu hissedebiliyordu.

Birdenbire Kışyarı'na deniz yoluyla dönebileceği geldi aklına. Ned bir deniz adamı değildi; normal şartlarda Kral Yolu'ndan gitmeyi tercih ederdi ama bir gemiyle yola çıktığı takdirde Ejderha Kayası'na uğrayıp Stannis Baratheon'la görüşebilirdi. Pycelle denizin öte tarafına haberci kuzgunla bir mektup göndererek, Ned'in Sör Stannis'ten konseydeki yerine dönmesini rica ettiğini bildirmişti. Henüz bir cevap gelmemişti ve bu sessizlik Ned'in şüphelerinin artmasına sebep oluyordu. Stannis, Jon Arryn'ın ölümüne sebep olan sırrı biliyordu, Ned bundan emindi. Aradığı gerçek, Targaryen Hanedanı'nın kadim ada kalesinde onu bekliyor olabilirdi.

Peki o gerçeği bulduğunda ne olacak? Bazı sırların açığa çıkmaması daha güvenlidir. Bazı sırlar en güvendiğin ve en sevdiğin insanlarla bile paylaşılamayacak kadar tehlikelidir. Ned, Catelyn'in getirdiği hançeri kemerinden çıkardı. İblis'in hançeri. Cüce neden Bran'ın ölmesini istiyordu? Çocuğu susturmak için şüphesiz. Bu yepyeni bir sır mıydı? Yoksa aynı örümcek ağının başka bir ucu mu?

Robert bütün bunların bir parçası olabilir miydi? Buna inanması zordu ama bir zamanlar Robert'ın bir çocuk katili olabileceğine inanmak da zordu. Catelyn, Ned'i uyarmaya çalışmıştı. *Kral senin için bir yabancı.* Kral Toprakları'ndan ne kadar çabuk ayrılırsa o kadar iyi olacaktı. Eğer yarın kuzeye giden bir gemi varsa, Ned'in de o gemide olması gerekiyordu.

Vayon Poole'u tekrar çağırttı ve öğrensin diye limana yolladı. Derhal ve sessizce. "Bana çok hızlı bir gemi ve ehil bir kaptan bul," dedi. "Geminin kamaralarının boyutu ya da rahatlığı umrumda değil. Hızlı ve güvenli olsun yeter. Bir an önce ayrılmak istiyorum."

Poole henüz odadan çıkmadan Tomard bir ziyaretçisi olduğunu haber vermek için girdi. "Lord Baelish sizi görmek istiyor lordum."

Ned bir an adamı görmemeyi düşündü ama henüz tamamıyla özgür değildi. Özgür kalana dek onların oyununu oynamalıydı. "İçeri gönder Tom."

Lord Petyr, sanki bu sabah hiçbir şey olmamış gibi aylak aylak odaya girdi. Gümüş ve bej renkli kadife bir takım, siyah tilki kürkleriyle süslenmiş ipek bir pelerin ve artık yüzüne yapışmış olan o alaycı gülümsemesini giymişti.

Ned adamı soğukça karşıladı. "Neden burada olduğunuzu sorabilir miyim Lord Baelish?"

"Çok vaktinizi almayacağım, zira Leydi Tanda'yla akşam yemeği yiyeceğiz. Bofa balığı tartı ve kızarmış süt domuzu. Beni kız kardeşiyle evlendirmeye çalışıyor. Bu yüzden sofrası her daim muhteşem. Doğrusunu isterseniz, o domuzla her an evlenebilirim ama siz kimseye söylemeyin, bofa balığına bayılıyorum."

"Sizi yılan balıklarınızdan ayırmak istemem," dedi Ned küçümseyen bir bakışla. "Şu anda sizden daha az görmek istediğim birinin adı aklıma gelmiyor."

"Ah, eğer biraz daha düşünürseniz birkaç isim bulacağınızdan hiç şüphem yok. Mesela Varys. Cersei. Ya da Robert. Kral size çok dargın. Bu sabah siz aramızdan ayrıldıktan sonra hakkınızda epey konuştu. Hatırladığım kadarıyla, *küstahlık* ve *nankörlük* kelimeleri epey sık kullanıldı."

Ned adama cevap vermeye tenezzül etmedi. Oturmasını da söylemedi ama Serçeparmak bir koltuğa kuruldu. "Siz ayrıldıktan sonra onları Yüzsüz Adamlar'ı tutmamaları için ikna etmek bana düştü. Bunun yerine Varys, prensesin işini halledenin lord ilan edileceği haberini her yere yayacak."

Ned tiksintiyle dolmuştu. "Yani kiralık katillere unvan veriyoruz artık."

Serçeparmak omuz silkti. "Unvanlar ucuz. Yüzsüz Adamlar çok pahalı. Doğrusunu isterseniz, Targaryen kızına, sizin o şerefle ilgili sözlerinizden daha çok yardım ettim. Bırakın lordluk hayaliyle sarhoş olan birkaç paralı asker onu öldürmeyi denesin. Büyük ihtimalle yüzlerine gözlerine bulaştıracaklar ve Dothraklar'ın gözü her zamankinden daha fazla kızın üzerinde olacak. Yüzsüz Adamlar'dan biri gitseydi, kız şu an gömülüyor olurdu."

Ned kaşlarını çattı. "Konsey masasında oturup çirkin kadınlardan, çeliğin öpücüklerinden bahsediyorsunuz ve şimdi bana gerçek niyetinizin kızı korumak olduğunu söylüyorsunuz. Siz benim nasıl bir aptal olduğumu sanıyorsunuz?"

"Epeyce büyük bir aptal doğrusu," dedi Serçeparmak gülerek.

"Cinayet fikri sizi hep böyle eğlendirir mi Lord Baelish?"

"Beni eğlendiren cinayet değil Lord Stark. Sizsiniz. İncecik bir buz tabakasının üstünde dans etmeye çalışan bir adam gibi hükmetmeye çalışıyorsunuz. Suya çok soylu bir düşüş yaşayacağınızı söyleyebilirim. Bu sabah ilk çatlağın sesini duydum."

"İlk ve son," dedi Ned. "Burada işim kalmadı."

"Kışyarı'na ne zaman dönmeyi planlıyorsunuz lordum?"

"Mümkün olduğunca çabuk. Bu sizi neden ilgilendiriyor?"

"İlgilendirmiyor... ama akşamüstü hâlâ burada olursanız, adamınız Jory'nin umutsuzca bulmaya çalıştığı geneleve götürebilirim sizi. Catelyn'e söylemeyeceğime söz veriyorum."

CATELYN

"Leydim, keşke geleceğinizi haber verseydiniz," dedi Sör Donnel Waynwood atları geçidi tırmanırken. "Eşlik edecek adamlar gönderirdim. Yüksek yol bu kadar küçük bir grup için hiç güvenli değil."

"Bunu üzülerek öğrendik Sör Donnel," diye karşılık verdi Catelyn. Kalbi taşa dönmüş gibi hissediyordu. Buraya kadar gelebilmesi için tam altı cesur adamın ölmesi gerekmişti ve Catelyn'in gözlerinde onlar için dökecek yaş kalmamıştı sanki. İsimleri bile hafızasından siliniyor gibiydi. "Haydutlar tarafından kıstırıldık. İlk saldırıda üç adam kaybettik. İkinci saldırıda iki adam daha. Tyrion Lannister'ın hizmetkârı yaraları iltihap kapınca ateşlendi ve öldü. Sizin adamlarınızın seslerini duyunca hepimizin sonunun geldiğinden emindim." Ellerinde kılıçları, sırtları kayalara dayanmış halde, son bir dövüş için hiç umutları olmadan beklemişlerdi. Cüce bir kayaya oturmuş, iğneleyici şakalar yapıp baltasını bilerken Bronn, Arryn Hanedanı'nın ay ve şahinli sancağını taşıyan atlıları görmüştü. Catelyn daha önce bu kadar mutluluk verici bir manzaraya şahit olmamıştı.

"Lord Jon öldüğünden beri haydutlar cesaretlendi," dedi Sör Donnel. Dürüst, sevecen, geniş burunlu, koyu kahverengi saçlı, yirmilerinde genç bir adamdı. "Bana kalsa, yanımda yüz adamla dağa çıkıp barınaklarını bulur ve onlara unutamayacakları bir ders verirdim ama kız kardeşiniz müsaade etmiyor. Şövalyelerinin, Kral Eli Turnuvası'nda dövüşmesini bile yasakladı. Bütün kılıçlarımızın Vadi'yi korumak için kalede kalması gerektiğini söylüyor... Vadi'yi kime karşı koruyacağımızdan kimse emin değil. Bazıları Gölgeler diyor." Sustu ve endişeli gözlerle Catelyn'e baktı. Kiminle konuştuğunu yeni hatırlamış gibiydi. "Umarım dedikodu yapıyor gibi olmadım leydim. Saygısızlık etmek istememiştim."

"Dürüstçe bir sohbeti saygısızlık saymam Sör Donnel." Kız kardeşinin neden korktuğunu biliyordu. *Gölgeler değil, Lannisterlar*, diye düşündü Bronn'un yanında at süren cüceye bakarak. Chiggen öldükten sonra iki adamın içtikleri su ayrı gitmez olmuştu. Cüce fazla uyanıktı. Dağ yoluna ilk girdiklerinde bu küçük adam Catelyn'in esiriydi. Elleri ve gözleri bağlı, çaresiz. Peki şimdi neydi bu adam? Hâlâ bir esir. Buna rağmen eyerinde asılı bir savaş baltası, kemerinde kaması, sırtında Marillion'la zar oynarken kazandığı gölge postu cübbe ve üstünde Chiggen'ın ölüsünden yağmaladığı örme zırh olduğu halde at üstünde yolculuk ediyordu. Kız kardeşi Lysa ve Jon Arryn'ın oğlunun hizmetindeki şövalyeler ve kılıçlı adamlardan ikisi cüceyi kollarken diğerleri Catelyn ve perişan haldeki çetesini çevrelemişti ama Tyrion Lannister'da en küçük bir korku belirtisi yoktu. *Yanılmış olabilir miyim?* diye düşündü kim bilir kaçıncı kez. Bu adam masum olabilir miydi gerçekten? Jon Arryn'ın ölümüyle, Bran'a yapılan saldırıyla bir ilgisi olmayabilir miydi? Ve eğer masumsa Catelyn ne duruma düşerdi? Buraya gelene kadar tam altı adam can vermişti.

Azimliydi, bütün şüpheleri kafasından uzaklaştırdı. "Kaleye vardığımızda Üstat Colemon'a aciliyetle birini yollarsanız çok sevinirim. Sör Rodrik'in yaraları yüzünden ateşi var." Birkaç kez yaşlı ve cesur şövalyenin yolculuğu tamamlayamayacağından korkmuştu. Yolculuğun sonlarına doğru eyerinin üzerinde güçlükle oturabiliyordu. Bronn defalarca şövalyeyi kaderiyle baş başa bırakmaları gerektiğini söylemişti ama Catelyn şiddetle itiraz etmişti. Sonunda yaşlı şövalyeyi eyerine bağladılar ve Catelyn, Marillion'ı şövalyeye göz kulak olmakla görevlendirdi.

Sör Donnel cevap vermeden önce tereddüt etti. "Leydi Lysa üstadın Kartal Yuvası'ndan asla ayrılmaması için emir verdi. Sürekli olarak Lord Robert'ın yanında olmasını istiyor," dedi. "Kale girişinde yaralılarımızla ilgilenen bir rahibimiz var. Adamınızın yaralarıyla da ilgilenir."

Catelyn bir üstadın bilgisine bir rahibin dualarından daha çok güvenirdi. Bunu yüksek sesle söyleyecekken kalenin burçlarını gördü. Burçların her iki yanında dağ kayalarına inşa edilmiş siperler vardı. Geçidin ancak dört adamın yan yana yürüyebileceği kadar daralan noktasında, birbirine üstü kapalı taş bir köprüyle bağlanmış, sırtları dağın kayalık yamaçlarına yaslı iki yüksek gözcü kulesi görünüyordu. Burçlardaki, köprüdeki ve okçu deliklerindeki yüzler sükûnet içinde etrafı gözlüyordu. Tepeye varmalarına çok az kala atlı bir şövalye onları karşıladı. Atı ve zırhı griydi ama pelerinindeki renkler çelik mavisi ve kırmızıydı. Nehirova'nın renkleri. Pelerininin omzuna altın ve obsidiyen camından yapılmış parlak, siyah bir balık figürü iğnelenmişti. "Kanlı Kapı'dan geçmek isteyenler kim?" diye seslendi.

"Sör Donnel Waynwood, Leydi Catelyn Stark ve yanındakiler," diyerek cevapladı genç şövalye.

Geçit Şövalyesi miğferinin siperini kaldırdı. "Leydi gözüme tanıdık görünmüştü zaten. Evinden çok uzaklardasın küçük Cat," dedi.

"Sen de öyle amca," diyerek karşılık verdi Catelyn. Tüm yaşadıklarına rağmen gülümseyebilmişti. Bu pürüzlü, dumanlı sesi duymak onu yirmi yıl öncesine, çocukluk günlerine götürmüştü yine.

"Benim evim sırtımda," dedi amcası huysuzlanır gibi.

"Senin evin benim kalbimde," diye karşılık verdi Catelyn. "Çıkar şu miğferini de yeniden yüzünü göreyim."

"Korkarım ki yıllar yüzümü çok güzelleştirmedi," dedi Brynden Tully ve miğferini çıkardı. Amcası yalan söylemişti. Yüz hatları derinleşmiş, kızıl kahve saçlarının yerini gri teller almıştı ama gülümsemesi, gökyüzü kadar mavi gözlerindeki neşe ve tırtıl gibi şişman kaşları aynı kalmıştı. "Lysa geldiğini biliyor mu?"

"Önceden haber verecek kadar zaman yoktu," diye cevapladı Catelyn. Diğerleri arkadan geliyordu. "Biz tam fırtınadan önce geldik amca."

"Vadi'ye girme iznimiz var mı?" diye sordu Sör Donnel. Waynwoodlar resmi seremonilere düşkün insanlardı.

"Gerçek Doğu Muhafızı, Vadi'nin Savunucusu, Kartal Yuvası Lordu Robert Arryn adına Vadi'ye girmenize izin veriyor ve sizi kral barışına uygun davranmakla mükellef kılıyorum," diye yanıtladı Sör Brynden. "Gelin."

Kahramanlar Çağı'nda bir düzine ordunun paramparça olduğu Kanlı Kapı'nın gölgesinde amcasının arkasından atını sürdü Catelyn. Dağlar taş binaların arkasında aniden açıldı ve yeşil arazilerden, mavi gökyüzünden ve başı karlı uzaktaki dağlardan oluşan muhteşem bir manzara gözünün önüne serildi. Nefesi kesilmişti. Arryn Vadisi gün ışığıyla yıkanıyordu. Huzurlu ve bereketli siyah topraklar, ağır akan geniş nehirler, güneşte ayna gibi parlayan ve kenarlarındaki yükseltilerle korunan yüzlerce küçük derenin eklenmesiyle, sisli doğuya doğru genişliyordu manzara. Yüksek arazilerde buğday, mısır, arpa yetişiyordu ve Yüksek Bahçe'nin bal kabakları bile burada yetişenlerden daha büyük, meyveleri buradakilerden daha tatlı olamazdı. Vadi'nin batı ucunda, yüksek yolun son geçide bağlanarak iki mil aşağıdaki düzlüğe doğru inmeye başladığı yerde durdular. Vadi burada daralıyordu. İki yakasının arası yarım günlük yol mesafesine iniyordu. Buradan bakıldığında kuzey dağları öyle yakın görünüyordu ki, Catelyn ellerini uzatsa onlara dokunabilecekmiş gibi hissediyordu. Bütün dağların üzerine eğilmiş sivri doruk, dağlara bile tepeden bakan dağ, Devin Mızrağı'nın zirvesiydi. Dağın Vadi'nin tabanından üç buçuk mil yukarıdaki zirvesi buzlu sislerin arasında kaybolmuştu. Alyssa'nın Gözyaşları denen şiddetli şelale, dağın devasa sol omzunda hayalet gibi akıyordu. Onca mesafeden bile, kara kayaların arasında gümüş iplik gibi parlayan akan suları görebiliyordu Catelyn.

Catelyn'in durduğunu gören amcası yanına geldi ve işaret etti. "İşte orada, Alyssa'nın Gözyaşları'nın hemen yanında. Dikkatlice bakarsan ve güneş de doğru açıyla vurursa, arasıra beyaz ışıklar gibi parladığını görebilirsin sadece."

Yedi Kuleler, demişti Ned. *Gökyüzünün göğsüne saplanmış beyaz hançerler gibi. O kadar yüksekler ki, siperlerinde durup aşağıdaki bulutları seyredebilirsin.* "Daha ne kadar yol var," diye sordu amcasına.

"Akşam çökerken dağda oluruz ama tırmanış bir gün daha sürer."

Arkalarından gelen Sör Rodrik'in sesi duyuldu. "Leydim, korkarım ki ben bugün daha fazla yol gidemeyeceğim." Tekrar çıkmaya başlayan sakallarının arkasındaki yüzü çökmüştü. O kadar yorgun görünüyordu ki Catelyn adamın attan düşmesinden korktu.

"Gitmemeniz de gerekir zaten," dedi. "Sizden rica ettiğim

her şeyi misliyle yaptınız. Kartal Yuvası'na giden yolun kalanında amcam bana eşlik eder. Lannister benimle gelmeli ama diğerlerinizin burada kalıp dinlenmemesi için bir sebep yok."

"Onları misafir etmekten onur duyarız," dedi Sör Donnel nezaketle. Dört yol ağzındaki handan birlikte yola çıktıkları adamlardan sadece Sör Rodrik, Bronn, Sör Willis Wode ve şarkıcı Marillion kalmıştı geriye.

"Leydim," dedi Marillion atını öne doğru sürerek. "Lütfen sizinle Kartal Yuvası'na gelmeme izin verin. Bu masalın başına şahitlik ettiğim gibi sonunu da görmek istiyorum." Çocuk iyice yorgundu ama sesi azimliydi ve gözleri ateş gibi parlıyordu.

Catelyn şarkıcıdan onlarla birlikte gelmesini istememişti. Bu çocuğun kendi başına verdiği bir karardı. Onca cesur adamın öldüğü ve bir mezarları bile olmadan geride bırakıldığı bu zorlu yolculuktan sağ çıkmayı becerebilmişti. İşte buradaydı. Uzayan sakalı yüzünden neredeyse yetişkin bir erkek gibi görünüyordu. Sadece buraya kadar gelebildiği için bile ona bir şeyler borçluydu belki Catelyn. "Pekâlâ," dedi.

"Ben de geleceğim," diyerek öne çıktı Bronn.

Catelyn bundan memnuniyet duymadı. Bronn olmadan Vadi'ye kesinlikle varamazlardı, bunu biliyordu. Bugüne kadar gördüğü en korkusuz savaşçılardan biriydi ve kılıcıyla önlerine çıkan pek çok engeli ortadan kaldırmıştı ama buna rağmen Catelyn bu adamdan hoşlanmıyordu. Cesaret ve güç sahibiydi ama içinde en ufak bir nezaket ya da sadakat duygusu yoktu. Son zamanlarda sürekli Lannister'ın yanında at sürüyordu ve Catelyn ikisinin gizli şakalarla gülüştüğünü görmüştü defalarca. Burada iki adamın yolunu ayırmayı tercih ederdi ama Marillion'a kendisiyle birlikte gelebileceğini söylemişken aynı hakkı Bronn'dan sakınmak uygunsuz olacaktı. "Nasıl isterseniz," dedi Catelyn ama adamın aslında izin istemediğinin de farkındaydı.

Sör Willis Wode, Sör Rodrik'in yanında kaldı. Yumuşak sesli bir rahip, şövalyenin yaralarıyla ilgileniyordu. İki şövalyenin sefil haldeki zayıf atlarını da arkalarında bıraktılar. Sör Donnel, Kartal Yuvası'na ve Ay Kapıları'na haberci kuşlar göndererek geldiklerini bildireceğine dair söz verdi. Ahırlardan, üzerlerine tüylü battaniyeler serilmiş, yere sağlam basan dağ aygırları getirildi. Bir saat içinde tekrar yola çıkmak için hazırlardı. Vadi zeminine inmeye başladıklarında Catelyn amcasıyla yan yana at sürüyordu. Arkalarından Tyrion Lannister, Bronn, Marillion ve Brynden'ın altı adamı geliyordu.

Yolun üçte birini aştıkları sırada, diğerlerinin duyamayacağı bir mesafede yol alırken Brynden Tully, Catelyn'e döndü ve, "Bana şu bahsettiğin fırtınayı anlat çocuğum," dedi.

"Uzun yıllar oldu, çocuk değilim amca," diye başladı Catelyn ve bütün olanları anlattı. Lysa'nın mektubunu, Bran'ın düşüşünü, hançerli suikastçiyi, Serçeparmak'ı ve Tyrion Lannister'la handa karşılaşmalarını anlatmak tahmin etmediği kadar uzun sürmüştü.

Amcası sessizlik içinde dinledi. Kalın kaşlarının altındaki gözleri, adamın kaşları iyice çatıldıkça görünmez oldu. Brynden Tully insanları dinlemeyi bilen bir adamdı... Catelyn'in babası hariç. Lord Hoster'ın kardeşiydi. Ondan beş yaş küçüktü. Catelyn kendini bildiğinden beri babası ve amcası arasında süregelen bir savaş vardı. Catelyn sekiz yaşlarındayken ikisinin bir tartışmasına şahit olmuştu. Lord Hoster, "Sen Tully sürüsünün kara keçisisin," demişti kardeşi Brynden'a. Amcası kahkahalar atarak aile armaları olan sıçrayan alabalığı göstermiş ve kara bir keçi değil, ancak kara bir *balık* olabileceğini söylemişti. O günden sonra da karabalık amcasının şahsi arması haline gelmişti.

İki adam arasındaki savaş Lysa ve Catelyn'in düğünlerine kadar devam etmişti. Amcası düğün ziyafetinde Nehirova'dan ayrılacağını, Lysa ve yeni kocası Kartal Yuvası Lordu'na hizmet edeceğini söylemişti. Catelyn'in kardeşi Edmure nadiren yolladığı mektuplarda, babasının o günden beri Brynden'ın adını ağzına almadığını yazıyordu.

Her şeye rağmen Catelyn'in çocukluk ve gençlik yılları boyunca, babası onlarla konuşamayacak kadar meşgul, annesi ilgilenemeyecek kadar hastayken, Lord Hoster'ın çocuklarının kimi zaman gözyaşlarıyla, kimi zaman anlatacak hikâyeleriyle koşup sarıldıkları adam Karabalık Brynden olmuştu. Catelyn'i, Lysa'yı, Edmure'u... ve evet, babasının himayesindeki çocuk Petyr Baelish'i bile, tıpkı şimdi olduğu gibi sabırla dinler, şakalarına güler, çocuksu dertlerine derman olmaya çalışırdı.

Catelyn'in anlattıklarını sonuna kadar dinledikten sonra, atı kayalık yolda ilerlerken uzunca bir süre sessizliğini korudu amcası. "Babana haber vermeliyiz," dedi sonunda. "Lannisterlar harekete geçtiği takdirde, Kışyarı uzak, Vadi dağların arasında güvende ama Nehirova tam yollarının üzerinde."

"Ben de aynı şeyden korkuyorum," diye itiraf etti Catelyn. "Kartal Yuvası'na vardığımızda Üstat Colemon'a bir haberci kuş yollamasını söylemeliyim." Nehirova'dan başka yerlere de mesajlar göndermeliydi. Ned'in, kuzeyin güçlendirilmesiyle ilgili sancak beylerine verdiği emirleri yerlerine ulaştırmalıydı. "Vadi'deki hava nasıl?" diye sordu.

"Öfkeli," dedi Brynden Tully. "Lord Jon çok sevilen bir adamdı ve kralın, yaklaşık üç yüz yıldır Arryn Hanedanı'na ait bir onuru Jaime Lannister'a vermesi büyük bir hakaret olarak algılandı. Lysa oğluna *Gerçek* Doğu Muhafızı olarak hitap etmemizi emretti ama kimse buna kanmıyor. Kral Eli'nin ölümünü şüpheli bulan sadece kız kardeşin değil. Kimse Jon Arryn öldürüldü demeye cesaret edemiyor ama şüphenin gölgesi büyüdükçe büyüyor." Sıkıntıyla Catelyn'e baktı. "Bir de çocuk var tabi."

"Çocuk mu? Ona ne oldu?" Keskin bir dönemeci alırken, altından geçtikleri geniş bir kaya çıkıntısına başını çarpmamak için atının üzerinde eğildi.

Amcasının sesi endişe doluydu. "Lord Robert," diyerek içini çekti. "Altı yaşında, sürekli hasta ve bebeklerini elinden aldığın anda ağlamaya meyilli. Jon Arryn'ın gerçek varisi ama bazıları onun babasının yerini alamayacak kadar zayıf olduğunu düşünüyor. Nestor Royce son on dört yıldır, Jon Arryn Kral Toprakları'nda görevdeyken, Kartal Yuvası'nın baş vekilharçlığını yaptı ve birçok insan Lord Robert belirli bir yaşa gelene kadar onun hükmetmesi gerektiği kanaatinde. Diğerleri de Lysa'nın derhal tekrar evlenmesinin şart olduğuna inanıyor. Talipler şimdiden savaş alanına çıkmış kargalar gibi toplanmaya başladı. Kartal Yuvası onlarla dolu."

"Bunu bekliyordum," dedi Catelyn. Şaşırılacak bir durum değildi. Lysa hâlâ çok gençti ve Dağlar Krallığı'yla Vadi azımsanamayacak kadar büyük düğün hediyeleriydi. "Lysa'nın tekrar evlenmeye niyeti var mı?"

"Uygun bir aday olursa evlenebileceğini söylüyor ama daha şimdiden Lord Nestor'ı ve düzgün bir düzine adamı reddetti bile. Bu sefer kocasını *kendisinin* seçeceğine dair yemin etti."

"Bu konuda onu suçlayacak son kişi sen olmalısın."

Sör Brynden yüzünü buruşturdu. "Suçlamıyorum ama... Lysa oyun oynuyormuş gibi geliyor bana. Bu oyundan keyif alıyor ama asıl amacı Lord Robert büyüyüp yeterli yaşa gelene ve unvanındaki gibi Kartal Yuvası Lordu olana kadar tek başına hükmetmek."

"Bir kadın da en az bir erkek kadar akıllıca hükmedebilir," dedi Catelyn.

"*Doğru* kadın hükmedebilir," dedi amcası göz ucuyla Catelyn'e bakarak. "Hata yapma Catelyn. Lysa sana benzemiyor." Bir an tereddüt etti. "Dürüst olmam gerekirse, korkarım ki kız kardeşini umduğun kadar... yardımsever bulmayabilirsin."

Catelyn'in kafası karışmıştı. "Ne demek istiyorsun?"

"Kral Toprakları'ndan dönen Lysa, kocası El ilan edildiğinde güneye giden kızla aynı kişi değil artık. O yılları zorluklarla geçti. Bunu bilmelisin. Lord Arryn görevine son derece bağlı bir adamdı ve onların evliliğinin sebebi politikaydı, tutku değil."

"Benim evliliğimde olduğu gibi."

"Evlilikleriniz aynı şekilde başladı ama seninkinin sonu Lysa'nınkinden mutlu oldu. İki ölü bebek doğurdu ve dört düşük yaptı. Lord Arryn'ın ölümü... Catelyn, tanrılar senin kız kardeşine sadece bir çocuk bağışladı ve Lysa sadece o çocuk için yaşıyor. Zavallı oğlan. Çocuğun Lannisterlar'a verildiğini görmektense buraya kaçmasına şaşırmamak gerek. Kız kardeşin korkuyor çocuğum ve en çok korktuğu şey Lannisterlar. Oğlunu aslanın ağzından alabilmek için gece yarısı bir hırsız gibi kaçtı Kızıl Kale'den ve... şimdi sen aslanı onun kapısına kendi ellerinle getirdin."

"Zincirlere bağlı olarak," dedi Catelyn. Yolun sağ tarafında karanlığa düşen derin bir yarık vardı. Catelyn atının dizginlerini çekerek küçük dikkatli adımlar atmasını sağladı.

"Ah," dedi amcası. "Dönüp arkalarından ağır ağır gelen Tyrion Lannister'a baktı. "Eyerinde bir balta, kemerinde bir kama ve ona aç bir gölge gibi eşlik eden bir paralı asker görüyorum. Peki zincirler nerede tatlı kızım?"

Catelyn huzursuzca hareket etti eyerinin üstünde. "Cüce rızası dışında burada. Üzerinde zincirler olsun ya da olmasın, o benim esirim. Onun suçlarının hesabını vermesini Lysa da en az benim kadar istiyordur. Lannisterlar'ın öldürdüğü adam onun lord kocasıydı ve beni Lannisterlar'a karşı uyaran mektubu da kendisi yazmıştı."

Karabalık Brynden huzursuzca gülümsedi. "Umarım yanılmıyorsundur çocuğum," deyip içini çekti. İç çekişi, yanılıyorsun diyordu Catelyn'e.

Güneş batıya doğru iyice ilerlediğinde, atlarının toynakları altındaki yolun yokuşu düzleşmeye başlamıştı. Yol genişledi ve düz ilerler hale geldi. Catelyn artık kır çiçeklerini ve yeşil çimenleri görebiliyordu. Vadi'nin düzlüklerinde ilerlemek çok daha kolaydı ve yol çok daha eğlenceliydi. Yemyeşil ağaçlıklardan, sakin küçük köylerden, bahçelerden, altın başak tarlalarından, güneş ışığıyla yıkanmış bir düzine küçük dereden geçtiler. Amcası, çift sancak taşıyan bir sancaktarı önden yollamıştı. Sancaklardan üstte olanı Arryn Hanedanı'nın ay ve şahiniyle, altta olanı da Brynden'ın kendi arması karabalıkla süslüydü. Çiftliklerin, tüccarların atlı arabaları ve alt seviyeli hanedanların süvarileri onların geçmesi için çekilerek yolu açıyordu.

Buna rağmen Devin Mızrağı'nın eteklerindeki büyük kaleye vardıklarında hava tamamen kararmıştı. Kalenin surlarını titrek meşale alevleri aydınlatıyor, ay ışığı hendek suyunun üzerinde dans ediyordu. Açılır kapanır köprü havaya kaldırılmıştı ve yivli kapı aşağı indirilmişti. Catelyn kapı kulübesinde ve ilerideki kare kulelerde ışıklar olduğunu gördü.

"Ay Kapıları," dedi amcası arkalarından gelenler atlarını durdurmak için dizginlerini çekerken. Sancak taşıyıcı kapı kulübesindeki muhafızlara selam vermek için hendeğin kenarına kadar gitti. "Lord Nestor'ın makamı. Bizi bekliyor olmalı. Yukarı bak."

Catelyn başını kaldırıp yukarı baktı. Önce kayalardan, ağaçlardan ve karanlığa bir kefen gibi örtülmüş yıldızsız gökyüzü kadar siyah devasa dağdan başka bir şey göremedi. Ardından, yukarıda belli belirsiz parlayan ışığı; dağın dik yamacına kurulmuş, turuncu renkli gözlerle tepeden bakan kuleyi fark etti. Onun da üstünde, çok daha yukarıda bir başkası ve daha da yukarıda, yanıp sönen titrek ışıklardan ibaret bir üçüncüsü. Ve nihayet gökyüzünde, şahinlerin yüksekten uçtuğu yerde, ay ışığında parlayan bir beyazlık. Bu inanılmaz yükseklikteki soluk kulelere bakarken başı dönüyordu.

Marillion'ın hayretler içinde, "Kartal Yuvası," diye mırıldandığını duydu.

Tyrion Lannister'ın tiz sesi araya girdi. "Arrynlar ziyaretçilerden pek hoşlanmıyor olmalı. Bu karanlıkta dağa tırmanmayı planlıyorsanız, beni şimdi buracıkta öldürün daha iyi."

"Geceyi burada geçireceğiz ve yarın sabah tırmanacağız," dedi Brynden.

"Sabırsızlıkla bekliyorum," diye karşılık verdi cüce. "Oraya nasıl tırmanacağız? Daha önce keçiye binmedim hiç."

"Katırlarla," dedi Brynden gülümseyerek.

"Dağa oyulmuş basamaklar var," dedi Catelyn. Ned, Robert Baratheon ve Jon Arryn'la birlikte burada geçirdiği gençlik yıllarını anlatırken bahsetmişti basamaklardan.

Amcası başıyla onayladı. "Bu karanlıkta görmemiz mümkün değil ama basamaklar orada. Atların geçemeyeceği kadar dar ve dik ama katırlar yolun çoğunu gidebiliyor. Tepeye çıkan yol üç yol kalesiyle korunuyor. Taş, Kar ve Gök. Katırlar bizi Gök'e kadar götürecek."

Tyrion Lannister endişeli gözlerle baktı, "Peki ondan sonrası?"

Brynden gülümsedi. "Ondan sonrası katırların bile çıkamayacağı kadar dik. Yolun kalanını yayan gideceğiz. Belki siz sepetle çıkmayı tercih edersiniz. Kartal Yuvası, Gök'ün hemen üstünde dağa tutunur. Kilerlerinde aşağıdan yukarı malzeme taşıyan altı büyük vinç vardır. Tercih ederseniz, elmalar, ekmekler ve bira fıçılarıyla birlikte yukarı çekilmenizi sağlayabilirim Lord Lannister."

Cüce bir kahkaha koyuverdi. "Tıpkı bir bal kabağıymışım gibi," dedi. "Heyhat, Lannister soyadını taşıyan oğlunun bir sepet turpla birlikte kaderine kavuştuğunu duyan babam nasıl da hayal kırıklığına uğrar. Siz yayan olarak çıkacaksanız, korkarım benim de öyle yapmam gerekecek. Biz Lannisterlar'ın da belli bir gururu var."

"Gurur mu?" dedi Catelyn terslenerek. Cücenin alaycı tavrı ve rahat konuşmaları onu sinirlendirmişti. "Bazılarımız ona kibir diyoruz. Kibir, açgözlülük ve güç arzusu."

"Ağabeyimin kibirli bir adam olduğuna şüphe yok," diye karşılık verdi Tyrion Lannister. "Babam açgözlülüğün timsalidir ve tatlı ablam Cersei'nin aldığı her nefes güç kazanma arzusuyla doludur. Buna rağmen ben... ben küçük bir kuzu kadar masumum. Sizin için melememi ister misiniz?" Sırıttı.

Catelyn bir cevap veremeden köprünün gıcırdayak indirildiğini ve yağlanmış ağır zincirlerin çekilerek kale kapısının yukarı kaldırıldığını duydu. Silahlı adamlar ellerindeki meşalelerle yolu aydınlatırken, amcası önden giderek hendeği geçmeleri için yolu gösterdi. Vadi Baş Vekilharcı, Ay Kapıları Muhafızı Lord Nestor Royce şövalyeleriyle çevrelenmiş halde avluda bekliyordu onları. "Leydi Stark," dedi reverans yaparak. Çok iri, fıçı göğüslü bir adamdı ve reveransı çok acemice görünmüştü.

Catelyn atından inerek adamın yanına gitti. "Lord Nestor," dedi. Adamı gıyaben tanıyordu. Royce Hanedanı'nın daha alt seviyede bir koluna mensup adam, Bronz Yohn'un kuzeniydi. Hatırı sayılır, saygı görür bir lorddu. "Çok uzun ve yorucu bir yoldan geldik. Bu gece çatınızın misafirperverliğine sığınmak için izin isterim."

"Çatım sizindir leydim," diye karşılık verdi Lord Nestor. "Ama kız kardeşiniz Leydi Lysa geldiğinizi haber alır almaz Kartal Yuvası'ndan bir mesaj yolladı bana. Sizi derhal görmek istiyormuş. Yanınızda gelenler bu gece burada konaklayacaklar ve sabahın ilk ışıklarıyla yukarı gönderilecekler."

Amcası atından atladı. "Bu nasıl bir çılgınlık?" dedi öfkeyle. Brynden Tully sözlerinin sivri yerlerini törpüleyecek bir adam değildi. "Gecenin köründe, üstelik dolunay bile yokken yukarı tırmanmak mı? Lysa bile bunun kırık bir boyunla biteceğini bilebilir."

"Katırlar yolu biliyor Sör Brynden," dedi, Lord Nestor'ın yanına gelen on yedi, on sekiz yaşlarında sırım gibi bir genç kız.

Koyu renk saçları kısacık ve dümdüz kesilmişti. Deri binici kıyafetleri ve örme zırh giyiyordu. Lorddan çok daha zarif bir şekilde Catelyn'e reverans yaptı. "Size söz veriyorum leydim, en ufak bir zarar görmeyeceksiniz. Sizi yukarı çıkarmak benim için onurdur. Defalarca gece tırmanışı yaptım. Mychel bana baban bir keçi olmalı diyor."

Kız öyle kendinden emin ve sevimli bir ukalaydı ki Catelyn gülümsedi. "Adın nedir çocuğum?"

"Mya Taş, leydim, sizi memnun ederse."

Catelyn memnun olmamıştı. Yüzündeki gülücüğü devam ettirebilmek için çaba harcaması gerekti. *Taş,* Vadi'deki piç soyadıydı. Tıpkı kuzeydeki *Kar*, Yüksek Bahçe'deki *Çiçek* gibi. Yedi Krallık'ın her birinde, kendi aile adları olmayan çocuklara verilen belli soyadları vardı. Catelyn'in karşısındaki bu kızla bir derdi yoktu ama aklına Ned'in Sur'daki piçi gelmişti ve bu düşünce onu aynı anda hem kızdırmış hem suçlu hissettirmişti. Cevap verebilmek için kendini zorladı.

Lord Nestor sessizliği bozan kişi oldu. "Mya akıllı bir kızdır. Sizi Leydi Lysa'ya götürme sözü veriyorsa, bunu yapacağını biliyorum. Beni hiç hayal kırıklığına uğratmadı."

"O halde kendimi sana emanet ediyorum Mya Taş," dedi. "Lord Nestor, sizi esirime göz kulak olmakla görevlendiriyorum."

"Ve ben de sizi bu esir açlıktan ölmeden bir kadeh şarap ve iyice kızartılmış bir hadım horoz getirmekle görevlendiriyorum," dedi Tyrion. "Bir kadın da isterdim ama sanırım bu fazla ileri gitmek olur." Paralı asker Bronn kahkaha attı.

Lord Nestor sataşmayı duymazdan geldi. "Emredersiniz leydim. Dediğiniz gibi yapılacak." Sonunda cüceye bakmaya tenezzül etti ve, "Lannister Lordu'nu bir kule hücresine götürün, kendisine et ve sebze verin," dedi.

Tyrion Lannister hücresine götürülürken Catelyn amcasını ve diğerlerini orada bırakarak piç kızın peşinden kaleden çıktı. Yüksek avluda eyerlenmiş iki katır hazır bekliyordu. Gökyüzü mavisi bir pelerin giymiş olan muhafız dar yan kapıyı açarken Mya, Catelyn'in katıra binmesine yardım etti. Kapının ötesinde bir çam ve ladin ormanıyla, kara bir duvar gibi görünen dağ vardı. Dağa derince oyulmuş gökyüzüne yükselen basamaklar oradaydı. "Bazı insanlar gözlerini kapamanın daha kolay olduğunu söyler," dedi Mya. Katırları kapıdan geçirerek ormana çıkarıyordu. "Başları döndüğünde ya da korktuklarında katırlara çok sıkı tutunurlar ama hayvanlar bunu sevmez."

"Ben Tully olarak doğdum ve bir Stark'la evlendim," dedi Catelyn. "Öyle kolay kolay korkmam. Bir meşale yakmayı düşünüyor musun?" Basamaklar zifiri karanlıktı.

Kız yüzünü buruşturdu. "Meşaleler sizi sadece kör eder. Böyle açık bir gecede ay ve yıldızların ışığı yeterlidir. Mychel bende baykuş gözleri olduğunu söylüyor." Katıra atladı ve hayvanı ilk basamağa doğru yürüttü. Catelyn'in bindiği katır kendi kendine diğerini takip etmeye başladı.

"Mychel'den daha evvel de bahsettin," dedi Catelyn. Katırlar ağır ağır ama yere sağlam basarak güvenli bir şekilde hareket ediyordu. Catelyn bu durumdan memnundu.

"Mychel benim aşkım," diyerek açıkladı Mya. "Mychel Redfort. Sör Lyn Corbray'in yaveri. Seneye ya da ondan sonraki yıl şövalye ilan edildiğinde evleneceğiz."

Tıpkı Sansa gibi konuşuyordu. Masum hayalleriyle mutlu. Catelyn gülümsedi ama gülümsemesi hüzün doluydu. Redfortlar'ın, Vadi'nin eski ailelerinden biri olduğunu biliyordu. Damarlarında İlk İnsanlar'ın kanı vardı. Mychel kızın aşkı olabilirdi ama Redfort'un bir piçle evlenmesi mümkün değildi. Oğlanın ailesi çok daha uygun bir kızla evlenmesi için gerekeni yapacaktı. Bir Corbray ya da Waynwood ya da Royce. Belki de Vadi'nin dışından daha itibarlı bir hanedanın kızı. Eğer Mychel Redfort bu kızla yatarsa, bunu çarşafın başka tarafında yapacaktı.

Tırmanış Catelyn'in umduğundan daha kolaydı. Ağaçlar dar patikanın üzerine iyice eğilip birbirine dolaşarak, ay ışığını bile sızdırmayan yeşil ve doğal bir kubbe oluşturduğu için, uzun ve karanlık bir tünelde yol alıyorlarmış gibi hissediliyordu ama katırlar yolu biliyordu ve yere sağlam basıyorlardı. Mya Taş'a karanlıkta görebilen gözler bahşedildiği de gerçekti. Kıvrılarak yukarı çıkan basamakları döne döne tırmanarak yukarı doğru yol alıyorlardı. Basamaklara düşen iğne yapraklar yeri tamamen kapladığı için katırların adım sesleri yumuşuyor, neredeyse duyulmaz hale geliyordu. Sessizlik Catelyn'i sakinleştirmiş, hayvanların ağır ve emin adımları eyerinin üzerinde beşikteymişçesine sallanmasına sebep olmuştu. Çok geçmemişti ki uykuyla savaşıyordu.

Belki de bir süre için kaybetmişti o savaşı çünkü önünde aniden beliren demir perçinli kapıyla irkildi. "Taş," dedi Mya neşeyle. Katırdan iniyordu. Aşılması zor taş duvarların üzerine sıra sıra demir kazıklar dikilmişti ve iki yuvarlak kalın kule, iç kalenin tepesinden bakıyordu. Kapı Mya'nın seslenmesiyle açıldı. İçeri girdiklerinde yol kalesinin cüsseli şövalyesi Mya'yı ismiyle selamladı ve et şişle birlikte kızartılmış soğan ikram etti. Catelyn ne kadar acıktığının farkında değildi. Yeni katırlar eyerlenirken, ikram edilenleri avluda ayakta yedi. Etlerin suyu çenesinden aşağı akıp pelerinine damlıyordu ama Catelyn bunu umursamayacak kadar açtı.

Sonra yeni katırlara binerek yıldızların ışığında tekrar yola koyulma vakti geldi. Tırmanışın ikinci bölümü Catelyn için daha korkutucuydu. Patika daha dar, basamaklar daha aşınmış ve dikti. İlerledikleri yol çakıl taşları ve kaya parçalarıyla doluydu. Mya en az on kez katırından inip dağdan düşen kaya parçalarını temizlemek zorunda kaldı. "Hayvanların bacaklarının burada kırılmasını istemezsiniz," dedi. Catelyn kızla hemfikirdi. Şimdi irtifayı daha kolay hissedebiliyordu. Ağaçlar seyrelmişti ve rüzgâr sert esiyordu. Boralar elbiselerini uçuruyor, saçlarını yüzüne yapıştırıyordu. Basamaklar zaman zaman birbirinin üstüne biniyordu. Aşağıda kalan Taş'ı ve daha da aşağıdaki, meşaleleri artık mum ışığına benzeyen Ay Kapıları'nı görebiliyordu.

Kar, Taş'tan daha küçüktü. Tek bir müstahkem kule, ahşap bir iç kule ve sıvanmamış bir kaya duvarın arkasına gizlenmiş bir ahırdan ibaretti ama aşağıdaki yol kalesinin bütün taş merdivenlerine hükmedecek şekilde Devin Mızrağı'na yuvalanmıştı. Kartal Yuvası'na ulaşmaya niyetlenmiş bir düşmanın, basamak basamak Taş'tan yukarı tırmanması ve o sırada Kar'dan yağan ok ve kaya yağmuruna dayanabilmesi gerekirdi. Kar'ın kumandanı genç ve heyecanlı şövalye onlara biraz ekmek ve peynir yemelerini, ateşin karşısında ısınıp dinlenmelerini önerdi ama

Mya teklifi reddetti. "Yola devam etmeliyiz leydim," dedi. "Arzu ederseniz." Catelyn başıyla onayladı.

Ahırlardan bir kez daha yeni katırlar getirildi. Catelyn'inki beyazdı. Mya hayvanı gördüğünde gülümsedi. "Beyazca iyi bir hayvandır leydim. Buzda bile sağlam yürür ama dikkatli olmalısınız. Sizden hoşlanmazsa çifte atar," dedi.

Beyaz katır Catelyn'i sevmiş gibi görünüyordu, tanrılara şükür tekmelenmemişti. Yerde buz da yoktu ve Catelyn bunun için de şükrediyordu. "Yüzlerce yıl önce karın ilk başladığı yer burasıymış. Annem söylerdi," dedi Mya. "Burası her zaman bembeyazmış ve buz hiç erimezmiş." Omuz silkti. "Ben dağın bu kadar alt kısmında hiç kar görmedim. Belki de eskiden öyleydi."

Çok genç, diye düşündü Catelyn. Kendisinin hiç böyle olup olmadığını düşünüyordu. Bu kız ömrünün yarısını yaz mevsiminde geçirmişti ve bütün bildiği buydu. *Kış geliyor çocuğum*, demek istedi. Kelimeler dudağındaydı, az kalsın söylüyordu. Belki de en sonunda bir Stark oluyordu.

Kar'ın üstünde rüzgâr canlı bir yaratık gibiydi. Issız ormanlardaki kurtlar gibi uluyor, sonra onları kandırmak istermişçesine tamamen yok oluyordu. Yıldızlar burada daha parlaktı ve dokunsan uzanabilirmişsin gibi yakın görünüyorlardı. Boynuzlu ay karanlık gökyüzünde devasaydı. Tırmanışları sürdükçe, Catelyn yukarı bakmanın aşağı bakmaktan çok daha iyi olduğuna karar verdi. Basamaklar asırlarca buz altında kalmaktan ve üzerlerine basan sayısız katır toynağından dolayı çatlak çatlaktı. Yükseklikleri Catelyn'in yüreğini ağzına getirmeye yetiyordu. Yolun, iki sivri kaya arasında kalan tepe gibi yüksek bölümüne geldiklerinde Mya katırdan indi. "Hayvanları yürütmek en iyisi," dedi. "Buradaki rüzgâr biraz zorlu olabilir leydim."

Catelyn katırdan kaskatı olmuş halde indi ve önündeki patikaya baktı. Yaklaşık yedi metre uzunluğunda ve bir metre genişliğindeydi ama her iki yanında da sarp uçurumlar vardı. Rüzgârın tiz çığlığını duyabiliyordu. Mya hafif adımlarla yürümeye başladı. Arkasından gelen katırını gören, bir avluda rahat rahat dolaşıyormuş sanırdı. Sıra Catelyn'deydi. İlk adımını atar atmaz korkudan çenesi kitlendi. Boşluğu, rüzgârın yarattığı dipsiz ve karanlık anaforları hissedebiliyordu. Titreyerek durdu. Hareket etmeye korkuyordu. Rüzgâr bir çığlık attı, onu uçurumdan aşağı atmak istiyormuşçasına pelerininden çekti. Catelyn ürkekçe geriye doğru bir adım attı ama katırı tam arkasındaydı, hareket edemedi. *Burada öleceğim*, diye düşündü. Sırtından buz gibi terler aktığını hissediyordu.

"Leydi Stark," diye seslendi Mya. Kızın sesi binlerce mil öteden geliyordu sanki. "İyi misiniz leydim?"

Catelyn gururundan kalan son parçayı da yutup, "Ben... Ben bunu yapamayacağım çocuğum," diye bağırdı.

"Evet yapabilirsiniz," dedi piç kız. "Yapabileceğinizi biliyorum. Baksanıza patika ne kadar geniş."

"Bakmak istemiyorum." Patika, dağ, katırlar, gökyüzü, bütün dünya etrafında hızla dönüyor gibi hissediyordu. Catelyn gözlerini kapadı. Nefesini düzeltmeye çalıştı.

"Sizi almaya geliyorum," diye seslendi Mya. "Kımıldamayın leydim."

Kımıldamak Catelyn'in yapabileceği son şey bile değildi. Rüzgârın çığlığını ve taşa sürtünen deri seslerini dinledi. Mya gelmişti. Nazikçe kolunu tutuyordu. "İsterseniz gözlerinizi açmayın. Şimdi ipi bırakın, Beyazca kendi başının çaresine bakabilir... Çok iyi leydim. Ben sizi yürüteceğim, çok kolay, göreceksiniz. Şimdi benim için bir adım atın. İşte böyle. Ayağınızı yavaşça öne kaydırın. Bakın oldu. Şimdi bir adım daha. Kolay işte. İsteseniz koşabilirsiniz bile. Bir adım daha. Evet." Piç kız adım adım sabırla karşıya geçirdi kör ve titreyen Catelyn'i. Katırlar arkalarından sakince geliyordu.

Gök adı verilen yol kalesi, dağın yamacına yaslanmış hilal şekilli yüksek bir duvardan öte bir şey değildi ama Valyria'nın meşhur tepesiz kuleleri bile Catelyn'e bundan daha güzel görünemezdi. Sonunda kar krallığı başlıyordu burada. Gök'ün eskimiş taşları buzla kaplanmıştı ve çıkıntılardan uzun buz mızrakları sarkıyordu.

Mya Taş muhafızlara seslendiğinde doğuda şafak sökmeye başlamıştı. Kapılar açıldı. İçeride sadece bir dizi rampa ve üst üste yığılmış her boydan kayalar, taşlar vardı. Burada korkunç bir çığ başlatmak dünyanın en kolay işiydi hiç şüphesiz. Kayalardan oluşan bir yüz önlerinde esniyordu sanki. "Ahırlar ve kışlalar ileride," dedi Mya. "Kalenin son bölümü dağın içinde. Epey karanlıktır ama en azından rüzgârdan kurtulacaksınız. Katırlar ancak buraya kadar gelebiliyor. Burdan sonrasını bir bacaya tırmanmak gibi düşünün. Basamaklardan çok, taştan yapılmış dik bir merdivene benzer. Çok zor değil. Bir saat sonra oradayız."

Catelyn yukarı baktı. Tam kafasının üstünde, soluk şafak aydınlığında, Kartal Yuvası'nın temellerini belli belirsiz seçebiliyordu. Tırmanacakları mesafe iki yüz metreden fazla olamazdı. Aşağıdan bakıldığında küçük bir bal peteği gibi görünüyordu. Amcasının vinçler ve sepetlerle ilgili söylediklerini hatırladı. "Lannisterlar'ın belli bir gururu olabilir ama Tullyler aklıselimle doğmuştur," dedi Mya'ya. "Bütün gün ve gece hayvan sırtındaydım. Bir sepet sarkıtmalarını söyle, geri kalan yolu turplarla gideceğim."

Catelyn Stark sonunda Kartal Yuvası'na ulaştığında güneş dağların arasında yükselmişti çoktan. Gökyüzü mavisi bir pelerin giymiş, göğüs zırhına ay ve şahin dövülmüş gri saçlı iri bir adam olan, Arryn ailesinin baş muhafızı Sör Vardis Egen, Catelyn'in sepetten çıkmasına yardım etti. Adamın hemen yanında, çok az saçlı, çok uzun boyunlu, zayıf ve huzursuz Üstat Colemon vardı. "Leydi Stark, ne kadar güzel ve beklenmedik bir ziyaret," dedi Sör Egen. Üstat Colemon onaylar gibi başını salladı. "Gerçekten öyle leydim, gerçekten öyle. Kardeşinize geldiğinizi haber verdim. Vardığınız anda uyandırılmak istediğini emretmişti."

"Umarım rahat bir gece uykusu uyuyabilmiştir," diye karşılık verdi Catelyn. Sesindeki kinayeyi kimse fark etmemiş gibi görünüyordu.

Adamlar onu vinç odasından sarmal bir merdivene götürdü. Kartal Yuvası diğer önemli hanedanların kalelerine kıyasla küçük bir yerdi. Devasa dağın omuzlarında, birbirine sıkıca bağlanıp deste haline gelmiş oklara benzeyen yedi ince uzun kule. Burada ahırlara, hayvan barınaklarına, dökümhanelere ihtiyaç yoktu ama ambarlarının Kışyarı'nınkilerden daha büyük olduğunu ve bu kulelerde en az beş yüz kişinin rahatlıkla yaşayabileceğini söylemişti Ned bir keresinde. Buna rağmen, seslerin yankılandığı boş taş koridorlardan geçerken, Catelyn'e terk edilmiş gibi görünüyordu burası.

Lysa odasında tek başına bekliyordu Catelyn'i. Geceliği hâlâ üzerinde, yatağının kenarında oturuyordu. Uzun kızıl kahve saçları çıplak omuzlarına ve sırtına dökülmüş, karmakarışık olmuştu. Bir hizmetçi arkasına geçmiş saçlarını tarıyordu ama Catelyn odaya girdiğinde Lysa heyecanla ayağa fırlayıp gülümsedi. "Cat," dedi. "Ah, Cat. Seni görmek ne güzel. Benim tatlı kız kardeşim." Koşup kollarını Catelyn'in boynuna doladı. "Ne kadar zaman oldu?" diye mırıldandı. "Ah, uzun, çok uzun zaman oldu."

Tam olarak beş yıl olmuştu doğrusu. Lysa için beş zalim yıl. Paylarına düşeni yaşamışlardı. Lysa, Catelyn'den iki yaş küçüktü ama daha yaşlı görünüyordu şimdi. Boyu daha kısaydı. Vücudu kalınlaşmış, yüzü yuvarlaklaşmıştı. Tullyler'in mavi gözleri onda da vardı ama soluklaşmış gibiydi o gözler. Küçücük ağzının kenarları aşağı doğru sarkmıştı. Düğün gününde Nehirova septinde yanında duran, ince, dik göğüslü kızı hatırladı. Ne kadar güzel ve hayat doluydu. Kız kardeşinin güzelliğinden geriye, beline kadar şelale gibi dökülen uzun kızıl kahve saçları kalmıştı sadece.

"İyi görünüyorsun," diyerek yalan söyledi Catelyn. "Ama... yorgun gibisin."

Kız kardeşi kollarını çözdü. "Yorgunum. Ah, evet yorgunum." Odadaki diğer insanların farkına yeni varmış gibiydi. Hizmetçisine, Üstat Colemon'a ve Sör Vardis'e, "Bizi yalnız bırakın," dedi. "Kardeşimle baş başa görüşmek istiyorum." İnsanlar odadan çıkarken Catelyn'in elini tuttu...

...ve kapı kapanır kapanmaz bıraktı. Catelyn kardeşinin yüzünün bir anda değiştiğini gördü. Güneşin bir anda bulutların arasına girmesi gibiydi. "Sen *aklını* mı kaçırdın?" diye sordu öfkeyle. "Haber vermeden, izin istemeye gerek görmeden onu *buraya* getirmen, bizi Lannisterlar'la olan kavganın içine çekmen..."

"*Benim* kavgamın mı?" Catelyn duyduklarına inanamıyordu. Lysa'nın buz gibi sesi kalbinde büyük bir yangın çıkarmıştı. "Bu önce senin kavgandı sevgili kardeşim. Bana o lanetli mektubu yollayan, kocanın Lannisterlar tarafından öldürüldüğünü söyleyen sendin."

"Seni uyarmak için söyledim. Onlardan uzak durmanı sağlamak için. Onlarla *savaşman* için değil. Tanrılar aşkına Cat, sen ne yaptığının farkında mısın?"

"Anne?" dedi hafif bir ses. Lysa endişeyle döndü. Ağır geceliğinin eteği de etrafında dönmüştü. Kartal Yuvası Lordu Robert Arryn, elindeki bez bebeğe sıkı sıkı sarılmış kapının önünde duruyordu. Acı verecek kadar zayıf, yaşına göre az gelişmiş, bütün hayatını hastalıklarla geçirmiş bir çocuktu. Titriyordu zaman zaman. Üstatlar titreme hastalığı demişti. "Sesler duydum."

Şaşırılacak bir şey değil, diye düşündü Catelyn. Lysa neredeyse bağırarak konuşmuştu. Bakışları hançer gibiydi. "Bu senin teyzen Catelyn, bebeğim. Kardeşim Leydi Stark. Onu hatırlıyor musun?"

Çocuk boş gözlerle Catelyn'e baktı. "Sanırım," dedi. Catelyn çocuğu en son gördüğünde daha bir yaşında bile değildi oysaki.

Lysa şöminenin kenarına oturdu ve, "Anneye gel tatlım," dedi. Çocuğun yatak kıyafetlerini düzeltip ince kahverengi saçlarını okşadı. "Çok güzel bir çocuk, öyle değil mi? Ve çok güçlü. Duyduğun şeylere inanma sakın. Jon en doğrusunu biliyordu. *Tohum güçlü*, dedi bana. Son sözleri. Robert'ın ismini söyleyip durdu. Kolumu onu kadar sıkı tuttu ki iz bıraktı. *Onlara söyle, Tohum güçlü*. Onun tohumu. Benim bebeğimin ne kadar güçlü bir adam olacağını herkes bilsin istedi."

"Lysa, eğer Lannisterlar'la ilgili haklıysan çabucak harekete geçmemiz için önemli sebeplerimiz var. Biz..."

"*Bebeğin* önünde konuşma," dedi Lysa. "Çok duygusal bir doğası var. Öyle değil mi tatlım?"

"Çocuk, Kartal Yuvası Lordu ve Vadi'nin Savunucusu," diye hatırlattı Catelyn. "Bunlar duygusal olunacak zamanlar değil. Ned işin savaşa varacağını düşünüyor."

"*Sessiz ol*!" diye terslendi Lysa. "Çocuğu korkutuyorsun." Küçük Robert omzunun üstünden Catelyn'e baktı ve titremeye başladı. Elindeki bez bebeği düşürerek iyice annesine yaslandı. "Korkma küçük bebeğim," diye fısıldadı Lysa. "Annen burada, kimse sana zarar veremez." Geceliğinin önünü açtı. Solgun renkli, ağır ve ucu kıpkırmızı göğsünü dışarı çıkardı. Çocuk istekle yakaladı annesinin göğsünü. Yüzünü memeye gömdü ve emmeye başladı. Lysa çocuğun saçlarını okşuyordu.

Catelyn bildiği bütün kelimeleri unutmuştu. *Jon Arryn'ın oğlu*. Kendi bebeğini hatırladı, üç yaşındaki Rickon'u. Bu çocuğun yarı yaşındaki, katbekat korkusuz Rickon'u. Vadi'deki lordların neden endişelendiğini anlıyordu şimdi. Kralın oğlanı annesinden uzaklaştırıp, Lannisterlar'ın himayesine vermeye çalışmasının nedenini ilk kez anlıyordu...

"Burada güvendeyiz," dedi Lysa. Catelyn'e mi, oğlana mı söylediği belli değildi.

"Aptal olma," diye karşılık verdi Catelyn. Öfkelenmişti. "Kimse güvende değil. Burada saklanırsan Lannisterlar seni unutur zannediyorsan yanılıyorsun."

Lysa elleriyle oğlunun kulaklarını kapadı. "Dağları aşıp ordularını buraya getirebilseler, Kanlı Kapı'yı geçebilseler bile Kartal Yuvası zaptedilemez bir yerdir. Kendi gözlerinle gördün. Kimse buraya çıkamaz."

Catelyn kardeşini tokatlamak istiyordu. Amcası Brynden onu uyarmaya çalışmıştı. "Zaptedilemez kale yoktur," dedi.

"Bu kale öyle," diye ısrar etti Lysa. "Herkes öyle söylüyor. Benim sorunum, şu senin getirdiğin İblis'le ne yapacağım?"

"Kötü bir adam mı?" diye sordu Arryn Vadisi Lordu. Ağzından dışarı attığı göğüs ucu ıslak ve kırmızıydı.

"Çok kötü bir adam," dedi Lysa göğsünü kapatırken. "Ama annen küçük bebeğinin zarar görmesine asla izin vermez."

"Uçur onu," dedi Robert hevesle.

Lysa çocuğun başını okşadı. "Belki de öyle yaparız," diye mırıldandı. "Belki de tam olarak bunu yapmalıyız."

EDDARD

Serçeparmak'ı genelevin ortak mekanında, mürekkep kadar siyah derisinin üzerine tüylü bir elbise giymiş uzun boylu hoş bir kadınla sohbet ederken buldu. Heward şöminenin yanında, etine dolgun bir fahişeyle ceza oyunu oynuyordu. Görünüşe göre o ana kadar kemerini, pelerinini, zırhını ve sağ çizmesini çıkarmak zorunda kalmıştı. Fahişeyse elbisesinin düğmelerini göbeğine kadar açmıştı. Jory Cassel yağmur vuran pencerenin önünde durmuş gülümseyerek Heward'ın taşlarını açmasını izliyordu. Eğlendiği her halinden belli oluyordu.

Ned merdivenlerin dibine gelince durdu ve eldivenlerini giydi. "Gitme zamanımız geldi. Buradaki işim bitti," dedi.

Heward kalktı ve aceleyle eşyalarını toplamaya başladı. "Emredersiniz lordum," dedi Jory. "Wyl'in atları kapıya getirmesine yardım edeyim." Kapıya doğru yürüdü.

Serçeparmak acele etmeden herkesle vedalaştı. Elini öptüğü siyah kadının kulağına bir şeyler fısıldadı. Kadın yüksek sesle güldü. Serçeparmak, Ned'in yanına geldi. "Sizin işiniz mi, yoksa Robert'ın işi mi?" dedi hafif bir sesle. "Kral Eli kralın rüyalarını görür, derler. Kralın sesiyle konuşur, kralın kılıcıyla hükmeder. Bu aynı zamanda kralın kadınlarını becerdiğiniz anlamına da..."

"Lord Baelish," diyerek kesti Ned. "Çok fazla varsayımda bulunuyorsunuz. Yardımınız için müteşekkir olmadığımı sanmayın. Siz olmadan bu genelevi bulmamız yıllar sürebilirdi ama bu saçmalıklarınıza katlanmak zorundayım anlamına gelmiyor. Artık Kral Eli de değilim."

"Ulu kurt dikenli bir canavar olmalı," dedi Serçeparmak ağzını keskin bir ifadeyle bükerek.

Ahırlara doğru yürüdükleri sırada, yıldızsız gökyüzünden ılık fakat sicim gibi yağmur boşalıyordu. Ned pelerininin başlığını kafasına çekti. Jory atını getirdi. Hemen yanındaki genç Wyl bir eliyle Serçeparmak'ın atını getirirken, diğer eliyle kemerini bağlamaya çalışıyordu. Ahır kapısında yarı çıplak bir fahişe göründü. Kadın Wyl'e sırıtıyordu.

"Kaleye geri mi dönüyoruz lordum?" diye sordu Jory. Ned başıyla onayladı ve eyerine atladı. Serçeparmak da atına binmişti. Jory ve diğerleri onları takip etti.

"Chataya'nın işlettiği çeşitli müesseseler var," dedi Serçeparmak atını sürerken. "Birkaç tanesini satın almayı düşünüyorum. Genelev satın almak gemi almaktan çok daha iyi bir yatırım. Fahişelerin batma riski yok ve korsanlar üstlerine çıktıklarında herkes gibi altın ödüyor." Lord Petyr kendi yaptığı şakaya kendi güldü.

Ned adamın gevezelik etmesine izin verdi. Adam bir süre sonra sustu ve yola sessizlik içinde devam ettiler. Kral Toprakları'nın caddeleri bomboş ve karanlıktı. Yağmur, insanları çatılarının altında kalmaya zorlamıştı. Yağmur eski günahlar kadar acımasız ve kan kadar sıcak, Ned'in kafasına vuruyordu. İri damlalar yüzünden aşağı süzülüyordu.

Uzun zaman önce Kışyarı'nda, babaları, Lyanna'yı Fırtına Burnu'nun genç lorduyla evlendireceğine söz verdiği gece, "Robert'a tek yatak asla yetmez," demişti Lyanna. "Vadi'de bir yerde bir çocuğu olduğunu duydum." Ned kız kardeşine sıkıca sarılmıştı. Kızın söylediklerini inkâr edemez, ona yalan söyleyemezdi. Robert'ın nişanlanmadan önce ne yaptığının bir önemi olmadığını ve onun Lyanna'yı bütün kalbiyle seven âşık bir adam olduğunu anlatmıştı. Lyanna sadece gülümsemişti. "Aşk tatlıdır sevgili Ned ama bir adamın doğasını değiştiremez."

Kız o kadar küçüktü ki Ned yaşını sormaya cesaret edemedi. Robert'a satıldığında bakire olduğuna şüphe yoktu. İyi bir genelev, dolgun keseli müşterileri için güzel bakireler bulabilirdi kolayca. Açık kızıl saçları, burnunu ve yanaklarını kaplayan çilleri vardı. Tek göğsünü çıkarıp bebeğinin ağzına verdiğinde göğüslerinin de çilli olduğunu görmüştü Ned. "Adını Barra koydum," dedi kız, bebeği emzirirken. "Tıpkı ona benziyor, değil mi lordum? Burnu ve saçları tıpkı onunkiler gibi..."

"Benziyor," dedi Ned. Bebeğin yumuşacık siyah saçlarını okşadı. Parmaklarının arasında siyah ipek gibiydi saçları. Ned'e, Robert'ın ilk kızını hatırlattı.

"Onu gördüğünüz zaman söyleyin lordum... eğer zahmet olmazsa, ona bebeğin ne kadar güzel olduğunu söyleyin."

"Söylerim," diye söz verdi Ned. Bu onun lanetiydi. Robert sonsuz aşk için söz verir ve daha sabah olmadan unuturdu. Ned verdiği sözlere sadıktı. Lyanna ölürken ona verdiği sözleri ve o sözleri tutmak için ödediği bedelleri hatırladı.

"Ve ona başka kimseyle birlikte olmadığımı da söyleyin. Bütün eski ve yeni tanrılar üstüne yemin ederim lordum. Chataya, bebek olduğu için altı ay izin verdi bana ve belki o zamana kadar o bana geri gelir. Mücevher ya da başka bir şey istemem, sadece o gelsin. Bana her zaman iyi davranmıştır."

Sana iyi davranmış, diye düşündü Ned. "Söyleyeceğim çocuğum, sana söz veriyorum. Barra hiçbir şeyden yoksun kalmayacak."

Kız gülümsedi. Gülümsemesi o kadar heyecanlı ve o kadar tatlıydı ki, Ned kalbinin ikiye bölündüğünü hissetti. Jon Kar'ın tıpkı kendisininkine benzeyen yüzü gözlerinin önüne geldi. Madem tanrılar piçlere bu kadar çatık kaşlarla bakacaktı, erkekleri neden önüne geçilemez şehvetlerle doldurmuşlardı ki? "Lord Baelish, Robert'ın piçleriyle ilgili neler biliyorsunuz?"

"Her şeyden önce, sizden çok daha fazla piçi olduğunu biliyorum."

"Kaç tane?"

Serçeparmak omuz silkti. Pelerininin sırtından minik yağmur dereleri akıyordu. "Ne fark edecek ki? Sürüsüyle kadınla yatarsanız bazıları size böyle hediye verir işte. Kral ise yattığı kadınların sayısı mevzuunda hiç utangaç değildir. Fırtına Burnu'ndaki oğlanı biliyorsunuz zaten. Onu Sör Stannis'in düğününde peydahlamıştı. Başka türlüsü de olamazdı zaten. Çocuğun annesi bir Florent'ti. Leydi Selyse'in yeğeni ki Leydi Selyse de kralın yatak arkadaşlarından biriydi. Renly'nin anlattığına göre, düğün ziyafeti sırasında, Stannis yeni geliniyle dans ederken Robert kızı kapmış ve gerdek odasına götürüp dans etmekte olan yeni evlilerin yatağını dağıtmış. Lord Stannis bunu karısının aile şerefine yapılmış bir hakaret olarak algılayıp doğan çocuğu Renly'nin yanına postalamış." Serçeparmak göz ucuyla Ned'e baktı. "Söylentilere göre Lord Tywin'in üç yıl önce düzenlediği turnuva için batıya gittiğinde, Casterly Kayası'ndaki bir genelevde çalışan bir fahişeden de ikiz piçleri olmuş. Cersei durumu öğrendiğinde bebekleri öldürtmüş ve anneyi bir köle tacirine vermiş. Kendi evine bu kadar yakınlarda böyle bir şey olması Lannister gururuna dokunmuş olmalı."

Ned Stark yüzünü ekşitti. Kraliyetteki her soylu lordun arkasından böyle çirkin hikâyeler uydurulurdu. Cersei Lannister'ın yaptıklarına inanabilirdi ama Robert bir köşede sessizce durup onun yaptıklarına göz yumabilir miydi? Eskiden tanıdığı Robert asla yapmazdı bunu ama eskiden tanıdığı Robert, görmek istemediği şeylere gözünü tamamen kapatmak konusunda şimdi olduğu kadar tecrübeli değildi. "Jon Arryn kralın gayrimeşru çocuklarıyla neden böyle aniden ilgilenmeye başladı?"

Kısa adam yine omuz silkti. "O Kral Eli'ydi. Büyük ihtimalle Robert, çocukların iyi bakılıp bakılmadığını öğrenmek istemiştir."

Ned kemiklerine kadar ıslanmıştı ve ruhu soğumuştu. "Bundan başka bir sebep olmalı. Yoksa neden öldürülsün?"

Serçeparmak iyice ıslanan saçlarını salladı ve güldü. "Şimdi anlıyorum. Lord Arryn, Majesteleri'nin sayısız kadının karnını çocukla doldurduğunu öğrendi ve bu yüzden susturulması gerekti. Mesele çok karışık sayılmaz. Bu sırları bilen bir adamın yaşamasına izin ver ve güneşin doğudan doğması gibi bir gün ağzından her şeyi çıkarsın."

Ned'in kaşlarını çatmaktan başka verecek cevabı yoktu. Yıllardır ilk kez Rhaegar Targaryen'ı hatırlıyordu. Rhaegar'ın da devamlı gittiği genelevler olup olmadığını düşündü. Her nasılsa, olmadığını biliyordu.

Yağmur şiddetini iyice arttırdı. İnsanın yüzüne iğne gibi vuruyor, yerleri tokmak gibi dövüyordu. Sokaklardan kara su nehirleri akıyordu, Jory seslendi. *"Lordum!"* Sesi uyarı doluydu ve o anda cadde askerlerle doldu.

Ned deri üzerine geçirilmiş örgü zırhlara, savaş eldivenlerine, baldır korumalarına, miğferlere ve göğüslere işlenmiş altın aslanlara göz attı. Askerlerin yağmurla ıslanıp ağırlaşmış pelerinleri sırtlarından sarkıyordu. Ned'in saymaya vakti yoktu ama en az on kişiydiler. Ellerinde uzun kılıçları ve çelik kalkanlarıyla yan yana dizilip yolu kesmişlerdi. Wyl'in "*Arkadalar!*" diye bağırışını duydu. Döndüğünde geri dönüş yollarını kesmiş olan diğer adamları gördü. Jory kılıcını kınından çıkarırken, "Yolu açın ya da ölün," diye bağırdı.

"Kurtlar uluyor," dedi askerlerin lideri. Ned adamın yüzünden yağmur sularının süzüldüğünü görebiliyordu. "Ne yazık ki çok küçük bir sürü," diye ekledi adam.

Serçeparmak atını dikkatlice, adım adım ileri sürdü. "Bu ne demek oluyor. Karşınızdaki Kral Eli."

"Kral Eli *idi.*" Kızıl dore atının toynakları çamurla dolmuştu. Yolu kesen askerler onun geçmesi için iki yana açıldı. Göğüs kalkanına dövülmüş altın Lannister aslanı kükrüyordu. "Dürüst olmam gerekirse şu anda onun ne olduğunu bilmiyorum."

"Lannister, bu yaptığın delilik," dedi Serçeparmak. "Bırak geçelim. Kalede bekleniyoruz. Sen ne yaptığını zannediyorsun?"

"O ne yaptığını biliyor," dedi Ned sakince.

Jaime Lannister gülümsedi. "Çok doğru. Erkek kardeşimi arıyorum. Onu hatırlıyorsun değil mi Lord Stark? Kışyarı'nda bizimle birlikteydi. Açık saçlı, iki gözü farklı renkte, sivri dilli kısa bir adamdır kendisi."

"Gayet iyi hatırlıyorum," dedi Ned.

"Aldığım haberlere göre kardeşim eve dönüş yolunda bazı sorunlarla karşılaşmış. Lord babam epey rahatsız oldu. Küçük de olsa bir ihtimal, sen benim kardeşimin kötülüğünü isteyenlerin kim olduğunu biliyorsundur belki. Biliyor musun?"

"Erkek kardeşin benim emrimle suçlarının hesabını vermek üzere alındı," dedi Ned.

Jaime Lannister kükredi. "Lordlarım..."

Sör Jaime uzun kılıcını kınından çekti ve aygırını ileri sürdü. "Bana kılıcını göster Eddard Stark," diye bağırdı. "Gerekirse seni Aerys'ı doğradığım gibi doğrarım ama elinde kılıcınla ölmeni tercih ederim." Aşağılayan soğuk gözleriyle Serçeparmak'a baktı. "Lord Baelish, sizin yerinizde olsam pahalı kıyafetlerimin kan lekesi olmaması için buradan aceleyle uzaklaşırdım."

Serçeparmak acele etmedi. "Şehir Muhafızları'nı getireceğim," dedi Ned'e. Lannister barikatı geçmesi için açıldı. Serçeparmak atını mahmuzlayarak köşeyi dönüp kayboldu.

Ned'in adamları kılıçlarını çekmişti fakat yirmi kişiye karşı üç kişiydiler. Kapılardan, pencerelerden uzanan başlar olayı izlemeye başlamıştı ama kimsenin karışmaya niyeti yoktu. Ned'in adamları atlıydı. Jaime Lannister haricinde diğer askerler yayandı. Bir yardırma hareketi ile barikatı dağıtıp geçebilirlerdi ama daha sağlam ve emin bir taktik varmış gibi geliyordu Ned'e. "Beni öldür," dedi Kral Katili'ne. "Beni öldür ve Catelyn kardeşin Tyrion'ı parçalara ayırsın."

Jaime Lannister, son ejderha kralın kanını akıtmış kılıcının ucuyla Ned'in göğsünü dürttü. "Yapabilir mi? Nehirova'nın onurlu Catelyn Tully'si bir esiri katledebilir mi? Bence... yapamaz." İçini çekti. "Ama kardeşimin hayatını bir kadının onuruna güvenip tehlikeye atmayacağım." Jaime kılıcını kınına soktu. "Şimdi Robert'a koş ve ona seni nasıl korkuttuğumu anlat. Umrunda olacak mı merak ediyorum doğrusu." Parmaklarını saçlarının arasından geçirdi ve atını döndürdü. Barikatı geçtiği sırada askerlerin başındaki adama baktı. "Tregar, Lord Stark'a bir zarar gelmesin," dedi.

"Emredersiniz lordum," diye karşılık verdi adam.

"Ama... buradan en ufak bir ders almadan ayrılmasını da istemeyiz. O halde..." Gülümsedi ve gecenin karanlığında parlayan beyaz dişleri göründü. "Adamlarını öldürün."

"Hayır!" diye bağırdı Ned kılıcına davranırken. Wyl'in çığlığı duyulduğunda Jaime çoktan dörtnala uzaklaşmıştı. Askerler iki taraftan çevrelerini sardı. Ned adamlardan birini atıyla ezerek devirdi. Önüne çıkan kırmızı pelerinli hayaletleri keserek hareket etmeye çalışıyordu. Jory Cassel atını mahmuzladı ve saldırıya geçti. Çelik nallı bir tekme askerlerden birinin yüzüne inerek mide bulandırıcı bir kırılma sesi çıkardı. İkinci asker geri çekildi ve Jory o anda serbest kaldı. Wyl ölmek üzere olan atının üstünden aşağı çekildiğinde bir küfür savurdu. Kılıçlar yağmur altında birbirleriyle buluşuyordu. Ned atını Wyl'e doğru koşturdu ve kılıcını Tregar'ın miğferine indirdi. Darbenin şiddetiyle adamın dişleri birbirine geçmişti. Tregar dizlerinin üzerine düştü. Miğferindeki aslan arması ortadan ikiye ayrılmıştı ve kan yüzünden aşağı akıyordu. Heward atının dizginlerini tutmuş adamın ellerini kesmeye çalışırken tam karnına bir mızrak yedi. Jory aniden aralarında belirdi tekrar. Kılıcından kırmızı bir sel

akıyordu. *"Hayır!"* diye bağırdı Ned bütün gücüyle. *"Jory, çekil!"* Ned'in atı altından kaydı ve çamurun içine yığıldı. Bir an kör edici bir acı ve ağzında kan tadı hissetti Ned.

Jory'nin atının bacaklarını kesip adamı hayvanın üstünden aldıklarını ve yerde sürüklediklerini gördü. Askerler Jory'nin üstüne kapandı ve kılıçlar inip kalkmaya başladı. Ned'in atı toparlanıp ayağa kalktığında Ned de kalkmayı denedi ama tekrar olduğu yere yığıldı. Boğazından yükselecek çığlığı yuttu. Baldırından çıkmış kemik parçalarını görebiliyordu ve bu uzun bir süre için gördüğü son şey oldu.

Gözlerini tekrar açtığında Lord Eddard Stark ölü adamlarıyla yalnızdı. Atı yanına yaklaştı, kanı kokladı ve dörtnala uzaklaştı. Ned bacağındaki acıya dişlerini sıkıp dayanmaya çalışarak bedenini çamur içinde sürükledi. Saniyeler değil de yıllar geçiyor gibiydi. İnsanlar ışıklı pencerelerinden olanları izlemiş, ara sokaklardaki kapılarının önlerine çıkmaya başlamışlardı ama kimse yardım etmek için kımıldamıyordu. Serçeparmak ve Şehir Muhafızları, orada, caddenin tam ortasında, Jory Cassel'in ölü bedenine sarılmış halde buldular Ned'i.

Altın pelerinliler bir sedye buldu. Kaleye dönüş yolu ızdırapla bulanıklaştı ve Ned birkaç kez bayıldı. Şafak vaktinin griliğinde ilerideki Kızıl Kale'yi gördüğünü hatırlıyordu. Kalenin soluk kızıl taşları yağmurla yıkanmış ve kan kırmızısına dönüşmüştü.

Yüce Üstat Pycelle üstüne eğiliyordu. Elinde bir kadeh tutuyor ve Ned'e fısıldıyordu. "İçin lordum. Haşhaş sütü. Ağrılarınızı azaltır." Bir yudum almış, Pycelle'in başka birine şarap kaynatmasını ve temiz ipek sargılar getirmesini söylediğini duymuştu. Duyduğu son şeyler bunlardı.

DAENERYS

Vaes Dothrak'ın At Kapısı, toynakları yerden otuz metre yükseklikte birbirine değerek kavisli bir kemer oluşturan şaha kalkmış iki devasa bronz attan yapılmıştı.

Dany duvarları olmayan, hatta... görünürde *binaları* bile bulunmayan bir şehrin neden bir kapısı olduğunu anlayamıyordu ama muhteşem iki at, arkalarındaki uzak mor dağların manzarasına çerçeve oluyordu. Khal Drogo yanında kansüvarileriyle *khalasar*'ına liderlik ederek onları tanrı yolundan geçirirken, bronz atların gölgesi rüzgârla dalgalanan çimenlerin üzerine düşüyordu.

Dany, Sör Jorah ve tekrar ata binmiş olan ağabeyi Viserys'le birlikte yan yana yol alıyordu. Ağabeyini *khalasar*'a yürüyerek dönmekle cezalandırdığı çimenlikteki o günden sonra, Dothraklılar gülerek *Khal Rhae Mhar* demeye başlamışlardı Viserys'e. Yani, Çıplak Ayaklı Kral. Ertesi gün Khal Drogo ona at arabalarında bir yer önermiş ve Viserys kabul etmişti. İnatçı cehaleti yüzünden kendisiyle nasıl alay edildiğini anlamamıştı. At arabaları hadımlar, sakatlar, doğum yapan kadınlar, çok küçük ve çok yaşlı olanlar içindi. Bu durum ona yeni bir isim kazandırdı. *Khal Rhaggat*, Çekçek Kralı. Viserys, *khal*'ın bu teklifle Dany adına özür dilediğini sanmıştı. Gerçeği ağabeyine söylemesin diye Sör Jorah Mormont'a yalvarmak zorunda kalmıştı Dany. Viserys'in daha fazla utanmasını istememişti. Sör Jorah biraz utanmanın krala iyi geleceğini söyledi ama Dany'nin ricasını kırmadı. Viserys'in tekrar at üstüne binebilmesi için, Dany'nin Drogo'ya epey yalvarması ve Doreah'tan öğrendiği yatak oyunlarını oynaması gerekmişti.

Bronz kemeri geçtiklerinde, "*Şehir* nerede?" diye sordu. Etrafta ne bir bina ne de insanlar vardı. Sadece çimenler ve iki yanına Dothraklar'ın yüzyıllardır yağmaladıkları çeşitli topraklardan getirilmiş anıtların sıralandığı yol.

"İleride," diye cevapladı Sör Jorah. "Dağların altında."

At Kapısı'nın ötesinde, yağmalanmış tanrılar ve çalıntı kahramanlar yolun iki yanında durmuş geçişlerini izliyordu. Dany gümüş atını sürerken, ölü şehirlerin unutulmuş ilahları kırık yıldırım oklarını gökyüzüne fırlatıyordu. Yüzleri delik deşik ve lekeli, isimleri zamanın sisleri arasında kaybolmuş taştan krallar tahtlarında oturmuş onlara bakıyordu. Mermer kaidelerin üzerine yerleşmiş, çiçeklere bürünmüş kıvrak bakireler dans ediyor, ellerindeki kırık testilerden yola hava döküyorlardı. Yolun yanındaki çimenlerin üstünde canavarlar oturuyordu; gözlerinin yerinde mücevherler olan demir ejderhalar, kükreyen grifonlar, saldırmaya hazır çatallı kuyruklarıyla mantikorlar ve Dany'nin isimlerini bilmediği daha onlarca farklı canavar. Bazı heykellerin güzelliği Dany'nin nefesini kesiyordu ama bazıları öyle şekilsiz ve ürkütücüydü ki bakmaya cesaret edemiyordu. O heykellerin büyük ihtimalle Asshai'nin ardındaki Gölge Topraklar'dan geldiğini söyledi Sör Jorah.

"Ne kadar çoklar," dedi Dany gümüş atı ağır adımlar atarken. "Ve ne çok farklı yerden gelmişler."

Viserys etkilenmiş gibi görünmüyordu. "Ölü şehirlerin çöplükleri," dedi. Çok az Dothraklı'nın anlayabildiği Ortak Dil'i kullanmaya özen gösteriyordu. Buna rağmen Dany arkasını dönüp bir duyan olmuş mudur diye *khas* adamlarına bakma ihtiyacı hissetti. Viserys kaygısızca konuşmaya devam ediyordu. "Bu vahşilerin bütün bildiği, kendilerinden daha iyi insanların yaptığı şeyleri çalmak... ve öldürmek." Güldü. "Öldürmeyi gerçekten *biliyorlar*, onlara bu yüzden ihtiyacım var zaten."

"Onlar artık benim halkım," dedi Dany. "Onlara vahşiler dememelisin kardeşim."

"Ejderha arzu ettiği gibi konuşur," dedi Viserys... Ortak Dil'de. Arkalarında at süren Aggo ve Rakharo'ya baktı ve aşağılayıcı bir ifadeyle güldü. "Görüyorsun işte, vahşiler medeni insanların konuştuğu dili anlayamıyorlar." On beş metre boyunda, tek parçalı yosun bağlamış bir heykelin yanından geçiyorlardı. Viserys sıkıntı dolu gözlerle heykele baktı. "Drogo'nun bana ordumu vermesi için bu harabelerin içinde daha ne kadar oyalanacağız? Beklemekten sıkıldım," dedi.

"Prensesin, Dothraklı *dosh khaleen*'e takdim edilmesi..."

"Kocakarılara, evet," diye şövalyenin sözünü kesti Viserys.

"Ve karnındaki enik için bir kehanet şarlatanlığı yapılacağını da söylemiştin. Bunlardan bana ne? At eti yemekten de bu vahşilerin iğrenç kokusundan da bıktım." Adetler gereği tuniğinin geniş ve kat kat koluna dikilmiş lavanta kesesini kokladı. Kese pek işe yaramıyor olmalıydı çünkü tunik leş gibiydi. Viserys'in Pentos'tan ayrılırken giydiği ipekliler ve ağır yünlüler yolda iyice kirlenmiş ve terden çürüyecek hale gelmişti.

"Batı Pazarı'nda damağınıza uygun şeyler bulabilirsiniz Majesteleri," dedi Sör Jorah. "Özgür Şehirler'in tüccarları buraya sık sık gelir ve mal satar. *Khal* verdiği sözü uygun gördüğü bir vakitte yerine getirecektir."

"Getirse iyi olur," dedi Viserys. "Bana bir taç söz verildi ve onu almaya kararlıyım. Ejderhayla alay edilmez." Altı memesi ve dağ gelinciği kafası olan bir heykel görüp daha yakından incelemek için gitti.

Dany rahatlamıştı ama daha az tedirgin sayılmazdı. Ağabeyi onu duyamayacak kadar uzaklaştığında Sör Jorah'a döndü, "Güneşim ve yıldızıma dua ediyorum ki onu daha fazla bekletmesin," dedi.

Şövalye düşünceli gözlerle Viserys'in arkasından bakıyordu. "Ağabeyiniz zamanını Pentos'ta geçirmeliydi. Onun *khalasar*'da yeri yok. İllyrio onu uyarmaya çalıştı."

"On bin adamını alır almaz gidecek. Lord kocam ona altın bir taç söz verdi."

Sör Jorah homurdandı. "Evet *Khaleesi*, ama... Dothraklar biz batılılardan daha farklı bakıyor bu meselelere. Ben de, İllyrio da defalarca anlattık ama ağabeyiniz anlamıyor. At efendileri tüccar değil. Viserys sizi sattığını düşünüyor ve bedelinizi talep ediyor. Ama Drogo için siz bir hediyesiniz ve Viserys'e bir hediye vermesi gerekiyor... uygun gördüğü zamanda. Hediye *istenmez*, hele *khal*'dan asla. *Khal*'dan hiçbir şey talep edilmez."

"Onu böyle bekletmek doğru değil." Dany, ağabeyini neden savunduğunu bilmiyordu aslında. "Viserys, on bin Dothrak çığlıkçısıyla Yedi Krallık'ı silip süpürebileceğini söylüyor."

Sör Jorah yüzünü buruşturdu. "Visery on bin süpürgeyle bir ahırı bile süpüremez."

Dany, şövalyenin sesindeki aşağılayan tona şaşırmış gibi bile yapamazdı. "Peki... eğer Viserys değil de bir başkası olsa?" diye sordu. "Orduyu bir başkası yönetse? Çok daha güçlü birisi, Dothraklar Yedi Krallık'ı fethedebilirler mi?"

Atları ağır ağır tanrı yolunda giderken Sör Jorah düşündü. "Sürgün hayatımın en başlarında Dothraklar'la karşılaştığımda, onların bindikleri at kadar vahşi, yarı çıplak barbarlar olduğunu düşünmüştüm. Bu soruyu bana o gün sorsaydınız hiç tereddüt etmeden bin tane iyi şövalyenin on bin Dothraklı'yı kaçırmaya yeteceğini söylerdim."

"Peki şimdi sorarsam?"

"Şimdi," dedi şövalye. "Şimdi o kadar emin olamam. Bütün şövalyelerden daha iyi biniciler, kesinlikle daha korkusuzlar ve onlardan çok daha iyi okçular. Yedi Krallık'taki okçular kalkan duvarlarının ardında ya da okçu deliklerinde yayan olarak savaşırlar. Dothrak okçuları at sırtında savaşıyor. Saldırırken de geri çekilirken de aynı şekilde ölümcüller... ve leydim, *çok kalabalıklar*. Sadece sizin lord kocanızın *khalasar*'ında tam kırk bin atlı savaşçı var."

"Bu gerçekten çok büyük bir sayı mı?"

"Ağabeyiniz Rhaegar da Üç Dişli Mızrak'a bu kadar adam getirmişti," dedi Sör Jorah. "Ama bu sayının sadece onda biri şövalyelerdi. Geri kalanlar okçu, hürsüvari ve mızraklı piyadelerdi. Rhaegar düştüğünde pek çoğu silahlarını atıp savaş meydanından kaçtı. Sizce böyle bir ayak takımı, kana susamış kırk bin çığlıkçının saldırısı karşısında ne kadar dayanabilir? Kaynamış deriler ve örgü zırhlar onları dinmeyen bir ok yağmurundan ne kadar koruyabilir?"

"Çok dayanamazlar," dedi Dany. "Zırhları da onları pek korumaz."

Sör Jorah başını salladı. "İnanın prensesim. Eğer Yedi Krallık lordlarında, tanrıların kaza verdiği kadar akıl varsa iş asla savaşa varmaz. Süvariler kuşatmaları sevmez. Yedi Krallık'taki en zayıf kaleyi bile alabileceklerinden kuşku duyarım ama Robert Baratheon bir savaşa mahal verecek kadar aptalsa..."

"Peki öyle mi?" diye sordu Dany. "Yani, aptal mı?"

Sör Jorah bir an düşündü. "Robert'ın bir Dothraklı olarak doğması gerekirmiş," dedi sonunda. "Kocanız size, elinde kılıcıyla düşmanını karşılamak yerine taş duvarların ardında saklanan bir adamın ancak bir korkak olabileceğini söyleyecektir. İşgalci bu fikre katılır. Güçlü bir adamdır... ve cesaretli. Bir Dothrak sürüsüyle açık arazide karşılaşmayı göze alacak kadar korkusuz. Ama etrafındaki adamlar... Onların düdüğü başka hava çalar. Kardeşi Stannis, Lord Tywin Lannister, Eddard Stark..." Yere tükürdü.

"Bu Lord Stark denen adamdan nefret ediyorsunuz, değil mi?"

"Birkaç bitli kaçak avcı ve o kıymetli onuru yüzünden sevdiğim her şeyi elimden aldı," dedi acı bir sesle. Dany adamın acısının ilk günkü kadar taze olduğunu görebiliyordu. Şövalye hemen konuyu değiştirdi. "İşte orada," dedi elini uzatarak. "Vaes Dothrak. At efendilerinin şehri."

Khal Drogo ve kansüvarileri, onları büyük Batı Pazarı'ndan geçirip, pazar yerinin arkasındaki geniş yollara çıkardı. Dany gümüş atının üstünde onları takip ederken etraftaki tuhaf şeylere bakıyordu. Vaes Dothrak o güne kadar gördüğü şehirlerin hem en büyüğü, hem de en küçüğüydü. Pentos'un on katı büyüklüğünde olduğunu tahmin ediyordu. Duvarsız, sınırsız, rüzgârlı geniş yolları çimenlerle, yabani çiçeklerle, çamurla kaplı uçsuz bucaksız bir araziydi. Batının Özgür Şehirleri'nde kuleler, papaz evleri, kulübeler, köprüler, dükkânlar, konaklar birbirlerinin üstüne yığılmış halde her yeri doldururdu ama Vaes Dothrak tembelce yayılmış, güneşin altında kavrulan eski, kibirli ve bomboş bir şehirdi.

Binalar bile çok tuhaf görünüyordu gözüne. Taştan oyulmuş çadır biçimli yapılar, neredeyse kale büyüklüğünde ottan yapılmış papaz evleri, devrilecekmiş gibi duran ahşap kuleler, basamaklı mermer piramitler, ağaç kütüklerinden inşa edilmiş çatısız konaklar vardı. Bazı saraylar duvar niyetine dikenli çalılarla çevrelenmişti. "Hiçbir bina diğerine benzemiyor," dedi Dany.

"Ağabeyiniz kısmen haklıydı," dedi Sör Jorah. "Dothraklar inşa etmez. Bundan bin yıl önce, ev yapmak istediklerinde toprağa derin bir çukur kazar ve üstünü otlarla kapatırlardı. Burada gördüğünüz yapılar yağmaladıkları yerlerden getirdikleri köleler tarafından inşa ediliyor. Her biri kendi halkının alışkanlıklarına göre binalar yapıyor."

Konakların çoğu, hatta en büyük olanları bile terk edilmiş gibi görünüyordu. "Burada yaşayan insanlar nerede?" diye sordu Dany. Pazar yeri koşuşan çocuklar ve yüksek sesle konuşan adamlarla doluydu ama görebildiği diğer her yer, kendi işine bakan birkaç hadım dışında bomboştu.

"Sadece *dosh khaleen* kocakarıları, onların köleleri ve hizmetçileri sürekli olarak kutsal şehirde kalırlar," diye açıkladı Sör Jorah. "Buna rağmen, tüm *khal*'lar bütün *khalasar*'larıyla birlikte Ana'ya dönmek isterse, Vaes Dothrak hepsini aynı anda barındıracak kadar büyüktür. Kocakarılar o büyük buluşmanın bir gün olacağı kehanetinde bulundu; Vaes Dothrak bütün çocuklarını kucaklayabilmek için her zaman hazır."

Khali Drogo; Yi Ti, Asshai ve Gölge Topraklar'dan ticaret için gelen kervanların durduğu Doğu Pazarı'nın yakınında, Dağların Anası'nın gölgesinde dur emri verdi. Dany, İllyrio'nun evindeki köle kızın, Drogo'nun iki yüz odalı, gümüş kapılı sarayını anlattığı günü hatırlayıp gülümsedi. "Saray" dedikleri şey, yaklaşık on üç metre uzunluğunda ahşap kaplı duvarları olan, ziyafet salonlarını andıran, kocaman, mağaramsı bir alandan ibaretti. Çatısı, seyrek görülen yağmurlar yağarken kapatılabilecek, sonsuz gökyüzü içeri girsin istendiğinde açılabilecek dikişli ipeklerle kaplanmıştı. Salonun çevresinde yüksek çitli, yeşil otlu geniş at bahçeleri, ateş çukurları, minyatür tepecikler gibi görünen, çimenlerle kaplı yüzlerce yuvarlak toprak ev vardı.

Küçük bir köle ordusu önden gidip Drogo'nun gelişi için hazırlıklar yapmıştı. Her binici eyerinden atladıktan sonra belindeki *arakh*'ı çıkarıyor ve taşıdığı diğer silahlarla birlikte bekleyen bir köleye veriyordu. Khal Drogo bile istisna değildi. Sör Jorah, Vaes Dothrak'ta silah taşımanın ve özgür bir adamın kanını dökmenin yasak olduğunu anlatmıştı. Birbiriyle düşmanlığı olan *khalasar*'lar bile, Dağların Anası'nın eteklerindeyken sorunlarını bir kenara koyar ve aynı sofrada ekmekle suyu paylaşırdı. *Dosh khaleen* kocakarıları, bütün Dothraklar'ın tek kan, tek *khalasar*, tek sürü olduğu hükmünü vermişti.

İrri ve Jhiqui, Dany'nin gümüşten inmesine yardım ederlerken Cohollo geldi. Drogo'nun üç kansüvarisinden en yaşlı olanıydı. Bodur, kel ve çarpık burunlu bir adamdı. Dişleri yirmi yıl önce, genç *khalakka*'yı kaçırıp babasının düşmanlarına satmayı planlayan paralı askerlerin savurduğu bir gürz tarafından kırılmıştı. Drogo doğduğu gün adamın hayatı ona bağlanmıştı.

Her *khal*'ın kansüvarileri vardı. Önceleri batıdaki Kral Muhafızları gibi olduklarını sanmıştı Dany ama bu çok daha ileri bir meseleydi. Jhiqui'nin öğrettiğine göre, bir kansüvarisi *khal*'ın sadece koruması değil, kardeşi, gölgesi, en korkusuz arkadaşıydı. Drogo, "Kanımın kanı," diyordu onlar için. Gerçekten öyleydiler. Aynı hayatı paylaşıyorlardı. Eski Dothrak geleneklerine göre, bir *khal* öldüğünde, ölümün karanlık yollarında tek başına at sürmesin diye kansüvarileri de onunla birlikte ölürdü. Eğer *khal* bir düşman tarafından öldürüldüyse, kansüvarileri onun intikamını alana kadar hayatta kalır ve işleri bittiğinde mutlulukla mezara girerdi. Bazı *khalasar*'larda, kansüvarileri *khal'ın* şarabını, yemeğini, çadırını hatta karısını paylaşırdı ama at istisnaydı. Bir adamın atı sadece ve sadece kendisine aitti.

Daenerys, Drogo'nun eski gelenekleri devam ettirmiyor olmasından memnundu. Paylaşılmak hoşuna gitmezdi. İhtiyar Cohollo ona nazik davranıyordu ama diğer kansüvarilerinden korkuyordu. Haggo dev gibi ve sessizdi. Çoğu zaman Dany'nin kim olduğunu unutmuş gibi öfkeyle bakıyordu. Qotho'nun gözleri zalimdi ve acı çektirmeye hazır elleri vardı. Adam ne zaman Doreah'ın kolundan tutsa kızın teninde morluklar oluşuyordu. İrri onun yüzünden çoğu gece ağlayarak uyuyordu. Atı bile Qotho'dan korkuyormuş gibi görünüyordu.

Her şeye rağmen, bu adamların hayatı Drogo'nun hayatına bağlanmıştı ve Dany'nin onları kabul etmekten başka seçeneği yoktu. Bazen, babası da böyle adamlar tarafından korunsaydı her şey farklı olurdu diye düşünüyordu. Şarkılardaki Kral Muhafızları soylu, sadık, dürüst, vakur adamlardı ama babasını onlardan biri öldürmüştü. Şimdi adına Kral Katili denen yakışıklı şövalye ve Cesur Barristan, İşgalci'nin tarafına geçmişti. Yedi Krallık'taki bütün adamların böyle hain olup olmadıklarını merak ediyordu Dany. Doğuracağı çocuk Demir Taht'a oturduğunda, onu Kral Muhafızları'nın hıyanetinden koruyacak kansüvarilerinin olmasını sağlayacaktı.

"*Khaleesi*," dedi Cohollo, Dothrak dilinde, "Kanımın kanı Drogo, bu akşam Dağların Anası'na tırmanıp, sağ salim döndüğü için tanrılara kurban vereceğini size iletmemi emretti."

Dany, Dağların Anası'na sadece erkeklerin çıkabileceğini biliyordu. Kadınların dağa adım atması yasaktı. "Güneşim ve yıldızıma, onun hayaliyle uyuyacağımı ve sabırsızlıkla dönüşünü bekleyeceğimi söyleyin," diye karşılık verdi. Müteşekkirdi. Dany hamileliği yüzünden çok kolay yoruluyordu ve bir gece dinlenmekten büyük mutluluk duyacaktı. Hamileliği Drogo'nun Dany'yi daha fazla arzulamasına sebep olmuştu ve son zamanlardaki yatak oyunları Dany'yi fazlasıyla yoruyordu.

Doreah onu *khal* ve kendisi için hazırlanmış oyuk tepeye götürdü. Topraktan bir çadıra benzeyen oyuğun için loş ve serindi. Üzerindeki yol pisliğinden arınmak, yorgun kemiklerini dinlendirmek için, "Jhiqui, banyomu hazırla," diye emretti. Bir süre buralarda oyalanacağını, yarın tekrar gümüş atının sırtına binmek zorunda olmadığını bilmek iyi hissettirmişti.

Su tam sevdiği gibi kaynar durumdaydı. Jhiqui saçlarını yıkarken, "Bu akşam ağabeyime hediyelerini vereceğim," dedi. "Kutsal şehirde bir kral gibi görünmeli. Doreah, gidip onu bul ve akşam yemeğinde bana katılmasını rica et." Viserys, Lysli kıza diğer hizmetçilerden daha iyi davranıyordu. Yargıç İllyrio, Pentos'ta Viserys'in kızla yatmasına izin vermişti. Belki nezaketinin sebebi buydu. "İrri, pazara git. Meyve ve et al. At eti olmasın da ne olursa olsun."

"At eti en iyisidir. Adamı güçlü yapar," dedi İrri.

"Viserys at etinden nefret ediyor."

"Siz nasıl emrederseniz *khaleesi*."

Büyük bir keçi budu ve bir sepet taze meyve sebzeyle geri döndü. Jhiqui, eti tatlı ot ve ateş baklalarıyla pişirirken balla tatlandırdı. Kavun, nar, erik ve Dany'nin daha önce görmediği tuhaf doğu meyveleri vardı. Dany ağabeyine hediye olarak yaptırttığı kıyafetleri çıkardı. Etekleri beyaz ketenle süslenmiş bir tunik, dize kadar çıkan deri sandallar, bronz tokalı zincir bir kemer ve üzerine ateş soluyan bir ejderha resmi boyanmış deri yelek.

Bir dilenci gibi görünmezse Dothraklar ona biraz saygı duyarlar diye umuyordu ve belki çimenlerde yaşadıkları tatsızlıktan sonra bozulan ilişkileri biraz düzelirdi. Viserys hâlâ Dany'nin kralıydı ve ağabeyiydi. İkisi de ejderhanın kanını taşıyordu.

Kum ipeğinden, gri dikişli çimen yeşili bir pelerini diğer hediyelerin yanına koyuyordu ki, Doreah'ı kolundan çekerek sürükleyen Viserys geldi. Kıza vurduğu belliydi. Doreah'ın bir gözü kıpkırmızı olmuştu. "Bana bu fahişeyle emirler yollamaya nasıl *cesaret* edersin?" dedi ve kızı yere fırlattı.

Viserys'in öfkesi Dany'yi şaşırtmıştı. "Ben sadece... Doreah, ona ne söyledin?"

"*Khaleesi,* beni affedin. İstediğiniz gibi ona gittim ve akşam yemeğinde size katılmasını emrettiğinizi ilettim."

"Kimse ejderhaya emir veremez," diye bağırdı Viserys. "*Ben senin kralınım*. Sana onun kafasını yollamalıydım."

Lysli kız çığlık attı. Dany bir dokunuşla kızı sakinleştirdi. "Korkma, sana zarar vermeyecek. Sevgili ağabeyim, lütfen kızı bağışla. Yanlış ifade etmiş. Ben ondan rica etmesini istemiştim, Majesteleri." Ağabeyinin kolunu tutup odanın diğer yanına sürükledi. "Bak, bunlar senin için."

Viserys şüpheyle kaşlarını çattı. "Bunlar ne?"

"Yeni elbiseler. Senin için yaptırdım." Utanarak gülümsedi.

Visery baktı ve homurdandı, "Dothrak pılı pırtısı. Şimdi de beni giydirmeye mi kalkışıyorsun?"

"Lütfen... Bunları giyersen daha serin, daha rahat olacaksın. Düşündüm ki... belki onlar gibi giyinirsen..." Dany ejderhayı uyandırmadan cümleyi nasıl tamamlayacağını bilemiyordu.

"İstersen saçlarımı da örelim."

"Ben asla..." Niye hep bu kadar zalim olmak zorundaydı? O sadece yardım etmek istiyordu. "Senin bir örgün olamaz, çünkü henüz bir zafer kazanmadın."

Yanlış şeyler söylemişti. Viserys'in lila rengi gözleri öfkeyle yanıyordu ama hizmetçiler içeride, *khas* kapıdayken Dany'ye dokunmaya cesaret edemiyordu. Pelerini eline aldı ve kokladı. "Bu gübre gibi kokuyor, belki atıma battaniye yaparım," dedi.

"Onu senin için özel olarak Doreah'a diktirdim," dedi. Kırılmıştı. "Bu kıyafetler bir *khal*'a layık."

"Ben Yedi Krallık Lordu'yum. Üstü çimen lekesi kaplı, saçlarına çanlar takmış bir vahşi değilim." Viserys tükürdü. Dany'nin kolunu yakaladı. "Sen kim olduğunu unuttun fahişe. Ejderhayı uyandırdığında o kocaman göbeğin seni koruyacak mı sanıyorsun?"

Parmakları koluna gömüldü. Canı yanıyordu. Dany bir an, ağabeyinin öfkesi karşısında sinmiş o küçük kız çocuğu gibi hissetti kendini. Kolunu uzattı ve eline gelen ilk şeyi yakaladı. Ağabeyine hediye edeceği bronz tokalı, ağır zincir kemer. Bütün gücüyle savurdu.

Zincir Viserys'in yüzüne çarptı. Bronz tokanın yardığı yanağından kan boşalıyordu. "Kim olduğunu unutan sensin," dedi. "O gün çimenlikte *hiç mi bir şey* öğrenmedin sen? Şimdi beni bırak, yoksa *khas*'ı çağıracağım. Ve dua et de Khal Drogo bütün bunları duymasın yoksa karnını boydan boya kesip kendi bağırsaklarını yedirir sana."

Viserys ayağa kalktı. "Krallığımın başına geçtiğimde bugün için pişman olacaksın fahişe," dedi. Yırtılmış yanağını tutarak odadan çıktı. Hediyelerini bırakmıştı.

"Yemeğiniz hazır *Khaleesi*," diye seslendi Jhiqui.

"Aç değilim," diye yanıt verdi Dany üzüntü içinde. "Siz paylaşın ve Sör Jorah'a da yollayın." Bir an sonra ekledi, "Bana yumurtalardan birini getirin."

İrri, koyu yeşil kabuklu yumurtayı getirdi. Dany yumurtayı çevirdikçe pullarının arasındaki bronz benekler parlıyordu. Yan yatıp kıvrıldı, kum ipeğinden yapılmış pelerini üstüne çekti. Yumurtayı şişmiş karnıyla, hassaslaşmış küçük göğüslerinin arasındaki boşluğa yerleştirdi. Çok güzeldi. Bazen, bu yumurtalara sadece yakın olmak bile kendisini güçlü ve cesur hissetmesine yetiyordu. Yumurtaların içine kapatılmış taş ejderhalardan kuvvet çekiyor gibiydi.

Orada öylece yatıp yumurtaya dokunurken içindeki çocuğun hareket ettiğini hissetti... kardeşine, kanına uzanıyordu sanki. "*Sen* ejderhasın," diye fısıldadı karnındaki bebeğe. "*Gerçek* ejderha sensin. Biliyorum, bunu biliyorum." Gülümsedi ve uykuya daldı. Rüyasında evini görecekti.

BRAN

Hafif bir kar yağıyordu. Bran, tenine değer değmez eriyip, yağmurların en zarifi gibi yanaklarından akan kar tanelerini yüzünde hissedebiliyordu. Atının üzerinde dimdik oturmuş demir yivli kapının yukarı çekilmesini izliyordu. Ne kadar sakin olmaya çalırsa çalışsın kalbi çırpınıp duruyordu.

"Hazır mısın?" diye sordu Robb.

Bran korkusunu belli etmemeye çalışarak başıyla onayladı. Düştüğü günden beri Kışyarı'nın dışına çıkmamıştı ama şimdi çıkacak ve bütün şövalyeler gibi gururla atını sürecekti.

"Gidelim o zaman," dedi Robb. İğdiş edilmiş atını mahmuzladı ve hayvan yivli kapıdan geçti.

Bran, "Yürü," diye fısıldadı atına. Hayvanın boynuna hafifçe dokundu ve doru kısrak ileri atıldı. Bran'ın Dansçı adını verdiği at iki yaşındaydı. Joseth, bir atın hak etmediği kadar zeki olduğunu söylüyordu. Dizginlere, sese ve dokunmaya tepki vermesi için özel olarak eğitilmişti. Bran şimdiye kadar sadece avlunun içinde binmişti hayvana. Önceleri, İblis'in kendisi için çizdiği aşırı büyük eyerde atın sırtına bağlanmış halde otururken, Joseth ya da Hodor hayvanı idare etmişti ama son on beş gündür kısrağı kendi başına sürüyor, çemberler çizerek koşturuyor ve her çemberde biraz daha cesaretleniyordu.

Kapı kulübesinin altından, iner kalkar köprünün üstünden ve dış duvarların arasından geçtiler. Yaz ve Boz Rüzgâr zıplayarak peşlerinden geliyor, havayı kokluyordu. Hemen arkalarından uzun yayı ve iyice sivriltilmiş oklarla dolu kuburuyla Theon Greyjoy geliyordu. Aklında bir geyik avı olduğunu söylemişti. Onu, zırh gömlek ve başlıklı dört muhafız takip ediyordu. Hullen güneye gitmek için ayrıldıktan sonra Robb'un seyis başlık görevine getirdiği sopa gibi zayıf bir adam olan Joseth muhafızların yanındaydı. En geride, bir eşşeğe binmeyi tercih eden Üstat Luwin vardı. Bran, Robb'la yalnız olmayı tercih ederdi ama Hal Mollen buna kesinlikle izin vermedi ve Üstat Luwin de onu destekledi. Bran'ın atından düşüp yaralanma ihtimaline karşı Üstat yanında olmalıydı.

Şimdilerde ahşap tezgâhların bomboş olduğu pazar yeri kalenin arkasındaydı. Kasabanın çamurlu yollarından, yan yana dizilmiş, sıvasız taş ve ahşaptan inşa edilmiş küçük, temiz evlerin önlerinden geçtiler. Ancak beş evden biri doluydu. Odun ateşinin ince dumanı evlerin bacalarından kıvrılarak yükseliyordu. Diğer evler hava soğudukça dolacaktı. Kar yağmaya başladığında ve buz fırtınaları kuzeyden uluyarak geldiğinde, çiftçiler donmuş tarlalarını, uzak barakalarını terk edecek, at arabalarını yükleyecek ve kış kasabası tekrar hayata dönecek demişti Yaşlı Dadı. Bran bunun olduğunu görmemişti daha önce ama Üstat Luwin o günün çok yaklaştığını söylüyordu. Uzun yaz bitmek üzereydi. *Kış geliyor.*

Kasabalılardan bazıları endişe dolu gözlerle ulu kurtlara bakıyordu. Biri taşıdığı odunları korkudan düşürdü ama kasaba halkının çoğu bu görüntüye alışmıştı artık. Çocukları gördüklerinde bir dizleri üstüne çöküp kafalarını eğiyorlardı ve Robb tam bir lord gibi her birini teker teker başıyla selamlıyordu.

Başlarda, bacaklarıyla atın gövdesine tutunamadığı için hayvanın sallanma hareketi yüzünden kendisini dengesiz hissediyordu Bran ama büyük eyerin kalın kolu ve yüksek sırtlığı vücudunu sıkı sıkı tutuyor, göğsünün ve baldırlarının üzerinden geçen kayışlar düşmesine engel oluyordu. Bir süre sonra sallanma hareketi doğal gelmeye başladı, endişesi kayboldu ve yüzüne neşeli bir gülücük geldi.

Kasaba birahanesi Dumanlı Kütük'ün tabelasının altında iki fahişe kız duruyordu. Theon Greyjoy onlara seslendiğinde, kızlardan daha küçük olanı kızardı ve yüzünü elleriyle kapattı. Theon atını Robb'un yanına sürdü. "Tatlı Kyra," dedi gülerek. "Yatakta küçük bir gelincik gibi çığlıklar atıyor ama sokakta ona bir söz söylemeye gör, bir bakire gibi pembeleşiyor. Bir gece Kyra ve Bessa'yla olanları anlatmış mıydım..."

"Kardeşimin duyacağı yerlerde anlatma zaten," dedi Robb, Bran'a bakarak.

Bran kafasını çevirdi ve duymamış gibi yaptı ama Greyjoy'un gözlerini üstünde hissedebiliyordu. Hiç şüphesiz gülümsüyordu Theon. Zaten sürekli gülümsüyordu. Sanki bütün dünya, sadece onun kadar zeki birinin anlayacağı büyük bir şakadan ibaretti. Robb, Greyjoy'a gıpta eder, onun yanında olmaktan keyif alırdı ama Bran babasının muhafızına hiçbir zaman ısınamamıştı.

Robb yanına geldi. "Çok iyi gidiyorsun Bran," dedi.

"Daha hızlı gitmek istiyorum," dedi Bran.

Robb gülümsedi. "Nasıl istersen." Hadım atını tırıs adıma geçirdi. Kurtlar peşinden koşmaya başladı. Bran dizginleri sertçe kısrağının boynuna vurdu ve hayvan ritmi yakaladı. Theon Greyjoy'un bağırdığını ve ardından gelen atların nal seslerini duydu.

Bran'ın pelerini kabardı ve rüzgârda uçuşmaya başladı. Kar taneleri hızla yüzüne çarpıyordu. Robb iyice öne geçmişti. Ara sıra arkasına bakıyor, Bran ve diğerlerinin onu takip ettiğinden emin oluyordu. Bran dizginleri bir daha vurdu. Dansçı ipeksi bir hareketle dörtnala koşmaya başladı. Mesafe azalıyordu. Kış kasabasının iki mil uzağında, Kurt Ormanı'nın girişinde Robb'a yetiştiğinde diğerleri çok gerilerinde kalmıştı. "*At sürebiliyorum*!" diye bağırdı Bran sırıtarak. Neredeyse uçmak kadar güzeldi.

"Seninle yarışırdım ama kaybetmekten korkuyorum," dedi Robb. Sesi hafif ve neşeliydi ama Bran bir terslik olduğunu hissediyordu yine de.

"Yarışmak istemiyorum." Bran kurtları görmek için çevresine bakındı ama ikisi de ormana girip çoktan kaybolmuştu. "Dün gece Yaz'ın nasıl uluduğunu duydun mu?"

"Boz Rüzgâr da huzursuzdu," dedi Robb. Kızıl kahve saçları dağılmıştı ve çenesini kaplayan kızıl kirli sakallar on beş yaşından daha büyük görünmesine sebep oluyordu. "Bazen bir şeyler bildiklerini düşünmeden edemiyorum... bir şeyler sezdiklerini." Robb içini çekti. "Sana neyi ne kadar anlatmam gerektiğini hiç bilemiyorum Bran. Keşke biraz daha büyük olsaydın."

"Sekiz yaşındayım!" dedi Bran. "Sekiz, on beşten çok küçük sayılmaz; ben Kışyarı'nın senden sonraki varisiyim."

"Öylesin," dedi Robb. Sesi hüzünlü çıkmıştı, hatta biraz korkulu. "Bran, sana bir şey söylemem gerek. Dün gece haberci bir kuş geldi. Kral Toprakları'ndan. Üstat Luwin beni uyandırdı."

Bran paniğe kapıldı. *Kara kanatlara yüklü kara haberler.* Yaşlı Dadı hep böyle söylerdi ve son zamanlarda gelen bütün haberci kuşlar bu atasözünün doğruluğunu kanıtlamıştı. Robb, Gece Nöbetçileri Kumandanı'na mesaj göndermişti. Cevap olarak gelen kara kanatlı kuş Benjen Stark'ın hâlâ kayıp olduğu haberini getirmişti. Sonra Kartal Yuvası'ndan annesi bir kuş yollamıştı ama o da iyi haberlerle gelmemişti. Ne zaman döneceğini söylemiyordu, sadece İblis'i esir aldığını yazmıştı. Bran o küçük adamdan hoşlanıyordu aslında ama *Lannister* ismi tüylerini diken diken ediyordu. Lannisterlar'la ilgili bir şey vardı, hatırlaması gereken bir şey ama ne zaman hatırlamaya çalışsa başı dönüyor ve midesi taşlaşıyordu. Robb o günün tamamını kapalı kapılar ardında, Üstat Luwin, Theon Greyjoy ve Hallis Mollen ile geçirmişti. Daha sonra, en hızlı atlara binen süvariler Robb'un emirlerini kuzeyin dört bir yanına taşımışlardı. Bran, İlk İnsanlar tarafından inşa edilen, Boğaz'ın üstündeki eski kale Moat Cailin'den bahsedildiğini duymuştu. Kimse ona neler olduğunu anlatmıyordu ama iyi bir şeyler olmadığı ortadaydı.

Şimdi bir kuzgun daha gelmişti. Bran iyi haberler almayı umuyordu. "Kuş annemden mi gelmiş? Eve mi dönüyormuş?"

"Mesaj, Kral Toprakları'ndaki Alyn'dan geldi. Jory Cassel ölmüş. Wyl ve Heward da öyle. Kral Katili yapmış." Robb başını kaldırıp yağan kara baktı. Kar taneleri yüzünde eridi. "Tanrılar onları huzur içinde uyutsun."

Bran ne diyeceğini bilmiyordu. Yumruk yemiş gibiydi. Jory, daha Bran'ın doğumundan önce Kışyarı'nın baş muhafızıydı. "Jory'yi öldürmüşler mi?" Jory'nin onu çatılarda kovaladığı zamanlar geldi aklına. Avludan zırhı ve kalkanıyla geçişi, Büyük Salon'daki masada her zamanki yerinde oturuşu, yemek yerken yaptığı şakalar. "Biri neden Jory'yi öldürmek ister ki?"

Robb uyuşmuş gibi kafasını salladı. Acı gözlerine yerleşmişti. "Bilmiyorum... ve Bran, daha beteri de var. Babam mücadele sırasında devrilen bir atın altında kalmış. Alyn'ın yazdığına göre bacak kemiği parçalanmış ve... Üstat Pycelle ona haşhaş sütü içiyormuş ama ne zaman... uyanacağından..." At nallarının seslerini duyunca başını çevirdi ve onlara yaklaşan Theon Greyjoy'yla diğerlerini gördü. "Ne zaman uyanacağından emin değiller," diye bitirdi anlatacaklarını. Elini kılıcının kabzasına koydu ve Lord Robb sesiyle tekrar konuştu. "Bran, sana söz veriyorum, bunun unutulmasına izin vermeyeceğim."

Sesindeki bir şeyler Bran'ın daha çok korkmasına sebep olmuştu. Theon Greyjoy gelip yanlarında durdu. "Ne yapacaksın?" diye sordu Bran.

"Theon sancak beylerini çağırmamız gerektiğini düşünüyor."

"Kana kan," dedi Theon. Greyjoy ilk kez gülümsemiyordu. Uzun esmer yüzünde aç bir bakış vardı. Siyah saçları gözlerine düşüyordu.

"Sancak beylerini sadece lord çağırabilir," dedi Bran kar taneleri etraflarında uçuşurken.

"Eğer babanız ölürse Robb, Kışyarı Lordu olacak," diye karşılık verdi Theon Greyjoy.

"Babam öl*meyecek*," diye bağırdı Bran.

Robb kardeşinin elini tuttu. "Ölmeyecek," dedi sakince. "Ama... kuzeyin onuru şimdi benim ellerimde. Babam ayrılırken seni ve Rickon'u bana emanet etti ve sizler için güçlü olmamı söyledi. Ben artık yetişkin bir adamım Bran."

Bran titredi. "Keşke annem burada olsaydı," dedi acı içinde. Üstat Luwin'e bakındı. Eşeğinin üstünde, hâlâ çok geride olan adamı gördü. "Üstat Luwin de sancak beylerini çağırman gerektiğini söylüyor mu?"

"Üstat, yaşlı bir kadın gibi çekingen," dedi Theon.

"Babam ona her konuda danışır," diye hatırlattı Bran. "Annem de öyle."

"Ben de dinliyorum onu," dedi Robb. "Herkesi dinliyorum."

Bran'ın evden ayrılırken hissettiği neşe, kar taneleri gibi eriyip yok olmuştu. Çok kısa bir zaman önce Robb'un sancak beylerini çağırıp savaş başlatması fikri onu heyecanla doldururdu ama şu an sadece büyük bir korku hissediyordu. "Artık geri dönebilir miyiz?" diye sordu. "Üşüyorum."

Robb etrafa bakındı. "Biraz daha dayanabilir misin? Kurtları bulmamız lazım."

"Ben de en az sizin kadar dayanabilirim," diye cevapladı

Bran. Üstat Luwin, Bran'ı eyer ağrılarına karşı uyarıp geziyi kısa tutmalarını istemişti ama Bran ağabeyinin önünde zayıflığını kabul etmek istemiyordu. İnsanların sürekli titizlenmesinden, nasıl olduğunu sormasından bıkmıştı.

"Gidip avcıları avlayalım o zaman," dedi Theon Greyjoy. Atlarını Kral Yolu'ndan çıkardılar ve Kurt Ormanı'na girdiler. Theon geride kaldı, muhafızlarla şakalaşıyordu.

Ağaçların altı güzeldi. Bran dizginleri hafifçe tutarak atı ağır ağır yürütüyor, çevreyi seyrediyordu. Bu ormanı iyi tanıyordu ama Kışyarı'ndan dışarı çıkmayalı o kadar uzun zaman olmuştu ki her şeyi ilk kez görüyormuş gibi hissediyordu. Çam iğnelerinin keskin rayihası, nemle çürüyen yaprakların topraksı kokusu, hayvanların bıraktığı belli belirsiz misk ve uzaklarda pişirilen yemeklerin aroması burun deliklerini dolduruyordu. Eski bir meşe ağacının karla kaplı dalları arasında dolaşan siyah bir sincap gördü, bir imparatoriçe örümceğinin gümüşümsü ağını incelemek için durakladı.

Theon ve diğerleri sesleri duyulamayacak kadar geride kalmıştı. Bir derenin belli belirsiz sesi geliyordu uzaktan. Akıntıya yaklaştıkça ses büyüdü ve sonunda hızla akan derenin kıyısına vardıklarında Bran'ın gözleri doldu.

"Bran, neyin var?" diye sordu Robb.

Bran kafasını salladı. "Jory bizi buraya getirmişti, onu hatırladım. Alabalık tutmak için. Sen de vardın, hatırlıyor musun?"

"Hatırlıyorum," diye cevapladı Robb. Sessizce ve hüzün dolu.

"Ben bir şey yakalayamamıştım ama Kışyarı'na dönerken Jon bana kendi tuttuğu balığı vermişti. Jon'u bir daha görebilecek miyiz?"

"Kral geldiğinde Benjen amcayı görmüştük. Jon da ziyarete gelecek, göreceksin." Su şiddetli akıyordu. Robb atından indi, hayvanı suyun sığ yerine yürütüp derenin karşısına geçti. Suyun en derin yeri baldırlarına geliyordu. Atını bir dala bağladı ve Bran'la Dansçı'yı almak için geri döndü. Bran, kayaların ve köklerin üzerinden köpürerek akan suyun serpintileri yüzüne çarpınca gülümsedi. Bir an için eskisi kadar güçlü hissetti kendini, eskisi gibi bütün. Kafasını kaldırıp ağaçlara baktı, onlara tırmanmayı hayal etti. Ağaçların en tepesine kadar tırmansa bütün orman ayaklarının altına serilirdi.

Ağaçların arasından gelen uzun uluma sesini duyduklarında karşıya geçmişlerdi. Bran kafasını uzatıp dinledi. "Yaz," dedi. Söz ağzından çıktığı anda ikinci uluma sesi ilkine karıştı.

"Bir şey öldürmüşler," dedi Robb atına binerken. "En iyisi gidip onları bulayım. Burada kal. Theon ve diğerleri birazdan burada olur."

"Ben de seninle gelmek istiyorum," dedi Bran.

"Tek başıma daha hızlı bulurum onları." Robb atını mahmuzladı ve ağaçların arasında kayboldu.

Robb gittiğinde ağaçların üstüne geldiğini hissetti Bran. Kar daha fazla yağmaya başlamıştı artık. Toprağa düşen taneler hemen eriyordu ama kayaların üstü ve ağaçların dalları ince bir kar battaniyesiyle örtülmüştü. Bekledikçe huzursuzlandığının farkına vardı. Hiçbir işe yaramadan aşağı sarkan bacaklarını hissetmiyordu ama göğsünün üzerindeki kayışlar çok sıkı ve bunaltıcıydı. Karı iyice emen eldivenlerinin içindeki elleri soğumuştu. Theon, Üstat Luwin, Joseth ve diğerlerinin nerede kaldığını merak etmeye başlamıştı.

Yaprakların hışırtısını duyduğunda, dostlarını göreceğini sanarak dizginlerini çekip Dansçı'yı döndürdü ama karşılaştığı hırpani adamlar yabancıydı.

"İyi günler," dedi gergin bir halde. Adamların çiftçi ya da ormancı olmadıklarını ilk bakışta anlamıştı. Birdenbire, üstündeki kıyafetlerin ne kadar zengin göründüğünü hatırladı. Gümüş düğmeli koyu gri yün paltosu yeniydi. Pelerininin kürklü yakasına ağır bir gümüş broş iğnelenmişti. Çizmeleri ve eldivenleri de kürkle kaplıydı.

Güneş yanığı yüzü kıpkırmızı olmuş iri, kel adam, "Tek başına mısın?" diye sordu. "Kurt Ormanı'nda kaybolmuş zavallı bir çocuk."

"Kaybolmadım," dedi Bran. Adamların kendisine bakışını hiç beğenmemişti. Dört kişi saymıştı ama kafasını çevirdiğinde arkasında duran iki kişi daha gördü. "Ağabeyim az önce ormana girdi ve muhafızım birazdan burada olacak."

"Muhafızın, öyle mi?" dedi ikinci adam. "Peki neyi koruyacaklar küçük lordum? Pelerininde gördüğüm broş gümüş mü?"

"Güzelmiş," dedi bir kadın sesi. Görünüşünden kadın olduğu anlaşılmıyordu. Uzun ve kaslıydı. Saçları, yuvarlak yarım bir miğferin altında gizlenmişti ve yüzü diğer adamlarınki gibi sertti. Elindeki çelik ucu paslanmış mızrak, kara meşeden yapılmış, yaklaşık üç metrelik bir silahtı.

"Şu broşa bir göz atalım," dedi iri kel adam.

Bran endişeyle adama bakıyordu. Neredeyse lime lime olmuş giysileri leş gibiydi. Orası burası mavi, kahverengi, yeşil parçalarla yamanmıştı ama griye dönmüş pelerininin bir zamanlar siyah olduğu belliydi. Gri sakallı adamın da siyah paçavralar giydiğini fark etti aniden. Ulu kurtları buldukları gün, babasının kafasını kestiği adamı hatırladı. Babası, adamın yeminini bozup Gece Nöbetçileri'nden firar etmiş bir kaçak olduğunu söylemişti. *Hiçbir adam kaçaklardan daha tehlikeli değildir*, demişti Lord Stark. *Kaçaklar yakalandıklarında öleceklerini bilirler ve bu yüzden en aşağılık ve en zalim suçları işlemekten çekinmezler.*

"Broşu ver delikanlı," dedi iri adam elini uzatarak.

"Atı da alacağız," dedi bir diğeri. Robb'dan daha kısa, geniş suratlı, soluk sarı saçları olan bir kadındı konuşan. "Hemen in attan. Acele et."

"Hayır," diyebildi Bran. "İnemem..."

Bran, Dansçı'yı dörtnala koşturmayı akıl edemeden, iri adam dizginleri yakaladı. "İnebilirsin küçük lord... kendi iyiliğin için ineceksin."

"Stiv, şuna baksana nasıl bağlanmış," dedi uzun kadın, mızrağının ucuyla Bran'ın eyerini göstererek. "Doğru söylüyormuş, inemez."

"Demek kayışlar var," dedi Stiv. Kemerine bağlanmış bir keseden hançerini çıkardı. "Kayışların icabına bakmak kolay."

"Sen sakat mısın?" diye sordu kadınların kısa boylu olanı.

Bran parladı. "Ben Kışyarı'ndan Brandon Stark'ım. Atımı rahat bıraksanız iyi olur, yoksa hepinizin ölürsünüz."

Gri kirli sakallı sıska adam kahkaha attı. "Bu çocuk kesinlikle bir Stark," dedi. "Akıllı adamların yalvaracağı yerde, ancak bir Stark tehditler savuracak kadar aptal olabilir."

"O minicik aletini kesip ağzına tık," dedi kısa boylu kadın. "Bak o zaman nasıl da susacak."

"Çirkin olduğun kadar aptalsın Hali," dedi uzun boylu kadın. "Bu çocuğun ölüsü işimize yaramaz, canlısı kıymetli... Tanrılara lanet olsun. Benjen Stark'ın kanından bir esire sahip olmak için Mance'in neler vereceğini bir düşünsene."

"Mance'e lanet olsun," dedi iri adam. "Oraya geri dönmek mi istiyorsun Osha? Sen Hali'den daha aptalsın o halde. Ak yürüyenler bir esirinin olmasını umursar mı sence?" Bran'a döndü. Baldırlarının üstünden geçen kayışı hançeriyle kesti. Deri iç çekermiş gibi bir ses çıkararak ikiye ayrıldı.

Adam çok hızlı, umursamadan ama derinden kullanmıştı hançeri. Bran kafasını indirip bacaklarına baktığında, yarılan tozluklarının arasından beyaz tenini gördü. Ve kan akmaya başladı. Kızıl lekenin yayılışını izlerken başı dönüyordu ve garip bir şekilde orada değilmiş gibi hissediyordu kendini. Canı yanmamıştı. Bacaklarında en ufak bir his yoktu. İri adam şaşkınlıkla homurdandı.

"Hançerini hemen bırakırsan çabuk ve acısız bir ölüm yaşayacağına dair söz veriyorum," dedi Robb.

Bran umutsuzca kafasını kaldırdı. İşte gelmişti. Gerginlikle çatlayan sesi söylediği kelimelerin gücünü azaltmıştı. Atının üstündeydi. Hayvanın arkasında, kanlar içinde bir geyik leşi vardı. Kılıcı elindeydi.

"Bu ağabeyi olmalı," dedi gri kirli sakallı adam.

"Bu epey korkusuzmuş," diyerek alay etti kısa boylu kadın. "Bizimle dövüşmeyi mi düşünüyorsun evlat?"

"Aptal olma delikanlı, altı kişiye karşı tek başınasın," dedi Osha mızrağını doğrulturken. "Atından in, kılıcını da yere at. Binek ve geyik için nazikçe teşekkür edelim ve kardeşinle birlikte evine dönmene izin verelim."

Robb ıslık çaldı. Islak yaprakların üzerindeki hafif adımların yumuşak sesini duydular. Çalılar ayrıldı, alçak dallar üzerlerindeki kar yükünü atarak çekildi, yeşilliğin ortasında Boz Rüzgâr ve Yaz belirdi. Yaz havayı koklayarak hırladı.

"Kurtlar," dedi Hali nefesini tutarak.

"Ulu kurtlar," diyerek düzeltti Bran. Hâlâ yavru olan ulu

kurtlar yetişkin herhangi bir kurt kadar iriydi ama diğer kurtlarla aralarındaki farkı görmek neye bakacağını bilen gözler için kolaydı. Üstat Luwin ve barınakbaşı Farlen, Bran'a öğretmişti. Bir ulu kurdun bedenine oranla daha büyük bir kafası ve daha uzun bacakları vardı. Burnuyla çenesi belirgin biçimde daha ince ve daha belirgin olurdu. Orada, yağan karın altında sessizce duran kurtlarda keskin ve korkunç bir hal vardı. Boz Rüzgâr'ın burnuna taze kan bulaşmıştı.

"Köpekler," dedi iri adam aşağılar gibi. "İnsanı kurt postundan bir pelerin kadar sıcak tutan başka bir şey olmadığını duymuştum." Sertçe hayvanları işaret etti. "Alın!'

Robb bağırdı, "*Kışyarı*!" Atını mahmuzladı. Paçavralar içindeki adamlar yaklaşırken, hayvan derenin kenarına fırladı. Elinde balta olan bir adam, bağırarak, korkusuzca atıldı ama Robb'un kılıcı adamın yüzüne inince insanı hasta eden bir kırılma sesi duyuldu. Parlak kan damlaları her yere sıçramıştı. Zayıf suratlı diğer adam Robb'un atının dizginlerini yakalamak için hamle yaptı, bir an için yakaladı da... Boz Rüzgâr atılıp adamı yere devirdi. Bir şapırtı ve çığlık duyuldu. Adam suya gömülürken hançerini vahşice, rastgele sallıyordu. Kurt da suya daldı. İkisi birden akan suların arasında kaybolurken dere kızıla boyandı.

Robb ve Osha akıntının ortasında mücadele halindeydi. Kadının mızrağı Robb'un göğsüne bir, iki, üç kez atılan çelik başlı bir yılana benziyordu ama Robb her hamleyi uzun kılıcıyla karşılıyordu. Dördüncü ya da beşinci hamlede, kadın fazla gerilince dengesini kaybetti ve Robb atını ileri sürerek kadını suya gömdü.

Birkaç adım ilerideki Yaz, Hali'nin üzerine atladı. Bıçak gövdesinin yan tarafına değdi. Kurt hırlayarak kenara kayıp bıçaktan uzaklaştı ve tekrar saldırdı. Bu sefer çenesi, kadının baldırına kilitlendi. Kısa boylu kadın iki eliyle tuttuğu bıçağı aşağı doğru savurdu ama Yaz bıçağın gelişini fark etmiş gibi görünüyordu. Bir an için kadının bacağını bırakıp geri çekildi. Ağzı pantolon derisi, kumaş ve kanlı insan eti doluydu. Hali tökezleyip düştüğünde bir kez daha saldırdı ve kadını sırtüstü suya düşürdü. Dişlerini kadının karnına geçirdi.

Altıncı adam katliamdan koşarak kaçtı... ama fazla uzağa değil. Dere kıyısından yukarı doğru tırmanmaya çalışırken, Boz Rüzgâr suların içinde beliriverdi. Silkelenip tüylerinden damlayan sulardan kurtuldu ve olduğu yerden fırlayarak adamın peşinden koşmaya başladı. Tek bir hamleyle dişlerini adamın dizinin arkasına geçirdi ve arka diz bağlarını kopardı. Adam çığlıklar içinde sırtüstü derenin sularına gömülürken Boz Rüzgâr boğazına doğru atıldı.

Sonunda sadece iri adam ayakta kalmıştı, Stiv. Hançeriyle Bran'ın göğüs kayışlarını kesti, çocuğu kolundan yakaladı ve hızla çekti. Bran düştü ve yere yığıldı. Hissiz bacakları birbirine dolandı, tek ayağı suya girdi. Dere suyunun soğukluğunu hissedemiyordu ama Stiv'in boğazına dayadığı hançerin soğuk çeliğini hissedebilmişti. Stiv, "Geri çekil," diye bağırdı Robb'a. "Yoksa çocuğun boğazını keserim, yemin ederim."

Robb soluk soluğa atının dizginlerini çekti. Gözlerindeki öfke kayboldu. Kılıç tutan kolu aşağı indi.

Bran o anda her şeyi gördü. Yaz, Hali'yi parçalıyor, karnından parlak mavi yılanlar çekip çıkartıyordu. Kadının gözleri açıktı. Bakıyor gibiydi. Kadının ölü mü, diri mi olduğunu anlayamıyordu. Gri kirli sakallı adam ve diğeri hareketsiz yatıyordu ama Osha emekleyerek mızrağına ulaşmaya çalışıyordu. Boz Rüzgâr ağır ağır kadına yaklaştı. "Şunları yanına çağır," diye bağırdı Stiv. "İkisini de yanına çağır."

"Boz Rüzgâr, Yaz, buraya gelin," dedi Robb.

Ulu kurtlar durarak başlarını çevirdi. Boz Rüzgâr hemen Robb'un yanına döndü. Yaz yerinden kımıldamıyordu. Gözlerini Bran'a ve onu tutan adama dikmişti. Hırladı. Çenesi ıslak ve kıpkırmızıydı, gözleri alev almış gibiydi.

Osha ayağa kalmak için mızrağının küt ucundan destek alıp kendini yukarı çekti. Robb'un kılıcıyla kesilmiş omzundan kan akıyordu. Bran, iri adamın yüzünden aşağı süzülen terleri görebiliyordu. Stiv'in de en az kendisi kadar korkmuş olduğunu fark etti. "Starklar," dedi adam hafif bir sesle. "Kahrolası Starklar." Sesini yükseltti. "Osha, kurtları öldür ve çocuğun kılıcını al."

"Kendin öldür," diye karşılık verdi Osha. "O canavarların yanına gitmiyorum."

Stiv bir an ne yapacağını bilemedi. Elleri titriyordu. Bran, bıçağın boynuna dayandığı yerden kan sızdığını hissedebiliyordu. Adamın kokusu burnunu doldurmuştu. Korku kokuyordu. "Sen," diye seslendi Robb'a. "Bir adın var mı?"

"Ben Robb Stark. Kışyarı'nın varisiyim."

"Bu çocuk senin kardeşin mi?"

"Evet."

"Onun sağ kalmasını istiyorsan benim dediklerimi yapacaksın. Atından in."

Robb bir an tereddüt etti. Sonra yavaşça atından indi. Elinde kılıcı, ayakta durdu.

"Şimdi, kurtları öldür."

Robb kımıldamadı.

"Öldür dedim. Ya kurtlar, ya kardeşin."

"Hayır!" diye çığlık attı Bran. Robb adamın dediğini yapsa bile, kurtlar öldüğü anda ikisini birden öldürecekti Stiv.

Kel adam boştaki eliyle Bran'ın saçlarını yakaladı ve çocuk acı içinde kıvranana kadar zalimce büktü. "Sen sesini kes, kötürüm. Beni duyuyor musun?" Daha fazla büktü. *"Beni duyuyor musun?"*

Arkalarındaki ağaçların arasından bir *vınlama* sesi duyuldu. Otuz santimlik, ucu ustura kadar keskinleştirilmiş ok Stiv'in göğsüne girince, adamdan nefessiz bir boğulma sesi yükseldi. Ok, kanla boyanmış gibi kıpkırmızı parlıyordu.

Bran'ın boğazına dayanmış olan hançer yere düştü. İri adam sallandı ve yüzüstü derenin sularına yığıldı. Göğsündeki ok kırıldı. Bran, adamın döne döne sulara karışmasını izledi.

Osha, ağaçların arasından çıkıp gelen elleri kılıçlı muhafızlara bakıyordu. Mızrağını yere attı. "Merhamet edin lordum," dedi Robb'a.

Muhafızlar yapılan katliamdan geri kalanlara benizleri solmuş halde bakıyordu. Kurtlardan tedirgin oldukları açıktı. Yaz, karnını doyurmak için Hali'nin cesedine döndüğünde Joseth elindeki bıçağı düşürdü ve kusmak için çalılara doğru koştu. Bir ağacın arkasından çıkan Üstat Luwin bile sarsılmıştı ama sadece bir an için. Sonra başını salladı ve derenin karşısına geçip Bran'ın yanına gitti. "Yaralı mısın?"

"Bacağımı kesti," dedi Bran. "Ama hissetmiyorum."

Üstat eğilip yarayı incelerken Bran kafasını diğer yana çevirdi. Theon Greyjoy, elinde yayı, bir muhafız ağacının yanında duruyordu. Gülümsüyordu. Her zaman gülümsüyordu. Ayağının dibindeki yumuşak toprakta en az yarım düzine ok vardı ama adamın işini bitirmeye bir tanesi yetmişti. "Ölü bir düşmandan daha güzeli yok," dedi.

"Jon, senin bir pislik olduğunu söylerdi hep," dedi Robb yüksek sesle. "Seni avluya zincirlemeliyim ki Bran *senin* üzerinde ok talimi yapsın."

"Kardeşinin hayatını kurtardığım için bana teşekkür ediyor olman gerekirdi."

"Ya isabet ettiremeseydin?" dedi Robb. "Ya adamı sadece yaralasaydın? Ya adamın eli kaysaydı ya da senin okun Bran'a isabet etseydi? Adam bir göğüs zırhı giyiyor olabilirdi. Siyah pelerininden başka bir şey göremiyordun ki. Kardeşime ne olurdu o durumda? Hareket etmeden önce *bunu* düşündün mü Theon Greyjoy?"

Robb muhafızlara döndü. "Siz neredeydiniz?" diye sordu öfkeyle. "Hemen arkamızdan geldiğinizden emindim."

Adamlar endişeyle bakıştı. "Sizi takip ediyorduk lordum," dedi en genç olan muhafız Quent. "Ama Üstat Luwin'in kıçını, lütfen affedin, bekledik ve sonra..." Muhafız, Theon'a baktı ve hemen gözlerini kaçırdı. Utanmıştı.

"Bir hindi gördüm," dedi Greyjoy. Sorgudan hoşlanmadığı her halinden beliydi. "Senin çocuğu yalnız bırakacağını nereden bilebilirdim?"

Robb dönüp tekrar Theon'a baktı. Bran ağabeyini daha önce bu kadar öfkeliyken gördüğünü hatırlamıyordu ama Robb sesini çıkarmadı. Üstat Luwin'in yanında dizlerinin üstüne çöktü. "Kardeşimin yaraları ağır mı?" diye sordu.

"Sadece sıyrık," dedi Üstat. Bir bez parçasını derede ıslatıp yaraları temizledi. "Adamlardan ikisi siyahları kuşanmış," dedi Robb'a, bir yandan işini yaparken.

Robb başını çevirdi. Perişan haldeki pelerini suyun üstünde hareket eden Stiv'e baktı. "Gece Nöbetçileri'nden firar eden kaçaklar," dedi düşünceli bir sesle. "Kışyarı'na bu kadar yaklaşabilmeleri için akıllarını kaybetmiş olmaları gerekir."

"Aptallık ve çaresizliği ayırt etmek zordur bazen," dedi Üstat Luwin.

"Onları gömelim mi lordum?" diye sordu Quent.

"Onlar bizi gömmezdi," diye karşılık verdi Robb. "Kafalarını kesin, Sur'a gönderelim. Bedenleri de aç kargalara yem olsun."

"Peki bunu ne yapacağız?" Parmağıyla Osha'yı gösteriyordu.

Robb kadına doğru yürüdü. Kadın ondan bir baş daha uzundu ama dizlerinin üstüne çökmüştü. "Bana hayatımı bağışlayın lordum ve sizin olayım."

"Benim mi? Benim bir yemin bozanla ne işim olabilir?"

"Ben yemin bozmadım. Stiv ve Wallen, Sur'dan geldiler. Ben değil. O kara kargaların arasında bir kadına yer yok."

Theon Greyjoy yanlarına geldi. "Onu kurtlara ver," dedi Robb'a. Kadının gözleri Hali'den geri kalanlara gitti ve aynı anda uzaklaştı. Kadın şiddetle titriyordu. Muhafızlar bile mideleri kalkmış gibi görünüyordu.

"Bu bir kadın," dedi Robb.

"Bir yabanıl," diye karşılık verdi Bran. "Beni öldürmemeleri gerektiğini, böylece Mance Rayder'a götürebileceklerini söyledi."

"Bir adın var mı?" diye sordu Robb.

"Adım Osha lordum," diye mırıldandı kadın korkuyla.

Üstat Luwin ayağa kalktı. "Onu sorgulasak iyi olur," dedi.

Bran ağabeyinin rahatladığını görebiliyordu. "Siz nasıl isterseniz Üstat. Wayn, kadının ellerini bağla. Bizimle birlikte Kışyarı'na gelecek ve... ağzından çıkacaklarla ya ölecek ya da yaşayacak."

TYRİON

"Yemek istemek sen?" diye sordu Mord ters ters bakarak. Kısa ve kalın parmaklı elinde bir tabak haşlanmış fasulye vardı.

Tyrion Lannister açlıktan ölüyordu ama bu vahşinin önünde zayıflığını göstermemeye kararlıydı. Hücresinin köşesindeki leş gibi saman yatağından seslenerek, "Bir kuzu budu gayet iyi olur," dedi. "Yanına biraz soğan ve bezelye, yeni pişirilmiş sıcak ekmek ve tereyağ, bir sürahi de ballı şarap. Daha kolay olacaksa bira da içebilirim. Fazlasıyla seçici görünmek istemem."

"Fasulye," dedi Mord. "Al." Tabağı uzattı. Tyrion içini çekti. Zindancı yüz elli kilo ağırlığında, çürük dişleri kahverengiye dönmüş, düğme gibi siyah gözleri olan iğrenç bir aptallık yığınıydı. Bir balta sol kulağını ve yanağının yarısını kesip almıştı. Yüzünün sol yanı kaygan bir yara izinden ibaretti. Çirkin olduğu kadar tahmin edilebilir bir adamdı ama Tyrion *açtı*. Tabağa uzandı.

Mord sırıtırak tabağı çekti. "Burada, al," dedi. Tabağı Tyrion'ın ulaşamayacağı yükseklikte tutuyordu.

Cüce kaskatı vücuduyla ayağa kalktı. Bütün eklemleri ağrıyordu. "Her yemekte bu aptal oyunu oynamak zorunda mıyız?" diye sordu. Tabağı almak için bir hamle daha yaptı.

Mord ayağını sürüyerek biraz daha geri gitti. Çürük dişlerinin arasından hâlâ sırıtıyordu. "Burda, yemek. Cüce adam." Tabağı kol uzaklığında, hücrenin bitip gökyüzünün başladığı sınırın dışında tutuyordu, kolunu dışarı uzatmıştı. "Sen, yemek istemek? Burda. Gel. Al."

Tyrion'ın kolları tabağa uzanamayacak kadar kısaydı ve hücrenin gökyüzüne açıldığı sınıra doğru bir adım bile atmaya niyeti yoktu. Mord'un ağır beyaz göbeğiyle bir kez itmesi, Kartal Yuvası'nın nice tutsakları gibi Tyrion'ın da aşağıdaki Gök'ün taşlarında mide bulandırıcı bir püreye dönüşmesine yeterdi. "Tekrar düşündüm de, hiç aç değilmişim," dedi. Hücrenin diğer ucuna çekildi.

Mord homurdandı ve kalın parmaklarını açtı. Rüzgâr tabağı kapıp uçurdu. İçindekiler havaya savruldu. Hem tabak hem içindekiler gözden kaybolurken bir avuç fasulye rüzgârla birlikte hücreye girdi. Zindancı kahkaha attı. Koca göbeği bir kâse puding gibi titriyordu.

Tyrion öfkeyle dolduğunu hissetti. "Seni becerdiğim çiçek bozuğu kıçlı fahişe evladı," deyip tükürdü. "Ölümün kanlı ishalden olsun."

Mord hücreden çıkarken, çelik burunlu çizmelerini Tyrion'ın kaburgalarına gömerek küfrün karşılığını verdi. Tyrion saman kaplı zemine düşerken acıyla iki büklüm oldu. "Seni ellerimle öldüreceğim, yemin ederim," diye bağırdı. Ağır demir kapı, zindancının arkasından kapandı. Tyrion delikte dönen anahtarların sesini duydu.

Arrynlar'ın gülünesi şekilde zindan adını verdikleri garip hücredeki köşesine sürünerek gitmeye çalışırken, kendisi kadar küçük bir adam için tehlikeli büyüklükte bir ağza sahip olduğunu düşünüyordu. Yatak yorgan niyetine kullandığı tek şey olan incecik battaniyenin altına kıvrıldı. Marillion'dan kazandığı gölge postundan cübbenin yanında olmasını isterdi. Cübbe kan ve küf kokuyordu ama en azından sıcak tutuyordu. Mord cübbeyi görür görmez Tyrion'ın elinden almıştı.

Pençe gibi keskin boralar battaniyesini çekiştiriyordu. Hücresi bir cüce için bile sefilce küçüktü. Köşesinden sadece bir buçuk metre ileride, bir duvar olması gereken yerde zemin bitiyor ve gökyüzü başlıyordu. Bol bol temiz hava, güneş ışığı alıyor, geceleri ay ve yıldızlar gözlerinin önünde parlıyordu ama Tyrion, Casterly Kayası'nın bağırsaklarındaki en karanlık çukuru bir an bile düşünmeden bu hücreye tercih ederdi.

"Uçacaksın," demişti Mord onu hücreye soktuğu ilk gün. "Yirmi, otuz, belki elli gün. Sonra uçacaksın."

Bütün krallıkta tutsakların kaçmasının hoş görüldüğü tek zindan Arrynlar'ın zindanıydı. İlk gün, saatlerce cesaretini toplamaya çalıştıktan sonra, Tyrion karnının üstünde sürünerek hücrenin sınırına gitmiş, kafasını hafifçe dışarı çıkararak aşağı bakmıştı. Yüz seksen metre aşağıdaki Gök'le arasında havadan başka bir şey yoktu. Kafasını olabildiğince ileri uzattığında, sağında, solunda ve altındaki hücreleri görebiliyordu. Taştan bir bal peteğindeki arıydı ve biri kanatlarını koparmıştı.

İçinde gece ve gündüz rüzgârın çığlık attığı hücre soğuktu ama en beteri, zemin meyilliydi. Hafif bir eğimdi ama yeterliydi. Gözlerini kapatmaktan, uykusunda yuvarlanıp boşluktan aşağı düşerken aniden dehşet içinde uyanmaktan korkuyordu. Gökyüzü hücrelerinin insanı nasıl delirttiğini anlayabiliyordu.

Hücrenin daha önceki konuklarından biri, *Tanrılar beni kurtarsın*, yazmıştı duvara, yüksek ihtimalle kanla. *Mavi beni çağırıyor*. Tyrion bunları yazan adamın kim olduğunu, başına ne geldiğini merak etmişti önceleri ama sonra bilmemesinin daha hayırlı olacağına karar vermişti.

Keşke ağzını kapalı tutabilseydi...

Arryn Hanedanı'nın ay ve şahinle süslü sancakları altındaki büvet ağacından oyulmuş tahtta oturan sefil oğlan başlatmıştı her şeyi. Bütün hayatı boyunca birileri tepeden bakmıştı Tyrion'a ama adam boyuna gelmek için popolarının altına yastıklar koyulan, sulu gözlü altı yaşındaki oğlan çocuklarının tepeden bakmalarına alışık değildi. "Kötü adam bu mu?" diye sormuştu çocuk, elindeki bebeği sıkı sıkı tutarken.

"Evet," demişti Leydi Lysa. Oğlunun tahtının hemen yanındaki daha alçak ve daha küçük başka bir tahtta oturuyordu. Pudralanmış, parfümlenmiş, sarayındakilere iyi görünmek için maviler giyinmişti.

"Ne kadar *küçük*," demişti Kartal Yuvası Lordu kıkırdayarak.

"Bu adam Lannister Hanedanı'ndan, babanı katleden İblis Tyrion." Sesini Kartal Yuvası'nın Yüksek Salonu'nda, süt beyazı duvarlarında ve ince uzun sütünlarında çınlayacak ve herkesin duymasına yetecek kadar yükseltti. *"Bu adam Kral Eli'ni katletti."*

"Ah, onu da mı ben öldürdüm?" dedi Tyrion aptal gibi.

Başını önüne eğip çenesini kapalı tutsa ne iyi olurdu. Bunu şimdi görebiliyordu, yedi cehennem, o zaman da görebilmişti. Arrynlar'ın Yüksek Salonu uzun ve çıplaktı. Mavi damarlı beyaz mermer duvarları men edici bir soğuklukla kaplıydı ama salondaki yüzler duvarlardan çok daha soğuktu. Casterly Kayası'nın gücünden çok uzaktaydı ve Arryn Vadisi'nde tek bir Lannister dostu yoktu. İtaat ve sessizlik en iyi savunması olacaktı.

Ama Tyrion'ın ruh hali akıllıca davranmasına engel olmuştu. Kartal Yuvası'na tırmanmakla geçen günün son durağında, kaskatı kesilmiş bacakları onu taşıyamayacak hale gelmiş ve Tyrion küçük düşmüştü. Bronn yolun geri kalanında onu kucağında taşımış ve böylesi bir aşağılanma öfke alevlerinin üstüne kızgın yağ boşaltmıştı. "Görünüşe göre ben oldukça meşgul küçük bir adammışım," demişti salonda, sesindeki acı alayla. "Bunca katliam ve cinayet için nasıl vakit bulduğumu ben bile merak ediyorum."

Kimlerle dans ettiğini unutmaması gerekirdi. Lysa Arryn ve yarı deli hastalıklı oğlu, ince alaylara düşkünlükleriyle tanınmıyorlardı özellikle alay konusu kendileri olduğunda.

"İblis," dedi Lysa buz gibi sesiyle. "Şu alaycı diline dikkat edecek ve oğlumla saygılı bir üslupla konuşacaksın. Aksi takdirde pişman olursun, emin ol. Burası Kartal Yuvası ve etrafında gördüğün Vadi şövalyeleri, Jon Arryn'ı seven sadık adamlar. Hepsi benim için ölür."

"Leydi Arryn, bana en ufak bir zarar gelirse, kardeşim Jaime bu adamların sizin için öldüğünü görmekten mutluluk duyar." Kelimeler ağzından çıktığı anda yanlış şeyler söylediğini biliyordu Tyrion.

"Uçabilir misin Lannister Lordu?" diye sormuştu Lysa. "Bir cücenin kanatları var mıdır? Eğer yoksa, bundan sonra aklınıza gelen ilk tehdidi yutmanız daha akıllıca olur."

"Tehdit etmiyorum," diye karşılık vermişti Tyrion. "Kesin olan bir şeyi söylüyorum."

Küçük Lord Robert bunları duyduğunda ayağa zıplayıp elindeki bebeği yere düşürmüştü. "Sen bize zarar veremezsin," diye bağırmıştı. "Burada kimse zarar veremez bize. Ona söyle anne. Ona bize kimsenin zarar veremeyeceğini söyle." Çocuk seğirmeye başlamıştı.

"Kartal Yuvası zaptedilemez bir kaledir," demişti Leydi Lysa sakince. Oğlunu kendine çekip şişman kollarıyla sarmıştı. "İblis bizi korkutmaya çalışıyor tatlı bebeğim. Bütün Lannisterlar yalancıdır. Benim küçük bebeğime kimse zarar veremez."

Lanetler olsun ki kadının söyledikleri doğruydu. Buraya çıkmanın nasıl bir şey olduğunu gördükten sonra, zırhlar içinde bir şövalyenin, yukarıdan yağan ok ve taş yağmuru altında, her adımda bir düşmanla savaşarak tepeye tırmanmasının nasıl bir mücadele olacağını tahmin edebiliyordu. *Kâbus*, kafasında canlanan görüntüyü tanımlamaya yetmiyordu. Kartal Yuvası'nın asla kuşatılmamış olması şaşkınlık verici değildi.

Bütün bunlara rağmen Tyrion kendini susturmayı başaramıyordu. "Zaptedilemez değil," dedi. "Zaptedilmesi biraz zahmetli."

Küçük Robert titreyen elini Tyrion'a doğrultup, "Sen bir *yalancısın*," diye bağırmıştı. "Anneciğim, onu uçarken görmek istiyorum." Gök mavisi pelerinler giymiş iki muhafız Tyrion'ı kollarından tutarak ayaklarını yerden kesmişlerdi.

Catelyn Stark sesini yükseltmeseydi neler olacağını sadece tanrılar bilirdi. Tahtların altında durduğu yerden seslendi, "Kardeşim, bu adamın *benim* esirim olduğunu hatırlaman için sana yalvarıyorum. Zarar görmesine müsaade etmiyorum."

Lysa Arryn soğuk gözlerle ablasına baktı. Ayağa kalkıp uzun eteklerini yerde sürüyerek Tyrion'ın yanına gitti. Tyrion bir an için kadının kendine saldıracağını sandı ama kadın muhafızlara onu indirmelerini emretti. Adamlar Tyrion'ı yere bıraktı. Tyrion uyuşan bacaklarının üstünde duramadı ve düştü.

Dizlerinin üstüne kalkmaya çalışırken kayda değer bir gösteri sunuyor olmalıydı. Sol bacağına kramp girdi ve tekrar düştü. Arrynlar'ın Yüksek Salonu'nda bir kahkaha tufanı koptu.

"Kız kardeşimin konuğu ayakta duramayacak kadar yorgun," diye açıklamıştı Leydi Lysa. "Sör Vardis, onu zindana indirin. Gökyüzü hücrelerimizden birinde dinlenmek kendisine ziyadesiyle iyi gelecektir."

Tyrion kendisini çekerek yerden kaldıran muhafızların arasında sallanıyordu. Ayaklarıyla havayı tekmeliyordu. Yüzü utançtan kıpkırmızı kesilmişti. "Bunu unutmayacağım," dedi muhafızlar onu götürürken.

Unutmadı da. Unutmamak ne işine yarayacaksa.

Başlarda bu tutsaklık halinin çok uzun sürmeyeceğini düşünerek kendini avutuyordu. Lysa Arryn onu küçük düşürmek istemişti. Hepsi buydu. Yakında birini gönderip Tyrion'ı aldıracaktı. Eğer o bir şey yapmazsa bile Catelyn Stark onu sorgulamak isteyecekti. Bu sefer dilini tutmayı da bilecekti Tyrion. Onu öldürmeye cesaret edemezlerdi. O hâlâ bir Lannisterdı. Bir damla kanının akıtılması savaş anlamına geliyordu. En azından Tyrion böyle düşünüyordu.

Ama artık çok emin değildi.

Belki de onu tutsak alanların niyeti onu orada bırakıp çürümeye terk etmekti. Ama bu çürümeye uzun süre dayanacak kadar gücünün olmadığından korkuyordu. Gün geçtikçe daha zayıf düşüyordu. Eğer önce açlıktan ölmezse, Mord'un şiddetli tekmelerinden ve yumruklarından ciddi hasarlar alması an meselesiydi. Acı ve açlıkla birkaç gece daha geçirirse mavi onu da çağıracaktı, buna emindi.

Hücresinin duvarları dışında (sanki duvar varmış gibi) neler olduğunu merak ediyordu. Haberleri aldığında Lord Tywin'in süvariler gönderdiğinden şüphesi yoktu. Jaime tam o anda, Ay Dağları'ndan geçirdiği bir kafileye önderlik ediyor olabilirdi... tabi kuzeye, Kışyarı'na gitmek üzere yola çıkmadıysa. Vadi dışındakilerden herhangi birinin aklına Catelyn Stark'ın onu burada sakladığı gelir miydi acaba? Haberleri duyduğunda Cersei'nin ne yaptığını merak ediyordu. Kral bir an önce serbest bırakılmasını emredebilirdi. Ama asıl önemli olan, Robert'ın kimi dinleyeceğiydi. Cersei'yi mi yoksa Kral Eli'ni mi? Tyrion, kralın, kız kardeşine olan aşkı konusunda hayaller görmüyordu.

Cersei aklını başına toplayabilirse, Tyrion'ın yargılanmasında bizzat bulunmayı talep edebilirdi. Ned Stark bile kralın onuruna gölge düşürmeden buna itiraz edemezdi. Tyrion şansını mahkemede denemekten mutluluk duyardı. Kaç cinayetle suçlanırsa suçlansın, görebildiği kadarıyla Starklar'ın elinde bir kanıt yoktu. İddialarını Kral Toprakları'nda, Demir Taht odasında sunmalılardı. Bu onların sonu demek olurdu. Keşke Cersei bütün bunları görebilecek kadar aklı başında olsaydı...

Tyrion Lannister içini çekti. Kız kardeşi kıvrak zekâlı bir kadın sayılırdı ama kibir gözünü kör ediyordu. Cersei bütün bunların içindeki aşağılamayı görebilir ama fırsatı fark edemezdi. Jaime daha da kötüydü. Aceleci, kafasının dikine giden ve çabuk öfkelenen bir adamdı. Kardeşi Jaime'nin, kılıcıyla kesip ikiye ayırmak yerine çözmeyi denediği bir düğüm görmemişti Tyrion.

Starklar'ın oğlunu susturmak için kiralık katil gönderenin hangisi olduğunu merak ediyordu ve Jon Arryn'ın ölümünde gerçekten parmakları olup olmadığını. Eğer eski El öldürüldüyse, cinayet ustaca ve kurnazca işlenmişti. Jon Arryn yaşındaki bir adamın ani bir hastalıkla ölmesi gayet doğaldı ama Brandon'ın peşine çalıntı hançer taşıyan bir kiralık katil yollanması son derece dikkatsizce ve acemiceydi. Ve düşününce... Bu çok tuhaf değil miydi?

Tyrion titredi. İşte şimdi çirkin bir şüphe düşmüştü içine. Belki de bu toprakların tek canavarları ulu kurtlar ve aslanlar değildi. Durum böyleyse, birileri onu maşa olarak kullanmıştı. Tyrion Lannister kullanılmaktan nefret ederdi.

Buradan kurtulmak zorundaydı, hem de derhal. Mord'u alt ederek kaçma şansı hiç yoktan daha azdı. Kimsenin ona iki yüz metre uzunluğunda bir halat vereceği de yoktu. Dilini kullanacaktı. Onu bu hücreye tıkan ağzı, aynı şekilde buradan çıkarabilirdi de.

Zeminin eğimini görmezden gelmek için elinden gelen her şeyi yaparak kendini ayağa kalkmaya zorladı. Yumruğuyla demir kapıya vurmaya başladı. *"Mord,"* diye bağırdı, *"zindancı! Mord, buraya gel!"* Sonunda ayak seslerini duyana kadar tam on dakika aralıksız kapıyı yumrukladı. Kapı gürültüyle açılmadan hemen önce geri çekildi.

"Sen, gürültü yapmak," diye kükredi Mord kanlı gözleriyle Tyrion'a bakarak. Etli elinden, yumruğuna iki kez dolanmış kalın ve geniş deri bir kayış sarkıyordu.

Ona korktuğunu asla belli etme, diye hatırlattı Tyrion kendine. "Zengin olmak ister misin?" diye sordu.

Mord vurdu. Deri kayışı elinin tersiyle neredeyse tembelce savurmuştu ama kayış Tyrion'ı kolundan yakaladı. Darbenin şiddetiyle sarsıldı ve acıdan dişlerini sıkmak zorunda kaldı. "Yok konuşmak, cüce adam," diye uyardı Tyrion'ı.

"Altın," dedi Tyrion gülümser gibi yaparak. "Casterly Kayası altınlarla dolu... ahhhh..." Bu seferki darbe elinin düzünden gelmişti ve Mord gücünü koluna vererek savurmuştu kayışı. Kayış şaklayarak Tyrion'ı kaburgalarından yakaladı ve yere düşürdü. Kendini zindancıya bakmak için zorladı. "Bir Lannister kadar zengin," diye inledi. "İnsanlar böyle der Mord..."

Mord domuz gibi homurdandı. Kayış havada bir ıslık çalarak Tyrion'ın yüzüne indi. Acı öyle şiddetliydi ki yere düştüğünü hatırlamıyordu. Gözlerini açtığında yerde yatıyordu. Kulakları çınlıyordu ve ağzı kanla doluydu. Ayağa kalkmasına yardım edecek bir yerlere tutunmak için elini uzattı ve parmakları... hiçbir şeye dokunmuyordu. Tyrion yanmış gibi hızla geri çekti elini. Çılgına dönen nefesini durdurmak için çabaladı. Hücrenin tam sınırına yuvarlanmıştı. Mavi sadece birkaç santim uzağındaydı.

"Daha konuşmak mı sen?" Mord kayışı iki eliyle tutup sertçe çekti. Çıkan ses Tyrion'ı irkiltti. Zindancı kahkaha attı.

Beni buradan aşağı atamaz, dedi Tyrion kendine umutsuzca. *Catelyn Stark beni sağ istiyor. Zindancı beni öldürmeye cesaret edemez.* Elinin tersiyle ağzındaki kanı sildi, sırıttı ve, "Bu epey sıkı bir vuruştu Mord," dedi. Adam kendisiyle alay edilip edilmediğini tartıyormuş gibi durdu ve Tyrion'a yan yan baktı. "Senin gibi güçlü bir adam benim çok işime yarar." Kayış tekrar üstüne inecekken, Tyrion bu sefer kenara kaçmayı başardı. Omzuna aldığı hafif bir darbeyle kurtulmuştu. "Altın," diye tekrar etti. Bir yengeç gibi yamula yamula arkaya doğru yürüyordu. "Burada ömrün boyunca bir arada göremeyeceğin kadar fazla altın. Araziler, atlar, kadınlar almaya yetecek kadar... bir lord olabilirsin. Lord Mord." Ağzındaki kan pıhtısını gökyüzüne doğru tükürdü.

"Yok altın," dedi Mord.

En azından dinliyor, diye düşündü Tyrion. "Beni yakaladıklarında kesemi aldılar ama altınlar hâlâ benim. Catelyn Stark insan kaçırabilir ama kaçırdığı insanı soymaz. Bu onurlu bir davranış olmaz. Bana yardım et ve bütün altın senin olsun." Mord'un kayışı Tyrion'ı yalayıp geçti ama bu seferki darbe yarı istekli, amaçsız, yavaş ve küçümseyiciydi. Tyrion kayışı tuttu ve bırakmadı. "Senin için en küçük bir tehlike bile yok. Bütün yapman gereken bir mesaj iletmek."

Zindancı kayışı çekerek Tryrion'ın elinden kurtardı. "Mesaj," dedi sanki böyle bir kelimeyi ilk kez duyuyormuş gibi. Kaşları çatılmış, alnında derin kırışıklıklar oluşmuştu.

"Beni duydun lordum. Söyleyeceklerimi leydiye ilet. Ona de ki..." *Ne diyecekti? Lysa Arryn'ı ne yumuşatabilirdi?* Birdenbire geldi ilham... "Ona suçlarımı itiraf etmek istediğimi söyle."

Mord kolunu kaldırdı ve Tyrion bir darbe daha alacağından emin olarak kendine sarıldı ama bu defa tereddütlüydü zindancı. Gözlerinde aynı anda hem şüphe hem de açgözlülük pırıltıları vardı. Altını istiyordu ama kandırılmaktan endişeleniyordu. Defalarca kandırılmış bir adam olduğundan emindi Tyrion. "Yalan. Cüce adam. Beni kandırmak."

"Sana verdiğim sözü yazıya dökeceğim," dedi Tyrion.

Okuryazar olmayanların bazıları yazıyı aşağılar, bazıları da, yazı bir çeşit sihirmiş gibi ilahi bir saygı duyardı. Ne talihliydi ki Mord ikinci kümeye dahildi. Zindancı kayışı indirdi. "Yaz, altın. Çok altın."

"Ah, *çok* altın," diyerek onayladı Tyrion. "Kese sadece tadımlık dostum. Kardeşimin zırhı som altından." İşin aslı, Jaime'nin kalkanı altın kaplamalı çeliktendi ama zindancının aradaki farkı bilmediğinden emindi.

Mord bir süre elindeki kayışla oynayarak düşündü. Sonunda insafa geldi, kağıt ve mürekkep getirmek için hücreden çıktı. Tyrion mektubu yazmayı bitirdiğinde, zindancı kaşlarını çatmış şüpheyle kağıda bakıyordu. "Şimdi hemen mesajımı götür," dedi Tyrion.

Gecenin geç bir vaktinde onu almaya geldiklerinde uykusunda titriyordu. Mord kapıyı açtı ama sessizliğini korudu. Sör Vardis Egen çizmesinin ucuyla dürterek Tyrion'ı uyandırdı. "Kalk bakalım İblis. Leydim seni görmek istiyor."

Tyrion gözlerini ovuşturdu ve hissetmekte zorlandığı somurtuk bir ifade yerleştirdi yüzüne. "Görmek istediğine şüphe yok ama benim onu görmek istediğimi nereden çıkardınız?"

Sör Vardis öfkeyle homurdandı. Tyrion, Kral Toprakları'nda Kral Eli maiyetinin baş muhafızlığını yaptığı yıllardan tanıyordu Sör Vardis'i. Köşeli ve ifadesiz bir surat, gümüş rengi saçlar, güçlü bir beden ve hiçe yakın espri kabiliyeti. "Senin isteklerin beni hiç ilgilendirmiyor. Hemen kalk, yoksa seni taşıtmak zorunda kalırım."

Tyrion güçlükle ayağa kalktı. "Soğuk bir gece," dedi bir arkadaşıyla sohbet ediyormuş gibi. "Sizin Yüksek Salon çok esintili, soğuk almak istemem. Mord, iyi bir dost ol ve bana cübbemi getir."

Zindancı kafası karışmış halde, şüpheyle Tyrion'a baktı.

"*Cübbem*," diye tekrar etti Tyrion. "Güvenli bir yerde saklamak üzere benden aldığın gölge kedisi kürkünden yapılmış cübbe. Hatırlıyorsun değil mi?"

"Şu lanet cübbeyi getir," dedi Sör Vardis.

Mord söylenmeye cesaret edemedi. İleride bunun hesabını soracağını gayet açık anlatan bir bakışla Tyrion'ı süzdü ve cübbeyi getirmeye gitti. Cübbeyi tutsağın omuzlarına koyduğunda Tyrion gülümsedi. "Çok teşekkürler. Ne zaman bu cübbeyi giysem seni hatırlayacağım." Uzun cübbenin eteğini tutarak savurdu ve döndü. Günlerdir ilk defa ısınıyordu. "Lütfen yolu gösterin Sör Vardis," dedi.

Yüksek Salon duvarlardaki apliklere yerleştirilmiş elli meşalenin aleviyle ışıl ışıl parlıyordu. Leydi Lysa, göğsüne incilerle ay ve şahin işlenmiş siyah ipekten bir elbise giymişti. Gece Nöbetçileri'ne katılamayacağına göre, Tyrion'ın itiraflarını dinlemek için bir yas kıyafetini uygun bulmuş olmalıydı. Gevşek bir örgü halinde örülmüş uzun kızıl kahve saçları sol omzunun üstünden akıyordu. Oturduğu tahtın yanındaki yüksek ve daha büyük taht boştu. Küçük lord şu anda uykusunda titriyor olmalıydı. Tyrion en azından bunun için müteşekkir olabilirdi.

Derin bir reverans yaptı ve etrafa göz gezdirmek için bir an durdu. Leydi Arryn, tam da Tyrion'ın umduğu gibi, itiraflara şahitlik etmeleri için şövalyelerini ve hizmetlilerini de çağırmıştı. Sör Brynden Tully'nin yüzünün keskin hatlarını, Lord Nestor Royce'un kaba suratını gördü. Nestor'ın yanında, siyah saçlı, karmakarışık sakallı, genç varisi Sör Albar oturuyordu. Vadi'nin önemli ailelerinin çoğu temsil ediliyordu. Tyrion bir kılıç kadar ince Sör Corbray'i, gutlu bacaklarıyla oturan Lord Hunter'ı, dul Leydi Waynwood'u daha önce de görmüştü. Diğerleri tanımadığı sancakların altında oturuyorlardı; kırık mızrak, yeşil yılan, yanan kule, kanatlı kadeh.

Vadi Lordları arasında, yüksek yolda birlikte yolculuk ettiği yol arkadaşları da vardı. Henüz tam iyileşmemiş yaraları yüzünden hâlâ solgun olan Sör Rodrik, Sör Willis'le yan yana oturuyordu. Şarkıcı Marillion kendine yeni bir ahşap arp bulmuştu. Tyrion gülümsedi. Bu gece burada olacak hiçbir şeyin gizli kalmasını istemiyordu ve hikâyeyi bir şarkıcıdan başka kimse, uzak yakın her yere taşıyamazdı.

Bronn, salonun arkasındaki bir sütunun dibine rahatça yayılmıştı. Hürsüvarinin gözleri Tyrion'ın üstünde sabitlenmişti ve eli kılıcının kabzasındaydı. Tyrion uzun uzun adama baktı. Merak ediyordu...

Önce Catelyn Stark konuştu. "Bize, suçlarınızı itiraf etmek istediğiniz söylendi."

"İstiyorum leydim," diye yanıtladı Tyrion.

Lysa Arryn kardeşine gülümsedi. "Gökyüzü hücreleri sonunda hepsinin direncini kırar," dedi. "Tanrı onları o yükseklikte rahatça görür ve saklanmak için karanlık bir delik bulamazlar."

"Bu adam bana kırılmış gibi görünmüyor," dedi Catelyn.

Lysa ablasını duymazdan geldi. "Ne diyeceğin varsa söyle," diye emretti Tyrion'a.

Şimdi zarları atma zamanı, diye düşündü Tyrion ve tekrar Bronn'a baktı. "Nereden başlasam? Ben acımasız, küçük bir adamım, itiraf ediyorum. Suçlarım ve günahlarım sayılamayacak kadar fazla leydilerim, lordlarım. Fahişelerle yattım, bir değil yüzlerce kez. Öz babamın ölmesini diledim, kraliçemiz kız kardeşimin de." Arkasında oturan birinin kıkırdadığını duydu. "Hizmetkârlarıma her zaman nezaketle davranmadım. Kumar oynadım. Kumarda hile bile yaptım. İtiraf ederken yüzüm kızarıyor. Soylu lordlar ve leydiler hakkında çok zalim ve zehirli şeyler söyledim." Bir kahkaha yükseldi. "Bir keresinde..."

"Sessizlik!" diye bağırdı Leydi Lysa. "Sen ne yaptığını sanıyorsun cüce?"

Tyrion başını yana eğdi. "Neden? Suçlarımı itiraf ediyorum leydim."

Catelyn Stark öne çıktı. "Oğlumu öldürmek için kiralık katil göndermekle ve Jon Arryn'a suikast düzenlemekle suçlanıyorsun," dedi.

Tyrion umutsuzca omuz silkti. "*Bu* suçları itiraf edemem leydim. Hiçbir cinayet hakkında hiçbir şey bilmiyorum."

Leydi Lysa büvet ağacından yapılmış tahttan kalktı. "Benimle alay edilmesine izin *vermeyeceğim*. Küçük oyununu oynadın İblis. Umarım eğlenmişsindir. Sör Vardis, onu zindana geri götürün... ama bu sefer daha küçük bir hücreye koyun. Daha eğimli bir hücre olsun."

"Siz Vadi'de adaleti *böyle* mi yerine getiriyorsunuz?" diye kükredi Tyrion. Sesi öyle şiddetli çıkmıştı ki Sör Vardis olduğu yerde donup kaldı. "Onur denen şey Kanlı Kapı'nın dışında mı kalıyor? Beni itham ediyorsunuz, suçlamaları kabul etmiyorum ve dondurucu bir hücreye tıkılıp aç bırakılıyorum." Başını kaldırdı ve yüzündeki kanlı morlukları herkes görebilsin diye öylece kaldı. "Kral adaleti nerede? Kartal Yuvası, Yedi Krallık'tan bağımsız bir yer mi? Suçlandığımı söylüyorsunuz. Pekâlâ. *Bir mahkeme talep ediyorum*. Konuşmama izin verin, gerçeklerim ya da yalanlarım, insanların ve tanrıların huzurunda yargılansın."

Yüksek Salon fısıltılara boğulmuştu. Kadını ele geçirmişti. Tyrion bundan emindi. O bir soyluydu. Krallığın en güçlü lordunun oğluydu. Kraliçenin kardeşiydi. Mahkeme talebi reddedilemezdi. Mavi pelerinli muhafızlar Tyrion'ı izliyordu. Sör Vardis onlara hazırola geçmelerini emretti ve Leydi Lysa'ya baktı.

Küçük dudakları öfkeli bir gülümsemeyle çarpılmıştı. "Eğer yargılanır ve suçlu bulunursanız, kral adaletinin yasaları gereği, suçlarınızın cezasını kanınızla ödemek zorunda kalırsınız. Ama biz Kartal Yuvası'nda cellât bulundurmuyoruz Lannister Lordu. Ay Kapısı'nı açın."

İzleyiciler ikiye bölündü. İnce uzun iki mermer sütunun arasında, üzerine hilal oyulmuş büvet ağacından bir kapı vardı. Bir çift muhafız kapıya doğru yürürken seyircilerden yakın olanlar kenara çekildi. Muhafızlardan biri kapıdaki ağır bronz barı kaldırdı, diğeri kapıyı içeri doğru çekti. Omuzlarındaki mavi pelerinler kapıdan gelen sert rüzgârla havalanıp uçuşmaya başladı. Kapının arkasında uçsuz bucaksız, bomboş gökyüzünden başka bir şey yoktu.

"Kral adaletine iyice bak," dedi Lysa Arryn. Duvarlardaki meşaleler titredi ve teker teker sönmeye başladı.

"Lysa, bence bu hiç akıllıca değil," dedi Catelyn Stark, kara rüzgâr Yüksek Salonu silip süpürürken.

Kız kardeşi onu duymazdan geldi. "Demek bir mahkeme istiyorsun Lannister Lordu, o halde bir mahkeme kurulacak. Oğlum anlatacağın her şeyi dinleyecek ve bir karara varacak. Şimdi çıkabilirsin... şu ya da bu kapıdan."

Kadın kendisiyle gurur duyuyormuş gibi görünüyordu. Tyrion şaşırmamıştı. Mahkemeye başkanlık edecek olan hastalıklı oğluyken, mahkeme fikrinin onu korkutmasını beklemek aptalca olurdu. Tyrion, Ay Kapısı'na baktı. *Anne, onu uçarken görmek istiyorum*, dedi hastalıklı oğlan. Burnu sümüklü küçük enkaz kim bilir kaç adamı bu kapıdan aşağı yollamıştı?

"Teşekkür ederim merhametli leydim," dedi Tyrion. "Ama Lord Robert'ı rahatsız etmek için bir neden göremiyorum. Tanrılar benim masum olduğumu biliyor. Onların kararını bekleyeceğim, insanlarınkini değil. Çarpışmayla yargılanmayı talep ediyorum."

Arrynlar'ın Yüksek Salonu'nu kahkahalar doldurdu. Lord Nestor Royce burnundan soluyordu. Sör Willis kıkırdıyor, Sör Lyn Corbray çatlayacakmış gibi gülüyordu. Diğerleri gözlerinden yaş gelinceye kadar kahkaha atmaya devam etti. Marillion, parmakları kırık eliyle arpına dokunup neşeli bir akor çaldı. Ay Kapısı'ndan döne döne içeri giren rüzgâr bile ıslık çalıyor gibiydi.

Lysa Arryn'ın sulu gözlerinde şüphe vardı. Tyrion kadının dengesini bozduğunu biliyordu. "Bunu talep etmeye hakkınız var," dedi.

Pelerinine yeşil yılan işlenmiş genç bir şövalye öne çıktı ve bir dizinin üstüne çöktü. "Leydim, davanızın kılıcı olmak için size yalvarıyorum," dedi.

"Onur bana ait olmalı," dedi yaşlı şövalye Lord Hunter. "Lord kocanıza beslediğim sevginin hatırına bu infazı gerçekleştirmeme izin verin."

"Babam, Vadi'nin Baş Vekilharcı olarak yıllarca Lord Jon'a hizmet verdi. Benim de oğluna hizmet etmeme izin verin."

"Tanrılar insanlara adil sebeplerle lütuf bahşeder," dedi Sör Lyn Corbray. "Bu işi, işinin ehli bir kılıç üstlenmeli ve o kılıcın kimde olduğunu hepimiz biliyoruz." Alçak gönüllülükle gülümsedi.

Bir düzine adam aynı anda konuşarak dinlenmeyi talep etti. Tyrion, kendisini öldürmeye gönüllü bunca insanın varlığını umut kırıcı buldu. Belki de bu iyi bir plan değildi.

Leydi Lysa elini kaldırarak salonu susturdu. "Sizlere teşekkür ederim lordlarım. Eminim oğlum da benim kadar minnettar olacaktır. Yedi Krallık'taki hiçbir şövalye Vadi'nin şövalyeleri kadar cesur ve sadık olamaz. Bu onuru hepinize bahşetmek isterdim ama sadece bir kişiyi seçebilirim. Sör Vardis, siz benim kocamın sağ koluydunuz. Onur size aittir."

Ah! Mükemmel, diye düşündü Tyrion. "Benim için uygundur," dedi.

Lysa, Tyrion'a baktı. "Çarpışmayla yargılanmayı talep ettiniz," dedi.

"Ve şimdi adıma dövüşecek bir şövalye seçmeyi talep ediyorum," diye karşılık verdi Tyrion. "Tıpkı sizin bir şövalye seçtiğiniz gibi. Kardeşim Jaime bu onura seve seve aday olur."

"Çok kıymetli Kral Katili'niz buradan binlerce fersah uzakta."

"Bir haberci kuş gönderin. Memnuniyetle gelmesini beklerim."

"Yarın sabah Sör Vardis'le karşılaşacaksınız."

Tyrion, Marillion'a döndü. "Hey şarkıcı, bu geceyle ilgili bir şarkı yazdığında, Leydi Arryn'ın bir savaşçı seçme hakkımı elimden nasıl aldığını ve beni yarı sakat, morluklar içinde ve en zayıf halimle, en iyi şövalyesiyle dövüşmek zorunda bıraktığını da yaz."

"Ben senin *hiçbir* hakkını elinden almadım," dedi Leydi Lysa. Sesi hırçınlıkla tizleşmişti. "Adına dövüşecek şövalyeyi göster İblis... tabi senin uğruna ölmeyi göze alacak bir adam bulabilirsen." Tyrion, Yüksek Salona baktı. Kimse kımıldamıyordu. Devasa bir pot kırmıştı belki de.

Salonun arkasında bir hareketlenme oldu.

"Cüce adına ben dövüşeceğim," dedi Bronn.

EDDARD

Eski rüyalarından birini gördü. Beyaz pelerinler içinde üç şövalye, çoktan düşmüş bir kale ve kandan yatağında yatan Lyanna.

Dostları onunla birlikte at sürüyordu rüyasında, tıpkı gerçek hayatta olduğu gibi. Jory'nin babası onurlu Martyn Cassel, sadık Theo Wull, bir zamanlar Brandon'ın yaveri olan, iyi kalpli, yumuşak sesli Sör Mark Ryswell, adalı Howland Reed ve muhteşem kızıl aygırı üstünde Lord Dustin. Ned bu adamların yüzünü kendi yüzünü tanıdığı gibi tanıyordu ama yıllar bir adamın anılarına sülük gibi yapışıyordu, asla unutmamaya yemin edilmiş olanlara bile. Dostları birer gölgeden ibaretti rüyasında, sisten atların üzerindeki gri hayaletler.

Üç kişiye karşı yedi kişiydiler rüyasında, tıpkı gerçek hayatta olduğu gibi. Ama öyle sıradan üç kişi değildi onlar. Beyaz pelerinleri rüzgârla savrulurken, arkalarında Dorne'un kızıl dağları, yuvarlak kulenin önünde bekliyorlardı. Ve onlar gölgelerden ibaret de değildi. Şimdi bile alev gibi net görünüyordu yüzleri. Sabah Kılıcı Sör Arthur Dayne dudağında hüzünlü bir gülümsemeyle duruyordu. Dev kılıcı Şafak'ın kabzası sağ omzunun üstünde görünüyordu. Sör Oswell Whent tek dizinin üstüne çökmüş, bir biley taşıyla bıçağını biliyordu. Beyaz emaye kaplı miğferinin üstünde hanedanının arması kanatları açık kara yarasa vardı. Korkusuz yaşlı şövalye Sör Gerold Hightower, nam-ı diğer Beyaz Boğa, Kral Muhafızları Kumandanı, ikisinin arasında duruyordu.

"Üç Dişli Mızrak'ta sizi aradım," dedi Ned.

"Orada değildik," diye yanıtladı Sör Gerald.

"Orada olsaydık İşgalci çok üzülürdü," dedi Sör Oswell.

"Kral Toprakları düştüğünde Jaime Lannister kralınızı katletti ve ben sizin nerelerde olduğunuzu merak ettim."

"Uzaklardaydık," dedi Sör Gerald. "Uzaklarda olmasaydık Aerys hâlâ tahtında oturuyor ve bizim sözde kardeşimiz yedi cehennemde yanıyor olurdu."

"Fırtına Burnu'na kuşatmayı kaldırmak için geldim," dedi Ned. "Lord Tyrell ve Lord Redwyne sancaklarını dikti ve dizlerinin üzerine çöktü. Sizin de onların arasında olacağınızdan emindim."

"Bizim dizlerimiz o kadar kolay bükülmez," dedi Sör Arthur Dayne.

"Sör Willem Darry, kraliçeniz ve Prens Viserys'i alıp Ejderha Kayası'na kaçtı, onunla yelken açarsınız diye düşünmüştüm."

"Sör Willem iyi ve dürüst bir adamdır," dedi Sör Oswell.

"Ama Kral Muhafızları'ndan değil," diye ekledi Sör Gerold. "Kral Muhafızları kaçmaz."

"Ne o zaman, ne de şimdi," dedi Sör Arthur. Miğferini taktı.

"Bir yemin ettik," dedi Sör Gerold.

Ned'in hayaletleri gölgelerden yapılmış kılıçlarıyla geldi. Üç kişiye karşı yedi kişiydiler.

"İşte şimdi başlıyor," dedi Sabah Kılıcı Sör Arthur Dayne. Şafak'ı kınından çıkardı ve iki eliyle birden tuttu. Süt camı kadar soluk kılıç, ışıkla can buluyordu.

"Hayır," dedi Ned. Sesi hüzün doluydu. "İşte şimdi bitiyor." Çelikler ve gölgeler birbirine karışırken, Lyanna'nın çığlığını duydu. *"Eddard!"* Kan rengi gökyüzünde, gül yapraklarından bir fırtına koptu, ölümün gözleri kadar mavi.

"Lord Eddard," diye seslendi Lyanna tekrar.

"Söz veriyorum," diye fısıldadı Ned. "Lya sana söz..."

"Lord Eddard," diyen bir erkek sesi yankılandı karanlıkta.

Eddard Stark inleyerek gözlerini açtı. El Kulesi'nin yüksek pencerelerinden ay ışığı sızıyordu odaya.

"Lord Eddard?" Bir gölge yatağının kenarında duruyordu.

"Ne kadar... Ne kadar zamandır?" Çarşaf karışmış, bacağı kırık tahtasıyla birlikte sargılanmıştı.

"Altı gün ve yedi gece." Vayon Poole'un sesiydi. Kâhya, Ned'in dudaklarına bir kadeh uzattı. "İçin lordum."

"Ne...?"

"Sadece su. Üstat Pycelle susayacağınızı söyledi."

Ned içti. Dudakları kuru ve çatlaktı. Su bal kadar tatlı geliyordu.

"Kral emirler gönderdi," dedi Vayon Poole kadeh boşaldığında. "Sizinle konuşmak istiyor lordum."

"Sabah olunca," dedi Ned. "Daha güçlü olduğumda." Şimdi Robert'ı göremezdi. Gördüğü rüya onu bir kedi yavrusu kadar güçsüzleştirmişti.

"Lordum, uyandığınız an sizi ona göndermemizi emretti." Yatağın yanındaki mumlardan birini yakarak oyalanmaya çalıştı.

Ned küfür etti. Robert asla sabırlı bir adam olmamıştı. "Ona, ayağa kalkamayacak kadar bitkin olduğumu söyleyin. Beni mutlaka görmek istiyorsa onu seve seve burada ağırlarım. Umarım uykusunun en tatlı yerinde uyandırırsınız. Ve bana hemen..." *Jory*'yi çağırın demek üzereydi ki hatırladı. "Baş muhafızı çağırın."

Kâhya odadan ayrıldıktan birkaç dadika sonra Alyn, Ned'in yanına geldi. "Lordum."

"Poole bana altı gün olduğunu söyledi," dedi Ned. "Bu arada neler olduğunu öğrenmeliyim."

"Kral Katili şehirden kaçtı," dedi Alyn. "Söylentilere göre Casterly Kayası'na, babasının yanına gitmiş. Herkes Leydi Catelyn'in İblis'i nasıl tutsak aldığından bahsediyor. Sizin muhafızlarınızın sayısını arttırdım, uygunsa."

"Uygun," dedi Ned. "Ya kızlarım?"

"Her gün yanınızdalardı lordum. Sansa sessizce dua etti ama Arya..." Tereddüt etti. "Sizi getirdikleri günden beri tek kelime konuşmadı. O çok korkusuz küçük bir kız lordum. Daha önce bu kadar öfkeli bir kız çocuğu görmedim, hiç."

"Ne olursa olsun, kızlarımın güvende olmasını istiyorum," dedi Ned. "Korkarım ki bunlar sadece başlangıç."

"Onlara en ufak bir zarar gelmeyecek Lord Eddard," dedi Alyn. "Hayatımı ortaya koyarım."

"Jory ve diğerleri..."

"Onları Sessiz Rahibeler'e verdim. Kuzeye, Kışyarı'na gönderilmeleri için. Jory büyükbabasının yanında yatmak isterdi."

Jory büyükbabasının yanında yatacaktı çünkü babası uzak güneyde gömülüydü. Martyn Cassel diğerleriyle birlikte telef olmuştu. Ned daha sonra kaleyi düşürmüş ve kalenin kanlı taşlarını tepede sekiz mezar yapmak için kullanmıştı. Rhaegar'ın oraya neşe kalesi dediği söylenirdi ama Ned için o kale acı hatıralardan ibaretti. Üç kişiye karşı yedi kişiydiler, buna rağmen sadece ikisi sağ kalmıştı. Ned ve adalı küçük adam Howland Reed. Bunca yıl sonra tekrar o rüyayı görmenin iyiye alamet olmadığını biliyordu.

Vayon Poole odaya döndüğünde, "Gayet iyi yapmışsın Alyn," diyordu Ned. Kâhya reverans yaptı. "Majesteleri dışarıda ve kraliçe de yanında lordum."

Ned kendini biraz yukarı çekti. Bacağı acıyla titredi. Cersei'nin gelmesini beklemiyordu. Gelmesi iyiye işaret değildi. "İçeri gönderin ve bizi yalnız bırakın. Konuştuklarımız bu odanın dışına asla çıkmamalı." Poole sessizce odadan ayrıldı.

Robert kıyafet seçmek için epey vakit harcamış gibi görünüyordu. Siyah ve altın kare desenli kumaştan dikilmiş pelerin, göğsüne altın iplikle Baratheon Hanedanı'nın taçlı erkek geyiği işlenmiş siyah kadife bir takım ve altın renkli bir gömlek giymişti. Elinde bir sürahi şarap vardı ve yüzü içmekten kıpkırmızı kesilmişti. Cersei Lannister odaya kralın yanında girdi. Başında mücevherlerle süslü küçük bir taç vardı.

"Majesteleri, lütfen bağışlayın ayağa kalkamıyorum."

"Önemli değil," dedi kral sertçe. "Biraz şarap? Arbor'dan. İyi hasat."

"Küçük bir kadeh," dedi Ned. "İçtiğim haşhaş sütleri yüzünden başım hâlâ çok ağır."

"Senin durumunda olan bir adam kafası hâlâ omuzlarının üstünde olduğu için şükretmeli," dedi kraliçe.

"Sessiz ol kadın," diye terslendi Robert. Ned'e bir kadeh şarap uzattı. "Bacağın hâlâ ağrıyor mu?"

"Biraz," dedi Ned. Başı dönüyordu ama kraliçenin önünde herhangi bir zayıflık göstermesi söz konusu bile değildi.

"Pycelle bacağının tamamen iyileşeceğine dair yemin etti," dedi Robert. Yüzü asıktı. "Catelyn'in ne yaptığını biliyorsun sanırım."

"Biliyorum." Ned küçük bir yudum şarap içti.

"Bundan memnun *değilim* Ned," diye homurdandı Robert.

"Siz hangi hakla benim kanıma el uzattınız?" diye bağırdı Cersei. "Siz kim olduğunuzu sanıyorsunuz?"

"Kral Eli," dedi Ned buz gibi bir sesle. "Bizzat sizin kocanız tarafından, huzuru ve kral adaletini sağlamak üzere göreve getirildim."

"Kral Eli'*ydin*," diye başladı Cersei, "Ama şimdi..."

"*Sessizlik!*" diye kükredi Robert. "Bir soru sordun ve cevabını aldın." Cersei sustu ama öfkeden buz kesmiş gibiydi. Robert, Ned'e döndü. "Huzur sağlamak için diyorsun. Huzuru böyle mi sağladın Ned? Yedi adam öldü..."

"Sekiz," diyerek düzeltti Cersei. "Tregar bu sabah Lord Eddard'ın savurduğu kılıç yüzünden öldü."

"Kral Yolu'ndan adam kaçırmalar ve benim sokaklarımda sarhoş halde katliamlar," dedi Robert. "Bunu kabul edemem Ned."

"Catelyn'in İblis'i almak için gayet geçerli sebepleri..."

"Bunu kabul *edemem* dedim. Onun geçerli sebeplerine lanet olsun. Hemen cüceyi serbest bırakmasını emredeceksin *ve* Jaime'yle barışacaksın."

"Sırf Jaime Lannister bana bir *ders vermek* istedi diye üç adamım gözlerimin önünde katledildi. Bunu unutmam mı gerekiyor?"

"O çatışmanın sorumlusu erkek kardeşim değildi," dedi Cersei, krala. "Lord Stark sarhoş halde bir genelevden dönüyormuş. Adamları Jaime ve adamlarına saldırmış. Tıpkı karısının Kral Yolu'nda Tyrion'a saldırdığı gibi."

"Sen beni gayet iyi tanırsın Robert," dedi Ned. "İstersen Lord Baelish'e sor. O da oradaydı."

"Serçeparmak'la konuştum. Çatışma başlamadan önce Şehir Muhafızları'nı almaya gittiğini söylüyor ama bir fahişe evinden çıktığınızı kabul ediyor."

"*Bir* fahişe evi mi? Lanet olsun Robert. Oraya kızını görmek için gittim. Annesi ona Barra adını vermiş. Vadi'de, delikanlı olduğumuz yıllarda dünyaya gelen ilk kızına benziyor." Konuşurken kraliçeyi izliyordu. Kadının yüzü ifadesiz ve soluk bir maske gibiydi. En ufak bir duyguyu ele vermiyordu.

Robert öfkeden kızardı. "Barra," dedi homurdanarak. "Bu beni mutlu mu etmeli yani? Lanet olsun o kıza. Onun daha akıllı olacağını düşünmüştüm."

"Kız daha on beş yaşında. Bir fahişe ve sen onun *akıllı* olacağını mı düşünmüştün?" diye sordu Ned hayretle. Bacağı fena halde zonklamaya başlamıştı. "O küçük aptal çocuk sana âşık Robert."

Kral göz ucuyla kraliçeye baktı. "Bu kraliçenin yanında konuşmaya uygun bir konu değil," dedi.

"Söyleceğim hiçbir şey kraliçenin yanında konuşmaya uygun değil," diye karşılık verdi Ned. "Kral Katili'nin şehirden kaçtığı söylendi bana. Onu adalet karşısına çıkarmam için izin ver."

Kral düşünceli bir halde elindeki kadehi çeviriyordu. Bir yudum şarap içti. "Hayır," dedi. "Bu saçmalığın daha fazla sürmesini istemiyorum. Jaime senin üç adamını katletti ve sen de onun beş adamını. Bu iş burada bitiyor."

"Senin adaletten anladığın bu mu?" diyerek parladı Ned. "Eğer buysa, artık El'in olmadığım için mutluyum."

Kraliçe, kocasına baktı. "Eğer bir kimse, bir Targaryen'la böyle konuşmaya cesaret etseydi..."

"Beni Aerys'la mı kıyaslıyorsun sen?" diyerek böldü Robert.

"Seni *krallarla* kıyaslıyorum. Jaime ve Tyrion, evlilik kanunları ve aramızdaki bağlarla senin öz kardeşlerin. Starklar kardeşlerinden birini buradan sürdü ve diğerini kaçırdı. Bu adam aldığı her nefeste senin onurunu lekeliyor ve sen hâlâ uysalca bacağının nasıl olduğunu sorup ona şarap ikram ediyorsun."

Robert'ın yüzü öfkeyle kararmıştı. "Sana daha kaç kere dilini tutmanı söyleceğim ben kadın?"

Cersei'nin bakışları aşağılama doluydu. "Tanrılar ikimize nasıl da büyük bir şaka yapmışlar. Etek giymesi gereken senmişsin, benim de zırh kuşanmam gerekirmiş."

Öfkeden morarmış kral, elinin tersiyle kadının yüzüne acımasız bir tokat attı. Cersei masaya çarpıp yere düştü ama buna rağmen canının yandığını belirten en küçük bir ses çıkarmadı. Elini, şimdiden kızarmaya başlayan soluk ve pürüzsüz yanağına götürdü. Yarın sabah yüzünün yarısı çürüklerle kaplanacaktı. "Bunu bir onur madalyası olarak takacağım," dedi.

"Sessizce tak, yoksa seni tekrar onurlandırırım," dedi Robert. Muhafızlara seslendi. Sör Meryn Trant odaya girdi. "Kraliçe yoruldu. Ona odasına kadar eşlik edin." Şövalye, Cersei'nin yerden kalkmasına yardım etti ve tek kelime etmeden odadan ayrıldılar.

Robert sürahiye uzanıp kadehini tekrar şarapla doldurdu. "Bu kadının bana neler yaptığını görebiliyor musun Ned?" Kadehi ellerinin arasında sıkı sıkı tutarak oturdu. "Benim sevgili karım. Çocuklarımın annesi." Artık öfkeli değildi. Ned, Robert'ın gözlerinde hüzün ve korku olduğunu görebiliyordu. "Ona vurmamalıydım. Bu hiç... bu hiç *krala yakışır* değildi." Ellerine baktı. Sanki ellerinin nerede olduğundan emin değilmiş gibiydi. "Her zaman güçlüydüm… Karşımda kimse duramazdı, kimse. Peki, vuramadığın biriyle nasıl dövüşürsün?" Aklı karışmıştı, kafasını salladı. "Rhaegar... Rhaegar *kazandı*. Lanet olsun. Onu öldürdüm Ned. Dikenli baltamı siyah zırhına öyle bir vurdum ki balta zırhı geçip o kara kalbine çarptı ve adam ayaklarımın dibinde öldü. Adıma şarkılar yazdılar. Ama yine de o kazandı. O şimdi Lyanna'ya sahip, ben de bu kadına." Kadehi kafasına dikti.

"Majesteleri," dedi Ned Stark. "Konuşmalıyız..."

Robert parmaklarını şakaklarına bastırdı. "Konuşmaktan ölümüne yoruldum. Sabah Kral Ormanı'na ava gidiyorum. Söyleceklerin ben dönene kadar bekleyebilir."

"Eğer tanrılar merhamet ederse sen döndüğünde burada olmayacağım. Kışyarı'na dönmemi emretmiştin, unuttun mu?"

Robert ayağa kalktı. Dengesini bulmak için yatağın direklerinden birine tutundu. "Tanrılar çok seyrek merhamet eder Ned. İşte sana düşen merhamet de bu." Pelerininin içindeki cepten gümüş bir rozet çıkarıp yatağın üstüne attı. "Sevsen de sevmesen de sen benim El'imsin lanet olası. Gitmeni yasaklıyorum."

Ned gümüş rozeti aldı. Bir seçeneği yokmuş gibi görünüyordu. Bacağı zonkluyordu ve kendini bir çocuk kadar çaresiz hissediyordu. "Targaryen kızı..."

Kral kükredi. "Yedi cehennem. Yine başlama Ned. O konu kapandı. Daha fazla dinlemeyeceğim."

"Beni dinlemeyeceksen, neden ısrarla El olmamı istiyorsun?"

"Neden mi?" Robert güldü. "Neden olmasın? Birinin bu kahrolası krallığı yönetmesi gerek. Şu rozeti tak. Sana yakışıyor. Ve eğer onu bir kez daha yüzüme fırlatırsan, o kahrolası şeyi Jaime Lannister'ın yakasına takarım."

CATELYN

Güneş Arryn Vadisi'nin doğusunda yükselmeye başlarken, gökyüzü pembe sarı renklere bürünmüştü. Catelyn Stark, penceresinin dışındaki, üzerine zarif desenler oyulmuş taş korkuluğa ellerini koymuş ışığın yayılmasını seyrediyordu. Şafak ormanlar ve arazilerden sürünerek geçerken, Catelyn'in altındaki dünya siyahtan çivit rengine, ardından yeşile dönüyordu. Alyssa'nın Gözyaşları'na ait hayalet suların, Devin Mızrağı'nın omzundan eteklerine doğru uzun düşüşüne köpürerek başladığı yerden soluk ve beyaz bir sis tabakası yükseliyordu. Catelyn, suyun hafif dokunuşunu yüzünde hissedebiliyordu.

Alyssa Arryn kocasının, erkek kardeşlerinin ve bütün çocuklarının katledilişini izlemek zorunda kalmış buna rağmen yaşarken tek damla gözyaşı dökmemişti. Öldüğünde, sevdiği tüm erkeklerin yattığı kara vadi toprakları onun gözyaşlarıyla sulanmadan Alyssa'nın huzur bulamayacağına karar vermişti tanrılar. Öleli tam altı bin yıl olmuştu ve selin tek damla suyu bile dağın çok altında ve uzağında kalan vadi zeminine ulaşamamıştı. Öldüğünde kendi gözyaşlarının ne kadar büyük bir şelaleye dönüşeceğini merak etti Catelyn. "Devamını anlat," dedi.

"Kral Katili'nin Casterly Kayası'nda yerlileri topladığı söyleniyor," dedi Sör Rodrik Cassel. "Erkek kardeşiniz bir mektup gönderdi. Kaya'ya süvariler yolladığını, Lord Tywin'in amacını açıklamasını talep ettiğini ancak bir cevap alamadığını yazmış. Edmure, Altın Diş'in altındaki geçidi korumaları için Lord Vance ve Lord Piper'ı görevlendirmiş. Lannister kanıyla sulanmadan, Tully topraklarının zerresini kimseye vermeyeceğine dair yemin etmiş size."

Catelyn doğan güneşi izlemekten vazgeçti. Güneşin güzelliği hissettiği karanlığı aydınlatmaya yetmiyordu. Adilce başlayan bir günün bu kadar haksızca sona ermesi zalimce geliyordu ona. "Edmure yola süvariler çıkarıp yeminler ediyor ama o Nehirova Lordu değil. Lord babamdan ne haberler var?"

"Mektupta Lord Hoster'dan bahsedilmiyor leydim." Sör

Rodrik sakallarını çekiştirdi. Uzun süren yatak istirahati boyunca kar beyazı sakalları iyice uzamıştı. Artık yine kendisi gibi görünüyordu.

"Babam son derece hasta olmasaydı Nehirova'nın muhafızlığını Edmure'a vermezdi," dedi Catelyn. "Haberci kuş buraya gelir gelmez uyandırılmalıydım."

"Üstat Colemon söyledi, kız kardeşiniz uykunuzu bölmemenin daha iyi olacağını düşünmüş."

"Uyandırılmalıydım," diye ısrar etti Catelyn.

"Yine üstadın söylediğine göre, kız kardeşiniz sizinle düellodan sonra konuşmayı planlamış."

"Yani bu şarlatanlığı sürdürmek niyetinde." Yüzünü buruşturdu. "Cüce onu bir flüt gibi çaldı ama kız kardeşim melodiyi duyamayacak kadar sağır. Bu sabah ne olursa olsun, biz buradan ayrılmalıyız artık. Benim yerim oğullarımın yanı. Kışyarı. Eğer kendinizi yola çıkacak kadar güçlü hissediyorsanız, Lysa'dan bize Martı Kasabası'na kadar eşlik edecek muhafızlar isteyeceğim. Oradan da bir gemiye bineriz."

"Bir gemi daha mı?" Sör Rodrik'in yüzü yeşile dönmek üzereydi ki kendisini toparladı. "Nasıl isterseniz leydim."

Catelyn'in emrine verilmiş hizmetçiler odaya geldiklerinde yaşlı şövalye dışarı çıktı. Hizmetçiler giyinmesine yardım ederken, eğer kız kardeşiyle düellodan önce konuşursa fikrini değiştirebileceğini düşünüyordu. Lysa'nın değişen ruh halleri verdiği kararları etkiliyordu ve ruh hali her saat başı değişiyor gibiydi. Nehirova'daki küçük utangaç kız gitmiş, yerine kibirli, korkak, zalim, hayalperest, huzursuz, cesaretsiz, inatçı, kendini beğenmiş ve en kötüsü *tutarsız*, yetişkin bir kadın gelmişti.

Zindancı iki büklüm halde karşılarına çıkıp cücenin suçlarını itiraf etmek istediği mesajını getirdiğinde, İblis'le özel olarak konuşmaları gerektiğini ısrarla söylemişti Lysa'ya. Ama hayır. Kız kardeşi bunu, Vadi'nin yarısının gözleri önünde sergilenen bir gösteriye dönüştürmeden duramazdı. Ve şimdi de bu...

"Lannister *benim* esirim," dedi Sör Rodrik'e, kule merdivenlerinden inip Kartal Yuvası'nın beyaz ve soğuk koridorlarından geçerlerken. Catelyn gümüş kemerli gri yün bir elbise giymişti. "Kız kardeşim bunu hatırlamalı."

Kız kardeşinin kapısına geldiklerinde odadan fırtına gibi çıkan amcası Brynden'la karşılaştılar. "Aptallar festivaline katılacak mısın?" diye parladı Sör Brynden. "İşe yarayacağını bilsem, kız kardeşine bir tokat at, aklı başına gelsin diyeceğim ama işe yaramayacağını biliyorum. Elini çürüttüğünle kalırsın."

"Nehirova'dan bir mektup gelmiş. Edmure'dan..."

"Biliyorum çocuğum." Brynden'ın pelerinine iğnelenmiş karabalık rozetinden başka süsü yoktu. "Ben de Üstat Colemon'dan öğrendim. Tecrübeli bin adamla birlikte acil olarak Nehirova'ya gitmek için izin istedim kız kardeşinden. Bana ne cevap verdi biliyor musun? *Vadi bin adamını birden hiçbir yere gönderemez. Bir adamını bile gönderemez amca*, dedi. *Sen Geçit Şövalyesi'sin. Senin yerin burası.*" Lysa'nın odasının kapısından çocuksu bir kahkaha duyuldu ve amcası omzunun üstünden kederle arkasına baktı. "Ona Geçit için yeni bir şövalye bulabileceğini söyledim. Karabalık olsun ya da olmasın ben Tully Hanedanı'nın bir üyesiyim. Akşam olmadan Nehirova'ya doğru yola çıkmış olacağım."

Catelyn şaşırmış gibi yapmayacaktı. "Tek başına mı? Benim kadar sen de biliyorsun ki yüksek yolda tek başına hayatta kalamazsın. Sör Rodrik ve ben de Kışyarı'na dönüyoruz. Bizimle gel amca. Ben sana bin adam veririm. Nehirova yalnız başına savaşmayacak."

Brynden bir an düşündü ve başıyla onayladı. "Öyle olsun. Uzun bir yol ama dediğin gibi yapacağım. Seni aşağıda bekliyorum." Hızlı adımlarla uzaklaştı. Pelerini arkasında uçuşuyordu.

Catelyn ve Sör Rodrik bakıştı. Tiz çocuk kıkırdamalarının geldiği kapıdan geçerek odaya girdiler.

Lysa'nın salonu, mavi çiçekler ekilmiş ve çevresi uzun beyaz kulelerle kapatılmış yuvarlak, çimenlik bir bahçeye açılıyordu. Mimarlar bu alanı bir tanrı korusuna çevirmek niyetindeydiler ama Kartal Yuvası dağın kayalık zemini üzerine kurulmuştu. Vadi'den yukarı ne kadar toprak taşınırsa taşınsın büvet ağaçları burada kök salamıyordu. Hal böyle olunca, Kartal Yuvası'nın lordları bu bahçeyi çimenlendirmiş, çiçekli alçak fundalıkların arasına gelişigüzel heykeller dikmişlerdi. İki şövalyenin hayatını ortaya koyacağı ve Tyrion Lannister'ın kendi hayatını tanrıların ellerine bırakacağı yer burasıydı.

Lysa'nın saçları yeni taranmıştı. Kemik rengi kadife bir elbise giymiş, süt beyazı boynuna safirler ve aytaşlarından yapılmış bir kolye takmıştı. Şövalyeler, hizmetliler ve en kıdemlisinden en düşük seviyelisine kadar lordlar çevresini sarmış halde terastan aşağıdaki dövüş alanına bakıyordu. Lordlardan çoğu hâlâ Lysa'nın yatağına girmeyi, onunla evlenmeyi ve Arryn Vadisi'ne onunla birlikte hükmetmeyi hayal ediyordu. Catelyn'in Kartal Yuvası'nda konuk olduğu günlerden çıkardığı sonuç, bunun nafile bir hayal olduğuydu.

Robert'ın koltuğunu yükseltmek için ahşap bir platform inşa edilmişti. Kartal Yuvası Lordu platformun üstünde oturuyor, iki ahşap şövalyeyi dövüştüren kambur kuklacıyı kıkırdayarak, ellerini çırparak izliyordu. Koyu kaymakla dolu ibrikler ve böğürtlen sepetleri etrafa yerleştirilmişti. Konuklar işlemeli gümüş kadehlerden portakal kokulu şaraplar içiyordu. Amcasının *Aptallar Festivali* demesine şaşırmamak gerekirdi.

Terasın diğer ucundaki Lysa, Lord Hunter'ın yaptığı bir şakaya neşe içinde güldü ve Sör Lyn Corbray'in hançerinin ucundaki böğürtleni ağzına aldı. Lysa'nın en uygun bulduğu talipler bu ikisiydi... en azından bugün için. Catelyn hangi adamın daha uygunsuz olduğunu söylemekte zorlanırdı. Lord Hunter gut hastalığıyla yarı sakat hale gelmiş, Jon Arryn'dan bile daha yaşlı, birbirinden açgözlü üç huysuz oğluyla lanetlenmiş bir adamdı. Sör Lyn bambaşka bir aptaldı. İnce uzun ve yakışıklı, köklü ama gücü azalmış bir hanedanın varisi, kibirli, düşüncesiz, asabi biriydi... ve söylentilere göre kadın cazibesine ilgi duymamakla isim yapmıştı.

Lysa, Catelyn'i gördüğünde sevgiyle sarıldı ve yanağına ıslak bir öpücük kondurdu. "Ne kadar güzel bir sabah, değil mi? Şarabı mutlaka denemelisin tatlı kardeşim. Lord Hunter kendi mahzeninden çıkarıp yollama nezaketi gösterdi."

"Teşekkür ederim, istemem. Lysa konuşmalıyız."

"Daha sonra," dedi Lysa. Arkasını dönüp yürümeye başlamıştı bile.

"Şimdi," dedi Catelyn. Sesi düşündüğünden daha yüksek

çıkmıştı. Adamlar dönüp baktı. "Lysa, bu şarlatanlığı devam ettiremezsin. İblis sağ olduğu sürece kıymetli. Ölüsü sadece karga yemi olur. Ve şövalyesi galip gelirse..."

"Bu olasılık çok düşük leydim," diyerek güvence verdi Lord Hunter. İri lekelerle kaplı elini Catelyn'in omzuna koymuştu. "Sör Vardis cesaretli bir savaşçıdır. Paralı askerin işini çabucak bitirir."

"Bitirir mi lordum?" dedi Catelyn soğuk bir sesle. "Şüphe duyarım." Bronn'un yüksek yolda nasıl dövüştüğünü gözleriyle görmüştü. Diğer adamlar ölmüşken onun yolculuğu sağ bitirmesi tesadüf değildi. Bir panter gibi hareket ediyordu. Kılıcı kolunun devamıydı sanki.

Lysa'nın talipleri çiçeğe uçan bal arıları gibi etrafını sarmıştı. "Kadınlar bu meselelerden pek anlamazlar," dedi Sör Morton Waynwood. "Sör Vardis bir şövalye leydim. Ve diğer adam, onun gibilerin hepsi özünde korkaktır. Toplu bir mücadele sırasında, etraflarında kendileri gibi binlerce arkadaşları varken yeterli olabilirler ama birebir dövüşlerde bütün cesaretleri paçalarından akıp gider."

"Bu meselelerden iyi anladığınızı söylüyorsunuz," Catelyn ağzında acı bir tat bırakacak bir nezaketle konuşuyordu. "Cücenin ölümü bize ne kazandırır? Kardeşini dağdan aşağı atmadan önce *mahkemeye* çıkarmış olmamız Jaime'nin zerre kadar umrunda olacak mı sizce?"

"İblis'in başını kesin," dedi Sör Lyn Corbray. "Kral Katili kardeşinin kesik kafasını aldığında bunun ciddi bir uyarı olduğunu anlar."

Lysa başını sabırsızca iki yana salladı. "Lord Robert onun uçtuğunu görmek istiyor," dedi. Bütün sorunu çözmüş gibi konuşuyordu. "Bunun tek sorumlusu İblis. Dövüşle yargılanmayı kendisi istedi."

"Leydi Lysa istese de bu talebi geri çeviremezdi. Onu reddetmenin onurlu bir yolu yoktu," diyerek lafa karıştı Lord Hunter.

Catelyn adamları duymazdan gelerek kız kardeşine döndü. "Tyrion Lannister *benim* esirim. Bunu sana hatırlatırım."

"Ve ben de *sana* hatırlatırım. O cüce benim lord kocamı öldürdü!" Sesini yükseltti. "O kral Eli'ni zehirledi ve benim tatlı bebeğimi babasız bıraktı. Şimdi yaptıklarının bedelini ödeyecek." Sertçe döndü ve uzaklaştı. Sör Lyn, Sör Morton ve diğer talipler, soğuk birer baş selamı verdikten sonra kuyruk gibi Lysa'nın arkasından gittiler.

"Sizce o mu yaptı?" diye sordu Sör Rodrik yalnız kaldıklarında. "Lord Jon'u cüce mi öldürdü? İblis şiddetle inkâr ediyor bunu."

"Lord Arryn'ı Lannisterlar'ın öldürdüğüne inanıyorum," diye cevap verdi Catelyn. "Ama Tyrion mı, Jaime mi, kraliçe mi yoksa hepsi birden mi yaptı söyleyemem." Lysa, Kışyarı'na gönderdiği mektupta Cersei'nin adını vermişti ama şimdi katilin Tyrion olduğundan emindi... Belki fikrini değiştirmesinin sebebi cüce burada elinin altındayken, kraliçenin binlerce fersah uzakta, güneyde, Kızıl Kale'de güvende olmasıydı. Catelyn kardeşinden gelen mektubu okumadan yakmış olmayı diliyordu zaman zaman.

Sör Rodrik sakalına dokundu. "Zehir, evet... Bu cücenin işi olabilir, gayet mantıklı. Cersei'nin işi de olabilir. Zehir, kadın silahıdır, denir. Söz meclisten dışarı leydim. Kral Katili... O adamdan hoşlandığım söylenemez ama zehirle adam öldürecek biri olmadığını biliyorum. Altın kılıcından damlayan kanı görmeye düşkün. Peki, gerçekten zehir *miydi* leydim?"

Catelyn huzursuzca kaşlarını çattı. "Başka hangi silah ölümünü doğalmış gibi gösterebilirdi?" Lord Robert'ın tiz sesiyle fare gibi güldüğünü duydu. Ahşap şövalyelerden biri, diğeri tarafından ortadan ikiye ayrılıp içinden kan yerine kırmızı simler döküldüğünde çok mutlu olmuştu. Yeğenine baktı ve içini çekti. "Bu çocuk korkunç şekilde eğitimsiz. Annesinden alınıp adam gibi eğitilmezse asla hükmedecek kadar güçlü olamayacak."

"Lord babası da sizinle aynı fikirdeydi," dedi bir ses. Catelyn arkasını döndü. Üstat Colemon karşısındaydı. "Çocuğu Ejderha Kayası'nın himayesine yollamayı planlıyordu. Biliyorsunuz... ah, ben haddimi aştım." Bol üstat zincirinin altındaki âdem elması tedirgince yukarı aşağı hareket ediyordu. "Sanırım Lord Hunter'ın olağanüstü şarabından fazlaca içtim. Kan dökülmesi fikri sinirlerimi tamamen harap ediyor..."

"Yanılıyorsunuz Üstat. Çocuk Ejderha Kayası'na değil, Casterly Kayası'na gönderilecekti ve bütün ayarlamalar Lord Jon'un ölümünün ardından, kız kardeşimin rızası alınmadan yapılmıştı."

Üstat kafasını iki yana öyle hızlı sallıyordu ki, tuhaf şekilde uzun olan boynu sonunda bir kuklanın boynuna benzemişti. "Hayır, affınıza sığınarak leydim, çocuğun gönderilmesine karar veren bizzat Lord Jon..."

Terasın altından yüksek bir zil sesi geldi. Hem soylu lordlar, hem hizmetçi kızlar yaptıkları her şeyi heyecanla bırakarak teras korkuluklarına doğru hareketlendiler. Aşağıda, gök mavisi pelerinli iki muhafız Tyrion Lannister'ı bahçeye getiriyordu. Kartal Yuvası'nın tombul rahibi bahçenin ortasına dikilmiş, damarlı mermerden oyulmuş, Alyssa'yı temsil eden ağlayan kadın heykeline kadar eşlik etti Tyrion'a.

"Kötü küçük adam," dedi Lord Robert kikirdeyerek. "Anne onu uçurabilir miyim? Onu uçarken görmek istiyorum."

"Daha sonra tatlı bebeğim," diye söz verdi Lysa.

"Önce mahkeme, *sonra* infaz," dedi Sör Corbray.

Kısa bir zaman sonra iki savaşçı, bahçenin karşılıklı köşelerinde belirdi. Şövalyeye iki genç yaver eşlik ediyordu. Paralı askerin yanında Kartal Yuvası'nın silah ustası vardı.

Sör Vardis Egen tepeden tırnağa çelikler içindeydi. Yastıklı koruyucu yeleğinin ve örme zırhının üstü çelikle kaplanmıştı. Mavi beyaz renklerle emaylamış, üzerlerine ay ve şahin işlenmiş büyük rondelalar, zırhın göğüs ve kollarının birleştiği hassas ek yerini güçlendiriyordu. Sağlam bir boyunluk boğazını örterken, metal bir eteklik belinden baldırlarına kadar olan bölgeyi koruyordu. Miğferinin alın kısmı kanatlarını açmış bir şahinle süslenmişti. Miğferinin siperi incecikti, ibikli bir metal parçayla kapanıyordu.

Bronn o kadar hafif bir zırh giymişti ki şövalyeyle kıyaslandığında çıplak gibi kalıyordu. Üzerinde kaynatılmış deriye geçirilmiş örme metal zırh, çelikten yapılmış yuvarlak, burun koruyuculu yarım miğfer ve örgü metal başlık vardı sadece. Bacaklarını incik plakalı uzun çizmeleri koruyordu ve eldivenlerinin parmaklarına siyah demirden diskler dikilmişti. Bu kadar hafif giyinmesine rağmen düşmanından hâlâ yarım el uzundu... ve Bronn, eğer gözleri Catelyn'i yanıltmıyorsa, Sör Vardis'ten en az on beş yıl gençti.

Ağlayan kadın heykelinin altında karşılıklı diz çöktüler. Tyrion Lannister ikisinin arasında duruyordu. Rahip, belindeki yumuşak kumaş torbadan kesik kristal bir küre çıkardı. Küreyi başının iyice üstüne kaldırdı ve ışık kristalde kırıldı. İblis'in yüzünde gökkuşakları dans ediyordu. Rahip yüksek ve ilahi bir sesle tanrılara seslendi. Aşağı bakmalarını, şahit olmalarını, bu adamın ruhunda saklı gerçeği bulmalarını, eğer masumsa ona hayat ve özgürlük bahşetmelerini, eğer suçluysa ölümle cezalandırmalarını istedi. Sesi kulelerde yankılanıyordu.

Sesin son yankısı da sustuğunda, rahip kristali indirip hızlıca bahçeden ayrıldı. Tyrion eğildi ve muhafızlar onu götürmeden önce Bronn'un kulağına bir şeyler fısıldadı. Paralı asker kahkahalar atarak ayağa kalktı ve dizine yapışan çimenleri eliyle silkeledi.

Robert Arryn, Kartal Yuvası Lordu, Vadi'nin Savunucusu, yükseltilmiş koltuğunda sabırsızlıkla kıpırdanıp duruyordu. "Ne zaman dövüşecekler?" diye sordu şikâyet eder gibi.

Sör Vardis'in ayağa kalkması için yaverlerinden birinin yardımı gerekti. Diğer yaver, neredeyse bir buçuk metre boyunda, meşe ağacından yapılmış ve çelik düğmelerle güçlendirilmiş ağır bir kalkan getirip şövalyenin sol koluna bağladı. Kartal Yuvası'nın silah ustası benzer bir kalkanı Bronn'a önerdi ama adam elini sallayarak istemedi. Üç gündür hiç dokunulmamış simsiyah sakalları neredeyse bütün yüzünü, boğazını kaplamıştı ama tıraş olmamasının sebebi usturasızlık değildi. Tehlikeli bir pırıltıyla parlayan kılıcı her gün saatlerce bilenmiş, sonunda parmak değdirilemeyecek kadar keskinleşmişti.

Sör Vardis savaş eldivenli elini uzattı ve yaveri çift kenarlı uzun bir kılıcı adamın eline verdi. Kılıcın çeliğinin üstüne incecik gümüşlerle gökyüzü motifleri işlenmişti. Kabzasının başına bir şahin kafası kondurulmuştu ve el koruması kanat şeklindeydi. "Bu kılıcı Jon için Kral Toprakları'nda yaptırmıştım," dedi Lysa gururla. "Ne zaman Robert'ın yerine Demir Taht'ta otursa bu kılıç yanında olurdu. Olağanüstü bir silah, değil mi?

Öcünün kendi kılıcıyla alınmasının çok uygun olacağını düşündüm."

İşli kılıcın çok güzel olduğu şüphe götürmezdi ama Sör Vardis'in kendi kılıcıyla çok daha rahat olacağını anlamıştı Catelyn. Yine de sesini çıkarmadı. Kız kardeşiyle yaptığı nafile tartışmalardan yorulmuştu.

"Dövüşsünler!" diye bağırdı Lord Robert.

Sör Vardis, Kartal Yuvası Lordu'na döndü ve kılıcını kaldırdı. "Kartal Yuvası ve Vadi için!"

Tyrion Lannister, bahçenin diğer ucundaki balkonda muhafızların gözetiminde oturuyordu. Bronn ona döndü ve bir saygı selamı verdi.

"Senin emrini bekliyorlar," dedi Leydi Lysa oğluna.

"*Dövüşün!*" diye çığlık attı çocuk. Koltuğuna yapışmış halde duran elleri titriyordu.

Sör Vardis ağır kalkanını kaldırarak öne çıktı. Bronn ona doğru döndü. Bir kez, iki kez, deneme amaçlı kılıçlarını birbirine vurdular. Paralı asker bir adım geri çekildi. Şövalye kalkanını yüksek tutarak ilerledi. Kılıcını kaldırıp savurdu ama Bronn zamanında geri çekildi, kılıç sadece havayı kesmişti. Bronn sağına doğru döndü. Sör Vardis kalkanı aralarında tutarak onu takip etti. Eğimli zemine sağlam basmaya dikkat ederek öne doğru bir hamle yaptı. Paralı asker yüzünde belli belirsiz bir gülümsemeyle geri çekildi. Sör Vardis kılıcını savurarak bir hamle daha yaptı ama Bronn kılıçtan zıplayarak kaçtı ve yosun bağlamış bir kayanın üzerine çıktı. Şövalye adamın bacaklarına hamle yapmak istedi ama Bronn kılıcın yetişemediği bir noktada duruyordu.

"Adam tam bir korkak," dedi Lord Hunter. "Kaçma da dövüş ödlek sefil," diye bağırdı. Diğer sesler de bu fikirdeydi.

Catelyn, Sör Rodrik'e baktı. Adam kısa hareketlerle başını iki yana salladı. "Sör Vardis'in onu kovalamasını istiyor. Bu kadar ağır bir zırh ve kalkan en güçlü adamların bile yorulmasına sebep olur."

Catelyn hayatı boyunca her gün kılıç talimi yapan adamlar görmüştü ve en az elli turnuva izlemişti ama burada olan çok farklı ve ölümcül bir dövüştü. Küçük bir adım şaşırması ölüm demekti. Mücadeleyi izlerken şahit olduğu başka bir düello geldi hatırına. Dün gibi netti.

Nehirova'nın alt avlusunda karşılaşmışlardı. Brandon, Petyr'ın sadece metal örgü yelek, göğüs koruması ve miğfer giydiğini görünce hemen hemen bütün zırhını çıkarmıştı. Petyr, üstünde taşıyabileceği bir uğur vermesi için Catelyn'e yalvarmıştı ama Catelyn isteğini geri çevirmişti. Babasının, kendisiyle evlendirmek üzere söz verdiği adam Brandon Stark'tı ve Catelyn, üzerine Nehirova'nın sıçrayan alabalığını işlediği soluk mavi mendili uğur olarak ona vermişti.

Mendili Brandon'ın avuçlarına koyarken yalvarmıştı. "O sadece küçük, aptal bir çocuk ve ben onu kardeşim gibi seviyorum. Onun ölümünü izlemek bana büyük acı verir." Nişanlısı, soğuk gri Stark gözleriyle bakmış ve ona âşık bu çocuğun hayatını bağışlayacağına söz vermişti.

Düello neredeyse başladığı anda bitmişti. Brandon yetişkin bir adamdı. Serçeparmak'ı önüne katmış, her adımda üstüne çelik yağdırarak avlunun diğer ucuna, oradan su merdivenlerine kadar sürmüştü. Petyr en az on iki yerinden kanıyor ve sendeliyordu. Defalarca "Pes et!" diye bağırmıştı Brandon ama Serçeparmak her defasında inatla başını sallayıp dövüşe devam etmişti. Nehir suyu ayak bileklerini geçtiğinde Brandon artık dövüşü bitirmeye karar vermişti. Zalim bir kılıç darbesi Petyr'ın giydiği ince örgü zırhı ve deriyi parçalamış, kaburgalarının hemen altında derin bir kesik açmıştı. Catelyn yaranın ölümcül olduğundan emindi. Petyr yere düşerken Catelyn'e bakmış ve fısıltıyla adını söylemişti. Örgü zırhından parlak kırmızı kan boşalıyordu.

Bu onun yüzünü son görüşü olmuştu... Kral Toprakları'nda yanına götürülene dek.

Serçeparmak'ın Nehirova'dan ayrılacak kadar iyileşmesi on beş gün sürmüştü ama Catelyn'in babası yattığı kuleye gitmesini ve onu ziyaret etmesini yasaklamıştı. Lysa çocuğu iyileştirmek için uğraşan üstada yardım etmişti. O zamanlar utangaç ve yumuşak huylu bir kızdı. Edmure da Petyr'ı ziyaret etmişti ama çocuk onu görmek istemediğini söylemişti. Düello sırasında Edmure, Brandon'ın yaverliğini yapmıştı ve Serçeparmak bunu asla affetmemişti. Yola çıkacak kadar iyileştiğinde, Lord Hoster Tully onu kapalı bir at arabasıyla Parmaklar'a, doğduğu rüzgârlı kayalıklara yollamıştı. Petyr Baelish iyileşmeye orada devam edecekti.

Birbirine çarpan çelik sesleri Catelyn'i sıçratıp şimdiki zamana döndürdü. Sör Vardis elinde kılıcı ve kalkanıyla, sağlam ataklarla Bronn'un üstüne gidiyordu. Paralı asker her darbeyi dikkatlice inceliyor, tam zamanında geri çekiliyor kıvrak hareketlerle kayaların, kütüklerin üzerinde sıçrıyor ve gözlerini bir an olsun düşmanının üzerinden ayırmıyordu. Şövalyeden çok daha hızlıydı. Catelyn bunu rahatlıkla söyleyebilirdi. Sör Vardis'in gümüş işlemeli kılıcı henüz bir kez bile Bronn'a dokunamamıştı ama Bronn'un çirkin gri kılıcı şövalyenin çelik zırhlı kolundan ısırıklar almıştı.

Bronn yana kayıp ağlayan kadın heykelinin arkasına saklandığı anda dövüşün kısa heyecanı bir anda bitti. Sör Vardis olduğu yerden sert bir hamle yaptı, kılıcı Alyssa'nın bembeyaz kalçasından göz alıcı bir kıvılcım çıkmasına sebep oldu.

"Güzel dövüşmüyorlar anne," diye şikâyet etti Kartal Yuvası Lordu. "Ben onların *dövüşmesini* istiyorum."

"Dövüşecekler tatlı bebeğim," diyerek lordu sakinleştirdi Lysa. "Paralı asker bütün gün kaçamaz."

Lysa'nın terasındaki bazı lordlar şarap içerek sohbet etmeye başlamıştı ama Tyrion Lannister farklı renklerdeki gözleriyle dünyada başka hiçbir şey yokmuş gibi iki adamın dansını izliyordu.

Bronn heykelin arkasından hızla ve sertçe çıktı. Hâlâ sola doğru kayıyordu. İki eliyle havaya kaldırdığı kılıcına, şövalyenin kalkansız sağ tarafına inecek şekilde eğim verdi. Sör Vardis hamleyi beceriksizce engellemişti. Paralı askerin kılıcı miğferine indi. Bir metal sesi duyuldu ve miğferdeki şahin kanatlarından biri ezildi. Sör Vardis yarım adım kadar geri çekilip toparlandı, kalkanını kaldırdı. Bronn'un kılıcı ahşap kalkana inince yüzüne meşe kıymıkları yağdı. Paralı asker tekrar sola, kalkandan uzağa kaydı ve Sör Vardis'in karnına bir darbe indirmeyi başardı. Kılıcın ustura kadar keskin ucu şövalyenin zırhında parlak bir kesik bıraktı.

Sör Vardis arkada kalan ayağından güç alarak öne atıldı, gümüşlü kılıcı havada vahşi bir yay çizerek aşağı indi. Bronn darbeyi kılıcıyla karşıladı, dans eder gibi kenara kaydı. Sör Vardis hızını kesemedi ve heykele çarptı. Sendeleyerek geri geri yürüdü. Sağa sola bakarak gözünün önünden kaybolan düşmanını aradı. Miğferinin incecik göz aralığı görüşünü azaltıyordu.

"Tam arkanızda Sör!" diye bağırdı Lord Hunter ama geç kalmıştı. Bronn kılıcını iki eliyle kaldırıp şövalyenin kılıç tutan koluna bütün gücüyle indirdi. Zırhın dirsek eklemine inen darbe ince metali ezdi. Şövalye homurdandı, döndü, kılıcını havaya kaldırdı. Bronn bu sefer olduğu yerde kaldı. Kılıçlar birbiriyle buluştu. Çelik şarkılar bahçeyi doldurdu ve Kartal Yuvası'nın beyaz kulelerinde yankılandı.

"Sör Vardis yaralandı," dedi Sör Rodrik, Catelyn'e ciddi bir sesle.

Söylemesine gerek yoktu. Catelyn'in gözleri vardı. Şövalyenin kolundan ve dirseğinden akan kanı görebiliyordu. Şövalyenin kılıcı her seferinde daha ağır ve daha alçak kalkıyordu artık. Yeni bir darbeden korunmak için kalkanını kaldırıp yan döndü ama Bronn kedi kadar çevik bir hareketle şövalyenin diğer yanına kaydı. Gittikçe güçleniyor gibiydi. Darbeleri izler bırakıyordu. Şövalyenin zırhının her yanı derin parlak kesiklerle ışıldıyordu. Sağ baldır koruması, ezilmiş miğferi, göğüs plakası, boyunluğu. Sağ kolundaki ay ve şahinli rondela tam ortadan ikiye ayrılmış kayışın ucundan sarkıyordu. Miğferindeki hava deliklerinden, zar zor nefes aldığını duyabiliyorlardı.

Kibirleriyle kör olmuş lordlar ve şövalyeler bile aşağıda neler olduğunu görebiliyorlardı. Ama kız kardeşi değil. "Yeter Sör Vardis!" diye seslendi Leydi Lysa. "İşini hemen bitirin. Bebeğim yorulmaya başladı."

Sör Vardis leydisinin emirlerine sadık bir adamdı. Son emrine bile. Bir an ezilmiş zırhının içinde geri doğru sendelerken, bir sonraki an öne doğru hamle yapmak için fırladı. Ani saldırı Bronn'un dengesini bozdu. Sör Vardis paralı askerin üstüne çullandı ve kalkanının kenarını adamın yüzüne indirdi. Neredeyse, *neredeyse*... Bronn'un ayağı yerden kaydı, sendeledi, bir kayaya takıldı, düşmemek için ağlayan kadına tutundu. Kalkanını kenara atan Sör Vardis tekrar Bronn'a doğru atıldı ve kılıcını kaldırdı. Sağ kolu dirseklerinden parmaklarına kadar kan içindeydi artık. Buna rağmen, son hamlesi Bronn'un kafasını gövdesinden ayırabilirdi... eğer paralı asker darbeden kaçmak yerine orada bekleseydi.

Bronn hızla geri çekildi. Şövalyenin gümüş işlemeli kılıcı korkunç bir şiddetle ağlayan kadının mermer dirseğine indi ve üst tarafından üçte birlik bir kısmı kırıldı. Bronn kolunu heykelin sırtına dayadı. Alyssa Arryn'ın iyice yıpranmış benzeri sallandı ve büyük bir gürültüyle devrildi. Sör Vardis Egen heykelin altında kaldı.

Bronn bir kalp atışı kadar kısa zaman sonra üstündeydi. Şövalyenin kırılmış rondelasından geri kalanları çekip zırhın en zayıf noktasını açığa çıkarmaya çalışıyordu. Sör Vardis, başı kırılıp kopmuş heykelin gövdesinin altında yan yatar halde sıkışmıştı. Paralı asker kılıcını son kez kaldırdı, bütün gücüyle şövalyenin koltuk altından içeri, kaburgalarına doğru soktu. Catelyn şövalyeden bir inleme sesi çıktığını duydu. Sör Vardis Egen sarsıldı ve hareketsizleşti.

Kartal Yuvası'na derin bir sessizlik çöktü. Bronn yarım miğferini çıkarıp çimenlerin üstüne attı. Suratına inen kalkan yüzünden ağzı ezilmiş, kan içinde kalmıştı. Kömür kadar siyah saçları terden sırılsıklamdı. Kırılan dişlerini yere tükürdü.

"Bitti mi anne?" diye sordu Kartal Yuvası Lordu.

Hayır, diye cevap vermek istedi Catelyn. *Daha yeni başlıyor.*

"Evet," dedi Lysa asık suratıyla. Sesi buz kadar soğuk, baş muhafızı kadar ölüydü.

"Şimdi küçük adamı uçurabilir miyiz?"

Bahçenin diğer ucundaki Tyrion Lannister ayağa kalktı. "*Bu* küçük adamı değil," dedi "Bu küçük adam turplarla birlikte sepete binip aşağı iniyor, çok teşekkür ederim."

"Sanıyorsunuz ki..." diye konuşmaya başladı Lysa.

"Arryn Hanedanı'nın temsilcilerinin kendi sözlerini hatırlayacağını sanıyorum," diyerek sözünü kesti Tyrion Lannister. *"Onur kadar yüksek."*

"Onu uçuracabileceğimi söyledin bana," diye bağırdı Lord Robert, annesine. Titremeye başladı.

Leydi Lysa'nın yüzü öfkeyle kıpkırmızı olmuştu. "Tanrılar onun masum olduğuna karar verdi bebeğim. Onu serbest bırakmaktan başka bir seçeneğimiz yok." Sesini yükseltti. "Muhafızlar, Lannister Lordu'nu ve... *yaratığını* gözümün önünden alın. Kanlı Kapı'ya kadar kendilerine eşlik edin ve ikisini de özgür bırakın. Kendilerine at ve Üç Dişli Mızrak'a kadar yetecek erzak verin. Bütün eşyalarının ve silahlarının kendilerine iade edildiğinden emin olun. Yüksek yolda ihtiyaçları olacak."

"Yüksek yol," dedi Tyrion Lannister. Lysa belli belirsiz, zalimce gülümsedi. Bunun da bir çeşit ölüm cezası olduğunu anlamıştı Catelyn. Tyrion Lannister da anlamış olmalıydı. Buna rağmen, cüce alaycı bir reveransla Lysa'yı selamladı. "Siz nasıl emrederseniz leydim," dedi. "Yolu biliyoruz."

JON

"Siz de eğittiğim diğer bütün çocuklar gibi işe yaramazsınız," diye bağırdı Sör Alliser Thorne. Hepsi avluda toplanmıştı. "Sizin elleriniz gübre küreği tutmak için yaratılmış, kılıç değil. Bana bıraksalar çoğunuzu bir domuz sürüsüne göndermiştim çoktan. Ama dün gece, Gueren'in Kral Yolu'ndan beş yeni çocuk getirdiği haberini aldım. Belki biri, hatta ikisi üzerlerine işeyecek kadar değerli olabilir. Yeni gelenlere yer açmak için sekizinizi Lord Kumandan'a vermeye karar verdim. Canı ne isterse onu yapsın." Birer birer çocukların adını saymaya başladı. "Kurbağa, Taşkafa, Öküz, Âşık, Sivilce, Maymun, Sör Ahmak." En son Jon'a baktı. "Ve Piç."

Pyp neşeli bir ses çıkardı ve kılıcını savurdu. Sör Alliser sürüngen gözlerini çocuğun üstüne dikti. "Size Gece Nöbetçileri'nin adamı diyecekler ama buna inanırsanız şarlatanların maymunlarından daha aptalsınız demektir. Hâlâ yeşilsiniz ve üstünüz yaz kokuyor. Kış geldiğinde sivrisinekler gibi öleceksiniz." Ve bu söylediklerinden sonra Sör Alliser avludan ayrıldı.

İsimleri okunmamış çocuklar gülerek, küfrederek, tebrik ederek sekizinin çevresinde toplandı. Halder kılıcının düz tarafıyla Kurbağa'nın poposuna vurarak bağırdı, "Gece Nöbetçileri'nin Kurbağa'sı." Pyp, kara kardeşlerden birinin kara bir ata ihtiyacı olduğunu haykırdıktan sonra Grenn'in sırtına atladı ve bağrışarak, yumruklaşarak, birlikte yere yuvarlandılar. Dareon cephaneliğe koştu ve ekşi şarap dolu deri bir matarayla geri döndü. Matarayı aptallar gibi sırıtarak elden ele geçirirlerken, Jon avlunun diğer ucundaki kurumuş ağacın altında tek başına duran Samwell Tarly'yi gördü. Yanına giderek matarayı uzattı. "Bir yudum ister misin?"

Sam başını salladı. "Hayır, teşekkür ederim Jon."

"İyi misin?"

"Çok iyiyim, gerçekten" diye yalan söyledi şişman çocuk. "Sizin adınıza çok mutlu oldum." Yuvarlak yüzü büküldü ve zorla gülümsedi. "Bir gün Baş Korucu olacaksın. Bir zamanlar amcanın olduğu gibi."

"*Hâlâ* amcamın olduğu gibi," diye düzellti Jon. Benjen Stark'ın öldüğüne inanmıyordu. Daha fazla bir şey söyleyemeden Halder'in seslendiğini duydu. "Hepsini tek başına içebileceğini mi sandın?" Pyp matarayı elinden kapıp gülerek uzaklaşmaya başlarken Grenn, Pyp'i kolundan yakaladı. Çocuk deri matarayı elinde sıkınca şarap mataranın ağzından yükselip Jon'un yüzüne fışkırdı. Halder iyi şarabı ziyan ettikleri için terslendi. Jon kekeleyerek çırpındı. Matthar ve Jeren avlu duvarına tırmanıp kartopu atmaya başladı.

Jon çocuklardan kurtulduğunda üstü başı kar ve şarap lekesi kaplıydı. Samwell Tarly gitmişti.

Aynı akşam, Üçparmak Hobb olayı kutlamak için çocuklara özel bir et yemeği pişirdi. Jon o akşam ortak salona gittiğinde Lord Kâhya bizzat Jon'u şöminenin yakınındaki bir masaya davet etti. Kendisinden büyükler yanından geçerken tebrik edermiş gibi omzuna dokundu. Çok yakında kara kardeş olacak sekiz delikanlı, sarımsak ve sebzelerle kızartılmış, çevresine tereyağında pişmiş sarı turplar yerleştirilmiş, taze naneyle süslü kuzuyla ziyafet çektiler. Bowen Marsh, "Lord Kumandan'ın kendi masasından," diyerek yeni yiyecekler getirdi. Ispanak salatası, nohut, yeşil turp ve ardından kase kase böğürtlenle tatlı krema.

"Sizce bizi bir arada tutarlar mı?" diye sordu Pyp, karınları tıka basa doyduktan sonra.

Kurbağa yüzünü buruşturdu. "Umarım tutmazlar. Şu senin kepçe kulaklarını görmekten hasta oldum."

"Oy," dedi Pyp. "Senin benden matah bir yanın olsa bari. Sen bir korucu olacaksın Kurbağa. Bu kesin. Çünkü seni kaleden mümkün olduğunca uzakta tutmak istiyorlar. Eğer Mance Rayder saldırırsa miğferini çıkarıp yüzünü göster, çığlık ata ata kaçar."

Grenn haricinde herkes güldü. "Umarım korucu *olurum*."

"Herkes korucu olmak ister," dedi Matthar. "Siyahları kuşanan her adam Sur'da yürür ve hepsi eline çeliği alıp Sur'u korumayı umar. Ama Gece Nöbetçileri'nin kalbi, koruculardır. Sur'un ötesine gidip Tekinsiz Orman'ın derinliklerine dalan, Gölge Kule'nin batısındaki buzlu dağların zirvelerine çıkan, yabanıllarla, devlerle, canavar gibi kar ayılarıyla mücadele eden hep onlar oldu, yine onlar olacak."

"Herkes değil," dedi Halder. "Ben inşaatçılardan olmak isterim. Sur bakımsızlıktan yıkılırsa korucular ne işe yarar?"

İnşaatçı kısmından taşçılar ve marangozlar kaleleri ve kuleleri tamir eder; madenciler tünel kazar, yol ve patikalar için taş kırar; ormancılar Sur'a fazla yaklaşmasın diye Tekinsiz Orman'ı budar. Denilir ki bir keresinde, Tekinsiz Orman'ın derinliklerindeki donmuş göllerden devasa buz blokları çıkarıp kızaklarla Sur'un güneyine getirmişler ve Sur'u daha da yükseltmek için kullanmışlar. Bütün bunlar asırlar önce olmuştu. Şimdi inşaatçıların yaptıkları tek şey, Doğugözcüsü'nden Gölge Kule'ye kadar yürüyüp çatlakları ve erimeleri belirlemek, ellerinden gelirse de tamir etmekti.

"Yaşlı Ayı aptal değil," dedi Dareon. "Senden iyi inşaatçı olur ve Jon da sağlam bir korucu olacak. İçimizde en iyi at binen ve kılıç kullanan o. Amcası da Baş Korucu'ydu, ölme..." Az kalsın ağzından çıkıyordu kelimeler. Huzursuzca sustu.

"Benjen Stark hâlâ Baş Korucu," dedi Jon Kar. Önündeki böğürtlen kâsesiyle oynuyordu. Herkes amcasının hayatından umudu kesmiş olabilirdi ama o kesmemişti. Böğürtlen kâsesini itti ve masadan kalktı.

"Bunları yemeyecek misin?" diye sordu Kurbağa.

"Senin olsun," dedi Jon. Hobb'un hazırladığı ziyafet yemeklerine neredeyse hiç dokunmamıştı. "Bir lokma daha yiyecek halim kalmadı." Cübbesini kapının yanındaki kancadan aldı ve kapıyı omuzlayıp dışarı çıktı.

Pyp arkasından koştu. "Jon, neyin var?"

"Sam," dedi Jon. "Bu akşam yemekte yoktu."

"Onun yemeği kaçırdığı görülmüş şey değil," dedi Pyp düşünceli halde. "Belki de hastalanmıştır."

"Korkuyor. Onu yalnız bırakıyoruz." Kışyarı'ndan ayrıldığı günü, o hüzünlü vedalaşmaları hatırladı. Her yanı kırık halde yatan Bran'ı, saçları karla kaplanmış Robb'u, İğne'yi aldıktan sonra kendisine sarılıp öpücükler konduran Arya'yı. "Vedalaştıktan sonra hepimiz görevlerimizle meşgul olacağız. Bazılarımız Doğugözcüsü'ne, bazılarımız Gölge Kule'ye yollanacak.

Sam eğitimde kalacak. Rast, Cuger ve gelen yeni çocuklarla birlikte. Onların nasıl insanlar olduğunu ancak tanrılar biliyor ama Sör Alliser bulduğu ilk fırsatta hepsini Sam'in üstüne salacak."

Pyp yüzünü buruşturdu. "Sen elinden geleni yaptın."

"Elimizden gelen yeterli değildi," dedi Jon.

Hayalet'i almak için Hardin Kulesi'ne gittiğinde çok huzursuzdu. Kurtla yan yana ahırlara yürüdüler. Diğerlerinden daha ürkek olan atlar onlar içeri girdiğinde bölme kapılarını tekmeleyip kulaklarını geri yatırdı. Jon kısrağını eyerledi. Hayvana binip ay ışığı altında Kara Kale'den güneye doğru sürdü. Hayalet önünden koşarak gidiyordu ve göz açıp kapayıncaya kadar karanlıkta kayboldu. Jon ulu kurdu geri çağırmak için seslenmedi. Bir kurdun avlanması gerekiyordu.

Nereye gideceğini bilerek çıkmamıştı yola. Sadece at sürmek istemişti. Bir süre dere boyunu takip etti, kayaların üstünden akan buzlu suyun çıtırtılarını dinledi. Daha sonra Kral Yolu'na çıkan patikaya saptı. Dar, taşlı, köklerle kaplı patika önünde uzadıkça uzuyordu. Yol onu belli bir yere götürmeyecek olsa da Jon'un içini sonsuz bir özlemle doldurmuştu. Kışyarı bu yolun aşağısındaydı, ondan sonra Nehirova, Kral Toprakları, Kartal Yuvası ve diğer bütün yerler; Casterly Kayası, Yüzler Adası, kızıl Dorne dağları, Braavos'a bağlı yüzlerce ada, Valyria'nın dumanlı harabeleri. Jon'un asla göremeyeceği yerler. Dünya bu yolun üstündeydi... ve Jon yoldaydı.

Yemin ettiğinde Jon'un evi Sur olacaktı. Üstat Aemon gibi yaşlı bir adam olana kadar. "Henüz yeminimi etmedim," diye mırıldandı. Cezasını çekmemek için siyahları kuşanmaya razı olmuş bir suçlu değildi. Buraya kendi rızasıyla gelmişti ve isterse ayrılmakta özgürdü... yemin edene kadar. Atını sürmeye devam etmesi yeterdi ve her şeyi geride bırakırdı. Ay tekrar dolunaya döndüğünde Kışyarı'nda, kardeşlerinin yanında olurdu.

Üvey kardeşlerin, diye hatırlattı içinden bir ses. *Leydi Stark da seni hasretle beklemiyor*. Kışyarı'nda Jon'a yer yoktu. Kral Toprakları'nda olmadığı gibi. Öz annesinin yanında bile bir yer yoktu onun için. Bunu düşünmek üzüyordu Jon'u. Annesinin kim olduğunu merak ediyordu. Nasıl biriydi, Eddard Stark onu neden bırakmıştı? *Ya bir fahişe ya da kocasını aldatan bir kadındı, aptal çocuk. Karanlık ve onursuzdu. Yoksa neden Eddard Stark ondan bahsetmekten bile utansın?*

Jon Kar arkasını dönüp baktı. Kara Kale'nin ışıkları tepenin ardında saklanıyordu ama Sur oradaydı. Ay ışığında solgun, uçsuz bucaksız ve soğuk, bir ufuk çizgisinden diğerine koşup duruyordu.

Atını çevirdi ve eve doğru yol almaya başladı.

Kumandan Kulesi'nin ışıklarını gördüğünde Hayalet geri dönmüştü. Atın hemen yanında yürümeye başlayan kurdun çenesi kanla kızıla boyanmıştı. Jon yine Samwell Tarly'yi düşünüyordu. Ahırlara vardığında ne yapması gerektiğini biliyordu.

Üstat Aemon'ın odası kuşluğun altındaki geniş ahşap iç kaledeydi. Yaşlı ve zayıf adamın ihtiyaçlarıyla ilgilenen ve işlerinde yardım eden iki genç kâhyası vardı. Kardeşler, Gece Nöbetçileri'ndeki en çirkin iki adamın üstada verildiğini söyleyerek dalga geçerdi. Üstat kör olduğu için onlara bakmak zorunda kalmıyordu. Clydas kısa, kel ve çenesizdi. Bir köstebek gibi pembe gözleri vardı. Chett'in boynunda güvercin yumurtası büyüklüğünde bir beze vardı, yüzü iri sivilceler ve çıbanlar yüzünden kırmızıydı. Belki bu yüzden sürekli öfkeliymiş gibi görünüyordu.

Kapıyı açan Chett oldu. "Üstat Aemon'la konuşmam gerek," dedi Jon.

"Üstat uyuyor, senin de uyuyor olman gerekirdi. Sabah gel, belki seni kabul eder." Kapıyı kapatmaya başladı.

Jon ayağını kapının arasına koydu. "Onunla şimdi konuşmam lazım. Yarın çok geç olacak."

Chett öfkeyle kaşlarını çattı. "Üstadın gece uykusundan uyandırılmaması gerek. Onun ne kadar yaşlı olduğunu biliyor musun?"

"Ziyaretçilerine senden çok daha nazik davranması gerektiğini bilecek kadar yaşı var," dedi Jon. "Eğer çok önemli olmasaydı onu rahatsız etmezdim."

"Ya izin vermezsem?"

Jon çizmesini kapının arasına iyice yerleştirdi. "Mecbur kalırsam bütün gece burada böyle durabilirim."

Kara kardeş bezgince bir ses çıkardı ve Jon'u içeri almak için kapıyı açtı. "Kütüphanede bekle. Odun var. Bir ateş yak. Üstat senin yüzünden soğuk almasın."

Chett, Üstat Aemon'ı kütüphaneye getirdiğinde kütükler mutlu çıtırtılarla alev alev yanıyordu. Üstat uyku kıyafetlerinin içindeydi ama boynunda mevkiinin nişanı olan kolyesi vardı. Bir üstat kolyesini uyurken bile çıkarmazdı. "Ateşin yanındaki koltuğa oturmak iyi olur," dedi yüzüne vuran sıcaklığı hissedince. Üstat rahatça oturduğunda Chett adamın bacaklarına kürk battaniye örttü ve gidip kapıda beklemeye başladı.

"Sizi uyandırdığım için bağışlayın Üstat," dedi Jon.

"Beni uyandırmadın," diye karşılık verdi Üstat Aemon. "Yaşlandıkça daha az uykuya ihtiyacım olduğunu fark ettim, epey de yaşlandım. Gecelerin yarısını hayaletlerle birlikte, elli yıl önce olanları sanki dünmüş gibi hatırlayarak geçiriyorum. Bir gece yarısı ziyaretçisinin esrarı hoş bir değişiklik. Söyle bakalım Jon Kar, bu saatte neden beni görmek istedin?"

"Samwell Tarly'nin eğitimden alınıp Gece Nöbetçileri'nin bir kardeşi olarak kabul edilmesini rica etmek için."

"Bu Üstat Aemon'ın ilgileneceği bir mesele değil," dedi Chett.

"Lord Kumandan acemileri Sör Alliser'e verir," dedi Üstat yumuşak sesiyle. "Bir çocuğun yemin etmeye hazır olup olmadığına ancak Sör Alliser karar verebilir. Bunu sen de biliyorsun. Neden bana geldin o halde?"

"Lord Kumandan sizi dinler," dedi Jon. "Gece Nöbetçileri'nin hastaları ve yaralıları da sizin sorumluluğunuzda."

"Peki arkadaşın Samwell hasta ya da yaralı mı?"

"Olacak," dedi Jon. "Eğer yardım etmezseniz." Üstat Aemon'a her şeyi, hatta Rast'ın boynuna Hayalet'i çıkarttıkları günü bile anlattı. Üstat sessizce dinledi ama Chett'in yüzü duyduğu her kelimeyle biraz daha kararmıştı. "Biz onu korumak için orada olmadığımızda Sam hayatta kalamaz," diyerek bitirdi Jon. "Kılıç konusunda çok *beceriksiz*. Daha on yaşına gelmemiş kız kardeşim Arya bile onu parçalara bölebilir. Sör Alliser onu dövüşmeye zorlarsa yaralanması ya da ölmesi an meselesi."

Chett daha fazla dayanamadı. "Ben o çocuğu ortak salonda

gördüm," dedi. "Tam bir domuz. Ve eğer anlattıkların doğruysa iflah olmaz bir korkak aynı zamanda."

"Belki öyle," dedi Üstat Aemon. "Söyle bana Chett, böyle bir çocuğu sen ne yapardın?"

"Olduğu yerde bırakırdım. Sur güçsüzlere uygun bir yer değil. Kaç sene sürerse sürsün eğitimde kalıp hazırlanmalı. Sör Alliser ya onu adam eder ya da öldürür. Buna tanrılar karar verir."

"Bu *aptalca*," dedi Jon. Düşüncelerini toplamak için derin bir nefes aldı. "Bir keresinde Üstat Luwin'e o zincirleri neden taktığını sormuştum."

Üstat Aemon kemikli buruş buruş parmaklarını ağır metal halkalara götürdü. "Devam et," dedi.

"Üstatlar hizmet etmek için doğduklarını unutmasınlar diye boyunluklarının zincirden yapıldığını söylemişti bana. Neden her halkanın farklı bir metalden yapıldığını sormuştum sonra, gri cübbesine gümüşün daha fazla yakışacağını söylemiştim. Üstat Luwin gülmüştü. Bir üstat zincirini öğrendikçe döver demişti. Farklı bir metalden yapılmış her halkanın, farklı bir konuyu öğrendikten sonra dövüldüğünü anlattı. Altın halka hesap ve hazine işlerini öğrenince, gümüş olan hastalıkları tedavi etmeyi öğrenince, demir olan savaş meselelerini öğrenince dövülürmüş. Diğer metallerin de pek çok anlamı varmış tabi. Bir üstada hizmet ettiği diyarı hatırlatırmış boynundaki halkalar. Öyle değil mi? Lordların metali altındır, şövalyelerinki çelik ama iki halkadan zincir yapılmaz. Gümüş, demir, bronz, bakır, kalay ve diğerleri de gerekir. Tıpkı çiftçiler, tüccarlar, demirciler ve diğerlerinin olması gerektiği gibi. Bir zincirin her çeşit metale ihtiyacı vardır ve bir diyarın her çeşit insana."

Üstat Aemon gülümsedi. "Yani?"

"Gece Nöbetçileri'nin de her çeşit insana ihtiyacı var. Yoksa neden hem korucular, hem inşaatçılar hem kâhyalar olsun? Lord Randyll, Sam'i bir savaşçıya dönüştürmeyi başaramadı. Sör Alliser de başaramayacak. Ne kadar hızlı vurursanız vurun, kalayla demiri birlikte dövemezsiniz ama birlikte dövülmüyor olmaları kalayı değersiz kılmaz. Sam neden bir kâhya olmasın ki?"

Chett öfkeyle homurdandı. "*Ben* kâhyayım. Bunun kolay bir iş olduğunu mu sanıyorsun? Korkaklara göre bir iş mi sence? Gece Nöbetçileri'ni canlı tutan kâhyalardır. Avlanırız, çiftçilik yaparız, atlara bakarız, inekleri sağarız, ateş yakarız, yemek pişiririz. Giydiğiniz elbiseleri kim dikiyor sanıyorsun? Malzemeleri güneyden kim getiriyor? Kâhyalar."

Üstat Aemon daha nazikti. "Arkadaşın avlanabiliyor mu?"

"Nefret ediyor," demek zorunda kaldı Jon.

"Tarla sürebilir mi? At arabası ya da kayık kullanabilir mi? Bir inek yüzebilir mi?"

"Hayır."

Chett çirkin bir kahkaha attı. "Yumuşak küçük lordlara iş verildiğinde neler olduğunu gördüm. Onları tavadaki kızgın yağın başına koysan, elleri su toplayıp kanar. Odun kessinler diye ellerine balta versen kendi ayaklarını koparırlar."

"Sam'in herkesten daha iyi yapabileceği bir şey var."

"Evet?" dedi Üstat Aemon.

Kıpkırmızı çıbanlarıyla kapıda dikilen Chett'e endişeyle baktı. "Size yardım edebilir," dedi bir çırpıda. "Hesap yapabiliyor, okuma yazmayı iyi biliyor. Chett'in okuması yazması yok ve Clydas zor görüyor. Sam, babasının kütüphanesindeki her kitabı okumuş. Kuzgunlardan da anlıyor. Hayvanlar onu seviyor nedense. Hayalet bile onunla iyi geçiniyor. Savaşmanın dışında iyi yapabileceği pek çok şey var. Gece Nöbetçileri'nin her türden adama ihtiyacı var. Neden işe yarayabilecek bir adamın ölmesine izin verelim ki?"

Üstat Aemon gözlerini kapadı. Jon bir an adamın uyuduğundan endişelendi. Sonunda, "Üstat Luwin seni iyi yetiştirmiş Jon Kar," dedi. "Zekân da kılıcın kadar keskin."

"Bu ne anlama geliyor?"

"Söylediklerini düşüneceğim anlamına geliyor," dedi kesinlik ifade eden bir sesle. "İşte şimdi uyumaya hazırım. Chett, genç kardeşimizi kapıya kadar geçir."

TYRİON

Titrek kavak ağaçlarının altındaki çalılıklarda kendileri için siper kurdular. Atları dereden su içerken Tyrion çevredeki ağaç dallarını topluyordu. Yerdeki çatallı dalı aldı ve inceledi. "Bu işe yarar mı? Ateş yakmaktan anlamam. Bu işleri benim için Morrec yapardı."

"*Ateş* mi?" dedi Bronn yere tükürerek. "Sen ölümüne mi susadın cüce? Yoksa aklını tamamen kaçırdın mı? Bir ateş millerce uzaktaki haydutları bile çekip yanımıza getirir. Bu yolculuğu sağ olarak bitirmek istiyorum Lannister."

"Peki nasıl sağ kalmayı umuyorsun?" diye sordu Tyrion. Bulduğu dalı kolunun altına sıkıştırdı ve daha fazlasını bulabilmek için çalılıklara daldı. Sırtı ağrıyordu. Taş yüzlü Lord Lyn Corbray, onları şafak vakti Kanlı Kapı'ya götürüp bir daha gelmemelerini söyleyerek yolculadığından beri at üstündeydiler.

"Yola savaşarak devam etme şansımız yok," dedi Bronn. "Ama iki kişi on kişiden daha hızlı mesafe alır ve daha az dikkat çeker. Bu dağlarda ne kadar az oyalanırsak nehir kıyısına o kadar çabuk varırız. Son sürat at koşturmalıyız derim ben. Geceleri yolculuk edip gündüzleri saklanmalıyız. Yoldan mümkün olduğunca uzak durmalıyız. Sessiz olmamız ve ateş yakmamamız lazım."

Tyrion Lannister iç çekti. "Kusursuz bir plan Bronn. İstiyorsan dene ama sana mezar kazmak için oyalanmayacağım, lütfen affet."

"*Benden* daha fazla dayanabileceğini mi düşünüyorsun cüce?" diyerek sırıttı paralı asker. Sör Vardis'in kalkanıyla kırılmış dişinin yerindeki siyah boşluk göründü.

Tyrion omuz silkti. "Gece son sürat at koşturmak dağdan hızlıca yuvarlanıp kafatasını kırmak demek. Ben ağır ve telaşsız gitmeyi tercih ederim. At eti sevdiğini biliyorum Bronn ama bu sefer atlarımız ölürse bir gölge kedisine eyer takmak zorunda kalırız... ve doğrusunu söylemem gerekirse, biz ne yaparsak yapalım haydutlar bizi bulacak. Her yerde gözleri var."

Bronn yüzünü buruşturdu. "O halde öleceğiz Lannister," dedi.

"Öyleyse rahat içinde ölmeyi tercih ederim," diye karşılık verdi Tyrion. "Ateş lazım. Gece dondurucu olacak. Ayrıca bir kâse sıcak yemek içimizi ısıtır ve moralimizi düzeltir. Sence buralarda bir av bulabilir miyiz? Leydi Lysa bizim için tuzlu et, sert peynir ve bayat ekmekten oluşan bir ziyafet torbası hazırlatmış ama en yakın üstat bu kadar uzaktayken dişimi kırmak istemiyorum."

"Et bulabilirim." Bronn'un siyah gözleri kuşkuyla Tyrion'a bakıyordu. "Seni o aptal ateşinin başında yalnız bırakıp gitmem gerekir aslında. Eğer atını alırsam yolu tamamlama şansım iki katına çıkar. O zaman ne yaparsın cüce?"

"Büyük ihtimalle ölürüm," dedi. Yerden bir dal daha aldı.

"Bunu yapacağımı düşünmüyor musun?"

"Hayatın söz konusu olursa hiç düşünmeden yapacağını biliyorum. Arkadaşın Chiggen'ın karnına bir ok saplandığında onu hemen susturmak için çok hızlı davranmıştın." Bronn adamın kafasını tek hareketle bükmüş ve bıçağının ucunu kulağının hemen altına sokmuştu. Catelyn Stark'a adamın aldığı yara yüzünden öldüğünü söylemişti.

"Neredeyse ölüydü," dedi Bronn. "İnlemeleri haydutları üstümüze çekiyordu. Chiggen da aynısını yapardı. Üstelik o arkadaşım değildi, yan yana at sürmek zorunda kaldığım bir adamdı sadece. Sakın yanılma cüce, senin için dövüştüm ama seni sevmiyorum."

"İhtiyacım olan şey kılıcındı zaten, sevgin değil," dedi Tyrion. Kollarında biriken dalları yere attı.

Bronn sırıttı. "Bir paralı asker kadar cesursun, hakkını vereyim. Senin için dövüşeceğimi nereden biliyordun?"

"Bilmek mi?" Bodur bacaklarının üstüne tuhaf bir şekilde çömelerek odunları üst üste yığmaya başladı. "Sadece kumar oynadım. Handa, sen ve Chiggen benim tutsak alınmama yardım ettiniz. Neden? Diğerleri meseleyi görev olarak görüyordu. Bağlı oldukları lordun onuru için mücadele ediyorlardı. Ama siz ikiniz ne bir lorda bağlısınız ne bir göreviniz var ne de korunacak bir onurunuz. O halde bu işe neden karıştınız?" Bıçağını çıkardı, çıra olarak kullanmak için bir daldan ince parçalar kesmeye başladı. "Bir paralı asker yaptığı herhangi bir işi neden yapar? Altın için. Leydi Catelyn'in, yardımlarınız karşılığında sizi ödüllendireceğini sanmıştınız, belki de sizi hizmetine alacağını düşündünüz. Ah, işte oldu. Umarım bu çıralar işe yarar. Çakmaktaşın var mı?"

Bronn kemerindeki keseye iki parmağını soktu ve taşı ileri doğru attı. Tyrion çakmaktaşını havada yakaladı.

"Teşekkürler," dedi. "Olay şu, sen Starklar'ı tanımıyorsun. Lord Eddard Stark gururlu, onurlu ve dürüst bir adam. Karısı ondan da beter. Sonunda sana üç beş sikke verirdi elbet, buna şüphe yok. Sana iğrenerek bakar, birkaç nazik laf geveler, sikkeleri eline tutuştururdu ama hepsi bu olurdu. Starklar hizmetlerine alacakları adamda sadakat, cesaret ve onur arar. Dürüst olmak gerekirse sen de, Chiggen da onlar için aşağı tabakadan pisliklersiniz." Bir kıvılcım umuduyla çakmaktaşını bıçağına sürtüp duruyordu ama boşuna.

"Çok cesur bir dilin var küçük adam," dedi Bronn. "Bir gün biri o dilini kökünden kesip sana yedirir."

"Evet, herkes böyle söylüyor," dedi Tyrion, Bronn'a bakarak. "Seni üzdüm mü? Çok affedersin... ama pislik olduğun bir gerçek. Bronn, doğru anla. Görev, onur, dostluk, bunlar sana ne ifade ediyor? Hiç yorulma, cevabı ikimiz de biliyoruz. Ama aptal değilsin. Vadi'ye vardığımız anda Catelyn Stark'ın sana ihtiyacı kalmamıştı ama benim vardı ve biz Lannisterlar'ın asla tükenmeyen tek şeyi, altındır. Kumar oynamak zorunda kaldığım an gelince, en çok ilgilendiğin şeyin kimde olduğunu hatırlayacak kadar zekice davranmanı umdum, ki sen de öyle yaptın." Taşı tekrar bıçağa sürttü. Hâlâ kıvılcım yoktu.

"Bana ver," dedi Bronn çömelerek. "Ben yaparım." Bıçağı ve çakmaktaşını Tyrion'ın elinden alıp daha ilk denemesinde sağlam bir kıvılcım çıkardı. Çıraların üstünden incecik bir duman kıvrılarak yükseldi.

"İyi iş," dedi Tyrion. "Bir pislik olabilirsin ama fazlasıyla işe yarar bir adamsın ve kılıç işinde neredeyse ağabeyim Jaime kadar iyisin. Ne istersin Bronn? Altın? Arazi? Kadın? Hayatta kalmamı sağla ve hepsine sahip ol."

Bronn hafifçe çıralara üfledi, alevler yükselmeye başladı. "Ya ölürsen?"

"O zaman, arkamdan samimi gözyaşları döküp yas tutan biri olur," dedi Tyrion sırıtarak. "Ben ölürsem altın da ölür."

Odunlar güzelce tutuşmuştu. Bronn ayağa kalktı. Çakmaktaşını tekrar kesesine koydu, bıçağı Tyrion'a attı. "Gayet adil," dedi. "Kılıcım senindir... ama her pislediğinde dizlerimin üstüne çöküp *lordum* filan dememi bekleme. Ben kimsenin yağcısı değilim."

"Arkadaşı da değilsin," dedi Tyrion. "Kârlı çıkacağın bir işle karşılaştığın anda bana da ihanet edeceğinin farkındayım. Tıpkı Leydi Stark'a ihanet ettiğin gibi. Beni satmaya niyetlendiğin bir gün gelirse şunu hatırla Bronn, ben iki katını veririm, fiyat her ne olursa olsun. Yaşamayı *seviyorum*. Şimdi, bize şöyle güzel bir akşam yemeği bulabilir misin?"

"Atlara göz kulak ol," dedi Bronn. Belinde asılı uzun bıçağını kınından çıkardı, ağaçların arasında kayboldu.

Bir saat sonra atlar tımar edilip beslenmişti, ateş neşeyle çıtırdıyordu ve genç bir keçinin budu ateşin üstünde cızırdayarak kızarıyordu. "Tek eksiğimiz bu yavruyu mideye indirmeyi kolaylaştıracak iyi bir şarap," dedi Tyrion.

"Şarap, bir de kadın ve bir düzine kılıçlı adam," diye karşılık verdi Bronn. Ateşin dibinde bağdaş kurmuş, yağ taşıyla kılıcını ovuyordu. Taş çeliğin üstünde bir yukarı bir aşağı gidip geldikçe çıkan sürtünme sesi insana tuhaf bir güven duygusu veriyordu. "Karanlığın çökmesine az kaldı," dedi paralı asker. "İlk nöbeti ben tutarım... ne faydası olacaksa. Bizi uykumuzda öldürmeleri daha iyi olur belki de."

"Ah, biz uykuya dalmadan çok önce burada olurlar." Kızaran etin kokusu Tyrion'ın ağzını sulandırmıştı.

Bronn ateşin ardından ona baktı. "Bir planın var senin," dedi açıkça, çeliği taşa sürterek.

"Bir umudum var diyelim," dedi Tyrion. "Bir kez daha zar atacağım."

"Hayatlarımız üstüne kumar oynayacaksın."

Tyrion omuz silkti. "Başka ne seçeneğimiz var?" Ateşin üzerine eğilip etten bir dilim kesti. "Ahh," dedi mutlu bir şekilde eti çiğnerken. Yağlar çenesinden aşağı akmaya başladı. "Biraz sert, baharat lazım ama şikâyet etmeyeceğim. Kartal Yuvası'nda olsaydım bir tabak haşlanmış fasulye için uçurumun kenarında dans etmem gerekirdi."

"O zindancıya bir kese altın verdin yine de."

"Bir Lannister borcunu mutlaka öder."

Tyrion içi altın dolu deri keseyi uzattığında Mord bile altınları gerçekten aldığına inanamamıştı. Kesenin ağzını açıp içindeki altınları gördüğü an zindancının gözleri haşlanmış yumurta gibi büyümüştü. "Gümüşleri kendime ayırdım ama sana altın sözü vermiştim zaten," demişti Tyrion gülerek. Mord gibi bir adamın, bütün ömrü boyunca tutsakları tırtıklayarak kazanabileceğinden çok daha fazla altın vardı kesede. "Ve unutma, bu sadece başlangıç. Eğer bir gün Leydi Arryn'a kölelik etmekten bıkıp Casterly Kayası'na gelirsen borcumun geri kalanını da öderim sana." Mord, altın sikkeler iki elini birden doldurmuş halde dizlerinin üstüne çökmüş, Tyrion'ın dediğini yapacağını söylemişti.

Bronn bıçağını buta geçirip eti ateşten aldı. Kömürleşen deriyi ayırıp eti büyük dilimler halinde kesmeye başladı. Tyrion iki somun ekmek çıkarıp içlerini oydu. "Nehre varmayı başarırsak ne yapacaksın?" diye sordu paralı asker.

"Ah! Her şeyden önce, kuş tüyü bir yatak, bir fahişe ve bir sürahi şarap." Tyrion içini oyduğu ekmeği uzattı ve Bronn ekmeği etle doldurdu. "Sonra ya Casterly Kayası ya da Kral Toprakları. Bir hançerle ilgili sormam gereken çok önemli sorular var."

Paralı asker eti çiğneyip yuttu. "Öyleyse doğru söylüyordun, hançer senin değildi gerçekten."

Tyrion belli belirsiz gülümsedi. "Bir yalancı gibi mi görünüyorum sana?"

Sonunda karınları doyduğunda yıldızlar parlamaya başlamıştı ve yarım ay dağların üstünde yükseliyordu. Tyrion gölge postu cübbesini yere serdi ve eyerini yastık olarak kullandı. "Dostlarımız gelmek için acele etmedi."

"Onların yerinde olsam bir tuzaktan korkardım," dedi Bronn. "Onları buraya çekmek istemesek neden bu kadar göz önünde olalım?"

Tyrion kıkırdadı. "O zaman bir de şarkı tutturup onların korkuyla kaçmasını sağlayalım." Islık çalmaya başladı.

"Sen delisin cüce," dedi Bronn bıçağıyla tırnaklarının arasındaki yağları temizlerken.

"Senin müzik aşkın yok mu Bronn?"

"Müziği bu kadar seviyorsan senin yerine dövüşmesi için şarkıcıyı seçmeliydin."

Tyrion sırıttı. "İşte bu çok eğlenceli olurdu. Sör Vardis'i ahşap arpıyla savuşturması gözlerimin önünde canlanıyor." Islık çalmaya devam etti. "Bu şarkıyı biliyor musun?" diye sordu.

"Orada burada, genelevlerde, hanlarda filan duymuştum."

"Myr dilinde. Adı 'Aşkımın Mevsimleri.' Sözlerini anlayabilen için güzel ve hüzünlü bir şarkıdır. Yattığım ilk kız sürekli bu şarkıyı söylüyordu, hiç aklımdan çıkmadı." Tyrion gökyüzüne baktı. Soğuk ve berrak bir geceydi. Yıldızlar dağların üstünde hakikat kadar parlak ve acımasız ışıldıyordu. "O kızla böyle bir gecede karşılaşmıştım," dedi kendi kendine. "Çığlıkları duyduğumuzda Jaime'yle birlikte Lannis Limanı'ndan dönüyorduk. Aniden, koşarak yola çıktı. Peşinde iki adam vardı, bağırıyorlar, tehditler savuruyorlardı. Ben atımdan inip kızı korumaya çalıştım, Jaime kılıcını çıkarıp adamların peşine düştü. Benden bir yaş büyüktü. İnce, uzun, kalbini acıtacak kadar güzel, siyah saçlı bir kız. Aşağı tabakadan, yarı aç ve kirli... ama yine de çok güzel. Elbisesinin sırtı yırtılmıştı, pelerinimi çıkarıp omuzlarına örttüm. Jaime ormana giren adamları takip etti. Geri döndüğünde hem adını hem hikâyesini öğrenmiştim kızın. Bir çiftçinin kızıymış, babası ölünce yetim kalmış. O gece şeye gidiyormuş... Aslında hiçbir yere.

Jaime kızın peşindeki adamları bulmak için köpürüyordu. Kanun tanımaz adamların Casterly Kayası'nın bu kadar yakınında yoldaki insanlara saldırması öyle sık görülen bir şey değildi. Jaime bu olayı hakaret olarak algıladı. Kızı tek başına bir yere gönderemezdik çünkü çok korkmuştu ben de onu en yakın hana götürüp karnını doyurmayı teklif ettim. Ağabeyim de Kaya'ya dönüp adamları bulmak için yardım almaya gitti.

Kız inanamayacağım kadar açtı. Konuşa konuşa iki bütün tavuk yedik, üçüncüsünün de yarısını. Koca bir sürahi şarap içtik. Daha on üç yaşındaydım, şarap iyice başıma vurdu. Sonra bir baktım ki kızla aynı yataktayım. Kız utangaçtı, ben daha utangaçtım. O cesareti nereden bulduğumu hiç bilmiyorum. Bekâretini aldığımda ağladı ama sonra beni öptü ve bu şarkıyı söylemeye başladı. Sabah uyandığımda sırılsıklam âşıktım."

"Hem de *sen*," dedi Bronn. Eğleniyormuş gibiydi.

"Çok saçma değil mi?" Tyrion tekrar ıslıkla şarkıyı çalmaya başladı. "Onunla evlendim," diye itiraf etti sonra.

"Casterly Kayası'ndan bir Lannister bir çiftçinin kızıyla evlendi öyle mi? Bunu nasıl becerdin?"

"Ah, bir delikanlının pek çok yalan, elli gümüş sikke ve sarhoş bir rahiple yapabileceği şeyleri duysan aklın başından gider. Onu Casterly Kayası'na götürmeye cesaret edemedim, o yüzden bir kasaba evine yerleştirdim. On beş gün boyunca evcilik oyunu oynadık. Sonra rahibin ayılacağı tuttu ve lord babama her şeyi itiraf etti." Tyrion, bunca yıl geçtikten sonra bile bunu söylemenin kendisini bu kadar yalnız hissettirmesine şaşırdı. Belki de yalnızca yorgunluktandı bu. "Ve evliliğim bitti." Kalktı, sönmekte olan ateşin gidip gelen ışığına baktı.

"Baban kızı uzağa mı gönderdi?"

"Bundan çok daha iyisini yaptı," dedi Tyrion. "Önce ağabeyime bana gerçekleri anlatmasını söyledi. Kız fahişeymiş meğer. Her şeyi Jaime ayarlamış. Yolu, kızı kovalayan adamları, hepsini. Artık bir kadınla yatma zamanımın geldiğini düşünmüş. Benim ilk seferim olduğunu bildiği için iki katı para ödeyip bir bakire bulmuş işte.

Jaime itirafını yaptıktan sonra babam bana bir hayat dersi vermek için karımı yanımıza getirtti ve kızı muhafızlara verdi. Ona iyi para ödediler doğrusu. Her adamdan bir gümüş sikke. Hangi fahişe bu kadar iyi kazanır? Beni muhafız barakasının köşesine oturtup izlememi emretti. Sonunda kızın o kadar çok gümüşü olmuştu ki, avuçlarına sığmayıp yere düşüyordu. Kız..." Duman, Tyrion'ın gözlerini yakıyordu. Boğazını temizleyip kafasını ateşten çevirdi, yüzünü karanlığa döndü. "Lord Tywin sonunda benim de ödeme yapmamı söyledi," dedi fısıltı gibi bir sesle. "Ve bana kızın ücretini ödemem için bir altın verdi. Çünkü ben bir Lannister'dım ve daha kıymetliydim."

Bir süre sonra yine aynı sesi duydu. Bronn kılıcını taşla bileyliyordu. "On üç, otuz ya da üç yaş, hiç fark etmez, bana böyle bir şey yapan adamı sağ bırakmazdım ben."

Tyrion dönüp Bronn'un yüzüne baktı. "Bir gün böyle bir fırsatın olabilir. Sana söylediğim şeyi hatırla. Bir Lannister borcunu mutlaka öder." Esnedi. "Galiba biraz uyumayı deneyeceğim. Ölmek üzere olduğumuz zaman beni uyandır."

Gölge postu cübbeye dolandı ve gözlerini kapadı. Yer çok soğuk ve taşlıydı ama bir süre sonra uykuya daldı. Rüyasında gökyüzü hücresini gördü. Bu kez tutsak değil zindancıydı, büyük bir zindancı. Elindeki deri kayışla babasına vuruyor, onu hücrenin sınırına doğru itiyordu. Gökyüzüne doğru...

"Tyrion." Bronn'un fısıltılı uyarısı aciliyet ifade ediyordu.

Tyrion hemen uyandı. Alevler sönmüş, sadece közler kalmıştı ve etrafta gölgeler sürünüyordu. Bronn dizinin üstüne kalktı, bir elinde uzun bıçağı, diğerinde kılıcı vardı. Tyrion elini kaldırdı, hareketi *hiç kımıldama*, diyordu. "Gel de ateşimizi paylaş. Hava çok soğuk," diye seslendi gölgelere. "İkram edecek şarabımız yok ama keçi etimizi paylaşırız."

Hareket eden gölgeler durdu. Tyrion, ay ışığında parlayan metali gördü. "Bizim dağımız," diye bağırdı ağaçların içinden bir ses. Sert ve düşmanca. "Bizim keçimiz."

"Sizin keçiniz," diye onayladı Tyrion. "Sen kimsin?"

"Tanrılarınızla karşılaştığınızda, onlara benim Taş Kargalar'dan Gurn'un oğlu Gunthor olduğumu söyleyin," dedi başka bir ses. Ayağının altında bir dalı ezerek ışığa çıktı. Boynuzlu miğferi ve uzun kılıcı vardı. Zayıf bir adamdı.

"Ve Dolf'un oğlu Shagga." Bu ilk konuşan adamın sesiydi, derin ve ölümcül. Kocaman bir kaya parçası sola kaydı, ayağa kalktı ve bir adama dönüştü. Sağlam, ağır ve güçlü görünüyordu. Baştan ayağa deriler giyinmişti. Sağ elinde küt bir sopa, sol elinde bir balta vardı. Yanlarına yaklaşırken silahlarını birbirine vurdu.

Diğerleri de adlarını söylemeye başladı: Conn, Torrek, Jaggot ve Tyrion'ın duyar duymaz unuttuğu en az on isim daha. Birkaçının kılıcı ve bıçağı vardı, diğerleri ahşap mızraklar, yabalar ve oraklar savuruyordu. Tyrion cevap vermek için hepsinin ismini söylemesini bekledi. "Ben, Kaya'nın Aslanları Lannisterlar klanından, Tywin'in oğlu Tyrion. Yediğimiz keçinin ücretini memnuniyetle öderiz."

"Bize verecek neyin var Tywin'in oğlu Tyrion?" diye sordu, adının Gunthor olduğunu söyleyen ve diğerlerinin lideri gibi görünen adam.

"Kesemde gümüşler var," dedi Tyrion. "Bu giydiğim zırh benim için çok büyük ama Conn'a tam olur. Ve savaş baltam Shagga'nın eline o ahşap saplı baltadan daha çok yakışır."

"Yarım adam zaten bizim olan gümüşlerle bize ödeme yapacakmış," dedi Conn.

"Conn doğru söylüyor," diyerek onayladı Gunthor. "Gümüşlerin bizim, atların bizim, silahların bizim. Bize canından başka verecek hiçbir şeyin yok senin. Nasıl ölmek istersin Tywin'in oğlu Tyrion?"

"Kendi yatağımda, midem şarap doluyken ve seksenli yaşlarımda," diye cevap verdi Tyrion.

En iri olanları, Shagga kahkaha attı ama diğerleri eğleniyormuş gibi görünmüyordu. "Conn, atlarını al," diye emretti Gunthor. "Öbür adamı öldür, yarım adamı yakala. Keçi sağıp kadınları güldürebilir."

Bronn ayağa kalktı. "İlk kim ölmek ister?"

"*Hayır!*" dedi Tyrion sertçe. "Gurn'un oğlu Gunthor, beni dinle. Benim hanedanım güçlü ve zengindir. Eğer Taş Kargalar bu dağlardan sağ salim geçmemize yardım ederse, lord babam üstünüze altın yağdırır."

"Alçak topraklardaki lordların altınları yarım adamların verdiği sözler kadar kıymetsizdir," dedi Gunthor.

"Ben yarım adam olabilirim ama düşmanlarımla yüzleşecek cesarete sahibim," diye karşılık verdi Tyrion. "Taş Kargalar kayaların arkasına saklanıp Vadi'nin şövalyelerini görünce korkuyla kaçışmaktan başka ne yapıyor?"

Shagga öfkeyle kükredi ve sopasıyla baltasını birbirine vurdu. Jaggot, uzun ahşap mızrağının ateşle sertleştirilmiş ucuyla Tyrion'ın yüzünü dürttü. Tyrion kıpırdamamak için elinden geleni yaptı. "Çalabildiğiniz en iyi silahlar bunlar mı?" dedi. "Belki bir koyunu öldürmeye yeter... koyun kendini savunmazsa tabi. Babamın demircilerinin tükürdüğü çelik bile bunlardan daha iyidir."

"Küçük adam," diye kükredi Shagga. "Ben hayalarını kesip keçilere yedirdiğim zaman baltamla nasıl dalga geçeceksin?"

Ama Gunthor elini kaldırdı. "Durun, söyleyeceklerini dinlemek istiyorum. Analar aç kalıyor; çelik, altından daha fazla karın doyuruyor. Bize hayatın karşılığında ne vereceksin Tywin'in oğlu Tyrion? Kılıç? Mızrak? Zırh?"

"Hepsini ve daha fazlasını," diye cevapladı Lannister gülümseyerek. "Size Arryn Vadisi'ni vereceğim."

EDDARD

Kızıl Kale'nin mağaramsı taht odasındaki yüksek ve dar pencerelerden içeri giren akşam güneşi, bir zamanlar ejderha kafataslarının asılı olduğu duvarlarda koyu kırmızı şeritler bırakıyordu. Şimdi parlak yeşiller, kahverengiler ve mavilerle işlenmiş capcanlı av sahnelerinin olduğu goblenlerin örttüğü duvarlardaki tek renk, kan kırmızısıymış gibi geliyordu Ned Stark'a.

Fatih Aegon'ın yüksek, kadim tahtında oturuyordu. Taht; mızrak uçları, kılıçlar ve grotesk bir zevkle eğilip bükülmüş metallerden bir ucubeydi. Tıpkı Robert'ın kendisini uyardığı gibi cehennem kadar rahatsız bir tahttı. Zonklayan kırık bacağı her geçen dakika daha da beter arttırıyordu rahatsızlığını. Tahtın oturma yerindeki demir giderek sertleşiyor, sırt bölümündeki dişli çelik yaslanmayı imkânsız kılıyordu. Fatih Aegon demir ustalarına, düşmanlarının elinden aldığı kılıçlardan görkemli bir taht dövmelerini emrettiğinde, *bir kral asla rahat oturmamalıdır*, demişti. *Fatih Aegon'ın kibrine lanet olsun,* diye düşündü Ned ve *Robert'ın av merakına da lanet olsun*.

"Bunların haydutlar olmadıklarından kesinlikle emin miyiz?" diye sordu, tahttan alçaktaki konsey masasında oturan Varys. Yüce Üstat Pycelle huzursuzca kıpırdandı. Serçeparmak bir kalemle oynuyordu. Konsey üyelerinden toplantıya katılan sadece onlardı. Kral Ormanı'nda beyaz erkek geyik görüldüğü haberi gelince Prens Joffrey, Sandor Clegane, Balon Swann ve konseyin yarısıyla birlikte Lord Renly ve Sör Barristan da ava çıkan krala katılmışlardı. Kralın yokluğunda Demir Taht'ta Ned oturmak zorundaydı.

Ned en azından *oturabiliyordu*, konsey üyeleri dışındakiler ya ayakta durmak ya da diz çökmek zorundaydı. Dilekçe sahipleri uzun kapıların yanında yığılmıştı. Şövalyeler, kıdemli lordlar ve leydiler goblenlerin altında, halktan insanlar koridorlarda, gümüş ya da altın pelerinli muhafızlar, herkes, bir yerde ayakta duruyordu.

Köylüler diz çökmüşlerdi. Erkekler, kadınlar, çocuklar, hepsi paçavralar içindeydi, üstleri başları kan içindeydi. Yüzleri korkuyla gerilmişti. Onları buraya şahitlik etsinler diye getiren şövalye arkalarında duruyordu.

"*Haydutlar* mı, Lord Varys?" Sör Raymun Darry'nin sesinden küçümseme akıyordu. "Ah, evet haydutlardı. Lannister haydutları."

Ned salondaki gerginliği hissedebiliyordu. Lordlar ve hizmetçiler aynı merakla kulak kabartmış dinliyordu. Şaşırmış gibi yapamazdı. Catelyn'in, Tyrion Lannister'ı kaçırmasından bu yana batı son derece tehlikeli bir yer haline gelmişti. Hem Nehirova, hem Casterly Kayası sancak beylerini çağırmıştı. Ordular Altın Diş'in hemen altındaki geçitte yığılmaya başlamıştı. Kan dökülmesine artık ramak kalmıştı. Artık asıl sorun, kanayan yaranın nasıl iyileştirileceğiydi.

Yüzündeki kırmızı şarap renkli doğum lekesi olmasa yakışıklı denebilecek, üzgün bakışlı Sör Karyl Vance dizlerinin üstünde duran köylüleri gösterdi. "Sherrer ahalisinden geri kalanlar sadece bunlar Lord Eddard Stark. Diğerleri, Göçmen Köyü ve Şarlatan Kıyısı'ndaki insanlarla birlikte öldü."

"Kalkın," diye emretti Ned köylülere. Dizlerinin üstünde konuşan insanlara güvenmiyordu. "Hepiniz, ayağa kalkın."

Sherrer ahalisi birer ikişer ayağa kalktı. Çok yaşlı bir adamın kalkmak için yardıma ihtiyacı oldu ve Sör Arys Oakheart'a bomboş gözlerle bakan, kanlı kıyafetler içindeki genç bir kız dizlerinin üstünde kaldı. Sör Arys, kralı... ya da bu durumda Kral Eli'ni korumaya yemin etmiş Kral Muhafızları'nın bembeyaz zırhı içinde, Demir Taht'ın hemen dibinde duruyordu.

"Joss," dedi Sör Raymun Darry, biracı önlüğü giymiş, tombul, kelleşmeye başlamış bir adama. "Sherrer'de neler olduğunu El'e anlat."

Joss başıyla onayladı. "Majesteleri uygun görürse..."

"Majesteleri, Karasu'nun ötesinde avlanıyor," dedi Ned. Bütün hayatını Kızıl Kale'den birkaç günlük yol mesafesinde geçirmiş bir adamın, kralının neye benzediğiyle ilgi en ufak fikri olmamasına şaşırıyordu. Ned, göğsüne Starklar'ın ulu kurdunun işlendiği beyaz keten bir takım giyiyordu. Siyah yün pelerininin yakası görev nişanı gümüş El armasıyla kapatılmıştı. Siyah, beyaz ve gri. Gerçeğin bütün tonları. "Ben Lord Stark'ım. Kral Eli. Bana kim olduğunu ve bu süvarilerle ilgili bildiklerini anlat."

"Benim Sherrer'da, taş köprünün yakınlarında bir birahanem var... *vardı* lordum. Boğaz'ın güneyindeki en iyi biraların bende olduğunu söylerler, bağışlayın lordum. Biralarım da her şeyim gibi gitti. Geldiler, çatlayana kadar içtiler, geri kalanı da çatımı ateşe vermeden önce döküp ziyan ettiler. Eğer yakalayabilselerdi kanımı da dökeceklerdi lordum."

"Bizi yakıp küle çevirdiler lordum," dedi, adamın yanında duran bir çiftçi. "Gecenin bir yarısı, güneyden at sırtında geldiler. Tarlaları, evleri yaktılar. Onlara engel olmaya çalışanların hepsini öldürdüler. Yağmacı haydutlardan değillerdi lordum. Mallarımızı çalmaya gelmemişlerdi. Süt ineğimi katlettiler, sonra da sineklerle kargalara yem olsun diye öylece ortada bıraktılar."

"Benim çırağımı öldürdüler," dedi, kafası sargılı, demirciler gibi kol kasları olan tıknaz bir adam. Konseye gelmek için en iyi kıyafetlerini giymişti ama pantolonunun poposu yamalıydı ve pelerini yolculuk sırasında lekelenip tozlanmıştı. "Çocuğu arazide atlarıyla bir oraya bir buraya koşturdular. Kahkahalar atarak, mızraklarıyla dürte dürte oradan oraya sürdüler. Oyun oynuyorlarmış gibi. Sonunda çocuk yoruldu, tökezleyip düştü. Bir mızrakla deşilene kadar çığlık atıp durdu."

Hâlâ dizlerinin üzerinde olan kız başını iyice yukarı kaldırıp tahtta oturan Ned'e baktı. "Benim de annemi öldürdüler. Ve onlar... onlar..." Ne söyleceğini hatırlamıyormuş gibi kesildi sesi. Hıçkırmaya başladı.

Hikâyenin devamını Sör Raymun Darry anlattı. "Göçmen Köyü'ndeki insanlar karakola sığınmış ama duvarlar ahşaptır. Süvariler duvara boylu boyunca kuru saman yığıp ateşe vermişler, insanları diri diri yakmışlar. Göçmenler köy kapısını açıp yangından kaçmak isteyince, kapıdan her çıkanı teker teker oklarıyla vurmuşlar. Meme emen bebeklere ve annelerine bile acımamışlar."

"Dehşet verici," diye mırıldandı Varys. "İnsan evladı nasıl bu kadar zalim olabilir?"

"Bize de aynı şeyi yapabilirlerdi ama Sherrer karakolunun

duvarları taştan," dedi Joss. "İçlerinden biri bizi dumanla dışarı çıkarmak istedi ama en büyükleri nehrin yukarısında daha sulu meyveler olduğunu söyleyince Şarlatan Kıyısı'na doğru uzaklaştılar."

Ned öne doğru eğilirken parmaklarına dayanan çeliğin soğuğunu hissediyordu. Her parmak arasında bir bıçak vardı. Bükülmüş kılıçların sivri uçları, tahtın kollarından birer pençe gibi çıkıyordu. Aradan geçen üç yüz yıla rağmen bazısı hâlâ kesecek kadar keskindi. Demir Taht dikkatsiz birisi için tuzak doluydu. Bu tahtı dövmek için, tam bin tane kılıcın Kara Dehşet Balerion'un nefesiyle eritildiği söylenirdi şarkılarda. Tahtı dövmek tam elli dokuz gün sürmüştü ve sonunda, ustura kadar keskin köşeleri, dikenleri, bıçak gibi metal şeritleri olan kambur bir canavar çıkmıştı ortaya. İnsan öldürebilecek bir tahttı bu ve eğer hikâyeler gerçekse, öldürmüştü de.

Eddard Stark bu tahtta ne işi olduğunu anlayamıyordu ama oturuyordu işte ve bu insanlar adalet için ondan medet umuyordu. Öfkesini dizginlemeye çalışarak sordu. "Bu adamların Lannisterlar olduğuna dair ne kanıtınız var? Kırmızı pelerinler mi giyiyorlardı? Aslanlı sancakları mı vardı?"

"Lannisterlar bile bu kadar aptal olamaz," diye çıkıştı Sör Marq Piper. Ufak tefek, kasıntı bir horoz gibiydi. Ned'in ciddiye alamayacağı kadar genç ve aşırı ateşli bir delikanlıydı ama Catelyn'in erkek kardeşi Edmure Tully'nin sıkı dostuydu.

"Bütün adamlar zırhlı ve atlıydı lordum," diye sakince cevap verdi Sör Karyl. "Çelik uçlu mızraklar, uzun kılıçlar ve savaş baltaları taşıyorlardı." Sağ kalan köylülerden birine döndü, "Sen. Evet sen, kimse sana zarar vermeyecek. El'e, bana anlattıklarını anlat."

Yaşlı adam başıyla onayladı. "Sürdükleri atlar savaş atlarıydı. Sör Willum'a ait ahırlarında yıllarca çalıştım ben, farkı bilirim. Tanrılar benim şahidim olsun, o atlardan biri bile saban çekmemiştir."

"İyi binekli haydutlar," dedi Serçeparmak. "Atları son yağmaladıkları yerden aldılar belki."

"Atlı adamlar kaç kişiydi?" diye sordu Ned.

"En az yüz kişilerdi," diye yanıtladı Joss. Onunla aynı anda, kafası sargılı demirci de cevap veriyordu, "Elli." Ve hemen arkasındaki büyük annesi, "Yüzlerce, yüzlerce. Bir ordu gibiydiler lordum."

"Fazlasıyla haklısın iyi kadın," dedi Lord Eddard. "Sancakları yoktu diyorsunuz. Peki ne çeşit zırhlar giyiyorlardı? Kalkanlarında ya da miğferlerinde süslemeler, armalar varmıydı?"

Biracı Joss kafasını salladı. "Maalesef yoktu lordum. Zırhları düzdü ama... adamların lideri, o da diğerleri gibi zırhlanmıştı ama diğerlerinden çok farklıydı. Devlerin tarihe gömüldüğünü söyleyenler o adamı bir kez görmeli. Yemin ederim. Bir öküz kadar iriydi, sesiyle taşları kırılabilir."

"*Yürüyen Dağ*!" dedi Sör Marq bağırarak. "Bundan şüphe edilebilir mi? Bu katliam Sör Gregor Clegane'in işi."

Ned salondan yükselen mırıltıları duydu. Koridorlardan bile gergin fısıltılar geliyordu. Sör Marq söylediklerinde haklıysa, bunun ne anlama geldiğini soylu lordlar kadar sıradan köylüler de biliyordu. Sör Gregor Clegane, Lord Tywin Lannister'ın sancak beyiydi.

Köylülerin dehşet dolu yüzlerini inceledi. Bu kadar korkmuş olmaları şaşırtıcı değildi. Kral, elleri kanlı Lord Tywin'in kızıyla evliydi. Evlilik yoluyla kralın babası olmuş bir adamı ele vermek için buraya getirildiklerini sanıyorlardı. Ned, şövalyelerin onlara bir seçenek bırakıp bırakmadığını merak etti.

Yüce Üstat Pycelle hantalca ayağa kalktı. Boynundaki zincirler şıngırdadı. "Sör Marq, affınıza sığınarak, bahsettiğiniz haydutun Sör Gregor Clegane olduğundan emin olamazsınız. Krallıkta pek çok iri adam var."

"Yürüyen Dağ kadar iri olanları da var mı?" dedi Sör Karly. "Ben hiç görmedim."

"Burada bulunan hiç kimse görmedi," diye ekledi Sör Raymun öfkeyle.

"Onun yanında erkek kardeşi bile bir kukla kadar küçük kalıyor. Lordlarım, açın gözlerinizi. Cesetlerin üstünde mührünü görmeniz mi gerek? O, Gregor'du."

"Sör Gregor neden haydutluk etsin?" diye sordu Pycelle. "Bağlı olduğu soylu lord sayesinde sağlam bir kaleye ve kendi arazilerine hükmediyor. Bu adam kutsanmış bir şövalye."

"Suçlu bir şövalye," dedi Sör Marq. "Lord Tywin'in kudurmuş köpeği."

"Soylu El," diyerek Ned'e döndü Pycelle. "Bu *kıymetli* şövalyeye Lord Tywin'in kraliçemizin babası olduğunu hatırlatmanızı rica ederim."

"Teşekkür ederim Yüce Üstat Pycelle," dedi Ned. "Siz söylemeseydiniz, hiçbirimiz hatırlayamayabilirdik bunu."

Tahtın durduğu yüksek noktadan, salonun diğer ucundaki adamların kapıdan sessizce sıvıştığını görebiliyordu. Toprak altına giren yabani tavşanlar diye geçti aklından... ya da kraliçenin peynirinden bir ısırık almak isteyen fareler. Rahibe Mordane ve yanında duran Sansa'yı gördü bir an. Öfkelendi. Burası küçük bir kıza uygun değildi. Gerçi, bugünkü konsey toplantısında, diğer toplantılarda olduğu gibi dilekçecileri dinlemek, birbirine düşman köylülerin arasını yapmak, sınır taşlarının tekrar yerleştirilmesi için hakemlik etmek gibi sıkıcı işler olmayacağını bilemezdi Rahibe Mordane.

Aşağıdaki konsey masasından oturan Lord Baelish, elindeki kaleme olan ilgisini kaybedip öne eğildi. "Sör Marq, Sör Karyl, Sör Raymun, sizlere bir soru sormak zorundayım. Bu karakollar sizin korumanız altındaydı. Bütün bu kıyım ve ateşe verme olayları olurken sizler neredeydiniz?"

Sör Karyl Vance cevap verdi, "Altın Diş'in aşağısındaki geçitte babama katılmıştım. Sör Marq da oradaydı. Sör Edmure Tully bu katliamın haberini aldığında, hemen küçük bir kuvvetle köylere gitmemizi ve sağ kalanları kralın huzuruna götürmemizi emreden bir mesaj yollamış."

Sör Raymun Darry konuştu. "Sör Edmure beni bütün askerlerimle birlikte Nehirova'ya çağırdı. Ben haberleri aldığımda Nehirova surlarının karşısındaki nehir kıyısında kamp kurmuş, gelecek emirleri bekliyordum. Kendi topraklarıma ulaştığımda Sör Gregor ve solucanları Kızıl Çatal'ı çoktan geçmiş, Lannister tepelerine doğru yola çıkmışlardı."

Serçeparmak düşünceli bir halde, parmağını çenesine götürdü. "Ya tekrar gelirlerse sör?"

"Tekrar gelirlerse yaktıkları toprağı onların kanıyla sulayacağız," dedi Sör Marq Piper ateşli bir sesle.

"Sör Edmure, sınıra bir günlük mesafede olan her köye ve karakola adamlarını gönderdi," diye açıkladı Sör Karyl. "Bir daha gelirlerse işleri kolay olmayacak."

Ve bu, tam da Lord Tywin'in istediği şey, diye düşündü Ned. *Nehirova'nın kanını parça parça akıtıp güçsüz bırakmak. Çocuğu kılıç çekmeye mecbur etmek.* Karısının erkek kardeşi gençti. Cesareti sağduyusundan fazlaydı. Topraklarının her zerresini, o topraklarda yaşayan her adamı, her kadını, her çocuğu kanının son damlasına kadar savunacaktı ve Lord Tywin bunu gayet iyi bilecek kadar kurnazdı.

"Köyleriniz ve karakollarınız güvendeyse tahttan talebiniz nedir?" diye sordu Lord Petyr.

"Üç Dişli Mızrak lordları kral huzurunu korumak için çalışıyor," dedi Raymun Darry. "Lannisterlar bu huzuru bozdu. Onlara çelikle cevap vermek için izin istiyoruz. Göçmen Köyü, Şarlatan Kıyısı ve Sherrer Kasabası'nın insanları için adalet talep ediyoruz."

"Edmure da, Gregor Clegane'den kanlı hesap sormamız gerektiğini düşünüyor," dedi Sör Marq. "Buna rağmen, ihtiyar Lord Hoster saldırıya geçmeden önce buraya gelip kralın müsaadesi için yalvarmamızı emretti."

Tanrılar ihtiyar Lord Hoster'dan razı olsun öyleyse. Tywin Lannister bir aslan olduğu kadar bir tilkiydi de. Eğer Tywin Lannister, Gregor Clegane'i yakıp yıkmak için gönderdiyse -ki Ned bundan emindi- gece karanlığında, sancaksız, sıradan yağmacı haydutlar gibi tanınmayacak şekilde gitmelerini de emretmiş olmalıydı. Nehirova'nın karşı saldırısı söz konusu olursa, Cersei ve babası huzuru bozanların Lannisterlar değil Tullyler olduğunu iddia edecekti. Robert'ın kimin lafına inanacağını ancak tanrılar bilebilirdi.

Yüce Üstat Pycelle tekrar ayağa kalktı. "Soylu El, Eğer Gregor Clegane ettiği kutsal yeminleri yağma ve tecavüz için bozduysa, bu insanlar onun bağlı olduğu lorda gidip şikâyetlerini bildirebilir. Bunlar tahtı ilgilendiren meseleler değildir. Gidip Lord Tywin'den adalet talep etmeliler."

"Adalet kralındır," dedi Ned. "Kuzey, güney, doğu ya da batı, her yerdeki adalet Robert adına sağlanır."

"*Kral* adaleti," dedi Yüce Üstat Pycelle. "Öyle olsun. O halde, bu meselenin çözümünü kral dönene kadar..."

"Kral nehrin ötesinde avlanıyor ve daha günlerce dönmeyebilir," dedi Lord Eddard. "Robert bana bu görevi onun tahtında oturmam, onun kulaklarıyla duymam ve onun sesiyle konuşmam için verdi ve ben de bunu yapacağım... buna rağmen, kendisine haber verilmesi konusunda hemfikirim." Goblenlerin altında tanıdık bir yüz gördü. "Sör Robar."

Sör Robar Royce öne çıktı ve reverans yaptı. "Lordum."

"Babanız kralla birlikte ava gitti," dedi Ned. "Onlara bugün burada neler olduğunu ve neler konuşulduğunu iletebilir misiniz?"

"Derhal lordum."

"Gregor Clegane'den intikamımızı almamıza müsaade var mı?" diye sordu Marq Piper.

"İntikam? Ben adaletten bahsettiğimizi sanıyordum. Clegane'in topraklarını yakmak, halkını kılıçtan geçirmek sadece sizin yaralı gururunuzu tamir etmeye yarar, adalet ve huzuru sağlamaya değil." Genç şövalye cevap veremeden Ned köylülere döndü. "Sherrer halkı, evlerinizi ve tarlalarınızdaki ekinleri geri veremem. Ölülerinizi canlandıramam. Ama size kralımız Robert adına adalet sağlayabilirim."

Salondaki bütün gözler Ned'in üstüne sabitlenmişti. Bekliyorlardı. Ned kollarından güç alarak, kırık bacağı sargı içinde inlerken ayağa kalkmayı başardı. Acıyı hissetmiyormuş gibi yapmak için çabalıyordu. Şimdi zayıflık gösterecek zaman değildi. "İlk İnsanlar, kılıcı, hükmü verenin kullanması gerektiğine inanırdı ve biz kuzeyde hâlâ bu inanca göre hareket ederiz. Benim vereceğim cezanın infazı için başka birini yollamaktan hiç memnun olmayacağım ama başka seçeneğim yok gibi görünüyor." Eliyle kırık bacağını gösterdi.

"*Lord Eddard*!" Ses salonun batı duvarından, cesaretle öne çıkan gencecik yakışıklı bir delikanlıdan gelmişti. Üzerinde zırhı yokken on altı yaşından bile küçük görünüyordu Sör Loras Tyrell. Soluk mavi ipekliler giymişti. Belindeki zincir kemerde, hanedanının arması olan altın güller sıralıydı. "Cezayı sizin yerinize infaz etme onurunu bana bahşetmeniz için yalvarıyorum.

Bu görevi bana verin lordum, sizi hayal kırıklığına uğratmayacağıma yemin ederim."

Serçeparmak kikirdedi. "Sör Loras, sizi tek başınıza Gregor Clegane'e yollarsak, bize kesik başınızı, ağzınıza koca bir erik tıkılı halde geri gönderir. Yürüyen Dağ herkesin adaletine boyun eğecek bir adam değildir."

"Ben Gregor Clegane'den korkmuyorum," dedi Sör Loras mağrurca.

Ned ağır ağır, Aegon'ın şekilsiz tahtına tekrar oturdu. Duvar boyunca dizilmiş insanların yüzlerine baktı. "Lord Beric," diye seslendi. "Myrli Thoros, Sör Gladden, Lord Lothar." Adı söylenen adamlar bir bir öne çıktı. "Her biriniz yirmi adamınızı alarak sözlerimi Gregor Clegane'e götüreceksiniz. Benim adamlarımdan yirmisi de sizinle birlikte gelecek. Lord Beric Dondarrion, rütbenize uygun olarak kumandan sizsiniz."

Altın kızıl saçlı genç lord eğildi. "Emredersiniz Lord Eddard."

Ned bütün salonun duyması için sesini yükseltti. "Andallar'ın, Rhoynarlar'ın, İlk İnsanların Kralı, Yedi Krallık Lordu, Diyar'ın Koruyucusu, Baratheon Hanedanı'ndan Bu İsimle Anılan İlk Kral Robert'ın adına; Stark Hanedanı'ndan ben Kral Eli Lord Eddard, derhal batıya at sürmenizi, Üç Dişli Mızrak'ın Kızıl Çatal'ını kralın sancağı altında geçmenizi, suçlu şövalye Sör Gregor Clegane ve işbirlikçilerine kral adaletini götürmenizi emrediyorum. Gregor Clegane'in suçluluğunu ilan ediyor; diyar tebası haklarını, bütün rütbelerini ve unvanlarını kaldırıyor; arazilerine, mülklerine, gelirlerine el koyuyor ve onu ölüme mahkûm ediyorum. Tanrılar ruhunu bağışlasın."

Sesin yankılanması kesildiğine, Çiçek Şövalyesi kafası karışmış halde sordu. "Lord Eddard, ben?"

Ned tahtından delikanlıya baktı. O kadar yüksekten Robb kadar genç görünüyordu çocuk. "Kimse yiğitliğinizden şüphe edemez Sör Loras, ancak biz adalet peşindeyiz, sizse intikam." Tekrar Lord Beric'e döndü, "Günün ilk ışıklarıyla yola çıkın. Böyle meselelerin ivedilikle halledilmesi gerekir." Elini kaldırdı. "Taht bugün başka talep dinlemeyecek," dedi.

Alyn ve Porther tahtın dik demir merdivenlerini tırmanarak

Ned'in inmesine yardım ettiler. Aşağı inerlerken, Sör Loras'ın somurtkan bakışlarla kendisini izlediğini biliyordu Ned ama taht odasının zeminine vardıklarında delikanlı gitmişti.

Varys, Demir Taht'ın dibinde, konsey masasındaki kağıtları topluyordu. Serçeparmak ve Yüce Üstat Pycelle salondan ayrılmıştı. "Siz benden cesur bir adamsınız lordum," dedi hadım, hafif bir sesle.

"Neden öyle Lord Varys?" diye sordu Ned kabaca. Bacağı zonkluyordu, kelime oyunlarıyla uğraşacak hali yoktu.

"Yerinizde ben olsaydım Sör Loras'ı gönderirdim. Gitmeyi çok istiyordu. Lannisterlar'ı düşmanı olarak gören bir adam, Tyrelller'in dostluğunu memnuniyetle kabul eder."

"Sör Loras çok genç," dedi Ned. "Hayal kırıklığını kolayca unutacaktır."

"Ya Sör İlyn?" Hadım parmağını pudralı tombul yanağına götürdü. "Nam-ı diğer Kral Adaleti. Onun görevini yapmak için başka adamlar yolladığınızı duyunca... bazıları bunu ölümcül bir hakaret olarak görebilir."

"Niyetim hakaret etmek değildi," dedi Ned. Dilsiz şövalyeye hiç güvenmiyordu. Cellâtlardan hoşlanmamasıydı belki bu güvensizliğin sebebi. "Payneler, Lannisterlar'ın sancak beyidir bunu unutmayın. Lord Tywin'e karşı sorumluluğu olmayan birilerini göndermek yapılacak en doğru olan şeydi."

"Çok akıllıca davrandığınıza şüphe yok," dedi Varys. "Buna rağmen, salonun arkalarında duran Sör İlyn'i şöyle bir görme şansım oldu. O soluk gözlerini bize dikmişti. Çok mutlu görünmediğini söyleyebilirim. Umarım o da hayal kırıklığını kolayca unutur. İşini yapmayı çok *seviyor* da..."

SANSA

"Sör Loras'ın gitmesine izin vermedi," dedi Sansa, Jeyne Poole'a. Konsey toplantısının olduğu günün akşamı, bir yağ lambasının ışığında, soğuk akşam yemeklerini yiyorlardı. "Sanırım bacağı yüzünden." Lord Eddard akşam yemeğini yatak odasında Alyn, Harwin ve Vayon Poole ile birlikte yiyordu. Kırık bacağını dinlendirmesi gerekiyordu. Rahibe Mordane bütün gün salonda ayakta durduğu için bacak ağrılarından şikâyetçiydi. Arya'nın gelip Jeyne ve Sansa'ya katılması gerekiyordu ama dans dersinden çıkışı gecikmişti.

"Bacağı mı?" dedi Jeyne emin değilmiş gibi. Sansa'yla yaşıt, siyah saçlı, güzel bir kızdı. "Sör Loras'ın bacağına ne olmuş ki?"

"*Onun* bacağı değil," dedi Sansa bir tavuk budunu nazikçe ısırırken. "*Babamın* bacağı şapşal. Canı o kadar çok acıyor ki, öfkeleniyor. Yoksa mutlaka Sör Loras'ı gönderirdi, buna eminim."

Sansa babasının kararına hâlâ şaşırıyordu. Çiçek Şövalyesi öne çıkıp konuşmaya başladığında, Yaşlı Dadı'nın anlattığı hikâyelerin gerçek olduğunu görecek sanmıştı. Sör Gregor bir canavardı ve Sör Loras da onu yok etmeye yeminli gerçek kahraman. Belindeki altın gülleri, gözlerinin üstüne düşen koyu kahverengi saçları ve yakışıklı yüzüyle gerçek bir kahraman gibi *görünüyordu* zaten. Ve sonra, Lord Eddard onu *reddetti*. Sansa bu duruma fazlasıyla sinirlenmişti. Rahibe Mordane'le birlikte salonun merdivenlerinden inerken açık açık da dile getirmişti bunu. Ama rahibe, babasının kararlarını sorgulamanın Sansa'ya düşmediğini söylemişti.

Tam o sırada Lord Baelish'in sesini duymuşlardı. "Bilemiyorum Rahibe. Babasının bazı kararları gerçekten sorgulanmalı. Bu genç hanım güzel olduğu kadar akıllı bence." Lord Baelish öyle uzun ve derin bir reverans yapmıştı ki, Sansa adam kendisine iltifat mı ediyor yoksa kendisiyle dalga mı geçiyor anlamamıştı.

Rahibe Mordane adamın kendilerini duyduğunu fark edince

çok sinirlenmişti. "Kız sadece konuşuyor lordum. Aptalca gevezelikler. Hiçbir şey kastetmiyordu."

Lord Baelish küçük keçisakalına dokunarak, "Hiçbir şey mi? Bana söyle çocuğum, sen görevin Sör Loras'a verilmesini hangi sebeplerle istiyordun?" dedi.

Sansa'nın, canavar ve kahramanla ilgili düşüncelerini açıklamaktan başka çaresi kalmamıştı. Kralın konsey üyesi gülümsedi. "Pekâlâ, bunlar benim gerekçelerim olmazdı ama..." Sansa'nın yanağına dokundu ve elmacık kemiklerinin üstünde parmağını hafifçe gezdirdi. "Hayat bir şarkı değil tatlım. Bir gün üzülerek öğreneceksin bunu."

Sansa bunların hepsini Jeyne'e anlatmak istemiyordu. Lord Baelish'le olan konuşmasını hatırlamak bile onu huzursuz etmişti nedense.

"Kral Adaleti olarak bilinen kişi Sör İlyn, Sör Loras değil. Lord Eddard onu göndermeliydi aslında," dedi Jeyne.

Sansa titredi. Sör İlyn'i ne zaman görse titriyordu. Çıplak teninde sürünerek ilerleyen ölü yaratıklar varmış gibi hissettiriyordu adamın bakışları. "Sör İlyn de *ikinci* canavar gibi. Babam onu göndermediği için mutluyum."

"Lord Beric de Sör Loras kadar kahraman. Çok cesur ve yürekli."

"Öyledir herhalde," dedi Sansa emin olamıyormuş gibi. Beric Dondarrion yeterince yakışıklıydı ama çok *yaşlıydı*, neredeyse yirmi iki yaşına gelmişti. Çiçek Şövalyesi çok daha doğru bir seçim olurdu. Jeyne'in böyle konuşması doğaldı çünkü Lord Beric'i mızrak müsabakasında gördüğü ilk andan beri ona âşıktı. Sansa, Jeyne'in aptallık ettiğini düşünüyordu çünkü eninde sonunda Jeyne bir kâhyanın kızıydı ve adama ne kadar âşık olursa olsun, Lord Beric kendi seviyesinin o kadar altında bir kıza dönüp bakmazdı. Jeyne lordun yarı yaşında olmasaydı bile.

Bütün bunları Jeyne'e söylemek nezaketsizlik olurdu elbette, bu yüzden sütünden bir yudum alıp konuyu değiştirdi. "Rüyamda beyaz erkek geyiği, Joffrey'nin yakaladığını gördüm," dedi. Aslında bu Sansa'nın dileğiydi ama rüya demesi daha iyi olacaktı. Rüyaların kehanetlerle dolu olduğunu herkes bilirdi. Beyaz erkek geyikler son derece seyrek görülen büyülü yaratıklardı ve Sansa, geyiği avlamanın o sarhoş kraldan çok Joffrey'nin hakkı olduğuna kesinlikle inanıyordu.

"Bir rüya mı? Gerçekten mi? Ne gördün? Prens Joffrey geyiğin yanına gitti, çıplak eliyle onu okşadı ve hiç zarar vermedi değil mi?"

"Hayır," dedi Sansa. "Geyiği altın bir okla vurdu ve bana getirdi." Şarkılarda, hiçbir şövalye büyülü hayvanları öldürmez, onları çıplak elleriyle okşar ve zarar vermeden bırakırdı ama Joffrey'nin ava çıkmayı, avını öldürme kısmını ne kadar sevdiğini biliyordu. Ama sadece hayvanları. Sansa, Jory'nin ve diğer zavallı adamların öldürülmesinde Joffrey'nin hiç suçu olmadığını biliyordu. Onları Joffrey'nin zalim amcası Kral Katili öldürmüştü. Babası o konuda çok öfkeliydi ama Joffrey'yi suçlamak büyük haksızlık olurdu. Arya'nın yaptığı bir şey için Sansa'nın suçlanması gibi.

"Öğleden sonra kız kardeşini gördüm," dedi Jeyne, sanki Sansa'nın düşüncelerini okumuştu. "Amuda kalmış, ellerinin üzerinde ahırlara doğru yürüyordu. Neden böyle bir şey yapıyor ki?"

"Arya'nın yaptığı hiçbir şeyin sebebini bilmiyorum." Sansa ahırlardan nefret ediyordu. Gübre ve sinek dolu, iğrenç kokan yerlerdi. At binmeye çıkacakları zaman bile ahırlara gitmez, seyisin atı eyerleyip avluya getirmesini isterdi. "Konseyde neler olduğunu duymak istiyor musun, istemiyor musun?"

"İstiyorum," dedi Jeyne.

"Sur için yalvarmaya gelmiş bir kara kardeş vardı. Yaşlı ve pis kokulu bir adam." Sansa bundan hiç hoşlanmamıştı. Bütün kara kardeşlerin amcası Ben gibi olduğunu hayal etmişti hep. Şarkılarda, Sur'un kara şövalyeleri denirdi onlar için ama bugün gördüğü adam kamburdu, iğrençti ve sanki bitliymiş gibi görünüyordu. Eğer Gece Nöbetçileri gerçekten böyle adamlardan oluşuyorsa, üvey kardeşi Jon için üzgündü. "Babam salondaki şövalyelere, siyahları kuşanıp soylarını onurlandırmaya gönüllü olup olmayacaklarını sordu ama kimse öne çıkmadı. Hal böyle olunca, zindanlardan seçtiği adamları Yoren'e verdi. Onun ardından Dorne Hudutları'ndan gelen iki kardeş hürsüvari babamın huzuruna çıkarak kılıç yeminiyle krala bağlanmak istediklerini söylediler. Babam yeminlerini kabul etti..."

Jeyne esnedi. "Limonlu kek var mı?"

Sansa lafının kesilmesinden hoşlanmadı ama limonlu kekin bugün taht odasında olanlardan daha heyecan verici olduğunu kabul etmesi gerekirdi. "Bir bakalım," dedi.

Mutfaktakiler bugün limonlu kek yapmamışlardı ama en az onun kadar lezzetli soğuk çilek tartı buldular. Kulenin merdivenlerinde oturdular, kıkırdayarak, dedikodu yaparak, sırlarını paylaşarak tartlarını yediler. Sansa yatmak için odasına giderken en az Arya kadar asi hissediyordu kendini.

Ertesi sabah güneş doğmadan uyandı ve adamlarını avluya toplayan Lord Beric'i izledi. Şafak vakti, önlerinde dalgalanan üç sancakla birlikte yola çıktılar. Baratheonlar'ın taç giymiş erkek geyikli sancağı en üstte dalgalanıyordu. Starklar'ın ulu kurdu ve Lord Beric'in kendi hanedanının arması olan çatallı yıldırım daha kısa iki direğe asılmıştı. Bir şarkının hayat bulması gibiydi, çok heyecan vericiydi. Kılıçların metalik sesleri, meşalelerin göz kırpan alevleri, rüzgârla dans eden sancaklar, kişneyen homurdanan atlar, yivli kale kapısı açılırken kendini göstermeye başlayan güneş. Gümüş renkli zırhları ve gri pelerinleriyle Stark adamları özellikle göz kamaştırıcıydı.

Stark sancağını Alyn taşıyordu. Atının dizginlerini çekerek Lord Beric'in yanında durup sohbet etmeye başladığında Sansa gururla doldu. Alyn, Jory'den daha yakışıklıydı ve bir gün şövalye olacaktı.

Adamlar yola çıktıktan sonra El Kulesi öyle boş görünüyordu ki kahvaltıda Arya'ya rastlamak bile sevindirdi Sansa'yı. "Herkes nerede?" diye sordu Arya bir kan portakalının kabuğunu elleriyle soymaya çalışırken. "Babam onları Jaime Lannister'ı avlasınlar diye mi gönderdi?"

Sansa içini çekti. "Lord Beric'le birlikte Sör Gregor Clegane'in başını kesmeye gittiler." Tahta bir kaşıkla yulaf lapası yiyen Rahibe Mordane'e döndü. "Lord Beric, Sör Clegane'in kesik başını kendi kapısının sivri demirlerine mi geçirecek yoksa buraya, krala mı getirecek, rahibe?" Dün gece Jeyne'le bu konuyu tartışmışlardı.

Rahibe dehşet içindeymiş gibi görünüyordu. "Bir leydi böyle konuları kahvaltısını ederken tartışmaz. Senin görgü kuralların nerede kaldı Sansa? Son zamanlarda en az kız kardeşin kadar kötü tavırlar sergiliyorsun."

"Gregor ne yapmış?" diye sordu Arya.

"Karakol yakıp insanları öldürmüş. Kadınları ve çocukları da."

Arya kaşlarını çattı. "Jaime Lannister, Jory'yi, Heward'ı ve Wyl'i öldürdü. Tazı Mycah'ı katletti. Birilerinin de *onların* kafasını kesmesi gerek."

"Aynı şeyler değil," dedi Sansa. "Tazı, Joffrey'nin yeminli kılıcı. Senin kasap çocuğu, prense saldırmıştı."

"Yalancı," dedi Arya. Parmakları portakala öyle derin girmişti ki kıpkırmızı sular fışkırdı.

"Hiç durma, bana bir sürü kötü isim tak," dedi Sansa umursamıyormuş gibi. "Joffrey ile evlendiğim zaman cesaret edemeyeceksin. Önümde reverans yapıp, bana majesteleri demek zorunda kalacaksın." Arya masanın diğer ucundan elindeki portakalı fırlatınca Sansa çığlık attı. Tam alnının ortasına isabet etmişti. Çenesinden kırmızı sular damlarken portakal da kucağına düştü.

"Yüzünüzde portakal suyu var Majesteleri," dedi Arya.

Portakal suyu alnından akıyor, gözlerini yakıyordu. Bir mendille yüzünü sildi. Kucağına düşen portakalın, yepyeni fildişi rengi ipek elbisesine neler ettiğini görünce bir çığlık daha attı. "Sen *korkunç* birisin," diye bağırdı. "Leydi yerine *seni* öldürmeleri gerekirdi!"

Rahibe Mordane öfkeyle ayağa kalktı. "Lord babanız bu olanları mutlaka duyacak. Odalarınıza gidin. Derhal. *Derhal!*"

"Ben de mi?" dedi Sansa. Gözleri yaşla dolmuştu. "Bu haksızlık."

"Bu mesele tartışmaya açık değil. Gidin!"

Sansa başını dik tutarak yürümeye başladı. O bir gün kraliçe olacaktı; kraliçeler ağlamazdı. En azından herkesin görebileceği yerlerde. Odasına girdiğinde kapıyı kapadı ve elbisesini çıkardı. Kan portakalı elbisesinin üstünde kocaman kırmızı bir leke bırakmıştı. "Ondan nefret ediyorum!" diye bağırdı. Elbiseyi top haline getirip, dün geceden şöminede kalan küllerin üstüne fırlattı. Lekenin iç eteğine de geçtiğini görünce kendine verdiği söze rağmen hıçkırmaya başladı. Öfkeyle üstündeki her şeyi çıkardı, kendini yatağa attı ve uyuyana kadar ağladı.

Rahibe Mordane kapısını çaldığında öğlen olmuştu. "Sansa, baban seni görmek istiyor."

Sansa kalktı. "Leydi," diye fısıldadı. Bir an, ulu kurdun odada onunla birlikte olduğunu, üzgün ve anlayışlı altın rengi gözleriyle ona baktığını sandı. Rüya görmüştü. Leydi'yle birlikte koşuyorlardı ve... hatırlamaya çalışmak, yağmuru elleriyle yakalamaya çalışmak gibiydi. Rüya uzaklaşıp gitti. Leydi yine ölüydü.

"Sansa!" Kapı bu sefer daha şiddetle çalınıyordu. "Beni duyuyor musun?"

"Evet rahibe," diye seslendi Sansa. "Giyinmem için biraz zaman verin lütfen." Gözleri ağlamaktan kıpkırmızı olmuştu ama güzel görünmek için elinden geleni yaptı.

Rahibe Mordane'le birlikte babasının salonuna girdiklerinde, Lord Eddard deri ciltli kalın bir kitabın üzerine eğilmişti. "Buraya gel Sansa," dedi. Rahibe Mordane, Arya'yı getirmeye gitmişti. "Yanıma otur." Kitabı kapadı.

Rahibe Mordane'in ellerinin arasında kısılıp kalmış Arya kıvranarak odaya girdi. Sansa, soluk yeşil damask kumaşından hoş bir elbise giymişti ama kız kardeşinin üzerinde sabah kahvaltısında giydiği deri ve kaba yünden yapılmış pejmürde kıyafetler vardı hâlâ. "İşte diğeri de burada," dedi Rahibe Mordane.

"Teşekkürler Rahibe Mordane. İzin verirseniz kızlarımla yalnız konuşmak istiyorum." Rahibe reverans yaptı ve salondan çıktı.

"Her şeyi Arya başlattı," dedi Sansa aceleyle. "Bana yalancı dedi ve portakal fırlattı. Elbisem mahvoldu. Prens Joffrey ile nişanlandığımızda kraliçenin hediye ettiği fildişi renkli ipek elbise. Prensle evleneceğim için benden nefret ediyor. *Her şeyi* mahvetmeye çalışıyor baba. Güzel, iyi, harikulade olan hiçbir şeye tahammül edemiyor."

"*Yeter* Sansa." Lord Eddard'ın sesi sabırsız ve sert çıkmıştı.

Arya gözlerini kaldırdı. "Özür dilerim baba. Hatalıydım. Tatlı ablamın beni affetmesini rica ediyorum."

Sansa o kadar çok şaşırmıştı ki bir an ne diyeceğini bilemez halde kaldı. Sonunda konuştu. "Ya elbisem ne olacak?"

"Belki... Elbiseni yıkayabilirim," dedi Arya.

"Yıkamak işe yaramaz," dedi Sansa. "Gece gündüz yıkasan da fark etmez çünkü ipek *mahvoldu*."

"O zaman... Sana yenisini yaparım," dedi Arya.

Sansa kafasını kaldırdı ve küçümseyen bir ses tonuyla, "*Sen* mi? Sen domuz ahırlarını temizlerken giyilebilecek bir elbise bile dikemezsin," dedi.

Lord Eddard içini çekti. "Sizi buraya elbiselerle ilgili çağırmadım," dedi. "İkinizi de Kışyarı'na geri göndermeye karar verdim."

Sansa bir kez daha söyleyecek söz bulamıyordu. Donup kalmış gibiydi. Gözleri yine ıslanmıştı.

"Gönderemezsin," dedi Arya.

"Lütfen baba," demeyi başardı sonunda Sansa. "Lütfen yapma."

Ned Stark yorgun bir gülümsemeyle kızlarına baktı. "Sonunda aynı fikirde olduğunuz bir konu bulduk," dedi.

"Ben yanlış bir şey yapmadım," dedi Sansa yalvarır gibi. "Gitmek istemiyorum." Kral Toprakları'nı seviyordu. Konseyin şaşaasını, ipekliler, kadifeler, mücevherler içindeki soylu leydileri ve lordları, kalabalık şehri. Turnuva bütün hayatı boyunca gördüğü en heyecanlı olaydı ve henüz görmediği pek çok şey vardı. Hasat festivalleri, kumpanyaların gösterileri, maskeli balolar. Bütün bunları kaybetmek istemiyordu. "Arya'yı gönder. Yemin ederim ki her şeyi o başlattı. Baba lütfen, çok iyi davranacağıma söz veriyorum. Burada kalmama izin ver, tıpkı kraliçe gibi iyi, soylu ve zarif davranacağım."

Babasının ağzı tuhaf bir biçimde bükülmüştü. "Sansa, sizi kavga ettiğiniz için göndermiyorum, gerçi tanrılar biliyor didişmelerinizden bezdim ama sizi Kışyarı'na güvenliğiniz için yolluyorum. Adamlarımdan üçü sokağın ortasında köpekler gibi katledildi ve Robert ne yaptı? *Ava* çıktı."

Arya çirkin bir şekilde dudaklarını çiğniyordu. "Syrio da bizimle birlikte gelebilir mi?"

"Senin aptal *dans eğitmenin* kimin umrunda?" diye parladı Sansa. "Baba, şimdi hatırladım. Ben buradan gidemem. Prens Joffrey ile evleneceğim." Müstakbel kocası için cesaretle gülümsemeye zorladı kendini. "Onu seviyorum baba, gerçekten seviyorum. Kraliçe Naerys'ın Ejderha Şövalyesi Prens Aemon'ı sevdiği kadar çok seviyorum. Jonquil'in Sör Florain'i sevdiği kadar çok. Onun kraliçesi olmak ve ondan bebeklerim olsun istiyorum."

"Tatlı kızım, beni dinle," dedi babası yumuşak bir sesle. "Yeterince büyüdüğün zaman, sana yakışır, seni hak eden, cesur, nazik, güçlü, soylu bir lordla evlenmeni sağlayacağım. Seni Prens Joffrey ile nişanlamamız korkunç bir hataydı. O çocuk Prens Aemon değil. Bana inan."

"Evet *öyle*!" diye ısrar etti Sansa. "Ben nazik ve cesur birini istemiyorum. Ben *onu* istiyorum. Birlikte çok mutlu olacağız. Tıpkı şarkılarda olduğu gibi, göreceksin. Ona altın saçlı bir oğlan çocuğu vereceğim ve oğlum bir gün diyarın kralı olacak. Gelmiş geçmiş en büyük kral. Kurt kadar cesaretli ve aslan kadar gururlu."

Arya yüzünü ekşitti. "Babası Joffrey olursa biraz zor," dedi. "O yalancı, korkak ve bir geyik, aslan değil."

Sansa gözyaşlarının aktığını hissediyordu. "Hayır! Sarhoş babasına hiç benzemiyor o," diye bağırdı kardeşine, üzüntüsünden kendini kaybetmiş gibiydi.

Babası şaşkın halde ona bakıyordu. "*Tanrılar*," dedi. "Çocuktan al haberi..." Rahibe Mordane'e seslendi. "Sizi götürmesi için hızlı bir ticari kadırga arıyorum. Bu günlerde deniz, Kral Yolu'ndan daha güvenli. Uygun bir gemi bulduğum anda Rahibe Mordane ve muhafızlarla birlikte yola çıkacaksınız... ve evet, Syrio da gelecek, tabi hizmetime girmeyi kabul ederse. Bununla ilgili kimseye bir şey söylemeyin. Planlarımızı kimsenin bilmemesi çok daha iyi olur. Yarın tekrar konuşacağız."

Rahibe Mordane ile birlikte merdivenlerden inerken Sansa ağlıyordu. Her şeyini elinden alıyorlardı; turnuvaları, konseyi, prensini, hepsini. Onu, Kışyarı'nın soğuk gri duvarlarına geri gönderiyorlardı ve hayatı boyunca orada kapalı kalacaktı. Hayatı daha başlamadan son buluyordu.

"Ağlamayı kes çocuğum," dedi Rahibe Mordane. "Babanız sizler için en iyi olanı bilir."

"O kadar da kötü değil Sansa," dedi Arya. "Bir kadırgayla

yolculuk edeceğiz. Güzel bir macera olacak. Tekrar Robb'la, Bran'la, Yaşlı Dadı'yla, Hodor'la ve diğerleriyle birlikte olacağız." Sansa'nın koluna tuttu.

"*Hodor*!" diye bağırdı Sansa. "Senin Hodor'la evlenmen gerek, sen de tıpkı onun gibi çirkin, kıllı ve aptalsın!" Kolunu kardeşinin elinden çekti, koşarak odasına girdi ve kapıyı çarparak kapattı.

EDDARD

"Acı tanrıların bir hediyesidir Lord Eddard," dedi Yüce Üstat Pycelle. "Kemiğin kaynadığı, etin iyileştiği anlamına gelir. Şükretmelisiniz."

"Bacağımın zonklaması durduğunda şükredeceğim."

Pycelle yatağın yanındaki masaya bir matara bıraktı. "Haşhaş sütü. Ağrınız dayanılmaz olursa için."

"Zaten çok fazla uyuyorum."

"Uyku en iyi şifacıdır."

"En iyi şifacı sizsiniz diye düşünüyordum."

Pycelle belli belirsiz gülümsedi. "Sizi böyle keskin espriler yaparken görmek çok güzel lordum." Ned'e doğru eğildi ve sesini alçalttı. "Bu sabah haberci kuzgun geldi. Kraliçeye babasından bir mektup getirdi. Bilmeniz gerektiğini düşündüm."

"Kara kanatlara yüklü kara haberler," dedi Ned. "Ne diyor?"

"Sör Gregor Clegane için yolladığınız adamlar hususunda son derece öfkeli," diye cevapladı Pycelle. "Böyle olmasından endişe ediyordum. Hatırlarsanız konsey masasında defalarca dile getirmiştim."

"Bırakın istediği kadar öfkelensin," dedi Ned. Bacağının her zonklamasında, Jaime Lannister'ın gülümsemesini ve kollarında ölü yatan Jory'yi hatırlıyordu. "Bırakın kızına istediği kadar mektup yazsın. Lord Beric krala ait bir sancak taşıyor. Lord Tywin kral adaletini engellemeye çalışırsa Robert'a hesap verir. Majesteleri'nin avlanmaktan daha fazla sevdiği bir şey varsa, o da kendisine ayaklanan lordların haddini bildirmektir."

Pycelle doğrulurken üstat zinciri ses çıkardı. "Sizin dediğiniz gibi olsun. Sabah tekrar ziyaret ederim." Yaşlı adam aceleyle eşyalarını toplayıp odadan ayrıldı. Üstadın hiç vakit kaybetmeden kraliyet dairesine gidip kraliçeye laf taşıyacağından hemen hemen hiç şüphesi yoktu Ned'in. *Bilmeniz gerektiğini düşündüm...* sanki babasından gelen mektubun haberini vermesini emreden Cersei'nin ta kendisi değilmiş gibi. Verdiği cevabın, kadının o kusursuz dişlerini titretmesini diledi. Robert'tan üstada anlattığı kadar emin olamıyordu aslında ama kraliçenin bunu bilmesine gerek yoktu.

Bir kadeh ballı şarap istedi. Şarap da zihnini bulandırıyordu ama haşhaş sütü kadar değil. Düşünme yeteneğini kaybetmemesi gerekiyordu. Jon Arryn'ın kendini öldürtecek ne yaptığını, öğrendikleriyle ilgili harekete geçecek kadar yaşayıp yaşamadığını en az bin kez sormuştu kendine. Belki de harekete geçtiği için öldürülmüştü Jon.

Bazen çocukların masum gözleri yetişkin insanların göremediği şeyleri görebiliyordu tuhaf bir şekilde. Sansa büyüdüğü zaman, her şeyi açıkça görmesini sağladığını söyleyecekti kızına. Hiçbir şey bilmeden, *sarhoş babasına hiç benzemiyor o*, demişti öfkeli bir sesle ve basit gerçek Ned'in önüne ölüm kadar soğuk bir şekilde serilmişti. *Jon Arryn'ı öldüren kılıç buydu*, diye düşündü Ned. *Ve o kılıç Robert'ı da öldürecek. Çok daha yavaş ama kesin bir ölüm olacak*. Kırık kemikler zamanla iyileşiyordu ama bazı ihanetler iltihap yapıyor ve ruhu zehirliyordu.

Yüce Üstat Pycelle'den bir saat kadar sonra Serçeparmak geldi. Göğsüne siyah iplikle alaykuşu işlenmiş kırmızı bir takım ve siyah beyaz çizgili bir pelerin giyiyordu. "Uzun süre kalamayacağım lordum," dedi. "Leydi Tanda beni öğle yemeğine bekliyor. Bana yağlı bir dana kızarttıracağından şüphem yok. Gerçi dana, kızı kadar yağlı olursa patlayıp ölürüm muhtemelen. Bacağınız nasıl?"

"Şiş, ağrılı ve beni deliye döndürecek kadar kaşıntılı."

Serçeparmak tek kaşını kaldırdı. "Öyleyse bir daha üstünüze at düşmemesine dikkat edin. Bir an önce iyileşmeniz gerekiyor. Diyar iyice kaynamaya başladı. Varys batıdan çok karanlık fısıltılar duyuyor. Hürsüvariler ve paralı askerler Casterly Kayası'na yığılıyormuş. Lord Tywin'in doyumsuz sohbeti için olmadığına eminim."

"Kraldan haber var mı?" diye sordu Ned. "Robert daha ne kadar avlanmayı düşünüyor?"

"Bir seçeneği olsa, siz de kraliçe de yaşlılıktan ölene kadar ormanda kalır gibi geliyor bana," diye cevapladı Serçeparmak gülümseyerek. "Böyle bir seçeneği olmadığına göre bir şeyler öldürür öldürmez geri dönecektir. Beyaz erkek geyiği bulmuşlar... daha doğrusu hayvandan geri kalanları bulmuşlar. Bir kurt geyiği onlardan önce yakalamış ve krala sadece boynuzlarla toynaklar kalmış. Robert, ormanın derinliklerinde devasa bir yaban domuzu olduğunu duyana kadar çok öfkeliymiş. O hayvanı avlayana kadar rahat etmez. Prens Joffrey, Royceler, Sör Balon Swann ve kafileden yirmi kişi bu sabah döndü. Diğerleri hâlâ kralın yanında."

"Ya Tazı?" diye sordu Ned kaşlarını çatarak. Jaime Lannister babasının yanına gittiğinden beri Lannister kabilesinde onu en çok endişelendiren adam Sandor Clegane'di.

"Ah, o da Joffrey ile birlikte döndü ve hemen kraliçenin yanına gitti." Serçeparmak gülümsedi. "Lord Beric'in, ağabeyinin kafasını kesmek için yola çıktığını öğrendiği anda, Sandor'un yakınındaki çalılıklarda bir sinek olabilmek için yüz gümüş geyik verirdim," dedi.

"Kör bir adam bile Tazı'nın ağabeyinden nasıl nefret ettiğini görebilir."

"Ah, evet. Ama en nefret ettiği adamı siz öldürüyorsunuz. Dondarrion, Yürüyen Dağ'ın kafasını kestiğinde, bütün Clegane toprakları ve hazinesi Sandor'un olacak ama sizin yerinizde olsam teşekkür beklemezdim. Şimdi müsaadenizle lordum, Leydi Tanda ve yağlı danaları beni bekliyor."

Serçeparmak kapıya yürürken masadaki kalın kitabı gördü ve durup sayfalarını karıştırmaya başladı. *Yedi Krallık'ın Büyük Hanedanlarının Kökleri ve Tarihçeleri; Necip Lordların ve Soylu Leydilerin ve Çocuklarının Ayrıntılı Vasıfları,* diye yüksek sesle okudu. "Bundan daha sıkıcı bir okuma işi olamaz. Bir uyku iksiri mi lordum?"

Bir an için her şeyi anlatmayı düşündü Ned ama Serçeparmak'ın kitapla ilgili yaptığı laf oyununda onu çok rahatsız eden bir şey vardı. Çok kurnaz bir adamdı ve dudağındaki alaycı gülümseme hiç kaybolmuyordu. "Jon Arryn hastalandığında bu kitabı okuyordu," dedi temkinli bir tonla. Serçeparmak'ın tepkisini merak ediyordu.

Ve adam her zamanki gibi ince bir alayla karşılık verdi: "Öyleyse ölüm onu epey rahatlatmıştır." Lord Petyr Baelish reverans yaparak odadan çıktı.

Eddard Stark bir küfür savurdu. Kendi adamları dışında güvenebileceği kimse yoktu bu şehirde. Serçeparmak, Catelyn'i saklamış, Ned'in araştırmalarına yardım etmişti ama o gece Jaime ve adamları geldiğinde kendi postunu kurtarmak için o kadar acele etmesi Ned'i hâlâ rahatsız ediyordu. Varys ondan da beterdi. Sadakat yeminlerine rağmen, hadım çok fazla şey biliyor, çok az şey yapıyordu. Yüce Üstat Pycelle her geçen gün daha fazla Cersei'nin köpeğiymiş gibi görünüyordu. Sör Barristan yaşlı ve muhafazakâr bir adamdı, Ned ona öğrendiklerini anlatsa, görevini yapması gerektiğini söylerdi.

Çok az zaman vardı, durum düşündürücüydü. Kral birkaç gün içinde dönecekti ve Ned'in görev onuru, öğrendiği her şeyi Robert'a anlatmasını gerektiriyordu. Vayon Poole kızlarının Kışyarı'na dönmesi için *Rüzgâr Cadısı* isimli bir kadırga bulmuştu. Gemi Braavos açıklarındaydı ve üç gün içinde şehre varacaktı. Artık kızlarının güvenliğini bahane ederek yapması gereken şeyleri erteleyemezdi.

Gece rüyasında Rhaegar Targaryen'ın çocuklarını görmüştü. Tywin Lannister kendi muhafızlarının kırmızı pelerinlerine sarılı ölü bedenleri Demir Taht'ın önüne sermişti. Zekice davranmıştı, kırmızı pelerinlerin içinde o kadar kötü görünmüyordu kan. Kızın ayakları çıplaktı, üzerinde hâlâ geceliği vardı. Ve oğlan, oğlan...

Ned bunun tekrar olmasına izin veremezdi. Diyar bir deli krala daha dayanamazdı, bir intikam ve kan dansı daha olmamalıydı. Çocukların hayatını kurtarmak için bir yol bulmak zorundaydı.

Robert merhamet gösterebilirdi. Affettiği tek adam Sör Barristan değildi. Yüce Üstat Pycelle, Örümcek Varys, Lord Balon Greyjoy, hepsi bir zamanlar Robert'ın düşmanlarıydı ama hepsi onun dostluğuna, rütbelere ve sadakat yeminlerine karşılık mevkilere sahip olmuşlardı. Robert, cesur bir düşmana gösterdiği saygıyı ona da gösterirdi.

Ama bu farklı bir durumdu. Karanlıktaki zehir, ruha saplanmış bir bıçak. Robert bunu asla affetmezdi. Tıpkı Rhaegar'ı affedemediği gibi. *Hepsini öldürecek*, dedi kendi kendine.

Buna rağmen Ned sessiz kalamazdı. Robert'a karşı sorumlulukları vardı. Krallığa, Jon Arryn'ın gölgesine ve... bir şekilde gerçeğin tam ortasına düşmüş Bran'a karşı sorumluydu. Bran gerçeği öğrenmemiş olsaydı onu neden katletmek istesinlerdi ki?

Öğleden sonra çocuklarının Şişman Tom dediği, zencefil sakallı, tombul muhafız Tommard'ı çağırttı. Jory'nin vefatı, Alyn'ın gidişiyle muhafızlarının komutası Tommard'a kalmıştı. Bunu düşününce biraz huzursuzlandı Ned. Tommard sağlam, nazik, sadık ve hevesli bir adamdı ama neredeyse elli yaşına gelmişti. Gençliğinde bile çok hareketli olduğu söylenemezdi. Ned, muhafızlarının yarısıyla beraber en iyi savaşçılarını batıya göndermekle bir hata yapmıştı belki.

"Yardımına ihtiyacım olacak," dedi Tommard yanına geldiğinde. Adam ne zaman Ned'in huzuruna çıksa telaşlanıyordu. "Beni tanrı korusuna götür."

"Bacağınız bu durumdayken akıllıca olur mu lordum?"

"Olmaz ama gitmem gerek."

Tommard, Varly'yi çağırdı. Ned iki adamın omuzlarına tutunarak kulenin merdivenlerinden inip avluyu geçmeyi başarabildi. "Muhafızların iki katına çıkarılmasını istiyorum," dedi Tommard'a. "Benim iznim olmadan kimse El Kulesi'ne girmeyecek ve buradan dışarı çıkmayacak."

Tom düşündü. "Lordum, Alyn ve diğerlerinin yokluğu yüzünden hali hazırda epey sıkıştık."

"Kısa bir zaman için," dedi Ned. "Nöbet sürelerini uzatın."

"Emredersiniz lordum," dedi Tom. "Size nedenini sorabilir miyim?"

"Sormasan daha iyi," diye yanıt verdi Ned kesin bir ifadeyle.

Güney tanrılarının şehrinde bulunan tanrı korusu her zamanki gibi boştu. Adamlar yürek ağacının dibine oturmasına yardım ederlerken, Ned'in bacağı çığlıklar atıyordu. "Teşekkür ederim," dedi. Kemerinden, katlanıp kendi mührüyle kapatılmış bir kağıt çıkardı. "Bunu acilen gitmesi gereken yere götürün."

Tommard kağıdın üstündeki ismi okuduğunda dudağını ısırdı. "Lordum..."

"Sana söylediğimi yap," dedi Ned.

Sessiz tanrı korusunda ne kadar zaman beklediğini bilmiyordu. Burası huzur doluydu. Ağaçlar kalenin ihtişamını gizliyordu. Kuşların sesini, böceklerin mırıltısını, meltemle hışırdayan yaprakları duyabiliyordu. Yürek ağacı, üzerinde gözler olmayan, kahverengi yaşlı bir meşeydi ama Ned burada tanrılarının varlığını hissedebiliyordu. Bacağı daha az zonkluyor gibiydi.

Güneş surların ve kulelerin üstünde kırmızıya dönerken, gün batımında geldi kadın. Ned'in söylediği gibi tek başına gelmişti. İlk kez sade giyinmişti. Deri çizmeler ve binici kıyafeti. Kahverengi pelerininin başlığını çıkardığında, yüzündeki çürüğü gördü Ned. Kralın vurduğu yerdeki kızgın morluk sarıya dönmeye başlamıştı ve şişlik inmişti.

Cersei, "Neden burada?" diye sordu Ned'e tam yanında ayakta dururken.

"Böylece tanrılar bizi görebilir," diye cevapladı Ned.

Ned'in yanına çimenlerin üstüne oturdu. Her hareketinden zarafet akıyordu. Sapsarı bukleleri rüzgârda uçuşuyordu. Gözleri yaz yaprakları kadar yeşildi. Ned daha önce onun güzelliğine dikkat etmemişti ama şimdi görebiliyordu. "Jon Arryn'ın ölümüne sebep olan gerçeği biliyorum," dedi.

"Biliyor musunuz?" Kraliçe bir kedi kadar tetikte, Ned'in yüzünü inceliyordu. "Beni buraya bu yüzden mi çağırdınız Lord Stark? Bilmeceler çözmek için mi? Yoksa amacınız, karınızın Tyrion'ı kaçırdığı gibi kaçırmak mı beni?"

"Buna inanıyor olsaydın buraya asla gelmezdin," dedi Ned. Hafifçe kadının yanağına dokundu. "Bunu daha önce de yaptı mı?"

"Birkaç kez," dedi yüzünü Ned'den uzaklaştırarak. "Ama yüzüme vurmamıştı daha önce. Jaime görse onu öldürürdü çünkü. Kardeşim Jaime, arkadaşından yüz tane eder."

"Kardeşin mi?" dedi Ned. "Yoksa âşığın mı?"

"İkisi de," diye cevap verdi kadın. Gözünü bile kırpmadan gerçeği söylemişti. "Çocukluğumuzdan beri üstelik. Hem neden olmasın? Targaryenlar kanlarını saf tutmak için üç yüz yıldır kardeşleri evlendiriyor. Jaime'yle ben kardeşten daha öteyiz. Biz onunla anne karnını paylaştık. Benim ayağımı tutarak dünyaya gelmiş o, eski üstadımız anlatmıştı. O benim içimdeyken kendimi... tamamlanmış hissediyorum." Bir gülücüğün hayaleti geçti dudaklarından.

"Oğlum Bran..."

Cersei gözlerini Ned'den kaçırmadı. "Bizi gördü. Çocuklarını seviyorsun, değil mi?"

Meydan dövüşünün yapıldığı sabah Robert da aynı soruyu sormuştu. Ned aynı cevabı verdi. "Bütün kalbimle."

"Ben de çocuklarımı öyle seviyorum."

Ned düşündü, *Hiç tanımadığım bir çocuğun hayatına karşılık, Arya'nın, Sansa'nın Bran'ın Rickon'un ya da Robb'un hayatı söz konusu olsaydı ne yapardım? Ya Catelyn, Jon'un hayatına karşılık kendi doğurduğu çocukların hayatı söz konusu olsaydı, ne yapardı?* Cevabı bilmiyordu. Asla öğrenmemek için dua etti.

"Üçü de Jaime'den," dedi Ned. Bu bir soru değildi.

"Tanrılara şükür," diye karşılık verdi Cersei.

Tohum güçlü. Jon Arryn ölüm döşeğinde böyle söylemişti ve tohum gerçekten güçlüydü. Onca piç ve simsiyah saçları. Yüce Üstat Malleon, aslan ve boynuz arasında doksan yıl önce gerçekleşmiş son evliliği kitabında yazmıştı. Tya Lannister, hüküm süren lordun üçüncü oğlu Gowen Baratheon ile evlenmişti. İlk ve tek oğulları *iri, gürbüz, simsiyah saçlı*, daha adı konmadan ölmüş bir bebekti. Bu evlilikten otuz yıl kadar önce bir Lannister, Baratheonlar'dan bir bakireyle evlenmişti. Üç kız bir erkek çocukları olmuştu. Çocukların hepsinin saçları simsiyahtı. Ned kurumuş sarı sayfaların arasında ne kadar geri giderse gitsin, altının kömür önünde eğildiğini görmüştü.

"On iki yıl," dedi Ned. "Nasıl oldu da kraldan hamile kalmadın?"

Kendini savunur gibi başını kaldırdı. "Senin sevgili Robert'ın rahmime bir çocuk bıraktı bir kez." Sesi tiksintiyle kalınlaşmıştı. "Kardeşim beni temizleyecek bir kadın buldu. Robert asla öğrenmedi. Dürüst olmam gerekirse onun bana dokunmasına tahammül edemiyorum. Yıllardır içime girmesine izin vermedim. Fahişelerinden ayrılıp yatak odama gelmeye vakit bulduğunda, onu memnun etmek için başka yollar kullanıyorum. Gerçi ne yaparsak yapalım, kral her zaman körkütük sarhoş olduğu için sabah hiçbir şey hatırlamıyor."

Herkes nasıl bu kadar kör olabilmişti? Gerçek bunca zamandır tam önlerinde duruyordu. Gerçek çocukların yüzlerinde yazılıydı. Ned'in midesi bulanıyordu. "Robert'ın tahta oturduğu günü hatırlıyorum, tam bir kraldı," dedi sessizce. "Onu bütün kalbiyle sevebilecek bin tane kadın bulabilirdi. Ondan bu kadar nefret etmeni sağlayacak ne yaptı sana?"

Gece karanlığında yanan yeşil alevler gibi parladı gözleri. "Düğün gecemizde, ilk kez bir yatağı paylaştığımızda bana senin kız kardeşinin adını söyledi. Üstümdeydi, içimdeydi ve kulağıma fısıldadı: *Lyanna*."

Ned Stark solgun mavi gülleri hatırladı ve içinden hıçkırmak geldi bir an. "Hanginize daha fazla acımam gerektiğini bilmiyorum," dedi.

Söylediği şey kraliçeyi eğlendirmiş gibiydi. "Acımanı kendine sakla Lord Stark. Benim ihtiyacım yok."

"Ne yapmak zorunda olduğumu biliyorsun."

"*Zorunda*?" Elini Ned'in sağlam bacağına, tam dizinin üstüne koydu. "Gerçek bir erkek istediğini yapar, yapmak zorunda olduğu şeyi değil." Parmakları ağır ağır Ned'in bacağını okşamaya başladı, kalçalarına kadar çıktı, sözlerin en tatlısını veriyor gibiydi. "Krallığın güçlü bir El'e ihtiyacı var. Joff daha yıllarca tahta çıkamayacak. Kimse yeni bir savaş istemiyor. Ben hiç istemiyorum." Elleri Ned'in yüzünü, saçlarını okşadı. "Eğer dostlar düşman olabiliyorsa, düşmanlar da dost olabilir. Karın binlerce fersah uzakta ve Jaime babamın yanına kaçtı. Bana nazik davran Ned. Asla pişman olmayacağına söz veririm."

"Aynı teklifi Jon Arryn'a da yaptın mı?"

Ned'e bir tokat attı.

"Bunu bir onur madalyası olarak takacağım," dedi Ned kuru bir sesle.

"*Onurmuş*," diye parladı Cersei. "Bana soylu lord rolü oynamaya kalkma. Sen beni ne sanıyorsun? Senin de bir piçin var. Onu gördüm. Annesi kimdi merak ediyorum. Evi yanarken tecavüz ettiğin Dorne'lu bir köylü kızı mı? Bir fahişe mi? Yoksa şövalyenin yas tutan kız kardeşi Leydi Ashara mı? Kendini denize atmış diye duydum. Neden yaptı sence? Kılıçtan geçirdiğin ağabeyi için mi, yoksa elinden aldığın evladının hasreti yüzünden mi? Söyle bana pek soylu ve *onurlu* lordum, senin Robert'tan, benden ya da Jaime'den ne farkın var?"

"En başta, ben çocuk öldürmüyorum. Beni çok iyi dinle leydim. Çünkü sadece bir kez söyleyeceğim. Kral avdan döndüğünde ona bütün gerçeği açıklayacağım. Bu yüzden, o dönmeden gitmiş olman gerek. Çocuklarınla birlikte. Senin yerinde olsam Casterly Kayası'na gitmezdim. Özgür Şehirler'e, hatta daha uzağa, Yaz Adaları'na ya da İbben Limanı'na doğru yelken açardım. Rüzgâr ne kadar hızlı eserse."

"Sürgün," dedi. "Tadımı acı bir kadeh."

"Babanın, Rhaegar'ın çocuklarına sunduğu kadehten daha tatlı," dedi Ned. "Hak ettiğinden daha iyi. Babanın ve kardeşlerinin de seninle gelmesi en iyisi olur. Lord Tywin'in altınları sayesinde rahatça yaşayabilir ve sizi koruyacak paralı askerler tutabilirsiniz. İhtiyacınız olacak. Nereye kaçarsan kaç, Robert'ın öfkesi seni takip edecektir buna şüphen olmasın."

Kraliçe ayağa kalktı. "Ya benim öfkem Lord Stark?" diye sordu yumuşak bir sesle. Gözleri Ned'in yüzünü inceliyordu. "Krallığı kendine saklamalıydın. Alman için önünde duruyordu. Jaime, Kral Toprakları'nın düştüğü gün onu Demir Taht'ta otururken bulduğunu anlatmıştı bana. Bütün yapman gereken merdivenleri çıkmak ve tahta oturmaktı. Ne acıklı bir hata."

"Tahmin edebileceğinden çok daha fazla hata yaptım," dedi Ned. "Ama o tahta oturmamak onlardan biri değildi."

"Ah, evet öyle lordum," diye ısrar etti Cersei. "Taht oyununda ya kazanırsın, ya ölürsün. İkisinin arası yoktur."

Çürük yanağını başlığının altına gizledi ve Ned'i karanlıkta, meşe ağacının dibinde, tanrı korusunun sessizliğinde, siyah lacivert gökyüzünün altında yalnız bıraktı. Yıldızlar görünmeye başlamıştı.

DAENERYS

Khal Drogo'nun getirip önüne bıraktığı çiğ ve kanlı yürekten, soğuk gece havasında buharlar tütüyordu. Drogo'nun kolları dirseğine kadar kırmızıya boyanmıştı. Ellerinde taş bıçakları olan kansüvarileri, arkasındaki yaban aygırı ölüsünün yanında, kumda diz çökmüşlerdi. Çukurun kireç taşı kaplı duvarlarında parlayan turuncu meşale alevleri, aygırdan akan kanın siyah görünmesine sebep oluyordu.

Dany şişmiş yumuşak karnını okşadı. Yüzü boncuk boncuk terlemişti ve ter kaşlarından aşağı süzülüyordu. Vaes Dothrak'ın kocakarıları, kırışık suratlarında çakmak taşı gibi parlayan gözleriyle Dany'yi izliyordu. Dany korkmuş gibi görünemezdi, tereddüt edemezdi. Aygırın kanlı kalbini iki eliyle birden alıp ağzına götürürken, sert ve adaleli ete dişlerini geçirirken, *ben ejderhanın kanıyım*, diye hatırlattı kendine.

Ilık kan ağzını doldurdu ve çenesinden aşağı aktı. Yüreğin tadı yüzünden öğürecek gibi oldu ama kendini çiğneyip yutmak için zorladı. Dothraklar, çiğ aygır yüreğinin karnındaki erkek evladı güçlendireceğine ve korkusuz kılacağına inanıyordu ama bunun için bütün yüreği yiyip bitirmesi gerekiyordu. Kandan boğulursa, eti yutamayıp kusarsa kehanetler gerçekleşmeyecek demekti. Çocuk kız olabilirdi, hastalıklı doğabilirdi ya da doğum sırasında ölebilirdi.

Hizmetçileri tören için hazırlanmasına yardım etmişti. Hamilelik yüzünden iyice hassaslaşan midesine rağmen, kâse kâse yarı pıhtılamış kan içmişti. Artık çenesi ağrıyana kadar İrri'nin hazırladığı kurutulmuş at etini çiğnemişti. Açlığın çiğ yüreği yemesine yardım edeceğini umarak törenin yapılacağı akşamdan önceki gece ve gündüz boyunca aç bırakmıştı kendini.

Yaban aygırının kalbi kastan ibaretti ve Dany'nin her lokmayı dişleriyle koparması, iyice çiğnedikten sonra yutması gerekiyordu. Dağların Anası'nın gölgesindeki Vaes Dothrak'ın kutsal topraklarına çelik girmesi yasaktı, eti tırnak ve dişleriyle parçalamalıydı. Midesi kalkıyordu ama yemeye devam etti. Ağzı kan içinde kalmıştı. Yüzü kan içindeydi, sanki dudakları patlamış gibiydi.

Khal Drogo bronz bir kalkan kadar sert yüzüyle Dany'yi izliyordu. Yağlanmış uzun siyah saç örgüsü parlıyordu. Bıyığına altın halkalar, örgüsüne altın çanlar takmıştı. Belinde som altından yapılmış ağır bir kemer vardı ama vücudu çıplaktı. Dany ne zaman daha fazla yiyemeyeceğini hissetse ona baktı. Çiğnedi ve yuttu, çiğnedi ve yuttu, çiğnedi ve yuttu. Sonlara doğru, Drogo'nun siyah badem gözlerinde gurur görür gibi olduğunu düşündü ama emin değildi. *Khal*'ın yüzü aklından geçeni kolay kolay ele vermezdi.

Sonunda bitti. Son lokmayı yutmak için kendini zorlarken yüzü ve elleri kanla yapış yapış olmuştu. Dönüp *dosh khaleen* kocakarılarına baktı.

"Khalakka dothrae mr'anha!" dedi elinden geldiği kadar iyi Dothrakça konuşarak. *"İçimde bir prens at koşturuyor."* Hizmetçisi Jhiqui'yle birlikte günlerce tekrar etmişti bu cümleyi.

Elinde kuru ve bükülmüş bir dal tutan tek gözlü en yaşlı kocakarı kollarını gökyüzüne kaldırdı. *"Khalakka dothrae!"* diye bağırdı. *"Prens at koşturuyor!"*

"Koşturuyor," dedi diğer kadın. *"Rakh! Rakh! Rakh haj!"* diye bağırdılar hep beraber. *"Bir oğlan, bir oğlan, güçlü bir oğlan."*

Bronz kuşlar kanat çırpıyormuş gibi çaldı ziller. Uzun bir savaş borusu en pes sesiyle derin derin öttü. Yaşlı kadınlar şarkı söylemeye başladılar. Boyanmış deri yeleklerinin altındaki terden ve yağdan parlayan kurumuş göğüsleri ileri geri sallanıyordu. Hizmetlerindeki hadımlar bronz sobaların içlerini kurumuş otlarla doldurdu ve kokulu duman aya, yıldızlara doğru yükselmeye başladı. Dothraklar, yıldızların alevden yapılmış atlar olduğuna inanırdı. Geceleri gökyüzünde dörtnala koşan kalabalık bir aygır sürüsü.

Duman iyice yukarı yükseldiğinde, en yaşlı, tek gözlü kocakarı geleceğe daha iyi bakabilmek için gözünü kapadı. Derin bir sessizlik çöktü. Uzaklarda uçan gece kuşlarının kanatlarını, meşalelerden çıkan çıtırtıları ve tıslamaları, göl suyunun hafif ve sakin sesini duyabiliyordu Dany. Dothraklar gecenin gözleriyle ona bakıyor, bekliyorlardı.

Khal Drogo elini Dany'nin koluna koydu. Adamın parmaklarındaki gerginliği hissedebiliyordu. *Dosh khaleen* geleceğin dumanına gözünü dikmişken bir *khal* bile korkunun tadına bakabiliyordu. Dany'nin hizmetçileri tam arkasında titreyerek bekliyordu.

En sonunda kocakarı gözünü açtı ve kollarını yukarı kaldırdı. "Yüzünü gördüm ve toynaklarından çıkan gök gürültüsünü duydum," diye açıkladı incecik, titrek sesiyle.

"Toynaklarından çıkan gök gürültüsü," dedi diğerleri hep bir ağızdan.

"Arkasına aldığı rüzgâr kadar hızlı ve *khalasar*'ı dünyayı kaplayacak kadar kalabalık. Adamlarının ellerinde otlar kadar ince kenarlı, ustura gibi keskin *arakh*'lar var. Düşmanları onun önünde titreyecek. Karıları onun ardından kan ağlayıp, üzüntüden kendi etlerini kesecek. Saçlarındaki ziller gelişini haber verecek ve taş çadırların içindeki beyaz adamlar onun adını duyduklarında dehşete düşecek." Tek gözlü kocakarı titredi ve sanki korkuyormuş gibi Dany'ye baktı. "Prens at koşturuyor. O dünyanın tepesine çıkacak aygır olacak."

"*Dünyanın tepesine çıkacak aygır!*" diye bağırdı izleyenler. Sesleri gecede uzun süre yankılandı.

Tek gözlü kocakarı Dany'ye baktı. "Dünyanın tepesine çıkacak aygırın ismi ne olacak?"

Cevap vermek için ayağa kalktı Dany. "Ona Rhaego diyeceğiz," dedi Jhiqui'den öğrendiği kelimelerle. Dothraklar hep bir ağızdan Rhaego diye bağırırken, ellerini korumak istermiş gibi göğüslerinin altındaki yuvarlak karnına koydu. *"Rhaego,"* diye çığlık atıyorlardı. *"Rhaego, Rhaego, Rhaego!"*

Khal Drogo çukurdan çıkmasına yardım ederken oğlunun ismi kulaklarında çınlıyordu. Kansüverileri arkalarındaydı. Bir geçit alayı, onları Dağların Anası'na açılan atlı kapıya giden, Vaes Dothrak'ın kalbinden geçen, geniş ve otlarla kaplı tanrı yoluna kadar götürdü. Önce köleleri ve hadımlarıyla birlikte *dosh khaleen* kocakarılar geldi. Bazıları gururla dimdik yürürken, bazıları titrek ve yaşlı bacaklarının üstünde debeleniyor, oymalı bastonlardan destek alıyordu. Hepsi bir zamanlar *khaleesi* idi. Kocaları ölüp de yeni bir *khal* başa geçtiğinde, eski *khaleesi*'ler kalabalık

Dothrak ulusuna hükmetmek üzere buraya yollanıyordu. En kudretli *khal* bile *dosh khaleen* bilgeliği ve gücü karşısında eğilirdi. Buna rağmen Dany, istese de istemese de bir gün onların arasına gönderilebileceğini düşündüğünde titriyordu.

Bilge kadınların ardından diğerleri geldi: Khal Ogo ve oğlu, *khalakka Fogo*, Khal Jommo ve karıları, Drogo'nun *khalasar*'ının önde gelenleri, Dany'nin hizmetçileri, *khal*'ın köleleri ve hizmetçileri, ayrıca başka bir sürü insan. Hepsi beraber tanrı yolunda yürürken ziller çalıyor, davullar ilahi bir ritmle vuruyordu. Yol boyunca sıralanmış çalıntı kahramanlar ve ölü insanların tanrıları, karanlıkta düşüncelere dalmış gibi duruyordu. Geçit alayının iki yanında koşturan kölelerin taşıdığı meşalelerin ışıkları devasa anıtların üzerinde titriyor, onları adeta canlandırıyordu.

"Rhaego ismi, ne demek?" diye sordu Khal Drogo yürürlerken. Yedi Krallık'ın Ortak Dil'inde konuşmuştu. Dany fırsat oldukça birkaç kelime öğretiyordu kocasına. Drogo kolay öğreniyordu, aklına koyduğu şeyi mutlaka yapıyordu ama aksanı o kadar kaba ve barbarcaydı ki Viserys ve Sör Jorah söylediği tek kelimeyi bile anlayamıyordu.

"Ağabeyim Rhaegar korkusuz bir savaşçıydı güneşim ve yıldızım," dedi Dany. "Ben doğmadan önce öldü. Sör Jorah, onun son ejderha olduğunu söylüyor."

Khal Drogo baktı. Yüzü bronz bir maske gibiydi ama uzun siyah bıyıklarının ve altın halkalarının altında belli belirsiz bir gülümseme görür gibi oldu Dany. "İsim, iyi. Dan Ares karım, ay ışığım."

Etrafi sazlıklarla çevrili, Dothrakların Dünyanın Rahmi dedikleri göle geldiler. Su sakin ve durgundu. Jhiqui, binlerce yıl önce ilk insanın bu gölün derinliklerinden ilk atın sırtında çıktığını anlatmıştı Dany'ye.

Dany çamurlanmış giysilerini üstünden çıkarıp yere atarken geçit alayı gölün sazlık kıyısında bekliyordu. Çırılçıplak halde dikkatli adımlarla göle girdi. İrri gölün dibi olmadığını söylemişti ama Dany uzun sazları iterek ilerlerken ayak parmaklarının arasında hareket eden balçık zemini hissediyordu. Ay ışığı gölün durgun ve siyah sularının üstünde parlıyor, Dany hareket ettikçe kırılıp şekilden şekile giriyordu. Suyun soğukluğu kalçalarına tırmanıp alt dudaklarını öptüğünde tüyleri diken diken oldu. Aygır kanı ellerinde ve ağzının çevresinde kurumuştu. Eğildi, avuçlarını suyla doldurup yüzüne çarptı. *Khal* ve diğerleri onu izlerken kendini ve içindeki çocuğu gölün sularıyla arındırdı. *Dosh khaleen* yaşlı kadınlarının fısıltılarını duyabiliyordu. Ne konuştuklarını merak ediyordu.

Titreyerek ve üzerinden sular akarak gölden çıktığında, hizmetçisi Doreah elinde ipek bir elbiseyle ona doğru yürüdü ama Khal Drogo kızı durdurdu. Onaylayan gözlerle Dany'nin iyice şişmiş göğüslerine ve karnına bakıyordu. Ağır kemerinin tuttuğu deri at pantolonunun içindeki erkekliğinin kabardığını görebiliyordu Dany. Kocasının yanına gitti ve kemerini çözmesine yardım etti. Cesametli *Khal*'ı, Dany'yi kalçalarından tutup bir çocukmuş gibi havaya kaldırdı. Örgüsündeki çanlar hafifçe çınlıyordu.

Dany kollarını kocasının boynuna doladı ve adam içine girerken yüzünü göğsüne gömdü. Üç sert vuruş ve bitmişti. "*Dünyanın tepesine çıkacak aygır*," diye fısıldadı Drogo kalın sesiyle. Elleri hâlâ at kanı kokuyordu. Zevkin zirvesine vardığında Dany'nin boğazını sertçe ısırmıştı ve içinden çıktığında tohumları Dany'nin bacaklarının arasından akıyordu. Doreah ipek elbiseyi sırtına geçirirken İrri yumuşak terliklerini giydirdi.

Khal Drogo kemerini taktı ve atların göl kıyısına getirilmesini emretti. *Khaleesi*'yi gümüş atına bindirme onuru Cohollo'nun oldu. Drogo aygırına atladı ve ay ışığıyla yıkanan tanrı yolunda koşturup uzaklaştı. Dany gümüşle birlikte ağır bir tempo tutturdu.

Khal Drogo'nun sarayının tepesini örten ipek tavan bu gece açılmıştı ve ay ışığı onlarla birlikte içeri giriyordu. Taş kaplı üç büyük ateş çukurundaki alevler dört metre yüksekliğe kadar çıkıyordu. Hava kızarmış et ve ekşi kısrak sütü kokuyordu. Büyük alan çok kalabalıktı. İsimleri ve rütbeleri geçit alayına katılmak için yeterli olmayanlar yerdeki minderlerde oturuyordu. Dany gümüşün üstünde kemerli kapıdan girip salonun tam ortasında durduğunda bütün gözler üzerindeydi. Dothraklar göğüsleri ve karnı için çığlıklar atıyor, içindeki hayatı kutluyordu. Dany söyledikleri her şeyi anlamıyordu ama aralarından bir cümle gayet iyi seçiliyordu. *"Dünyanın tepesine çıkacak aygır."* Binlerce ağız aynı anda söylüyordu.

Davulların ve boruların sesi geceyi dolduruyor, yarı çıplak kadınlar et, erik, hurma ve nar dolu alçak masaların üstünde dans ediyordu. Erkeklerin yarısı kesik kısrak sütüyle sarhoştu ama bu gece, çelik girmesine ve kan dökülmesine izin verilmeyen topraklarda *arakh*'ların çekilmeyeceğini biliyordu Dany.

Khal Drogo aygırından indi ve yüksek sıradaki yerini aldı. Şehre geldiklerinde *khalasar*'larıyla birlikte Vaes Dothrak'ta olan Khal Ogo ve Khal Jommo, Drogo'nun sağına ve soluna oturtularak onurlandırılmıştı. Hemen altlarındaki sırada üç *khal*'ın kansüvarileri oturuyordu. Onların da altında Khal Jommo'nun dört karısı vardı.

Dany gümüşten indi ve dizginlerini bir köleye uzattı. Doreah ve İrri kendisi için minderler hazırlarken ağabeyine bakındı. Bu kadar kalabalık bir alanda bile solgun yüzü, altın gümüş saçları ve dilenci kıyafetleriyle Viserys'i seçmek çok kolay olurdu ama ortalarda görünmüyordu.

Duvarların dibinde, alçak masaların etrafındaki ince kilimler ve düz minderler üstünde oturan, örgüleri erkekliklerinden bile kısa adamların arasında gezindi bakışları ama sadece siyah gözler ve bakır tenler gördü. Ortadaki ateş çukurunun yakınında duran Sör Mormont'u fark etti. Yüksek kıdemli olmasa da itibarlı bir yerdi. Dothraklar şövalyenin cesaretini kılıçla ölçmüşlerdi. Dany, Jhiqui'yi göndererek adamı masasına davet etti. Mormont hemen geldi ve bir dizinin üstüne çöktü. "*Khaleesi*, emirlerinizi bekliyorum."

Dany yanındaki kabarık mindere eliyle vurdu, "Oturun ve benimle sohbet edin," dedi.

"Onur duyarım." Şövalye bağdaş kurarak mindere oturdu. Bir köle, şövalyenin önünde eğilerek bir tabak olgun incir ikram etti. Adam bir incir aldı ve yarısını ısırdı.

"Ağabeyim nerede?" diye sordu Dany. "Ziyafet için şimdiye kadar gelmiş olmalıydı."

"Majesteleri'ni bu sabah gördüm," dedi Sör Jorah. "Batı Pazarı'na gidip şarap alacağını söylüyordu."

"Şarap mı?" dedi Dany düşünceli bir halde. Viserys kısrak sütüne tahammül edemiyordu. Son günlerde sık sık Batı Pazarı'na gidiyor, büyük kervanlarla doğudan ve batıdan gelen tüccarlarla birlikte içiyordu. Onların sohbetini kız kardeşinin sohbetinden daha cazip bulduğu aşikârdı.

"Şarap," diyerek onayladı Sör Jorah. "Kervanları koruyan paralı askerlerden bazılarını ordusuna katılsınlar diye iknaya çalışıyor." Kölelerden biri masaya kan tartı getirdi. Şövalye iki eliyle birden tarta saldırdı.

"Bu akıllıca mı?" dedi Dany. "Askerlere verecek altını yok. Ya ihanete uğrarsa?" Kervanları koruyan paralı askerler onur denen şeyi bilmezdi ve Kral Toprakları'ndaki İşgalci, ağabeyinin kafası için gayet iyi bir ödül verebilirdi. "Onunla birlikte gidip güvenliğini sağlamalıydınız. Sonuçta siz onun yeminli kılıcısınız."

"Vaes Dothrak'tayız," diye hatırlattı adam. "Burada kimse kılıç taşıyamaz ve kimse kan dökemez."

"Buna rağmen adamlar ölür," diye karşılık verdi Dany. "Jhogo anlattı. Bazı tüccarlar yanlarında iri hadımlar getiriyormuş. Hırsızlık yapanları elleriyle boğuyormuş adamlar. Böylece kan akmıyor, tanrılar öfkelenmiyormuş."

"Öyleyse dua edelim de ağabeyiniz hiçbir şey çalmayacak kadar akıllı olsun." Sör Jorah ağzına bulaşan yağı elinin tersiyle sildi ve masaya eğildi. "Sizin ejderha yumurtalarınızı almaya niyetlendi. Ona, yumurtalara dokunduğu anda ellerini bileklerinden ayıracağımı söyledim."

Dany donup kalmıştı, söyleyecek laf bulamıyordu. "Yumurtalarım... ama onlar *benim*. Yargıç İllyrio bana düğün hediyesi olarak verdi onları. Viserys yumurtaları neden istesin? Onlar sadece taş..."

"Aynı şey elmaslar, yakutlar, ateş opalleri için de söylenebilir prenses... ve ejder yumurtaları çok daha ender rastlanır taşlar. Birlikte içtiği tüccarlar, o *taşlardan* sadece biri için kendi erkeklik organlarını bile satar. Üç tane ejderha yumurtasıyla dilediği kadar paralı asker alabilir Viserys."

Dany bunu bilmiyordu, hiç şüphelenmemişti. "Öyleyse...

onları almalı. Çalmasına gerek yoktu, sadece istemesi yeterdi. O benim ağabeyim... ve benim gerçek kralım."

"O sizin ağabeyiniz," diye kabul etti Sör Jorah.

"Anlamıyorsunuz sör," dedi Dany. "Annem beni doğururken ölmüş. Babam ve ağabeyim Rhaegar onlardan çok daha önce. Eğer Viserys yanımda olup bana onlarla ilgili şeyler anlatmasaydı isimlerinden başka hiçbir şey bilmezdim. Geriye sadece o kaldı. Sadece o. Sahip olduğum tek aile Viserys."

"Artık öyle değil *Khaleesi*," dedi Sör Jorah. "Siz artık Dothraklar'a aitsiniz. Karnınızda dünyanın tepesine çıkacak aygır var." Kadehini kaldırdı. Bir köle, ekşi kokan ve kesildiği için parça parça akan kısrak sütüyle doldurdu kadehi.

Dany köleyi bir el hareketiyle gönderdi. Kısrak sütünün kokusu bile midesini alt üst etmeye yetiyordu ve yemek için onca uğraştığı aygır yüreğini kusmaya niyeti yoktu. "Bu ne anlama geliyor?" diye sordu. "Nedir bu aygır? Herkes bağırıp duruyordu ama hiçbir şey anlamadım."

"Aygır, eski kehanetlerde geleceği söylenen *khal*'lar *khal*'ıdır çocuğum. Bütün Dothraklılar'ı tek bir *khalasar*'da toplayacağı ve dünyanın sonuna at süreceği vaat edilmiştir. Dünya üstündeki her insanın onun *khalasar*'ına katılacağı söylenir."

"Ah!" dedi Dany kısık bir sesle. İpek elbisenin üstünden karnını okşadı. "Adını Rhaego koydum."

"İşgalci'nin kanını dondurmaya yetecek bir isim."

Doreah aniden gelip Dany'nin kolunu çekiştirdi. "*Leydim*," diye fısıldadı telaşla, "Ağabeyiniz..."

Dany, uzun çatısız alan boyunca baktı ve kendisine doğru yalpalayan adımlarla gelen Viserys'i gördü. Sendelemesinden anlaşıldığı üzere aradığı şarabı bulmuştu. Ve cesaretini arttıran başka bir şey daha.

Yağlı ve lekeli kırmızı ipeklilerini giymişti. Siyah kadife pelerini ve eldivenleri güneşten solmuştu. Deri çizmeleri iyice kuruyup çatlamıştı. Altın gümüş saçları dolaşmıştı. Belindeki deri kının içinde uzun bir kılıç taşıyordu. Dothraklar gözlerini kılıca dikti. Dany adamların küfürler ettiğini, tehditler savurduğunu duydu. Sesler dalga dalga büyüyordu. Müzik davulların gergin kekelemesiyle durdu.

Dany'nin kalbi dehşet duygusuyla sıkışıyordu. "Yanına gidin," dedi Sör Jorah'a. "Onu durdurun, buraya getirin. Eğer istediği ejderha yumurtalarını almaksa tamam deyin." Şövalye hızla ayağa kalktı.

"Kız kardeşim nerede?" diye bağırdı Viserys, şaraptan kalınlaşmış sesiyle. "Ziyafetine katılmak için geldim. Bensiz başlamaya nasıl cüret edersiniz? Kimse kraldan önce sofraya oturamaz. Nerede o? Fahişe, ejderhadan saklanamaz."

Üç ateş çukurundan en büyüğünün orada durdu. Etrafındaki Dothrakların suratlarına şöyle bir baktı. Mekânda beş bin adam vardı ancak Ortak Dil'i bilenlerin sayısı bir elin parmaklarını geçmezdi. Sözleri anlaşılmazdı fakat sarhoş olduğunu anlamak için yüzüne bakmak kâfiydi.

Sör Jorah yanına gitti. Kolundan tutarak kulağına bir şeyler fısıldadı ama Viserys kolunu çekip kurtuldu. "Ellerini üstümden çek! Kimse izin istemeden ejderhaya dokunamaz."

Dany endişeyle yüksek sıraya baktı. Drogo yanında oturan iki *khal*'a bir şeyler söylüyordu. Khal Jommo sırıttı ve Khal Ogo yüksek sesle kahkaha atmaya başladı.

Kahkahayı duyan Viserys gözlerini kaldırdı. "Khal Drogo," dedi kalın bir sesle ama nerdeyse nazik bir şekilde. "Ziyafet için buradayım." Sör Jorah'tan uzaklaştı ve üç *khal*'a katılmak üzere yüksek sıraya doğru yürümeye başladı.

Khal Drogo ayağa kalktı. Dany'nin anlayamayacağı kadar hızlı bir şekilde onlarca kelime söyledi ve elini ileri uzattı. "Khal Drogo yüksek sırada yeriniz olmadığını söylüyor," diye tercüme etti Sör Jorah. "Khal Drogo yerinizin orası olduğunu söylüyor."

Viserys *khal*'ın işaret ettiği, salonun en gerisinde, duvarın köşesinde, daha iyi adamların görmek zorunda kalmaması için gölgede bırakılmış, aşağının da aşağısı kansız delikanlıların, kör ve sakat yaşlıların oturduğu, etten uzak, itibardan daha da uzak yere baktı. "Burası krala layık bir yer değil," diye duyurdu.

"Yer, orası," dedi Khal Drogo, Dany'den öğrendiği Ortal Dil'de. "Orası. Çıplak Ayaklı Kral için." Ellerini birbirine vurdu. "At arabası getirin! *Khal Rhaggat* için."

Beş bin Dothraklı aynı anda kahkaha atıp bağırmaya başladı. Sör Jorah, Viserys'in yanında durmuş, kulağına bağırarak bir şeyler söylemeye çalışıyordu ama salondaki gök gürültüsü gibi sesler yüzünden ne söylediğini duyamıyordu Dany. Ağabeyi de bağırarak cevap verdi Sör Jorah'a. İki adam, Mormont, Viserys'i yere serene kadar itişti.

Viserys kılıcını çekti.

Çıplak çelik, ateş çukurlarından yükselen alevlerin ışığında kıpkırmızı parladı. "*Benden uzak dur!*" diye tısladı. Sör Jorah bir adım geri gitti ve Viserys yalpalayarak ayağa kalktı. Yargıç İllyrio'nun kral gibi görünsün diye ödünç verdiği kılıcını başının üstünde salladı. Dothraklar dört bir yandan bağırıyor, küfür ediyordu.

Dany dehşet dolu bir çığlık attı. Bu topraklarda silah çekmenin ne anlama geldiğini ağabeyi bilmiyorsa bile Dany biliyordu.

Çığlığını duyan Viserys döndü, ona baktı ve o gece ilk kez kız kardeşini gördü. "İşte buradaymış," dedi gülümseyerek. Dany'ye doğru yürümeye başladı. Önündeki düşman duvarını aşmaya çalışıyormuş gibi kılıcını savura savura ilerliyordu ama yolunda duran kimse yoktu aslında.

"Kılıç... yapmamalısın, lütfen," diye yalvardı Dany. "Lütfen Viserys. Bu yasak. Kılıcını bırak ve benimle minderlerde otur. İçki var, yemek var. İstediğin şey ejderha yumurtaları mı? Senin olsun, ama yalvarırım kılıcı bırak."

"Ne diyorsa onu yap aptal," diye bağırdı Sör Jorah. "Hepimizin ölümüne sebep olmadan dediğini yap."

Viserys güldü. "Bizi öldüremezler. Kutsal şehrin sınırları içinde kan dökemez onlar ama *ben* dökebilirim." Kılıcının ucunu Dany'nin göğüslerinin arasına dayadı ve ağır ağır karnına doğru indirdi. "Almaya geldiğim şeyi istiyorum," dedi Dany'ye. "Bana söz verilen tacı istiyorum. Seni satın aldı ama ücretini ödemedi. Ona yaptığımız ticareti hatırlat yoksa seni geri alırım. Seni ve yumurtaları. Kanlı dölü onda kalabilir. Karnını kesip piçini çıkarırım ve burada bırakırım." Kılıcın ucu ipeği deldi ve göbeğine battı. Viserys aynı anda hem hıçkırıyor, hem kahkaha atıyordu. Bu adam bir zamanlar Dany'nin ağabeyiydi.

Hizmetçisi Jhiqui, sesi çok uzaktan geliyormuşçasına sessiz, korku içinde hıçkırıyor, duyduklarını tercüme etmemek için yalvarıyordu. Tercüme ederse Khal Drogo onu atının arkasına bağlar, Dağların Anası'na kadar sürüklerdi. "Korkma," dedi Dany. "Ona ben anlatacağım."

Yeterince kelime bilmiyordu Dany ama Khal Drogo'nun konuşması bittiğinde, Dothrak dilinde öfkeyle söylediği cümlelerden duyduklarını anladığını biliyordu. Hayatının güneşi yüksek sıranın merdivenlerinden aşağı indi. "Ne söyledi?" diye sordu bir zamanlar ağabeyi olan adam korkuyla.

Salona öyle bir sessizlik çökmüştü ki, Khal Drogo her adım attığında örgüsünde sallanan zillerin çıkardığı hafif sesler duyuluyordu. Kansüvarileri bakırdan gölgelermiş gibi takip ediyordu. Daenerys buz kesmişti. "Bakınca titretecek kadar muhteşem bir altın taç takman gerektiğini söyledi," dedi.

Viserys gülümsedi ve kılıcını indirdi. En hüzünlü şeydi bu. Daha sonra kalbini parçalayan en hüzünlü şey... gülümsemesi. "Bütün istediğim buydu," dedi. "Bana söz verilen şeydi."

Hayatının güneşi yanına geldiğinde Dany bir koluyla beline sarıldı. *Khal*'ın bir kelimesiyle kansüvarileri öne çıktı. Qotho bir zamanlar ağabeyi olan adamın kollarını tuttu. Haggo kocaman ellerinin tek bir hareketiyle bileğini kırdı. Cohollo kılıcı sakatlanan elinden aldı. Viserys hâlâ anlamamıştı. "Hayır," diye bağırdı. "Bana dokunamazsınız. Ben ejderhayım, *ejderha! Taç giyeceğim!*"

Khal Drogo kemerini çıkardı. Kemerin üstündeki ağır ve gösterişli som altın madalyonların her biri, bir erkek eli büyüklüğündeydi. Drogo emreder bir sesle bir şey söyledi. Aşçı kölelerden biri ateş çukurundaki demir yahni kazanını çıkarıp içindeki yemeği yere boşalttı ve kazanı tekrar çukura götürdü. Drogo kemerini kazanın içine attı ve ifadesiz bir yüzle altın kemerin kırmızıya dönüşmesi, şeklini kaybetmesini izledi. Kocasının siyah gözlerinde dans eden alevleri görebiliyordu Dany. Bir köle at kılından yapılmış eldivenleri uzattı. Drogo köleye hiç bakmadan eldivenleri aldı ve ellerine geçirdi.

Viserys keskin çığlıklar atmaya başladı. Ölümle yüzleşen bir korkağın sözsüz çığlıkları. Çırpınıyor, tekmeliyordu. Bir köpek gibi inliyor, bir çocuk gibi ağlıyordu. Dothraklar onu sıkı

sıkı tutuyordu. Sör Jorah, Dany'nin yanına geldi. Elini omzuna koydu. "Yalvarırım arkanızı dönün prensesim," dedi.

"Hayır." Kollarını karnının üstüne sardı.

Sonunda Viserys ona baktı. "Kardeşim, lütfen... Dany durmalarını söyle... tatlı kız kardeşim..."

Altın yumuşayıp akar hale geldiğinde Drogo alevlerin içine uzanıp kazanı aldı. "Taç!" diye kükredi. "İşte. Çekçek Kralı'na taç." Ve kazanı, bir zamanlar Dany'nin ağabeyi olan adamın kafasına geçirdi.

O korkunç demir miğfer yüzünü kapladığında Viserys Targaryen'ın çıkardığı sesler bir insana ait değildi. Ayağı tuhaf ve çılgın bir hızla toprağı tekmeliyordu. Sonra yavaşladı ve durdu. Erimiş altın damlaları göğsüne indi ve kırmızı ipeği delip geçti... ama bir damla kan akmamıştı.

O ejderha değildi, diye düşündü Dany, garip bir şekilde sakindi. *Ateş ejderhaları öldüremez.*

EDDARD

Daha önce binlerce kez yürüdüğü gibi, Kışyarı'nın altındaki mahzen mezarda yürüyordu. Kış Kralları buzdan gözleriyle geçişini izliyordu ve ayaklarının dibindeki ulu kurtlar başlarını çevirip hırlıyordu. Sonunda, Lyanna ve Brandon'la yan yana yatan babasının mezarına geldi. *Bana söz ver Ned*, diye fısıldadı Lyanna'nın heykeli. Mavi güllerden bir taç giyiyordu ve gözlerinden kan akıyordu.

Ned Stark aniden uyandı. Kalbi deli gibi çarpıyordu ve çarşaflara dolanmıştı. Odası zifiri karanlıktı. Biri kapıyı yumrukluyordu. "Lord Eddard," diye seslendi biri yüksek sesle.

"Bir dakika." Sersemlemiş halde ve çırılçıplak karanlık odada yürüdü. Kapıyı açtığında yumruğu hâlâ havada olan Tommard ve Cayn'in arasında duran kraliyet kâhyasını gördü. "Lord El, Majesteleri huzura çıkmanızı emrediyor. Hemen."

Demek ki Robert avdan dönmüştü. Vakit gece yarısını çoktan geçmişti. "Giyinmemi bekleyin." Ned kâhyayı kapıda bıraktı. Cayn kıyafetlerini giymesine yardım etti; beyaz keten bir tunik, gri pelerin, sarılı bacağına giren paçası kesilip bollaştırılmış bir pantolon, görev nişanı rozet ve en sonunda ağır, gümüş bir kemer. Valyria hançerini kemerine taktı.

Cayn ve Tomard onu avludan geçirirken Kızıl Kale karanlık ve sakindi. Surların üzerindeki dolunay yere yakın görünüyordu. Siperlerdeki altın pelerinli muhafız gece kontrollerini yapıyordu.

Kraliyet daireleri Kızıl Kale'nin tam ortasındaki, dikenli tellerle çevrili kuru bir hendeğin ve üç metre kalınlığındaki duvarların arkasına kurulmuş, kalenin içinde ayrı bir kaleye benzeyen, yekpare ve kare şekilli Maegor Hisarı'ndaydı. Hendek köprüsünün sonunda nöbet tutan Sör Boros Blount, beyaz zırhı içinde bir hayalete benziyordu. Kalenin içine girdikten sonra iki muhafız daha gördü Ned; Sör Preston Greenfield merdivenlerin başında, Sör Barristan Selmy kralın odasının kapısında bekliyordu. *Beyazlar içinde üç adam*, diye düşündü. Hatırladığı şey tüylerini ürpertmişti. Sör Barristan Selmy'nin yüzü giydiği zırh kadar soluklaşmıştı. Bir şeylerin korkunç şekilde yanlış gittiğini anlamak için adamın suratına bakmak yeterliydi. Kraliyet kâhyası kapıyı açtı. "Kral Eli, Lord Eddard Stark," diyerek gelişini duyurdu.

"Buraya getirin," diye seslendi Robert. Sesi tuhaf bir şekilde pürüzlüydü.

Odanın karşılıklı iki ucunda yanan ikiz sobalardan yayılan ışık duvarları kederli bir kızıla boyuyordu. İçerideki sıcaklık boğucuydu. Robert cibinlikli yataktaydı. Lord Renly kapalı pencerelerin önünde huzursuzca hareket ederken, Yüce Üstat Pycelle yatağın yanında duruyordu. Hizmetçiler bir oraya bir buraya koşturuyor, sobaları sürekli odunla besliyor ve şarap kaynatıyorlardı. Cersei Lannister yatağın ayak dibine oturmuştu. Saçları uykudan kalkmış gibi hafifçe dağınıktı ama gözlerinde uykudan eser yoktu. Tom ve Cayn, Ned'in odanın diğer ucuna yürümesine yardım ederlerken kadının gözleri Ned'in üzerindeydi. Hâlâ rüyadaymış gibi çok ağır hareket ediyordu Ned.

Robert'ın ayağında çizmeleri vardı. Ned, kralın üstüne örtülü battaniyenin ucundan çıkan çizmeye yapışmış çamuru ve otları görebiliyordu. Yerde, üzeri kırmızı kahverengi lekelerle dolu, kesilmiş bir binici yeleği vardı. Oda duman, kan ve ölüm kokuyordu.

"Ned," diye fısıldadı kral onu gördüğünde. Yüzü süt kadar beyazdı. "Gel… daha yakına gel."

Adamları Robert'ın yanına gitmesi için yardım etti. Ned yatağın direklerinden birine tutunup dengesini buldu. Ne kadar kötü olduğunu anlaması için Robert'a bakması yeterliydi. "Ne...?" diye başladı cümlesine ama kelimeler boğazında düğümlendi.

"Bir yaban domuzu," dedi Lord Renly. Hâlâ av kıyafetlerinin içindeydi. Pelerininde kan lekeleri vardı.

"Bir şeytan," diye hırladı kral. "Benim hatam. Çok fazla şarap içmiştim. Lanet olsun bana. Iskaladım."

"Geri kalanınız neredeydi?" diye sordu Ned ciddi bir sesle. "Sör Barristan ve Kral Muhafızları neredeydi?"

Renly'nin dudağı seğirdi. "Ağabeyim yaban domuzunu tek başına haklayacağını söyledi ve kenarda durmamızı emretti."

Eddard Stark battaniyeyi kaldırdı.

Yarayı kapatmak için ellerinden geleni yapmışlardı ama faydası olmamıştı. Yaban domuzu bir canavar olmalıydı. Uzun dişiyle, kasığından göğüs ucuna kadar yarmıştı kralı. Yüce Üstat Pycelle'in yaraların üstüne koyduğu şaraplı sargılar şimdiden kanla simsiyah olmuştu. Yaradan yükselen koku dayanılmazdı. Ned'in midesi kalktı, battaniyeyi örttü.

"Kötü kokuyor," dedi Robert. "Ölüm kokusu bu, burnum kokuyu almıyor sanıyorsan yanılıyorsun. Piç beni fena benzetmiş, değil mi?" Kralın gülümsemesi yarasından da beterdi. Dişleri kıpkırmızıydı. "Tam gözünün içine hançeri soktum. Sor da söylesinler. Sorsana."

"Gerçekten öyle," diye mırıldandı Lord Renly. "Ağabeyimin emriyle leşi yanımızda getirdik."

"Ziyafet için," diye fısıldadı Robert. "Şimdi bizi yalnız bırakın. Hepiniz çıkın. Ned'le konuşmam gerek."

"Robert, tatlı lordum..." diye başladı Cersei.

"Size *çıkın* dedim," diye parladı Ned, eski öfkesinin soluk bir gölgesi gibi. "Bunun neresini anlayamıyorsun kadın?"

Cersei eteğini ve gururunu toplayıp odadan çıktı. Lord Renly ve diğerleri onu takip etti. Yüce Üstat Pycelle oyalandı. Krala beyaz ve koyu bir sıvı verirken elleri titriyordu. "Haşhaş sütü Majesteleri," dedi. "İçin. Ağrılarınızı azaltır."

Robert kadehi elinin tersiyle itip devirdi. "Git başımdan yaşlı aptal. Yakında zaten uyuyacağım. Dışarı çık."

Yüce Üstat Pycelle sert bakışlarla krala baktı ve odadan çıktı.

"Sana lanet olsun Robert," dedi Ned yalnız kaldıklarında. Bacağının zonklaması o kadar kötüydü ki acıdan kör olduğunu düşündü. Belki de üzüntüydü gözlerini bulanıklaştıran. Yatağın kenarına, arkadaşının yanına oturdu. "Neden hep kafanın dikine gitmek zorundasın?"

"Boşver Ned," dedi Robert homurdanarak. "O piçi öldürdüm, değil mi?" Bir tutam siyah saç gözlerinin arasına düştü. "Sana da aynısını yapmalıyım aslında. Adamın huzurla avlanmasına bile müsaade etmezsin sen. Sör Robar beni buldu. Gregor'un kellesi. Çirkin bir fikir. Tazı'ya söylemedik. İyi haberi Cersei versin." Kahkahası, bir acı dalgasıyla birlikte inlemeye dönüştü. "Tanrılar biraz merhamet edin," diye mırıldanıp acısını yuttu. "Şu kız. Daenerys. Sadece bir çocuk, haklıydın... bu yüzden, o kız... tanrılar domuzu yolladı... beni cezalandırmak için..." Kral öksürmeye başladı, ağzından kan geliyordu. "Hataydı... sadece bir çocuk...Varys, Serçeparmak, hatta kardeşim, işe yaramazlar... bir tek sen söyledin bana...." Acı içinde ve güçlükle elini uzattı, "Kağıt ve mürekkep. Bak orada, masanın üstünde. Sana söyleyeceklerimi yaz."

Ned kağıdı kucağına koyup düzeltti ve mürekkebi aldı. "Emrinizdeyim Majesteleri."

"Bu mektup, Baratheon Hanedanı'ndan, Andallar'ın Kralı... şu kahrolası unvanların hepsini yaz işte, devamını biliyorsun... Ben Robert Baratheon'ın sözü ve vasiyetidir. Ölümüm halinde Kışyarı Lordu, Kral Eli, Lord Eddard Stark'ın, Kral Vekili ve Diyar'ın Koruyucusu olarak görev yapmasını emrediyorum. Oğlum Joffrey yeterli yaşa gelene kadar Lord Stark'ın hükmetmesini..."

"Robert..." *Joffrey senin oğlun değil,* demek istedi ama Robert'ın yüzünde öyle bir eziyet kazılıydı ki daha fazla canını yakamazdı. Başını öne eğdi ve yazdı. Kralın "oğlum" dediği cümleyi "veliahtım" olarak değiştirdi sadece. Bu kandırmaca, kendini lekelenmiş gibi hissettiriyordu. *Sevgi uğruna söylediğimiz yalanlar,* diye düşündü. *Tanrılar beni affetsin.* "Başka ne yazmamı istiyorsun?"

"Yaz... ne yazman gerekiyorsa. Korumak ve savunmak, eski ve yeni tanrılar, sen kelimeleri bilirsin. Yaz. İmzalayacağım. Öldüğümde vasiyetimi konseye verirsin."

"Robert," dedi Ned, kederden boğulmuş sesiyle. "Bunu yapma. Sakın ölme. Diyarın sana ihtiyacı var."

Robert, Ned'in elini tutup iyice sıktı. "Sen çok kötü bir yalancısın Eddard Stark," dedi acı içinde. "Diyar... diyar ne kadar sefil bir kral olduğumu biliyor. Aerys kadar kötü bir kral oldum ben. Tanrılar affetsin."

Ned, "Hayır," dedi ölüm döşeğindeki arkadaşına. "Aerys kadar kötü değil. Hiç o kadar kötü değil."

Robert hafifçe gülümsemeyi başardı. "En azından şu son kararımın çok doğru olduğunu söyleyecekler. Sen beni hayal kırıklığına uğratmazsın. Artık sen hükmedeceksin. Benden daha fazla nefret edeceksin bu işten ama işini doğru yapacaksın. Daha bitiremedin mi yazmayı?"

"İşte burada Majesteleri," deyip kağıdı uzattı. Kral gözleri kör halde imzaladığı kağıdın kenarına bir parça kan bulaştı. "Mühürlenirken şahitler olması gerek."

"Yaban domuzunu cenaze ziyafetimde ikram edin," dedi Robert. "Ağzına bir elma tıkıştırın ve çıtır çıtır kızartın. O piçi mideye indirin. Yemekten patlasan bile umrumda değil. Bana söz ver Ned."

"Söz veriyorum." *Bana söz ver Ned,* diye yankılandı Lyanna'nın sesi.

"Kız, Daenerys. Yaşamasına izin ver. Eğer çok geç olmadıysa, onlarla konuş ve onu öldürmelerine engel ol. Ve oğluma yardım et Ned. Benden daha iyi bir adam olmasını sağla." Yüzü acıyla çarpıldı. "Tanrılar, merhamet edin."

"Edecekler dostum," dedi Ned. "Edecekler."

Kral gözlerini kapadı, dinleniyormuş gibi görünüyordu. "Bir domuz tarafından öldürüldü," dedi. "Buna gülmek gerek ama canım çok yanıyor."

Ned gülemiyordu. "İnsanları çağırayım mı?"

Robert başıyla hafifçe onayladı. "Nasıl istersen. Tanrılar, burası neden bu kadar *soğuk*?"

Hizmetçiler aceleyle odaya dalıp ateşi besledi. Kraliçe gitmişti, bu bile biraz rahatlama sayılırdı. Cersei'nin azıcık akla varsa gün doğmadan kaleden ayrılacağını düşünüyordu Ned. Gitmekte geç bile kalmıştı.

Kral Robert karısını özlüyormuş gibi görünmüyordu. Kağıdın üzerine akıtılan erimiş sıcak sarı muma mührünü basarken, erkek kardeşi Renly ve Yüce Üstat Pycelle'e şahitlik etmelerini emretti. "Şimdi bana ağrım için bir şeyler içirin ve ölmeme izin verin."

Yüce Üstat Pycelle yeni bir kadeh haşhaş sütü hazırladı. Bu defa son damlasına kadar içti kral. Boş kadehi yere attığında siyah sakallarında beyaz damlalar vardı. "Rüya görecek miyim?"

Ned cevapladı. "Göreceksin lordum."

"İyi öyleyse," dedi gülümseyerek. "Lyanna'ya sevgilerini sunacağım Ned. Çocuklarıma iyi bak."

Dostunun söyledikleri karnının içinde kıvrılan bir bıçak gibi acıttı Ned'in canını. Bir an kaybolmuş gibi hissetti. Yalan söylemek için yeterli güç bulamadı. Sonra piçleri hatırladı; annesinin göğsündeki küçük Barra, Vadi'deki Mya, dökümhanedeki Gendry ve diğerleri. "Çocuklarına kendi çocuklarım gibi bakacağım," dedi.

Robert başıyla onayladı ve gözlerini kapadı. Haşhaş sütü yüzündeki acı ifadesini alıp götürürken yastıklara gömülen arkadaşını izledi Ned. Robert sonunda uykuya yenik düştü.

Yüce Üstat Pycelle yatağın yanına gelirken boynundaki ağır zincir ses çıkarıyordu. "Elimden gelenin en iyisini yapacağım lordum ama yaralar ölümcül. Onu geri getirmeleri tam iki gün sürmüş, yarayı kapatmaya çalıştığımda çok geç olmuştu. Majesteleri'nin acısını azaltabilirim ama artık sadece tanrılar iyileştirebilir onu."

"Ne kadar zaman var?" diye sordu Ned.

"Şimdiye dek ölmüş olmalıydı. Hayata bu kadar azimle tutunan bir adam daha görmedim ben."

"Ağabeyim her zaman güçlüydü," dedi Lord Renly. "Çok akıllı değildi belki ama hep güçlüydü." Odanın eritici sıcağı yüzünden kaşlarından ter damlıyordu. Genç, yakışıklı ve esmer haliyle Robert'ın hayaleti gibiydi. "Domuzu katletti. Bütün iç organları karnından dışarı dökülüyordu ama bir şekilde hayvanı öldürmeyi becerdi," dedi. Sesi şaşkınlık doluydu.

"Düşmanı hâlâ ayaktaysa, Robert savaş alanından asla ayrılmaz," dedi Ned.

Sör Barristan Selmy, hâlâ odanın dışında, merdivenlerde nöbet tutuyordu. "Üstat Pycelle ona haşhaş sütü içirdi," dedi Ned, şövalyeye. "Benim iznim olmadan kimse yanına girip rahatsız etmesin onu."

"Emredersiniz lordum," dedi Sör Barristan. Olduğundan daha yaşlı görünüyordu. "Kutsal görevimi yapmakta başarısız oldum."

"En sadık şövalye bile, kendine bu kadar zarar veren bir kralı koruyamaz," dedi Ned. "Robert domuz avlamayı severdi. En az bin domuzu öldürdüğüne ben şahidim." Bacaklarını ayırır, mızrağını doğrultur, domuzun saldırdığı ana kadar hiç kıpırdamadan bekler, hayvan tam üstüne atıldığı sırada bir küfür eder ve tek bir mızrak atışıyla avının işini bitirirdi. "Ölümünün bu yüzden olacağını kimse bilemezdi."

"Böyle konuşmakla nezaket gösteriyorsunuz Lord Eddard."

"Kral anlattı. Şarap yüzünden diyor."

Beyaz saçlı şövalye başıyla onayladı. Düşünceliydi. "Domuzun ininden çıktığını gördüğümüzde kral eyerinin üstünde sallanıyordu. Buna rağmen hepimize uzakta durmamızı emretti."

"Bir şey merak ediyorum Sör Barristan," dedi Ned. "Krala şarabı kim vermişti?"

Ned hadımın geldiğini duymamıştı ama kafasını çevirdiğinde Varys yanlarındaydı. Yerlere kadar uzun siyah kadife bir elbise giyiyordu ve yanakları yeni pudralanmıştı.

"Şarap kralın kendi matarasındaydı," dedi Sör Barristan.

"Sadece bir matara mı? Avda insan epey susar."

"Saymadım ama birden fazla olduğu kesin. Matara ne zaman boşalsa yaveri yenisini getiriyordu."

"Görevine çok bağlı bir çocuk," dedi Varys. "Kralının susuz kalmaması için önlemini almış."

Ned'in ağzında acı bir tat vardı. Robert'ın göğüs zırhı için oradan oraya koşturduğu sarı saçlı iki delikanlıyı hatırladı. Kral o geceki ziyafette bu hikâyeyi anlatmış ve titreyene kadar gülmüştü. "Hangi yaver?"

"Büyük olan," dedi Sör Barristan. "Lancel."

"Delikanlıyı iyi tanırım," dedi Varys. "Güçlü bir oğlan. Lord Tywin'in yeğeni ve kraliçenin kuzeni. Umarım zavallı delikanlı kendini suçlamıyordur. Kendi gençliğimi hatırlıyorum da, çocuklar çok masum ve hassas oluyor."

Varys'in de bir zamanlar çocuk olduğu kesindi ama masum olduğu bir vakit var mıydı merak ediyordu Ned. "Çocuklar demişken, Robert, Daenerys Targaryen'la ilgili kararından vazgeçti. Her ne planladıysanız hemen iptal etmenizi istiyorum."

"Yazık," dedi Varys. "Çok geç olmuş olabilir. Korkarım ki kuşlar uçtu. Ama elimden geleni yapacağım lordum. İzninizle." Reverans yaptı ve merdivenlerde kayboldu. Yumuşak terlikleri basamaklara sürtündükçe fısıltı gibi sesler çıkıyordu.

Tomard ve Cayn, Ned'in köprüden geçmesine yardım ederlerken Lord Renly, Maegor Hisarı'ndan çıktı. Ned'e seslendi. "Biraz zamanınızı ayırırsanız sevinirim," dedi.

Ned durdu. "Elbette."

Renly yanına doğru yürümeye başladı. "Adamlarınızı gönderin," dedi. Köprünün ortasında buluştular. Altlarındaki kuru hendeğin etrafına çekilmiş dikenli tellerin zalim uçları ay ışığında gümüş gibi parlıyordu.

Ned bir baş hareketi yaptı. Tommard ve Cayn saygıyla eğilerek uzaklaştı. Lord Renly temkinli gözlerle, avlunun uzak köşesinde duran Sör Boros'a ve hemen arkalarındaki kapıda bekleyen Sör Preston'a baktı. "Şu mektup," dedi eğilerek. "Kral vekaletiyle mi ilgiliydi? Ağabeyim sizi Diyar'ın Koruyucusu mu ilan etti?" Bir cevap almak için beklemedi. "Lordum, emrimde otuz şahsi muhafızım var. Lordlar ve şövalyelerden oluşan pek çok dosta da sahibim. Bana bir saat müsaade edin ve yüz kılıçlı adamı emrinize vereyim."

"Yüz kılıçlı adamla ne yapacağım lordum?"

"*Saldırı!* Hemen şimdi, bütün kale uykudayken." Tekrar Sör Boros'a baktı ve temkinli bir fısıltıyla konuşmaya devam etti. "Joffery'yi annesinden almalı ve avcumuzda tutmalıyız. Koruyucu olmuş fark etmez, kralı eline alan krallığı da almış demektir. Myrcella ve Tommen'ı da yakalamalıyız. Çocukları bizim elimizdeyken Cersei bize karşı hareket edemez. Konsey Koruyucu Lord'luğunuzu onaylar ve Joffrey'yi himayenize verir."

Ned buz gibi gözlerle baktı adama. "Robert henüz ölmedi. Tanrılar onu korusun. Korumazlarsa, onun son sözlerini duymaları için konseyi toplarım ve gücün el değiştirmesi konusu tartışılır ama Robert dünya üstündeki son saatlerini yaşarken, onun koridorlarında kan dökmeyeceğim ve korku dolu küçücük çocukları yataklarından çekip almayacağım."

Lord Renly bir adım geri gitti. Bir yay kadar gergindi. "Kaybettiğiniz her an Cersei'ye hazırlık yapmak için biraz daha vakit kazandırıyor. Robert öldüğünde her ikimiz için de çok geç olabilir."

"O halde dua edelim de Robert ölmesin."

"Bu ihtimal çok düşük," dedi Renly.

"Tanrılar bazen merhamet gösterir."

"Ama Lannisterlar göstermez." Lord Renly döndü ve hendeği geçerek ağabeyinin ölüm döşeğinde yattığı kuleye girdi.

Ned odasına döndüğünde çok yorgun ve kederli hissediyordu kendini ama uyuması söz konusu değildi. *Taht oyununda ya kazanırsın, ya ölürsün*, demişti Cersei Lannister tanrı korusunda. Lord Renly'nin teklifini geri çevirmekle doğru bir şey yapıp yapmadığını merak ediyordu. Böyle entrikalar Ned'e göre değildi ve çocukları tehdit etmek onursuzca bir işti ama Cersei kaleden ayrılmak yerine kalıp savaşmayı tercih ederse Renly'nin yüz kılıcına ve daha fazlasına ihtiyacı olacaktı.

"Bana Serçeparmak'ı getirin," dedi Cayn'e. "Eğer odasında değilse yanınıza istediğiniz kadar adam alın ve onu bulana kadar Kral Toprakları'ndaki her genelevi, her şaraphaneyi arayın. Gün doğmadan önce mutlaka bana getirin." Cayn eğildi ve odadan ayrıldı. Ned, Tomard'a döndü. "*Rüzgâr Cadısı* akşam rüzgârıyla yelken açacak. Muhafızları seçtiniz mi?"

"Porther'in komutasında on adam."

"Yirmi olsun ve senin kumandanda," dedi Ned. Porther cesur bir adamdı ama gözü fazla karaydı. Kızlarını daha sağduyulu ve daha sakin bir adamın koruması gerekiyordu.

"Nasıl emrederseniz lordum," dedi Tom. "Tekrar Kışyarı'nı göreceğim için üzüldüm diyemem. Karımı özledim."

"Kuzeye doğru kıvrıldığınızda Ejderha Kayası'ndan geçeceksiniz. Benim için bir mektup götürmeni istiyorum."

Tomard'ın gözlerinde endişeli bir bakış vardı. "Ejderha Kayası mı lordum?" Targaryen Hanedanı'nın ada kalesinin korkunç bir namı vardı.

"Kaptan Qos'a, adayı görür görmez benim sancağımı çekmesini söyle. Beklenmedik ziyaretçilerden rahatsız olabilirler. Bizzat Lord Stannis Baratheon'a şahsen iletmen için bir mektup vereceğim sana. Başka kimseye değil. Ne kâhyasına, ne baş muhafızına, Stannis'in kendisine iletilecek."

"Emredersiniz lordum."

Tomard odadan çıktığında masada yanan mumun alevini seyretmeye daldı Ned. Kederi bir an dayanılmayacak gibi oldu. Tanrı korusundaki yürek ağacının önünde diz çöküp kendisine bir kardeşten daha yakın olan Robert'ın hayatı için tanrılara yalvarmaktan başka bir şey yapmak istemiyordu. Çocuklarını veliahtlıktan çıkararak kralla olan arkadaşlığına ihanet ettiğini fısıldayacaktı insanlar daha sonra. Tanrıların her şeyin doğrusunu bilmesini ve Robert'ın gerçeği mezarında yatarken öğrenmesini umut etti.

Kralın son mektubunu eline aldı. Altın mumla mühürlenmiş beyaz bir parşömen, birkaç kısa cümle ve kan lekesi. Zafer ve yenilgi arasındaki çizgi ne kadar inceydi. Ve ölümle yaşam arasındaki.

Önüne yeni bir kağıt aldı ve kuş tüyü kalemini mürekkebe batırdı. *Baratheon Hanedanı'ndan Majesteleri Lord Stannis Baratheon'a*, diye başladı. *Siz bu mektubu aldığınızda, on beş yıldır kralımız olan ağabeyiniz Robert ölmüş olacak. Kral Ormanı'nda çıktığı av gezisi sırasında bir yaban domuzu parçaladı...*

Elleri durma noktasına geldiğinde kağıdın üstündeki kelimeler eğilip bükülüyormuş gibi görünüyordu. Sör Jaime ve Lord Tywin küçük düştükleri için sessizce acı çekecek adamlar değildi. Kaçmaktansa kalıp savaşacaklardı. Jon Arryn'ın ölümünden sonra Lord Stannis'in tedbirli davrandığına şüphe yoktu ama Lannisterlar kuvvetleriyle ilerlemeye başlamadan önce, derhal Kral Toprakları'na dönmek üzere yelken açması gerekiyordu.

Ned her kelimeyi özenle seçti. Sonunda yazmayı bitirdiğinde, *Kışyarı Lordu, Kral Eli, Diyar'ın Koruyucusu Eddard Stark*, diye imzaladı mektubu. Kağıdı iki kez katladı. Mührü mumun alevinde eritti.

Mühür mumu yumuşarken vekilliğinin kısa süreceğini düşündü. Yeni kral kendine yeni bir El seçecekti ve Ned eve gitmekte özgür olacaktı. Kışyarı düşüncesi soluk bir tebessüm getirdi yüzüne. Bran'ı gülerken duymak, Robb ile ava gitmek, Rickon'u oyun oynarken seyretmek istedi. Kendi yatağında, karısı Catelyn'e sarılarak, düşsüz ve derin bir uyku uyumanın özlemini çekiyordu.

Cayn döndüğünde, erimiş beyaz mumun üzerine ulu kurt mührünü basıyordu. Desmond da Cayn ile birlikteydi ve aralarında Serçeparmak vardı. Ned muhafızlarına teşekkür edip onları yolladı.

Lord Petyr, kolları kabarık mavi kadife bir tunik ve alaykuşu desenli gümüş rengi bir pelerin giyiyordu. "Sanırım sizi tebrik etmem gerekiyor," dedi bir koltuğa otururken.

Ned sinirlendi. "Kral ağır yaralı ve ölüm döşeğinde."

"Biliyorum," dedi Serçeparmak. "Robert'ın sizi Diyar'ın Koruyucusu seçtiğini de biliyorum."

Ned'in gözleri, kralın masada duran mührü kırılmamış mektubuna gitti. "Peki bunu nasıl biliyorsunuz lordum?"

"Varys biraz ipucu vermişti ve siz de şu an doğruladınız."

Ned'in ağzı öfkeyle kıvrıldı. "Varys de, küçük kuşları da kahrolsun. Catelyn haklı. Bu adamın kara büyüleri var. Ona hiç güvenmiyorum."

"Mükemmel, öğreniyorsunuz." Serçeparmak öne eğildi. "Ama gecenin bir vakti hadımdan bahsetmek için buraya getirtmediniz beni."

"Hayır," dedi Ned. "Jon Arryn'ın ölümüne sebep olan sırrı biliyorum. Robert arkasında meşru bir veliaht bırakmayacak. Joffrey ve Tommen, Jaime'nin piçleri. Kraliçeyle olan çarpık ilişkisinin meyveleri."

Serçeparmak tek kaşını kaldırdı. "Korkunç," dedi, aslında hiç şaşırmadığını belli eden bir ses tonuyla. "Peki ya kız? Ona da şüphe yoktur. Yani kral öldüğünde..."

"Krallık erkek kardeşlerinin en büyüğü olan Lord Stannis'e geçecek."

Lord Petyr meseleyi düşünürken parmağını keçisakalına götürdü. "Öyle görünüyor. Eğer..."

"*Eğer* mi lordum? Bu hususta *eğer* yok. Stannis gerçek veliaht. Hiçbir şey bu gerçeği değiştiremez."

"Stannis sizin yardımınız olmadan tahtı ele geçiremez. Eğer biraz aklınız varsa Joffrey'nin tahta çıkması için uğraşırsınız."

Ned taş kadar sert gözlerle adama baktı. "Sizde onur denen şeyin zerresi bile yok mu?"

"*Zerresi* vardır belki," dedi umursamaz bir tavırla. "Beni dinleyin. Stannis ne sizin ne de benim dostum. Kendi öz kardeşleri bile o adama tahammül edemiyor. Adam demir gibi sert ve aşırı muhafazakâr. Kendisine yeni bir konsey oluşturup yeni bir El seçeceğine şüphe yok. Tacı önüne koyduğunuz için size teşekkür edecektir ama sırf bunu yaptınız diye size sevgi beslemeye başlamayacak. Stannis, Cersei ve piçleri ölmeden rahat oturamaz o tahtta. Kızının kafası bir kazığa geçirilirken Lord Tywin'in bir köşede sessizce oturacağını mı sanıyorsunuz? Casterly Kayası ayaklanacak, tek başına değil hem de. Robert bir zamanlar Aerys'a hizmet etmiş adamları sadakatleri karşılığında bağışladı ama Stannis o kadar affedici biri değil. Fırtına Burnu'nda yaşadıklarını asla unutmayacak ve Lord Tywin'le Lord Redwyne'a da unutturmayacak. Ejderha sancağı altında savaşan ve Balon Greyjoy'yla birlikte ayaklanan her adamın korkmak için çok geçerli sebepleri olacak. Demir Taht'ı Stannis'e verirseniz, sizi temin ederim ki diyar kana bulanacak.

Şimdi, madalyonun öbür yüzüne de bakalım. Joffrey daha on iki yaşında ve Robert kraliyetin başına *sizi* getirdi. Kral Eli ve Diyar'ın Koruyucusu sizsiniz. Güç sizde lordum. Bütün yapmanız gereken uzanıp almak. Lannisterlar'la barışın. Kızınız Sansa'yı Joffrey ile evlendirin. Küçük kızınızı da Prens Tommen ile. Varisiniz de Prenses Myrcella'yla evlensin. Joffrey'nin tahta geçmesi için yeterli yaşa gelmesine daha dört yıl var. Sizi bir baba olarak benimsemesi için yeterli bir süre. Benimsemezse... dört yıl uzun zaman lordum. Lord Stannis'ten kurtulmaya yetecek kadar uzun. O zaman Joffrey'nin küçük kirli sırrını açıklarız ve Lord Renly'yi tahta oturturuz."

"*Biz* mi?" diye sordu Ned.

Serçeparmak omuz silkti. "Sırtınızdaki yükleri paylaşacak biri lazım. Size pahalıya patlamayacağımdan emin olabilirsiniz."

"Demek pahalıya patlamayacaksınız," dedi Ned buz gibi sesiyle. "Lord Baelish, bana önerdiğiniz şey ihanet."

"Kaybedersek, evet."

"Unutmuşsunuz," dedi Ned. "Jon Arryn'ı, Jory Cassel'i ve bunu unutmuşsunuz." Belinden hançeri çıkarıp masanın üstüne, ikisinin arasına koydu. Ejderha kemiğinden yapılmış sapı, Valyria çeliğinden dövülmüş bıçağıyla, doğru ve yanlış, gerçek ve yalan, yaşam ve ölüm arasındaki fark kadar keskin görünüyordu hançer. "*Oğlumun boğazını kesmek* için bir adam yolladılar Lord Baelish."

Serçeparmak içini çekti. "Korkarım ki unutmuşum lordum,"

dedi. "Lütfen beni bağışlayın. Bir Stark'la konuştuğumu unutmuşum. Yani, Stannis ve savaş diyorsunuz."

"Bu bir seçim meselesi değil. Stannis gerçek veliaht."

"Lord Koruyucu'yla tartışamam. Benden ne istiyorsunuz o halde? Belli ki akıl istemiyorsunuz."

Ned iğrenirmişcesine, "Verdiğiniz... aklı unutmak için elimden geleni yapacağım," dedi. "Sizi buraya Catelyn'e verdiğiniz söz için çağırdım. Bunlar hepimiz için tehlikeli zamanlar. Robert beni Koruyucu ilan etti bu doğru ama bütün dünyanın gözünde Joffrey hâlâ onun oğlu ve veliahtı. Kraliçenin emrinde her dediğini gözünü kırpmadan yapacak on kadar şövalye ve yüz kılıçlı adam var. Bu sayı benim kalan muhafızlarımı yok etmek için yeterli. Ve şu anda Jaime Lannister arkasında adamlarıyla birlikte baba evinden buraya doğru yola çıkmış olabilir."

"Sizinse bir ordunuz yok," dedi Serçeparmak, masadaki hançeri parmağıyla ağır ağır döndürüp oyun oynarken. "Lannisterlar ve Lord Renly arasında pek sevgi olmadığını söyleyebilirim. Bronz Yohn Royce, Sör Balon Swann, Sör Loras, Leydi Tanda, Redwyne ikizleri... her birinin maiyeti ve konseyde yeminli kılıçları var."

"Renly otuz şahsi muhafıza sahip, diğerleri daha da az. Hepsinin benimle birlikte olacağını varsaysam bile bu sayı yeterli değil. Altın pelerinlileri almam lazım. Şehir Muhafızları'nda iki bin adam var. Hepsi de kaleyi, şehri ve kral barışını korumaya yeminli."

"Ah, ama kraliçe başka, El başka kral gösterirse hangi kralın barışını koruyacaklar?" Lord Petyr hançere hızla vurdu. Hançer fırıl fırıl dönmeye başladı. Sonunda yavaşladı ve sivri ucu Serçeparmak'ta durdu. "İşte cevabınız," dedi gülümseyerek. "Onlara paralarını ödeyen adamın sözüne uyacaklar." Arkasına yaslandı ve Ned'e baktı. Gri yeşil gözleri alay doluydu. "Onurunu bir zırh gibi giyiyorsun Stark. Seni güvende tutacak sanıyorsun ama ağırlığı hareket etmeni güçleştirmekten başka bir işe yaramıyor. Beni buraya çağırmanın gerçek nedenini biliyorsun. Benden ne yapmamı istediğini biliyorsun. Ne yapılması gerektiğini biliyorsun... ama bu *onurlu* bir iş değil. Bu yüzden kelimeler boğazında sıkışıp kalıyor."

Ned'in boynu gerilimden kaskatı kesilmişti. Öyle öfkeliydi ki ağzından çıkacaklara güvenemedi bir an.

Serçeparmak güldü. "Söylemeniz için zorlamalıyım sizi ama bu çok zalimce olur lordum... o yüzden korkmayın. Catelyn'e olan sevgimden ötürü derhal Janos Slynt'e gideceğim ve Şehir Muhafızları'na sahip olmanızı sağlayacağım. Altı bin altın yetecektir. İki bin kumandana, iki bin rütbelilere ve iki bin de askerlere. Bu fiyatın yarısına da alabiliriz ama işi şansa bırakmayacağım." Gülümsedi, hançeri masadan aldı ve Ned'e uzattı, önce kabzasını.

JON

Samwell Tarly hoplayarak sıraya oturduğunda Jon elma turtası ve sulu sosisten oluşan kahvaltısını yiyordu. "Septe çağırıldım," dedi çocuk heyecanlı bir fısıltıyla. "Beni eğitimden alıyorlar. Senle ve diğerleriyle birlikte kara kardeşlerden olacağım. Buna inanabiliyor musun?"

"Vay canına! Gerçekten mi?"

"Gerçekten. Üstat Aemon'ın yardımcısı olup kütüphaneyle ve kuzgunlarla ilgileneceğim. Okuma yazma bilen birine ihtiyacı varmış, mektuplar için."

"Bu işi en iyi sen yaparsın," dedi Jon gülümseyerek.

Sam heyecanla etrafına baktı. "Gitme zamanı geldi mi? Geç kalmamalıyım. Fikirlerini değiştirebilirler." Yabani otlarla kaplı avludan geçerlerken neredeyse zıplayarak yürüyordu Sam. Ilık ve güneşli bir gündü. Sur'un yüzeyinden sular akıyor, buzlar parlayıp ışıldıyordu.

Septin içindeki büyük kristal, kuzeye bakan pencerelerden giren güneş ışığını yakalıyor, kaidenin üzerine gökkuşağı seriyordu. Sam'i gördüğünde Pyp'in ağzı hayretle açıldı ve Kurbağa yanındaki Grenn'i dürttü ama kimse bir şey söylemeye cesaret edemedi. Rahip Celladar havayı kokularla dolduran bir buhurdanlık sallıyordu. Koku, Leydi Catelyn'in Kışyarı'ndaki küçük septini hatırlattı Jon'a. Rahip Celladar ilk kez ayık görünüyordu.

Yüksek rütbeliler güruh halinde septe girdi: Clydas'a tutunan Üstat Aemon, buz bakışlı zalim Sör Alliser, siyah yün yeleği ve tokası ayı pençesi şeklindeki kemeriyle Kumandan Mormont. Onların arkasından, üç adamın kısımlarına bağlı olan orta rütbeliler geliyordu; kırmızı yüzlü Lord Kâhya Bowen Marsh, Mimar Başı Othell Yarwyck ve Benjen Stark'ın yokluğunda korucuların kumandanlığını yapan Sör Jaremy Rykker.

Mormont kaidenin önünde durdu. Gökkuşağı kel kafasında parlıyordu. "Siz buraya kanun tanımaz insanlar olarak geldiniz. Kaçak avcılar, gaspçılar, hırsızlar, katiller. Bize çocuk olarak geldiniz. Tek başınıza, zincirlere bağlı, onursuz, dostsuz, zengin ya da fakir, bize geldiniz. Bazılarınız onurlu ailelerin soyadlarını taşıyarak, bazılarınız piç soyadlarıyla, bazılarınızsa bir ismi bile olmadan. Bütün bunların burada önemi yok. Bütün bunlar mazide kaldı. Sur'da hepimiz tek aileyiz.

Akşam vakti güneş batarken ve bizler geceyle yüzleşmeye hazırlanırken yeminlerinizi edeceksiniz. O andan itibaren Gece Nöbetçileri'nin Yeminli Kardeşler'ine mensup olacaksınız. Bütün suçlarınız unutulacak ve bütün günahlarınız bağışlanacak. Bu yüzden sizler de eski hayatlarınıza ait bağımlılıklarınızı, sadakatlerinizi ve düşmanlıklarınızı unutmalısınız. Bütün garezlerinizi, hatalarınızı, eski sevgilerinizle birlikte bir kenara koyun. Burada hayata yeniden başlayacaksınız.

Gece Nöbetçileri'nin adamı hayatını diyara adar. Bir krala, lorda ya da soylarının onuruna değil. Altına, zafere ya da bir kadına da değil. Sadece *diyara* ve diyar halkına. Bir kara kardeş evlenmez, çocuk yapmaz. Kadınımız görev, sevgilimiz onurdur. Sizler, sahip olacağımız tek evlatlarsınız.

Yemin lafızlarını öğrendiniz. O yemini etmeden önce iyice düşünün. Siyahları bir kez giydikten sonra geri dönüş yoktur. Firar etmenin cezası ölümdür." Yaşlı Ayı bir an durakladı ve devam etti. "Aramızdan ayrılmak isteyenleriniz varsa şimdi ayrılmalı. Haklarında kötü düşünülmeyecek."

Kimse kıpırdamadı.

"Çok iyi," dedi Mormont. "Akşam vakit burada, Rahip Celladar'ın ve bağlı olduğunuz yüksek rütbelilerin önünde yemin edeceksiniz. İçinizde eski tanrılara ibadet eden var mı?"

Jon ayağa kalktı. "Ben varım lordum," dedi.

"Öyleyse tıpkı amcan Benjen Stark gibi yeminini bir yürek ağacının önünde etmek istersin," dedi Mormont.

"Evet lordum," diye karşılık verdi Jon. Septin tanrılarıyla işi yoktu onun. Starklar'ın damarında İlk İnsanlar'ın kanı dolaşıyordu.

Grenn'in arkadan fısıldadığını duydu. "Burada tanrı korusu yok. Var mı? Buralarda hiç tanrı korusu görmedim."

"Gelip seni karın içine gömmeden önce vahşi bir öküz sürüsünü bile fark edemezsin sen," diye cevap verdi Pyp.

"Fark ederim. Hem de sürü iyice uzaktayken görürüm," dedi Grenn.

Grenn'in merakını Mormont giderdi. "Kara Kale'de tanrı korusu lazım değil. Sur'un ötesindeki Tekinsiz Orman, Andallar Dar Deniz'in ötesinden Yedi'yi getirmeden önce Alacakaranlık Çağı'nda nasıl duruyorsa hâlâ öyle duruyor. Şu anda bulunduğumuz noktadan yarım fersah kadar uzakta büvet ağaçlarını bulabilirsin. Belki tanrılarına da rastlarsın."

"Lordum." Jon, Samwell Tarly'nin arka sıralardan gelen sesini duyduğunda şaşkınlıkla arkasına döndü. Şişman çocuk ayağa kalkmış terli avuçlarını tuniğine sürtüyordu. "Ben de gidebilir miyim? Yeminimi büvet ağacının önünde etmek için?"

"Tarly Hanedanı eski tanrılara mı ibadet ediyor?"

"Hayır lordum," diye cevapladı Sam. Ürkek ve incecik çıkmıştı sesi. Çocuğun yüksek rütbelilerden, özellikle Mormont'tan çok korktuğunu biliyordu Jon. "Ben, babam ve onun babası gibi Boynuz Tepe septinde Yedi'nin ışığında isim kondu. Bin yıldır bütün Tarlyler'in ismi orada konuyor."

"Babanın ve hanedanının tanrılarını neden bırakıyorsun?" diye merakla sordu Sör Jaremy Rykker.

"Artık benim hanedanım Gece Nöbetçileri. Yedi dualarıma hiç karşılık vermedi. Belki eski tanrılar duyar beni."

"Nasıl istersen evladım," dedi Mormont. Sam yerine oturdu. Jon da. "Hepinizi, yetenekleriniz ve ihtiyaçlarımız doğrultusunda kısımlara dağıttık." Bowen Marsh öne çıktı ve Yaşlı Ayı'ya bir kağıt uzattı. "Halder, inşaatçılara," diyerek okumaya başladı. Halder resmi bir şekilde başıyla onayladı. "Grenn, koruculara. Albett, inşaatçılara. Pypar, koruculara." Pyp, Jon'a baktı ve kocaman kulaklarını oynattı. "Samwell, kâhyalara." Sam rahatlayarak nefesini bıraktı, elindeki ipek mendille alnındaki teri sildi. "Matthar, koruculara. Dareon, kâhyalara. Todder, koruculara. Jon, kâhyalara."

Kâhyalar'a? Jon duyduklarına inanamadı. Mormont yanlış okumuş olmalıydı. Bir hata yaptıklarını söylemek için ayağa kalktığı sırada gözlerini üstüne dikmiş olan Sör Alliser'i gördü. Gözleri obsidiyen camları gibi parlıyordu. Jon anladı.

Yaşlı Ayı elindeki kağıdı katladı. "Üstleriniz size görevlerinizle ilgili talimatlar verecek. Bütün tanrılar sizleri korusun kardeşlerim." Lord Kumandan yarım bir reveransla onları selamladı ve septten ayrıldı. Sör Alliser ince bir gülümsemeyle Jon'u izliyordu. Jon silah ustasını hiç bu kadar mutlu görmemişti.

"Korucular, benimle gelin," diye bağırdı Sör Jaremy Rykker. Ağır ağır ayağa kalkan Pyp, Jon'a baktı. Kulakları kızarmıştı. Grenn'in ağzı kulaklarındaydı. Ortadaki garipliğin farkına varmamıştı. Matt ve Toad ikisinin arkasına takıldı. Sör Jaremy'yi takip ederek septten çıktılar.

"İnşaatçılar," diye bağırdı Othell Yarwyck. Halder ve Albett adamın peşinden gitti.

Jon olanlara inanamıyormuş gibi etrafına bakındı. Üstat Aemon kör gözleriyle göremediği ışığa doğru bakıyordu. Rahip kaidedeki kristalleri düzenliyordu. Sıralarda sadece Dareon ve Sam kalmıştı. Bir şarkıcı, bir şişman oğlan... ve Jon.

Lord Kâhya Bowen Marsh ellerini birbirine sürterek geldi. "Samwell, sen kütüphanede ve kuşlukta Üstat Aemon'a yardım edeceksin. Chett köpeklerle ilgilenmek için barınaklara verildi. Aemon'a gece gündüz yakın olabilmek için Chett'in eski hücresinde yatacaksın. Üstada iyi bakacağına eminim. Sana güveniyorum. Çok yaşlı ve bizim için çok kıymetli.

Dareon, bana senin soylu lordlara defalarca şarkı söylediğin ve onlarla aynı sofrada oturup et ve şarap paylaştığın anlatıldı. Seni Doğugözcüsü'ne gönderiyoruz. Damak tadın sayesinde, ticaret kadırgaları geldiğinde Cotter Pyke'a yardımcı olabilirsin. Tuzlanmış et ve balık için çok fazla ödüyoruz ve son zamanlarda gelen zeytinyağının tadı berbat. Oraya vardığında kendini Borcas'a tanıt. Seni gemiler arasında meşgul edecek bir şeyler bulacaktır."

Marsh gülümseyerek Jon'a döndü. "Lord Kumandan seni şahsi kâhyası olarak seçti Jon," dedi. "Kumandan Kulesi'nde, onun odasının hemen yanındaki hücrede kalacaksın."

"Peki görevim ne olacak?" diye sordu Jon sertçe. "Lord Kumandan'a yemek servisi yapıp elbiselerini giymesine yardım mı edeceğim? Sıcak banyosunu mu hazırlayacağım?"

"Kesinlikle," dedi Marsh. Jon'un ses tonu onu kızdırmıştı. "Ve mesajlarını getirip götüreceksin, odasındaki şömineyi yakacaksın, her gün çarşaflarını değiştireceksin, senden ne istiyorsa onu yapacaksın."

"Beni bir hizmetçi mi sandınız?"

"Hayır," dedi septin arkalarında oturan Üstat Aemon. Clydas ayağa kalkmasına yardım etti. "Seni Gece Nöbetçileri'nin bir adamı sandık... ama belki de yanıldık."

Jon, koşup dışarı çıkmamak için kendini zor zaptediyordu. Bütün hayatını bir kız gibi dikiş dikerek ve mandırada yağ yaparak mı geçirecekti? "Gidebilir miyim?" diye sordu sertçe.

"Nasıl istersen," diye cevap verdi Bowen Marsh.

Dareon ve Sam de onunla birlikte çıktı. Sessizce avluya doğru inmeye başladılar. Jon, Sur'a baktı. Yüzeyindeki buzların erimesiyle akan sular yüzlerce ince parmak gibi görünüyordu. Jon o kadar öfkeliydi ki Sur'u elleriyle yıkabilirdi ve bütün dünya Sur'un altında kalırdı.

"Jon," dedi Samwell Tarly heyecanlı bir sesle. "Bekle. Ne yaptıklarını göremiyor musun?"

Jon öfkeyle ona döndü. "Sör Alliser'in kanlı ellerini görüyorum. Bütün gördüğüm bu. Beni utandırmak istedi ve başardı."

Dareon, Sam'e baktı. "Kâhyalık senin ve benim zevklerimiz için çok uygun ama Lord Kar için değil," dedi.

"Ben hepinizden daha iyi kılıç kullanıyorum ve daha iyi ata biniyorum," diye parladı Jon. "Bu *haksızlık*!"

"Haksızlık mı?" diye sordu Dareon acı bir alayla. "Kız anasından doğduğu gün gibi çıplak beni bekliyordu. Penceresine tırmanmama yardım etti ve sen *haksızlıktan* mı bahsediyorsun?" Yürüyüp uzaklaştı.

"Kâhya olmakta utanılacak bir şey yok," dedi Sam.

"Bütün hayatımı yaşlı bir adamın iç çamaşırlarını yıkayarak geçirmek istediğimi mi düşünüyorsun?"

"Yaşlı adam dediğin Gece Nöbetçileri Kumandanı," diye hatırlattı Sam. "Gece ve gündüz onunla birlikte olacaksın. Evet, kadehine şarap doldurup çarşaflarını değiştireceksin ama aynı zamanda mektuplarını okuyacak, onunla birlikte toplantılara katılacak ve bir mücadele esnasında yaverliğini yapacaksın. Her şeyi bileceksin, her şeyin bir parçası olacaksın. Hatırlasana, Lord Kâhya seni *özellikle* istediğini söyledi.

Ben küçükken babam konsey toplantılarına katılmam için ısrar ederdi. Yüksek Bahçe'ye gidip Lord Tyrell'in önünde diz çöktüğünde yanında olmamı isterdi. Gerçi daha sonra bütün bunları Dickon'a yaptırır oldu ve beni unuttu. Anlasana, veliahtının yanında olmasını istiyordu. *Veliahtının* seyretmesini, dinlemesini, öğrenmesini istiyordu. Bahse girerim Mormont da seni bu yüzden istedi Jon. Başka ne olabilir ki? Seni *kumandan* olabilmen için yetiştirecek."

Jon'un kafası karışmıştı. Sam doğru söylüyordu. Eddard Stark, Kışyarı'ndaki toplantılarına Robb'un da katılmasını sağlardı sık sık. Sam haklı olabilir miydi? Gece Nöbetçileri'nde bir piç bile yükselebilir demişlerdi. "Ben bunu istememiştim," dedi inatla.

"Burada hiçbirimiz bir şey *isteyecek* konumda değiliz," diye karşılık verdi Sam.

Jon birdenbire utandı.

Belki korkaktı belki değil, Samwell Tarly bir erkek gibi kaderini kabullenecek cesareti bulmuştu. *Sur'da sadece hak ettiklerine sahip olur insan*, demişti Benjen Stark, Jon'un onu sağ gördüğü son gece. *Sen bir korucu değilsin Jon. Üzeri hâlâ yaz kokan yeşil bir çocuksun sadece."* Piçler diğer çocuklardan daha çabuk büyür derlerdi. Sur'da ya büyürsün ya da ölürsün.

Jon derin derin içini çekti. "Haklısın, çocuk gibi davranıyorum."

"Yani burada kalacak ve benimle birlikte yemin edecek misin?"

"Eski tanrılar bizi bekliyor olacak," diye cevap verdi kendini gülümsemeye zorlayarak.

Öğlen vakti yola çıktılar. Sur'da kapı yoktu. Ne Kara Kale'de, ne de Sur'un uzandığı üç yüz mil boyunca. Buzların içine oyulmuş dar bir tünelden aşağı doğru yürüyerek ilerlediler. Tünel kıvrılıp döndükçe, soğuk ve karanlık duvarların arasında sıkışıyorlardı. Yolları üç kez demir parmaklıklarla kesildi ve Bowen Marsh anahtarlarını çıkarıp kalın zincirlere asılı kilitleri açarken beklemek zorunda kaldılar. Jon, Lord Kâhya'nın arkasında hareketsiz beklerken üzerindeki sonsuz ağırlığın baskısını hissediyordu. Tünel mahzen mezarlardan daha soğuktu ve hava daha durgundu. Sur'un kuzey tarafından gün ışığına çıktıklarında Jon tuhaf bir rahatlama hissetti.

Sam aniden parlayan güneş yüzünden gözlerini kırpıştırdı ve endişeyle etrafına bakındı. "Yabanıllar... Gelmezler değil mi? Sur'a bu kadar yaklaşmaya cesaret edemezler, öyle değil mi?"

"Hiç etmediler," dedi Jon. Eyerine tırmandı. Bowen Marsh ve onlarla birlikte gelen korucular atlarına bindiğinde Jon bir ıslık çalarak Hayalet'i çağırdı. Hayalet zıplayarak tünelden çıktı.

Lord Kâhya'nın atı kişnedi ve ulu kurttan uzaklaştı. "Bu canavarı da götürmeye kararlı mısın?"

"Evet lordum," dedi Jon. Hayalet başını kaldırdı. Havanın tadını almaya çalışıyormuş gibi görünüyordu. Göz açıp kapayıncaya kadar ayrık otlarıyla kaplı geniş alanda koşmaya başladı ve ağaçların arasında kayboldu.

Ormana girdiklerinde bambaşka bir dünyadaydılar artık. Jon, babasıyla, Jory ile ve kardeşi Robb'la birlikte sık sık ava çıkardı. Kışyarı civarındaki Kurt Ormanı'nı gayet iyi biliyordu. Tekinsiz Orman da aynıydı ama bir şekilde çok farklı olduğunu hissediyordu insan.

Belki, bilgi yaratıyordu bu farkı. Dünyanın sonunu geçene kadar at sürmüşlerdi ve bu her şeyi değiştirmişti. Her gölge daha karanlık görünüyor, her ses daha uğursuz duyuluyordu. Sık ağaç dalları birbirine dolanıyor, akşam güneşi ormanın içine giremiyordu. Atların toynakları altında çıtırdayan ince buz tabakasından çıkan ses, kemiklerin kırılması gibi geliyordu kulağa. Rüzgârla sallanan yaprakların hışırtısını her duyduğunda buz gibi parmaklar omurgasının üstünde geziniyormuş gibi hissediyordu Jon. Sur arkalarında uzanıyordu artık. Buradan ötede ne olduğunu yalnız tanrılar biliyordu.

Ormanın derinliklerindeki bir açıklıkta, çember şeklinde yerleşmiş dokuz büvet ağacına vardıklarında güneş batmaya başlamıştı. Jon çok derin bir nefes aldı ve Sam Tarly'nin ağaçları izlediğini gördü. Kurt Ormanı'nda bile yan yana büyümüş iki ya da üçten fazla büvet ağacı bulunmazdı. Dokuz ağaçtan oluşmuş bir grup duyulmuş şey değildi. Dökülen yapraklar, üstü kırmızı altı siyah bir halı gibi zemini örtmüştü. Ağaçların pürüzsüz geniş gövdeleri soluk kemik rengindeydi ve gövdelere oyulmuş yüzlerin gözleri içeri çökmüştü. Göz çukurlarına dolup kuruyan reçine kıpkırmızıydı ve yakut kadar sertti. Marsh Bowen çemberin dışında atlarından inmelerini emretti. "Burası kutsal bir yer, saygısızlık etmemeliyiz."

Çemberin içine girdiklerinde Samwell Tarly ağır ağır dönerek ağaçların gövdelerine oyulmuş yüzlere teker teker baktı. Her biri diğerinden farklıydı. "Bizi izliyorlar," diye fısıldadı. "Eski tanrılar."

"Evet," dedi Jon. Sam'le birlikte diz çöktüler.

Güneş batıda kaybolup gün siyah bir geceye dönerken yeminlerini ettiler.

"Sözlerimi duyun ve yeminime şahit olun," dediler ezbere. Sesleri çemberi doldurdu. "Gece çöküyor ve son nefesime kadar sürecek nöbetim başlıyor. Evlenmeyeceğim. Mülk edinmeyeceğim. Baba olmayacağım. Hiç taç takmayacak, zafer kazanmayacağım. Nöbette yaşayacak, nöbette öleceğim. Ben karanlıktaki kılıç, duvardaki gözcüyüm. Ben soğukta yanan ateş, şafak vaktindeki ışığım. Ben uyurları uyandıran nida, diyar halkını koruyan kalkanım. Bu gece ve gelecek tüm gecelerde, hayatımı ve onurumu Gece Nöbetçileri'ne adıyorum."

Ormana sessizlik çöktü. "Birer çocuk olarak diz çöktünüz," dedi Bowen Marsh. "Şimdi Gece Nöbetçileri'nin erkekleri olarak ayağa kalkın."

Jon, kalkmasına yardım etmek için elini Sam'e uzattı. Korucular gülümseyerek etraflarında toplandı ve onları tebrik etti. Yaşlı ve huysuz ormancı Dywen tebrik edenler arasında değildi. "Artık geri dönmek için yola çıksak iyi olacak lordum," dedi Bowen Marsh'a. "Karanlık çöküyor ve gecenin kokusunda hiç hoşumaya gitmeyen bir şeyler var."

Hayalet aniden geri döndü. Büvet ağaçlarının arasında ağır adımlarla yürüdü. *Beyaz kürk ve kırmızı gözler*, diye düşündü kaygıyla. *Tıpkı ağaçlar gibi...*

Kurdun dişlerinin arasında bir şey vardı. Siyah bir şey. "O nedir?" diye sordu Bowen Marsh kaşlarını çatarak.

"Buraya gel Hayalet," dedi Jon yere çömelerek. "Bana getir."

Ulu kurt, Jon'a doğru koştu. Sam Tarly derin bir nefes aldı.

"Tanrılar bizi korusun," diye mırıldandı Dywen. "Bu bir el."

EDDARD

Kısa ve huzursuz uykusundan at toynaklarının gök gürültüsüne benzeyen sesleriyle uyandığında, şafağın solgun gri ışığı odasının penceresinden içeri giriyordu. Aşağıdaki avluya bakmak için kafasını masadan kaldırdı. Avludaki deri kıyafetli, zırhlı, kırmızı pelerinli adamlar sabahı çelik sesleriyle dolduruyor, içi saman dolu kuklalara saldırarak at üstünde kılıç talimi yapıyorlardı. Ned, atını avlunun sert toprak zemininde dörtnala koşturarak elindeki çelik uçlu mızrağı bir kuklanın kafasına saplayan Sansor Clegane'i izledi. Kuklanın kafası dağıldı ve samanlar etrafa saçıldı. Lannister muhafızları şakalaşıp küfürler ediyordu.

Bu cesaret gösterisi benim için mi? diye merak etti Ned. Eğer öyleyse, Cersei düşündüğünden de aptaldı. *Kahrolası kadın. Neden kaçıp gitmedi? Ona şans üstüne şans verdim...*

Hava kapalı ve kasvetliydi. Ned kahvaltısını kızları ve Rahibe Mordane'le birlikte yapmıştı. Sansa hâlâ mutsuzdu. Üzgün gözlerle tabağına bakmış ve yemeyi reddetmişti ama Arya önüne konan her şeyi kurt gibi silip süpürmüştü. "Syrio bu akşam gemiye binmeden önce son bir ders yapacak kadar vaktimiz olacağını söyledi," dedi. "Yapabilir miyiz baba? Her şeyim hazır."

"Çok kısa bir ders olsun ve yola çıkmadan önce yıkanıp üstünü değiştirecek zaman kalmasına da özen göster. Öğlen yola çıkmak için hazır olmanızı istiyorum. Anlaşıldı mı?"

"Öğlen," dedi Arya.

Sansa başını tabağından kaldırdı. "O dans dersine gidebilecekse ben neden Prens Joffrey ile vedalaşmaya gidemiyorum?"

"Ben ona memnuniyetle eşlik ederim Lord Eddard," dedi Rahibe Mordane. "Gemiyi kaçırmamız söz konusu bile olmaz."

"Prens Joffrey'ye gitmen akıllıca olmaz Sansa, üzgünüm."

Sansa'nın gözleri yaşlarla doldu. "Ama *neden?*"

"Sansa, lord baban her şeyin en iyisini bilir," dedi Rahibe Mordane. "Onun kararlarını sorgulamamalısın."

"Bu *haksızlık*!" diye bağırdı. Masadan hızla kalktı, sandalyesi devrildi, koşarak salondan çıktı.

Rahibe Mordane ayağa kalktı ama Ned oturmasını söyleyen bir baş hareketi yaptı. "Bırakın gitsin Rahibe. Hepimiz sağ salim Kışyarı'na döndüğümüzde ona anlatmaya çalışacağım." Rahibe başını eğdi ve kahvaltısını bitirmek üzere masaya oturdu.

Kahvaltıdan bir saat kadar sonra Yüce Üstat Pycelle, Ned'in odasına geldi. Boynundaki yüce üstat zincirinin ağırlığı artık taşınamayacak kadar artmış gibi iyice çökmüştü omuzları. "Lordum, Kral Robert gitti. Sükunet içinde yatsın."

"Hayır," dedi Ned. "O sakinlikten hiç hoşlanmaz. Kahkahalarla, parlak zaferlerin neşesiyle yatsın." Hissettiği boşluğun büyüklüğüne şaşırdı. Bu haberi alacağını biliyordu ama duyduğunda içinde bir şeyler öldü. Ağlama özgürlüğü karşılığında bütün unvanlarından vazgeçmeye razıydı... ama o Robert'ın El'iydi ve dehşetle beklediği vakit gelmişti. "Lütfen konsey üyelerini odama çağırma nezaketi gösterin," dedi Pycelle'e. El Kulesi kendi çabaları ve Tommard sayesinde güvendeydi ama aynı şeyi konsey odası için söyleyemezdi.

"Lordum, kraliyet meseleleri yarına kadar bekleyebilir. Acımız çok taze."

Ned usul fakat kararlıydı. "Bir an önce toplanmalıyız."

Pycelle reverans yaptı. "El nasıl emrederse," dedi ve hizmetkârlarını konsey üyelerine haber götürmeye yolladı. Ned'in ikram ettiği tatlı birayı ve gösterdiği oturma yerini memnuniyetle kabul etti.

Davete ilk yanıt veren bembeyaz pelerini içindeki Sör Selmy Barristan oldu. "Lordlarım, şu anda benim yerim genç kralın yanı," dedi. "Ayrılmam için izin vermenizi rica ediyorum."

"Sizin yeriniz burası Sör Barristan," diye karşılık verdi Ned.

Gelen ikinci üye Serçeparmak'tı. Üzerinde dün gece giydiği mavi kadifeliler ve alaykuşu desenli pelerin vardı hâlâ. Çizmeleri at sürmekten tozlanmıştı. "Lordlarım," dedi gülümseyerek neye gülümsediği hiç belli olmadan. Ned'e döndü. "Bana verdiğiniz küçük görev yerine getirildi Lord Eddard."

Varys lavanta kokularıyla birlikte içeri girdi. Tombul yüzü fırçalanmış, pembeleşmiş ve pudralanmıştı. "Küçük kuşlar çok hüzünlü şarkılar söylüyor bugün," dedi otururken. "Diyar ağlıyor. Başlayalım mı?"

"Lord Renly geldiğinde başlayacağız," dedi Ned.

Varys hüzün dolu gözleriyle baktı. "Korkarım ki Lord Renly şehirden ayrıldı."

"*Şehirden* ayrıldı mı?" Ned, Renly'nin desteğine güveniyordu.

"Şafaktan bir saat önce, Sör Loras Tyrell ve elli adamla birlikte gitti," diye açıkladı Varys. "Son görüldüklerinde dörtnala güneye doğru yol alıyorlarmış. Yüksek Bahçe'ye ya da Fırtına Burnu'na gittiklerine şüphe yok."

Renly ve yüz kılıçlı adamından hayır gelmeyecek. Ned burnuna gelen kokulardan hoşlanmamıştı ama yapacak bir şey yoktu. Robert'ın son mektubunu çıkardı. "Kral dün gece beni yanına çağırdı ve son sözlerini yazıya dökmemi istedi. Yüce Üstat Pycelle ve Lord Renly kralın mektubu mühürlemesine şahitlik etti. Mektup kralın ölümünden sonra konsey toplantısında açılmak üzere kapatıldı. Sör Barristan, rica etsem?"

Kral Muhafızları'nın Lord Kumandanı kağıdı aldı ve inceledi. "Kral Robert'ın mührü. Mühür sağlam." Mektubu açtı ve okudu. "Lord Eddard, Diyar'ın Koruyucusu ve veliaht tahta çıkacak yaşa gelene kadar kral vekili olmak üzere atanmıştır."

Gel gör ki tahta çıkacak yaşta zaten, diye düşündü Ned ama düşüncesini dillendirmedi. Ne Pycelle'e ne de Varys'e güveniyordu. Sör Barristan, yeni kralı olarak bildiği çocuğu korumak için şeref yemini etmişti. Yaşlı şövalyenin Joffrey'yi bırakması kolay değildi. Bir kandırmacaya ihtiyaç duymak ağzında acı bir tat bırakıyordu ama yumuşak adımlar atması, konseyi elinde tutması ve sağlam bir şekilde vekillik makamına oturana kadar bu oyunu oynaması gerekiyordu. Sansa'yla Arya sağ salim eve döndüklerinde ve Lord Stannis bütün gücüyle Kral Toprakları'na geri geldiğinde gerçek veliaht meselesiyle ilgilenmek için gerekli vakit olacaktı.

"Konseyden, Robert'ın vasiyetini yerine getirerek beni Koruyucu Lord olarak onaylamasını talep ediyorum," dedi. Adamların yüzüne bakıyor, Üstat Pycelle'in yarı açık gözlerinin, Serçeparmak'ın alaycı gülümsemesinin, Varys'in titrek parmaklarının ardında hangi düşüncelerin saklı olduğunu merak ediyordu.

Kapı açıldı. Tommard odaya girdi. "Affedin lordum, kraliyet kâhyası ısrarla..."

Kâhya içeri girdi ve başını eğdi. "Saygı değer lordlarım, kral acilen küçük konseyin toplanıp huzuruna çıkmasını emrediyor."

Ned, Cersei'nin hızlı hareket edeceğini biliyordu, bu çağrı onu şaşırtmamıştı. "Kral öldü," dedi kâhyaya. "Buna rağmen seninle geleceğiz. Tom, lütfen muhafızları ayarla."

Serçeparmak, Ned'in merdivenlerden inmesine yardım etti. Varys, Pycelle ve Sör Barristan hemen arkalarından geldi. Zırhlı ve silahlı iki sıra muhafız avluda onları bekliyordu. Konsey üyelerine avlu boyunca eşlik ederlerken gri pelerinleri rüzgârda uçuşuyordu. Ortalıkta Lannisterlar'a ait silahlı adam görünmüyordu ama Ned kapılarda ve duvarlarda bekleyen sarı pelerinlileri görünce kendini daha rahat hissetti.

Taht odasının kapısında, siyah ve altın renkli bir zırh giyen Janos Slynt tarafından karşılandılar. Miğferi kolunun altındaydı. Kumandan hafifçe eğilerek selam verdi. Adamları altı metre yüksekliğindeki bronz kemerli devasa meşe kapıları açtı.

Kraliyet kâhyası konsey üyelerini içeri aldı. "Andallar'ın, Rhoynarlar'ın, İlk İnsanların Kralı, Yedi Krallık Lordu, Diyar'ın Koruyucusu, Baratheon ve Lannister Hanedanlarından, Bu İsimle Anılan İlk Kral Majesteleri Joffrey'nin önünde eğilin."

Joffrey'nin oturduğu Demir Taht'ın önüne gitmek için uzun bir yol yürüdü Ned. Serçeparmak'ın kolundan destek alıp yarı topallayarak kendisini kral ilan etmiş çocuğa ağır ağır yaklaştı. Diğerleri arkasından geliyordu. Bu tahtın önüne ilk geldiğinde at sırtındaydı. Elinde bir kılıç tutuyordu ve Targaryenlar'ın ejderhaları, Jaime Lannister'ı zorla tahttan indirişini izliyordu. Joffrey'nin tahttan o kadar kolay kalkıp kalkmayacağını merak etti.

Sör Jaime ve Sör Barristan dışındaki Kral Muhafızları tahtın önünde hilal şeklinde sıralanmıştı. Tam zırh kuşanmışlardı. Tepeden tırnağa emaylanmış çelikle kaplılardı. Omuzlarından uzun pelerinleri sarkıyordu. Beyaz parlak kalkanları kollarına bağlanmıştı. Cersei ve diğer iki çocuğu, Sör Boros'la Sör Meryn'in yanında duruyordu. Kraliçe, köpük kadar hafif Myr dantelleriyle süslenmiş, deniz yeşili ipek bir elbise giymişti. Parmağında, üzerine güvercin yumurtası büyüklüğünde zümrüt yerleştirilmiş altın bir yüzük, başında yüzüğüyle uyumlu bir taç vardı.

Onların üstünde, sivri metallerin arasında Prens Joffrey oturuyordu. Altın renkli takım ve kırmızı satenden dikilmiş bir pelerin giyiyordu. Sandor Clegane tahtın dibindeki dar ve dik merdivenlerin ilk basamağında duruyordu. O da zırhlıydı. Kolunda çelik bir kalkan, başında köpek kafası şeklindeki miğferi vardı.

Tahtın arkasında, bellerinde uzun kılıçlar asılı yirmi zırhlı Lannister muhafızı yer almıştı. Kırmızı pelerinleri omuzlarından sarkıyordu. Miğferlerine altın aslanlar işlenmişti. Ama Serçeparmak verdiği sözü tutmuştu. Robert'ın av sahneleriyle dolu goblenlerinin asılı olduğu duvar boyunca altın pelerinli Şehir Muhafızları diziliydi. Gergin ve temkinli bir halde bekliyorlardı. Adamların ellerinde siyah demir uçlu iki buçuk metrelik mızraklar vardı. Sayıları Lannister muhafızlarından beş kat fazlaydı.

Ned sonunda tahtın önüne geldiğinde bacağı acıdan alev almış gibiydi. Serçeparmak'ın omzuna tutunarak ağırlığını dengeledi.

Joffrey ayağa kalktı. Kırmızı pelerinine altın iplikle aslanlar ve taçlı geyikler işlenmişti. "Konseye, taç giymem için gerekli hazırlıkların yapılmasını emrediyorum," beyanı geldi çocuktan. "On beş gün içinde taç giyme töreni yapılacak. Bugün kıymetli konsey üyelerinin sadakat yeminlerini kabul edeceğim."

Ned, Robert'ın mektubunu çıkardı. "Varys, mektubu Leydi Lannister'a verebilir misin lütfen?"

Hadım mektubu Cersei'ye verdi. "Diyar'ın Koruyucusu," diye yüksek sesle okudu kadın. "Ardına sığındığınız kalkan bu mu? Bir kağıt parçası mı?" Mektubu ikiye yırttı, sonra bir daha. Kağıt parçalarını havaya savurdu.

"Onlar kralın sözleriydi," dedi Sör Barristan hayretler içinde.

"Artık yeni bir kralımız var," diye karşılık verdi Cersei Lannister. "Lord Eddard, son konuşmamızda bana bazı tavsiyelerde bulunmuştunuz. Şimdi benim de size tavsiyede bulunmama izin verin. Hemen dizlerinizin üstüne çökün ve oğluma sadakat yemini edin. Ben de, Kral Eli görevinizden ayrılıp sağ kalmanıza, adına ev dediğiniz o gri çöplüğe geri dönmenize izin vereyim."

"Keşke yapabilseydim," dedi Ned acımasız bir ses tonuyla. Eğer Cersei bu sorunu burada ve şimdi halletmek için şartları zorluyorsa Ned'e seçenek bırakmıyor demekti. "Oğlun tahtla ilgili hiçbir hak talep edemez. Robert'ın gerçek veliahtı Lord Stannis."

"Yalancı!" diye çığlık attı Joffrey. Yüzü kıpkırmızıydı.

"Anne, bu ne demek? Joff kral değil mi şimdi?" diye sordu Prenses Myrcella üzüntülü bir tavırla.

"Kendinizi kendi ağzınızla mahkûm ettiniz Lord Stark," dedi Cersei Lannister. "Sör Barristan, bu haini yakalayın."

Kral Muhafızları Lord Kumandanı tereddüt etti. Etrafı göz açıp kapayıncaya kadar zırhlı Lannister muhafızlarıyla çevrildi.

"Artık ihanet kelimelerden, fiile geçiyor," dedi Cersei. "Sör Barristan'ın yalnız olduğunu mu sanıyorsunuz lordum?" Tazı uzun kılıcını çekerken metalin metale sürtmesinden doğan o uğursuz ses duyuldu. Kral Muhafızları ve Lannisterlar'ın yirmi adamı kılıçlarını çekip Tazı'yı desteklemek için hareketlendi.

"Onu öldürün!" diye bağırdı Demir Taht'ta oturan çocuk kral. *"Size emrediyorum, hepsini öldürün!"*

"Bana hiç seçenek bırakmadın," dedi Ned, Cersei Lannister'a. Janos Slynt'e seslendi. "Kumandan, kraliçeyi ve çocukları göz altına alın. Kraliyet dairelerine götürün ve çıkmalarına izin vermeyin. Kilit altında olsunlar ama hiçbirine zarar gelsin istemiyorum."

"Şehir Muhafızları!" diye bağırdı Janos Slynt miğferini kafasına geçirirken. Altın pelerinli yüz adam mızraklarını hazırlayıp toplandı.

"Kan dökülmesini istemiyorum," dedi Ned, kraliçeye. "Adamlarına geri çekilmelerini söyle ve kimse zarar..."

En yakınında duran altın pelerinli muhafız, tek ve keskin bir atışla mızrağını Tomard'ın sırtına sapladı. Şişko Tom'un kaburgalarının arasındaki kırmızı noktadan hızla yayıldı kan, kılıcı elinden düştü. Adam daha kılıcı yere çarpmadan ölmüştü.

Ned bağırmakta geç kalmıştı. Janos Slynt kendi elleriyle Varly'nin boğazını kesti. Cayn döndü, arkasındaki mızraklı muhafızı seri kılıç darbeleriyle geri sürdü. Kurtulmak için bir şansı var gibi görünürken Tazı adamın üstüne atıldı. Sandor Clegane'in ilk darbesi Cayn'in kılıç tutan elini bileğinden ayırdı. İkinci darbe adamı omzundan göğüs boşluğuna kadar yardı.

Adamları teker teker ölürken Ned'in kemerindeki hançeri hızlı bir hamleyle aldı Serçeparmak. Hançeri kınından çıkarıp Ned'in boynuna dayadı. Gülümsemesi özür diler gibiydi. "Bana güvenme *demiştim* sana, biliyorsun."

ARYA

"Yukarı," dedi Syrio kılıcını Arya'nın kafasına sallarken. Arya hamleyi karşıladı. Birbirine çarpan tahta kılıçlardan *çatırtı* sesi çıktı.

"Sola," diye bağırdı adam ve kılıcı ıslık çalarak geldi. Arya'nın kılıcı yeni hamleyi karşılamak için sertçe sola indi. Çarpışmanın şiddeti adamın dişlerinin birbirine vurmasına sebep oldu.

"Sağa," dedi. "Aşağı," ve "Sol," ve "Sol." Tekrar. Syrio gittikçe hızlanarak Arya'nın üstüne doğru ilerledi. Arya her hamleyi dikkatle inceleyerek geri çekildi.

"Davran," diyerek uyaran Syrio hamle yaptığı an kız seri bir şekilde yana sıçradı. Arya kılıcını savuşturduğu adamın omzuna karşı hamle yaptı. *Neredeyse* değmişti, o kadar ki kız sırıttı. Terden sırılsıklam olmuş saçları gözüne düştü. Elinin tersiyle geri itti saçlarını.

"Sola," diye şarkı söyledi Syrio. "Aşağı." Adamın kılıcı bulanıklaşmıştı ve tahta kılıçların sesi salonu dolduruyordu. "Sol. Sol. Yukarı. Sol. Sağ. Aşağı. *Sol!"*

Tahta kılıç Arya'yı tam göğsünün üstünden yakaladı. Ani, keskin bir sancı duydu ama hamleyi karşılayamamış olması daha fazla acıtmıştı. "*Ahh*," diye bağırdı. Bu akşam, denizin üstünde bir yerlerde, uyumak için gemideki kamarasına gittiğinde göğsünde taptaze bir çürük olacaktı. *Her acı bir derstir ve her ders bizi daha güçlü kılar*, diye hatırlattı kendine.

Syrio geri çekildi. "İşte şimdi ölüsün."

Arya yüzünü buruşturdu. "Hile yaptın," dedi kızgınlıkla. "Sol dedin ama sağa gittin."

"Aynen öyle ve şimdi sen ölü bir kızsın."

"Ama *yalan* söyledin."

"Yalan olan sözlerimdi. Gözlerim, kolum gerçeği bağırıyordu ama sen görmüyordun."

"Hiç de öyle değil," dedi Arya. "Her saniye sana bakıyordum."

"Bakmak, görmek değildir ölü kız. Su dansçısı görür. Gel, kılıcını bırak. Şimdi de duyma zamanı."

Duvarın arkasındaki banka oturan Syrio'nun yanına gitti. "Syrio Forel, Braavos'un Denizaslanı Lordu'nun baş kılıcıydı. Bu nasıl oldu biliyor musun?"

"Çünkü şehirdeki en iyi kılıç dövüşçüsü sendin."

"Aynen öyle. Ama neden? Diğer adamlar benden daha güçlüydü, hızlıydı, gençti, peki neden Syrio en iyileriydi? Şimdi sana anlatacağım." Serçe parmağının ucunu yavaşça göz kapağına bastırdı. "Görmek, gerçekten görmek, bu işin özüdür."

"Dinle beni. Braavos'un gemileri, rüzgârın estiği en uzak yerlere kadar gider. Tuhaf ve harikulade yerlere. Geri döndüklerinde, gemilerin kaptanları yakaladıkları garip hayvanları Denizaslanı Lordu'nun hayvanat bahçesine getirir. Öylelerini hiç görmemişsindir. Çizgili atlar; cambazların tahta bacakları kadar uzun boyunlu, upuzun bacaklı yaratıklar, kahverengi noktalı devasa yaratıklar; inek kadar büyük, tüylü fare-domuzlar; iğneli mantikorlar; yavrularını keselerinde taşıyan kaplanlar; pençeleri bacakları olmayan, tuhaf yürüyüşlü kanca dişli uzun kertenkeleler. Syrio Forel bunların hepsini gördü.

İşte bahsettiğim gün, lordun baş kılıcı ölmüş. Denizaslanı Lordu beni çağırttı. Bir sürü adam yanına gitmişti ama hepsi de geri gönderilmişti. Huzuruna çıktığımda oturuyordu. Kucağında şişman sarı bir kedi vardı. Kaptanlarından biri hayvanı çok uzak bir adadan getirmiş, öyle söyledi. 'Daha önce buna benzeyen bir şey gördün mü?' diye sordu bana.

'Her gece, Braavos'un ara sokaklarında onun gibi binlercesini görüyorum,' dedim. Denizaslanı Lordu kahkaha attı ve o gün onun baş kılıcı oldum."

Arya yüzünü buruşturdu. "Anlayamıyorum."

Syrio dişlerini birbirine vurdu. "Hayvan, bildiğin sıradan bir kediden başka bir şey değildi. Gelen diğer adamlar tuhaf ve olağanüstü bir yaratıkla karşılaşacaklarını düşündükleri için baktıkları şeyi öyle görmüşlerdi. Ne kadar iri olduğundan bahsettiler ama herhangi bir kediden daha iri değildi, lordun sofrasında oturup beslendiği için şişmandı sadece. Ne kadar küçük ve tuhaf kulakları olduğunu söylediler ama hayvanın kulaklarının ucu bir kedi kavgası sırasında kopmuştu aslında. Lord ona 'kızım' diye seslendiği için diğerleri de öyle düşünüyordu ama erkek bir kedi olduğu gün gibi ortadaydı. Anlayabiliyor musun?"

"Sen ortada olanı gördün."

"Aynen öyle. Sana lazım olan tek şey, gözlerini açmak. Kalbimiz bizi aldatır, kafamız oyunlar oynar ama gözlerimiz gerçeği görür. Gözlerinle bak. Kulaklarınla duy. Ağzınla tat al. Burnunla kokla. Teninle hisset. *Bunların ardından* düşünmek gelir ve onun ardından da gerçeği öğrenmek."

"Aynen öyle," dedi Arya sırıtarak.

Syrio da hafifçe gülümsedi. "Düşünüyorum da, Kışyarı'na vardığımızda şu senin İğne'yi eline alma vaktin gelmiş olacak bence."

"Evet!" dedi Arya heyecanla. "Nasıl kılıç kullandığımı Jon'a..."

Küçük Salon'un büyük ahşap kapıları gürültüyle açıldı. Arya telaşla döndü.

Kapı kemerinin altında, arkasında beş Lannister muhafızıyla birlikte Kral Muhafızları'ndan bir şövalye duruyordu. Baştan ayağa zırhlıydı ama miğferinin siperi açıktı. Arya, adamın sarkık göz kapaklarını ve pas rengi sakalını Kışyarı'ndan hatırlamıştı. Kralla birlikte gelen şövalyelerden biriydi; Sör Meryn Trant. "Arya Stark," dedi. "Bizimle gel çocuğum."

Arya tereddütle dudaklarını ısırdı. "Ne istiyorsunuz?"

"Baban seni görmek istiyor."

Arya bir adım ileri çıktı ama Syrio Forel onu kolundan tuttu. "Peki, Lord Eddard kendi adamları yerine neden Lannister muhafızlarını gönderdi? Merak ediyorum."

"Haddini bil dans hocası," dedi Sör Meryn. "Bu seni ilgilendiren bir mesele değil."

"Babam *sizi* göndermez," dedi Arya ve tahta kılıcına davrandı. Lannister adamları güldü.

"Sopanı bırak küçük kız," dedi Sör Meryn. "Ben Kral Muhafızları'nın Yeminli Kılıcıyım. Beyaz Kılıçlar."

"Eski kralı öldüren Kral Katili de öyleydi," dedi Arya. "İstemezsem sizinle gelmek zorunda değilim."

Sör Meryn Trant'ın sabrı tükenmişti. "Alın şunu," dedi adamlarına.

Üç adam öne çıktı. Arya'ya doğru attıkları her adımda zırhları çınlıyordu. Arya korkmaya başlamıştı. Kalbinin hızını yavaşlatmak için *korku, kılıçtan derin keser,* dedi kendine.

Syrio Forel, kendini Arya ve muhafızların arasına attı. Elindeki tahta kılıcın ucunu hafifçe çizmesine vuruyordu. "Orada durun. Siz erkek misiniz, yoksa bir çocuğu tehdit eden köpekler mi?"

"Yoldan çekil ihtiyar," dedi kırmızı pelerinlilerden biri. Syrio tahta kılıcını kaldırıp adamın miğferine indirdi. "Ben Syrio Forel. Benimle saygılı konuşacaksınız."

"Seni kel piç," dedi adam. Uzun kılıcına davrandı. Syrio'nun kılıcı kör edici bir hızla tekrar hareket etti. Arya, tahta kılıç yere çarparken korkunç bir *kırılma* sesi duydu. "*Elim!*" diye haykırdı muhafız, diğer eliyle kırık parmaklarını tutarken.

"Bir dansçı için epey hızlısın," dedi Sör Meryn.

"Sen de bir şövalye için oldukça ağırsın," diye karşılık verdi Syrio.

"Braavoslu'yu öldürün, kızı da alın," diye emretti beyaz zırhlar içindeki adam.

Dört Lannister muhafızı kılıçlarını çekti. Parmakları kırık olan beşinci adam yere tükürdü ve sol eliyle hançerini çıkardı.

Syrio Forel dişlerini birbirine vurdu. Düşmanına vücudunun sadece bir yanını gösteren su dansçısı pozisyonunu aldı. "Arya, çocuğum, bugün yeterince dans ettik. Şimdi hemen koş ve babana git," diye seslendi Arya'ya hiç bakmadan. Gözlerini muhafızlardan ayırmıyordu.

Arya onu yalnız bırakmak istemiyordu ama Syrio ona dediklerini yapmasını öğretmişti. "*Geyik kadar seri,*" diye fısıldadı.

"Aynen öyle," dedi Syrio, Lannisterlar yaklaşırken.

Kendi tahta kılıcını sıkı sıkı tutar halde geri çekildi Arya. Şimdi Syrio'yu izlerken, yaptıkları düellolarda adamın kendisiyle dalga geçtiğini fark ediyordu. Kırmızı pelerinliler ellerindeki çelik kılıçlarla üç yandan Syrio'nun üstüne yürüdü. Göğüslerinde ve kollarında örgü zırhlar vardı. Bellerinden baldırlarına kadar olan bölgeyi korumak için pantolonlarına çelik plakalar dikilmişti. Sadece alt bacaklarında koruma yoktu ve elleri çıplaktı. Miğferleri burun korumalıydı ama göz kısımları açıktı.

Syrio adamların kendisine ulaşmasını beklemeden soluna döndü. Arya daha önce bu kadar hızlı hareket eden bir insan görmemişti. Bir kılıç darbesini tahta kılıcıyla kesti ve ikincisinden dönerek kurtuldu. İlk adam ikinci adamın üstüne doğru yalpaladı. Syrio muhafızın arkasına bir tekme indirince iki adam birden yere yuvarlandı. Üçüncü muhafız yerdeki adamların üstünden atladı ve kılıcını Syrio'nun boğazına doğru savurdu. Su dansçısı kılıcın altında çömeldi ve yukarı doğru hamle yaptı. Muhafız, eskiden sol gözünün olduğu boşluktan kanlar akarken, çığlık atıp yere devrildi.

Düşen adamlar ayağa kalkıyordu. Syrio birini tekmeleyip tekrar düşürdü ve diğerinin kafasındaki çelik miğferi kaptı. Hançerli muhafız, bıçağını Syrio'ya savurdu ama Syrio darbeyi elindeki miğferle karşıladı. Adamın dizini tahta kılıcıyla kırdı. Son kırmızı pelerinli bir küfür etti ve iki eliyle birden tuttuğu kılıcıyla saldırıya geçti. Syrio sağa yuvarlandı. Muhafızın kılıcı, yerden kalkmaya çalışan miğfersiz adamın boynuyla omzunun arasına indi. Çelik, adamın örgü zırhını geçerek etine gömüldü. Dizlerinin üstündeki adam acı bir çığlık attı. Syrio düşmanın soluk borusuna bir darbe indirdi. Muhafız boğuk bir çığlık atarak yere yuvarlanırken yüzü kararmaya başlamıştı.

Arya mutfağa açılan arka kapıya gittiğinde, beş adam yerde, ya ölü ya da ölmek üzere halde yatıyordu. Sör Meryn Trant'ın küfrettiğini duydu. "Kahrolası beceriksizler," dedi ve uzun kılıcını kınından çıkardı.

Syrio Forel yine su dansçısı pozisyonunu aldı ve dişlerini birbirine vurdu. "Arya, kızım," diye seslendi. "Hemen git."

Gözlerinle bak, demişti. Arya gördü; beyaz zırhı içinde, elinde uzun kılıç olan bir şövalye. Tepeden tırnağa korumalı, bacakları, boğazı ve elleri çelik kaplı. Gözleri beyaz miğferinin içinde saklı. Buna karşılık; Syrio, üstünde deri bir yelek, elinde tahta bir kılıç. "Syrio, *kaç!*" diye çığlık attı.

"Braavos'un baş kılıcı kaçmaz," dedi Syrio, Sör Meryn kılıcını savururken. Dans edercesine kılıçtan uzaklaştı. Göz açıp kapayıncaya kadar şövalyenin kafasına, dirseğine, boğazına onlarca darbe indirdi. Ahşap; miğfere, kolluklara ve boyun zırhına indikçe çelik çınlıyordu. Arya donup kalmıştı. Sör Meryn ileri çıktı. Syrio geriledi. İlk darbeyi karşıladı, ikincisinden kaçtı, üçüncüyü savuşturdu.

Dördüncüsü tahta kılıcını ikiye ayırdı, içindeki kurşunu kesip geçti.

Arya hıçkırarak döndü ve koşmaya başladı.

Panikten kör olmuş halde mutfağa dalarak aşçıların ve bulaşıkçı çocukların arasından geçti. Elinde ahşap bir tepsiyle önüne dikilen aşçı yardımcısı kızı itti. Fırından yeni çıkmış, üstünden dumanlar tüten ekmekler yere saçıldı. Elindeki satırla ağzı açık halde Arya'ya bakan, kolları dirseklerine kadar kanla kaplı iri yarı kasabın etrafında dönerken arkasından bağrışmalar geliyordu.

Syrio'dan öğrendiği her şey kafasının içinde koşturup duruyordu. *Geyik kadar seri. Gölge kadar sessiz. Korku, kılıçtan derin keser. Yılan kadar kaygan. Durgun su kadar sakin. Korku, kılıçtan derin keser. Ayı kadar güçlü. Ayı sansarı gibi sert. Korku, kılıçtan derin keser. Kaybetmekten korkan adam çoktan kaybetmiştir. Korku, kılıçtan derin keser. Korku, kılıçtan derin keser. Korku, kılıçtan derin keser.* Tahta kılıcının sapı terden ıslanmıştı. Kale merdivenlerine vardığında nefes nefeseydi. Bir an donup kaldı. Yukarı mı? Aşağı mı? Yukarı çıkan merdivenler konsey odasını El Kulesi'ne bağlayan kapalı köprüye çıkıyordu. Ama oraya giderse çok tahmin edilebilir bir şey yapmış olacaktı. *Asla yapmanı beklediklerí şeyi yapma*, demişti Syrio. Arya dar ve dik merdivenleri üçer beşer atlayarak döne döne aşağı indi. Üst üste istiflenip altı metreyi bulmuş bira fıçılarının olduğu mağaramsı bir mahzene çıktı merdivenler. Duvardaki yüksek ve küçük pencereden sızan ince ışık dışında mahzen karanlıktı.

Mahzen çıkmaz yoldu. Buraya indiği merdivenlerden başka girişi ya da çıkışı yoktu. Geldiği yoldan geri dönmeye cesaret edemedi ama burada da kalamazdı. Babasını bulup neler olduğunu anlatmak zorundaydı. Babası onu korurdu.

Tahta kılıcını beline taktı ve fıçıdan fıçıya atlayarak duvardaki pencereye ulaştı. İki eliyle pervazı tutarak kendini yukarı çekti. Duvar bir metre kalınlığındaydı ve pencere yukarı doğru kıvrılıp dışarı açılan bir tünel şeklindeydi. Arya gün ışığına doğru süründü. Başı yer seviyesine ulaştığında avlunun diğer ucundaki El Kulesi'ne baktı.

Sağlam ahşap kapı kırılmıştı ve üzeri balta darbesine benzeyen yarıklarla doluydu. Merdivenlerde yüzüstü yatan bir ceset vardı. Pelerini bedenine dolanmıştı. Cesedin üzerindeki pelerinin beyaz saten şeritli gri yünden yapıldığını fark etti dehşet içinde. Cesedin kime ait olduğunu göremiyordu.

"Hayır," diye fısıldadı. Neler oluyordu? Babası neredeydi? Kırmızı pelerinliler neden onu almaya gelmişlerdi? Canavarları bulduğu gün sarı sakallı adamın söylediklerini hatırladı. *Eğer bir El öldüyse, ikincisi neden ölmesin?* Arya gözlerinin ıslandığını hissetti. Etrafı dinlemek için nefesini tuttu. El Kulesi'nin pencerelerinden gelen bağrışmaları, kavga ve kılıç seslerini duydu.

Geri dönemezdi. Babası...

Arya gözlerini kapadı. Hareket edemeyecek kadar korkmuştu bir an. Jory'yi Heward'ı, Wyl'i ve merdivenlerde yatan muhafızı öldürmüşlerdi. Babasını öldürmüş olabilirlerdi ve yakalanırsa kendisi de öldürülebilirdi. *"Korku, kılıçtan derin keser,"* dedi yüksek sesle ama bir su dansçısıymış gibi yapmak işe yaramıyordu. Syrio bir su dansçısıydı ve beyazlı şövalye onu öldürmüştü büyük ihtimalle. O sadece tahta kılıçlı küçük bir kızdı. Yalnızdı ve korkuyordu.

Sürünerek avluya çıktı. Dikkatlice etrafına bakarak ayağa kalktı. Kale terk edilmiş gibi görünüyordu. Kızıl Kale *hiçbir zaman* böyle boşalmazdı. Bütün insanlar duvarların arkasında saklanıyor olmalıydı. Arya odasının penceresine baktı. Sonra, duvarın dibinden hiç ayrılmadan, gölgeden gölgeye atlayarak El Kulesi'nden uzaklaştı. Kedi kovalıyormuş gibi düşündü kendisini ama bu sefer kedi kendisiydi ve yakalanırsa öldürülecekti.

Arya, sırtını mümkün olduğunca duvarlardan ayırmadan, binaların arasından ve duvarların üstünden geçerek görünmeden ahırlara kadar gitmeyi başardı. İç avluyu geçtiği sırada bir düzine altın pelerinli, kimin tarafında olduklarını bilmeden koşturarak yanından geçmişlerdi ama iyice kamburunu çıkarıp gölgelere saklanan Arya'yı fark etmemişlerdi.

Arya kendini bildi bileli Kışyarı'nın seyis başı olan Hullen ahır kapısının dibinde iki büklüm halde yatıyordu. O kadar çok yerinden bıçaklanmıştı ki tuniğinin üstüne kırmızı çiçeklerden desenler yapılmış gibi görünüyordu. Arya adamın öldüğünden emindi ama yanına yaklaşınca Hullen gözlerini açtı. "Arya Ayakaltı," diye fısıldadı. "Babanı... lordu... uyarmalısın." Ağzından kan köpükleri çıktı. Seyis başı gözlerini kapadı ve bir daha konuşmadı.

İçeride başka cesetler de vardı. Birlikte oyun oynadığı tımarcı bir çocuk ve babasının muhafızlarından üç adam. Kasalar ve sandıklarla yüklü bir at arabası ahır kapısının yakınında terk edilmiş halde duruyordu. Saldırıya uğradıkları sırada limana gitmek üzere at arabasını yüklüyorlardı belli ki. Arya daha yakına gitti. Cesetlerden biri, ziyafet gecesi kılıcını gösterip babasını koruyacağına dair söz veren Desmond'a aitti. Sırtüstü yerde yatıyor ve sinekler ölü gözlerinin üstünde uçuşurken tavana bakıyordu. Hemen yanında kırmızı pelerinli bir Lannister muhafızının cesedi vardı. Ama sadece bir. *Bir kuzeyli kılıç on güneyli kılıç eder,* demişti Desmond. "Seni yalancı," diye bağırdı ve ani bir öfkeyle cesedi tekmelemeye başladı.

Ahırdaki hayvanlar, kan kokusu yüzünden huzursuzlanmıştı. Arya'nın tek amacı bir at eyerleyip binmek ve hem kaleden hem şehirden uzaklaşmaktı. Bütün yapması gereken Kral Yolu'nda kalmaktı. Yol onu Kışyarı'na kadar götürecekti. Duvardan bir dizgin ve bir eyer aldı.

At arabasının arkasından geçerken yerde bir sandık gördü. Ya kavga sırasında ya da araba yüklenirken düşmüştü. Ahşap kırılmış ve sandığın içindekiler yerlere saçılmıştı. Arya asla giymediği ipeklileri, satenleri ve kadifeleri hemen tanıdı. Kral Yolu'nda sıcak tutacak giysilere ihtiyacı vardı ama... bununla beraber...

Arya darmadağın olmuş kıyafetlerin arasında toprağa çöktü. Birkaç ağır yün kıyafet, kadife bir etek, ipek bir tunik ve iç çamaşırı buldu. Annesinin diktiği kabarık bir elbise, satabileceği ufak gümüş bir bilezik. Sandığın kırık kapağını kenara çekip İğne'yi bulmak için içini aramaya başladı. Kılıcı sandığın dibine, elbiselerin altına gizlemişti ama her şey darmadağındı şimdi. Kılıcın çalındığından korktu bir an. Sonra, saten bir elbisenin altından eline çarpan sert çeliği hissetti.

"İşte *burada*," diye tısladı arkasından gelen bir ses.

Arya panikle döndü. Yağlı tuniğinin altından kirli iç gömleği sarkan seyis yamağı oğlan sırıtarak Arya'nın arkasında duruyordu. Bir elinde tırpan vardı ve çizmeleri gübreye bulanmıştı. "Kimsin?" diye sordu oğlana.

"O beni tanımıyor ama ben onu tanıyorum. Evet tanıyorum. Kurt kız."

"Bir at eyerlememe yardım et," dedi Arya. İğne'yi almak için elini sandığın dibine uzattı. "Babam Kral Eli'dir. Bana yardım edersen seni ödüllendirir."

"Baban *öldü*," dedi oğlan. Arya'ya doğru yürüdü. "Beni ödüllendirecek olan kişi kraliçe. Buraya gel."

"*Uzak dur*!" diye bağırdı Arya. Parmakları İğne'nin kabzasını kavradı.

"Sana *gel* dedim." Oğlan sıkıca Arya'nın kolunu yakaladı.

Syrio Forel'in o güne kadar öğrettiği her şey bir kalp atımı kadar kısa sürede uçup gitti aklından. Bütün hatırlayabildiği Jon'un söyledikleriydi. O ilk ders.

Kılıcın ucunu vahşi ve çılgınca bir güçle yukarı doğru oğlana soktu.

İğne oğlanın deri yeleğini delip geçti, göbeğinin beyaz etine girdi ve kürek kemiklerinin arasından çıktı. Çocuk elindeki tırpanı düşürdü, iç çekmekle hıçkırmak arasında yumuşak bir ses çıkardı. Elleri kılıcın gövdesinde birleşti. İç gömleği kızıla boyanırken, "Tanrılar," diye inledi. "Çıkar şunu."

Arya kılıcı çıkardığında çocuk öldü.

Atlar inliyordu. Arya çocuğun başında duruyordu. Ölümün yüzünü görmek korkutucuydu. Çocuk yere yıkılırken ağzından kan boşalmıştı. Karnındaki delikten hâlâ kan akıyor ve bedeninin yanında küçük bir kan gölü oluşuyordu. Elinde kırmızıya boyanmış İğne, ağır adımlarla geri gitti. Buradan uzaklaşmalıydı. Seyis yardımcısının suçlayan gözlerinden uzak güvenli bir yere gitmeliydi.

Eyeri ve dizginleri yerden alıp kısrağına koştu. Eyeri atın sırtına atarken kale kapılarının kapatılmış olabileceğini düşündü dehşet içinde. Yan kapılarda da muhafızlar vardı muhtemelen. Belki adamlar onu tanımazdı. Bir oğlan zannedebilirlerdi. Belki de geçmesine izin... hayır. Tanıdık olsun ya da olmasın kaleye *tüm* giriş çıkışların engellenmesi için emir almış olmalılardı.

Eyer Arya'nın elinden kaydı ve tok bir sesle yere düşerek

küçük bir toz bulutu kaldırdı. İçinde canavarların olduğu odayı tekrar bulabilir miydi? Emin değildi ama denemek zorunda olduğunu biliyordu.

Ayırdığı eşyaları bir araya topladı ve üstüne bir pelerin giydi. İğne'yi pelerinin kıvrımlarına sakladı. Diğer eşyaları bohça halinde toplayıp kolunun altına sıkıştırdı. Sürünerek ahırın diğer ucuna gitti. Arka kapıyı açıp dikkatlice dışarıyı inceledi. Uzaktan gelen kılıç seslerini ve bir adamın acı dolu inlemesini duydu. Kıvrımlı merdivenleri inmeli, küçük mutfağı ve domuz ahırını geçmeliydi. Geçen sefer, siyah erkek kediyi kovalarken böyle gitmişti... ama bu yol sarı pelerinlilerin kulübesinin tam arkasına çıkıyordu. Onlara görünemezdi. Başka bir yol düşünmeye çalıştı. Eğer kalenin diğer ucuna kadar gidebilirse nehir duvarı boyunca ilerler ve tanrı korusunun içinden geçebilirdi... ama önce avlu vardı önünde. Duvarlardaki Şehir Muhafızları'nın önüne serilmiş avluyu geçmek zorundaydı.

Duvarlarda bu kadar fazla adam görmemişti hiç. Çoğu zırhlı ve kalkanlı sarı pelerinlilerdi. Avluyu koşarak geçmeye kalksa ne yaparlardı? O kadar uzaktan ve o yükseklikten kim olduğunu anlayabilirler miydi? Umurlarında olur muydu?

Hemen gitmesi gerektiğini biliyordu ama hareket edemeyecek kadar çok korkuyordu.

Durgun su kadar sakin, diye fısıldadı bir ses. Arya öyle şaşırmıştı ki neredeyse bohçasını düşürüyordu. Deli gibi çevresine bakınmaya başladı ama ahırda kendisinden, atlardan ve cesetlerden başka kimse yoktu.

Gölge kadar sessiz, dedi ses. Kendi sesi miydi, yoksa Syrio'nun sesi mi? Anlayamıyordu ama ses korkusunu yatıştırmıştı.

Ahırdan çıktı.

Bu hayatı boyunca yaptığı en korkutucu şeydi. Koşup saklanmak istiyordu ama dünyanın bütün vakti onunmuş gibi ve sanki korkmak için hiçbir sebebi yokmuşcasına ağır *yürümeye* zorladı kendini. Onların gözlerini üzerinde hissedebiliyordu; elbiselerinin altında, teninde kıvrılarak gezinen böcekler gibiydiler. Hiç yukarı bakmadı. Bakar da onları görürse cesareti onu terk edecekti, biliyordu. Bohçasını yere atıp koşmaya başlayacak ve bir bebek gibi ağlayacaktı. İşte o zaman yakalayacaklardı onu.

Gözlerini yerden kaldırmadı. Avlunun diğer ucundaki kraliyet septine vardığında buz gibi terler döküyordu ama kimse onu işaret edip çığlıklar atmamıştı.

Sept açık ve boştu. İçeride, elli kadar dua mumu kokulu bir sessizlik içinde yanıyordu. Tanrıların iki mumun yokluğunu fark etmeyeceklerini düşündü ve mumları yenine sıkıştırdı. Arkadaki pencereden çıktı. Siyah kediyi sıkıştırdığı dar aralığı bulmak kolaydı ama gerisinde kayboldu. Pencerelerden girip çıktı, duvarların üzerinden atladı, karanlık kilerlere girdi, gölge kadar sessiz. Ağlayan bir kadının sesini duydu. Canavarların beklediği mahzenin alçak ve dar penceresini bulmak bir saatten fazla vaktini aldı.

Bohçasını pencereden içeri attı ve elindeki muma eğildi. Mumu yakmak riskli olmuştu; mahzeni bulmadan önce girdiği son odadaki ateş köz olmuş ve Arya alevi canlandırmak için kömürlere üflerken sesler duymuştu. Elini titreyen mum alevine siper etmiş, insanlar tam odaya girerken pencereden çıkmıştı. Kim olduğunu göz ucuyla bile görememişlerdi.

Canavarlar onu korkutmuyordu bu kez. Neredeyse eski dostlarını görmüş gibi olmuştu. Mumu başının üstüne kaldırdı. Her adım attığında sanki onun geçişini izliyormuş gibi dönüyordu gölgeler. "*Ejderhalar*," diye fısıldadı. İğneyi pelerininin altından çıkardı. İncecik kılıç çok küçük, ejderhalar kocamandı ama nedense elinde çelik varken kendini çok daha iyi hissediyordu.

Kapının dışındaki penceresiz koridor Arya'nın hatırladığı kadar karanlıktı. İğne, sol elindeydi, kılıç elinde. Mumu sağ avcunda tutuyordu. Erimiş sıcak mumlar parmaklarına akıyordu. Büyük kuyunun girişi koridorun sol ucundaydı. Arya sağa döndü. Bir yanı koşmak istiyordu ama mumu söndürmekten korkuyordu. Farelerin ciyaklama seslerini duyuyordu. Mum alevinde parlayan bir çift küçük göz de görmüştü ama fareler onu korkutmuyordu. Onu korkutan başka şeyler vardı. Burada saklanmak ne kadar kolay olurdu. Sihirbazdan ve sarı çatal sakallı adamdan saklanmayı başarmıştı. Ama seyis yamağının duvara yaslanmış halde durduğunu görüyor gibiydi. İğne'nin kestiği ellerindeki derin yaralardan kan akıyordu. Arya'yı yakalamak için önünden geçmesini bekliyor olabilirdi. Belki mumu söndürmek Arya için daha iyi olacaktı.

Korku, kılıçtan derin keser, diye fısıldadı yine içindeki ses. Arya, Kışyarı'ndaki mahzen mezarı hatırladı. Orası bu koridordan çok daha korkutucu bir yerdi. Onları gördüğünde henüz küçücük bir çocuktu. Ağabeyi Robb, Sansa'yı, Arya'yı ve o zamanlar ancak Rickon yaşında olan bebek Bran'ı mahzen mezara götürmüştü. Sadece bir mumları vardı. Ayaklarının dibindeki ulu kurtları ve kucaklarındaki kılıçlarıyla tahtlarında oturan Kış Kralları'nın taş yüzlerine bakarken, bebek Bran'ın gözleri bir tabak kadar büyümüştü.

Robb onları mahzen mezarın en dibine götürmüş ve kendi boş lahitlerini göstermişti. Sansa sönecek endişesiyle küçük kalın muma bakıyordu sürekli. Yaşlı Dadı mahzen mezarda örümcekler ve köpek büyüklüğünde fareler olduğunu anlatmıştı. Sansa bunları Robb'a söylediğinde ağabeyi gülümsemişti. "Örümceklerden ve farelerden daha beter şeyler var," diye fısıldamıştı. "Burası ölülerin yürüdüğü yer." Tam o sırada derin, pes ve titretici sesi duymuşlardı. Bebek Bran, Arya'nın ellerine yapışmıştı.

Kapağı açık lahitten kana susamış, solgun, bembeyaz bir ruh çıktığında Sansa çığlıklar atarak mahzenin merdivenlerine doğru koşmaya başlamış, Bebek Bran, Robb'un bacağına sarılmıştı. Arya yerinden kımıldamamış ve ruha bir yumruk atmıştı. Ruh dedikleri, kendini una bulamış Jon'du aslında. "Seni aptal!" diye bağırmıştı Sansa. "Bebeği korkuttun." Ama Jon ve Robb katıla katıla gülmüşlerdi. Hemen sonra Arya ve Bran da gülmeye başlamıştı.

Arya bu anıyla gülümsedi ve o anda karanlık korkutucu olmaktan çıktı. Seyis yamağı ölmüştü. Onu Arya öldürmüştü. Eğer karanlıkta çıkıp üstüne atlarsa tekrar öldürürdü. Evine gidiyordu. Eve döndüğünde her şey düzelecekti. Kışyarı'nın gri duvarlarının ardında güvende olacaktı.

SANSA

Sansa'yı almak için üçüncü günde geldiler.

Sade kesimli ama kolları ve yakaları zevkli oyalarla süslenmiş gri yün bir elbise giymeyi tercih etti. Hizmetçileri olmadan gümüş düğmelerini iliklemekte zorlandı. Jeyne'i yanına getirmişlerdi ama kız işe yaramıyordu. Babası için sürekli ağlıyordu, yüzü ağlamaktan şişmişti.

Sonunda düğmeleri iliklemeyi başarınca, "Babanın iyi olduğundan hiç şüphem yok," diyerek Jeyne'i rahatlatmaya çalıştı. "Kraliçeden onu görmen için izin isteyeceğim." Bu nezaketinin kızı biraz neşelendireceğini düşünmüştü ama Jeyne ona bakıp daha fazla ağlamaya başladı. Ne kadar *çocukça* davranıyordu.

İlk gün Sansa da ağlamıştı. Katliam başladığında Maego Hisarı'ndaki kapısı kilitlenmiş odanın güvenli duvarları arasında bile korkmamak kolay değildi. Bebekliğinden beri her gün kılıç sesleri duymuştu fakat bu sefer dövüşün gerçek olduğunu bilmek büyük fark yaratıyordu. İlk defa duyuyormuş gibi hissettiği kılıç seslerinin arasından hüzün dolu ağlamalar, öfkeli küfürler, yardım çığlıkları, yaralı insanların inlemeleri de yükseliyordu. Hâlbuki şarkılardaki şövalyeler çığlık atmaz, yardım dilenmezdi.

İlk gün ağlamıştı. Kilitli kapısını yumruklayarak neler olduğunu öğrenmek için yalvarmıştı. Babasını görmek istediğini haykırmıştı ya da Rahibe Mordane'i, kralı, yakışıklı prensini. Kapıdaki muhafızlar onu duyduysa da cevap vermemişlerdi. Kapı sadece bir kez, Jeyne Poole getirildiğinde açılmıştı. Kız titriyordu ve yüzünde çürükler vardı. *"Herkesi öldürüyorlar,"* diye çığlık attı. Uzun uzun anlattı. Tazı, savaş baltasıyla odasının kapısını kırmıştı. El Kulesi'nin merdivenleri cesetlerle doluydu ve basamaklar kandan yapış yapış olmuştu. Sansa arkadaşını teselli edebilmek için kendi gözyaşlarını kurutmuştu. O gece aynı yatakta, kız kardeşlermiş gibi birbirlerine sarılarak uyumuşlardı.

İkinci gün daha da kötüydü. Sansa'nın kapatıldığı oda Maegor Hisarı'nın en yüksek kulesinin tepesindeydi. Odanın penceresinden ızgaralı kapının kapatıldığını ve kuru hendeğin üstündeki açılır kapanır köprünün yukarı kaldırıldığını görebiliyordu. Kale içindeki kale Maegor Hisarı asıl kaleden ayrılmıştı. Mızraklı ve oklu Lannister muhafızları duvarlarda cirit atıyordu. Çatışmalar bitmiş, Kızıl Kale'nin üzerine ölüm sessizliği çökmüştü. Duyulan tek ses Jeyne Poole'un sonu gelmez hıçkırmalarıydı.

Onlara yemek veriyorlardı; sabahları sert peynir, taze ekmek ve süt, öğlenleri kızarmış tavuk ve sebze, akşamları da dana eti ve arpa çorbası. Ama yemekleri getiren hizmetçiler Sansa'nın sorularını cevaplamıyorlardı. İkinci günün akşamında Sansa'nın El Kulesi'ndeki odasından kıyafetlerini ve Jeyne'in birkaç parça eşyasını getirmişlerdi. Kadınlar da en az Jeyne kadar korkmuş görünüyordu. Sansa onlarla konuşmaya çalıştığında vebalı birinden kaçar gibi telaşla odadan çıkmışlardı. Kapılardaki muhafızlar dışarı çıkmalarına hâlâ izin vermiyordu.

"Lütfen, kraliçeyle tekrar konuşmam gerek," diyerek yalvarmıştı Sansa, o gün gördüğü herkese yalvardığı gibi. "Benimle konuşmak isteyecektir. Bunu biliyorum. Onunla konuşmak istediğimi söyleyin. Kraliçeyi bulamazsanız, Prens Joffrey'ye iletin. O benim nişanlım, zamanı gelince evleneceğiz."

İkinci gün güneş batarken septteki devasa çanın derin ve yankılı sesi duyuldu. Çanın uzun ağır vuruşları Sansa'yı dehşet duygusuyla doldurdu. Bir süre sonra Visenya Tepesi'ndeki Yüce Baelor Septi'nin cevap veren çanları çınlamaya başladı. Sesler büyük bir fırtınayı haber veren gök gürültüleri gibi şehre yayıldı.

"Nedir bu?" diye sordu Jeyne kulaklarını kapatarak. "Çanlar neden çalıyor?"

"Kral öldü." Sansa bunu nereden bildiğini açıklayamazdı ama bir şekilde biliyordu işte. Ağır ve sonu gelmez çan sesleri bir ağıt gibi odalarını doldurdu. Düşmanlar kaleyi kuşatıp Kral Robert'ı mı öldürmüşlerdi? Çatışmaların sebebi bu muydu?

Huzursuz ve korku içinde yatağa girmişti o gece. Onun yakışıklı Joffrey'si kral mı olmuştu şimdi? Yoksa onu da mı öldürmüşlerdi? Joffrey ve babası için endişeleniyordu. Keşke birileri ona neler olduğunu anlatsaydı…

O gece rüyasında tahtta oturan Joffrey'yi gördü. Kendisi de altın renkli elbisesiyle onun yanındaydı. Başında bir taç vardı ve tanıdığı herkes önünde diz çöküp saygılarını sunuyordu.

Ertesi sabah, üçüncü günün sabahında, Kral Muhafızları'ndan Sör Boros Blount onu kraliçeye götürmek için geldi.

Sör Boros kısa bacaklı geniş göğüslü çirkin bir adamdı. Yanakları sarkık, burnu dümdüz, saçları gri ve seyrekti. Bugün beyaz kadifeler giymişti. Kar gibi pelerininin yakası altın bir aslan broşuyla kapatılmıştı. Aslanın gözleri minik yakutlardan yapılmıştı. "Bu sabah olağanüstü yakışıklı görünüyorsunuz Sör Boros," dedi Sansa. Şartlar ne olursa olsun bir leydi nezaket kuralları çerçevesinde davranmalıydı ve Sansa bir leydi olmak için doğmuştu.

"Siz de öyle leydim," diyerek karşılık verdi Sör Boros düz bir sesle. "Benimle gelin. Kraliçe bekliyor."

Sansa'nın odasının kapısında kırmızı pelerinli, miğferlerine aslan işlenmiş kılıçlı adamlar bekliyordu. Onlara nazikçe gülümsedi ve iyi günler diledi. İki gün önce Sör Arys Oakheart tarafından Maegor Hisarı'ndaki bu odaya getirildiğinden beri ilk kez dışarı çıkıyordu. "Senin güvenliğini sağlamak için tatlım," demişti kraliçe. "Eğer kıymetlisine bir zarar gelirse Joffrey beni asla affetmez."

Sansa, Sör Boros'un onu kraliyet dairelerine götüreceğini düşünmüştü ama bunun yerine Maegor Hisarı'nın dışına çıkardı. Köprü yine aşağı indirilmişti. İşçiler ipe bağlı bir adamı boş hendeğin dibine indirmeye çalışıyorlardı. Sansa aşağı bakınca dipteki sivri uçlu kazıklardan birine saplanmış bir ceset gördü. Soru sormaya korkarak, daha fazla bakmaya korkarak, cesedin tanıdığı biri olmasından korkarak hemen kaçırdı gözlerini.

Kraliçe Cersei'yi konsey odasında buldular. Uzun masanın en başında oturuyordu. Önü kağıtlar, mumlar ve mühür mumu bloklarıyla doluydu. Salon, Sansa'nın o ana kadar gördüğü bütün salonların en muhteşemiydi. Kapının iki yanındaki ikiz sfenkslere ve oyma tabloya hayranlıkla baktı.

Bir diğer kral muhafızı olan Sör Mandon tarafından içeri alındıklarında, "Majesteleri kızı getirdim," dedi Sör Boros.

Sansa, Joffrey'nin de burada olmasını ummuştu ama prens

salonda değildi. Kral danışmanlarının üçü masadaydı. Lord Petyr Baelish kraliçenin sol yanında oturuyordu. Masanın ucunda Yüce Üstat Pycelle vardı. Lord Varys ikisinin arasında gidip geliyordu, adamdan çiçek kokuları yükseliyordu. Hepsinin siyahlar içinde olduğunu fark etti üzüntüyle. Yas kıyafetleri...

Kraliçe, vücudunu çenesinin altından ayak parmaklarına kadar örten, yüksek yakalı, siyah ipek bir elbise giymişti. Elbisenin üst kısmına yüzlerce yakut dikilmişti. Taşlar, sanki kraliçenin bedeni kan ağlıyormuş gibi gözyaşı şeklinde kesilmişti. Cersei ona gülümsedi ve Sansa bunun hayatında gördüğü en tatlı, en hüzünlü gülümseme olduğunu düşündü. "Sansa, güzel çocuğum," dedi kraliçe. "Beni görmek istediğini biliyordum, seni daha önce ağırlayamadığım için affet lütfen. Halledilmesi gereken pek çok mesele vardı, hiç boş vaktim olmadı. Hizmetlilerim seninle yeterince ilgilendiler mi?"

"Hepsi çok nazik ve tatlı davrandılar Majesteleri. Sorduğunuz için çok teşekkür ederim," dedi Sansa nezaketle. "Yalnız, kimse bizimle konuşmadı ve neler olduğunu anlatmadı..."

"Biz mi?" diye sordu Cersei şaşkınlıkla.

"Kâhyanın kızını onun yanına yerleştirdik," dedi Sör Boros. "Onu ne yapacağımızı bilemedik."

Kraliçe kaşlarını çattı. "Bir dahaki sefere sorun," dedi keskin bir sesle. "Sansa'nın kafasını hangi tuhaf masallarla doldurduğunu tanrılar bilir."

"Jeyne korkuyor," dedi Sansa. "Hiç durmadan ağlıyor. Babasını görmesi için sizden izin isteyeceğime söz verdim."

Yüce Üstat Pycelle gözlerini indirdi.

"Babası iyi, değil mi?" diye sordu Sansa endişeyle. Çatışmalar çıktığını biliyordu ama bir kâhyaya kimse zarar vermezdi. Vayon Poole kılıç bile taşımıyordu.

Kraliçe Cersei sırayla konsey üyelerinin yüzlerine baktı. "Sansa'nın yok yere canının sıkılmasını istemiyorum. Küçük arkadaşını ne yapacağız lordlarım?"

Lord Petyr öne eğildi. "Ben kız için bir yer bulurum."

"Şehirde olmasın," dedi kraliçe.

"Beni aptal mı sanıyorsunuz?" diye karşılık verdi Lord Petyr.

Kraliçe bunu duymazdan geldi. "Sör Boros, kızı Lord Petyr'ın dairesine götürün ve adamlarına lord gelene kadar ona göz kulak olmaları emrini verin. Kıza da Serçeparmak'ın onu babasını görmeye götüreceğini söyleyin, bu onu sakinleştirir. Sansa odasına dönmeden kız gitmiş olsun."

"Emredersiniz Majesteleri," dedi Sör Boros. Reverans yaptı, topuğunun üstünde döndü ve salondan çıktı. Beyaz pelerini havayı hareketlendirdi.

Sansa'nın kafası karışmıştı. "Anlayamıyorum," dedi. "Jeyne'in babası nerede? Onu neden Sör Boros değil de Lord Petyr götürüyor?" Tam bir leydi gibi davranacağına dair kendine söz vermişti. Kraliçe kadar zarif, annesi Catelyn gibi güçlü olacaktı ama korkuya teslim olmuştu yine. Ağlayacakmış gibi hissetti bir an. "Onu nereye göndereceksiniz? Jeyne yanlış bir şey yapmadı. O iyi bir kızdır."

"Seni üzdü," dedi kraliçe yumuşacık bir sesle. "Bunu kabul edemeyiz. Bu konu kapandı. Lord Baelish ona çok iyi bakılmasını sağlayacak, sana söz veriyorum." Yanındaki koltuğun minderine elini vurdu. "Gel otur Sansa. Seninle konuşmak istediğim bir konu var."

Sansa kraliçenin yanına oturdu. Cersei tekrar gülümsedi ama bu gülümseme Sansa'nın kendini iyi hissetmesine sebep olmadı. Varys yumuşak ellerini birbirine sürtüyordu. Yüce Üstat Pycelle gözlerini önündeki kağıtlardan kaldırmıyordu ama Serçeparmak'ın onu izlediğini hissedebiliyordu Sansa. Bu küçük adamın bakışları kendini çıplak hissetmesine sebep oluyordu.

"Tatlı Sansa," dedi Kraliçe Cersei elini hafifçe omzuna koyarak. "Ne güzel bir çocuksun. Umarım Joffrey'nin ve benim seni ne kadar sevdiğimizi biliyorsundur."

"*Seviyor musunuz*?" dedi Sansa nefesi kesilir gibi. Serçeparmak unutulmuştu. Prens onu seviyordu. Gerisi önemli değildi.

Kraliçe gülümsedi. "Seni kendi kızım yerine koyuyorum ve senin Joffrey'yi nasıl sevdiğini biliyorum." Hüzünle başını salladı. "Korkarım ki sana babanla ilgili kötü haberler vermek mecburiyetindeyim. Metin olmak zorundasın çocuğum."

Kraliçenin sessiz sözleri Sansa'yı ürpertmişti. "Nedir?"

"Baban bir hain tatlım," dedi Varys.

Yüce Üstat Pycelle başını kaldırdı. "Kral Robert'a, prensi kendi çocuğu gibi koruyacağına dair söz verdiğini kulaklarımla duydum ama kral öldüğü an küçük konseyi topladı ve tahtı gerçek varis olan Prens Joffrey'den almak için planlar yapmaya başladı."

"Hayır," dedi Sansa şaşkınlıkla. "Babam böyle bir şey *yapmaz*."

Kraliçe bir mektuba uzandı. Kağıt yırtılmıştı ve üzerinde kuruyan kan yüzünden katılaşmıştı ama kırılmış mühür babasına aitti. "Bu mektubu babanın baş muhafızının odasında bulduk. Merhum kocamın ağabeyi Lord Stannis'e yazılmış. Baban Stannis'e, gelip tahtı almasını teklif etmiş."

"Lütfen Majesteleri. Bir yanlışlık olmalı," dedi Sansa. Hissettiği dehşet duygusu yüzünden başı dönüyordu, bayılacak gibiydi. "Lütfen babamı çağırtın. Size anlatır. O asla böyle bir mektup yazmış olamaz. Kral Robert onun en iyi arkadaşıydı."

"Robert da öyle düşünüyordu çocuğum," dedi kraliçe. "Bu ihanet onun kalbini derinden yaralardı. İyi ki bu mektubu görecek kadar yaşamadı." İçini çekti. "Sansa, tatlım, bunun bizi ne kadar zor bir duruma düşürdüğünü anlamalısın. Sen masumsun ve olanlarda hiç suçun yok ama bir hainin kızısın. Oğlumla evlenmene nasıl müsaade edebilirim?"

"Ama ben onu *seviyorum*," dedi Sansa. Kafası karışmıştı, korkuyordu. Ona ne yapacaklardı? Babasına ne yapmışlardı? Böyle olmaması gerekiyordu. Joffrey ile evlecekti, onlar nişanlıydı. Evliliklerinin rüyasını bile görmüştü. Babasının yaptığı hata her ne ise, bu yüzden Sansa'nın cezalandırılması adaletli değildi.

"Bunu çok iyi biliyorum çocuğum," dedi Cersei tatlı ve nazik sesiyle. "Sevmeseydin bana gelip babanın seni bizden uzaklara yollayacağını söylemezdin. Söylemenin sebebi aşktan başka ne olabilir?"

"Sebebi aşktı," dedi Sansa. "Babam vedalaşmama bile izin vermemişti." Sansa iyi olan kızdı, söz dinleyen kız. Ama o sabah, babasının söylediklerini umursamayarak Rahibe Mordane'e görünmeden odasından kaçtığında Arya kadar asi hissediyordu kendini. Daha önce hiç bu kadar cüretkâr bir şey yapmamıştı ve Joffrey'yi bu kadar çok seviyor olmasaydı o gün de yapmazdı. "İstediğim tek şey Joffrey'nin aşkıyken, beni Kışyarı'na geri götürüp düşük seviyeli bir şövalyeyle evlendirecekti. Onunla konuşmaya çalıştım ama beni dinlemedi." Kral onun son umuduydu. Kral, Sansa'yı Joffrey ile evlendirmesi için babasına *emir verirse* babası emre uymak zorunda kalırdı. Ama Sansa kraldan korkuyordu. Kral Robert bağırarak kaba saba konuşuyordu ve hemen her zaman sarhoştu. Büyük ihtimalle Sansa'yı hemen babasına gönderirdi. Tabi Sansa kralı görmeyi başarabilirse. Hal buyken kraliçeye gitmekten başka seçeneği kalmamıştı. Kraliçeye içini döktü. Kadın onu dinlemiş ve tatlılıkla teşekkür etmişti... İşte o konuşmadan sonra Sör Arys, Maegor Hisarı'ndaki odaya götürmüştü Sansa'yı. Kapıya da muhafız koymuştu. "Lütfen," diye bitirdi konuşmasını. "Joffrey ile evlenmeme izin *vermelisiniz*. Ona çok iyi bir eş olacağım. Bir gün ben de sizin kadar iyi bir kraliçe olacağım. Söz veriyorum."

Kraliçe Cersei diğerlerine baktı. "Konsey üyesi lordlarım. Siz ne düşünüyorsunuz?"

"Zavallı çocuk," diye mırıldandı Varys. "Majesteleri, bu kadar saf ve temiz bir aşkı inkâr etmek zalimlik olur... buna rağmen, elimizden ne gelir? Babası suçlu." Çaresiz bir üzüntü içinde ellerini ovuşturdu.

"Bir hainin tohumlarından doğan çocuğun içinde ihanet doğal olarak vardır," dedi Yüce Üstat Pycelle. "Şimdi tatlı bir kız ama bundan on yıl sonra ne çeşit hainlikler yapacağını kim bilebilir?"

"*Hayır*," dedi Sansa dehşet içinde. "Ben... Ben asla... Ben Joffrey'ye asla ihanet etmem. Onu seviyorum. Yemin ederim ki seviyorum."

"Ah, çok dokunaklı," dedi Varys. "Fakat kan, yeminden koyu akar, derler. Doğru söylerler."

"Bana babasından çok annesini hatırlatıyor," dedi Lord Baelish sessizce. "Ona bir bakın. Saçları, gözleri... Catelyn de bu yaşlarda tıpkı böyle görünüyordu."

Kraliçe huzursuzca Sansa'ya baktı; Sansa ise hâlâ kraliçenin yemyeşil gözlerindeki iyiliği görebiliyordu. "Çocuğum," dedi. "Babana hiç benzemediğinden bir emin olabilseydim, Joffrey'imle evlenmen beni her şeyden daha fazla mutlu ederdi. Oğlumun seni bütün kalbiyle sevdiğini biliyorum." İçini çekti. "Ama buna rağmen, Lord Varys ve Yüce Üstat Pycelle'in söyledikleri doğru. Kan ağır basar. Kız kardeşin kurdunu oğlumun üzerine salmıştı."

"Ben Arya gibi değilim," dedi Sansa. "Hain kanını o taşıyor, ben değil. Ben *iyi* olanım. İsterseniz Rahibe Mordane'e sorun. Ben sadece Joffrey'nin sevgili sadık karısı olmak istiyorum."

Kraliçe yüzünü incelerken gözlerinin ağırlığını üstünde hissediyordu Sansa. "Söylediklerinde samimi olduğuna inanıyorum çocuğum," dedi. Diğerlerine döndü. "Lordlarım, bu kızın kan bağı olan diğer kişiler bu zor zamanlarda bize sadık kalırlarsa, endişelerimizi yatıştırmak konusunda çok yol kat etmiş oluruz."

Yüce Üstat Pycelle uzun beyaz sakalını sıvazladı. Geniş alnı düşünmekten kırışmıştı. "Lord Eddard'ın üç oğlu var," dedi.

Serçeparmak, "Önemsiz çocuklar," deyip omuz silkti. "Sizin yerinizde olsam Leydi Catelyn ve Tullyler konusunda endişelenirdim."

Kraliçe, Sansa'nın elini avuçlarının arasına aldı. "Çocuğum, okuma yazma biliyor musun?"

Sansa başıyla onayladı ama endişelenmişti. Diğer kardeşlerinden çok daha iyi okuyup yazabiliyordu fakat sayılar söz konusu olunca umutsuzdu.

"Bunu duyduğuma sevindim," dedi kraliçe. "Belki sen ve Joffrey için hâlâ bir umut vardır..."

"Ne yapmamı istiyorsunuz?"

"Annene ve erkek kardeşine birer mektup yazmalısın. Büyük olana... neydi adı?"

"Robb," dedi Sansa.

"Babanın ihanet haberi er ya da geç onlara da ulaşacak, senden duymaları çok daha iyi olur. Onlara babanın krala nasıl ihanet ettiğini anlatmalısın."

Sansa, Joffrey'yi umutsuzca seviyordu ama kraliçenin istediği şeyi yapmaya cesareti olduğunu düşünmüyordu. "Ama babam asla... Ben... Majesteleri, ben ne yazacağımı bilemem."

Kraliçe elini okşadı. "Biz sana ne yazman gerektiğini söyleyeceğiz çocuğum. Ağabeyine ve Leydi Catelyn'e kral barışını korumalarını tavsiye etmen çok önemli."

"Tavsiyeyi ciddiye almamaları onlar için iyi olmaz," dedi Yüce Üstat Pycelle. "Onları seviyorsan aklın yolunu seçmeleri için ikna etmelisin."

"Leydi annen senin için ölümüne endişelenecektir şüphesiz," dedi kraliçe. "Sana ne kadar iyi baktığımızı, nasıl nezaketle davrandığımızı ve istediğin her şeyi yerine getirdiğimizi yazmalısın. Onlara Kral Toprakları'na gelmelerini ve oğlum Joffrey'ye bağlılık yemini etmelerini söyle. Eğer bunları yaparlarsa... anlayacağız ki senin kanın lekeli değil. Ve kadınlığın çiçek açtığında, Yüce Baelor Septi'nde tanrının ve insanların huzurunda kralla evleneceksin."

Kralla evleneceksin. Bu kelimeler Sansa'nın nefesini kesmişti ama yine de tereddütlüydü. "Belki... babamı bir kez görüp onunla konuşabilirsem..."

"İhanet?" dedi Varys, ipucu yakalamış gibi.

"Beni hayal kırıklığına uğratıyorsun Sansa," dedi kraliçe. Bakışları taş kadar sertti. "Sana babanın suçlarını anlattık. Eğer söylediğin kadar dürüst ve sadıksan onu neden görmek istiyorsun?"

"Ben… Ben sadece..." Sansa'nın gözleri doldu. "Lütfen, o yaralı… ya da..."

"Lord Eddard'a zarar verilmedi," dedi kraliçe.

"Ama... Ona ne olacak?"

"Buna kral karar verecek," diye açıkladı Yüce Üstat Pycelle.

Kral! Sansa gözyaşlarını geri itti. Joffrey artık kraldı. Babası ne yapmış olursa olsun, Sansa'nın yakışıklı prensi ona zarar vermezdi. Eğer gidip babası için merhamet dilenirse Joffrey'nin geri çevirmeyeceğinden emindi. Sansa'yı seviyordu. Kraliçe bile öyle söylemişti. Evet, Joff babasını cezalandırmak zorundaydı ama belki onu Kışyarı'na ya da Dar Deniz'in ötesindeki Özgür Şehirler'den birine yollardı. Sadece birkaç yıl için. O zamana kadar Joffrey ve Sansa evlenmiş olurdu. Sansa kraliçe ilan edilince, babasına kraliyet affi vermesi için ikna edebilirdi kralı.

Ancak... Robb ve annesi bir ihanette bulunurlarsa, sadakat

yemini etmeyi redderlerse ya da sancak beylerini çağırırlarsa her şey altüst olurdu. Joffrey özünde iyi ve nazik biriydi ama bir kral asilere karşı sert olmak zorundaydı. Sansa anlamalarını sağlamalıydı. Buna *mecburdu*.

"Mektupları... yazacağım," dedi.

Kraliçe, dudağında gün doğumu kadar sıcak bir gülümsemeyle eğildi ve Sansa'yı yanağından öptü. "Yazacağını biliyordum," dedi. "Bugün burada ne kadar cesur ve akıllı davrandığını anlattığımda Joffrey seninle gurur duyacak."

Sonunda Sansa dört mektup yazdı. Annesi Leydi Catelyn Stark'a, erkek kardeşlerine, Kartal Yuvası'ndaki teyzesi Leydi Lysa Arryn'a, Nehirova'daki Lord Hoster Tully'ye. Yazmayı bitirdiğinde elleri kaskatı kesilmiş ve mürekkep lekeleriyle dolmuştu. Babasının mührü Varys'teydi. Sansa Beyaz mühür mumunu, mum alevinde eritip dikkatle mektupların üzerine döktü ve hadımın her mektuba teker teker Starklar'ın ulu kurtlu mührünü basmasını izledi.

Sör Mandon Moore tarafından Maegor Hisarı'ndaki odasına getirildiğinde Jeyne Poole ve bütün eşyaları gitmişti. Daha fazla ağlama duymayacağını düşünüp şükretti ama oda Jeyne yokken daha soğuktu sanki. Şömineyi yaktıktan sonra bile. Şöminenin yanına bir koltuk çekti ve en sevdiği kitabı eline aldı. Florian ve Jonquil'in; Leydi Shella ve Gökkuşağı Şövalyesi'nin; yürekli Prens Aemon'ın ve kardeşinin kraliçesine beslediği lanetli aşkın hikâyeleri arasında kendini kaybetti.

Kız kardeşiyle ilgili hiçbir şey sormadığının farkında vardığında vakit gece yarısını geçmişti.

JON

"Othor," dedi Sör Jaremy Rykker. "Hiç şüphe yok. Ve bu da Jafer Flowers." Ayağıyla cesedi çevirdi ve beyaz suratlı ölü adam, mavi, masmavi gözleriyle gökyüzüne bakmaya başladı. "Bunlar Benjen Stark'ın adamları. İkisi de."

Amcamın adamları, diye düşündü Jon uyuşmuş gibi. *Tanrılar, ben yeşil bir çocuktum. Beni yanında götürseydi şimdi burada ölü yatan ben olacaktım...*

Jafer'in sağ bileği Hayalet'in dişleri sayesinde parçalanmış et ve kemikten ibaret bir harabeye dönmüştü. Sağ eli Üstat Aemon'ın kulesinde sirke dolu bir kavanozun içinde yüzüyordu. Hâlâ kolunda olan sol eli giydiği siyah pelerin gibi kararmıştı.

"Tanrılar merhamet edin," diye fısıldadı Yaşlı Ayı. Atından aşağı atlayıp dizginlerini Jon'a uzattı. Hava garip şekilde sıcaktı bu sabah. Lord Kumandan'ın geniş alnında boncuk boncuk ter damlaları vardı. Atı çok huzursuzdu. Kişniyor, gözlerini deviriyor, dizginlerinin müsaade ettiği ölçüde ölü adamların uzağına kaçıyordu. Jon tuttuğu dizginleri bollaştırıp hayvanın birkaç adım geri gitmesini sağladı. Hayvan şahlanmasın diye çabalıyordu. Atların hiçbiri buradan hoşlanmamıştı. Jon da öyle.

Köpekler atlardan da beterdi. Tazılar hiç işe yaramayınca Jon ve diğerlerini buraya Hayalet getirmişti. Barınak başı Bass, iz sürebilmeleri için tazılara eli koklatmaya çalıştığında hayvanlar çıldırmış, hırlayıp havlayarak kaçmaya çalışmışlardı. Şimdi bile havlıyor, tasmalarını çekiştiriyor ve huzursuzca hareket edip uzaklaşmak istiyorlardı. Chett hayvanlara küfür edip duruyordu.

Bu sadece bir orman, dedi Jon kendine. *Ve bunlar da altı üstü ölü.* Daha önce de ölü görmüştü.

Dün gece yine Kışyarı rüyasını görmüştü. Boş kalede dolaşıyor, babasını arıyor ve mahzen mezara iniyordu ama rüya bu sefer her zaman bittiği yerde bitmemişti. Karanlıkta taşın taşa sürttüğünü duymuştu. Dönüp bakmış ve lahitlerin kapaklarının teker teker açıldığını görmüştü. Ölü krallar soğuk ve karanlık mezarlarından ağır ağır çıkarlarken Jon kör karanlıkta sıçrayarak uyanmıştı. Kalbi çekiç gibi vuruyordu. Hayalet yanına gelip burnunu yüzüne sürttüğünde bile dehşet duygusunu içinden atamamıştı. Tekrar uyumaya cesaret edememişti. Sur'a çıkıp, doğudan yükselen güneşin ilk ışıklarını görene kadar huzursuzca yürüyüp durmuştu. *Sadece bir rüyaydı. Ben artık Gece Nöbetçileri'nin kardeşiyim. Küçük korkak bir çocuk değilim.*

Samwell Tarly ağaçların altında, atların arkasına saklanmaya çalışarak kıvrılıp kalmıştı. Yüzü kesik süt rengine dönmüştü. Şu ana kadar korkuyla ağaçların arasına dalıp kusmamıştı ama cesetlere de bir kez bile bakmamıştı. "Bakamam," diye fısıldadı çaresizlik içinde.

"Bakmak zorundasın," dedi Jon diğerlerinin duymaması için iyice alçak sesle konuşarak. "Üstat Aemon seni buraya onun gözü olman için yolladı, öyle değil mi? Bakmazsan gözlerin ne işe yarar?"

"Evet ama... Ben bir korkağım Jon."

Jon elini Sam'in omzuna koydu. "Yanımızda bir düzine korucu var. Köpekler var. Hayalet de burada. Sana kimse zarar veremez Sam. Haydi git bak. En zoru ilk bakıştır."

Sam titreyen başıyla onayladı. Cesaretini toplamak için ne kadar çok uğraştığı açıkça görülüyordu. Yavaşça başını çevirdi. Gözleri faltaşı gibi açıldı. Jon kolunu tuttu, kaçamazdı.

"Sör Jaremy," dedi Yaşlı Ayı. "Benjen Stark, Sur'dan çıktığında yanında altı adamı vardı. Diğerleri nerede?"

Sör Jaremy başını salladı. "Keşke bilseydim."

Mormont bu cevaptan hiç memnun olmadı. "İki kardeşimiz neredeyse Sur'un dibinde katledilmiş ama buna rağmen korucularınız ne bir şey duymuş, ne de görmüş. Gece Nöbetçileri bu kadar mı düştü? Ormanda hâlâ devriyeler geziyor mu?"

"Evet lordum fakat..."

"Hâlâ nöbet tutuluyor mu?"

"Tutuluyor ama..."

"Bu adamın bir savaş borusu var," dedi Mormont, Othor'u göstererek. "O boruya dokunmadan öldüğünü mü varsaymalıyım? Yoksa sizin korucuların hepsi kör oldukları kadar sağırlar mı?"

Sör Jaremy öfkeden kızardı. "Savaş borusu ötmedi lordum, ötseydi korucularım duyardı. Ormana arzu ettiğim kadar devriye çıkaramıyorum çünkü bunu yapacak yeterli adamım yok. Ve Benjen kaybolduğundan bu yana, sizin emrinizle Sur'a çok daha yakın duruyoruz."

Yaşlı Ayı homurdandı. "Evet, neyse, dediğin gibi olsun." Sabırsızca bir el işareti yaptı. "Bana nasıl öldüklerini anlat."

Sör Jaremy, adının Jafer Flowers olduğunu söylediği adamın başucunda yere çöküp kafasını saçlarından tuttu. Cesedin saman kadar kurumuş saçları elinde kaldı. Şövalye bir küfür savurdu ve adamın kafasını avcuyla diğer tarafa itti. Cesedin boynundaki devasa kesik büyük bir ağız gibi açıldı. Kafayı cesedin boynuna bağlı tutan sadece birkaç tendondu. "Bu iş baltayla yapılmış."

"Bence de," diye mırıldandı yaşlı ormancı Dywen. "Belki de Othor'un kendi baltasıyla lordum."

Jon, sabah kahvaltısının midesinde döndüğünü hissediyordu, yine de dudaklarını iyice sıkıp diğer cesede bakmak için kendini zorladı. Othor iri çirkin bir adamdı ve iri çirkin bir cesede dönüşmüştü. Görünürde bir balta yoktu. Othor'u hatırladı. Korucuların yola çıktığı gün müstehcen şarkılar söylüyordu. Şarkı söylediği günler bitmişti işte. Elleri haricinde bütün derisi süt beyazına dönmüştü. Elleri tıpkı Jafer'in elleri gibi kapkaraydı. Kurdeşen gibi bedenine yayılmış ölümcül yaralarını sertleşmiş kuru kan plakaları örtüyordu. Ama gözleri açıktı. Safir kadar mavi gözleri gökyüzüne dikilmişti.

Sör Jaremy ayağa kalktı. "Yabanıllar da balta kullanıyor."

"Yani, bunun Mance Rayder'in işi olduğunu düşünüyorsun. Sur'un bu kadar yakınında mı?"

"Başka kim olabilir lordum?"

Jon sorunun cevabını verebilirdi. Biliyordu. Hepsi biliyorlardı. Ama hiçbiri kelimeyi ağzından çıkartmayacaktı. *Ötekiler, çocukları korkutmak için uydurulmuş bir hikâye sadece. Bir zamanlar gerçekten yaşamış olsalar bile, sekiz bin yıldır ölüler.* Düşüncesi bile kendini aptal hissetmesine sebep olmuştu. Gece Nöbetçileri'nin yetişkin erkeklerinden biriydi artık. Bir zamanlar Robb, Arya ve Bran'la beraber Yaşlı Dadı'nın dizinin dibine oturup hikâyeler dinleyen çocuk değildi.

Lord Kumandan Mormont homurdandı. "Benjen Stark, Sur'a bu kadar yakın bir noktada bir yabanıl saldırısıyla karşılaşsaydı daha fazla adam almak için hemen kaleye döner, yabanılları yedi cehennemin hepsinde kovalar, sonra da bana kesik başlarını getirirdi."

"Tabi kendisi de katledilmediyse," diye diretti Sör Jaremy.

Sözler hâlâ acıtıyordu. Uzun zaman olmuştu. Benjen Stark'ın yaşadığına inanmak aptalcaydı belki ama Jon'un inadı dillere destandı.

"Benjen Stark kaybolalı neredeyse altı ay oldu lordum," diye devam etti Sör Jaremy. "Orman uçsuz bucaksız. Yabanıllar onu herhangi bir noktada yakalamış olabilir. Bahse girerim ki bu ikisi gruptan sağ kalan son kişilerdi. Büyük ihtimalle bize dönmeye çalışıyorlardı ama Sur'un güvenliğine varamadan düşmanlar tarafından saldırıya uğradılar. Cesetler taze, bu adamlar bir günden fazladır ölü olamaz..."

"*Hayır*," dedi Sam, fare gibi bir sesle.

Jon çok şaşırdı. Sam'in tedirgin, incecik sesi duymayı beklediği son ses bile değildi. Şişman oğlan rütbelilerden korkuyordu ve Sör Jaremy de sabrıyla ün yapmış biri değildi.

"Sana fikrini sormadım çocuk," dedi sertçe Rykker.

"Bırakın konuşsun sör," dedi Jon.

Mormont önce Sam'e, sonra Jon'a, ardından yine Sam'e baktı. "Delikanlının söyleyeceği bir şey varsa duymak istiyorum," dedi. "Yaklaş delikanlı, seni o atların arkasındayken göremiyoruz."

Sam, Jon'un ve atların yanından geçti. Gözle görünür şekilde terliyordu. "Lordum... Bir gündür ölü olamazlar... bakın... kan..."

"Evet?" diye homurdandı Mormont sabırsızca. "Kana ne olmuş?"

"Kan görünce iç çamaşırlarına pisliyor," diye bağırdı Chett. Korucular kahkaha attı.

Sam alnındaki teri sildi. "Bakın, görebilirsiniz... Hayalet... Jon'un kurdu... bakın cesedin bileğini kopardı ama... kan akmamış. Babam... yani Lord Randyll, hayvan yüzerken bana izlettirirdi." Sam kafasını iki yana salladı. Çenesi titriyordu. Cesetlere bir kez bakmıştı ve artık kafasını çeviremiyordu. "Taze ceset olsa... kan hâlâ akardı lordum. Sonra... sonra pıhtılaşırdı. Yapış yapış... jöle gibi..." Sam kusacakmış gibi görünüyordu. "Bu adamlar... bileğine bakın. Kupkuru. *Çatlak çatlak...*"

Jon, Sam'in ne demeye çalıştığını anlamıştı. Ölü adamın bileğindeki parçalanmış damarları görebiliyordu. Kanı simsiyah bir toza dönüşmüştü. Buna rağmen Jaremy Rykker ikna olmamıştı. "Eğer bir günden fazladır ölü olsalardı ormandaki hayvanlar cesetleri şimdiye kadar paramparça ederdi. Üstelik cesetler kokmuyor."

Karın gelişinin bile kokusunu alabilmekle böbürlenen yaşlı ormancı Dywen cesede eğilip kokladı. "Çiçek gibi koktukları söylenemez ama çürük ceset kokusu da yok," dedi.

"Çünkü onlar... çürümüyor," dedi Sam. Parmağıyla işaret etti. Tombul eli hafifçe titriyordu. "Bakın... kurtçuk ya da solucan yok... burada, ormanda yatıyorlar ama hayvanlar onları parçalamamış... sadece Hayalet. Kurt dışında..."

"Dokunulmamışlar," dedi Jon hafifçe. "Ve Hayalet farklı. Köpekler ve atlar cesetlere yaklaşmıyor."

Korucular bakıştı, çocuğun söylediklerinin doğru olduğunu hepsi görebiliyordu. Mormont kaşlarını çattı. Bir cesetlere, bir köpeklere bakıyordu. "Chett, tazıları buraya getir."

Chett denedi. Küfretti, tasmaları çekti, tekmeledi ama köpekler karşı koyuyordu. Birini sürükleyerek getirmeye çalıştı, hayvan hırlayıp havlayarak direndi ve sonunda Chett'e saldırdı. Chett tasmayı elinden bıraktı ve sırtüstü düştü. Hayvan üstünden atladı ve ağaçların arasında kayboldu.

"Bunlar... burada bir yanlışlık var," dedi Sam Tarly heyecanla. "Kan... kıyafetleri kan lekesi dolu... etleri kurumuş... bu... bu..." Sam derin bir nefes aldı, yutkundu. "Bu *yaralar...* korkunç yaralar... her yerde kan olmalıydı. Öyle değil mi?"

"Belki de burada ölmediler," dedi Dywen. "Belki birileri onları buraya bizim için bıraktı. Uyarı gibi bir şey." Yaşlı ormancı şüphe dolu gözlerle Othor'un cesedine bakıyordu. "Bana aptal diyebilirsiniz ama Othor'un gözleri daha önce mavi değildi."

Sör Jaremy çok şaşkın görünüyordu. "Flowers'ın gözleri de değildi," dedi hayretle. Dönüp tekrar ölü adamlara baktı.

Ormana sessizlik çöktü. Sam'in sert nefesleri ve Dywen'in dişlerini emme sesinden başka bir şey duyulmadı bir süre. Jon, Hayalet'in yanında çömelmişti.

"*Yakın onları*," dedi adamlardan biri. Jon kim olduğunu anlayamamıştı. "Evet yakın," diye tekrar etti bir diğeri.

Yaşlı Ayı inatla başını iki yana salladı. "Olmaz," dedi. "Üstat Aemon'ın onları incelemesini istiyorum. Cesetleri Sur'a götüreceğiz."

Bazı emirleri vermek uygulamaktan kolaydı. Cesetleri pelerinlere sardılar ama Dywen ve Hake onları bir atın sırtına bağlamaya kalkışınca hayvan çıldırdı. Kişneyerek şaha kalkıyordu. Sağa sola çifteler atıyordu. Hatta yardıma gelen Ketter'ı ısırdı. Cesetleri başka atlara bağlamaya çalışan korucuların da şansı yaver gitmedi. En uysal atlar bile bu yükü sırtlamak istemiyordu. Sonunda, buldukları uzun ağaç dallarına pelerinlerini gererek cesetleri kendileri taşımak zorunda kaldılar. Sur'a dönmek için yola çıktıklarında vakit öğleni epeyce geçmişti.

Mormont, "Bu ormanın aranmasını istiyorum," diyerek Sör Jaremy'ye emir verdi. "Her ağaç, her taş, on fersah çapındaki bütün toprak aranacak. Elindeki bütün adamları kullan, yetmezse kâhyalardan ormancı ve avcıları al. Benjen Stark ve adamları, ölü ya da diri bu ormanın içinde bir yerdeyse bulunacak. Bu ormanda bizden başka birileri varsa benim haberim olacak. İzlerini sürecek ve onları yakalayacaksın. Mümkünse canlı olarak. Anlaşıldı mı?"

"Anlaşıldı lordum," dedi Sör Jaremy. "Söylediğiniz gibi yapılacak."

Mormont yolun devamında düşüncelere dalmış halde konuşmadan at sürdü. Jon hemen arkasında onu takip etti. Lord Kumandan Kâhyası sıfatıyla olması gereken yer orasıydı. İnsanın yağmur yağmasını dilediği, gri, kapalı, boğucu bir gündü. Hiç rüzgâr yoktu, ağaçların yaprakları kımıldamıyordu. Hava nemli ve ağırdı. Jon'un giysileri üzerine yapışmıştı. Ilıktı, fazla ılıktı. Sur sürekli ağlıyordu. Günlerdir o kadar çok ağlamıştı ki, Jon, Sur'un küçüldüğünü düşünüyordu.

Eski insanlar böyle havalara *yaz ruhu* derdi. Mevsimin hayaletlerini serbest bıraktığı anlamına gelirdi. Hayaletler serbest kaldıktan sonra soğuk gelecekti. Uyarmışlardı, uzun bir yaz, uzun bir kış demekti. Bu yaz mevsimi tam on yıldır sürüyordu. Jon daha kucaktaki bir bebekken başlamıştı.

Hayalet bir süre onlarla koştu ve sonra ormanda kayboldu. Jon, ulu kurt yanında değilken kendini çıplak hissediyordu. Her gölgeye huzursuzca bakarken yakalıyordu kendini. Birdenbire, Kışyarı'nda küçük bir çocukken Yaşlı Dadı'dan duyduğu hikâyeler geldi aklına. Yaşlı Dadı'nın sesini ve iğnesinin *pıt pıt*larını bile duyuyordu sanki. *Ötekiler karanlıkta at üstünde geldi*, derdi fısıltıyla. *Onlar soğuk yaratıklardı, ölü yaratıklardı. Güneşten, ateşten, demirden ve damarında sıcak kan akan her canlıdan nefret ederlerdi. Karakolların, şehirlerin ve bütün krallığın üzerine korku saldılar. Kahramanları, hatta orduları, soluk ve ölü atlarının üzerinden uzanıp keserek onar onar öldürdüler. İnsanların kılıçları onları durduramadı. Bakireler ve bebekler için bile merhamet yoktu içlerinde. Buz tutmuş ormanlarda bakireleri avladılar ve hizmetkârlarını ölü bebeklerin etleriyle beslediler…*

Yaşlı meşe ağaçlarının üstünden Sur'u gördüğü zaman rahatlamış hissetti kendini. Mormont aniden dizginlerini çekti ve atını döndürdü. "Tarly, buraya gel," dedi havlar gibi.

Jon, kısrağının üstünde ağır ağır yol alan çocuğun yüzündeki ani korkuyu gördü. Başının dertte olduğunu düşündüğüne hiç şüphe yoktu. "Şişmansın ama aptal değilsin evlat," dedi Yaşlı Ayı. "Orada çok iyi iş çıkardın. Sen de öyle Kar."

Sam'in yüzü neredeyse parlak kırmızı olana dek kızardı ve saygılarını sunmakla ilgili bir şeyler kekelerken dili iyice dolandı. Jon gülümsedi.

Ağaçların altından çıktıklarında Mormont bodur atını hızlandırdı ve Hayalet ormanın içinden fırlayarak yanlarına geldi. Avının kırmızıya boyadığı çenesini yalıyordu. Sur'un tepesindeki adamlar grubun yaklaştığını gördü. Jon, gözcünün büyük borusunun millerce alana yayılan derin ve çatallı sesini duydu. Tek ve uzun bir üfleyiş ağaçların arasında titredi ve buzda yankılandı.

UUUUUUUUUUooooooooooooooooooooooooooooo.

Ses ağır ağır kayboldu. Tek üfleyiş korucuların döndüğü anlamına geliyordu. *En azından bir gün için korucu oldum*, diye düşündü Jon. *Ne olursa olsun, bunu benden alamazlar.*

Atlarını buzlu tünelden geçirirlerken Bowen Marsh ilk kapıda onları bekliyordu. Lord Kâhya'nın yüzü kızarmıştı ve çok huzursuz görünüyordu. Kapının demir çubuklarına asılırken, "Lordum, bir haberci kuş geldi, mektubu bir an önce görmelisiniz," dedi.

"Nedir?" diye sordu Mormont homurdanarak.

Marsh cevap vermeden önce garip bir şekilde Jon'a baktı. "Mektup Üstat Aemon'da. Sizi salonunda bekliyor."

"Pekâlâ. Jon, atımı al ve Sör Jaremy'ye cesetleri depoya koymasını söyle. Üstat Aemon onları incelemek için hazır oluncaya kadar orada kalsınlar."

Atları ahırlara götürürken herkesin ona baktığının farkındaydı Jon ve bundan rahatsızlık duyuyordu. Sör Alliser Thorne avluda öğrencilerine eziyet etmekle meşguldü ama Jon'u görünce talime ara verip, belli belirsiz yarım bir sırıtmayla Jon'u süzdü. Tek kollu Donal Noye cephaneliğin kapısında duruyordu. "Tanrılar seninle olsun Jon," diye seslendi.

Bir terslik var, diye düşündü Jon. *Çok büyük bir terslik var*.

Ölü adamları etlerin, tahılların ve bazen bira fıçılarının saklandığı Sur'un altındaki soğuk ve karanlık mahzenlerden birine taşıdılar.

Jon kendi atıyla ilgilenmeden önce Mormont'un atına su ve yem verilip tımarlanması sağlandı. Sonra arkadaşlarını aramaya gitti. Grenn ve Kurbağa nöbetteydi ama Pyp ortak salondaydı. "Neler oluyor?" diye sordu Pyp'e.

Pyp sesini iyice alçaltarak, "Kral ölmüş," dedi.

Jon donup kaldı. Robert Baratheon, Kışyarı'nı ziyaret ettiğinde yaşlı görünüyordu, şişmandı ama sağlıklıydı ve kimse bir hastalıktan bahsetmemişti.

"Clydas mektubu Üstat Aemon'a okurken nöbetçilerden biri duymuş." Pyp öne doğru eğildi. "Çok üzgünüm Jon. Kral babanın arkadaşıydı değil mi?"

"Kardeş kadar yakındılar," dedi Jon. Babasının Kral Eli olarak kalıp kalmayacağını merak etti. Joffrey'nin böyle bir şey yapması çok olası değildi. Babasının ve kız kardeşlerinin Kışyarı'na dönebileceği anlamına geliyordu bu. Belki onları ziyaret etmesine izin bile verirlerdi. Arya'nın sırıtmasını tekrar görmek ve babasıyla sohbet etmek ne iyi olurdu. *Ona annemi soracağım,* diye karar verdi. *Artık bir erkeğim. Bana anlatmasının zamanı geldi de geçiyor bile. Annem bir fahişe olsa bile umrumda değil, gerçeği bilmek istiyorum.*

"Hake ölülerin amcanın adamları olduğunu söylüyor," dedi Pyp.

"Evet," dedi Jon. "Onunla giden altı adamdan ikisi. Öleli çok olmuş... ama cesetler bir tuhaf."

"Tuhaf mı?" dedi Pyp merakla. "Ne kadar tuhaf?"

"Sam sana anlatır," diye karşılık verdi Jon. Cesetlerden bahsetmek istemiyordu. "Gidip Yaşlı Ayı'nın bana ihtiyacı var mı bakayım."

Korku ve merak karışımı bir duyguyla tek başına Kumandan Kulesi'ne doğru yürüdü. Nöbetteki kardeşler ona ciddiyetle bakıyordu. "Yaşlı Ayı odasında," dedi biri. "Seni soruyordu."

Jon başıyla onayladı. Ahırlardan hemen buraya gelmeliydi. Hızlıca kule merdivenlerini tırmandı. *Ya şarap istiyor ya da şömimenin yakılmasını, hepsi bu,* dedi kendine.

Odaya girdiğinde Kumandan'ın kuzgunu bağırmaya başladı. "*Mısır! Mısır! Mısır!*"

"Buna inanabiliyor musun? Onu daha yeni besledim," diye homurdandı Yaşlı Ayı. Pencerenin kenarında oturmuş bir mektup okuyordu. "Bana bir kadeh şarap getir, bir kadeh de kendine doldur," dedi.

"Kendime mi lordum?"

Mormont gözlerini mektuptan kaldırıp Jon'a baktı. Bakışında acıma vardı, Jon bunu görebiliyordu. "Ne dediğimi duydun," dedi.

Jon, abartılmış bir dikkatle şarap doldurdu. Duyacaklarını geciktirmek için çabalıyor gibiydi. Kadehler dolduğunda mektupta yazılanlarla yüzleşmekten başka seçeneği kalmamıştı. "Otur evlat," diye emretti Mormont. "İç."

Jon ayakta kaldı. "Babam. Öyle değil mi?"

Mormont parmağını mektuba vuruyordu. "Baban ve kral," dedi. "Sana yalan söylemeyeceğim evlat. Haberler korkunç. Bir kral daha göreceğimi düşünmüyordum doğrusu. Robert benim yarı yaşımdaydı ve bir boğa kadar güçlüydü." Büyük bir yudum şarap içti. "Kralın avlanmayı sevdiğini söylerlerdi. Çok sevdiğimiz şeyler felaketimizi hazırlar evlat. Bunu sakın unutma. Oğlum karısına çok âşıktı. O kibirli kadına. Eğer o kadın olmasaydı, kaçak avcıları satmak aklının ucundan geçmezdi."

Jon adamın ne dediğini anlayamıyordu. "Lordum, anlamıyorum. Babama ne oldu?"

"Sana oturmanı söylemiştim," diye homurdandı Mormont.

"*Otur!*" diye bağırdı kuzgun. "Bir de iç kahrolası çocuk. Bu bir emirdir Kar."

Jon oturdu ve bir yudum şarap içti.

"Lord Eddard zindana atılmış. Hainlikle suçlanıyor. Robert'ın kardeşleriyle birlikte Prens Joffrey'nin tahta çıkmasını engellemek için komplo hazırladıkları söyleniyor."

"Hayır," dedi Jon telaşla. "Bu mümkün değil. Babam krala asla ihanet etmez!"

"Nasıl diyorlarsa öyle kabul edeceğiz," dedi Mormont. "Sorgulamak ne benim, ne de senin haddin."

"Ama bu *yalan*!" diye üsteledi Jon. Babasının bir hain olduğunu nasıl söyleyebilirlerdi? Hepsi birden çıldırmış mıydı? Lord Eddard Stark asla yapmazdı bu onursuzluğu... yapar mıydı?

Bir piç peydahlamıştı, diye fısıldadı içindeki zayıf ses. *Onur bunun neresinde? Ya annene ne demeli? Adını ağzına bile almıyordu baban.*

"Lordum, babama ne olacak? Onu öldürecekler mi?"

"Gerçekten bilemiyorum delikanlı. Birkaç mektup göndermeyi düşünüyorum. Bazı konsey üyeleri gençlik yıllarından tanıdıklarım. Yaşlı Pycelle, Sör Barristan, Lord Stannis... Babanın yaptığı ya da yapmadığı her neyse, onun büyük bir lord olduğu gerçeği değişmez. Buraya gelip siyahları giymesine izin verilmeli. Tanrılar biliyor ki Lord Eddard gibi adamlara ihtiyacımız var."

Jon, geçmişte hainlikle suçlanmış adamların Sur'a gelmelerine ve onurlarını geri kazanmalarına izin verildiğini biliyordu. Lord Eddard neden gelmesindi? Babası Sur'da. Bu çok tuhaf bir düşünceydi ve garip şekilde rahatsız ediciydi. Onu Kışyarı'ndan koparıp siyahları giymeye zorlamak canavarımsı bir adaletsizlikti ama hayatı söz konusuysa...

Peki Joffrey buna müsaade eder miydi? Prensin Kışyarı'ndaki hallerini hatırlıyordu. Robb ve Sör Rodrik'le nasıl da dalga geçmişti. Jon'a dikkat bile etmemişti. Piçler onun aşağılamalarına bile layık değildi. "Lordum, kral sizi dinler mi?" diye sordu Mormont'a.

Yaşlı Ayı omuz silkti. "Bir çocuk kral... Annesini dinler diye tahmin ediyorum. Cücenin onlarla olmaması büyük talihsizlik. Sonuçta kralın dayısı ve buradaki halimizi gördü. Gerçi, leydi annenin onu kaçırması iyi olmadı ama..."

"Leydi Stark benim annem değil," dedi Jon sertçe. Tyrion Lannister, Jon'un arkadaşı olmuştu. Eğer Lord Eddard öldürüldüyse en az kraliçe kadar Leydi Stark da suçluydu. "Lordum, ya kız kardeşlerim? Arya ve Sansa. Babamla birlikteydiler."

"Pycelle kızlardan bahsetmemiş ama onlara iyi davranıldığından şüphem yok. Mektubumda onları da soracağım." Mormont başını salladı. "Bütün bunlar daha kötü bir zamana denk gelemezdi. Diyarın güçlü bir krala en çok ihtiyaç duyduğu vakit, bu vakit. Önümüzde uzun ve karanlık geceler var. Kemiklerimde bile hissediyorum." Uzun uzun, düşünceli gözlerle Jon'a baktı. "Umarım aklından aptalca bir şey yapmayı geçirmiyorsun evlat."

O benim babam, diye cevap vermek istedi Jon ama Mormont'un duymak istediği şeyin bu olmadığını biliyordu. Boğazı kurumuştu. Bir yudum şarap daha içti.

"Senin görevin burada," diye hatırlattı Lord Kumandan. "Siyahları giydiğinde eski hayatın sona erdi. Kral Toprakları'nda neler yaptıkları bizi ilgilendirmiyor." Jon cevap vermeyince Mormont şarabını bitirdi ve, "Artık gidebilirsin. Bugün sana daha fazla ihtiyacım olmayacak. Yarın sabah şu mektubu yazmama yardım edersin," dedi.

Jon odadan çıkışını hatırlamıyordu. Kendini kulenin merdivenlerinden inerken buldu. Düşünceliydi. *O benim babam. Yanındakiler kız kardeşlerim, beni nasıl ilgilendirmezler?"*

Dışarıda, nöbetçilerden biri döndü ve, "Güçlü ol evlat. Tanrılar zalimdir," dedi Jon'a.

Biliyorlar, diye düşündü Jon. "Babam hain değil," dedi pürüzlü bir sesle, boğuluyormuş gibi. Rüzgâr çıkmıştı. Kuleye girdiği zamana göre çok daha soğuktu avludaki hava. Yalancı yaz sona eriyordu.

Günün geri kalanı rüyadaymış gibi geçti. Jon nereye gittiğini, ne yaptığını, kimlerle konuştuğunu hatırlayamıyordu. Hayalet onunla birlikteydi, sadece bunu biliyordu. Ulu kurdun sessiz varlığı ona huzur veriyordu. *Kızlar bu kadarına bile sahip değil*, diye düşündü. *Kurtlar onların güvenliğini sağlayabilirdi ama Leydi öldürüldü ve Nymeria kayıp. Kızlar yapayalnız.*

Güneş battığında sert kuzey rüzgârı esmeye başladı. Jon, akşam yemeği için ortak salona giderken rüzgârın Sur'un ve buzlu siperlerin üstünde ıslık çaldığını duyabiliyordu. Hobb soğanlı ve havuçlu geyik eti yahnisi pişirmişti. Jon'un tabağına fazladan bir porsiyon yahni doldurup ekmeğin çıtır ucunu da yanına koyunca Jon anladı. *Biliyor.* Salona baktı. Bütün başlar aynı anda kendi önlerine döndü. Gözler nazikçe başka yere baktı. *Hepsi biliyor.*

Arkadaşları ona koştu. "Rahipten baban için bir mum yakmasını istedik," dedi Matthar. "Bu bir yalan. Hepimiz biliyoruz. *Grenn* bile biliyor." Pyp onayladı, Grenn başını salladı, Sam elini Jon'un omzuna koydu. "Sen artık benim kardeşimsin. Baban da benim babam sayılır," dedi şişman çocuk. "Eğer ormana gidip büvet ağacında dua etmek istersen seninle gelirim."

Büvet ağaçları Sur'un dışında, Tekinsiz Orman'daydı ama Sam'in samimi olduğunu biliyordu Jon. *Bunlar benim kardeşlerim*, dedi içinden. *Robb, Bran ve Rickon kadar kardeş...*

Sonra, kamçı kadar sert ve keskin bir kahkaha duydu. Sör Alliser'in sesiydi. "Sadece piç değilmiş, bir *hainin* piçiymiş," diyordu etrafındaki adamlara.

Jon göz açıp kapatıncaya kadar hançerini çekip masanın üstüne çıktı. Pyp onu yakalamaya çalıştı ama Jon bacağını hemen çekip masadan aşağı atladı. Koştu, Sör Alliser'in elindeki kâseye bir tekme attı. Yahni etrafa saçılırken Alliser geri kaçtı. İnsanlar bağırıyordu fakat Jon onları duymuyordu. Elindeki hançeri Sör Alliser'in yüzüne doğru savurarak adamın üstüne atıldı ama henüz adama ulaşamadan Sam, Jon'la Alliser'in arasına girdi. Pyp bir maymun gibi Jon'un sırtına tırmandı. Kurbağa elindeki hançeri aldı.

Jon'u hücresine götürmelerinden epey zaman sonra, omzunda kuzgunuyla birlikte Mormont hücreye geldi. "Sana aptalca bir şey yapma demiştim evlat," dedi Yaşlı Ayı. "*Evlat*," diye tekrarladı kuzgun. Mormont hayal kırıklığıyla başını salladı. "Senin için büyük umutlarım vardı."

Yüksek rütbeliler ona ne olacağıyla ilgili bir karara varıncaya dek hücresinden çıkmamasını söylerek kılıcını ve hançerini aldılar. Emre uyacağından emin olmak için kapısına bir nöbetçi diktiler. Arkadaşlarının ziyarete gelmesi yasaklanmıştı ama Mormont, Hayalet'in yanında kalmasına izin vermişti. Yapayalnız sayılmazdı.

"Benim babam hain değil," dedi Hayalet'e herkes hücreden çıktığında. Hayalet sessizce ona bakıyordu. Jon sırtını duvara dayayarak yere oturdu, dizlerini çenesine çekti ve yatağının yanındaki masada yanan muma dikti gözlerini. Alevler titriyor, sallanıyor ve hücredeki gölgeler hareket ediyordu. Oda gittikçe kararıyor ve soğuyordu. *Bu gece uyumayacağım, diye* düşündü Jon.

Buna rağmen sızmış olmalıydı. Uyandığında bacakları uyuşmuştu ve mum çoktan eriyip bitmişti. Hayalet arka ayaklarının üstünde kapıyı tırmalıyordu. Jon, hayvanın boyunun ne kadar uzadığını fark edince şaşırdı. "Hayalet, ne var oğlum?" diye seslendi hafifçe. Ulu kurt başını çevirdi, dişlerini gösterip hırlayarak Jon'a baktı. *Bu hayvan çıldırdı mı?* diye düşündü Jon. "Hayalet, benim," diye mırıldandı korktuğunu belli etmemeye çalışarak. Ama titriyordu. Hem de şiddetle. Hava ne zaman bu kadar soğumuştu?

Hayalet kapıdan geri çekildi. Kapıyı tırmaladığı yerde derin oyuklar kalmıştı. Jon gittikçe artan bir dehşetle kurda bakıyordu. "Kapıda biri var, öyle değil mi?" diye fısıldadı. Kurt yerde sürünerek geriledi. Boynundaki beyaz tüyler dikleşmişti. *Nöbetçi,* diye düşündü Jon. Kapısına bir nöbetçi dikmişlerdi. *Hayalet adamın kokusu alıyor, hepsi bu,* dedi kendine.

Yavaşça ayağa kalktı. Titremesini durduramıyordu, kılıcının yanında olmasını isterdi. Üç büyük adım onu kapının önüne getirdi. Kapının kolunu tuttu ve içeri doğru çekti. Ahşabın gıcırdama sesi yüzünden neredeyse zıplıyordu.

Nöbetçi, kemikleri yokmuş gibi bükülmüş halde merdivenlerin başında yatıyordu. Jon adamın yüzünü görüyordu. Nöbetçi karnının üstüne yatmış olmasına rağmen Jon adamın yüzünü görüyordu. Kafası tamamen geriye çevrilmişti.

Bu mümkün değil, dedi kendine. *Burası Lord Kumandan Kulesi. Gece gündüz korunuyor. Bu olamaz. Rüyadayım. Bir kâbus görüyorum*.

Hayalet yanından geçip kapıdan dışarı çıktı. Merdivenlere koştu. Durdu, kafasını çevirip Jon'a baktı. Tam o sırada, bir anahtarın dönme şıngırtısını ve taş zemine sürtünen çizmelerin sesini duydu Jon. Sesler yukarıdan geliyordu. Lord Kumandan'ın odasından.

Bu bir kâbus olmalıydı. Rüya değildi.

Nöbetçinin kılıcı hâlâ kınındaydı. Jon eğildi ve kılıcı aldı. Çeliği avuçlarında hissedince cesareti geri geldi. Merdivenleri çıktı. Hayalet ağır adımlarla önünde yürüyordu. Merdivenlerin her kıvrımında gölgeler saklıydı. Jon her şüpheli gölgeye kılıcının ucunu doğrultarak dikkatlice tırmanıyordu.

Birdenbire Mormont'un kuzgununun tiz çığlığını duydu. "*Mısır, mısır, mısır, mısır, mısır, mısır,*" diye bağırıyordu kuş. Hayalet ileri atıldı ve Jon hızlıca arkasından gitti. Mormont'un kapısı ardına kadar açıktı. Ulu kurt içeri girdi. Jon bir an kapıda durup gözlerinin karanlığa alışması için bekledi. Pencerelerdeki ağır perdeler sıkı sıkı örtülmüştü ve oda mürekkep kadar siyahtı. "*Kim var orada*?" diye seslendi.

Ve onu gördü. Gölgelerin içinde bir gölge, Mormont'un salonundan yatak odasına açılan kapıdan kayarak geçti. İnsan şekilli, kapkara, cübbeli ve başlıklı... ama başlığın altındaki gözleri masmavi bir ışıkla parıldıyordu...

Hayalet sıçradı. Adam ve Hayalet, bir çığlık ya da bir hırlama olmaksızın birlikte yere yuvarlandı. Bir sandalyeye çarptılar, üzeri kağıtlarla dolu bir masayı devirdiler. Mormont'un kuzgunu odanın içinde kanat çırparak "*Mısır, mısır, mısır, mısır,*" diye çığlıklar atıyordu. Jon kendisini Üstat Aemon gibi kör hissediyordu. Sırtını duvardan ayırmadan pencereye doğru kaydı ve perdeyi hızla aşağı çekerek koparıp yere indirdi. Ay ışığı odayı doldurdu. Beyaz kürke batmış kapkara elleri gördü. Şiş siyah parmaklar ulu kurdun boğazını sıkıyordu. Hayalet çırpınarak dönmeye çalışıyor, bacakları havayı dövüyordu ama bir türlü kurtulamıyordu.

Jon'un korkmaya vakti yoktu. Bağırarak ve elindeki uzun kılıcı bütün gücüyle aşağı savurarak öne doğru atıldı. Çelik, kumaşı, deriyi ve kemiği keserek indi ama çıkan ses *doğru* değildi. Burnunu dolduran koku o kadar tuhaf ve o kadar soğuktu ki Jon neredeyse kusacaktı. Yerdeki kolu ve eli gördü. Kapkara parmaklar bir ay ışığı havuzunda çırpınıyordu. Hayalet diğer elden kurtuldu ve geri çekildi. Kırmızı dili ağzından dışarı sarkıyordu.

Başlıklı adam bembeyaz suratını kaldırdı ve Jon bir saniye bile tereddüt etmeden adamın yüzünü biçti. Kılıç burnunun yarısını koparıp almış, eti kemiğe kadar yararak bir yanağından diğer yanağına uzanan derin bir kesik açmıştı. Adamın gözleri, o gözler, alev almış mavi yıldızlar gibiydi. Jon bu suratı tanıyordu. *Othor*, dedi içinden geri adım atarak. *Tanrılar, o öldü. O öldü! Onun ölü olduğunu gördüm.*

Ayak bileğine sürtünen bir şey hissetti. Siyah parmaklar tırnaklarını bacağına geçirmişti. Kol, bacağında yukarı tırmanıyor, yünü ve deriyi parçalıyordu. Jon bir çığlık attı ve kılıcın sivri ucuyla kolu bacağından ayırıp ileri fırlattı. Kol parmaklarını açıp kapatarak yerde kıvranıyordu.

Ceset ileri doğru sendeledi. Hiç kan yoktu. Tek kolu kopmuştu, yüzünün yarısı kesilmişti ama hiçbir şey hissetmiyormuş gibi görünüyordu. Jon uzun kılıcı kaldırıp önünde tuttu. "Uzak dur!" diye bağırdı, sesi tiz çıkmıştı. "*Mısır*," diye bağırdı kuzgun, "*mısır, mısır.*" Kesik kol cübbenin kol yeninden dışarı çıkmaya çalışıyordu. Beş tane kapkara başı olan beyaz ve solgun bir yılan gibiydi. Hayalet atıldı ve parmakları dişlerinin arasında ezdi. Parmak kemikleri çatırdadı. Jon kılıcını cesedin boynuna doğru savurdu ve çeliğin iyice derine girdiğini hissetti.

Ölü Othor, Jon'un üstüne atılıp ayaklarını yerden kesti.

Yere devrilmiş masanın ayakları kürek kemiğine çarpınca Jon'un nefesi kesildi. Kılıç. Kılıç neredeydi? Kahrolası *kılıcı* bulamıyordu. Çığlık atmak için ağzını açtığında, ceset ölü parmaklarını Jon'un ağzına soktu. Öğürerek parmakları dışarı çıkmak için uğraştı ama ölü adam çok ağırdı. Elini bütün gücüyle Jon'un boğazından aşağı doğru itiyordu. Buz gibi soğuk parmaklar Jon'u boğmak üzereydi. Cesedin yüzü tam Jon'un yüzünün önündeydi şimdi. Parlak mavi gözleri buz tabakasıyla kaplıydı. Jon tırnaklarıyla yaratığın soğuk etini yoldu ve bacaklarını tekmeledi. Yumruk atmaya çalışıyordu. Nefes almaya çalışıyordu...

Cesedin ağırlığı aniden üstünden kalktı, parmakları boğazından çıktı. Jon titreyerek ve kusarak yana yuvarlandı. Hayalet gelmişti. Ulu kurt dişlerini cesedin karnına geçirip paramparça etti. Kılıcını aramak aklına gelmeden önce, yarı şuursuz halde kurdu izledi...

Ve Lord Mormont'u gördü. Çıplak, uyku mahmuru, elinde bir yağ lambasıyla kapının önünde duruyordu. İyice ezilmiş ve parmakları olmayan kol lorda doğru sürünüyordu.

Bağırmaya çalıştı ama sesi gitmişti. Ayağa kalktı, kola bir tekme atıp yağ lambasını Yaşlı Ayı'nın elinden kaptı. Alev titredi, neredeyse sönecekti. "*Yan,*" diye çığlık attı kuzgun. "*Yan, yan, yan!*"

Döndü ve yere indirdiği perdeyi gördü. Lambayı iki eliyle birden top haline gelmiş kumaşın üstüne fırlattı. Metal eğildi, cam kırıldı ve yağ kumaşa yayıldı. Perdeler şiddetli bir alev sesiyle tutuştu. Jon'un yanağına vuran sıcaklık, bugüne kadar bildiği bütün öpücüklerden daha güzeldi. "Hayalet!" diye bağırdı.

Hayalet cesedi bıraktı ve Jon'un yanına koştu. Ceset, karnından karanlık yılanlar dökülürken ayağa kalkmaya çalışıyordu. Jon ellerini alevlerin içine daldırdı ve yanan perdeyi yerden alıp ölü adamın üstüne attı. *Bırakın yansın*, diye dua etti kumaş cesedi örterken. *Tanrılar, yalvarırım, bırakın yansın.*

BRAN

Karstarklar soğuk ve rüzgârlı bir sabah geldiler. Karhold'daki kalelerinden üç yüz atlı adam ve iki bin piyade getirmişlerdi. Kafile yaklaşırken, mızraklarının sivri çelik uçları solgun güneş ışığında parıldıyordu. Kafilenin önünde ilerleyen bir adam, taşıdığı kendinden büyük davula vurarak piyadelerin yürüyüş ritmini belirliyordu. Davulun tok ve pes sesi yankılanıyordu, *güm, güm, güm.*

Bran, dış duvarların tepesindeki gözcü deliğinde Hodor'un sırtında oturmuş, Üstat Luwin'den ödünç aldığı bronz uzak görme tüpünden bakarak adamların gelişini izliyordu. Adamların lideri Lord Rickard'ı. Oğulları Harrion, Eddard ve Torrhen, hanedanlarının arması olan beyaz güneş ışıkları işlenmiş siyah sancağın altında, onun yanında at sürüyorlardı. Yaşlı Dadı onların damarlarında da yüzyıllardır Stark kanı dolaştığını anlatmıştı ama adamlar birer Stark gibi görünmüyordu Bran'a. Çok iriydiler. Yüzleri sakallarla kaplıydı ve uzun saçları omuzlarına dökülüyordu. Pelerinleri deriden yapılmıştı. Ayı, fok ve kurt derisinden.

Bunlar sonunculardı, biliyordu. Diğer lordların hepsi ordularıyla birlikte buradaydı. Bran onlarla birlikte at sürmek, tıkış tıkış dolmaya başlayan kış kasabasını görmek, pazar yerindeki kalabalığın arasına karışmak, at arabalarının tekerlekleri ve toynaklar altında ezilen sokaklarda dolaşmak için can atıyordu ama Robb kaleden ayrılmasını yasaklamıştı. "Seni koruması için görevlendirebileceğimiz fazladan adamımız yok," diye açıklamıştı yasağın sebebini.

"Yanıma Yaz'ı alırım," diye itiraz etmişti Bran.

"Çocuk gibi davranma Bran," demişti Robb. "Sen benden iyi biliyorsun. Daha iki gün önce Dumanlı Kütük'te, Sör Bolton'ın bir adamı Sör Cerwyn'in adamlarından birini bıçakladı. Leydi annem seni riske attığımı duyacak olursa derimi yüzer." Bunları söylerken Lord Robb sesini kullanmıştı ağabeyi. Bran itirazın işe yaramayacağını biliyordu.

Kurt Ormanı'nda olanlar yüzündendi her şey. Bran biliyordu. O günü düşününce hâlâ kâbuslar görüyordu. Bir bebek kadar çaresiz kalmıştı o gün. Ancak Rickon'un kendisini savunabileceği kadar kabiliyeti vardı, belki de daha az. Rickon hiç değilse adamları tekmelerdi. Durumu utanç vericiydi. Robb, Bran'dan sadece birkaç yaş büyüktü. Eğer o yetişkin bir adam sayılıyorsa, Bran da sayılırdı. Kendi kendini korumayı başarabilmeliydi.

Bir yıl evvel, olayın *öncesinde*, kasabayı ziyaret etmek, çatılara tırmanıp tek başına sıvışmak anlamına gelse bile gidebilirdi. O günlerde merdivenlerden aşağı koşabiliyor, midillisine tek başına binebiliyor ve tahta kılıcını Prens Tommen'ı toprağa gömecek kadar iyi kullanabiliyordu. Ama şimdi sadece izliyordu. Üstat Luwin'in mercek tüpünden bakıyordu. Üstat ona bütün sancakları öğretmişti; Gloverlar'ın kızıl üstüne gümüşle işlenmiş zırhlı yumruğu, Leydi Mormont'un siyah ayısı, Dehşet Kalesi'nden Roose Bolton'ın iğrenç, derisi yüzülmüş adamı, Hornwoodlar'ın yaban geyiği, Cerwynler'in savaş baltası, Tallhartlar'ın üç muhafız ağacı ve Umber Hanedanı'nın parçalanmış zincirler içindeki kükreyen korkunç devi.

Lordlar ve oğulları, şövalyeleri ve adamlarıyla birlikte Kışyarı'na ziyafete geldikten kısa bir zaman sonra Bran yüzleri de ezberlemişti. Büyük Salon bile bu kadar adamı aynı anda alacak kadar büyük değildi. Bu yüzden, Robb sancak beylerini sırayla ağırlamıştı. Bran her seferinde ağabeyinin sağ yanındaki en itibarlı koltuğa oturtulmuştu. Bazı sancak beyleri Bran'ı soğuk bakışlarla süzmüş, küçük ve hatta sakat bir çocuğun kendi yerlerinden daha itibarlı bir yerde hangi hakla oturduğunu merak etmişlerdi.

Lord Karstark ve oğulları dış duvar kapısından içeri girerken, "Şimdi kaç kişi oldular?" diye sordu Bran, Üstat Luwin'e.

"Yaklaşık on iki bin."

"Kaç şövalye?"

"Yeterince," dedi Üstat Luwin bir parça sabırsızlıkla. "Şövalye olabilmek için sancağını septe götürmeli ve yedi kutsal yağ ile vaftiz edilip yemin etmelisin. Kuzeyde Yedi'ye inanan çok az büyük hanedan var. Geri kalanlar eski tanrılara ibadet ediyor. Bu yüzden kimseye şövalyelik unvanı verilmiyor... ama bu lordlar, oğulları ve onların yeminli kılıçları son derece cesur, sadık ve onurlu adamlar. Bir adamın değerini adının önüne koyulmuş bir *sör* unvanı belirlemez. Bunu sana yüzlerce kez söyledim."

"Yine de, kaç şövalye?" diye sordu Bran.

Üstat Luwin içini çekti. "Üç yüz, belki de dört yüz... şövalye olmayan zırhlı ve kılıçlı üç bin adamın yanı sıra."

"Lord Karstark sonuncuydu," dedi Bran düşünceli bir halde. "Robb bu gece onun için ziyafet verecek."

"Hiç kuşkusuz verecek."

"Gitmelerine ne kadar kaldı?"

"Hemen gitmeli. Yoksa geç kalacak," dedi Üstat Luwin. "Kış kasabası tıka basa doldu ve ordusu burada biraz daha kamp yaparsa kırsal bölgeyi silip süpürecek. Diğerleri ona katılmak için Kral Yolu boyunca bekliyor. Seyyar şövalyeler, Boğaz'dan gelen adalılar, Lord Manderly ve Lord Flint. Nehir topraklarında çatışmalar çoktan başladı ve ağabeyinin gitmesi gereken fersahlarca yol var."

"Biliyorum," dedi Bran. Sesi sıkıntısını yansıtıyordu. Bronz tüpü Üstat Luwin'e geri uzattı ve adamın tepesindeki saçların ne kadar fazla inceldiğini fark etti. Saçlarının arasından pembe kafa derisini görebiliyordu. Bütün hayatı boyunca kafasını kaldırarak aşağıdan baktığı adamı bu şekilde yukarıdan görmek garip hissettiriyordu ama Hodor'un sırtında oturunca herkese yukarıdan bakardı insan. "Daha fazla izlemek istemiyorum. Hodor, beni kaleye götür."

"Hodor," dedi Hodor.

Üstat Luwin boruyu kolundaki cebe soktu. "Bran, lord ağabeyinin seni görmek için vakti olmayacak. Lord Karstark'ı ve oğullarını karşılamak zorunda."

"Robb'u rahatsız etmeyeceğim. Tanrı korusuna gitmek istiyorum." Elini Hodor'un omzuna koydu. "Hodor."

Kulenin granit iç duvarlarına oyulmuş bir dizi geniş girinti, dik bir duvar merdiveni oluşturuyordu. Hodor melodisiz bir mırıldanma eşliğinde bir elini diğerinin altına koyarak aşağı inerken, Hodor'un sırtına bağlanmış garip oturakta oturan Bran zıplayıp duruyordu. Üstat Luwin bu oturağı özel olarak Bran için tasarlamıştı. Kadınların, topladıkları odunları sırtlarında taşımak için kullandığı sepetleri görünce gelmişti bu oturak fikri aklına. Gerisi basitti, bacakların geçeceği iki delik ve Bran'ın ağırlığını eşit olarak dağıtmak için birkaç kayış. Dansçı'ya binmek kadar iyi değildi ama Dansçı'nın gidemediği yerler vardı ve bu oturakla taşınmak bebek gibi Hodor'un kollarının arasında taşınmaktan daha az utanç vericiydi. Hodor da bu oturağı sevmiş gibi görünüyordu ama konu Hodor olunca kesin olarak bir şey söylemek zordu. Asıl karışık konu kapılardı. Hodor bazen sırtında oturan Bran'ı *unutuyordu* ve kapılardan geçmek ağrılı bir meseleye dönüşebiliyordu.

Yaklaşık on beş gündür o kadar çok gelen giden oluyordu ki Robb iki yivli kapının sürekli açık olmasını ve aradaki açılır kapanır köprünün devamlı aşağıda bırakılmasını emretmişti. Geceleri bile. Bran kuleden çıktığında Lord Karstark'ın uzun bir sıra halindeki zırhlı mızraklı adamları iki duvar arasındaki hendeği geçiyor, lordlarının önderliğinde kaleye giriş yapıyorlardı. Siyah demir miğferler ve beyaz güneş ışığı desenli siyah yün pelerinler giyiyorlardı. Hodor kendi kendine gülümseyerek zırhlı adamların yanında koşturmaya başladı. Çizmeleri köprünün ahşap zemininden pat küt sesler çıkarıyordu. Adamlar tuhaf bakışlarla onları süzüyor, bazısı da kahkahalar atıyordu ama Bran canının sıkılmasına izin vermiyordu. Oturağı Hodor'un sırtına bağladıkları ilk gün, "İnsanlar sana bakacak," diye uyarmıştı Üstat Luwin. "Bakacaklar, konuşacaklar ve bazıları da seninle alay edecek." *İstedikleri kadar alay etsinler*, diye düşündü Bran. Yatak odasında kimse onunla dalga geçmiyordu ama hayatının geri kalanını yatakta geçirmeyecekti.

Köprü kulübesinin yivli kapısından geçerlerken, Bran iki parmağını ağzına götürüp ıslık çaldı. Yaz avlu boyunca koşarak Bran'ın yanına geldi. Karstark adamları atlarını zaptetmekte zorlanıyordu. Hayvanlar gözlerini deviriyor ve kişniyordu. Biri şahlanarak bağırmaya başladı. Binicisi küfürler ederek dizginlere asılmaya çalışıyordu. Ulu kurdun kokusu atları çıldırtmıştı ama Yaz uzaklaşır uzaklaşmaz sakinleşeceklerdi. "Tanrı korusu," diye hatırlattı Hodor'a.

Kışyarı'nın içi de kalabalıktı. Avlu kılıç sesleriyle, at arabası gıcırtılarıyla ve köpek havlamalarıyla inliyordu. Cephaneliğin kapıları açıktı. Mikken dökümhanede ter içinde demir dövüyordu. Bran bütün hayatı boyunca bu kadar yabancıyı bir arada görmemişti. Kral Robert babasını ziyarete geldiği zaman bile.

Hodor alçak bir kapıdan geçmek için eğilince Bran da çarpmamak için kafasını eğip kamburlaştı. Uzun ve loş bir koridor boyunca yürüdüler. Yaz da ağır adımlarla yanlarında yürüyordu. Bran hayvanın tüylerini okşamak istedi ama uzanamayacağı kadar yüksekte oturuyordu.

Tanrı korusu, Kışyarı'ndaki karmaşa denizinin ortasında sessiz ve sakin bir ada gibiydi. Hodor sık meşelerin, muhafız ağaçlarının ve demir ağaçlarının arasından geçerek büvet ağacının dibindeki durgun göle geldi. Homurtular çıkararak büvet ağacının kıvrımlı dallarının altında durdu. Bran elleriyle sepetin iki yanına tutunup bedeninin ağırlığını kollarıyla taşıyarak kendini yukarı çekti ve ölü bacaklarını deliklerden çıkardı. Büvet ağacının kırmızı yaprakları yüzüne değiyordu. Hodor onu sepetin içinden alıp suyun kenarındaki düz bir kayanın üstüne oturttu. "Bir süre yalnız kalmak istiyorum," dedi Hodor'a. "Sen gidip yüz. Havuzlara git."

"Hodor." Hodor ağaçların arasında yürümeye başladı ve bir süre sonra görünmez oldu. Tanrı korusunun diğer ucunda, konuk evinin pencerelerinin altında, üç küçük havuzu besleyen bir sıcak su kaynağı vardı. Havuzlardan gece gündüz sıcak buharlar yükselirdi ve konuk evinin duvarı kalın bir yosun tabakasıyla kaplanmıştı. Hodor soğuk sudan nefret ederdi ve biri yanına sabunla yaklaşmaya kalkarsa vahşi bir kediye dönüşürdü ama koyu yeşil derinliklerden yukarı çıkıp patlayan hava baloncuklarının sesini taklit ederek en sıcak havuzun içinde saatlerce neşeyle oturabilirdi.

Yaz, suya atlayıp Bran'ın hemen yanına yerleşti. Bran kurdun çenesinin altını okşadı. İkisi de huzur bulmuştu. Bran tanrı korusunu *önceden* de severdi ama son zamanlarda çok sık burada buluyordu kendini. Hatta büvet ağacı bile eskisi kadar korkutmuyordu onu. Ağacın solgun gövdesine oyulmuş kırmızı derin gözler hâlâ onu izliyordu ama şimdi bir şekilde huzur duyuyordu o bakışlardan. Eski tanrılar, Starklar'ın, İlk İnsanlar'ın ve ormanın çocuklarının tanrıları, *babasının* tanrıları onu koruyup kolluyordu. Bran düştüğünden beri çok fazla düşünüyordu. Düşünüyor, düşlüyor ve tanrılarla konuşuyordu.

"Lütfen her şeyi düzeltin ve Robb gitmek zorunda kalmasın," diye dua etti hafif bir sesle. Elini durgun suyun içinde hareket ettirip gölcüğün karşı kıyısına dalgalar gönderdi. "Lütfen burada kalmasını sağlayın. İlle de gitmek zorundaysa, eve sağ salim dönmesine izin verin. Annem, babam ve kızlarla birlikte. Ve lütfen… lütfen Rickon'un anlaması için yardım edin."

Küçük erkek kardeşi, Robb'un savaşmak için uzaklara gideceğini öğrendiğinden beri bir kış fırtınası kadar vahşi davranıyordu. Sürekli ağlıyordu ve öfkeliydi. Yemek yemiyor, geceleri çığlıklar atarak hıçkırıyordu. Hatta bir seferinde, uyuması için ninni söyleyen Yaşlı Dadı'yı yumruklamıştı ve ertesi sabah ortadan yok olmuştu. Robb kale ahalisinin yarısını onu aramakla görevlendirmişti. Sonunda Rickon'u mahzen mezarda, ölü bir kralın kucağından aldığı paslı bir kılıçla heykellere saldırırken bulmuşlardı. Tüylüköpek yeşil gözlü bir şeytan gibi karanlıkların içinden süzülüp gelmişti. Ulu kurt da en az Rickon kadar vahşiydi. Gage'in kolunu ısırmıştı ve Mikken'ın kalçasından hatırı sayılır bir parça et koparmıştı. Hayvanı Robb ve Boz Rüzgâr yakalamıştı. Farlen siyah ulu kurdu barınağa zincirlemişti ama şimdi Tüylüköpek'ten ayrıldığı için daha da fazla ağlıyordu Rickon.

Üstat Luwin, Kışyarı'nda kalması için Robb'u ikna etmeye çalışmıştı. Bran da hem kendisi hem Rickon için yalvarmıştı ama Robb inatla kafasını sallamış ve, "Gitmek istemiyorum ama *mecburum*," demişti.

Bu kısmen yalandı. Bran, Boğaz'ın düşmesini engellemek ve Lannisterlar'a karşı Tullyler'e yardım etmek için birilerinin gitmesi gerektiğini anlayabiliyordu ama Robb gitmek *zorunda* değildi. Hal Mollen'a, Theon Greyjoy'a ya da sancak beylerinden birine emir verebilirdi. Üstat Luwin de bunu yapmasını önermişti ama ağabeyi dinlememişti bile. "Babam adamlarını ölmeye gönderip bir korkak gibi Kışyarı'nın duvarlarının arkasında saklanmazdı," demişti Lord Robb sesiyle.

Robb bir yabancıymış gibi geliyordu artık Bran'a. Henüz on altıncı isim gününü görmemiş olmasına rağmen gerçek bir lorda dönüşmüştü. Babasının sancak beyleri bile bunu fark etmişlerdi. İçlerinden çoğu, kendi yöntemleriyle Robb'u sınamıştı. Roose Bolton ve Robett Glover aynı anda ordunun kumandanı olmayı talep etmişti. İlki ateşli ve heyecanlı bir şekilde, ikincisi gülümseyerek ve reverans yaparak. Erkek zırhları kuşanmış, gri saçlı, tıknaz leydi Maege Mormont, torunu olacak yaşta bir çocuktan emir alamayacağını Robb'a kabaca söylemişti ama sonradan, Robb'la evlendirmek istediği bir torunu olduğu anlaşılmıştı. Yumuşak sesli Lord Cerwyn daha ileri gidip kızını yanında getirmişti. Otuz yaşlarında, yemeklerde babasının sol yanında oturup gözlerini tabağından kaldırmayan, tombulca bir ev kızıydı. Neşeli Lord Hornwood'un kızı yoktu ama yanında bir sürü hediye getirmişti. İlk gün bir at, ertesi gün bir geyik budu, sonrakinde gümüşle kaplanmış bir savaş boynuzu. Hediyeler karşılığında istediği bir şey yoktu... Yalnız, büyükbabasından alınan bir karakolun geri verilmesi, kuzeydeki bir bayırın avlanma haklarının kendine bırakılması ve Beyaz Bıçak'ın etrafına duvar çekme izni verilmesi hiç de fena olmazdı, tabi Lord Robb uygun görürse.

Robb tıpkı babasının yapacağı gibi, hepsini teker teker, sabırla ve nezaketle yanıtladı ve bir şekilde herkesi hizaya getirdi.

Adamları tarafından İri Jon diye anılan, Hodor kadar uzun ve onun iki katı genişliğindeki Lord Umber, yürüyüş sırasında Hornwoodlar'ın ve Cerwynler'in arkasında yer aldığı takdirde ordusuyla birlikte eve döneceğini söyleyerek tehdit ettiğinde, Robb adama nasıl arzu ederse öyle yapmasını söylemişti. Ve Boz Rüzgâr'ın boynunu okşarken eklemişti, "İşimiz bitince kuzeye geri yürüyeceğiz, sizi kalenizden söküp alacağız ve bir yemin bozan olmak suçuyla asacağız." İri Jon elindeki bira kupasını küfrederek şöminedeki alevlerin içine fırlatmış, Robb'a henüz yeşil bir çocuk olduğunu ve ot sıçması gerektiğini söylemişti. Hallis Mollen adamın üstüne atıldığında adam Mollen'ı yere devirmiş ve Bran'ın o güne kadar gördüğü en uzun, en çirkin kılıcı kınından çıkarmıştı. Sıralarda oturan oğulları, kardeşleri ve yeminli kılıçları ayağa kalkarak ellerini kılıçlarına götürmüşlerdi.

Buna rağmen Robb sadece tek kelime söylemiş ve göz açıp

kapayıncaya kadar Lord Umber sırtüstü yere serilmişti. Kılıcı kendisinden bir metre kenarda fırıl fırıl dönüyordu ve Boz Rüzgâr tarafından iki parmağı kopartılmış elinden kan boşalıyordu. "Bağlı olduğun lorda kılıç çekmenin cezası ölümdür demişti lord babam," dedi Robb. "Ama sizin tek amacınızın tabağımdaki eti kesmek olduğundan hiç şüphem yok." Lord Umber kıpkırmızı parmak köklerini emerek ayağa kalkmaya çalışırken Bran'ın bağırsakları çözülmüştü ama İri Jon şaşırtıcı bir şekilde *kahkaha atmaya* başlamış, "Etiniz *çok* kanlıymış," demişti.

Bu olaydan sonra nasıl olduysa İri Jon, Robb'un sağ kolu ve en güvenilir savaşçısı haline gelmişti. Sonuçta Robb'un bir Stark olduğunu, bacaklarını kaybetmek istemeyenlerin, çocuğun önünde diz çökmesi gerektiğini yüksek sesle herkese anlatıp duruyordu.

O gece, Büyük Salon'daki bütün ateşler söndükten sonra, Robb bembeyaz bir suratla ve titreyerek Bran'ın odasına gelmişti. "Beni öldürecek sandım," diye itiraf etti. "Hal'ı nasıl yere fırlattığını gördün mü? Sanki Rickon'u fırlatıyormuş gibiydi. Tanrılar, gerçekten korktum ve bu adamların en kötüsü İri Jon değil. O sadece en gürültücü olan. Lord Roose'un hiç sesi çıkmıyor mesela ama adam bana her baktığında Dehşet Kalesi'ndeki o odayı hatırlıyorum. Boltonlar düşmanlarının derilerini o odaya asıyorlarmış."

"Bu Yaşlı Dadı'nın hikâyelerinden biri sadece," demişti Bran şüpheli bir sesle. "Öyle değil mi?"

"Bilmiyorum." Başını endişeli bir şekilde sallamıştı. "Lord Cerwyn kızını bizimle birlikte güneye götürmeye kararlı. Kendisine yemek pişirmesi için olduğunu söylüyor. Theon, kızı bir gece yatağımda bulacağımdan emin. Keşke... keşke babam burada olsaydı."

İşte bu aynı fikirde oldukları tek konuydu. Robb, Bran ve Rickon, üçü de babalarının yanlarında olmasını istiyordu. Lord Eddard binlerce fersah uzakta bir zindanda esirdi. Ya da hayatı için savaş veren bir kaçak. Belki de ölü. Kimse emin değildi. Her gelen farklı bir hikâye anlatıyordu ve her hikâye bir öncekinden daha korkunç oluyordu. Babasının muhafızlarının kafaları kazıklara geçirilmiş halde Kızıl Kale'nin duvarlarında çürüyordu. Kral Robert babasının kollarında ölmüştü. Baratheonlar Kral Toprakları'nı kuşatmışlardı. Lord Eddard kralın korkunç kardeşi Renly'yle birlikte güneye kaçmıştı. Arya ve Sansa, Tazı tarafından öldürülmüştü. Leydi Stark, İblis Tyrion'ı öldürüp cesedini Nehirova duvarlarına asmıştı. Lord Tywin önüne çıkan herkesi kılıçtan geçirerek Kartal Yuvası'na doğru ilerliyordu. Şarapla kör kütük sarhoş olmuş bir yolcu, Rhaegar Targaryen'ın mezarından kalktığını, eski kahramanlarla birlikte babasının tahtını geri almak üzere Ejderha Kayası'na yürüdüğünü bile anlatmıştı.

Kuzgun, babasının mührüyle kapatılmış ve Sansa'nın el yazısıyla yazılmış mektubu getirdiğinde korkunç gerçek daha inanılır hale gelmemişti. Kız kardeşinin yazdıklarını okurken Robb'un yüzüne yerleşen o ifadeyi asla unutmayacaktı Bran. "Babamın kralın kardeşleriyle birlikte bir komplo hazırladığını söylüyor," demişti okurken. "Kral Robert ölmüş. Ben ve annem sadakat yemini vermek için Kızıl Kale'ye çağrılıyoruz. Joffrey ile evlendiği zaman babamın hayatı için ona yalvaracakmış." Elini yumruk haline getirip Sansa'nın mektubunu parmaklarının arasında buruşturmuştu. "Ve Arya hakkında *hiçbir şey* söylemiyor. Tek kelime bile. Tanrılar onu kahretsin. Bu kızın neyi var?"

Bran'ın içi üşümüştü. "Kurdunu kaybetti," demişti zayıf bir sesle. Babasının dört muhafızının Leydi'nin cesediyle birlikte güneyden geldikleri günü hatırlamıştı. Adamlar açılır kapanır köprüden geçerlerken Yaz, Boz Rüzgâr ve Tüylüköpek kederle ulumaya başlamıştı. İlk Kule'nin gölgesinde, soluk mezar taşlarıyla dolu, Kış Lordları'nın sadık dostlarını gömdüğü eski bir hayvan mezarlığı vardı. Robb ve Rickon mezar taşlarının arasında huzursuzca dolanırken, adamlar Leydi'nin cesedini oraya gömmüşlerdi. Hayvan güneye gitmiş ve kuzeye sadece kemikleri dönmüştü.

Büyükbabaları Lord Rickard da amcaları Brandon ve iki yüz adamıyla birlikte güneye gitmişti bir zamanlar. Hiçbiri geri dönmemişti. Babası da gitmişti güneye. Sansa, Arya, Jory, Hullen, Şişman Tom ve diğerleri de gitmişti. Sonra annesi ve Sör Rodrik. *Onlar* da geri dönmemişti. Ve şimdi Robb gitmeye kararlıydı. Kral Toprakları'na sadakat yemini etmeye gitmeyecekti. Elinde bir kılıçla Nehirova'ya doğru yola çıkacaktı. Lord Eddard söylendiği gibi zindana atılmışsa, öleceği kesindi. Bran anlatamayacağı kadar fazla korkuyordu.

"Robb gitmek zorundaysa onu koruyup kollayın," dedi Bran eski tanrılara. Büvet ağacının kızıl gözleriyle izliyordu tanrılar onu. "Adamlarını, Hal, Quent ve diğerlerini, Lord Umber, Leydi Mormont ve bütün lordları da koruyun. Ve sanırım Theon'u da. Onlara göz kulak olun ve güvende tutun. Lannisterlar'ı yenmelerine ve babamı eve getirmelerine yardım edin."

Tanrı korusu hafif bir rüzgârla iç çekti ve kırmızı yapraklar titreyip fısıldadı. Yaz dişlerini gösterdi.

"Onları duydun mu evlat?" diye sordu bir ses.

Bran başını kaldırdı. Gölcüğün karşısındaki yaşlı meşe ağacının altında, yüzü yaprakların gölgesiyle örtülmüş Osha duruyordu. Yabanıl, üzerinde zincirler varken bile bir kedi kadar hızlı hareket ediyordu. Yaz, gölcüğün etrafını dolanıp kadının yanına gitti ve kokladı. Uzun kadın irkildi.

"Yaz, buraya gel," dedi Bran. Ulu kurt kadını son bir kez kokladı, döndü ve geri geldi. Bran kollarını hayvanın boynuna doladı. "Burada ne işin var?" diye sordu kadına. Kurt Ormanı'ndaki o günden sonra ilk kez görüyordu tutsağı ama mutfakta çalışmaya yollandığını biliyordu.

"Onlar benim de tanrılarım," diye cevapladı Osha. "Sur'un ötesinde onlardan başka tanrı yoktur." Saçları uzamıştı. Kahverengi ve dağınık. Bu yüzden kadın gibi görünmeye başlamıştı artık. Bir de, zırhını ve binici kıyafetlerini aldıklarında giymesi için verdikleri kaba kumaşlı kahverengi elbise yüzünden tabi. "Gage istediğim zamanlarda buraya gelip dua etmeme izin veriyor ara sıra. Ben de eteğimin altında ne isterse yapmasına izin veriyorum. Benim için bir şey değil bunlar. Hem ellerindeki un kokusunu seviyorum ve Stiv'den daha nazik." Tuhaf bir reveransla eğildi. "Seni yalnız bırakayım. Parlatılması gereken tencereler var."

"Hayır, kal," diye emretti Bran. "Tanrıları duymakla ilgili söylediklerin ne anlama geliyor?"

Osha baktı. "Sen onlardan bir şeyler istedin ve onlar da sana cevap veriyor. Kulaklarını aç, dinle, duyacaksın."

Bran dinledi. "Sadece rüzgâr," dedi bir süre sonra emin değilmiş gibi. "Yapraklar hışırdıyor."

"Rüzgârı tanrılar göndermiyorsa kim gönderiyor peki?" Gölcüğün diğer tarafında tam Bran'ın karşısına oturdu. Hafif bir şıngırtı sesi duyuldu. İki ayak bileğine Mikken'ın yaptığı, arasında ağır bir zincir olan kelepçeler takılmıştı. Zincir küçük adımlarla yürüyebileceği kadar uzundu ama koşamaz, tırmanamaz, ata binemezdi. "Tanrılar seni görüyor evlat. Sesini duyuyorlar. Şu hışırtı, o da onların konuşması."

"Ne söylüyorlar?"

"Üzgünler. Lord ağabeyine gittiği yerde yardım etmeyecekler. Eski tanrıların güneyde gücü yoktur. Oralardaki bütün büvet ağaçları binlerce yıl önce kesildi. Gözleri olmadan ağabeyini nasıl görebilirler?"

Bran bunu hiç düşünmemişti. Korktu. Eğer tanrılar bile ağabeyine yardım edemeyecekse ne umutları kalırdı? Belki Osha tanrıları yanlış anlıyordu. Başını eğip tekrar duymaya çalıştı. Tanrıların üzüntüsünü duyabiliyor gibiydi ama hepsi buydu.

Hışırtı çoğaldı. Bran boğuk ayak sesleri ve bir mırıltı duydu. Hodor gülümseyerek ve çırılçıplak ağaçların arasından çıktı. "Hodor."

"Sesimizi duymuş olmalı," dedi Bran. "Hodor, elbiselerini unutmuşsun."

"Hodor," diyerek onayladı Hodor. Boynundan aşağı sular akıyordu. Serin hava yüzünden bedeninden buharlar çıkıyordu. Vücudu kahverengi kıllarla kaplıydı. Bacaklarının arasından uzun ve ağır erkekliği sarkıyordu.

Osha çarpık bir gülümsemeyle Hodor'a bakıyordu. "İşte ben buna iri adam derim," dedi. "Bu adamın damarında dev kanı akmıyorsa ben de kraliçeyim."

"Üstat Luwin dev diye bir şey olmadığını söylüyor. Hepsi ölüymüş. Tıpkı ormanın çocukları gibi. Tarla süren adamların ara sıra rast geldiği kemiklerinden başka hiçbir şeyleri kalmamış dünyada."

"Üstat Luwin bir kere de Sur'un ötesinde at sürsün bakalım," dedi Osha. "Orada devleri bulur. Ya da devler onu bulur. Erkek kardeşim bir tanesini öldürmüştü. Dişiydi. Boyu üç metre vardı. Bodur sayılır aslında çünkü dört beş metreye kadar uzadıkları bilinir. Vahşi yaratıklar. Dişi olanların da kocaları gibi sakalları var o yüzden hangisi kadın hangisi erkek ayırt etmek zor. Dişileri, insan erkekleri kaçırıp âşıkları olarak kullanır. Melez kan oradan geliyor işte. Kaçırılan insan kadınlar için durum daha zor. Erkek devler o kadar iridir ki, bir insan kadını hamile bırakmaya çalışırken içini yırtarlar." Sırıttı. "Ama sen benim neden bahsettiğimi anlamıyorsun değil mi, evlat?"

"Evet anlıyorum," dedi Bran. Çiftleşmenin nasıl bir şey olduğunu biliyordu. Avluda çiftleşen köpekleri izlemişti. Bir aygırın bir kısrağın arkasına bindiğini de görmüştü. Ama bu konulardan bahsetmek onu rahatsız ediyordu. Hodor'a baktı. "Gidip elbiselerini al Hodor," dedi. "Üstünü giy."

"Hodor." Dev adam, alçak dalların altından geçerken eğilerek geldiği yoldan geri gitti.

Hodor'un gerçekten *korkunç* derecede iri olduğunu düşündü Bran arkasından bakarken. "Sur'un ötesinde devler var mı sahiden?" diye sordu Osha'ya şüpheyle.

"Devler ve devlerden çok daha kötü şeyler küçük lord. Beni sorguladıklarında ağabeyine, üstadına ve şu sürekli gülümseyen Greyjoy çocuğuna anlatmaya çalıştım. Soğuk rüzgârlar esmeye başladı ve insanlar ateşlerini söndürüp geri gelmemek üzere gittiler... geri gelenlerse artık insan değil. Tuhaf mavi gözlü, kapkara elli insansı yaratıklar. Stiv, Hali ve diğer aptallarla neden güneye kaçtım sanıyorsun? Mance kalıp savaşmakta ısrarlı. Savaşabileceğini düşünüyor. Ak yürüyenleri, ormanda gezen korucularla bir tutuyor ama o hiçbir şey bilmiyor. Kendine istediği kadar Sur'un Ötesindeki Kral desin ama Gölge Kule'den uçan yaşlı bir kara kargadan başka bir şey değil aslında. O kışın tadını bilmiyor. Ben orada *doğdum* evlat. Tıpkı annem gibi, *onun* annesi gibi, annesinin annesi gibi. Özgür Halk'ın insanlarıyız biz. Biz gördük." Osha zincirlerini şıkırdatarak ayağa kalktı. "Lord ağabeyine anlatmaya çalıştım. Daha dün onu avluda gördüm. Saygıyla 'Lord Stark' diye seslendim ama bana görünmezmişim gibi baktı ve o pek şirin hödük İri Jon Umber beni itekleyip lordun yolunu temizledi. İstedikleri gibi olsun. Zincirlerimi takıp dilimi tutarım. Dinlemeyen bir adam duyamaz."

"*Bana* anlat. Robb beni dinler."

"Dinler mi göreceğiz. Ona aynen şunu söyleyin küçük lordum. Yanlış istikamete doğru at sürüyor. Kılıcını kuzeyde çekmeli. Güneyde değil, anlıyor musun?"

Bran başıyla onayladı. "Ona söyleyeceğim."

Ama o gece, Büyük Salon'da verilen ziyafet sırasında Robb aralarında değildi. Yaklaşan uzun yürüyüşün son detaylarını konuşmak üzere, yemeğini İri Jon, Lord Rickard ve diğer sancak beyleriyle beraber odasında yiyordu. Büyük masanın başındaki koltuğu doldurmak görevi Bran'a kalmıştı. Lord Karstark'ın oğullarını ve soylu dostlarını ağabeyinin yerine ağırlayacaktı. Hodor'un sırtındaki sepetin içinde Büyük Salon'a gelip masanın başındaki yüksek koltuğa oturduğu sırada, konuklarının hepsi masadaki yerlerini çoktan almışlardı. İki hizmetçi Bran'ın sepetten çıkmasına yardım etti. Salondaki bütün yabancı gözlerin üstünde olduğunu hissedebiliyordu Bran. Salona sessizlik çökmüştü. "Lordlarım," diye duyurdu Hallis Mollen, "Kışyarılı Brandon Stark."

"Ocağımıza hoşgeldiniz," dedi Bran aşırı resmi bir ses tonuyla. "Dostluğumuzun onuruna size et ve şarap ikram ediyorum."

Lord Rickard'ın en büyük oğlu Harrison Karstark ayağa kalkarak reverans yaptı ve kardeşleri de onu takip ettiler ama yerlerine oturur oturmaz iki küçük kardeşin kadeh tokuşturma sesleri ardında, aralarında fısıldaşdığını duydu Bran. "...böyle yaşayacağıma bir an önce ölmeyi isterdim," dedi babasının adaşı Eddard. Torrhen, oğlanın içinin de dışı kadar kırık olduğunu ve kendi canını alamayacak kadar korkaklaştığını mırıldandı.

Kırık, diye düşündü Bran bıçağını sıkı sıkı tutarken. Artık bundan ibaret miydi? Kırık Bran? Öfkeyle, "Kırık olmak istemiyorum," diye fısıldadı yanında oturan Üstat Luwin'e. "Ben şövalye olmak istiyorum."

"Bazıları benim görevimi yapanlara akıl şövalyeleri der," diye karşılık verdi Luwin. "Sen istediğin zaman herkesten daha zeki bir çocuk oluyorsun Bran. Bir gün üstat zinciri takabileceğin hiç aklına geldi mi? Öğrenebileceklerinin sınırı yok."

"Ben *sihir* öğrenmek istiyorum," dedi Bran. "Karga bana uçabileceğimi söyledi."

Üstat Luwin içini çekti. "Sana tarih, şifacılık ve bitki bilimi öğretebilirim. Sana kuzgunların dilini, kale inşa etmeyi, yıldızlara bakarak dümen kıran gemicilerin seyrüsefer bilgisini öğretebilirim. Sana günleri ölçmeyi, mevsimleri hesaplamayı öğretebilirim. Eski Şehir'deki Hisar'da daha bin farklı şey öğretebilirler sana. Ama Bran, sana hiçkimse sihir yapmayı öğretemez."

"Çocuklar öğretebilir," dedi Bran. "Ormanın çocukları." Bu, tanrı korusunda Osha'ya verdiği sözü hatırlattı Bran'a. Kadının söylediklerini Üstat Luwin'e anlattı.

Üstat nezaketle dinledi. "Bence yabanıl kadın hikâye anlatmak konusunda Yaşlı Dadı'ya ders verebilir," dedi Bran susunca. "İstersen onunla konuşurum ama ağabeyini bu saçmalıklarla meşgul etmemeni öneririm sana. Devler ve ormandaki ölü adamlara sıra gelene kadar ilgilenmesi gereken pek çok şey var. Babanı esir alanlar Lannisterlar, Bran, ormanın çocukları değil." Elini hafifçe Bran'ın koluna koydu. "Sana söylediğim şeyi bir düşün evlat."

Ve iki gün sonra, rüzgârla süpürülmüş gökyüzünde kızıl bir şafak sökerken, kendini kapı kulübesinin arkasındaki avluda, Dansçı'nın sırtında ağabeyiyle vedalaşırken buldu Bran.

"Artık Kışyarı Lordu sensin," dedi Robb. Gri bir aygıra biniyordu. Üzerine kadim kurt başı oyulmuş çelik takviyeli gri beyaz ahşap kalkanı atının yan tarafına asılıydı. Rengi açılmış derilerin üzerine geçirilmiş örgü zırh giyiyordu. Omuzlarında kürk kaplı pelerini, belinde hançeri ve kılıcı vardı. "Ben dönene kadar benim yerimi almalısın. Tıpkı benim, babamın yerini aldığım gibi."

"Biliyorum," dedi Bran çaresizce. Hiç bu kadar küçük, yalnız ve korkmuş hissetmemişti. Nasıl lord olunur bilmiyordu.

"Üstat Luwin'in tavsiyelerini dinle. Rickon'a iyi bak. Savaş biter bitmez geri döneceğimi söyle ona."

Rickon aşağı inmek istememişti. Yukarıda odasındaydı, asi ve kırmızı gözlü. Bran vedalaşmak isteyip istemediğini sorduğunda, "*Hayır!*" diye çığlık atmıştı. "*HAYIR* vedalaşmıyorum!"

"Ona anlattım," dedi Bran. "Kimse geri dönmüyor, diyor."

"Sonsuza kadar bir bebek olarak kalamaz. O bir Stark, neredeyse dört yaşına geldi." Robb içini çekti. "Annem çok yakında dönmüş olacak. Ben de babamı getireceğime söz veriyorum."

Savaş atını çevirdi ve koşturup uzaklaştı. Boz Rüzgâr atın peşi sıra koşmaya başladı. Hızlı ve çevik. Gri bir direğin üstüne asılı kadim kurtlu Stark sancağını taşıyan Hallis Mollen kafilenin önünde ilerliyordu. İri Jon ve Theon Greyjoy, Robb'un iki yanında yer almıştı. Şövalyeler de onların yanlarında iki sıra halinde dizilmişti. Çelik uçlu mızrakları güneşte parıldıyordu.

Huzursuzluk içinde Osha'nın söylediklerini hatırladı Bran. *Yanlış istikamete doğru at sürüyor.* Bir an için atını dörtnala koşturup bağırarak uyarmak istedi ağabeyini ama Robb yivli kapının ardında kaybolunca o an geçip gitmişti.

Kalenin duvarlarının dışından kükremeye benzer sesler yükseliyordu. Piyadeler ve kasaba halkı omzunda pelerini dalgalanan, kadim kurduyla yan yana yol alan, muhteşem aygırı üstündeki Kışyarı Lordu Robb Stark için çılgınca bağırıyordu. Onun için asla böyle bağırmayacaklarını acıyla fark etti Bran. Babasının ve ağabeyinin yokluğunda Kışyarı Lordu olabilirdi ama o hâlâ Kırık Bran'dı. Atından kendi başına inmeyi bile beceremiyordu, düşmek dışında…

Sonunda uzaktan gelen sesler susup etraf boşaldığında Kışyarı terk edilmiş ve ölü görünüyordu. Bran geride kalanların yüzlerine baktı, kadınlar, çocuklar ve yaşlılar... ve Hodor. Dev adamın gözlerine korku dolu ve yalnız bir bakış yerleşmişti. "Hodor," dedi keder içinde.

"Hodor," diye karşılık verdi Bran, ne anlama geldiğini merak ederek…

DAENERYS

Khal Drogo tatmin olduktan sonra yer yatağından kalktı ve Dany'nin baş ucunda bir kule gibi dikildi. Sobada yanan ateşin kızıl alevlerinde teni bronz gibi ışıldıyordu ve eski dövüşlerin göğsünde bıraktığı silik yara izleri görülüyordu. Dağınık mürekkep karası saçları omuzlarından aşağı akıyor belinin altına kadar iniyordu. Erkekliği ıslak ıslak parlıyordu. *Khal*'ın uzun bıyıklarının altındaki ağzı öfkeyle bükülmüştü. "Dünyanın tepesine çıkacak aygırın demir koltuklara ihtiyacı yok," dedi.

Dany, uzun ve muhteşem kocasına bakabilmek için dirseğinin üstünde doğruldu. En çok saçlarını seviyordu adamın. Saçları hayatı boyunca bir kez bile kesilmemişti. Bir kez bile yenilmemişti. "Kehanetler, aygır dünyanın her ucuna koşacak diyor," dedi.

"Dünya kara tuz denizinde bitiyor," diye karşılık verdi Drogo. Çanaktaki sıcak suya bir parça bez daldırıp vücudundaki teri ve yağı sildi. "Hiçbir at zehirli sudan geçemez."

"Özgür Şehirler'de binlerce gemi var," dedi Dany, daha önce defalarca söylediği gibi. "Yüz ayaklı ahşap atlar. Rüzgârla kanatlanıp denizleri uçarak geçiyorlar."

Khal Drogo bunları duymak istemiyordu. "Ahşap atlardan ve demir koltuklardan konuşmayacağız artık." Elindeki bezi attı ve giyinmeye başladı. "Bugün otlara gidip avlanacağım, karım kadın," dedi boyalı deri yeleğini üstüne geçirirken. Üstünde altın, gümüş ve bronz madalyonlar olan kemerini beline taktı.

"Peki güneşim ve yıldızım," dedi Dany. Kan süvarileriyle birlikte *hrakkar*'ın peşine düşeceklerdi. Bu toprakların iri beyaz aslanı. Eğer zaferle geri dönerlerse kocasının neşesi yerinde olacaktı, belki o zaman Dany'yi dinlerdi.

En vahşi yaratıklar *khal*'ı korkutmuyordu. Yeryüzünde nefes alan hiçbir insandan çekinmiyordu ama deniz bambaşka bir meseleydi. Dothraklar'a göre atların içemediği her su zehirliydi. Okyanusların gri yeşil kabarık suları onları batıl bir tiksintiyle dolduruyordu. Drogo en cesur, en gözü kara, en güçlü at efendisiydi ama konu deniz olunca değil. Dany onu bir gemiye bindirmenin bir yolunu bulabilseydi...

Khal ve kansüvarileri sırtlarında yaylarıyla yola çıktıklarında Dany hizmetçilerini çağırdı. Kendisini öyle şişman ve hantal hissediyordu ki, eskiden etrafında dört dönen hizmetçilerin varlığı onu son derece rahatsız ederken, şimdi güçlü kolları ve hünerli ellerinden gelen her türlü yardımı memnuniyetle karşılıyordu. Onu ovalayıp temizlediler ve uçuşan, bol, ipek bir elbise giydirdiler. Doreah saçlarını tararken Jhiqui'yi Sör Jorah Mormont'u bulması için gönderdi.

Şövalye hemen geldi. At kılından yapılmış binici pantolonu ve boyalı deri yelek giyiyordu. Bir süvariye benzemişti. Geniş göğsü ve kaslı kolları sık siyah kıllarla kaplıydı. "Prensesim, emriniz nedir?"

"Kocamla konuşmalısınız," dedi Dany. "Dünyanın tepesine çıkacak aygırın dünyadaki bütün topraklara sahip olacağını ve zehirli suyu geçmesine gerek olmadığını söylüyor. Rhaego doğduktan sonra *khalasar*'ıyla birlikte doğuya gidip Yeşim Denizi'nin çevresindeki toprakları ele geçirecekmiş."

Şövalye düşünceli görünüyordu. "*Khal*, Yedi Krallık'ı hiç görmedi," dedi. "Onun için hiçbir şey ifade etmiyor. Ara sıra oralar hakkında düşünüyorsa bile, fırtınalı denizlerin ortasında kayalara tutunmuş, Lorath ya da Lys gibi küçücük şehirler olduğunu varsayıyordur. Doğunun zenginlikleri ona çok daha cazip geliyor."

"Ama *batıya* gitmeli," dedi Dany umutsuzca. "Lütfen anlamasını sağlayın." Dany de Yedi Krallık'ı hiç görmemişti ama ağabeyinin anlattığı hikâyeler sayesinde hepsini avcunun içi gibi biliyordu sanki. Viserys belki bin kez Dany'yi oralara götüreceğine söz vermişti ama sözleri de onunla birlikte ölmüştü.

"Dothraklar her şeyi kendi sebepleriyle, kendilerine uygun gördükleri zamanda yaparlar," dedi şövalye. "Sabırlı olun prenses. Ağabeyinizin düştüğü yanlışa düşmeyin. Eve döneceğiz, size söz veriyorum."

Ev? Bu kelime Dany'yi hüzünlendiriyordu. Sör Jorah'ın Ayı Adası vardı. Peki Dany için ev neresiydi? Birkaç hikâye, aklına dua gibi yazılmış birkaç isim, kırmızı bir kapının gittikçe silikleşen hayali... Vaes Dothrak sonsuza dek evi miydi artık? Dosh khaleen kocakarılarına baktığında kendi geleceğine mi bakıyordu yoksa?

Sör Jorah yüzündeki hüznü görmüş olmalıydı. "Dün gece devasa bir kervan geldi *Khaleesi*. Tam dört yüz at, Tüccar Kaptan Byan Votyris kumandasında, Norvos ve Qohor'dan dolaşarak Pentos'tan gelmişler. Belki İllyrio mektup göndermiştir. Batı Pazarı'na gitmek ister misiniz?"

Dany hareketlendi. "Evet isterim," dedi. Bir kervan şehre geldiğinde pazar canlanıyordu. Adamların bu sefer hangi hazinelerle geldiği asla tahmin edilemezdi ve Özgür Şehirler'de olduğu gibi Valyria dilinde konuşan insanları duymak Dany'ye iyi geliyordu. "İrri, bana bir tahtırevan hazırlat."

"*Khas*'ınıza haber vereyim," dedi Sör Jorah çekilirken.

Drogo onunla birlikte olsaydı Dany gümüş atına binerdi. Dothraklı kadınlar neredeyse doğurdukları ana kadar at üstünden inmiyordu ve Dany de kocasına zayıf görünmek istemiyordu ama hazır *khal* avdayken, bir tahtırevanın yumuşak minderlerine uzanıp kırmızı ipek perdeler sayesinde güneşten korunarak Vaes Dothrak'ta dolaşmak hiç fena olmazdı. Sör Jorah da atını eyerledi. *Khas*'tan dört genç savaşçı ve Dany'nin hizmetçileriyle birlikte tahtırevanın hemen yanında at sürdü.

Hava bulutsuz ve sıcaktı. Gökyüzü masmaviydi. Rüzgâr estiğinde yoğun çimen ve toprak kokusu burnunu dolduruyordu. Tahtırevan çalıntı anıtların önünden geçerken gölgelere girip çıkıyordu. Dany sallanarak ölü kahramanların ve unutulmuş kralların yüzlerini inceliyordu; yanıp küle dönmüş şehirlerin tanrılarının dualara yanıt verip vermeyeceğini merak etti.

Eğer ben ejderhanın kanından olmasaydım burası benim evim olabilirdi, diye düşündü hüzünle. O *khaleesi* idi, güçlü bir kocası ve hızlı bir atı vardı. Etrafında pervane olan hizmetçilere, onun güvenliği için canını verecek savaşçılara, yaşlandığında *dosh khaleen*'de onu bekleyen itibarlı bir mevkiye sahipti... ve bir gün dünyaya hükmedecek bir oğlan taşıyordu karnında. Bütün bunlar herhangi bir kadın için yeterli olabilirdi... ama ejderha için değil. Viserys ölünce sadece Dany kalmıştı. O tek ejderhaydı. O kralların ve fatihlerin tohumundandı. Karnındaki çocuk da öyleydi. Bunu asla unutmamalıydı.

Batı Pazarı kerpiç evlerle, hayvan kümesleriyle ve kireç sıvalı meyhanelerle çevrilmiş, kare şeklinde çok geniş bir alandı. Yerden yükselen kapılı tepecikler, toprağın derinliklerinden yeryüzüne çıkmaya çalışan yaratıkların hörgüçleri gibi görünüyor, esneyen kara ağızları aşağıdaki mağaramsı serin mahzenlere açılıyordu. Pazarın içi, sıra sıra dizilmiş tezgâhlar ve yamuk yumuk koridorlardan oluşan bir labirente benziyordu.

Pazar yerine vardıklarında yüz civarı tüccar, getirdikleri malları kervandan indirip tezgâhlara yerleştirmekle meşguldü. Bütün kalabalığa ve harekete rağmen Dany'nin Pentos ve diğer Özgür Şehirler'de gördüğü tıklım tıklım pazar yerleriyle kıyaslandığında Batı Pazarı suskun ve terk edilmiş görünüyordu. Tüccarlar, Vaes Dothrak'a doğudan ve batıdan geliyorlardı ama amaçlarının getirdikleri malları satmaktan çok takas etmek olduğunu anlatmıştı Sör Jorah. Kutsal şehrin huzurunu bozmadıkları, Dağların Anası'na ya da Dünyanın Rahmi'ne saygısızlık etmedikleri ve *dosh khaleen*'i geleneksel hediyeler olan tuz, tohum ve gümüşle onurlandırdıkları sürece, tüccarların güven içinde gelip gitmelerine izin veriliyordu. Dothraklar alışveriş işini tam manasıyla kavrayamıyorlardı.

Dany, bütün o tuhaf kokuları, sesleri ve görüntüsüyle Doğu Pazarı'nı seviyordu. Çoğu sabahını orada, ağaç yumurtası, keçiboynuzu ve yeşil fasulye kemirerek, büyücülerin ulumaya benzeyen şarkılarını dinleyerek, gümüş kafeslere kapatılmış mantikorları, dev gri filleri ve Jogos Nhai'den getirilen siyah çizgili beyaz atları izleyerek geçiriyordu. İnsanları seyretmekten de hoşlanıyordu: Siyah ve sessiz Asshaililer'i; uzun ve solgun Qarthlılar'ı; parlak gözlü ve maymun kuyruğuna benzeyen şapkalarıyla Yi Ti'den gelen insanları; burunlarında, göğüs uçlarında demir halkalar, yanaklarında yakutlar olan Bayasabhadlı, Shamyrianalı ve Kayakayanayalı savaşçı bakireleri; göğüsleri, kolları, bacakları dövmelerle dolu, yüzleri maskelerin ardında gizli, ürkütücü Gölge Adamlar'ı. Doğu Pazarı Dany için sihir ve sırlarla dolu bir yerdi.

Batı Pazarı ise ev gibi kokuyordu.

İrri ve Jhiqui tahtırevandan inmesine yardım ederlerken havayı kokladı; hissetiği keskin biber ve sarımsak kokusu, Dany'ye uzun zaman önce Tyrosh ve Myr'de geçen günlerini hatırlatıp gülümsetti. Ardından Lys'in çarpıcı derecede tatlı parfüm kokularını aldı. Zarif Myr dantelleri ve renk renk enfes yünleri taşıyan köleleri gördü. Kervan nöbetçileri bakır miğferleri, sarı pamuktan örülmüş dize gelen tunikleri ve deri kemerlerinden sarkan boş kılıç kınlarıyla birlikte koridorların arasında geziniyorlardı. Bir tezgâhın arkasında, üzeri altın ve gümüş desenlerle süslenmiş çelik göğüs plakası olan ve miğferine masal yaratıkları işlenmiş bir zırh sergileniyordu. Hemen yan tezgâhtaki oldukça genç kadın, Lannis Limanı'ndan getirdiği altın işlerini, yüzükleri, broşları, önden bağlamalı kolyeleri ve son derece titizlikle işlenmiş madalyonları satıyordu. Kadının tezgâhını iri bir hadım koruyordu. Kadife kıyafetleri ter lekeleriyle kaplanmış kel ve dilsiz hadım tezgâha yaklaşanları korkutucu bakışlarıyla süzüyordu. Koridorun sonunda, Yi Ti'den gelmiş şişman bir kumaş taciri, Pentoslu bir adamla yeşil boya kumaşı üstüne sıkı bir pazarlık yapıyordu. Yi Tili kafasını öne arkaya sallarken şapkasının maymun kuyruğu da kafasıyla birlikte gidip geliyordu.

Tezgâhların arasındaki gölgelik koridorda yürürken, "Küçük bir kızken pazar yerinde oyun oynamaya bayılırdım," dedi Dany, Sör Jorah'a. "Çok *canlıydı* oralar. Bütün o bağrışan, kahkaha atan insanlar, göz kamaştıran güzel eşyalar... gerçi bir şey satın alacak sikkemiz olmazdı ama... ara sıra bir sosis ya da ballı parmak... Yedi Krallık'ta ballı parmak var mı? Tyrosh'ta pişirilenlerden?"

"Çörek mi? Bilemiyorum prensesim." Şövalye eğildi, "Bana az bir zaman için müsaade ederseniz, gidip kaptanı bulayım ve mektup var mı öğreneyim."

"Pekâlâ. Ben de bulmanıza yardım edeyim."

"Sizin yorulmanıza hiç gerek yok," dedi Sör Jorah. Sabırsızca gözlerini kaçırdı. "Siz pazarın keyfini çıkarın. İşimi bitirir bitirmez size katılacağım."

Kalabalığın arasında aceleyle yürüyen şövalyeye bakarken, *Garip*, diye düşündü Dany. Neden onunla gitmesini istemediğini anlayamamıştı. Kaptanla konuştuktan sonra bir kadın bulmak istiyordu belki. Fahişelerin bu kervanlarda yolculuk ettiğini biliyordu. Bazı adamlar çiftleşme konusunda tuhaf şekilde utangaç oluyorlardı. Omuz silkti. "Gelin," dedi diğerlerine.

Dany pazardaki gezisine kaldığı yerden devam edince hizmetçileri de peşine takılıp onu takip etti. "Ah, şuna bak," diye seslendi Doreah'a. Bir taş ocağının üstünde et ve soğan kızartan ufak bir kadının tezgâhını işaret ederek, "İşte bahsettiğim sosis çeşidi buydu," dedi. "Bol bol acı biber ve sarımsak kullanarak pişiriyorlar." Yaptığı keşiften çok mutlu olmuştu, diğerlerinin de sosis yerken ona katılmalarında ısrar etti. Hizmetçileri sırıtıp kıkırdayarak sosisleri kurt gibi midelerine indirdiler ama *khas*'ın gençleri eti koklayıp şüpheyle inceliyordu. Birkaç lokma yedikten sonra, "Bunlar benim hatırladıklarımdan farklılar," dedi Dany.

"Pentos'ta sosisleri domuz etinden yapıyorum," diye yanıtladı yaşlı kadın. "Ama bütün domuzlarım Dothrak denizinde öldü *Khaleesi*. O yüzden at eti kullandım fakat baharatı aynıdır."

"Ah," dedi Dany hayal kırıklığıyla ama Quaro sosisten çok memnun kalmış gibiydi, bir tane daha istedi. Rakharo onu geçmek zorundaydı ve gürültülü bir geğirmeyle üçüncüsünü de aldı. Dany kıkırdadı.

"Drogo, ağabeyiniz *Khal Rhaggat*'a taç giydirdikten sonra hiç gülmemiştiniz *Khaleesi*, sizi yine gülerken görmek güzel," dedi İrri.

Dany utangaç bir şekilde gülümsedi. Tekrar gülümsemek tatlıydı gerçekten. Küçük bir kız gibi hissetmişti kendini.

Sabahın yarısını pazarda gezinerek geçirdiler. Dany, Yaz Adaları'ndan getirilmiş kuş tüyü bir pelerin görüp beğendi ve pelerini ona hediye ettiler. Hediye karşılığında kemerinden çıkardığı gümüş bir madalyonu tüccara verdi. Dothraklar alışveriş meselesini böyle hallediyorlardı. Bir kuş satıcısı kırmızı yeşil bir papağana Dany'nin adını söylemeyi öğretti. Dany yine güldü ama kuşu almayı reddetti. *Khalasar*'da kırmızı yeşil bir papağanla ne yapabilirdi ki? Ama ona çocukluğunu hatırlatan kokulu yağ ve parfümlerden onlarca şişe aldı. Kırmızı kapılı büyük evi bir kez daha görebilmesi için gözlerini kapatıp onları koklaması yeterliydi. Doreah, bir sihirbazın tezgâhındaki doğurganlık muskasına uzun uzun bakınca muskayı aldı ve hizmetçisine hediye etti. İrri ve Jhiqui için de hediye bulması gerektiğini düşündü.

Köşeyi döndüklerinde, yüksük büyüklüğündeki kadehlerle şaraplarını tattıran bir şarap tüccarının tezgâhını gördüler. Adam, "Tatlı kırmızılar," diye bağırıyordu kusursuzca konuştuğu Dothrak dilinde. "Lys, Volantis ve Arbor'dan gelen tatlı kırmızılarım var. Lys'ten beyazlarım var. Tyrosh'tan armut konyağı, ateş şarabı, biber şarabı, Myr. Dumanböğürtleni'nin solgun yeşil nektarları. Andalish ekşileri. Hepsi burda, hepsi burda." Ufak tefek, ince, yakışıklı bir adamdı. Sarı saçları tam Lys tarzına uygun olarak kıvrılmış ve parfümlenmişti. Dany tezgâhın önünde duraklayınca adam eğildi. "*Khaleesi* tatmak ister mi? Dorne'dan tatlı kırmızı getirdim leydim. Eriklerin, vişnelerin ve koyu meşelerin şarkısını söylüyor. Bir fıçı, bir kadeh, bir yudum? Tadına bir kez bakın, çocuğunuza benim adımı vereceksiniz."

Dany gülümsedi. "Oğlumun bir adı var ama yine de yaz şarabını tadacağım," dedi Valyria dilinde, Özgür Şehirler'de kullanılan aksanla. Aradan geçen bunca zamandan sonra kelimeler diline garip gelmişti. "Sadece tadımlık lütfen."

Üstündeki kıyafetler, yağlanıp örülmüş saçları ve güneşte bronzlamış cildi yüzünden tüccar onu Dothraklı sanmış olmalıydı. Konuştuğunda adam şaşkınlık içinde bakakalmıştı. "Leydim, siz... Tyroshlu... olabilir misiniz?"

"Dilim Tyroshlu, kılığım Dothraklı ama ben Batıdiyar'dan, Gün Batımı Krallıkları'ndanım," diye yanıtladı Dany.

Doreah öne çıktı. "Atlı adamların *khaleesi*'si, Yedi Krallık Prensesi, Targaryen Hanedanı'ndan Daenerys Fırtınadadoğan'la konuşma onuruna nail oldunuz," dedi.

Şarap tüccarı tek dizinin üstüne çöküp başını eğdi, "Prensesim."

"Kalkın," diye emretti Dany. "Şu bahsettiğiniz şarabı tatmak istiyorum."

Adam kalktı. "Bu Dorne sirkesi bir prensese göre değil. Arbor'dan sek kırmızım var. Taze, nefis. Lütfen size bir fıçı hediye etmeme izin verin."

Khal Drogo, Özgür Şehirler'e yaptığı ziyaretlerde üstün bir

şarap zevki geliştirmişti. Böyle nadir bir şarabın onu çok memnun edeceğini biliyordu Dany. "Beni onurlandırmış olursunuz sör," dedi adama tatlı bir mırıldanmayla.

"Onur bana aittir." Adam tezgâhın arkasından küçük bir meşe fıçı çıkardı. Fıçının üzerinde yakılarak işlenmiş bir salkım üzüm motifi vardı. "Redwyne Hanedanı'nın arması," dedi adam. "Arbor'dan. Bundan daha iyi bir şarap yok."

"Khal Drogo ile birlikte içeceğiz. Aggo, fıçıyı tahtırevanıma götür lütfen." Dothraklı genç şarap fıçısını götürürken şarap tüccarının gözleri parlıyordu.

Sör Jorah'ın, "*Hayır*. Aggo, fıçıyı yere bırak," diyen sesini duyana kadar şövalyenin geri döndüğünün farkına varmamıştı Dany.

Aggo, Dany'ye baktı. Dany tereddüt ederek başıyla onayladı. "Sör Jorah, bir terslik mi var?"

"Canım çekti. Şarapçı, aç şu fıçıyı."

Satıcı yüzünü buruşturdu. "Bu şarap *khaleesi*'ye layık. Sizin zevkinize göre değil sör," dedi.

Sör Jorah tezgâha iyice yanaştı. "Eğer açmazsan fıçıyı kafanda kırıp ben açacağım." Kutsal şehirde silah taşıyamıyordu ama eklemleri kılla kaplı, güçlü, sert ve büyük elleri yeterince tehlikeliydi. Şarap tüccarı bir an tereddüt ettikten sonra fıçının tıpa kapağını bir çekiçle kırdı.

"Doldur," diye emretti Sör Jorah. Dany'nin *khas*'ından dört genç savaşçı, çatık kaşları ve koyu badem gözleriyle şövalyeye bakıyorlardı.

"Böyle zengin bir şarabı nefes aldırmadan içmek bir suç," diye karşılık verdi şarap tüccarı adam. Çekici hâlâ yerine bırakmamıştı.

Jhogo'nun eli kamçısına gitti ama Dany koluna dokunarak delikanlıyı durdurdu. "Sör Jorah'ın istediğini yapın," dedi. İnsanlar durup onları izlemeye başlamıştı.

Şarap tüccarı sıkıntılı bir ifadeyle Dany'ye baktı ve, "Prenses nasıl emrederse," dedi. Fıçıyı yerden kaldırmak için çekiçi bir kenara bıraktı. Yüksük büyüklüğündeki tatma kadehlerine şarap doldurdu. Şarabı o kadar özenli boşalttı ki bir damlası bile kadehlerin dışına dökülmedi.

Sör Jorah kadehi kaldırıp kokladı. Yüzü asıktı.

"Güzel, değil mi?" dedi şarap tüccarı. "Meyvenin kokusunu alabiliyor musunuz sör? Arbor esansı. Şunun tadına bakın ve dilinize değen en zengin, en iyi şarap olmadığını söyleyin lordum."

Sör Jorah kadehi adama uzattı. "Önce siz tadın," dedi.

"Ben mi?" diyerek güldü adam. "Ben bu nadir şarabı içmeye layık biri değilim lordum. Hem, kendi malını içen bir şarap tüccarı zavallıdır." Gülümsemesi samimi gibiydi ama Dany adamın alnında biriken ter damlalarını görebiliyordu.

"*İçeceksin*," dedi Dany sertçe. "Kadehi hemen kafana dik yoksa Sör Jorah bütün fıçıyı ağzından içeri boşaltabilsin diye seni yere yatırmalarını emrederim."

Şarap satıcısı omuz silkti, kadehe uzandı... ama kadeh yerine fıçıyı kaptı ve iki eliyle birden Dany'ye fırlattı. Sör Jorah fıçı çarpmasın diye Dany'yi itti. Şarap fıçısı omzuna çarpıp yere düştü ve paramparça oldu. Dany tökezleyerek dengesini kaybetti. "*Hayır!*" diye bağırıp ellerinin üstüne düşmek için kollarını uzattığında Doreah onu yakaladı ve geri itti. Böylece karnının değil bacaklarının üstüne düştü Dany.

Tüccar tezgâhın üstüne zıplayarak Aggo'yla Rakharo'nun arasından geçmek için hareketlendi. Quaro, *arakh*'ına uzandı ama silahı belinde değildi. Tam o anda, şarap satıcısı Quaro'yu iterek tezgâhların arasından aşağı doğru koşmaya başladı. Dany, Jhogo'nun kamçısının sesini duydu ve deri kayışın kıvrılarak tüccarın bacağını yakaladığını gördü. Adam yüzüstü toprağa yuvarlandı.

Bir düzine kervan nöbetçisi koşarak geldi. Yanlarında efendileri Norvoslu Tüccar Kaptan Byan Votyris de vardı. Kaptan eski deri gibi cildi ve kulaklarına kadar uzanan bıyıkları olan ufak tefek bir adamdı. Tek kelime bile edilmeden neler olduğunu anlamış gibi görünüyordu. Yerdeki şarap tüccarını göstererek, "Bu sefil adamı götürün, *khal*'ı bekleme keyfi yaşasın," diye emretti. İki nöbetçi tüccarı ayağa kaldırdı. "Bütün mallarını da size hediye ediyorum prenses," dedi Dany'ye. "Pişmanlığımızın küçük bir göstergesi."

Doreah ve Jhiqui, Dany'nin ayağa kalkmasına yardım etti.

Kırık fıçıdan dökülen zehirli şarap toprağa yayılıyordu. Dany titreyerek, "Nasıl bildiniz?" diye sordu Sör Jorah'a. "*Nasıl?*"

"Adama kadehi uzatana kadar bilmiyordum *Khaleesi*," dedi şövalye. "Öncesinde de İllyrio'nun mektubunu okudum. Korktum." Gözleri pazar yerindeki yabancıların yüzlerinde dolaştı. "Gelin, bunları burada konuşmayalım."

Geri dönerlerken Dany ağlamak üzereydi. Ağzında o çok iyi bildiği tat vardı: Korku. Yıllarca Viserys'ten korkarak yaşamıştı. Bu ondan da beterdi. Artık sadece kendisi için korkmuyordu, bebeği de vardı. Oğlu onun korkusunu hissetmiş olmalıydı, karnının içinde huzursuzca hareket ediyordu. Dany ona uzanabilmeyi, dokunabilmeyi, onu sakinleştirebilmeyi istiyordu. Karnını okşadı. "Sen ejderhanın kanısın küçüğüm," diye fısıldadı tahtırevan sallanarak ilerlerken. "Sen ejderhanın kanısın. Ejderha korkmaz."

Kapılı küçük tepeciğin altı Dany'nin Vaes Dothrak'taki eviydi. Sör Jorah dışında herkesin gitmesini emretti. Minderlere uzanırken sordu, "Söyleyin bana, İşgalci miydi?"

"Evet." Şövalye katlanmış bir parşömen çıkardı. "Yargıç İllyrio'dan Viserys'e yazılmış bir mektup. Robert Baratheon sizin ve ağabeyinizin öldürülmesi karşılığında toprak ve unvan verecekmiş."

"Ağabeyime mi?" Hıçkırması yarı kahkaha gibiydi. "Henüz haberi yok değil mi? İşgalci'nin toprakları ve unvanları Drogo'ya vermesi gerekecek." Bu sefer kahkahası yarı hıçkırma gibiydi. Korumak istermiş gibi kendine sarıldı. "Ve ben, dediniz. Sadece ben mi?"

"Siz ve bebek."

"Hayır. Oğlumu benden alamaz." Ağlamayacaktı. Karar vermişti. Korkuyla titremeyecekti. *İşgalci şimdi ejderhayı uyandırdı*, dedi kendi kendine... ve gözleri, kadife yuvalarında dinlenen ejderha yumurtalarına gitti. Üzerlerindeki yeşil, kızıl, altın pulcukların ışıltıları, havada yüzerek yumurtaların etrafında dönüp duruyordu. Tıpkı bir kralın etrafında dolanan nedimler gibi.

Onu ele geçiren delilik korkuyla doğmuş olmaktan mı kaynaklanıyordu? Yoksa kanında tuhaf bir bilgelik mi gömülüydü?

Dany anlayamıyordu. Kendi sesinin, "Sör Jorah, sobayı yakın," dediğini duydu.

"*Khaleesi*?" Şövalye ona endişeyle bakıyordu. "Hava çok sıcak. Emin misiniz?"

Daha önce hiç bu kadar emin olmamıştı. "Evet. Biraz üşüdüm. Sobayı yakın."

Şövalye reverans yaptı. "Nasıl emrederseniz."

Kömürler tutuştuğunda Sör Jorah'ı gönderdi. *Sadece yanıp çatlayacak. O kadar güzel ki. Eğer mahvolursa Sör Jorah bana aptal diyecek. Ama yine de... Ama yine de...*

İki eliyle birden taşıdığı yumurtayı ateşin içine koydu ve közlerin ortasına itti. Yumurta ısıyı içtikçe üzerindeki pullar parlıyordu sanki. Alevler küçük kırmızı dilleriyle taşı yalıyordu. Diğer iki yumurtayı da siyah olanın yanına, közlerin arasına yerleştirdi. Sobadan uzaklaştığında boğazındaki nefesi bile titriyordu.

Kömürler kül olana kadar izledi. Yükselen kıvılcımlar bacadan dışarı çıkıp gitti. Isı dalgalar halinde yumurtaların pürüzsüz yüzeyinde gezindi. Ve hepsi buydu.

Ağabeyin Rhaegar son ejderhaydı, demişti Sör Jorah. Dany üzüntüyle yumurtalara baktı. Ne bekliyordu ki? Bunlar binlerce yıl önce canlıydı ama şimdi güzel birer taştı sadece. Ejderhalar çıkmayacaktı. Bir ejderha hava ve ateş demekti. Canlı et demekti, ölü taş değil.

Khal Drogo döndüğünde soba yine soğuktu. Drogo'nun arkasından gelen Cohollo'nun atına büyük beyaz bir aslan yüklenmişti. Gökyüzünde yıldızlar görünmeye başlamıştı. *Khal* aygırından aşağı atladı. *Hrakkar*'ın pençe darbeleriyle yaralanmış bacağını gösterirken kahkaha atıyordu. "Sana onun postundan bir pelerin yaptıracağım ay ışığım," dedi Dany'ye.

Dany o sabah pazarda olanları anlattığında kahkaha kesildi. Khal Drogo sessizliğe gömüldü.

"Bu zehirci ilkti ama son olmayacak," diye uyardı Sör Jorah. "Bir adam lordluk unvanı için çok şeyini tehlikeye atabilir."

Drogo bir süre sessizliğini korudu. "Bu zehir satıcısı ay ışığımdan kaçtı. Peşinden koşması onun için daha iyi olurdu. Koşacak. Jhogo, Andal Jorah, sürümden hangi atı isterseniz seçin, sizindir. Benim kızılımı ve ay ışığımın gümüşünü bırakın, hangisini isterseniz seçin. Yaptıklarınız için size hediyemdir.

Ve Drogo'nun oğlu Rhaego, dünyanın tepesine çıkacak aygır. Onun için de bir hediyem var. Ona, annesinin babasına ait demir koltuğu vereceğim. Ona Yedi Krallık'ı vereceğim. Ben, Drogo, *khal*, bunu yapacağım."

Sesi yükseldi ve gökyüzüne çıktı. "*Khalasar*'ı alıp batıya, dünyanın bittiği yere gideceğim. Daha önce hiçbir *khal*'ın yapmadığını yapacak, ahşap atların üstünde tuzlu kara denizi geçeceğim. Demir giysili adamları öldürecek, taştan evlerini yerle bir edeceğim. Kadınlarına tecavüz edip çocuklarını köle yapacağım ve onların kırık dökük tanrılarını Dağların Anası'nın önünde diz çöktürmek için Vaes Dothrak'a getireceğim. Ben, Bharbo'nun oğlu Drogo, yemin ediyorum. Dağların Anası'nın önünde, yukarıdaki yıldızların şahitliğinde, yemin ediyorum."

Drogo'nun *khalasar*'ı iki gün sonra Vaes Dothrak'tan ayrıldı. Güneybatıya doğru çılgınca at sürüyorlardı. Başlarında kızıl aygırının üstündeki Khal Drogo vardı. Gümüşünün sırtındaki Daenerys kocasının yanında yol alıyordu. Şarap satıcısı elleri ve boynu prangalanmış halde, yalınayak arkalarında koşuyordu. Zincirleri Dany'nin gümüşüne bağlıydı. Dany atını sürdükçe peşinden koşuyordu. Çıplak ayak. Tökezleye tökezleye. Ona hiç zarar gelmeyecekti... koşabildiği sürece.

CATELYN

Sancaklar net olarak göremeyeceği kadar uzaktaydı ama ancak Starklar'ın gri kadim kurdu olabilecek kar beyazı zemin üzerindeki koyu şekil çöken sise rağmen seçiliyordu. Catelyn onları kendi gözleriyle gördüğünde atının dizginlerini çekti ve başını şükranla öne eğdi. Tanrılar iyiydi. Geç kalmamıştı.

"Bizim gelişimizi bekliyorlar leydim," dedi Sör Wylis Manderly. "Lord babamın söz verdiği gibi."

"Onları daha fazla bekletmeyelim sör." Sör Brynden Tully atını mahmuzladı ve sancaklara doğru hızla koşturmaya başladı. Catelyn hemen yanında atını sürüyordu.

Sör Wylis ve kardeşi Sör Wendel, yirmi küsur şövalye, bir o kadar yaver, iki yüz mızraklı süvari, hürsüvariler, kılıçlı adamlar ve ellerinde uzun oklar, çatallar, mızraklar taşıyan piyadelerden oluşan yaklaşık bin beş yüz adamın liderliğini yaparak Catelyn'le amcasını takip ediyorlardı. Lord Wyman, Beyaz Liman'ın savunmasını kontrol etmek için geride kalmıştı. Yaklaşık altmış yaşındaki adam atına rahatça binemeyecek kadar tıknazlaşmıştı. Catelyn'in gemisini karşıladığında, "Bir savaş daha göreceğimi bilseydim daha az yılan balığı yerdim," demişti iki eliyle karnına vurarak. Parmakları sosis gibi kalındı. "Oğullarım sizi sağ salim oğlunuza götürecek, şüpheniz olmasın."

Oğullarının ikisi de Catelyn'den büyüktü. Babalarına bu kadar çok çekmemiş olmalarını dilerdi Catelyn. Sör Wylis'in de kendi atına binemeyecek kadar şişman olmasına çok az kalmıştı. Catelyn daha genç olan Sör Wendel'in gördüğü en şişman adam olduğunu söyleyebilirdi, tabi önce şövalyenin babası ve ağabeyiyle tanışmasaydı. Wylis sessiz ve resmiydi. Wendel gürültücü ve girişken. İkisinin de çok gösterişli pala bıyıkları vardı ve kafaları bir bebeğin poposu kadar keldi. Yemek lekeleriyle mahvolmamış tek kıyafetleri yok gibiydi. Catelyn her iki adamı da yeterince seviyordu. Babalarının söz verdiği gibi onu Robb'a getirmişlerdi. Gerisi önemli değildi.

Oğlunun doğuya bile gözcüler göndermiş olması Catelyn'i

memnun etmişti. Lannisterlar gelecekse güneyden geleceklerdi ama Robb'un dikkatli davranması iyiydi. *Oğlum savaşa giden bir ordunun başında*, diye düşündü inanmakta hâlâ zorlanarak. Kışyarı ve Robb için çok endişeleniyordu ama bir yandan da gurur duyduğunu inkâr edemezdi. Robb sadece bir yıl önce küçük bir çocuktu. Peki şimdi neydi? Merak ediyordu.

Gözcü süvariler Manderly sancaklarını -mavi yeşil denizden yükselen, elinde üç dişli mızrak tutan beyaz bir balıkadam- gördüler ve dostça selamladılar. Catelyn ve beraberindekileri kamp kurabilecek kadar kuru, yüksek bir alana götürdüler. Sör Wylis adamlarına dur emri verdi ve ateşlerin yakıldığından, atların bakımlarının yapıldığından emin olmak için geride kaldı. Sör Wendel bağlı bulunduğu lorda saygılarını sunmak amacıyla Catelyn ve amcasıyla birlikte ilerlemeye devam etti.

İlerledikleri zemin nemli ve yumuşaktı. Dumanlı bataklık kömürü ateşlerinin, sıra sıra atların, ekmek ve tuzlu et yüklü at arabalarının arasında atlarını sürerlerken hayvanların toynaklarının altında ezilen toprak hafifçe kayıyordu. Araziden daha yüksekte kalan bir kaya katmanının üstünde, duvarları gemi yelkeni bezinden yapılmış bir lord çadırının yanından geçtiler. Catelyn armayı tanıdı. Hornwoodlar'ın koyu turuncu zemin üzerindeki kahverengi yaban geyiği.

Catelyn sislerin arasından karşıdaki Moat Cailin kulelerini gördü... ya da kulelerden geri kalanları. Bir zamanlar Kışyarı'nın duvarları kadar yüksek olan perde duvarların devasa büyüklükteki siyah lav taşı blokları, oyuncak ahşap küpler gibi devrilmiş, yumuşak çamurlu toprağa gömülmüştü. Bin yıldır çürüyen ahşap iç kaleden geriye, bir zamanlar orada olduğunu hatırlatan bir kütük parçası kalmıştı. İlk İnsanlar'ın büyük kalesinden kalanların hepsi kırık dökük üç kuleydi... eğer hikâyecilerin anlattıkları doğruysa onlar da yirmi kuleden geri kalanlardı zaten.

Kapı Kulesi fena durumda değilmiş gibi görünüyordu. Hatta her iki yanında, yaklaşık iki metre boyundaki eski duvarlar gururla dikiliyordu. Bir zamanlar güney ve batı duvarlarının birleştiği yerde çamura batmış Ayyaş Kulesi, bir mide dolusu şarabı kusmak üzere olan bir adam gibi öne eğilmişti. Ve efsanelerde söylenildiğine göre, ormanın çocuklarının denizin çekicini istemek için isimsiz tanrıları çağırdığı Çocuklar Kulesi tacının yarısını kaybetmişti. Devasa bir canavar gelmiş, tepesindeki ızgaralı siperlerden büyük bir ısırık alıp çamura tükürmüş gibi görünüyordu. Üç kule de yosun bağladığı için yemyeşildi. Kapı Kulesi'nin kuzey duvarındaki çatlakta, kıvrımlı dalları hayalet derisinden beyaz örtülerle süslenmiş gibi görünen bir ağaç büyüyordu.

Gözlerinin önüne serilen manzarayı görünce, "Tanrılar merhamet edin," dedi Sör Brynden. "*Bu* Moat Cailin mi? Burası olsa olsa..."

"...ölüm tuzağı olur," diyerek tamamladı Catelyn. "Nasıl göründüğünü biliyorum amca. İlk gördüğümde ben de aynı şeyi düşünmüştüm ama Ned bu *harabenin* göründüğünden daha zorlu olduğunu söylemişti bana. Bu üç kule her yönden gelen bütün yollara hâkim ve düşmanlar ilerlemek için aralarından geçmek mecburiyetinde. Bataklığı geçmenin bir yolu yok. Batıran kumlar, içe çeken çukurlar ve yılanlarla dolu. Kulelere saldırmak isteyen bir ordu bel hizasına kadar kara çamurla ve aslan kertenkeleleriyle dolu hendeği geçmek ve yosun yüzünden iyice kayganlaşmış duvarları aşmak zorunda. Diğer kulelerden atılan ateşli oklarla da mücadele etmeleri gerek." Zalimce gülümsedi. "Ve gece olduğunda güneyli kanına susamış acımasız hayaletlerin ortaya çıktığı da söylenir."

Sör Brynden kıkırdadı, "Hatırlat da buralarda fazla oyalanmayayım," dedi. "Son baktığımda ben de bir güneyliydim."

Üç kulenin tepesine de sancak direkleri dikilmişti. Ayyaş Kulesi'nde Karstarklar'ın güneş ışıklı sancağı, Starklar'ın kadim kurdunun altında dalganıyordu. Çocuklar Kulesi'ne İri Jon'un zincirlere bağlı dev adamı asılmıştı. Kapı Kulesi'nde Stark sancağı tek başına duruyordu. Robb bu kuledeydi. Catelyn, Sör Brynden ve Sör Wendel'le birlikte, yeşil siyah çamurlarla kaplı arazi üstüne kütük ve taş yerleştirerek yapılmış yolda dikkatlice at sürerek kuleye doğru ilerledi.

Oğlunu bataklık kömürü yakılan isli bir şöminenin olduğu esintili salonda, babasının sancak beyleriyle kuşatılmış halde buldu. Robb hararetli bir şekilde İri Jon ve Roose Bolton'la konuşuyordu. Oturduğu büyük taş masanın üstü yığın yığın haritalarla, kağıtlarla kaplıydı. Annesinin geldiğini görmemişti bile... ama kurdu fark etmişti. Gri canavar şöminenin karşısında uzanıyordu. Catelyn salona girdiğinde kafasını çevirdi ve altın gözleri Catelyn'in gözlerini buldu. Lordlar sırayla sustu. Robb bu ani sessizlik yüzünden başını kağıtlardan kaldırdığında onu gördü. *"Anne?"* dedi duygusal bir ses tonuyla.

Catelyn oğluna koşmak, güzel alnını öpmek, zarar gelmesini engellemek için onu sıkı sıkı kollarının arasına alıp saklamak istedi... ama burada, lordlarının gözü önünde yapmaması gerekirdi. Artık yetişkin bir erkek rolüne soyunmuştu ve Catelyn bunu ondan alamazdı. Masa niyetine kullandıkları lav taşı tabakasının diğer ucunda durdu. Ulu kurt ayağa kalktı, yavaş adımlarla yanına geldi. Bir kurttan çok daha iri görünüyordu. Boz rüzgâr ellerini koklarken, "Sakal bırakmışsın," dedi Robb'a, Catelyn.

Robb utanmış gibi sakallı çenesini ovuşturdu. "Evet," dedi. Çenesindeki tüyler saçlarından daha kızıldı.

"Beğendim," dedi Catelyn. Nazikçe kurdun kafasını okşadı. "Kardeşim Edmure'a benzemişsin." Boz rüzgâr oyun oynar gibi hafifçe parmaklarını dişledi ve ateşin karşısındaki yerine geri döndü.

Ulu kurdun ardından selamlamak, saygılarını sunmak, önünde diz çöküp elini alnına koymak için Catelyn'e doğru ilk hareketlenen Sör Helman Tallhart oldu. "Leydi Catelyn, her zamanki gibi çok güzelsiniz. Zor zamanlarda görmekten mutluluk duyulacak bir yüz." Hemen arkasından Gloverlar geldi. Galbart, Robett, İri Jon Umber ve diğerleri birer birer Catelyn'e saygılarını sundu. Theon Greyjoy sonuncularıydı. "Sizi burada görmeyi beklemiyordum leydim," dedi diz çökerken.

"Ben de buraya gelmeyi düşünmüyordum," diyerek cevap verdi Catelyn. "Beyaz Liman'a vardığımda Lord Wyman'dan, Robb'un sancak beylerini çağırdığını öğrenene kadar gelmek gibi bir niyetim yoktu. Oğlunu tanıyorsunuz, Lord Wendel." Wendel Manderly bir adım öne çıktı ve göbeğinin izin verdiği kadar derin bir reverans yaptı. "Ve benim hizmetime girmek için kız kardeşim Lysa'nın yanındaki görevinden ayrılan amcam Sör Brynden Tully."

"Karabalık," dedi Robb. "Bize katıldığınız için teşekkür ederim sör. Sizin cesaretinizde adamlara ihtiyacımız var. Sör Rodrik de seninle birlikte mi anne? Onu özledim."

"Sör Rodrik, Beyaz Liman'dan kuzeye devam etti. Onu Kale Kumandanı ilan ettim ve biz dönene kadar Kışyarı'nın sorumluluğunu ona bıraktım. Üstat Luwin önemli bir danışman ama savaş sanatlarında deneyimli değil."

"Bu konuda bir endişeniz olmasın Leydi Stark," dedi İri Jon kalın sesiyle. "Kışyarı güvende. Kılıçlarımızı Tywin Lannister'ın, çok afedersiniz, bir tarafına sokacağız ve ardından Ned'i almak için Kızıl Kale'ye gideceğiz."

"Leydim, müsaade ederseniz bir sorum olacak," dedi Dehşet Kalesi Lordu Roose Bolton. Çok hafif bir sesle konuşmuştu ama buna rağmen diğer bütün adamlar susup onu dinlemeye başlamıştı. Gözleri renksiz denecek kadar soluktu, rahatsız edici bir görüntüsü vardı. "Lord Tywin'in oğlunu tutsak aldığınızı öğrendik. Onu da yanınızda getirdiniz mi? Öyle bir rehineden faydalanabiliriz."

"Tyrion Lannister tutsağımdı ama artık değil," demek zorunda kaldı Catelyn. Bu haber şaşkınlık dolu mırıltılardan oluşan bir gürültüyle karşılandı. "Lordlarım, ben de bu durumdan en az sizin kadar rahatsızım. Aptal kız kardeşimin de yardımıyla tanrılar onun özgür bir adam olmasına karar verdi." Kız kardeşine duyduğu tiksintiyi böylesine açık etmemesi gerektiğini biliyordu ama Kartal Yuvası'ndan ayrılışı tatsız olmuştu. Lord Robert'ı himayesine alıp birkaç yıl için Kışyarı'na götürmeyi teklif etmişti. Diğer çocuklarla birlikte olmanın ona iyi geleceğini söyleme cesaretini göstermişti. Lysa'nın öfkesine şahit olmak korkutucuydu. "İstersen kardeşim ol, oğlumu benden çalmaya kalkışırsan burayı Ay Kapısı'ndan terk edersin." Bundan sonra söylenecek hiçbir şey kalmamıştı.

Lordlar daha fazla soru sormak için sabırsızlanıyorlardı ama Catelyn elini kaldırdı. "Daha sonra bol bol konuşacağız ama şimdi yol yorgunuyum. Oğlumla yalnız konuşmak istiyorum. Beni mazur göreceğinizden eminim lordlarım." Adamlara bir seçenek bırakmamıştı. Lord Hornwood başı çekti ve bütün sancak beyleri kalkıp reverans yaparak salondan ayrıldılar. "Sen de Theon," dedi Greyjoy'un oyalandığını görünce. Greyjoy gülümsedi ve çıktı.

Masada peynir ve bira vardı. Catelyn bir kupa doldurdu, bir yudum aldı, oturdu ve oğluna bakmaya başladı. Son gördüğü halinden daha uzundu. Sakalları yaşından büyük görünmesine sebep oluyordu. "Edmure ilk kez sakal bıraktığında on altı yaşındaydı," dedi.

"Ben de çok yakında on altı oluyorum," diye karşılık verdi Robb.

"Ama şu an on beşsin ve bir orduyu yönetiyorsun. Neden korktuğumu anlayabiliyor musun Robb?"

Gözlerinde inatçı bir bakış belirdi. "Başka kimse yoktu."

"Kimse yok muydu?" dedi Catelyn. "Az önce bu salonda gördüğüm adamlar kimdi? Roose Bolton, Rickard Karstark, Galbart, Robert Glover, İri Jon, Helman Tallhart... Onlardan herhangi birine kumandanlık verebilirdin. Tanrılar aşkına, Theon Greyjoy'u bile gönderebilirdin, benim tercihim olmamasına rağmen."

"Onlar Stark değil," dedi Robb.

"Ama onlar yetişkin birer *erkek* Robb. Savaş görmüş insanlar. Sen daha bir yıl öncesine kadar tahta kılıç savuruyordun."

Oğlunun gözlerinde parlayan öfkeyi gördü ama öfke yandığı hızla söndü ve bir anda yine o küçük çocuk oldu. "Biliyorum," dedi kabul etmiş bir ses tonuyla. "Beni... Kışyarı'na geri mi gönderiyorsun?"

Catelyn içini çekti. "Göndermeliyim. Asla ayrılmaman gerekirdi ama gönderemem. Artık olmaz. Çok yol aldın. Sen bir gün bu adamların lordu olacaksın. Şimdi seni, akşam yemeği yemeden odasına gitme cezası almış küçük bir çocuk gibi geri gönderirsem, o gün geldiğinde bunu hatırlayacak ve kahkaha atacaklar. Sana saygı duymaları, hatta senden korkmaları gereken gün gelecek. Kahkaha korkunun ilacıdır. Senin güvende olmanı istememe rağmen sana bu kötülüğü yapmayacağım."

"Teşekkür ederim anne," dedi Robb. Sesinin resmi tonu hissettiği rahatlamayı gizleyemiyordu.

Catelyn uzandı ve oğlunun saçına dokundu. "Sen benim ilk çocuğumsun Robb. Sana bakıyorum ve kıpkırmızı bir suratla, ağlayarak dünyaya geldiğin günü hatırlıyorum."

Robb ayağa kalktı ve şömineye doğru yürüdü. Catelyn'in

dokunuşundan rahatsız olduğu açıktı. Boz Rüzgâr başını oğlanın bacaklarına sürttü. "Babamı... biliyor musun?"

"Evet." Robert'ın ölümü ve Ned'in zindana atılmasıyla ilgili aldığı haberler Catelyn'i ölümüne korkutmuştu ama oğlunun bunu görmesine izin veremezdi. "Beyaz Liman'a çıktığımda Lord Manderly söyledi. Kardeşlerinden bir haber aldın mı?"

"Bir mektup geldi," dedi Robb ulu kurdun boynunu okşayarak. "Senin için de bir mektup vardı." Masaya gitti, kağıt ve harita yığınlarının arasında bulduğu buruşturulmuş bir parşömenle geri döndü. "Bu bana yazdığı mektup. Seninkini getirmek aklıma gelmedi."

Robb'un ses tonundaki tuhaflık Catelyn'i rahatsız etmişti. Kağıdı düzeltti ve mektubu okudu. Merakı önce öfkeye, ardından korkuya dönüştü. "Bu Cersei'nin mektubu, kız kardeşinin değil," dedi okumayı bitirince. "Gerçek mesaj Sansa'nın yazmadıklarında saklı. Bütün mektup Lannisterlar'ın ona ne kadar iyi ve nazik davrandıklarıyla ilgili... ben tehdidin sesini tanırım, fısıltıyla konuşsa bile. Sansa'yı rehine olarak tutuyorlar ve bırakmaya niyetli değiller."

"Arya'dan bahsetmiyor bile," dedi Robb kederle.

"Hayır," diye karşılık verdi Catelyn. Bunun ne anlama gelebileceğini düşünmek istemiyordu. Şimdi değil, burada değil.

"Umuyordum ki... cüce hâlâ sende olsaydı rehine değiş tokuşu..." Robb, Sansa'nın mektubunu aldı ve buruşturdu. Kağıdın görüntüsünden bunu ilk kez yapmadığı anlaşılıyordu. "Kartal Yuvası'ndan haber var mı? Lysa teyzeme bir mektup yazıp yardım istedim. Lord Arryn'ın sancak beylerini çağırdı mı? Vadi'nin şövalyeleri gelip bize katılacak mı?"

"Sadece biri. En iyi olanları. Amcam... ama Brynden Karabalık önce bir Tully elbette. Kız kardeşimin Kanlı Kapı'nın ötesine geçmeye niyeti yok."

Bu haber Robb'un hiç hoşuna gitmedi. "Anne, biz ne yapacağız? Bütün bu orduyu bir araya topladım. On sekiz bin adam ama hâlâ... emin olamıyorum." Gözleri parlayarak annesine baktı. O gururlu genç lord bir anda kaybolmuş, yerine bir çocuk gelmişti, çare için annesine sarılan on beş yaşında bir çocuk...

Bu iyi değildi.

"Bu kadar çok korktuğun nedir Robb?" diye sordu Catelyn şefkatle.

"Ben..." İlk damla gözyaşını saklamak için kafasını diğer tarafa çevirdi. "İlerlesek... kazansak bile... Sansa ve babam Lannisterlar'ın elinde. Onları öldürecekler. Öyle değil mi?"

"Böyle düşünmemizi istiyorlar."

"Blöf yaptıklarını mı düşünüyorsun?"

"Bilmiyorum Robb. Bildiğim tek şey artık seçeneğinin olmadığı. Kral Toprakları'na gidip bağlılık yemini edersen oradan asla ayrılamazsın. Kuyruğunu bacaklarının arasına sıkıştırıp Kışyarı'na geri dönersen lordların sana olan saygısını kaybedersin. Bazıları Lannisterlar'a bile katılabilir. O zaman kraliçeyi korkutan çok az şey kalır ve tutsaklarına her istediğini yapabilir. En iyi seçeneğimiz, tek gerçek seçeneğimiz düşmanı savaş meydanında yenmek. Lord Tywin'i ya da Kral Katili'ni ele geçirebilirsek bir rehine değiş tokuşu söz konusu olur ama meselenin özü bu değil. Yeterince güç sahibi olduğun sürece senden korkacaklar ve babanla kız kardeşin güvende olacak. Cersei savaşın kendi aleyhine ilerlemesi ihtimaline karşı onları sağ tutacak kadar zeki bir kadın."

"Ya savaş onun aleyhine *ilerlemezse* anne?" diye sordu Robb. "Ya bizim aleyhimize olursa?"

Catelyn oğlunun elini tuttu. "Robb, senin için gerçeği yumuşatmaya çalışmayacağım. Kaybedersek hiçbirimiz için bir şans kalmayacak. Casterly Kayası'nın kalbinde taştan başka bir şey olmadığı söylenir. Rhaegar'ın çocuklarının kaderini hatırla."

Genç oğlunun gözlerindeki korkuyu gördü. Ama o gözlerde metanet de vardı. "Öyleyse mağlup olmayacağım," diye yemin etti.

"Nehir topraklarındaki çatışmalar hakkında bildiklerini anlat bana," dedi Catelyn. Oğlunun gerçekten hazır olup olmadığını öğrenmek zorundaydı.

"On beş günden daha az bir zaman önce, Altın Diş'in aşağısındaki tepelerde bir çatışma oldu," dedi Robb. "Edmure amcam geçidi tutmaları için Lord Piper ve Lord Vance'i gönderdi ama Kral Katili tepelerine binip onları bozguna uğratmış. Lord Vance öldürülmüş. Son aldığımız haberlere göre Lord Piper amcama ve diğer sancak beylerine katılmak için Nehirova'ya doğru kaçıyor ama Kral Katili peşinde. En kötü haber bu değil. Geçitte mücadele devam ettiği sırada Lord Tywin ikinci Lannister ordusunu güneyden dolaştırarak getiriyormuş. Jaime'nin komutasındakinden daha büyük bir ordu.

Babam bunu biliyor olmalıydı, çünkü orduyu karşılamak üzere kralın sancağı altında yürüyen adamlar yollamış. Bir Güney Lordu'na, Lord Erik ya da Lord Derik gibi bir adı var, emir vermiş. Lord, Sör Raymun Darry, birkaç şövalye ve babamın kendi muhafızlarından bir grup adamla yola çıkmış ama her şey bir tuzaktan ibaretmiş. Lord Derik, Kızıl Çatal'ı geçer geçmez Lannisterlar tepelerine binmiş. Kralın sancağı parçalanmış. Şarlatan Kasabası'na doğru geri çekilmeye çalıştıklarında Gregor Clegane onları arkadan sıkıştırmış. Lord Derik ve birkaç kişi daha kaçmış olabilir ama Sör Raymun'ın ve Kışyarı'ndan adamlarımızın öldürüldüğü kesin. Lord Tywin'in Kral Yolu'nu kapattığı ve şu anda Harrenhal üstünden kuzeye doğru ilerlediği söyleniyor. Önüne çıkan her yeri yakıp yıkıyormuş."

Zalim ve daha da zalimleşiyor, diye düşündü Catelyn. Durum tahmin ettiğinden daha kötüydü. "Onunla burada karşı karşıya gelmeyi mi düşünüyorsun?"

"Eğer buralara kadar gelirse evet ama kimse geleceğini düşünmüyor. Babamın Bozsu Gözcüsü'ndeki dostu Howland Reed'e haber yolladım. Eğer Lannisterlar Boğaz'a çıkarsa, adalılar yolun her adımında onları kılıçtan geçirecek ama Lord Galbart Glover, Lord Tywin'in bunu yapmayacak kadar akıllı olduğunu söylüyor. Roose Bolton da onunla aynı fikirde. Lord Tywin'in Üç Dişli Mızrak'a yakın kalacağını ve Nehirova tek başına kalana kadar Nehir lordlarının kalelerini teker teker alacağını düşünüyorlar. Onunla karşılaşmak için güneye doğru ilerlemeliyiz."

Robb'un anlattıkları Catelyn'i kemiklerine kadar titretmişti. On beş yaşında bir çocuğun, Lord Tywin ve Jaime Lannister gibi tecrübeli kumandanlara karşı ne kadar şansı olabilirdi ki? "Güneye gitmek akıllıca olur mu? Burada gayet sağlam duruyorsunuz. Eski zamanlarda Moat Cailin'de konuşlanan Kuzey Kralları'nın, kendi kuvvetlerinden on kat kalabalık orduları kolayca yenilgiye uğratabildiği söylenir."

"Evet ama erzağımız ve malzemelerimiz azalıyor. Burası yaşaması kolay bir arazi değil. Lord Manderly'nin bize katılmasını bekliyorduk. Şimdi oğulları geldiğine göre ilerlememiz gerek."

Sancak beylerinin, oğlunun sesiyle konuştuğunu fark etmişti. Bu lordların pek çoğunu Ned'le birlikte defalarca Kışyarı'nda sofrasında ağırlamıştı. Her birinin ne çeşit adamlar olduğunu biliyordu. Robb'un bilip bilmediğini merak etti.

Yine de söylediklerinde mantık vardı. Oğlunun topladığı bu ordu Özgür Şehirler'deki sabit ordular ya da maaşlı muhafızlardan kurulmuş birlikler gibi değildi. Çoğu sıradan halkın içinden gelen küçük çiftçiler, balıkçılar, hayvancılar, işçiler, dericiler, hancı çocukları ve tüccarlardı. Aralarında paralı askerler ve yağma peşinde olan hürsüvariler de vardı. Lordları onları çağırdığında gelirlerdi... ama sonsuza dek kalmazlardı. "İlerlemek iyi," dedi oğluna. "Ama *nereye?* Ne amaçla? Planın ne?"

Robb tereddüt etti. "İri Jon, Lord Tywin'in önüne çıkarak onu şaşırtmamız gerektiğine inanıyor. Ama Gloverler ve Karstarklar daha sakin davranıp Tywin'in ordusuyla karşılaşmadan Nehirova'ya giderek Kral Katili'ne karşı Sör Edmure amcamın ordusuyla birleşmemiz gerektiğini düşünüyor." Elini darmadağın kızıl saçlarının arasında gezdirdi. Mutsuz görünüyordu. "Ama Nehirova'ya vardığımızda... emin değilim."

"Emin *ol*," dedi Catelyn oğluna. "Ya da eve dönüp tahta kılıcını yeniden eline al. Roose Bolton ve Rickard Karstark gibi adamların önünde kararsız görünemezsin. Hata yapma Robb. Bu adamlar senin sancak beylerin, arkadaşların değil. Kendini kumandan ilan ettin. *Komuta et.*"

Robb duyduklarını anlayamıyormuş gibi şaşkın bir ifadeyle annesine baktı. "Dediğin gibi olacak anne."

"Sana tekrar soruyorum. Planın ne?"

Robb harita yığınının arasından renkleri solmuş ve çiziklerle dolu eski bir deri parçası aldı. Derinin bir ucu sürekli kıvrılmaktan dolayı havaya kalktı. Robb hançerini yukarı kalkan köşenin üstüne koydu. "Her iki planın da kendine göre akıllıca olan tarafları var ama... bak, Lord Tywin'in ordusunun etrafından dolaşmayı denersek onun ve Kral Katili'nin ordusunun arasında sıkışma riskimiz var ve ona saldırırsak... aldığım raporlara göre o benden daha fazla adama ve zırhlı ata sahip. İri Jon, eğer arkadan saldırırsak bunun sorun yaratmayacağı görüşünde. Ama bana sorarsan Tywin Lannister gibi çok zaferler kazanmış bir adamı şaşırtmak o kadar kolay değil."

"Güzel," dedi Catelyn. Haritanın üstüne eğilmiş oğlunun sesinde Ned'in yankılarını duyabiliyordu. "Anlatmaya devam et."

"Ben, Moat Cailin'de çoğu okçu küçük bir kuvvet bırakıp geçide ilerlemeyi tercih ederim. Boğaz'ın aşağısına vardığımızda orduyu ikiye bölerim. Piyadeler, Kral Yolu'ndan aşağı doğru devam ederken süvariler, Yeşil Çatal'ı, İkizler'den geçer." Haritadaki bir noktayı işaret etti. "Lord Tywin güneye geldiğimizi haber alınca ana ordumuzu karşılamak için kuzeye doğru ilerleyecektir. Böylece süvarilerimiz Nehirova'nın batı yakasına rahatça iner." Robb oturup arkasına yaslandı. Gülümsemeye cesaret edemiyordu ama annesinin övgüsünü bekler gibi bir hali vardı.

Catelyn kaşlarını çatarak haritaya eğildi. "İkiye böldüğün ordunun arasına nehri koyuyorsun."

"*Ve* aynı nehri Jaime Lannister'la Lord Tywin'in arasına da koyuyorum," dedi Robb hevesle. Sonunda gülümsedi. "Yeşil Çatal'ın üstünde Robert'ın tacı kazandığı yakut geçidinin aşağısında başka geçit yok. Ta İkizler'e kadar. Oradaki köprü Lord Frey'in kontrolünde. Lord Frey, babanın sancak beyi, öyle değil mi?"

Merhum Lord Frey, diye düşündü Catelyn. "Evet öyle," dedi. "Ama babam ona hiç güvenmezdi ve senin de güvenmemeni tavsiye ederim."

"Güvenmem," diye söz verdi Robb. "Peki, ne düşünüyorsun?"

Catelyn kendine rağmen etkilenmişti. *Bir Tully gibi görünüyor ama hâlâ babasının oğlu. Ned onu iyi yetiştirmiş,* diyordu içinden. "Sen hangi kuvvetin başında olacaksın?"

"Atlıların," diye cevap verdi bir çırpıda. Yine tıpkı babası gibi. Ned de en tehlikeli görevi kendisi üstlenirdi.

"Ya piyadeler?"

"İri Jon, Lord Tywin'i ezip geçmemiz gerektiğini söyleyip duruyor. Bu onuru ona bırakacağım sanırım."

Bu ilk hatalı adımı olurdu. Catelyn oğlunun gururunu incitmeden bunu nasıl söyleyebilirdi? "Baban, İri Jon'un tanıdığı en korkusuz adam olduğunu söylemişti bir zamanlar."

Robb sırıttı. "Boz rüzgâr iki parmağını koparttı ve adam *kahkaha attı*. Yani benimle aynı fikirde misin?"

"Baban korkusuz bir adam değildir," dedi Catelyn. "O cesurdur. İkisi aynı anlama gelmez."

Robb bir an düşündü. "Lord Tywin ve Kışyarı arasındaki tek şey, doğu kuvveti olacak," dedi düşünceli bir halde. "Onlar ve burada, Moat'ta bırakacağım okçular. Bu durumda korkusuz bir adama ihtiyacım yok, değil mi?"

"Hayır. Korkusuz birinden çok, soğukkanlı ve feraset sahibi birine ihtiyacın var bence."

"Roose Bolton," dedi bir çırpıda. "O adam beni korkutuyor."

"O halde dua edelim de Tywin Lannister'ı da korkutsun."

Robb başıyla onayladı ve haritayı katladı. "Gerekli emirleri vereceğim ve seni Kışyarı'na götürecek muhafızları ayarlayacağım."

Catelyn hem Ned hem de inatçı bir cesarete sahip oğlu için güçlü olmaya zorlamıştı kendini. Umutsuzluğu ve korkuyu giymek istemediği elbiselermiş gibi bir kenara bırakmıştı... ama şimdi görüyordu ki elbiseler çoktan üstüne geçirilmişti.

Gözlerinden aniden boşalan yaşlar etrafı bulanıklaştırırken, "Kışyarı'na gitmiyorum," dediğini fark etti. "Babam Nehirova'nın duvarlarının arkasında ölüyor olabilir. Kardeşim düşmanlarla kuşatılmış. Onların yanında olmalıyım."

TYRİON

Kara Kulaklar'dan Cheyk'in kızı Chella, etrafı gözlemek amacıyla önden gitmişti ve yol kavşağındaki ordunun haberini getiren de oydu. "Yaktıkları ateşlere bakılırsa en az yirmi bin kişiler," dedi. "Kırmızı sancakları var. Altın rengi aslanlı."

"Baban mı?" diye sordu Bronn.

"Ya da kardeşim Jaime," diye cevap verdi Tyrion. "Yakında öğreniriz." Perişan haldeki haydutlardan oluşan ekibine baktı. Taş Kargalar, Ay Kardeşleri, Kara Kulaklar ve Yanık Adamlar'dan oluşan yaklaşık üç yüz kişi, kurmayı düşündüğü ordunun sadece çekirdeğiydi. Daha o anda bile, Gunthor oğlu Gurn diğer klanlardan adam topluyordu. Lord babasının bu deri pelerinli, çalıntı silahlı adamları gördüğünde ne düşüneceğini merak ediyordu. Doğrusunu söylemesi gerekirse kendisi bile ne düşüneceğini bilmiyordu. Onların kumandanı mıydı, yoksa esiri mi? Çoğu zaman her ikisi birdenmiş gibi görünüyordu. "Aşağı tek başıma at sürsem daha iyi olacak," dedi.

"Tywin oğlu Tyrion için daha iyi olacak," dedi Ay Kardeşleri adına konuşan Ulf.

Shagga öfkeyle baktı. Onu bu halde görmek ürkütücüydü. "Dolf oğlu Shagga bundan hoşlanmadı. Shagga yarım adamla gidecek. Yarım adam yalan söylüyorsa Shagga onun kafasını uçuracak..."

"...ve keçilere yedirecek, tamam," dedi Tyrion. "Shagga, sana bir Lannister sözü verdim. Geri döneceğim."

"Senin sözüne niye güvenelim ki?" diye sordu Chella. Erkek gibi dümdüz, sert, ufak tefek bir kadındı ve aptal değildi. "Alçak toprakların lordları klanlarımıza daha önce de yalan söyledi."

"Beni kırıyorsun Chella," dedi Tyrion. "Ben artık dost olduğumuzu düşünüyordum. Ama istediğiniz gibi olsun, benimle gelin. Taş Kargalar adına Shagga ve Conn, Ay Kardeşleri adına Ulf, Yanık Adamlar adına Timett oğlu Timett." Adını söylediği klan üyeleri birbirlerine şüpheci gözlerle baktı. "Geri kalanlar ben çağırana kadar burada beklesin. Ben yokken birbirinizi öldürmemeye ve sakat bırakmamaya *çalışın*."

Atını mahmuzladı ve hızla yola koyuldu. Adamlara onu takip etmek ya da geride kalmaktan başka seçenek bırakmamıştı. Tyrion için ne yaptıklarının bir önemi yoktu. Oturup bütün gün ve gece *konuşmadıkları* sürece. Haydutlarla ilgili sorun buydu. Klandaki *her adamın* sesinin duyulması gerektiğine dair tuhaf bir prensipleri vardı ve akıllarına gelen her konuda, hiç susmayacakmışçasına konuşuyorlardı. Kadınların bile konuşma hakkı vardı. Bütün yaptıkları konuşmakken Vadi'yi küçük soygunlar dışında yüzyıllardır tehdit edememeleri şaşırtıcı değildi. Tyrion bunu değiştirmeye niyetliydi.

Bronn yanında at sürüyordu. Kısa süreli bir homurdanmanın ardından haydutlardan beş adam, az gelişmiş, midilliye benzeyen ve taşlı yollarda keçi gibi ilerleyen küçük atlarına atlayıp onları takip etmeye başlamıştı.

Taş Kargalar birlikte at sürüyordu. Chella ve Ulf da birbirlerine yakın ilerlemeye özen gösteriyordu. Ay Kardeşleri ve Kara Kulaklar arasında sıkı bir bağ vardı. Timett oğlu Timett tek başına geliyordu. Ay Dağları'ndaki her klan, cesaretlerini kanıtlamak için kendi etlerini dağlayan ve rivayete göre ziyafetlerde bebekleri kızartıp yiyen Yanık Adamlar'dan korkuyordu. Erkeklik çağına geldiğinde sol gözünü ateşte kızdırdığı hançeriyle çıkaran Timett'ten diğer yanık adamlar bile korkuyordu. Tyrion'ın anladığına göre, erkeklik yaşına gelmiş bir delikanlının meme ucunu, bir parmağını ya da gerçekten çok cesursa (ya da deliyse) bir kulağını yakıp koparması normal sayılıyordu. Timett'in klanındakiler, onun gözünü çıkarmayı tercih etmesinden o kadar etkilenmişlerdi ki ona savaş kumandanlığına denk geldiği anlaşılan kırmızı el unvanını layık görmüşlerdi.

Tyrion bu hikâyeyi duyduğunda, "Kralları neyini yakıp kopardı merak ediyorum," demişti Bronn'a. Paralı asker sırıtarak bacaklarının arasını avuçlamıştı... Ama Bronn bile Timett hakkında konuşurken saygılı bir dil kullanmaya özen gösteriyordu. Eğer bir adam kendi gözünü çıkaracak kadar çıldırmışsa, düşmanlarına karşı nazik olması beklenemezdi.

Kafile, dağ eteğine inerken, uzak gözcüler taştan yapılmış sıvasız kulelerden etrafı tarıyorlardı. Tyrion bir kuzgunun havalandığını gördü. Yüksek yolun iki kaya çıkıntısı arasında kıvrıldığı yerdeki ilk barikat noktasına geldiler. Bir metre uzunluğundaki toprak duvar, yolu kesiyordu. On iki okçu duvarın arkasında konuşlanmıştı. Tyrion beraberindeki adamları durdurdu. "Kumandan kim?" diye bağırdı.

Okçuların kumandanı bir anda ortaya çıktı. Lordunun oğlunu tanıyıp adamlarını onun emrine vermesi daha da kısa sürdü. Kararmış tarlaların ve yanmış karakolların arasından geçip nehir topraklarına, Üç Dişli Mızrak'ın Yeşil Çatal'ına doğru indiler. Tyrion ortalıkta hiç ceset göremiyordu ama havada kuzgunlar ve leşçi kargalar dolaşıyordu. Burada bir çatışma olmuştu, hem de kısa zaman önce.

Yol ağzından yarım fersah kadar ileride, ucu sivri kazıklardan oluşturulmuş ve mızraklı adamlar ve okçular konuşlandırılmış bir barikata vardılar. Barikatın arkasında göz alabildiğince geniş bir kamp alanı uzanıyordu. Yüzlerce ocağın ateşinden ince dumanlar yükseliyor, zırhlı adamlar ağaçlar altına oturmuş kılıçlarını bileyliyor ve çamurlu toprağa dikilmiş direklerin tepesinde tanıdık sancaklar dalgalanıyordu.

Bir grup atlı, barikata yaklaşan Tyrion ve beraberindekilere doğru ilerlemeye başladı. Başlarındaki şövalye üzeri ametist taşlarıyla süslenmiş gümüş bir zırh ve gümüş mor çizgili bir pelerin giyiyordu. Kalkanına tek boynuzlu at oyulmuştu ve miğferinin alnından yukarı bir metre uzunluğunda kıvrımlı bir boynuz çıkıyordu. Tyrion şövalyeyi selamlamak için dizginlerini çekti. "Sör Flement."

Sör Flement Brax miğferin siperini kaldırdı. "Tyrion," dedi şaşkınlıkla. "Lordum, hepimiz öldüğünüzden ya da..." Şüpheyle haydutlara baktı. "Yanınızdakiler..."

"Can yoldaşları ve sadık adamlar," dedi Tyrion. "Lord babamı nerede bulabilirim?"

"Yol ağzındaki hanı komuta merkezine çevirdi."

Tyrion güldü. Yol ağzındaki han! Belki de her şeye rağmen tanrılar vardı. "Onu hemen görmek istiyorum."

"Emredersiniz lordum." Sör Flement atını çevirdi ve emirler yağdırdı. Üç sıra kazık geçiş için yol açmak amacıyla barikattan çekildi. Tyrion kafilesini barikattan geçirdi.

Lord Tywin'in kampı fersah fersah uzuyordu. Chella'nın

yirmi bin adam tahmini yanlış sayılmazdı. Sıradan adamlar açıkta kamp halindeydiler ama şövalyeler için ev büyüklüğünde çadırlar kurulmuştu. Tyrion, Presterlar'ın kızıl öküzlü sancağını, Lord Crakehall'ın benekli ayısını, Marbrandlar'ın yanan ağacını, Lyddenler'in porsuğunu gördü. Tyrion'ı gören şövalyeler ona sesleniyor, klan adamlarına bakan sıradan adamlarsa şaşkınlıklarını gizleyemeyerek aralarında fısıldaşıyorlardı.

Shagga'nın da çok şaşkın olduğuna şüphe yoktu. Bütün hayatı boyunca bu kadar adamı, atı ve silahı bir arada görmemiş olduğu kesindi. Kafiledeki diğer adamlar duygularını gizlemekte biraz daha başarılıydılar ama Tyrion onların da en az Shagga kadar şaşkın olduğundan emindi. Bu çok iyiydi. Lannisterlar'ın gücünden etkilendikleri ölçüde yönetilmeleri o kadar kolay olurdu.

Han ve ahırlar hemen hemen hatırladığı gibiydi ama çevresindeki kasaba kapkara temellerden ve yıkık dökük evlerden ibaretti. Evlerin ortasına kurulmuş bir darağacında üstü kuzgunlarla dolu bir ceset sallanıyordu. Tyrion yaklaşırken kuzgunlar siyah kanatlarını çırpıp bağırarak havalandılar. Atından indi ve cesetten geri kalanlara baktı. Kuşlar kadının gözlerini, dudaklarını ve yanaklarının çoğunu yemişti. Açığa çıkmış çene kemikleri yüzünden kadının ağzına kanlı bir gülümseme yerleşmiş gibi görünüyordu. İçini çekerek, "Bir oda, yemek ve bir sürahi şarap istemiştim sadece," diye hatırlattı kadına.

Ahırda çalışan çocuklar atlarını almak için çıkıp koşturdu. Shagga kendi atını vermek istemedi. "Delikanlı atını çalmak için istemiyor," diyerek güvence verdi Tyrion. "Doyuracak, su verecek ve tüylerini tarayacak." Shagga'nın pelerininin de iyice bir fırçalanmaya ihtiyacı vardı aslında ama bunu söylemek zarif bir davranış olmazdı. "Sana söz veriyorum, atına bir şey olmayacak."

Shagga tereddüt ederek dizginlerini bıraktı. "Bu, Dolf oğlu Shagga'nın atı," diye delikanlıya kükredi.

"Eğer atını geri getirmezse hayalarını kesip keçilere yedirirsin," dedi Tyrion. "Bulabilirsen tabi."

Kırmızı pelerinler ve altın aslan işlemeli miğferler giymiş iki muhafız, hanın tabelası altında, kapının iki yanında bekliyordu. Tyrion adamları tanıdı. "Babam?"

"Ortak salonda lordum."

“Adamlarım yemek ve içki ister,” dedi Tyrion. “Hemen getirtin.” Hana girdi. Ve babası karşısındaydı.

Casterly Kayası Lordu, Batı Muhafızı Lord Tywin Lannister ellilerinin ortasında bir adamdı ama buna rağmen yirmi yaşında bir delikanlı kadar güçlüydü. Oturur haldeyken bile uzundu. Uzun bacakları, geniş omuzları ve dümdüz bir karnı vardı. İnce kolları kaslıydı. Sarı saçları azalmaya başladığında, berberine hepsini kazımasını emretmişti. Lord Tywin yarım yamalak şeylere inanmazdı. Sakallarını ve bıyıklarını da usturadan geçirmişti ama favorileri duruyordu. Altın rengi sık favorileri kulaklarından çenesinin altına kadar yüzünün iki yarısını kaplıyordu. Açık yeşil renk gözlerinde altın hareler vardı. Bir keresinde aptallar aptalı bir adam, Lord Twyin’in pisliğinde bile altın olduğunu söylemişti. Bazıları, o aptalın Casterly Kayası’nın bağırsaklarında hâlâ yaşadığını söylerdi.

Tyrion ortak salona girdiğinde, babası yaşayan tek erkek kardeşi Sör Kevan Lannister’la birlikte bira içiyordu. Amcası şişmanca ve kel bir adamdı. İri çenesinin hattı boyunca bırakılmış, kısa tıraşlı çember sakalı vardı. Tyrion’ı ilk amcası gördü. “Tyrion,” dedi şaşırmış halde.

“Amca,” diye karşılık verdi Tyrion. Derin bir reverans yaptı. “Ve lord babam. Sizleri burada bulmak ne büyük mutluluk.”

Lord Tywin sandalyesinden kıpırdamadı ama gözlerle uzunca inceledi oğlunu. “Görüyorum ki ölümcül kaderinle ilgili dedikodular asılsızmış.”

“Seni hayal kırıklığına uğrattığım için özür dilerim baba,” dedi Tyrion. “Koşup bana sarılarak kendini yormanı istemem.” Salonun diğer ucundaki masaya doğru giderken, kısa bacakları yüzünden paytak paytak yürüdüğünün farkındaydı. Babasının gözleri ne zaman onun üstünde olsa bütün deformasyonlarını ve eksikliklerini son derece rahatsız edici bir duyguyla hissediyordu. Bir sandalyeye tırmanıp kendine babasının birasından bir kupa doldurduktan sonra, “Benim için savaş alanına çıkman ne büyük incelik,” dedi.

“Benim gözümde senin yüzünden başlamış bir savaş bu,” diye karşılık verdi Lord Tywin. “Ağabeyin Jaime bir kadının ellerine asla tutsak düşmezdi.”

"Jaime ve benim farklı olduğumuz konularından biri bu. Eğer fark ettiysen o benden uzundur aynı zamanda."

Lord Tywin nükteyi duymazdan geldi. "Hanedanımızın onuru söz konusuydu. Yola düşmekten başka seçeneğim yoktu. Kimse bir Lannister'ın kanını bedel ödemeden dökemez."

"*Beni kükrerken duyun*!" dedi Tyrion sırıtarak. Bu, Lannister Hanedanı'nın sözüydü. "Dürüst olmam gerekir. Birkaç kez kıyısından dönmüş olsam da, gerçekte bir damla kanım bile dökülmedi. Morrec ve Jyck öldürüldü."

"Sanırım yeni adamlar isteyeceksin."

"Zahmete girme baba. Ben kendime birkaç adam buldum." Bir yudum bira içti. Mayalı, kahverengi bir biraydı. Neredeyse çiğnenecek kadar koyuydu. İyi biraydı doğrusu. Babasının hancı kadını asması büyük talihsizlikti. "Peki savaş nasıl gidiyor?"

Amcası cevap verdi. "Şimdilik gayet iyi. Sör Edmure ilerleyişimizi durdurabilmek için sınırları boyunca birlikler yerleştirdi ama baban ve ben onları küçük parçalara ayırdık."

"Ağabeyin zaferden zafere koşuyor," dedi babası. "Altın Diş'te Lord Piper ve Lord Vance'i ezip geçti. Nehirova'nın duvarlarının aşağısında Tullyler'in kalabalık gücüne karşı koydu. Üç Dişli Mızrak lordlarını bozguna uğrattı. Sör Edmure Tully pek çok sancak beyi ve şövalyesiyle birlikte esir alındı. Lord Blackwood sağ kalanları Nehirova'ya geri götürmek istedi ama orada Jaime tarafından kuşatıldılar. Geri kalanlar kendi kalelerine kaçıştı."

"Baban ve ben sırayla ilerledik," dedi Kevan Lannister. "Lord Blackwood'un yenilmesiyle birlikte Kuzgunağaç düştü ve Leydi Whent savunma için yeterli adamı olmadığından Harrenhal'u teslim etti. Sör Gregor, Piperlar'ı ve Brackenlar'ı yerle bir etti..."

"Yani hiç rakibiniz kalmadı?" dedi Tyrion.

"Tam olarak öyle değil," dedi Kevan Lannister. "Denizgözcüsü hâlâ Mallisterlar'ın elinde ve Walder Frey askerlerini İkizler'e yığıyor."

"Sorun değil," dedi Lord Tywin. "Frey savaş alanına sadece zafer kokusu aldığında çıkar ve şu an kokladığı tek şey harabeler. Jason Mallister tek başına savaşacak gücü bulamaz. Jaime,

Nehirova'yı alır almaz her ikisi de diz çökecek. Eğer Arrynlar ve Starklar bizimle karşılaşmak için ilerlemezlerse bu savaş bizim demektir."

"Yerinizde olsam Aryynlar'la ilgili pek endişelenmezdim. Starklar başka konu. Lord Eddard..."

"...bizim tutsağımız," dedi babası. "Kızıl Kale'nin dibindeki zindanda çürürken bir orduyu yönetemez."

"Hayır, yönetemez," diyerek onayladı Kevan Lannister. "Ama oğlu sancak beylerini çağırdı ve güçlü bir orduyla Moat Cailin'de konuşlandı."

"Çeliğe su verilmedikçe, kılıç kesmez," dedi Lord Tywin. "Robb Stark henüz bir çocuk. Sancakların rüzgârda dalgalanmasını, savaş borularının ötmesini seviyordur şüphesiz ama sonuçta kıyım işi bu. Midesinin kaldıracağını hiç zannetmiyorum."

Tyrion onun yokluğunda işlerin epey *ilginçleştiğini* anlıyordu. "Peki bu 'kıyım işi' yapılırken korkusuz kraliyet ailemiz ne durumda?" diye sordu Tyrion. "Benim güzel ve ikna edici kız kardeşim en iyi arkadaşını zindana atması için Robert'ı nasıl kandırdı?"

"Robert Baratheon öldü," dedi babası. "Kral Toprakları'nda yeğenin hüküm sürüyor."

İşte bu Tyrion'ı gerçekten *şaşırtmıştı*. "Kız kardeşim hüküm sürüyor demek istiyorsun." Büyük bir yudum bira daha içti. Kocasının yerine geçen Cersei'nin yönettiği diyar bambaşka bir yer haline gelecekti.

"Eğer işe yaramak istiyorsan sana bir görev vereceğim," dedi babası. "Karyl Vance ve Marq Piper arkamızda iplerini kopartmış halde dolaşıyorlar. Kızıl Çatal'ın karşısındaki topraklarımıza saldırıyorlar."

Tyrion Lannister bir *ts* sesi çıkardı. "Karşılık vermeye cüret etmişler. Normalde bu terbiyesizliğin cezasını vermekten mutluluk duyardım ama başka bir yerde çok önemli işlerim var baba."

"Öyle mi?" dedi Lord Tywin hiç etkilenmediğini belli eden bir tavırla. "Ned Stark'a olan bağlılığından dolayı kahramanlık hayalleri kuran Lord Beric Dondarrion gözcü gruplarımızı taciz edip bize rahatsızlık veriyor. Kılıcını ateşe vermekten hoşlanan şu şişman rahip bozuntusu da onunla birlikte. Kaçmadan önce onlarla ilgilenebilir misin? Yüzüne gözüne bulaştırmadan elbette."

Tyrion elinin tersiyle ağzını sildi ve gülümsedi. "Baba, bana yirmi, elli... kaç kişi varsa aklında, verecek kadar güveniyor olman yüreğimi ısıttı. Bu kadar adamı gözden çıkarabileceğinden emin misin? Pekâlâ, sorun değil. Lord Beric ve Thoros'la karşılaşırsam ikisinin de icabına bakarım." Sandalyesinden indi, beyaz peynir ve meyvelerle dolu yuvarlak masaya gitti. "Ama önce tutmam gereken bazı sözler var," dedi bir dilim peynir keserken. "Üç bin miğfer ve bir o kadar da zırhlı yelek edinmem gerek. Ayrıca kılıçlar, mızraklar, oklar ve çelik uçlar, gürzler, savaş baltaları, çelik eldivenler, boğazlıklar, göğüs plakaları ve bütün bunları taşımak için at arabaları..."

Arkasındaki kapı o kadar büyük gürültüyle açıldı ki Tyrion neredeyse peynirini düşürüyordu. Kevan Lannister küfrederek ayağa kalkarken, muhafızların kumandanı kapının çarpmasıyla uçarak şömineye çarptı. Adam soğuk küllerin içine yuvarlandı. Miğferi ezilmişti. Shagga muhafızın kılıcını eline aldı ve bir ağaç dalı kırıyormuş gibi kolayca dizinde ikiye ayırıp ortak salonun ortasına fırlattı. Haydutun peynirden daha keskin kokusu arkasından gelip salonu doldurmuştu. "Kırmızı pelerinli küçük adam," dedi muhafıza. "Bir daha Dolf oğlu Shagga'ya çıplak kılıç gösterirsen o kılıçla hayalarını kesip ateşte kızartır."

"Ne? Bu sefer keçi yok mu?" dedi Tyrion peynirini ısırırken. Diğer klan haydutları da Bronn'un peşi sıra ortak salona girdiler. Paralı asker, ne yapayım der gibi omuz silkti.

"Siz kimsiniz?" diye sordu Lord Tywin buz gibi sesiyle.

"Benimle buraya kadar geldiler baba. Bizimle kalabilirler mi? Çok fazla yemiyorlar hem."

Kimse gülmüyordu. "Siz vahşiler savaş konseyimize hangi hakla giriyorsunuz?" diye sordu Kevan Lannister.

" 'Vahşiler' mi alçak toprakların lordu?" Conn yıkansa yakışıklı bir adam olurdu. "Bizler özgür adamlarız. Özgür adamların sahip olduğu hakla bütün savaş konseylerine girebiliriz."

"Hangisi aslan lordu?" diye sordu Chella.

"İkisi de yaşlı adamlar," dedi henüz yirminci yılını görmemiş olan Timett oğlu Timett.

Sör Kevan elini kılıcının kabzasına götürdü ama Lord Tywin iki parmağını hafifçe kardeşinin koluna değdirerek onu yeterince çabuk durdurdu. Lord Tywin soğukkanlı görünüyordu. "Tyrion, bütün nezaket kurallarını unuttun mu? Lütfen bizi... saygıdeğer konuklarınla tanıştır."

Tyrion parmaklarını yaladı. "Memnuniyetle," dedi. "Bu güzel kız, Kara Kulaklar'dan Cheyk'in kızı Chella."

"Ben kız değilim," diye itiraz etti Chella. "Oğullarımın elli kulak kesmişliği vardır."

Tyrion, "Elli kulak daha alırlar umarım," diyerek Chella'dan uzaklaştı. "Bu, Coratt'ın oğlu Conn. Saçları çıkmış Casterly Kayası gibi görünen de Dolf oğlu Shagga, Taş Kargalar'dan. Bu, Ay Kardeşleri'nden Umar'ın oğlu Ulf. Bu, Yanık Adamlar'ın kırmızı eli Timett oğlu Timett. Ve son olarak, belli bağımlılıkları olmayan paralı asker Bronn. Onu tanıdığım şu kısa süre içinde iki kez taraf değiştirdiğine şahit oldum. İkinizin iyi anlaşması gerek baba." Bronn'a ve klan üyelerine döndü. "Size babamı tanıştırmama izin verin," dedi. "Lannis Limanı Kalkanı, Batı Muhafızı, Casterly Kayası Lordu, bir zamanların ve yakın geleceğin Kral Eli, Lannister Hanedanı'ndan Tytos oğlu Tywin Lannister."

Lord Tywin ayağa kalktı. Vakur ve dikkatli. "Ay Dağları'nın savaşçı klanlarının yetenekleri batıda bile dillere destandır. Sizi kalelerinizden alıp buralara kadar getiren nedir lordlarım?"

"Atlar," dedi Shagga.

"İpek ve çelik için aldığımız söz," dedi Timett oğlu Timett.

Tyrion, Arryn Vadisi'ni üstünde dumanlar tüten bir harabeye çevirmek üzere yaptığı teklifi anlatacaktı ama şansı olmadı. Kapı yeniden gürültüyle açıldı. Ulak, Lord Tywin'in önünde diz çökerken hızlıca Tyrion'ın adamlarına baktı. "Lordum," dedi. "Sör Addam, Stark ordusunun yol ağzına doğru ilerlediğini iletmemi emretti."

Lord Tywin Lannister gülümsemedi. Lord Tywin *asla* gülümsemezdi ama Tyrion yıllar içinde babasının keyifli anlarını yüzünden okumayı öğrenmişti. "Kurtçuklar inlerinden çıkıp aslanlarla oynamaya gelmişler demek," dedi tatmin dolu bir sesle. "Kusursuz. Sör Addam'a gidip geri çekilmesini söyle. Biz oraya varana kadar kuzeylilerle çarpışmasın ama kanatlarını rahatsız edip iyice güneye kaymalarını sağlasın."

"Emrettiğiniz gibi lordum." Süvari salondan çıktı.

"Burada gayet iyi konuşlandık," dedi Kevan Lannister. "Kıyıya yakınız, kendimizi kazıklarla ve çukurlarla çevirdik. Eğer güneye geliyorlarsa bırakalım gelsinler ve onları burada kıralım."

"Çocuk, sayımızı görünce cesaretini kaybedip geri çekilebilir," diye karşılık verdi Lord Tywin. "Starklar'ı ne kadar erken kırarsam, Stannis Baratheon'la o kadar çabuk hesaplaşırım. Davulculara toplanma ritmi vurmalarını söyle ve Jaime'ye, Robb Stark'ın üzerine yürüdüğümü haber ver."

"Emrettiğiniz gibi," dedi Kevan Lannister.

Tyrion babasının vahşi klan haydutlarına dönüşünü suratsız bir hayranlıkla izledi. "Dağların adamlarının korkusuz savaşçılar olduğu söylenir," dedi Lord Tywin.

"Doğrudur," dedi Taş Kargalar'dan Conn.

"Kadınları da öyledir," diye ekledi Chella.

"Düşmanlarıma karşı benimle birlikte at sürün. Oğlumun size söz verdiği her şeyi fazlasıyla alacaksınız."

"Bize kendi sikkelerimizle mi ödeme yapacaksın?" dedi Umar oğlu Ulf. "Oğlunun sözü varken, bir de babasının sözü neden gerek ki?"

"Ben şu da *gerekir* gibi bir şey söylemedim," diye yanıt verdi Lord Tywin. "Benim sözlerim tamamen nezaket icabıdır, başka bir şey değil. Bize katılmanıza gerek yok. Kuzeyliler çelik ve buzdan yapılmıştır. En gözü kara şövalyelerim bile onlarla yüz yüze gelmekten korkar."

Ah, kusursuz iş, diye düşündü Tyrion çarpık bir gülümsemeyle.

"Yanık Adamlar kimseden korkmaz, Timett oğlu Timett aslanlarla at sürecek."

"Yanık Adamlar nereye giderse Taş Kargalar oraya onlardan önce varır," dedi Conn ateşle. "Biz de at süreceğiz."

"Dolf oğlu Shagga onların hayalarını kesip kargalara yedirecek."

"Aslan lorduyla gideceğiz," dedi Chella. "Ama yarım adam bizimle gelirse. Canını verdiği sözle satın aldı. Vadettiği çelik elimize değene kadar hayatı bizimdir."

Lord Tywin benekli gözlerini oğluna çevirdi.

"Keyifle," dedi Tyrion teslim olmuş bir gülümsemeyle.

SANSA

Taht odasının duvarları çırılçıplak kalmıştı. Kral Robert'ın sevdiği av goblenleri indirilmiş, odanın bir köşesine dağınık halde atılmıştı.

Sör Mandon Moore, Kral Muhafızları'ndan diğer ikisinin yanındaki yerini almak üzere tahtın altına gitti. Sansa ilk kez yanında bir muhafız olmadan kapıda oyalanıyordu. Kraliçe iyi davranışlarının ödülü olarak Sansa'ya kale özgürlüğü vermişti ama yine de gittiği her yerde yanında bir refakatçi bulunuyordu. "Müstakbel gelinim için onur muhafızları," demişti kraliçe ama Sansa kendini onurlandırılmış hissetmiyordu.

"Kale özgürlüğü," duvarların dışına çıkmamak üzere verilmiş bir söz karşılığı Kızıl Kale içinde istediği her yere gidebilmesi anlamına geliyordu. Bu Sansa'nın memnuniyetle verdiği bir sözdü. İstese de duvarların dışına çıkamazdı. Kalenin bütün kapıları Janos Slynt'in altın pelerinlileri ve Lannisterlar'ın muhafızları tarafından gece gündüz gözleniyordu. Ayrıca, kaleden ayrılabiliyor olsa bile nereye gidecekti ki? Avluda yürümek, Myrcella'nın bahçesinden çiçek toplamak ve septe gidip babası için dua etmek Sansa için yeterliydi. Zaman zaman tanrı korusunda da dua ediyordu. Starklar hâlâ eski tanrılara ibadet ediyordu.

Bu, Joffrey'nin hükümdarlığının ilk büyük konsey toplantısıydı. Sansa bu yüzden biraz heyecanlıydı. Taht odasının batı pencerelerinin altında bir sıra Lannister muhafızı vardı. Doğu pencerelerinin altına da Şehir Muhafızları'ndan altın pelerinliler sıralanmıştı. Sıradan halkın arasında hiç hareketlilik yoktu ama balkonun altındaki irili ufaklı lordlar ve leydilerden oluşan küçük grup huzursuzca hareket ediyordu. Yirmi kişiden fazla değillerdi. Hâlbuki Kral Robert'ı bekleyen yüzlerce insan olurdu.

Sansa selamlama sözleri mırıldanarak aralarından geçti ve kendine önlerde bir yer buldu. Siyahî Jalabhar Xho'yu, kederli Sör Aron Santagar'ı, Redwyne ikizleri Dehşet ve Salya'yı tanımıştı ama içlerinden hiçbiri *onu* hatırlamış gibi görünmüyordu.

Hatırladıysalar bile gri veba yüzünden ondan kaçıyor olmalıydılar. Hastalıklı Lord Gyles, Sansa'nın yaklaştığını görünce elini yüzüne götürdü ve öksürüğe yakalanmış gibi yaptı. Ayyaş Lord Dontos tam Sansa'yı selamlayacakken, Sör Balon Swann adamın kulağına bir şeyler fısıldadı ve Lord Dantos diğer tarafına döndü.

Lordların geri kalanları ortalıkta görünmüyordu. Sansa hepsinin birden nerede olabileceğini merak etti. Umutsuzca dost yüzler aradı ama bir kişi bile ona bakmıyordu. Vaktinden çok önce ölmüş bir kızın hayaleti gibiydi.

Yüce Üstat Pycelle her zamanki gibi uyuklar halde, eli sakalında konsey masasında tek başına oturuyordu. Lord Varys'in ayakları hiç ses çıkarmadan aceleyle salona geldiğini gördü Sansa. Çok geçmeden Lord Baelish gülümseyerek arkadaki yüksek kapılardan içeri girdi. Öne doğru yürürken Sör Balon ve Sör Dontos'la ayaküstü sohbet etti. Sansa'nın karnında tedirgin kelebekler uçuyordu. *Korkmama gerek yok*, dedi kendine. *Korkmam için hiç sebep yok. Her şey iyi olacak. Joff beni seviyor ve kraliçe de öyle. Kendisi söyledi.*

Salonda habercinin sesi yankılandı. "Andallar'ın, Rhoynarlar'ın, İlk İnsanlar'ın Kralı, Yedi Krallık Lordu, Baratheon ve Lannister Hanedanlarından Bu İsimle Anılan İlk Kral Majesteleri Joffrey'yi selamlayın. Diyar'ın Koruyucusu, Batı Işığı, Vekil Kraliçe, Majesteleri'nin Leydi Annesi, Lannister Hanedanı'ndan Cersei'yi selamlayın."

Beyaz zırhlı Sör Barristan Selmy, Joffrey ve annesini kapıdan geçirdi. Sör Arys Oakheart, kraliçeye eşlik ediyordu. Joffrey'nin yanında Sör Boros Blount vardı. Jaime Lannister dışındaki altı Beyaz Kılıç salondaydı. Sansa'nın prensi -hayır, artık *kralı*- basamakları ikişer ikişer çıkarak Demir Taht'a oturdu. Annesi konsey üyeleriyle birlikte oturuyordu. Joff kırmızılarla kesilmiş siyah kadifeler giyiyordu. Uzun yakalı altın rengi pelerini pırıl pırıl parlıyordu. Başında yakutlar ve siyah elmaslarla süslenmiş altın bir taç vardı.

Joffrey salona bakmak için kafasını çevirdiğinde Sansa'yla göz göze geldi. Gülümsedi ve konuşmaya başladı. "Bir kralın görevi sadık olmayanları cezalandırmak ve sadakat sahiplerini ödüllendirmektir. Yüce Üstat Pycelle, kararlarımı okumanızı emrediyorum."

Pycelle ayağa kalktı. Kürk yakalı, altın düğmeli, olağanüstü gösterişli kırmızı bir cübbe giymişti. Cübbesinin dökümlü kolundan bir parşömen çıkardı, açtı ve bir isim listesi okumaya başladı. Okunan her ismin konsey huzuruna çıkması ve Joffrey'ye sadakat yemini etmesi emrediliyordu. Bu emri yerine getirmeyenler hain sayılacak, unvanları alınacak ve toprakları krallığa devredilecekti.

Pycelle'in okuduğu isimler Sansa'nın nefessiz kalmasına sebep oldu. Lord Stannis Baratheon, leydi karısı ve kızı. Sör Renly Baratheon. Lord Royce lordlarının her ikisi ve oğulları. Sör Loras Tyrell. Lord Mace Tyrell, kardeşleri, amcaları ve oğulları. Kırmızı rahip Myrli Thoros. Lord Beric Dondarrion. Leydi Lysa Arryn ve oğlu, küçük lord Robert. Lord Hoster Tully, Kardeşi Sör Brynden ve oğlu Sör Edmure. Lord Jason Mallister. Dorne Hudutları'ndan Lord Bryce Caron. Lord Tytos Blackwood. Lord Walder Frey ve varisi Sör Stevron. Lord Karyl Vance. Lord Jonos Bracken. Leydi Shella Whent. Dorne Prensesi Doran Martell ve bütün oğulları. *Ne kadar çoklar*, diye düşündü Pycelle okumaya devam ederken. *Bu mesajların teker teker gönderilmesi için büyük bir kuzgun sürüsü gerek.*

Ve sonlara doğru Sansa'nın dehşetle beklediği isimler okundu. Leydi Catelyn Stark. Robb Stark. Brandon Stark. Rickon Stark. Arya Stark. Sansa nefes alamadı. *Arya*. Arya'nın gelip sadakat yemini etmesini istiyorlardı... Demek ki kadırgaya binip kaçmayı başarmıştı. Şimdi Kışyarı'nda güvendeydi...

Yüce Üstat Pycelle parşömeni tekrar yuvarladı, yenine soktu ve sağ kolundan yeni bir parşömen çıkardı. Boğazını temizleyip devam etti. "Hain Eddard Stark'tan boşalan göreve, Majesteleri'nin emriyle Batı Muhafızı ve Casterly Kayası Lordu Tywin Lannister getirilecektir. Lord Tywin, Kral Eli sıfatıyla kralın sesiyle konuşacak, düşmanlara karşı ordularını yönetecek ve kraliyet işlerini yerine getircektir. Majesteleri emretti. Küçük Konsey onayladı."

"Hain Stannis Baratheon'dan boşalan göreve, Majesteleri'nin leydi annesi Vekil Kraliçe Cersei Lannister getirilecektir.

Majesteleri'nin en sağlam destekçisi Kraliçe Cersei küçük konseyde yer alacak, bilgelikle ve adaletle hükmetmesi için Majesteleri'ne destek olacaktır. Majesteleri emretti. Küçük Konsey onayladı."

"Majesteleri'nin emriyle Kral Toprakları'nın sadık hizmetkârı, Şehir Muhafızları Kumandanı Sör Janos Slynt lordluk rütbesine yükseltilecek, eski Harrenhal makamı bütün toprakları ve gelirleriyle birlikte kendisine devredilecektir. Kendisinden sonra oğulları ve torunları, sonsuza kadar bu onuru taşıma hakkına sahip olacaktır. *Lord* Slynt, Majesteleri'nin küçük konseyinde yer alacak ve diyarın idaresinde Majesteleri'ne danışmanlık yapacaktır. Majesteleri böyle emretti. Küçük Konsey onayladı."

Sansa, Janos Slynt salona girdiği zaman oluşan hareketliliği göz ucuyla izledi. Mırıltılar bu sefer daha yüksek ve daha kızgındı. Soyları binlerce yıl geriye giden onurlu lordlar, sıradan halkın içinden gelen bu kurbağa suratlı kel adam aralarından geçerken yol açtı. Slynt'in siyah kadife yeleğine dikilmiş altın pullar adam yürüdükçe birbirine çarpıp sesler çıkarıyordu. Pelerini siyah ve altın renkli damalarla süslenmişti. Oğulları olduğu anlaşılan iki çirkin oğlan taşıdıkları kendilerinden daha uzun metal kalkanların ağırlığı altında ezilmemeye çabalayarak babalarının önünde yürüyordu. Janos Slynt, gece siyahı zemin üstüne işlenmiş kanlı bir altın mızrağı kendine sancak arması olarak seçmişti. Bu arma, Sansa'nın tüylerini diken diken yapmıştı.

Lord Slynt yerine otururken Yüce Üstat Pycelle devam etti. "Son olarak, hainlik ve karmaşa dolu bu günlerde, sevgili Robert'ımızın da ölümüyle birlikte, Kral Joffrey'nin güvenliği en önemli meselemizdir..." Kraliçeye baktı.

Cersei ayağa kalktı. "Sör Barristan Selmy, öne çıkın."

Sör Barristan bir heykel kadar dik ve hareketsiz Demir Taht'ın önünde duruyordu. Öne çıktı, bir dizinin üstüne çöküp başını öne eğdi. "Majesteleri, emrinizdeyim."

"Ayağa kalkın Sör Barristan," dedi Cersei Lannister. "Miğferinizi çıkarabilirsiniz."

"Leydim?" Sör Barristan ayağa kalkarken miğferini çıkardı ama neden olduğunu anlayamamış gibi görünüyordu.

"Uzun yıllar boyunca kraliyete sadakatle hizmet ettiniz sör ve bu topraklarda yaşayan her kadın ve erkek size teşekkür borçlu. Buna rağmen, korkarım ki göreviniz sona erdi. Kral ve konsey artık ağır yüklerinizden kurtulmanız gerektiği kanaatinde."

"Ağır... yüklerim mi? Ben... anlamıyorum."

Yeni lord ilan edilmiş Janos Slynt küstah ve kalın bir sesle konuştu. "Majesteleri artık Kral Muhafızları Kumandanı olmadığınızı söylemeye çalışıyor."

Beyaz saçlı uzun boylu şövalye orada öylece dururken küçülüyormuş, zor nefes alıyormuş gibi görünüyordu. "Majesteleri," dedi sonunda. "Kral Muhafızları yeminli kardeşlerden oluşur. Yeminimiz ömür boyu geçerlidir. Bu yemin ancak ölümle bozulur ve görev o zaman biter."

"Kimin ölümüyle Sör Barristan?" diye sordu Cersei. Kraliçenin sesi ipek kadar yumuşaktı ama ağırlığı bütün salonun üstüne çöktü. "Sizin ölümünüz mü? Yoksa kralınki mi?"

"Babamın ölmesine göz yumdunuz," dedi Joffrey oturduğu yüksek tahttan seslenerek. "Kimseyi koruyamayacak kadar yaşlısınız."

Sansa şövalyenin yeni kralına delici gözlerle baktığını gördü. Sör Barristan daha önce hiç bu kadar yaşlı görünmüyordu. "Majesteleri," dedi. "Ben yirmi üçüncü yaşımda Kral Muhafızı olarak seçildim. Elime kılıç aldığım ilk gün itibarıyla tek hayalim buydu. Hanedanıma ait her şeyden görevim için vazgeçtim. Evlenmek üzere olduğum kız, kuzenimle evlendirildi. Hayatımı kraliyete adayacaktım ve bu yüzden toprağa ve oğullara ihtiyacım yoktu. Sör Gerold Hightower, kralı bütün gücümle koruyacağıma... onun kanına karşılık kendi kanımı dökeceğime... dair ettiğim yemini bizzat duydu... Babanıza hizmet etmeden önce Sabah Kılıcı Sör Arthur Dayne'le birlikte, Beyaz Boğa ve Dorne prensi Lewyn'le yan yana savaştım. Kral Aerys ve ondan önce babası Jaehaerys'in kalkanı oldum... Üç kral..."

"Ve hepsi ölü," dedi Serçeparmak.

"Sizin vaktiniz geçti," diye duyurdu Cersei Lannister. "Joffrey etrafında genç ve güçlü adamlar istiyor. Konsey, Sör Jaime Lannister'ın Beyaz Kılıçlar Yeminli Kardeşler'inin Lord Kumandanı atanarak sizin yerinizi almasına karar verdi."

"Kral Katili," dedi Sör Barristan tiksinti dolu bir sesle. "Kılıcını, korumaya yemin ettiği kralın kanıyla yıkamış onursuz bir şövalye."

"Sözlerinize dikkat edin," diye uyardı kraliçe. "Sevgili kardeşimden, kralımızın kendi kanından bahsediyorsunuz."

Lord Varys diğerlerinden daha yumuşak bir tavırla konuştu. "Hizmetlerinizi görmezden geliyor değiliz sevgili sör. Lord Tywin Lannister size Lannis Limanı'nın kuzeyinde, deniz kıyısındaki topraklardan hatırı sayılır büyüklükte bir arazi, sağlam bir kale inşa edebilmeniz için yeterli altın ve adam, her ihtiyacınıza koşacak hizmetkârlar vermeyi kabul etti."

Sör Barristan keskin gözlerle baktı. "İçinde ölecek bir delik ve gömülmem için adamlar. Teşekkür ederim lordlarım... ama merhametinize tüküreyim." Uzandı ve pelerinini boynunda tutan ağır kopçayı açtı. Ağır beyaz kumaş omuzlarından akarak bir yığın halinde yere düştü. Miğferini yere atınca sert bir metal sesi salonda yankılandı. "Ben bir şövalyeyim," dedi. Göğüs zırhının gümüş bağlarını çözdü, onu da yere attı. "Ve bir şövalye olarak öleceğim."

"Görünüşe bakılırsa çıplak bir şövalye olarak," dedi Serçeparmak.

Herkes gülüyordu. Tahtında oturan Joffrey, lordlar, Janos Slynt, Kraliçe Cersei ve daha birkaç dakika önce kardeşleri olan diğer Kral Muhafızları. *Onu en fazla bu üzmüştür*, diye düşündü Sansa. Orada öylece tek başına duran, utanmış, yüzü kızarmış, konuşamayacak kadar öfkeli yaşlı ve cesur adam için kalbi parçalanıyordu. Sör Barristan sonunda kılıcını çekti.

Sansa birinden soluğu kesiliyormuş gibi bir ses çıktığını duydu. Sör Boros ve Sör Meryn şövalyeyi durdurmak için öne çıktılar ama Sör Barristan'ın gözlerindeki aşağılama dolu keskin bakış onları durdurdu. "Korkmayın sörlerim, kralınız güvende… bu da sizin sayenizde değil. Şu dakika bir hançerle peynir keser gibi beşinizi birden kılıçtan geçiririm. Kral Katili'nin komutasında görev yapmayı kabul ettiyseniz hiçbiriniz beyaz giymeye layık değilsiniz demektir." Kılıcını Demir Taht'ın dibine fırlattı. "Al evlat. İstersen bunu da eritip diğerlerine katabilirsin.

Şu beş sefilin elindeki kılıçlardan daha fazla işine yarar. Belki kılıcımın üstünde, tahtı senden aldığında Lord Stannis oturur."

Uzun yolu kullanarak salondan çıkmak için yürümeye başladı. Güçlü ve sert adımları duvarlarda yankılanıyordu. Lordlar ve leydiler geçmesi için yolu açtı. Büyük meşe kapılar Sör Barristan'ın arkasından kapanana kadar salonda çıt yoktu. Sansa şövalyenin ardından çıkan sesleri duyuyordu: Yumuşak fısıltılar, huzursuz mırıldanmalar, konsey masasından gelen kağıt hışırtıları. "Bana *evlat* dedi," dedi hırçınca Joffrey. Sesi küçücük bir oğlan çocuğu gibi çıkmıştı. "Amcam Stannis hakkında da konuştu," dedi.

"Boş konuşmalar," diye karşılık verdi Hadım Varys. "Hiçbir anlamı yok."

"Amcalarımla birlikte bir komplo hazırlıyor olabilir. Yakalanıp sorgulanmasını istiyorum." Kimse kıpırdamadı. Joffrey sesini yükseltti. "*Yakalanmasını emrediyorum*, dedim!"

Janos Slynt konsey masasından kalktı. "Altın pelerinlilerim konuyla ilgilenecek Majesteleri."

"Güzel," dedi Kral Joffrey. Lord Janos salonun çıkışına doğru yürümeye başladı. Üzerinde yeni armaları olan kalkanları taşımaya çalışan oğulları babalarına yetişmek için koşturuyordu.

"Majesteleri, artık işimize geri dönecek olursak, altı kişi kaldılar. Kral Muhafızları'nızın bir kılıca daha ihtiyacı var," diye hatırlattı Serçeparmak.

Joffrey gülümsedi. "Onlara anlat anne."

"Kral ve konsey, Kral Toprakları'ndaki hiçbir adamın kralı kendi yeminli kılıcı Sandor Clegane'den daha iyi koruyamayacağına karar verdi," dedi.

"Buna ne diyorsun köpek?" diye sordu Joffrey.

Tazı'nın sert yüzünden duygularını anlamak kolay değildi. Bir süre düşündü. "Neden olmasın?" dedi. "Vazgeçmek zorunda kalacağım bir karım ya da topraklarım yok. Olsa da kimin umurunda?" Ağzının yanık kısmı çarpıldı. "Ama sizi uyarıyorum. Şövalye yemini etmem."

"Kral Muhafızları'nın Yeminli Kardeşler'i her zaman şövalyelerden seçilmiştir," dedi Sör Boros sert bir ifadeyle.

"Şimdiye kadar öyleydi," diye karşılık verdi Tazı korkutucu, pürüzlü sesiyle. Sör Boros sessizleşti.

Kral'ın habercisi öne çıktığında Sansa vaktin geldiğini fark etti. Elbisesinin eteklerini huzursuzca düzeltti. Krala olan saygısından ötürü yas kıyafetleri giymişti ama güzel görünmek için özel bir çaba harcamıştı. Arya'nın mahvettiği, kraliçenin hediyesi fildişi ipek elbiseyi giyiyordu ama kumaşı siyaha boyattığı için leke görünmüyordu artık. Saatlerce mücevherlerini karıştırdıktan sonra zarif ve sade gümüş bir kolyede karar kılmıştı.

Habercinin sesi duyuldu. "Eğer salonda bulunanlardan birinin krala anlatacağı bir meselesi varsa şimdi konuşsun ya da bir dahaki toplantıya kadar sussun."

Sansa titredi. *Şimdi*, dedi kendine. *Bunu şimdi yapmalıyım.* Bir adım attı. Ardından bir adım daha. *Tanrılar bana cesaret verin.* Lordlar ve leydiler geçmesi için yolu açtı. Gözlerinin ağırlığını üstünde hissediyordu Sansa. *Leydi annem kadar güçlü olmalıyım.* "Majesteleri," dedi zayıf, titrek bir sesle.

Demir Taht'ın durduğu yerin yüksekliğinden dolayı Joffrey salondaki herkesten daha iyi bir görüş açısına sahipti. Sansa'yı ilk gören o oldu. "Öne gelin leydim," dedi gülümseyerek.

Gülümsemesi Sansa'yı sardı. Kendini güçlü ve güzel hissetmesine sebep oldu. *Beni seviyor. O beni seviyor.* Sansa başını kaldırıp Joffrey'ye doğru yürüdü. Ne çok hızlı, ne çok ağır. Ne kadar huzursuz olduğunu onlara göstermemeliydi.

"Stark Hanedanı'ndan Leydi Sansa," diye duyurdu haberci.

Demir Taht'ın önünde, Sör Barristan'ın pelerininin, miğferinin ve göğüs zırhının olduğu yerde durdu. "Kral ve konseyle paylaşacak bir meselen mi var Sansa?" diye sordu konsey masasında oturan kraliçe.

"Evet," dedi Sansa. Elbisesini mahvetmemek için yerdeki pelerinin üstüne diz çöküp, siyah ve korkunç tahtın üstünde oturan prensine baktı. "Eskiden Kral Eli olan babam Lord Eddard Stark için merhamet istiyorum Majesteleri," dedi. Bu cümleyi yüzlerce kez tekrar etmişti.

Kraliçe içini çekti. "Sansa, beni hayal kırıklığına uğrattın. Sana hain kanıyla ilgili söylediklerimi hatırlamıyor musun?"

"Babanız çok korkunç suçlar işledi leydim," dedi Yüce Üstat Pycelle.

"Ah zavallı küçük şey," diye iç geçirdi Varys. "O daha bir bebek lordlarım. Ne istediğini bilmiyor."

Sansa sadece Joffrey'ye bakıyordu. *Beni dinlemeli*, diye düşündü. Kral tahtında kıpırdandı. "Bırakın konuşsun," dedi. "Söyleyeceklerini duymak istiyorum."

"Teşekkür ederim Majesteleri," dedi Sansa gülümseyerek. Sadece Joffrey için, küçük gizli bir gülümsemeydi. Dinliyordu. Sansa dinleyeceğini baştan beri biliyordu.

"İhanet ölümcül bir tohum," dedi Pycelle ciddi bir ifadeyle. "Tohumundan köküne, yaprağına kadar yok edilmeli ki yayılmasın."

"Babanın suçlarını inkâr mı ediyorsun?" diye sordu Lord Baelish.

"Hayır lordlarım," dedi Sansa. Böyle olmayacağını biliyordu. "Cezalandırılması gerektiğini biliyorum. Benim bütün istediğim merhamet. Lord babam yaptıklarına pişman olmak zorunda, bunun farkındayım. Kral Robert onun arkadaşıydı. Babam kralı çok severdi. Bunun doğru olduğunu hepiniz biliyorsunuz. Kral Robert ısrar edene kadar asla Kral Eli olmak gibi bir isteği yoktu. Ona yalan söylemiş olmalılar. Lord Renly, Lord Stannis ya da *başka biri* ona yalan söylemiş olmalı. Yoksa..."

Kral Joffrey tahtın kollarını sıkı sıkı tutarak öne eğildi. Kırık kılıç uçları parmaklarının arasından çıkıyordu. "Benim kral olmadığımı söyledi. Bunu neden söyledi?" dedi.

"Bacağı kırıktı," diye karşılık verdi Sansa. "Çok fazla ağrısı vardı ve Üstat Pycelle ona sürekli haşhaş sütü veriyordu. Haşhaş sütünün zihni bulandırdığı bilinir. Yoksa asla böyle bir şey söylemezdi."

Varys, "Bir çocuğun inancı... ne tatlı bir masumiyet. Buna rağmen, çocuktan al haberi de derler," dedi Varys.

"İhanet ihanettir ," dedi Pycelle.

Joffrey tahtında huzursuzca kıpırdanıyordu. "Anne?"

Cersei Lannister düşünceli gözlerle Sansa'yı inceledi. "Eğer Lord Eddard suçlarını itiraf etseydi saçmalıkları için pişmanlık duyduğuna inanabilirdik," dedi sonunda.

Kral Joffrey ayağa kalktı. *Lütfen*, dedi Sansa içinden. *Lütfen,*

lütfen benim tanıdığım gibi bir kral ol. Nazik ve soylu. Lütfen. "Söyleyeceğin başka bir şey var mı?" diye sordu Sansa'ya.

"Sadece... bana olan sevginizin hatırına bana bu iyiliği yapın prensim," dedi Sansa.

Kral Joffrey, Sansa'yı süzdü. "Tatlı sözlerin beni duygulandırdı," dedi vakur bir tavırla. Her şeyin çok iyi olacağını anlatmak istiyormuş gibi başını sallıyordu. "İstediğini yapacağım... ama önce baban suçunu itiraf etmeli ve benim kral olduğumu söylemeli. Aksi takdirde merhametimi kazanamaz."

"Söyleyecek," dedi Sansa kalbi sızlayarak. "Söyleyeceğini biliyorum."

EDDARD

Yerdeki saman yığını idrar kokuyordu. Bir pencere, bir yatak, hatta bir tuvalet kovası bile yoktu. Güherçile plakalarıyla kaplı soluk kızıl duvarları, demirle güçlendirilmiş minik tahta parçalarından yapılmış on santim kalınlığındaki kapıyı hatırladı. Onu içeri tıkarlarken bir an için görebilmişti. Kapı üstüne kapandığında artık hiçbir şey göremez olmuştu. Karanlık mutlaktı. Kör olduğu söylenebilirdi.

Ya da, ölü. Kralıyla birlikte gömülmüş. "Ah Robert," diye mırıldandı eli soğuk taş duvarı hissederken. Her hareket edişinde bacağı zonkluyordu. Kışyarı'nın mahzen mezarında Robert'ın yaptığı şakayı hatırladı. *Kral yer, El pisliğini toplar*, demişti Robert. Nasıl da gülmüştü. Ama yanılmıştı. *Kral ölür, El gömülür*, diye düşündü Ned.

Zindan, Kızıl Kale'nin altında, düşünmeye cesaret edemeyeceği kadar derinde bir yerdeydi. Zalim Maegor hakkında anlatılan hikâyeleri hatırladı. Kalenin yapımında çalışan bütün taş işçilerini, kalenin sırlarını asla açığa çıkaramasınlar diye öldürmüştü.

Hepsine lanet okuyordu: Serçeparmak, Janos Slynt ve altın pelerinlileri, kraliçe, Kral Katili, Pycelle, Varys, Sör Barristan ve hatta Robert'ın kendi kanı, en ihtiyaç duyulduğu sırada kaçmayı tercih eden Lord Renly. Ama sonunda, en çok lanet ettiği adam kendisiydi. "*Aptal*," diye bağırdı karanlığa. "Üç kere lanet olası kör aptal."

Cersei Lannister'ın yüzü karanlıkta yüzüyor gibiydi. Saçlarında güneş ışıkları parlıyordu ama gülüşü alay doluydu. "Taht oyununda ya kazanırsın ya ölürsün," diye fısıldadı. Ned oynamış ve kaybetmişti. Onun aptallığının bedelini sadık adamları kanlarıyla ödemişti.

Kızlarını düşündüğünde hıçkırarak ağlamak istiyordu ama gözyaşları akmıyordu bir türlü. Bu durumda bile Kışyarı Stark'ıydı o. Acısı ve öfkesi içinde buz tutmuştu.

Hareket etmediği zaman bacağı daha az zonkladığı için hiç kıpırdamadan duruyordu. Ne kadar zamandır o halde olduğunu bilmiyordu. Güneş ve ay yoktu. Duvarların üstündeki işaretleri göremiyordu. Gözlerini kapatıp açtı, bir değişiklik olmamıştı. Uyudu, uyandı, tekrar uyudu. Hangisinin daha eziyet verici olduğunu bilmiyordu. Uyumak mı? Uyanmak mı? Uyuduğu zaman rüya görüyordu: Karanlık, rahatsız edici, kan ve tutulmamış sözlerle dolu kötü rüyalar. Uyandığında düşünmekten başka yapacak bir şey yoktu ve düşündüğü şeyler en kötü kâbusundan beterdi. Catelyn'i düşünmek ısırganlardan yapılmış bir yatağa yatmak gibiydi. Nerede olduğunu, ne yaptığını merak ediyordu. Onu bir daha görüp göremeyeceğini merak ediyordu.

Saatler günlere devrilmişti ya da öyle hissediyordu. Kırık bacağı ağrıyordu ve kaşınıyordu. Baldırına dokunduğunda elinin altındaki etinin yandığını hissediyordu. Duyduğu tek ses kendi nefesiydi. Bir zaman sonra, sadece bir ses duyabilmek için kendi kendine konuşmaya başlamıştı. Aklını yitirmemek için planlar yapıyordu. Karanlığın içinde umuttan kaleler inşa ediyordu. Robert'ın kardeşleri Ejderha Kayası ve Fırtına Burnu'nda orduları topluyordu. Alyn ve Harwin diğer muhafızlarla birlikte Sör Gregor Clegane'in işini hallettikten sonra Kral Toprakları'na dönüyordu. Catelyn haberleri alır almaz kuzeyi ayağa kaldırıyordu. Nehrin, dağın ve Vadi'nin şövalyeleri ona katılıyordu.

Robert hakkında çok fazla düşünür olmuştu. Robert'ı genç yüzüyle, uzun, yakışıklı, kafasında geyik boynuzlu miğferi, elinde savaş baltası, atının üstünde boynuzlu bir tanrı gibi oturduğu zamanlardaki haliyle hatırlıyordu. Karanlıkta sesini duyuyor, dağ gölleri gibi mavi ve berrak gözlerini görüyordu. "Şu halimize bak Ned," dedi Robert. "Tanrılar, biz bu hale nasıl düştük? Sen buradasın ve beni bir domuz öldürdü. Biz birlikte taht kazanmıştık..."

Seni yarı yolda bıraktım Robert, diye düşündü Ned. *Sana yalan söyledim. Senden gerçeği sakladım. Seni öldürmelerine izin verdim.*

Kral onu duydu. "Sen kasıntı bir aptalsın," diye homurdandı. "Dinlemeyecek kadar gururlusun. Gurur yenilebiliyor mu Stark? Onurun çocuklarına kalkan olabilecek mi?" Kralın yüzü çatlayıp açılmaya başladı. Eti yarılıyordu. Sonunda elini yüzüne götürüp deriyi yüzdü ve maskeyi çıkardı. Robert değildi. Konuşan Serçeparmak'tı. Sırıtıyor, Ned'le alay ediyordu. Ağzını açtığında söylediği yalanlar soluk gri güvelere dönüşüp uçtu.

Koridordan gelen ayak seslerini duyduğunda Ned yarı uyur haldeydi. Önce hayal gördüğünü düşündü. Kendi sesinden başka bir ses duymayalı çok uzun zaman olmuştu. Ateşi vardı. Bacağı yüzünden ızdırap çekiyordu. Dudakları kuruyup çatlamıştı. Ağır ahşap kapı gürültüyle açıldığında içeri giren ışık gözlerini yaktı.

Zindancı önüne bir testi itti. Kil testi soğuktu ve nem yüzünden ıslaktı. Ned testiyi iki eliyle birden kavradı ve iştahla kafasına dikti. Su ağzından taşıp sakallarından akıyordu. Artık kusacağını hissedene kadar içti. "Ne kadar zaman oldu...?" diye sordu daha fazla içemeyeceğini anladığında.

Zindancı zırhlı bir yelek giymiş, fare suratlı, karmakarışık sakallı, insan kılıklı bir korkuluktu. "Konuşmak yok," dedi. Testiyi Ned'in elinden kaptı.

"Lütfen," dedi Ned. "Kızlarım..." Kapı yüzüne kapandı. Işık kaybolurken gözlerini kırptı, başını göğsüne indirdi ve samanların üstüne kıvrıldı. Artık idrar ve dışkı kokmuyordu. Artık hiçbir şey kokmuyordu.

Uykuyla uyanıklık arasında da bir fark kalmamıştı artık. Hatıra bir rüya kadar canlı, karanlığın içinden sürünerek geldi. Yalancı baharın yılıydı. Yine on sekiz yaşındaydı. Kartal Yuvası'ndan Harrenhal'daki turnuvaya gidiyordu. Çimenlerin derin yeşilini görebiliyor, havada uçuşan polenlerin kokusunu duyabiliyordu. Ilık günler, serin geceler ve yaz şarabının şekerli tadı. Brandon'ın kahkahalarını, Robert'ın meydan dövüşündeki deli cesaretini hatırladı. Sağındaki ve solundaki bütün adamları atsız bıraktığında nasıl da gülmüştü. Kral çadırının önündeki çimenlerin üstüne diz çöküp, Kral Aerys'a onu kendi canı pahasına koruyacağına dair yemin eden altın pullu beyaz zırhı içindeki genç Jaime Lannister'ı hatırladı. Sonra Sör Oswell Whent, Jaime'nin ayağa kalkmasına yardım etmişti ve bizzat Lord Kumandan Sör Gerold Hightower, Kral Muhafızları'nın kar rengi pelerinini Jaime'nin omzuna koyup boynunu bağlamıştı. Beyaz Kılıçlar'ın altısı da yeni kardeşlerini selamlamak için oradaydı.

Ama mızrak müsabakası başladığında gün, Rhaegar

Targaryen'ın günüydü. Veliaht prens içinde öleceği zırhı giymişti o gün: Işıl ışıl parlayan siyah zırhının göğüs plakasına hanedanının arması olan üç başlı ejderha yakut taşlarla işlenmişti. Atını koştururken arkasında kızıl ipekten bir tüy bulutu dalgalanıyordu. Hiçbir mızrak ona dokunamıyor gibiydi. Brandon'ı atından düşürdü. Bronz Yohn Royce da onun karşısında duramadı ve hatta meşhur Sabah Kılıcı Sör Arthur Dayne'i bile yendi.

Veliaht prens son karşılaşmada Sör Barristan'ı yendikten sonra, şampiyonluk tacını almak üzere alanda zafer turunu atarken, Robert, Jon ve yaşlı Lord Hunter'la şakalaşıyordu. Ned bütün kahkahaların kesildiği anı dün gibi hatırlıyordu. Prens Rhaegar Targaryen atını koşturdu, karısı Dorne Prensesi Elia Martell'in yanından duraklamadan geçti, güzellik kraliçesi tacını Lyanna'nın kucağına bıraktı. Ned buz mavisi kış güllerinden yapılmış tacı hâlâ görebiliyordu.

Ned Stark çiçeklerden yapılmış tacı almak için uzanmıştı ama gül yapraklarının arasına dikenler saklanmıştı. Sivri ve zalim uçların etine geçtiğini hissetti. Parmaklarının arasından ağır ağır akan kanı gördü ve karanlıkta titreyerek uyandı.

Bana söz ver Ned, diye fısıldadı kız kardeşi yattığı kan yatağında. Lyanna kış güllerinin kokusunu severdi.

"Tanrılar beni koruyun," diye ağladı Ned. "Aklımı kaçırıyorum."

Tanrılar cevap vermeye tenezzül etmedi.

Zindancı her su getirdiğinde Ned bir gün daha geçtiğini anlıyordu. Önceleri kızlarından ve hücresinin dışındaki dünyadan haber alabilmek umuduyla adama yalvarıyordu. Hakaretler ve tekmelerden başka cevap alamadı. Sonra, karnına kramplar girmeye başladığında, haber yerine yiyecek için yalvarır oldu. Hiçbir şey değişmedi. Yemek yoktu. Belki Lannisterlar açlıktan ölmesini istiyorlardı. "Hayır," dedi kendi kendine. Eğer Cersei ölmesini istiyor olsaydı, taht odasında adamlarıyla birlikte onun kafasını da keserdi. Ned'i canlı istiyordu. Zayıf, umutsuz ama canlı. Erkek kardeşi Catelyn'in elindeydi. Ned'i öldürmek İblis'ten vazgeçmek anlamına geliyordu.

Hücresinin dışından gelen zincir şıngırtılarını duydu. Kapı

gıcırtıyla açılırken kendini ışığa doğru attı. Meşalenin alevi gözlerini kamaştırdı. "Yemek," diye inledi.

"Şarap," diye cevap verdi bir ses. Aynı zırhlı yeleği ve dikenli başlığı giyiyor olmasına rağmen bu her zamanki zindancı değildi. Daha tıknaz ve kısa bir adamdı. "İçin Lord Eddard," diyerek deri şarap matarasını Ned'e uzattı.

Ses tuhaf bir biçimde tanıdıktı ama Ned'in sahibini çıkarması biraz vaktini aldı. "*Varys?*" dedi kafası karışmış halde. Adamın yüzüne dokundu. "Ben... rüya mı görüyorum? Buradasın." Hadımın yüzü siyah sık sakallarla kaplıydı. Ned elleriyle fırça gibi kılları hissediyordu. Hadım kendini leş gibi ter ve ekşi şarap kokan vahşi bir zindancıya dönüştürmüştü. "Sen nasıl... sen ne çeşit bir büyücüsün?"

"Susamış bir büyücü," dedi Varys. "İçin lordum."

Ned beceriksiz elleriyle matarayı aldı. "Bu Robert'a verdikleri zehirden mi?"

"Beni yanlış tanıyorsunuz," dedi Varys üzüntüyle. "Haklısınız, bir hadımı kimse sevmez. Matarayı bana verin." Matarадan içti. Dudağının kenarından çenesine doğru biraz şarap aktı. "Turnuva gecesi bana ikram ettiğiniz şarap kadar kaliteli sayılmaz ama diğer şaraplardan daha zehirli de değil," dedi ağzını silerken. "Alın."

Ned bir yudum içti. "Berbat." Şarabı geri çıkaracakmış gibi hissetti.

"Bütün adamlar tatlının yanında ekşiyi de tatmak zorundadır. Soylu lordlar ve hadımlar bu konuda eşittir. Zamanınız geldi lordum."

"Kızlarım..."

"Küçük kızınız Sör Meryn'den kurtulup kaçmayı başardı," dedi. "Onu bulamadım. Lannisterlar da bulamadı. Bu iyi bir şey. Yeni kralımız onu pek sevmiyor. Büyük kızınız hâlâ Joffrey ile nişanlı. Cersei onu yakınlarında tutuyor. Birkaç gün önce konseye geldi ve sizin için merhamet diledi. Orada olmanızı isterdim, çok duygulanırdınız." Heyecanla öne doğru eğildi. "Ölü bir adam olduğunuzun farkındasınızdır diye düşünüyorum Lord Eddard."

"Kraliçe beni öldüremez," dedi Ned. Yüzüyor gibiydi. Şarap

sertti ve uzun zamandır bir şey yememişti. "Cat... Cat kardeşini esir tutuyor..."

"*Yanlış* kardeşini," diyerek iç geçirdi Varys. "Ve onu da kaybetti zaten. İblis'in, ellerinin arasından kayıp gitmesine izin verdi. Cüce, Ay Dağları'nda bir yerde çoktan ölmüştür diye düşünüyorum."

"Eğer bu doğruysa boğazımı kesip işimi bitir." Başı dönüyordu, yorgundu ve kalbi keder doluydu.

"Kanınız istediğim son şey bile değil."

Ned öfkelendi. "Muhafızlarımı keserlerken kraliçenin yanında durup izledin ve ağzını açıp tek kelime etmedin."

"Yine olsa, yine aynı şeyi yaparım. Hatırladığım kadarıyla silahım, zırhım yoktu ve Lannister muhafızlarıyla çevriliydim." Hadım kafasını yana eğerek merakla Ned'e baktı. "Küçük bir çocukken, hadım edilmeden önce, bir kumpanyayla birlikte Özgür Şehirler'i dolaştım. Bana, tıpkı oyunlarda olduğu gibi gerçek hayatta da her insanın oynaması gereken bir rol olduğunu öğrettiler. Saray da aynıdır. Kral Adaleti korkutucu olmalı, hazine başı tutumlu, Kral Muhafızları Kumandanı cesur.... muhbir başı da entrikacı, yağcı ve vicdansız. Cesur bir muhbir başı, korkak bir şövalye kadar işe yaramaz olur." Matarayı aldı ve bir yudum şarap içti.

Ned, bir oyuncunun yara izlerinin ve sahte sakalının ardındaki gerçekleri görmeye çalışarak hadımın yüzünü inceledi. Biraz daha şarap içti. Bu sefer daha kolay yutmuştu. "Beni bu delikten çıkarabilir misin?"

"Çıkarabilirim... ama *çıkarır mıyım*? Hayır. Çok fazla soru sorulur ve cevaplar beni gösterir."

Ned daha farklı bir cevap beklemiyordu. "Oldukça açık sözlüsün."

"Hadımlarda gurur, muhbir örümceklerde vicdan yoktur lordum."

"Hiç olmazsa bir mesaj götürebilir misin benden?"

"Bu mesajın ne olduğuna bağlı. Size kağıt ve mürekkep getirebilirim. Mektubunuzu yazar bana verirsiniz. Yazdıklarınızı okurum ve yerine ulaştırıp ulaştırmayacağıma karar veririm. Mesajın, emellerime uygun olup olmadığına bakarım."

"Sizin emelleriniz. Peki nedir bu emeller Lord Varys?"

"Barış," dedi Varys hiç tereddüt etmeden. "Kral Toprakları'nda, Kral Robert'ı hayatta tutmayı bütün ruhuyla isteyen tek adam vardıysa o bendim," dedi içini çekerek. "Tam on beş yıl boyunca onu düşmanlarından korudum ama arkadaşlarından koruyamadım. Joffrey'nin doğumuyla ilgili sırrı bildiğinizi kraliçeye hangi çılgınlık sonucu söylediniz?"

"Merhamet çılgınlığı," diye itiraf etti Ned.

"Ah," dedi Varys. "Elbette. Siz dürüst ve onurlu bir adamsınız Lord Stark. Bazen bunu unutuyorum. Hayatımda sizin gibi adamlarla çok fazla karşılaşmadım." Gözlerini hücrede gezdirdi. "Dürüstlük ve onurun size ne kazandırdığını görünce sebebini anlıyorum."

Ned Stark sırtını rutubetli duvara yasladı ve gözlerini kapadı. Bacağı zonkluyordu. "Kralın içtiği şarap... Lancel'i sorguladın mı?"

"Ah evet. Matarayı Lancel'e, Cersei vermiş ve Robert'ın en sevdiği şarap olduğunu söylemiş." Varys omuz silkti. "Avcılık çok tehlikeli bir iştir. Domuz işini halledemeseydi attan düşecekti, bir ağaç engereği tarafından ısırılacaktı ya da yolunu şaşırmış bir oka kurban gidecekti... Orman, tanrıların mezbahasıdır. Kralı öldüren şarap değildi. Sizin *merhametinizdi.*"

Ned de bundan korkuyordu. "Tanrılar beni bağışlasın."

"Eğer tanrılar gerçekten varsa bağışlayacaklardır," dedi Varys. "Kraliçe her halükarda daha fazla beklemeyecekti. Robert kontrolden çıkmıştı. Kardeşleriyle uğraşmaya başlamadan önce Robert'tan kurtulması gerekiyordu. Stannis ve Renly iyi ikili doğrusu. Çelik el zırhı ve ipek eldiven." Elinin tersiyle ağzını sildi. "Aptallık ettiniz lordum. Serçeparmak size Joffrey'nin krallığını onaylamanızı söylediğinde onu dinlemeliydiniz."

"Sen... bunu nereden biliyorsun?"

Varys gülümsedi. "Bir şekilde biliyorum, sizin için önemli olan bu. Yarın kraliçe tarafından ziyaret edileceğinizi de biliyorum."

Ned yavaşça gözlerini kaldırdı. "Neden?"

"Cersei sizden korkuyor lordum ama sizden daha fazla korktuğu başka düşmanları da var. Sevgilisi Jaime nehir topraklarında savaşta. Lysa Arryn Kartal Yuvası'nda taş ve çelikle korunur halde oturuyor, kraliçeye sevgi beslediği söylenemez. Dorne'da, Marteller hâlâ Prenses Elia ve bebeğinin yasını tutuyor. Ve şimdi de oğlunuz arkasında kuzey ordularıyla Boğaz'a doğru yürüyor."

"Robb sadece bir çocuk," dedi Ned korkarak.

"Ordusu olan bir çocuk," diye karşılık verdi Varys. "Ama dediğiniz gibi, nihayetinde çocuk. Cersei'nin uykusuz geceler geçirmesine sebep olanlar kralın kardeşleri aslında... özellikle Lord Stannis. Meşru bir talebi var. Çok deneyimli bir savaş kumandanı ve kesinlikle merhametsiz bir adam. Gerçekten haklı bir adamdan daha korkutucu bir şey yok dünyada. Stannis'in Ejderha Kayası'nda ne yaptığını kimse bilmiyor ama bahse girerim ki deniz kabukları değil kılıçlı adamlar topluyordur. İşte Cersei'nin kâbusu bu: Babası ve kardeşi güneyde Starklar ve Tullyler'le mücadele ederek güçlerini harcarken, Stannis gelecek, kendini kral ilan edecek ve Joffrey'nin bukleli sarı saçlı kafasını uçuracak... tabi Cersei'nin kafasını da. Gerçi oğlu için daha fazla endişelendiğine inanıyorum."

"Stannis Baratheon, Robert'ın gerçek veliahtı. Kanunlara göre tahtın sahibi o. Tahta çıkışını memnuniyetle karşılarım."

Varys *tısladı*. "Cersei bunu duymak istemeyecektir bana inanın. Stannis tahtı alabilir. Ama siz dilinizi tutmazsanız onu kutlamak için sadece kafanızın kökü kalır. Sansa öyle güzel merhamet diledi ki, bunu mahvederseniz yazık olur. Yaşamak niyetiniz varsa, hayatınız size geri veriliyor. Cersei aptal değil. Evcil bir kurdun ölü bir kurttan daha faydalı olacağını biliyor."

"Kralımı öldüren, adamlarımı katleden ve oğlumu sakat bırakan bir kadına *hizmet etmemi* mi istiyorsun?" Ned'in sesi inanmazlıkla kalınlaşmıştı.

"Ben sizden diyara hizmet etmenizi istiyorum," dedi Varys. "Kraliçeye sefil ihanetinizi itiraf edeceğinizi söyleyin. Oğlunuza emir verin, kılıcını bıraksın. Joffrey'yi gerçek veliaht olarak ilan edin. Stannis ve Renly'nin onursuz işgalciler olduğunu söylemeyi teklif edin. Yeşil gözlü dişi aslanımız şerefli bir adam olduğunuzu biliyor. Cersei'ye istediği sukuneti ve Stannis'le uğraşmak için yeterli vakti verir, sırrının sizinle birlikte mezara gideceğine inandırırsanız hayatınızın geri kalanını siyahları giyinerek Sur'da, kardeşiniz ve gayrimeşru oğlunuzla birlikte geçirebilirsiniz."

Jon'u düşünmek Ned'i utanç duygusuyla ve kelimelere dökülemeyecek kadar derin bir üzüntüyle doldurdu. Keşke oğlunu bir kez daha görebilse, oturup onunla konuşabilseydi... İyice kirlenmiş sargıların altındaki bacağına bıçak gibi keskin bir ağrı girdi. Parmaklarını çaresizce açıp kapayarak acıdan kasıldı. "Bu entrika sırf senin mi? Yoksa Serçeparmak'la birlikte mi hazırladınız?"

Duydukları hadımı eğlendirmiş gibiydi. "Qohor'un Kara Keçi'siyle evlenmeyi tercih ederim. Serçeparmak, Kral Toprakları'ndaki en şeytani ikinci adam. Onu kendi seçtiğim fısıltılarla besliyorum, avcundayım sanıyor... Tıpkı Cersei gibi."

"Ve tıpkı benim gibi," dedi Ned. "Söyleyin Lord Varys, siz gerçekte kime hizmet ediyorsunuz?"

Varys belli belirsiz gülümsedi. "Diyara hizmet ediyorum lordum. Bundan nasıl şüphe duyabilirsiniz? Kaybettiğim erkekliğim üzerine yemin ederim. Ben diyar için çalışıyorum ve diyara huzur gerek." Şarabın son yudumunu içti ve boş matarayı kenara attı. "Pekâlâ, cevabınız nedir Lord Eddard? Kraliçe geldiğinde duymak istediği şeyleri söyleyeceğinize dair söz verin bana."

"Versem de, içinde adam olmayan bir zırh misali boş kalacaktır sözüm. Hayatım benim için o kadar kıymetli değil."

"Yazık," diyerek kalktı hadım. "Peki ya kızınızın hayatı lordum? Ne kadar kıymetli?"

Ned'in kalbi titredi. "Kızım..."

"Küçük masum kızınızı unuttuğumu mu sandınız lordum? Kraliçe kesinlikle unutmadı."

"*Hayır*," diye yalvardı Ned çatallaşmış sesiyle. "Varys, tanrılar aşkına merhamet et. Bana ne isterseniz yapın ama kızımı entrikalarınızın dışında bırakın. Sansa daha çocuk."

"Rhaenys de çocuktu. Prens Rhaegar'ın kızı. Sizinkilerden küçük, pek şirin bir şeydi. Balerion diye küçük siyah bir kedisi vardı. O kediye ne olduğunu hep merak etmişimdir. Rhaenys, kedisiyle gerçek Kara Dehşet Balerion'muş gibi oyun oynamayı severdi ama odasının kapısını kırarak içeri girdikleri o gün,

Lannisterlar'ın ona gerçek bir ejderhayla küçük bir kedi arasındaki farkı öğretmeleri uzun sürmedi." Varys, dünyanın bütün acılarını omzundaki bir bohçada taşıyan bir adam gibi uzunca ve kederle içini çekti. "Yüce Rahip bir gün, günah işleyen adam çile çeker demişti, bana. Söyleyin Lord Eddard… eğer bu doğruysa, siz soylu lordların taht oyunlarında neden masumlar çile çeker hep? Kraliçenin ziyaretini beklerken bunu bir düşünün. Şunu da düşünün: Bir dahaki ziyaretçinizin elindeki tepside ekmek, peynir ve haşhaş sütü... ya da Sansa'nın kafası olabilir.

Ve sevgili lordum, karar *tamamıyla* sizindir."

CATELYN

Ordu, yol ağzından Boğaz'ın kara çamurlu arazilerine inip ardındaki nehir topraklarına yayıldığında Catelyn'in endişeleri çoğalmıştı. Durgun ve sert ifadesiyle maskelemeye çalıştığı bütün korkusu içindeydi ve aştıkları her fersahta biraz daha büyüyordu. Günleri gerilimli, geceleri huzursuzdu ve gökyüzünde gördüğü her kuzgun dişlerine kadar titremesine sebep oluyordu.

Babası için korkuyordu ve uğursuz sessizliğinin sebebini merak ediyordu. Kardeşi Edmure için korkuyordu ve bir mücadele sırasında Kral Katili'yle karşı karşıya gelirse ona yardım etmeleri için tanrılara yalvarıyordu. Ned için, kızları için, Kışyarı'nda bıraktığı güzel oğulları için korkuyordu. Onlar için yapabileceği hiçbir şey yoktu. Onların düşüncesini bir kenara koyup kendisini toparlamaya çalışıyordu. *Gücünü Robb için saklamalısın*, dedi kendine. *Şu anda sadece ona yardım edebilirsin. Kuzey kadar sert ve cesur olmak zorundasın. Catelyn Tully. İşte şimdi gerçek bir Stark olmalısın. Tıpkı oğlun gibi*.

Robb, dalgalanan Kışyarı sancağının altında, en önde at koşturuyordu. Her gün farklı bir lorddan ona katılmasını istiyor, böylece yol boyunca planları hakkında konuşabiliyorlardı. Fark gözetmeden her lordu sırayla onurlandırıyor, tıpkı babası gibi birbirlerine karşı ağırlıklarını tartarak her adamını dinliyordu. *Ned'den ne kadar çok şey öğrenmiş*, diye düşünüyordu Catelyn oğlunu izlerken. *Ama öğrendikleri yeterli olacak mı*?

Karabalık yüz hızlı at ve adam seçmiş, ordunun hareketini gizlemek ve yolu kontrol etmek amacıyla onların epey önüne geçmişti. Sör Brynden'ın süvarilerinin getirdiği raporlar Catelyn'in tatmin etmiyordu. Lord Tywin'in ordusu hâlâ güneyde, günlerce yol uzaktaydı... ama Geçit Lordu Walder Frey, Yeşil Çatal üzerindeki kalelerine yaklaşık dört bin adamlık bir kuvvet yığmıştı.

"Yine geç kaldı," dedi Catelyn haberi aldığında. Tıpkı Üç Dişli Mızrak'ta olduğu gibiydi. Kardeşi Edmure kendisine bağlı sancak beylerini çağırmıştı, Lord Frey'in Nehirova'ya gidip adamlarıyla birlikte Tully ordusuna katılması gerekirdi ama o yine kalesinde oturuyordu işte.

"Dört bin adam," diye tekrar etti Robb kızgınlıktan öte kafası karışmış bir ifadeyle. "Lord Frey, Lannisterlar'la tek başına savaşmayı düşünüyor olamaz. Kuvvetini bize katacağına şüphe yok."

"Yok mu?" diye sordu Catelyn. Robb ve bugünkü yol arkadaşı Robett Glover'a katılmak için öne çıkmıştı. Arkalarındaki adamlar ağır ağır ilerleyen bir mızrak, ok ve sancak ormanı gibi görünüyordu. "Ben şüphe ederim. Walder Frey'den hiçbir şey bekleme, böylece bir sürprizle karşılaşmazsın."

"Lord Frey babanın sancak beyi."

"Bazı adamlar yeminlerini diğerlerinden daha fazla ciddiye alır Robb. Walder Frey'in Casterly Kayası'yla arası, babamı rahatsız edecek ölçüde iyi olmuştur her zaman. Oğullarından biri Tywin Lannister'ın kız kardeşiyle evli. Bu küçük bir ayrıntı elbette. Lord Frey'in yıllar içinde çok fazla çocuğu oldu ve hepsi birileriyle evlenecek kuşkusuz ama yine de..."

"Lannisterlar'la bir olup bize ihanet edeceğini mi düşünüyorsunuz leydim?" diye sordu Robett Glover.

Catelyn içini çekti. "Doğrusunu söylemem gerekirse Lord Frey'in kendisi bile Lord Frey'in ne yapacağını bilmiyor. Yaşlı adamlardaki ihtiyat, delikanlılardaki hırs var onda, kurnazlıkta da hiç geri kalmaz."

"İkizler'den geçmek zorundayız anne," dedi Robb hararetli bir şekilde. "Nehri geçmenin başka yolu yok. Sen de biliyorsun."

"Evet. Bunu Walder Frey de biliyor. Emin ol."

O gece Kral Yolu'na ve nehre eşit mesafedeki bataklıkların kuzey köşesinde kamp kurdular. Theon Greyjoy önlerinde ilerleyen Sör Brynden'dan yeni haberler getirdi. "Sör Brynden, Lannisterlar'la karşı karşıya geldiğini size iletmemi istedi. En az bir düzine gözcü bu yakınlarda Lord Tywin'e rapor götüremeyecekmiş. Aslında hiç götüremeyecekler," dedi Theon sırıtarak. "Uzak keşifçilerinin başında Sör Addam Marbrand varmış. Geçtiği yerleri yakıp yıkarak güneye doğru çekiliyormuş. Nerede olduğumuzu aşağı yukarı biliyormuş ama Karabalık ikiye bölündüğümüz zamanı asla bilmeyeceğine dair yemin ediyor."

"Tabi Lord Frey söylemezse," dedi Catelyn sert bir sesle.

"Theon, amcamın yanına döndüğünde ona İkizler'in çevresine en iyi okçularını yerleştirmesini söyle. Burçlardan kalkan her kuzgunu indirsinler. Hareketlerimizi Lord Tywin'e uçuracak tek bir haberci kuş istemiyorum."

"Sör Brynden bunu da önceden düşündü leydim," dedi Theon kibirli bir gülümsemeyle. "Birkaç kuzgun daha düşürürsek ziyafet vermeye yeter. Tüylerini de size şapka yapmak için saklayacağım."

Amcası Brynden'ın kendinden çok daha önde olduğunu bilmeliydi Catelyn. "Lannisterlar tarlalarını yakıp karakollarını yağmalarken Freyler ne yapıyormuş peki?"

"Sör Walder ve Sör Addam'ın savaşçıları arasında bir mücadele olmuş," diye yanıtladı Theon. "Buradan yarım günlük mesafede Freyler tarafından kargalara yem olsun diye asılmış Lannister cesetleri gördük. Buna rağmen Lord Walder'ın kuvvet çoğunluğu hâlâ İkizler'de bekliyor."

Bunun Lord Walder'ın mührü olduğunu düşündü Catelyn. Geride dur, bekle, mecbur bırakılmadığın sürece risk alma.

"Eğer Lannisterlar'la savaştıysa belki yeminini tutmaya kararlıdır," dedi Robb.

Catelyn o kadar emin değildi. "Kendi topraklarını müdafaa etmek farklı, Lord Tywin'in karşısına meydan savaşında çıkmak farklı," dedi.

Robb, Theon Greyjoy'a döndü. "Karabalık, Yeşil Çatal'ı geçmenin başka bir yolunu bulabildi mi?"

Theon kafasını salladı. "Nehir çok kabarık ve şiddetli akıyor. Sör Brynden bu kadar kuzeyde geçecek sığ bir nokta bulamayacağımızı söyledi."

"O geçit *şart*," dedi Robb burnundan soluyarak. "Belki atlarımız nehrin karşısına yüzebilir. Ama sırtlarında zırhlı adamlar varken bu imkânsız. Çeliklerimizi, zırhlarımızı, miğferlerimizi ve mızraklarımızı karşıya yüzdürmek için sallar yapmamız gerekir ama bunun için ne ağacımız *ne de* yeterli vaktimiz var. Lord Tywin kuzeye yürüyor..." Elini yumruk haline getirdi.

"Lord Frey'in yolumuzu kesmeye çalışması için çıldırmış olması gerekir," dedi Theon olağan özgüveniyle. "Ondan beş kat daha kalabalığız. Mecbur kalırsan İkizler'i alabilirsin Robb."

"O kadar kolay olmaz ve zamanında alınamaz," diye uyardı Catelyn. "Siz kuşatma için hazırlık yaparken Lord Tywin ordusunu getirip arkadan saldırır."

Robb'un gözleri Catelyn ve Greyjoy arasında gidip geliyor, bir cevap arıyor ama bulamıyordu. Bir an için zırhına, kılıcına ve sakalına rağmen on beş yaşından bile küçük göründü. "Lord babam ne yapardı?" diye sordu annesine.

"Karşıya geçecek bir yol bulurdu," diye cevap verdi Catelyn. "Ne pahasına olursa olsun."

Ertesi sabah haber getirmek için bizzat Sör Brynden Tully geldi. Geçit Şövalyesi'yken giydiği ağır çelik zırh yerine, süvarilerin kullandığı metal örgü zırhlardan giyiyordu ama pelerinini hâlâ obsidiyen camından yapılmış karabalık iğnesi tutuyordu.

Atından inen amcasının yüzü mezarlık gibiydi. "Nehirova surlarının hemen aşağısında bir çatışma olmuş," dedi asık suratla. "Esir aldığımız bir Lannister gözcüsünden öğrendik. Kral Katili, Edmure komutasındaki ordusunu bozguna uğratmış ve Üç Dişli Mızrak lordlarını dağıtmış."

Soğuk bir el Catelyn'in kalbini sıktı. "Kardeşim?"

"Yaralı ve esir alınmış," dedi Sör Brynden. "Lord Blackwood ve diğer sağ kalanlar Nehirova'da, Jaime'nin ordusunun kuşatması altında."

Robb gergin görünüyordu. "Onları zamanında kurtarmak için ufacık bir umut istiyorsak şu lanet nehrin karşısına geçmek zorundayız."

"Bu kolayca yapılacak bir şey değil," diye uyardı Sör Brynden. "Lord Frey bütün gücünü kale duvarlarının içine çekti. Kapılar kapalı ve sürgülü."

"Kahrolası adam," diye küfretti Robb. "Eğer yaşlı aptal geçmeme razı olmazsa bana duvarlarını yerle bir etmekten başka seçenek bırakmayacak. Gerekirse İkizler'i yerle bir ederim. Bu hoşuna gider mi bakalım?"

"Huysuz bir çocuk gibi konuşuyorsun Robb," dedi Catelyn sertçe. "Bir çocuk bir engelle karşılaşır ve aklına ilk gelen gidip engeli devirmek olur. Bir lord, kılıçla başarılamayacak şeylerin sözlerle başarılabileceğini bilmek zorundadır."

Robb, bu ağır eleştiri karşısında kızardı. "Ne demek istediğini anlat anne," dedi hafif bir sesle.

"Freyler tam altı yüz yıldır geçidi ellerinde tutuyor. Altı yüz yıldır bir kez bile geçiş bedelini almadıkları olmadı."

"Ne bedeli, *ne* istiyorlar?"

Catelyn gülümsedi. "İşte biz de ne istediklerini öğrenmek zorundayız."

"Ya bedelini ödemeyi reddersem?"

"O zaman en iyisi Moat Cailin'e geri çekilip Lord Tywin'i beklemen olur. Ya da kendine kanatlar bulman. Başka bir seçenek göremiyorum." Catelyn atını mahmuzlayarak uzaklaştı. Söylediklerini düşünmesi için oğlunu yalnız bıraktı. Yeri annesi tarafından işgal ediliyormuş gibi hissetmesi iyi olmazdı. *Ona cesaret kadar akıl da öğrettin mi Ned? Ona diz çökmeyi de öğrettin mi*? Yedi Krallık'ın toprakları bu dersi asla öğrenememiş cesur adamların mezarlarıyla doluydu.

Geçit lordlarının evi olan İkizler, öncü birliklerinin görüş alanına girdiğinde neredeyse öğlen vakti gelmişti.

Yeşil Çatal burada iyice derinleşiyor ve çok şiddetli akıyordu ama Freyler yüz yıllarca önce nehrin üzerine bir köprü inşa etmiş ve geçenlerden aldıkları paralarla zengin olmuşlardı. Köprü pürüzsüz gri taşlardan yapılmış, aynı anda iki büyük arabanın yan yana geçebileceği kadar geniş, devasa bir kemerdi. Köprünün tam ortasında yükselen Su Kulesi, okçu pencereleri, ölüm delikleri ve yivli kapılarıyla hem nehre, hem de yola hâkimdi. Freyler köprüyü tam üç nesilde tamamlamıştı. İzinsiz geçişleri engellemek için köprünün yapımı tamamlanır tamamlanmaz her iki ucuna da sağlam ahşap kaleler inşa etmişlerdi.

Ahşap kaleler yerlerini uzun zaman önce taş kalelere bırakmıştı. İkizler -alçak, çirkin, her açıdan birbirinin aynı, aradaki köprüyle bağlanmış iki korkutucu kale- asırlardır geçidi gözlüyordu. Yüksek perde duvarlar, derin hendekler, ağır meşe ve demir kapılar girişleri koruyordu. Köprünün ayakları geniş iç kalelerin içinden yükseliyordu ve her iki uçta da yivli kapılar ve gözcü kuleleri vardı. Su Kulesi ise köprüyü savunmak üzere yapılmıştı.

Kalelerin çatışmayla alınamayacağını anlaması için tek bir bakış Catelyn'e yeterli olmuştu. Burçlar mızraklarla, kılıçlarla ve akrep mancınıklarla donatılmıştı. Her ok penceresinde ve ölüm deliğinde birer okçu konuşlanmıştı. Açılır kapanır köprüler havaya kaldırılmış, yivli kapılar indirilmiş ve sürgülenmişti.

İri Jon onları bekleyen şeyi gördüğünde bağırıp küfretmeye başladı. Lord Rickard Karstark sessizliğe gömüldü. "Buraya taarruz edemeyiz lordlarım," dedi Roose Bolton.

"Ve öteki yakadaki kaleyi kontrol altına alamadıktan sonra kuşatmayla alınamaz," diye ekledi Helman Tallhart, sıkıntı dolu bir şekilde. Derin yeşil suların karşısındaki batı kalesi, doğudaki kardeşinin yansıması gibi görünüyordu. "Zamanımız olsaydı bile, ki açıkça yok, yapılamazdı."

Kuzey lordları kaleyi incelerken sürgülü bir iskele açıldı ve ahşap bir köprü hendeğin üzerine indi. Lord Walder'ın pek çok oğlundan dördünün önderlik ettiği bir düzine şövalye onları karşılamak için ileri yürüdü. Sancaklarının gümüş grisi zemini üzerinde ikiz kaleler vardı. Lord Walder'ın varisi Sör Stevron Frey konuştu. Sör Stevron altmış yaşını geçmiş, kendi torunları olan, yorgun, yaşlı, sinsi bir adamdı ama nezaketi elden bırakmamıştı. "Lord babam sizleri karşılamak için beni gönderdi. Bu kudretli orduyu kimin yönettiğini öğrenmek istiyor."

"Ben," dedi Robb atını öne sürerek. Robb zırhlıydı. Atının yan tarafında asılı olan kalkanının üzerine Starklar'ın kadim kurdu işlenmişti ve Boz rüzgâr yanında yürüyordu.

Yaşlı şövalyenin sulu gri gözleri Robb'a biraz alayla bakıyor olsa da atı kadim kurdun varlığından huzursuzlanmıştı. Kişneyerek hayvandan uzaklaşmaya çalışıyordu. "Lord babam kalede onunla sofrasını paylaşıp burada bulunma amacınızı açıklamanızı rica ediyor."

Şövalyenin sözleri bir mancınıktan atılan koca taşlar gibi lordların içine düştü. Hiçbiri onaylamıyordu. Küfür ettiler, tartıştılar, birbirlerine bağırdılar.

"Bunu yapmamalısınız lordum," dedi Galbart Glover, Robb'a. "Lord Walder'a güvenemeyiz."

Roose Bolton başıyla onayladı. "Oraya yalnız girdiğiniz anda artık onun elindesiniz. Sizi Lannisterlar'a satabilir, bir zindana kapatabilir ya da boğazınızı kesebilir."

"Eğer bizimle konuşmak istiyorsa kapılarını açsın ve sofrasını *hepimizle* paylaşsın," dedi Sör Wendel Manderly.

"Ya da buraya teşrif etsin ve Robb'la burada, hem bizim, hem sizin adamlarınızın gözleri önünde konuşsun," diye önerdi kardeşi Sör Wylis.

Catelyn Stark lordların endişelerine katılıyordu ama Sör Stevron'un duyduklarından hoşlanmadığını görebiliyordu. Birkaç cümle sonra bütün şanslarını yitireceklerdi. "*Ben gideceğim*," dedi yüksek sesle.

"Siz mi leydim?" İri Jon'un kaşları iyice çatılmıştı.

"Anne, bundan emin misin?" diye sordu Robb. Onun emin olmadığı çok açıktı.

"Hiç olmadığım kadar," diyerek yalan söyledi Catelyn. "Lord Walder babamın sancak beyidir. Onu bebekliğimden beri tanırım. Bana zarar vermez." *Tabi kendi çıkarı söz konusu değilse*, dedi içinden ama bazı gerçeklerin söylenmemesi daha iyiydi ve bazı yalanlar gerekliydi.

"Babamın Leydi Catelyn'le konuşmaktan memnun olacağına eminim," dedi Sör Stevron. "İyi niyetimizin bir göstergesi olarak kardeşim Sör Perwyn, Leydi Catelyn dönene kadar burada sizinle birlikte kalacak."

"Kendisini onur konuğumuz kabul ederiz," diye karşılık verdi Robb. Onları karşılamaya gelen dört Frey'in en genç olanı Sör Perwyn atından indi ve dizginlerini kardeşlerinden birine uzattı. "Annemin gün batımına kadar dönmüş olmasını istiyorum Sör Stevron," dedi Robb. "Burada fazla oyalanmaya niyetli değilim," diye ekledi.

Sör Stevron Frey nazik bir şekilde başıyla onayladı. "Nasıl isterseniz lordum." Catelyn atını ileri sürdü ve geriye bakmadı. Lord Walder'ın oğulları çevresini sardı.

Babası bir keresinde Lord Walder'ın bütün Yedi Krallık'ta bir tarafından ordu çıkarabilecek tek adam olduğunu söylemişti Catelyn'e. Geçit Lordu onu doğu kalesinin büyük salonunda, yaşayan yirmi oğlu (dışarıdaki Sör Perwyn'le birlikte sayıları yirmi bir oluyordu) kendisinin otuz altı, oğullarının on dokuz erkek torunu, sayısız kızı, kız torunları, piçleri ve piç torunlarıyla birlikte karşıladığında Catelyn adamın ne demek istediğini anlamıştı.

Lord Walder doksan yaşında, iyice kurumuş, pembe kel kafası karaciğer lekeleriyle kaplı, gut yüzünden tek başına yürüyemeyecek kadar hasta, aksi bir adamdı. On altı yaşında solgun ince bir kız olan son karısı hizmetkârlar lordu içeri taşırken tahtırevanın yanında yürüyordu. Kız, sekizinci Leydi Frey idi.

"Bunca yıldan sonra sizi tekrar görmek büyük mutluluk lordum," dedi Catelyn.

Yaşlı adam Catelyn'e şüphe dolu gözlerle bakıyordu. "Öyle mi? Ben bundan emin değilim. Tatlı sözlerini kendinize saklayın Leydi Catelyn. Oğlunuz yanıma gelmeyecek kadar gururlu mu? *Sizinle* ne işim var benim?"

Catelyn, İkizler'e son geldiğinde genç bir kızdı. Lord Walder o zamanlarda da aksi, keskin dilli ve nezaketten nasibini almamış bir adamdı. Yıllar onu daha da kötü yapmıştı. Kelimelerini dikkatle seçmeli ve yaşlı adamın sözlerinden rahatsız olmamalıydı.

"Baba," dedi Sör Stevron kınama dolu bir tavırla. "Leydi Catelyn sizin davetiniz üzerine burada, unuttunuz mu?"

"*Sana* soran oldu mu? Lord Frey olmadın daha. Ben ölene kadar da olmayacaksın. Babanı öldü mü sanıyorsun? Senden emir alacak değilim."

"Soylu konuğumuzun önünde bu konuşmaların olması çok yakışıksız baba," dedi genç oğullarından biri.

"Şimdi de piçlerimden nezaket dersi alıyorum," diye yakındı Lord Frey. "Canım nasıl isterse öyle konuşurum. Ben üç kral ve bir o kadar da kraliçe gördüm. Senin gibilerden ders almaya ihtiyacım olduğunu mu sanıyorsun Ryger? Annene tohumumu ilk akıttığım zaman keçi sağıyordu." Kırmızı yüzlü genç adamı bir parmak işaretiyle salondan gönderdi ve oğullarından ikisine döndü. "Danwell, Whalen, inmeme yardım edin."

Oğulları Lord Frey'i tahtırevandan indirdi ve sırt dayama yerine bir köprüyle birbirine bağlı iki kale figürü oyulmuş, siyah meşeden yapılma yüksek Frey makamına oturttular. Lordun genç karısı sürünerek yürüyormuş gibi geldi ve adamın bacaklarına bir battaniye örttü. Sonunda yerleştiğinde Catelyn'i çağırdı ve kağıt gibi kuru dudaklarıyla elini öptü. "İşte, gerekli nezaketi gösterdim. Belki oğullarım çenelerini kapatır şimdi. Neden buradasınız Leydi Catelyn?"

"Kapılarınızı açmanızı rica etmek için lordum," diye cevapladı Catelyn nezaketle. "Oğlum ve sancak beyleri nehri geçip yollarına devam etmek için sabırsızlanıyor."

"Nehirova'ya mı?" Kıkırdadı. "Ah, söylemenize gerek yok. Henüz kör değilim. Yaşlı adam hâlâ harita okuyabiliyor."

"Nehirova'ya," diye onayladı Catelyn. İnkar etmesi için sebep yoktu. "Sizi de orada görmeyi beklerdim lordum. Hâlâ babamın sancak beyisiniz, öyle değil mi?"

"*Hah*," dedi Lord Walder, yarı homurdanma, yarı gülme gibi bir ses çıkararak. "Savaşçılarımı çağırdım. Evet çağırdım. Buradalar. Onları duvarlarda görmüşsünüzdür. Niyetim bütün güçlerim bir araya geldiğinde yola çıkmaktı Leydi Catelyn. Daha doğrusu oğullarımı yollamak. Gördüğünüz gibi ben yürüyecek durumda değilim." Söylediklerini onaylayacak birini arıyormuş gibi salona bakındı ve elli yaşlarında tıknazca, uzun bir adama seslendi. "Ona söyle Jared. Niyetimin böyle olduğunu söyle."

"Öyleydi leydim, şerefim üzerine," dedi Sör Jared Frey. İkinci karısından dünyaya gelen oğullarından biriydi.

"Beceriksiz kardeşinizin mücadeleyi biz daha yola çıkamadan kaybetmesi benim hatam mı?" Sırtını koltuğunun minderlerine yasladı ve kendi açısından anlattığı olayın mantığını çürütmesini bekliyormuş gibi meydan okuyan gözlerle Catelyn'e baktı. "Kral Katili'nin onu bir kalıp peyniri baltayla kesiyormuşçasına kolayca alt ettiğini duydum. Oğullarım neden hızla güneye, ölüme koşsun? Güneye gidenlerin hepsi tekrar kuzeye kaçıyor."

Catelyn memnuniyetle bu yaşlı adamın yüzüne tükürür, bedenini bir ateşin üzerinde çevire çevire kızartırdı ama köprüyü açtırmak için sadece birkaç saat vakti kalmıştı. "Bütün bu söyledikleriniz Nehirova'ya daha çabuk gitmemiz için yeterli sebepler," dedi Catelyn sakin bir tavırla. "Nerede konuşabiliriz lordum?"

"Zaten konuşuyoruz," dedi Lord Frey. Lekeli pembe kafasını döndürdü. "Neyi seyrediyorsunuz?" diye bağırdı sülalesine. "Hepiniz çıkın. Leydi Stark benimle yalnız görüşmek istiyor. Sadakatimi gözden geçirecek olabilir. *Hah*. Hepiniz gidin. Kendinize yapacak işe yarar bir şeyler bulun. Evet, sen de çık kadın. Dışarı, dışarı, *dışarı*." Oğulları, kızları, torunları, piçleri, yeğenleri bir nehir gibi salonun dışına akarken Lord Frey, Catelyn'e doğru eğilip, "Hepsi ölmemi bekliyor," diye itiraf etti. "Stevron tam kırk yıldır bekliyor ama onu hayal kırıklığına uğratmaya devam ediyorum. *Hah*. O lord olsun diye neden öleyim? Sorarım size. Ölmeyeceğim."

"Yüz yaşınıza kadar yaşamanızı dilerim."

"İşte bu onları kudurtur. Hiç şüphe yok. Şimdi, ne söylemek istiyorsunuz?"

"Karşıya geçmek istiyoruz," dedi Catelyn.

"Ah, öyle mi? Bunu zaten biliyorum. Size neden izin vereyim?"

Catelyn bir an öfkeyle doldu. "Eğer kendi burçlarınıza tırmanacak kadar güçlü olsaydınız, oğlumun yirmi bin kişilik bir ordusu olduğunu kendiniz görebilirdiniz Lord Frey."

"Lord Tywin buraya geldiğinde yirmi bin taze ceset olacaklar," diye karşılık verdi yaşlı adam. "Beni korkutmaya çalışmayın leydim. Kocanız Kızıl Kale'nin dibinde bir hücrede. Babanız hasta, ölüyor olabilir. Ağabeyiniz, Jaime Lannister'ın elinde. Benim korkmam için ne sebep var? Oğlunuzdan mı korkacağım? Oğullarınıza karşılık oğullarımı koysam, sizinkiler öldüğünde benim elimde hâlâ on sekiz evlat kalır."

"Babama edilmiş bir yemininiz var," diye hatırlattı Catelyn.

Kafasını sallayıp güldü. "Ah, evet. Ağzımdan çıkmış bir takım sözler… ama krala da yemin ettim diye hatırlıyorum. Artık kral Joffrey. Bu durumda siz, oğlunuz ve yanınızdakiler asilerden başka bir şey değilsiniz. Eğer kuş kadar beynim olsaydı sizi haşlamaları için Lannisterlar'a yardım ederdim."

"Neden etmiyorsunuz?" diye üstüne gitti Catelyn.

Lord Frey küçümseme dolu bir ifadeyle homurdandı. "Muhteşem ve gururlu Lord Tywin. Batı Muhafızı, Kral Eli, aman ne büyük adam. Altın şuyu, altın buyu, orada aslanları, burada aslanları. Bahse girerim çok fazla fasulye yiyor ve aynı benim gibi gaz çıkarıyor ama bunu asla kabul etmez. Bu kadar böbürlenecek neyi var ki? Sadece iki oğlu var, birisi de yamuk yumuk bir yaratık. Oğullarımız karşılaşsa, onunkiler öldükten sonra bana hâlâ on dokuz *buçuk* evlat kalır." Yüksek sesle kıkırdadı. "Eğer Lord Tywin yardımımı istiyorsa ayağıma gelip *istemeli*."

Bu, Catelyn'in duymak istediği şeydi. "Yardımınızı istiyorum lordum," dedi alçak gönüllü bir tavırla. "Kocam, babam ve oğullarım da benim sesim vasıtasıyla rica ediyorlar."

Lord Walder kemikli parmağıyla Catelyn'in yüzüne dokundu. "Tatlı sözlerini kendinize saklayın leydim. Öyle sözleri karımdan duyuyorum zaten. Onu gördünüz mü? On altı yaşında taze bir çiçek ve bütün balı benim. Seneye bu zamanlarda bana bir oğul vereceğine bahse girerim. Belki de *o oğlanı* varis yaparım. Bu diğerlerini kudurtmaz mı?"

"Size pek çok oğul vereceğinden eminim."

Kafası yukarı aşağı hareket ediyordu. "Lord babanız düğünüme gelmedi. Bunu hakaret olarak kabul ediyorum, ölüyor olsa da. Bundan öncekine de gelmemişti. Bana Merhum Lord Frey diyor. Benim ölü olduğumu mu düşünüyor? Size yemin ederim ki değilim. Tıpkı babasını gömdüğüm gibi onu da gömerim. Sizin aileniz beni her zaman aşağıladı. İnkâr etmenize, yalan söylemenize gerek yok, bunun doğru olduğunu siz de biliyorsunuz. Yıllar önce babanıza gidip, oğlunu kızımla evlendirmesini rica ettim. Neden olmasın? Edmure'dan bir iki yaş büyük bir kızım için düşünmüştüm. Ama Edmure ona ısınmazsa başka kızlarım da vardı. Genç olanlar, yaşlı olanlar, bakireler, dullar, canı nasıl isterse. Ama hayır. Lord Hoster duymak bile istemedi. Tatlı sözler söyledi, bahaneler uydurdu. Bütün *istediğim* bir kız evlattan kurtulmaktı.

Şu sizin kız kardeşiniz de en az o kadar kötü. En fazla bir yıl önceydi, Jon Arryn hâlâ Kral Eli'ydi. Turnuvaya oğullarımı izlemeye gittim. Stevron ve Jared mızrak müsabakasına çıkamayacak kadar yaşlı artık ama Danwell, Hosteen ve Perwyn yarıştı. Piçlerimden birkaçı da meydan dövüşüne katıldı. Beni o kadar utandıracaklarını bilseydim, o kadar yol gidip yorulmazdım. Hosteen'in o Tyrell eniği tarafından atsız bırakıldığını görmek için onca yolu teptim. Çocuk, Hosteen'in yarı yaşında. Papatya Şövalyesi diyorlar ya da öyle bir şey. Danwell alt seviyeli bir şövalyeye yenildi! Bazen bu ikisinin benden olup olmadığını merak ediyorum. Üçüncü karım bir Crakehall'dı. Crakehall kadınları fahişe ruhludur. Neyse, boşverin. Daha siz doğmadan önce ölmüş bir kadından size ne?

Kız kardeşinizden bahsediyordum. İki erkek torunumun,

Lord ve Leydi Arryn'ın himayesinde saraya alınmasını istedim. Karşılığında onların oğlunu himayeme alıp burada, İkizler'de eğitmeyi teklif ettim. Benim torunlarım kralın sarayında bulunamayacak kadar değersiz mi? İyi eğitimli, iyi huylu sessiz çocuklardır. Walder, Merrett'in oğlu. Ona benim adımı verdiler. Öbürü... *hah*, adını hatırlamıyorum... o da başka bir Walder olabilir. Çocuklarına sürekli benim adımı verip duruyorlar, böylece onları kayıracağımı düşünüyorlar... onun babası hangisiydi şimdi?" Yüzü kırıştı. "Neyse, Lord Arryn teklifimi reddetti. Bu konuda kız kardeşinizi suçluyorum. Teklifimi duyduğunda sanki oğlunu bir kumpanyaya satmayı önermişim ya da oğlanı alıp hadım edeceğimi söylemişim gibi donup kaldı. Sonra Lord Arryn, oğlunu Ejderha Kayası'na gönderip Stannis Baratheon'ın himayesine vereceğini söyledi. Kız kardeşiniz tek bir nezaket sözü etmeden, fırtına gibi çekip gitti. Lord Arryn benden yüzlerce kez özür diledi ama özür ne işe yarar? Sorarım size."

Catelyn kaşlarını çattı. "Ben, Lysa'nın oğlunun Casterly Kayası'na, Lord Tywin'in himayesine gönderileceğini biliyordum."

"Hayır. Lord Stannis'e verilecekti," dedi Walder Frey rahatsız olmuş bir tavırla. "Sizce ben Lord Stannis'i, Lord Tywin'den ayıramaz mıyım? İkisi de sıçamayacak kadar gururlu birer kıç deliği. Neyse, boşverin. İkisinin arasındaki farkı biliyorum. Hatırlayamayacak kadar yaşlı olduğumu mu düşünüyorsunuz? Doksan yaşındayım ve hafızam gayet kuvvetli. Bir kadınla neler yapılır, onu da hatırlıyorum. Yeni karım seneye bu zamanlar bana bir erkek evlat daha verecek. Ya da bir kız. Buna engel olmak mümkün değil. Kız ya da erkek. Kıpkırmızı, buruş buruş ve bağırarak doğacak. Ve karım ona ya Walder ya da Walda adını koymak isteyecek."

Leydi Walder'ın bebeğine ne isim koyacağı Catelyn'in umrunda değildi. "Lord Arryn'ın, oğlunu Stannis Baratheon'ın himayesine vereceğinden emin misiniz?"

"Evet, evet, evet," dedi yaşlı adam. "Ama adam öldü. Şimdi ne fark eder ki? Nehri geçmek istediğinizi söylemiştiniz."

"Evet, istiyoruz."

"Ama geçemezsiniz," dedi Lord Walder gevrek bir ses tonuyla. "Ben izin vermediğim takdirde geçemezsiniz. Neden izin vereyim? Tullyler ve Starklar bana hiç dostluk göstermedi." Koltuğuna iyice yaslandı, kollarını göğsünde birleştirip sırıttı. Bir cevap bekliyordu.

Geri kalanı pazarlıktan ibaretti.

Kalenin kapıları açıldığında güneş ağır ağır batıdaki tepelerin arasına gömülüyordu. Köprü gıcırtılarla aşağı indirildi. Yivli kapı yukarı çekildi ve Leydi Catelyn, oğlunun ve sancak beylerinin yanına dönmek üzere atıyla köprüde ilerledi. Yanında çeşitli rütbelerden mavi çelik zırhlar giymiş mızraklı adamlara önderlik eden Sör Jared Frey, Sör Hosteen Frey, Sör Danwell Frey ve Lord Walder'ın piç oğlu Ronel Nehir vardı.

Robb annesini karşılamak için atını öne doğru koşturdu. Boz rüzgâr aygırla yarışıyordu. "Tamamdır," dedi Catelyn. "Lord Walder geçmene izin veriyor. Ayrıca, İkizler'i savunmak için burada kalacak olan dört yüz adam dışında bütün kılıçları da senin. Kendi adamlarından da dört yüz kişiyi burada bırakmanı tavsiye ederim. Kılıçlılardan ve okçulardan oluşan bir grup. Lord Walder kendisine güç katacak bir teklifi geri çeviremez... ama başlarına güvenebileceğin bir adam ver. Lord Walder'ın sözünü tutmak konusunda yardıma ihtiyacı olabilir."

"Nasıl istersen anne," diye karşılık verdi Robb adamlarını incelerken. "Belki... Sör Helman Tallhart. Ne dersin?"

"İyi seçim."

"Peki karşılığında bizden ne istedi?"

"Birkaç kılıçlı adam ayırabilirsen, Lord Walder'ın iki torununa Kışyarı'na kadar eşlik edecek refakatçilere ihtiyacım var," dedi Catelyn. "Onları muhafız olarak himayemize almayı kabul ettim. İkisi de küçük çocuk. Biri yedi, diğeri sekiz yaşında. Galiba ikisinin adı da Walder. Kardeşin Bran kendi yaşlarında iki arkadaşa sevinecektir."

"Hepsi bu mu? İki çocuk? Bu karşıya geçmek için ödenecek küçük bir..."

"Lord Frey'in oğlu Olyvar da bizimle birlikte gelecek," diyerek devam etti Catelyn. "Senin özel yaverin olacak. Babası kısa zamanda iyi bir şövalye olmasını arzuluyor."

"Bir yaver," deyip omuz silkti Robb. "İyi. Bu da iyi. Eğer..."

"Ayrıca, kız kardeşin Arya sağ salim eve dönerse, her ikisi de uygun yaşa geldiğinde Lord Walder'ın en küçük oğlu Elmar'la evlenecek."

Robb şaşkın görünüyordu. "Arya bundan hiç hoşlanmayacak."

"Ve sen de savaş bittiğinde, Lord Walder'ın kızlarından biriyle evleneceksin. Lord Frey istediğin kızı seçebileceğini söyleyerek nezaket gösterdi. Senin için uygun olabilecek pek çok kızı olduğunu düşünüyor."

Robb kıpırdamadı bile. "Anlıyorum," dedi.

"Onaylıyor musun?"

"Reddedebilir miyim?"

"Karşıya geçmek istiyorsan, hayır."

"Onaylıyorum," dedi Robb. Daha önce hiçbir zaman bu kadar erkek görünmemişti. Oğlanlar kılıçlarla oynayabilirdi ama ne anlama geldiğini bilerek bir evlilik anlaşması yapmak lordlara özgü bir işti.

Hilal şeklindeki ay nehrin üzerinde yüzerken karşıya geçtiler. İki sıralı ordu çelikten bir yılan gibi kıvrılarak batı kalesinin kapılarını aşıp ileri doğru yollarına devam etmek üzere, doğu kalesinin kapısından iç kaleye, oradan da köprüye çıktı.

Catelyn yılanın başında oğlu, amcası Brynden ve Sör Stevron Frey'le birlikte yol alıyordu. Şövalyeler, mızrakçılar, hürsüvariler, binek okçulardan oluşan atlı birliklerinin onda dokuzu arkalarından geliyordu. Hepsinin birden köprüyü geçmesi saatler sürdü. Catelyn daha sonra, sayısız at toynağının köprüde yankılanan sesini, Lord Walder'ın tahtırevanı üstünde geçişi izleyişini, Su Kulesi'ndeki ok pencerelerinden ve ölüm deliklerinden bakan gözleri hatırlayacaktı.

Kuzey ordusunun mızraklı, kılıçlı ve okçu piyadelerden oluşan büyük bir bölümü Roose Bolton komutasında doğu kıyısında kaldı. Robb, Roose Bolton'a güneye doğru yürümesini ve Lord Tywin komutasında kuzeye giden devasa Lannister ordusunu karşılamasını emretti.

İyi ya da kötü. Oğlu zarı atmıştı.

JON

"İyi misin Kar?" diye sordu Lord Mormont.

"*İyi*," diye ciyakladı kuzgunu. "*İyi*."

"İyiyim lordum," diyerek yalan söyledi Jon. Yüksek sesle. Sanki yüksek sesle söylerse gerçekliğine kendisi de inanabilirmiş gibi. "Ya siz?"

Mormont kaşlarını çattı. "Ölü bir adam beni öldürmeye kalktı. Nasıl olayım?" Çenesinin altını kaşıdı. Gri sakallarının bir bölümü yangın sırasında yandığı için hepsini usturaya vurmuştu. Yeni yeni uzamaya başlayan kirli sakalı onu iyice yaşlı, çökmüş ve asık suratlı gösteriyordu. "İyi görünmüyorsun," dedi Jon'a. "Elin nasıl?"

"İyileşiyor." Jon sargılı parmaklarını açıp kapadı. Alev almış perdeleri tuttuğunda tahmin ettiğinden daha kötü yanmıştı. Sağ kolu elinden dirseğine kadar ipek sargılarla sarılmıştı. Elini ateşe soktuğunda hiçbir şey hissetmemişti ama ızdırap sonradan gelmişti. Derisindeki derin yarıklardan sıvılar akmıştı. Parmaklarının arasında karafatma büyüklüğünde kan dolu, korkunç baloncuklar çıkmıştı. "Üstat ellerimde izler kalacağını ama onun dışında tamamen iyileşeceğimi söyledi."

"Yara izi olan bir el o kadar önemli değil. Sur'da sürekli eldiven giyiyor olacaksın."

"Dediğiniz gibi lordum." Jon'u rahatsız eden şey yaraları değil, ardından olanlardı. Üstat Aemon'ın içirdiği haşhaş sütüne rağmen ağrısı korkunçtu. En başlarda, sanki hâlâ alevlerin içindeymiş gibi gece gündüz yanıyordu elleri. Onları kar ya da tıraşlanmış buz dolu çanaklara soktuğunda rahatlıyordu sadece. Onu yatağının içinde kıvrılmış halde, acıdan inleyip ağlarken gören tek canlının Hayalet olmasına şükrediyordu. Geceler sonra ilk kez *uyuduğunda* rüya görmüştü ve bu daha da beterdi. Rüyasında ona saldıran cesedin mavi gözleri, kapkara elleri vardı ve yüzü babasının yüzüydü. Rüyasını Mormont'a anlatmaya cesaret edememişti.

"Dywen ve Hake dün gece döndü," dedi Mormont. "Amcandan bir iz bulamamışlar. Tıpkı diğerleri gibi."

"Biliyorum." Jon arkadaşlarıyla birlikte yemek yemek için ortak salona gitmeye zorlamıştı kendini. Salondaki herkes korucuların yaptığı aramanın başarısızlığından bahsediyordu.

"Biliyor musun?" diye homurdandı Mormont. "Buralarda herkes her şeyi nasıl öğreniyor?" Sorusuna bir yanıt beklemiyordu. "Görünüşe göre o... *yaratıklardan* sadece iki tane vardı. Tanrılara şükür. Ne olduklarını bilmiyorum ama onlara insan diyemem. Eğer bunlardan daha varsa... düşüncesi bile korkunç. Gerçi onlardan birkaçıyla daha karşılaşacağımızı biliyorum. Bunu iliklerimde bile hissediyorum. Üstat Aemon da aynı fikirde. Soğuk rüzgârlar esmeye başladı. Yaz bitmek üzere ve daha önce görülmemiş bir kış geliyor."

Kış geliyor. Stark sözü, daha önce hiç olmadığı kadar uğursuz ve keder dolu gelmişti Jon'un kulağına. "Lordum, dün gece haberci bir kuş geldiği söyleniyor," dedi Mormont'a çekinerek.

"Geldi. Ne olmuş?"

"Babamdan haber almayı umuyordum."

"*Babam,*" diye bağırdı yaşlı kuzgun. Mormont'un omuzlarında yürürken başını öne arkaya sallıyordu. "*Babam.*"

Lord Kumandan kuşun gagasını tutup ağzını kapatmak için uzandı ama kuş sıçrayıp kafasına çıktı. Kanatlarını çırpıp odanın diğer ucuna, pencerenin yukarısındaki lambanın üstüne kondu. "Keder ve gürültü," diye homurdandı Mormont. "Kuzgunlar sadece buna yarıyor gibi. Bu sefil kuşa neden katlanıyorum ki ben? Eğer Lord Eddard'dan bir haber gelseydi sana söylemez miydim sanıyorsun? Piçsen de onun kanındansın. Mesaj Sör Barristan Selmy hakkındaydı. Görünüşe göre Kral Muhafızları'ndan çıkarılmış. Onun yerine kara köpek Clegane getirilmiş. Sör Barristan'ı hainlik suçuyla arıyorlar. Aptallar, onu yakalamak için iki muhafız yollamışlar ama şövalye ikisini de kılıçtan geçirip kaçmış." Mormont, Cesur Barristan olarak tanınan bir şövalyenin üzerine, Şehir Muhafızları'nın altın pelerinlilerini salan kişi hakkındaki fikrini hiç inkâr etmeyen bir tavırla burnundan soludu. "Ormanda beyaz gölgeler, koridorlarımızda yürüyen sessiz cesetler var ama tahtta bir çocuk oturuyor," dedi tiksintiyle.

Kuzgun çılgın gibi bağırmaya başladı. "*Çocuk, çocuk, çocuk, çocuk.*"

Mormont'un tek güvencesinin Sör Barristan olduğunu hatırladı Jon. Eğer şövalye devrildiyse Mormont'un mektubunu kim alacaktı? Ellerini yumruk yaptı. Yanık parmaklarından yukarı doğru bir acı yükseldi. "Kardeşlerime ne olmuş?"

"Mektupta Lord Eddard'dan ya da kızlardan bahis yok." Rahatsız bir şekilde omuz silkti. "Belki de mektubum onlara varmadı. Aemon en iyi kuşlarıyla iki kopya göndermişti ama belli mi olur? Pycelle cevaplamaya tenezzül etmemiş bile olabilir. İlk kez yaptığı bir şey değil, sonuncu da olmaz. Korkarım ki Kral Toprakları'nda zerre kadar değerimiz yok. Bize sadece bilmemizi istedikleri şeyleri söylüyorlar. Bu yeterli değil."

Sen de bana sadece bilmemi istediğin şeyleri söylüyorsun ve bu da yeterli değil, dedi Jon içinden. Kardeşi Robb sancak beylerini çağırmış, savaşmak için güneye doğru yola çıkmıştı ama Jon'a tek kelime söylenmemişti... Sam Tarly gelen mektubu Üstat Aemon'a okuduğu günün gecesinde, mektubun içeriğini gizli gizli ve sürekli ne kadar yanlış bir şey yaptığını söyleyerek Jon'a anlatmıştı. Kardeşinin gittiği savaşın Jon'u hiç ilgilendirmediğini düşünüyorlardı şüphesiz. Jon evinin artık burada, yeni kardeşlerinin yanında, Sur'da olduğunu kendine ne kadar tekrarlarsa tekrarlasın korkak gibi hissetmekten alamıyordu kendini.

"*Mısır,*" diye bağırıyordu kuzgun. "*Mısır, mısır.*"

"Ah, biraz sus," dedi Yaşlı Ayı. "Jon, Üstat Aemon ellerini ne zaman kullanabileceğini söyledi mi?"

"Yakında," diye cevapladı Jon.

"Güzel." Mormont, Jon'la arasındaki masanın üstüne, gümüş işli metal bir kının içinde duran uzun bir kılıç koydu. "Al. Yakında bunu kullanabileceksin demek ki."

Kuzgun kanatlarını çırpıp masanın üstüne kondu. Başını merakla yana eğdi. Jon tereddüt etmişti. Bunun ne demek olduğuyla ilgili hiç fikri yoktu. "Lordum?"

"Gümüş kabza başı yangında erimiş. Kabza koruması ve sapı da yanmış. Eh işte, kuru deri ve ahşap, ne olacak? Ama kılıcın kendisi... zarar verebilmek için yüz katı sıcak bir ateş lazım." Mormont meşe masanın üstündeki kılıcı Jon'a doğru itti. "Yanan yerleri yeniden yaptırdım. Al."

"*Al,*" diye tekrarladı kuzgun, gagasıyla tüylerini düzelterek. "*Al, al.*"

Jon *sol* elini kullanarak kılıcı beceriksizce masanın üstünden aldı. Sargılı sağ elini hâlâ zor hareket ettiriyordu. Kılıcı dikkatle kınından çıkardı ve göz hizasına kaldırdı.

Kabzası, uzun kılıcın ağırlığını dengelemek için kurşunla desteklenmiş mermerden yapılmıştı. Mermer, dişlerini gösteren bir kurt şeklinde oyulmuştu ve gözlerine iki tane lal taşı yerleştirilmişti. Tutacağı saf deridendi. Siyah ve yumuşak. Terle ya da kanla lekenmemiş. Bıçağı Jon'un alıştığı kılıçların bıçağından on beş santim kadar daha uzundu. Sadece kesmek için değil, sokmak için de dövülmüştü. Üzerinde üç derin oluk vardı. Babasının kılıcı Buz, iki elle kullanılan gerçek bir çift el kılıcıydı. Bu kılıçsa bazı yerlerde adına piç kılıcı da denen bir buçuk el kılıçlardandı. Kurtlu kılıç büyüklüğüne rağmen Jon'un daha önce savurduğu kılıçlardan çok daha hafifti. Jon kılıcı döndürdüğünde üst üste defalarca katlanmış çeliğin koyu renk katmanlarını seçebildi. "Bu Valyria çeliği lordum," dedi merakla. Babası Buz'a dokunmasına izin verirdi. Bu çeliğin nasıl göründüğünü, nasıl hissedildiğini biliyordu.

"Öyle," dedi Yaşlı Ayı. "Babamın kılıcıydı ve ondan önce de onun babasının. Tam beş asırdır Mormontlar'ın. Zamanında onu ben de savurdum ve siyahları giydiğimde oğluma verdim."

Bana oğlunun kılıcını veriyor. Jon buna inanmakta zorlanıyordu. Kılıç kusursuzca dengelenmişti. Keskin kenarları ışıkla buluştukça parlıyordu. "Oğlunuz..."

"Oğlum, Mormont Hanedanı'na leke sürdü ama kaçarken kılıcı bırakacak kadar onurlu davrandı en azından. Kız kardeşim kılıcı bana gönderdi. Ne zaman baksam oğlumun utancını hatırladığım için bir kenara kaldırmıştım. O geceki yangından sonra yatak odamdaki küllerin arasında bulana kadar varlığını unutmuştum. Gerçek kabzasında gümüş bir ayı başı vardı ama o kadar aşınmıştı ki ayı olduğu belli olmuyordu artık. Bir kurt başının senin için daha uygun olacağını düşündüm. İnşaatçıların arasında çok iyi bir taş oyma ustası var."

Jon, Bran'ın yaşlarındayken, her çocuk gibi kahramanca şeyler yapmanın hayalini kurardı. Kahramanlıklarının detayları her hayalde farklı olurdu ama babasının hayatını kurtarmayı düşlerdi çoğu zaman. Bu kahramanlığından sonra babası onu gerçek bir Stark ilan ederdi ve Buz'u Jon'a verirdi. O zamanlarda bile bunun aptalca bir hayal olduğunu biliyordu. Hiçbir piç, babasının kılıcını savurmazdı. Bunu hatırlamak bile utandırıyordu onu. Hangi türden bir adam öz kardeşinin doğumla gelen hakkını çalmayı düşlerdi? *Buna hakkım yok*, diye düşündü. *Buz'u ne kadar hak ediyorsam bunu da o kadar hak ediyorum*. Yanık parmaklarını sıktı. Derisinin altında şiddetli bir zonklama hissetti. "Lordum, beni onurlandırdınız ama..."

" 'Ama'ları bırak evlat," diyerek sözünü kesti Mormont. "Sen ve kurdun olmasaydı şimdi burada oturmuyordum. Cesurca dövüştün... ve daha önemlisi hızlı düşündün. *Ateş!* Elbette kahrolası. Bizim *hatırlamamız* gerekirdi. Uzun Gece daha önce de gelmişti. Ah, sekiz bin yıl epey zaman demek ama yine de Gece Nöbetçileri hatırlamazsa kim hatırlayacak?"

"*Kim*?" diye bağırdı konuşkan kuzgun. "*Kim*?"

O gece tanrılar Jon'un yalvarışını duymuştu gerçekten. Ateş ölü adamın giysilerini tutuşturmuştu. Etini mum gibi eritip, kemiklerini kuru ağaç dalları gibi yakıp tüketip bitirmişti. Ceset odanın içinde yalpalayarak dolanmış, eşyalara çarpıp alevler içinde yere yığılmıştı. Jon, ateşten bir hareyle çevrelenmiş, saçları saman gibi alev almış, eriyen derileri yere akarken kemikleri ortaya çıkan o yüzü hatırlıyordu en fazla. Othor'u eline geçiren hangi şeytani güçse, alevler onu durdurmayı başarmıştı. Küllerin arasında buldukları çarpık şey yanmış etten ve kömürleşmiş kemiklerden ibaretti. Ama kâbuslarında yeni bir yüzü oluyordu cesedin. Yanan bedende Lord Eddard'ın yüzü vardı. Siyahlaşıp yarılan deri babasının derisiydi. Eriyip iğrenç bir gözyaşı gibi yanaklarından aşağı akan babasının gözleriydi. Jon bu rüyayı neden gördüğünü, ne anlama geldiğini bilmiyordu ama rüya onu anlatamayacağı kadar fazla korkutuyordu.

"Kılıcın ederi, hayatım karşısında bir hiç," dedi Mormont. "Al şunu, daha fazla itiraz istemiyorum. Anlaşıldı mı?"

"Evet lordum." Jon'un parmaklarının arasındaki yumuşak deride elinin hatları vardı. Sanki kılıç daha şimdiden onun tu-

tuşuna göre şekil alıyordu. Jon onur duyması gerektiğini biliyordu. Duyuyordu da ama yine de...

O benim babam değil, dedi kendine. *Benim babam Lord Eddard Stark. Onu unutmayacağım. Bana kaç kılıç verirlerse versinler*. Lord Mormont'a başka bir kılıcın hayalini kurduğunu söyleyemezdi...

"Nezaket lafları da istemiyorum. Yani bana teşekkür etme. Çeliği cesaretinle onurlandır, sözlerinle değil."

Jon başıyla onayladı. "Bir adı var mı lordum?"

"Bir zamanlar vardı. Uzunpençe."

"*Pençe*," diye bağırdı kuzgun, "*pençe*."

"Uzunpençe çok uygun bir isimmiş." Jon deneme amaçlı kılıcı savurdu. Sol eli beceriksiz ve hantaldı ama buna rağmen kılıç kendi kendine hareket ediyormuş gibi havada rahatlıkla aktı. "Ayılar gibi kurtların da pençeleri vardır."

Yaşlı Ayı buna sevinmiş gibi görünüyordu. "Evet sanırım var. Bunu omzuna asman gerekir. Birkaç santim daha uzayana kadar belinde taşıyamazsın. Çift el ataklarını da geliştirmen lazım. Yanıkların iyileştiğinde Sör Endrew sana birkaç hamle öğretir."

"Sör Endrew?" Jon bu adı daha önce duymamıştı.

"Sör Endrew Tarth. İyi bir adam. Silah ustası olarak göreve başlamak üzere Gölge Kule'den geliyor. Sör Alliser Thorne dün Kıyıdaki Doğugözcüsü'ne gitti."

Jon kılıcı indirdi. "Neden?" diye sordu aptal gibi.

Mormont homurdandı. "Çünkü onu *gönderdim*. Başka neden olabilir? Hayalet'in, Jafer Flowers'in bileğinden kopardığı eli taşıyor. Oradan bir gemiye binip eli Kral Toprakları'na götürmesini emrettim. Gidip şu çocuk kralın önüne koysun bakalım. Sanırım bu Joffrey'nin ilgisini çeker... Ayrıca Sör Alliser soylu bir aileden gelen, kutsanmış bir şövalyedir. Konseyde eski dostları var. Onu görmezden gelmeleri taç giymiş bir kargayı görmezden gelmek kadar zor olur."

"*Karga*," Jon, kuzgunun sesinin içerlemeyle dolu olduğunu düşündü.

"Ayrıca," diyerek devam etti Lord Kumandan kuzgunun itirazını ciddiye almadan, "Bu ikinizin arasına bir ceza gibi görünmeden binlerce fersah koyuyor." Parmağını Jon'a doğrulttu. "Ortak salonda yaptığın saçmalığı onayladığımı sanma sakın. Cesaret bir miktar aptallığı telafi edebilir ama artık bir çocuk değilsin. Bunca sene yaşadın. Orada duran bir erkeğin kılıcı ve onu sallayanın da bir erkek olması gerek. Bundan böyle erkek gibi davranmanı istiyorum senden."

"Emredersiniz lordum." Jon kılıcı metal kının içine soktu. Kendisi için seçeceği bir kılıç olmamasına rağmen çok soylu bir hediyeydi ve Jon'u Alliser Thorne'un zalimliğinden kurtaracak olması onu çok daha soylu kılıyordu.

Yaşlı Ayı çenesini kaşıdı. "Yeni çıkan sakalların ne çok kaşındırdığını unutmuşum," dedi. "Yapacak bir şey yok. Elin görevine devam edecek kadar iyileşti mi?"

"Evet lordum."

"Güzel. Bu gece epey soğuk olacak. Baharatlı sıcak şarap istiyorum. Bana bir sürahi kırmızı bul. Ekşi olmasın ve baharatlar konusunda cimri davranma. Hobb'a söyle, bana bu sefer de haşlanmış koyun eti gönderirse *onu* haşlarım. Son yolladığı but grileşmişti. Kuş bile dokunmadı." Kuzgunun kafasını başparmağıyla okşadı, kuş memnuniyet ifade eden bir ses çıkardı. "Şimdi git, işlerim var."

Sağlam eliyle taşıdığı kılıcıyla birlikte sarmal merdivenlerden inerken nöbetteki muhafızlar Jon'a gülümsedi. "Tatlı çelik," dedi adamlardan biri. "Sen bunu hak ettin Kar," dedi diğeri. Jon gülümsemek için kendini zorladı. İçinden gelmiyordu. Mutluluk duyması gerektiğini biliyordu ama olmuyordu işte. Eli zonkluyordu. Ağzında bir öfke tadı vardı ama kime, neden öfkeli olduğunu bile bilmiyordu.

Lord Mormont'un yangından sonra taşındığı Kral Kulesi'nden çıktığında altı arkadaşının dışarıda pusuya yattığını gördü. Ambarın kapısına bir hedef tahtası asmışlardı, sözde okçuluk yeteneklerini geliştiriyorlardı ama Jon pusuya yatanları görür görmez tanırdı. Kapıdan çıkar çıkmaz Pyp'in bağırdığını duydu. "Gel de bir görelim."

"Neyi?" diye sordu Jon.

Kurbağa yanına sokuldu. "Pembe kalçalarını, başka neyi olacak?"

"Kılıcı," dedi Grenn. "Kılıcı görmek istiyoruz."

Jon suçlayan gözlerle arkadaşlarına baktı. "Biliyordunuz."

Pyp sırıttı. "Hepimiz Grenn kadar aptal değiliz."

"Öylesiniz," dedi Grenn. "Siz daha aptalsınız."

Halder özür diler gibi omuz silkti. "Kabzanın taşını oyarken Pate'e yardım ettim," dedi. "Lal taşlarını da Köstebek Kasabası'ndan arkadaşın Sam aldı."

"Daha bile önceden biliyorduk," dedi Grenn. "Rudge dökümhanede Donal Noye'a yardım ediyor. Yaşlı Ayı yanmış kılıcı getirdiğinde oradaymış."

"*Kılıç* dedik!" diye ısrar etti Matt. Diğerleri de koro halinde ona katıldı. "*Kılıç, kılıç, kılıç.*"

Jon, Uzunpençe'yi kınından çıkarıp arkadaşlarına gösterdi. İyice görebilmeleri için sağına soluna çevirdi. Piç kılıcı soluk güneş ışığında parıldadı. Siyah ve ölümcül. "Valyria çeliği," diye açıkladı. Hissetmesi gerektiği kadar mutlu ve gururlu konuşmaya çalışıyordu.

"Valyria çeliğinden yapılmış usturası olan bir adam duymuştum. Tıraş olurken kendi kafasını uçurmuş," dedi Kurbağa.

Pyp sırıttı. "Gece Nöbetçileri tam beş bin yıldır var. Ama bahse girerim ki Kumandan Kule'sini yaktığı için ödüllendirilen ilk kara kardeş Jon'dur."

Çocuklar güldü ve hatta Jon bile gülümsemek zorunda kaldı. Çıkardığı yangın aslında kulenin tamamını yakmamıştı ama Yaşlı Ayı'nın odalarının olduğu son iki kat hatırı sayılır ölçüde hasar almıştı. Yangın aynı zamanda Othor'un ölümcül cesedini de yok ettiği için kimse hasarın üstünde durmamıştı.

Diğer ceset, bir zamanlar bir kolcu olan Jafer Flowers'in tek elli leşi en az bir düzine kılıç tarafından küçük parçalara ayrılmıştı... ama Sör Jaremy Rykker ve dört adamı katlettikten sonra. Sör Jaremy cesedin başını kılıcıyla gövdesinden ayırmış olmasına rağmen, başsız ceset kendi hançerini kınından çıkarıp Sör Rykker'in bağırsaklarını deşmişti. Güç ve cesaret, zaten ölü olduğu için devrilemeyen düşmanlara karşı işe yaramamıştı. Silahlar ve zırhlar bile bir adamı korumaya yetmiyordu bazen.

Bu ağır düşünceler Jon'un kırılgan ruh halini iyice bozmuştu. "Yaşlı Ayı'nın akşam yemeği için gidip Hobb'u görmem gerek," dedi kılıcı tekrar kınına sokarken. Arkadaşları iyi niyetliydi ama onu anlamıyorlardı. Bu onların suçu değildi. Onlar Othor'la dövüşmek zorunda kalmamıştı. Onun ölü ve mavi gözlerinin pırıltısını görmemişlerdi. Ölü, kapkara parmaklarını hissetmemişlerdi. Nehir topraklarındaki savaştan haberi yoktu onların. Nasıl anlayabilirlerdi ki? Aniden döndü ve arkadaşlarından uzaklaştı. Pyp arkasından seslendi ama Jon umursamadı.

Yangından sonra geri taşındığı yıkık Hardin Kulesi'ndeki hücresine gitti. Hayalet kapının kenarına kıvrılmış uyuyordu ama Jon'un ayak seslerini duyar duymaz başını kaldırdı. Kurdun kırmızı gözleri lal taşından daha koyu, insanlardan daha bilge bakıyordu. Jon dizlerinin üstüne çöktü, kurdun başını okşadı ve ona kılıcın kabzasını gösterdi. "Bak, bu sensin."

Hayalet kendisine benzeyen taş kurdu kokladı ve diliyle tadına baktı. Jon gülümsedi. "Asıl onurlandırılması gereken sensin," dedi ve onu yaz karlarının arasında bulduğu günü hatırladı. Diğer kurt yavrularını almış giderlerken Jon bir ses duyup geri dönmüştü. Oradaydı. Bembeyaz tüyleri yüzünden neredeyse görünmez olmuştu. *Yapayalnızdı*, diye düşündü Jon. *Sürüdekilerden ayrıydı. Farklıydı. O yüzden uzaklaştırılmıştı.*

"Jon?" Kafasını kaldırdı. Samwell Tarly topuklarını huzursuzca yere vurarak kapıda duruyordu. Yanakları kızarmıştı. Sırtındaki kalın kürk cübbesi yüzünden kış uykusuna hazırlanan bir ayı gibi görünüyordu.

"Sam." Jon ayağa kalktı. "Ne oldu? Kılıcı mı görmek istiyorsun?" Diğerleri biliyorsa Sam'in bildiğine de şüphe yoktu.

Şişman çocuk kafasını iki yana salladı. "Bir zamanlar babamın kılıcının varisiydim," dedi üzüntüyle. "Yürekfelaketi. Lord Randyll ona dokunmama birkaç kez izin verdi. Valyria çeliğinden yapılmıştı. Güzeldi ama o kadar keskindi ki yanlışlıkla kız kardeşlerimden birini keserim diye korktum. Şimdi Dickon'un olacak." Terli avuçlarını cübbesine sildi. "Ah, Üstat Aemon seni görmek istiyor."

Sargılarının değişme vakti gelmemişti. Jon merakla kaşlarını çattı. "Neden?" diye sordu. Sam perişan görünüyordu. Bu Jon için yeterli bir cevaptı. "Ona söyledin, değil mi?" dedi öfkeyle. "Bana anlattığını söyledin."

"Ben... Jon, söylemek istemedim. O sordu... Bence *biliyordu*... Kimsenin göremediği şeyleri görüyor."

"O *kör*," dedi Jon sertçe. Çok sinirlenmişti. "Yolu kendim bulurum." Sam'i orada öylece, ağzı açık, titrer halde bırakıp gitti.

Üstat Aemon'ı kuşlukta kuzgunları beslerken buldu. Clydas da oradaydı. Parça et dolu bir kovayı bir kafesten diğerine taşıyordu. "Sam beni görmek istediğinizi söyledi."

Üstat başıyla onayladı. "Evet istedim. Claydas, kovayı Jon'a ver. Belki bana yardım etme nezaketini gösterir." Pembe gözlü kambur kardeş kovayı Jon'a uzattı ve merdivenden aşağı indi. "Eti kafeslerin içine at," dedi Üstat Aemon. "Gerisini kuşlar hallediyor."

Jon kovayı sağ eline geçirdi ve diğer elini kanlı et parçalarının arasına daldırdı. Kuzgunlar çığlıklar atmaya, kafeslerin demir tellerine iyice yaklaşıp gece siyahı kanatlarıyla metali dövmeye başladı. Etler çok küçük parçalara ayrılmıştı. Avcundaki çiğ etleri kafese fırlattığında çığlıklar ve kanat sesleri çoğaldı. İki iri kuş aynı et parçası için mücadele edince havaya siyah tüyler uçuştu. Jon elini hızla kovaya daldırıp aceleyle biraz daha et attı. "Lord Mormont'un kuzgunu mısır ve meyve seviyor."

"Onunki ender bulunan bir kuş," dedi Üstat. "Kuzgunların çoğu tahıl yer ama asıl tercih ettikleri ettir. Et onları güçlendirir. Korkarım kan kokusunu da fazlasıyla seviyorlar. Bu açıdan insanlara benziyorlar ve tıpkı insanlar gibi kuzgunlar da birbirinden farklı."

Jon'un buna karşılık söyleyecek bir şeyi yoktu. Neden çağırıldığını merak ederek kuşlara et atmaya devam etti. Yaşlı adam arzu ettiği anda sebebini söyleyecekti şüphesiz. Üstat Aemon acele ettirilecek bir adam değildi.

"Kumrular ve güvercinler de haberci kuş olarak eğitilebilir," diye devam etti Üstat. "Ama kuzgunlar daha kuvvetli, daha iri, daha cesur, çok daha zeki uçuculardır. Şahin saldırılarına karşı kendilerini daha iyi koruyabilirler... ama kuzgunlar siyahtır ve leş yerler. Bu yüzden bazı inançlı insanlar onlardan tiksinir. Kutsanmış Baelor'un bütün kuzgunları kumrularla değiştirdiğini biliyor mudun?" Üstat beyaz gözlerini Jon'a çevirip gülümsedi. "Gece Nöbetçileri kuzgunları tercih eder."

Jon'un kovanın içindeki eli dirseğine kadar kana bulanmıştı. "Dywen, yabanılların bize karga dediğini söylüyor," dedi.

"Karga, kuzgunun zavallı kuzenidir. Her ikisi de siyahlar içinde dilencilerdir. Nefret edilen ve yanlış anlaşılmış."

Jon ne hakkında ve neden konuştuklarını anlıyor olmayı isterdi. Onun kumrular ve kuzgunlarla ne işi vardı? Yaşlı adamın Jon'a söyleyecekleri varsa lafı dolandırmadan söyleseydi ya.

"Jon, Gece Nöbetçileri'ndeki kardeşlerin *neden* evlenmediğini ve çocuk sahibi olmadığını merak ettin mi hiç?" diye sordu Üstat Aemon.

Jon omuz silkti. "Hayır," dedi. Biraz daha et attı. Sol eli kandan kayganlaşmıştı ve sağ elindeki kova yüzünden yanık parmakları zonkluyordu.

"Böylece sevemezler," dedi yaşlı adam. "Sevgi, onuru mahveder, vazifeyi katleder."

Üstat Aemon'ın söyledikleri Jon'a doğru gelmiyordu ama sesini çıkarmadı. Üstat yüz yaşındaydı. Gece Nöbetçileri'nin en yüksek rütbeli adamlarından biriydi. Ona karşı fikir söylemek Jon'un haddini aşması demekti.

Yaşlı adam Jon'un şüphelerini hissetmiş gibiydi. "Söyle bana Jon, gün olur da bir gün, lord baban onuru ve sevdikleri arasında seçim yapmak zorunda kalırsa hangisini tercih eder?"

Jon tereddüt etti. Lord Eddard sevgi uğruna bile olsa asla onurunu lekeleyecek bir şey yapmaz demek istiyordu ama içindeki o küçük ses yine konuşmaya başladı. *Bir piç peydahladı, onur bunun neresinde? Ya annene karşı olan vazifesi? Adını ağzına bile almıyor.* "Doğru olan şeyi yapardı," diye yanıtladı, tereddütünü telafi etmek ister gibi, "Şartlar ne olursa olsun," diye ekledi.

"Öyleyse Lord Eddard çok nadir bir şahsiyet. Pek çoğumuz o kadar güçlü değiliz. Bir kadının aşkıyla kıyasladığında onurun ne kıymeti kalır? Kollarına aldığın yeni doğmuş bir bebekle kıyasladığında vazifenin ne önemi vardır? Ya da gülümseyen bir kardeşin hatırası aklına düştüğünde... Rüzgâr ve kelimeler. Rüzgâr ve kelimeler. Bizler sadece insanız ve tanrılar bizi sevebilen yaratıklar olarak tasarlamış. Sevgi bizim en büyük zaferimiz ve en büyük trajedimiz.

Gece Nöbetçileri'ni kuran adamlar, diyarla kuzey karanlığının arasındaki tek kalkanın cesaretleri olduğunu biliyorlardı. Kararlılıklarının zayıflamaması için sadakatlerinin bölünmemesi gerektiğinin farkındaydılar. Bu yüzden karıları ve çocukları olamazdı.

Ama kardeşleri vardı. Onlara hayat veren anneleri, isimlerini koyan babaları. Birbiriyle düşman yüz farklı krallıktan geliyorlardı. Zamanın değişebileceğini ama insanların değişmeyeceğini biliyorlardı. Bu sebeple, Gece Nöbetçileri'nin diyardaki kavgalara karışmayacağına dair yemin ettiler.

Yeminlerini bozmadılar. Aegon, Kara Harren'in başını kesip krallığına el koyduğunda, Harren'in ağabeyi Sur'un kumandanıydı. Emrinde on bin kılıçlı adam vardı. Ama savaşa yürümedi. Yedi Krallık'ın yedi krallık *olduğu* zamanlarda, üç dördünün savaş halinde olmadığı tek nesil geçmezdi. Nöbet hiçbirine müdahale etmedi. Andallar, Dar Deniz'i geçip İlk İnsanlar'ın krallığını yerle bir ettiklerinde, öldürülen kralların oğulları yeminlerine sadık kaldı ve görevlerinin başından ayrılmadı. Sayılamayacak kadar çok yılda hep böyle oldu. İşte onur için ödenen bedel budur.

Ortada korkacak bir şey yokken, bir korkak da herhangi bir adam kadar cesur olabilir. Ve ortada ödenecek bedel yokken bizler vazifemizin başında dururuz. Böyle olunca onur denen yolda yürümek ne kadar kolaydır. Ama er ya da geç her adamın hayatına zor günler gelir. O yolda yürümenin kolay *olmadığı* günler. Seçim yapmak zorunda kaldığı günler."

Kuzgunlardan birkaçı hâlâ yiyordu. Gagalarının arasından lime lime olmuş çiğ et parçaları sarkıyordu. Diğer kuşlar Jon'u izliyor gibiydi. Jon küçük siyah gözlerin ağırlığını üstünde hissediyordu. "Ve bu benim günüm... bunu mu söylemeye çalışıyorsunuz?"

Üstat Aemon döndü ve beyaz gözleriyle Jon'a *baktı*. Onu görüyormuş gibi. Onu kalbine kadar görebiliyormuş gibi. Jon kendini çırılçıplak kalmış, bütün sırları açığa çıkmış gibi hissediyordu. Kovayı iki eliyle birden kavradı ve kalan et parçalarının hepsini bir kerede kafese boşalttı. Et ve kan her yere saçılarak kuzgunları dağıttı. Havalandılar ve vahşiçe çığlık atmaya başladılar. Diğerlerinden daha hızlı olan kuşlar dalıp et parçalarını alıyor ve hızla yutuyordu. Jon boş kovayı yere bıraktı.

Yaşlı adam kuru, lekeli elini Jon'un omzuna koydu. "İçini yakar evlat," dedi yumuşak sesiyle. "Ah, evet. Seçmek zorunda kalmak... her zaman yürek yaktı, hep yakacak. Biliyorum."

"*Bilmiyorsunuz,*" dedi Jon kederle. "Kimse bilmiyor. Ben bir piç olsam da o benim *babam*..."

Üstat Aemon içini çekti. "Sana anlattığım şeylerin hiçbirini duymadın mı Jon? İlk olduğunu mu düşünüyorsun?" Kelimelerin ötesinde bir yorgunluğu tarif ediyormuş gibi yaşlı başını salladı. "Tanrılar yeminimin gücünü üç farklı zamanda sınadı. Bir kez çocukluğumda, bir kez yetişkin bir erkekken ve bir kez de yaşlılığımda. Gücüm kayboldu. Gözlerim soldu. Ve son seçimim en az ilk seçimim kadar zalimceydi. Kuzgunlarım güneyden, kendi hanedanımdan, kanatlarına kara haberler yüklenip geldiler. Soyum kırılmıştı, aynı kanı taşıdığım insanlar ölmüştü. Tek başlarına ve utanç içinde. Bu yaşlı, kör ve kırılgan halimle ne yapabilirdim? Emzikteki bir bebek kadar çaresizdim. Onlar kardeşimin zavallı torununun boğazını keserken ve *onun* oğlunu katlederken ve hatta küçük bebekleri..."

Jon yaşlı adamın gözlerinde parlayan gözyaşlarını görünce donup kaldı. "Siz kimsiniz," diye sordu neredeyse dehşet içinde.

Adamın yaşlı dudaklarında dişsiz bir gülümseme belirdi. "Hisar'ın üstatlarından biriyim sadece. Kara Kale'ye ve Gece Nöbetçileri'ne hizmet etmek için yemin vermiş biri. Bu yola girenler yemin edip üstat zincirlerini taktıklarında soy isimlerinden de vazgeçer." Yaşlı adam iyice incelmiş boynunda bollaşan zincire dokundu. "Babamın adı Maekar'dı. Hanedanından bu isimle anılan ilk kral. Onun ölümünden sonra benim yerime tahta kardeşim Aegon geçti. Büyükbabam bana Ejderha Şövalyesi Prens Aemon'ın adını vermiş. Aemon onun amcasıymış ya da babası. Artık hangi hikâyeye inanırsan."

"Aemon... *Targaryen*?" Jon inanamıyordu.

"Bir zamanlar öyleydim," dedi yaşlı adam. "Bir zamanlar. Yani Jon, evet biliyorum... Sana kalmanı ya da gitmeni söylemeyeceğim. Bu kendi başına yapmak zorunda olduğun bir seçim. Çünkü hayatının geri kalanını o seçimle yaşayacaksın. Tıpkı benim gibi." Sesi bir fısıltıya dönüştü. "Tıpkı benim gibi..."

DAENERYS

Çatışma sona ermişti. Dany gümüşün üzerinde ölülerin arasında dolaşıyordu. Hizmetçileri ve *khas*'ının adamları gülümseyerek, birbirleriyle şakalaşarak arkasından geliyorlardı.

Araziye ekili çavdar ve mercimekler atların toynaklarıyla toprağa gömülmüştü. Dothraklar, oklardan ve *arakh*'lardan yepyeni bir tarla yapıp etrafı kanla sulamışlardı. Ölmek üzere olan atlar Dany yanlarından geçtikçe kafalarını kaldırıp çığlık atıyordu. Yaralı adamlar inleyerek dualar ediyordu. *Jaqqa rhan*, yani baltalı merhamet adamları ölülerin arasında dolaşıyor, hem ölülerin, hem ölmekte olanların kafalarını kesiyordu. Bir grup küçük kız merhamet adamlarının peşinden gidiyor, cesetlerden çıkardıkları oklarla sepetlerini dolduruyordu. Hepsinden sonra, *khalasar*'ın peşinden hiç ayrılmayan, zayıf ve aç vahşi köpek sürüsü gelip cesetleri kokluyordu.

Koyunlar öleli çok olmuştu. Karınlarından oklar çıkmış, sinekler yüzünden siyaha boyanmış gibi görünen binlerce koyun vardı. Koyunları öldürenlerin Khal Ogo'nun atlıları olduğunu biliyordu Dany. Drogo'nun *khalasar*'ındaki adamlar oklarını koyunlara harcamaz, çobanları öldürmeyi tercih ederdi.

Kasaba ateşe verilmişti. Kara dumanlar çevreyi bulandırarak mavi gökyüzüne çıkıyordu. Süvariler kuru çamurdan yapılmış yıkık duvarların arkasında bir ileri bir geri hareket ederek, dumanın arasından görebildikleri sağ kalmışları kamçılarıyla bir araya topluyorlardı. Ogo'nun *khalasar*'ındaki kadınlar ve çocuklar, yenilgilerine ve esir düşmüşlüklerine rağmen sessiz bir gururla yürüyorlardı. Onlar artık birer köleydi ama bundan korkmuyormuş gibi görünüyorlardı. Kasaba halkı için durum farklıydı. Dany onlara acıyordu çünkü dehşetin nasıl bir şey olduğunu hatırlıyordu. Kararmış ve ifadesiz yüzleriyle anneler ağlayan çocuklarının ellerinden tutmuş, sendeleyerek yürüyorlardı. Aralarında çok az erkek vardı. Sakatlar, korkaklar ve büyükbabalar.

Sör Jorah, bu kasabada yaşayan insanların kendilerine Lhazareenler dediğini söylemişti ama Dothraklar onlara *haesh rak-*

hi yani Kuzu İnsanlar adını takmıştı. Dany bir zamanlar onları Dothraklar'la karıştırabilirdi çünkü onların da badem şekilli gözleri vardı ve bakır tenliydiler. Ama şimdi, basık ve düz suratlarıyla, tuhaf şekilde kısacık kesilmiş saçlarıyla çok yabancı görünüyorlardı Dany'ye. Koyun sürüleri güdüyor ve sebzeyle besleniyorlardı. Khal Drogo onların nehrin güney kıyısına ait olduğunu söylemişti. Dothrak denizinin otları koyunlara göre değildi.

Dany, bir oğlanın fırlayarak nehre doğru koştuğunu gördü. Bir atlı çocuğun yolunu kesti, döndürdü ve diğer adamlar etrafını çevirip kamçılarını yüzüne indirmeye başladı. Dörtnala gelen başka bir atlı çocuğa arkasından yaklaştı, baldırlarından kan akana kadar kamçıladı. Bir diğerinin kamçısı ayak bileğine dolandı. Çocuk yerde daireler çizerek sürüklendi. Sonunda oyun oynamaktan sıkılan adamlar artık ayağa kalkamayacak hale gelen çocuğun sırtına bir ok sapladı.

Sör Jorah, Dany'yi kasabanın kırık kapısının dışında karşıladı. Zırhının üstüne koyu yeşil bir pelerin giymişti. Zırh eldiveni, bacak koruması ve miğferi koyu yeşil çelikten yapılmıştı. Dothraklar zırhı yüzünden şövalyeyle dalga geçip korkak olduğunu söylemişlerdi ama Sör Jorah bu hakareti adamların yüzüne geri tükürmüştü. Öfke patlamış, uzun kılıç *arakh*'larla buluşmuştu. Alay edenlerin arasında sesi en yüksek çıkan adam, kan kaybından ölmek üzere yolun gerisinde bir yerde bırakılmıştı.

Sör Jorah atını sürerken düz tepeli miğferinin siperini kaldırdı. "Kocanız sizi kasabanın içinde bekliyor."

"Drogo yaralanmadı, değil mi?"

"Birkaç kesik," diye cevap verdi Sör Jorah. "Önemli bir şey yok. Bugün iki *khal*'ı kılıçtan geçirdi. Önce Khal Ogo, ardından onun yerine geçip yeni *khal* olacak oğlu Fogo. Kocanızın kansüvarileri saçlarından zillerini kesip aldı. Şimdi Drogo'nun her adımı eskisinden biraz daha gürültülü."

Ogo ve oğlu, Viserys'in taçlandırıldığı ziyafet sırasında Drogo'yla beraber yüksek sırayı paylaşmışlardı ama orası Vaes Dothrak'tı. Dağların Anası'nın eteklerinde bütün *khalasar*'lar kardeşti ve düşmanlıklar bir kenara bırakılmak zorundaydı. Otla kaplı arazide durum farklıydı. Khal Drogo, Ogo'yu yakaladığında Ogo'nun *khalasar*'ı kasabaya saldırıyordu. Atların toprak duvarlar ardında yarattığı toz bulutunu görünce Kuzu İnsanlar'ın ne düşündüğünü merak ediyordu Dany. Belki birkaçı, genç ve aptal olanlardan, tanrıların onları duyup yardım gönderdiğini, kurtulduklarını sanmıştı.

Yolun karşısında Dany'nin yaşlarında bir kız tiz çığlıklar atarak ağlıyordu. Dany, kızın bir atlı tarafından yüzüstü cesetlerin üstüne itildiğini gördü. Adam kızın üstüne çıkıp içine girerken, diğer atlılar tepelerinde durmuş sıralarının gelmesini bekliyordu. Dothraklar'ın Kuzu İnsanlar'a getirdiği kurtuluş buydu.

Kafasını çevirirken, *ben ejderhanın kanıyım*, diye hatırlattı kendine Daenerys Targaryen. Dişlerini sıktı, kalbini katılaştırdı ve kapıya doğru atını sürmeye devam etti.

"Ogo'nun süvarilerinin çoğu kaçtı," dedi Sör Jorah. "Buna rağmen yaklaşık on bin esir var."

Köleler, diye düşündü Daenerys. Khal Drogo onları nehrin alt bölgesine, Köle Koyu'ndaki kasabalardan birine götürecekti. Ağlamak istiyordu ama güçlü olmak zorundaydı. *Bu bir savaş. Savaşlar böyle olur. Bu Demir Taht için ödediğin bedel.*

"*Khal*'a onları Meereen'e götürmesini tavsiye ettim," dedi Sör Jorah. "Bir köle kervanının vereceği fiyattan çok daha fazlasını verirler orada. İllyrio'nun söylediğine göre geçen yıl o kasabada bir veba salgını olmuş. Genelevler sağlıklı genç kızlar için normalin iki katı ücret ödüyormuş. On yaşının altındaki erkek çocuklar için ise üç katını. Eğer yolculuk sırasında ölmezlerse, elimizdeki esirlerin satışından kazanacağımız altınlarla lazım olan gemilerin hepsini satın alabilir, yelken açacak gemicileri tutarız."

Tecavüze uğrayan kız yürek parçalayan bir ses çıkardı. Hıçkırıklara karışmış uzun bir çığlık. Dany dizginlerini sımsıkı tuttu ve gümüşü döndürdü. "Durdurun onları," diye emretti Sör Jorah'a.

"*Khaleesi*?" Şövalyenin sesi şaşkınlık doluydu.

"Beni duydunuz," dedi Dany. "Onları durdurun." Dothrak dilinin sert aksanıyla *khas*'ına konuşuyordu. "Jhogo, Quaro, siz de Sör Jorah'a yardım edin. Tecavüz istemiyorum."

Savaşçılar tereddütle birbirlerine baktı.

Sör Jorah atını Dany'ye yaklaştırdı. "Prensesim, merhametli bir kalbiniz var ama anlamıyorsunuz. Bu her zaman böyledir. Bu adamlar *khal* için kan akıttılar ve şimdi de ödüllerini alıyorlar."

Yolun karşısındaki kız hâlâ çığlık atıyordu. Tekdüze lisanı Dany'nin kulaklarına yabancıydı. İlk adam işini bitirmişti ve ikincisi kızın üstündeydi.

"O bir kuzu kız," dedi Quaro. Dothrak dilinde konuşuyordu. "Onun bir değeri yok *Khaleesi*. Atlılar onu onurlandırıyor. Kuzu İnsanlar koyunlarla yatar. Bu bilinir."

"Bilinir," diyerek onayladı hizmetçisi İrri.

"Bilinir," dedi Drogo'nun hediye ettiği gri aygırın üstündeki Jhogo. "Eğer çığlığı sizi rahatsız ettiyse Jhogo size onun dilini getirir *Khaleesi*." *Arakh*'ını çekti.

"Ona zarar verilmesini istemiyorum," dedi Dany. "O benim. Size emrettiğim şeyi yapın. Aksi takdirde Khal Drogo'ya hesap verirsiniz."

"*Ai, Khaleesi*," dedi Jhogo atını mahmuzlarken. Quaro ve diğerleri onu takip etti. Saçlarındaki ziller çınlıyordu.

"Onlarla gidin," dedi Dany, Sör Jorah'a.

"Emredersiniz." Şövalye ona merak dolu gözlerle bakıyordu. "Siz gerçekten ağabeyiniz gibisiniz."

"Viserys?" dedi Dany, anlamamıştı.

"Hayır," diye cevap verdi şövalye. "Rhaegar." Atını koşturdu.

Dany, Jhogo'nun bağırdığını duydu. Tecavüzcüler ona gülüyordu. İçlerinden biri Jhogo'ya karşı geldi. Jhogo *arakh*'ını çekti ve adamın kafası omuzlarından aşağı düşüp yuvarlandı. Kahkahalar adamlar silahlarına davranırken küfürlere dönüşmüştü ama tam o sırada Quaro, Aggo ve Rakharo yanlarında belirdi. Aggo gümüş atının üzerindeki Dany'yi göstererek adamlara bir şeyler söyledi. Atlılar siyah gözleriyle Dany'ye baktı. Öfkeli oldukları belliydi. Biri yere tükürdü. Diğerleri küfrederek atlarına bindi.

Bütün bunlar olup biterken, kızın üzerindeki adam içine girip çıkmaya devam etmişti. Aldığı zevk yüzünden yanı başında olanları duymamış, görmemişti. Sör Jorah atından indi ve zırh eldivenli eliyle adamı kızın üzerinden çekip attı. Dothraklı çamurun içinde yuvarlandı. Elinde bir bıçakla hemen ayağa kalktı ve Aggo'nun boğazına sapladığı okla öldü. Mormont kızı cesetlerin üzerinden alarak kan lekesi dolu peleriniyle sardı. Kızı Dany'nin yanına getirdi. "Onu ne yapmak istiyorsunuz?"

Kız titriyordu. Gözleri kocaman olmuştu ve matlaşmıştı. Saçları kanla yapış yapıştı. "Doreah, yaralarıyla ilgilen. Sen atlılar gibi görünmüyorsun, belki senden korkmaz. Diğerleriniz, benimle gelin." Atıyla kırık kapıdan girdi.

Kasabanın içi daha beter durumdaydı. Evlerin çoğu yanıyordu ve *jaqqa rhan* görevinin başındaydı. Dar ve kıvrımlı patikalar başsız cesetlerle doluydu. Tecavüz edilen başka kadınların yanından geçtiler. Dany her seferinde dizginlerini çekti, *khas*'ını gönderip tecavüzü durdurmalarını emretti ve kadınları köle olarak aldı. Tecavüzden kurtardığı kırk yaşlarında şişmanca bir kadın, Ortak Dil'de konuşarak Dany'ye şükranlarını sundu. Diğerleri boş gözlerle bakmıştı sadece. Dany üzülerek ondan korktuklarını fark etti. Onları çok daha kötü bir kader için kurtardığını düşünüyorlardı.

"Hepsine sahip çıkamazsın çocuğum," dedi Sör Jorah dördüncü kez durduklarında. Adamları yeni kölelerini gümüşün arkasında bir sürü halinde yürütüyordu.

"Ben *khaleesi*'yim, Yedi Krallık'ın varisiyim. Ejderhanın kanıyım," diye hatırlattı Dany. "Ne yapamayacağımı söylemek sizin haddiniz değil." Kasabanın diğer tarafında yanan bir ev alevler içinde, gürültüyle çöktü. Dany çığlıkları ve korkmuş çocukların ağlamalarını duydu.

Khal Drogo'yu çamurdan duvarlarıyla, kahverengi soğana benzeyen kubbesiyle, kare şeklinde, penceresiz bir tapınağın önünde otururken buldular. Hemen yanında boyundan yüksek bir kelle yığını vardı. Kuzu İnsanlar'ın kısa oklarından biri kolunun etli üst kısmına saplanmıştı. Göğsündeki geniş kesikten akan kan bedeninin yarısını kırmızıya boyamıştı. Üç kansüvarisi yanındaydı.

Jhiqui, iyice büyüyen karnı yüzünden hantallaşmış Dany'nin attan inmesine yardım etti. Dany *khal*'ın yanına gidip önünde diz çöktü. "Güneşim ve yıldızım yaralanmış," dedi. *Arakh* kesiği genişti ama çok derin sayılmazdı. Sol göğüs ucu gitmişti. Kanlı ve büyük bir deri parçası, ıslak bir havlu gibi göğsünden aşağı sarkıyordu.

"Sadece çizik ay ışığım. Ogo'nun kansüvarilerinden birinin *arakh*'ı yaptı," dedi Khal Drogo, Ortak Dil'de. "Onu öldürdüm. Ogo'yu da kestim." Kafasını salladı. Örgüsündeki ziller şıngırdadı. "Bu duyduğun Ogo. *Khalakka*'sı Fogo'yu kestiğimde yeni *khal* olmuştu."

"Benim güneş ışığımın karşısında hiç kimse duramaz," dedi Dany. "Sen dünyanın tepesine çıkacak aygırın babasısın."

Atlı bir savaşçı geldi, eyerinin üstünden eğilerek Haggo'yla konuştu. Dany'nin anlayamayacağı kadar seri konuşuyorlardı ama öfkeli cümleler kurdukları belliydi. İri yarı kansüvarisi *khal*'a dönmeden önce ağır ve kızgın gözleriyle Dany'ye baktı. "Bu, Ko Jhaqo'nun *khas*'ından Mago," dedi. "*Khaleesi* onun ganimetini almış. Üstüne çıkmaya hak kazandığı kuzu kızlardan birini."

Khal Drogo'nun yüzü sert ve ifadesizdi ama Dany'ye çevirdiği gözleri merak doluydu. "Bana bu işin doğrusunu anlat ay ışığım," dedi Dothrak dilinde.

Dany daha iyi anlaşılmak için *khal*'ın kendi dilinde, sade ve tane tane olanları anlattı.

Konuşması bittiğinde Drogo'nun kaşları çatılmıştı. "Savaşların sonunda böyle olur. O kadınlar artık bizim kölemiz ve onlara canımız ne istiyorsa yaparız."

"Benim canım da onları korumak istiyor," dedi Dany fazla ileri gidip gitmediğini merak ederek. "Eğer savaşçıların bu kadınların üstüne çıkmak istiyorlarsa onlara nazik davransınlar. Onları karıları olarak alsınlar. Kadınları *khalasar*'a katsınlar ki kadınlar da yeni oğlanlar doğursun."

Kansüvarilerinin en zalimi olan Qotho kahkaha attı. "Atlar kuzuyla ürer mi?"

Adamın sesindeki bir şeyler Dany'ye Viserys'i hatırlatmıştı. Öfkeyle kansüvarisine döndü. "Ejderhalar hem atları hem kuzuları yer," dedi.

Khal Drogo gülümsedi. "Bakın nasıl da öfkeleniyor!" dedi. "İçindeki benim oğlum. Dünyanın tepesine çıkacak aygır. Onu ateşiyle dolduruyor. Atını ağır sür Qotho... eğer annesi seni oturduğun yerde ateşe vermezse, oğlu çamurda boğar. Ve sen Mogo, çeneni kapat ve binecek başka kadın bul. Bunlar *khaleesi*'nin." Dany'ye uzanmak için kolunu kaldırdı ama ani bir acıyla suratı değişti ve başını diğer tarafa çevirdi.

Dany kocasının çektiği ızdırabı görebiliyordu. Yaraları Sör Jorah'ın söylediğinden çok daha ağırdı. "Şifacılar nerede?" diye sordu sertçe. *Khalasar*'da iki çeşit şifacı vardı; şifalı bitkici kısır kadınlar ve köle hadımlar. Kısır kadınlar merhemlerle, iksirlerle, büyülerle çalışırdı. Hadımlarsa iğneler, bıçaklar ve alevlerle. "Neden *khal*'la ilgilenmiyorlar?"

"*Khal* tüysüz adamları gönderdi *Khaleesi*," dedi yaşlı Cohollo. Dany, kansüvarisinin sol omzunda derin bir yara olduğunu gördü.

"Çok fazla atlı yaralandı," dedi Drogo inatçı bir tavırla. "Önce onları iyileştirsinler. Bu ok sinek ısırığından farksız. Kesik de oğluma göstereceğim yeni bir yara izi sadece."

Dany kocasının göğsündeki yüzülmüş derinin altındaki kasları görüyordu. Koluna saplı okun açtığı delikten hâlâ kan sızıyordu. "Khal Drogo bekletilemez," diye ısrar etti. "Jhogo, hemen şu hadımları bul ve buraya getir."

"Gümüş Leydi," dedi arkasındaki kadınlardan biri. "Ben Kudretli Süvari'nin yaralarıyla ilgilenebilirim."

Dany arkasına döndü. Kendisine köle olarak aldığı şişman, düz burunlu, daha önce ona teşekkürlerini sunmuş olan kadın konuşuyordu.

"*Khal* kuzularla yatan bir kadının yardımına muhtaç değil," diye kükredi Qotho. "Aggo, şunun dilini kes hemen."

Aggo kadının saçlarını çekip bıçağını boğazına dayadı.

Dany elini kaldırdı. "Hayır. O benim. Bırakın konuşsun."

Aggo önce Dany'ye, ardından Qotho'ya baktı ve bıçağını indirdi.

"Niyetim kötü değil cesur biniciler," dedi kadın. Akıcı bir şekilde Dothrak dilinde konuşuyordu. Üzerindeki kıyafetlerin hafif ve kaliteli yünden yapıldığı belliydi ama yırtılmış, çamurlanmış ve kanla ıslanmıştı. Elbisenin yırtılmış yakalarını çekiştirip göğüslerini örtmeye çalıştı. "Şifa sanatında maharet sahibiyim."

"Kimsin sen?" diye sordu Dany.

"Adım Mirri Maz Duur. Bu tapınağın tanrıkadınıyım."

"*Maegi*," diye homurdandı Haggo. Eli *arakh*'ına gitti. Bakışı karanlıktı. Dany adamın kullandığı kelimeyi, ateş başında oturdukları bir gece Jhiqui'nin anlattığı hikâyeden hatırlıyordu. *Maegi*, şeytanlarla düşüp kalkan, en kara büyülerle uğraşan, ruhsuz, zalim, korkunç kadınlara verilen isimdi. Gece karanlığı çöktüğünde insanlara yaklaşır, bedenlerinden güçlerini ve canlarını emerdi bu kadınlar.

"Ben bir şifacıyım," dedi Mirri Maz Duur.

"Kuzuların şifacısı," diye bağırdı Qotho. "Kanımın kanı, bu *maegi*'yi öldür ve tüysüz adamları bekle derim."

Dany kansüvarisinin patlamasını görmezden geldi. Bu yaşlı, şişman ve şefkatli kadın bir *maegi* gibi görünmüyordu. "Şifa sanatını nerede öğrendin Mirri Maz Duur?"

"Benden önceki tanrıkadını annemdi. Bana Yüce Çoban'ı memnun edecek bütün şarkıları ve duaları ezberletti. Köklerden, yapraklardan ve meyvelerden kutsal merhemler ve dumanlar yapmayı öğretti. Daha genç ve güzel olduğum zamanlarda, bir kervanla Gölge'nin oradaki Asshai'ye gidip onların büyücülerinden dersler aldım. Çeşit çeşit topraklardan bir sürü gemi geliyordu Asshai'ye. Ben de orada kalıp uzaklarda yaşayan insanların şifa yöntemlerini öğrenmeye çalıştım. Jogos Nhai'den gelen bir ay ozanından doğum şarkıları öğrendim. Sizin insanlarınızdan biri bana otun, atın ve mısırın büyülerini öğretti. Gün Batımı Krallıkları'ndan bir üstat derimizin altında yatan sırları gösterdi."

"Bir üstat mı?" dedi Sör Jorah.

"Kendine Marwyn derdi," diye cevap verdi kadın. Ortak Dil'de konuşmuştu. "Denizden. Denizin ötesinden. Yedi Krallık demişti. Gün Batımı Krallıkları. Erkekleri çelikten yapılmış ve ejderhalar hüküm sürüyormuş."

"Asshai'de bir üstat," dedi Sör Jorah şaşkınlıkla. "Söyle bana tanrıkadını, Marwyn dediğin adamın boynunda ne vardı?"

"Onu boğacakmış gibi görünen bir zincir, Demir Lord. Farklı farklı metallerden halkalar."

Şövalye, Dany'ye baktı. "Sadece Eski Şehir'deki Hisar'da yetişmiş olan üstatlar o zincirleri takar," dedi. "O adamlar şifacılık hakkında her şeyi bilir."

"Benim *khal*'ıma neden yardım etmek istiyorsun?"

"Bütün insanlar tek bir sürüdür. Bize öyle öğretildi," diye cevap verdi Mirri Maz Duur. "Yüce Çoban beni dünyaya kuzularını iyileştirmem için yolladı. Hangisi, nerede karşıma çıkarsa."

Qotho, kadının yüzüne sert bir tokat attı. "Bizler kuzu değiliz *maegi*."

"Kes şunu," dedi Dany öfke dolu sesiyle. "O benim kölem ve ona zarar vermemeni emrediyorum."

Khal Drogo ikna olmuştu. "Bu okun kolumdan çıkması gerek Qotho."

"Evet Kudretli Süvari," dedi Mirri Maz Duur, elini moraran yanağına götürmüştü. "Göğsünüzün de yıkanıp dikilmesi gerek. Yoksa yara iltihaplanır."

"Yap öyleyse," diye emretti Khal Drogo.

"Kudretli Süvari, aletlerim ve merhemlerim tapınağın içinde. Şifa güçleri orada çok kuvvetlidir."

"Ben seni taşırım kanımın kanı," dedi Haggo.

Khal Drogo adamı eliyle uzaklaştırdı. "Bir erkeğin yardımına ihtiyacım yok," dedi. Sesi sert ve gururluydu. Kendi başına ayağa kalktı. Herkese yukarıdan bakan bir kule gibiydi. Ogo'nun *arakh*'ıyla kesilmiş göğsünden taze bir kan dalgası aktı. Dany hızlıca kolunun altına girdi. "Ben erkek değilim," diye fısıldadı. "Bana yaslanabilirsin." Drogo kocaman kolunu Dany'nin omzuna koydu. Çamur duvarlı tapınağa girerlerken Dany kocasının ağırlığının bir kısmını taşıdı. Üç kansüvarisi onları takip ediyordu. Dany, Sör Jorah ve *khas* adamlarına kapıda nöbet tutmalarını ve kendileri içerideyken tapınağın ateşe verilmesini engellemelerini emretti.

Bir dizi küçük odadan geçerek tapınağın ortasındaki kubbeli büyük salona girdiler. Tavandaki gizli pencerelerden giren soluk ışık salonu bir parça aydınlatıyordu. Duvarlardaki apliklere asılmış meşaleler dumanlar çıkararak yanıyordu. Toprak zemine koyun postları serilmişti. "Oraya," dedi Mirri Maz Duur eliyle kaideyi göstererek. Mavi damarlı devasa taş bloğun üzerine, koyun sürülerinin başında yürüyen çobanlar oyulmuştu. Khal Drogo'yu yatırdılar. Yaşlı kadın sobaya bir avuç dolusu kuru yaprak attı. Salon hoş kokulu bir dumanla doldu. "Siz dışarıda bekleseniz iyi olur," dedi adamlara.

"Bizler onun kanının kanıyız," diye karşılık verdi Cohollo. "Burada kalacağız."

Qotho, Mirri Maz Duur'un yanına yaklaştı. "Şunu bil Kuzu Tanrısı'nın karısı, *khal* acı çekerse sen de çekersin." Hançerini çıkarıp kadına gösterdi.

"Ona zarar vermeyecek," dedi Dany. Bu düz burunlu, yassı suratlı yaşlı kadına güvenebileceğini hissediyordu. Hem onu tecavüzcülerin elinden kurtarmıştı.

"İlle de kalacaksanız yardım edin o zaman," dedi Mirri kansüvarisine. "Kudretli Süvari çok güçlü. Oku etinden çıkarırken onu tutun. Kımıldamaması gerek." Oymalı bir sandıktan şişeler, kutular, bıçaklar ve iğneler çıkarırken yırtık elbisesinin üst kısmı beline kadar düştü. Hazırlığı bittiğinde okun dikenli sapını kırarak gövdesini dışarı çekti. Tekdüze Lhazareen dilinde şifa şarkıları söylüyordu. Sobanın üstünde kaynattığı bir sürahi şarabı yaraların üstüne döktü. Khal Drogo bir küfür savurdu ama kımıldamadı. Kadın okun açtığı yarayı ıslak yapraklarla sardı ve derisi yüzülmüş göğsüyle ilgilenmeye başladı. Yüzülmüş deriyi yerine çekmeden önce, açık yarayı soluk yeşil bir merhemle kapladı. *Khal* dişlerini iyice sıkıp çığlığını yuttu. Tanrıkadını gümüş bir iğne ve bir makara ipek iplikle deriyi dikmeye başladı. İşi bittiğinde dikişlerin üzerine kırmızı bir merhem sürüp yapraklarla örttü. Bütün göğsü lime lime olmuş bir kuzu derisiyle sardı. "Size öğreteceğim duaları okumalı ve kuzu derisini tam on gün on gece göğsünüzde tutmalısınız," dedi. "Ateşiniz çıkacak. Kaşıntınız olacak. Ve yara iyileştiğinde çok büyük bir iz kalacak."

Khal Drogo doğruldu. "Ben yara izlerime şarkı söylerim kuzu kadın." Kollarını esnetip, kaşlarını çattı.

"Şarap ya da haşhaş sütü içmeyin," diyerek devam etti kadın. "Ağrınız olacak ama zehir ruhlarıyla savaşabilmek için bedeninizin güçlü kalması gerek."

"Ben *khal*'ım," dedi Drogo. "Ağrının üstüne tükürür, canım

ne isterse onu içerim. Cohollo, bana yeleğimi getir." Yaşlı adam aceleyle dışarı çıktı.

"Az önce doğum şarkılarından bahsettin..." dedi Dany çirkin Lhazareenli kadına.

"Ben o kanlı yatakla ilgili her şeyi bilirim Gümüş Leydi. Daha bir bebek bile kaybetmedim," diye karşılık verdi Mirri Maz Duur.

"Zamanım yaklaştı," dedi Dany. "Mümkünse doğumu senin yaptırmanı isterim."

Khal Drogo kahkaha attı. "Ay ışığım, bir köleden bir şey rica etmezsin, yapmasını söylersin. Sen ne emredersen onu yapar." Kaideden aşağı atladı. "Gelin kanımın kanları. Aygırlar bizi bekler. Burası küle dönmüş. Yola çıkma vaktidir."

Haggo, *khal*'ı takip etti ama Qotho, Mirri Maz Duur'a sert bir bakış bahşedecek kadar oyalandı. "Unutma *maegi, khal* yaşadıkça yaşarsın."

"Siz nasıl söylerseniz süvari," dedi kadın şişelerini ve kavanozlarını toplarken. "Yüce Çoban sürüyü korur."

TYRİON

Kral Yolu'na yukarıdan bakan tepedeki karaağacın altına cilalanmamış uzun çam bir masa yerleştirilmiş, üzerine altın rengi bir örtü serilmişti. Lord Tywin, baş şövalyeleri ve sancak beyleriyle birlikte çadırının hemen yanına kurulmuş bu masada akşam yemeğini yiyordu. Uzun bir direğe takılmış kırmızı ve altın renkli sancağı rüzgârla dalgalanıyordu.

Tyrion geç kalmıştı. Eyer ağrıları içinde paytak adımlarla bayırı tırmanıp babasına doğru yürürken ne kadar gülünç göründüğünün fazlasıyla farkındaydı. Bugünkü yol uzun ve yorucuydu. Bu gece iyice içip sarhoş olabileceğini düşünüyordu. Alacakaranlıktı. Hava uçuşan ateş böcekleriyle canlanmıştı.

Aşçılar et servis ediyordu: Her birinin ağzına farklı meyveler tıkılmış, iyice kızartılıp çıtır çıtır olmuş beş süt domuzu. Etin kokusu ağzını sulandırdı. Amcasının yanındaki yerine otururken, "Geciktiğim için affedin," dedi.

"Belki seni ölülerimizi gömmekle görevlendirmeliyim Tyrion," dedi Lord Tywin. "Savaşa da masaya geldiğin kadar geç geleceksen, sen vardığında biz bütün işi bitirmiş oluruz."

"Ah, benim için birkaç köylü ayıracağından hiç şüphem yok baba," diyerek karşılık verdi Tyrion. "Çok fazla ayırmana gerek yok. Açgözlülük etmek istemem." Şarap kadehini doldurdu ve servis yapan adamın domuzu dilimlemesini izledi. Adamın bıçağı domuzun çıtır çıtır derisini kesince, etten sıcak, lezzetli sular aktı. Tyrion'ın yıllardır gördüğü en iyi manzaraydı.

"Sör Addam'ın uzak keşifçileri Stark ordusunun İkizler'i geçip güneye doğru ilerlediğini haber verdi," dedi babası tabağı et dilimleriyle doldurulurken. "Lord Frey'in adamları da orduya katılmış. Kuzeyimizde, en fazla bir günlük mesafedeler."

"Lütfen baba," dedi Tyrion. "Yemek yemek üzereyim."

"Stark'ın oğluyla karşılaşma düşüncesi dizlerinin bağını mı çözüyor Tyrion? Ağabeyin Jaime olsa onunla karşılaşmak için can atar."

"Şimdi şu domuzla karşılaşmayı tercih ediyorum. Robb Stark bu kadar yumuşak değil, bu kadar güzel de kokmaz."

Depolardan ve malzemelerden sorumlu ekşi suratlı Lord Lefford öne eğildi. "Vahşi arkadaşlarınız sizin gönülsüzlüğünüzü paylaşmıyorlardır umarım. Öyleyse iyi çeliklerimizi boşa harcamış oluruz."

"Vahşi arkadaşlarım iyi çeliklerimizi çok iyi şekilde değerlendirecekler lordum," diye karşılık verdi Tyrion. Lord Lefford'dan, Ulf'un dağ eteklerinden topladığı üç yüz adamı donatacak kadar zırh ve silah istediğinde, lord silah değil de bakire kızlarını veriyormuş gibi davranmıştı.

Lord Lefford kaşlarını çattı. "İri ve kıllı olanla karşılaştım bugün. Bir değil *iki* savaş baltası olması gerektiğini söyleyen adamla."

"Shagga iki elini birden kullanarak öldürmeyi seviyor," dedi Tyrion. Üstünden dumanlar tüten domuz etiyle dolu tabağı önüne getirilmişti.

"Ahşap saplı savaş baltasını hâlâ sırtında taşıyor zaten."

"Shagga üç baltanın iki baltadan daha iyi olduğunu düşünüyor." Tuz tabağından bir çimdik tuz alıp kızarmış etinin üstüne serpti.

Sör Kevan masaya eğildi. "Çarpışmalar başladığında seni ve vahşi arkadaşlarını öncü kuvvete katmak gibi bir düşüncemiz var."

Sör Kevan pek nadir olarak Lord Tywin'in önceden düşünmemiş olduğu şeyleri "düşünürdü." Tyrion hançerinin ucuyla büyük bir parça et alıp ağzına götürdü. "Öncü kuvvet?" diye tekrarladı şüpheyle. Babası ya Tyrion'ın yeteneklerine karşı yepyeni bir saygı duymaya başlamıştı ya da utanç verici oğlundan sonsuza kadar kurtulmaya karar vermişti. Tyrion hangisi olduğunu kederle hissetti.

"Yeterince zalim görünüyorlar," dedi Sör Kevan.

"Zalim?" Tyrion eğitimli bir kuş gibi amcasının söylediklerini tekrar ettiğini fark etti. Babası eleştiren gözlerle ve söylediği her kelimeyi tartarak onu izliyordu. "Size ne kadar zalim olduklarını anlatayım. Geçen akşam Ay Kardeşleri'nden biri sadece bir sosis için Taş Kargalar'dan birini bıçakladı. Bugün kamp kurduğumuzda Taş Kargalar'dan üç adam sosisi alanı kıstırıp boğazını yardılar. Belki de sosisi geri almaya çalışıyorlardı, bilemiyorum. Shagga adamın aletini kesecekti ki Bronn son anda onu durdurdu. Buna rağmen Ulf kan parası istiyor, Conn ve Shagga ödemeyi reddediyor."

"Askerlerin disiplinsiz davranmasının sebebi başlarındaki kumandanın acizliğidir," dedi babası.

Ağabeyi Jaime adamlarının istekle onu takip etmesini ve gerekirse uğruna ölmesini sağlayabilecek bir yeteneğe sahipti her zaman. Tyrion'a böyle bir hediye bahşedilmemişti. O sadakati altınla satın alır, itaate ismini kullanarak zorla sahip olurdu. "Daha *büyük* bir adam onları korkutup disiplin sağlayabilirdi. Bunu mu demek istiyorsun baba?"

Lord Tywin kardeşine döndü. "Eğer oğlumun adamları emirlerine itaat etmeyecekse öncü kuvvet onun için doğru yer olmayabilir. Ordunun arkasında yük arabalarımızı korurken çok daha rahat edeceğine şüphe yok."

"Bana nezaket gösterme baba," dedi öfkeyle. "Eğer bana vereceğin başka görev yoksa öncü kuvvetin başına geçeceğim."

Lord Tywin cüce oğlunu inceledi. "Başa geçmekle ilgili bir şey söylemedim. Sör Gregor'un emrinde olacaksın."

Tyrion bir parça domuz etini ağzına attı, biraz çiğnedi ve öfkeyle yere tükürdü. "Sandığım kadar aç değilmişim," dedi. Sıradan aşağı beceriksizce indi. "İzninizi rica ediyorum lordlarım."

Lord Tywin başını hafifçe indirip izin verdi. Tyrion dönüp uzaklaşmaya başladı. Bayırdan aşağı zorlanarak inerken bütün gözlerin sırtında olduğunu biliyordu. Arkasından bir kahkaha fırtınası koptu ama dönüp bakmadı. Yedikleri süt domuzuyla boğulmalarını diledi.

Karanlık çöktü ve bütün sancakları siyaha boyadı. Lannister kampı Kral Yolu ve nehir arasında millerce uzanıyordu. Onca adam, at ve ağacın arasında kaybolmak çok kolaydı. Tyrion kayboldu. Bir düzine devasa çadırın ve yüzlerce ateş çukurunun yanından geçti. Çadırların üstünde uçuşan ateş böcekleri gezgin yıldızlar gibi görünüyordu. Sarımsaklı sosislerin kokusunu duydu. Baharatlarla kızartılan etin kokusu o kadar cezbediciydi ki midesi guruldadı. Uzakta bir yerde yüksek sesle müstehcen şarkılar söyleniyordu. Kıkırdayan bir kadın koşarak yanından geçti. Koyu renk pelerinin altındaki bedeni çıplaktı. Arkasındaki adam ağaç köklerine takılıp tökezleyerek kadının peşinden koşuyordu. Biraz daha ileride, küçük bir su akıntısının kenarındaki iki adam karşılık durmuş atak ve çekilme talimi yapıyordu. Göğüsleri çıplak ve terliydi.

Kimse Tyrion'a bakmadı. Kimse onunla konuşmadı. Kimse onu umursamadı. Çevresi Lannister Hanedanı için yemin etmiş yirmi bin adamla doluydu ve Tyrion yalnızdı.

Karanlığın içinden Shagga'nın sarsıcı kahkasını duydu ve sesi takip edip Taş Kargalar'ın küçük köşesine gitti. Coratt'ın oğlu Conn elindeki bira kupasını kaldırarak seslendi, "Tyrion Yarım adam! Gel, ateşimizin önüne otur. Taş Kargalar'ın etini paylaş. Öküzümüz var."

"Görebiliyorum Coratt'ın oğlu Conn." Küçük bir ağaç büyüklüğündeki kazığa geçirilmiş öküz harlı ateşin üstünde sallanıyordu. İki adam öküzü çevire çevire kızartırken yağ ve kan ateşe akıyordu. "Teşekkür ederim. Öküz kızardığında beni çağırın." Görünüşe bakılırsa savaş başlamadan önce kızarabilirdi. Yürümeye devam etti.

Her klan kendi ateşini yakmıştı. Kara Kulaklar, Taş Kargalar'la birlikte yemek yemiyordu. Taş Kargalar da Ay Kardeşleriyle. Ve Yanık Adamlar'la kimse. Lord Lefford'un deposunda bulduğu mütevazı çadır dört ateşin ortasına kurulmuştu. Bronn'u yeni hizmetkârlarla birlikte şarap içerken buldu. Lord Tywin, Tyrion'a bir hizmetçi ve bir seyis göndermiş, hatta bir de yaver için ısrar etmişti. Küçük bir ateşin etrafından oturmuşlardı. Yanlarında on sekiz yaşından fazla olmayan, zayıf, siyah saçlı bir kız vardı. Tyrion kızı biraz inceledikten sonra küllerdeki balık kılçıklarını gördü. "Ne yediniz?"

"Alabalık yedik lordum," dedi seyis. "Bronn tuttu."

Alabalık, diye düşündü. *Süt domuzu. Tanrılar babamı kahretsin.* Üzüntüyle kılçıklara baktı, midesi zil çalıyordu.

Adı talihsizce Podrick Payne olan yeni yaveri söylemek üzere olduğu şeyi yuttu. Delikanlı, Sör İlyn Payne'in uzak bir akrabasıydı, kral cellâdının... Ve bir dili olmasına rağmen hemen hemen cellât kadar sessizdi. Tyrion emin olmak için dilini dışarı çıkarttırmıştı bir seferinde. "Evet, kesinlikle bir dil," demişti ardından. "Ama bir gün bu dili kullanmayı da öğrenmelisin."

Bazen kendisine zalim bir şaka yapmak amacıyla gönderildiğini düşündüğü delikanlının ağzından laf almak için uğraşacak gücü yoktu şimdi. Tyrion tekrar kıza döndü. "Bu o mu?" diye sordu Bronn'a.

Kız zarafetle ayağa kalktı ve Tyrion'a neredeyse bir buçuk metre yukarıdan baktı. "Evet lordum," dedi. "Ve sizin için sakıncası yoksa kendisi konuşabilir."

Tyrion kafasını yana eğdi. "Ben Tyrion, Lannister Hanedanı'ndan. Adamlar beni İblis diye çağırır."

"Annem bana Shae adını koymuş. Adamlar beni... sık sık çağırır."

Bronn güldü. Tyrion da gülümsemişti. "Çadırın içine gir Shae, senin için bir sakıncası yoksa." Kumaş kapıyı kaldırıp kızı çadıra soktu. İçeride, bir mum bulmak için eğildi.

Bir askerin hayatının belli avantajları yok değildi. Kamp kurulan her yere gelen takipçiler olurdu. Bugünkü yürüyüş bittikten sonra Tyrion, Bronn'u düzgün bir fahişe bulmaya göndermişti. "Mümkün olduğu kadar genç ve güzel yüzlü birini tercih ederim," demişti. "Geçtiğimiz bir yıl içinde yıkanmış olursa mutluluk duyarım. Yıkanmamışsa yıkayıp getir. Ona kim olduğumu mutlaka anlat ve *ne* olduğum konusunda uyarmayı unutma." Jyck bu konuda her zaman özenli davranmazdı. Kendisine zevk vermek üzere tutuldukları lordu ilk gördüklerinde kızların gözlerine Tyrion'ın görmek istemediği o tuhaf bakış belirirdi.

Mumu kaldırdı ve kıza tekrar baktı. Bronn iyi iş çıkarmıştı doğrusu. Ceylan gözlüydü. Zayıftı. Göğüsleri küçük ve dikti. Hem utangaç, hem küstah, hem de cesur bir gülümsemesi vardı. Bu Tyrion'ın hoşuna gitmişti. "Elbisemi çıkarayım mı lordum?" diye sordu.

"Birazdan. Bakire misin Shea?"

"Sizi memnun ederse lordum," diye cevapladı utangaç bir tavırla.

"Beni memnun eden gerçeği söylemen olur kızım."

"Evet, ama bu size iki katına patlar."

Tyrion bu kızla gayet iyi anlaşacaklarına karar verdi. "Ben bir Lannister'ım. Bende altın çok ve epey cömert olduğumu göreceksin... ama senden bacaklarının arasında olandan daha fazlasını istiyorum, onu da istiyorum elbette. Benimle çadırımı paylaşacaksın, şarabımı dolduracaksın, günün sonunda bacaklarımı ovup ağrısını alacaksın... ve seni bir günlüğüne ya da bir yıllığına da tutsam, benimle olduğun süre içinde başka bir adamın yatağına girmeyeceksin."

"Gayet makul." İnce, kötü kumaştan dikilmiş elbisesinin eteklerini tuttu ve zarif bir hareketle yukarı kaldırıp başının üstünden çıkardı. Elbisenin altında Shea'dan başka bir şey yoktu. "Eğer mumu bir kenara bırakmazsanız parmaklarınızı yakacak lordum."

Tyrion mumu yere bıraktı. Kızın elini tutup hafifçe kendine çekti. Shea onu öpmek için eğildi. Ağzında bal ve karanfil tadı vardı. Parmakları becerikliydi ve Tyrion'ın düğmelerini çözerken deneyimli olduğu da anlaşılmıştı.

İçine girdiğinde kız onu hafif zevk inlemeleriyle ve kısa heyecanlı soluklarla karşıladı. Tyrion kızın aldığı zevkin gerçekliğinden şüpheliydi ama değilse bile öyle iyi rol yapıyordu ki gerçek olup olmamasının önemi kalmıyordu. Gerçeğin *bu kadarına* karşı açlık duymuyordu.

Sonrasında, kız kollarının arasında sessizce yatarken, Tyrion ona ihtiyacı olduğunu fark etti. Ona ya da onun gibi birine. Bir kadınla yatmayalı neredeyse bir yıl olmuştu, son seferi babasıyla ve ağabeyiyle birlikte Kışyarı'na gitmeden önceydi. Yarın sabah ya da ondan sonrakinde ölebilirdi. Ve ölürse mezarına girerken aklında sadece Shea olurdu. Ne babası, ne Leydi Arryn ne de Leydi Catelyn Stark.

Kız yanında uzanırken kolunun altında sıkışmış göğüslerinin yumuşaklığını hissediyordu. Bu güzel bir duyguydu. Aklına bir şarkı geldi. Hafiften, sessizce ıslık çalmaya başladı.

"Bu nedir lordum?" diye mırıldandı Shae.

"Hiç," dedi Tyrion. "Çocukken öğrendiğim bir şarkı. Hepsi bu. Hadi uyu tatlım."

Kızın gözleri kapanıp nefesi ağırlaştığında, Tyrion onu uyandırmamaya dikkat ederek yavaşça yanından kalktı. Çırılçıplak dışarı çıktı. Yaverin üstünden atlayarak çadırın arka tarafına su dökmeye gitti.

Bronn bağdaş kurmuş, atları bağladıkları yere yakın bir kestane ağacının altında oturuyordu. Gözleri fal taşı gibi açık halde kılıcının keskin kenarına yağ taşını sürüyordu. Bronn diğer adamlar gibi uyumuyordu. "Onu nereden buldun," diye sordu Tyrion işerken.

"Bir şövalyeden aldım. Adam vermeye gönüllü değildi ama senin adını duyunca fikrini değiştirdi... tabi hançerimi boğazına dayamam da etkili olmuştur."

"Harika," dedi Tyrion son damlanın düşmesi için aletini sallarken. "Bana bir *fahişe bul* dediğimi hatırlıyorum ama *bana bir düşman yarat* dediğimi anımsayamadım."

"Güzel olanların hepsi sahiplenilmiş," dedi Bronn. "Dişsiz bir nineyi tercih ediyorsan kızı hemen geri götüreyim."

Tyrion, Bronn'un oturduğu yere yaklaştı. "Babam şu söylediğini saygısızlık kabul eder ve seni küstahlığın yüzünden madenlere yollardı."

"İyi ki baban değilsin o zaman," diye karşılık verdi Bronn. "Burnu çıbanlarla dolu bir tane vardı. Onu ister misin?"

"Senin kalbini kırmış olurum," dedi Tyrion. "Shae bende kalsın. Onu aldığın şövalyenin *adını* bir yere not aldın mı? Mücadele sırasında yanımda olsun istemem."

Bronn ayağa kalktı. Kedi kadar hızlı, kedi gibi zarif. Kılıcını elinde çeviriyordu. "Mücadele sırasında yanında ben olacağım cüce."

Tyrion başıyla onayladı. Çıplak tenine çarpan hava ılıktı. "Bu savaştan sağ çıkmamı sağla, ne dilersen dile."

Bronn uzun kılıcı sağ elinden sol eline attı ve havada savurdu. "Senin gibileri kim öldürmek ister ki?"

"Babam mesela. Beni öncü kuvvete koydu."

"Ben de aynı şeyi yapardım. Büyük kalkanlı küçük bir adam. Okçuları şaşkına çevirirsin."

"Seni tuhaf bir şekilde eğlenceli buluyorum," dedi Tyrion. "Delirmiş olmalıyım."

Bronn kılıcını kınına soktu. "Buna hiç şüphe yok."

Tyrion çadırına döndüğünde Shae dirseğinin üzerine kalktı ve uykulu gözlerle, "Uyandım ama lordum gitmişti," dedi.

"Lordun geldi işte." Kızın yanına girdi.

Shae'nin eli Tyrion'ın bacaklarının arasına gitti ve sertliğini hissetti. "Evet gelmiş," diye fısıldadı eli yukarı aşağı hareket ederken.

Kıza, Bronn'un onu aldığı adamı sordu. Önemsiz bir lordun emrindeki adamlardan biriydi. "Onun gibilerden korkmanıza gerek yok lordum," dedi kız elleri hâlâ gidip gelirken. "O küçük bir adam."

"Peki ya ben neyim?" diye sordu Tyrion. "Bir dev mi?"

"Ah, evet" dedi kız. Tyrion'ın üstüne çıktı ve onu bir dev olduğuna neredeyse inandırdı. Tyrion o gece gülümseyerek uykuya daldı...

...ve gece karanlığında boruların sesiyle uyandı. Shae omzunu dürtüyordu. "Uyanın lordum. Korkuyorum."

Uyku sersemliğiyle doğruldu ve battaniyeyi attı. Boruların sesi geceyi yırtıyordu. Vahşi ve telaşlı. *Çabuk, çabuk, çabuk*, diyen bir çığlık gibi. Bağrışmalar, birbirine çarpan mızrakların sesi, at kişnemeleri duyuluyordu ama henüz savaş beklenmiyordu. "Babamın boruları," dedi. "Savaş için toplanma çağrısı. Stark'ın hâlâ bir günlük mesafede olduğunu sanıyordum."

Shae kendini kaybetmiş gibi başını sallıyordu. Gözleri kocamandı ve bembeyaz olmuştu.

Tyrion homurdanarak kalktı ve çadırdan çıktı. Yaverine seslendi. Nehrin üzerinden kalkan sis uzun beyaz parmaklar gibi geceye yayılıyordu. Şafak öncesinin serinliğinde adamlar ve atlar telaş içinde koşuşturuyor, eyerler bağlanıyor, at arabaları yükleniyor, ateşler söndürülüyordu. Borular tekrar öttü. *Çabuk, çabuk, çabuk*. Şövalyeler bağıran atlarına biniyor, piyadeler kılıçlarını bellerine takıp koşmaya başlıyordu. Yaveri Pod'u bulduğunda çocuk hafifçe horlayarak hâlâ uyuyordu. Tyrion kaburgalarına sert bir tekme attı. "Zırhımı getir. Çabuk ol." Bronn çoktan zırhını giymiş ve atına binmiş halde sislerin arasından geldi. Ezilmiş yarım miğferini takmıştı. "Neler olduğunu biliyor musun?" diye sordu Tyrion.

"Stark çocuğu gizlice üstümüze yürümüş," dedi Bronn. "Gece Kral Yolu'ndan aşağı kıvrılmış ve şimdi yarım milden daha yakın, kuzeyimizde. Savaş düzeni alıyor."

Çabuk, dedi borular bir kez daha. *Çabuk, çabuk, çabuk*.

"Klan adamlarını at sürmeye hazırla." Tyrion çadırına girdi.

"Giysilerim nerede?" bağırdı Shae'ye. "Hayır, deri olanları diyorum kahrolası. Evet. Çizmelerimi getir."

Giyindiğinde yaveri de zırhını getirmişti. Olduğu kadarıyla idare etmek zorundaydı. Tyrion'ın şekilsiz bedeni için ustaca yapılmış mükemmel bir zırhı vardı ama kahrolsun ki Tyrion burada tehlikedeyken zırh Casterly Kayası'nda güvendeydi. Lord Lefford'un deposundan aldığı çeşitli parçaları bir araya getirip bir zırh yapmaya çalışmıştı; bir örgü zırh ve miğfer, ölü bir şövalyenin boyun zırhı, etekli bacak koruması, dikenli çelik çizmeler. Kimi süslü, kimi değil, birbiriyle uyumsuz ve Tyrion'a uymayan toplama parçalar. Göğüs plakası çok daha büyük bir adama göre yapılmıştı ve normalden büyük kafası için tepesinde otuz santimlik bir diken olan kova şeklinde bir miğfer bulmuşlardı.

Shae kilitleri kapatıp bağcıkları bağlayan Pod'a yardım etti. "Eğer ölürsem benim için ağla," dedi Tyrion fahişeye.

"Nasıl bileceksin? Ölmüş olacaksın."

"Bilirim."

"Evet, bilirsin." Shae büyük miğferi lordun kafasına geçirdi ve Pod boyun zırhına bağladı. Tyrion kılıç ve bıçakla ağırlaşmış kemerinin tokasını taktı. Hazırlıklar bittiği sırada seyis zırhlarla donatılmış savaş atını getirdi. Ata binebilmek için yardıma ihtiyaç duydu, kendini bir ton ağırlığında hissediyordu. Pod demir ağacından yapılmış, çelikle kuvvetlendirilmiş kalkanını koluna sabitledi. Son olarak savaş baltasını getirdiler. Shae birkaç adım geri çekilip, "Lordum çok korkunç görünüyor," dedi.

"Lordun uygunsuz bir zırhın içindeki bir cüce gibi görünüyor," diye karşılık verdi huysuz bir sesle. "Ama nezaketin için teşekkür ederim. Podric, savaş aleyhimize biterse hanımefendiyi sağ salim evine götür." Baltasıyla selam verdi, atını döndürdü ve uzaklaştı. Midesi düğümlenmiş gibiydi. Arkasında kalan hizmetkârlar aceleyle çadırı toplamaya koyuldu. Ufukta güneşin ilk ışıkları yükselirken, kırmızı parmaklar gibi görünen ordu doğuya doğru yayılmaya başladı. Batıdaki gökyüzü yıldızlarla lekelenmiş koyu mor renkteydi hâlâ. Tyrion güneşin doğuşunu son kez izliyor olabileceğini düşündü. Bu düşüncenin bir korkaklık emaresi olup olmadığını merak etti. Ağabeyi Jaime bir çarpışmadan önce ölüm hakkında düşünüyor muydu acaba?

İnsanın ruhunu üşüten sesiyle bir savaş borusu duyuldu uzaklardan. Klan adamları küfürler ederek ve edepsiz şakalar yaparak zayıf atlarına bindi. Çoğu akşamdan kalmaydı. Tyrion önlerine geçip atını mahmuzladığında yükselen güneş havadaki sis bulutlarını eritmeye başlamıştı. Toynaklar altında ezilen otların üstünde çiy damlaları parlıyordu. Sanki oralardan geçen bir tanrı bir torba elması toprağın üstüne serpmişti. Adamlar Tyrion'ın peşine düştü. Her klanın başında kendi lideri vardı.

Lord Tywin'in ordusu şafak vaktinin loş aydınlığında dikenleri parıldayan demir bir gül gibi açıldı.

Amcası merkezi komuta edecekti. Sör Kevan, Kral Yolu'nda sancaklarını yükseltti. Ok kılıflarını kemerlerine asan okçu piyadeler üç uzun sıra halinde yolun doğusunda ve batısında konuşlandı. Yayları gerili halde sakince bekliyorlardı. Mızraklı adamlar kareler oluşturarak okçuların arasına yerleşti. Daha geride çeşitli rütbelerden kılıçlı, mızraklı ve baltalı askerler konumlarını aldı. Sör Kevan, sancak beyleri Lord Lefford, Lord Lyden ve Lord Serrett üç yüz atlı tarafından çevrelendi.

Sağ kanat ağır zırhlı dört bin küsur süvariden oluşuyordu. Sör Addam Marbrand'ın komutasındaki şövalyelerin dörtte üçünden fazlası demirden bir yumruk gibi sağ kanatta bir araya gelmişti. Sancak taşıyıcı Marbrand'ın turuncu ve duman renkli sancağını havaya kaldırdığında Tyrion uzun direğin üstünde dalgalanan yanan ağacı gördü. Onun arkasında Sör Flement'in tek boynuzlu mor atı, Crakehall'un benekli ayısı, Swyft'in horozu ve diğerleri uçuşuyordu.

Lord Tywin çadırının kurulu olduğu tepedeki yerini aldı. Yanında beş bin süvari ve piyadeden oluşan yedek güç vardı. Her zaman yedek kuvvetin başında olmayı tercih ederdi. Savaşı yukarıdan izler, yedek ordusunu en çok ihtiyaç duyulan anda en gerekli noktaya göndermek üzere beklerdi.

Lord Tywin o kadar mesafeden bile göz alıcı görünüyordu. Savaş zırhı Jaime'nin altın kaplı zırhını bile utandıracak kadar parlaktı. Altın tellerden örülmüş pelerini o kadar ağırdı ki atını dörtnala koştururken bile hareket etmiyordu. Eyerine bindiğinde devasa savaş atını örtecek kadar genişti. Sıradan bir kopçanın bu kadar ağır bir pelerini tutması mümkün olmadığından, birbirinin eşi iki minyatür dişi aslan, pelerini zırhın omuzlarına sabitliyordu. Miğferinin tepesinde tek pençesiyle havayı tırmalıyor gibi görünen muhteşem yeleli erkek bir aslan uzanıyordu. Üç aslan da altından yapılmıştı ve gözleri yakuttandı. Zırhı koyu kırmızı renkle emaylanmış ağır çelikten dövülmüştü. Bacak koruması ve eldivenleri altın dallarla süslenmişti. Zırhın eklem yerlerindeki rondelalar güneş şeklindeydi. Kırmızı çelik o kadar fazla parlatılmıştı ki üzerine güneş ışığı vurduğunda alev almış gibi görünüyordu.

Tyrion düşmanın davul seslerini duyabiliyordu artık. Robb Stark'ı son gördüğü haliyle hatırlıyordu. Elinde çıplak ve parlak kılıcı, Kışyarı'nın Büyük Salonu'nda babasının yüksek koltuğunda oturuyordu. Gölgelerin içinden çıkan ulu kurtların ona nasıl saldırdığını hatırladı ve hırlayan, ısıran, dişlerini yüzüne geçirmeye çalışan hayvanları tekrar görür gibi oldu. Çocuk kurtları da savaşa getirmiş miydi acaba? Bu düşünce onu rahatsız etti.

Kuzeyliler uzun ve uykusuz ilerleme yüzünden yorgun olmalıydı. Tyrion çocuğun ne düşündüğünü merak etti. Onları uykularında hazırlıksız yakalamayı mı ummuştu? Buna pek ihtimal yoktu, hakkında ne söylenirse söylensin Tywin Lannister için aptal denilemezdi.

Öncü kuvvet sol kanatta yığılmaya başlamıştı. Önce, sarı zemin üzerinde üç siyah köpeğin olduğu sancak göründü. Sancağın altında Tyrion'ın bugüne kadar gördüğü en büyük atın sırtında oturan Sör Gregor vardı. Bronn adama baktı ve sırıttı. "Savaşta her zaman büyük adamı takip et."

Tyrion sert gözlerle baktı. "Nedenmiş o?"

"Çünkü kusursuz bir hedef olur. Şu dev adam arazideki bütün okçuların dikkatini çekecek."

Tyrion güldü ve Yürüyen Dağ'a tekrar baktı. "İtiraf ediyorum hiç bu açıdan düşünmemiştim."

Clegane'in üstünde göz alıcı tek bir şey yoktu. Zırhı mat ve gri düz çelikten yapılmıştı. Üzerinde arma ya da süsleme yoktu ve yıllardır kullanılmaktan çizik içindeydi. Bir hançer taşıyormuş gibi kolaylıkla kaldırdığı devasa çift el kılıcının ucuyla adamlarına durmaları gereken noktaları işaret ediyordu. "Kaçanı kendi elimle keserim," diye kükredi Tyrion'ı fark ettiğinde. "İblis! Solu al. Nehri tut. Becerebilirsen tabi."

Solun solu. Sol kanadı indirmek için Stark'ın suda koşabilen atlara ihtiyacı vardı. Tyrion adamlarını nehir kıyısına götürdü. "Bakın," diye bağırdı baltasıyla işaret ederek. "Nehir." Suyun yüzeyinde hâlâ sis perdesi vardı, çamur yeşili akıntı perdenin altında döne döne akıyordu. "Nehir bizim. Ne olursa olsun suya yakın kalın. Görüşünüzü asla kaybetmeyin. Nehirle aramıza kimsenin girmesine izin vermeyin. Suyumuzu kirletmeye kalkarlarsa hayalarını kesip balıklara yedirin."

Shagga'nın her iki elinde de birer balta vardı. Baltaları birbirine vurdu. "*Yarım adam!*" diye bağırdı. Diğer Taş Kargalar da ona katıldı. Ardından Ay Kardeşleri de. Yanık Adamlar bağırmıyorlardı ama kılıçlarını ve mızraklarını birbirine vuruyorlardı. "*Yarım adam! Yarım adam! Yarım adam!*"

Tyrion atını çevirip araziye baktı. Nehrin etrafındaki yumuşak ve çamurlu zemin kaymaya müsait ve engebeliydi. Kral Yolu'na doğru hafif yokuş halini alıyordu. Doğuya doğru uzanan bölümleri taşlı ve çatlaklarla doluydu. Tepe yamaçlarında birkaç ağaç görünse de, arazinin geneli boştu. Kalbi uzaktan gelen davul sesleriyle beraber çarpıyordu. Çelik ve deri katmanlarının altındaki alnından soğuk terler akıyordu. Yürüyen Dağ Gregor Clegane'i izledi. Bağırıyor, atının üstünde kanat hattı boyunca bir yukarı bir aşağı gidip sağa sola emirler yağdırıyordu. Sol kanatta da atlılar vardı ama sağ kanadın atlıları şövalyeler ve ağır mızraklılardan oluşan demir bir yumrukken, sol kanat batının süprüntülerinden ibaretti: Deri yelekli atlı okçular, savaş disiplini bilmeyen bir yığın hürsüvari, paralı askerler, ellerinde babalarının paslı kılıçlarını taşıyan çiftçi oğlanlar, Lannis Limanı'ndan toplanmış az eğitimli çocuklar... ve Tyrion'ın dağ klanı adamları.

Tyrion'ın dile getirmediği düşüncesine ses veriyormuş gibi, "Karga yemi," dedi Bronn. Tyrion başıyla onaylayabildi sadece. Babası aklını tamamen kaçırmış mıydı? Mızrak yoktu. Tamamen öfkesiyle karar verip hareket eden zalim bir adamın komutasındaki bir avuç okçu ve yetersiz silahlarıyla zırhsız savaşan üç beş düşük seviyeli şövalyeyle sol kanadı nasıl sağlam tutabilirdi?

Bunu düşünmeye vakit yoktu. Davul sesleri iyice yaklaşmıştı. Vuruşlar derisinin altına girerek ellerini seğirtiyordu. Bronn kılıcını çekti ve düşman aniden karşılarında belirdi. Mızrak ve kalkanlardan örülmüş bir duvarın ardında, tepelerden kaynar gibi iniyorlardı.

Tanrılara lanet olsun, şu kalabalığa bak, dedi içinden Tyrion. Babasının daha fazla adamı olduğunu biliyordu hâlbuki. Bölük kumandanları zırhlı atlarıyla en önden geliyordu. Yanlarında sancak taşıyıcıları vardı. Hornwoodlar'ın yaban geyiğini, Karstarklar'ın güneş ışıklarını, Lord Cerwyn'in savaş baltasını, Gloverlar'ın zırhlı yumruğunu ve Freyler'in ikiz kulelerini gördü. Babası, Lord Frey'in ona katılacağından emindi oysa. Her yerde Stark Hanedanı'nın buz beyazı sancağı dalgalanıyordu. Uzun direklerin üstünde ulu kurtlar koşturuyor gibi görünüyordu. *Çocuk nerede?* diye düşündü Tyrion.

Bir boru öttü. *Hoooooooooooooooo*, diye bağıran bir çığlık. Uzun ve kalın ses kuzey rüzgârları kadar soğuktu. Lannister boruları cesur ve meydan okur bir sesle cevap verdi, ta-TA, ta-TA, ta-TAAAAAAA. Bu cevap nedense küçük ve endişeli geldi Tyrion'ın kulağına. Bağırsaklarındaki hareketi hissediyordu. Rahatsız bir sıvı kıpırdanması. Kusarak ölmemeyi umuyordu.

Borular sustuğunda havayı tıslamaya benzer sesler doldurdu. Yolun sağ tarafını koruyan okçular ağır bir ok yağmuru başlatmışlardı. Kuzeyliler kükreyerek ok yağmurunun içine daldı. Lannister oklarının yüzlercesi, binlercesi şelale gibi üstlerine akıyordu. Kuzeyliler tökezleyip yere düşerken kükremeler çığlıklara dönüşüyordu. Kısa bir zaman sonra ikinci yağmur dalgası geldi. Okçular yaylarına üçüncü okları yerleştirmeye başlamıştı.

Borular bir kez daha öttü. ta-TA, ta-TA, ta-TAAAAAAA. Sör Gregor uzun kılıcını kaldırarak bir emir verdi ve o anda bin adam bağırarak emri cevapladı. Tyrion atını mahmuzladı ve cevaba kendi sesini kattı. Öncü kuvvet ilerliyordu. "Nehir," diye bağırdı dağ adamlarına. "Unutmayın, nehri kesin." Atlar eşkin koşuyla ilerlerken Tyrion en öndeydi ama bir an sonra Chella kan donduran bir çığlık atıp atını dörtnala kaldırdı. Shagga bağırarak onu takip etti. Bütün dağ adamları atlarını mahmuzlayıp koşturmaya başladı ve Tyrion'ı tozlar içinde arkada bıraktılar.

Düşman mızrakçı birlikleri, çelik dikenleri olan iki katlı dev bir kirpi gibi hilal şeklinde konuşlanmış, üstlerine Karstarklar'ın güneşi oyulmuş kalkan duvarının arkasında bekliyorlardı. Onlara ilk ulaşan Gregor Clegane oldu. Arkasında deneyimli adamlardan oluşan bir grup zırhlı asker vardı. Atların yarısı düşman mızraklarının önüne gelmeden önce ürküp koşmayı bıraktı. Diğerleri sivri ve keskin uçlar göğüslerine saplandıkça öldü. Tyrion en az bir düzine adamın düştüğünü gördü. Diken uçlu bir mızrak Gregor'un aygırının boğazına girdi. Hayvan demir nallı ayaklarını havaya kaldırarak şahlandı. Çılgına dönen aygır sıranın içine daldı. Dört bir yandan kalkan darbeleri alıyordu ama kalkan duvarın bir bölümü ağırlığının altında yıkılmıştı. Kuzeyliler hayvanın ölüm çiftelerinden uzaklaşmak için geri çekildi. Aygırı kan kusup son nefesini verirken Yürüyen Dağ çift el kılıcıyla birlikte dimdik ayağa kalktı.

Shagga, duvar tekrar kapanmadan hızla mızrakçıların arasına daldı. Diğer Taş Kargalar da onu takip etti. Tyrion bağırdı, "Yanık Adamlar! Ay Kardeşleri! Peşimden gelin!" Fakat çoğu zaten onun *önündeydi*. Dörtnala koşan atı düştüğünde havaya fırlayan Timett oğlu Timett'i fark etti. Ay Kardeşleri'nden birinin Karstaklar'ın mızrağına geçirildiğini gördü. Conn'un atının bir adamın kaburgalarını kırmasını izledi. Tepelerinde oklar uçuşuyordu. Hangi tarafın okları olduğunu söylemek mümkün değildi ama zırhları geçip ete saplanarak, Lannisterlar'ı da Starklar'ı da aynı şekilde deviriyorlardı. Tyrion başının üstüne kaldırdığı kalkanıyla saklandı.

Demir dikenli kirpi dağılmak üzereydi. Kuzeyliler atlı saldırı karşısında geri çekiliyorlardı. Tyrion, Shagga'nın üstüne doğru koşan mızrakçıyı gördü. Shagga'nın baltası adamı göğsünden yakaladı ve zırhını, derisini, kaslarını, geçip ciğerine kadar saplandı. Baltanın başı göğsüne indiği anda, ayaktayken ölmüştü adam. Shagga buna rağmen döndü, can çekişip tökezleyen adamın kalkanını sol elindeki baltayla ikiye ayırdı. Mızraklı asker sonunda yere düştüğünde Shagga baltalarını birbirine vurup kükredi.

Düşman şimdi Tyrion'ın üstündeydi. Dövüş, atının çevresindeki birkaç metrelik alanda sınırlanmıştı. Mızraklı adamın göğsüne doğru yaptığı hamleyi baltasıyla savurup mızrağı yere düşürmeyi başardı. Adam ikinci bir hamle denemek için mızrağını alırken atını ileri sürerek adamın üstünden geçti. Bronn üç düşman askerle çevrilmişti. İlk adamın saplamaya çalıştığı mızrağın başını kılıcıyla kopardı. Ters taraftan savurduğu kılıcı ikinci adamın yüzüne indi.

Fırlatılan bir mızrak soldan gelerek tok bir sesle Tyrion'ın kalkanına saplandı. Atını çevirip mızrağı fırlatan adamın peşinden gitti ama adam kalkanını kafasının üstüne kaldırdı. Tyrion adamın çevresinde turlayarak kalkanına üst üste balta darbeleri indirmeye başladı. Ahşap kıymıkları havada uçuşuyordu. Kuzeyli sonunda dengesini kaybederek sırtüstü yere yapıştı. Kalkanı üstüne düşmüştü. Tyrion'ın baltası adama yetişmiyordu ve attan inmek gereksiz olacaktı. Tyrion kuzeyliyi yerde bıraktı ve başka birinin peşine düştü. Arkadan yetiştiği adamın sırtına yukarıdan aşağı doğru güçlü bir darbe indirdi. Darbenin şiddetiyle kendi koluna da bir sancı girdi. Bu ona bir an için duraklama fırsatı vermişti. Dizginlerini çekip nehre baktı. İşte oradaydı. Sağ tarafta. Bir şekilde geri dönmeyi başarmıştı.

Yanık Adamlar'dan biri yanından geçti. Atının üstüne yığılmıştı. Karnından giren ok sırtından çıkıyordu. Artık ona kimse yardım edemezdi ama bir kuzeylinin koşarak gelip dizginlerini tuttuğunu görünce Tyrion harekete geçti.

Düşmanı onu kılıcıyla karşıladı. Uzun ve zayıf bir adamdı. Örgü zırh giyiyordu. Dizlerine kadar inen pul çelikten bacak koruması vardı. Miğferini kaybetmişti. Kaşlarının arasındaki yarıktan akan kan gözlerine iniyordu. Tyrion adamın yüzüne bir darbe indirebilmek için baltasını salladı ama adam darbeyi savuşturdu. "Cüce," diye bağırdı. "Geber!" Tyrion atıyla adamın çevresinde çember çizip omzuna ve kafasına darbe indirmeye çalışırken adam da onunla birlikte kendi etrafında dönüyordu. Çelik çeliğe çarptı ve Tyrion düşmanının kendisinden çok daha hızlı ve güçlü olduğunu fark etti. Bronn yedi cehennemin hangisindeydi? Adam kılıcını vahşice savururken, "Geber!" diye bağırdı. Tyrion kalkanını son anda yukarı kaldırabilmişti. Kalkan darbenin şiddetiyle içe doğru çökmüş gibi görünüyordu. Kıymık parçaları kolundan aşağı düştü. "*Geber!*" diye kükredi adam. Tyrion'a iyice sokulup kılıcını miğferinin alnına indirdi. Öyle şiddetli bir darbeydi ki Tyrion'ın kulakları çınlamaya başladı. Adam kılıcını çelik miğfere sürterek geri çektiğinde tüyler ürperten bir gıcırtı sesi çıktı. Uzun adam sırıttı... Tyrion'ın savaş atı bir yılan gibi öne fırlayıp adamın yüzünü ısırana kadar. Yanağındaki bütün et kopmuştu. Kemiği görünüyordu. Adam çığlık attı. Tyrion baltasını düşmanının kafasına gömdü. "*Sen* geber," dedi adama. Öyle de oldu.

Baltasını saplandığı yerden kurtardığında birinin bağırdığını duydu. *"Eddard!"* diye çınladı ses. *"Eddard ve Kışyarı için!"* Şövalye başının üstünde dikenli bir gürz sallayarak Tyrion'ın üstüne atıldı. Daha Tyrion ağzını açıp Bronn'u çağırmak için bağıramadan iki savaş atı çarpıştı. Gürzün dikenleri zırhının ince metalli kol eklemine girdiğinde Tyrion kolunda kör edici bir acı hissetti. Baltası elinden düşmüştü. Kılıcını çekmeye çalıştı ama gürz döne döne tam suratına doğru geliyordu. Mide bulandırıcı bir ezilme sesi duydu. Düşüyordu. Yere çarptığını hatırlamıyordu ama gözlerini açıp baktığında sadece gökyüzünü görebildi. Yana dönüp ayağa kalmayı deneğinde korkunç bir acı bütün bedenine yayıldı. Arz titriyor gibiydi. Onu yere seren şövalye tepesinde dikiliyordu. "İblis Tyrion," dedi eğilirken. "Artık benimsin. Teslim oluyor musun Lannister?"

Evet, diye düşündü Tyrion ama kelime boğazında takılıp kaldı. Garip bir ses çıkardı, dizlerinin üstüne kalkmaya çalıştı. Umutsuzca bir silah arıyordu. Kılıcı, bıçağı, ne olursa...

"Teslim oluyor musun?" Şövalye zırhlı savaş atının üzerinden eğiliyordu. Adam da atı da devasa görünüyordu. Gürz tembel bir hareketle dönmeye devam ediyordu. Tyrion'ın elleri uyuşmuştu, bulanık görüyordu, kını boştu. "Teslim ol ya da öl," dedi şövalye. Gürzün dönüşü hızlanmıştı.

Tyrion, şövalyenin atına başını yaslayarak ayağa kalkmaya çalıştı. Hayvan korkunç bir çığlık atıp şahlandı. Tyrion'ın kafasına kan ve bağırsak boşaldı. At bir çığ gibi yere düştü. Bundan sonra hatırladığı ilk şey miğfer siperinin çamurla dolduğu ve bir şeyin ayağını ezdiği oldu. Ayağını kurtadı, boğazı konuşamayacak kadar sıkışmış gibiydi. "Teslim..." diye hırıltıya benzer bir ses çıkarmayı başardı.

"Evet," diye inledi bir ses.

Tyrion görebilmek için miğferindeki çamuru temizledi. At ondan uzakta, sahibinin üstüne düşmüştü. Şövalyenin bacağı atın altında kalmıştı ve kolu garip bir açıyla bükülmüştü. "Teslim ol," dedi tekrar. Şövalye sağlam eliyle kılıcını alıp Tyrion'ın ayak dibine itti. "Teslim oluyorum lordum."

Kafası karmakarışık halde eğilip kılıcı aldı. Kolunu hareket ettirdiğinde dirseğinden omzuna doğru korkunç bir ağrı yayıldı. Savaş daha ileri kaymış gibi görünüyordu. Onun olduğu kanatta çok sayıda ölüden başka kimse kalmamıştı. Sör Kevan mızrakçılardan oluşan merkez kuvvetini öncü kuvvete destek vermek için sol kanada çekmiş ve kuzeylileri tekrar tepelere itmişlerdi. Mücadele tepe eteklerinde sürüyordu. Mızraklar çelikle güçlendirilmiş yeni bir kalkan duvarını delmeye çalışıyordu. Tyrion çatışmayı seyrederken bir ok yağmuru daha indi. Kalkan duvarın arkasındaki adamlar bu ölümcül yağmurun altında eziliyorlardı. "Sanırım kaybediyorsunuz sör," dedi atın altında kalan şövalyeye. Adam cevap vermedi.

Arkasından gelen nal seslerini duyduğunda telaşla döndü. Dirseğindeki eziyet yüzünden kılıcını kaldırabilecek durumda değildi. Bronn dizginlerini çekip yanında durdu.

"Pek de işe yaramadın doğrusu," dedi Tyrion.

"Kendi başına gayet iyi idare etmişsin gibi görünüyor," diye karşılık verdi Bronn. "Gerçi miğferinin dikenini kaybetmişsin."

Tyrion eliyle miğferinin tepesini yokladı. Diken, kesilmiş gibi pürüz bırakmadan kırılmıştı. "Kaybetmedim. Nerede olduğunu tam olarak biliyorum. Atımı gördün mü?"

Atı buldukları sırada borular tekrar ötüyor, Lord Tywin'in yedek kuvveti nehir boyunca ilerleyip önüne çıkanları süpürerek araziye iniyordu. Tyrion, kırmızı ve altın renkleriyle dalgalanan Lannister sancakları altında fırtına gibi esen babasının araziden geçişini izledi. Etrafını saran beş yüz şövalyenin taşıdığı mızrakların uçları güneşle parlıyordu. Stark duvarından geri kalanlar, yedek kuvvetin balyoz gibi ataklarıyla cam misali paramparça oldu.

Tyrion zırhının içinde zonklayan şişmiş kolu yüzünden

katliama katılmak için harekete geçmedi. Bronn'la birlikte adamlarını aramaya gittiler. Birçoğunu ölülerin arasında buldular. Umar oğlu Ulf pıhtılaşmaya başlamış bir kan gölünün ortasında yatıyordu. Ay Kardeşleri'nden en az bir düzine adam daha çevresine yayılmıştı. Shagga, bedeni oklarla delinmiş halde bir ağacın dibine yığılmıştı. Conn'un kafası kucağındaydı. Tyrion atından inerken ikisinin de ölü olduğunu düşünüyordu ama Shagga'nın gözleri açıldı. "Coratt oğlu Conn'u öldürdüler," dedi. Conn'un gövdesinde göğsünün üstündeki kırmızı noktadan başka iz yoktu ve o noktaya giren mızrakla ölmüştü. Bronn, Shagga'yı ayağa kaldırdığında, iri adam vücuduna saplanan okları yeni fark ediyormuş gibi baktı. Okları teker teker çekip çıkarmaya başladı. Örgü zırhında ve deri yeleğinde açılan deliklere küfrediyor, etine saplanmış birkaç oku çekerken kedi gibi miyavlıyordu. Onlar oklarla uğraşırken Cheyk kızı Chella atıyla yanlarına geldi ve kopardığı dört kulağı gösterdi. Timett oğlu Timett'i, Yanık Adamlar'dan kardeşleriyle birlikte ölü cesetleri yağmalarken buldular. Tyrion Lannister'ın arkasında savaşa katılan üç yüz dağ adamının hemen hemen yarısı hayatta kalmayı başarmıştı.

Sağ kalanları ölülerin başında bıraktı. Bronn'u esir aldığı şövalyenin yanına yolladı ve tek başına babasını bulmaya gitti. Lord Tywin nehir kıyısına oturmuş, yaveri göğüs zırhının kilitlerini açarken değerli taşlarla süslenmiş kadehinden şarap içiyordu. "Tatlı bir zafer," dedi Sör Kevan, Tyrion'ı gördüğünde. "Vahşilerin iyi savaştı."

Babasının bakışları üzerindeydi. Altın lekeli yeşil gözleri o kadar soğuk bakıyordu ki Tyrion ürperdi. "Bu seni şaşırttı mı baba? Planlarını mı bozduk? Hepimizin ölmesi gerekiyordu ve ölmedik mi?"

Lord Tywin ifadesiz bir yüzle kadehteki bütün şarabı içti. "En disiplinsiz adamları sol kanada yerleştirdim, bu doğru. Dağılacaklarını düşündüm. Robb Stark yeşil bir çocuk. Akıllıdan ziyade cesur. Sol kanadın çöktüğünü görünce bir zafer hayaliyle merkeze girer diye tahmin ettim. Bütün gücüyle saldırdığında Sör Kevan'ın mızraklıları onu nehre sürecekti ve ben de yedek kuvveti suya indirecektim."

"Ve beni bu katliamın tam ortasına yerleştirirken planlarından bahsetmek aklına gelmedi."

"Düzmece bir yenilgi inandırıcı olmazdı," dedi babası. "Ayrıca, paralı askerlerle ve vahşilerle yoldaşlık eden bir adamla planlarımı paylaşmam."

"Vahşi yoldaşlarımın dansını mahvetmesi kötü olmuş o halde." Tyrion çelik eldivenini çıkarıp yere attı. Kolundaki zonklama yüzünden zıplamak üzereydi.

"Robb Stark, o yaşta bir çocuktan beklemediğim kadar ihtiyatlı olduğunu kanıtladı," dedi Lord Tywin. "Buna rağmen zafer zaferdir. Yaralanmışsın."

Tyrion'ın sağ kolu kan içindeydi. "Fark etmen ne büyük incelik baba," dedi sıktığı dişlerinin arasından. "Üstatlarından birini gönderme nezaketinde bulunur musun? Tabi, *tek kollu* cüce bir oğlun olması fikri hoşuna gidiyorsa..."

Lord Tywin cevap veremeden telaşlı bir ses duyup kafasını çevirdi. *"Lord Tywin!"* Babası ayağa kalkarken Sör Addam Marbrand aceleyle atından indi. Hayvanın ağzından köpüklü kanlar çıkıyordu. Sör Addam tek dizinin üstüne çöktü. Uzun boylu ve zinde bir adamdı. Koyu bakır rengi saçları omuzlarına dökülüyordu. Bronz renkle emaylanmış çelik zırhının göğüs plakasına hanedanının arması olan yanan ağaç işlenmişti. "Lordum, birkaç kumandanı esir aldık. Lord Cerwyn, Sör Wylis Manderly, Harrion Karstark ve Freyler'in dördü. Lord Hornwood öldü. Ve maalesef Roose Bolton kaçmayı başardı."

"Peki ya çocuk?" diye sordu Lord Tywin.

Sör Addam tereddüt etti. "Stark'ın oğlu onlarla birlikte değildi lordum. Atlı ordusunun büyük bir bölümüyle İkizler'den ayrıldığını ve süratle Nehirova'ya gittiğini haber aldık."

Yeşil bir çocuk, dediğini hatırladı Tyrion. *Akıllıdan ziyade cesur.* Kahkahalarla gülerdi ama kolu çok acıyordu.

CATELYN

Orman fısıltılarla doluydu.

Ay ışığı, vadinin tabanındaki taşlı yatağında döne döne akan nehrin üzerinde göz kırpıyordu. Adamlar tedirgin ifadelerle sessizce kendi aralarında konuşurken ağaçların arkasındaki atlar hafifçe kişniyor, nemli ve yapraklarla kaplı toprağı eşeliyorlardı. Catelyn ara sıra birbirine değen mızrakların tıkırtısını, örme zırhlardan çıkan metalik şıngırtıları duyuyordu ama bu sesler bile boğuktu.

"Gelmesine az kaldı leydim," dedi Hallis Mollen. Mücadele esnasında Catelyn'in muhafızı olmak istemiş, Kışyarı'nın baş muhafızı sıfatıyla bu onurun kendisine verilmesi gerektiğini söylemişti. Robb bu talebi geri çevirmemişti. Catelyn, onu korumakla ve savaş aleyhlerinde sonuçlanırsa kendisini sağ salim Kışyarı'na götürmekle görevlendirilmiş otuz adam tarafından çevrilmişti. Robb elli adam kalmasını istemişti. Catelyn on adamın yeterli olacağı konusunda ısrar etmişti. Savaş sırasında bir kılıcın bile önemi büyüktü. Sonunda otuz adamda anlaşmışlardı ama ikisi de bu neticeden memnun kalmamıştı.

"Geldiği zaman göreceğiz," dedi Catelyn. Gelmesinin ölüm anlamına gelebileceğinin de farkındaydı. Belki Hal'un ölümü, belki kendisinin... ya da Robb'un. Kimse güvende değildi. Tüm hayatlar tehlikedeydi. Catelyn ormanın fısıltılarını ve nehir akıntısının şarkısını dinlerken, ılık rüzgârı saçlarında hissederken beklemekten memnundu.

Beklemeye alışıktı zaten. Hayatındaki bütün adamlar bekletmişti onu. "Beni bekle küçük Cat," derdi babası savaşa, saraya ya da pazara giderken. Catelyn, Kızıl Çatal ve Tökeztaş önünde akıp giderken Nehirova'nın duvarlarında sabırla beklerdi. Geleceğini söylediği vakitlerde gelmezdi her zaman babası. Onun dönüşünü görmek umuduyla kahverengi kısrağının sırtında nehir boyunca bir yukarı bir aşağı dolaşırken, mazgallardan ve okçu pencerelerinin arasından yolu gözlerken günler geçerdi bazen. "Beni bekledin mi?" diye sorardı döndüğünde eğilip Catelyn'e sarılırken. "Söyle bakalım küçük Cat, beni bekledin mi?"

Brandon Stark da Catelyn'i bekletmekte payına düşeni yapmıştı. "Çok uzun sürmeyecek leydim," diye yemin etmişti. "Döndüğümde evleneceğiz." Ama sonunda o gün geldiğinde, septte yanında duran kardeşi Eddard idi.

Dudağında verilmiş sözlerle savaşa gitmeden önce yeni geliniyle sadece on beş gün geçirebilmişti Ned. En azından sözleri dışında bir şeyler de bırakıp çıkmıştı yola. Oğlunu vermişti ona. Ay dokuz kez büyüyüp küçülmüş, babası kuzeyde savaştayken Nehirova'da doğmuştu Robb. Acı ve kan içinde oğlunu doğururken Ned'in bu küçücük bebeği görüp göremeyeceğini bile bilmiyordu Catelyn, oğlunu. O kadar minikti ki...

Ve şimdi de Robb yüzünden bekliyordu... Robb ve beklemeyi hiç öğrenemediği söylenen Jaime Lannister yüzünden. Amcası Brynden, "Kral Katili acelecidir ve çok çabuk öfkelenir," demişti Robb'a. Bu söylediğinin gerçekliğine güvenip, hayatları ve zafer umutları üstüne bir kumar oynamışlardı.

Robb korkuyorsa bile belli etmiyordu. Catelyn adamların arasında dolaşan, birinin omzuna dokunan, bir diğeriyle şakalaşan, huysuz bir atı sakinleştirmeye çalışan başka birine yardım eden oğlunu izledi. Yürüdükçe zırhından hafif sesler çıkıyordu. Sadece başı çıplaktı. Rüzgârda dalgalanan, tıpkı kendisininkilere benzeyen kızıl kahve saçlarına bakarken, oğlunun ne zaman bu kadar büyüdüğünü merak etti. Sadece on beş yaşındaydı ve kendisi kadar uzundu.

Onun daha uzun boylu olmasına izin verin, diye yalvardı tanrılara. *On altı, yirmi, elli yaşlarını yaşasın. Babası kadar uzun olmasına izin verin. Kollarına kendi oğlunu almasına. Lütfen, lütfen, lütfen*. Catelyn, uzun boylu, sakallı, ayaklarının dibinden ayrılmayan bir ulu kurtla dolaşan bu genç adama bakıyor ve çok uzun zaman önce göğsüne yatırdıkları küçücük bebeği görüyordu.

Hava ılıktı ama Nehirova'yı düşünmek Catelyn'in titremesine yetiyordu. *Nerede kaldılar?* diye merak ediyordu. Amcası yanılmış olabilir miydi? Pek çok şeyin gerçekleşmesi söylediklerinin doğru olmasına bağlıydı. Robb ordunun hareketini gizlemesi için üç yüz mızraklı adam vererek Karabalık'ı önden yollamıştı. "Jaime'nin haberi yok," demişti Brynden döndüğünde. "Hayatım üstüne bahse girerim. Okçularım sayesinde tek bir haberci kuş bile ona ulaşamadı. Gözcü süvarileriyle karşılaştık ama bizi görenler gördüklerini anlatacak kadar uzun yaşayamadı. Yeni bir birlik göndermek zorunda. Hiçbir şey bilmiyor."

"Ordusu kaç kişi?" diye sormuştu oğlu.

"On iki bin piyade. Kalenin çevresinde, nehirlerin arasında üç ayrı kamp kurmuşlar," diye cevaplamıştı amcası. Yüzünde Catelyn'in çok iyi tanıdığı o zalim gülümseme vardı. "Nehirova'yı kuşatmanın başka yolu yok ama bu onların sonu olacak. İki ya da üç bin atlı asker."

"Kral Katili'nin bir adamımıza karşı üç adamı var," dedi Galbart Glover.

"Doğru," dedi Brynden. "Ama Jaime'nin sahip olmadığı çok önemli bir şey var."

"Nedir?" diye sordu Robb.

"Sabır."

Orduları İkizler'den ayrıldıktan sonra kalabalıklaşmıştı. Onlar Mavi Çatal'ın çıktığı yerden dolaşıp güneye doğru dörtnala giderken, Lord Jason Mallister kendi ordusunu Denizgözcüsü'nden çıkartıp yolda onlara katılmıştı. Edmure'un ordusu Nehirova'nın duvarlarının altında bozguna uğradığında kuzeye kaçan düşük seviyeli şövalyeler, küçük lordlar, kumandansız kalmış silahlı adamlar da orduya dahil olmuşlardı. Jaime Lannister onların gelişini haber alamadan şimdi oldukları yere varmak için olağanüstü bir hızla yol almışlardı ve vakit gelmek üzereydi.

Catelyn oğlunun ata binişini izledi. Lord Walder'ın oğlu Olyvar Frey hayvanı tutuyordu. Robb'dan iki yaş büyüktü ama on yaş daha genç ve telaşlıydı. Robb'un kalkanını yerine bağlayıp miğferini uzattı. Oğlu, Catelyn'in o çok sevdiği yüzüne miğferini geçirdiğinde, az önce oğlunun oturduğu yerde gri aygırının üstünde dimdik duran genç bir şövalye vardı. Ay ışığı ağaçların arasına giremiyordu, karanlıktı. Oğlu kafasını çevirip ona baktığında, Catelyn miğferin içinde sadece siyahlık gördü. "Hatta gitmek zorundayım anne," dedi. "Babam savaştan önce adamlarına görünmelisin derdi."

"Git o zaman," dedi Catelyn. "Seni görsünler."

"Bu onlara cesaret verir," dedi Robb.

Peki bana kim cesaret verecek? diye düşündü Catelyn ama sessizliğini bozmadı ve oğluna gülümsedi. Robb atını çevirdi ve ağır ağır uzaklaştı. Boz Rüzgâr yanında yürüyordu. Savaş muhafızları onu takip etti. Robb, Catelyn'i muhafızları kabul etmesi için zorladığında, Catelyn oğlunun da korunması konusunda ısrar etmişti. Sancak beyleri bu ısrarı makul karşılamış ve lordların oğulları Genç Kurt'la birlikte at sürme onuru için birbirleriyle yarışmışlardı. Robb'u bu isimle anıyorlardı. Torrhen Karstark ve kardeşi Eddard otuz kişinin arasındaydı. Patrek Mallister, Küçük Jon Umber, Daryn Hornwood, Theon Greyjoy ve en az beş Frey gibi gençlerin yanı sıra, Sör Wendel Manderly ve Robert Flint gibi deneyimli adamlar da Robb'un muhafızları arasındaydı. Hatta korumalarından biri kadındı: Leydi Maege'nin kızı ve Ayı Adası'nın varisi Dacey Mormont. Neredeyse iki metre boyundaki Dacey, diğer kızların bebeklerle oynadığı yaşlarda eline gürz almıştı. Bazı lordlar bu konuda biraz homurdanmıştı ama Catelyn onların şikâyetlerini duymazdan gelmişti. "Bunun hanedanlarınızın onuruyla alakası yok," dedi onlara. "Oğlumu sağ tutmak amacımız."

Ve iş oraya varırsa, diye düşündü, *otuz kişi yeter mi? Altı bin kişi yeter mi?*

Uzakta bir kuş öttü. Kuşun tiz ve titrek sesi Catelyn'in boynunu tutan soğuk bir el gibiydi. Bir kuş cevap verdi. Sonra üçüncüsü, dördüncüsü. Kışyarı'nda geçirdiği onca yıldan sonra kuşların bu ötüşünü tanıyordu artık. Örümcekkuşu, kuzey kuşlarındandı. Bazen kışın tam kalbinde, tanrı korusu bembeyaz ve durgunken çıkarlardı ortaya.

Geliyorlar, diye düşündü Catelyn.

"Geliyorlar leydim," diye fısıldadı Hal Mollen. Zaten ortada olanı işaret eden bir adam olmuştu her zaman. "Tanrılar bize yardım etsin."

Catelyn başıyla onayladı. Ormana sessizlik çökmüştü. Onları duyabiliyordu. Uzaktaydılar ama yaklaşıyorlardı. Pek çok atın toynakları, kılıçların, mızrakların ve zırhların metalik sesleri, insan uğultuları, biraz kahkaha, biraz küfür.

Yıllar gelip geçiyor gibiydi. Sesler şiddetlendi. Daha fazla kahkaha duydu, biri yüksek sesle emirler veriyordu, suları döverek dereden geçiyorlardı. Bir at kişnedi. Bir adam küfür etti. Ve sonra Catelyn onu gördü... Ağaç dallarının arasından vadi tabanına bakarken bir anlığına görmüştü ama o olduğunu biliyordu. Bu kadar mesafeden bile Sör Jaime Lannister'ı bir başkasıyla karıştırmak mümkün değildi. Ay ışığı zırhını ve saçlarının altın rengini gümüşe boyamıştı. Kırmızı pelerini siyah görünüyordu. Miğfer takmıyordu.

Bir an oradaydı, bir an sonra gitmişti. Gümüşi zırhı ağaçların arasında görünmez oldu. Diğerleri arkasından geliyordu. Şövalyeler, yeminli kılıçlar ve hürsüvarilerden oluşan uzun sıralar. Lannister atlarının dörtte üçü.

"Marangozları kuşatma kulelerini inşa ederken çadırında oturacak bir kumandan değil," demişti Brynden. "Daha şimdiden, uzak keşifçileri avlamak ya da direnen bir karakolu yerle bir etmek için şövalyeleri ve süvariyle birlikte üç kez akına çıktı."

Robb başıyla onaylamış, amcasının çizdiği haritayı incelemişti. Harita okumayı ona Ned öğretmişti. "Onu *buraya* sürün," dedi parmağıyla işaret ederek. "Tully sancağı altında birkaç yüz adam. Daha fazla değil. Sizin peşinize düştüğünde biz de -parmağını haritanın üstünde kaydırdı- burada bekliyor olacağız."

Burası gecenin sessizliği, ay ışığı, gölgeler, ayakların altındaki ölü yapraklardan oluşan halı, nehir yatağına doğru inen ağaçlıklı bayır, eğim arttıkça azalan çalılıklardı.

Burası gri aygırına binip Catelyn'e son kez bakan ve kılıcıyla selam veren oğluydu.

Burası, Maege Mormont'un, pes sesiyle vadiye yayılan, son Lannister süvarisinin de tuzağa girdiğini haber veren savaş borusuydu.

Boz rüzgâr kafasını geriye atıp uludu.

Ses Catelyn'i delip geçmiş, titretmişti. Korkunç bir sesti ama içinde bir şarkı gizliydi. Bir an için aşağıdaki Lannisterlar'a acıdı. *Demek ölümün sesi buymuş*, diye düşündü.

İri Jon kendi borusu üflediğinde karşı bayırdan HAArooooooooooo diye cevap geldi. Mallisterlar'ın ve Freyler'in boruları, doğuya ve batıya intikam diye bağırıyordu. Kuzeyden, vadinin daralıp bir dirsek gibi büküldüğü yerden, Lord Karstark'ın borusu yas dolu pes sesiyle karanlık koroya katıldı. Aşağıdaki akıntıda adamlar bağırıyor, atlar şahlanıyordu.

Robb'un ağaç dallarının arasına gizlediği okçular oklarını fırlatmaya başladıklarında Fısıltılı Orman bütün nefesini bir anda boşalttı ve gece adamların ve atların çığlıklarıyla inledi. Çevresindeki adamlar mızraklarını kaldırdı. Zalim uçları gizleyen toprak ve yapraklar dağılarak keskin çeliği açığa çıkardı. Oklar ikinci kez tıslamaya başladığında, Robb'un, *"Kışyarı!"* diye bağırdığını duydu Catelyn. Oğlu atını tırısa kaldırıp adamlarının önünde bayırdan aşağı koşturdu.

Catelyn, Hal Mollen ve kendisini çevreleyen diğer muhafızlarla birlikte sessizce atının üstünde oturdu ve beklemeye başladı. Babasını, Brandon'ı, Ned'i beklediği gibi. Bayırın en tepesindeydi ve sık ağaçlar aşağıda olup bitenleri görmesini engelliyordu. Bir kalp atışı, iki, dört... ve birdenbire ormanın içinde Catelyn ve korumalarından başka kimse yoktu. Geri kalan herkes eriyip yeşile karışmıştı.

Vadinin karşı tarafındaki bayıra baktığında İri Jon'un süvarilerinin ağaçların arasından çıktığını gördü. Uzun ve sonu gelmez bir sıra halinde karanlığın içinden fırladıklarında, Catelyn'in bir an için bütün görebildiği mızrak uçlarına vuran ay ışığından ibaretti. Gümüş alevlerle süslenmiş söğüt ağaçları bayırdan aşağı yürüyordu.

Gözlerini kırptı, bayırdan aşağı inenler sadece savaşçılardı. Ölmek ya da öldürmek için koşuyorlardı.

Mücadelenin bundan sonrasını gördüğünü söyleyemezdi ama yankılarla çınlayan vadinin sesini duyabiliyordu. Kırılan bir mızrağın *çatırtısı*, kılıçların sesi, "Lannister!" "Kışyarı!" ve "Tully!" çığlıkları. Görecek başka bir şey olmadığını fark ettiğinde gözlerini kapadı ve dinledi. Savaş hemen yanındaymış gibi canlandı. Nal seslerini, suyu döven çelik çizmeleri, kalkanların tok takırtılarını, çeliğin çeliğe sürtünüşünü, okların tıslamalarını, davulların vuruşunu, binlerce atın tüyler üperten çığlıklarını duydu. Adamlar küfür ediyor, merhamet için yalvarıyordu. Kimine merhamet ediliyor, kimine edilmiyor; kimi yaşıyor, kimi de ölüyordu. Bayırlar, sesleri tuhaflaştırıyordu. Sanki yanı başında ona sesleniyormuş gibi Robb'u duydu bir kez. "Bana! Bana!" Ulu kurdun hırlamasını, uzun ve keskin dişlerinin birbirine çarpmasını, etin yırtılmasını ve hem insanlardan hem atlardan yükselen acı ve dehşet çığlıklarını duydu. Sadece bir kurt mu vardı? Emin olmak kolay değildi.

Sesler sadece bir kurdun sesi kalana kadar yavaş yavaş azaldı ve kayboldu. Doğuda kızıl bir şafak sökerken Boz rüzgâr uludu.

Robb gri aygırıyla indiği vadiden, alaca bir iğdişle döndü. Kalkanındaki kurt başı ikiye ayrılmıştı ve meşenin üstünde derin yarıklar vardı ama Robb yara almamış gibi görünüyordu. Ama daha yakına geldiğinde zırhlı eldiveninin ve kolunun kanla ıslanmış olduğunu gördü Catelyn. "Yaralanmışsın," dedi.

Robb elini kaldırdı, parmaklarını açıp kapadı. "Hayır," dedi. "Bu... Torrhen'in kanı, belki. Ya da..." Kafasını salladı. "Bilmiyorum."

Adamlarından bir grup dişlerini göstere göstere sırıtarak bayıra geldi. Theon ve İri Jon önlerindeydi. Aralarında, sürükleyerek getirdikleri Sör Jaime Lannister vardı. Adamı Catelyn'in atının önüne fırlattılar. "Kral Katili," diye duyurdu Hal gereksizce.

Lannister kafasını kaldırdı. Dizlerinin üstündeydi. "Leydi Stark," dedi. Yanağındaki derin yarıktan kan akıyordu ama altın saçları ay ışığında parlıyordu. "Size kılıcımı sunardım ama sanırım kaybettim."

"İstediğim şey kılıcınız değil sör," dedi Catelyn. "Bana babamı, ağabeyimi verin. Bana kızlarımı ve Ned'i verin."

"Korkarım onları da kaybettim."

"Yazık olmuş," dedi Catelyn sertçe.

"Öldür şunu Robb," dedi Theon Greyjoy. "Kafasını kes."

"Hayır," diye karşılık verdi Robb kanlı eldivenini çıkarırken. "Yaşarken daha çok işime yarar. Ayrıca babam savaş esirlerinin mücadeleden hemen sonra öldürülmesini asla affetmez."

"Akıllı adam," dedi Jaime Lannister. "Ve onurlu."

"Alın şunu ve zincirleyin," dedi Catelyn.

"Leydinin söylediklerini yapın," diye emretti Robb. "İyi korunduğundan da emin olun. Lord Karstark kafasını mızrağa geçirmek istiyor."

"Geçirecek de," dedi İri Jon, Lannister zincirlerle bağlanmak üzere götürülürken.

"Lord Karstark onun ölmesini neden istiyor?" diye sordu Catelyn.

Robb, Ned'in sık sık yaptığı gibi düşünceli gözlerle ormana baktı. "Onları... öldürdü..."

"Lord Karstark'ın oğullarını," diyerek açıkladı Galbart Glover.

"İkisini de," dedi Robb. "Torrhen ve Eddard. Daryn Hornwood'u da."

"Lannister'ın cesareti için kimse bir şey söyleyemez," dedi Glover. "Kaybettiğini anlayınca adamlarını toplayıp vadiyi tırmanmaya başladı. Lord Robb'a ulaşıp onu öldürmek istiyordu, neredeyse başaracaktı."

"Torrhen'in elini kopardı. Daryn'in kafatasını kırdıktan sonra kılıcı *yanlışlıkla* Eddard Karstark'ın boynuna indi," dedi Robb. "Benim adımı bağırıyordu. Eğer onu durdurmaya çalışmasalardı..."

"... Lord Karstark yerine yas tutan ben olurdum," dedi Catelyn. "Adamların yemin ettikleri şeyi yaptı Robb. Onlar lordlarını korumak için yemin etmişti. Onlar için kederlen. Onları onurlandır. Ama şimdi yas tutacak vaktin yok. Yılanın başını kesmiş olabilirsin ama bedeni babamın kalesine dolanmış halde. Biz sadece bir çarpışmayı kazandık, savaşı değil."

"Ama ne *çarpışma*!" dedi Theon Greyjoy heyecanla. "Diyar, Ateş Tarlası'ndan beri böyle zafer görmedi leydim. Lannisterlar düşen her adamımız karşılığında on adam kaybetti. En az yüz şövalyeyi ve bir düzine sancak beyi lordu esir aldık. Lord Westerling, Lord Banefort, Sör Garth Greenfield, Lord Estren, Sör Tytos Brax, Dorne'lu Mallor... ve Jaime'den başka üç Lannister daha. Lord Tywin'in öz yeğenleri. Kız kardeşinin iki oğlu ve ölü kardeşinin bir oğlu..."

"Ya Lord Tywin?" diyerek böldü Catelyn. "Lord Tywin'i de alma şansınız oldu mu Theon?"

"Hayır," diye cevap verdi Theon kısaca.

"Alana kadar bu savaş bitmez."

Robb kafasını kaldırıp saçlarını gözünden çekti. "Annem haklı. Önümüzde Nehirova var."

DAENERYS

Sinekler Khal Drogo'nun etrafında uçuyordu. Kanatları vızıldıyor, zar zor duyulan kesintisiz ses Dany'yi dehşetle dolduruyordu.

Güneş yüksek ve acımasızdı. Alçak tepelerin kayalık çıkıntılarından sıcak dalgalar yükseliyordu. Ter damlaları Dany'nin şişkin göğüsleri arasından yavaşça iniyordu. Atlarının düzenli adımları, Drogo'nun örgüsündeki ziller ve arkalarından duyulan uzak mırıltılar dışında ses yoktu.

Dany sinekleri izledi.

Arılar kadar iri, iğrenç, morumsu ve parlaktılar. Dothraklar onlara *kansinekleri* diyordu. Bataklıklarda ve kirli sularda yaşar, atların ve insanların kanını içer, yumurtalarını leşlere bırakırlardı. Drogo onlardan nefret ederdi. Biri ne zaman yanına gelse, Drogo'nun eli bir yılan gibi atılıp sineği yakalardı. Iskaladığını hiç görmemişti Dany. Sineğin çılgınca kanat çırptığını duyana kadar avcunun içinde tuttuktan sonra yumruğunu sıkar, elini tekrar açtığında sinek avcunun içindeki kırmızı bir lekeye dönüşmüş olurdu.

Şimdi sineğin biri Drogo'nun aygırının sağrısı boyunca yürüyordu. Hayvan sinirli bir şekilde kuyruğunu savurup sineği kovdu. Diğer sinekler Drogo'nun etrafını sarmıştı ama *khal* hiç tepki vermiyordu. Gözleri uzaktaki tepelere takılıp kalmıştı, elindeki dizginler iyice bollaşmıştı. Boyalı yeleğinin altındaki yara incir yapraklarıyla kapatılıp mavi bir çamurla sıvanmıştı. Hepsini bitkici kadın hazırlamıştı. Mirri Maz Duur'un göğsüne sardığı kuzu derisi kaşındırıp yakınca, kadına *maegi* diye küfürler ederek altı gün önce sargılarını çıkarıp atmıştı Drogo. Mavi çamur daha rahatlatıcıydı ve bitkici kadın ona bol bol haşhaş şarabı da yapmıştı. Drogo son üç gündür çok fazla şarap içiyordu. Haşhaş şarabı içmediğinde mayalı kısrak sütü ya da biber birasına dadanıyordu...

Ama hemen hemen hiç yemek yemiyordu. Geceleri kıvranak inliyordu. Yüzünün ne çok süzüldüğünü görüyordu Dany. Karnındaki Rhaego son zamanlarda çok hareketliydi, bir at gibi tekmeler atıyordu ama bu bile Drogo'yu eskiden olduğu gibi heyecanlandırmıyordu. Drogo'nun acı dolu uykuları, her sabah yüzüne bir çizgi daha ekliyordu. Dany artık korkmaya başlamıştı. Şafak vakti atlarına bindiklerinden beri Drogo tek kelime etmemişti. Dany konuştuğunda küçük bir homurtudan başka cevap alamamıştı ve öğlen vaktinden beri o kadarı bile yoktu.

Kansineklerinden biri *khal*'ın çıplak omzuna kondu. Bir diğeri boynundan ağzına doğru yürümeye başladı. Aygır ağır adımlarla yol alırken Drogo'nun bedeni sallanıyor, örgüsünün zillerinden sesler çıkıyordu.

Dany gümüşü aygırın yanına yaklaştırdı. "Lordum," dedi hafifçe. "Drogo, güneşim ve yıldızım."

Dany'yi duymuyor gibiydi. Kansineği bıyığının üstünde yürüdü ve burnunun kenarında durdu. Dany içini çekti, "*Drogo*." Uzanıp omzuna dokundu.

Khal Drogo eyerinin üstünde hafifçe döndü, yavaşça yana kaydı ve bütün ağırlığıyla yere düştü. Sinekler bir an için havalandılar, çember çizerek uçtular ve tekrar az önce oldukları yere kondular.

"Hayır," dedi Dany dizginlerini çekerken. Karnını hiç umursamadan atından aşağı atlayıp Drogo'ya koştu.

Yerdeki otlar kuru ve kahverengiydi. Dany yanına diz çökerken Drogo acıyla bağırdı. Nefes nefeseydi ve Dany'yi tanımıyormuş gibi boş gözlerle bakıyordu. "Atım," diye inledi. Dany kocasının göğsündeki sinekleri eliyle kovaladı. Drogo'nun teni yanıyordu.

Khal'ın kansüvarileri arkalarından geliyordu. Dany atını dörtnala koşturmaya başlayan Haggo'nun bağırdığını duydu. Cohollo atından inip yanlarına geldi. "Kanımın kanı," dedi yere çökerken. Diğer ikisi atlarının üstünde kaldı.

Drogo, "Hayır," diyerek Dany'nin kollarından kurtulmaya çalışıyordu. "At sürmeliyiz. Ata binmeliyiz. Hayır."

"Atından düştü," dedi Haggo aşağı bakarken. Yüzü sakin görünüyordu ama sesi düşünceliydi.

"Böyle konuşma," dedi Dany. "Bugün yeterince yol aldık. Burada kamp kuracağız."

"Burada mı?" Haggo çevreye baktı. Arazi kahverengi, kuru ve çetindi. "Burası kamp kurulacak bir yer değil."

"Kadınlar bize ne yapacağımızı söyleyemez," dedi Qotho. "*Khaleesi* bile."

"Burada kamp kuracağız," diye tekrarladı Dany. "Haggo, Khal Drogo'nun emri olduğunu söyle. Nedenini sorarlarsa benim vaktimin yaklaştığını ve yola devam edemediğimi anlat. Cohollo, köleleri getir. *Khal*'ı hemen çadıra sokmalıyız. Qotho..."

"Bana emir veremezsin *Khaleesi*," dedi Qotho.

"Mirri Maz Duur'u bul," dedi Dany. Tanrıkadını diğer Kuzu İnsanlar'la birlikte uzun köle sırasında olmalıydı. "Onu sandığıyla birlikte bana getir."

Qotho çakmak taşı gibi sert gözleriyle atının tepesinden Dany'ye baktı. "*Maegi*," deyip tükürdü. "Bunu yapmayacağım."

"Yapacaksın," dedi Dany. "Aksi takdirde Drogo uyandığında bana karşı geldiğini öğrenecek."

Qotho atını çevirdi ve öfke içinde uzaklaştı... ama Dany onun Mirri Maz Duur'la birlikte geri döneceğini biliyordu. Köleler Khal Drogo'nun çadırını, öğlen güneşinden az da olsa koruyan kara taşlı bir kaya çıkıntısının dibine, gölgeye kurdular. Buna rağmen Doreah ve İrri'yle Drogo'yu taşıdıkları kum ipeği çadırın içi boğucuydu. Yere kalın, desenli halılar serilmiş, çadırın dört köşesine minderler yığılmıştı. Dany'nin Kuzu Adamlar'ın çamur surların dışında kurtardığı ürkek kız Eroeh sobayı hazırladı. Drogo'yu örme bir şiltenin üstüne yatırdılar. "Hayır," diye mırıldandı Drogo, Ortak Dil'de. "Hayır, hayır." Bütün söyleyebildiği buydu.

Doreah, *khal*'ın kemerini açıp yeleğini ve binici pantolonunu çıkarırken Jhiqui deri çizmelerinin bağcıklarını çözüyordu. İrri çadırın kapısını açıp içeriyi havalandırmak istedi ama Dany izin vermedi. Kimsenin Drogo'yu böyle kendinden geçmiş ve zayıf bir halde görmesini istemiyordu. *Khas* onlara yetişip kamp arazisine geldiğinde adamlarını çadırın kapısına dikti. "Benim iznim olmadan kimse içeri girmeyecek," dedi Jhogo'ya. "Hiç kimse."

Eroeh korkulu gözlerle Drogo'ya bakıyordu. "Ölüyor," diye fısıldadı.

Dany kıza bir tokat attı. "*Khal* ölemez. O dünyanın tepesine çıkacak aygırın babası. Onun örgüsü bir kez bile kesilmedi. O hâlâ babasının verdiği zilleri saçında taşıyor."

"*Khaleesi*, o atından düştü," dedi Jhiqui.

Dany titreyerek ve gözleri yaşlarla dolu halde arkasını döndü. *O atından düştü!* Düşmüştü. Dany görmüştü, kansüvarileri görmüştü. Hizmetçiler görmüştü. *Khas*'ın da gördüğüne şüphe yoktu. Kim bilir başka kimler görmüştü? Burada sır saklanmazdı. Dany bunun ne anlama geldiğini biliyordu. Atını süremeyen bir *khal* hüküm de süremezdi. Drogo atından düşmüştü.

"Onu yıkamamız gerek," dedi inatla. Umutsuzluğa kapılmayacaktı. "İrri, hemen küveti getir. Doreah, Eroeh, su bulun, soğuk su, yanıyor." İnsan etine bürünmüş yangın gibiydi.

Köleler ağır bakır küveti çadırın köşesine yerleştirdi. Doreah ilk kova suyu getirdiğinde Dany bir parça ipeği ıslatıp Drogo'nun alnına, yanan cildine koydu. Dany'nin gözlerinin içine bakıyordu ama onu tanımıyordu. Ağzını açtığında dudaklarının arasından tek kelime çıkmıyordu. Sadece inliyordu Drogo. "Mirri Maz Duur nerede?" diye bağırdı. Korku sabrını tüketiyordu.

"Qotho onu bulacak," dedi İrri.

Köleler küveti sülfür kokan ılık suyla doldurdu. Kavanozlarca acı yağ ve avuç avuç nane yapraklarıyla suyu yumuşattılar. Onlar banyoyu hazırlamakla uğraşırken, Dany içinde büyüyen çocuğuyla birlikte kocasının yanına çöktü. Titreyen parmaklarıyla, o gece ilk kez yıldızların altında yaptığı gibi örgüsünü açtı. Zillerini teker teker çıkarıp özenle kenara koydu. Drogo iyileştiğinde bunları isteyecek, dedi kendi kendine.

Aggo kafasını çadır kapısından uzattığında içeri biraz temiz hava girdi. "*Khaleesi*, Andal geldi. İçeri girmek için yalvarıyor."

Dothraklar, Sör Jorah'a Andal diyordu. "Gelsin," dedi Dany beceriksizce ayağa kalkmaya çalışırken. "İçeri gönderin." Yapılacak bir şey varsa, bilebilecek kişi oydu.

Sör Jorah Mormont kafasını eğerek çadırın içine girdi ve gözlerinin loş ışığa alışması için bir an bekledi. Acımasız güney ışığı altında ince, bol bir pantolon ve dizlerine kadar çıkan bağcıklı, açık binici sandaletleri giyiyordu. At kılından yapılmış yamuk yumuk kemerine kılıcı asılıydı. Rengi açılmış beyaz deri yeleğinin altında bir şey yoktu. Teni güneşten kızarmıştı. "Haber bütün *khalasar*'da kulaktan kulağa yayılıyor," dedi. "Khal Drogo'nun atından düştüğü söyleniyor."

"Ona yardım edin," diye yalvardı Dany. "Beni söylediğiniz kadar seviyorsanız, ona yardım edin."

Şövalye, Dany'nin yanına çömeldi. Uzun uzun Drogo'ya baktı. Ardından Dany'ye döndü. "Hizmetçilerinizi gönderin," dedi.

Dany boğazı korkuyla sıkışmış halde bir el hareketi yaptı. İrri diğer kızları toplayıp çadırdan çıktı.

Yalnız kaldıklarında Sör Jorah hançerini çıkardı. Onun kadar iri bir adamdan beklenmeyecek bir incelikle Drogo'nun göğsündeki siyah yaprakları ve kurumuş mavi çamuru kazımaya başladı. Çamur, Kuzu İnsanlar'ın duvarları kadar sertleşmişti ve onlar kadar kolay çatlıyordu. Sör Jorah çamur tabakasını hançeriyle kırdı, etin üstündeki kalıntıları temizledi ve yaprakları teker teker kaldırdı. Yaradan mide bulandırıcı şekerli bir koku yükseldi. Dany kokunun yoğunluğundan boğulacak gibi hissetmişti. Yapraklar kan ve irinle sertleşmişti. Drogo'nun göğsü siyahlaşmış, eti çürümeye başlamıştı.

"Olamaz," diye fısıldadı Dany yanakları gözyaşlarıyla ıslanırken. "Hayır, olamaz. Tanrılar yardım edin, *hayır*."

Khal Drogo görünmeyen bir düşmanla savaşıyormuş gibi hareket etti. Açık yarasından ağır ağır, koyu ve simsiyah kan akmaya başladı.

"*Khal* ölü sayılır perensesim."

"Hayır, ölemez. *Ölmemeli*. Sadece bir kesikti." Dany, Drogo'nun kocaman ellerini küçücük ellerinin arasına alıp sıkı sıkı tuttu. "Ölmesine izin vermeyeceğim..."

Sör Jorah acı acı güldü. "*Khaleesi* ya da kraliçe, bu emir her ikisini de aşıyor. Gözyaşlarını sakla çocuğum. Onun için yarın ağlarsın. Ya da bir sene sonra. Şimdi yas tutmak için vaktimiz yok. O ölmeden bir an önce gitmeliyiz."

Dany anlamıyordu. "Gitmek mi? Nereye gitmeliyiz?"

"Asshai'ye derim. İyice güneyde, bilinen dünyanın sonunda. Orada bizi Pentos'a götürecek bir gemi bulabiliriz. Çok zor bir yolculuk olacak, sakın yanılma. *Khas* adamlarına güveniyor musun? Bizimle gelirler mi?"

"Khal Drogo beni korumaları için emir verdi onlara," dedi Dany pek emin olamadan... "Ama ölürse..." Karnına dokundu. "Anlamıyorum. Neden kaçmak zorundayız? Ben *khaleesi*'yim. Drogo'nun varisini taşıyorum. Drogo'dan sonra *khal* olacak..."

Sör Jorah kaşlarını çattı. "Dinle beni prenses. Dothraklar annesinin memesinde bir bebeğin peşinden gitmez. Onlar Drogo'nun gücüne boyun eğiyorlar. Sadece buna. Öldüğünde Jhaqo, Pono ve diğer *kos*'lor onun yerine geçmek için savaşacak ve *khalasar* kendi kendini tüketecek. Savaşı kazanan kendine başka rakip istemeyecek. Bebeğin doğduğu anda göğsünden çekip alınacak ve köpeklere yem olacak."

Dany kendine sarıldı. "Ama *neden*?" diye ağladı. "Küçücük bir bebeği neden öldürmek istesinler?"

"Çünkü o Drogo'nun oğlu ve kâhin onun dünyanın tepesine çıkacak aygır olduğunu söylüyor. Düşmanının büyümesini beklemeden yok etmek isteyecek."

İçindeki çocuk konuşulanları duymuş gibi Dany'nin karnını tekmeledi. Dany Viserys'in hikâyelerini hatırladı. İşgalci, Rhaegar'ın oğlunu öldürmüştü. Onun oğlu da küçük bir bebekti. Annesinin memesinden alınıp duvara fırlatılmıştı. Erkekler işlerini böyle hallediyordu. "Oğluma zarar vermelerine müsaade etmem. *Khas*'ıma onu korumalarını emrederim ve Drogo'nun kansüvarileri..."

Sör Jorah, Dany'yi omuzlarından tuttu. "Kansüvarileri *khal*'la birlikte ölür. Bunu sen de biliyorsun çocuğum. Dünya üstündeki son görevleri seni Vaes Dothrak'a kocakarıların yanına götürmek. Bu görevi yerine getirdiklerinde gece topraklarında Drogo'yla buluşacaklar."

Dany şövalyenin doğru söylediğini biliyordu. Vaes Dothrak'a gidip o korkunç yaşlı kadınların arasında yaşamak istemiyordu. Drogo onun yalnızca güneşi ve yıldızı değildi. O, Dany'yi koruyan kalkandı. "Onu bırakmayacağım," dedi inatla, çaresizlikle. Tekrar elini tuttu. "Bırakmayacağım."

Çadırın kapısı açılınca Dany arkasına döndü. Mirri Maz Duur içeri girdi. *Khalasar*'ın arkasından yürüdüğü onca günlük yol yüzünden ayakları kanlı sular toplamış, gözlerinin altı çökmüştü. Kadının arkasından sandığını taşıyan Haggo ve Qotho geldi. Kansüvarileri, Drogo'nun yarasını gördüğünde sandık Haggo'nun ellerinin arasından kayıp yere düştü. Qotho'nun ağzından havayı donduran bir küfür çıktı.

Mirri Maz Duur ölü kadar durgun gözleriyle Drogo'ya baktı. "Yara iltihaplanmış," dedi.

"Bu senin işin *maegi,*" dedi Qotho. Haggo, Mirri'nin yüzüne kadını devirecek kadar sert bir yumruk attı. Yere düşen kadını tekmelemeye başladı.

"*Dur*!" diye çığlık attı Dany.

Qotho, Haggo'yu kadından uzaklaştırırken, "Tekme bir *maegi*'ye merhamet olur," dedi. "Onu dışarı çıkar. Onu bir kazığa bağlayacağım. Gelen geçen her adam üstüne binecek. Herkes işini bitirince köpekler becerecek. Gelincikler bağırsaklarını deşecek. Kargalar gözleriyle ziyafet çekecek. Kansinekleri yumurtalarını onun rahmine bırakacak ve irin akan göğüslerini emecek..." Demir gibi parmaklarını kadının koluna gömdü ve ayağa kaldırdı.

"Hayır," dedi Dany. "Ona zarar verilmeyecek."

Qotho'nun dudakları kahverengi dişlerini açığa çıkararak alaycı bir gülümsemeyle çarpıldı. "Hayır mı? Bana *hayır* mı dedin? Dua et de seni *maegi*'nin yanındaki kazığa bağlamayayım. Sen de en az onun kadar suçlusun."

Sör Jorah kınını bollaştırarak ikisinin arasına girdi. "Diline hâkim ol kansüvarisi. Prenses hâlâ *khaleesi*."

"Kanımın kanı yaşadığı sürece," dedi Qotho şövalyeye. "Khal öldüğü zaman karısı hiç kimse değil."

Dany içinin sıkıştığını hissetti. "*Khaleesi* olmadan önce ejderhanın kanıydım ben. Sör Jorah, *khas* adamlarımı çağırın."

"Hayır," dedi Qotho. "Gidiyoruz. Şimdilik... *Khaleesi*." Haggo'yla birlikte çadırdan çıktılar.

"Bu senin için iyi değil prenses," dedi Mormont. "Dothrakilere göre kansüvarileri *khal*'la aynı hayatı paylaşır ve Qotho hayatının bittiğini biliyor. Ölü bir adam hiçbir şeyden korkmaz."

"Kimse ölmedi," dedi Dany. "Sör Jorah kılıç gücünüze ihtiyacım olabilir. Gidip zırhınızı giyinseniz iyi olur." Kendine bile itiraf edemediği kadar çok korkuyordu.

Şövalye reverans yaptı. "Nasıl isterseniz," diyerek dışarı çıktı.

Dany, Miri Maz Duur'a döndü. Kadının gözlerinde tedirginlik vardı. "Bir kere daha kurtardın hayatımı," dedi.

"Sen de onu kurtarmalısın," dedi Dany. "Lütfen..."

"Bir köleden bir şey rica etmezsin," dedi Mirri sertçe. "Yapmasını söylersin." Şiltenin üstünde ateşler içinde yatan Drogo'nun yanına gidip uzun uzun ona baktı. "Rica ya da emir hiç fark etmez. Bir şifacının onun için yapabileceği bir şey yok." *Khal*'ın gözleri kapanmıştı. Mirri parmağıyla tek gözünü açtı. "Ağrısı için haşhaş sütü içti değil mi?"

"Evet," dedi Dany.

"Ona ateşkabuğu ve ısırma-benilerden lapa yapmıştım, yarayı kuzu derisiyle sarmıştım."

"Yaktığını söyledi. Çıkardı. Bitkici kadın ona rahatlatıcı ıslak bir merhem yaptı."

"Evet yakar. Ateşin büyülü iyileştirme güçleri vardır. Sizin tüysüz adamlarınız bile bilir bunu."

"Ona yeni bir lapa hazırla," diye yalvardı Dany. "Bu sefer çıkarmasına asla izin vermem."

"Artık çok geç leydim," diye karşılık verdi Mirri. "Artık sadece gideceği karanlık yolu kolaylaştırabilirim. Gece topraklarında acı çekmeden atını sürsün diye."

Kadının söyledikleri Dany'nin göğsüne saplanmış bir bıçak gibiydi. Tanrıları bu kadar kızdıracak ne yapmıştı? Sonunda güvenli bir yer bulmuştu kendine. Sonunda sevginin ve umudun tadını almıştı. Sonunda eve dönebilecekti. Ve şimdi her şeyi kaybediyordu. "Hayır," diye yalvardı. "Onu kurtar. Seni özgür bırakacağım, yemin ederim. Bir yolu olmalı... bir büyü, bir..."

Mirri Maz Duur ayağa kalktı ve gece kadar siyah gözleriyle Dany'ye baktı. "Bir büyü var," dedi fısıltıdan bile hafif bir sesle. "Ama zor ve kara bir büyü leydim. Bazıları ölümün daha temiz olduğunu söyler. Büyüyü Asshai'de öğrendim ve ders için büyük bedel ödedim. Hocam Gölge Topraklar'dan bir kan büyücüsüydü."

Dany ürperdi. "O halde sen gerçekten bir *maegi*'sin..."

"Öyle miyim?" Mirri Maz Duur gülümsedi. "Şu anda kocanızı sadece bir *maegi* kurtarabilir Gümüş Leydi."

"Başka bir yol yok mu?"

"Yok."

Khal Drogo sarsılarak bir nefes aldı.

"Yap," dedi Dany. Korkmamalıydı. O ejderhanın kanıydı. "Kurtar onu."

"Bir bedeli var," diye uyardı tanrıkadını.

"At, altın, ne istersen veririm."

"At ya da altın işe yaramaz. Bu kan büyüsü leydim. Hayatın bedeli ancak ölümle ödenir."

"Ölüm?" Kollarını kendini korumak ister gibi bedenine sardı. Topuklarının üstünde ileri geri sallanıyordu. "Benim ölümüm mü?" Gerekirse Drogo uğruna ölebileceğini düşündü. Ejderhanın kanını taşıyordu. Korkmazdı. Ağabeyi Rhaegar da sevdiği kadın uğruna ölmüştü.

"Hayır," dedi Mirri Maz Duur. "Sizin ölümünüz değil *Khaleesi*."

Dany bir rahatlama duygusuyla titredi. "Yap."

Maegi başıyla onayladı. "Madem istediniz, öyle olacak. Hizmetçilerinizi çağırın."

Rakharo ve Quaro küvete sokarken Drogo çaresizce debelendi. "Hayır," dedi mırıltıyla. "Hayır, ata binmemiz gerek." Suya girdiğinde bütün gücü üzerinden akıp gitmiş gibi görünüyordu.

"Atını getirin," dedi Mirri Maz Duur. Jhogo devasa aygırı çadırın içine soktu. Hayvan ölüm kokusu aldığında gözlerini devirerek kişneyip şahlandı. Üç adam zar zor tutu atı.

"Ne yapacaksın?" diye sordu Dany.

"Kana ihtiyacımız var," diye cevapladı Mirri. "Tek yolu bu."

Jhogo elini *arakh*'ına götürerek geriledi. On altı yaşında, kamçı gibi ince, korkusuz, neşeli, dudaklarının üstünde ilk bıyıklarının gölgesi görünmeye başlamış bir delikanlıydı. Dany'nin önünde diz çöktü. "*Khaleesi*, bunu yapmamalısınız. Bırakın bu *maegi*'yi öldüreyim."

"Onu öldürürsen *khal*'ı öldürmüş olursun," dedi Dany. "Bu kan büyüsü. Bunu yapmak yasak."

"Ben *khaleesi*'yim ve yasak değil diyorum. Khal, Vaes Dothrak'ta bir atın kalbini çıkardı ve ben oğlumuzun gücüne güç katsın diye onu yedim. Bu da aynı. *Aynı*."

Rakharo ve Quaro, hayvanı *khal*'ın çoktan ölmüş gibi görünür halde yattığı, suyuna kan ve iri akan küvetin yanına getirmeye kalktıklarında aygır bağırarak şahlandı. Mirri Maz Duur, Dany'nin anlamadığı bir dilde bir şarkı mırıldandı ve elinde bir bıçak belirdi. Dany bıçağın nereden çıktığını görmemişti. Çok eski görünüyordu. Kırmızı bronzdan dövülmüş yaprak şekilli bir bıçaktı. Üzerinde kadim işlemeler vardı. *Maegi* bıçağı aygırın asil başının altına sokup boğazını boylu boyunca kesti. Hayvan, boğazından kırmızı bir nehir gibi oluk oluk kan akarken titriyordu. *Khas* adamları tutmuyor olsa yere devrilecekti. Atın kanı döne döne Drogo'nun yattığı suya karışırken, "Ey aygırın gücü, at binenin içine ak," diyordu Mirri. "Ey yaratığın gücü, adamın içine ak."

Jhogo aygırın ağırlığının altında debelenirken dehşete düşmüş gibi görünüyordu. Ölü ete dokunmaktan çekiniyor ama bırakmaktan da korkuyordu. *Sadece bir at*, diye düşündü Dany. Eğer bir atın hayatıyla Drogo'nunkini satın alabilecekse bin kat fazlasını ödemeye hazırdı.

Sonunda atı bıraktıklarında Drogo'nun yattığı su kıpkırmızıydı ve suda onun yüzünden başka bir şey görünmüyordu. Mirri Maz Duur'un atın leşiyle işi yoktu. "Yakın onu," dedi Dany. Böyle yapılması gerektiğini biliyordu. Bir adam öldüğünde atı da öldürülür, gece topraklarında sırtına binebilsin diye sahibiyle birlikte cenaze alevlerinin içine yatırılırdı. Adamlar leşi sürükleyerek çadırdan çıkardı. Her yer kana bulanmıştı. Çadırın ipek duvarları bile kırmızıya boyanmış, yerdeki halılar kanla ıslanmıştı.

Soba yakıldı. Mirri Maz Duur kömürlerin üstüne kırmızı bir toz serpti. Toz, dumana baharatlı ve hoş bir koku katmasına rağmen Eroeh hıçkırarak dışarı kaçtı. Dany'nin içi korkuyla doldu ama geri dönemeyecek kadar fazla yol almışlardı. Hizmetçilerini gönderdi. "Siz de onlarla gidin Gümüş Leydi," dedi Mirri Maz Duur.

"Kalacağım," dedi Dany. "Bu adam beni yıldızların altında aldı ve içimdeki çocuğa can verdi. Onu bırakmayacağım."

"Gitmek zorundasınız. Şarkıyı okumaya başladığımda bu çadıra kimse girmemeli. Şarkı eski ve karanlık güçleri uyandıracak. Bu gece burada ölüler dans edecek. Hiçbir canlı onlara bakmamalı."

Dany çaresizce boyun eğdi. "Kimse girmeyecek." Küvete eğilip Drogo'nun alnından öptü. "*Onu bana geri getir*," diye fısıldadı Mirri Maz Duur'a. Dışarı çıktı.

Dışarıda, güneş ufuk çizgisinde alçalmaya başlamıştı. Gökyüzü çürük bir kırmızıydı. *Khalasar* kamp kurmuştu. Çadırlar ve minderler göz alabildiğince araziye yayılmıştı. Sıcak bir rüzgâr esti. Jhogo ve Aggo aygırı yakmak için bir ateş çukuru kazıyordu. Bronz maskeler kadar sert yüzlerden meydana gelen bir kalabalık Dany'nin etrafına toplanmış, kapkara gözlerle onu izliyordu. Sör Jorah'ı gördü. Zırhını ve derilerini giymişti. Alnından ter akıyordu. Önündeki insanları ite ite Dany'nin yanına geldi. Dany'nin arkasında bıraktığı kıpkırmızı ayak izlerini gördüğünde yüzündeki bütün kan çekildi. "Sen ne yaptın küçül aptal?" dedi pürüzlü bir sesle.

"Onu kurtarmak zorundaydım."

"Kaçabilirdik," dedi şövalye. "Seni sağ salim Asshai'ye götürebilirdim prenses. Buna gerek..."

"Ben gerçekten sizin prensesiniz miyim?" diye sordu adama.

"Öyle olduğunu biliyorsun. Tanrılar ikimizi de korusun."

"Öyleyse şimdi bana yardım edin."

Sör Jorah'ın yüzü kederlendi. "Keşke nasıl yapacağımı bilebilseydim."

Mirri Maz Duur'un sesi yükseldi. Ulumaya benzer bir inleme Dany'nin sırtını ürpertti. Dothraklar'dan bazıları endişeyle mırıldanarak geri çekildi. İçeride yanan soba yüzünden çadır ışıldıyordu. Dany kana bulanmış kum ipeğinin ardında hareket eden gölgeleri izledi.

Mirri Maz Duur dans ediyordu ve yalnız değildi.

Dany, Dothraklar'ın yüzündeki çırılçıplak korkuyu gördü. "Bu *olamaz*," diye gürledi Qotho.

Onun döndüğünü görmemişti Dany. Cohollo ve Haggo da

onunla birlikteydi. Bıçaklarla, iğnelerle ve ateşle şifa veren hadımları getirmişlerdi.

"*Olacak*," diye karşılık verdi Dany.

"*Maegi,*" diye kükredi Haggo. Ve yaşlı Cohollo, Drogo'nun doğduğu gün hayatı ona bağlanan Cohollo, Dany'ye her zaman nazik davranan Cohollo, Dany'nin yüzüne tükürdü.

"Öleceksin *maegi*," diye ant içti Qotho. "Ama önce diğer *maegi* ölmeli." *Arakh*'ını çekip çadıra doğru yürümeye başladı.

"Hayır," diye bağırdı Dany. "Oraya *giremezsin*." Adamı omzundan yakaladı ama Qotho onu savurdu. Karnındaki çocuğu korumak için kollarını göbeğine siper ederek dizlerinin üstüne düştü Dany. "Onu durdurun," diye bağırdı *khas*'a. "Onu öldürün!"

Rakharo ve Quaro çadır kapısının iki yanında durdu. Quaro'nun eli kamçısına gittiği anda Qotho bir dansçı zerafetiyle *arakh*'ını hayava kaldırıp bir yay çizerek aşağı indirdi. *Arakh*, Quaro'nun omzuna indi. Parlak çelik deriyi, kası ve kemiği kesip geçti. Genç savaşçı bedeninden kanlar boşalarak geriye düştü.

Qotho *arakh*'ını geri çekerken, "*At efendisi*," diye seslendi Sör Jorah. "Bir de beni dene." Uzun kılıcını kınından çıkardı.

Qotho bir küfür savurarak döndü. *Arakh* hızla hareket ederken Quaro'nun kanı sıcak rüzgârla yağan bir yağmur gibi etrafa serpildi. *Arakh*, Sör Jorah'ın yüzünden sadece birkaç santim uzakta uzun kılıçla çarpıştı. Qotho öfkeden ulurken iki silah titreyerek birbirlerini tuttu. Şövalye, zırhını giymişti. Eldiveni, boyunluğu, bacak koruması ve göğüs plakası vardı ama miğferi başında değildi.

Şövalye üzerine atılırken Qotho yıldırım gibi yanıp sönen *arakh*'ını başının üzerinde çevirerek geriledi. Şövalye elinden gelen en iyi şekilde hamle yapmaya çalışıyordu ama *arakh* o kadar hızlı savruluyordu ki Qotho'nun dört *arakh*'ı bir o kadar da kolu varmış gibi görünüyordu. Dany zırha inen metalin sesini duydu. Kıvrımlı bıçak zırh eldivenini sıyırıp geçerken metallerin arasından kıvılcımlar saçıldı. Bu sefer gerileyen Sör Mormont oldu. Qotho hamle yapmak için öne çıktı. Şövalyenin yüzünün sol yanından kan akıyordu ve kalçasına aldığı bir darbe bacak korumasında derin bir yarık açarak topallamasına sebep oldu. Qotho şövalyeye, korkak, süt çocuğu, demir elbiseli hadım diye bağırarak alay ediyordu. "Şimdi gebereceksin!" dedi *arakh*'ı kızıl alaca karanlıkta parlarken. Bebek çılgınca Dany'nin karnını tekmeliyordu. *Arakh* zırhın yarılmış yerinden içeri dalarak şövalyenin bacağına saplandı.

Mormont inledi, tökezledi. Dany karnında ani bir sancı hissetti. Bacaklarının arası ıslanmıştı. Qotho bir zafer çığlığı attı ama *arakh*'ı kemiğe denk gelmişti ve bir an orada takılı kaldı.

Bu yeterliydi. Sör Jorah bütün gücüyle kılıcını aşağı indirdi. Et, kas ve kemik parçalandı. Qotho'nun kolu incecik bir deri parçasına ve sinire bağlı halde sallanıyordu. Şövalyenin bir sonraki darbesi Dothraklı'nın kulağına indi. Darbenin şiddetiyle Qotho'nun kafası patlayacakmış gibi göründü.

Dothraklar bağırıyorlardı, Mirri Maz Duur çadırın içinde bir insana ait olmayan seslerle uluyordu, Quaro ölürken su diye yalvarıyordu. Dany yardım için çığlık attı ama kimse onu duymuyordu. Rakharo, Haggo'yla dövüşüyordu. Jhogo'nun kamçısı şimşek gibi bir ses çıkararak şaklayıp Haggo'nun boğazına dolanana kadar *arakh*'ın *arakh*'la dansı devam etti. Jhogo kamçıyı geri çekti, kansüvarisi geriye doğru tökezledi, dengesini ve silahını kaybetti. Rakharo uluyarak öne çıktı ve *arakh*'ını iki eliyle birden savurarak Haggo'nun başına indirdi. Silahın ucu iki gözünün arasına saplandı. Kalabalığın arasından bir taş fırlatıldı. Dany'nin omzu yarılmıştı, kanıyordu. "Hayır," diye ağladı. "Hayır bunu durdurun. Bu bedel çok fazla." Havada taşlar uçuşmaya başladı. Dany emekleyerek çadıra doğru gitmeye çalıştı ama Cohollo onu saçlarından yakalayarak kafasını arkaya çekti. Dany boğazına dayanan çeliğin soğukluğunu hissetti. "Bebeğim," diye bağırdı. Belki tanrılar o anda duymuştu çığlığını, Cohollo ölmüştü. Aggo'nun fırlattığı ok adamın koltuk altından girip ciğerlerini ve kalbini delmişti.

Dany sonunda kafasını kaldıracak gücü bulduğunda kalabalığın dağılmaya başladığını gördü. Dothraklar ağır ağır çadırlarına ve şiltelerine gidiyordu. Bazıları eyerlerine atlayıp uzaklaşıyordu. Güneş batmıştı. Ateş çukurları öfkeyle çıtırdayıp havaya turuncu közler tükürüyordu. Dany ayağa kalmaya çalıştı ama ızdırap onu bir devin elleri gibi yakalayıp sıktı. Soluğu kesildi. Bütün yapabildiği kısa nefesler almak için çabalamaktı. Mirri Maz Duur'un sesi bir ağıt gibi yükseliyordu. Çadırın içinde gölgeler dönüyordu.

Bir el göğsünün altına girdi, Sör Jorah onu yerden kaldırıyordu. Şövalyenin yüzü kan içindeydi ve kulağının yarısı kopmuştu. Tekrar sancı girdi, adamın kollarının arasında kıvranıyordu. Şövalyenin hizmetçilere seslendiğini duydu. *Hepsi bu kadar korkuyor mu?* Cevabı biliyordu. Bir acı dalgası daha vurdu. Dany çığlığını yuttu. Oğlunun iki elinde de hançer var gibiydi. Sanki karnını deşerek dışarı çıkmak için uğraşıyordu. "Doreah, kahrol," diye bağırdı Sör Jorah. "Buraya gel, ebe kadınları çağır."

"Gelmeyecekler. Onun lanetlendiğini söylüyorlar."

"Gelecekler, yoksa kafalarını keserim."

Doreah hıçkırdı. "Hepsi gitti lordum."

"*Maegi*," dedi biri. Aggo muydu? "Onu *maegi*'ye götürün."

Hayır, demek istedi Dany. *Oraya girmemeliyiz*. Ama ağzını açtığında uzun bir acı çığlığı çıktı ve bütün vücudundan ter boşaldı. *Bunların neyi var? Göremiyorlar mı?* Çadırın içinde gölgeler dans ediyordu. Sobanın ve küvetin etrafında dönüyorlardı. İpek duvarların arkasındaki karanlık şekillerden bazıları insan gibi görünmüyordu. İri bir kurdun gölgesini gördü Dany. Ve ateşte yanan bir adamınkini.

"Kuzu Kadın doğum yatağının bütün sırlarını biliyor," dedi İrri. "Öyle söylemişti, duydum."

"Evet," diye onayladı Doreah. "Ben de duydum."

Hayır, diye bağırdı Dany. Belki sadece bağırdığını sandı çünkü dudaklarının arasından bir fısıltı bile çıkmamıştı. Onu taşıyorlardı. Gözlerini açıp ölü gökyüzüne baktı. Siyah, ıssız ve yıldızsız. *Hayır, lütfen*. Mirri Maz Duur'un sesi yükseldi, bütün dünya onun sesiyle dolmuş gibiydi. *Gölgeler!* diye çığlık attı Dany. *Dansçılar!*

Sör Jorah onu çadırın içine taşıdı.

ARYA

Dükkânlardan gelen taze ekmeğin kokusu, Arya'nın o güne kadar kokladığı bütün parfümlerden daha güzeldi. Derin bir nefes aldı ve güvercine doğru yaklaştı. Etine dolgun kuşun kahverengi benekleri vardı. Yerdeki kırıntıları yemekle meşguldü ama Arya'nın gölgesi üstüne düşer düşmez havalandı.

Arya'nın tahta kılıcı kuşu yerden bir metre yukarıda yakaladı ve güvercin uçuşan kahverengi tüylerin arasında yere düştü. Arya göz açıp kapayıncaya kadar kuşun tepesinde bitti. Bir kanadını yakaladı. Hayvan kanat çırpıp gagalıyordu. Kuşu avcuna aldı. Kırıldığını hissedene kadar boynunu çevirdi.

Kedi yakalamaktan daha *kolaydı.*

Yoldan geçen bir rahip soru soran gözlerle Arya'ya baktı. "Burası güvercin yakalamak için en iyi yer," dedi Arya üstünü silkeleyip yere düşen kılıcını alırken, "kırıntılar için geliyorlar." Rahip hemen uzaklaştı.

Güvercini kemerine bağlayıp yolun aşağısına doğru yürümeye başladı. Bir adam, içinden böğürtlenli, limonlu ve kayısılı kek kokuları yükselen bir el arabasını itiyordu. Arya'nın midesinden gurultular geliyordu. "Bir tane alabilir miyim?" diye sordu. "Bir dilim limonlu ya da hangisi olursa..."

Adam Arya'yı baştan aşağı süzdü. Gördüğü şeyden hoşlanmadığı belliydi. "Üç bakır," dedi.

Arya parmaklarını ahşap kılıcının üstünde tıklattı. "Şişman bir güvercinle takas edelim," dedi.

"Güvercinini Ötekiler alsın," diye cevap verdi adam.

Kekler hâlâ sıcaktı. Fırından yeni çıkmışlardı ve kokuları ağzını sulandırıyordu ama üç bakırı yoktu... bir bakırı da yoktu. Syrio'nun *görmek* hakkında söylediklerini hatırlayarak adama baktı. Kısa boyluydu. Küçük, yuvarlak bir göbeği vardı. Yürürken sol ayağı hafifçe topallıyordu. Bir kek alıp kaçarsa adamın onu asla yakalayamayacağını düşünüyordu ki, "Kirli ellerini tezgâhımdan uzak tut. Altın pelerinliler hırsız lağım fareleriyle nasıl baş edeceklerini çok iyi bilir," dedi adam.

Arya tedirginlikle arkasına baktı. Şehir Muhafızları'ndan iki altın pelerinli bir ara sokağın başında duruyordu. Altın sarısına boyanmış ağır pelerinleri neredeyse yere değecek kadar uzundu. Siyah çizmeler ve eldivenler giymişlerdi. Birinin belinde uzun bir kılıç asılıydı, diğeri demir bir sopa taşıyordu. Keklere son kez iştahla baktı ve el arabasının başından ayrılıp uzaklaştı. Muhafızlar onunla hiç ilgilenmemişti ama onları görmek bile midesinin düğümlenmesine sebep oluyordu. Mümkün olduğunca Kızıl Kale'den uzak kalmaya çalışsa da, bu kadar mesafeden bile yüksek kırmızı duvarlarda çürüyen kafaları görebiliyordu. Kalabalık karga sürüleri çığlıklar atarak kafaların üstünde uçuyordu. Sinekler kadar çoklardı. Bit Çukuru'nda, altın pelerinlilerin Lannisterlar'la bir oldukları, kumandanlarına Üç Dişli Mızrak'ta arazi, lordluk unvanı ve konseyde bir sandalye verildiği konuşuluyordu.

Başka şeyler de duyuyordu Arya. Korkutucu şeyler. Ona göre hiç mantığı olmayan şeyler. Bazıları, babasının Kral Robert'ı öldürdüğünü ve hemen ardından Lord Renly tarafından öldürüldüğünü söylüyordu. Bazıları, iki sarhoş kardeşin kavga ettiği ve kralın, Lord *Renly* tarafından öldürüldüğü konusunda ısrar ediyordu. Lord Renly'nin gecenin bir yarısı adi bir hırsız gibi şehirden kaçmasının başka ne sebebi olabilirdi? Bir hikâyeye göre kral avlanırken bir domuz tarafından öldürülmüştü, bir diğerine göre de bir domuzu *yerken* ölmüştü. Midesini o kadar çok doldurmuştu ki masada çatlayıp kalmıştı. Hayır masada ölmüş ama Örümcek Varys onu zehirlemiş diye anlatıyordu birisi, bir başkası kralı zehirleyenin *kraliçenin* ta kendisi olduğunu iddia ediyordu. Hayır frengiden öldü. Hayır bir kılçık yüzünden boğuldu.

Bütün hikâyelerin tek bir ortak yönü vardı; Kral Robert ölmüştü. Yüce Baelor Septi'nin yedi kulesindeki çanlar bütün bir gün ve gece çalmıştı. Yaslarının gök gürültüsü bronz bir nehir gibi bütün şehre akmıştı. Çanların sadece bir kralın ölümünün ardından böyle çalındığını söylemişti bir dericinin oğlu.

Bütün istediği eve gitmekti ama Kral Toprakları'ndan ayrılmak düşündüğü kadar kolay değildi. Bütün dudaklarda bir savaş söylentisi vardı ve şehir surlarındaki altın pelerinliler en az kafasındaki bitler kadar kalabalıktı. Geceleri Bit Çukuru'ndaki çatılarda ya da ahırlarda uyuyordu ve bölgeye pek uygun bir isim verildiğinin farkına varması çok uzun sürmemişti.

Kızıl Kale'den kaçtığından bu yana her gün, şehrin yedi kapısını da sırayla ziyaret ediyordu. Ejderha Kapısı, Aslan Kapısı ve Eski Kapı şimdi kapalı ve sürgülüydü. Çamur Kapısı ve Tanrı Kapısı açıktı ama sadece şehre girenlere. Şehirden çıkışların o kapılardan yapılması yasaklanmıştı. Şehirden çıkmasına izin verilenler Kral Kapısı'nı ve Demir Kapı'yı kullanıyordu ama oralarda da kırmızı pelerinli, aslan miğferli Lannister muhafızları sürekli nöbet tutuyordu. Arya, Kral Kapısı'na yakın bir hanın çatısından kapıyı gözlemişti. Lannister muhafızları bütün arabaları ve kervanları arıyorlardı, süvarileri heybelerini açmaya zorluyorlardı, adım atmaya kalkan herkesi sorguluyorlardı.

Bazen Karasu'yu yüzerek geçmeyi düşünüyordu ama akıntı çok şiddetliydi ve sular derindi. Gemiye binecek ya da kayıkçılara verecek sikkesi de yoktu.

Babası ona asla çalmamasını öğretmişti ama nedenini hatırlamak gittikçe güçleşiyordu. Eğer bir an önce şehirden ayrılmazsa altın pelerinlilerle karşılaşmayı göze almak zorunda kalacaktı. Tahta kılıcıyla kuş avlamayı öğrendiğinden beri aç kalmıyordu ama bu kadar çok güvercin yemenin onu hasta edeceğinden korkuyordu. Bit Çukuru'nu bulmadan önce birkaçını çiğ çiğ yemişti.

Çukur'daki ara sokaklarda yan yana sıralanmış güveççiler vardı. Dükkânlardaki büyük toprak kazanlar yıllardır kaynıyordu. Güvercinin yarısı karşılığında bir gün önceden kalan bir somun ekmek ve "bir kâse kahverengi" veriyorlardı. Hatta kuşun tüylerini kendin yolarsan, diğer yarısını bir şişe geçirip senin için çıtır çıtır kızartıyorlardı. Arya bir bardak süt ve bir dilim limonlu kek için dünyaları verebilirdi ama kahverengi de fena sayılmazdı. İçine genelde arpa, havuç, soğan, turp, hatta bazen elma parçaları koyuyorlardı. Üstü genelde koyu bir yağ tabakasıyla kaplı oluyordu. Arya, kahverenginin içindeki etin kaynağını düşünmemeye çalışıyordu çoğu zaman. Arada bir parça balık da yiyordu.

Tek sorun güveççilerin asla boş olmamasıydı. Yemeğini midesine indirirken kendisini izleyen gözleri hissedebiliyordu. Bazıları çizmelerine ya da pelerinine bakıyordu ve Arya onların ne düşündüğünü biliyordu. Ama bazı gözlerin kıyafetlerinin altına baktığını hissediyordu ki onların ne düşündüğünü *anlayamıyordu*, asıl korkutucu olan buydu. Birkaç kez onu takip etmiş ve ara sokaklarda kovalamışlardı ama şimdiye kadar onu yakalamayı başaran çıkmamıştı.

Satmayı düşündüğü gümüş bilezik, kaleden kaçtığı ilk gece Domuz Çıkmazı'ndaki yıkık bir evde uyurken iyi kıyafetleriyle birlikte çalınmıştı. Hırsızlar sadece üstündeki pelerinini, deri kıyafetlerini, tahta kılıcını... ve İğne'yi bırakmışlardı. Arya, İğne'nin üstüne yatmış olmasa onu da alırlardı çünkü değeri bütün çalınanların toplamından daha fazlaydı. O günden beri, beline astığı kılıcını gizlemesi için pelerinini sağ omzundan aşağı sarkıtarak dolaşıyordu. Hırsızları korkutması için tahta kılıcını sol elinde herkesin görebileceği şekilde taşıyordu ama güveççilerin olduğu ara sokakta, elinde bir savaş baltası taşısa da korkmayacak adamlar vardı. Bu durum bayat ekmek ve güvercine karşı iştahını kapatmaya yeterli oluyordu. Bazı geceler o adamların bakışlarına maruz kalmaktansa aç uyumayı tercih ediyordu.

Şehrin dışına çıkabilse böğürtlen toplayabilir, elma ve kiraz çalabileceği meyve bahçeleri bulabilirdi. Güneye gelirken Kral Yolu üstünde birkaç tanesine rastladığını hatırlıyordu. Ormanda kökleri kazabilir, hatta tavşanların peşine düşebilirdi. Şehir içinde fareler, kediler ve çelimsiz köpeklerden başka kovalanacak bir şey yoktu. Güveççilerin köpek leşleri için bir avuç bakır ödediğini duymuştu ama bunu düşünmek bile istemiyordu.

Un Caddesi'nin aşağı kısmı dolambaçlı ara sokaklar ve kesişen yollardan oluşan bir labirent gibiydi. Arya altın pelerinlilerle arasındaki mesafeyi korumaya çalışarak kalabalığın arasında dolaşıyordu. Her zaman caddenin ortasından yürümesi gerektiğini öğrenmişti. Ara sıra at arabalarından ve atlardan kaçmak zorunda kalıyordu ama en azından onların geldiğini görebiliyordu. Kenarlardan yürürsen insanlar seni kolaylıkla çekip alabilirdi. Bazı ara sokaklardaysa duvarlara sürüne sürüne yürümekten başka çare yoktu. Binalar birbirine öyle yakındı ki biraz daha eğimli olsalar birbirlerine değebilirlerdi.

Yuvarlanan bir çemberin arkasından bağıra çağıra koşan küçük çocuklar yanından geçti. Arya üzüntüyle onlara baktı. Bran, Jon ve bebek Rickon'la birlikte çember oynadığı günleri hatırlamıştı. Rickon'un ne kadar büyüdüğünü, Bran'ın mutsuz olup olmadığını merak etti. Jon'un orada olup "küçük kız kardeşim" demesi, saçını karıştırması için her şeyini verebilirdi. Gerçi saçlarının karıştırılmaya ihtiyacı yoktu. Su birikintilerinde kendisini görebiliyordu. Saçlarının daha fazla karışması mümkün değildi.

Ona uyuyacak bir yer verecek bir arkadaş edinmek umuduyla sokakta gördüğü çocuklarla konuşmaya çalışıyordu ama yanlış şeyler söylüyor olmalıydı. Çocuklar ona tedirgin gözlerle bakıyor ve onlara fazla yaklaşırsa koşarak uzaklaşıyorlardı. Çocukların ablaları ve ağabeyleri Arya'ya cevaplayamayacağı sorular soruyor, onunla alay ediyor, kızın eşyalarını çalmaya çalışıyordu. Daha dün, Arya'nın iki katı yaşındaki zayıf, çıplak ayaklı bir kız Arya'yı yere serip deri çizmelerini almaya kalkışmıştı ama Arya tahta kılıcıyla kızın kulağına vurup kan içinde kaçmasını sağlamıştı.

Bit Çukuru'na giden yokuştan aşağı inmeye başladığında başının üstünde bir martı dönerek uçuyordu. Arya düşünceli gözlerle kuşa baktı ama kılıcının o yüksekliğe ulaşması imkânsızdı. Martı denizi düşünmesine sebep oldu. Belki kurtuluş denizdeydi. Yaşlı Dadı ticari kadırgalara binip maceradan maceraya koşan delikanlıların hikâyelerini anlatırdı eskiden. Belki Arya da böyle yapabilirdi. Nehir kıyısına gitmeye karar verdi. Bugün Çamur Kapısı'nı ziyaret etmemişti ve nehir kıyısı da oraya yakındı zaten.

Arya nehre vardığında iskeleler garip bir şekilde sessizdi. Balık pazarını boylu boyunca yürüyen iki altın pelerinliyi gördü ama adamlar ona dikkat etmiyorlardı. Tezgâhların yarısı boştu ve rıhtımda her zamankinden çok daha az gemi vardı. Altın rengine boyanmış kraliyet savaş gemilerinden üçü, kürekleri inip kalktıkça gövdeleriyle suyu yararak savaş düzeninde Karasu'da hareket ediyordu. Arya bir süre gemileri izledikten sonra nehir boyunca yürümeye başladı.

Üçüncü iskelede, gri ve beyaz renkli yün pelerinler giymiş

muhafızları gördüğünde bir an için kalbinin durduğunu sandı. Kışyarı'nın renkleri gözlerini yaşlarla doldurmuştu. Muhafızların arkasında üç direkli bir kadırga demir atmıştı. Arya kadırganın gövdesine yazılmış ismi okuyamıyordu. Tuhaf kelimeler Myr, Braavos hatta Yukarı Valyria dilinde yazılmış olabilirdi. Yanından geçen bir liman işçisini kolundan yakaladı. "Bu gemi nedir?" diye sordu.

"Myr'den *Rüzgâr Cadısı*," diye cevap verdi adam.

"*Hâlâ burada*," diye bağırdı Arya. Liman işçisi ona şaşkın gözlerle baktı, omuz silkti ve yoluna devam etti. Arya iskeleye doğru koştu. *Rüzgâr Cadısı* babasının kiraladığı gemiydi. Onları eve götürecekti ve hâlâ bekliyordu. Arya çoktan gitmiş olduğunu düşünmüştü.

Muhafızlardan biri eli kılıcının kabzasında volta atarken diğer ikisi oturmuş zar atıyordu. Arya kendisini ağlarken görmelerini istemediği için durdu ve gözlerini kuruladı. Gözleri, gözleri, gözleri, neden...

Gözlerinle bak, diye fısıldadı Syrio.

Arya baktı. Babasının bütün adamlarını tanırdı. Gri beyaz pelerinli üç muhafız yabancıydı. "Sen," diye seslendi volta atan muhafız. "Burada ne arıyorsun oğlum?" Zar oynayan adamlar kafalarını kaldırıp baktı.

Arya koşarak kaçmamak için kendisini zor tutuyordu ama kaçmaya başladığı anda peşine düşeceklerini biliyordu. Kendini adamlara doğru yürümeye zorladı. Onlar bir kız çocuğu arıyordu ama Arya'nın bir erkek olduğunu sanmışlardı. Öyleyse Arya da bir erkek çocuğu *olurdu*. "Bir güvercin almak ister misiniz?" diye sordu. Belinde asılı olan güvercini gösterdi.

"Defol buradan," dedi muhafız.

Arya adamın dediğini yaptı. Korkmuş gibi görünmek için rol yapmaya ihtiyacı yoktu. Diğer muhafızlar oyunlarına geri döndü.

Bit Çukuru'na nasıl geldiğini hatırlamıyordu ama kaldırımsız dar sokağa vardığında nefes nefeseydi. Çukur'un kendine has bir kokusu vardı. Domuz ahırlarının, dericilerin ve ahırların kokusu, ucuz meyhaneler ve genelevlerden yükselen ekşi kokulara karışıyordu. Arya labirentin içinde yürüdü. Bir güveççiden yükselen kaynar kahverenginin kokusu burnuna çarpana kadar güvercininin kaybolduğunu fark etmemişti. Koşarken belinden düşmüş olmalıydı. Belki de o farkına bile varmadan biri çalmıştı. Bir an için ağlamak istedi yine. Şimdi tekrar Un Caddesi'ne gidip şişman bir güvercin yakalamak zorundaydı.

Şehrin diğer ucundan gelen çan sesleri duyuldu.

Arya dikkat kesilerek dinledi. Çanların bu çalışının ne anlama geldiğini merak ediyordu.

"Bu ne şimdi?" diye seslendi güveç dükkânındaki bir adam.

"Yine çanlar çalıyor, tanrılar bizi korusun," diye bağırdı yaşlı bir kadın.

Renkli ipekle içindeki bir fahişe, bir binanın ikinci kattaki pencerisini açıp, "Şimdi de çocuk kral mı öldü?" diye seslendi pencereden sokağa doğru sarkarak. "Çocuk işte. Asla çok dayanmazlar." Kahkaha atmaya başladığında pencerede beliren çıplak bir adam kadının arkasından kollarını beline doladı. Boynunu ısırıp sallanan ağır göğüslerini avuçladı.

"Seni aptal pislik," diye karşılık verdi sokaktaki bir adam. "Kral falan ölmedi, bunlar çağrı vuruşları. Sadece bir kulenin çanı çalıyor. Kral öldüğünde şehirdeki bütün çanlar çalınır."

"Isırmayı kes, yoksa ben *senin* zillerini çalacağım," dedi kadın arkasından sarılmış adamı dirseğiyle iterek. "Kral ölmediyse kim öldü o zaman?"

"Bu bir çağrı," diye tekrarladı sokaktaki adam.

Arya'yla yaşıt gibi görünen iki çocuk bir su birikintisinde zıplayıp etrafa çamur saçarak sokaktan geçti. Yaşlı bir kadın küfür etti ama onlar hiç umursamadan koşturmaya devam etti. Diğer insanlar da çanların sebebini anlamak için tepeye doğru yürümeye başlamıştı. Arya, diğerlerinden daha ağır yürüyen bir erkek çocuğunun peşinden koştu. "Nereye gidiyorsun?" diye bağırdı. "Neler oluyor?"

Çocuk yürümeye ara vermeden arkasına baktı. "Altın pelerinliler onu septe taşıyor," diye cevap verdi.

"Kimi?" diye bağırdı Arya daha hızlı koşmaya başlarken.

"*El*," dedi çocuk. "Bugün başı kesilecekmiş, Buu öyle söyledi."

Bir araba yolda derin bir tekerlek izi bıraktı. Çocuk yarığın üstünden atladı ama fark etmeyen Arya tökezleyip düştü. Yere önce yüzü çarptı. Bir taşa denk gelen dizi sıyrıldı, el parmakları ezildi. İğne bacaklarının arasında sallanıyordu. Sol elinin başparmağı kanla kaplanmıştı. Kanı emdiğinde tırnağının yarısının etinden ayrıldığını gördü. Elleri zonkluyordu. Dizleri de kan içinde kalmıştı.

"Yolu açın!" diye bağırdı biri sokağın karşısından. *"Redwyne lordları için yolu açın!"* Dörtnala koşan devasa atların sırtındaki dört muhafız tarafından ezilmeden önce can havliyle kenara kaçtı Arya. Bordo ve mavi damalı pelerinler giyiyorlardı. Hemen arkalarından kestane rengi kısraklara binmiş iki genç lord geliyordu. Arya, çilli ve kare yüzlü Redwyne ikizleri Sör Horas ve Sör Hobber'i daha önce yüzlerce kez görmüştü. Sansa ve Jeyne Poole ikizleri ne zaman görseler Sör Dehşet'le Sör Salya diyerek kıkırdarlardı. Ama ikizler komik görünmüyordu bugün.

Herkes hızla aynı yöne doğru koşuyor, çanın ne için olduğunu anlamak istiyordu. Çanlar şimdi daha büyük şiddetle vuruyor gibiydi. Arya insanlardan oluşan akıntıya katıldı. Etinden ayrılan tırnağı öyle kötü zonkluyordu ki ağlamamak için kendini zor tutuyordu. Etrafındaki heyecan dolu sesleri dinleyerek dudaklarını ısırıp yürümeye devam etti.

"...Kral Eli Lord Stark'ı Yüce Baelor Septi'ne götürüyorlar."

"Çoktan öldüğünü duydum."

"Yakında, çok yakında. Kafasını kesecekler."

"Çoktan kestiler. Hain."

Arya konuşabilmek için çabalıyordu. "O *asla*..." diye başladı cümlesine ama o sadece bir çocuktu ve tepesinde konuşan diğer adamların sesi onun sesini bastırıyordu.

"*Aptal*! Kafasını falan kesmeyecekler. Yüce Sept'in merdivenleri ne zamandan beri vatan hainleriyle süsleniyor?"

"İyi de onu orada şövalye falan ilan edecekleri yok ki. Kral Robert'ı öldürenin Stark olduğunu duydum. Ormanda boğazını kesmiş sonra da kralı bir yaban domuzunun öldürdüğünü söylemiş."

"Ah, bu doğru değil. Kralı erkek kardeşi öldürmüş. Şu Renly denen. Miğferindeki altın boynuzlarla yapmış."

"Sen şu yalancı çeneni kapat kadın. Ne dediğini bilmiyorsun. Genç lord dürüst ve iyi bir adam."

Rahibeler Caddesi'ne vardıklarında kalabalık neredeyse üst üsteydi artık. Arya kendini Visenya Tepesi'ne doğru giden insan nehrinin akışına bıraktı. Beyaz mermer meydanda iğne atılsa yere düşmezdi. İnsanlar heyecanla bağrışıyor, Büyük Baelor Septi'ne biraz daha yakınlaşabilmek için itişip kakışıyordu. Çanlar burada sağır ediciydi.

Arya kılıcını sıkı sıkı tutmuş, emekleyerek atların bacaklarının arasından ilerliyordu. Kalabalığın tam ortasında bütün görebildiği kollar, bacaklar, karınlar ve septin yedi uzun kulesiydi. Bir araba gördü. Tepesine tırmanıp etrafı izlemeyi düşündü ama diğer insanlar da aynı şeyi akıl etmiş olmalıydı. Arabacı bir küfür savurup kamçısıyla çevresindeki kalabalığı dağıttı.

Arya çıldırmış gibiydi. Kalabalığın önüne geçmek için bütün gücüyle insanları iterek ilerlemeye çalıştığında dev bir heykel kaidesinin dibine savruldu. Başını kaldırıp rahip kral Kutsal Baelor'a baktı. Kılıcını beline takıp kaideye tırmandı. Tırnağı kopmuş parmağından akan kan beyaz mermerin üstünde kırmızı izler bırakıyordu ama devam etti ve kralın ayaklarının arasına çıktı.

İşte o an babasını gördü.

Lord Eddard iki muhafızın arasında, septin kapılarının dışındaki rahip minberinde duruyordu. Göğsüne kurt işlenmiş gri kadife bir takım ve yakası kürklü gri yün bir pelerin giyiyordu ama Arya'nın daha önce hiç görmediği kadar zayıflamıştı. Yüzü acıyla çekilmiş gibiydi. Ayakta durmaktan çok ayakta tutuluyordu sanki. Kırık bacağındaki sargı grileşmiş ve çürümüştü.

Bizzat Yüce Rahip, babasının yanındaydı. Kısa boylu ve çok şişmandı. Uzun, beyaz bir cübbe giymişti. Başında, her hareket ettiğinde gökkuşağı oluşturan, saf altın ve kristallerden yapılmış gösterişli bir taç vardı.

Septin kapılarında ve yüksek mermer minberin iki yanında lordlardan ve şövalyelerden oluşan bir grup bekliyordu. Aralarında olan Joffrey'yi fark etmemek mümkün değildi. Bütün giysileri kırmızıydı. İpeklere ve satenlere zıplayan geyikler, kükreyen aslanlar işlenmişti. Başına altın bir taç takmıştı. Kraliçe annesi hemen yanındaydı. Kırmızı şeritli siyah bir yas elbisesi giyiyordu. Başında siyah elmaslarla süslenmiş bir duvak vardı. Arya, dört kral muhafızı ile birlikte duran, kar beyazı bir pelerin ve gri bir zırh giymiş Tazı'yı tanıdı. Desenli damask kumaşından yapılmış bir elbise ve yumuşak terlikleri içindeki Varys'i gördü. Gümüş pelerinli, keçisakallı küçük adamın da bir zamanlar annesi için düello yapmış lord olduğunu tahmin etti.

Ve işte hepsinin ortasında, gökyüzü mavisi ipeklilerini giymiş, bileklerine gümüş bilezikler takmış, kızıl saçları yıkanıp kıvrılmış Sansa duruyordu. Arya kaşlarını çattı. Sansa'nın o insanların arasında ne işi vardı? Ve neden o kadar mutlu görünüyordu?

Bir sıra altın pelerinli, mızraklı adam kalabalığı geride tutmaya çalışıyordu. Başlarında, altın işlemeli siyah bir zırh kuşanmış irice bir adam vardı. Kumandanın pelerini gerçek altın ipliklerden örülmüş gibi parıldıyordu.

Çanlar sonunda sustu ve büyük meydana bir sessizlik çöktü. Babası konuşmaya başladı ama sesi öyle zayıf ve ince çıkıyordu ki Arya ne söylediğini duyamıyordu. İnsanlar bağırmaya başladı. "*Ne? Daha yüksek sesle konuş!*" Altın pelerinli adam babasını sertçe dürttü. *Onu rahat bırak!* diye bağırmak istedi Arya ama kimsenin onu dinlemeyeceğini biliyordu. Dudaklarını ısırdı.

Babası sesini yükseltti ve baştan başladı. "Ben Kışyarı Lordu ve Kral Eli Eddard Stark," dedi. Sesi meydanda çınlıyordu. "Buraya tanrıların ve insanların huzurunda yaptığım hainliği itiraf etmek için geldim."

"*Hayır*," diye mırıldandı Arya. Kalabalık bağırıp çığlık atmaya başlamıştı. Havada küfürler, hakaretler uçuşuyordu. Sansa yüzünü ellerinin arkasına sakladı.

Babası sesini iyice yükseltti. "Kralın bana olan inancına, arkadaşım Robert'ın güvenine ihanet ettim," diye bağırdı. "Çocuklarını koruyacağıma dair yemin etmeme rağmen, daha Robert'ın kanı soğumadan oğlunu tahttan indirip öldürme ve tahtı kendim için ele geçirme planı yaptım. Yüce Rahip, Kutsal Baelor ve Yedi söylediklerime şahitlik etsin; Joffrey Baratheon, Demir Taht'ın tek gerçek veliahtıdır, Yedi Krallık Lordu'dur ve Diyar'ın Koruyucusu'dur."

Kalabalıktan bir taş fırlatıldı. Arya taşın babasına çarptığını görünce çığlık attı. Altın pelerinliler düşmemesi için babasını tuttu. Alnındaki yarıktan kan boşalıyordu. Gökyüzünden taş yağmaya başladı. Bir tanesi babasının solundaki muhafıza denk geldi. Bir diğeri altın ve siyah zırhlı şövalyenin göğüs plakasına çarptı. Kral Muhafızları'ndan iki şövalye kalkanlarını kaldırarak Joffrey ve kraliçenin önüne geçti.

Arya elini pelerininin içine götürerek İğne'nin kabzasını tuttu. Daha önce hiçbir şeyi sıkmadığı bir güçle kılıcın başını sıkıyordu. *Tanrılar, ne olur onu koruyun*, diye dua etti. *Babamın canını yakmalarına izin vermeyin.*

Yüce Rahip, Joffrey ve annesinin önünde diz çöktü. "Günah işleyen cezasını çeker," dedi Arya'nın babasınınkinden çok daha yüksek ve pes bir sesle. "Bu adam bu kutsal mekânda, tanrıların ve insanların gözü önünde günahlarını itiraf etti." Ayağa kalkıp kollarını gökyüzüne uzattığında başındaki tacın etrafında gökkuşakları dans ediyordu. "Tanrılar adaletlidir. Kutsal Baelor onların aynı zamanda merhametli de olduğunu öğretti bize. Bu haine ne yapılmalı Majesteleri?"

Bin ağız aynı anda bağırıyordu ama Arya ne dediklerini duymuyordu. Prens Joffrey... hayır, *Kral* Joffrey... şövalyelerin kalkanlarının arkasından çıktı. "Annem, Lord Eddard'ın siyahları giymesine izin vermemi rica etti ve Leydi Sansa da babasının hayatı için yalvardı." Sansa'ya baktı ve *gülümsedi*. Arya bir an için dualarının kabul edildiğini düşündü ama Joffrey kalabalığa dönüp konuşmaya devam etti. "Fakat onlarda yumuşak kadın kalbi var. Kralınız olarak ben, hainlik gibi büyük bir suçun cezasız kalmasına göz yumamam. Sör İlyn, bana hainin başını getirin."

Kalabalık kükredi. Arya, insanlar birbirlerini itip üstüne tırmandığı heykelin kaidesine yaslandıkça heykelin sallandığını hissediyordu. Yüce Rahip, kralın pelerinini tuttu. Varys kollarını sallaya sallaya krala doğru koşturuyordu. Hatta kraliçe bile oğluna hararetle bir şeyler söylemeye çalışıyordu ama Joffrey kafasını iki yana salladı. Kral Adaleti Sör İlyn zırh giymiş etsiz bir iskelet gibi aralarından yürümeye başladığında lordlar ve şövalyeler iki yana açıldı. Arya uzaktan belli belirsiz bir ses halinde Sansa'nın çığlığını duydu. Dizlerinin üstüne düşmüş, delirmiş gibi ağlıyordu. Sör İlyn minberin merdivenlerini tırmandı.

Arya, İğne'yi kınından çekerek heykelin ayaklarının arasından kalabalığın içine atladı. Üstüne düştüğü kasap önlüğü giymiş adamı yere devirdi. O anda kendisine çarpan biri yüzünden az kalsın o da düşüyordu. Etrafı koşturan, itekleyen insanlarla çevriliydi, yerdeki zavallı kasabın üstüne basarak geçiyorlardı. Arya, İğne'yi savurarak kendisine yol açıyordu.

Sör İlyn Payne minbere çıktığında altın ve siyah zırhlı şövalye emri verdi. Altın pelerinliler Lord Eddard'ı başı kenardan dışarı sarkacak şekilde mermere yatırdı.

Bir adam "Hey sen!" diye bağırdı Arya'ya ama Arya adamı devirip geçti. İnsanları iterek, aralarından kıvrılarak, karşısında duran herkese kılıcını sallayarak ilerliyordu. Bir el beceriksizce bacaklarını yakalamaya çalıştı, Arya tekmeleyerek elin sahibinden kurtuldu. Bir kadın yere düştü, Arya kadının sırtına basarak yürümeye devam etti. Ama işe yaramıyordu. *İşe yaramıyordu*, çok fazla insan vardı. Kendisine bir delik açtığı anda yolu tekrar kapanıyordu. Bir adam Arya'yı yumrukladı. Sansa'nın çığlıkları hâlâ duyuluyordu.

Sör İlyn sırtına asılı kından bir çift el kılıcı çıkardı. Kılıcı havaya kaldırdığında güneş koyu renk metalin üstünden dans ederek aktı ve kılıcın her türlü usturadan daha keskin kenarları ışıldadı. *Buz*, diye düşündü Arya. *Elindeki kılıç Buz*. Gözyaşları onu kör bırakarak yanaklarından aşağı akmaya başladı.

Kalabalığın içinden aniden çıkan bir çift kol Arya'yı omuzlarından yakaladı. Kollar üstüne öyle sert atılmıştı ki İğne, Arya'nın elinden uçarak uzağına düştü. Ayakları yerden kesilmişti. Adam, Arya'yı bez bir bebekmiş gibi kolaylıkla kaldırmıştı. Karmakarışık uzun siyah saçlı, sakallı ve çürük dişli bir surat kendi suratına yaklaşıp, "*Bakma!*" diye hırladı.

"Ben... ben..." diye hıçkırdı Arya.

Yaşlı adam, Arya'yı öyle sert salladı ki dişleri birbirine vurdu. "Çeneni ve gözlerini kapat *oğlum*." Çok, çok uzaktan gelen bir ses duydu Arya. Yumuşak, iç çeker gibi bir ses. Sanki bir milyon insan aynı anda nefesini bırakmıştı. Yaşlı adamın demir gibi parmakları koluna gömülmüştü. "Bana bak. Evet, aynen böyle, *bana*." Adamın nefesi ekşi şarap kokuyordu. "Hatırladın mı *oğlum*?"

Hatırlamasını sağlayan kokuydu. Arya adamın yağlı saçlarını gördü, çarpık omuzlarını örten iyice yıpranmış siyah pelerinini ve kendisine bakan kısık kara gözlerini. Babasını ziyaret eden kara kardeşi hatırlıyordu.

"Hatırladın, değil mi? İşte zeki bir oğlan," dedi adam. Tükürdü. "Buradaki işleri bitti. Benimle geleceksin ve çeneni kapalı tutacaksın." Arya cevap vermek için ağzını açtığında adam onu bir kez daha salladı. Bu sefer daha şiddetli. "*Çeneni kapat*, dedim."

Meydan boşalıyordu. İnsanlar kendi hayatlarına dönmek için dağılırken çevrelerindeki baskı azaldı. Arya'nın hayatıysa elinden alınmıştı. Uyuşmuş halde adamın yanında yürümeye başladı. *Yoren, evet adı Yoren'di*, diye düşündü. Adam İğne'yi uzatana kadar onu aldığının farkında bile değildi Arya. "Umarım bunu kullanmayı beceriyorsundur oğlum," dedi adam.

"Ben erkek..." diyerek cümleye başladı Arya.

Adam onu bir kapıya doğru itti. Kirli ellerini saçına geçirip kafasını geri doğru çekti. "...akıllı bir *erkek* değilim demeye çalışıyorsun değil mi?"

Öbür elinde bir hançer vardı.

Hançer gözlerinin önünde parladığında Arya tekmeler savurarak kendini çıldırmış gibi geri çekti ama adam saçlarını sıkı sıkı yakalamıştı. Öyle kuvvetli tutuyordu ki, Arya kafa derisinin açıldığını hissetti. Dudaklarında gözyaşlarının tuzlu tadı vardı.

BRAN

Adamların en yaşlıları ilk isim günlerinden bu yana en fazla on yedi, on sekiz yıl yaşamıştı. Biri yirmisini geçmişti. Diğerleri daha gençti, on altı, belki de daha küçük.

Bran onları Üstat Luwin'in kulesinin balkonundan izliyordu. Tahta kılıçlarını ve sopalarını savururken bağırıyorlar, kasılıyorlar, küfürler ediyorlardı. Avlu tahta kılıç sesleriyle doluydu ve darbeler ete ya da deri kıyafetlere denk geldiğinde sık sık ahlamalar, inlemeler yükseliyordu. Sör Rodrik delikanlıların arasında dolaşıyordu. Beyaz sakallarının altındaki yüzü kızarmıştı. Bütün çocuklara teker teker homurdanıyordu. Bran yaşlı şövalyeyi hiç bu kadar kızgın gördüğünü hatırlamıyordu. "Hayır," deyip duruyordu Sör Rodrik. "Olmuyor, olmuyor, olmuyor."

"İyi dövüşmüyorlar," dedi Bran şüpheyle. Bir parça eti parçalamakla meşgul olan Yaz'ın boynunu okşadı. Etin kemikleri hayvanın dişlerinin arasında çatırdıyordu.

Üstat Luwin iç geçirdi, "Maalesef öyle," diyerek katıldı Bran'a. Üstat, Myr merceği takılmış bir tüpten bakıyor, sabah karanlığında gökyüzüne asılı kalmış bir göktaşını gözleyip konumuyla ilgili notlar alıyordu. "Ama yeterli zamanda... Sör Rodrik haklı, duvarlarımızı koruyacak adamlara ihtiyacımız var. Baban en iyi muhafızlarımızı Kral Toprakları'na götürdü ve diğerlerini de ağabeyin aldı. Pek çoğu geri dönemeyecek, onların yerini alacak adamlar bulmamız gerek."

Bran kederli bir ifadeyle avludaki oğlanlara baktı. "Eğer hâlâ bacaklarım olsaydı hepsini yenerdim." Eline kılıç aldığı son günü hatırladı. Kral, Kışyarı'na gelmişti. Tahta bir kılıçla dövüşmüştü ama Prens Tommen'ı en az elli defa yere sermişti. "Sör Rodrik bana teber kullanmayı öğretmeli. Uzun saplı bir balta kullanabilsem Hodor da bacaklarım yerine geçer. İkimiz bir şövalye olabiliriz."

"Bu epey... sıra dışı olur," dedi Üstat Luwin. "Bir adam dövüşürken kolları, bacakları ve zihni uyum içinde olmalı Bran."

Sör Rodrik avluda bağırıyordu. "Ördek gibi dövüşüyorsunuz. Biriniz gagalıyor, diğeriniz de gagalayarak karşılık veriyor.

Savuştur! Darbeyi kes. Ördek dövüşü yetmez. Bunlar gerçek kılıç olsaydı daha ilk gagada kolunuz kopardı." Yaşlı şövalye, gülen bir çocuğa baktı. "Demek gülüyorsun. Küstahlık ediyorsun ve tıpkı bir kirpi dövüşüyorsun..."

"Bir zamanlar kör bir şövalye varmış," dedi Bran inatla. "Yaşlı Dadı anlatmıştı. İki ucunda da keskin bıçakları olan uzun bir direği varmış. Onu salladığında aynı anda iki adamı birden doğrarmış."

"Symeon Yıldızgöz," dedi Üstat Luwin defterine bazı numaralar yazarken. "Gözlerini kaybedince göz çukurlarına yıldız şekilli safirler koymuş ya da ozanlar öyle olduğunu söylüyor. Bu sadece bir hikâye Bran. Tıpkı Aptal Florian hakkındaki hikâyeler gibi. Kahramanlar Çağı'na ait bir masal. Bu rüyaları bir kenara bırakmalısın, kalbini kırmaktan başka bir işe yaramaz."

Rüyalardan bahsedilmesi Bran'a başka bir şey hatırlatmıştı. "Dün gece rüyamda kargayı gördüm yine. Üç gözlü olanı. Pencereden odama girdi ve onunla gitmemi söyledi, ben de gittim. Birlikte lahitlere indik. Babam oradaydı, konuştuk. Üzgündü."

"Peki neden üzgündü?" Üstat tüpünden bakıyordu.

"Sanırım Jon'la ilgili bir mesele yüzünden." Son gördüğü, diğer kargalı rüyalardan çok daha fazla rahatsız ediciydi. "Hodor mahzen mezara inmek istemiyor."

Üstat, Bran'ı yarım kulakla dinliyordu. Gözlerini tüpten kaldırdı. "Hodor ne istemiyor?"

"Mahzen mezara inmek istemiyor. Uyandığımda, babam gerçekten orada mı diye bakmak için beni mahzene götürmesini söyledim. Önce ne dediğimi anlamadı ama ben onu adım adım yürütüp mahzenin merdivenlerine götürdüğümde aşağı inmedi. İlk basamakta öylece durdu ve, 'Hodor', dedi. Karanlıktan korkuyormuş gibiydi ama benim meşalem *vardı*. O kadar kızdım ki tıpkı Yaşlı Dadı'nın yaptığı gibi ensesine vurmak istedim." Üstat Luwin'in kaşlarının çatıldığını görünce aceleyle ekledi, "Elbette vurmadım."

"İyi. Hodor bir insan, yürüsün diye vurabileceğin bir katır değil."

"Rüyamda bir kargayla birlikte mahzene uçtum ama uyandığımda bunu yapamıyorum."

"Neden mahzen mezara inmek istedin?"

"Size söyledim. Babam orada mı diye bakmak için."

Üstat boynundaki zinciriyle oynadı. Huzursuz olduğu zamanlarda hep böyle yapıyordu. "Bran, güzel çocuğum, bir gün Lord Stark oradaki tahtında babası, büyükbabası ve Kışyarı'nın bütün lordlarıyla birlikte yan yana oturacak ama tanrıların izniyle bunun olmasına daha uzun yıllar var. Baban kraliçenin esiri olarak Kral Toprakları'nda. Onu mahzen mezarda bulamazsın."

"Ama dün gece oradaydı. Onunla konuştum."

"İnatçı çocuk," diyerek içini çekti Üstat. Defterini kenara bıraktı. "Gidip bakmak ister misin?"

"Gidemem çünkü Hodor oraya gitmiyor. Merdivenler çok dar ve dik olduğu için Dansçı da mahzene inemiyor."

"Sanırım bu sorunu çözebilirim."

Hodor yerine yabanıl kadın Osha çağırıldı. Uzun ve güçlüydü, şikâyet de etmiyordu. Nereye gitmesi söylense itiraz etmeden gidiyordu. "Ben hayatımı Sur'un ötesinde geçirdim, kara bir delik beni korkutmaz lordlarım," dedi.

"Yaz, buraya gel," dedi Bran kadın onu kaslı kollarıyla kaldırırken. Ulu kurt kemiğini bıraktı, Bran'ı avludan geçirip yer altındaki soğuk mahzene giden sarmal merdivenlerden indiren Osha'yı takip etti. Üstat Luwin elinde bir meşale taşıyarak önden yürüyordu. Bran, kadının onu sırtında değil de kucağında taşımasını -çok fazla- umursamıyordu. Osha, Kışyarı'na geldiğinden beri bütün bağlılığıyla hizmet ettiği ve iyi davranışlarda bulunduğu için Sör Rodrik ayaklarındaki zincirin çıkarılmasına izin vermişti. Buna rağmen ona hâlâ tam olarak güvenilmediğinin bir göstergesi olan iki demir halka ayak bileklerindeydi ama halkalar merdivenlerden emin adımlarla inmesine engel olmuyordu.

Bran mahzen mezara en son ne zaman indiğini hatırlamıyordu. *Önce* olduğu kesindi. Küçükken, Robb, Jon ve kızlarla birlikte mahzen mezarda oyun oynarlardı.

Hepsinin orada, onun yanında olmasını istedi. Mahzen mezar bu kadar karanlık ve korkutucu görünmezdi o zaman. Yaz, ona da bulaşan kederle yürürken aniden durdu, kafasını kaldırdı ve ölü havadaki serinliği kokladı. Dişlerini çıkarıp sürünerek geri geri gitti. Üstat Luwin'in taşıdığı meşalenin alevi yüzünden gözleri altın gibi parlıyordu. Demir gibi sert olan Osha bile huzursuz olmuş gibi görünüyordu. Taş tahtlarında oturan granit Starklar'a bakarak, "Zalim adamlarmış," dedi.

"Onlar Kış Kralları'ydı," diye fısıldadı Bran. Burada yüksek sesle konuşmak yanlışmış gibi geliyordu nedense.

Osha gülümsedi. "Kışın kralı yoktur. Eğer kışı görseydin bunu bilirdin yaz çocuğu," dedi.

"Onlar binlerce yıl boyunca Kuzey Kralları idi," dedi Üstat Luwin. Granit heykellerin iyice görünebilmesi için meşaleyi yukarı kaldırdı. Heykellerden bazıları tüylü ve sakallıydı, ayaklarının dibinde yatan kurtlar kadar vahşi görünüyorlardı. Yüz hatları kucaklarında duran uzun kılıçlar gibi sertti. "Sert devirlerin çetin adamları. Gelin." Hızlı adımlarla mahzende ilerledi, sütunların ve sayısız kabartmalı levhanın arasından geçti. Havaya kaldırdığı meşalenin alevi ateşten bir dil gibi arkasından gidiyordu.

Mahzen mağara gibiydi. Kışyarı'ndan daha uzundu. Jon bir keresinde, mahzenin altında daha eski kralların gömülü olduğu daha derin katlar bulunduğunu söylemişti. Meşaleyi gözden kaybetmek hiç iyi olmazdı. Kucağında Bran'ı taşıyan Osha bile alevin peşinden giderken, Yaz ilerlemeyi reddediyordu.

"Tarihini hatırlıyor musun Bran?" diye sordu Üstat Luwin. "Osha'ya bu adamların kim olduklarını ve yaptıkları şeyleri anlat, anlatabilirsen."

Bran önünden geçen granit yüzlere baktı ve hikâyeleri sırayla aklına geldi. Hikâyelerini Üstat Luwin anlatmıştı ve Yaşlı Dadı da canlı kılmıştı. "Bu Jon Stark. Deniz istilacıları doğuya çıktıklarında onları püskürttü ve Beyaz Liman'da bir kale yaptırdı. Oğlunun adı Rickard Stark'tı. Babamın babası olan Rickard değil, başka biri. Rickard, Marsh Kralı'ndan Boğaz'ı aldı ve kralın kızıyla evlendi. Şu çok zayıf, uzun saçlı ve seyrek sakallı olan heykel Theon Stark. Ona Aç Kurt derlerdi çünkü her zaman savaş halindeydi. Melankolik ifadeli uzun adam da Brandon, denizi çok sevdiği için onu da Gemici Brandon diye anarlardı. Onun lahdi boş. Çünkü Gün Batımı Denizi'ni aşarak batıya gitmek için yelken açtı ama onu bir daha gören olmadı. Aynı ismi taşıyan oğlu Brandon'a, kederinden babasının bütün gemilerini ateşe verdiği için Yangın Brandon adını taktılar. Şuradaki heykel Rodrik Stark'a ait. Bir güreş müsabakasında Ayı Adası'nı kazanıp Mormontlar'a verdi. Bu da Torrhen Stark, Diz Çöken Kral. Son Kuzey Kralı, ilk Kışyarı Lordu'ydu. Fatih Aegon'a teslim oldu. Ah, şurada da Cregan Stark var. Bir keresinde Prens Aemon'la dövüşmüştü ve prens ondan daha iyi bir kılıç savaşçısıyla karşılaşmadığını söylemişti." Mahzen mezarın sonuna gelmek üzereydiler ve Bran'ın içi hüzünle dolmaya başlamıştı. "Ve işte büyükbabam, Lord Rickard. Deli Kral Aerys tarafından başı kesilmiş. Yanındaki lahitlerde kızı Lyanna ve oğlu Brandon yatıyor. Ben değil, başka bir Brandon, babamın kardeşi. Onların heykellerinin olmaması gerekir aslında. Heykeller sadece krallar ve lordlar için ama babam onları o kadar çok seviyordu ki heykellerini yaptırdı."

"Kız çok güzelmiş," dedi Osha.

"O kral Robert'ın nişanlısıydı, evleneceklerdi ama Prens Rhaegar, Lyanna'yı kaçırıp ona tecavüz etti," diye açıkladı Bran. "Robert onu geri almak için savaş başlattı. Üç Dişli Mızrak'ta Rhaegar'ı baltasıyla öldürdü ama Lyanna öldü, sonuçta onu geri alamadı."

"Hüzünlü bir hikâye," dedi Osha. "Ama boş lahitler daha hüzünlü."

"Bu, zamanı geldiğinde Lord Eddard'ın konacağı lahit," dedi Üstat Luwin. "Rüyanda babanı burada mı gördün Bran?"

"Evet," diye cevap verdi Bran. Rüyayı hatırlamak onu ürpertmişti. Huzursuzca lahde baktı, tüyleri diken diken olmuştu. Bir ses mi duymuştu? Burada biri mi vardı?

Üstat Luwin kapağı açık lahde doğru bir adım attı, meşale elindeydi. "Bak, burada değil işte ve daha uzun yıllar da olmayacak. Rüyalar sadece rüyadır çocuğum." Meşaleyi dev bir canavarın ağzına sokuyormuş gibi derin lahdin içine soktu. "Görüyor musun? Burada hiçkimse..."

Karanlık hırlayarak üzerine atıldı.

Bran yeşil alevler gibi yanan gözler, parlayan dişler ve simsiyah tüyler gördü. Üstat Luwin bir çığlık attı. Meşale elinden fırlayıp Brandon Stark'ın yüzüne çarptı, ayaklarının dibine düştü, alevler bacaklarını yalamaya başladı. Meşalenin gidip gelen ışığında Üstat Luwin'in ulu kurtla cebelleştiğini gördüler. Üstat bir eliyle hayvanın çenesini yumrukluyordu, diğer eline kurdun dişleri geçmişti.

"*Yaz!*" diye bağırdı Bran.

Yaz, arkalarındaki karanlıktan koşarak geldi. Tüylüköpek'in üstüne atladı. Üstat Luwin kan içinde kalmış eliyle dizlerinin üstüne kalkmaya çalışırken iki ulu kurt gri ve siyah bir bohça gibi birbirlerini ısırıp pençeler savurarak yuvarlanmaya başladı. Osha, Bran'ı Lord Rickard'ın ulu kurduna yaslayarak Üstat Luwin'in yardımına koştu. Duvarlarda altı metre boyundaki ulu kurt gölgeleri dövüşüyordu.

"Tüylü," diye bağırdı zayıf bir ses. Bran başını kaldırıp baktığında babasının açık lahdinin yanında duran Rickon'u gördü. Tüylüköpek, Yaz'a son bir pençe attıktan sonra dövüşü bıraktı ve Rickon'un yanına gitti. "Babamı rahat bırak," diye Üstat Luwin'i uyardı Rickon. "Onu rahat bırak."

"Rickon, babamız burada değil," dedi Bran yumuşak bir sesle.

"Evet burada. Onu gördüm." Rickon'un yanaklarından yaşlar süzülüyordu. "Onu dün gece burada gördüm."

"Rüyanda mı?"

Rickon başıyla onayladı. "Onu bırakın. Onu rahat bırakın. O eve dönüyor. Söz verdiği gibi eve geliyor."

Bran daha önce Üstat Luwin'i bu kadar kafası karışmış halde görmemişti. Tüylü köpeğin dişleri tarafından parçalanan kolundan kan damlıyordu. "Osha, meşale!" dedi acıyla. Osha sönmeden meşaleyi yakaladı. Brandon Stark'ın bacakları isten kapkara olmuştu. "Bu... bu *yaratığın* barınakta zincirli olması gerekiyordu," dedi Üstat Luwin.

Rickon ulu kurdun kanla kaplı çenesine hafifçe okşadı. "Onu ben serbest bıraktım. Zincirleri sevmiyor," dedi. Parmaklarını yaladı.

"Rickon, benimle gelmek ister misin?" diye sordu Bran.

"Hayır, burayı seviyorum."

"Ama burası karanlık. Ve soğuk."

"Ben korkmuyorum. Burada babamı beklemek zorundayım."

"Benimle bekleyebilirsin," dedi Bran. "Birlikte bekleriz. Sen, ben ve kurtlarımız." Ulu kurtlar yaralarını yalıyordu. İkisi de tetikteydi.

"Bran," dedi Üstat sertçe. "İyi niyetli olduğunu biliyorum ama Tüylüköpek serbest bırakılamayacak kadar vahşi. Ben saldırdığı üçüncü adamım. Onu kale içinde serbest bırakırsak birini öldürmesi an meselesi. Gerçekler acıdır ama bu hayvanın zincirlenmesi ya da..." Tereddüt etti.

...öldürülmesi gerekir, diye düşündü Bran ama sadece, "Bu hayvan zincirlenmek için yaratılmamış, sizin kulenizde bekleyeceğiz, hepimiz," dedi.

"Bu mümkün değil," diye karşılık verdi Üstat.

Osha sırıttı. "Yanlış hatırlamıyorsam burada lord olan çocuk," dedi. Meşaleyi Üstat Luwin'e geri verdi ve Bran'ı yerden kaldırıp kucağına aldı. "Luwin'in kulesine gidiyoruz."

"Geliyor musun Rickon?"

Kardeşi başıyla onayladı. "Eğer Tüylü de gelirse," dedi. Osha ve Bran'ın peşinden koşmaya başladı. Üstat Luwin'in onları takip etmekten başka çaresi kalmamıştı. Endişeli gözlerle kurtları izliyordu.

Üstat Luwin'in kulesi o kadar dağınıktı ki Bran onun onca eşyanın arasında aradığı şeyleri bulabilmesine hayret ediyordu. Masalar ve sandalyeler üst üste yığılmış kitaplarla doluydu. Raflara sıra sıra kavanozlar dizilmişti. Mobilyalar eriyip tükenmiş mumların izleriyle ve kurumuş mum gölcükleriyle kaplıydı. Myr mercekli uzun tüp balkona açılan kapının önünde duruyordu. Duvarlar gölge ve yıldız haritalarıyla kaplıydı. Her yerde kağıtlar, kalemler ve mürekkep benekleri vardı. Bunlar yetmiyormuş gibi, her şey çatı kirişindeki kuzgunların pisliğiyle lekelenmişti. Osha, Üstat Luwin'in talimatlarıyla adamın yarasını yıkayıp sargılarken, kuşların yukarıdan gelen tiz ötüşleri duyuluyordu. "Bu saçmalık," dedi küçük gri adam. Osha kurt ısırıklarının üstüne yakan bir merhem sürüyordu. "Evet, ikinizin de aynı rüyayı görmüş olması kulağa garip geliyor ama düşününce gayet doğal. Babanızı çok özlediniz ve şu anda esir olduğunu biliyorsunuz. Korku insanın zihnini ateşe verebilir ve tuhaf şeyler düşündürür. Rickon olup biteni anlayamayacak kadar küçük..."

"Dört yaşındayım," dedi Rickon. Mercek tüpünden İlk Kule'deki gargoylelere bakıyordu. Ulu kurtlar yuvarlak salonun iki ucunda oturmuş yaralarını yalıyordu.

"... çok küçük ve *ah*, yedi cehennem, bu fena yakıyor, hayır, durma, bu kadarı yeterli değil. Dediğim gibi, çok küçük ama sen rüyaların sadece rüya olduğunu bilecek kadar büyüdün Bran."

"Bazıları sadece rüyadır ama bazıları da değildir." Osha adamın kolundaki derin yarığın üstüne açık kırmızı renkteki ateş sütünü döktü. Luwin soluğunu tuttu. "Ormanın çocukları size rüyalar hakkında bir şeyler anlatabilir."

Üstat Luwin'in gözlerinden yaşlar süzülüyordu ama başını inatla salladı. "Bahsettiğin çocuklar... sadece rüyalarda yaşıyor. Çoktan ölüp kayboldular. Tamam, bu yeterli. Şimdi sargılar. Önce pamukları koy, sonra da sar. Sıkıca. Kolum kanayacak."

"Yaşlı Dadı çocuklar ağaçların şarkılarını biliyor, der. Kuş gibi uçar, balık gibi yüzerlermiş. Hayvanlarla konuşabilirlermiş," dedi Bran. "Öyle güzel şarkı söylerlermiş ki duyar duymaz bebek gibi ağlamaya başlarmışsın."

"Bütün bunları büyülerle yaparlarmış," diye karşılık verdi Üstat Luwin. "Keşke şimdi burada olsalardı. Kolumu acı çektirmeden iyileştirirlerdi ve Tüylüköpek'e insanları ısırmamasını söylerlerdi." Öfkeyle büyük siyah kurda baktı. "Bundan bir ders çıkar Bran. Büyülere bel bağlayan insanlar camdan kılıçlarla düello yapar. Çocuklar da öyleydi. Bak, sana bir şey göstereyim." Ayağa kalkıp salonun diğer ucuna gitti. Elinde yeşil bir kavanozla geri döndü. Kavanozun kapağını açıp bir avuç parlak siyah ok ucu çıkardı. "Şunlara bir bak."

Bran bir tanesini aldı. "Camdan yapılmış," dedi. Rickon merakla masanın üstüne eğildi.

"Ejderha camı," dedi Osha. Üstat Luwin'in yanında oturmuş adamın elini sargılamaya devam ediyordu.

"Obsidiyen," diye ısrar etti Üstat Luwin yaralı kolunu tutarak. "Yeryüzünün derinliklerinde, tanrıların ateşleriyle eritilmiş. Binlerce yıl önce ormanın çocukları bunlarla avlanırdı. Çocuklar metalleri bilmiyordu. Zırh yerine yapraklardan dokunmuş uzun tunikler giyip bacaklarını ağaç kabuklarıyla örtüyorlardı böylece ağaçların arasında görünmez oluyorlardı. Kılıç yerine obsidiyenden yapılmış bıçaklar taşıyorlardı."

"Hâlâ taşıyorlar." Osha ısırıkların üstüne yumuşak pamukları yerleştirdi ve pamuklu sargı şeritleriyle yarayı sıkı sıkı sardı.

Bran mızrak ucunu gözüne iyice yaklaştırdı. Siyah cam ince ve parlaktı. Çok güzel göründüğünü düşünüyordu. "Bu bende kalabilir mi?" diye sordu.

"Nasıl istersen," dedi Üstat.

"Ben de istiyorum," dedi Rickon. "Dört tane istiyorum. *Ben* dört yaşındayım."

Luwin, Rickon'un sayarak uçları kavanozdan almasına izin verdi. "Çok dikkatli ol. Hâlâ keskinler, bir tarafını kesme," dedi.

"Bana çocukları anlatın," dedi Bran. Bu çok önemliydi.

"Ne bilmek istiyorsun?" diye sordu Üstat.

"Her şeyi."

Üstat Luwin boynuna dolanmış zinciriyle oynadı. "Alacakaranlık Çağı'nın insanlarıydı. İlktiler, krallardan ve krallıklardan önce," dedi. "O zamanlarda kaleler, karakollar, şehirler yoktu. Burayla Dorne Denizi arasındaki pazar kasabaları kadar olanlar bile yoktu. Hiç insan da yoktu. Şimdi Yedi Krallık dediğimiz yerde sadece ormanın çocukları yaşardı.

Koyu renkli güzel insanlardı. Küçük heykeller kadarlardı. Boyları yetişkinliklerinde bile bir çocuğun boyu kadar olurdu. Ormanın derinliklerindeki mağaralarda, ağaç kovuklarında ve gizli orman kasabalarında yaşarlardı. Küçük oldukları için çevik ve zariftiler. Kadınlar ve erkekler, büvet ağaçlarından yapılmış yaylarla ve tuzaklarla bir arada avlanırlardı. Tanrıları ormanın, suların ve kayaların isimleri saklı tanrılarıydı. Onların bilge adamlarına *yeşil peygamberler* denirdi. Ormanı kollayıp gözetmeleri için büvet ağaçlarına suratları oyan onlardır. Ormanın çocuklarının nereden geldiklerini, ne kadar hüküm sürdüklerini kimse bilmiyor.

Ama on iki bin küsur yıl önce, Dorne'un Kırık Kol'u henüz kırılmadan evvel, İlk İnsanlar doğudan geldi. Bronz kılıçları vardı ve büyük deri kalkanları. Ata biniyorlardı. Daha önce Dar

Deniz'in bu tarafında hiç at görülmemişti. Şüphesiz ki ormanın çocukları atlardan, İlk İnsanlar'ın ağaçlardaki yüzlerden korktuğu kadar korktu. İlk İnsanlar çiftlikler ve karakollar kurarken suratlı ağaçları kesip ateşe verdi. Ormanın çocukları korkudan donakalmış halde savaşa girdi. Eski şarkılar, yeşil peygamberlerin denizi yükseltip topraklarını temizlemek için kara büyüler yaptığını, Kol'u kırdıklarını anlatır ama kapıyı kapatmakta geç kalmışlardı. Savaş, toprak hem çocukların hem İlk insanlar'ın kanıyla kıpkırmızı kesilene kadar sürdü. Ama çocukların daha fazla kanı dökülmüştü. Çünkü insanlar onlardan daha iri ve güçlüydü. Üstelik ahşap, taş ve obsidiyen, bronz karşısında yeterli değildi. Sonunda her iki ırkın bilge adamları meseleye el koydu. İlk İnsanlar'ın şefleri ve kahramanları, çocukların yeşil peygamberleri ve orman dansçılarıyla, Tanrı Gözü denen devasa göldeki küçük adada, büvet ağaçlarının ortasında buluştu.

Antlaşma orada imzalandı. Kıyı şeritleri, yüksek düzlükler, parlak otlaklar, dağlar ve bataklıklar İlk İnsanlar'a verildi ama derin ormanlar sonsuza dek çocuklarda kalacaktı ve diyardaki hiçbir büvet ağacına bir daha asla balta vurulmayacaktı. Tanrılar, Antlaşma'ya şahitlik etsin diye adadaki bütün büvet ağaçlarına birer surat verildi. Yüzler Adası'nı korumak üzere yeşil peygamberler kutsal bir birlik oluşturdu.

Antlaşma sayesinde İlk İnsanlar ve ormanın çocukları arasında dört bin yıl süren bir barış dönemi başladı. Zaman içinde İlk İnsanlar beraberlerinde getirdikleri tanrılarını bile bir kenara koyup ormanın adı saklı tanrılarına ibadet etmeye başladı. Antlaşma'nın imzalanması Alacakaranlık Çağı'na son verip Kahramanlar Çağı'nı açtı."

Bran parlak siyah ok ucunu avcunun ortasına koyup elini kapattı. "Ama siz ormanın çocuklarının artık olmadığını söylediniz."

"Varlar," dedi Osha son sargıyı dişleriyle koparırken. "Sur'un kuzeyinde işler farklıdır. Çocuklar oraya gitti. Devler ve diğer eski ırklar da öyle."

Üstat Luwin içini çekti. "Kadın, yasalara göre ölü ya da zincirlere bağlı olman gerekirdi. Starklar sana hak ettiğinden çok daha fazla nezaket gösterdi. Onlara olan borcunu çocukların kafalarını saçmalıklarla doldurarak ödemen çok yakışıksız."

"Bana nereye gittiklerini söyleyin. Bilmek istiyorum," dedi Bran

"Ben de," diye katıldı Rickon.

"Ah, pekâlâ," diye mırıldandı Üstat Luwin. "Antlaşma, İlk İnsanlar'ın hüküm sürdüğü Kahramanlar Çağı, Uzun Gece ve Yedi Krallık'ın doğuşu boyunca devam etti. Ama yüzlerce asır sonra denizi geçen başkaları da oldu.

İlk önce, çelik ve ateşle birlikte Andallar geldi. Uzun boylu, sarışın, savaşçı bir ırk. Yeni tanrıların yedi köşeli yıldızı göğüslerine boyanmıştı. Savaş yüz yıllar sürdü. Sonunda altı güney krallığı onlara boyun eğdi. Sadece burada, Boğaz'ı geçmeye çalışan ordular Kuzey Kralları tarafından geri püskürtüldü ve İlk İnsanlar'ın hükümdarlığı devam etti. Andallar bütün büvet ağaçlarını yaktı, suratları kesti, karşılarına çıkan bütün çocukları kılıçtan geçirdi ve her yerde eski tanrılar yerine Yedi'nin zaferini ilan etti. Ormanın çocukları kuzeye kaçtı..."

Yaz ulumaya başlamıştı.

Üstat Luwin irkilerek anlatmaya ara verdi. Tüylüköpek ayağa kalkıp kardeşinin ulumasına katılınca Bran'ın kalbi dehşetle sıkıştı. *"Geliyor,"* diye fısıldadı çaresizce. Dün geceden beri bildiğini fark etti. Karga onu vedalaşması için mahzen mezara götürdüğünden beri biliyordu aslında. Biliyordu ama inanmamıştı. Üstat Luwin'in haklı olmasını istiyordu. *Karga*, diye düşündü. *Üç gözlü karga...*

Uluma başladığı gibi aniden kesildi. Yaz, salonun diğer tarafındaki Tüylüköpek'in yanına gidip kardeşinin yaralarını yalamaya başladı. Pencerelerden kanat sesleri duyuldu.

Bir kuzgun pencerenin pervazına konup gagasını açtı. Keder dolu, boğuk bir ses çıkardı.

Rickon ağlamaya başladı. Ok uçları teker teker avcundan döküldü. Bran kardeşini kendine çekip sıkı sıkı sarıldı.

Üstat Luwin kuzguna kanatları olan bir akrepmiş gibi bakıyordu. Uykusunda yürüyormuşçasına ağır hareket ederek pencereye gitti. Bir ıslık çaldı ve kuzgun sıçrayıp sargılı koluna kondu. Kanatlarında kurumuş kan vardı. "Bir şahin," diye mırıldandı Üstat. "Belki bir baykuş." Mektubu kuzgunun bacağından aldı.

Üstat kağıdı açarken Bran titriyordu. Kardeşine daha sıkı sarılarak, "Nedir?" diye sordu.

"Ne olduğunu biliyorsun evlat," dedi Osha elini Bran'ın başına koyarak.

Üstat Luwin uyuşmuş gibi onlara baktı. Küçük gri adamın gri cübbesinin kolunda kan, gri gözlerinde yaş vardı. "Lordlarım," dedi pürüzlü ve titreyen bir sesle. "Biz... biz onun yüzünü çok iyi tanıyan bir taş oyma ustası bulmalıyız..."

SANSA

Maegor Hisarı'nın tam ortasındaki kule odasında Sansa kendini karanlığa teslim etmişti.

Bütün perdeleri kapatıp uyumuş, ağlayarak uyanmış ve tekrar uyumuştu. Uyuyamadığı zamanlarda örtülerin altında acıyla titriyordu. Hizmetçiler gidip geliyor, yemek getiriyordu ama Sansa yemeğin görüntüsüne bile katlanamıyordu. Yemekler, hizmetçiler gelip tepsileri alana kadar pencerenin yanındaki masada üst üste yığılıyor, bozuluyordu.

Bazen kesintisiz ve rüyasız uyuyordu. Uyandığında gözlerini kapadığı andan çok daha yorgun ve kederli hissediyordu kendini ama bunlar en iyi zamanlardı. Çünkü gördüğü rüyalarda babası oluyordu. Uyanık ya da uykuda, onu görüyordu. Altın pelerinlilerin onu mermere yatırdığını görüyordu. Sör İlyn'in minbere doğru yürüdüğünü, Buz'u kınından çıkardığını, o anı... o anı... başka tarafa bakmak istemişti. Gerçekten *istemişti.* Dizleri çözülmüş, yere düşmüştü ama kafasını bir türlü başka tarafa çevirememişti. İnsanlar çığlık atıyordu. Prensi ona gülümsemişti. *Gülümsemişti* ve Sansa kendini güvende hissetmişti. Sadece bir an için, prensi o lafları edene kadar. Babasının bacakları... hatırladığı şey buydu. Sör İlyn kılıcı indirdiğinde... babasının bacaklarının nasıl *kasıldığını...*

Belki ben de ölürüm, diye düşündü ve bu hiç de kötü olmazdı. Kendini pencereden aşağı atsa bütün acısı bir anda dinerdi ve ozanlar yıllar sonra onun kederiyle ilgili şarkılar yazardı. Bedeni kırık ve masum bir halde aşağıdaki taşlarda uzanır, ona ihanet edenleri utandırırdı. Sansa pencereyi açtı... ama bütün cesareti bir anda kayboldu ve ağlayarak kendini yatağa attı.

Hizmetçiler yemeğini getirdiklerinde onunla konuşmaya çalışıyordu ama Sansa cevap vermiyordu. Bir kere Üstat Pycelle de şişeleri ve mataralarıyla birlikte gelerek hasta olup olmadığına bakmıştı. Alnına dokunmuş, elbiselerini çıkartmış, hizmetçi kız onu tutarken tepeden tırnağa muayene etmişti. Giderken bitkilerden ve ballı sudan yapılmış bir şişe şurup bırakmış, her gece içmesini söylemişti. Sansa içmişti ve yine uyumuştu.

Odasına adım adım yaklaşan uğursuz ayak sesleri duydu rüyasında. Bir adam ağır ağır merdivenleri tırmanıyor, yatak odasına doğru yaklaşıyordu. Arya titreyerek kapının arkasına saklandı. Yaklaşan Sör İlyn'di, biliyordu. Elinde Buz vardı, Sansa'nın kafasını kesmek için geliyordu. Kaçacak, saklanacak bir yer yoktu. Sonunda ayak sesleri tam kapının önünde durdu. Adam ölü gözleri ve çiçek bozuğu suratıyla sessizce bekliyordu. Tam o sırada çıplak olduğunu fark etti Sansa. İki büklüm yere çökerek kendini elleriyle örtmeye çalıştı. Kapı gıcırtıyla açıldı, büyük kılıcın ucu göründü...

Sansa sayıklayarak uyandı. "Lütfen, Lütfen. Uslu duracağım. İyi davranacağım. Lütfen, yapmayın." Ama odada söylediklerini duyacak kimse yoktu.

Sonunda odasına gerçekten geldiklerinde hiç ayak sesi duymadı. Kapısını açan Sör İlyn değil bir zamanlar onun prensi olan Joffrey idi. Sansa kıvrılmış halde yatağında yatıyordu. Perdeleri kapalıydı, öğlen vakti mi yoksa gece yarısı mı söyleyemezdi. Duyduğu ilk şey kapının çarpılması oldu. Sonra yatağının cibinliği çekildi. Aniden gözlerine giren ışığı engellemek için elini kaldırdığında Sansa onları gördü.

"Bugün konsey toplantısında bana eşlik edeceksin," dedi Joffrey. "Yıkan ve benim nişanlıma yakışır şekilde giyin." Sandor Clegane prensin yanında duruyordu. Kahverengi sade bir takım ve yeşil renkli yelek giyiyordu. Arkalarında Kral Muhafızları'ndan beyaz pelerinli iki şövalye vardı.

Sansa yatak örtüsünü çenesine kadar çekti. "Hayır," diye ağladı. "Lütfen... beni rahat bırakın."

"Eğer kalkıp kendin giyinmezsen Tazı seni giydirir," dedi Joffrey.

"Size yalvarıyorum prensim..."

"Ben artık kralım. Tazı, onu yataktan çıkar."

Sandor Clegane, güçsüzce karşı koymaya çalışan Sansa'yı belinden kavrayıp kuş tüyü yatağından kaldırdı. Sansa'nın örttüğü battaniye yere düştü. Üstünde çıplaklığını zar zor kapatan incecik bir gecelik vardı. "Sana söyleneni yap çocuk," dedi Sandor Clegane. "Giyin." Sansayı gardıroba doğru itti, neredeyse nazikçe.

Sansa geri çekildi. "Kraliçenin söylediklerini yaptım. Mektupları yazdım. Onun söylediği şeyleri yazdım. Bana merhametli olacağınıza söz vermiştiniz. Lütfen, eve gitmeme izin verin. Yemin ederim ki iyi olacağım. Bende hain kanı *yok*. Ben sadece evime dönmek istiyorum," dedi. Sonra görgü kurallarını hatırlayarak, "Sizin için sakıncası yoksa," diye zayıf bir sesle ekledi.

"Benim için sakıncası *var*," dedi Joffrey. "Annem hâlâ seninle evlenmek zorunda olduğumu söylüyor. Böylece burada benimle kalacaksın ve itaat edeceksin."

"Seninle evlenmek *istemiyorum*," diye bağırdı Sansa. "Sen benim babamın *kafasını* kestirdin!"

"O bir haindi. Onun canını bağışlayacağıma söz vermemiştim. Eğer senin baban olmasaydı onu canlı canlı yaktırırdım ya da parçalattırırdım ama ona temiz bir ölüm imkânı verdim."

Sansa, Joffrey'ye baktı. Onu ilk defa gerçekten görüyordu. Aslan desenli kırmızı bir takım giyiyordu. Altın renkli pelerininin yüksek yakası yüzünü çevreliyordu. Onu nasıl o kadar yakışıklı bulduğunu şimdi anlayamıyordu. Dudakları yağmurdan sonra ortaya çıkan solucanlar kadar kırmızı ve yumuşaktı. Gözleri kibirli ve zalim bakıyordu. "Senden nefret ediyorum," diye fısıldadı.

Kral Joffrey'nin yüzü sertleşti. "Annem, bir kralın karısına vurmasının doğru olmadığını söyler. Sör Meryn."

Daha Sansa düşünemeden şövalye Sansa'nın önündeydi. Sansa elleriyle yüzünü korumaya çalışırken şövalye eldivenli eliyle kulağına bir yumruk savurdu. Sansa yere düştüğünü hatırlamıyordu ama gözlerini açtığında yerdeki battaniyenin yanında, dizlerinin üzerindeydi. Kafası çınlıyordu. Sör Meryn Trant tepesinde dikiliyordu. Beyaz eldivenine kan bulaşmıştı.

"Şimdi bana itaat edecek misin? Yoksa sana bir ders daha versin mi?" dedi Joffrey.

Sansa'nın kulağı uyuşmuştu. Elini kulağına götürdüğünde parmakları ıslandı. "Nasıl... nasıl emrederseniz lordum,"

"*Majesteleri*," diye düzeltti Joffrey. "Seni konsey salonunda göreceğim." Arkasını dönüp odadan çıktı.

Sör Meryn ve Sör Arys onu takip etti ama Sandor Clegane

oyalanıp onu sertçe ayağa kaldırdı. "Ona ne istiyorsa ver ve acıdan kurtul kızım," dedi.

"Ne... benden ne istiyor? Lütfen söyleyin."

"Gülümsemeni, güzel kokmanı ve onun sevgili leydisi olmanı istiyor," diye hırladı Tazı. "Rahibenin sana ezberlettiği güzel cümleleri duymak istiyor... ve ondan korkmanı."

Tazı gittikten sonra Sansa tekrar yerdeki örtülerin üstüne çöktü. Hizmetçiler çekinerek odaya girdi. "Banyom için sıcak su getirin lütfen," dedi Sansa. "Parfüm ve çürüğü kapatmak için pudra da istiyorum." Yüzünün sağ tarafı şişmişti ve sızlıyordu ama Joffrey'nin onu güzel görmek isteyeceğinden emindi.

Sıcak su ona Kışyarı'nı hatırlattı ve kendini daha güçlü hissetti. Babasının öldüğü günden beri yıkanmamıştı. Banyo suyunun nasıl kirlendiğini görünce şaşırdı. Hizmetçiler yüzündeki kanları temizledi, sırtını keseledi, saçlarını yıkadı ve kızıl saçlarını lüle lüle olana kadar fırçaladı. Sansa onlarla hiç konuşmadı. Kendi hizmetçileri değillerdi. Lannisterlar'ın hizmetindeydiler ve Sansa onlara hiç güvenmiyordu. Sıra giyinmeye geldiğinde turnuvada giydiği yeşil elbiseyi seçti. O geceki ziyafette Joffrey'nin ne kadar zarif olduğunu hatırladı. Belki bu elbise sayesinde Joff da hatırlardı ve Sansa'ya daha iyi davranırdı.

Beklerken bir bardak süt içip bir iki tatlı çörek yedi. Sör Meryn geldiğinde öğlen olmuştu. Şövalye beyaz zırhını, altın pullardan yapılmış metal yeleğini, tepesinde altın güneş figürü olan uzun miğferini, bacak korumalarını, zırhlı eldivenlerini ve yakası aslan şeklinde altın bir iğneyle tutturulmuş ağır yün pelerinini giymişti. Miğferinin siperi çıkarılmıştı. Gözlerinin altındaki torbalar, geniş çirkin ağzı ve beyazlamaya başlamış pas rengi sakalları görünüyordu. Daha birkaç saat önce Sansa'ya vuran kendisi değilmiş gibi saygıyla reverans yapıp, "Leydim," dedi. "Majesteleri sizi tahta odasına götürmem için beni gönderdi."

"Eğer gelmeyi reddersem beni yumruklamanızı da söyledi mi?"

"Gelmeyeceğinizi mi söylüyorsunuz leydim?" Şövalye ifadesiz gözlerle bakıyordu. Sansa'nın yüzündeki morluğa dikkat bile etmiyordu.

Sansa'dan nefret etmiyordu, bu çok açıktı. Sansa onun için

sadece bir... *şeydi*. "Hayır," dedi Sansa ayağa kalkarak. Öfkelenmek istiyordu. Adamın canını yakmak istiyordu. Kendisine bir kez daha vurmaya kalkarsa, kraliçe olduğunda onu sürgüne gönderebileceğini söyleyip adamı tehdit etmek istiyordu... ama Tazı'nın söylediklerini hatırladı. "Majesteleri ne emrettiyse onu yapacağım."

"Tıpkı benim gibi," dedi Sör Meryn.

"Evet... ama siz gerçek bir şövalye değilsiniz Sör Meryn." Bunu duyan Sandor Clegane olsaydı kahkahalarla güleceğini biliyordu Sansa. Diğer adamlar küfür eder, sessiz olması için onu uyarır hatta affetmesi için yalvarırdı. Sör Meryn Trant bunların hiçbirini yapmadı. Açıkça umursamıyordu.

Balkon Sansa için ayrılmıştı. Başını dik tuttu ve kendini ağlamamak için zorladı. Joffrey, Demir Taht'ta oturmuş, adına adalet dediği şeyi dağıtmakla meşguldü. On davadan dokuzu canını sıkıyordu. Hoşuna gitmeyen konuları konsey üyelerine bırakıyor, Lord Baelish, Kraliçe Cersei ya da Yüce Üstat Pycelle meseleyi çözmeyi çalışırken huzursuzca kıpırdanıp duruyordu. Canı bir karar vermek istediğinde kraliçe annesi bile onu yönlendiremiyordu.

Önüne bir hırsız getirildi. Oracıkta, bütün konseyin önünde adamın elini Sör İlyn'e kestirdi. Bir arazi yüzünden anlaşmazlığa düşmüş iki şövalyenin şikâyetlerini dinlediğinde ertesi sabah bir düello yapmalarına karar verdi. "*Ölümüne,*" diye ekledi. Bir kadın, hainlik suçuyla idam edilen bir adamın kafasının kendisine verilmesi için diz çöküp yalvardı. Adama âşık olduğunu, onu uygun bir şekilde gömmek istediğini söyledi. "Eğer bir haine âşık olduysan sen de hainsindir," dedi Joffrey. İki altın pelerinli kadını zindanlara götürmek için sürükledi.

Siyah kadife bir takım ve altın renkli pelerin giyen kurbağa suratlı Lord Slynt, Joffrey'nin her kararını başıyla onaylıyordu. Sansa, babasını Sör İlyn'in önüne fırlatan adamın iğrenç yüzüne bakıyor, onun canını yakabilmeyi diliyordu. Keşke bir kahraman çıkıp gelse, *bu adamı* birinin önüne fırlatıp kafasını kestirseydi. *Kahramanlar artık yok*, diye fısıldadı içinden bir ses. Lord Petyr'ın bu salonda ona söylediği şeyleri hatırladı Sansa. "Hayat bir şarkı değil tatlım. Bir gün üzülerek öğreneceksin bunu." *Gerçek hayatta canavarlar kazanıyor*, dedi Sansa kendine. Ve Tazı'nın soğuk, sert sesini duydu bu sefer. "Ona ne istiyorsa ver ve acıdan kurtul kızım."

Son dava, Kral Robert hakkında alay dolu bir şarkı yazmakla suçlanan şişman bir han şarkıcısının davasıydı. Kral Joffrey adama arpını almasını ve söz konusu şarkıyı konsey önünde söylemesini emretti. Şarkıcı ağlayarak o şarkıyı bir daha asla söylemeyeceğine dair yeminler etti ama kral ısrarlıydı. Kral Robert'ın domuzla dövüşünü anlatan komik bir şarkıydı. Kralı öldüren domuzdu, Sansa bunu biliyordu ama şarkıdaki domuz kraliçeymiş gibi geliyordu kulağa. Şarkı bittiğinde Joffrey adama merhamet edeceğini duyurdu. Şarkıcının ya parmakları ya da dili kesilecekti. Karar verme özgürlüğü kendisine aitti ve hangisini tercih edeceğini bildirmek için bir gün vakti vardı. Janos Slynt başıyla onayladı.

Sansa bu davanın son olduğunu bildiği için rahatladı ama çilesinin henüz bitmediğini anladı. Konsey, habercinin sesiyle dağıldığında balkondan ayrıldı ve kıvrımlı merdivenlerin başında kendisini bekleyen Joffrey'yi gördü. Tazı ve Sör Meryn de yanındaydı. Genç kral inceleyen gözlerle Sansa'yı süzdü. "Sabahki halinden çok daha iyi görünüyorsun," dedi.

"Teşekkür ederim Majesteleri," diyerek karşılık verdi Sansa. Boş sözlerdi ama Joffrey'yi gülümsetmeye yetmişti.

"Benimle yürü," diye emretti Joffrey kolunu Sansa'ya uzatarak. Sansa'nın kabul etmekten başka çaresi yoktu. Bir zamanlar Joffrey'nin eline dokunmak Sansa'nın içini titretirdi ama şimdi eti yanıyor gibiydi. "İsim günümün gelmesine çok az kaldı," dedi Joffrey. Taht odasının arka kapısından çıktılar. "Bana ne hediye vereceksin?"

"Ben... ben henüz düşünmedim lordum."

"*Majesteleri*," dedi Joffrey sert bir sesle. "Sen gerçekten çok aptal bir kızsın, öyle değil mi? Annem öyle olduğunu söylüyor."

"Öyle mi?" Olup biten onca şeyden sonra Joffrey'nin sözlerinin onu incitmemesi gerekirdi ama bir şekilde hâlâ canını yakıyordu. Kraliçe ona her zaman çok nazik davranmıştı.

"Ah, evet. Doğacak çocuklarımız için endişeleniyor. Senin

kadar aptal olmalarından korkuyor ama ona endişelenmemesini söyledim." Kral bir işaret verdi ve Sör Meryn onlar için kapıyı açtı.

"Teşekkür ederim Majesteleri," diye mırıldandı Sansa. *Tazı haklıydı*, diye düşündü. *Ben sadece küçük bir kuşum. Bana ezberletilenleri tekrar eden bir kuş*. Güneş batı duvarına doğru alçalmıştı ve Kızıl Kale kan gibi parlıyordu.

"Çocuk doğuracak yaşa geldiğin an seni hamile bırakacağım," dedi Joffrey talim avlusunu geçerlerken. "Eğer ilk doğurduğun aptal olursa senin kafanı kestirip daha akıllı bir kadın bulacağım. Sence ne zaman çocuk doğurabileceksin?"

Sansa o kadar utanmıştı ki Joffrey'nin yüzüne bakamıyordu. "Rahibe Mordane... asil kanlıların çoğunun on iki ya da on üç yaşında çiçek açtığını söyler."

Joffrey başıyla onayladı. "Bu taraftan." Sansa'yı kapı kulübesine doğru götürüyordu. Siperlere çıkan merdivenlerin başına.

Sansa titreyerek Joffrey'den uzaklaştı. Birdenbire nereye gittiklerini anlamıştı. "*Hayır.* Yalvarırım yapma. Beni oraya gitmeye zorlama."

Joffrey dudaklarını sıktı. "Hainlerine ne olduğunu sana göstermek istiyorum," dedi.

Sansa çıldırmış gibi başını sallıyordu. "Gitmeyeceğim, *gitmeyeceğim*!"

"İstersen Sör Meryn seni sürükleyerek götürsün," dedi Joffrey. "Ama bu hoşuna gitmez. Benim istediğimi yapman daha iyi olur." Uzanıp Sansa'nın kolunu tuttu. Sansa geri çekildi ve Tazı'ya çarptı.

"Dediğini yap kızım," dedi Sandor Clegane, Sansa'yı tekrar krala doğru iterken. Dudakları yüzünün yanık kısmına doğru bükülmüştü ve Sansa adamın sözlerinin devamını duyar gibi oldu. *Seni her halükarda yukarı çıkaracak, bu yüzden istediği şeyi yap*.

Sansa, Joffrey'nin koluna girmek için kendini zorladı. Tırmanış en kötü kâbuslardan daha beterdi. Her basamak ayrı bir savaş gibiydi. Her adımda ayağını derin bir bataklıktan çekip çıkarıyormuş gibi zorlanıyordu ve binlerce, binlerce basamak vardı. Dehşet onu basamakların sonunda bekliyordu.

Kapı kulübesinin yüksek siperlerinden bakınca bütün dünya önüne serilmiş gibi görünüyordu. Sansa, Visenya Tepesi'ndeki Yüce Baelor Septi'ne baktı. Babası orada ölmüştü. Rahibeler Caddesi'nin karşı ucunda Ejderha Çukuru'nun kararmış harabeleri vardı. Batıda şişman güneş Tanrı Kapısı'nın ardına gizlenmeye başlamıştı. Tuz Denizi, Sansa'nın arkasında kalıyordu. Güneyde balık pazarı, rıhtım ve Karasu'nun şiddetli suları bulunuyordu. Kuzeyde...

Kuzeye döndü, şehre baktı, caddeler, ara sokaklar, tepeler, çukurlar ve daha fazla cadde, daha fazla ara sokak gördü. Ama onların gerisinde açık araziler, çiftlikler, tarlalar ve ormanlar olduğunu biliyordu. Onların da gerisinde, kuzeyde, iyice kuzeyde Kışyarı vardı.

"Neye bakıyorsun?" diye sordu Joffrey. "Görmeni istediğim şey burada."

Her iki metrede bir okçu delikleri olan yüksek siper korkulukları Sansa'nın çenesine kadar çıkıyordu. Kafalar siper boyunca, bütün şehir görsün diye uzun kazıklara geçirilmiş halde okçu deliklerinin arasına dizilmişti. Sansa siperdeki yürüme yoluna çıktıkları anda kafaları görmüştü ama şehre, batan güneşe, kalabalık caddelere bakmak çok daha iyiydi. *Beni kafalara bakmam için zorlayabilir ama onları görmem için zorlayamaz*, dedi kendi kendine.

"İşte bu da baban," dedi Joffrey. "Tazı, şu kafayı çevir de yüzünü görsün."

Tazı kafayı saçlarından tutup çevirdi. Kesik baş, çürümeden daha uzun dayanması için katrana batırılmıştı. Sansa sakince ve hiç görmeden kafaya baktı. Lord Eddard'a benzemediğini düşündü. Hatta *gerçek* gibi görünmüyordu. "Daha ne kadar bakmak zorundayım?"

Joffrey hayal kırıklığına uğramış gibiydi. "Diğerlerini de görmek ister misin?" Uzun bir sıra halinde daha pek çok kafa vardı.

"Majesteleri nasıl isterse."

Joffrey, Sansa'yı siper yolu boyunca yürüttü. On iki kafa ve iki boş kazığın önünden geçtiler. "Bu iki kazığı amcalarım için ayırdım," diye açıkladı kral. "Renly ve Stannis için." Diğer kafalar babasından çok daha önce ölmüş olanlara aitti. Katrana bulanmış olmalarına rağmen tanınmayacak haldeydiler. Kral birini eliyle işaret ederek, "Bu senin rahiben," dedi ama Sansa kafanın bir kadın kafası olduğunu bile fark edememişti. Çenesi tamamen çürümüştü. Kuşlar bir kulağını ve yanaklarının çoğunu yemişti.

Sansa bunca zaman boyunca Rahibe Mordane'e ne olduğunu merak etmişti ama aslında bilmesi gerekirdi. "*Onu* neden öldürttün?" diye sordu. "O tanrı adına yemin etmiş..."

"O bir haindi," dedi Joffrey asık suratla. Sansa bir şekilde onu üzüyordu. "Bana isim günümde ne vereceğini söylemedin. Belki de ben sana bir şey vermeliyim. Bu kafayı ister misin?"

"Siz nasıl isterseniz lordum," dedi Sansa.

Joffrey gülümsediğinde Sansa onun kendisiyle dalga geçtiğini anlamıştı. "Ağabeyin de bir hain, biliyorsun, değil mi?" dedi. Rahibenin kafasını yine şehre doğru çevirdi. "Ağabeyini Kışyarı'ndan hatırlıyorum. Tazı ona tahta kılıç lordu demişti. Dememiş miydin Tazı?"

"Demiş miydim? Hatırlamıyorum," diye cevap verdi Sandor Clegane.

Joffrey huysuz bir tavırla omuz silkti. "Ağabeyin dayım Jaime'yi yenmiş. Annem bunun ihanet olduğunu söylüyor. Duyduğu zaman ağladı. Bütün kadınlar zayıf yaratıklar. Annem bile. Güçlüymüş gibi yapıyor ama değil. İsim günü ziyafetimden sonra bir ordu toplayıp ağabeyini öldürmeye gideceğim. Sana hediye olarak onu vereceğim Leydi Sansa. Ağabeyinin kafasını."

Sansa kendini delirmiş gibi hissetti ve kendi sesinin, "Belki de ağabeyim bana *sizin* kafanızı verir," dediğini duydu.

Joffrey sinirlendi. "Benimle asla böyle alay etmemelisin. Gerçek bir kadın kocasıyla alay etmez. Sör Meryn, ona öğretin."

Şövalye bu sefer Sansa'yı çenesinin altında yakalayıp kafasını sıkı sıkı tuttu. Önce sağdan sola sert bir tokat attı. Sonra daha sert, soldan sağa. Sansa'nın dudağı açıldı ve kan çenesinden aşağı akmaya başladı. Kan gözyaşlarının tuzuna karıştı.

"Sürekli ağlamamalısın. Gülümserken çok daha güzelsin," dedi Joffrey.

Sansa gülümsedi. Sör Meryn'in bir kez daha vuracağından korkuyordu. Ama gülümsemesi yeterli değildi. Kral kafasını iki yana sallayıp, "Ağzındaki kanı sil, iğrenç görünüyorsun," dedi.

Dış korkuluklar Sansa'nın çenesine kadar çıkıyordu ama siper duvarının avluya bakan tarafında yirmi, yirmi beş metre uzunluğunda düşüşten başka bir şey yoktu. Bütün yapması gereken onu itmekti. Tam oracıkta duruyordu, *tam oracıkta*. Solucan dudaklarıyla Sansa'ya gülümsüyordu. *Yapabilirsin*, dedi kendine. *Yapabilirsin. Hemen, şimdi yap*. Onunla birlikte aşağı düşebilirdi. Umrunda değildi. Hiç umrunda değildi.

"İşte," dedi Sandor Clegane, Joffrey ile Sansa'nın arasında yere çömelirken. O kadar iri bir adamdan beklenmeyecek bir özenle Sansa'nın yırtılan dudağındaki kanı sildi.

O an geçmişti. Sansa gözlerini aşağı indirdi. "Teşekkür ederim," dedi Tazı'ya. O iyi yetiştirilmiş bir kızdı ve nezaket kurallarını hiçbir zaman unutmazdı.

DAENERYS

Kanatlar hummalı rüyalarını gölgeliyordu.

"Ejderhayı uyandırmak istemezsin, öyle değil mi?"

Yüksek taş kemerlerin altındaki uzun koridorda yürüyordu. Arkasına bakmıyordu. Arkasına *bakmamalıydı*. Önünde bir kapı vardı. Uzaktan minicik görünüyordu ama bu kadar mesafeden bile kırmızı olduğu seçilebiliyordu. Daha hızlı yürüdü. Çıplak ayakları yerde kanlı ayak izleri bırakıyordu.

"Ejderhayı uyandırmak istemezsin, öyle değil mi?"

Toprak ve ölüm kokan parlak Dothrak denizinin üstündeki güneşi gördü. Rüzgârın hareket ettirdiği otlar su gibi dalgalandı. Drogo onu güçlü kollarının arasında tutuyordu. Bacaklarının arasını okşuyor, onu açıyor ve sadece kendisine ait olan ıslaklığı uyandırıyordu. Güpegündüz gökyüzünde beliren yıldızlar yukarıdan onlara gülümsüyordu. "Ev," diye fısıldadı Drogo onun içine girip tohumlarını boşaltırken ama yıldızlar aniden kayboldu. Dev kanatlar mavi gökyüzünü süpürdü ve dünya alev aldı.

"Ejderhayı uyandırmak istemezsin..."

Sör Jorah'ın yüzü süzülmüştü ve hüzün doluydu. "Rhaegar son ejderhaydı," dedi ona. Taş yumurtaların köz gibi kıpkırmızı olduğu sobanın üstünde yarı saydam ellerini ısıtıyordu. Şeffaf ve rüzgârdan daha etkisiz teniyle bir an oradaydı, sonra kaybolmaya başladı. "Son ejderha," diye fısıldadı ve yok oldu. Dany arkasındaki karanlığı hissetti, kırmızı kapı hiç olmadığı kadar uzaktaydı.

"Ejderhayı uyandırmak istemezsin..."

Viserys çığlıklar atarak önünde duruyordu. "Ejderha asla yalvarmaz fahişe. Ejderhaya emir veremezsin. Ben ejderhayım ve taç giyeceğim." Erimiş altın mum gibi akarak yüzünü kapladı. Etinde derin yarıklar açılıyordu. "*Ben ejderhayım ve taç giyeceğim!*" diye ciyakladı. Parmakları bir yılan gibi atılıp göğüs uçlarını yakaladı. Gözleri patlayıp irin gibi yanaklarından aşağı akarken bile parmakları göğüs uçlarını sıkıyor, buruyordu.

"Ejderhayı uyandırmak istemezsin..."

Kırmızı kapı çok uzağındaydı ve arkasından gelen buzlu nefesi hissediyordu. Nefes onu yakalarsa ölümden daha beter ölecekti biliyordu. Karanlıkta tek başına sonsuza kadar inleyecekti. Koşmaya başladı.

"Ejderhayı uyandırmak..."

İçindeki sıcaklığı hissediyordu. Rahminde bir ateş yanıyordu. Oğlu uzun boylu ve gururluydu. Bakır renginde teni, badem şekilli lila gözleri vardı. Dany'ye gülümsedi. Ellerini onun ellerine doğru uzattı ama ağzını açtığında dışarı alevler boşaldı. Dany, göğsünün içinde yanan kalbini görebiliyordu. Birdenbire kayboldu. Mum alevine kapılmış bir pervane gibi küle döndü. Dany çocuğu için ağladı. Göğsünü emecek tatlı bir ağzın umudu için gözyaşı döktü ama yaşlar tenine değer değmez buharlaşıyordu.

"Ejderhayı uyandırmak..."

Solgun kral kıyafetleri giymiş hayaletler koridorda sıralanmıştı. Ellerinde alevlerden yapılmış kılıçlar tutuyorlardı. Gümüş saçları, altın saçları, platin beyazı saçları vardı. Gözleri opaldi, ametistti, turmalindi, yeşimdi. "Daha hızlı," diye bağırdılar. "Daha hızlı, daha hızlı." Koştu. Ayağını bastığı taş eriyordu. Bir çığlık atıp kendini ileri attı. Sırtına bıçak gibi bir ağrı saplandı ve teninin açıldığını hissetti. Yanan kanın kokusunu duydu. Kanatların gölgesini gördü. Ve Daenerys Targaryen uçtu.

"Ejderhayı uyandırmak..."

Önündeki kırmızı kapı açıldı. Artık çok yakındı. Çok yakın. Koridor bulanıklaştı. Peşindeki nefes geri çekiliyordu. Ayağının altındaki taşlar yok olmuştu. Dothrak denizinin üstünde uçuyordu. Yükseğe, daha yükseğe. Yeşil otlar rüzgârıyla dalgalanıyordu ve kanatlarını gören bütün canlılar korkuyla kaçışıyordu. Evin kokusunu duyuyordu. Evi görebiliyordu. İşte oradaydı. Tam şu kapının arkasında. Yeşil tarlalar, büyük taş evler ve onu sıcak tutacak kucaklar. Oradaydı. Hızla kapıyı açtı.

"...ejderha..."

Zırhı kadar kara bir aygırın sırtındaki ağabeyi Rhaegar'ı gördü. Miğferinin ince göz aralığının içinde alevler ışıldıyordu. "Son ejderha," diye fısıldadı Sör Jorah zayıf sesiyle. "Son, son." Dany ağabeyinin siyah cilalı miğfer siperini kaldırdı. Miğferin içindeki kendi suratıydı.

Bundan sonra, çok uzun bir zaman, sadece acı vardı. İçindeki ateş ve gökyüzündeki yıldızlar.

Küllerin tadıyla uyandı.

"Hayır," diye inledi, "Hayır, lütfen."

"*Khaleesi*," diyerek korkuyla üstüne eğildi Jhiqui.

Çadır gölgeyle boğulmuştu. Durgun ve kapalı. Dany sobadan yükselen küllerin yukarıdaki duman deliğine doğru uçmasını izledi. *Uçuyordum*, diye düşündü. *Kanatlarım vardı. Uçuyordum*. Ama sadece bir rüyaydı. "Bana yardım et," diye fısıldadı kalkmak için çabalarken. "Bana..." Sesi taze yaralar kadar çiğdi ve ne istediğini bilmiyordu. Canı neden bu kadar fazla yanıyordu? Sanki vücudu parçalara ayrılmış, o parçalardan tekrar bir araya getirilmişti. "Bana..."

"Evet *khaleesi*," dedi Jhiqui ve hızla çadırdan çıktı. Bağırıyordu. Dany'nin bir şeye, birine ihtiyacı vardı ama... neye? Önemli olduğunu biliyordu. Dünyadaki en önemli şey oydu. Yan tarafına dönüp dirseğinin üstünde doğrulmaya çalıştı. Bacağına dolanan battaniyeden kurtulmak için uğraştı. Hareket etmek çok zordu. Başı dönüyordu. *Mecburum*...

Dany'yi yerdeki kilimlerin üstünde, yumurtalara doğru sürünerek ilerken buldular. Sör Jorah Mormont onu kucağına alıp ipek şiltesinin üzerine yatırırken Dany güçsüzce karşı koymaya çalışıyordu. Sör Jorah'ın omzunun üstünden üç hizmetçisini gördü. İşte, gölge halindeki bıyığıyla Jhogo ve basık suratlı Mirri Maz Duur da oradaydı. "Mecburum," demeye çalıştı onlara. "Mecburum..."

"...uyuyun prenses," dedi Sör Jorah.

"Hayır," dedi Dany. "Lütfen, lütfen."

"Evet." Sör Jorah onu ipeklere sardı. Oysa Dany alev alev yanıyordu. "Uyuyun ve gücünüzü geri kazanın *Khaleesi*. Bize geri dönün." Mirri Maz Duur geldi. *Maegi*. Dudaklarına bir kadeh uzatıyordu. Dany ekşi sütün tadını aldı. Kadehte başka bir şey daha vardı. Yoğun ve acı bir şey. Ilık sıvı çenesinden aşağı akıyordu. Yutkundu. Çadır iyice loşlaştı ve tekrar uykunun kucağına düştü. Bu defa rüya yoktu. Kıyısız kara denizin sularında sükunet ve huzur içinde yüzdü.

Bir süre sonra -bir gece, bir gün, bir yıl, bilmiyordu- uyandı.

Çadır hâlâ karanlıktı. İpek duvarlar dışarıdaki rüzgârla sallanıyordu. Dany bu kez kalkmaya çalışmadı. "İrri," diye seslendi. "Jhiqui, Doreah." Hepsi birden hemen geldi. "Boğazım kuru," dedi. "Çok kuru." Ona su getirdiler. Ilık ve tatsızdı ama Dany iştahla içti. Jhiqui'yi biraz daha getirmesi için gönderdi. İrri bir bez parçasını ıslatıp Dany'nin alnını sildi. "Hastalanmışım," dedi Dany. Dothraklı kız başıyla onayladı. "Ne kadar zaman oldu?" Alnındaki bez rahatlatıcıydı ama İrri o kadar üzgün görünüyordu ki Dany korktu. "*Çok zaman*," diye fısıldadı kız. Jhiqui elinde bir sürahiyle geldiğinde yanında Miri Maz Duur da vardı. Yeni uyanmış gibiydi. "İçin," dedi Dany'nin kafasını kaldırıp kadehi ağzına tekrar götürürken ama bu sefer kadehte şarap vardı. Tatlı, tatlı şarap. Dany içti, kafasını geriye yaslayıp kendi soluğunu dinledi. Kollarındaki ve bacaklarındaki ağırlığı hissedebiliyordu. Uyku tekrar bedenine yürürken "Bana... getirin..." diye mırıldandı. Sesi zayıflamıştı, dili dolanıyordu.

"Neyi *khaleesi*?" diye sordu *maegi*. "Neyi getirmemizi istiyorsunuz?"

"Yumurtalar… Lütfen… Ejderha..." Kurşun misali ağırlaşmış kirpiklerini açık tutamayacak kadar güçsüzdü.

Üçüncü kez uyandığında duman deliğinden çadıra altın renkli gün ışığı giriyordu ve ejderha yumurtalarından biri kollarının arasındaydı. Açık renkli olana sarılmıştı. Pulları kemik rengindeydi, altın ve bronz damarları vardı. Dany yumurtanın sıcaklığını hissediyordu. İpek renkli örtülerin altındaki teni terden parlıyordu. *Ejderha çiyi*, diye düşündü. Parmaklarını yumurtanın kabuğunda, altın damarlar üzerinde gezdirdi. Yumurtanın içindeki bir şeyin kıvrılıp gerinerek kendisine cevap verdiğini hissetti. Bu onu korkutmamıştı. Bütün korkuları terk etmişti onu. Korkuları küle dönmüştü.

Dany alnına dokundu. Terin altındaki teni serindi. Ateşi düşmüştü. Doğrulup şiltesinin içinde oturdu. Bir an başı döndü ve bacaklarının arasına derin bir sancı girdi. Buna rağmen kendini güçlü hissediyordu. "Su," dedi, sesini duyan hizmetçiler yanına koştular. "Bir sürahi su. Ne kadar soğuk olursa o kadar iyi. Ve meyve, en iyisi hurma."

"Emredersiniz *Khaleesi*."

"Sör Jorah'ı da çağırın," dedi Dany ayağa kalkarken. Jhiqui omuzlarına ipek bir pelerin örttü. "Ilık bir banyo istiyorum. Ve Mirri Maz Duur da..." Her şeyi birdenbire hatırladı. Yalpaladı. "Khal Drogo," demek için zorladı kendini hizmetçilerin yüzüne korkuyla bakarken. "O hâlâ ..."

"*Khal* yaşıyor," dedi İrri fısıltı gibi bir sesle. Ama Dany, kelimeler ağzından çıkarken kızın gözlerine yerleşen karanlığı görmüştü. İrri kaçarcasına çadırdan çıkıp su getirmeye gitti.

Dany, Doreah'a döndü. "Anlat bana."

"Ben... ben Sör Jorah'ı çağırayım," dedi Lysli kız. Kafasını öne eğerek çadırdan çıktı.

Jhiqui de çadırdan kaçmaya hazırlanırken Dany onu kolundan yakaladı. "Neler oluyor? Bilmek zorundayım. Drogo... ve bebeğim." Bebeğini neden şimdiye kadar hatırlamamıştı? "Oğlum, Rhaego... o nerede? Oğlumu istiyorum."

Jhiqui gözlerini yere indirdi. "Bebek... yaşamadı *Khaleesi*," dedi. Sesi ürkek bir fısıltıdan ibaretti.

Dany kızın kolunu bıraktı. *Oğlum öldü*, diye düşündü Jhiqui çadırdan çıkarken. Her nasılsa baştan beri biliyordu. İlk sefer Jhiqui'nin gözyaşlarıyla uyandığı andan beri biliyordu. Hayır, uyanmadan *önce* biliyordu hatta. Gördüğü rüya birdenbire ve bütün ayrıntılarıyla kafasında canlandı. Rüyasındaki uzun, bakır tenli, gümüş saç örgülü, alevler içinde kalan adamı hatırladı.

Ağlamalıydı, biliyordu. Buna rağmen gözleri kül kadar kuruydu. Rüyasında çok ağlamıştı ve gözyaşları yanaklarında buharlaşmıştı. *İçimdeki bütün acılar yandı,* dedi kendine. Üzgündü ama... Rhaego'nun ondan uzaklaştığını hissediyordu. Sanki hiç var olmamıştı.

Birkaç dakika sonra Sör Jorah ve Mirri Maz Duur çadıra girdiklerinde, Dany hâlâ sandıkta duran ejderha yumurtalarının başındaydı. Sandıktakilerin de birlikte uyuduğu yumurta kadar sıcak olduğunu hissediyordu. Tuhaftı. "Sör Jorah, buraya gelin," dedi. Adamın elini tutup kırmızı damarlı siyah yumurtanın üstüne koydu. "Ne hissediyorsunuz?"

"Kabuk. Kaya kadar sert." Şövalye tedirgindi. "Pullar."

"Ya sıcaklık?"

"Taş soğuk." Sör Jorah elini çekti. "Prenses, iyi misiniz?" diye sordu. "Bu kadar güçsüzken ayağa kalkmanız doğru mu?"

"Güçsüzken mi? Gayet güçlüyüm Jorah." Şövalyeyi memnun etmek için bir mindere uzandı. "Bana çocuğumun nasıl öldüğünü anlat."

Şövalye kafasını çevirdi. Gözlerinde hayaletler var gibiydi. "Çocuk hiç yaşamamış prenses. Kadınlar çocuğun..."

Dany bekledi ama Sör Jorah cümlenin devamını getiremiyordu. Yüzü utançla karardı. Ceset gibi görünüyordu.

"Canavar gibiydi," diyerek şövalyenin yerine konuştu Mirri Maz Duur. Sör Jorah güçlü bir adamdı ama Dany o anda *maegi*'nin daha güçlü olduğunu anlamıştı. Daha güçlü, daha zalim ve kesinlikle daha tehlikeliydi. "Ucubeydi. Onu kendim dışarı çektim. Kertenkeleler gibi pullarla kaplıydı, kördü. Dikenli bir kuyruğu ve yarasalarınkine benzeyen küçük kanatları vardı. Ona dokunduğumda eti, kemiklerinin üstünden aktı. İçi kurtçuklarla doluydu ve çürümüşlük kokuyordu. Yıllardır ölüydü."

Karanlık, diye düşündü Dany. Arkasından gelip onu ele geçirmeye çalışan karanlık. Eğer arkasına dönüp baksaydı karanlığın içinde kaybolacaktı. "Sör Jorah beni bu tentenin içine taşıdığında oğlum yaşıyordu ve güçlüydü," dedi. "Onun tekmelerini, doğmak için verdiği savaşı hissedebiliyordum."

"Öyle olabilir," diye karşılık verdi Mirri Maz Duur. "Ama o yaratık rahminizden çıktığında benim anlattığım gibiydi. Ölüm çadırın içindeydi *Khaleesi*."

"Sadece gölgeler vardı," diye yalanladı Sör Jorah ama Dany adamın sesindeki kararsızlığı duyabiliyordu. "Seni gördüm *maegi*. Seni gördüm. Yalnızdın, gölgelerle dans ediyordun."

"Mezarların uzun gölgeleri olur Demir Lord," dedi Mirri. "Uzun ve karanlık. Sonunda hiçbir ışık onları zaptedemez."

Oğlunu Sör Jorah'ın öldürdüğünü biliyordu Dany. Ne yaptıysa sevgi ve sadakat yüzünden yapmıştı ama bebeğini hiçbir canlının girmemesi gereken bir yere sokup karanlığa yem etmişti. Sör Jorah da bunu biliyordu. Solgun yüzü, boş gözleri, topallaması her şeyi anlatıyordu. "Gölgeler size de dokundu Sör Jorah," dedi. Şövalye cevap vermedi. Dany tanrıkadınına döndü. "Hayatın bedelinin ancak ölümle ödenebileceğini söylemiştin. Attan bahsettiğini düşünmüştüm," dedi.

"Hayır," dedi Mirri Maz Duur. "Bu sizin kendinize söylediğiniz bir yalandı. Bedelin ne olduğunu biliyordunuz."

Biliyor muydu? Gerçekten biliyor muydu? *Dönüp arkama bakarsam karanlığın içinde kaybolurum.* "Bedel ödendi," dedi Dany. "At, bebeğim, Quaro, Qotho, Haggo ve Cohollo. Bedel ödendi ve ödendi ve ödendi." Minderden kalktı. "Drogo nerede? Bana onu göster tanrıkadını, *maegi*, kan büyücüsü, her neysen. Bana oğlum karşılığında ne aldığımı göster."

"Emredersiniz *Khaleesi*," dedi yaşlı kadın. "Gelin, sizi ona götüreyim."

Dany düşündüğünden daha kuvvetsizdi. Sör Jorah bir kolunu ona dolayarak ayakta durmasına yardım etti. "Bunu daha sonra da yapabilirsiniz prensesim," dedi Sör Jorah sessizce.

"Onu şimdi görmeliyim Sör Jorah," diye karşılık verdi Dany.

Çadırın karanlığından sonra dışarıdaki gün ışığı kör edecek kadar parlaktı. Güneş erimiş altın gibi kaynıyordu, arazi kuru ve boştu. Hizmetçileri ellerinde şarap, su ve meyvelerle bekliyordu. Jhogo, Sör Jorah'ın Dany'yi taşımasına yardım etmek için yanlarına koştu. Aggo ve Rakharo arkasında kaldı. Kuma vuran güneş yüzünden hiçbir şey göremiyordu, Dany elini kaldırıp gözlerine siper etti. Bir ateş çukurundaki külleri, tembelce dolanıp yiyecek ot arayan küçük bir at sürüsünü, sağa sola saçılmış çadırları ve şilteleri gördü. Birkaç çocuk onu seyretmek için etrafına toplandı. Biraz ileride kendi işleriyle meşgul olan kadınlar vardı. Yaşlı adamlar yorgun gözleriyle gökyüzüne bakıyor, üstlerine konan kansineklerini kovuyordu. Kırk bin kişinin çadır kurduğu kamp yerinde sadece rüzgâr ve toz vardı şimdi.

"Drogo'nun *khalasar*'ı gitmiş," dedi Dany.

"At süremeyen *khal*, *khal* değildir," dedi Jhogo.

"Dothraklar sadece güçlü olanı takip eder," dedi Sör Jorah. "Üzgünüm prensesim, onları tutmanın bir yolu yoktu. Kendini Khal Pono ilan ederek önce Ko Pono ayrıldı. Pek çoğu onun peşinden gitti. Jhaqo'nun aynı şeyi yapması uzun sürmedi. Geride kalanlar gece yarısı küçüklü büyüklü gruplar halinde kaçtı. Şu anda Dothrak denizinde en az bir düzine yeni *khalasar* var. Bir zamanlar sadece Drogo'nun olan tek *khalasar*'dan dağılanlar."

"Yaşlılar kaldı," dedi Jhogo. "Korkanlar, güçsüzler ve hastalar. Biz yemin edenler. Biz de kaldık."

"Drogo'nun at sürüsünü de aldılar *Khaleesi*," dedi Rakharo. "Onlara engel olacak kadar kalabalık değildik. Kölelerimizi de götürdüler. Hem sizinkileri, hem Khal Drogo'nunkileri. Çok azını burada bıraktılar."

"Eroeh?" diye sordu Dany. Zavallı çocuğu Kuzu İnsanlar'ın kasabasında tecavüzden kurtardığı günü hatırladı.

"Onu, Khal Jhaqo'nun kan süvarisi olan Mago aldı," diye yanıtladı Jhogo. "Defalarca hem üstünden hem altından onu sürdü. Sonra da yeni *khal*'ına verdi. Jhaqo da kızı diğer kansüvarilerine verdi. Hepsinin işi bittiğinde boğazını kestiler."

"Bu o kızın kaderiydi *Khaleesi*," dedi Aggo.

Dönüp arkama bakarsam karanlığın içinde kaybolurum. "Çok zalim bir kadermiş," dedi Dany. "Ama Mago'nun karşılacağı kader kadar zalim değil yine de. Size eski ve yeni tanrıların, kuzu tanrının, at tanrının, var olan her tanrının huzurunda yemin ediyorum. Size Dağların Anası'nın, Dünyanın Rahmi'nin adına yemin veriyorum, Mago ve Ko Jhaqo ile işim bittiğinde, Eroeh'e gösterdikleri kadar merhamet için yalvarıyor olacaklar."

Dothraklar şüpheli gözlerle birbirlerine baktı. "*Khaleesi*," dedi İrri, bir çocuğa anlatıyormuş gibi, "Jhaqo artık *khal* oldu. Arkasında yirmi bin atlı var."

Dany başını yukarı kaldırdı. "Ve ben de Daenerys Fırtınadadoğan'ım. Targaryen Hanedanı'nın Daenerys'iyim. Fatih Aegon'ın, Zalim Maegor'ın, eski Valyria'nın kanıyım. Ben ejderhanın kızıyım. Size yemin ediyorum, o adamlar çığlıklar atarak ölecek. Şimdi beni Khal Drogo'ya götürün."

Drogo, çıplak kızıl toprağa yatmış güneşe bakıyordu.

Vücuduna onlarca kansineği konmuştu ama onların farkında değil gibiydi. Dany sinekleri kovalayıp onun yanına çömeldi. Gözleri kocaman açıktı ama görmüyordu. Dany daha ilk bakışta onun kör olduğunu anlamıştı. Adını fısıldadı ama duymuyordu. Göğsündeki yara iyileşebileceği kadar iyileşmişti. Geri kalan gri kırmızı yara izi mide bulandırıcıydı.

"Neden burada, güneşin altında tek başına?" diye sordu Dany.

"Sıcağı seviyor, prenses," dedi Sör Jorah. "Göremediği halde sürekli güneşe bakıyor. Yönlendirilirse yürüyor, nereye götürülürse oraya gidiyor ama daha uzağa değil. Ağzına yemek konduğunda yiyor, su verildiğinde içiyor."

Dany güneşi ve yıldızını hafifçe alnından öptü. Ayağa kalkıp Mirri Maz Duur'un karşısına dikildi. "Büyülerinin bedeli çok yüksekmiş *maegi*," dedi.

"Yaşıyor," diye karşılık verdi Mirri Maz Duur. "Hayat istemiştiniz, bedelini ödediniz."

"Bu, Drogo gibi bir adam için hayat sayılmaz. Onun hayatı kahkahalarıydı, ateş çukurunda kızartılan etti, bacaklarının arasındaki attı. Onun hayatı elindeki *arakh*'tı, düşmanıyla karşılaşmaya giderken saçında çınlayan çanlardı. Onun hayatı kansüvarileriydi, bendim, ona vereceğim oğuldu."

Mirri Maz Duur cevap vermedi.

"Ne zaman eskisi gibi olacak?" diye sordu Dany talepkar bir sesle.

"Güneş batıdan doğup, doğudan battığı zaman," dedi Mirri Maz Duur. "Denizler kuruduğu, dağlar rüzgârda yaprak gibi sallandığı zaman. Rahminiz uyanıp canlı bir çocuk taşıdığı zaman. O zaman eskisi gibi olacak işte. Daha önce değil."

Dany, Sör Jorah'a ve diğerlerine döndü. "Bizi yalnız bırakın. *Maegi*'yle baş başa konuşmak istiyorum." Mormont ve Dothraklar çekildi. "*Biliyordun*," dedi Dany herkes gittiğinde. Hem içi hem dışı ağrıyordu ama öfkesi ona güç veriyordu. "Ne satın aldığımı biliyordun, bedelini biliyordun ve de göz yumdun."

"Onlar tapınağımı yaktı, hataları buydu," dedi iri, düz burunlu kadın hafif bir sesle. "Bu, Yüce Çoban'ı kızdırdı."

"Bu tanrıların işi değil," dedi Dany sertçe. *Dönüp arkama bakarsam karanlığın içinde kaybolurum*. "Beni kandırdın. İçimdeki çocuğu öldürdün."

"Dünyanın tepesine çıkacak aygır şehirleri yakamayacak. *Khalasar*'ı insanları küle çeviremeyecek."

"Seni korudum," dedi Dany ızdırap içinde. "Senin hayatını kurtardım."

"*Kurtarmak* mı?" Lhazareenli kadın yere tükürdü. "Üç atlı birden üstüme çıktı. Bir erkeğin bir kadını aldığı gibi değil, arkadan, bir köpeğin dişi bir köpeği aldığı gibi. Siz yanımdan geçerken dördüncüsü içimdeydi. Beni nasıl kurtardınız? Tanrımın evinin yandığını gördüm. Orada iyi adamları iyileştiriyordum. Evimi yaktılar. Yollarda yığın yığın kesik kafalar vardı. Ekmeğimi pişiren fırıncının koparılmış başını gördüm. Daha üç ay önce ölügöz ateşinden kurtardığım çocuğun bedeninden ayrılmış kafasını gördüm. Atlılar kırbaçlarını sırtlarına indirirken ağlayan çocukları duydum. Tekrar söyleyin bana siz neyi kurtardınız?"

"Hayatını!"

Mirri Maz Duur zalim bir kahkaha attı. "*Khal*'ınıza bakın ve her şey gittikten sonra kalan hayatın neye benzediğini görün."

Dany *khas* adamlarını çağırdı ve onlara Mirri Maz Duur'un ellerini, ayaklarını bağlamalarını emretti. *Maegi*, sanki bir sırrı paylaşıyorlarmış gibi Dany'ye gülümsedi. Dany tek bir sözüyle kadının kafasını kestirebilirdi ama... eline ne geçecekti? Bir baş? Eğer hayat değersizse ölümün kıymeti ne idi?

Drogo'yu Dany'nin çadırına götürdüler. Dany bir banyo hazırlamalarını emretti. Bu kez suda kan yoktu. Kocasını kendi elleriyle yıkadı. Kollarını ve göğsünü temizledi. Yumuşak bezlerle yüzünü sildi. Uzun siyah saçlarını sabunladı. Hatırladığı kadar parlak olana kadar saçlarını taradı. İşi bittiğinde çoktan karanlık olmuştu, Dany yorgunluktan tükenmişti. Yemek ve içecek için durakladı ama bir inciri kemirmek ve birkaç yudum su içmekten başka bir şey yapamadı. Uyku iyi bir kaçış olurdu ama yeterince uyumuştu… Çok uzun uyumuştu doğrusu. Bu geceyi Drogo'ya vermeliydi. Yaşadıkları ve belki de yaşayacakları bütün geceler için.

Drogo'yu dışarı, karanlığa çıkardığında birlikte geçirdikleri ilk geceyi hatırladı. Dothraklar bütün önemli şeylerin açık havada, gökyüzünün altında yapılması gerektiğine inanıyordu. Nefretten çok daha güçlü duyguların olduğunu söyledi kendine. *Maegi*'nin Asshai'de öğrendiği büyülerden çok daha eski ve hakikatli sihirler vardı. Gökyüzü karanlıktı, ay yoktu ama milyonlarca yıldız alev alev yanıyordu. Bunu bir kehanet olarak kabul etti.

Burada battaniye gibi yumuşak çimenler yoktu. Toprak sert

ve çıplaktı. Ağaçlar rüzgârla hareket etmiyordu ve insanı müziğiyle sakinleştiren, korkularını alıp götüren sular akmıyordu. Dany yıldızların yeteceğini söyledi kendine. "Hatırla Drogo," diye fısıldadı. "Evlendiğimiz günü hatırla, birlikte ilk ata binişimizi. Rhaego'yu yaptığımız geceyi hatırla, bütün *khalasar* etrafımızdayken gözlerinin yüzüme bakışını. Dünyanın Rahmi'nin serin ve temiz sularını hatırla güneşim ve yıldızım. Hatırla ve bana geri dön."

Doğum içini parçalamıştı, Drogo'yu içine alamazdı ama Doreah'tan başka yollar öğrenmişti. Ellerini kullandı ve ağzını ve göğüslerini. Tırnaklarını etine geçirdi, onu öpücüklerle kapladı, dualar etti, kulağına hikâyeler fısıldadı. Sonunda onu gözyaşlarıyla yıkadı. Ama Drogo hissetmiyor, konuşmuyor, uyanmıyordu.

Boş ufuk çizgisinde şafak sökmeye başladığında Dany kocasını gerçekten yitirdiğini biliyordu artık. "Güneş batıdan doğup, doğudan battığı zaman," dedi, hüzünle. "Denizler kuruduğu, dağlar rüzgârda yaprak gibi sallandığı zaman. Rahmim uyanıp canlı bir çocuk taşıdığı zaman. İşte o zaman bana dönceksin güneşim ve yıldızım, daha önce değil."

Asla, diye bağırdı karanlık. *Asla, asla, asla*.

Dany çadırın içinden bir yastık aldı. İpek kılıflı, kuş tüyü bir yastık. Tekrar Drogo'nun, güneşi ve yıldızının yanına giderken yastığı göğsüne dayadı. *Dönüp arkama bakarsam karanlığın içinde kaybolurum*. Yürümek bile canını yakıyordu. Uyumak istiyordu. Uyumak ve rüya görmemek.

Dizlerinin üstüne çöktü. Drogo'nun dudaklarını öptü ve yastığı kocasının yüzüne bastırdı.

TYRİON

"Oğlum ellerinde," dedi Lord Tywin.

"Ellerinde lordum," dedi haberci yorgunluktan kısılmış sesiyle. Yırtılmış paltosunun göğsündeki benekli domuz arması kurumuş, kanla kaplanmıştı.

Oğullarından *biri*, dedi Tyrion içinden. Jaime'yi düşünerek bir yudum şarap içti, tek laf etmedi. Kolunu yukarı kaldırdığında kısa süren savaşının tadını anımsıyordu. Ağabeyini seviyordu ama Casterly Kayası'nın bütün altınlarını verseler bile Fısıltılı Orman'da onunla birlikte olmak istemezdi.

Lord babasının bütün adamları ve sancak beyleri, habercinin hikâyesini duyduklarında sessizliğe gömülmüşlerdi. Uzun ve esintili ortak salonun sonunda yanan şöminenin çatırtıları ve tıslamaları dışında ses duyulmuyordu.

Güneye yaptığı uzun ve zorlu yolculuğun ardından bir geceliğine bile olsa bir handa kalmak fikri Tyrion'ı sevince boğmuştu... gerçi, bütün o tatsız anılarıyla birlikte yine *bu* handa kalmamayı tercih ederdi. Babası eziyet verici bir tempo belirlemişti ve hızlarının bedelini ödemişlerdi. Mücadele sırasında yaralanan adamları ellerinden geldiğince toparlamışlar, diğerlerini kendi başlarının çaresine bakmak üzere arkalarında bırakmışlardı. Her sabah birkaç kişiyi daha yol kenarlarında terk etmişlerdi, uyuyan ve bir daha uyanamayan adamları. Her öğleden sonra birkaç kişi daha yolda yıkılıp kalmıştı. Ve her gece birkaç kişi daha karanlığa karışarak gizlice kaçıp gitmişti. Tyrion da onlarla gidebilmeyi isterdi.

Yaveri, Nehirova'dan korkunç haberler getiren bir süvari geldiğini bildirmek için onu uyandırdığında, hanın üst katındaki odasında kuş tüyü yatağının ve yanında yatan Shae'nin sıcaklığının tadını çıkarıyordu. Her şey boşa gitmişti şimdi. Güneye varmak için aceleyle alınan yol, sonu gelmez zorlu yürüyüş, yol kenarında bırakılan bedenler... hepsi bir hiç uğrunaydı. Robb Stark, Nehirova'ya günler, günler önce varmıştı.

"Bu nasıl olabilir?" diye inledi Sör Harys Swyft. "*Nasıl?* Fısıltılı Orman'dan sonra bile Nehirova'yı çeliklerle bağlamıştınız, dev bir orduyla kuşatmıştınız... Sör Jaime ordusunu hangi çılgınlık sonucu bölüp üç ayrı kamp kurdu? Bu durumun gücünü azaltacağını bilmiyor muydu?"

Senden iyi biliyordu, seni çenesiz korkak, diye düşündü Tyrion. Jaime, Nehirova'yı kaybetmiş olabilirdi ama Swyft gibi en büyük başarısı çenesiz kızını Sör Kevan'la evlendirerek kendini Lannisterlar'a yamamak olan utanmaz dalkavukların ağabeyine laf etmesine katlanamıyordu.

Amcası Sör Kevan, Tyrion'ın çıkaracağı sesten çok daha sakin bir sesle, "Ben de aynısını yapardım," diye karşılık verdi. "Siz Nehirova'yı hiç görmediniz Sör Harys. Görseydiniz Jaime'nin çok fazla seçeneği olmadığını bilirdiniz. Kale, arazilerin bittiği, Tökeztaş'ın Kızıl Çatal'a karıştığı noktada kurulmuş. Bu nehirler bir üçgenin iki kenarını oluşturur. Bir tehlike söz konusu olduğunda Tullyler bent kapaklarını açıp üçüncü kenarda geniş bir hendek oluşturarak Nehirova'yı bir adaya dönüştürür. Kalenin duvarları suyun içinden dimdik yükselir. Gözetleme kuleleri karşı kıyıları fersah fersah tarayabilecek bir görüş açısına sahiptir. Bir kuşatmacının bütün yolları kesebilmesi için Tökeztaş'ın kuzeyine, Kızıl Çatal'ın güneyine ve hendeğin batısına üç kamp kurması gerekir. Başka seçenek yoktur."

"Sör Kevan doğru söylüyor lordlarım," dedi haberci. "Kampların etrafına sivriltilmiş direklerden çitler ördük ama habersiz yakalandığımız ve nehirler tarafından iletişimimiz kesildiği için yeterli olmadı. İlk olarak kuzeydeki kampa saldırdılar. Kimse bunu beklemiyordu. Marq Piper malzeme arabalarımıza dadanmıştı ama elliden fazla adamı yoktu. Sör Jaime bir gece önce onların hesabını görmek için yola çıkmıştı. En azından biz onlar olduklarını *sanıyorduk* çünkü Stark ordusunun Yeşil Çatal'ın doğusundan güneye doğru gittiğini haber almıştık..."

"Ya keşif birlikleriniz?" diye sordu Gregor Clegane. Yüzü kayalardan oyulmuş gibiydi. Teni şöminenin alevleriyle turuncuya boyanmıştı ve göz çukurları gölgelenmişti. "Hiçbir şey görmemişler mi? Sizi uyarmadılar mı?"

Üstü başı kan lekeleriyle kaplı haberci başını iki yana salladı. "Uzak keşifçilerimiz kayboluyordu. Marq Piper'ın işi olduğunu sandık. Geri dönen birlikler de hiçbir şey görmemişti."

"Hiçbir şey göremeyen adamın gözleri işe yaramıyor demektir," dedi Dağ. "Onun gözlerini oyup bir sonraki keşifçiye verirsin. Dört gözün, iki gözden daha iyi göreceğini söylersin. Baktın ki görmüyor, bir dahaki keşifçinin altı gözü olur."

Lord Tywin Lannister kafasını çevirip Sör Gregor'a baktı. Tyrion, babasının gözbebeklerinde gördüğü altın pırıltısının onaylama mı, tiksinti mi olduğunu anlayamadı. Lord Tywin bulunduğu danışma meclislerinde sessizce dinlemeyi, her şeyi duyduktan sonra konuşmayı tercih ederdi. Tyrion da babasının bu huyunu taklit etmeye çalışırdı ama Lord Tywin'in şimdiki sessizliği onun için bile sıra dışıydı. Şarabına dokunmuyordu.

"Gece geldiklerini söylediniz," dedi Sör Kevan.

Haberci başıyla onayladı. "Öncü birliklerini Karabalık kumanda ediyordu. Asıl saldırı için nöbetçilerimizi temizledi ve çitlerimizi yıktı. Adamlarımız neler olduğunu anlayana kadar süvarileri nehir boyundan akmaya, kamp içinde kılıçlar ve meşalelerle dörtnala koşturmaya başlamışlardı. Ben nehirlerin arasındaki batı kampındaydım. Uyuyordum. Dövüş seslerini duyup çadırların ateşe verildiğini gördüğümüzde Lord Brax sallara binip karşıya geçmemizi söyledi ama akıntı bizi nehrin aşağısına sürükledi ve Tully duvarlarındaki mancınıklardan taş atılmaya başladı. Bir salın ikiye ayrıldığını gördüm, üç tanesi alabora oldu. Adamlarımız nehrin sularına gömülüp boğuldu... Karşıya geçmeyi başaranlar da karşılarında Starklar'ı buldu."

Mor ve gümüş renkli bir cübbe giyen Sör Flement Brax'in yüzünde, duyduğuna anlam veremeyen bir adamın ifadesi vardı. "Lord babam..."

"Üzgünüm lordum," dedi haberci. "Bindiği sal devrildiğinde Lord Brax ağır bir zırh giyiyordu. Son derece cesurdu."

Son derece aptaldı, diye düşündü Tyrion. Elindeki kadehi çeviriyor, şarabın derinliğine bakıyordu. Gece karanlığında, derme çatma bir salın üstüne ağır zırhlarla binip düşmanının beklediği karşı kıyıya geçmek cesaretse, Tyrion korkak olmayı tercih ederdi. Üstündeki zırhın ağırlığıyla kara sulara gömülürken Lord Brax'ın kendini cesur hissedip hissetmediğini merak etti.

"Nehirlerin arasındaki kamp da istila edildi," diyordu haberci. "Biz karşıya geçmeye çalışırken batıdan iki sıra halinde daha fazla Stark geldi. Zırhlı atları vardı. Lord Umber'in ve Mallisterlar'ın sancaklarını gördüm ama gelen ordunun başında çocuk vardı. Yanında devasa bir kurt koşturuyordu. Ben görmedim ama o canavarın dört adam öldürdüğünü ve bir düzine atı parçaladığını söylüyorlar. Mızrakçılarımız bir kalkan duvarı oluşturup ilk atağı kestiler ama Tully onların çarpıştığını görünce Nehirova kapılarını açtı ve Tytos Blackwood açılır kapanır köprünün üstünden bir saldırı başlatıp bizimkileri arkadan yakaladı."

"Tanrılar bizi korusun," dedi Lord Lefford.

"İri Jon Umber hazırladığımız kuşatma kulelerimizi ateşe verdi. Lord Blackwood, diğer esirlerle birlikte zincire vurduğumuz Sör Edmure Tully'yi buldu, onu ve diğerlerini kurtardı. Güney kampımız Sör Forley Prester'ın komutasındaydı. Sör Forley diğer kamplarımızı kaybettiğimizi anlayınca iki bin mızrakçı ve bir o kadar okçuyu düzenli bir şekilde geri çekti ama hürsüvarilerin başındaki Tyroshlu paralı asker sancaklarını indirip düşmanın yanında yer aldı."

"Lanet olsun ona." Amcası Kevan'ın sesi şaşkın değil öfkeliydi. "Jaime'ye o adama güvenmemesini söylemiştim. Para için dövüşen adamın sadakati kesesinedir."

Lord Tywin parmaklarını çenesinin altında birleştirdi. Konuşulanları dinlerken sadece gözleri hareket ediyordu. Altın rengi uzun favorilerinin çevrelediği yüzü o kadar durgundu ki bir maske zannedilebilirdi ama Tyrion babasının saçsız başındaki ter damlacıklarını görebiliyordu.

"Bu nasıl *olabilir*?" diye bağırdı tekrar Sör Harys Swyft. "Sör Jaime esir, kuşatma dağıtılmış... bu bir *felaket!*"

"Zaten bildiğimiz bir şeyi tekrar tekrar dile getirdiğiniz için hepimizin size minnettar olduğundan şüphem yok Sör Harys," dedi Sör Addam Marbrand. "Asıl soru, şimdi ne yapacağız?"

"Ne *yapabiliriz* ki? Jaime'nin ordusu katledilmiş, esir alınmış, bir kısmı da kaçmış. Starklar ve Tullyler malzeme hattımızı ele geçirmiş. Batıyla bağlantımız kesilmiş. Canları isterse Casterly Kayası'na bile gidebilirler. Onları ne durdurabilir? Lordlarım, yenildik. Barış yolları aramalıyız."

"Barış?" Tyrion kadehini elinde çevirdi. Şarabı bir yudumda içti. Yere fırlattığı kadeh bin parçaya bölündü. "İşte size barış Sör Harys. Sevgili yeğenim Kızıl Kale'nin duvarlarını Lord Eddard'ın başıyla süslemeye karar verdiğinde barış böyle kırıldı. Şu paramparça kadehten şarap içmek, Robb Stark'ı barış için ikna etmekten daha kolay olur. Savaşı o *kazanıyor*... yoksa fark etmediniz mi?"

"İki çarpışma, savaş değildir," diyerek ısrar etti Sör Addam. "Daha kaybetmeye çok var. Stark çocuğuna bir de kendi çeliğimi savurmak isterim."

"Belki rehine takası karşılığında ateşkesi kabul eder," diye önerdi Lord Lefford.

"Bire karşı üç kişi takas edilmediği sürece biz terazinin kefesinde hafif kalırız," diye karşılık verdi Tyrion. "Ağabeyim karşılığında onlara ne vereceğiz? Lord Eddard'ın çürüyen kafasını mı?"

"Lord Eddard'ın kızlarının Kraliçe Cersei'nin elinde olduğunu duydum," dedi Lefford umutla. "Eğer çocuğa kız kardeşlerini geri verirsek..."

Sör Addam aşağılama dolu bir tavırla homurdandı. "Jaime Lannister'ın hayatını iki küçük kızın hayatıyla takas etmek için tam bir aptal olmalı."

"Bu halde Sör Jaime'nin hayatını fidye karşılığında kurtaracağız," dedi Lord Lefford.

Tyrion gözlerini devirdi. "Starkların altına ihtiyacı olursa Jaime'nin zırhını eritirler."

"Eğer ateşkes talep edersek zayıf olduğumuzu düşünürler," dedi Sör Addam. "Bir an önce üstlerine yürümeliyiz."

"Saraydaki dostlarımız da taze kuvvetle bize katılmaya ikna olacaktır," dedi Sör Harys. "Birimiz de Casterly Kayası'na dönüp yeni bir ordu oluşturmalıyız."

Lord Tywin Lannister ayağa kalktı. "*Oğlum ellerinde,*" dedi bir kez daha. Sesi, deriyi kesen bir kılıç gibi konuşmaları böldü. "Beni yalnız bırakın. Hepiniz."

Tyrion itaat ederek diğerleriyle birlikte ayrılmak için ayağa kalktı ama babası ona bakarak, "Sen değil Tyrion. Sen kal. Kevan, sen de. Diğerleriniz, dışarı."

Tyrion tekrar sıraya oturdu. Şaşkınlıktan konuşamıyordu.

Sör Kevan salonun diğer ucundaki şarap fıçılarına doğru yürüyordu. "Amca, rica etsem bana da..."

"Al." Babası hiç dokunmadığı şarap kadehini Tyrion'a uzattı.

Tyrion şimdi tam anlamıyla şaşkına dönmüştü.

Lord Tywin oturdu. "Stark hakkında söylediklerinde haklısın. Lord Eddard sağ olsaydı Kışyarı ve Nehirova'yı barış yapmaya zorlayabilirdik ve bu bize Robert'ın kardeşleriyle uğraşmak için yeterli vakit kazandırırdı. Ölü..." Ellerini yumruk haline getirdi. "Çılgınlık. Tam bir çılgınlık."

"Joff daha çocuk," dedi Tyrion. "Onun yaşlarındayken ben de pek çok aptallık yaptım."

Babası sert bir şekilde Tyrion'a baktı. "Şimdilik bir fahişeyle evlenmediği için şükretmeliyiz sanırım."

Tyrion bir yudum şarap içti. Kadehi yüzüne fırlatsa babasının nasıl görüneceğini merak etti.

"Durumumuz düşündüğünden çok daha kötü," diyerek devam etti babası. "Görünüşe göre yeni bir kralımız var."

Sör Kevan darbe yemiş gibi görünüyordu. "Yeni bir... *ne*? Joffrey'ye ne yaptılar?"

Lord Tywin'in dudakları ince bir tiksintiyle hafifçe kıvrıldı. "Hiçbir şey... şimdilik. Torunum hâlâ Demir Taht'ta oturuyor ama hadım güneyden gelen fısıltılar duymuş. Renly Baratheon on beş gün önce Yüksek Bahçe'de Margaery Tyrell'le evlenmiş ve şimdi de tacı istiyor. Gelinin babası ve oğulları diz çöküp Renly'ye kılıç yemini vermiş."

"Bunlar endişe verici haberler." Sör Kevan kaşlarını çattı. Alnında bir derinlik oluşmuş gibi görünüyordu.

"Kızım bir an önce Kral Toprakları'na gitmemizi, Kızıl Kale'yi Lord Renly ve Çiçek Şövalyesi'ne karşı savunmamızı emretti." Yüzü gerildi. "Dikkatinizi çekerim, *emretti*. Kral ve konsey adına."

"Kral Joffrey bu haberleri nasıl karşıladı?" diye sordu Tyrion kara bir keyifle.

"Cersei şimdilik ona bir şey söylememeyi uygun görüyor," diye cevapladı Lord Tywin. "Joffrey'nin, Renly'nin üstüne bizzat yürümek isteyeceğinden endişe ediyor."

"Hangi orduyla?" diye sordu Tyrion. "*Bizim* ordumuzu ona vermeyi düşünmüyorsun umarım?"

"Şehir Muhafızları'nı almaktan bahsediyormuş," dedi Lord Tywin.

"Eğer Şehir Muhafızları'nı alırsa şehri savunmasız bırakır," dedi Sör Kevan. "Bu durumda Ejderha Kayası'ndaki Lord Stannis..."

"Evet." Lord Tywin oğluna baktı. "Soytarı elbiseleri giymek için yaratılmış olduğunu düşünürdüm Tyrion ama görülüyor ki yanılmışım."

"Ah baba," dedi Tyrion. "Bu sözlerin neredeyse övgü gibi geldi kulağıma." Masanın üstüne doğru eğildi. "Stannis'ten ne haber? Büyük olan o, Renly değil. Kardeşinin tacı istemesini o nasıl karşılıyor?"

Babası kaşlarını çattı. "En başından beri Stannis'in diğerlerinin toplamından çok daha tehlikeli olduğunu hissediyordum. Henüz bir şey yapmadı ama Varys fısıltılar duyuyor. Stannis gemiler inşa ettiriyor, Stannis paralı askerler topluyor, Stannis Asshai'den gölge bağcıları getiriyor. Bütün bunlar ne anlama geliyor? Bütün bunlar doğru mu?" Rahatsızlığını belli eder şekilde omuz silkti. "Kevan, bize haritayı getir."

Sör Kevan kendisine söyleneni yaptı. Lord Tywin kenarlarını düzelterek deri haritayı açtı. "Jaime bizi zor bir duruma düşürdü. Roose Bolton ve ordusundan geri kalanlar kuzeyimizde. Düşmanlarımız İkizler'i ve Moat Cailin'i aldı. Robb Stark batıyı tutuyor. Yani bir çarpışmayı daha göze almadan Lannis Limanı'na ya da Kaya'ya çekilemeyiz. Jaime esir ve ordusu neredeyse tamamen yok oldu. Myrli Thoros ve Beric Dondarrion iaşe kafilelerimize bela olmaya devam ediyor. Doğumuzda Arrynlar var. Stannis Baratheon, Ejderha Kayası'nda. Güneyde, Yüksek Bahçe ve Fırtına Burnu sancak beylerini çağırıyor."

Tyrion güldü. "Bir nefes al baba. En azından Rhaegar Targaryen hâlâ ölü."

"Bize sadece şakalarınla katkıda bulacağını ummamıştım Tyrion," dedi Lord Tywin.

Sör Kevan suratını asarak haritanın üstüne eğildi. "Robb Stark'ın yanında Edmure Tully ve Üç Dişli Mızrak lordları da var artık. Toplam güçleri bizimkini aşacak. Ve Roose Bolton da arkamızdayken... Tywin, eğer burada kalırsak üç ordunun arasında sıkışacağımızdan korkuyorum."

"Burada kalmak gibi bir niyetim yok. Renly Baratheon, Yüksek Bahçe'den çıkmadan önce genç Lord Stark'la olan işimizi bitirmeliyiz. Bolton beni endişelendirmiyor. Çok tedbirli bir adam ve Yeşil Çatal'da onun daha da tedbirli olmasını sağladık. Peşimize düşmek için acele etmeyecektir. Bu yüzden yarın sabah Harrenhal'a doğru yola çıkıyoruz. Kevan, Sör Addam'ın uzak keşifçileri hareketimizi gizlesin. Ne kadar adama ihtiyacı varsa hepsini ver. Dörtlü gruplar halinde yola çıksınlar. Kimsenin kaybolmasını istemiyorum."

"Nasıl isterseniz lordum ama... neden Harrenhal? Orası tatsız, şanssız bir yer. Bazıları lanetli olduğunu bile söyler."

"Söylesinler," diye karşılık verdi Lord Tywin. "Sör Gregor'u sal. Yağmacılarıyla birlikte bizim önümüzden gitsin. Vargo Hoat ve hürsüvarilerini de önden gönder. Sör Amory Lorch'u da. Her birinin en az üç yüz atlı adamı olsun. Onlara, Tanrı Gözü'nden Kızıl Çatal'a kadar olan bütün nehir topraklarını yanarken görmek istediğimi söyle."

"Yanacak lordum," dedi Sör Kevan kalkarken. "Gidip emirleri vereyim." Reverans yapıp salondan ayrıldı.

Yalnız kaldıklarında Lord Tywin, Tyrion'a baktı. "Biraz yağma senin vahşileri mutlu edebilir. Onlara Vargo Hoat'la birlikte gidebileceklerini söyle. İstedikleri gibi yağmalasınlar. Eşya, silah, kadın, ne isterlerse alıp geri kalanı yaksınlar."

"Shagga ve Timett'e nasıl yağma yapacaklarını anlatmak bir horoza nasıl öteceğini söylemeye benzer," dedi Tyrion. "Fakat onları yanımda tutmayı tercih ederim." Disiplinsiz ve söz dinlemez olabilirlerdi ama onlar *Tyrion'ın* vahşileriydi. Tyrion babasının adamlarından çok onlara güveniyordu. Onları başkasına hediye edecek değildi.

"O halde adamlarını kontrol altında tutmayı öğrensen iyi olur. Şehri yağmalamalarına göz yummam."

"Şehir mi?" Tyrion'ın kafası karışmıştı. "Hangi şehirden bahsediyoruz?"

"Kral Toprakları. Seni saraya gönderiyorum."

Bu, Tyrion'ın aklına gelecek son şey bile değildi. Şarabına uzandı, bir an düşündü ve bir yudum aldı. "Ve ben orada ne yapacağım?"

"Hükmedeceksin," dedi babası sertçe.

Tyrion gözlerinden yaşlar gelene kadar güldü. "Sevgili ablamın bu konuda söyleyecek birkaç lafı olacaktır."

"Canı ne isterse söylesin. Hepimizi mahvetmeden önce oğlunun dizginlenmesi gerekiyor. Konseydeki şarlatanları suçluyorum. Dostumuz Petyr, saygıdeğer Yüce Üstat, çüksüz ucube Lord Varys. Joffrey aptallık üstüne aptallık yaparken bunlar ne çeşit fikirler veriyor? Janos Slynt denen adamı lord yapmak kimin fikriydi? Bu adamın babası bir *kasaptı* ve ona Harrenhal'u veriyorlar. Harrenhal kralların makamıdır! Oradan içeri adım atmaya bile layık değil. Kendisine arma olarak kanlı bir mızrak seçmiş diye duydum, bana kalsa kanlı bir satır daha uygun olurdu." Lord Tywin henüz sesini yükseltmemişti ama Tyrion babasının altın gözlerindeki öfkeyi görebiliyordu. "Selmy'yi göndermelerine ne demeli? Mantık bunun neresinde? Evet, o yaşlı bir adam ama Cesur Barristan isminin diyarda hâlâ bir şanı var. Hizmet ettiği her adama onur verdi. Tazı için aynı şeyler söylenebilir mi? Köpeğini masanın altından beslersin, yüksek koltuklarda yanında oturtmazsın." Parmağını Tyrion'ın yüzüne uzattı. "Eğer Cersei oğlunu yontamıyorsa bu işi sen yapacaksın ve konsey bizimle oyun oynarsa..."

Tyrion biliyordu. "Mızraklar," diyerek iç geçirdi. "Kafalar. Duvarlar."

"Görüyorum ki benden birkaç şey öğrenmişsin."

"Tahmin ettiğinden fazlasını baba," diye cevap verdi Tyrion sessizce. Şarabını bitirip kadehini düşünceli bir halde kenara koydu. Bir yanı, itiraf ettiğinden çok daha fazla memnundu. Bir yanıysa nehrin yukarısındaki çarpışmayı hatırlıyor, yine mi sola gönderildiğini merak ediyordu. "Neden ben?" diye sordu başını yana eğerek. "Neden amcam değil? Neden Sör Flement ya da Serrett değil? Neden... *büyük* bir adam değil?"

Lord Tywin aniden ayağa kalktı. "Sen benim oğlumsun."

İşte o anda anladı Tyrion. *Onu çoktan gözden çıkardın*, dedi içinden. *Seni adi piç, Jaime senin için ölüden farksız. Elinde sadece ben kaldım.* Tyrion babasını tokatlamak istedi. Hançerini çekip göğsünü yarmak, köylülerin söylediği gibi kalbi gerçekten sert altından mı yapılmış bakmak istedi. Ama orada öylece oturdu. Sessiz ve sakin.

Lord Tywin salondan çıkmak için yürürken Tyrion'ın yere fırlattığı kadehin kırıkları ayaklarının altında çıtırdıyordu. "Son bir şey," dedi babası kapıya vardığında. "Fahişeyi saraya götürmeyeceksin."

Tyrion babası gittikten sonra uzunca bir zaman tek başına ortak salonda oturdu. Sonunda, çan kulesinin altındaki çatı katında olan küçük odasına gitti. Odanın tavanı epey alçaktı ama bu bir cüce için sorun değildi. Odanın penceresinden babasının kurdurduğu darağacını görebiliyordu. Hancı kadının ipte sallanan bedeni gece rüzgârıyla sallanıyordu. Teni tıpkı Lannisterlar'ın umutları gibi çürümüş, incelmişti.

Tyrion kuş tüyü yatağın kenarına oturduğunda Shae uykusunda mırıldanarak döndü. Tyrion elini örtülerin altına sokup kızın yumuşak göğüslerini avuçladı. Shae gözlerini açtı, "Lordum," dedi gülümseyerek.

Tyrion kızın göğüs uçlarının sertleştiğini hissetti ve onu öptü. "Seni Kral Toprakları'na götürmeyi düşünüyorum tatlım," diye fısıldadı.

JON

Jon Kar eyerin bağını sıkarken kısrak hafifçe kişnedi. "Sakin ol güzel leydi," dedi yumuşak bir sesle. Hayvanı okşayıp sakinleştirdi. Rüzgâr ahırın içinden geçti. Ölümün soğuk nefesi yüzüne çarpıyordu ama Jon umursamıyordu. Bohçasını yaralı ve beceriksiz elleriyle eyerinin kenarına bağladı. "Hayalet," diye seslendi hafifçe. Kurt amber gibi gözleriyle hemen yanına geldi.

"Jon, lütfen. Bunu yapmamalısın."

Ata bindi. Dizginleri tutup hayvanı çevirdi ve geceyle yüzleşti. Samwell Tarly ahır kapısının önündeydi. Omzunun üstünden dolunay yükseliyordu. Gölgesi bir devin gölgesine benziyordu. Devasa ve kara. "Yolumdan çekil Sam."

"Jon, *gidemezsin*," dedi Sam. "Buna izin vermeyeceğim."

"Canını yakmak istemem," dedi Jon. "Sam kenara çekil, yoksa seni ezip geçeceğim."

"Geçmeyeceksin. Beni dinlemelisin. Lütfen..."

Jon atını mahmuzladı ve kısrak kapıya doğru atıldı. Sam bir an için kıpırdamadan durdu. Yüzü dolunay kadar solgundu. Ağzı hayretle açıldı. Kısrak neredeyse üstüne biniyorken kenara kaçtı. Yuvarlanıp düştü. Hayvan çocuğun üstünden atlayarak gecenin içine daldı.

Jon ağır cübbesinin başlığını kafasına çekti ve atı hızla koşturmaya başladı. Yanındaki Hayalet'le birlikte uzaklaştıkları Kara Kale sessiz ve sakindi. Arkasında kalan Sur'daki nöbetçilerin etrafı izlediklerini biliyordu ama onlar kuzeye bakıyorlardı, güneye değil. Eski ahırlarda düştüğü yerden kalkmak için debelenen Sam Tarly'den başka hiç kimse gittiğini görmemişti. Sam kötü düşmüştü. Jon ona bir şey olmamasını diledi. Çocuk öyle ağır ve dengesizdi ki kenara kaçıp yere yuvarlandığında kolunu kırmış ya da ayak bileğini burkmuş olabilirdi. "Onu uyardım," dedi Jon yüksek sesle. "Hem bu mesele onu hiç ilgilendirmezdi." Yanık parmaklarını açıp kapayarak elini gevşetmeye çalıştı. Parmakları hâlâ canını yakıyordu ama sargıları çıkarmak iyi gelmişti.

Kıvrılmış bir kurdele gibi ilerleyen Kral Yolu'nun çevresindeki tepelere ayın gümüşi ışığı vuruyordu. Ayrıldığının farkına varılmadan önce mümkün olduğu kadar Sur'dan uzaklaşmalıydı. Sabah olduğunda yoldan ayrılıp tarlalardan, derelerden ve çalılıkların içinden gidecekti ama şu anda sürat gizlenmekten daha önemliydi. Nereye gittiğinin tahmin edilmesi çok zor değildi zaten.

Yaşlı Ayı sabahın ilk ışıklarıyla birlikte uyanıyordu. Yani, Jon'un Sur'la arasına mümkün olduğunca fazla mesafe koyması için şafağa kadar vakti vardı... tabi Sam Tarly ona ihanet etmezse. Şişman çocuk görevine bağlıydı ve çok kolay korkuyordu ama Jon'u ağabeyi gibi seviyordu. Eğer sorgulanırsa konuşacağına şüphe yoktu ama Kral Kulesi'nde bekleyen nöbetçilere gidip Mormont'u uyandırmalarını da söylemezdi.

Jon, Yaşlı Ayı'nın kahvaltısını almak için mutfağa gitmediğinde onu arayacaklardı. Hücresine girdiklerinde Uzunpençe'yi yatağının üstünde bulacaklardı. Kılıçtan ayrılması çok zor olmuştu ama Jon onu yanına alacak kadar onursuz değildi. Utanç içinde kaçmak zorunda kaldığında Jorah Mormont bile yapmamıştı bunu. Yaşlı Ayı o kılıca daha fazla layık olan birini bulacaktı mutlaka. Jon yaşlı adamı düşündüğünde üzülüyordu. Oğlunun ihanetiyle açılan ve hâlâ taze olan yarasına tuz ekecekti Jon'un gidişi. Ona olan güveninin karşılığı bu olmamalıydı ama başka seçenek yoktu. Ne yaparsa yapsın birisine ihanet etmiş olacaktı.

Şu anda bile gerçekten onurlu olan şeyi yapıp yapmadığından emin değildi. Güneylilerin işi kolaydı. Onların konuşabilecekleri rahipleri vardı. Onlara tanrıların isteklerini ileten, doğruyu yanlıştan ayırmalarına yardım eden rahiplere gidebiliyorlardı. Starklar eski, isimsiz tanrılara bağlıydı ve büvet ağaçları dinler ama cevap vermezdi.

Kara Kale'nin son ışıkları da görünmez olduğunda Jon kısrağı yavaşlatıp yürütmeye başladı. Çok uzun bir yolu ve sadece bir atı vardı. Güneye giden yol boyunca çiftçi köyleri ve karakollar olduğunu biliyordu. İhtiyacı olursa kısrağını yeni bir atla takas edebilirdi. Ama bineği yaralanmadığı sürece bunu yapmaya niyeti yoktu.

Yakında yeni kıyafetlere de ihtiyacı olacaktı. Baştan sonra siyahlara bürünmüştü; uzun sürücü çizmeleri, kabaca dokunmuş tozluklar, tunik, deri takım ve ağır bir cübbe. Uzun kılıcı ve hançeri köstebek derisi kınlarının içindeydi. Bohçasında siyah zırhlı yeleği ve baş koruması vardı. Yakalanırsa bunlar ölümü anlamına gelirdi. Siyahlar içindeki bir yabancı, Boğaz'ın kuzeyindeki her karakol ve kasabada soğuk bir şüpheyle karşılanırdı. Peşine düşmeleri uzun sürmezdi. Üstat Aemon'ın kuzgunu havalandığı anda güvenli tek bir yer bulamayacağını biliyordu Jon. Kışyarı'nda bile. Bran onu içeri almak isteyebilirdi ama Üstat Luwin daha akıllıca davranırdı. Tam da yapması gerektiği gibi kalenin kapılarını kapatıp Jon'u oradan gönderirdi. Kışyarı'na hiç gitmemek en iyisiydi.

Daha dün ayrılmış gibi bütün ayrıntılarıyla kaleyi anımsadı; kule gibi uzun granit duvarlar, duman, köpek ve kavrulan et kokan Büyük Salon, babasının çalışma odası, Jon'un uyuduğu küçük kule odası. Bir yanı, Bran'ın kahkahalarını tekrar duymayı, Gage'in dana rostolarından yemeyi, Yaşlı Dadı'nın ormanın çocukları ve Aptal Florian hikâyelerini dinlemeyi her şeyden fazla istiyordu.

Ama Sur'dan bunlar için ayrılmamıştı. Babasının oğlu, Robb'un kardeşi olduğu için terk etmişti Sur'u. Uzunpençe kadar iyi bir kılıç bile onu bir Mormont yapmıyordu. Aemon Targaryen da değildi Jon. Yaşlı adam üç kez seçim yapmak zorunda kalmış ve her seferinde onuru seçmişti ama o da Jon değildi. Jon şu anda bile, Üstat Aemon çok zayıf ve korkak olduğundan mı, yoksa çok dürüst ve güçlü olduğu için mi kalmayı tercih etmişti emin değildi. Buna rağmen, yaşlı adamın seçimlerin acılı olduğu hakkındaki konuşmalarının ne anlama geldiğini gayet iyi biliyordu.

Tyrion Lannister, çoğu adam gerçeklerle yüzleşmek yerine gerçeği inkâr eder demişti. Jon'un inkârla işi bitmişti artık. Kendisini inkâr etmeyecekti. O, Jon Kar'dı. Bir piçti. Bir yemin bozandı. Annesiz, dostsuz ve lanetliydi. Hayatının geri kalanında -ne kadar kaldıysa- yabancı, gerçek adını söyleyemeyen, sessizce gölgelerde saklanan adam olacaktı. Yedi Krallık'ın neresine giderse gitsin bir yalanı yaşamak zorunda kalacaktı, aksi takdirde karşılaştığı her adamın eli ona kalkacaktı. Ama bütün bunlar önemli değildi. Kardeşinin yanında durup babasının intikamını alabilecek kadar sağ kalabildiği sürece bunların hiç önemi yoktu.

Robb'u son gördüğü haliyle hatırlıyordu, avluda kızıl saçlarında karlar erirken. Kardeşine gizlice, kılık değiştirmiş halde gitmesi gerekecekti. Kendisini gösterdiğinde Robb'un yüzünün alacağı şekli merak etti. Kardeşi kafasını sallayıp gülümseyecek... ve diyecekti ki...

Kardeşinin gülümsediğini göremiyordu Jon. Kafasında ne kadar canlandırmaya çalışırsa çalışsın, göremiyordu. Ulu kurtları buldukları gün kafası babası tarafından kesilen kaçağı düşündü. "Yemin ettin," demişti Lord Eddard. "Kara kardeşlerin, eski ve yeni tanrıların huzurunda yemin ettin." Desmond ve Şişman Tom adamı kütüğe sürüklemişti. Bran'ın gözleri kocaman olmuştu ve Jon ona midillisini sıkı tutmasını hatırlatmak zorunda kalmıştı. Theon Greyjoy, Buz'u getirdiğinde babasının gözlerine yerleşen bakışı hatırladı Jon. Karın üstüne saçılan kanı, Greyjoy'un tekmelediği kesik kafayı.

O günkü kaçağın yerinde kardeşi Benjen Stark olsaydı babasının ne yapacağını merak etti. Bir şey değişir miydi? Değişirdi. *Değişmeliydi*... Robb da ona kucak *açacaktı*, buna şüphe yoktu. Yoksa...

Bunları düşünmenin sırası değildi. Dizginlere yapıştığında parmakları derin derin zonklamaya başladı. Kısrağı mahmuzlayıp dörtnala koşturdu. Şüphelerinden kaçmak istiyormuş gibi Kral Yolu'nda hızla ilerliyordu. Jon ölümden korkmuyordu ama sıradan bir suçlu gibi elleri bağlı halde kafasının kesilmesini de istemiyordu. Ölecekse, elinde bir kılıçla babasının katilleriyle dövüşürken ölmeliydi. O gerçek bir Stark değildi, hiç olmamıştı... ama bir Stark gibi ölebilirdi. Lord Stark'ın dört oğlu var desinler istiyordu. Üç değil.

Hayalet yarım mil boyunca kırmızı dili dışarıda koşarak Jon'un hızına sadık kaldı. At ve binicisi başlarını aynı şekilde alçaltarak daha hızlı koşmaya başladı. Kurt yavaşladı, durdu, izledi. Kırmızı gözleri ay ışığında parladı ve atın arkasında kayboldu. Jon, kurdun kendi hızıyla onu takip edeceğini biliyordu.

Yolun her iki yanındaki ağaçların arasından göz kırpan ışıkları gördü. Biraz ileride Köstebek Kasabası vardı. Kasabaya girerken bir köpek havladı, ahırdaki katırlardan birinin sesini duydu ama bunlar dışında etraf sessiz ve sakindi. Üç beş evin ahşap penceresinden şöminelerde yanan ateşlerin ışığı sızıyordu.

Köstebek Kasabası göründüğünden çok daha büyüktü çünkü kasabanın dörtte üçü toprak altındaydı. Derin ve ılık mahzenler tünellerle bağlıydı. Kasabanın genelevi bile yer altındaydı. Yüzeyde, kapısına kırmızı bir fener asılmış küçücük bir ahşap kulübeden başka bir şey yoktu. Sur'daki adamların buradaki fahişeler için "gömülü hazine" dediklerini duymuştu. Kara kardeşlerinden herhangi birinin bu gece burada hazine kazısı yapıp yapmadığını merak etti. Aslında bu da yemin bozmaktı ama kimsenin umrunda değildi.

Jon, kasaba iyice arkasında kalana kadar yavaşlamadı. Sonunda durduklarında hem kısrak hem kendisi ter içinde kalmıştı. Titreyerek attan indi, yanık eli sızlıyordu. Ay ışığında pırıl pırıl parlayan bir kar birikintisi ağaçların altında ağır ağır eriyordu. Damlayan sular küçük sığ gölcükler oluşturuyordu. Jon eğilip ellerini suyun içine daldırdı. Erimiş kar suyu buz gibi soğuktu. Avcuyla sudan biraz alıp içti. Yanakları seğirmeye başlayana kadar yüzünü yıkadı. Parmakları günlerdir olmadığı kadar kötü sızlıyordu. Başı da zonkluyordu. *Ben doğru olanı yapıyorum*, dedi kendine. *Öyleyse niye bu kadar kötü hissediyorum*?

Kısrak terden köpük içinde kalmıştı, Jon hayvanı dizginlerinden tutarak biraz yürüttü. Yol iki atlının yan yana geçemeyeceği kadar dardı. Taşlarla kaplıydı ve ince su akıntılarıyla kesiliyordu. Bu yolda o kadar hızlı at sürdüğü için aptal gibi hissediyordu, yol kırık bir boyun için davetiye gibiydi. Jon içine nasıl bir delilik girdiğini merak etti. Ölmek için bu kadar acelesi var mıydı?

Uzaktaki ağaçların arasından korkmuş bir hayvan sesi gelince başını kaldırdı. Kısrağı huzursuzca kişniyordu. Kurdu bir av mı bulmuştu? Ellerini ağzına götürerek, "*Hayalet*!" diye bağırdı. "Hayalet buraya gel." Aldığı tek cevap, bağırmasıyla havalanan bir baykuşun kanat sesleri oldu.

Kaşlarını çatarak yoluna devam etti. Kuruyana kadar bir yarım saat daha kısrağı yürüttü. Hayalet ortaya çıkmamıştı. Jon ata binip yola devam etmek istiyordu ama kurt için endişelenmeye başlamıştı. "*Hayalet*," diye bağırdı tekrar. "Neredesin? Buraya gel. *Hayalet!*" Bu ormanın içindeki hiçbir canlı, hatta yarı büyümüş bir kurt bile ulu kurda zarar veremezdi. Eğer bir... hayır, Hayalet bir ayıya saldırmayacak kadar akıllıydı ve etrafta bir kurt sürüsü olsa Jon ulumalarını mutlaka duyardı.

Yemek yemeye karar verdi. Yiyecek midesini sakinleştirirdi. Hayalet de geri dönmek için biraz zaman kazanmış olurdu. Henüz bir tehlike yoktu. Kara Kale hâlâ uykudaydı. Heybesinde bir parça peynir, biraz ekmek ve çürümeye başlamış kahverengi bir elma buldu. Mutfaktan biraz jambon ve tuzlu et de aşırmıştı ama eti yarın için saklayacaktı. Et bitince avlanmak zorunda kalacaktı ve bu onu epey yavaşlatacaktı.

Kısrağı Kral Yolu'nda otlarken Jon bir ağacın altına oturup peyniri ve ekmeği yemeye başladı. Elmayı sona saklıyordu. Biraz yumuşamıştı ama içi hâlâ ekşi ve suluydu. Kuzeyden gelen atların sesini duyduğunda elmayı çöpüne kadar yemişti. Jon hızla ayağa kalkarak atına doğru yürüdü. Onları atlatabilir miydi? Hayır, çok yakındılar. Jon'u mutlaka duyarlardı ve Kara Kale'den geliyorlarsa...

Kısrağı yolun dışına, bir muhafız ağacın kalın dallarının arkasına çekti. "Sessiz ol," dedi fısıltıyla. Yolu gözlemek için çömeldi. Eğer tanrılar merhametliyse atlılar geçip giderdi. Küçük bir ihtimalle gelenler Köstebek Kasabası'nın çiftçileri de olabilirdi, belki tarlalarına gidiyorlardı ama gecenin bu vakti tarlada ne işleri vardı...

Kral Yolu'nda koşturan atların gittikçe yakınlaşan toynak seslerini dinledi. En az beş ya da altı kişi olmalıydılar. Ağaçların arasından sesleri de gelmeye başlamıştı.

"...bu yoldan geldiğinden emin misin?"

"Emin *olamayız*."

"Doğuya doğru gitmiş olabilir. Ya da yoldan çıkıp ormana dalmıştır. Ben öyle yapardım."

"Bu karanlıkta mı? Aptal. Boynunu kırmadan at sürmeyi becersen bile kaybolur, sabah kendini yine Sur'da bulurdun."

"Bulmazdım." Grenn'in sesi gergin geliyordu. "Güneye doğru yol alırdım. Yıldızlara bakarak yönleri bulabilirsin."

"Ya hava bulutlu olursa?" diye sordu Pyp.

"O zaman yola çıkmazdım."

Araya bir ses daha karıştı. "Ben olsaydım nereye giderdim biliyor musunuz? Köstebek Kasabası'na. Hazine için kazı yapardım." Kurbağanın tiz kahkahası Jon'un kısrağının hafifçe kişnemesine sebep olmuştu.

"Sessiz olun," dedi Halder. "Bir şey duydum."

"Hani, nerede? Ben hiçbir şey duymadım." Atlar durdu.

"Sen kendi gazını bile duyamazsın."

"Duyabilirim," dedi Grenn.

"*Sessiz!*"

Hepsi birden susup dinlemeye başladı. Jon nefesini tuttu. *Sam*, dedi içinden. Yaşlı Ayı'ya gitmemişti ama gidip yatağına da yatmamıştı. Diğer çocuklara haber vermişti. Aptallar, şafak vakti yataklarında olmazlarsa onları da kaçak sayacaklardı. Bunlar ne yaptıklarını sanıyordu?

Sessizlik uzadıkça uzuyordu. Jon çömeldiği yerden çocukların atlarının bacaklarını görebiliyordu. Sonunda, "Ne duydun?" diye sorarak sessizliği bozdu Pyp.

"Bilmiyorum," dedi Halder. "Bir ses. At sesi gibi gelmişti ama..."

Jon gözünün ucuyla ağaçların arasında hareket eden soluk bir şekil gördü. Yapraklar titredi. Hayalet aniden gölgelerin arasından çıkarak geldi. Öyle birdenbire ortaya çıkmıştı ki Jon'un kısrağı ürküp kişnedi. "*İşte!*" diye bağırdı Halder.

"Ben de duydum!"

"Hain," dedi Jon ulu kurda. Eyerine atlayıp ağaçların arasına dalmak için kısrağı çevirdi ama daha dört metre gidemeden çocuklar peşine düştü.

"*Jon!*" diye bağırdı Pyp.

"Atını durdur. Hepimizi birden atlatamazsın."

Jon onlarla yüz yüze gelmek için kısrağı döndürürken kılıcını çekti. "Uzaklaşın. Size zarar vermek istemiyorum ama mecbur kalırsam yaparım."

"Yediye karşı bir kişi mi?" Halder bir işaret verdi. Çocuklar Jon'un etrafını sardı.

"Benden ne istiyorsunuz," diye sordu Jon.

"Seni ait olduğun yere götürmek istiyoruz," dedi Pyp.

"Benim yerim kardeşimin yanı."

"Senin kardeşlerin *biziz*," dedi Grenn.

"Seni yakalarlarsa başını keserler, bunu biliyorsun." Kurbağa sinirli bir kahkaha attı. "Bu çok aptalca. Bunu sadece Öküz yapar."

"Yapmam," dedi Grenn. "Ben bir yemin bozan değilim. Yemini her kelimesine inanarak ettim."

"Ben de öyle," dedi Jon. "Anlamıyor musunuz? *Babamı* öldürdüler. Savaş var. Kardeşim Robb nehir topraklarında dövüşüyor..."

"Biliyoruz," dedi Pyp ciddi bir tavırla. "Sam bize her şeyi anlattı."

"Baban için üzgünüz," dedi Grenn. "Ama bir şey değişmez. Yemin ettin ve ayrılamazsın. Ne olursa olsun."

"*Mecburum*," diye bağırdı Jon.

"Sen yemin ettin," diye hatırlattı Pyp. "*Gece çöküyor ve son nefesime kadar sürecek nöbetim başlıyor.*"

"*Nöbette yaşayacak, nöbette öleceğim,*" diye ekledi Grenn başını sallayarak.

"Bana cümleleri tekrar etmenize gerek yok. En sizin kadar iyi biliyorum onları," dedi Jon. Öfkelenmişti. Her şeyi daha da zorlaştırıyorlardı.

"*Ben karanlıktaki kılıç,*" diye devam etti Halder.

"*Duvardaki gözcüyüm,*" diyerek katıldı Kurbağa.

Jon yüzlerine küfür etti. Umursamıyorlardı. Pyp atını Jon'a yaklaştırdı. "*Ben soğukta yanan ateş, şafak vaktindeki ışığım. Ben uyurları uyandıran nida, diyar halkını koruyan kalkanım.*"

"Geri dur," diye uyardı Jon kılıcını göstererek. "Ciddiyim Pyp." Zırhları yoktu. Jon mecbur kalırsa onları parçalara ayırabilirdi.

Matthar arkasına sokulup koroya katıldı. "*Bu gece ve gelecek tüm gecelerde...*"

Jon ayağını kısrağının gövdesine vurdu. Bir çemberin içinde dönüyordu. Çocuklar çevresini sarmıştı, gittikçe çemberi daraltıyorlardı.

"*...hayatımı ve onurumu...*" Halder soldan yaklaştı.

"...Gece Nöbetçileri'ne adıyorum," diyerek bitirdi Pyp. Jon'un dizginlerine uzandı. "İşte seçeneklerin önünde. Beni öldür ya da benimle birlikte gel."

Jon kılıcını kaldırdı... ve çaresizce indirdi. "Kahrolun," dedi. "Hepiniz kahrolun."

"Seni bağlamak zorunda mıyız? Yoksa sorun çıkarmadan bizimle at süreceğine söz veriyor musun?"

"Kaçmayacağım, eğer kastettiğin buysa." Hayalet ağaçların arasından çıktı. Jon ulu kurda baktı. "Çok yardımcı oldun," dedi. Kırmızı gözler ona her şeyi biliyormuş gibi bakıyordu.

"Acele etmemiz gerek," dedi Pyp. "Şafaktan önce dönemezsek Yaşlı Ayı *hepimizin* kafasını kestirir."

Jon geriye nasıl döndüklerini hatırlamıyordu. Yol daha kısa sürmüş gibiydi, belki de aklı başka yerde olduğundan. Dönüş temposunu Pyp belirlemişti, dörtnala. Köstebek Kasabası gelip geçti, genelevin kırmızı feneri çoktan sönmüştü. Hızlı yol aldılar. Jon, Kara Kale'nin kulelerini gördüğünde şafağa daha bir saat vardı. Kara Kale evi gibi görünmüyordu bu sefer.

Jon'u geri getirebilirlerdi ama kalmaya zorlayamazlardı. Savaş sabaha bitmeyecekti, ne de ondan sonraki sabah. Arkadaşları gece gündüz başında bekleyemezdi. Sabırlı davranır, onları vazgeçtiğine inandırırdı... ve sonra, iyice gevşediklerinde tekrar kaçardı. Bir dahaki sefere Kral Yolu'nu kullanmayacaktı. Sur boyunca doğuya gidebilirdi. Belki denizi geçerdi. Daha uzun ama daha güvenli bir yol olurdu. Hatta batıya, dağlara gidebilirdi ve yüksek geçitlerden güneye kıvrılırdı. Bu yabanılların yoluydu, zor ve tehlikeliydi ama en azından kimse onu takip edemezdi. Kral Yolu'nun ya da Kışyarı'nın yakınına bile gitmeyecekti.

Samwell Tarly onları eski ahırlarda bekliyordu. Uyuyamayacak kadar gergindi, bir saman balyasına yaslanmış oturuyordu. Ayağa kalkıp üstünü temizledi. "Seni buldukları için sevindim Jon," dedi.

"Ben sevinmedim," diye karşılık verdi Jon atından inerken.

Pyp atından aşağı atladı ve iğreniyormuş gibi aydınlanan gökyüzüne baktı. "Şu atları yerlerine götürmemize yardım et Sam," dedi. "Önümüzde uzun bir gün var ve Lord Kar sayesinde güne hiç uyumadan başlıyoruz."

Şafak söktüğünde Jon her sabah yaptığı gibi mutfağa gitti. Üçparmak Hobb bir şey söylemeden Yaşlı Ayı'nın kahvaltı tepsisini verdi. Bugün kahvaltıda iyi haşlanmış üç kahverengi yumurta, kızarmış ekmek, jambon ve bir kâse pörsümüş erik vardı. Jon tepsiyi Kral Kulesi'ne götürdü. Yaşlı Ayı pencerenin yanına oturmuş bir şeyler yazıyordu. Kuzgun mırıldanarak adamın omuzlarında dolaşıyordu. Jon içeri girdiğinde, "*Mısır, mısır, mısır*," diye bağırdı. "Tepsiyi masanın üstüne bırak," dedi Yaşlı Ayı kafasını kaldırarak. "Biraz bira içeceğim."

Jon pencereyi açtı, dış pervazdaki bira fıçısını alıp bir kupayı doldurdu. Hobb'un Duvar'dan verdiği limon hâlâ soğuktu. Jon limonu yumruğunun içinde ezdi, suları parmaklarının arasından akıyordu. Mormont birasını limonlu içerdi ve hâlâ kendi dişlerine sahip olmasının sebebinin de bu olduğunu söylerdi.

"Babanı çok sevdiğine şüphe yok," dedi Mormont, Jon bira kupasını ona uzatırken. "Çok sevdiğimiz şeyler felaketimizi hazırlar delikanlı. Bunu sana söylediğim zamanı hatırlıyor musun?"

"Hatırlıyorum," dedi Jon sessizce. Babasının ölümü hakkında konuşmak istemiyordu. Mormont'la bile.

"Bunu hiç unutmadığından emin ol. Acı gerçekler tutunması en zor olanlardır. Bana tabağımı getir. Yine mi jambon var? Yorgun görünüyorsun. Ay ışığı yolculuğun zorlu muydu?"

Jon'un boğazı kurudu. "Biliyor musunuz?"

"*Biliyor*," dedi Mormont'un omzundaki kuzgun. "*Biliyor*."

Yaşlı Ayı homurdandı. "Beni bir odun kadar beynim var diye mi Gece Nöbetçileri Lord Kumandanı yaptıklarını sanıyorsun Jon? Aemon gideceğini söyledi bana. Ben de ona geri döneceğini söyledim. Ben adamlarımı tanırım... ve *çocuklarımı* da. Seni Kral Yolu'na onur çıkardı... ve seni geri getiren de onur."

"Beni arkadaşlarım geri getirdi," dedi Jon.

"Ben seni geri getirenin *senin* onurun olduğunu söylemedim ki." Mormont kahvaltı tabağını inceliyordu.

"Babamı öldürdüler. Hiçbir şey yapmadan oturmamı mı bekliyordunuz?"

"Doğrusunu istersen tam da yaptığın şeyi yapmanı bekliyorduk." Ağzına bir erik atıp çekirdeğini tükürdü. "Seni gözlemesi için bir nöbetçiye emir verdim. Kale'den ayrıldığın görüldü. Eğer kardeşlerin seni geri getirmeseydi yol üstünde bir yerden alınacaktın, arkadaşın olmayanlar tarafından. Tabi kuzgun gibi kanatları olan bir atın varsa başka olurdu. Var mı?"

"Hayır." Jon kendini bir aptal gibi hissediyordu.

"Yazık. Öyle bir at çok işimize yarayabilirdi."

Jon dimdik durdu. Kendi kendine iyi öleceğini söylemişti en azından bunu yapabilirdi. "Kaçmanın cezasını biliyorum lordum. Ölmekten korkmuyorum."

"*Öl!*" diye bağırdı kuzgun.

"Yaşamaktan da korkmuyorsundur umarım," dedi Mormont. Jambonunu hançeriyle kesip bir parçasını kuşuna verdi. "Kaçak değilsin... şimdilik. Burada duruyorsun işte. Geceleri Köstebek Kasabası'na giden her delikanlının kafasını kesseydik Sur'u sadece hayaletler korurdu. Belki yarın tekrar kaçmayı düşünüyorsundur ya da on beş gün sonra. Öyle mi? Umduğun bu mu evlat?"

Jon sesini çıkarmadı.

"Ben de böyle düşünmüştüm." Bir yumurtanın kabuğunu soydu. "Baban öldü delikanlı. Onu geri getirebileceğini mi düşünüyorsun?"

"Hayır."

"İyi," dedi Mormont. "Ölülerin geri geldiğini gördük. Sen ve ben. Ve bu tekrar görmek isteyeceğim bir şey değil." Yumurtayı iki lokmada yuttu ve dişlerinin arasında kalan bir kabuk parçasını tükürdü. "Kardeşin, arkasında kuzeyin bütün gücüyle beraber savaş meydanında. Sancak beylerinden herhangi biri, tek bir emirle Sur'dakinden daha fazla kılıçlı adam toplayabilir. Neden senin yardımına ihtiyaçları olduğunu düşünüyorsun? Sen o kadar kudretli bir savaşçı mısın? Cebinde kılıcına büyü yapacak bir cin mi taşıyorsun?"

Jon'un verecek cevabı yoktu. Kuzgun gagasıyla bir yumurtanın kabuğunu kırmaya çalışıyordu. Bir delik açtı. Yumurtanın beyazından ve sarısından küçük lokmalar aldı.

Yaşlı Ayı içini çekti. "Bu savaşla yaralanan yalnızca sen değilsin. Kız kardeşim senin kardeşinin ordusuyla yürüyor. Onun kızı da öyle. İkisi de erkek zırhları içinde. Maege yaşlı, inatçı, tez canlı ve cesaretli bir cadıdır. Dürüst olmak gerekirse o cadının yanında olmaya pek tahammül edemem ama bu, benim kız kardeşimi senin üvey kız kardeşlerini sevdiğinden daha az sevdiğim anlamına gelmez." Mormont kaşlarını çatarak son yumurtasını aldı ve kabuğu kırılana kadar avcunun içinde sıktı. "Belki de gelir. Öyle olsa bile, katledilirse onun için yas tutarım ama beni kaçarken göremezsin. Ben de senin gibi o yemini ettim. Benim yerim burası... senin yerin nerede evlat?"

Benim yerim yok, demek istedi Jon. *Ben bir piçim. Haklarım yok, adım yok, annem yok ve şimdi bir babam da yok*. "Bilmiyorum."

"Ben biliyorum," dedi Lord Kumandan Mormont. "Soğuk rüzgârlar yükseliyor Kar. Sur'un ötesindeki gölgeler uzadı. Cotter Pyke öküzlerin ve geyiklerin büyük sürüler halinde güneye ve doğuya, deniz kıyısına doğru göçtüğünü yazmış. Adamlarından biri Doğugözcüsü'nün sadece üç fersah uzağında devasa, şekilsiz ayak izlerine rastlamış. Gölge Kule'deki korucular tamamen terk edilmiş köyler buluyor. Sör Denys geceleri dağlarda yanan dev ateşler gördüklerini söylüyor. Akşam çöktükten sonra yanıyor, şafağa kadar sönmüyormuş. Quorin Halfhand, Gorge'un derinliklerinden bir esir almış. Adam Mance Ryder'in tüm halkını bulduğu yeni bir kaleye yığdığına dair yemin ediyormuş, kim bilir hangi amaçla. Geçen yıl kaybettiğimiz tek korucunun amcan Benjen olduğunu mu sanıyorsun?"

"*Ben Jen*," diye öttü kuzgun. "*Ben Jen, Ben Jen, Ben Jen*."

"Hayır," dedi Jon. Başkaları da kaybolmuştu. Çok adam kaybolmuştu.

"Kardeşinin savaşının bizim savaşımızdan daha önemli olduğunu mu düşünüyorsun?" diye kükredi yaşlı adam.

Jon dudaklarını ısırdı. Kuzgun kanatlarını çırptı. "*Savaş, savaş, savaş, savaş*."

"Daha önemli değil," dedi Mormont. "Tanrılar bizi korusun evlat. Ne körsün ne de aptal. Ölü adamlar karanlıkta avlanmaya çıktıklarında Demir Taht'ta kimin oturduğu önemli mi olacak sanıyorsun?"

"Hayır," dedi Jon. Bu açıdan düşünmemişti hiç.

"Seni bize lord baban yolladı Jon. Nedenini kim söyleyebilir?"

"*Neden? Neden? Neden?*" dedi kuzgun.

"Bütün bildiğim, Starklar'ın damarlarında İlk İnsanlar'ın kanının aktığı. Sur'u İlk İnsanlar inşa ettiler ve onların bütün unutulan şeyleri hatırladıkları söylenir. Şu senin canavarın... bizi ormandaki bedenlere götürdü, merdivenlerdeki cesede karşı uyardı. Sör Jaremy buna tesadüf derdi ama Sör Jaremy öldü, ben yaşıyorum." Mormont hançerini ucuyla bir parça jambon aldı. "Senin burada olmak için doğduğunu düşünüyorum. Ve Sur'un ötesine gittiğimizde senin ve kurdunun yanımızda olmanızı istiyorum."

Sözleri Jon'un heyecanla ürpermesine sebep oldu.

"Sur'un ötesi?"

"Beni duydun. Ben Stark'ı bulmaya kararlıyım. Ölü ya da diri. Zavallı gibi burada oturup karın, buzun ve rüzgârın gelmesini beklemeyeceğim. Bu defa Gece Nöbetçileri, Sur'un Ötesindeki Kral'ın, Ötekiler'in ve orada başka ne varsa hepsinin üstüne bütün gücüyle yürüyecek. Nöbet'i bizzat ben komuta edeceğim." Hançerin ucunu Jon'un göğsüne doğrulttu. "Lord Kumandan'ın yaveri ve kâhyası da onunla gitmek zorundadır... ama her sabah yine kaçtın mı diye merak ederek uyanmak istemiyorum. Yani, senden bir cevap istiyorum Lord Kar. Ve hemen şimdi istiyorum. Gece Nöbetçileri'nin kardeşi misin? Yoksa sadece savaşçılık oynamak isteyen bir piç misin?"

Jon Kar duruşunu düzeltti ve derin bir nefes aldı. *Beni affedin. Baba, Robb, Bran, Arya... size yardım edemediğim için beni affedin. Yaşlı adam doğru söylüyor. Benim yerim burası.* "Ben... ben size aidim lordum. Sizin adamınızım. Yemin ediyorum. Bir daha kaçmayacağım."

Yaşlı Ayı homurdandı. "Güzel. Şimdi gidip kılıcını kuşan."

CATELYN

Catelyn Stark'ın daha bebek olan oğlunu kucağında taşıyıp Nehirova'nın dışına çıkardığı, Tökeztaş'ı küçük bir tekneyle geçip kuzeye doğru yolculuğuna başladığı günün üstünden bin yıl geçmiş gibiydi. Şimdi eve dönmek için yine Tökeztaş'ı geçiyordu ama bu sefer oğlu kundak yerine kalkan ve zırh giyiyordu.

Adamlar kürek çekerken Robb teknenin ucunda oturmuş Boz Rüzgâr'ın başını okşuyordu. Yanında Theon Greyjoy vardı. Amcası Brynden, İri Jon ve Lord Karstark'la birlikte ikinci tekneyle arkalarından geliyordu.

Catelyn teknenin arkasına oturmuştu. Tökeztaş'ın sularında hızla yol alıyorlardı. Kuvvetli akıntıyla Değirmen Kulesi'nin yanından geçtiler. Catelyn, kulenin içindeki su çarkının ıslak ve gıcırtılı sesini genç kızlığından hatırlıyordu, ses dudaklarında hüzünlü bir gülümsemeye sebep oldu. Kalenin kum taşı duvarlarındaki askerler ve hizmetçiler kendisinin ve Robb'un adını bağırıyor, "Kışyarı!" diye haykırıyorlardı. Bütün siperlerde Tully sancağı dalgalanıyordu. Coşku dolu bir görüntü olmasına rağmen Catelyn'in yüreği kıpırdamıyordu. Kalbinin bir daha canlanıp canlanmayacağını merak ediyordu Catelyn. *Ah, Ned...*

Değirmen Kulesi'nin altında geniş bir dönüş yapıp köpüren suya daldılar. Su Kapısı'nın devasa kemeri göründü. Büyük demir yivli kapıyı yukarı çeken ağır zincirlerin inlemeleri duyuldu. Tekneler yaklaşırken kapı ağır ağır yukarı kalkıyordu. Catelyn, yükselen kapının alt yarısının pastan kırmızıya döndüğünü gördü. Dikenli kazıklar başlarının sadece birkaç santim üzerinde dururken geçtiler, üstlerine çamur damlıyordu. Catelyn demirlere bakıp pasın ne kadar derine işlemiş olabileceğini, bir darbeye ne kadar dayanabileceğini, değiştirilmesinin gerekli olup olmadığını merak etti. Son zamanlarda kafasının içi böyle düşüncelerle doluydu.

Kemerin ve duvarların altından geçerken gün ışığından karanlığa daldılar ve sonra yine aydınlıktaydılar. Çevrelerinde, taşlara sabitlenmiş zincirlere bağlı irili ufaklı pek çok tekne vardı. Babasının muhafızları ve erkek kardeşi su merdivenlerinin başında bekliyordu. Sör Edmure Tully kabarık kahve kızıl saçlı, kızıl sakallı, tıknazca genç bir adamdı. Üstündeki göğüs plakası mücadele sırasında derin çizikler ve kesikler almıştı. Mavi kırmızı pelerini kan ve dumanla lekelenmişti. Kardeşinin yanında çengel burunlu, kısa saçları ve sakalları hafiften ağarmış Lord Tytos Blackwood duruyordu. Parlak sarı zırhı özenle kakılmış siyah asma yapraklarıyla süslenmişti. Zayıf omuzlarından kuzgun tüyünden yapılmış bir pelerin sarkıyordu. Edmure'u Lannister kampından kurtaran atağa Lord Tytos önderlik etmişti.

"Onları içeri alın," diye emretti Edmure. Üç adam dizlerine kadar suyun içine girip ellerindeki kancalı uzun direklerle tekneyi yakına çektiler. Boz Rüzgâr zıplayıp tekneden çıkınca adamlardan biri direği düşürüp sendeledi ve sırtüstü suya devrildi. Adam şaşkın bir ifadeyle doğrulmaya çalışırken diğerleri kahkaha atıyordu. Theon Greyjoy teknenin kenarına atlayıp Catelyn'i belinden tutarak kaldırdı, kendi çizmeleri suyun içine girerken onu kuru bir basamağa bıraktı.

Edmure merdivenleri inip ablasına sarıldı. "Tatlı kardeşim," diye mırıldandı pürüzlü sesiyle. Derin mavi gözleri ve gülümsemek için yaratılmış dudakları vardı ama şimdi gülümsemiyordu. Yorgun ve perişan görünüyordu. Mücadele yüzünden yaralanmış, acıdan bitkin düşmüştü. Boynu sargılıydı. Catelyn özlemle kardeşine sarıldı.

Ayrıldıklarında, "Senin acın benim acımdır Cat," dedi. "Lord Eddard'ın başına gelenleri duyduğumuzda... Lannisterlar bunu ödeyecek, sana söz veriyorum. İntikamını alacaksın."

"İntikam bana Ned'i geri getirecek mi?" dedi Catelyn sertçe. Acısı yumuşak kelimeler için çok tazeydi henüz. Şimdi Ned'i düşünemezdi. Düşünmeyecekti. Güçlü olmak zorundaydı. "Bunlar bekleyebilir. Babamı görmeliyim."

"Seni odasında bekliyor," dedi Edmure.

"Lord Hoster yatalak halde leydim," diye açıkladı babasının kâhyası. Bu iyi adam ne zaman bu kadar fazla yaşlanmıştı? "Sizi hemen yanına götürmemi emretti."

"Onu ben götüreceğim," dedi Edmure. Su merdivenlerini çıkıp Brandon ve Lord Petyr'ın Catelyn için düello yaptığı alt avluyu geçtiler. Kalenin devasa kumtaşı duvarları gökyüzüne uzanıyordu. Alabalık armalı miğferler takmış iki muhafızın nöbet tuttuğu büyük kapıdan içeri girdiklerinde, "Durumu ne kadar kötü?" diye sordu Catelyn. Daha soruyu sorarken alacağı cevaptan korkuyordu.

Edmure'un gözleri keder doluydu. "Üstat fazla vaktinin kalmadığını söylüyor. Sürekli ve şiddetli ağrıları var."

Catelyn'in içini kör bir öfke doldurdu. Edmure'a, Lysa'ya, Lannisterlar'a, üstadlara ve Ned'e ve babasına ve her ikisini de ondan alıp götüren zalim tanrılara öfke duyuyordu. "Bunu öğrendiğin anda bana haber göndermeliydin."

"İzin vermedi. Düşmanlarımızın ölüm döşeğinde olduğunu bilmelerini istemedi. Diyar bu kadar karışıkken Lannisterlar hassas durumunu bilirlerse..."

"...saldırırlar diye düşündü," diyerek kardeşinin cümlesini tamamladı Catelyn. *Bu senin hatan*, diye fısıldadı içindeki bir ses. *Cüceyi kendi başına yakalamaya kalkışmasaydın...*

Sessizce sarmal merdiveni tırmandılar.

İç kale tıpkı Nehirova gibi üçgen şeklindeydi. Lord Hoster'ın odası da öyle. Odanın balkonu, kumtaşından yapılmış dev bir geminin pruvası gibi doğuya doğru dışarı çıkıyordu. Kale Lordu bu balkondan baktığı zaman bütün duvarlarını, burçlarını ve nehirlerin birleştiği noktayı rahatlıkla görebiliyordu. Babasının yatağını balkonun önüne taşımışlardı. "Güneş altında durup nehirleri izlemeyi seviyor," diye açıkladı Edmure. "Baba, bak sana kimi getirdim. Cat seni görmek için eve döndü..."

Hoster Tully her zaman dev gibi bir adam olmuştu. Gençliğinde uzun ve geniş, yaşlanmaya başladığında biraz şişmanca. Ama şimdi küçülmüş gibi görünüyordu. Kemiklerinde et ve kas kalmamıştı sanki. Yüzü bile sarkmıştı. Catelyn onu son gördüğünde saçları ve sakalları kahverengiydi, aralarına ince gri teller karışmıştı. Şimdi bütün saçları bembeyazdı.

Edmure'un sesini duyunca babası gözlerini açtı. "Küçük Cat," diye fısıldadı. Sesi zayıf, hafif ve acıyla çatal çataldı. "Benim küçük Cat'im." Catelyn'in ellerini tuttuğunda yüzünden yorgun bir gülümseme geçti. "Yolunu gözledim..."

"Sizi yalnız bırakayım," dedi Edmure. Odadan çıkmadan önce eğilip babasının alnını öptü.

Catelyn dizlerinin üstüne çöküp babasının ellerini sıkı sıkı tuttu. Kocaman elleri vardı ama bir deri bir kemikten ibaretti artık. Ellerindeki bütün güç çekilmişti. "Bana söylemeliydin," dedi Catelyn. "Bir süvari, bir kuzgun..."

"Süvariler yakalanıp sorgulanır," dedi babası. "Kuzgunlar vurulup düşer..." Yüzü bir acı dalgasıyla kasıldı ve parmakları Catelyn'in eline geçti. "Karnımda yengeçler var sanki. Sürekli ısırıyorlar. Gece ve gündüz. Alevli makasları var. Üstat Vyman bana rüya şarabı yapıyor, haşhaş sütü de... çok fazla uyuyorum... ama sen geldiğinde uyanık olmak istedim. Lannisterlar kardeşini aldığında... çok korktum... Seni bir kez daha göremeden öleceğimden korktum..."

"Buradayım baba," dedi Catelyn. "Oğlum Robb da burada. O da seni görmek istiyor."

"Oğlun," diye fısıldadı babası. "Benim gözlerimi almıştı, hatırlıyorum..."

"Almıştı. Ve sana Jaime Lannister'ı da getirdik. Zincirlere bağlı halde. Nehirova tekrar özgür baba."

Lord Hoster gülümsedi. "Gördüm. Geçen gece, onlara görmeliyim dedim... Beni kapı kulübesine taşıdılar, burca çıkardılar, oradan izledim. Ah, ne kadar güzeldi... meşaleler dalgalar gibiydi, nehrin karşısından gelen çığlıkları duyuyordum... tatlı çığlıkları. Kuşatma kulesinin yıkıldığını gördüğümde ölebilirdim, mutlu ölürdüm ama önce çocuklarımı görmeliydim. Bunu yapan senin oğlun muydu? Senin Robb'un muydu?"

"Evet," dedi Catelyn gururla. "Robb'du... ve Brynden. Erkek kardeşin de burada baba."

"Brynden." Babasının sesi güçsüz bir fısıltı haline dönüşmüştü. "Karabalık... geri mi döndü? Vadi'den mi geldi?"

"Evet."

"Ya Lysa?" Rüzgâr ince gri saçlarının arasından geçti. "Tanrılar aşkına, kız kardeşin, o da burada mı?"

Lord Hoster'ın sesi öyle büyük bir umutla ve istekle doluydu ki, gerçeği söylemek zordu. "Hayır baba, üzgünüm..."

"Ah." Yüzü düştü. Gözlerindeki ışık söndü. "Ummuştum ki... Onu da son bir kez görürüm diye..."

"Lysa, Kartal Yuvası'nda oğluyla birlikte."

Lord Hoster başını salladı. "Oğlu şimdi Lord Robert oldu, zavallı Arryn ölünce... hatırlıyorum. O neden sizinle gelmedi?"

"O korkuyor lordum. Kartal Yuvası'nda güvende olduğunu hissediyor." Babasının çizgilerle dolu alnını öptü. "Robb bekliyor. Onu görecek misin? Ve Brynden'ı?"

"Senin oğlun," diye fısıldadı babası. "Evet. Cat'in oğlu... benim gözlerimi almıştı, hatırlıyorum. Onu buraya getir."

"Ya kardeşini?"

Babası nehirlere baktı. "Karabalık," dedi. "Hâlâ evlenmedi mi? Hâlâ bir kızı karısı yapmadı mı?"

Ölüm döşeğinde bile, diye düşündü Catelyn üzüntüyle. "Evlenmedi baba. Bunu biliyorsun. Ve asla evlenmeyecek."

"Ona söyledim... ona *emrettim*. Evlen! Ben onun lorduydum. Ona uygun eşi bulmak benim hakkımdı. İyi bir eş. Bir Redwyne. Köklü bir hanedan. Tatlı bir kızdı... Bethany, evet... Zavallı çocuk. Hâlâ bekliyor. Evet hâlâ..."

"Bethany Redwyne yıllar önce Lord Rowan'la evlendi baba. Üç çocuk doğurdu."

"Neyse işte," diye homurdandı Lord Hoster. "Kıza tükürdü. Redwynelar'a tükürdü. *Bana* tükürdü. Ağabeyine, lorduna... Karabalık. Başka teklifler de vardı. Lord Bracken'ın kızı mesela. Walder Frey... üç kızından biri olabilirdi. Evlendi mi? Biriyle bile? Herhangi biriyle?"

"Evlenmedi," dedi Catelyn. "Ama seni görmek için, Nehirova'yı kurtarmak için onca yolu tepip geldi. Eğer Sör Brynden yardım etmeseydi ben şu an burada olamazdım."

"O hep bir savaşçıydı," diye hırladı babası. "Bak o işi becerebiliyor. Geçit Şövalyesi." Arkasına yaslanıp gözlerini kapadı. "Onu bana gönder. Ama daha sonra. Şimdi biraz uyuyacağım. Kavga edemeyecek kadar yorgunum. Karabalık'ı daha sonra bana gönder..."

Catelyn hafifçe babasını öptü. Beyaz saçlarını düzeltti. Onu, önünden nehirler akan kulesinin gölgeleri içinde yalnız bıraktı. Yaşlı adam daha Catelyn odadan çıkmadan uyuyakalmıştı.

Alt avluya döndüğünde Sör Brynden'ı ıslak çizmeleriyle su merdivenin başında durmuş, Nehirova muhafızlarının kumandanıyla konuşurken buldu. Karabalık, Catelyn'i görür görmez yanına geldi. "O nasıl?"

"Ölüyor," dedi Catelyn. "Korktuğumuz gibi."

Amcasının sert yüzü derin acısını saklayamıyordu. Parmaklarını gri saçlarının arasında gezdirdi. "Beni görecek mi?"

Catelyn başıyla onayladı. "Kavga edemeyecek kadar yorgun olduğunu söyledi."

Brynden Karabalık kıkırdadı. "Buna inanamayacak kadar yaşlı bir savaşçıyım ben. Lord Hoster, biz cenaze ateşini yakarken bile beni Redwynelar'ın kızıyla ilgili azarlayacak. Gerekirse kemikleriyle."

Catelyn gülümsedi. Bunun doğru olduğunu biliyordu. "Robb'u göremedim."

"Sanırım Greyjoy'yla birlikte salona gitti."

Theon Greyjoy, Büyük Salon'daki sıralardan birinde oturmuş bira içiyor, Fısıltılı Orman'daki katliamı anlatarak Lord Hoster'ın garnizonunu eğlendiriyordu. "Bazıları kaçmaya çalıştı ama vadinin iki ucunu da kapatmıştık. Ellerimizdeki kılıçlarla, mızraklarla karanlığa daldık. Lannisterlar, Robb'un ulu kurdu üstlerine atladığında Ötekiler'in saldırısına uğradıklarını sanmışlardır. Kurdun bir adamın kolunu kopardığını gözlerimle gördüm. Atlar hayvanın kokusuyla çılgına döndü. Kaç adam atların sırtından düştü anlatamam..."

"Theon," diyerek araya girdi Catelyn. "Oğlumu nerede bulabilirim?"

"Lord Robb tanrı korusuna gitti leydim."

Ned de bunu yapardı. *O benim olduğu kadar Ned'in de oğlu. Bunu unutmamalıyım. Ah, Ned...*

Robb yeşil yapraklardan oluşmuş bir kubbenin altında, uzun kızıl ağaçların, yaşlı karaağaçların arasında, suratı öfkeden çok hüzünle oyulmuş yürek ağacının, bir büvet ağacının önünde diz çökmüştü. Uzun kılıcı, ucu toprağa saplanmış halde dimdik yanında duruyordu. Eli kılıcının kabzasındaydı. İri Jon Umber, Rickard Karstark, Maege Mormont, Galbart Glover ve diğerleri Robb'un etrafında diz çökmüşlerdi. Hatta kuzgun tüyü pelerini rüzgârla havalanan Tytos Blackwood bile aralarındaydı. *Onlar eski tanrılara dua ediyor*, diye geçirdi içinden. Kendine hangi tanrıya dua edeceğini sordu Catelyn. Cevabı bilmiyordu.

Onların duasını bölmeyecekti. Tanrılar gerekli saygıyı görmeliydi... Ned'i ve babasını ondan alan zalim tanrılar bile. Catelyn bekledi. Nehir rüzgârı ağaçların arasında geziniyordu. Sağa döndüğünde bir yanı sarmaşıklarla kaplanmış Değirmen Kulesi'ni görebiliyordu. Orada öylece beklerken bütün anıları kafasına hücum ediyordu. Babası ata binmeyi bu ağaçların arasında öğretmişti ona. Edmure şu karaağaçtan düşerek kırmıştı kolunu. O ve Lysa, ilerideki kameriyenin altında Petyr'la öpücük oyunu oynamıştı.

Yıllardır aklına gelmemişti bu hikâye. Ne kadar da küçüktüler. Catelyn ancak Sansa'nın yaşlarında, Lysa henüz Arya'dan küçük, Petyr ufak tefek ama şevkli. Kızlar zaman zaman ciddi, ara sıra kıkırdayarak Petyr'ı sırayla öpmüşlerdi. Anısı o kadar canlıydı ki Petyr'ın terli parmaklarını ve nane kokan nefesini hissediyordu. Tanrı korusunda yetişen naneleri çiğnemeye bayılırdı Petyr. Başı dertten kurtulmayan cesur bir çocuktu. Oyun bitip kız kardeşiyle yalnız kaldıklarında, "Dilini ağzıma sokmaya çalıştı," diye itiraf etmişti Catelyn. "Bana da aynısını yaptı," demişti Lysa utanarak. "Hoşuma gitti."

Robb yavaşça ayağa kalkıp kılıcını kınına soktu. Oğlunun tanrı korusunda bir kızı öpüp öpmediğini merak etti Catelyn. Öptüğüne şüphe yoktu. Jeyne Poole'un nemli gözlerle Robb'a baktığına defalarca şahit olmuştu. Hizmetçi kızlar da aynı gözlerle izlerdi oğlunu, hatta on sekiz yaşından büyük olanlar bile. Savaşa katılmış, kılıcıyla adamlar öldürmüştü, tabi ki bir kızı da öpmüş olmalıydı. Catelyn'in gözleri yaşlarla dolmuştu. Öfkeyle sildi gözyaşlarını.

"Anne," dedi Robb, Catelyn'in beklediğini görünce. "Bir konsey toplamalıyız. Karar verilmesi gereken konular var."

"Büyükbaban seni görmek istiyor," dedi Catelyn. "Robb, o çok hasta."

"Sör Edmure söyledi. Çok üzgünüm anne. Hem Lord Hoster, hem senin için. Ama önce toplanmalıyız. Güneyden haberler aldık. Renly Baratheon ağabeyinin tacını istiyormuş."

"Renly mi?" diye sordu Catelyn hayretler içinde. "Lord Stannis olacağından çok emindim..."

"Biz de öyle leydim," dedi Galbart Glover.

Savaş konseyi Büyük Salon'da, kırık bir kare şeklinde düzenlenmiş dört uzun masanın etrafında toplandı. Lord Hoster toplantıya katılamayacak kadar güçsüzdü. Gençliğinin güneşle ışıldayan nehirlerini düşleyerek balkonunda uyuyordu. Tullyler'in yüksek koltuğunda Edmure oturuyordu. Yanında Brynden Karabalık vardı. Nehirova'nın sancak beyleri sağdaki ve soldaki uzun masalara yerleşmişti. Nehirova zaferinin haberleri Üç Dişli Mızrak'ın kaçak lordlarına ulaşmış, onların geri dönmesini sağlamıştı. Babası Altın Diş'te öldüğü için artık bir lord olan Karyl Vance, Sör Marq Piper'la birlikte gelmişti. Sör Raymun'ın, Robb yaşlarındaki oğlu Darry'yi de yanlarında getirmişlerdi. Taş Çit'ten gelen öfkeli ve küstah Lord Jonos Bracken salona girmiş, masa düzeninin elverdiği ölçüde Tytos Blackwood'un uzağına oturmuştu.

Kuzey lordları karşı masaya yerleşmişti. Sayıları daha azdı. Catelyn ve Robb, Edmure'un tam karşısında oturuyordu. İri Jon, Robb'un solundaydı. Theon Greyjoy, Galbart Glover ve Leydi Mormont sırayla Catelyn'in sağ tarafında yer alıyordu. Gözleri kederle dolu Lord Karstark yıkanmamış ve taranmamış sakallarıyla bir kâbusun içindeymiş gibi yerine oturdu. Fısıltılı Orman'da iki oğlunu birden kaybetmişti ve Tywin Lannister'a karşı Yeşil Çatal civarında yürüyen ordudaki büyük oğlundan haber alınamıyordu.

Tartışmalar gece boyunca sürdü. Her lordun konuşma hakkı vardı ve konuştular... ve bağırdılar ve küfrettiler ve uzlaştılar ve ikna ettiler ve kadehlerini masaya vurdular ve pazarlık ettiler ve tehditler savurdular ve terk ettiler ve geri döndüler, gülümseyen ya da asılmış suratlarıyla. Catelyn oturup hepsini dinledi.

Roose Bolton diğer ordularından geri kalan askerleri geçit ağzında yeniden bir araya getirmişti. Sör Helman Tallhart ve Walder Frey hâlâ İkizler'i tutuyordu. Lord Tywin'in ordusu Üç Dişli Mızrak'ı geçmiş Harrenhal'a doğru ilerliyordu. Diyarda iki kral vardı fakat anlaşma yoktu.

Sancak beylerinin çoğu bir an önce Harrenhal'a yürümek ve Lord Tywin'in ordusuyla karşılaşıp Lannister gücünü tamamen yok etmek istiyordu. Genç ve ateşli Marq Piper, Harrenhal yerine batıya yürüyüp Casterly Kayası'nı düşürmek istiyordu. Diğer lordlar sabırlı olmayı önerdi. Jason Mallister, Nehirova'nın Lannisterlar'ın malzeme hattının üstünde olduğunu hatırlattı. Kendi yorgun birlikleri dinlenip tekrar güç kazanırken, Lord Tywin'in yeni asker ve iaşe bulmasına fırsat vermeden uygun zamanı kollayabilirlerdi. Lord Blackwood bu fikre katılmıyordu. Fısıltılı Orman'da başladıkları işi hemen bitirmek zorunda olduklarını söyledi. Harrenhal'a yürümeli ve Roose Bolton'ın ordusunu da yanlarında götürmeliydiler. Bracken her zaman olduğu gibi Blackwood'un her söylediğine muhalif oluyordu. Lord Jonos Bracken, Kral Renly'ye bağlılık yemini etmeleri gerektiği konusunda ısrarlıydı. Güneye gidip kuvvetlerini onun ordusuna katmalıydılar.

"Renly kral değil," dedi Robb. İlk kez konuşmuştu. Tıpkı babası gibi dinlemesini biliyordu.

"Joffrey'ye bağlı olamazsınız lordum," dedi Galbart Glover. "O sizin babanızı öldürdü."

"Bu onu şeytan yapar ama Renly'yi kral yapmaz," diyerek karşılık verdi Robb. "Joffrey hâlâ Robert'ın en büyük meşru oğlu. Bu durumda diyarın bütün yasalarına göre tahtta oturmak onun hakkı. Eğer ölürse, ki öldüğünü görmek isterim, kendinden küçük bir erkek kardeşi var. Tommen sıradaki ikinci veliaht."

"Tommen da bir Lannister," diye patladı Sör Marq Piper.

"Söylediğiniz doğru," dedi Robb huzursuzca. "Buna rağmen ikisi de kral olmasa bile Renly nasıl olabilir? O Robert'ın küçük erkek kardeşi. Lord Stannis'ten önce tahta oturamaz."

Leydi Mormont onayladı. "Lord Stannis'in talebi haklı."

"Renly *taç giydi*," dedi Marq Piper. "Yüksek Bahçe ve Fırtına Burnu, krallığını kabul etti. Dorne'luların da edeceğinden şüphe yok. Eğer Kışyarı ve Nehirova da güçlerini onlara katarsa yedi büyük hanedandan beşi Renly'yi kabul etmiş olur. Arrynlar da katılırsa *altı!* Kaya'ya karşı altı! Lordlarım, daha bu yılın sonu gelmeden hepsinin kafasını mızraklara geçirmiş oluruz.

Kraliçe, oğlu, Lord Tywin, İblis, Kral Katili, Sör Kevan, *hepsinin* kafasını! Kral Renly'yle birleşirsek kazanacağımız şey budur. Stannis'te bütün bunları bir kenara atmamıza değecek ne var?"

"Doğrular," dedi Robb inatla. Catelyn oğlunun Ned gibi konuştuğunu düşündü.

"Öyleyse Stannis'i desteklemek niyetindesin?" diye sordu Edmure.

"Bilemiyorum," dedi Robb. "Ne yapmam gerektiği konusunda çok dua ettim; tanrılar cevap vermedi. Lannisterlar hainlik iddiasıyla babamı öldürdü. Bunun bir yalan olduğunu hepimiz biliyoruz. Buna rağmen Joffrey gerçek kralsa ve ona karşı ayaklanırsak bizler hain *olacağız.*"

"Lord babam temkinli olmamızı önerirdi," dedi Sör Stevron. Yüzünde Freyler'e özgü o sinsi gülümseme vardı. "Bekleyelim. Bırakalım bu iki kral kendi taht oyununu oynasın. Savaşları bitince kazananın önünde diz çökeriz ya da ayaklanırız. Tercih bizim. Renly ordu kuruyor. Bu durumda Lord Tywin ateşkes önerisine sıcak bakacaktır. Ve tabi oğlunu sağ salim geri almayı da istiyor. Soylu lordlarım, bana izin verin Harrenhal'a gidip onunla şartlarımızı ve fidye konusunu konuşayım, böylece..."

Sesi salondan yükselen öfke nidalarının arasında boğuldu. *"Korkak!"* diye haykırdı İri Jon. "Ateşkes için yalvarmak bizi zayıf gösterir," dedi Leydi Mormont. "Fidyenin canı cehenneme. Kral Katili'ni serbest *bırakmamalıyız,*" diye bağırdı Rickard Karstark.

"Neden barış olmasın?" diye sordu Catelyn.

Bütün lordlar Catelyn'e bakıyordu ama o sadece Robb'un gözlerini görüyordu. "Leydim, onlar babamı katletti. Sizin kocanızı," dedi Robb sertçe. Kılıcını kınından çıkarıp masanın üstüne koydu. "Lannisterlar'la aramdaki tek barış budur."

İri Jon haykırarak onayladı. Diğerleri de bağırarak, masaya yumruklarını vurarak, kılıçlarını çekerek ona katıldı. Catelyn herkes susana kadar bekledi. "Lordlarım," dedi salon sessizleştiğinde, "Lord Eddard sizin başınızdı ama ben onunla aynı yatağı paylaştım, çocuklarını doğurdum. Onu sizden az sevdiğimi mi düşünüyorsunuz?" Sesi kederle kırılıyordu ama Catelyn derin bir nefes alarak kendini toparladı. "Robb, eğer bu kılıç onu geri getirebilecek olsaydı, Ned'i yine yanımda dururken görene kadar onu kınına geri sokmana izin vermezdim... ama Ned öldü ve yüz tane Fısıldayan Orman zaferi bile onu geri getiremez. Ned Öldü. Ve Daryn Hornwood ve Lord Karstark'ın cesur oğulları ve pek çok iyi adam. Hiçbiri geri dönmeyecek. Buna rağmen daha fazla ölüm mü istiyoruz?"

"Siz bir kadınsınız leydim," dedi İri Jon kalın sesiyle. "Kadınlar bu konuları anlayamıyor."

"Kadınlar duygusaldır," dedi Lord Karstark. Yüzünde taze acısının izleri vardı. "Bir erkeğin intikam alması gerekir."

"Bana Cersei Lannister'ı verin Lord Karstark ve size bir kadının ne kadar *duygusal* olabileceğini göstereyim," diye karşılık verdi Catelyn. "Savaş taktiklerini ve stratejilerini sizin kadar anlamıyor olabilirim... Ama beyhudeliği bilirim. Ned hainlik iftirasıyla zindana atılmışken ve Lannister orduları nehir topraklarına saldırırken savaşa girdik. Özgürlüğümüzü ve lordumuzu geri almak için çarpıştık.

Birini hallettik, diğeri sonsuza kadar elimizden gelmeyecek. Hayatımın sonuna kadar Ned'in yasını tutacağım ama yaşayanları da düşünmek zorundayım. Kızlarım hâlâ kraliçenin elinde, onları geri istiyorum. Eğer iki Stark karşılığında dört Lannister vermem gerekirse veririm ve tanrılara şükrederim. Robb, senin güvende olmanı istiyorum. Kışyarı'nda babanın makamında oturmanı ve kuzeyi idare etmeni. Senin yaşayacak bir hayatın olsun istiyorum, bir kızla evlenmeni, çocuk sahibi olmanı. Bütün bunların bittiğini görmek istiyorum. Ben evime dönmek istiyorum lordlarım. Ben evime dönüp kocam için ağlamak istiyorum."

Catelyn konuşmasını bitirdiğinde salonda çıt çıkmıyordu.

"Barış," dedi amcası Brynden. "Barış tatlıdır leydim... ama hangi şartlarda? Eğer ertesi sabah kılıcını baştan dövdürmen gerekecekse onu bir saban demirine vurmak anlamsızdır."

"Oğullarımın kemikleriyle Karhold'a döneceksem Torrhen'im ve Eddard'ım ne uğruna öldü?" diye sordu Rickard Karstark.

"Doğru," dedi Lord Bracken. "Gregor Clegane tarlalarımı yaktı, halkımı kılıçtan geçirdi, Taş Çit'i harabeye çevirdi. Onu gönderenlerin önünde diz mi çökeceğim şimdi? Eğer her şey eskisi gibi olacaktıysa biz ne için savaştık?"

Lord Blackwood, Catelyn'i şaşırtarak söylenenlere katıldı. "Kral Joffrey ile anlaşma sağladığımızda Kral Renly nezdinde hainlik yapmış olmayacak mıyız? Ya aslan, geyiğin karşısında diz çökerse? O zaman ne yapacağız?"

"Siz kendi adınıza ne karar verirseniz verin. Ben bir Lannister'a asla kralım demeyeceğim," diye duyurdu Marq Piper.

"Ben de!" diye bağırdı küçük Darry. "Asla!"

Bağrışmalar tekrar başladı. Catelyn çaresizlik içinde masada oturmaya devam etti. Neredeyse başardığını düşünmüştü. Onu dinler gibi olmuşlardı, *neredeyse*... ama o an geçmişti. Barış olmayacaktı, iyileşmek için zaman olmayacaktı, emniyet içinde bir düzen olmayacaktı. Bağrışan, pazarlık eden, öfkeli, rahatsız ama her şeye rağmen Robb'un arkasından gelen lordları dinlerken oğluna baktı. Walder Frey'in kızlarından biriyle evlenmeye söz vermişti ama Catelyn onun gerçek gelinini görebiliyordu artık: Masanın üstüne yatırdığı kılıç.

Kızlarını düşünüyordu. Onları bir daha görüp göremeyeceğini merak ediyordu. İri Jon ayağa kalktı.

"LORDLARIM!" diye bağırdı. Sesi salonda yankılandı. "İki krala söyleceğim sadece şudur!" diyerek yere tükürdü. "Renly Baratheon benim umrumda değil. Stannis de öyle. Yüksek Bahçe'deki ya da Dorne'daki çiçekli bir koltukta oturup bana ve benim insanlarıma neden onlar hükmetsin? Onlar Sur'u, Kurt Ormanı'nı, İlk İnsanlar'ın hendek mezarlarını ne bilir? Onların *tanrıları* bile yalan. Lannisterlar burama kadar geldi artık. Ötekiler'e yem olsunlar." Sırtına asılı kınına uzanıp devasa çift el kılıcını çekti. "Neden biz yine kendi kendimizi yönetmiyoruz? Ejderhalarla evlenmiştik ve ejderhaların hepsi öldü!" Kılıcının ucunu Robb'a doğrulttu. "Benim önünde diz çökeceğim tek kral tam burada oturuyor lordlarım," diyerek gürledi. "Kuzey Kralı!"

Ve tek dizinin üstüne çöküp kılıcını Robb'un ayaklarının dibine bıraktı.

"İşte *bu* şartlarda barışa varım," dedi Lord Karstark. "Kızıl

Kale ve Demir Taht onların olsun." Uzun kılıcını kınından çıkarıp İri Jon'un yanında diz çöktü, "Kuzey Kralı!" diye haykırdı.

Maege Mormont ayağa kalktı. "Kış Kralı!" diye bağırdı. Gürzünü yerdeki kılıçların yanına koydu. Nehir lordları ayağa kalktı. Blackwood, Bracken, Mallister asla Kışyarı'ndan yönetilmemiş büyük hanedanlardı ama Catelyn'in gözlerinin önünde ayağa kalkıyor, kılıçlarını çekiyor, diz çöküyor ve diyarda Ejderha Aegon'ın gelip yedi krallığı tek bir krallık yaptığı zamandan bu yana, üç yüz yıldır duyulmayan o kelimeleri haykırıyorlardı... Catelyn'in babasının salonunun kirişleri o sözcüklerle titriyordu:

"Kuzey Kralı!"

"Kuzey Kralı!"

"KUZEY KRALI!"

DAENERYS

Toprak kızıl, ölü ve çatlaktı. İyi oduna rastlamak zordu. Adamlar budaklı kavak ağaçlarıyla, mor çalılarla ve kahverengi otlarla dönmüştü. En düzgün iki ağacı alıp budadılar, kabuklarını soydular. Gövdelerini ikiye bölerek yerde bir kare oluşturdular. Karenin içini çalılarla, ağaç gövdelerinden soydukları kabuklarla, kuru otlarla doldurdular. Rakharo ellerinde kalan küçük sürüden bir aygır seçti. Hayvan Khal Drogo'nun kızıl aygırına benzemiyordu ama ona benzeyen bir at yoktu zaten. Aggo ata bir elma yedirerek karenin ortasına getirdi ve iki kaşının ortasına baltasını indirdi.

Elleri ve ayakları bağlı olan Mirri Maz Duur gözlerindeki endişeli bakışla tozların arasından onları izliyordu. "Bir atı öldürmek yetmez," dedi Dany'ye. "Kan tek başına hiçbir işe yaramaz. Büyü yapmak için gerekli duaları bilmiyorsunuz, onları bulacak kadar bilge de değilsiniz. Kan büyüsünü çocuk oyunu mu sanıyorsunuz siz? Bana küfür eder gibi *maegi* diyorsunuz ama *maegi, bilge* demektir. Siz çocuksunuz ve bir çocuğun cehaletiyle hareket ediyorsunuz. Her ne yapmaya çalışıyorsanız işe yaramayacak. Beni şu iplerden kurtarın, size yardım edeyim."

"*Maegi*'nin anırmaları beni yordu," dedi Dany, Jhogo'ya. Adamın kamçısı kadının sırtına indi ve tanrıkadını bir daha konuşmadı.

At leşinin üstüne yontulmuş kütüklerden, küçük ağaç gövdelerinden, büyük ağaçların kollarından ve bulabildikleri en düzgün dallardan bir platform yaptılar. Ağaçlar batıdan doğuya doğru dizilmişti. Gün batımından gün doğumuna doğru. Platformun üstüne Drogo'ya ait olan şeyleri yerleştirdiler: Çadırı, boyalı yeleği, eyeri ve dizginleri, bir erkek olduğunda babasının verdiği kamçıyı, Khal Ogo'yu doğradığı *arakh*'ı, gösterişli ejderha kemiği yayı. Aggo, kansüvarilerinin düğün gecesinde hediye ettikleri silahları da koymak istedi ama Dany izin vermedi. "Onlar benim," dedi. "Onları saklayacağım." Drogo'nun eşyalarının üzerine bir kat daha çalı ve kuru ot serildi.

Güneş en yüksek noktasına doğru ağır ağır tırmanırken Sör Jorah kolundan tutarak Dany'yi kenara çekti. "Prenses..." diye başladı.

"Bana niye prenses diyorsunuz?" diyerek meydan okudu Dany. "Ağabeyim Viserys sizin kralınızdı, öyle değil mi?"

"Öyleydi leydim."

"Viserys öldü. Ben onun veliahtıyım. Targaryen Hanedanı'nın son kanıyım. Önceden onun olan her şey artık benim."

"...kraliçem," dedi Sör Jorah tek dizinin üstüne çökerken. "Önceden onun olan kılıcım artık sizindir Daenerys. Kalbim de öyle. Yüreğim asla Viserys'e bağlanmamıştı. Ben sadece bir şövalyeyim ve size sürgünden başka teklif edecek bir şeyim yok. Ama beni dinleyin. Khal Drogo'yu bırakın artık, gitsin. Yalnız kalmayacaksınız. Siz istemediğiniz takdirde kimse sizi Vaes Dothrak'a götürmeyecek yemin ederim. *Dosh khaleen*'e katılmak zorunda değilsiniz. Benimle doğuya gelin. Yi Ti, Qarth, Yeşim Denizi, Asshai. Hiç görülmemiş harikaları görürüz, tanrıların bize verdiği en güzel şarapları içeriz. Yalvarırım *Khaleesi*. Ne yapmaya çalıştığınızı biliyorum. Yapmayın. Ne olur *yapmayın*."

"Yapmak zorundayım," dedi Dany. Şefkatle şövalyenin yüzüne dokundu. Hüzünle. "Anlamıyorsunuz."

"Onu sevdiniz, anlıyorum," dedi Sör Jorah umutsuzluk dolu sesiyle. "Ben de bir zamanlar sevgili karımı sevmiştim ama onunla birlikte ölmedim. Siz benim kraliçemsiniz, kılıcım sizin ama siz Drogo'nun cenaze ateşine tırmanırken bir kenarda durup izlememi beklemeyin. Sizi yanarken seyretmeyeceğim."

"Korktuğunuz şey bu mu?" diye sordu Dany. Eğilip şövalyenin alnını hafifçe öptü. "O kadar çocuk değilim tatlı sör."

"Amacınız onunla birlikte ölmek değil mi? Bana yemin eder misiniz kraliçem?"

"Yemin ederim." Kendisine ait olan Yedi Krallık'ın Ortak Dil'inde konuşmuştu.

Platformun üçüncü katı kuzeyden güneye doğru dizilmiş parmak kalınlığında ince dallardan ve yapraklı kuru çubuklardan oluşuyordu. Buzdan ateşe doğru. Onların üstüne minderleri, ipek şilteleri serdiler. İşleri bittiğinde güneş batıda alçalmaya başlamıştı. Dany, Dothrakları yanına çağırdı. Yüz kişiden az kalmışlardı. Her şey başlarken Aegon'ın yanında kaç kişi olduğunu merak etti. Önemli değildi.

"Sizler benim *khalasar*'ım olacaksınız," dedi. "Köle yüzleri görüyorum. Boyunluklarınızı çıkarın. Artık özgürsünüz. İsterseniz gidebilirsiniz. Kimse size zarar vermeyecek. Eğer kalırsanız kız kardeş erkek kardeş gibi, karı koca gibi yaşayacağız." Simsiyah gözler boş bakışlarla, endişeyle onu izliyordu. "Çocuklar görüyorum, kadınlar, buruşmuş yüzler. Dün ben de bir çocuktum. Bugün bir kadınım. Yarın yaşlanacağım. Bana elinizi, yüreğinizi verin. Her zaman bir yeriniz olacak." Üç genç *khas* savaşçısına döndü. "Jhogo, sana düğün gecemde bana hediye edilen gümüş saplı kamçıyı veriyorum. Seni *ko* ilan ediyorum ve yeminini bekliyorum. Benim kanımın kanı olarak yaşamanı ve ölmeni istiyorum. Yanımda at sürmeni ve beni korumanı istiyorum."

Jhogo kamçıyı Dany'nin elinden aldı ama kafası karışmıştı. Tereddütle, "*Khaleesi*, bu olamaz. Bir kadının kansüvarisi olmak beni utandırır," dedi.

"Aggo," dedi Dany, Jhogo'nun söylediklerine kulak asmadan. *Dönüp arkama bakarsam karanlığın içinde kaybolurum.* "Sana düğün gecemde bana hediye edilen ejderha kemiğinden yayı veriyorum." Çifte kıvrımlı, siyah ve kusursuz, Dany'den daha uzun bir yaydı. "Seni *ko* ilan ediyorum ve yeminini bekliyorum. Benim kanımın kanı olarak yaşamanı ve ölmeni istiyorum. Yanımda at sürmeni ve beni korumanı istiyorum."

Aggo gözlerini yere indirerek yayı aldı. "Yemin edemem. *Khalasar*'ı ancak bir erkek yönetilebilir ve sadece bir erkek, savaşçısını *ko* ilan edebilir."

"Rakharo," dedi Dany kendisini reddeden Aggo'dan dönerek. "Sana düğün gecemde bana hediye edilen büyük altın *arakh*'ı veriyorum. Seni de *ko* ilan ediyorum ve yeminini bekliyorum. Benim kanımın kanı olarak yaşamanı ve ölmeni istiyorum. Yanımda at sürmeni ve beni korumanı istiyorum."

"Siz *khaleesi*'siniz," dedi Rakharo *arakh*'ı alırken. "Sizin yanınızda at sürer ve sizi korurum. Sizi Vaes Dothrak'a, Dağların Anası'nın eteklerine götürüp *dosh khaleen*'e teslim edene kadar. Başka söz veremem."

Dany başıyla onayladı. Verilen cevapların hiçbirini duymamış gibi sakindi. Savaşçılarının sonuncusuna döndü. "Sör Jorah Mormont," dedi. "Benim ilk ve en büyük şövalyem, size verecek bir düğün hediyem kalmadı ama size söz veriyorum, bir gün benim ellerimden daha önce hiç görülmemiş güzellikte bir kılıç alacaksınız. Bıçağı ejderha nefesiyle eritilmiş Valyria çeliğinden dövülmüş olacak. Yemininizi bekliyorum."

"Yemin ediyorum kraliçem," dedi Sör Jorah. Diz çöküp kılıcını Dany'nin ayaklarının dibine bıraktı. "Size hizmet edeceğime, itaat edeceğime, gerekirse uğrunuzda öleceğime yemin ediyorum."

"Karşımıza çıkan ne olursa olsun?"

"Karşımıza çıkan ne olursa olsun."

"Yemin ettiniz. Dilerim ki bu yemin için asla pişmanlık duymazsınız." Dany şövalyeyi ayağa kaldırdı. Adamın başına uzanabilmek için parmaklarının ucunda yükseldi ve dudaklarına hafif bir öpücük kondurdu ve, "Siz Kraliçe Muhafızları'nın ilkisiniz," dedi.

Çadırına giderken herkesin gözünün üstünde olduğunu biliyordu. Dothraklar aralarında fısıldaşıyor, badem gözlerinin ucuyla onu izliyordu. Onun delirdiğini düşündüklerinin farkındaydı Dany. Belki de gerçekten delirmişti. Bunu çok yakında öğrenecekti. *Dönüp arkama bakarsam karanlığın içinde kaybolurum.*

İrri küvete girmesine yardım etti. Küvet kaynar suyla doluydu ama Dany ne irkildi ne de sesini çıkardı. Sıcağı seviyordu. Sıcak su kendisini temiz hissetmesini sağlıyordu. Jhiqui, Dany'nin Batı Pazarı'ndan aldığı gül kokulu yağı suya kattı. Doreah saçlarını taradı. İrri sırtını keseledi. Dany gözlerini kapatıp sıcak suyun ve hoş kokuların onu sarmalamasına izin verdi. Kaynar suyun bacaklarının arasındaki ağrıyı emdiğini hissediyordu. Su içine girdiğinde ürperdi. Bütün ağrısı ve gerginliği çözülmüştü. Kendini suya bıraktı.

Temizlendiğinde hizmetçileri küvetten çıkmasına yardım etti. İrri ve Jhiqui onu kuruladı. Doreah, sıvı gümüşten bir nehir gibi omuzlarından dökülene kadar saçlarını fırçaladı. Bileklerine, kulaklarının arkasına, süt dolu ağır göğüs uçlarına baharat kokulu, tarçınlı parfümler sürdüler. Son dokunuş bacaklarının arası içindi. Kadınlığının dudakları arasında hafifçe kayan İrri'nin parmakları, bir aşığın yumuşak ve serin öpücüğü gibiydi.

Daha sonra Dany hepsini gönderdi. Drogo'nun gece topraklarına doğru çıkacağı yolculuğun son hazırlıklarını yapmalıydı. Kocasının vücudunu temizledi. Saçlarını fırçalayıp yağladı. Drogo'nun saçları Dany'nin parmaklarından son kez akıyordu. Onlara ilk kez dokunduğu düğün gecelerini hatırladı. Saçları hiç kesilmemişti. Kaç adam saçı hiç kesilmeden ölebilirdi? Yüzünü Drogo'nun saçlarına gömüp kokladı. Toprak ve çimen, at ve duman kokuyordu. Drogo kokuyordu. *Beni affet hayatımın güneşi*, dedi içinden. *Bütün yaptıklarım ve yapmak zorunda olduklarım için affet beni. Bedelini ödedim yıldızım. Ama çok ağır bir bedeldi. Çok ağırdı...*

Dany kocasının saçlarını ördü. Bıyıklarına gümüş halkaları, örgüsüne teker teker çanlarını taktı. Altın, bronz, ne çok çan vardı. Düşmanları bu çanların sesini duyar duymaz titreyip zayıflardı. At kılından yapılmış binici pantolonunu giydirdi. Uzun çizmelerini. Gümüş ve altın madalyonları olan kemerini beline taktı. Yaralı göğsüne boyalı yeleğini geçirdi. İyice solmuş, eskimiş olanı. Drogo en çok bunu severdi. Kendisi için bol ipek bir pantolon seçti. Bağları dizlerine kadar çıkan sandaletlerini ve Drogo'nunkine benzeyen yeleğini.

Hizmetçileri çağırıp Drogo'yu cenaze ateşine taşımalarını söylediğinde güneş kaybolmak üzereydi. Jhogo ve Aggo, *khal*'ın bedenini çadırdan çıkarırken Dothraklar sessizce bekliyordu. Dany savaşçıların arkasından yürüyordu. Drogo'yu ipek şiltelerin üstüne yatırdılar. Başı kuzeydoğuya, Dağların Anası'nın olduğu tarafa bakıyordu.

"Yağ," diye emretti. Kavanozları getirip dalları, yaprakları, çalıları, minderleri, ipek şilteleri ıslattılar. Sonunda hava güzel kokularla ağırlaştı, ağaç dallarından yağ damlaları düşüyordu. "Yumurtalarımı getirin," dedi Dany. Sesindeki bir şey onların aceleyle koşmasına sebep oldu.

Sör Jorah, Dany'nin kolunu tuttu. "Kraliçem, yumurtalar gece topraklarında Drogo'nun işine yaramaz. Onları Asshai'de satmamız daha akıllıca olur. Sadece birini satsak bizi tekrar Özgür Şehirler'e götürecek bir gemi alabiliriz. Üçünü birden satsak ömrünüzün sonuna kadar varlıklı bir kadın olarak yaşarsınız."

"Onlar bana satmam için verilmedi," dedi Dany.

Platforma tırmanıp yumurtaları, güneşi ve yıldızının etrafına dizdi. Siyah olanı kalbinin, yeşil olanı kafasının yanına koydu. Kemik rengi yumurtayı bacaklarının arasına yerleştirdi. Eğilip kocasını son kez öptüğünde dudaklarındaki yağın şekerli tadını aldı.

Aşağı inerken Mirri Maz Duur'un onu izlediğini fark etti. "Sen delisin," dedi tanrıkadını pürüzlü sesiyle.

"Delilikle bilgelik arasındaki yol o kadar uzun mu?" diye sordu sordu Dany. "Sör Jorah, *maegi*'yi odunlara bağlayın."

"Odunlara mı? Kraliçem... Hayır. Beni dinleyin..."

"Dediğimi yapın." Dany öfkeyle patlayana kadar şövalye tereddütlüydü. "Bana yemin etttiniz. Karşımıza çıkan ne olursa olsun. Rakharo, ona yardım edin."

Tanrıkadını ağaç yığınına sürüklenip Drogo'nun eşyalarının yanına bağlanırken çığlık atmıyordu. Dany kendi elleriyle kadının üstüne yağ kavanozunu boşalttı. "Bana öğrettiğin bütün dersler için teşekkür ederim Mirri Maz Duur."

Kadının saçlarından ve elbiselerinden yağ damlıyordu. "Çığlıklarımı duymayacaksın," dedi Dany'ye.

"Duyacağım," dedi Dany. "Ama istediğim çığlıkların değil. Yalnızca hayatını istiyorum. Bana söylediklerini hatırlıyorum. Hayatın bedeli ancak ölümle ödenir." Mirri Maz Duur ağzını açtı ama bir şey söyleyemedi. Dany, *maegi*'nin donuklaşmış kara gözlerindeki aşağılamanın kaybolduğunu fark etti. Gözlerinde korkuya benzer bir şeyler vardı. Artık güneşin tamamen batmasını ve ilk yıldızın görünmesini beklemekten başka yapacak bir şey kalmamıştı.

Bir at efendisi öldüğünde, gece topraklarında kolayca yol alabilsin diye atı da onunla birlikte ölürdü. Bedenleri gökyüzünün altında yakılır ve *khal* alevden atının sırtına binip yıldızların arasındaki yerini alırdı. *Khal* hayatta ne kadar cesursa yıldızı karanlık gökyüzünde o kadar parlak olurdu.

İlk Jhogo gördü. "*İşte*," dedi fısıltıyla. Dany başını kaldırıp baktı. Doğudaydı. Görünen ilk yıldız kıpkızıl yanan bir kuyruklu yıldızdı. Kan kırmızısı, ateş kırmızısı, ejderhanın kuyruğu. Bundan daha güçlü bir işaret bekleyemezdi Dany.

Meşaleyi Aggo'nun elinden alıp ağaç dallarının arasına yerleştirdi. Yağ hemen alev aldı. Sadece bir nefes sonra çalılar ve kuru otlar tutuştu. Kıvılcımlar küçük ve hızlı kırmızı fareler gibi yağın üstünden kabuklara, kabuklardan yapraklara, yapraklardan dallara sıçrayarak ağaçların üstünü kapladı. Yükselen ısı bir sevgilinin sıcak nefesi gibi yumuşakça Dany'nin yüzüne çarptı ama saniyeler içinde dayanılmayacak kadar arttı ve Dany geri çekilmek zorunda kaldı. Ağaçlar çatırdıyordu. Mirri Maz Duur tiz sesiyle ulur gibi şarkı söylemeye başladı. Alevler dönerek, kıvrılarak, birbirleriyle yarışıyormuşcasına yükseliyordu. Akşam karanlığı titrek ışıklarla aydınlanırken hava alevlerin sıcaklığıyla eriyor gibiydi. Alevler Mirri Maz Duur'u sardı. Kadının sesi gittikçe yükseldi, tizleşti... Kısa bir nefes aldı, sonra tekrar, sonra tekrar ve şarkısı korkunç bir çığlığa dönüştü.

Alevler Drogo'nun etrafındaydı artık. Giysileri yanmaya başladı. Bir an sonra *khal* havada yüzen turuncu ipekliler, kıvrılarak yükselen gri ve yağlı dumanlar tarafından sarmalanmıştı. Dany'nin dudakları aralandı. Nefesini tutuyordu. Bir yanı Sör Jorah'ın korktuğu gibi alevlerin içine dalmak, Drogo'nun yanına gidip ondan af dilemek, onu son kez içine almak, alevler derilerini eritip kemiklerinden ayırırken ona karışıp sonsuza dek bir olmak istiyordu.

Yanan insan etinin kokusunu duyuyordu. Ateş çukurlarında kızartılan at etinin kokusundan farksızdı. Cenaze ateşi derinleşen karanlıkta kükreyerek büyüyor, Mirri Maz Duur'un hafiflemiş çığlığını boğarak uzun dilleriyle gökyüzünü yalıyordu. Duman koyulaştıkça Dothraklar öksürerek geri çekiliyordu. Ateşin devasa turuncu damlaları cehennem rüzgârında sancaklarını açtı. Kütükler tıslayıp çatırdıyor, dumanla birlikte yükselen kıvılcımlar yeni doğmuş ateş böcekleri gibi karanlıkta parıldıyordu. Isı dalgası kızıl kanatlarını şiddetle çırpıp havaya çarparak Dothraklar'ı geri itti. Sör Jorah bile çekilmişti ama Dany kıpırdamadan olduğu yerde duruyordu. O ejderhanın kanıydı, ateş onun içindeydi.

Dany ateş yığınına bir adım daha yaklaşırken bunun gerçekliğini çok daha önce anladığını fark etti. Sadece sobanın ısısı yeterli değildi. Alevler düğün gecesinde dans eden kadınlar gibi önünde kıvrılıyordu. Dönüyorlar, şarkı söylüyorlar, turuncu, kırmızı, sarı duvaklarını savuruyorlardı. İzlemesi korkunç ve bir o kadar güzeldi. Dany alevlere kucak açtı. Teni kızarmıştı, parlıyordu. *Bu da bir düğün*, diye düşündü. Mirri Maz Duur susmuştu. Tanrıkadını onun bir çocuk olduğunu söylemişti ama çocuklar büyürdü, çocuklar öğrenirdi.

Bir adım daha attı. Ayaklarının altındaki kumun sıcaklığını sandaletlerinin tabanından bile hissediyordu. Bir zamanlar yaşlar akan yanaklarından, göğüslerinden, bacaklarının arasından ter süzülüyordu. Sör Jorah arkasından bağırıyordu ama artık önemli değildi. Önemli olan tek şey ateşti şimdi. Alevler fevkaledeydi. Hayatında gördüğü en güzel şeylerdi. Her biri kızıl, turuncu ve sarılara bürünmüş, dumandan pelerinler giymiş büyücülerdi. Kızıl ateş aslanları, sarı devasa yılanlar, mavi alevden yapılmış boynuzlu atlar gördü. Balıklar, tilkiler, canavarlar, kurtlar, parlak kuşlar ve hepsi birbirinden güzel çiçekler veren ağaçlar gördü. Dumandan vücuda gelmiş, mavi alev yeleli dev gibi gri bir aygır gördü. *Evet sevgilim. Evet güneşim ve yıldızım. Şimdi atına bin. Şimdi atını sür.*

Yeleği erimeye başlamıştı, çıkarıp attı. Dany alevlere biraz daha yaklaşırken boyalı deri bir anda tutuştu. Alevlerin karşısındaki göğüsleri çıplaktı. Şişmiş, kızarmış göğüs uçlarından süt akıyordu. *Şimdi*, diye düşündü. *Şimdi*. Bir anlığına önünde Khal Drogo'yu gördü. Dumandan atına binmişti, elinde alevden bir kamçı vardı. Gülümsedi ve kamçı tıslayarak cenaze ateşinin üstüne indi.

Çatlayan bir taşın sesini duydu. Ağaçlardan, çalılardan ve otlardan kurulu yığın hareket etmeye, kendi içine doğru çökmeye başlamıştı. Köz haline gelmiş odun parçaları Dany'nin üstüne düşüyordu. Dany kıvılcımlar ve küllerle yıkanıyordu. Alevlerin arasından başka bir şey daha düştü, zıplayarak, yuvarlanarak gelip ayağının dibinde durdu. Kırılmış, üstünden dumanlar tüten, altın damarlı, kıvrımlı bir taş parçasıydı. Dünya bir kükreme sesiyle doldu. Kadınlar ve çocuklar hayret dolu çığlıklar atıyordu ama ateş duvarının arkasındaki Dany onları güçlükle duyabiliyordu.

Hayatın bedeli ancak ölümle ödenir.

Şimşek gibi gürültülü ve keskin ikinci *çatlama* sesi duyuldu. Duman Dany'nin etrafında dönerek kıvrılarak yükseliyordu. Cenaze ateşi bir kez daha sallandı. Dany ürkmüş atların bağrışlarını, Dothrakların korku ve dehşet dolu çığlıklarını duydu. Sör Jorah onun adını haykırıyor, lanetler okuyordu. *Hayır,* demek istedi ona. *Hayır güzel şövalyem, benim için korkma. Ateş benim. Ben Daenerys Fırtınadadoğan. Ejderhanın kızı. Ejderhanın gelini. Ejderhanın annesi. Göremiyor musun? GÖREMİYOR MUSUN?* Alevleri ve dumanı yerden on metre yükseğe püskürten bir patlamayla ateş yığını tamamen çöktü. Dany korkusuzca alev fırtınasının içine yürüyüp çocuklarını çağırdı.

Üçüncü *çatlama*, dünya ikiye ayrılıyormuşcasına şiddetli bir sesle geldi.

Ateş sonunda sönüp toprak üstünde yürünecek kadar soğuduğunda Sör Jorah, Dany'yi küllerin ortasında, kararmış kütüklerin, hâlâ parlayan közlerin, insan ve at kemiklerinin arasında buldu. Çırılçıplaktı, teni isle kaplıydı. Giysileri küle dönmüştü. Güzelim saçları yanıp yok olmuştu... ama Dany hiç zarar görmemişti.

Kemik ve altın rengi ejderha sol göğsünü emiyordu. Yeşil ve bronz olan sağ göğsündeydi. Siyah ve kızıl olan omuzlarına uzanmış, uzun eğri boynu Dany'nin çenesinin altına girmişti. Jorah'ı gördüğünde başını kaldırdı ve köz kırmızısı gözleriyle şövalyeye baktı.

Sör Jorah dilsiz kalmıştı, dizlerinin üstüne düştü. *Khas* savaşçıları şövalyenin yanına geldi. *Arakh*'ını Dany'nin ayaklarının dibine ilk bırakan Jhogo oldu. "Kanımın kanı," diye mırıldandı yüzünü tüten toprağa sürerken. "Kanımın kanı," dedi Aggo. "Kanımın kanı," diye yankılandı Rakharo'nun sesi.

Onların ardından hizmetçileri geldi. Ve diğerleri. Kadınlar, erkekler ve çocuklar, Dothraklar. Onların kendine ait olduğunu anlaması için Dany'nin bir kez bakması yetmişti. Bugün, yarın ve sonsuza dek Dany'ye aittiler. Drogo'ya asla ait olmadıkları gibi.

Daenerys Targaryen ayağa kalkarken, ağzından ve burun deliklerden dumanlar çıkararak *tısladı* siyahı. Diğer ikisi ağızlarını Dany'nin göğsünden çekerek seslerini bu çağrıya kattı. Şeffaf kanatları açılıp havayı titretti. Ve yüzlerce yıldan sonra ilk defa gece, ejderha şarkılarıyla can buldu.

EKLER

BARATHEON HANEDANI

Büyük Hanedanlar içinde mazisi en kısa olan. Fetih Savaşları sırasında kuruldu. Kurucusu Orys Baratheon'ın, Ejderha Aegon'ın gayrimeşru erkek kardeşi olduğu söylenir. Orys rütbe rütbe yükselerek Aegon'ın en korkusuz kumandanlarından biri oldu. Kibirli Argilac'ı yenilgiye uğratarak katlettiğinde Aegon, kendisini Argilac Kalesi, arazileri ve kızıyla ödüllendirdi. Orys kızla evlendi. Karısının sancağını, unvanlarını ve hanedan sözünü kabul etti. Baratheon Hanedanı'nın arması, altın zemin üstünde taç giymiş siyah bir erkek geyiktir. Baratheon Hanedanı'nın sözü: *Gazap Bizimdir.*

KRAL ROBERT BARATHEON, Hanedanından bu isimle anılan ilk kral,
-karısı, Lannister Hanedanı'ndan KRALİÇE CERSEİ,
-çocukları:
-PRENS JOFFREY, Demir Taht'ın veliahtı, on iki yaşında,
-PRENSES MYRCELLA, sekiz yaşında,
-PRENS TOMMEN, yedi yaşında,
-kardeşleri:
-STANNİS BARATHEON, Ejderha Kayası Lordu,
    -karısı, Florent Hanedanı'ndan LEYDİ SELYSE,
    -kızları, SHIREEN, dokuz yaşında,
-RENLY BARATHEON, Fırtına Burnu Lordu,
-küçük konseyi:
-YÜCE ÜSTAT PYCELLE,
-LORD PETYR BAELİSH, nam-ı diğer SERÇEPARMAK, hazine başı,
-LORD STANNİS BARATHEON, donanma başı,
-LORD RENLY BARATHEON, kanun başı,
-SÖR BARRİSTAN SELMY, Kral Muhafızları Lord Kumandanı,
-VARYS, hadım, nam-ı diğer ÖRÜMCEK, muhbir başı,
-maiyeti ve hizmetkârları:
-SÖR İLYN PAYNE, Kral Adaleti, cellât,

-SANDOR CLEGANE, nam-ı diğer TAZI, Prens Joffrey'nin yeminli muhafızı,
-JANOS SLYNT, sıradan halktan, Kral Toprakları'nın Şehir Muhafızları Kumandanı,
-JALABHAR XHO, Yaz Adaları'ndan sürgün bir prens,
-AY OĞLAN, saray soytarısı,
-LANCEL ve TYREK LANNİSTER, kralın yaverleri, kraliçenin kuzenleri,
-SÖR ARON SANTAGAR, silah ustası,
-Kral Muhafızları:
-SÖR BARRİSTAN SELMY, Lord Kumandan,
-SÖR Jaime LANNİSTER, nam-ı diğer KRAL KATİLİ,
-SÖR BOROS BLOUNT,
-SÖR MERYN TRANT,
-SÖR ARYS OAKHEART,
-SÖR PRESTON GREENFİELD,
-SÖR MANDON MOORE,

Fırtına Burnu'na bağlılık yemini etmiş büyük hanedanlar Selmy, Wylde, Trant, Penrose, Errol, Estermont, Tarth, Swann, Dondarrion ve Caron'dır.

Ejderha Kayası'na bağlılık yemini etmiş büyük hanedanlar Celtigar, Velaryon, Seaworth, Bar Emmon ve Sunglass'tır.

STARK HANEDANI

Starkların kökleri Mimar Brandon ve kadim Kış Kralları'na uzanır. Binlerce yıl boyunca Kuzey Kralları olarak Kışyarı'ndan hükmettiler. Hükümdarlıkları Diz Çöken Kral olarak anılan Torrhen Stark'ın, savaşmak yerine Ejderha Aegon'a bağlılık yemini etmesiyle son buldu. Stark Hanedanı'nın arması buz beyazı zemin üstünde gri bir ulu kurttur. Stark Hanedanı'nın sözü: *Kış Geliyor*.

EDDARD STARK, Kışyarı Lordu, Kuzey Muhafızı,
-karısı, Tully Hanedanı'ndan LEYDİ CATELYN,
-çocukları:
-ROBB, Kışyarı varisi, on dört yaşında,

-SANSA, on bir yaşında, büyük kız,
-ARYA, dokuz yaşında, küçük kız,
-BRANDON (ya da Bran), yedi yaşında, erkek çocuğu,
-RİCKON, üç yaşında, erkek çocuğu,
-JON KAR, on dört yaşında gayrimeşru erkek çocuğu,
-THEON GREYJOY, Stark himayesinde, muhafızı, Demir Adaları'nın varisi,
-kardeşleri:
-{BRANDON}, ağabeyi, II. Aerys Targaryen'ın emriyle öldürüldü,
-{LYANNA}, Dorne dağlarında öldü,
-BENJEN, kardeşi, Gece Nöbetçileri korucusu,
-maiyeti ve hizmetkârları:
-ÜSTAT LUWİN, danışman, şifacı, hoca,
-VAYON POOLE, Kışyarı Kâhyası,
-JEYNE, kızı, Sansa'nın en yakın arkadaşı,
-JORY CASSEL, baş muhafızı,
-HALLİS MOLLEN, DESMOND, JACKS, PORTHER, QUENT, ALYN, TOMARD, VARLY, HEWARD, CAYN ve WYL muhafızlar,
-SÖR RODRİK CASSEL, silah ustası, Jory'nin amcası,
-BETH, kızı,
-RAHİBE MORDANE, Lord Eddard'ın kızlarının hocası,
-RAHİP CHAYLE, kale septinin ve kütüphanesinin sorumlusu,
-HULLEN, seyis başı,
-HARWİN, oğlu, muhafız,
-JOSETH, seyis ve at eğitmeni,
-FARLEN, barınak başı,
-YAŞLI DADI, hikâye anlatıcı, eski sütanne,
-HODOR, büyük büyük torunu, seyis yamağı,
-GAGE, aşçı,
-MIKKEN, demirci ve zırh ustası,
-başlıca sancak beyleri:
-SÖR HELMAN TALLHART,
-RICKARD KARSTARK, Karhold Lordu,
-ROOSE BOLTON, Dehşet Kalesi Lordu,

-JON UMBER, nam-ı diğer İRİ JON,
-GALBART ve ROBETT GLOVER,
-WYMAN MANDERLY, Beyaz Liman Lordu,
-MAEGE MORMONT, Ayı Adası Leydisi,

Kışyarı'na bağlılık yemini etmiş büyük hanedanlar Karstark, Umber, Flint, Mormont, Hornwood, Cerwyn, Reed, Manderly, Glover, Tallhart ve Bolton'dır.

LANNİSTER HANEDANI

Sarı saçlı, uzun boylu, yakışıklı ve güzel Lannisterlar, batı vadilerinde ve tepelerinde kudretli bir krallık kurmuş Andal maceracılarının kanını taşır. Anne tarafından, Kahramanlar Çağı'nın efsanevi düzenbazı Akıllı Lann'den gelmekle övünürler. Casterly Kayası ve Altın Diş'teki altın madenleri onları Büyük Hanedanlar'ın en zengini yapmıştır. Lannister Hanedanı'nın arması, kırmızı zemin üstünde altın bir aslandır. Lannister Hanedanı'nın sözü: *Beni kükrerken duyun*!

TYWİN LANNİSTER, Casterly Kayası Lordu,
Batı Muhafızı, Lannis Limanı Kalkanı,
-karısı, {LEYDİ JOANNA}, aynı zamanda kuzeni,
doğum sırasında öldü,
-çocukları:
-SÖR Jaime, nam-ı diğer KRAL KATİLİ, Casterly Kayası varisi, Cersei'nin ikizi,
-KRALİÇE CERSEİ, Kral I. Robert Baratheon'ın karısı,
Jaime'nin ikizi,
-TYRİON, nam-ı diğer İBLİS, cüce,
-kardeşleri:
-SÖR KEVAN, büyük erkek kardeşi,
-DORNA, karısı, Swyft Hanedanı'ndan,
-LANCEL, büyük oğlu, kral yaveri,
-WİLLEM ve MARTYN, ikiz oğulları,
-JANEI, bebek kızları,
-GENNA, kız kardeşi, Sör Emmon Frey'le evli,
-SÖR CLEOS FREY, oğulları,

-TION FREY, yaver,

-{SÖR TYGETT}, erkek kardeşi, frengiden öldü,

-Dul karısı, DARLESSA, Marbrand Hanedanı'ndan,

-oğlu, TYREK, kral yaveri,

-{GERİON}, en küçük erkek kardeşi, denize açıldı ve dönmedi,

-JOY, gayrimeşru kızı, on yaşında,

-kuzeni, Sör STAFFORD LANNİSTER, merhume Leydi Joanna'nın kardeşi,

-kızları, CERENNA VE MYRİELLE,

-oğlu, Sör DAVEN LANNİSTER,

-danışmanı, ÜSTAT CREYLEN,

-önde gelen şövalyeleri ve lord sancak beyleri:

-LORD LEO LEFFORD,

-SÖR ADDAM MARBRAND,

-SÖR GREGOR CLEGANE, nam-ı diğer YÜRÜYEN DAĞ,

-SÖR HARYS SWYFT,

-LORD ANDROS BRAX,

-SÖR FORLEY PRESTER,

-SÖR AMORY LORCH,

-VARGO HOAT, Özgür Şehir Qohor'dan bir paralı asker,

Casterly Kayası'na bağlılık yemini etmiş büyük hanedanlar Payne, Swyft, Marbrand, Lydden, Banefort, Lefford, Crakehall, Serrett, Broom, Clegane, Prester ve Westerling'dir.

ARRYN HANEDANI

Arrynlar'ın kökleri, Andal soylularından en eski ve en saf şecereye sahip olan Vadi ve Dağ Kralları'na uzanır. Arryn Hanedanı'nın arması, gök mavisi zemin üstünde ay ve şahindir. Arryn Hanedanı'nın sözü: *Onur Kadar Yüksek*.

{JON ARRYN}, Kartal Yuvası Lordu, Vadi'nin Savunucusu, Doğu Muhafızı, Kral Eli, yakın zamanda öldü,

-ilk karısı, {Royce Hanedanı'ndan LEYDİ JEYNE}, doğum sırasında öldü. Kızı ölü doğdu,

-ikinci karısı, {Arryn Hanedanı'ndan LEYDİ ROWENA}, aynı zamanda kuzeni, soğuk algınlığından öldü, çocuğu olmadı,
-üçüncü karısı, Tully Hanedanı'ndan LEYDİ LYSA, dul,
-çocukları:
-ROBERT ARRYN, altı yaşında, hasta, erkek çocuğu, yeni Kartal Yuvası Lordu ve Vadi'nin Savunucusu,
-maiyeti ve hizmetkârları:
-ÜSTAT COLEMON, danışman, şifacı, hoca,
-SÖR VARDİS EGEN, baş muhafız,
-SÖR BRYNDEN TULLY, nam-ı diğer KARABALIK, Geçit Şövalyesi, Leydi Lysa'nın amcası,
-LORD NESTOR ROYCE, Vadi Baş Vekilharcı,
-SÖR ALBAR ROYCE, oğlu,
-MYA TAŞ, hizmetinde, gayrimeşru bir kız çocuğu,
-LORD EON HUNTER, Leydi Lysa'nın talibi,
-SÖR LYN CORBAY, Leydi Lysa'nın talibi,
-MYCHEL REDFORT, yaveri,
-LEYDİ ANYA WAYNWOOD, bir dul,
-SÖR MORTON WAYNWOOD, oğlu, Leydi Lysa'nın talibi,
-SÖR DONNEL WAYNWOOD, oğlu,
-MORD, zalim bir zindancı,

Kartal Yuvası'na bağlılık yemini etmiş büyük hanedanlar Royce, Baelish, Egen, Waynwood, Hunter, Redfort, Corbray, Belmore, Melcolm ve Hersy'dir.

TULLY HANEDANI

Tullyler binlerce yıldır Nehirova'daki verimli toprakların ve büyük kalenin sahibi olmalarına rağmen kral olarak hükmetmediler. Nehir toprakları, Fetih Savaşları sırasında Adalar Kralı Kara Harren'a aitti. Harren'ın büyükbabası Kral Harwyn Hardhand, Üç Dişli Mızrak'ı, ataları üç yüz yıl önce Boğaz'a kadar bütün toprakları fethederek Nehir Kralları'nın sonuncusunu katleden Fırtına Kral Arrec'ten almıştı. Kanlı ve zalim bir hükümdar olan Kara Harren hükmettiği insanlar tarafından sevilmezdi. Nehir lordlarının çoğu onu terk ederek Aegon'ın ordusuna katıldı. Bu lordlardan ilki Nehirovalı Edmyn Tully idi. Harren ve soyu, Harrenhal'un yakılışı sırasında ortadan kalkınca Aegon, Tully Hanedanı'nı nehir topraklarıyla ödüllendirdi ve diğer nehir lordlarına Tully Hanedanı'na bağlılık yemini etmelerini emretti. Tully Hanedanı'nın arması, dalgalı mavi ve kırmızı zemin üstünde zıplayan gümüş bir alabalıktır. Tully Hanedanı'nın sözü: *Aile, Görev, Onur*.

HOSTER TULLY, Nehirova Lordu,
-karısı, {Whent Hanedanı'ndan LEYDİ MİNİSA}, doğum sırasında öldü,
-çocukları:
-CATELYN, büyük kızı, Lord Eddard Stark'la evli,
-LYSA, küçük kızı, Lord Jon Arryn ile evlendi,
-SÖR EDMURE, Nehirova varisi,
-kardeşleri:
-SÖR BRYNDEN, nam-ı diğer, KARABALIK,
-maiyeti:
-ÜSTAT VYMAN, danışman, şifacı, hoca,
-SÖR DESMOND GRELL, silah ustası,
-SÖR ROBİN RYGER, baş muhafız,
-UTHERYDES WAYN, Nehirova Kâhyası,
-şövalyeleri ve lord sancak beyleri:
-JASON MALLİSTER, Denizgözcüsü Lordu,
-PATREK MALLİSTER, oğlu, varisi,
-WALDER FREY, Geçit Lordu,
-çok sayıda oğlu, torunu ve gayrimeşru çocuğu,
-JONOS BRACKEN, Taş Çit Lordu,
-TYTOS BLACKWOOD, Kuzgunağaç Lordu,
-SÖR RAYMUN DARRY,
-SÖR KARYL VANCE,
-SÖR MARQ PIPER,
-SHELLA WHENT, Harrenhal Leydisi,
-SÖR WİLLİS WODE, hizmetindeki şövalye,

Nehirova'ya bağlılık yemini etmiş küçük hanedanlar Darry, Frey, Mallister, Bracken, Blackwood, Whent, Ryger, Piper ve Vance'tir.

TYRELL HANEDANI

Tyrellller, Dorne Hudutları ve Karasu'dan, Gün Batımı Denizi kıyılarına kadar uzanan verimli güneybatı ovalarına hükmeden Menzil Kralları'nın vekilharcı olarak yükseldi. Soylarını anne tarafından İlk İnsanlar'ın asma dalları ve çiçeklerden yapılma taç giyerek topraktan hayat fışkırtan bahçıvan kralı Garth Greenhand'e dayandırırlar. Eski soyun son üyesi Kral Mern, Ateş Tarlası'nda can verdiğinde, vekilharcı Harlen Tyrell, Yüksek Bahçe'yi Aegon Targaryen'a vererek ona bağlılık yemini etti. Aegon onu kaleyle ve Menzil'le ödüllendirdi. Tyrell Hanedanı'nın arması, çimen yeşili zemin üstünde altın bir güldür. Tyrell Hanedanı'nın sözü: *Güçlenerek Büyür*.

MACE TYRELL, Yüksek Bahçe Lordu, Güney Muhafızı, Dorne Hudutları'nın Savunucusu, Menzil Yüksek Mareşali,
-karısı, Eski Şehir'in Hightower Hanedanı'ndan LEYDİ ALERİE,
-çocukları:
-WİLLAS, büyük oğlu, Yüksek Bahçe varisi,
-SÖR GARLAN, nam-ı diğer GALLANT, ikinci oğlu,
-SÖR LORAS, nam-ı diğer ÇİÇEK ŞÖVALYESİ, küçük oğlu,
-MARGAERY, on dört yaşında, kız çocuğu,
-dul annesi, LEYDİ OLENNA, Redwyne Hanedanı'ndan, Diken Kraliçesi diye anılır.
-kardeşleri:
-MİNA, kız kardeşi, Lord Paxter Redwyne'la evli,
-JANNA, kız kardeşi, Sör Joran Fossoway'le evli,
-amcaları:
-GARTH, nam-ı diğer KOCAMAN, Yüksek Bahçe'nin Lord Vekilharcı,
    -GARSE ve GARRETT ÇİÇEK, gayrimeşru oğulları,
-SÖR MORYN, Eski Şehir'in Şehir Muhafızları Lord Kumandanı,
-ÜSTAT GORMON, Hisar hocası,

-maiyeti:
-ÜSTAT LOMYS, danışman, şifacı, hoca,
-IGON VYRWEL, baş muhafız,
-SÖR VORTİMER CRANE, silah ustası,
-şövalyeleri ve lord sancak beyleri:
-PAXTER REDWYNE, Arbor Lordu,
-karısı, Tyrell Hanedanı'ndan LEYDİ MİNA,
-çocukları:
-SÖR HORAS, Dehşet adıyla alaya alınır, Hobber ile ikizdir,
-SÖR HOBBER, Salya adıyla alaya alınır, Horas ile ikizdir,
-DESMERA, on beş yaşında, kız çocuğu,
-RANDYLL TARLY, Boynuz Tepe Lordu,
-SAMWELL, büyük oğlu, Gece Nöbetçileri'nden,
-DICKON, küçük oğlu, Boynuz Tepe Varisi,
-ARWYN OAKHEART, Eski Meşe Leydisi,
-MATHİS ROWAN, Goldengrove Lordu,
-LEYTON HİGHTOWER, Eski Şehir Sözcüsü, Liman Lordu,
-SÖR JON FOSSOWAY,

Yüksek Bahçe'ye bağlılık yemini etmiş büyük hanedanlar Vyrwel, Florent, Oakheart, Hightower, Crane, Tarly, Redwyne, Rowan, Fossoway ve Mullendore'dur.

GREYJOY HANEDANI

Pyke'lı Greyjoylar, köklerinin Kahramanlar Çağı'nın Boz Kral'ına uzandığını söylerler. Efsaneler, Boz Kral'ın sadece batı adalarına değil denize de hükmettiğini ve bir denizkızıyla evlendiğini anlatır.

Denizden gelen akıncılar -yağmaladıkları insanlar tarafından "demir adamlar" olarak anılırlardı- binlerce yıl boyunca İbben Limanı ve Yaz Adaları'na kadar uzanan denizlere açılarak korku saldılar. Savaşlardaki cesaretleriyle ve kutsal özgürlükleriyle övünürlerdi. Her adanın kendine ait bir "tuz kralı" ve bir "kaya kralı" vardı. Büyük Adalar Kralı, bu krallar arasından seçilirdi. Kral Urron, seçim için bir araya geldikleri bir toplantıda bütün kralları katledip tahtı verasate bağladı. Nesli bin yıl sonra adaların Andallar tarafından ele geçirilmesiyle yok oldu. Diğer ada lordları gibi Greyjoylar da fatihlerle evlilik yoluyla bağ kurdu.

Demir Krallar, kılıç ve ateş marifetiyle ana karadan da topraklar alarak hâkimiyet alanlarını adalardan öteye genişletti. Kral Qhored'in fermanının, "İnsanların deniz tuzu kokusunu alabildikleri ve dalgaların sesini duyabildikleri her yerde" geçerli olduğu sözlerden öte bir gerçekti. Sonraki asırlarda, Qhored'in nesli Arbor'ı, Eski Şehir'i, Ayı Adası'nı ve batı kıyısının çoğunu kaybetti. Ancak, Fetih Savaşları başladığında Kral Kara Harren, Boğaz'dan Karasu'ya kadar bütün topraklara hükmediyordu. Harren ve oğulları Harrenhal'un düşmesiyle yok oldu ve Aegon Targaryen nehir topraklarını Tully Hanedanı'na verirken, Demir Adaları lordlarından sağ kalanların eski geleneklerini canlandırmalarına ve liderlerini seçmelerine müsaade etti. Pyke'lı Lord Vickon Greyjoy lider seçildi.

Greyjoy Hanedanı'nın arması, siyah zemin üstünde altın bir deniz canavarıdır. Greyjoy Hanedanı'na ait söz: *Biz Tohum Ekmeyiz.*

-BALON GREYJOY, Demir Adaları Lordu, Tuz ve Kaya Kralı, Deniz Rüzgârı'nın Oğlu, Orakçı Pyke Lordu,
-karısı, Harlaw Hanedanı'ndan LEYDİ ALANNYS,
-çocukları:
-{RODRIK}, büyük oğulları, Greyjoy İsyanı sırasında Denizgözcüsü'nde öldürüldü,
-{MARON}, ikinci oğulları, Greyjoy İsyanı sırasında Pyke surlarında öldürüldü,
-ASHA, kızları, *Kara Rüzgâr*'ın kaptanı,
-THEON, yaşayan tek oğulları, Pyke varisi, Lord Eddard Stark'ın muhafızı,
-kardeşleri:
-EURON, nam-ı diğer KARGAGÖZ, *Sükunet*'in kaptanı, haydut, korsan ve yağmacı,

-VİCTARİON, Demir Donanması Lord Kaptanı,
-AERON, nam-ı diğer BUHARSAÇ, Boğulmuş Tanrılar rahibi,

Pyke'a bağlılık yemini etmiş küçük hanedanlar Harlaw, Stonehouse, Merlyn, Sunderly, Botley, Tawney, Wynch, Goodbrother'dır.

MARTELL HANEDANI

Rhoyne kraliçesi savaşçı Nymeria, on bin gemisini Yedi Krallık'ın en güney ucu olan Dorne'a çıkardı ve Lord Mors Martell ile evlendi. Lord Mors, Nymeria'nın yardımıyla bütün düşmanlarını alt ederek bütün Dorne'u hakimiyetine aldı. Rhoyne etkisi bugün dahi güçlüdür. Bu nedenle Dorne'lu hükümdarlar "Kral" yerine, "Prens" unvanını benimserler. Dorne yasalarına göre unvan en büyük erkek çocuğa değil, yaşayan en büyük çocuğa geçer. Bütün Yedi Krallık içinden sadece Dorne, Ejderha Aegon tarafından hiçbir zaman fethedilmedi. İki yüz yıl sonra kılıç değil, evlilik ve anlaşma yoluyla kalıcı olarak krallığa katıldı. Barışçı Kral II. Daeron savaşçıların yapamadığını Dorne Prensesi Myriah'la evlenerek ve kendi kız kardeşini hükmeden Dorne Prensi'yle evlendirerek başardı. Martell Hanedanı'nın arması, altın mızrak saplanmış kızıl güneştir. Martell Hanedanı'nın sözü: *Eğilmez, Bükülmez, Kırılmaz.*

DORAN NYMEROS MARTELL, Güneş Mızrağı Lordu, Dorne Prensi,
-karısı, Özgür Şehir Norvos'tan MELLARIO,
-çocukları:
-PRENSES ARIANNE, büyük kızları, Güneş Mızrağı varisi,
-PRENS QUENTYN, büyük oğulları,
-PRENS TRYSTANE, küçük oğulları,
-kardeşleri:
-{PRENSES ELİA}, Prens Rhaegar Targaryen'ın karısı, Kral Toprakları'nın İşgali sırasında katledildi,

-çocukları:

-{PRENSES RHAENYS}, küçük kızı, Kral Toprakları'nın İşgali sırasında katledildi,

-{PRENS AEGON}, bebek oğlu, Kral Toprakları'nın İşgali sırasında katledildi,

-PRENS OBERYN, Kızıl Kobra,

-maiyeti:

-AREO HOTAH, Norvoslu bir paralı asker, baş muhafız,

-ÜSTAT CALEOTTE, danışman, şifacı, hoca,

-EDRİC DAYNE, Kayanyıldız Lordu

Güneş Mızrağı'na bağlılık yemini etmiş büyük hanedanlar Jordayne, Santagar, Allyrion, Toland, Yronwood, Wyl, Fowler, Dayne'dir.

Eski Hanedan: TARGARYEN HANEDANI

Ejderha kanı taşıyan Targaryenlar'ın kökü, Valyria'nın kadim Özgür Kale'nin soylu lordlarına uzanır. Soylarının hususiyeti -bazılarına göre insana ait olmayan- çarpıcı güzellikleridir. Lila, menekşe ya da çivit rengi gözleri, gümüş-altın ya da platin rengi saçları vardır.

Ejder Aeogon'ın ataları, Valyria Kıyameti'nden ve arkasından gelen kıyım ve kaostan kaçarak Dar Deniz'in adalarından biri olan taşlı Ejderha Kayası'na sığındı. Aegon kız kardeşleri Visenya ve Rhaenys ile birlikte bu adadan yelken açarak Yedi Krallık'ı fethetti. Valyria adetlerine göre evlilikler kardeşler arasında yapılırdı. Aegon her iki kız kardeşini de eş olarak aldı ve her ikisinden de birer erkek evlat sahibi oldu. Targaryen Hanedanı'nin arması, siyah zemin üstünde üç başlı kırmızı bir ejderhadır. Ejderhanın başları Aegon ve kız kardeşlerini temsil eder. Targaryen Hanedanı'na ait söz: *Ateş ve Kan.*

TARGARYEN HÜKÜMDARLIĞI

Aegon'ın Karaya Çıkışı'ndan başlayarak tarih sırasıyla.

1-37	I. Aegon	Fatih Aegon, Ejderha Aegon

37-42	I. Aenys	Aegon ve Rhaenys'in oğlu.
42-48	I. Maegor	Zalim Maegor, Aegon ve Visenya'nın oğlu.
48-103	I. Jaehaerys	Yaşlı Kral, Arabulucu, Aenys'in oğlu.
103-129	I. Viserys	Jaehaerys'ın torunu.
129-131	II. Aegon	Viserys'in büyük oğlu. [II. Aegon'ın tahta çıkışına, kendisinden bir yaş büyük ablası Rhaenyra muhalefet etti. Aralarında geçen, ozanların Ejderhaların Dansı dediği çarpışmada ikisi de öldü.]
131-157	III. Aegon	Ejderha Felaketi, Rhaenyra'nın oğlu. [Targaryen ejderhalarının sonuncusu, III.Aegon'ın hükümdarlığı sırasında öldü.]
157-161	I. Daeron	Genç Ejderha, Çocuk Kral, III. Aegon'ın büyük oğlu. [Daeron, Dorne'u fethetti fakat elinde tutamadı. Genç yaşta öldü.]
161-171	I. Baelor	Sevgili Yüce Rahip ve kral, III. Aegon'ın ikinci oğlu.
171-172	II. Viserys	III. Aegon'ın küçük kardeşi.
172-184	IV. Aegon	Değersiz Aegon, Viserys'in büyük oğlu. [Küçük erkek kardeşi Ejderha Şövalyesi Prens Aemon koruyucu ve söylentilere göre Kraliçe Naerys'ın aşığıydı.]
184-209	II. Daeron	Kraliçe Naerys'ın, Aegon ya da Aemon'dan olan oğlu. [Daeron, Dorne Prensesi Myriah'la evlenerek Dorne'u krallığa kattı.]
209-221	I. Aerys	II. Daeron'un ikinci oğlu. [Varis bırakmadı.]

221-233	I. Maekar	II. Daeron'un dördüncü oğlu.
233-259	V. Aegon	Benzersiz Aegon, Maekar'ın dördüncü oğlu.
259-262	II. Jaehaerys	Benzersiz Aegon'ın ikinci oğlu.
262-283	II. Aerys	Deli Kral. Jaehaerys'ın tek oğlu.

II. Aerys'ın tahttan indirilip varisiyle birlikte öldürülmesi ve Prens Rhaegar Targaryen'ın Üç Dişli Mızrak'ta Robert Baratheon tarafından katledilmesiyle ejderha kralların hükümdarlığı bitmiştir.

SON TARGARYENLAR

{KRAL AERYS TARGARYEN}, Hanedanından Bu İsimle Anılan İkinci Kral, Kral Toprakları'nın İşgali sırasında Jaime Lannister tarafından öldürüldü,

-karısı ve kız kardeşi, Targaryen Hanedanı'ndan {KRALİÇE RHAELLA}, Ejderha Kayası'nda doğum esnasında öldü,

-çocukları:

-{PRENS RHAEGAR}, Demir Taht'ın veliahtı, Üç Dişli Mızrak'ta Robert Baratheon tarafından öldürüldü,

-karısı, {PRENSES ELİA}, Martell Hanedanı'ndan, Kral Toprakları'nın İşgali sırasında öldürüldü,

-çocukları:

-{PRENSES RHAENYS}, küçük kızı, Kral Toprakları'nın İşgali sırasında öldürüldü,

-{PRENS AEGON}, bebek, Kral Toprakları'nın işgali sırasında öldürüldü,

-PRENS VİSERYS, kendisine Hanedanından Bu İsimle Anılan Üçüncü Viserys ve Yedi Krallık Lordu unvanlarını verdi. Yalvaran Kral olarak anılır,

-PRENSES DAENERYS, Daenerys Fırtınadadoğan olarak anılır, on üç yaşında, kız çocuğu.

KUZEY
Tekinsiz Orman
Sur
Donuk Kıyı
K
Gölge Kule
Kara Kale
Kıyıdaki Doğugözcüsü
Ayı Adası
Karhold
Kurt Ormanı
Dehşet Kalesi
Kışyarı
Beyaz Bıçak
Kral Yolu
Hendek Mezarlar
Beyaz Liman
Moat Cailin
Boğaz
Isırık
Bozsu Gözcüsü
Üç Kız Kardeş
Parmaklar
Demir Adaları
İkizler
Denizgözcüsü
Yeşil Çatal
Kartal Yuvası
Arryn Vadisi
Kanlı Kapı
Mavi Çatal
Kızıl Çatal
Nehirova

GÜNEY
K
Demir Adaları
Denizgözcüsü
Pyke
Kral Yolu
Yeşil Çatal
Mavi Çatal
Üç Kız Kardeş
Parmaklar
Arryn Vadisi
Kartal Yuvası
Üç Dişli Mızrak
Kanlı Kapı
Martı Kasabası
Kızıl Çatal
Tökeztaş
Nehirova
Harrenhal
Altın Diş
Casterly Kayası
Lannis Limanı
Tanrı Gözü
Kral Yolu
Ejderha Kayası
Kral Toprakları
Karasu
Menzil
Kral Ormanı
Tarth
Fırtına Burnu
Yüksek Bahçe
Dorne Hudutları
Dorne Denizi
Eski Şehir
Kayanyıldız
Dorne
Kırık Kol
Güneş Mızrağı
Arbor